dtv

»Der Schauplatz ist ein imaginierter Inselstaat in der Ägäis namens Myrrha. Dort lebt eine sechzehnjährige Prinzessin namens Danae, auf die der Göttervater Zeus – ganz recht, den gibt es plötzlich wieder – ein liebendes Auge geworfen hat. Da Danae aber nicht willens ist, mit sich nach Art ihrer antiken Schwestern geschehen zu lassen – schließlich schreibt man das aufgeklärte Jahr 1732 –, beschert die in ihrer Mannesehre gekränkte Gottheit der Insel Myrrha fürchterliches Ungemach ... Doch hier stocke ich: Die Nacherzählung des Inhalts vernichtet geradezu das, was den eigentlichen Zauber dieses Romans ausmacht: seinen Charme, seine Grazie, seine schwebende Behendigkeit ... Was sich hier wie eine grandiose spätbarocke Maskerade darbietet, ist der bezauberndste Roman, der in Deutschland in den letzten vierzig Jahren geschrieben wurde. Wenn es möglich ist, das Wunder Mozart mit den Mitteln der Sprache auch nur ahnend zu erreichen, so ist es hier literarische, poetische Gestalt geworden ... Ein Buch wie dieses ist nach 1945 nie wieder im deutschen Sprachraum erschienen.« (Eckart Kleßmann, ›Frankfurter Allgemeine Zeitung‹)

Wolf von Niebelschütz wurde am 24. Januar 1913 in Berlin geboren. Er studierte Geschichte und Kunstgeschichte und war bis 1940 als Literatur-, Theater- und Kunstkritiker, nach dem Krieg als freier Schriftsteller tätig. Niebelschütz starb am 22. Juli 1960 in Düsseldorf. Weitere Werke: ›Die Kinder der Finsternis‹ (1959), ›Freies Spiel des Geistes‹ (1961), ›Gedichte und Dramen‹ (1962), ›Barbadoro‹ (1982), ›Auch ich in Arkadien‹ (1987).

Wolf von Niebelschütz

Der Blaue Kammerherr

Galanter Roman
in vier Bänden

Deutscher Taschenbuch Verlag

Von Wolf von Niebelschütz
ist im Deutschen Taschenbuch Verlag erschienen:
Die Kinder der Finsternis (12030)

Ungekürzte Ausgabe
November 1998

Erstveröffentlichung: Frankfurt/Main 1949
Umschlagkonzept: Balk & Brumshagen
Umschlagbild: Ausschnitt des Gemäldes
›Capriccio mit Säulenhalle‹ von Antonio Canal (1697–1768)
Gesamtherstellung: C. H. Beck'sche Buchdruckerei,
Nördlingen
Gedruckt auf säurefreiem, chlorfrei gebleichtem Papier
Printed in Germany · ISBN 3-423-12600-0

Erster Band

Der Botschafter der Republik

I. Capitel

Die alten Götter waren tot, jene heiteren, deutlichen und liebenswerten Götter, die man so gern verehrt hatte, weil man wußte, auch in ihren Seelen wohnten der Regungen einige, die den Menschen zu einem Gott und den Gott zum Menschen machen. Sie waren tot, die Popen sagten es .. Aber es war keine Freude bei ihrem Wissen, denn sie sahen, zu ihrem Kummer, daß ein Geist der Weltlichkeit die Inseln der Ägäis durchzog, und mit düsterer Hingabe wühlten die Prediger in den Herzen der Gläubigen, ihnen ein Sünden-Babel zu malen. Hatte nicht Delphis Pythia, welche noch immer, allen christlichen Bannflüchen zum Trotz, ihre unerwünschten Weissagungen in leider allzu sehr nach Zukunft gierige Ohren raunte, dem Modisten Poaretes prophezeit, es werde ein Schneider kommen, vor dem die Könige des Erdballes sich erniedrigen würden? Und Herr Poaretes, uneingedenk der Taufe, die er empfangen, hatte die Luft angehalten, hatte ein leises Schauern in seiner so diesseitigen Brust verspürt und beschlossen, fortan die Kleider seiner Vorführdamen mit einem großen, silbernen, gekrönten P zu zieren. So weltlich ging es zu unter dem ewig blauen Firmament des Südens, das die Menschen verleitete, sich des Lebens zu erfreuen, anstatt es in Zerknirschung als ein Tal der Buße und der

Tränen zu nehmen, welches uns läutern soll, bis wir gen Himmel fahren.

Dieser Himmel war von so vollkommener Bläue, so sündig schön und obendrein so durchaus windstill, daß die Barke, auf der Venedigs Gesandter nach Myrrha segelte, tatenlos auf der leicht atmenden See schaukelte. Der Morgen begann schon zu glühen, aber dem Diplomaten eilte es nicht. Sein Frühstück war beendigt, sein Geist heiter und frei; und beflügelt von dem kostbaren Arom eines Moccas, den sein türkischer Koch ihm, nach den starken Sitten dieses östlichen Landes, täglich zu schaumgeschlagenen Möwen-Eiern bereitete, begann er, spazierender Weise, einige der Sätze zu formen, die er hernach, in einem seiner berühmten, weil unvergleichlich anschaulichen Berichte, der Serenissima zu vermelden gedachte.

Man lag vor Myrrha, jener seltsamen, länglichen und ziemlich ausgedehnten Insel, die eben jetzt zum Mittelpunct der Ägäis aufrückte, vermöge keines anderen oder absonderlicheren Umstandes, als daß eine heiratsfähige Prinzessin – Erbprinzessin! – die Blicke der Nachbarn auf sich zog. Was waren das für begehrliche, eifersüchtige, neiderfüllte Blicke! Handelte es sich doch, menschlicher Voraussicht nach, um das endgültig einzige Kind des regierenden Paares. Ein Monarch, der sichtlich alterte, eine Königin, welcher die Schmerzen der Niederkunft, die schamlose Intimität der Ärzte, die eigenen Schreie, vor Allem die vorangehende, so wenig kleidsame Leibesfülle allzu unköniglich erschienen, um sie aus freien Stücken zu wiederholen – nein, es stand kaum zu erwarten, daß etwa ein Kronprinz, ein kleiner Nachzügler .. Und selbst *wenn* Dame Olympia, in ihrer zweifelhaften Conduite, bereit gewesen wäre, sich der Marter ein zweites Mal zu unterziehen – hätte nicht König Alphanios Grund gehabt, voll tiefen Mißtrauens die Ehelichkeit des Kindes anzufechten? Legitimität .. Souveränität .. es waren schwerwiegende Worte, die der Herrscher liebte, und Don Giovanni wußte es, denn sein spähendes Diplomatenhirn arbeitete so unermüdlich wie der rastlos tätige Vulcan, der dort am nahen Horizonte von Zeit zu Zeit puffende Feuerwolken in den Azur des Morgens spie. Eine lavaschwarze Steilküste, ein elfenbeinern schimmernder Strand, mattgrüne Wälder von Cedern, Pinien, Lorbeer und Oliven, dazu eine Hauptstadt, die mit schneeweißen, fast fensterlosen Häuserwürfeln über der tiefblauen See lagerte, endlich die rosig behauchte Wolke, zu beiden

Seiten des Götterberges wie ein Strich in der Luft stehend, rundeten das Bild dieses kleinen und doch so umworbenen Reiches zu einem Tableau von hoher Farbenpracht. Und Alles atmete vollendeten Frieden.

Hier laufen gegenwärtig die Fäden zusammen, gedachte Don Giovanni dem Dogen in der fernen Lagunenstadt zu vermelden, die noch einmal kostspieligste Anstrengungen unternahm, im Concerte der Seemächte ihren Solo-Bravour-Part zu geigen; die Fäden der Politik von hundert Höfen en miniature und einigen großen Residenzen; einer nervösen Politik, die auf Entladung drängt. Venedig .. es mußte die Fäden heimlich, einen nach dem anderen, in die feinen, unauffälligen, leisen und gepflegten Hände seiner Diplomatie bekommen, es mußte die barbarischen Kräfte hintergründig zu lenken versuchen, mußte verwirren und ausgleichen, warnen und bestärken, treiben und verzögern, und hin und wieder auch mußte es drohen und vorgeben zu wagen, ohne doch etwas wagen zu können, denn es war schwach und strebte nach dem Gewinne ..

Welch Ausblick! Schöne Natur und süßes Feld eines Spielers, der in überfeinertem Geschmack die pianissimi liebte und sie, wie kein Anderer, anzuschlagen verstand. Das Sonnensegel über dem kleinen Schreibtisch lockte mit durchsichtigen Schatten, das Deck der Barke schwankte leise, wundervolle Teppiche boten Zärtlichkeiten von fast schon entarteter Wollust. Don Giovanni liebte dies Alles, liebte es mit steigendem Genuß. Er liebte die Welt. Sein hellblauer, silberbestickter Frack machte ihn unwiderstehlich, und da er ein Herr war, so gefiel er sich darin, mit seiner stolzen Kunst die Minister und Könige unmerklich zu handhaben, die Damen aber – und vollends die jungen Fräulein – zu verwirren, betören, erobern, besitzen. Er freute sich im Voraus aller Siege: die Modistinnen mit dem bekrönten Initial .. die Königin Olympia, die das Schamlose der Niederkunft verabscheute .. die kleine erbberechtigte, andachtsvolle, süße Prinzessin Danae .. welche Perspectiven! Und er setzte sich auf die Kante des geschweiften Sessels, schön, männlich und etwas steif, denn sein Degen behinderte ihn. Ein Sclave umfächelte ihn mit einem Wedel von weißen Straußenfedern, schäumende Delphine sprangen aus der aquarellblauen See, ein zärtlicher Wind erhob sich, die Segel mit einer Probe von freundlicher Gesinnung zu erfüllen, und der sorgfältig zugeschnittene Kiel des Schreibwerkes eilte flüchtig über gewässertes Bütten. »Ew. Herrlichkeit«, sagte der Gesandte träumerisch vor sich hin, indem er die Eleganz seines Stiles nachkostete, »Ew. Herrlichkeit vermelde ich mit den folgenden, sehr überzeugenden, sehr erleuchtenden, sehr bedenkenswürdigen Gründen die Verlegung Unserer Ambassade, die ja seit jeher einen etwas ambulanten Character trug, in das Königreich Myrrha, woselbst es an einer geeigneten Residenz vor den Toren der Hauptstadt nicht mangeln wird. Ein zierliches Lustschloß, denke ich mir, aus weißem, parischem Marmor, discret aus immergrünem Laubwerk hinausblickend in eine Landschaft, die binnen Kurzem der Schauplatz eines prickelnden, tausendfach gespielten und doch ewig jungen, leidenschaftlichen Theaters zu werden verspricht ..«

II. Capitel

Und Don Giovanni di Legua, den die Myrrhonesen, des Italienischen nicht mächtig, abscheulicher Weise Don Johann nannten – ach, sie betonten es gar auf der ersten Silbe, sodaß es sich anhörte wie der Name eines Lohndieners – Don Giovanni di Legua hielt Wort. Er erwarb ein Lustschloß vor den Toren der Hauptstadt, ganz im Grünen versteckt, und hin und wieder griff er auch ein wenig in die Fäden der Marionetten, die sich mit Leidenschaft auf Dame Danae zu bewegten. Da war nun dieser Polycrates angekommen, ein unerträglich reicher Winkelkönig aus Samos, dessen gichtische, fettgepolsterte Finger eine wahre Versammlung von Ringen zierte .. Das heißt, um genau zu sein, so hatte ihn niemand gesehen, weder ihn noch seine Preziosen, aber sein Gerücht war da und leider auch sein Botschafter, der den Vortritt verlangte vor der Lagunenstadt. »Ältere Rechte – lächerlich«, bemerkte Don Giovanni, indem er beharrlich und kühlen Herzens an der gekräuselten Spitzen-Manchette zupfte, was seine Wirkung auch auf einen Kgl. Myrrh. Staatssecretär des Äußeren unmöglich verfehlen konnte, »rein lächerlich .. Excellenz werden die Güte haben, diesem Samischen Envoyé zu bestätigen, daß ich, der ich mir schmeichle, seit mehr denn drei Jahren bei allen Höfen der Ägäis, also auch bei der hiesigen Krone, als Bevollmächtigter Minister accreditiert zu sein, ganz unzweifelhaft im Besitze der Anciennität bin ..«
Anciennität .. eines der geheiligten Worte aus dem Sprachschatz des Monarchen. Der Staatssecretär war ein Mann von bürgerlichem Stande, höher konnte er nicht steigen, nur fallen, und er vertrat einen außergewöhnlich gewandten, außergewöhnlich höflichen,

außergewöhnlich mächtigen Minister, jenen Grafen Godoitis, um dessentwillen der König voll tiefen Mißtrauens .. Er dachte den Gedanken nicht zu Ende, denn sein angefeuchteter Finger führte ihm nun, beim Umblättern der Acten, deutlich vor Augen, daß der hohe Gast die Wahrheit gesprochen. Anciennität .. legitime Vorrechte .. ja, es waren schwerwiegende Worte, man mußte gehorchen. »Wenn Excellenz belieben«, sagte er mit Betonung, und sein niederer Stand bedrückte ihn trotz fleißig erklommener Rangstufe, »so führe ich Ew. Excellenz nun zu Seiner Majestät.«
Er hatte etwas Knarrendes in der Stimme, das verlieh seinen Worten, ganz gegen die Absicht, eine Art von Grobheit, die seine Stellung nicht selten wanken machte, und auf der Nase schaukelte ihm ein gewaltiges, goldgerändertes Pincenez. Don Giovannis hochgespannte, in Dingen der Ehre so wenig spaßhafte Seele erheiterte sich bei diesem Anblick, und heiter durchschritt er die Fülle von Treppenhäusern, Wendeln und Stiegen, die zu den Privat-Gemächern des Monarchen hinaufführten. Ein Labyrinth! ein wahrer Gottesdienst von Treppen, auf deren Wandungen muskelstrotzende Atlanten sich dem Vergnügen hingaben, in gemeißelter Starre, gleichwohl flutend von übertriebenem Leben, Pilaster und Säulen, Bögen und Gesimse zu tragen, und darüber wieder breiteten sich in wilden und zärtlichen Farben die bewegtesten Plafonds, durch welche in Cuppel-Prospecten ein Himmel schien, so täuschend gemalt, daß der andächtige Besucher die graue, rosig behauchte Wolke aus dem Vulcan zu sehen vermeinte, ein Strich in der Luft. Don Johann war weniger andächtig. Die Epoche, dachte er, liebt sich kostspielig darzustellen, und die Finanzen werden die besten nicht sein ..
Hier oben wechselten in Nischen alabasterne Götterbilder mit Königlichen Garden, Wachen, die beim Herannahen des Zweimasters, den der Venezianer als gewissenhafter à-la-mode-Diplomat trug, mit kriegsgewohnten Händen kunstvoll die Hellebarde praesentierten, indem ihre Wade sich straffte. Welch ein Aufwand von Kraft und Eifer. Don Giovanni nickte wohlgefällig und führte die weißbehandschuhten Fingerspitzen flüchtig an die Silberfransen des Hutes, während schon die Türen zu des Königs Ermitage vor ihm aufflogen. Man betrat als Erstes die rückwärtige avant-salle, denn um zum Herrscher zu gelangen, gab es für hohe Personen und solche, die von hohen Personen geleitet wurden – correspondierend der allgemeinen Antichambre, in der die Höflinge antichambrierten –, einen zweiten, intimeren Zugang, wo weder Kammerherren

noch Lakaien aufwarteten. Alle Türen standen offen, die Luft flutete durch eine Flucht von kleinen Zimmern, die fast alle auf einen hübschen Dachgarten mündeten, und in dem angrenzenden, nun doppelt weiträumig wirkenden Saal, bei warmem Parquett, Sonne, gelbseidenen Möbeln, sah der Botschafter, undeutlich gespiegelt in den verglasten Bücherwänden, die sich schwellend um Fensternischen kröpften, den König .. Da entblößte er sein Haupt, und siehe, die gepuderten Haare waren auf das Löblichste frisiert. Der Zweimaster sauste in der Rechten, die Linke legte sich beteuernd vor die gestickte Brust des Staatsgewandes – himmelblau, Don Johanns Lieblingsfarbe –, das Staatsgewand ging in tiefe Verneigung, die Füße beschrieben artigste Ornamente.

Dies also nannte sich Ermitage: niedrige, zierliche, ja, wenn man genau war, winzige Appartements, just unter dem Dache; sie galten als Spielerei des alternden Monarchen und waren angefüllt von allerlei Porcellan, zwitschernden Vögeln – in Käfigen, die fortwährend mit chinesischen Glöckchen ganz leise klingelten –, von kostbaren Gläsern und Vasen und vielen, vielen Uhren. Hinter durchsichtigen Scheiben sah man die Rädchen sich drehen, dann und wann schnurrte gedämpft ein Federwerk, und die kleinen Geräusche machten die Stille nur durchdringender, in welcher der einsame König lebte.

Unterdessen verlor sich das Spiegelbild – der König selbst, am Ende des Saales, nur vom Rücken zu sehen in langem Pelz und Barett, trat in das Blickfeld, an den Caminsims, und richtete mit schräg geneigtem Kopf, wie horchend, die Zeiger einer Spieluhr. Ja, er trug einen Zobel, dies war bekannt, der König fror, obwohl es hier oben hell war und heiß, und die Ärzte wußten nicht, warum ein Herr in den angehenden Fünfzig, der sich so maßvoll aufführte, frieren konnte. Auf seiner schönen, viel zu zarten Hand glänzte das Oval eines in Gold gefaßten Saphirs, ein betörendes Blau. Don Giovanni verneigte sich erneut, der Paradehut rauschte, die Linke legte sich beteuernd vor die Brust. »Seine Excellenz, der Bevollmächtigte Minister der Republik Venedig, Herr v. Legua und Torreleoni«, sagte der Staatssecretär verhalten, aber in seiner Stimme schwang gleichwohl etwas Knarrendes, das dem Herrscher, er ahnte es, nicht angenehm war.

Der König schloß mit kaum merklichem Nicken den runden Glasdeckel der Spieluhr und streckte die Rechte dem Abgesandten der Lagunenstadt entgegen, der auf sie zu eilte, den Ring zu küssen –

und in der Tat, diese Finger waren kalt. »Es ist gut«, sagte die schon etwas müde Stimme, »ich bedarf Ihrer nicht mehr, Herr Staatssecretär.« Welche Höflichkeit gegenüber einem einfachen Bürgersmann .. Und Don Giovanni, die Füße malerisch gruppiert, nahm Platz auf der Kante des ihm angebotenen gelbseidenen, geschweiften Sessels – schön, männlich und etwas steif, denn sein Degen behinderte ihn.

Die Herren plauderten von alten Tagen, aber von Zeit zu Zeit hob der Monarch die Hände leicht über die Schreibplatte von eingelegten Hölzern und lauschte .. Die Viertelstunde .. Und in allen den kleinen Cabinetten schlugen die Uhren an, silbern und lieblich, die Vögel sangen in ihren Käfigen und schaukelten sich darin, und die chinesischen Glöckchen mischten ihr zerbrechliches Klingeln darunter. »Ja«, sagte der König, »es ist nun leider an dem .. Ich werde keine Erben mehr haben, und meine Tochter wurde heiratsfähig. Meine lieben Vettern in der Ägäis haben ihr Auge auf Myrrha geworfen, wir sind, um diesen wenig schicklichen Ausdruck zu gebrauchen, der strategische Schlüsselpunct. Ein brutaler und ehrlicher Ausdruck .. Der Großtürke selbst erwägt in seinem muselmanischen Herzen die Aufnahme meiner Danae in seinen Serail. Aber soll ich sie in die gewiß unsauberen Hände von Haremswächtern fallen lassen?«

– »Da sei Gott vor!« rief Don Giovanni.

»Welcher Gott?« fragte unter melancholischem Lächeln der Monarch, und man erinnerte sich schnell der unklaren religiösen Verhältnisse hierselbst.

– »N'importe, Majestät, welcher auch immer – gleichviel ..«

»Hélas, Sie sind ein sprachgewandter Mann und haben die Welt gesehen. Sie sind ein Römer Ihrem Glauben nach, mein lieber Herr Botschafter, ich dagegen, catholisch wie mein Adel, sehe mich durch mein Amt gehalten, der griechischen Religion meines Volkes zu praesidieren. Aber ich habe Grund gehabt, an der Weisheit meiner Geistlichkeit zu zweifeln, an ihrem Lebenswandel, an ihrer Gottgefälligkeit zumeist. Ich fürchte sogar, daß sie einen ernstlichen Stoß .. Nun, lassen wir dies. Das Zeitalter ist heidnisch, aus tiefstem Herzen heidnisch und weltfroh, und sehr gesund. Sie müssen wissen, meine eigene Königin glaubt an Zeus und die alten Heroen .. Sie und ihre Schwestern nannten ihre Töchter Danae und Leda, Io, Europa .. Es gibt Damen von starkem Gefühl darunter, denen der Schwan erschien und der Stier ..«

– »Wie abscheulich«, bemerkte der Botschafter.
»Ja«, sagte der König. »Große Zeiten sind frei in ihren Sitten, und ich beklage es. Aber ändern kann ich es nicht. Ich bin ein alter Mann.«
– »Majestät sind Fünfzig ..«
»Gleichviel, mein lieber Botschafter. Sie haben keinen Staat zu regieren, der in den Händen der Banquiers ist. Graf Godoitis .. ein wertvoller Minister, gewiß, und er unterschreibt .. Auch ich unterschreibe. Und nun haben wir Freier auf Freier im Haus, schöne und häßliche, aber reich .. Und ein jeder empfiehlt sich wieder, jeder auf seine eigene Weise. Es schwebt ein Unstern über diesen Partieen, die so mühevoll eingefädelt wurden. Prachtvolle Mariagen – aber man empfiehlt sich. Neuerdings ist dieser Polycrates gekommen und hat uns seinen Ambassadeur geschickt. Man sagt, er trage zwanzig Ringe an seinen schon etwas gichtischen Fingern, dieser König von Samos. Aber lassen wir das. Halten Sie es für möglich, daß die alten Götter auf diesen Inseln, auf denen sie freilich geboren wurden, noch – wie soll ich das sagen – ich meine: gleichsam noch anwesend sind? Ich denke mir manchmal, sie können doch nicht so mirnichts-dirnichts einfach verschwunden sein?«
– »Ich glaube nicht daran, Majestät. Götter sind Ideen. Wir bevölkern uns den Himmel damit, wie die maniera nuova die hiesigen Treppenhäuser mit Göttern und Giganten bevölkert hat, damit sie oben nicht ganz leer sind. Es wäre ja unerträglich, wenn es oben leer wäre, der Mensch will etwas haben, zu dem er aufblickt, einen Monarchen zum Beispiel, etwas Sichtbares, dem er seine Wünsche vortragen kann ..«
»Zum Beispiel«, wiederholte der Monarch und sah zum Fenster hinaus. Dann räusperte er sich. »Es sind da gewisse Dinge, die mich zweifeln machen. Mein Volk glaubt mit heidnischer Kraft an die Natur-Gewalten. Poseidon in seinen Wogen scheint den guten Leuten nicht so tot wie uns, die wir vom Gifte der Skepsis genossen haben, Artemis oder die Nymphen sind ihnen anbetungswürdige Wesen. Und dann: ich werde den Gedanken an diesen Goldenen Regen nicht los, diesen fatalen Goldenen Regen ..«
– »Der Goldene Regen?« fragte Don Giovanni artig.
»Zeus, wenn wir den alten Sagen Glauben schenken dürfen«, sagte der König, »kam zu Danae in Gestalt eines Goldenen Regens, und der Knabe Perseus war die Frucht dieser absonderlichen Liaison.«

– »Hm!« bemerkte der Botschafter kurz und entließ etwas Luft durch seine feingeschnittenen Nasenflügel, während er die Füße unter dem Sessel malerisch versetzte.

»Jener Perseus«, fuhr der Monarch träumerisch fort, »der die Dame Andromeda vor einem Meer-Ungetüm errettete. Ich denke daran, weil meine Nichten, meine mir zärtlich ergebenen Nichten, Io, Leda, Europa – souveräne Königinnen immerhin .. nun, Sie verstehen: es sind schmutzige Phantasieen, die sich um das Kindbett dieser Fürstinnen ranken, und doch machen sie selbst gar kein Hehl daraus, sie sind«, und hier erhob der König seine Stimme, indem er auf die Tischplatte, die reichen Intarsien, schlug, »sie sind sogar stolz darauf! Still .. hören Sie .. die volle Stunde ..«

Und in allen den Cabinetten schlugen die Uhren an, silbern und lieblich, und die Vögel begannen zu quinquilieren bei dem zerbrechlichen Geklingel der kleinen chinesischen Glöckchen aus zartem Porcellan.

– »Es mag viel Phantasterei im Spiele sein«, bemerkte Don Johann und wählte bewußt die vorsichtigsten Ausdrücke, »viel Wünschbarkeit und Einbildungskraft von Seelen, die auf das Große gerichtet sind – aber noch kein Gottesbeweis, kein Gottesbeweis, Majestät.«

»Behauptet indessen nicht auch unsere Kirche, daß Gott sich im Menschen verkörpert habe? Nun, lassen wir dies, es möchte mir als Blasphemie ausgelegt werden – obzwar: es will mir scheinen, daß die Idee Gottes nicht wohl ohne uns sterbliche Erdenbewohner auszukommen vermag. Rätsel über Rätsel, geheimnisvolle, heilige und schöne Rätsel, und der Mensch soll nicht an die Geheimnisse rühren, sonst verschlingen sie ihn. Was übrigens meine Tochter angeht: auch sie, so modern sie ist, glaubt an die heidnischen Mythen.«

– »Die Prinzessin ist modern?« fragte Don Giovanni mit warmem Interesse.

»Ja«, sagte der König, »sie ist kühlen und aufgeklärten Wesens, klaren Geistes gleichsam, und etwas unbotmäßig. Sie unterwirft sich weder der Hofkleiderordnung noch sonstigen Satzungen, sie repraesentiert ungern, sie badet, wenn auch fern von Menschenaugen, so doch nackt – horribile dictu –, und wenn sie reitet, ich wünschte, es wäre dies nicht der Fall, so geschieht es im Herrensitz, so reitet sie, statt nach Vorschrift im Schleppkleid, in ledernen Reithosen ..«

Der Botschafter lachte herzlich, durchaus sans gêne und ganz gegen alle Etiquette sogar schallend. Der König aber zuckte nervös mit den Augenlidern, seine schöne, viel zu zarte Hand begann mit dem Federmesser zu spielen. »Sie ist mir lieb um dieses Characters willen«, sagte er leise, als das Lachen verstummt war, »weil sie stolz ist und ihren eigenen Kopf hat. Denn wie leicht verfallen junge Damen von einer solchen Schönheit dem erstbesten Verführer, der ihnen zu schmeicheln, auf ihre bisweilen träumerischen Stimmungen einzugehen weiß. Man kennt ja als alter Mann die Methoden der galanten Herren besser als die Jugend, vor der sich das Leben, voll von unerbittlichen Rätseln, traurig und verschlossen ausbreitet.« – »Man kennt sie«, sagte Don Giovanni leichthin, und der König fuhr fort in seinem höflichen Selbstgespräch:

»Aber sie verdirbt mir die Politik. Da ist nun dieser Polycrates gekommen, der mir seinen Botschafter schickt. Ein König immerhin, wenn auch der Rang – aber lassen wir das. Ein reicher Mann immerhin, mit einigen zwanzig Ringen an den gichtischen Fingern. Meine zärtliche Tochter weiß, daß ich aus den Händen der Banquiers .. nur freilich, der Preis ist hoch, und meine Souveränität ein sehr kostbares, in der Tat: sehr .. kostbares Unterpfand. Wir sind der Schlüsselpunct, mit dieser Tatsache muß man sich leider abfinden, und Samos liegt gleichsam als eine Bastion gegen den Großtürken, eine Fortification, die es mir erlauben würde, die Einreihung der Prinzessin in das Frauenhaus des Serails mit den gebührenden Worten von mir zu weisen, weit von mir zu weisen. Sie verstehen mich?«

– »Ich verstehe sehr gut, Majestät. Ich werde nicht verfehlen, der Republik zu berichten. Zwar: ich bin nicht ermächtigt, gewisse Dinge zu versprechen – aber es ließe sich denken, daß der Gouverneur des Dogen das Cypern-Geschwader in die Gewässer von Myrrha befehligen würde, ganz en passant.«

»Aha«, äußerte sehr leise der König. »Ein tapferer General, ich habe von seinem Ruhme gehört. Ein Mohr, wenn ich nicht irre ..«

– »Berber«, sagte der Botschafter, »ein Mann von stolzer Rasse.« Er blickte mit leichter Anspannung auf eine Arabesque des Parquettes, über dessen verschlungene Ornamente das Glitzern der See, von den offenen Flügeln der Fenster, von Spiegeln und gläsernen Bücherwänden gebrochen, verworren hinspielte.

Auch der Monarch schwieg eine kleine Weile, und sein Federmesser, in der Stille der tickenden Uhren, wippte ein wenig. »Kurz und gut«, sagte er dann, »wir würden für diesen Herrn aus Samos unsere Selbständigkeit de facto, wenn auch noch nicht unsere Souveränität de jure aufgeben müssen, und meine Tochter, ohne Gründe zu nennen, mag ihn nicht.«

– »Eine kluge Prinzessin, ich beglückwünsche Ew. Majestät. Ein reifer staatsmännischer Blick. Ich bin begierig, diesem Wunderbild einer Schönheit, deren Ruhm die Ägäis durchhallt, zu gelegener Stunde –«

»Still«, sagte der König, und der Saphir schwebte mit betörendem Blau über der Tischplatte, »die Viertelstunde . .« Sein alterndes Gesicht unter dem Pelzbarett lauschte. Indessen hörte er mit deutlichem Mißfallen einen sehr energischen Schritt durch die uhrenschlagenden, kleinen Cabinette hereinkommen, einen Schritt voll Würde, Selbstbewußtsein und starkem Darstellungsdrang. Dem Botschafter aber verriet untrügliches Rauschen von schwerer Seide, daß die Persönlichkeit, die da in seinem Rücken den Saal betrat, trotz ausgeprägter Herrschertalente aphrodisischer Herkunft war, Besitzerin zweifellos der berühmten Coppel von fünfzehn aristocratischen Windhunden. Er erhob sich zugleich mit dem König, der fröstelnd, mit grauem Ausdruck, den Zobel über dem schwarzen Samtrock schloß.

»Darf ich Ihnen, Madame«, sagte der Souverän des Reiches von Myrrha, etwas müde, etwas traurig, »den Botschafter der Republik vorstellen, Herrn v. Legua . .«

Dame Olympia reichte die Hand zum Kuß. Es war eine schlaffe und dennoch unendlich gepflegte, eine kleine und schlanke, dennoch gebieterische Hand. Diese Frau, von der man viel Lästerliches sprach, bot in ihrer Art das vollendete Abbild des Königlichen, und Don Giovanni, ein Kenner, beobachtete sie heimlich, wog sie auf der feinen Waage seines Geschmackes und fand sie nicht zu leicht. Er stand, den Zweimaster unter dem linken Arm, vor seinem Sessel und schien zum Fenster hinauszublicken, auf die kaum bewegte, kräuselnd-glitzernde See, während die Königin mit ihrer knappen, befehlsgewohnten, etwas dunklen Stimme auf den hohen Gemahl einsprach, die Bau-Genehmigung für die Capelle nun endlich zu erteilen. *Die* Capelle hieß es, und alsbald stellte sich heraus, welchem der zahllosen Heiligen man sie zu stiften gedachte: ihrer keinem nämlich, sondern einem ausgemachten Heiden, sondern Jupiter persönlich! und sie sollte ein Äußerstes an Raumseligkeit werden. Nun, daran war kein Zweifel, sicherlich würde der neue Stil die Gelegenheit ergreifen, wahre Orgien an Exaltation zu feiern.

Im Übrigen war es ein wenig lächerlich – eine Capelle! Was hatten griechische Götter mit Capellen zu schaffen! Aber konnte man sich einen Tempel vorstellen? Konnte man irgend etwas Anderes auch nur in Erwägung ziehen als gedrehte Säulen und pompöse Altar-Aufbauten, Ornamente und Stuccaturen, ein bewegtes, schwellendes Ensemble? Undenkbar. Nicht einmal Don Giovanni konnte das, ein aufgeklärter und freier Geist, der er doch immerhin war. Nein, man blieb ein Kind seiner Zeit, darüber ließ sich nicht hinwegkommen, einer bedenkenlosen Zeit, die Alles übertrieb, was sie anfaßte, prunkliebend und anspruchsvoll, auf großem Fuße lebend und von kindlicher Unbefangenheit; die das Geld zum Fenster hinauswarf, Alles, was vor ihr war, en bloc davonräumte und gar nichts dabei fand, christliche Begriffe irgendwohin zu verschleudern . .
Solchen Gedanken hing der Botschafter nach, indem er unbekümmert, doch ohne es zu zeigen, der Auseinandersetzung lauschte. Es schien nicht, daß die Dame, trotz bedeutender Eloquenz, den Gemahl, der ein wenig spöttisch blickte, überzeugen konnte, doch die Oberhand würde sie wohl behalten. Wenn das Gerücht auf Wahrheit beruhte, daß sie des Premier-Ministers Geliebte zu sein sich nicht scheute, der in den Händen der Banquiers war, so durfte, so mußte man diesen Godoitis als einen klugen, weitschauenden, in seinen persönlichen Bedürfnissen wählerischen Staatsmann betrachten, der die Wege kannte, auf denen man zur Macht gelangt, und die Methoden, durch deren Anwendung man hoffen darf, in ihrem Genusse zu bleiben. Es hieß, die Dame sei ihm so unmäßig verfallen, daß in dem Staate Myrrha, abgesehen vielleicht von dem gelegentlichen Eigensinn des oft melancholischen und in solchen Stunden unlenkbaren Königs, nichts dem hochgräflichen Willen entzogen blieb als die rauhe, unbotmäßige, schöne und heiratsfähige Prinzessin, die wie ein Mann zu reiten, wie eine Nymphe zu baden wagte.
Und wie verschieden waren nicht diese beiden Partner einer heillos verfahrenen Ehe, wie höflich gleichwohl gegeneinander, wie sehr bemüht, Mißtrauen und Verachtung zu verdecken, die sie zweifellos gegenseitig empfanden. Hier der leidende, überfeinerte, leise Herr, der von dem Gifte der Skepsis genossen hatte, unter der heißen Sonne der Dächer frierend, unter dem Prunk seiner Ermitage einsam, mit den schönen, allzu zarten Händen, mit den vornehmen Zügen, durchfurcht von allen Scrupeln und Sehnsüchten eines Herrschers, der sein Volk zu sehr liebte, um es recht regieren zu können

.. dort die stolze und, ob auch von Verfall schon leicht gezeichnete, so doch wahrhaft majestätisch aufgerichtete Dame, in deren etwas schrägen, scheinbar so kühlen, rätselhaft abschätzenden Augen ein durchaus noch ungebrochenes Feuer lag .. Formen, die aus der Schlankheit verlorener Jugend langsam ins Üppige spielten, von kunstvollen und bewußten Roben noch straff zusammengehalten .. ein Rücken von ungewöhnlich reiner Linie, Schultern, die dem Reichtum der Stoffe und des Schmuckes noch mit Anmut zu antworten wußten, ein Hals, dessen schwindende Weichheit von einem duftigen Halsband aus Seide und Spitzen geschickt retouchiert wurde. Und siehe, nun legte sie dem Gemahl die gepflegte Hand auf den zobelbewehrten Arm und sagte mit ihrer knappen, etwas dunklen Stimme das Zauberwort, das alle Bedenken hinwegschmelzen ließ: »Auch Danae wünscht diesen Bau ..« Und der König, indem er fröstelnd an die Stutzuhr trat, die auf dem Caminsims seiner Pflege harrte, nickte ein ganz klein wenig, preßte die Lippen aufeinander – ein ganz klein wenig Bitterkeit war darin – und hatte genehmigt. Wie mußte dieser Mann seine Tochter lieben .. der Botschafter notierte sich im Gedächtnis einen Marionetten-Faden.

Dame Olympia aber, von deren Kindesliebe nicht eben Rühmenswertes verlautbarte – draußen sah man in der Tat die Meute wogen –, rauschte mit lässigem Neigen des wohlfrisierten Hauptes an Don Johann vorüber, dessen Anwesenheit ihr nicht die mindeste Spur eines Gefühles von Unschicklichkeit eingegeben hatte, daß so intime Dinge vor so fremden Ohren verhandelt wurden.

»Um auf unser Gespräch zurückzukommen«, sagte der König, halb zum Garten hinaus, »das so plötzlich unterbrochen wurde – was würde die Republik als Gegengabe einer Croisade des Mohren für wünschenswert erachten?«

– »Es würde«, erwiderte Don Giovanni, »der Serenissima, die freilich bestimmtere oder auch vagere Gedanken darüber haben könnte, und ich will mich also nicht unbedingt darauf festlegen, es würde ihr zweifellos convenieren, die Handelsbeziehungen zu Ew. Majestät Königreiche fester zu knüpfen, in eine Art von Vertrag etwa einzutreten.«

»Aber nehmen Sie doch Platz, mein lieber Botschafter.« Und Don Giovanni di Legua e Torreleoni nahm Platz auf der Kante des geschweiften Sessels, schön, männlich und etwas steif, sein Degen behinderte ihn.

Da sprach der Einsame im Zobel ein schwerwiegendes Wort, ein Wort, das alle Abgründe seiner so vornehm verdeckten Ehe aufriß. »Die Majestät der Königin«, sagte er ganz selbstvergessen, »haßt und fürchtet ihre eigene Tochter. Es ist wohl Eifersucht.«
–»Ah . .« sagte der Botschafter, und tiefe Stille trat ein.
Draußen aber in den zierlichen, zärtlich möblierten Cabinetten, der Spielerei eines Menschen, der sich verlassen fühlte, und auch hier drinnen in dem freundlichen, hellen, sonnenglitzernden Saal, begannen die Uhren alle zu schlagen, silbern und lieblich, ja, es lag etwas Liebevolles und Tröstendes in ihrer Gemeinsamkeit, in dem süßen Spiel ihrer Stimmen, in dem Gesang der angeregten, neidlos und voll höchster Lebensdankbarkeit antwortenden Vogelkehlen, und in dem der kleinen, chinesischen Glöckchen aus zerbrechlichem Porcellan.

III. Capitel

Welch erhebendes Schauspiel, eine Antichambre! Es sind dies zumeist helle und luftige Räumlichkeiten, von Hellebardieren ganz überflüssiger Weise bewacht, da sie niemandem den Eintritt verwehren; Salons gleichsam, in denen zwar kein Tee gereicht, wohl aber auf das Angenehmste geplaudert wird; leise Salons, sparsam, doch schön decoriert, um den Sinn auf die bevorstehende Pracht des Audienz-Saales vorzubereiten, ohne schon zu viel zu verraten. Ein oder zwei Kammerherren vom vornehmsten Adel des Landes, die vorübergehend ihren Ehrendienst am Monarchen versehen, wandeln mit der ihnen angeborenen Würde hin und her, treten zu dieser oder jener der Gruppen von Wartenden – und man wartet geduldig –, widmen sich dem Empfang der neu Hinzutretenden, dämpfen hier das Auflachen, das einer spaßhaften Pointe der Unterhaltung folgt, zerstreuen dort ein Gerücht, eine Mutmaßung, Sorgen, und auch der Narr ist anwesend, klein, bucklig, von Schellen behangen, die bei jedem Schritt der aufgebogenen Schnabelschuhe – cinnoberroter Schnabelschuhe von beträchtlicher Länge – zu klingeln beginnen, und hin und wieder verstummt ein angeregtes, spöttisches Gespräch so jäh, daß hundert erstaunte und doch zugleich wissende Augen sich auf jene Stelle des Parquettes richten, auf der ein Horcher des Ministers mit ungerührter Miene zu verbergen trachtet, daß er gehorcht hat . .
Und niemand weiß, was drinnen beim König vorgeht, warum nie-

mand mehr hineingerufen wurde, obwohl doch die vielen kleinen Uhren schon vier Mal in melodischem Chore geschlagen haben. Die Herren vom Stande, kenntlich an ihren Degen, die quer durch die zartfarbenen Schöße des Justaucorps gesteckt sind, nehmen ihre Unterhaltung wieder auf, reich an Bildung und trefflich ausgearbeiteten Bonmots, es summt und schwillt, summt und ebbt, und die Bürger sitzen mit ihren Bittschriften, ein wenig steif, auf den seidenen, zierlich geschweiften Bänken, die keine Lehnen haben, warten, daß der König, nach stattgehabten Audienzen, heraustritt, und fühlen sich unfrei in dieser Umgebung.

Endlich öffnet sich der Doppelflügel der Tür, das Licht spielt über die Intarsien, der höchste Kammerherr, mit jovialem Lächeln, entläßt den Besucher, dem die Sonne der königlichen Huld so ausgiebig geschienen hat, entläßt ihn mit einem Compliment, welches dermaßen leise gesprochen wird, daß man es nur an der Bewegung der Hand ablesen kann, einer mühelosen, eleganten, in langer Übung erworbenen Bewegung, welche bei denen, die es so weit noch nicht gebracht haben, eine Art von bewunderndem Neid erweckt. Die Züge des Botschafters, der soeben seinen Zweimaster aufsetzt – es ist ein Botschafter, man ersieht es an der Rankenfülle der Rockstickerei –, drücken gelassene Befriedigung aus, Abwesenheit, leutselige Ruhe, ja, ein Nachglanz erhabener Gedanken schwebt über ihm, während er, die Versammlung leichthin grüßend, den Zweimaster wieder vom Kopfe nimmt, um ihn, wie eine Fanfare, seitwärts in die Luft zu stoßen. Und so, erhobenen Hauptes, durchschreitet er die Antichambre, in der die Höflinge antichambrieren – schön, männlich und etwas steif, denn hundert erbarmungslose Augen, voll Neugier, Spott und Mißgunst auf ihn gerichtet, verzehren ihn. »Venedig . .« flüstert Einer – so sehnsüchtig, als könne von daher die Rettung kommen, und die Horcher des allmächtigen Ministers, indem sie schaudernd die hoffnungsfrohe Bewegung erspähen, die dieser Name auslöst, beschließen, sie hernach mit spitzer Feder in ihrem papierenen Gedächtnis zu vermerken. Der Narr aber, von Schellen behangen, deren Klingeln niemand hört, weil eben jetzt die Uhren zu spielen beginnen, schleicht heimlich hinaus, ein seltsamer Mann, traurig und cinnoberrot.

In der Tat, es war Don Johann, und Pulcinello, der Spaßmacher, kannte ihn. »Anch'io son Veneziano«, flüsterte er still in sich hinein, auch ich bin Venezianer, und ungeheures Heimweh stieg in seiner Seele auf. Dort, weit am Ende der spiegelnden Galerie, ging ihm das Inbild der Vaterstadt, der Mann des Glückes, mit dem er glücklich gewesen, mit dem er, auf der Höhe des an Tiefen so reichen Lebens, sorglos gescherzt. Ihn einholen, ihn aufhalten .. Und Pulcinello, mit seinen langen, albernen, aufgebogenen Schnabelschuhen, die er haßte wie nichts auf der Welt, rannte um sein Leben, rannte durch Seitenflure, Lakaiengänge, stürzte über Wendeltreppen hinab, um schneller als der Schöne und Männliche auf der Prunkstiege zu sein. Dort verbarg er sich in einer Nische bei der marmornen Apollon-Gruppe, verschnaufte ein wenig, hielt sich das klopfende Herz, und siehe, hinter den Balustern der Galerie, die dem oberen Podest entgegenführte, schritt ihm das Inbild der Vaterstadt heran, die Fransen von Silber wehten, die Lippen pfiffen eine kecke Melodie, ganz leichthin, und dem Degen, jetzt waagrecht, jetzt schief in der Luft, teilten sich im Schreiten die Bewegungen der Hand mit, die auf ihm ruhte.

Ja, der Botschafter pfiff, denn er war fröhlich, er pfiff etwas Keckes vor sich hin, etwas, das nur die Spieluhr des Königs, jene auf dem Caminsims, alle volle Stunde einmal spielen durfte. Er dachte an die anmutige Taille der Dame Olympia, an Danaes, der Tochter, höchst sagenhafte Schönheit, die ihm noch bevorstand, an so manche Eroberung von eh und einst, und eigentlich dachte er an gar nichts. Es war ein Schwebezustand, in dem er sich befand, er schwebte auf Träumen von Erfolgen. Da trat aus einer Nische mit allegorischen Figuren die bunte, bucklige, schleichende Gestalt des Hofnarren und wandelte mit einem Schritt von eigentümlicher Ziererei, die schellenbewehrten Schnabelschuhe weit auswärts setzend, langsam vor ihm her. Nun, dergleichen gab es an jedem Hofe, es waren bedauernswerte Menschen und oftmals unangenehme, sie schlugen Capital aus ihrer Narrenfreiheit, die ihnen Alles zu sagen erlaubte, das Unschickliche sowohl wie das Naseweise, das Heiterste wie das Traurigste, Trivialität und Indiscretion. Die Gesetze des Anstandes waren aufgehoben, die Höflichkeit galt nichts mehr, wo die Lust am Blamablen mit fataler Schrankenlosigkeit herrschte, und diese machtlosen Geschöpfe wußten gut, welche Macht sie besaßen: die Macht, wen sie wollten, dem Gelächter preiszugeben.

»Heda, Freund!« rief der Botschafter, er hoffte, sich durch Bekundung von Teilnahme in ein angenehmes Licht zu setzen, »wer bist du, wie heißt du?«

Der Narr, im Weitergehen, wandte sich halb um. »Ich bin das Gewissen«, erwiderte er düster und ging langsamer, sodaß auch Don

Giovanni den Schritt zügeln mußte. Eine Antwort, die weder witzig noch witzlos war, liebten es die Könige doch, wenn ihre Narren, denen sie nicht zu folgen brauchten, ihnen den Spiegel von tausend Fehlern, Schwächen und Versäumnissen vorhielten.

»Wie du heißt«, sagte Giovanni, »wollte ich wissen.«

– »Ich heiße der Spaßmacher des Königs, aber der König hat von dem Gifte der Skepsis genossen, meine Späße machen mich weinen und ihn nicht lachen. Ma: anch'io ..« – und er drehte sich vollends um, während unten schon die Sänfte des Diplomaten an den Treppenfuß getragen ward, setzte sich auf die Stufen und blickte wie ein Hund, gläubig und zottig, zu ihm auf – »anch' io sono Veneziano ..« Sein Gesicht wurde gierig von Hoffnung und lauschte.

»Maraviglia«, bemerkte der Botschafter, obwohl zu wetten stand, daß ihn dies Wunder nicht gar so wunderlich dünkte, stieß ironisch den Zweimaster in die Luft, wie eine Fanfare, und blieb stehen. Er beugte sich sogar ein wenig hinunter – was hatte der Mensch für schwimmende Augen. »Verrate mir, mein Freund«, sagte er, »gesetzt du seiest, wie du vorgibst, das Gewissen dieses Hofes, verrate mir, wo in dieser höchst künstlichen Welt ein Herz schlägt, ein unverstelltes, kräftiges Menschenherz.« Der Narr zeigte auf die eigene Brust und nickte mit gleichsam verwundetem Ernst, aber Don Giovanni meinte das nicht. »Ich meine: ein Herz, das Liebe fühlen könnte nach seinem eigenen Credo, nicht nach einer Kramladen-Rechnung von Gewinn und Verlust.«

Da erhob sich Pulcinell, mit jenen atemlos-übertriebenen Bewegungen, die seinem Stande angemessen sind, ergriff den Abgesandten der Republik am Ärmel und zog das leicht überpuderte Ohr an seinen Mund: »Die Prinzessin«, verkündete er flüsternd. Aber ehe Herr v. Legua antworten konnte – nur sein Gesicht drückte durch hohe Befriedigung aus, daß er eben dies gemeint und bestätigt gewünscht habe –, sprudelte folgende wirre Rede aus dem unglaublich großen und behenden Munde des Narren, eine Redeflut, die an und ab schwoll, bald geifernd und verzweifelt, bald geheimnisvoll gedämpft, bald wieder gelassen, beinahe weltmännisch: »Anch' io .. Sie wissen nicht, was das heißt, mein Herr, anch' io, auch ich, auch ich bin Venezianer .. Eine schöne Stadt, eine stolze Stadt, reich und mächtig unter den Metropolen des Erdballs. Sie wissen nicht, was das heißt, nein, ich sehe es an Ihrem adligen Habitus. Sie saßen mit mir auf den selben Sesseln, und Sie wissen nicht, was das heißt, verbannt sein, denn ich bin verbannt, wie das zehrt und zerrt, Sie wissen es nicht, in der Fremde sein, ausgestoßen sein, verhaftet werden, wenn man wiederkäme, verhaftet von den Sbirren der eigenen Vaterstadt, Herr Gott: Sie leben und sehen es nicht – ja: diese Welt ist künstlich, in hohem Grade künstlich, und Sie gehören so dazu wie ich und alle die anderen Figuren von Getretenen und Mißbrauchten und zutiefst Unnützen! Still .. ich höre kommen. Still .. ganz still .. nicht schreien, Gheotta, immer höflich sein, immer kleine Späße bereit halten. Soll ich Ihnen einen glänzenden Spaß erzählen? In der Tat: ich heiße Gheotta, Pulcinello Gheotta, das heißt: eigentlich heiße ich Don Pasquale di Alberoni-Gheotta, ich saß mit Ihnen an der gleichen Tafel, teuerster Giovanni, es war im Palazzo Vendramin und bei der Fürstin Bentivoglio, Gott, was für eine schöne Frau, und manchmal auch in der Signoria, wenn Seine Herrlichkeit die großen Empfänge gab, aber Sie wissen nicht, was Heimweh ist, das trennt uns, wissen Sie? und manchmal ergeht es den Spaßmachern der Könige so, daß sie zu schluchzen anfangen, wenn ihnen ein Scherz besonders gut gelang. Verstehen Sie: ich wollte Ihnen einen Spaß erzählen, einen in seiner Art ungewöhnlichen Spaß – ich war früher einmal, oh, es ist lange her, früher einmal, als ich bei Ihnen saß und Ihrem Knabenherzen den Weg beschrieb, auf dem man zum Glücke gelangt, war ich ein kirchlicher Würdenträger, ein kleiner nur, aber immerhin: ich habe die Weihen, ich war Abate und kann, wenn ich wollte, und wenn es nicht Blasphemie wäre, ich kann das Sacrament reichen, und Ihnen, wenn Sie einmal eines schrecklichen Todes sterben, und das werden Sie, weil Sie ein Mann des Glückes sind, und jedes Glück wird einmal bestraft, Ihnen werde ich es dann reichen, das Sacrament, weil Sie mein Freund sind und sich teilnehmend erwiesen. Ich habe Einfluß, viel Einfluß, ich stehe zu Ihren Diensten, nein, ich will kein Geld, nein, stecken Sie die Börse wieder ein, ich beschwöre Sie – ich will etwas ganz Anderes, ich mache mich verdient um Venedig, verstehen Sie: Venedig .. ich will heim! Und natürlich, Sie sagen mir nichts Neues, die Welt hier ist in so hohem Grade künstlerisch, ich habe oft darüber nachgedacht, betrachten Sie nur dieses pompöse Treppenhaus, in so ausschweifendem Maße künstlerisch, so künstlich, so heidnisch, so hochmütig und brutal – nicht der König, ich nehme ihn aus, ausdrücklich –, daß eines nahen Tages die Catastrophe da sein wird, über Nacht .. Nicht die Revolution, behüte, wir sind nicht reif, aber eine Catastrophe, eine göttliche Manifestation ..

ja, das ist es, haarscharf: Gott wird sich manifestieren, und vielleicht .. auf eine sehr heidnische Weise .. gleichviel, gleichviel, das ist es nicht, was ich sagen wollte .. Gott ist mir gleichgültig – aber, aber: die Menschen werden zittern ..«

Don Giovanni lüftete freundlich den Hut. »Gott mit Ihnen«, sagte er und entfernte sich.

Nun: er hatte nicht mit der Verzweiflung gerechnet, die eine wahnwitzige Hoffnung in solchen Seelen entfacht, denn Gheotta, nachdem er einen Augenblick, versteinert darüber, daß der Botschafter ihn nicht wiedererkennen wollte, auf der Stufe gestanden, stürzte sich dem Entschreitenden nach, gewann noch vor ihm den Treppenfuß und verwehrte ihm mit ausgebreiteten Armen, während die Schellen seines cinnoberroten Gewandes klingelten, den Eintritt in die Sänfte. »Manete, Signore, manete un momento«, rief er, zu Allem entschlossen, atemlos, »bleiben Sie, gehen Sie jetzt nicht fort, hören Sie mich an auf zwei Secunden, wenn Sie nicht einer Viper gleichgeachtet sein wollen, ich hätte Ihnen, hören Sie, ich hätte Dinge zu erzählen, von denen Sie, bei den Vierzehn Heiligen Nothelfern, nicht träumen ..«

»Sie sind ein Narr«, sagte Giovanni verächtlich und schob ihn zur Seite, um sein Coupé zu betreten, woselbst er es sich in den Polstern bequem machte. Er legte den Degen ab, herrisch gab er das Zeichen zum Aufbruch, die Träger hoben an, aber der Schellenkönig, in einer höchst unwahrscheinlichen Verrenkung, krallte sich an der geschweiften, spiegelnd lackierten Decke der Sänfte fest, steckte den Kopf in das Innere hinein – es war mit resedagrüner, gesteppter Atlas-Seide ausgeschlagen – und starrte den Botschafter an. »Ich bin ein Narr«, wiederholte er drohend, während die Träger absetzten. Dann normalisierte er sich. Er nahm die Schellenmütze vom Haar, das in vier sparsamen, sorgfältig geordneten Fäden auf einem sonst kahlen Schädel gruppiert war, sein Gesicht wurde mit erstaunlicher Plötzlichkeit ganz heiter, und, die Kappe in der Hand, hockte er sich gelassen auf den Tritt der Chaise, um in venedischem Dialect ein Selbstgespräch zu beginnen – so leise, daß Don Giovanni, leicht belustigt, sich aus dem Fenster hinausbeugte. Man war in der großen marmornen Treppenhalle, in der jederzeit ein Wagen vorfahren konnte, durch die offenen Portale schien der blaue Vormittag herein, Atlanten stemmten unbewegt die Gewölbe, auf denen der weiße Stuck sich im Widerglanz der Wellen vom Hafen verklärte, die Sänftenträger spitzten neugierig die Ohren, draußen erging sich das Volk, und Alles mutete ihn, den Herrn von Welt, mit einem Male unwirklich an, unwirklich und ein wenig verrückt.

– »Ich bin ein Narr«, sagte Alberoni-Gheotta, und die Kappe schaukelte mit Geläute zwischen seinen Knieen, »veramente, ich bin ein Narr. Der Herr hat es gesagt, Pulcinello, der Herr weiß es, der Herr saß mit dir an den gleichen Tischen. Ein Narr, das ist viel, er sieht mehr an diesem armseligen Dasein, als Andere sehen können in ihrer Eitelkeit, er sieht das Verborgene, das, was sie mit so viel Kunst und List und Lüge zu verbergen trachten, ja, ja: mit Lüge, sie belügen sich selbst und bemerken es nicht, daß sie, indem sie Andere belügen, sich selbst belügen. Aber das Schicksal .. bemerkt es.« Er lachte und streckte die Schnabelschuhe so jählings von sich, daß die Sänfte, auf ihren Stelzen, ein wenig schwankte und die Glöckchen an seinem Gewande heftig klingelten. Dann stützte er die Ellbogen wieder auf die Kniee, das Gesicht in die Hände, und während seine Augen die Kehlung der untersten Stufen scharf beobachteten, Don Giovanni lauschte selbstvergessen, fuhr er fort: »Ein Narr, ein Arlecchino, nein, es ist das Schlechteste nicht, durchaus, durchaus, es ist nicht das Schlechteste, nicht vom Übel, è bene, giustamente. Es ist gerecht, daß Einer ein Narr sei und für einen Narren gelte, da die Narren nicht Narren sein wollen, die es in Wirklichkeit sind. Ich bin ein wenig wunderlich, das ist wahr, aber soll ich es bedauern? Man wird wunderlich, wenn man mit überwachen Augen sieht, tausend Laster und Sünden erspäht, sich wundert, sich empört, und jeden Tag und jede Stunde und Tag um Tag und Jahr um Jahr sich verstellen muß, Jahrzehnte, Pulcinell! bald zwei Jahrzehnte, weil hundert Ohren in allen Winkeln lauschen .. Sie lauschen .. hörst du sie wachen, Giovanni, in ihren tausend Winkeln? Fühlst du, wie es dir schaurig den Rücken hinabrieselt, Giovanni? O freilich, du bist Diplomat, das ist wahr, ich vergaß es beinahe .. du hast einen Diplomatenpaß in deinem portafogli, alle Türen tun sich dir auf, und auch dein Herz hat einen Freipaß, alle Damen lieben solch silbergestickte Brust, alle Türen tun sich auf .. O wer doch auch solch silbergestickte Brust besäße. Nur ich, ein wenig bin ich dir gleich .. Alle Tapetentüren tun sich auf, jeder Alcoven hat sein Geheimnis, und wenn ich wollte, aber ich will nicht, ich könnte dir Affairen erzählen, Affairen ..« Er hob seine Stirn, inzwischen ganz erheitert, hob seine Augen, in denen der Schalk saß, hob seine zerfurchten Züge schwärmerisch nach oben: »Das Leben ist eine große commedia dell'arte, man spielt um des

Spieles willen und nennt es: die Macht, als wäre sie ein Ding, das uns ewige Seligkeit gibt, oder: die Liebe, als könne sie uns retten vor dem da drinnen« – und er pochte gegen sein Herz – »oder vor dem da droben« – und sein über die Maßen langer Zeigefinger wies gegen den reichen Plafond, der mit unendlicher Kunst ein Stück Himmelsblau vortäuschte. »Davvero, man muß ein Narr sein, um es recht zu erkennen und zu durchschauen .. Ich war einmal ein kirchlicher Würdenträger, wenngleich nur ein kleiner, und ich hatte einen Buckel, wenngleich einen zierlichen, und ich hatte Geist, wenn er auch ein wenig zu fürwitzig, ein wenig zu hurtig und gottlos war und zu burlesquen Streichen aufgelegt, aber das hinderte die Frauen nicht, mich gleichwohl zu lieben, weißt du, sie fanden es entzückend, sagten sie, und ich hatte succès bei ihnen, hatte ein gewisses Maß von Kunst und System – und ich lehrte dich diese Kunst –, aber bei der einen überraschte mich der ihr durch Gottes Güte angetraute Gemahl, und wir duellierten uns .. Ja, so geht es manchmal, und die Sbirren suchen uns dann. Ich will dir, später, wenn es dir so ergangen sein wird, wie es dir ergehen muß, ich will dir später die Augen zudrücken, die schönen, blauen Augen voll Ironie und zärtlicher Untreue .. und ich will dir auch das Sacrament reichen ..«

»Zu gütig«, sagte Don Johann, und der Narr plauderte fort:

– »Il sacramento .. denken Sie nur, all diese Herren und Damen, diese Mächtigen der Welt, die so gern die Aufgeklärten und Überlegenen spielen .. mit der Zeit wirds ihnen unheimlich, das Alter kommt heran, näher und immer näher, um die Augen erscheinen die ungeliebten Krähenfüße, und sie fürchten sich .. Die Furcht, Ew. Liebden, die sitzt in jedem Spiegel, in jeder Arabesque aus vergoldetem Schnitzwerk. Und aus jeder Nische, voll von heidnischen Götterfiguren, tritt die Furcht vor dem Ende .. Was wird Gott sagen, wenn wir dort oben ankommen, Gott, den niemand kennt, was wird er sagen? Alphanios, mein Sohn, wird er sagen, war es recht, von dem Gifte der Skepsis zu genießen und leise und traurig und vornehm zuzuschauen, wie die Banquiers dein Weib in die Arme ihrer gräflichen Puppe trieben, dein Reich stahlen und deine Tochter umbuhlten, um sie gefügig zu machen, daß sie Einen heirate, der ihnen die Macht beließ? Olympia, mein Kind, wird er sagen, war es so süß, die Lust deines Leibes, eines schönen Leibes, ich gebe es zu, die Lust deines Leibes zu erkaufen gegen die Chèques der Banquiers und die Augen fest, immer fester zu verschließen vor dem Ruin des Staates, den sie dir mit kunstvollen Bauten als wie

mit Coulissen verstellten? Und, teurer Graf, wird er sagen, wäre es nicht besser gewesen, sich vor mir, dem Gotte, zu fürchten, statt vor dem Dolche eines Rächers, den Intriguen der Höflinge, dem Ehrgeiz eines Nachfolgers und vor dem Haß des Volkes, das du regiertest? Denn dieser Mann, mein schöner Giovanni, dieser Mann fürchtet sich. Er lächelt, und er scherzt .. und fürchtet sich. Er liegt in den Armen der Königin, die ihm treu ist, und ist ihr untreu – und fürchtet sich. Er ist ein leiser, ein angenehmer Herr, aber nachts, o Gott, wenn er allein ist .. ja, man muß wohl ein Narr sein, um ruhig schlafen zu können, statt schreien zu müssen vor Entsetzen, weil einmal die Strafe kommen wird. Nur diese kleine Danae« – und er schnippte geradezu freudig mit den Fingern, daß die Schellen klingelten – »sie geht so adrett durch die Welt, so stolz, so kühl, so hoffärtig in all ihrer Leutseligkeit, sie hat die Zukunft vor sich – und einen Admiral neben sich – und sie macht sich nichts aus diesem höchst künstlichen, *höchst* künstlichen Hof, sie badet, wie Gott sie geschaffen hat, und er hat sie geschaffen, daß selbst einem Narren schwach werden könnte, aber, beim Himmel, sie weiß es nicht – und noch .. noch fürchtet sie sich nicht. Denken Sie, mein guter Herr, ich bin freilich ein wenig wunderlich, ich verstelle mich von Zeit zu Zeit, wie gesagt, ich war Abate, ein Gelehrter, ich schrieb gelehrte Bücher, und ein Schiffbruch warf mich an diese Gestade, wo der König meinen Buckel ergötzlich fand, dies war sein Ausdruck, und ich verstand, trotz meiner Lage, und obwohl mich die Sbirren suchten, ich verstand es, amön zu scherzen, sodaß selbst der König in seiner vornehmen Trauer dann und wann zu lachen genötigt war, aber .. die Melancholie. Sie verspeist mich bei lebendigem Leibe.«
Damit verstummte er. »Venedig«, sagte er, ganz leise, eine Träne trat in sein viel zu großes Auge. Don Giovanni horchte noch eine Weile, dann lehnte er sich in die Polster zurück und schloß die Lider, deren Schnitt und deren leichter, flüchtiger Glanz die Frauen so sehr verwirrte ..
Er öffnete sie wieder, und wieder waren es *seine* Augen, die schönen, blauen Augen, die voll von Ironie und zärtlicher Untreue in die Welt blickten, und indem er die Sänfte aufzuheben befahl, gedachte er vage der Möglichkeiten, die für Venedig in diesem Narren lagen. Gheotta aber, unter albernen Bewegungen aufspringend, rief mit Beschwörung halb und halb mit Comik: »Excellenz, verlassen Sie mich nicht!«

»Siamo amici«, erwiderte der Botschafter. »Ma la tavola è preparata« – was nicht mehr zu bedeuten hatte, als daß die Freundschaft, die er aus weiser Berechnung anbot, ihn nicht vermögen sollte, die Tafel zu versäumen – und so erhob sich das Coupé in die etwas dämmerige Luft der Torhalle.

In diesem bedeutenden Momente, von Lauffern angekündigt, die durch das Portal hereineilten, nahte sich mit Schnelligkeit eine Art Schwanenkorb, reich geschnitzt mit Ornamenten, in deren Vertiefungen ein wenig Gold ausgelegt war; darüber thronte, unter einem Baldachin von Straußenfedern, den zwei winzige Heiducken, rückwärts aufgesessen, hin und her bewegten, in Wogen von Atlas eine Dame, die wenig Zeit zu haben schien, da sie so scharfe Gangart halten ließ; und kaum hatten die Träger die offene Sänfte vor der geschlossenen des Botschafters niedergesetzt, der sie nicht wohl sehen konnte, da seine Fenster seitwärts gingen, als die Schönheit – sie war eine solche, das erwies sich alsbald – auch schon mit ungemeiner Leichtfüßigkeit herabsprang und in ihrem Reifrock, hochaufgerichtet, die Stiege betrat, um auf ihr dem Podest, dem Apoll entgegenzustreben. Über das Gesicht Pulcinellos verbreitete sich zügellose Anbetung, eine Verbeugung bis tief zum marmornen Estrich folgte, wobei die Schellenkappe in der Rechten sausend nach hinten geschleift wurde, Don Giovanni aber, der vorerst nur den ungewöhnlichen Bückling des ungewöhnlichen Narren sah und anzunehmen geneigt war, daß dort eine Persönlichkeit kam, die gegrüßt sein wollte, streckte den Zweimaster zum Fenster des seidenen Cabinettes hinaus.

Dies getan, erschrak er. Denn in der nämlichen Secunde traf ihn, wie eine Offenbarung des Himmels, der Anblick eines jugendlichen, sehr schlanken und straffen, kostbar gekleideten, kostbar gewachsenen Rückens, traf ihn ein blitzender Strahl aus Augen, die sich mit einem gewissen Erstaunen zu ihm umwandten, und – Götter! – welch ein Antlitz! Ein Antlitz ohne Rouge und Puder, Lippen, die sich kühn und selbstbewußt spannten, Wangen von zarter Röte und Bräune, in denen Sonne und Seeluft waren, ein heimliches Widerspiel von Wärme und Kühle, die Stirn von klarem und hohem Bau, und Locken, eine ganze Flut von golddurchsponnenen, weichen, dennoch ein wenig widerspenstig sich scheitelnden Locken, mit einer carmesinroten Samtnelke seitlich zusammengehalten. Er zog den Zweimaster beteuernd an die Brust und verneigte sich in seinem Coupé, verneigte sich dreimal und hielt lächelnd dem Blick der

fremden Augen stand, in denen er Jugend las, nur Jugend, prachtvolle, ungebrochene, reiche Jugend .. Sie wandte sich ab, rauschte von dannen, das Stiegenpodest entführte sie ihm.
»Wer war das?« fragte er.
– »Die Zukunft«, erwiderte düster der Narr. »Ein Fräulein v. Sinigallia«, fügte er lebhafter hinzu und lachte böse. »Sie ist grausam von Gemüt und hat einen kleinen Fehler unter dem linken Ohr, eine kleine, niedliche Unebenheit der Haut, goldener Flaum liegt darüber. Excellenz: ich wünsche wohl zu speisen!«
Und Excellenz speiste excellent.

IV. Capitel

An diesem Nachmittage, der Maihimmel stand hoch und sommerlich über der Insel, ritt Herr v. Legua, der Arbeit müde, die er mit den Gesandtschafts-Secretären in den Gärten seines Landhauses geleistet hatte – es war auch Auftrag gegeben nach Venedig, Person und Vergangenheit eines gewissen Gheotta dortselbst zu erkunden, von wo jener vor Jahrzehnten, um eines Ehrenhandels willen, verschollen sei – an diesem Nachmittage ritt Herr v. Legua auf nervigem Napolitaner, einem Hengst von der Weiße des Schwanes, hochgemut durch die Korkeichen-Wälder und Oelbaum-Haine, die sich nach Gasarrhania hinüberzogen, während ihm zu Häupten, ab und an, der Vulcan seine puffende Feuerwolke in den Aether schleuderte. Der Botschafter war mit Sorgfalt gekleidet. Er trug gelblederne Stiefel, die mit Stulpen über die Kniee der weißen Reithose reichten, während sie an den Fersen in goldene Radsporen ausliefen, was sich in der Sonne sehr prächtig ausnahm. Er trug ein waldmeistergrünes Justaucorps, eine mattgelbe Weste, ein blütenweißes, gekräuseltes Jabot, aus dem sein schlanker Hals wohlgebildet und verführerisch aufragte, um in einem noch verführerischer gebildeten Kopf voll Geist und Witz zu enden, und auf dem Kopf saß schräg, frech und elegant ein gelblederner Dreispitz, der zu den Stulpenhandschuhen harmonierte und zu den Stulpenstiefeln, ein spanischer Tricorne ohne Besatz. Den Degen hatte der Herr zu Hause gelassen, statt seiner steckte ihm in jeder Satteltasche ein geladenes Pistol mit elfenbeinernem, reich von Emailplättchen verziertem und sehr langem Griff.
Er ritt soeben durch ein Weinfeld, denn auf Myrrha wurde Wein gebaut, recht guter Wein, der wie Oel in die Kehle rann, wie Quell-

wasser erfrischte und wie Nectar erheiterte; und, da ein Weinfeld nicht eben gedacht ist, derlei Strapazen auf sich zu nehmen – auch wenn es immerhin Platz läßt –, so zertrat der Huf des Rosses hie und da einen Rebstock, was den Botschafter wenig bekümmerte, aber der Bauer, der es von ferne hatte kommen sehen, eilte erregt und demütig herbei, um seinem inneren Zorn durch äußere Devotion einigen Ausdruck zu verleihen.

Don Giovanni bewegte sich souverän durch das Leben – wie alle großen Herren, für die eine Welt nur Sinn hat in Bezug auf sie. »Guter Mann«, sagte er, und ein Goldstück glitt in die bereitgehaltene Hand, »ich bin der Botschafter der Republik Venedig. Erfreu Er mich demnächst durch ein Faß vom Besten, was Sein Keller beherbergt.« Damit nickte er leutselig und wollte sich entfernen, der Bauer indessen gab zu erwägen, ob Seine Gnaden nicht eine Probe des in Aussicht genommenen Getränkes zu genehmigen die Huld haben würde, und man hatte die Huld.

»Wir Armen dieser Insel«, erklärte der Winzer beim dritten Glase, obwohl er der Ärmste nicht war, und strich sich genießerisch den grauen, etwas klebrigen Schnauzbart, »wir Armen dieser Insel dürfen das Alles bezahlen. Steuern, Fron, Fuhrdienst, Zoll und Zehnt bis zum Verrecken – und wofür? Damit der Hof seinen Prunk hat. Kirchen und Paläste, Ehrenpforten, Bälle, Empfänge, Ballett und Lustbarkeit – ja, da gehen unsere Gelder hin, und der Herr Vampyrios, der aus Armenien mit nichts als einem Bettelsack eingewandert ist, regiert den Staat. Man sagt, er soll demnächst Minister werden und sogar Baron, ich bitte Sie, werter Herr Botschafter, wohin führt das . . wohin führt das? Der König! sagt man, und der König, das ist ein großes Wort. Aber kann er es ändern? Er sitzt da so gefangen in seinem Stadtpalais, daran liegt es, selten genug kommt er herausgefahren zu uns und trinkt sein Gläschen Milch und sagt, er fühlt sich wohl bei uns, und erleichtert auch ab und an ein wenig unsere Lage. Ja, wir lieben unseren König, und bedauern tun wir ihn auch, weil ihn die Camarilla in den Fingern hat, wie behauptet wird. Nun, ich weiß nicht, wer dieses Fräulein sein mag und wie sie ausschaut, die Camarilla, aber sie sagen, sie hat ihn in den Fingern, und der Vampyrios steckt hinter ihr. Na, das mag wohl sein, und ein König muß halt auch etwas haben, wenn er immerzu die Krone getragen hat und die hohe Gemahlin ihm verloren gegangen ist bei einem Andern, so denke ich mir das . . Ich will nun nichts gegen die Frau Königin gesagt haben, sie ist nicht gerade uneben, aber vom Bauwurm besessen, das ist sie, und da baut sie nun tagaus tagein, baut auch recht fromme Kirchen darunter für unsere alten Heiligen, die noch gar nicht so tot sind, wie die Popen uns weismachen wollen, und der Herr Obrist Neander, ein Künstler, sag ich Ihnen, werter Herr, ein Künstler seines Fachs, entwirft ihr die kostspieligsten Pläne. Aber er kann wohl eben so wenig dafür wie die Königin mit ihrem Bauwurm, denn die Kunst, das denke ich mir, ohne etwas davon zu verstehen, die Kunst muß wohl in den Menschen drinnen sitzen wie eine Art Krankheit, an der sie einfach sterben, wenn sie keine Kunst machen können, und die Baumeister kommen aus aller Welt herbeigereist und studieren, was hier gebaut wird, und sagen, es sei das Beste vom Besten, was in der Welt gebaut wird. Nun, davon verstehe ich nichts, aber das gibt einen gewissen Ruhm für Myrrha, und der Ruhm gibt eine gewisse Befriedigung, auch wenn sie ziemlich viel gekostet hat, die Befriedigung, aber ich sage mir: Kriege, die sonst allein noch Ruhm bringen, sind sogar noch teurer, und man kann dabei umkommen. Aber uns kleine Leute ruinieren sie damit, und die Schuldigen sitzen in ihren Comptoren und rechnen und calculieren und sagen: jawohl, Excellenz, Sie sollen den Credit haben, hier haben Sie ihn, die Zinsen eilen gar nicht – aber plötzlich, mein Herr, sind die Zinsen und die Summen, die der Staat ihnen schuldet, riesenhoch, so riesenhoch, daß sie fordern können, was sie wollen. Und dann sagen sie: bitte schön, die Frist ist verstrichen, nein, wir prolongulieren nicht, es sei denn – beispielshalber – Sie geben uns das Salzmonopol, oder die Mehlsteuer, oder den Straßen- und Hafenzoll . . Und dann geht der feine Herr Graf zum König und sagt: lieber Herr König, sagt er, so und so stehen die Dinge, wir müssen den Herrn Vampyrios zum Minister machen und gar zum Baron, ob wir nun wollen oder nicht, denn er will es nun einmal so, er räumt uns sonst das Silberzeug von der Tafel. Und dann wird der Herr aus Armenien eben kurzerhand das, was er werden will . .«

Solcherart waren die Reden, die der arme Winzer führte, und er war der Ärmste nicht einmal, aber der Wein, ein sehr guter Wein, ein feuriger und süßer Tropfen, beflügelte ihn, bis er zu lallen begann und das Wort Vampyrios vor lauter Trunkenheit gar nicht mehr recht aussprechen konnte. Vielleicht hatte er schon früh am Morgen und dann später nach einem fetten und reichen Mittagsmahl, bei dem es vielleicht Hammel gab, der auch seinerseits den Körper schlaff macht, vielleicht hatte er da schon in gewissen Abständen den Becher geleert – genug: als er aus dem Hause trat, um den Botschafter, der sich so leutselig erwiesen wie sonst große Herren nicht, unterwürfig über die Schwelle zu geleiten, und am Horizonte eine Erscheinung hoch zu Roß in den Rebfeldern halten sah, vom Sattel aus, nichts als ein Pantherfell auf der Brust, mit Pfeilen nach Wildhühnern schießend, so fiel er verzückt aufs Knie und faltete schrägen Kopfes die zerarbeiteten Weinbauernhände.

»Wer ist das?« fragte Don Johann, indem er gelassen seinen Napolitaner bestieg, in dessen Packtaschen die geladenen Pistolen steckten, und nahm eines davon gleichsam wägend in die Rechte.

– »Artemis«, erwiderte, von unten herauf mit scheuem Blick, der Winzer. – »Artemis?« fragte, von oben herab und mit strengem Ausdruck, der Herr. »Auch eine von Euren Heiligen?« – »Die Göttin der Jagd, Ew. Gnaden«, erläuterte der Winzer, und es war ihm nicht wohl bei seinem ländlichen Glauben.

»Aha«, rief Don Johann mit Schärfe. »Danke!« rief er, hob das Pistol, senkte es, zielte auf ein aufgehendes Huhn, das die Göttin sich soeben zum Opfer gewählt hatte, drückte ab und sprengte von dannen, der Erscheinung am Horizont entgegen.

Die Göttin auf ihrem rabenschwarzen Roß, das sich hufschlagend emporbäumte – sie regierte es allein mit den nackten Knieen, ohne die Hände zu gebrauchen, die sie zu Anderem benötigte – die Göttin, als das Feldhuhn herabtaumelte, verschoß einen weißblauen Strahl aus Augen, die sich mit einem gewissen Erstaunen, zornig und doch auch anerkennend, nach dem unerbetenen Jäger umwandten, riß den Bogen an die Wange, in welcher Sonne und Seeluft ein Widerspiel trieben, und ließ den Pfeil, während Giovanni seinen Hengst parierte, um in schöner Geste das mattgelbe Pourpoint zur Durchbohrung anzubieten, sie ließ, in der Tat, den Pfeil vom Bogen sirren, wobei ein Ausdruck von Lust und Kühnheit auf ihre Lippen trat. Blitz und Wetter! Ein Meisterschuß sauste am linken Ohrläppchen des Wildfrevlers vorüber, der nun doch, zu spät freilich, als daß es, im Falle des Ernstes, hätte nützen können, den Kopf zur Seite nahm. Die rauchende Waffe noch in der Hand, gezwungen lächelnd, starrte er ungläubig auf das Fräulein im Pantherfell, auf dessen Zügen nun auch ein Lächeln erschien, ein wildes und stolzes, herrischer als das seine, das ein wenig unsicher geworden. Und schon setzten Roß und Reiterin über die nächste Rebmauer prasselnd in die Weinpflanzungen, was den verängstigten Bauer veranlaßte, sich unter Jammern in seine Hütte zurückzuziehen, woselbst er, in stummer Zwiesprache mit der tröstlich unergründlichen Tiefe des Fasses, den Kummer über die neue Verwüstung seiner Habe ersäufte.

Don Giovanni erwartete die Göttin, bereit, den Strauß mit ihr zu wagen, wenn es sich um Leben oder Tod handeln sollte, bereit, auf das Anmutigste mit ihr zu plaudern, wenn Mann und Weib zur Debatte standen. Sie brauste herbei – ein Bild schäumender Jugend. Sie zog die Zügel an – das Pferd stieg mit schweißglänzender Brust. Sie preßte ihm die Ferse in die Weichen – es drehte sich auf den Hufen; es stand; es zitterte. Sie atmete tief und heftig – er betrachtete sie, lässig und abschätzend. Sie besah ihn, stolz und wild – er besah sie, stolz und hart. Man maß sich mit den Augen – und sie errötete. Sie hatte einen kleinen Fehler unter dem linken Ohr, eine Unebenheit der Haut, goldener Flaum lag darüber, und das ebenfalls golddurchsponnene Haar lockte sich weich, wenn auch widerspenstig am Scheitel: es war das Fräulein v. Sinigallia.

Sie streckte ihm die Hand hin, eine gepflegte, schlanke und straffe Hand. »Wir haben uns nichts vorzuwerfen«, sagte sie mit militärischer Knappheit, was ihr reizend stand, »zwei Meisterschüsse.«

– »Wer sind Sie, meine Allergnädigste und Schönste?«

»Artemis.«

– »Artemis!« rief der Botschafter und zog die Brauen hoch. »Ahah!«, und das war ein starker Ausdruck. »Also Diana. Eine Göttin. Fulminant.«

»Sie sind ein Römer«, verfügte die Reiterin.

– »Sie sind ein Fräulein v. Sinigallia . .«

»Ahah«, und auch bei ihr war es ein starker Ausdruck. »Und wer sind Sie, mein Herr?«

– »Ein Herr v. Guastalla.«

»Was gibt Ihnen ein Recht, Herr v. Guastalla, auf meine Becassinen mit Canonen zu schießen?«

– »Es war ein Rebhuhn.«

»Kommen Sie mit. Plaudern wir. Sie waren so liebenswürdig, mich heute Morgen sehr unliebenswürdig zu grüßen. So grüßt man nicht. Wir sind in Myrrha, einem Lande von feiner Höflichkeit.«

– »Einer so feinen Höflichkeit«, sagte der Herr v. Guastalla, »daß man Gefahr läuft, mit Pfeilen aufgespießt zu werden wie weiland der Heilige Sebastian.«

»Keine christlichen Vergleiche bitte. Aber im Ernst: schätzen Sie mich so gering ein, wie Sie geringschätzig grüßten?«

– »Ihre Schönheit, mein Fräulein, verzeihen Sie, war so verwirrend, so betäubend, ja, in der Tat, sie hat etwas Betäubendes, daß sie mich, corpo di bacco, enflammierte ..«

»Papperlapapp – was suchen Sie in Myrrha?«

– »Ich hatte eine Empfehlung an den Grafen Godoitis.«

»Ich hasse ihn«, entschied das Fräulein im Pantherfell, und der Botschafter nahm es zur Kenntnis. »Sie lieben die einfachen und starken Ausdrücke«, bemerkte er schlicht.

Man fiel in Trab, es ging über Stock und Stein, über Distelfelder und Lava, über Geröllhalden und schmale Bäche, die vom Gebirge herabschäumten, und hin und wieder auch ging es über Marmorflächen von weißlichem, ganz zartem Rosa, die so glatt waren, so von Wind und Regen poliert, daß die Pferde vorsichtig wie auf Messern ihre Hufe darüberhin setzten. Aber es kam dem Fräulein nicht in den Sinn, solche Hindernisse zu umreiten. Diese höchst wohlgeformten Kniee, diese umbänderten Fußgelenke mit all der freimütig atmenden Haut, dieser göttliche Lendenschurz, ein Faltenrock aus schneeweißem Leinen – und mehr als kurz! – diese nur halb verhüllten Hüften, die in der schnellen Gangart sich biegsam, betörend biegsam bewegten, ein Busen endlich, jugendlich, blühend und üppig, in den man, ungeachtet des Pardel-Felles, einen kaum zu vermeidenden Einblick nahm – ja, beim Zeus und allen seinen Heiligen: waren das etwa keine einfachen und starken Ausdrücke, keine neuartigen Elemente im Sprachschatz höfischer Conversation? Elementar – sie waren es. Und welch kindlicher Trotz in dem, was sie sagte! welche Verstellung der von den schwellenden Formen ihrer Erscheinung tausendfach bezeugten Weichheit ins Rauhe, Ungnädige, Knabenhafte! überhaupt, dieser ganze Habitus des Ungewöhnlichen, das Ungewöhnliche Suchenden, nach Abenteuern geradezu Verlangenden, dabei völlig unschuldig, Siebzehn, wenn es hoch kam – Don Giovanni wußte, was da zu tun war.

– »Sie streifen oft so über Land?« fragte er.

»Oft.« Mehr sagte sie nicht, aber sie saß ab – mit einem federnden Panthersprung, an dem Don Johann sich weidete, bevor auch er aus dem Sattel stieg. Die See breitete sich glitzernd im Licht, auf blauer Wasserbahn zog fern ein weißes Segel dahin, und weit am Horizont war ein schwarzer Strich aufgemalt, eine Lava-Insel vielleicht, auf der, wenn man, wie Giovanni, ein scharfes Auge besaß, einige helle, langgestreckte Gebäude zu erkennen waren. »Theodosia«, erläuterte das Fräulein, »es gehört zu uns. Die See-Cadetten ..«

– »Zu uns, Gnädigste? Sie sind Teilhaberin dieses Banquier-Staates?«

»Sie wissen sehr viel von uns. Auch diese Herren werden einmal zu büßen haben. Ich bin Hoffräulein bei der Prinzessin.«

– »Charmant.« Er ergriff ihre Hand und küßte sie.

»Sie glauben mir nicht.«

– »Ich glaube Ihnen Alles. Diana, und Sinigallia, und diese süße Verkleidung, und das Hoffräulein, und sogar den kleinen Fleck unterm linken Ohr.«

»Den sollten Sie aber gar nicht bemerken . .«

– »Sind Sie eitel?«

»Nicht sehr. Kommen Sie.«

Welch übergangslose Person, befehlshaberisch, selbstbewußt, klaren Willens und voll von überraschenden Entschlüssen. Nun hatte sie schon wieder einen neuen Plan. Die Hände hinter dem Rücken verschränkt, ging sie vor ihm her, furchtlos, unwissend und spielerisch. Eine Grotte war es, eine marmorne Höhle über dem Meer, die es ihr angetan hatte. Moos und Farren und eine Decke von Erdreich hingen über den Eingang herein, der mystisch ins Dunkel führte, tiefe Schründen an den Portalseiten zeigten die unablässige Tätigkeit von Jahrtausenden, am Boden sah man Brandspuren, Asche, fetten Ruß auf dem Stein, verkohlte Holzreste. »Hier machen mir meine Diener, wenn ich einsam bin, ein Feuer, und dann starre ich in die Nacht und in die Leere meines Daseins.« Welch tragischer Ton plötzlich in ihrer Stimme, welch eine Enthüllung.

– »Die Leere Ihres Daseins«, wiederholte der Herr v. Guastalla verwundert.

»Ja«, sagte das Fräulein, ein ganz kurzes, abgerissenes, helles Ja, gegen das es keine Widerrede, keinen Einwand, keine weitere Frage gab.

Die Höhle war außerordentlich weitläufig, der Stein von ganz besonders feinem Weiß und leicht mit Rosa geädert. Wahrscheinlich trat dieser Marmor noch anderswo in großen Brüchen zutage, leichter zugänglich und bequem zu sägen, denn offenbar hatte man ihn genutzt, da die Neanderschen Säle der Residenz die gleiche Maserung zeigten. An den Wänden tropfte es und vereinigte sich sikkernd zu dünnen Rinnsalen; weite Säulenstellungen, von der unerschöpflichen Baulust des Erd-Inneren geschaffen, nahmen die schönsten Gewölbe, Oval- und Flach-Cuppeln auf, dahinter öffneten sich neue Räumlichkeiten, neue Rotunden, neue Dämmerungen. Ein wahrer Festsaal schien hier, den Menschen und dem Génie-

Obristen zum Spotte, aus sich selbst gewachsen, eine Grotte, in der die Nymphen zu Hause waren: wenig plastisches Rankenwerk nur, etwas Fackellicht und Seidenpomp – und ein Lieblings-Traum der Epoche wäre verwirklicht gewesen, von solchem Raffinement der Construction, von solcher Grazie der Erfindung, daß Neander tausend schlaflose Nächte über Zahlen-Colonnen und complicierten Projectionen hätte verbringen müssen, um auch nur annähernd das zu schaffen, was ein kunstsinniger Gott gleichsam mit der linken Hand in die Welt gestreut hatte. »Ich träume«, sagte Diana. »Die Tristesse geht mit mir durch.« Sie wandte sich um, denn Beide waren sie stehen geblieben, um die Schönheit der Bergwelt zu betrachten, und dann entrang sich ihr ein ganz absonderliches, ganz erstaunliches »Ach!«, in welchem Überdruß und tiefe Lebens-Enttäuschung vernehmlich sprachen.

Don Giovanni legte die Hand um ihre Schulter, eine kühle und feste Schulter, und die kleine Ehrendame, die so stolz war, daß sie Papperlapapp sagen konnte, als ob es gar nichts wäre, ließ es geschehen, ohne ein Zeichen von Verwunderung oder Rührung – als ob auch das nichts wäre. Sie verband, wie es schien, keine Vorstellung mit dergleichen Formen von alterprobter Annäherung. »Ja, hier werde ich traurig«, sagte sie und ging davon, sodaß der Heilige Sebastian Mühe hatte, die Hand noch einmal zu placieren, während sie beieinander dem Ausgang entgegenschritten. »Hier werde ich so grundlos traurig. Sie verstehen das nicht – dieses ewige Ceremoniel, diese Hohlheit, dieses Hinwegtanzen über Catastrophen .. nein, ich möchte lieber ein Fischermädchen sein oder wirklich eine Göttin und es wagen dürfen, sogar das Pantherfell noch abzuschaffen, um diesen bigotten Leuten am Hofe, auch meiner Mutter! einen Affront anzutun.«

– »Ahah?« bemerkte der Botschafter, er war im Bilde. Man gewann wieder das kleine Vorgebirge am Meer, das Meer rauschte seine alte, unsterbliche Melodie herauf, die von keinem Hofmarschall-Amt gemaßregelt wurde, und dort, auf den heißen Klippen im kühlen Seewinde sitzend, mit den Händen die Kniee umschließend, genossen die Beiden das Schauspiel unendlicher Weite, die Lust verschwiegener Gedanken. »Aber so tun Sie es doch«, sagte zärtlich der Botschafter, »tun Sie das Pantherfell ab ..«

Die Göttin sah ihn erstaunt an. Dann legte sie sich zurück, die Hände unter dem Nacken verschränkt, und ließ ihre langen, tiefschattenden Wimpern sinken. »Ich bin eine Gefangene hier«, sag-

te sie leise, »eine Gefangene des Protocolls, eine Gefangene meiner Stellung, und ich sehne mich nach Freiheit – mag sie sein, wie sie will.«
Das Pantherfell atmete, bedenklich näherte sich ihm das Jabot .. Aber sie war noch nicht am Ende. »Das Außerordentliche ..« sagte sie. »Etwas, das kommen müßte wie eine Offenbarung. Liebe .. man sagt, die Liebe sei es, sie werde da sein eines Tages und Alles ausgleichen. Ich glaube nicht daran. Liebe – was ist das?«
Don Giovanni beugte sich vollends herab und küßte sie. Und sie, die so stolz war, ließ es sich gefallen, doch ohne ein Zeichen, daß sie mit dieser Form von alterprobter Annäherung die mindeste Vorstellung verband, ohne Rührung oder Verwunderung; und erkältet vermöge so vollkommener Reglosigkeit, trennte sich Herr v. Guastalla von ihrem Munde. Welch seltsames Wesen in diesem südlichen Lande.
Sie schlug die Augen auf .. sah ihn an .. mit dem gleichen, erstaunten Blick: weißliches Blau voll unergründbarer Tiefe. »Ich meinte nicht diese Liebe«, sagte sie träumerisch. Dann gewann sie ihre Festigkeit wieder, erhob sich, überging den ganzen, neuartigen Vorfall, als mache er nicht den geringsten Eindruck. »Zeus ist mir ein Leben schuldig!« rief sie in knabenhaftem Unmut. »Kommen Sie, wir werden jetzt noch etwas reiten.«
– »Sie glauben an Zeus, gnädigste Diana?«
Diesmal antwortete sie auf Französisch: »Oui, un peu«, was ebenfalls keine weitere Frage duldete.
– »Maraviglia«, sagte der Botschafter, der sehr weiße Zähne hatte, und zeigte sie.
Das Fräulein im Pantherfell kehrte sich nicht an des Heiligen Sebastian Ironie. Ein heftiger Druck ihrer Ferse gegen die Weichen des kohlschwarzen Hengstes ließ ihren Leib in die Lüfte steigen, die schon abendlich wurden, und auch Giovanni veranlaßte seinen Schimmel zu einer stilvollen Levade, indem er ihm die goldenen Radsporen leicht in die Flanken setzte.
Sie galoppierten.
Sie galoppierten geraden Weges am Meere dahin, das mit langen Wogenfolgen gegen die Steilküste brandete, und verhielten die atemlose Gangart erst, als sie schon dicht vor einem von Cedern und Korkeichen umgebenen Werkplatz waren, auf dem es von geschäftigen Steinmetzen wimmelte, von Maurern, Zimmerleuten, Lastträgern, Handlangern. Man legte die Fundamente der Jupiter-Capelle, worüber sich der Botschafter gar nicht beruhigen konnte,

einer Capelle, die, ein Äußerstes an Raumseligkeit, weit über die glitzernde Ägäis blicken sollte, und alle diese emsigen Menschen zogen tief ihre Kappen vor der Reiterin im Pantherfell, welche, mit kühnem Ausdruck in ihren sonnen- und seewindgebräunten Zügen, das Pferd parierte. »Den Gouverneur!« rief sie. Ein ernster Mann, etwas massig schon in den Formen, den die Schärpe als hohen Officier kenntlich machte, ward von einem Gestelle, auf dem die Pläne sich breiteten, herbeigeholt. Dies also war der Oberst Neander, General-Landbaumeister und Gouverneur der Festungen im Königreiche Myrrha, ein knapper, sachlicher, unerschöpflich gedankenreicher Herr – bürgerlichen Standes, aber ein Herr, eine europäische Autorität –, der aus den Tiefen seiner verschlossenen Natur Träume von höchster Geistigkeit gebar.

Die Reiterin reichte ihm die Hand. »Darf ich die Pläne sehen, mein lieber Oberst?« Sie glühte vor Lebenslust.

– «Zu Diensten, Königliche Hoheit«, erwiderte der große Mann.

– »Ahaah!« sagte der Herr v. Guastalla zwischen den sehr weißen Zähnen, sagte es unerschüttert und voll Genugtuung, und freute sich seines praecisen Hirnes.

»Ja.« Ein Ja wie ein Trompeten-Staccato. »Wünschen Sie bekannt gemacht zu werden, mein Herr, oder ziehen Sie es vor, Ihr Incognito zu wahren?« So sprach die Prinzessin, und ihre Augen blitzten, es war ein kleiner, schadenfroher Triumph darin. Hatte sie hinter seine Maske geschaut? Oder war es nur Spieltrieb, was ihr den Gedanken eingab, auch er könne in Wirklichkeit Anderes sein als ein Heiliger Sebastian?

– »Merci«, sagte er, mit melodischer Handbewegung, worauf er sich gegen den Obersten hin, ganz leicht, im Sattel verneigte. »Giovanni Legua, Botschafter der Republik.« Daß nur Venedig die Republik sein konnte, verstand sich ebenso, wie daß er selber vom Adel war.

Der Oberst sah einen Augenblick prüfend und flüchtig hinauf, dann ging er voran, während die Reiter absaßen. Don Giovanni gestand es einem so großen Künstler ohne Weiteres zu, daß er einen noch größeren Stolz bewies als die Noblesse und sich überhaupt nicht vorstellte.

Ehe Danae vor die Pläne trat, sagte sie leise, ohne eine Spur von Scheu oder Zögern: »Ich erachte Ew. Liebden für einen Cavalier. Die kleine Comödie liegt hinter uns, endgültig.«

– »Endgültig«, bestätigte Don Giovanni. Aber er meinte es nicht so.

V. Capitel

Der Gouverneur fuhr heim. Zurückgelehnt in den Fond seines Wagens, an dem die Windlichter brannten, überdachte er noch einmal die kühne Planung der Gewölbe: fünf einander durchdringende Flach-Cuppeln, die sich, auf nirgends bisher erprobte Weise, nicht mehr aus den Grundpfeilern erheben, sondern, um ein halbes Joch verschoben, über freitragenden Gurten entwickeln sollten, syncopenhaft. Das ergab, wenn die Phantasie ihn nicht täuschte, einen bestrickenden Zug von Unwirklichkeit – so, als öffneten sich die Wolken; und auf diesen Wolken, selbstverständlich, waren die Götter Homers zu placieren, decorative Herrschaften immerhin .. Sie entlockten ihm keine Anbetungs-Schauer, ihm, dem aufgeklärten Rationalisten, der sich in allen Culturen zu Hause fühlte, ohne Unterschied bauend, was jeweils verlangt wurde. Ob er die Paläste weltlicher Machthaber entwarf, die Klöster der Orthodoxen, römische Stifts-Convente oder neuheidnische Kirchen: er fragte nach Dogmen nicht, da sein Gott ein gestaltloses Allwesen war, gnädig, fordernd, unergründlich, die Kunst in eigener Person. Nun, das waren Intimitäten – was ging es die Leute an.

Schweigend, wo Andere von sich und ihren Leiden plauderten, wortkarg bis zum Exceß, von unvorstellbarer Arbeitskraft, galt der Obrist, zumal er mit dem Génie-Corps ein bedeutendes Stück Macht commandierte, als gefährlich, ja, als verdächtig, in höchstem Grade verdächtig .. Ausgeschlossen, daß er nicht Ehrgeiz besaß! So argumentierten die Horcher des Ministers, soupçonnöse Creaturen, indem sie ihn täglich mit einer Unzahl von Menschen, oft an die Tausend, sich unterhalten sahen, es war ja ein Mann von unsympathischer Rastlosigkeit, dem sie da nachschlichen, aber konnte er auch nur Einem sich näher widmen? Und überdies lehrte der Augenschein, wovon, außer ihnen, jedermann überzeugt war: daß dieser kühle und sachliche Herr, der viele Bewunderer, doch keinen Freund hatte, der Freundschaft mit Beflissenheit aus dem Wege ging, vielleicht weil er ohne sie glücklicher war .. ein Fremdling in Königs Diensten.

Hin und wieder grüßte er abwesend zur Seite, wo im Schein der Laternen ein Officier salutierte, ein Maurer-Parlier die Kappe zog – worauf er, mit der gefürchteten Plötzlichkeit seiner Entschlüsse, den Plan einer Contrescarpe entrollte. Der Heiduck, das Knittern des Pergamentes bemerkend, hielt ihm vom rückwärtigen Bedientensitz her, eilig, ehe nervöse Eruptionen erfolgten, ein drittes Windlicht über die Schulter. Diese Aufrisse und Ziffern, Kostenrechnungen und Formeln, ein wahres Hieroglyphen-Dickicht, veränderten jäh das Ziel Neanders – obwohl er sich ärgerte, daß schon wieder Militärisches den Vorrang vor den Musen verlangte –, und nicht mehr zur Wohnung ging die Fahrt. »Zur Admiralität!« Auch sie war von ihm erbaut; eine Colossal-Ordnung, noch heute sein Wohlgefallen erregend, schmückte die Front.

– »Ich störe Herrn Admiral«, sagte der Oberst, »ich komme ungelegen«, denn er sah den Minister tief über die Seekarten gebeugt, die mit zahllosen bunten Fähnchen besteckt waren. Erhabene Stille lastete in der Weite des Saales.

»Nicht im Mindesten, mein Lieber«, erwiderte der Admiral. Er blickte nicht einmal auf, die nie ganz im Voraus zu lösende Problematik des Flotten-Aufmarsches im Falle eines Conflictes nahm ihn ungewöhnlich in Anspruch. »Tritt nur näher«, fügte er, in Gedanken versunken, hinzu – was die Horcher, wären sie überhaupt bis hierher gedrungen, nicht hätten vernehmen dürfen.

Oberst Neander trat an die Karten. »Wird es Krieg geben?« fragte er kurz. Der Admiral zuckte die Achseln.

»Ich weiß es nicht. Godoitis beurteilt die Lage falsch. Er spielt – wie gewöhnlich. Hast du Danae gesehen heute, war sie draußen bei dir?«

–»Ja. Sie war draußen, sehr leicht bekleidet. Der Hof wird wieder einmal schäumen und sagen, es wäre an dir, diese Alluren zu unterbinden, da du nun einmal ihr Gouverneur bist.«

»Gouverneur . . Du spottest. Ich gouverniere niemanden. Man hat mich da hingestellt, damit sie nicht ganz ohne Suite ist – mehr als heikles Arrangement.« – »Aber du hast Einfluß auf sie . .«

»Zu wenig. Ich behandle sie mit einer gewissen Ironie, und sie bringt mir ein gewisses Vertrauen entgegen. Wie alle jungen Damen hat sie einen faible für alte Herren.« Sein Auge ruhte auf den Untiefen von Keraunos. »Zu wenig Vertrauen bringt sie mir entgegen.« Er steckte zwei Fähnchen um, dann richtete er sich auf. »Polycrates«, sagte er, »wird nicht nachgeben. Er will diese Heirat, er will Myrrha. Als Rückendeckung. Er muß Deckung haben, das leuchtet ein. Constantinopel erdrückt ihn, und findet er kein Gegengewicht, keine Flotte, so ist er verloren. Höchst einfache Rechnung. Godoitis sieht das nicht, glaubt, daß es die Heirat als solche ist, die Samos lockt, und zieht Alles in die Länge. Godoitis sieht überhaupt die

Gefahren nicht. Er lebt von der Hand in den Mund, ein sehr versierter Diplomat – aber kein Staatsmann. Er glaubt, es genüge für einen Staat wie den unsrigen, nicht zu handeln. Wer nicht handelt, geht unter. Natürlich sind wir schwach. Müssen wir das zeigen? Hier: wir brauchen einen Block von Mittelmächten. Myrrha, Phantar. Chimaira, Rho. Das ist eine geschlossene Position, hundert und zwanzig Schiffe, ein Gewicht für sich. Die Königinnen dieser Inseln sind Nichten Ihrer Majestät. Ein Bündnis liegt nahe. Warum kommt es nicht zustande? Weil unsere Diplomatie das Fernliegende sucht, das Naheliegende vernachlässigt. Weil gewisse Eifersüchte und Mißverständnisse gepflegt werden, statt daß man sie friedlich beseitigt. Man spricht von imperialen Absichten unsererseits, von Hegemonie-Gelüsten, Generals-Clique und dergleichen Unsinn mehr. Dabei gibt es einen gemeinsamen Feind, und der sitzt nicht in Samos, sondern am Goldenen Horn. Wir müssen diese Inseln befestigen und bestücken. Bitte die Pläne dafür schon jetzt auszuarbeiten, wenigstens im Umriß. Denn brauchen wir ein Gewicht gegen Polycrates? Wir brauchen es gegen den Türken, der Samos über kurz oder lang verschlucken wird. Eine acute Crisis also, und für Polycrates nur heilbar durch Radical-Mittel. Daher der Druck auf unsere Politik. Er ist reich, das eröffnet den Herren Banquiers die Aussicht auf Sicherheiten, dem Volke die Aussicht auf Wohlstand. Nun, die Kronprinzeß will ihn nicht, darin liegt das einzig Tröstliche. Will sie nicht, so will auch Seine Majestät nicht .. Was mir vorschwebt, wenn diese Regierung handeln wollte, wäre ein Block der vier erwähnten Inselsysteme als in sich geschlossene Festung mit starker Flottenmacht, dazu eine continentale Anlehnung, vielleicht sogar an Phrygien, denn Midas, soviel ich höre, ist unverheiratet .. dadurch Lahmlegung von Cypern, dadurch für Venedig der Zwang, mit uns ins Gespräch zu kommen, uns als gleichberechtigtem Partner Anerbietungen zu machen, dadurch für uns die Möglichkeit, Venedig vielleicht ganz auf unsere Seite zu ziehen, ohne eigene Opfer, und dadurch wieder: Neutralisierung sowohl des Khediven in Cairo wie der cretischen Fürsten. Unsere Regierung ist blind, daß sie das nicht sieht, und die Banquiers verderben Alles, sobald sie spüren, daß eine Macht aufsteigen könnte, eine Macht des Staates, wie sie nötig ist, um den Staat zu retten.«

– »Ein kühnes Gebäude«, sagte der Oberst. »Aber wer legt die Fundamente, und wer zieht die Gewölbe ein?«

»Ich«, erwiderte der Admiral, indem er sich über die Karten beugte. »Leider können wir nichts tun als warten. Darüber verfault das Ganze. Noch heißt es schweigen, denn wenn man entdeckt, daß ich politischen Ehrgeiz habe – bei Gott, nicht für mich! –, so laufen wir Gefahr, daß diese Idioten, nervös geworden, vollends falsch handeln, und Myrrha, ohne seine Chancen auch nur zu versuchen, capituliert.«

– »Willst du nicht mit dem König sprechen?«

»Der König mißtraut mir. Er ist in den Händen der Creaturen und kann nichts wagen: weil er nicht weiß, daß Einer da ist, der wagen würde ..«

– »Aber Danae? Wenn du über die Prinzessin zum König gelangtest?«

Der Admiral lachte bitter. »Die Prinzessin ist ein Kind. Man läßt sie über Alles im Unklaren, und obwohl ich ihr Vieles einträufle, hat sie keinen Begriff von der ungeheuren Rolle, die sie spielen könnte, wenn der richtige Mann aufträte, der in mein Concept paßt. Es kostet mich Mühe genug, alle diese Mariagen von mir her, durch meine Agenten, zu vereiteln. Mir wäre lieber, sie täte das selbst. Aber sie ist noch nicht erwacht, nicht einmal in dem bewußten Puncte .. glaube ich.«

– »Dafür sorgt vielleicht der neue Botschafter Venedigs, ich sah ihn vorhin. Sie ritten mir fast die Capelle ein.«

»So. Welchen Eindruck macht er?«

– »Ein Mann von einigem Glanz.«

»Wie alt?«

– »Höchstens Vierzig. Ich habe das Gefühl, er verbirgt seine Qualitäten unter der Maske des Flatteurs und seine Absichten hinter der Rolle des Liebhabers.«

»Das hilft uns leider nichts.«

– »Da bin ich nicht ganz deiner Anschauung, Borromeo. Daß die Prinzessin in Herren-Begleitung reitet, ist immerhin ein neues Dessein. Sie wird sich verlieben, das heißt: der Egoismus wird ausbrechen, und den müssen wir nutzen. Du scheinst mir skeptisch. Es dauert dir zu lange? Ja, ohne Geduld wird nichts – es sei denn, du entschließt dich endlich. Ich bin zu deiner Verfügung.«

»Was meinst du damit?«

– »Den Staatsstreich natürlich.«

Der Admiral richtete sich mit einem Ruck empor. »Oberst, Sie belieben zu scherzen!«

– »Herr Admiral: der Scherz wäre blutig – halten Sie mich für

leichtfertig? Wenn Sie andere Auswege nicht sehen, ist es Ihre *Pflicht*, die Flotte gegen die jetzige Regierung feuern zu lassen.«
»Sie sind nicht auf Myrrha geboren, mein lieber Oberst, Sie wissen nicht, was in der Brust eines Patrioten vorgeht.«
– »Warum die Dinge romantisch nehmen, Admiral. Es sind Realitäten, und denen hat man sich zu stellen. Was hindert Sie?«
»Mein Eid.«
Da stützte Europens Baumeister die Hände imperial auf das Inselmeer, den unermeßlichen Archipelagos, der sich knisternd verschob. »Ihr Militärs seid seltsame Menschen«, erklärte er barsch, den Blick fest auf die Wand gerichtet. »Wenn ich in meiner Disciplin so handeln wollte, gäbe es keine Kunst. Eid! Gehorsam! Schließlich hast du auch ein Gehirn, und wenn der Monarch in seiner Schwäche das Land ruiniert –«
»Nicht weiter«, unterbrach der Admiral, er lächelte gezwungen. »Ich kann gegen jeden Menschen auf Myrrha handeln, gegen den König nicht, ich *kann* nicht, das *mußt* du verstehen.«
– »Gut«, sagte der Oberst, der es nicht verstand, und schwieg. Der Minister sah ihn prüfend an, dann hellten sich seine Züge wieder auf. »Du bist ein alter Besserwisser, aber nett. Wenn du nur endlich einsehen wolltest, daß es außer der Weltanschauung der Kunst noch andere Dinge gibt, und daß nicht Jeder den gleichen Instanzen gehorchen kann. Darüber unterhalten wir uns noch einmal. Vorläufig wollen wir Sorge tragen, zu verbergen, was wir vorhaben.«
Zu dieser gleichen Stunde, die Nacht war schwarz und dicht, noch fehlte der Mond, verließ, begleitet von acht Hellebardieren, eine tief verhängte Sänfte das Südwest-Tor des Schloßparkes und verschwand in den Gassen, deren Fenster kein Licht mehr zeigten. Auch der huschende Conduct, geheimnisvoll wie alles Nächtliche, nahm seinen Weg, ganz gegen adlige Gewohnheiten, ohne ein einziges Windlicht, ohne die mindeste Fackel. Bisweilen stolperten die Träger auf dem buckligen Pflaster, oder sie stießen in der undurchdringlichen Schwärze gegen die Stufen jener kleinen, abgenutzten Treppen, die aus den Häusern führten, gegen die Geländer der steil hinauf sich windenden, eng bebauten Straßen, und dann fluchte dort drinnen im Coupé eine harte, gleichsam geborstene Stimme, die nur einem Herrn vom Stande gehören konnte .. der Tatsache nicht einmal gedacht, daß dem Adel allein, wie so viele Privilegien, die Sänfte zustand.

Zu dieser selben Stunde, das Meer rauschte gleichmütig herauf, saß Danae, die Prinzessin, an den Klippen und wartete auf das Wunder, das Zeus ihr schuldete, aus der Grotte tönten fern die Tropfen, die von der Wölbung herabfielen auf den weißen, von zartem Rosa geäderten Marmor, der Wind toste über die kahlen Felsen des Vorgebirges, groß und gespensterhaft lagerte die Wolke über dem Vulcan, wie ein Strich, von Zeit zu Zeit feurig behaucht, und es schauerte die Natur.

Zu dieser selben Stunde betrat die Königin Olympia durch eine Tapetentür, die als Bücherschrank feinsinnig gebildet war, in ihrer blauen, von Silber reich ornamentierten robe de chambre, mit der Hand wie frierend über der bloßen Brust zusammengehalten, das Zimmer des Erstministers, ihr so vertraut wie ihr eigenes, rätselvolles Herz, und das Zimmer war leer.

Zu dieser selben Stunde eilte ein wohlgeschnittener Federkiel, in eben so wohlgeschnittenen, schlanken und feinen Fingern, die Kuppen sorglich poliert, mit Rascheln über ein Blatt gewässertes Bütten, das die Linke, beinahe zärtlich, auf dem grünen, von eingepreßter Goldborte gezierten Leder des Schreibtisches festhielt; eine abgeschirmte Kerze, hinter sepiabraunen Scenen aus dem Leben der Gondolieri, warf gelbes, sattes Licht darauf, und der späte Herr, im langen, weißseidenen Hausrock, las wohlgefällig die letzten Sätze eines jener Berichte, die dem Dogen, weil sie so anschaulich zu schildern wußten, stets ausnehmendes Vergnügen bereiteten.

Zu dieser selben Stunde durchschritt im dichten Zobelpelz die Majestät des Königs den Vorsaal seiner Dame und wandte sich, als das Ehrenfräulein errötend berichtete, die Majestät der Königin sei unpäßlich, mit traurigem, vornehmem Lächeln davon, um zurückzukehren in seine einsamen Gemächer, wo die Uhren schlugen, silbern und lieblich, während die Glöckchen aus zerbrechlichem Porcellan schwiegen, denn die kleinen Vögel, von denen sie gewiegt wurden, schliefen in ihren Käfigen.

Zu dieser selben Stunde ergriff ein Hellebardier den schweren, kunstreich geschmiedeten Türklopfer am Portal eines Landhauses, das weit vor den Toren der Stadt im Buschwerk versteckt lag, und aus dessen hohen, schmalen Fenstern hie und da noch Licht auf den Kies fiel, hob ihn auf, ließ ihn gewichtig gegen die Bohlen schlagen, eichene, schön geschnitzte Bohlen, was einen lange nachhallenden Klang abgab: bumm .. bumm .. bumm .. dreimal, und dazwischen Stille, tiefe Stille der Nacht, mit Wind in den Bäumen und einer stummen, feurig behauchten Wolke hoch über den Cedernwäldern. Ein Galonierter – unordentlich (weil hastig) zugeknöpft, was man freilich von draußen nicht sehen konnte – steckte den Kopf in das düstere Weltall hinaus, nahm zögernd einen Brief entgegen, wohl die Karte des späten Besuchers, warf einen leicht indignierten Blick auf die Sänfte, verschwand .. Nach einer Weile öffneten sich die Portalflügel, viele Windlichter gleich Glühwürmchen eilten heraus, der Haus- und Hofmeister trat an den Schlag und rief, mit einer auf schwerhörige Conventsdamen berechneten, aber doch sehr artigen Stimme: »Seine Excellenz lassen bitten ..« – worauf er den Trägern zunickte, gebieterisch zunickte, das Coupé aufzuheben, was denn auch geschah. Es schwankte zur Torhalle hinein, hielt vor dem Stiegenfuß an, ward mit der zuvorkommendsten Behutsamkeit niedergesetzt, man öffnete die höchst wohlgestaltete, in flachen Curven sich bauchende Ledertür; ein rotseidener Schuh, von silberner Schnalle mit ausschweifend großen Brillanten besetzt, wurde sichtbar; eine schon welkende, vornehme Hand in weißer Spitzen-Manchette tastete, mit Hilfe eines goldgeknauften Stabes, wie gichtische Cavaliere ihn lieben, den Estrich der Einfahrt ab; eine zweite, von schönen Ringen beladene, faßte, ein wenig zitternd, nach dem geflochtenen Hängegriff; man hörte ein kleines Ächzen; die Sänfte schwankte; das Leder knirschte leicht; alle Lakaien verbeugten sich – und heraus schritt, von Alter an die fünf und fünfzig Jahre, auf dem Haupt eine pompöse Allonge, die allmächtige Gestalt des Ministers Grafen Godoitis.

– »Wenn ich bitten darf«, sagte der Hofmeister mit seinem noch eben schmetternden, jetzt ganz und gar gedämpften Organ, »dort: Seine Excellenz erwartet Ew. Excellenz ..« Und geschmeidig umflatterte er den späten Gast, um ihn durch Entrée und Salons in das Privat-Cabinett des Hausherrn zu geleiten, ohne doch den Eindruck zu erwecken, als verletze er die sehr heikle, sehr empfindliche Harmonie, die in den Fragen von Rang und Vortritt sich manifestiert.

VI. Capitel

– »Wir werden alt, mein Lieber«, sagte mit dünner, gleichsam geborstener Stimme der Minister zu dem Botschafter, der, aus ungewöhnlichen Umständen schließend, man wolle etwas von ihm, es nicht für der Mühe wert befunden hatte, seinen Hausrock gegen den bestickten Frack des Ceremoniels zu wechseln, »wir werden alt, und dagegen ist nun nichts zu tun. Wollen Sie mirs glauben oder nicht: es fiel mir soeben, und ich bedaure es doch recht, es fiel mir schwer, ja, es bereitete mir Schmerzen, aus meinem Coupé zu kommen, wissen Sie: es stach so im linken Knie, wie soll ich das sagen? es stach so gewissermaßen infam bis hinauf in die Gegend der Nieren und sogar, hols der Kuckuck, im Magen, so daß ich beinah die Impression habe, es geht mit meinem Corpus abwärts, den ich doch zu vielen Dingen noch recht benötige, wir Staatsmänner brauchen die Gesundheit nun einmal wie das tägliche Brot. Aber lassen wir das, um mit Seiner Majestät zu sprechen. Wobei noch nicht geklärt ist, ob nun die Majestät mit mir – oder ob ich mit der Majestät – denn wir haben uns aneinander gewöhnt und aufeinander abgefärbt, kurzum: die Wissenschaft. Sie findet da ein reiches Feld, wenn das Alles einmal der Historie angehört, der guten. Ja .. es ist nun an dem, daß ich Ihnen, liebe Excellenz, den Gegenbesuch mache. Ein Gegenbesuch .. nichts weiter, eine Höflichkeit, die mir am Herzen lag, zwar eine Höflichkeit zu abnormer Stunde, aber doch eine Höflichkeit. Da lächeln Sie nun, ich seh es Ihnen an, daß Sie glauben, ich führe etwas im Schilde, weil ich so spät komme und so mysterios von lauter Dunkelheit umgeben – o tausend Dank, ja, das wird meinem angegriffenen état de santé wohltun, welch eine Kostbarkeit, erlauben Sie, Cognac fine Charente, ein altes Destillat, wie mir scheint, in eichenen Fässern alt und reif geworden – auf Ihr schönes Wohl, mein Teuerster – also, aufrichtig: ich übe da eine Art von praeventiver Vorsicht gegen meine Polizei, die mir zwar recht brauchbare Unterlagen gegen unliebsame und suspecte Personen liefert, die aber doch, wie alle derartigen Institute, das lächerlich ernsthafte Bestreben zeigt, auch mich, ihren eigentlichen Initiator, ganz unbefangen und weit über ihre Zuständigkeit hinausgreifend, insgeheim zu beobachten. Ridicule, sage ich – aber was hilfts? Ich hätte das nicht erfinden dürfen, und doch mußte ich es erfinden, um den Staat vor Staatsstreichen zu bewahren – relative Dinge das Alles: die Macht, die Regierung, Herrschaft, die Krone, das Volk ..«

»Sie rechnen mit dem Volk, Excellenz?«

– »Ich muß es, mein Lieber. Ich rechne mit vielen Größen, großen und kleinen Größen sozusagen. Das Königliche Siegel, das ich die Ehre habe, nun schon an die zwölf Jahre zu verwalten, ist, beispielshalber, durchaus beispielshalber, ein sehr niedlicher Gegenstand, und doch: eine ganze Macht. Und ein kleiner, scharf geschliffener Dolch in der Hand eines entschlossenen Subjectes, nicht wahr, und von dieser selben Hand kühnlich in den Rücken des Ministers gebohrt, der mit Fackeln vornehm daherfährt – welch niedlicher Gegenstand, und doch: eine ganze Macht, meine teure Excellenz. Wenn man nicht Philosoph wäre, man könnte, denke ich mir, dahin gelangen, daß man des Nachts, beispielshalber, zu schreien anfängt ..«

»Excellenz sehen mir nicht so aus, als ob Sie Angst hätten.«

– »Nein, da haben Sie wohl Recht .. Aber die praeventive Vorsicht, die ist es. So ein kleiner, unüberlegter Dolchstoß zur Unzeit – überlegen Sie: welche Folgen. Ein Minister, der allein noch die Verhältnisse überschaut, wird über Nacht zu seinen Vätern berufen. Ein Mann, der es gewohnt ist, mit einer gewissen Miene von Gleichgültigkeit den gefährlichsten Spannungen Contrebalance zu geben, ist nicht mehr .. Die Gläubiger des Staates greifen nach dem herrenlosen Steuer desselben .. Der König, in gerechter Abneigung, aigriert sich .. Das Volk, bei den Leichen-Feierlichkeiten seines Irrtums gewahr werdend, ahnt Übles .. Hochstrebende Nachbarfürsten, unter ganz dummen Vorwänden, fallen über das Reich her, dem der Lenker fehlt, und rauben sich mit der begehrten Princesse Royale die noch begehrtere Erbfolge – dies etwa wären die Perspectiven. Ich will nicht sagen, daß sich ein remplaçant nicht finden ließe, obwohl man lügt, wenn man behauptet, Jeder sei ersetzbar, aber: das Vacuum ist es, ein kurzes Vacuum auch nur, da dem neuen Minister notwendiger Weise der Überblick fehlen würde, die leichte Hand fehlen würde, mit der ich tausend delicate Fragen in der Schwebe zu halten gelernt habe .. Ich sehe Sie erstaunt, daß ich so offen rede, und in der Tat, es ist meine Gepflogenheit nicht, aber ich rede offen, weil eine ungemein prickelnde Laune mich treibt, weil Ihr Gesicht, Excellenz, mir einigen Anhalt gibt, daß Sie Vertrauenswürdigkeit besitzen .. und vielleicht verfolge ich gar eine Absicht damit .. Ja, wissen Sie: diese Banquiers. Man sagt, ich ließe mich von ihnen aushalten, ließe mich bezahlen von diesen Figuranten, die aus der Coulisse gekrochen sind, um nobilitiert werden zu können. Nun: ich bin ein eingefleischter Aristocrat, ein Royalist und feudal bis in die Knochen, ein Herr gewissermaßen, und diese Leute sind es nicht. Ich will Ihnen sagen, es widerstrebt mir, mich als Grandseigneur über derartige Anwürfe auszuweisen, kurz: ich lehne es ab, darüber zu debattieren. Gut: ich *werde* diesen

Vampyrios Hermes baronisieren, denn was ist schon ein Brief-Baron? eine Verlegenheitslösung, man wird geboren als homme de qualité, oder man wird es nicht .. mag er also. Leider werde ich ihn auch in das Cabinett aufnehmen, ihm die Finanzen anvertrauen, die er ohnehin in seinen schmutzigen Fingern hat, und ich sage: desto besser, desto besser, wenn er sichtbar wird, der Herr Baron, und die Verantwortung tragen muß. Aber daß ich aus Lust mit diesen Dunkelmännern mich gemein machte, erscheint als kurzbeinichte Lüge, und schlecht berechnet. Es geschieht nicht aus Lust, sondern aus Necessität, um mit dem Könige von Preußen zu reden. Mir wäre nicht einmal unlieb, wenn diese Figuranten, trotz des Baronates, einen Wink erhielten, gleichgültig von welcher Seite, eine Warnung des Inhaltes, daß auch sie überwacht werden, ob vor, ob hinter den Coulissen ihrer vernebelnden Tactik .. Ja. Denn, nicht wahr? man unternimmt bedeutende Anstrengungen, sich aus dieser Schlinge, aus diesen Fingern zu ziehen. Man muß sie neutralisieren, darauf kommt es an. Man muß das Übergewicht ihrer Manipulationen fortverlagern von solchen privaten Crediten auf, par exemple, Staatsverträge. Und ich spiele mit dem Gedanken, liebe Excellenz, das von Ihnen angeregte Project eines Handels-Abkommens zwischen Myrrha und Venedig nicht unwesentlich zu erweitern ..«
Die psalmodierende Stimme des Ministers sank in sich zusammen, das mächtige, scharf rasierte Antlitz mit dem schon etwas greisenhaft spitzen Kinn unter dem Haarpomp der Perücke nahm einen sinnenden Ausdruck an, und nur in den Augen, die wasserhell im kerzenerleuchteten Cabinett umherwanderten, lag flüchtig etwas Lauerndes, das Einiges von der bredouille aussprach, in welcher sich der Leiter der königlichen Politik befand.
»Ich verstehe«, sagte Herr v. Legua nach gedankenvoller, wohlberechneter Pause und begann am Camine auf und nieder zu gehen, wobei seine Hand hier und dort eine Miniatur-Figur aufnahm und wieder zurückstellte, ganz zwecklos, aber zärtlich und wirkungsvoll, weil es gewissermaßen sein Désintéressement bekundete; »ich verstehe Ihre Situation, wie ich glaube, vollkommen.« Und er ließ sich des Weiteren darüber aus, wie sehr doch das kleine Myrrha zwischen den Mächten, zwischen ihren Absichten und Wünschen, zwischen Eifersucht und Gier eingepreßt liege. Seine schön accentuierte Sprache, die Elasticität seines Ganges, die Klarheit seiner Darlegungen, denen der Graf, ohne Betroffenheit zu verraten, höflich zuhörte, bildeten einen überzeugenden Gegensatz zu der beton-

ten Morbidezza des Gastes, in dessen Zügen staatsmännische Größe und die Spuren geheimer Laster sich die Waage hielten. »Ich verstehe, daß Ew. Excellenz den lebhaften Wunsch empfinden, die Lähmung, in die das Königreich vermöge angehäufter Zinsenlasten, Verpfändung der Bergwerke, Minen, Zölle, Monopole, geraten ist, durch eine activere Handels-Politik auszugleichen. Die Contrebalance, Ihr eigener Ausdruck .. Sie wünschen – ich glaube, ich irre mich nicht – eine einseitige Regelung dergestalt, daß wir den Überfluß der Ernten in barem Gelde übernehmen an Stelle der Gepflogenheit, unsere heimische Industrie zu Gegenlieferungen heranzuziehen. Sie wünschen demnach, sich nicht allein wirtschaftlich an die Republik zu wenden, sondern, darauf muß es hinauslaufen, sich auch politisch an sie anzulehnen. Sie wünschen die Pression, die eine nördliche Macht in logischer Nutzung des bekannten Heirats-Projectes übt, transversal abzufangen durch einen Flankenschutz von Cypern her, der sich über Kythera und Illyrien bis nach Venedig fortsetzt und allerdings eine starke Position darstellen würde. Dies wären, Excellenz, in etwa Ihre Ziele ..«

– »In etwa«, sagte hochmütig der Graf. »Ich will nicht so weit gehen, zu behaupten, daß eine *Anlehnung* – Sie verstehen – mich reizen könnte, denn auch die bewußte nördliche Macht benutzt dieses fatale Wort mit einer Hartnäckigkeit, die mich nervös macht .. Seine Majestät, Sie wissen es, bedarf durchaus der souveraineté, die Ihr, wie soll ich das sagen, heilig ist, in hohem Grade heilig. Es ist ja, gottlob, nicht an dem, daß wir geradezu zerrissen werden, wir haben Zeit in Hülle und Fülle, und die späte Stunde, ich wiederhole es, bedeutet nicht, daß ich forcieren wollte – behüte, mein Lieber, behüte .. Ja, dieser Polycrates. Ich ziehe die Dinge mit einiger Gelassenheit in die Länge, ich halte sie in der Schwebe, aber natürlich entsteht eine Art von zwangsläufiger Divergenz der Position, einen reichen Mann, einen abundant reichen Mann, zu einer hohen, abundant hohen Heirats-Summe bewegen zu wollen, um den Einfluß der Banken dämpfen zu können, indem man sie kurzerhand ausbezahlt, und gleichzeitig auf die geheiligte Souveränität der Rechte sehen zu müssen, obwohl diese – miraculum mundi – doch über kurz oder lang, beim Ableben unseres gnädigen Herrn nämlich, einem anderen seiner geheiligten Gesetze, der Legitimität der Nachfolge, verfallen wird. Nun, aber lassen wir dies .. Ich bin – gottlob auch hierfür – ich bin nicht notwendiger Weise gezwungen, die Dinge zu überstürzen, da die Prinzessin ihrerseits

als verzögerndes Moment in die Erscheinung zu treten beliebt. Ich habe ganz den Eindruck, sie mag diesen samischen König von etwas inferiorer Abstammung nicht sonderlich, obwohl sie ihn nicht von Angesichte kennt, und ich mutmaße, sie ist gesonnen, ihn schlichterdings zu refusieren. Das gibt uns einige Trümpfe in die Hand, und wenn Venedig nicht auf pari zu verhandeln bereit ist, so ließe sichs denken, daß ich dem Herrn Polycrates noch eine Million mehr abhandle, womit die Souveränitätsfrage für uns weitgehend versüßt würde, oder eine Million weniger ihm concediere, womit er auf die fatale *Anlehnung* vorderhand zu verzichten hätte . .«
»Sie sind eigensinnig, Graf. Warum reiten Sie ständig auf dieser *Anlehnung* herum? Aber es ließe sich auch denken, unsererseits, daß die Republik, wenn Myrrha Schwierigkeiten macht, eine Anlehnung der Krone Samos acceptieren und den Heirats-Plan, selbst *gegen* die Prinzessin, stützen würde . .«
– »Superbe«, sagte der Minister, und seine wasserhellen Augen, während die brillantenbesetzte Hand langsam über das schon spitz werdende Kinn strich, betrachteten nahezu mit Wohlwollen den Partner. »Sie zeigen mir in wünschenswerter Offenheit den Urheber all jener unterirdischen Einflüsse, die als ein ewig gleichbleibender Unstern über den vielen von mir entrierten Mariagen geschwebt hat. Venedig also . . superbe.«
»Ein Unstern, Excellenz? Geheime Einflüsse? Da mißkennen Sie absolut unser bisheriges Désintéressement. Ich beschwöre Sie: *ich* hätte . .?«
– »Eben dies wollte ich wissen, mein Wertester. Sie sind es also nicht, das erleichtert mich ganz ungewöhnlich. Ja. Schöne Mariagen, geradezu classische Mariagen – aber wer ist es . . Ich habe meine bestimmten Verdächte, und sie liegen außerhalb des Landes.«
»Ich fürchte, Excellenz vergessen das auch im Inland Begehrenswürdige Ihrer Stellung.«
– »Aber Sie erheitern mich. Nein nein, wer sollte denn das sein? Ein Gegner meiner Politik . . nun, deren gibt es freilich eine ganze Reihe, daran ist freilich kein Mangel. Und Venedig speculiert also auf meinen Sturz. Interessant . .«
»Nicht eben dies. Aber da Sie die Frage anschneiden, Excellenz: in der Tat, wie sollte Venedig einen Pact von der Schärfe des durch Sie gewünschten eingehen, wenn es Gefahr laufen müßte, daß morgen nicht mehr Ihre verehrungswürdige Gestalt die Geschicke des Königreiches lenkt, sondern ein Novus, der sich aus allen Verpflich-

tungen zurückziehen würde, nachdem das Ziel, die Banquiers auszuschalten, erreicht ist?«

– »Meine Haltung der praeventiven Vorsicht«, entschied mit Verachtung der Gast, »gibt Ihnen Sicherheiten genug gegen Dolch und Gift; und wenn Sie handgreifliche Sicherheit brauchen, so ließe sich eine Silber-Mine wohl auch für Venedig noch finden. Was dahingegen den Ehrgeiz gewisser inferiorer Gestalten angeht, die es nach meinen Ämtern gelüstet: zeigen Sie, ich bitte Sie, zeigen Sie mir einen von ihnen, den ich nicht seit Langem, mein Lieber, in der feingesponnenen Aufsicht meiner Polizei hielte, und der, zu allem Überfluß, das Format besäße, ich sage: das Format, diese Ämter zu übernehmen. Man muß etwas Lenkendes in seinem naturel haben, um nicht selbst gegängelt zu werden. Mich angehend, denn ich lese diese Frage auf Ihren Zügen, Excellenz, so habe ich gelernt, verstehen Sie, mir die falsche Demut abzugewöhnen, die heuchlerische, gleisnerische. Ich stelle mein Licht nicht unter die Bank, ich ziere mich nicht, ich bin, was ich bin: ein Minister von gewissen Qualitäten und Meriten. Aber wir leben in einer seltsamen Zeit voller Übergänge. Sie sehen mich in einer merveillosen Allonge, und ich bin der Einzige, der sie noch trägt, wenngleich überzeugt, daß der demnächstige Baron Vampyrios Hermes, um etwas bedeutender zu erscheinen, mir diese kleidsame Tracht copieren wird, denn, der Wahrheit die Ehre zu geben, so ist sein Aussehen nicht eben ein bedeutendes. Wissen Sie: nackt und rosig, das ist sein Air, und die Nase erscheint mit geradezu schamloser Betonung fleischern, auch sie nackt und rosig, was ungemein dazu beiträgt, meinen so sehr empfindlichen Geschmack zu verletzen. Ja .. was ich sagen wollte: Sie, mein Herr Botschafter, bevorzugen nun wiederum die gepuderte Cavaliers-Perücke, die galante und zierliche, das Aile de pigeon, während Seine Majestät das natürliche Haupthaar mit der Ihr eigenen, etwas müden Grandezza ganz schlicht in einen Zopf gebunden zu tragen beliebt, nur eben ein ganz klein wenig gebrannt, was confortabler sein mag, ich gebe es zu, und unser Flotten-Admiral, ein kluger, aber nicht über mittelmäßiger, streng denkender Militär, ein Geist ohne Ambitionen, wenn ich mich so ausdrücken darf, eifert dem Vorbild des Landesvaters nach. Schon dieses kleine Beispiel der Coiffuren erzählt Ihnen, was Sie allerorten sehen: ein Zug der Unordnung und der Auflösung geht durch die Welt, deren höfische Cultur sich nicht mehr mit althergebrachter Größe und Ausschließlichkeit darzustellen weiß, was bereits daraus erhellt, daß die Princesse Royale in höchsteigener Person gegen das Ceremoniel opponiert. Aber wem sage ich das? und wen nimmt es Wunder? Und solcher Beispiele gibt es viele, aber ich wüßte niemanden, der capabel genug wäre, ja, der auch nur den Versuch unternähme, die Krankheit der Zeit zu heilen. Es bleibt, wohin man blicken mag, bei Worten, die nicht das Mindeste, das ist offenkundig, ausrichten. Man bevorzugt bereits das Nü, den schamlosen Acte. Man zeigt sich dem choquierten Hof abwechselnd in den kostspieligsten Roben von Brocat und Atlas, und in den weitestgehenden, gewissermaßen gar nichts mehr verhüllenden Phantasie-Costumes, die den weiblichen Formen eine geradezu anatomische Deutlichkeit verleihen. Und das, wiewohl die Majestät der Königin, sittsam und tugendreich, wie es in der Heiligen Schrift und in den Märchen geschrieben steht, ein leuchtendes Beispiel von Tact und Feinheit der Lebensführung darzustellen nicht müde wird. Ja .. die Zeit ist aus dem Geleise geraten. Die sehr charmante, sehr jugendliche, sehr unbesonnen auf ihrem fragwürdigen Geschmack beharrende Regentin der Inseln von Chimaira, die Königin Leda, an der Seite ihres in Umnachtung friedlich dahindämmernden hohen Gemahls .. nicht genug, daß sie sich, phantasievoll bis zum Exceß, zu imaginieren beliebt, Zeus habe sich ihr, in Anlehnung an jenes Abenteuer mit ihrer berühmten Namensbase, als Schwan in unzüchtiger Absicht genaht und sie denn auch glücklich débauchiert, nicht genug, so bestellt sie sich einen Malersmann aus Italien, der über nicht geringen künstlerischen Ruf verfügt, und – corpo di bacco – läßt sich in dieser perversen Situation, was sagen Sie! auf der geduldigen Leinewand verewigen, wobei sie, als regierende Fürstin aus sehr bedeutendem Hause, nicht das Mindeste empfindet, im Kranze ihrer Hofdamen völlig unbekleidet Modell zu sitzen. Das Bild, begreiflicher Weise, erregt Furore, man reißt sich darum, jeder will es sehen, bewundern, anhimmeln, und die vornehme Welt, soweit sie nicht vorgibt, dégoûtiert zu sein, ist entzückt. Auf den Künstler prasseln die Aufträge herab, er kann sich ihrer kaum erwehren, selbst die Königin von Phantar, die man bislang für eine Dame von Cultur und Geschmack halten durfte, trifft Anstalt, es der Cousine nachzutun, und ihr näherte sich der alte Galan als Wolke, ich bitte Sie. Aber leider, ich sage: leider, stammen alle diese Potentatinnen, Io, Europa, Alkmene, und wie sie heißen mögen, direct in zweiter Generation von der seligen Mutter unserer *eigenen* Königin ab, und der leicht ridicule Cult, der hierzulande mit den alten Göttern getrieben wird, geht nicht minder auf diese unbegreifliche vieille princesse zurück. Sofja hieß sie .. Sie wollte wohl eine Art Renaissance constituieren, aber aus der Constitution ward eine Prostitution. Nackt ist der letzte Schrei der Mode. Mir ahnen dunkle Dinge, daß auch Danae – aber lassen wir das ..«

»Excellenz befürchten den Goldenen Regen?«

– »In der Tat, mein Lieber, in der Tat befürchte ich ihn. Die Prinzessin, unlenkbar infolge einer nicht wieder gutzumachenden Erziehung zu Stolz und Selbständigkeit, hat gleichermaßen etwas gewiß Exaltiertes in ihrem nicht immer königlichen Wesen, aber gottlob! man hat ihr, in weiser Voraussicht abscheulicher Phantasmen, die sich ergeben könnten, sowohl den Umgang mit besagten Cousinen als auch die Geschichte von dem Goldenen Regen, in welcher Verkleidung der Göttervater die historische Danae beehrte, als auch generaliter den Einblick in die natürlichen Entstehungs-Zusammenhänge des Lebens so complett vorenthalten, daß sie, von ihr her gesehen, im Stande absoluter Unschuld mit diesen entblößten Extremitäten herumläuft und die Öffentlichkeit contrecarriert. Sie denkt sich nichts dabei, bewahre, sie tut es jungfräulich rosigen Herzens und verbindet keine Vorstellung mit den Formen althergebrachter Annäherung zwischen dem Manne und dem Weibe ..«

»Ahah?« bemerkte der Botschafter.

– »Man müßte es«, fuhr der Minister mit seiner psalmodierenden, gewählten und hingeschleppten Sprechweise fort, wobei er weiterhin die Endsilben wie Wesen von Wert und Gewicht behandelte, »man müßte es über sich gewinnen, ihr diesen letzten Punct gewissermaßen mit diplomatischer Feinfühligkeit plausibel zu machen, sie mit leichter Hand aus dem Stande der Kindlichkeit zu erwecken, die etwas Rührendes und Süßes haben mag, nur, ich gebe es zu, heute nicht mehr ganz in unsere Absichten paßt. Sie müßte begreifen, daß sie, als Erbin des Thrones, nicht allein eine politische Function zu erfüllen hat, sondern, sans gêne gesprochen, auch eine handfest körperliche. Sie ahnt aber noch nichts von jenem Etwas, das im Weibe selig genannt zu werden verdient, von dem Phaenomen des Verlockens und Gewährens .. und es hat wenig Sinn, ihr diese delicate Wissenschaft durch den Mund der Königin, mit der sie nicht zum Glücklichsten harmoniert, oder durch den von Ehrendamen, die ausnahmslos übertrieben bigott oder übertrieben liberal sind, vermitteln zu wollen .. Durch wen also? Sie muß ja nun bald einmal lernen, was sie anfangen kann mit den Herren der Schöpfung . .«

»Hm«, bemerkte Don Giovanni und erinnerte sich, Definitivamente gesagt zu haben.

»Sie sehen, mein teuerster Botschafter: der Gedanken sind viele, die einen ohnehin reich beschäftigten Minister bewegen, und nicht jede dieser Aufgaben vermag er allein, ein vergleichsweise schwacher Mensch, zu bewerkstelligen. Und Sie sehen ferner: die Moral dieses Ministers, wie Alles, was mit dem Staate zusammenhängt, ist eine zweischneidige. Ich gehe noch weiter: obwohl als Mensch und Grandseigneur für äußerste Löblichkeit der Sitten, habe ich, ein vertrauter Ratgeber der Krone, im Laufe der letztverflossenen Monate Anlaß gehabt, mir einzugestehen, sehr betrübender Weise, daß die erlauchte Person des Königs allzu freudlos dahinlebt, allzu jenseitig in seine Uhren vertieft, trop seul, möchte ich sagen, als daß nicht der Versuch angebracht schiene, die mangelnde Initiative des Monarchen in dieser . . etwas heiklen Frage gleichsam zu balancieren durch ein discretes Arrangement. Die Scrupulosität des Characters und die absurde Melancholie seiner Seele hindern ihn, sich auszusprechen, geschweige zu handeln, obendrein aber beherbergen Hof und Land keine weibliche Schönheit mehr, die exorbitant genug wäre, ihn zu reizen, und die nicht schon zu einigen Malen deutlich genug seinen königlichen Weg, selbst in den verschwiegensten Cabinetten, ganz ergebnislos gekreuzt hätte . .«

Der Minister leerte bedächtigen Zuges das Glas, dann erhob er sich, nachdem alle Minen, die zu legen er vorgehabt, zu seiner Zufriedenheit in das stille und tiefe Meer eines Diplomaten-Gewissens versenkt waren. Er erhob sich nicht ohne Mühe, indem er den goldgeknauften Stab benutzte, und ein infamer Schmerz, bis hinauf in die Gegend der Nieren stechend, ließ die Muskeln des glatt rasierten Gesichtes für einen Augenblick zucken.

– »Meine liebe Excellenz«, sagte er herablassend und freundlich, ehe er hinausging, um sich in verhängter Sänfte durch das nun nicht mehr so düstere Weltall tragen zu lassen, denn über den Cedernwäldern strahlte der indessen heraufgekommene Mond, »die Königliche Regierung, mit einem Worte, würde sich glücklich schätzen, wenn Ew. Excellenz unseren Vorschlägen und Anregungen mit einigem Wohlwollen zu begegnen sich dankenswerter Weise entschließen könnten . .«

Der Botschafter verneigte sich. »Ich werde nicht verfehlen«, erwiderte er, worauf er den Gast bis in die erleuchtete Torfahrt geleitete. Und noch in selbiger Nacht schrieb er an die schöne Bendidia im fernen Venedig, eine exorbitante Schönheit, um mit dem Minister zu reden, die ihn feurig geliebt und lächelnd gelassen hatte. Durch die hohen und schmalen Fenster aber fiel noch lange das Licht auf den Kies des Gartens, darinnen die Lorbeergebüsche träumten und dufteten.

VII. Capitel

Hiermit begann das Unheil über Myrrha heraufzuziehen, und Herr v. Legua, in einer Verkettung von beklagenswerten Launen des Schicksals, ward als erstes und vornehmstes Opfer auserkoren. Doch gemach.

»Guten Morgen«, sagte die Königin und schloß die Tapetentür, die als ein Bücherschrank feinsinnig gebildet war, sagte es nicht ohne Ironie, denn sie fand, trotz später Stunde, den Grafen noch frühstückend im Bette, wennschon mit der Allonge bekleidet, von der ein bösartiges Gerüchte zu wissen vorgab, er schlafe sogar mit ihr, seiner eigentlichen Geliebten.

– »Guten Morgen«, antwortete der Minister mit dünner und etwas arroganter Stimme, indem er die Brillantenhand zweimal aus dem Gelenke leicht nach oben bewegte: »Guten Morgen.«

»Sie hatten eine erquickliche Nachtruhe, Graf?«

– »Vortrefflich, Madame, ganz exquisit.«

»Ich suchte Sie leider vergeblich.«

– »Ich weiß . .«

»Von wem?«

– »Der Narr tischte mir diese Kunde als hors d'œuvre auf, und ich sah keinen Anlaß, an der Lauterkeit seiner Worte zu zweifeln. Ja . . was ich sagen wollte: wir sind banqueroute.«

»O, das haben Sie mir schon dreißig Mal gesagt, ich glaube Ihnen kein Wort mehr.«

– »Aber so ironisieren Sie mich doch nicht in Einem fort. Ich habe dreißig Mal gelogen, das ist richtig, warum sollte es beim einunddreißigsten nicht an dem sein? Die Lüge gehört zum schönsten Geschäft der Regierenden, also lassen Sie mir diese Freude. Sie erhöht den Genuß, die Spannung, das graue Einerlei. Mit einem Wort: Vampyrios Hermes wird Minister.«

»Das ist mir allerdings neu.«

– »Mir auch. Sie alterieren sich, Madame?«
»Wie sollte ich mich nicht alterieren? Sie liegen da in Ihrem Staatsbett und frühstücken mit aller Seelenruhe; Sie nennen mir den verhaßtesten Namen, den ich auf Erden kenne, obendrein in einem Zusammenhang, Graf, einem Zusammenhang voll selbstmörderischer Consequenzen, und denken sich nichts dabei – und ich soll einer gerechten Wallung von Zorn, was sage ich: von Ekel und geradezu physischem Abscheu nicht nachgeben dürfen?«
– »Physischer Abscheu«, sagte der Minister, »sehen Sie, das ist es. Dieser Mann, der, gottlob! die gegenwärtige Form unseres Lebens, eine höchst confortable Form, ich bitte das nicht zu vergessen, ermöglicht, dieser Mann hegt ebenfalls einen geradezu physischen Abscheu, nämlich den vor der Verantwortung .. Kurz und gut: er wird seinen Abscheu hinunterschlucken, der Herr Baron, er wird halt Minister werden *müssen,* ob er will oder nicht.«
»Carlo, ich bitte Sie: Baron? Baron Vampyrios?«
– »In der Tat, wir werden ihn nobilitieren, das wird ihn, denke ich, zunächst versöhnen, und später .. wird es ihn erledigen.«
»Ich gehe zum König!«
– »Ja, tu Sie das, Chérie. Sie erwiese mir einen großen Gefallen. Und sag Sie dem hohen Herrn, Venedig sei nun leider nicht darauf eingegangen, den Handelsvertrag einseitig zu fassen, werde auch nicht darauf eingehen, aber in gewissen anderen Puncten –«
»Hör zu, Carlo, es darf nicht sein, er darf es nicht werden. Ich lasse sofort, gleich jetzt, alle meine Bauten einstellen, ich lasse meinen Schmuck einschmelzen, wir können die Apanage herabsetzen, wir werden –«
Der Minister hob skeptisch die Hand. »Wir werden gar nichts, ma biche. Dieser Vampyrios hat uns in der Hand, da hilft uns nun kein Edelmut mehr und auch kein liebenswürdiges Nachtgespräch in der Botschaft, da werden wir halt ganz leise und vornehm unseren Minister v. Goldenberg, bis zu späterer Verwendung, zurückziehen, werden dem Baron den leeren Sessel zeigen und sagen: aber bitte, mein Lieber, bedienen Sie sich doch, bedienen Sie sich immerhin. Sie sind ja ein Mann des Glückes, ein Mann des Geldes und der Finanztheorie, da wird Ihnen die Praxis auch nicht schwer fallen, vielleicht gelingt es Ihnen, den Staats-Tresor wieder flott zu machen, wir sind sehr gespannt darauf, sehr gespannt ..«
»Mir ist so angst, Carlo. Werden wir jetzt für unsere Sünden bestraft? Du schweigst .. Ach, wohin wird das Alles führen?«

– »In den Untergang . .«
»Und das kannst du so ruhig sagen?«
– »Ja. Und warum nicht. In der Politik muß man ruhig sein. Die Nerven . . Ich habe es jetzt gelernt. Lächelnd um hohe Einsätze spielen . . Leidenschaften verdecken, sehr kunstvoll verdecken, nichts zeigen – das ist es. Das Jeu, meine Teuerste. Derjenige, der die Bank hält, muß nicht unbedingt wissen, wie uns zumute ist . . und das verwirrt ihn . . und das gibt uns gewissermaßen die Chance, die Bank, ganz plötzlich, zu sprengen. Ja. Wohin wird das führen. Es führt in die Catastrophe, da gibt es nun nichts mehr. Aber wen wird sie, wen wird das Pulverfaß, auf dem wir sitzen und scherzen, wen wird es zerreißen . .? C'est la question.«
Und Vampyrios Hermes, ein gleichsam nacktes und rosiges Gesicht, ward eilends ins Schloß berufen, um es, ein wenig blasser, doch voll eifriger Würde, als Baron und Minister wieder zu verlassen. Ungeheure Erregung bemächtigte sich der vielgeprüften Stadt, des Landes, ja, des Reiches, und Volk wie Adel schäumten.
Mit Recht – denn Eines kam hier zum Anderen, und niemand, außer dem engsten Kreis der regierenden Personen, durchschaute das Manœuvre des Premiers, der seine eigenen Gedanken hatte, ohne sie, verständlicher Weise, aussprechen zu dürfen. Und die Leidtragenden dieses, freilich, höchst zweischneidigen Versuches, eine Macht, die sich gegen den Willen des Staates gebildet hatte, im Dienste dieses selben Staates über kurz oder lang zu verbrauchen, zu absorbieren, zu erledigen, mit dem brutalen Worte des Grafen gesagt – die Leidtragenden waren ja nun einmal nicht diejenigen, die das Manœuvre führten, sondern Klein-Adel, Bürgertum und die mittleren, in gewissem Grade begüterten Schichten des Volkes, das neue Steuern, neue Zölle, neue Erpressungen heraufkommen sah. So wurden die Messer geschliffen für den Herrn Grafen – und in den folgenden Nächten, wofern er ihrer noch einige erlebte, würde der letzte Cavalier, der die Allonge mit Anmut und Ernst zu tragen verstand, in den Schreckbildern seines Schlafes wieder Grund haben, zu schreien, weil sein phantasievolles Ohr ihm das Geräusch, mit welchem man Dolche wetzt, in schauriger Deutlichkeit vor die Seele rief.
Doch gemach.
Denn nun nahte sich, schön, männlich und etwas steif in der Sänfte sitzend, Don Giovanni di Legua e Torreleoni dem Königlichen Palais, und die Menge, gefährlich wie ein leichtblütiges Pferd, das

von der Hornisse gestochen wurde, wich kaum um ein Geringes zur Seite, gerade so viel, daß der Botschafter das Schweigen und das Brüten, den Ingrimm und den Kummer in all den unzähligen Gesichtern studieren konnte, was er mit jener Unbefangenheit besorgte, die ihm eignete. Aber man achtete das Löwenwappen, man achtete die Republik, und dies, dünkte ihn, war von größerem Werte als jede noch so heilige und heuchlerische Versicherung aus dem Munde eines noch so mächtigen Ministers: Venedig hatte sich auch hier Respect zu schaffen gewußt. Dann nahmen die Wachen ihn auf, die den weiten Vorplatz zwischen Palais und Schloßfreiheit abgesperrt hielten, das hohe Kunst-Gitter der Cour d'honneur umrahmte ihn, golden und schwarz, für einen höchst decorativen Augenblick.

»Venedig ..« sagten Einige, als könne von daher die Rettung kommen, von diesem amusierten und hochmütigen Aristocraten, der da im Dunkel der Torhalle entschwand, und die Horcher, zwanglos verstreut unter dem summenden, murmelnden, zu Haß und Gewalttat bereiten Volk, vermerkten es in papierenem Gedächtnis ..

Don Johann, obwohl unangemeldet, antichambrierte nicht. Er setzte sich nicht den Blicken der Bittsteller, der Secretäre und Räte, der Zuträger, Hasardeure, Figuranten und Intriganten einer zweifelhaft gewordenen Politik aus. Er liebte »dergleichen Leute« nicht. Er wartete in der Hirschen-Galerie, wohin er sich hatte führen lassen, und wo die Jagd-Trophäen im bunten Wechsel mit Gemälden, vergilbten Kupfern und Stucco-Cartouchen hingen. Dort wartete er, bis man ihm melden würde, daß Seine Excellenz sich glücklich schätze, Seine Excellenz zu empfangen ..

»Seine Excellenz«, sagte der Chef des Protocolls in der Hirschen-Galerie der Königlichen Residenz zu dem Botschafter der Republik, »ist überglücklich, daß Ew. Excellenz gerade in diesem Momente .. darf ich bitten ..« und überreichte, während die schwere, palisandergeschnitzte Flügeltüre zum Cabinetts-Saale sich öffnete, einen gefalteten und gesiegelten Brief mit dem Wappen des Grafen Godoitis. Ein Handschreiben, sieh an, eine Art billet-doux .. Herr v. Legua las es im Gehen, während er die Spiegel-Galerie und den Uhrensaal durchschritt, las es mit halbem Triumph und halber Indignation, denn halb war er geprellt, halb auch belohnt, und Beides schien einander zu bedingen. »Excellenz«, las er, »Sie finden bei mir den Botschafter von Samos: Sie sind erstaunt – Sie sind entzückt – Sie antworten bestätigend auf eine gewisse wahrheitswidrige Behauptung meinerseits – und Sie erhalten nicht nur die notwendige Einführung bei der Princesse Royale, sondern auch, sans-mot-dire, freie Hand. Carlo Godoitis. Nota bene vernichten Sie bitte diese Zeilen.« Leichtsinnig .. Don Johann schob sie mit wohlgeschnittenen, schlanken und feinen Fingern in den Ärmel-Aufschlag seines hellblauen Justaucorps.

»Excellenz«, rief er emphatisch, »ich bin erstaunt, ja mehr noch: ich bin entzückt und bitte vielmals um Vergebung, daß ich hier so gewissermaßen hereingeschneit komme.«

– »Ja«, bemerkte statt des Samischen Gesandten der Minister, »nicht wahr, welch eine Fügung. Ein Zufall .. Aber nehmen Sie doch Platz.« Und während Venedig Platz nahm, ruhten die Augen von Samos frostig, ahnungsvoll, ein wenig angewidert, doch ohne jene Sicherheit, die den Gast in so hohem Maße auszeichnete, auf diesem; der Minister aber fuhr psalmodierend fort: »Ja .. es ist nun an dem, daß unser schöner Plan eine unliebsame Verzögerung, zumindest, erleidet. Daß sich Schwierigkeiten, die außerhalb des Landes, außerhalb meines Einflusses liegen, gegen die schon so gut wie perfecte Mariage, wie soll ich das sagen, aufgetürmt haben ..«

– »Die wären?«

– »Ja .. ich habe, zu meinem lebhaften Leidwesen, die Impression gewinnen müssen, daß die Republik Venedig« – und die Augen beider Königreiche richteten sich voll auf die elegante Erscheinung der Oligarchie, die ein wenig steif, denn der Degen behinderte sie, auf dem schön geschweiften Damaststuhle saß – »daß die Republik Venedig einer Verbindung Seiner Majestät des Königs von Samos mit Ihrer Königlichen Hoheit der Kronprinzessin unter momentanen Umständen zu widerstreben gesonnen ist ..«

Don Giovanni schwieg und sah zum Fenster hinaus. Was wog nicht eine freie Hand gegen solche »momentane Verzögerung«, die zu gar nichts verpflichten mußte ..

– »Wollen Ew. Excellenz«, bemerkte Samos mit Schärfe, »mir diese .. Ansicht des Herrn Minister-Praesidenten gütigst bestätigen!?«

Venedig nickte leichthin.

– »Wollen Ew. Excellenz mir über die ›momentanen Umstände‹ eine detailliertere Auskunft gütigst erteilen!?«

»Die Machtverschiebungen«, sagte Don Giovanni und gruppierte seine in Blau und Silber gekleideten Füße noch malerischer, »die sich aus der in Erwägung gezogenen Verbindung der erwähnten königlichen Personen ergeben müßten, sind, Excellenz, so schwerwiegender Natur, daß sie von Seiten Seiner Herrlichkeit des Dogen einer Prüfung, einer vom Geiste ruhiger Überlegung getragenen Prüfung bedürfen, ehe die Signoria eine definitive Stellung dazu nehmen wird. Ich bedaure unendlich, gegenwärtig keine näheren Angaben darüber machen zu können, ich bedaure wirklich unendlich.«

– »Danke«, entschied der Botschafter der Krone von Samos. Und stehenden Fußes beschloß er, heim zu reisen, um seinem Monarchen Bericht zu erstatten, neue Weisungen zu empfangen, neue Vollmachten zu neuer Pression auf seinem Rückweg mit sich zu führen – und es war keinen Augenblick zu früh, denn das Unheil zog über Myrrha herauf.

»Die exorbitante Schönheit«, sagte Don Johann, nachdem man allein geblieben, »heißt Bendidia de'Lanzi, und eine Taube als Zeichen der Unschuld flog heute früh aus dem Fenster meines Schlaf-Cabinettes. Niemand, auch keine Actennotiz, hat sie flattern sehen, ich selbst will es unverzüglich vergessen .. Excellenz verstehen. Diese Dame wird bei Gelegenheit, Cousine des Cardinals Colonna, hier angereist kommen, sie wird in einem Hause höchster Provenienz, das vorher, Graf, von seiner Auszeichnung benachrichtigt wurde, privatim zu Gast sein, und auf dem üblichen Wege, mit letzter Discretion dotiert, wird sie bei Hofe eingeführt werden, um ihr Glück zu machen.«

– »Tiens tiens«, bemerkte der Minister.

VIII. Capitel

Die Keuschheit – was ist es mit ihr? Sie ist ein Zustand der Seele in ihrer Jugend, ein so merkwürdiger Zustand, daß nicht einmal Gott ihn beschreiben könnte, da, wer ein Ding beschreiben will, des Wortes bedarf, und eben dem Worte entzieht sich die Keuschheit. Ein unbeschreiblicher Zustand, den die Person, die ihn darstellt, nicht zu ahnen vermag, denn im Nicht-Ahnen, da liegt es. Ach, sie hat nichts zu schaffen mit jener Süße, die waghalsige Schreiber über sie ausgegossen haben, so daß sie einem gewählten Geschmack außergewöhnlich schlecht genießbar erscheint, sondern im Gegenteil: sie ist fähig, gleich dem Weine der Champagne, der sich in tiefen Kellern mit der Kraft der Hefe paart, um zu schäumendem Secte zu werden, sie ist fähig, eine höchst reizbare, höchst gefährliche und explosive Verbindung mit Elementen wie Trotz und Übermut, verlockender, unbewußter Sinnlichkeit und heute tragischen, morgen ironischen Stimmungen, mit heftigen und ungezogenen, dann wieder zärtlichen, ja, prickelnden Launen einzugehen, Elementen, die ihr das Übersüßte nehmen und in ihrer anorganischen, widerspruchsvollen Mischung dem Beobachter kund tun, daß Alles auf ein nahes Ereignis hindrängt, welches das angestaute Lebensgefühl auf das Wunderbarste zur Entladung bringen wird – und ein solcher Champagner war die Prinzessin Danae.

»Dieu merci!« sagte sie erleichtert, »ein Freier weniger« – womit sie den Botschafter von Samos meinte, dessen Corvette soeben den Hafen verließ. »Sie haben es fabelhaft heraus, Admiral, mir meine Verehrer madig zu machen.«

Admiral v. Borromeo, einen halben Schritt hinter ihr der Richtung ihrer Augen folgend, verneigte sich leicht.

Man befand sich in dem Salon der Prinzessin, einem ovalen, matt in Blau lackierten Salon, dessen Wände von silbernen Ornamenten übersponnen waren, von Rankenwerk und thronenden Pfauen, von Tannen, Pinien, großen Farrenwurzeln, aus denen Hirschgespanne hervorbrausten; possierliche Äffchen, alle aus Silber mit silbernen Schwänzen, tobten durch die verzweigten Äste; auf dem Decken-Gesims, in legerer Haltung, lagerten olympische Nuditäten; dazwischen Putten beim Fischfang; Reusen, Netze; kleine Barken, Delphine; das schäumte hinüber in den weißen, kaum eben gewölbten Stucco-Plafond; und die Fenster, welche offen standen, gingen auf See . .

Längst unterdessen hatte die Corvette das hohe Meer gewonnen – ein Vorgang, der die Blicke magnetisch mitzieht –, ehe die Prinzessin das Schweigen brach. »Immerhin«, sagte sie flüchtig, »fort rauscht die Jugend, und der Richtige kommt nie.«

– »Königliche Hoheit sind Fünfzehn«, erwiderte Borromeo mit spöttischem Vorwurf.

»Ich bin wesentlich älter, als Sie und das Taufregister glauben.«

– »Die Jugend, gnädigste Prinzessin, ist lang. Für Sie, ich bitte um Vergebung, hat die Jugend noch nicht einmal begonnen, Jugend zu sein.«

»Das verstehe ich nicht. Wie meinen Sie es?«

– »Das können Sie auch nicht verstehen. Man hält Ihnen ja Alles fern, was Sie ein Verstehen lehren würde.«

»Erklären Sie sich, Admiral. Sie halten mich für dumm.«
– »O, im Gegenteil, Ihr Scharfsinn zeigt die ungewöhnlichsten Anlagen. Aber das Leben .. haben Sie noch nicht gesehen. Zum Exempel besitzen Sie eine Antichambre. Fragten Sie sich jemals, warum keine Leute darin sind, die dort antichambrieren? Da nikken Sie, das ist Alles. Und warum haben Sie keinen Verkehr mit jungen Damen? Etwa nur, weil man Ihnen dergleichen Umgang nicht auf dem Tablett serviert? Sie haben Bücher – lesen Sie darin? So? Doch? Dann ziehe ich diesen Punct zurück, es bleiben ihrer genügend. Poaretes schneidert Ihnen die wundervollsten Roben – haben Sie schon einmal darüber nachgedacht, welchem Zweck solche Roben dienen? Und warum immer allein? Warum schaffen Sie sich keine Suite? Sie reiten allein, Sie lesen sogar, wie ich zu meinem Entzücken höre – aber auch das ist eine solitäre Beschäftigung –, Sie gehen auf Jagd, allein, baden allein, besuchen sechs Kirchen hintereinander, sämtliche Confessionen im bunten Wechsel, geben sich Ihrem Stolz, dem Stolz Ihres Ranges hin, Ihren Launen, Mißmut und Übermut, Neigung, Abneigung, auch Alles im bunten Wechsel, und es läßt Sie völlig gleichgültig, was man von Ihnen denkt. Es läßt Sie gleichgültig, welche Wirkungen *Sie* auf die Menschen haben, Sie wissen wahrscheinlich noch nicht einmal, daß Wirkungen von Ihnen ausgehen, zwiespältige Wirkungen, einmal ein großer Zauber, und dann wieder etwas sehr Erkältendes, sehr Enttäuschendes. Sie leben recht in den Tag hinein – was aber morgen von Ihnen verlangt werden wird, darüber machen Sie sich keine Gedanken.«
Das Schiff versank allmählich hinter der Kimm, da wo Luft und Wasser sich miteinander verwoben. »Woher wollen Sie meine Gedanken kennen«, sagte die Prinzessin nach kurzer Pause, sagte es wegwerfend und ungnädig, denn sie liebte es nicht, belehrt zu werden, und wandte sich auch ferner nicht um. »Was Andere von mir denken«, fuhr sie fort, »läßt mich allerdings gleichgültig. Ich nehme mir das Recht, so zu sein, wie ich nun einmal bin. Und ich mag es gar nicht, wenn man mir predigt, wie ich sein *soll*. Sie, mein Herr Admiral, möchten, daß ich mehr lese. Ich bitte Sie: wozu? Was in den Büchern steht, gibt mir keine Antwort, das ist Alles ad usum Delphini zurechtgestutzt, Gewesenes und hohe Staats-Theorie. Es sind ganz andere Dinge, über die ich Auskunft brauche, aber es scheint das niemand bemerken zu wollen. Ich bin fast Sechzehn, und man hält mich wie ein Kind. Ihr macht mich ja einsam mit

Gewalt, sehen Sie das denn nicht? Meine Mutter lächelt in ihrer höhnischen Art, meine Ehrenfräulein, wenn ich mit ihnen spreche, sinken aufs Knie vor lauter Befangenheit, so genial sind sie ausgewählt, die Hofdame verweist mir jedes zweite Wort als unschicklich – *und es ist doch etwas da,* worüber ich Klarheit haben muß. Dinge, unter denen ich leide! Und Ihr schweigt. Das schafft man doch nicht aus der Welt, indem man es bagatellisiert! Aber kann ich meinem Vater mit solchen Fragen kommen? Nein, ich kann es nicht. Und könnte ich von Ihnen erwarten, daß Sie mir erklären würden, warum gewisse Veränderungen –? Nein, das kann ich nicht. Denn Sie sind ein Mann, und man hat mir gesagt, es sei unschicklich. Alles ist unschicklich, woran ich herumrätsele, und ich *will* es jetzt wissen. Ich bin nicht so albern, daß ich nicht merke, wie Sie mir Alle ausweichen, und warum in den Büchern weiße Stellen sind oder ganze Seiten fehlen. Wer, ich bitte Sie, weicht mir *nicht* aus? Warum verheimlicht man mir, was es mit der Liebe auf sich hat? Was ist ein Kuß? wozu dient er? was hat das für einen Zweck, Mund auf Mund zu placieren? was freut die Männer daran so? warum legen sie so großen Wert darauf? Mir jedenfalls hat es wenig Impression gemacht.«

– »Sie wurden geküßt?« fragte der Admiral, die Kunde überraschte und erstaunte ihn. Indem ertönte aus dem Hintergrunde des Salons, wo man schon mehrmals Räuspern vernommen hatte, die Stimme der Hofdame – zu jener Zeit war es eine Frau v. Lambda, gefürchtet für ihren Witz,doch schien sie ihm abgeschworen zu haben während der Dauer ihres Ehrendienstes, denn sie gefiel sich in ständiger Bigotterie, die das Fräulein im Pantherfell nervös machte (momentan, nebenbei, trug die Prinzessin eine pompöse Staatsrobe, mit Reifrock und tiefem Décolleté) –, und diese Stimme rief mit kühler Indignation herüber: »Königliche Hoheit, ich muß bitten: welche Gespräche!«

Danae, voll erzürnter Ungeduld, wandte den wohlfrisierten Kopf mit den golddurchsponnenen, weichen, ein wenig widerspenstig sich scheitelnden Locken. Sie wandte ihn mitsamt der carmesinroten Nelke, um leise, doch heftig zu antworten: »Ich spreche, wie es mir not tut, und nicht aus Vergnügen!«

– »Aber doch nicht über Küsse. Bedenken Sie: die Convention ..«

»Mir conveniert es, die Convention im Augenblick einmal zu unterbrechen. Wir sind ja gewissermaßen entre nous.«

– »Nie«, sagte die Hofdame, »sind wir entre nous. Prinzessinnen, Königliche Hoheit, haben sich stets und überall ihrem Stande gemäß zu führen, sogar, wenn sie allein sind, sogar in ihren Gedanken.«

– »Madame«, warf der Admiral ein, »wir wollen doch nicht vergessen, daß auch wir einmal jung waren.«

– »Sie sind sehr liebenswürdig, Excellenz, doch soll mich ein so graziöses Compliment nicht davon abhalten, den Weisungen zu folgen, die man mir gab, und Sie als Minister können unmöglich die Absicht haben, auf derart offene Worte im Ernste einzugehen.«

– »Ich habe diese Absicht, Madame, und ich werde auf diese Worte eingehen, wo nicht als Minister, so als bestallter Ratgeber der Prinzessin, wofern die Bestallung überhaupt einen Sinn haben soll.«

Man hörte die Türen der Antichambre, und Frau v. Lambda, zu ihrem Leidwesen, sah sich gehalten, hinauszueilen, auch das gehörte zu ihren Pflichten. »Excellenz Graf Godoitis«, rief sie befriedigt und voller Salbung, als sie zurückkehrte, und schien einen Triumph dabei zu empfinden.

Hier riß sich die Prinzessin endgültig vom Anblick der See los, dermaßen plötzlich, daß sie fast selber verwundert war, nun statt der Wellen den reich decorierten Türrahmen zu erblicken. »Ich *will* ihn nicht empfangen!« rief sie erbittert.

– »Aber«, sagte der Admiral, »aber: die Höflichkeit ..« Er sah ihr voll spöttischen Vorwurfes in die Augen, die ein gewisses Erstaunen zeigten. »Die Höflichkeit«, sagte er noch einmal und nickte.

Der Graf war schon eingetreten, ungerufen, unerwünscht, wie er wohl wußte. Doch kam er nicht allein: an seiner Seite, das heißt, um völlig wahr zu sein, einen halben Schritt voran, weil die sehr heikle, sehr empfindliche Harmonie, die in den Fragen von Rang und Vortritt sich manifestiert, dies gebot – Ambassadeure stellten, per procurationem, ihr Staats-Oberhaupt dar –, betrat Don Giovanni di Legua, Bevollmächtigter Minister der Republik Venedig, den blausilbernen Salon der Thronfolgerin, um sich ihr, auf das Artigste, praesentieren zu lassen. Die Thronfolgerin schlug die weißblauen Augen auf.

– »Ich bringe Ihnen hier«, sagte der Graf mit seiner umständlichen Stimme, die Haartour schwankte, »ich bringe Ihnen, Königliche Hoheit, eine ganz exquisite, ganz merveillose Erscheinung, einen neuen Stern am Himmel unserer Welt – und ich darf hinzufügen:

welch eine Figur, Königliche Hoheit werden entzückt sein, begeistert, über die Maßen werden Sie entzückt sein.«

Er hatte nicht gelogen.

Die Schönheit – was ist es mit ihr? Ist sie von jener zuckrigen Süße, die tausend Schreiber über sie ausgegossen haben, und die einem gewählten Geschmack so außergewöhnlich schlecht genießbar erscheint? Besitzt sie, den Mann angehend, wirklich nur alberne Requisiten, den Silberblick der Augen oder das abscheuliche, von Pommade glänzende Lippen-Bärtchen? Ach, weit gefehlt – hat sie *gar* nicht nötig. Die wahre Schönheit ist rätselhaft, wie der Character, der sie geprägt hat, wie die Seele, die in ihr sich spiegelt: eine Summe von Andeutungen, verhüllten, unbewußten, tief unter der Oberfläche wirkenden Vorgängen. Und gleich der Erde, die sehr poetisch, sehr friedlich aussieht, mit Wäldern und Wiesen, mit dem flüssigen Gold eines Baches im Abendlicht, darunter aber brodelt es von vulcanischen Energieen, denen, in der nächsten Secunde, eine Gewalttat übelster Art, irreparabel, folgen kann – gleich dieser Erde ist sie fähig, das Unvereinbare zu desto höherem Reize zu vereinen: den Sinn für das Leichte, Lässige, mit dem Feuer des Stolzes, der Willenskraft; spielerischen Wagemut mit skeptischer Scherzhaftigkeit; Gedankenreichtum und Wolkenflug mit geradezu wilder Erdenlust .. doch niemals kann sie banal sein. Denn das Banale hat weder Herkunft noch Göttlichkeit, die Schönheit dagegen ist sehr ancienn und erinnert sich gut des Paradieses, von dessen Wonnen sie einen kleinen, vergiftenden Schimmer, etwas sehnsüchtig Verzehrendes – wie Alles, was zum Jenseits die Brücke schlägt – in unsere arme Welt hinüberrettet. Und es sind winzige Dinge, die das vermögen, oft unmerkliche, flüchtige Composita: die Ahnung von etwas Heftigem in der Buchtung des Kinnes, eine Möglichkeit nur zu Heftigem, und schon zittert das Frauenherz; eine verfeinerte Linie des Mundes, in Perfection das Männliche ausdrückend; die Meißelung der Nasenflügel, in denen ererbter Adel vibriert, ja, überhaupt das Vibrierende; Schläfen, hinter denen man die Gedanken eintreffen, sich formieren, abrücken sieht; eine bläulich umschattete Senke neben dem Auge, eine Senke, die diesem Auge Geheimnis verleiht, im Auge selbst aber, verborgen unter moquanter Müdigkeit, ein ständiger, wolkenhaft rascher Wechsel des Ausdrucks – und dann der Reiz, der in Bewegungen, nicht im Zustand, liegt, Bewegungen von Lippen, die unversehens sich aufschürzen, von Runen und Fältchen, die tausend Dinge erzählen,

Händen, die locker und alert eine zierlich geschliffene, vielleicht sehr kostbare Frechheit illustrieren, dahinflattern lassen, um im nächsten Moment eine eben so kostbare Schulter sieggewohnt zu umgreifen; Bewegungen endlich des ganzen Mannes, Bewegungen in Seide und silberbesticktem Atlas, voll Anmut und Kraft, Bewegungen, in denen das Tier und der Gott noch gemeinsam anwesend sind, und in jeder Partie dieses von höchster Rasse zeugenden Körpers das Gefühl äußerster Gepflegtheit – ja, in diesem Allen liegt die Schönheit des Mannes, die Frauen verfallen ihm, ob sie es auch zu vermeiden wünschen, und Don Giovanni war ein solcher Mann.
Vorsicht, dachte der Admiral. Nach einiger Zeit aber, halb auf den Wink des Grafen, halb auf den seines eigenen Hirnes, erhob er sich – gewisse Erfahrungen wollen erlitten, nicht angehört werden – und verließ die immerhin seltsame Tee-Runde. Sie stimmte wenig zueinander, doch plauderte man in vollendeter Grazie, scherzte, hob zerbrechliches Porcellan zum Munde und verschwendete an das drunten rumorende, von Sorgen und Ängsten bedrückte Volk keinen Gedanken – den Grafen vielleicht ausgenommen; indessen, der sagte es nicht.
– »Ja . .« sagte er vielmehr, beharrlich das schon welkende Kinn massierend, sagte es zu Frau v. Lambda, die er hofierte, da sie ihm wichtig war – um der Beobachtung Danaes willen, seiner hartnäckigsten Feindin – »ja . . Madame, die Politik . . In früheren Zeitläuften hatte sie, wie soll ich das beschreiben, etwas gewiß Altväterisches an sich, man konnte sich ausruhen auf ihrem Pfühle, das heute so hart und unnachgiebig geworden ist. Man mußte sich nicht mit dem Problem herumplagen, wie man sechs oder acht oder zehn goldene Kugeln balancieren soll, ohne daß eine herabfällt und uns, weil sie schwer wiegt, den zierlichen Fuß zerschmettert. Ja . . die Politik ist eine Wissenschaft geworden, und, ich gestehe es, sie hat ihre Tücken. Gefahren hat sie, das ist es, teuflische Gefahren, Skylla und Charybdis gewissermaßen, und der alte Polyphem, der Ungemütliche, spukt auch immer in dieser oder jener Form im Hintergrunde umher. Aber, was ich sagen wollte: diese Beiden . . man unterhält sich amön im Salon der Thronfolgerin, und – nun ja, aber lassen wir das . . Ich hätte Ihnen, meine Gnädigste, eine allerdings gewichtige Frage . . nur – Sie verstehen: hier . . vielleicht wäre es doch wünschenswerter, und ich proponiere Ihnen das, wenn wir ohne Zeugen . . Denn es ist ja nicht an dem, daß ich um der Conversation willen gekommen wäre – mit einem Wort: die Anti-

chambre gäbe uns, zweifelsohne, die Möglichkeit ..« – und auch er erhob sich, etwas gichtisch, wobei ein infamer Schmerz, bis in die Gegend der Nieren hinauf, als kleines Zucken auf seinem Gesichte zu lesen war – »mit einem Wort: Königliche Hoheit entschuldigen uns .. gewisse Dinge, die zu besprechen wären, unaufschiebbare Dinge .. Die Excellenz des Herrn Botschafters wird mittlerweile nicht verfehlen, Königliche Hoheit auf das Deliciöseste zu erheitern.«

Die Beiden – da schwiegen sie nun, lässig der Eine, beklommen die Andere, denn sie hörten, mit welcher Betonung, mit welch programmatischer Deutlichkeit sich die Schritte entfernten; es war von der Antichambre die Rede nicht.

»Man läßt uns allein«, sagte Danae.

– »Ja«, bestätigte Don Giovanni und horchte den Schritten nach. »Man läßt uns allein.«

»Warum?«

Auch der Botschafter erhob sich, die Prinzessin tat ein Gleiches – mit Augen, in denen Scheu und Unschuld und ein gewisses fragendes Erstaunen lagen, ihre Hand griff zögernd nach dem Halse, wo ihr Herzschlag pulste – und er *nahm* die Hand, um sie zu küssen, und er küßte, ungesäumt zur Tat schreitend, den Mund.

Der Kuß – was ist es mit ihm? Ist er wirklich nur jene müßige Vereinigung, jenes Placement zweier Lippenpaare, bei welchem die Prinzessin, in den Bezirken der Liebe noch unbewandert, so wenig Sinn und so gar keine Emotion entdecken wollte? Oder log sie, und ahnte ihr doch schon Einiges, als ihr dergleichen das erste Mal geschah? Zwar den Aestheten schaudert es, den blassen, der sich gewöhnt hat, das Leben in gewählter Verfeinerung aus dritter und vierter Hand zu empfangen, als einen durchsichtig spirituellen Aether gewissermaßen, er wittert mit Recht das Ungestalte in dieser nicht eben aesthetischen Handlung, das Drängend-Gärende der Erde, die er sich und dem Geiste untertan glaubte. Er wittert das Tyrannische des Triebes, der sich Seelen und Leiber unterwirft und auf das Tiefste dem Gedanken der Freiheit zuwiderläuft; der die Freiheit aufhebt mit weniger als einem Federstrich; der das Gefühl zum Könige macht und alle Empfindungen als Sclaven um den Thron des Despoten schart; der das Unfreie und Überwältigte zu vereinen versteht mit eigentümlicher, an das Erhabene grenzender Begeisterung, und dem sich der Mensch mit einer Selbstvergessenheit hingibt, welche der blasse Betrachter nicht billigen kann. Nein, er billigt sie nicht, denn er ist niemals jung gewesen, oder wenn, so hat er ein schlechtes Gedächtnis. Er weiß nicht mehr, daß im Kusse die Göttin der Jugend lächelt, jener Jugend, da Leib und Seele noch Eins sind, ehe sie auf der Lebensreise sich trennen als beargwöhnte Begriffe. Der Geist der Jugend findet, ohne zu suchen, sein Echo. Mag es auch nicht das feinste und äußerste sein: es war das erste, kein späteres Echo kommt dem an Seligkeit gleich. Welch eine Macht, dieser erste Kuß! Denn ähnlich der Musik, die mit zögernden Vorhalten und gleichsam nach Atem ringenden Durchgängen in den gewaltigen Accord mündet, schwemmt er, ein atmosphaerisches Ereignis, alle Bedenken hinweg, alle Widerstände, die Ceremoniel, Herkunft und Schicklichkeit gebieten. Etwas Magnetisches bewirkt, daß Augen sich in Augen verfangen, die Welt zu schwanken und zu verschwimmen beginnt, ein unbekanntes Feuer die Keuschheit durchströmt, ja, etwas dermaßen Vulcanisches bricht in ihr auf, daß sie, kaum hat die Hand ihren bebenden Rücken berührt, die Arme um den Hals eines bisher ganz Fremden wirft, überrieselt von uralten Geheimnissen, Wehmut, Wonne, Offenbarungen voll schauernder Sehnsucht – und solche Offenbarungen waren es, die bei dem Kuß Don Giovannis die knapp sechzehnjährige Prinzessin mit den Mysterien ihrer Bestimmung ahnungsweise bekannt machten.

»Was tun Sie?« fragte sie verwirrt.

– »Ich folgte den Befehlen meiner Natur.«

Danae, inzwischen ganz Haltung, obwohl ihre Hände beschäftigt waren, des Herrn v. Legua Jabot zu ordnen, ließ ihre Augen auf ihm ruhen, Augen, aus denen schon wieder Unschuld und ein gewisses Erstaunen sprachen, und wagte, an ihm zu zweifeln.

»Ob das wohl zu Ihrer Ambassade gehörte?«

– »Und gehört es zu Ihrem Beruf, Prinzessin, so schön zu sein?«

»Gut pariert. Nehmen Sie noch etwas Tee?«

– »Th-hee?!« rief Giovanni, mit heroischem Pathos den Himmel zum Zeugen seines Abscheus apostrophierend, »– nach Diesem! Na-hein!« und zog sie an sich.

Die silbernen Hirschgespanne, die Pfauen und die schaukelnden Meerkatzen vor ihrer blauen, zärtlich geschweiften Wand waren so still wie der ganze Salon, kein Windhauch regte sich, nur das Meeresrauschen tönte herauf, und ein kleiner Seufzer deutete an, daß die Prinzessin weitere Fortschritte in jener Wissenschaft gemacht hatte, die ihr so neu war.

– »Wenn ich mir noch etwas erbitten dürfte, teuerste Prinzessin«, sagte der Botschafter zu der Nelke im Haar, das so widerspenstig sich scheitelte und dennoch so weich zu fallen wußte.
»Bitten Sie . .« Und sie fühlte sich unsicher werden.
– »So wäre es, Sie nun endlich wieder in dem Costume zu sehen, in welchem ich Sie kenne. Wissen Sie auch, daß es grausam ist, sich zu einer so unconventionellen Beschäftigung einer so conventionellen Robe zu bedienen?«
»Was incommodiert Sie daran? Es ist eine schöne Robe . .«
– »Schön, solange Sie Haltung zeigen sollen, Prinzessin, ein schöner Rahmen für Distance und Unnahbarkeit. Aber wollen Sie jetzt noch unnahbar sein?«
»Wir sind bei Hofe«, sagte Danae, ohne aufzusehen von seiner Brust. »Ich habe Angst – wenn jemand käme.«
Da lachte Don Johann sein freies, wundervolles Lachen, ein entwaffnendes Lachen, das ihm so manchen diplomatischen Sieg eingebracht, so manche Bataille hatte gewinnen helfen, und auch heute gedachte er als Sieger das Schlachtfeld zu behaupten. »Sie hätten Angst, Prinzessin? Sie, die Sie das Abhängige hassen? Vor diesem Hof, den Sie tausendfach mit Wonne brusquierten? Sie scherzen. Sie spielen die Spröde. Sie flüchten sich. Dabei wissen Sie so gut wie ich, daß niemand kommen wird, niemand uns stören will; daß man hinausging in der Absicht, uns allein zu lassen, wie Ihr Scharfsinn Ihnen mit Recht annoncierte.«
»Warum ließ man uns allein? Auch davor habe ich Angst.«
– »Vor mir?« sagte Don Giovanni belustigt. Er hielt ihre Schultern, die in knisterndem Atlas steckten, und darunter erfreuten ihn weitere Einblicke in das Wesen der Schönheit.
»Ja«, erwiderte sie und duldete keinen Einwand.
Der frontale Angriff war mißlungen, der Feldherr löste sich vom Feinde, seine Truppen zu sammeln. Er wandte sich zum Fenster und legte die Hände auf dem Rücken ineinander, seine Laune schien nicht zum Besten. Vielleicht gehörte auch dies zu seiner Methode, die stets auf den schnellen Sieg, die vollkommene Unterwerfung zielte. Vielleicht erwartete er, sie würde, erschrocken über den Abbruch des Gefechtes, ihren Fehler bereuen – in dem vergeblichen Bemühen übrigens, sich des Fehlers zu erinnern, denn Liebe ist schwach im Denken, stark nur im Handeln –, vielleicht dachte er, sie würde nun, ein wenig zögernd, zu ihm herantreten, seine Hand ergreifen, sie streicheln – eine Hand, wie auf das Herrschen zuge-

schnitten – und, kurz und gut: flehentlich um ein versöhnendes Wort besorgt sein, das man teuer genug sich würde bezahlen lassen. Sie aber tat nichts dergleichen. Sie sah ihn an, wie er da stand, sie empfand es als ungezogen, sie ging hinaus.
Pompöse Antwort! sie ging in ihr Schlaf-Cabinett – was konnte er darauf erwidern? Nichts hoffentlich . .
Wie freilich, wenn er einbrach bei ihr? Wieder fühlte sie das Herz bis zum Halse schlagen. Sie lauschte . . Aber nein, so viel Geschmack würde er haben. Don Giovanni . . Und in einem jener spontanen Entschlüsse, wie Amor sie den Liebenden eingibt, war sie nun doch bereit, ja, sie traf Anstalt, seinem Wunsch zu willfahren – auch wenn sie die Absicht durchaus nicht begriff. Da –
Drüben im Salon – ein starkes Stück! – ertönte das Cembalo . . Elegante Replik. Deh! vieni, ritorna! o komm doch, kehr wieder! – die Arie aus der letzthin gehörten opera buffa. Die Prinzessin sah sich veranlaßt, zu lächeln; und natürlich war es ihr lieber, er musicierte in seinem Hauptquartier, als daß er gekommen wäre, ihre Reihen zu verwirren, obendrein jetzt, da sie, der Robe schon ledig, ohne Pantherfell dastand. Aber alle Genien der Liebe beschützten sie in diesem delicaten Momente.
Die Liebe – was ist es mit ihr? Sie ergreift den Menschen gleich einem Taifun, ergreift ihn, wie er auch um sich schlägt, und fliegt mit ihm auf und davon. Wohin sie freilich mit ihm fliegen wird, das ist ganz unsicher. Mancher fällt in das tiefe Meer, um den einsamen und entsetzlichen Tod des Ertrinkens zu sterben, weil der, den man liebt, sich schon entfernt hatte, als der Wirbelsturm kam. Anderen sind, nach glatter und angenehmer Reise, die Paradiese vorbehalten, als müßte das so sein, da senken sie sich hinab mit der Leichtigkeit eines Falterpaares, finden zwar nichts als Nectar und Blütenstaub, durchsonnten Aether über betauten Wiesen, aber, bei den Freuden Aphrodites: sie werden satt daran auf ihre Weise, es ist ein süßer, schwebender Taumel. Wieder Andere erwachen auf einer Insel im wilden Ocean, ringsum Verderben und tosende Brandung, meerumschlossene Einöde gleichsam, und nirgends ein Weg zurück zu ihm, dem Erwählten, der jenseits, unter höhnischem Winken, am Ufer steht. Es gibt Tausende solcher Inseln, teils von Damen bevölkert, teils auch von Herren, und überhaupt: tausend Specien Liebe – unmöglich, sie aufzuzählen. Aber die Unterlegenen sind, in jedem Fall, die gewaltige Übermacht, eine gewaltige Collection von Seufzern und Tränen, Sehnsucht und verratener

Treue, Frivolität und Hysterie. Und wie ganz selten vollends geschieht es, daß eine Venus hienieden neuerlich ihren Auftritt nimmt. Denn wieder Andere trägt der Sturm durch unendliche Himmel, an denen die Sterne glänzen, trägt sie auf Wolkenbahnen dahin, hoch über den Menschen und nahe den seligen Göttern, unten in der Dämmerung liegt fern und fremd das feste Land, das sie, einmal erwacht, für immer verließen, es lockt sie die eisige Klarheit der Sphaeren so wenig wie der Dunstkreis der Erde, sie fliegen auf den Fittichen der Kühnheit, allem niedrigen Zufall ewig überlegen, ein Göttliches scheint ihre Seele mit so aphrodisischem Schmelz zu durchtränken, daß sie jedem, der ihrer ansichtig wird, eine Tröstung, ein Glück, ein nie ganz erreichbares Geheimnis werden und auch, wenn sie keinen erhören, doch immer das träumerische Bild der Liebe bleiben, die fern an den Himmeln auf ihrer Wolke dahinsegelt – ob mit oder ohne Pantherfell.
So tat sich die Tür auf, man sah einen Ausschnitt des Jagd-Zimmers, neapelgelb und silbern decoriert, sah den gerafften Ciel sich spiegeln, und in den Emblemen einer Göttin – jener Göttin, die als Einzige, obwohl schön, dem Amor widerstand, wobei sie leider ihre Anbeter von Hetzhunden zerreißen ließ – kehrte Prinzessin Danae zurück, um ohne Verlegenheit, denn sie dachte sich nichts dabei in ihrer unschuldvollen Seele, vor den musicierenden Liebhaber zu treten.
Heimlicher Triumph verklärte die Züge des Botschafters, der mit kunstvoller Cadenz das Air beendete. »Sie haben sich sehr embelliert, meine Allerschönste«, sagte er, ohne ihren strafenden Ausdruck zu beachten, und umarmte den Faltenrock, der schneeweiß abstach von der Bräune der Glieder.
Aber weder Berührung noch Compliment schienen Eindruck zu machen. Sie entwand sich, als habe sie dies seit Jahrzehnten geübt, rückte ein Tabouret herbei, nahm Platz, die Hände auf den Knieen gruppiert, wo Sonne und Seewind ihr Widerspiel trieben, und sah ihn von der Seite herausfordernd an – aus Augen, in denen deutliches Erstaunen sich kund tat über die Freiheit seiner Handlungen. – »Sie spielen auch das Clavicimbel, Prinzessin?« fragte er, und unbarmherzig wiederholte sie seine gewählte Sprechweise:
»Ich spiele auch das Clavicimbel.«
Sie musicierten ein Duo, sie rechts, er links.
Indem dachte er bei sich, daß sie, wenn unerfahren, dann von Natur ein teuflisch coquettes Wesen sein müsse, um ihn so herzlos in seine

Schranken zu weisen. Sie liebte nicht, oder wenn sie liebte, so nicht genug, das war es, sie würde gewisse Abgründe nur blindlings überspringen oder gar nicht, da half nur General-Sturm, nur Eroberung stand zur Debatte. Avanti i regimenti! Und als in dem Duo eine wirklich sehr reizvolle Passage zu spielen war, die seine Rechte weit in das Tastenfeld ihrer Linken führte, ließ er die Rechte, entgegen aller Vorschrift der Noten, statt über das Ebenholz und über das Elfenbein der Claviatur, praeludierend über Danaes Rücken gleiten, der ihn ausnehmend entzückte, weil er ausnehmend schlank war, wohlgewachsen wie diese ganze unglaubliche Prinzessin.

Die Musik brach ab.

Selten hatte der Ambassadeur einen solchen Genuß des Belagerns empfunden: allein die Bewegung, allerhöchst anmutig, mit der die Prinzeß ihm die Hand auf den Ärmel legte, war mehrfach jene momentane Verzögerung wert, wodurch sie erkauft worden. Und heftiger, da die Verteidigung Schwächen zeigte, widmete er sich ihren Lippen, Augen, Schläfen, ja, er dehnte den Raubzug, da der Widerstand nachließ, auf noch ganz andere Gefechts-Abschnitte aus, das Schlachtfeld erweiterte sich. Was spielte sie nur an seinem Ärmel-Aufschlag? Unmöglich doch konnte man stürmischer küssen, unmöglich feuriger, aber siehe, es gelang ihm, er übertraf sich geradezu selber – bis er, zu seinem Leidwesen, die Überzeugung gewann, daß man, wie gestern am Meere, durchaus nicht hinweg transportiert, durchaus bei der Sache nicht war, sondern unaufmerksam, abgelenkt .. und erkältet vermöge so vollkommener Reglosigkeit, trennte sich Herr v. Legua, zumal er merkwürdiges Knistern hörte, von dem goldenen Fleck unterm Ohr seiner Schönen.

– »Was tun Sie?« fragte er verwirrt.

»Ich lese«, entgegnete Danae und hatte ihm doch, beim Zeus! die Papiere entwendet, zwei Papiere – natürlich: der Aufschlag war leer – sehr peinliche Documente, deren erstes ihr, was er nicht wußte, zu Boden geflattert war. »Übrigens sehe ich«, fügte sie hinzu, »daß uns dies erstaunliche Handschreiben einige Dienste wird leisten können. Ich bitte Sie: ein regierender Minister gibt dem Botschafter einer fremden Macht, um dunkler Vorteile willen, die ich nicht kenne, aber ahne, freie Hand in puncto der Königlichen Prinzessin! Was für Methoden, mein Herr!« Wieder brach sie das Scharmützel ab, erhob sich mit Heftigkeit und trat ans Fenster, wo sie den verräterischen Brief ein zweites Mal las, um ihn darauf, hochatmend, unter das Pantherfell zu schieben.

Ein bezaubernder Ort – keine Verschanzung konnte glücklicher gewählt sein. Don Giovanni jedenfalls zeigte sich nicht verstimmt, denn er gedachte das billet secret, wo nicht in Güte, so als Eroberer zurück zu erlangen. »Sie überschätzen das, schöne Diana«, sagte er leichthin.
»Danae«, verbesserte die Prinzessin.
– »Ich meinte die Göttin, schöne Danae. Wie hieß sie doch, die grausame, die mit ihren Verehrern so herzlos umging, daß es selbst ihre Hunde jammerte?«
»Artemis«, sagte Danae, schon wieder ein wenig versöhnt.
– »Artemis!« Und mit diesem ironischen Echo trat der Botschafter an ihre Seite. Er blickte auf das Meer, und dann seufzte er tief.
»Warum seufzen Sie?«
– »Weil ich traurig werde.«
»Und warum werden Sie traurig?«
– »Die Tristesse geht mit mir durch . .«
»Sie beweisen ein gutes Gedächtnis. Warum geht die Tristesse mit Ihnen durch?«
– »Ich bin eifersüchtig . . Wissen Sie, was das ist: die Eifersucht?«
»Nein. Was ist sie?«
– »Schwer zu sagen.«
»Sagen Sie es trotzdem.«
– »Stellen Sie sich vor, mein teuerstes Fräulein v. Sinigallia, Sie wären wirklich dieses Fräulein v. Sinigallia, und ich wäre eben so wohl jener Herr v. Guastalla, das heißt: was mich angeht, ich dürfte getrost auch der Herr v. Legua bleiben, der ich bin, aber Sie, darum geht es, wären, statt der Prinzessin, irgend eine Dame vom Stande, nur nicht von so übertrieben hohem Stande, kurz: es stünde keine barrière zwischen uns, keine Rangfrage, nicht diese leidige Ebenbürtigkeit, die wir nicht besitzen, und es würde keine Mésalliance daraus gemacht werden mit Geschrei und Enterbung und was weiß ich . . nein, es läßt sich nicht sagen: ich will es Ihnen illustrieren.«
Danae sah ihn belustigt an.
– »Dieser Herr, wie heißt er?« fragte er, nachdem er sich umgewandt hatte, um den Raum mit kurzem Diplomatenblick zu mustern, und zeigte auf eine weiße, pompös bärtige Marmorbüste.
»Zeus«, sagte Danae.
– »Ahah! Dieser Herr wird jetzt den Herrn v. Guastalla abgeben oder den Botschafter der Republik, gleichviel: also mich, wir stellen ihn auf das Clavicimbel, er friert, weil nackt, wir drapieren ihm

die Schultern mit jener Handarbeit dort, erlauben Sie, so .. Vortrefflich. Mit einem Wort, Prinzessin: er liebt Sie, er hat keine Rechte auf Sie, ein Anderer wird ihm zuvorkommen, nur weil dieser Andere ebenbürtig ist, unser bedauernswerter Marmormensch mit dem heißen Herzen ahnt das, sieht es kommen, unausweichlich sieht er es kommen – und ist machtlos. Er verwünscht sein Schicksal, seine Geburt, seine in Gott ruhenden Eltern: er ist eifersüchtig.«

»Pourquoi?« Und sie ging zu dem Marmorbilde, um es sanft auf die geglättete Stirn zu küssen.

– »Nein«, sagte Don Johann, »so wurde nicht gewettet. Sie sind Prinzessin. Setzen Sie sich, hier, in diesen Fauteuil. Sie erwarten *mich*, nicht jenen Herrn v. Guastalla mit dem Barte, er schaut nur zu. Ich werde jetzt eintreten, auf Sie zu eilen, Privilegien gelten machen, intime Rechte ..«

»Aber wen stellen jetzt Sie dar, Giovanni?«

– »Ich bin derjenige, dem das Glück ward, von Ihnen als Bräutigam erhört zu werden, Ihr zukünftiger Gemahl, ein gekröntes Haupt. Die Tür öffnet sich, Sie sehen mich eintreten, Sie bleiben sitzen, ein conventionelles Lächeln geht über Ihr Antlitz, ja, sehr schön so – Gott, wie bezaubernd conventionell können Sie lächeln! – jetzt erheben Sie sich, wir vollführen die vorgeschriebenen Reverenzen, Sie reichen mir Ihre Hand – o, diese entzückende Hand! – ich hauche einen ceremoniösen Kuß darauf, die Suite entfernt sich, wir sind allein, Sie stürzen in meine Arme, ja bitte!! warum zögern Sie? Sie stürzen in meine Arme, ich küsse Sie mitten auf den Mund –«

Die Äffchen im Rankenwerk hielten den Atem an. Blausilberne Fauna hielt ausgedehnte Zwiesprache über den Fall ..

Derweilen versuchte er vorfühlend, dem Billet des Ministers beizukommen – ach, die Prinzessin wußte nicht, was dies bedeuten wollte, man hatte ihr nicht gesagt, daß es unschicklich sei, man hatte überhaupt von dem, was das Pantherfell bedeckte, nicht das Mindeste jemals verlauten lassen, und ratlos, während seine Patrouillen im Hügelland fahndeten, ratlos vor lauter nouveauté und Entzücken, blickte sie um sich; zufällig auf die Büste; welches steinerne Bild sich entschieden verändert hatte: die gewaltigen Brauen waren gerunzelt, unter ihnen hervor brach mythischer Strahlenglanz, die Lippen erschienen von Zorn zusammengepreßt, die Schultern mitsamt ihrem Mummenschanz in grotesquer Weise verkrampft, und auf der Stirn zeichneten sich einige senkrechte, tiefe und strenge Falten.

– »Der alte Herr«, sagte Giovanni, »was ists mit ihm?«, sagte es voll einer sublimen Impertinenz, was die Prinzessin, weil es so vollkommen auf der Höhe der Situation stand, dazu bewegte, ihrerseits in jenes warme und entzückte, halb noch kindlich unbefangene und doch schon damenhaft beherrschte Lachen auszubrechen, das den kühlen Hof zu entwaffnen pflegte. Die Züge des Gottes glätteten sich, Danae strich ihm besänftigend über die Wange, und Giovanni zog die Summe dessen, was man gesehen: »Es war die Eifersucht«, sagte er, »sie verzehrte ihn, er fühlte sich geniert, gepeinigt, gemartert, er litt Qualen . .« Und nachdem er dem Alten im Barte nun nach den Schultern auch noch das Lockenhaupt verhüllt hatte, schaute er die Prinzessin herausfordernd an, bis an die Zähne gerüstet mit Männlichkeit, Pracht und Glorie. Ihr Widerstand schmolz, ihre Schlachtordnung wankte – und obendrein, zu ihrer Ehre sei es gesagt: wußte sie denn, um welcher Wonnen willen sie belagert ward? Sie wußte es nicht, man trug sie davon, sie ertrank.

Nun, es war ihrer innersten Unschuld zu danken, wenn ihr das Äußerste erspart blieb. Wie anders denn als Hallucinationen soll man Phantasmen gleich der jüngst erlebten Verwandlung des Gottes gutheißen, wie anders denn als Ergebnis überreizter Nerven, denen an diesem Tage ein wenig zu viel des Neuen und der Wissenschaft zugemutet wurde – oder war es wirklich das Göttliche als ein im Raume Anwesendes, das sie in solchen Situationen beschützte? Gleichviel: als die Trompeten zum letzten Sturme bliesen, der Schlachtenlärm schon vor der Cittadelle tobte, die Mauern zu wanken begannen, mischte sich dumpfes Grollen in die Attaque, die sogleich dem Befehl zum Halten nachkam, und diesmal sagte weder die Prinzessin noch der kühne Belagerer auch nur ein kleinstes Wort: drüben im Salon hörten sie die Saiten des Clavicimbels mit erregten Schwingungen nachtönen, als habe sie jemand im Zorne angeschlagen, und dieser Jemand stand weiß und steinern auf dem Instrumente, hatte Frau v. Lambdas Stickerei weit auf das Stern-Ornament des Parquettes geschleudert und sich selbst, aus der eigenen Kraft eines Götterbildes, nach dem neuen, neapelgelben Kriegs-Schauplatz umgewandt.

Der Botschafter, verärgert, wie Danae wohl sah, hob die Decke seines Mißvergnügens auf, legte sie fort, schritt ohne weiteren Umstand auf den unbotmäßigen Statisten zu, nahm ihn, mit einem

Ausdruck von Heftigkeit, an sich und setzte ihn schweigend, aber hart, auf das angestammte Postament, das Gesicht gegen die Wand gekehrt, gegen die blaue Wand, auf der die Hirschgespanne, die Pfauen und Meerkatzen ihre silbernen Spiele im Farrenwald trieben.

– »Du erschreckst mich nicht, mein Alter«, sagte er, »und, bei Gott! du wärest der Erste, der Don Giovanni zittern sähe.« In den bläulichen Senken neben den Augen erschien ein Ausdruck moquanter Müdigkeit, die Nasenflügel vibrierten ein wenig. »Er scheint Sie, ma belle«, sagte er dann, die Prinzessin auf das Genaueste betrachtend, »im Stande der Unschuld aufheben zu wollen für seine höheren Ziele.« Danae blickte ungläubig zu ihm auf, etwas verträumt, sie verstand dies Alles wohl nicht ganz. Und Herr v. Legua, dem Gotte zum Tort, beschloß in verschwiegenem Herzen, sie jetzt und sogleich zu der Seinen zu machen.

Vergeblich.

Mit wahrem Donnerschlag, der rings im Schlosse Echo über Echo weckte, mit wahren Bergstürzen von rollenden Explosionen, brach die Statue, ohne zu zerbersten, roh, ein heidnisches Ereignis, hintüber von ihrem Sockel herab, um dem Getändel, das ihr mißliebig schien, endgültigen Einhalt zu gebieten. Es lag Majestät und eine Art von großen Verhältnissen in der Wahl der Mittel, die der Gott für angemessen befand.

– »Nun«, rief Don Giovanni, indem er nach Hut und Degen griff, »das ist wohl zu albern.« Und hier, nach so reichlich bewiesener, ausdauernder Geduld, ermangelte er zum ersten und einzigen Mal in einem langen Diplomatenleben der Contenance. Denn beim Hinausgehen – und er ging, weil er sich sagte, daß nun unverzüglich, auf solchen Höllenkrach hin, die Lakaien würden gelaufen kommen, man mußte ja einen Anschlag vermuten – beim Hinausgehen, die Büste lag just vor der Tür, hielt er sich nicht für zu vornehm, dem gefallenen Gotte nicht doch noch, mit dem Atlas-Schuh, einen Tritt zu geben, der eines Herrn vom Stande, auch bei gerechter Empörung, nicht würdig war. Und so, ohne Gruß, ohne Abschied, verließ Don Giovanni di Legua, Botschafter der Republik bei der Krone von Myrrha, nach aufgehobener Belagerung den Salon der Thronfolgerin, indem er sich dennoch rühmen durfte, sie von jenem Etwas, das im Weibe selig genannt zu werden verdient, dem Phaenomen des Verlockens und Gewährens, nach seinen Kräften und zur Zufriedenheit des hohen Auftraggebers wenigstens andeutungsweise in Kenntnis gesetzt zu haben.

Die Prinzessin, dem nämlichen Etwas nachsinnend, das selig genannt zu werden verdient, wenn man es als Mann in den Kreis der Erwägungen zieht, und das Phaenomen des Verlockens wohl begreifend, nicht aber das des Gewährens, denn sie hatte sich nicht gewährt und wußte nicht, wie es damit bestellt sei, war stolz genug, ihrem, wie sie zugab, angenehmen, wenngleich ungewöhnlichen Gesellschafter nicht hinterdrein zu schauen: was hülfe es mir, sagte sie sich, zumal ich ihn im Augenblick weder zurückholen könnte noch wollte? So erhob sie sich denn, ein wenig échauffiert, ein wenig enttäuscht und ärgerlich, ohne die Gründe dafür zu wissen, ja, sogar ein wenig melancholisch .. Und indem sie so umherwandelte in ihrem Salon, der sie plötzlich nicht mehr recht freute, indem sie so, ein wenig ziellos, umherging, fiel ihr Blick auf jenes gefaltet am Boden liegende Papier, das sie, als erstes von zweien, aus dem Ärmel-Aufschlag des Botschafters gezogen hatte. Da lag es nun, unter dem Cembalo halb verborgen, und neugierig, wie auch sie von Natur her war, woran die Erziehung, selbst bei den Kindern der allervornehmsten Häuser, nicht eben viel zu verderben pflegt, neugierig und auf ähnlich peinliche Eröffnungen gefaßt, bückte sie sich nach dem frühen Raub ihres Übermutes.

Was aber mußte sie sehen.

Les Amours de Jupiter, wie die Unterschrift auswies, in Kupfer gestochen, und dieser Stich zeigte den alten Herrn, leider ganz ohne wohltätigen Lendenschurz, so schamlos beredt ante portas einer ebenfalls unbekleideten Dame, Dryade oder was immer, daß sie rot wurde vor Schreck. Die Situation schloß die letzten Lücken der Wissenschaft.

Dergleichen also ließ sich der Weltenvater zu Schulden kommen! Dergleichen also hatte Giovanni ihr, einer Prinzessin, zugedacht! Sie war dermaßen emportiert gegen ihre beiden Galans, die sich, zum Glücke, nicht hatten einigen können, daß, als die Lakaien, auf der Suche nach dem Orte des donnernden Débâcles, endlich den Salon betraten, vielmehr: in ihn hineinstürmten, sie mit der ruhigsten Miene von ihrem Blatte aufblicken und kühlen Herzens sagen konnte: »Das dort aufheben« – worauf die Statue, unbeschädigt, wenn auch im Ansehen stark gesunken, dem Sockel zurückerstattet ward.

– »Haben Ew. Königliche Hoheit«, fragte einer der Diener, indem er seine Beherztheit wiederfand, »weitere Befehle?«

»Ja«, sagte Danae knapp. »Mein Pferd. Satteln und in der Torhalle warten.«

Da stand sie, in dem kurzen, wild-antiken und doch so reizvoll ihre Schönheit untermalenden Costume der grausamen Jägerin, das, seit sie es vor einigen Tagen zum ersten Mal angehabt, gleichermaßen den Hof wie die Geistlichkeit in die bigottesten Wallungen versetzte, da stand sie, ungebrochen von den fabelhaftesten Erlebnissen, vertieft über ein incroyables Papier, von dem sie sich endlich gewaltsam trennte, um es mit sehr beherrschten, sehr entschiedenen Gebärden in immer kleinere Stücke zu reißen.

IX. Capitel

Don Giovanni ging die Galerie entlang, deren hohe Fenster das Licht in Strömen auf den Marmor warfen. Er eilte nicht, er säumte nicht; es war der alte, federnde, feste Gang des Botschafters. Auf allen Fluren wimmelte ein Ameisenhaufen von Bediensteten jeden Ranges aufgescheucht durcheinander, und niemals hatte man ihrer eine so beängstigende Zahl zur Kenntnis genommen: sie waren hervorgequollen aus der gedrückten Enge der Halbgeschosse, welche die Gepflogenheit barocker Palastbauten ihnen zur Wohnung anwies, eines über den ebenerdigen Saalfluchten, das andere zwischen dem Hauptstock und dem wohlig geschweiften, von Caminen und Wetterfahnen überragten Dach. In diese Halbgeschosse kam niemals ein Herr; sie waren vergessen. Und über Hunderte von Wendeltreppen, die hinter Tapetentüren ihren Anfang nahmen und so versteckt lagen, als habe der Baumeister sie wie etwas Verworfenes, Peinliches, durchaus zu Meidendes den Augen der Großen fernhalten wollen, stiegen allnächtlich bei erstem Morgengrau die Lakaien und Zofen, Putzer, Livreen, die Aufwäscherinnen, Braten- und Suppenköche, die Türsteher und Kammerdiener, die Lauffer, Heiducken, Ordonnanzen, Menagisten, die Küchenburschen, Garderobieren, Actuare, Wasser- und Lastenträger, stiegen tausend beschattete Existenzen – schweigend und heimlicher Weise, um den Schlummer der kostbaren Personen nicht zu stören – hinab in die ihnen obliegenden Appartements, die sämtlich, auf diese Art, verborgene Ausgänge besaßen, und widmeten sich ihrem Tagewerk, um nach vollbrachter Mühe in gleicher Namenlosigkeit wieder hinaufzuschleichen, obscur und niedrig, müde und arm, und dennoch so pflichtstolz, so selbstzufrieden, so königstreu und durchdrungen von ihrer Notwendigkeit.

Nur drunten in den Höfen war es still, Brunnen rieselten dort,

Eibisch und Buchs umstanden die bepflanzten Rabatten, und von der Schloßfreiheit her vernahm man das ferne Grummeln der Volksseele. Auch im Treppenhause war niemand, nur hörte man hier gespenstischer das Huschen und Trappeln und Laufen von all den Galerieen, die auf die Prunkstiege mündeten, und aus der gewölbten Durchfahrt drang deutlicher das Summen und Brodeln herauf, das Auf- und Abschwellende, das Bedrohlich-Vulcanische, Fordernde und Geschwätzige des Aufruhrs, der nach Gewalt verlangte. Don Giovannis Lippen zogen sich verächtlich zusammen; seine Hand, am Stichblatt des Degens, umschloß fester, nervöser und bewußter das Zeichen seiner Adelswürde.

– »Don Giovanni«, flüsterte es hinter den Pfeilern, »heda . . Excellenz . .« – wispernd, dringlich, geheimnisvoll, und siehe: eine Schellenkappe wurde sichtbar, ein Schnabelschuh, cinnoberrot und aufgebogen, der Narr mit alberner Gespreiztheit trat hervor. »Still . .« sagte er und horchte, und sein verwachsener Leib wurde ein einziges, unverhältnismäßiges Ohr. »Es ist nichts . . Sie wollen gehen? Sie fürchten sich nicht?«

»Nein«, entgegnete der Botschafter. »Es ist kein Ernst dahinter. Man randaliert ein wenig.«

– »Gehen Sie nicht, Excellenz. Bleiben Sie noch, bleiben Sie noch hier. Ich beschwöre Sie . . so wahr ich mit Ihnen an einem Tische gesessen habe, Don Giovanni, so wahr ich Gheotta heiße, beschwöre ich Sie. Wie steht meine Sache?«

Und sein Gesicht, in dieser unvermittelten Frage, nahm wieder den Ausdruck gieriger Hoffnung an.

»Gut«, rief der Botschafter, herzlich, betont und laut, »gut steht sie! Ich habe geschrieben, Ihren Fall expliciert, die Brieftaube flatterte nach Venedig.«

– »Venedig«, wiederholte der Buckel, als könne von daher die Rettung kommen. »Sie wissen nicht«, sagte er, »was das heißt: verbannt sein, von den Sbirren ergriffen werden, wenn man wiederkäme . . O, ich war ein Gelehrter, ich verstelle mich nur, ich bin ein Anderer, als ich scheine, ungeheure Gaben schlummern in mir . .«

»Ganz recht, mein Freund. Und ich habe meinen Plan mit Ihnen. Ich brauche Ihren Geist, begreifen Sie? Ihren Witz, Ihre Feder . .« Gheotta starrte ihn an, und lässiger fuhr der Botschafter fort: »Ich weiß, Sie haben Einfluß, weil Sie gefürchtet werden. Sie kennen die Geheimnisse in den Falten der Alcoven, Sie kennen die Schwächen und die Laster höchster Personen, ihre verborgenen Ängste

und ihre vergessenen Verbrechen. Venedig benötigt Sie, Venedig wird sich erkenntlich zeigen .. Sie besorgen sich eine Maske, ein unauffälliges Costume, Sie erscheinen des Nachts bei mir, man läßt Sie ein, die Bibliothek steht zur Verfügung .. Ecco« – und er warf ihm eine Börse zu, die der Narr mit großer Behendigkeit fing.
– »Aber ..« flüsterte er, ganz nahe dem Ohr seines Auftraggebers, »die Polizei ..«
»Kein Aber, mein Freund. In der Politik gilt es zu wagen. Wer sich fürchtet, ist verloren – oder wünschen Sie ewig des Königs melancholischer Spaßmacher zu sein?«
– »Still .. die Königin ..«
In der Tat: die Königin ging vorüber. In ihrer rauschenden Woge von Atlas und Blumen ging sie hochaufgerichtet vorüber, Danaes Mutter, der selbe wundervolle Rücken, die gleichen betörend gewachsenen Glieder. Umgeben von ihren fünfzehn hochmütig blikkenden, lautlosen, geschmeidigen Windspielen, ging sie erkältend vorüber, ihr Auge ruhte in unendlichen Fernen.
»Adieu«, entschied der Botschafter. »Wann also werden Sie kommen, mir witzige Pasquille zu entwerfen und funkelnde Schmähschriften?«
– »Excellenz werden doch jetzt nicht, um Alles in der Welt, nicht jetzt gehen wollen? Hören Sie doch nur: das Volk. Ich werde kommen – nach der Revolution, *nach* .. der Revolution ..«
»Hat das Gespenst mit seinen Windhunden Sie so sehr erschreckt, daß Sie weitere Gespenster sehen? Natürlich werde ich gehen, jetzt gleich sogar, denn mein Auftrag ist erfüllt, werde mich in meiner Sänfte durch diesen Pöbel tragen lassen, um ihn recht nah zu studieren. Adieu, gehaben Sie sich wohl, ich zähle auf Sie. Aber so lassen Sie mich los, was wollen Sie?«
– »Warnen, Don Giovanni, warnen! Sie reitet ein Daemon, der Daemon der Verachtung, die Lust am tollkühnen Spiel: scherzend in den Untergang gehen, um wessentwillen? Schauen Sie in Ihre Seele, großer Giovanni, in Ihre gottlose, herrische und wilde Seele: ob da nicht etwas Weisheit sitzt, ob da nicht ein Stäubchen Angst und Ahnung zu entdecken wäre, ob da nicht ein Krümchen Sterblichkeit vor dem Tode zittert ..«
»Sie machen mich lächeln, Gheotta. Und nun lassen Sie mich, ich liebe dergleichen Vertraulichkeit nicht.«
– »Nein, wahr gesprochen, Excellenz, sehr wahr gesprochen. Sie lieben nichts auf dieser Welt als sich und die Gefahr, als sich und

einen gewissen kleinen Fleck unter dem linken Ohr, eine gewisse Unebenheit der Haut, von goldenem Flaum bedeckt, ja, die lieben Sie, und Sie gehen mit dem spöttischen Hochmut des Cavaliers, offenen Auges, in Ihr Verderben ..«

»Aberglauben«, sagte der Botschafter und fühlte sich unbehaglich.

– »Sie fühlen sich unbehaglich, Giovanni Legua, Sie fühlen die irre Sicherheit des Schlafwandlers in sich wanken, und ich, der ich Sie kenne wie mein eigenes Herz, ich weiß, daß Sie gehen werden, *weil* ich Sie warne, daß Sie gehen werden aus Trotz und Stolz und aus dem Geiste des Widerspruches, der Sie zwingt, immer und immer wieder hohnlachend das Schicksal herauszufordern, bis es Sie in seiner furchtbaren Hand langsam zerquetscht .. Verzeihen Sie mir, mein geliebter Herr, denn ich liebe Sie um dieser wilden Männlichkeit willen, verzeihen Sie einem alten Buffone, der Ihren Tod im Voraus beweint und gern dero schöne Augen zudrücken wird, ja, sogar das heilige Sacrament unserer Kirche zu spenden bereit ist, verzeihen Sie, daß ich Ihnen in den Arm fiel und, überhaupt, Ihnen nicht angenehm bin .. aber hören Sie auf diese meine Worte, die der Devotion meines niedrigen Lebens an Ihren Dienst entspringen, stoßen Sie mich nicht zurück, der ich Sie anflehe .. anflehe, hören Sie, auf den Knieen liege, sehen Sie ..«

»Stehen Sie auf«, sagte der Botschafter, ungehalten und geniert. »Was also wollen Sie? Drücken Sie sich klar aus.«

– »Ich will, daß Ew. Excellenz, wenn Sie schon nicht warten –« Hier brach er ab, denn über die Galerie hörte man Schritte kommen, eine ganze Assemblée von Schritten, und auch der Botschafter horchte.

Es waren Lauffer in bunten Trachten, die da kamen, zwei Glieder Trompeter schlossen sich an, von blitzenden Instrumenten hingen brocatene Wappentücher steif herab, ihnen folgten die Ceremoniare, und dann der König .. Der König trug seinen Zobelpelz, trug auf dem modischen Haar sein unmodisches Barett, das Gesicht war müde, er hatte von dem Gifte der Skepsis genossen, und es schien ihn zu frieren. Hinter ihm gingen die Minister, voran der Graf mit gewaltiger Haartour und allen Zeichen eines infamen Schmerzes, der bis hinauf in die Nieren stach – doch an des Grafen Seite, tiens tiens, tänzelte eine gewissermaßen rosige Erscheinung.

– »Vampyrios«, flüsterte der Spaßmacher, so scharf, daß der König es hören mußte, »Vampyrios mit dem Beinamen des Hermes – der Götterbote eines Zeitalters der Finanz-Scandale.«

Der König lächelte streng und traurig, der König betrat den großen Balcon über den Portalen des Mittelrisalites, die Trompeten schmetterten hell, man hörte das Volk, dieses unbegreifliche, brodelnde und gedankenschwache Volk, wie es in Jubel ausbrach, vorschriftsmäßig, gehorsam, tapfer und brav.
»Welch liebenswürdige Tragödie«, bemerkte Herr v. Legua.
Der Narr verbesserte ihn. »Welch eine Fülle von Comik an diesem Hof von Tragöden ..« Und dann trat er ganz nah unter die Augen Don Johanns, ernst und ergeben zu ihm aufschauend, mit dem zottigen Blick eines Bernhardiners. »Nehmen Sie den Seitenausgang«, bat er, »Alles lauscht jetzt den Worten des Königs, dort in der Gasse ist niemand, Sie verhängen die Fenster Ihrer Sänfte, man trägt Sie hinaus, man eilt, man ist verschwunden ..«
»Sie sind ein Narr«, sagte Giovanni und legte ihm flüchtig die Hand auf die Schulter. »Andate, amico, e fate le preparative. Ein Legua schleicht sich ungern durch Hintertüren. Troll dich, ich warte noch ab, was der Monarch seinen Untertanen von Gottes Gnaden zu vermelden hat.«
Pulcinello küßte ihm dankbar die wohlgeformten, wohlgeschnittenen Fingerspitzen, pirouettierte cinnoberfarben und verneigte sich mit dem Ausdruck zügelloser Anbetung. Wie ein Hündchen wuselte er die Stufen hinunter, ein vom Leben verbannter, schweifwedelnder Freund.
In diesem Augenblick – Herr v. Legua sah durch die Glas-Türen die Suite des Königs würdevoll stehen, hörte gedämpfte Worte dünn und angestrengt hereintropfen in die Halle, und nun wandte er sich um, da er ein neues Geräusch, schnelle, selbstbewußte und feste Schritte, hinter sich vernahm, zog auch tief seinen Diplomatenhut – in diesem Augenblick schritt das Fräulein im Pantherfell vorüber, Prinzessin Danae, die grausame Jägerin .. und als gäbe es nichts auf der Welt, was ihr die Freiheit des Herzens verwirren konnte, neigte sie im Gehen, neigte sie freundlich und zierlich, ohne das mindeste Anzeichen genierter Gezwungenheit, den Kopf mit den weichen, ein wenig widerspenstig sich scheitelnden Locken, die, golddurchsponnen, von carmesinroter Nelke gerafft waren, und mit ihren ironischen Augen sah sie den Botschafter, im Vorübereilen, nur eben aus der Schräge ein wenig an – fragend und unschuldvoll.
Der König, dachte der Botschafter, liebt die Uhren; die Königin ist begleitet von fünfzehn Windhunden, die hochmütig und adlig

dreinschauen; die Prinzessin reitet wie ein Herr auf feurigem Rappen; der Minister trägt eine Allonge à la mode de Versailles, der düstere Weise die Schellenkappe des Narren. So drückt sich jeder in seinen Attributen aus.

Und draußen sprach der König zu seinem Volk. Er sprach traurig und liebevoll, aber es war so viel Distance von ihm zu ihnen, daß sie gleichwohl, die braven und guten Leute, aus seinen Worten mehr den Herrscher heraushörten, und der Herrscher ist zu drei Vierteln seiner Persönlichkeit ein ungeheurer, über maßlose Zeiten hin vererbter Mythos, bei dem es die Menschen in ihrer eindrucksfähigen Seele schauert, zum anderen Viertel ein Zufall, der den Purpur trägt, und bei dessen Anblick diejenigen, welche zu sehen wissen, ein tiefes Mitgefühl für diese Schultern überkommt, menschliche Schultern immerhin, die einen Mythos tragen sollen, als ob das gar nichts oder leicht zu vereinen sei mit den Bedürfnissen, den Wünschen, Hoffnungen, dem fordernden Geschrei der Menge. Die braven und guten Leute .. Es war ihnen wie der Weihrauch ihrer Kirchen, sie fühlten sich so seltsam beruhigend angesprochen, sie fühlten den Herrscher aus seinen Worten, nicht den zufälligen, schwachen, liebevoll ratlosen Träger der Krone, der, wenn man genauer hinhörte, an den Sorgen der Seinen mit einer gewissen, zwar kunstvollen, doch mühelosen Übung vorbeisprach; der sie vertröstete, sie seiner stellvertretenden Sorgsamkeit versicherte; der keine jener so dringenden Fragen beantwortete oder entschied, um deretwillen sie hier waren; der es umging, zu bekennen, warum es eine ausweglose Notwendigkeit sei, daß die Allonge des Grafen und die rosig nackte Nase des Barons hinter ihm auf dem Balcon standen; und der, in seiner königlichen Art, im Grunde genommen, all ihren finsteren Ernst nicht übermäßig ernst zu nehmen geruhte, sondern ihn wie eine Bagatelle behandelte, indem er sich weigerte, ihn als gegen die Krone gerichtet zu empfinden. Aber das schöne Pathos der Stimme, das edle Gleichmaß seiner Worte und der so ungewohnte Anblick des Erhabenen, das er, im Verein mit der Lauterkeit seiner Erscheinung, darbot, vermochten den Bürger in der Tat, sich heimlich zu fragen, was es denn wohl gewesen sei, das ihn hier auf diesen Platz vor dem Palaste führte; und just war man bis dahin gelangt, daß die Einsichtigsten sich eben gestehen wollten, es sei eigentlich gar nichts der Rede Wertes gewesen, als ein pompöses Ereignis ihre Seele in den Himmel monarchischer Vorstellungen hinaufriß: unter dem Balcone, auf welchem der König, umgeben von seinen Ministern, zu dem Volke von Myrrha zu sprechen die Gnade hatte, erschien zwischen den Pfeilern und bogentragenden Hermen aus dem Dämmer der Torhalle heraus ein kohlschwarzer, nervös tänzelnder Hengst, der weißen Schaum auf der Candare zauberte und sogleich, im Anblick der übergewaltigen Menge, mit den vorderen Hufen zu steigen begann, sodaß man die Unterseite seines Leibes mit ihren Sattelgurten und schwellenden Adern sah, und die Reiterin, eine Erscheinung, die nur ganz Wenige bisher hatten auftauchen sehen, regierte den unruhigen Rappen lediglich mit der Rechten, die Linke hing locker herab. Einige in der Menge fielen aufs Knie, denn die Reiterin trug einen kurzgeschürzten Faltenrock, trug über der Brust das Fell eines Panthers, Embleme, die nur der Göttin Artemis zukamen, Andere erkannten an der Nelke die Prinzessin Danae, flüsternd gaben sie die Kunde weiter, und eine Bewegung, gemischt aus Staunen, Neugier, geblendeter Schaulust, ging über den Platz, hinter welchem das Meer in seinem Glanze wogte, selbst der König bemerkte, daß da etwas vorging, was er nicht sehen konnte, und stockte ein wenig in dem Fluß seiner landesväterlichen Ermahnung, da aber brach mit dem Ungestüm eines Tropenregens die Begeisterung sich Bahn, ein einziger, wilder, hemmungsloser Schrei »Vivat – Danae!« brandete gegen Stadt und Gebirge, der König schwieg, wobei auf seinem Antlitz eine strenge Falte der Mißbilligung mit der Freude am Triumph seines Kindes kämpfte, die Minister standen erstarrt, den Hengst jedoch beflügelte dieser maßlose, bei Hofe ungewohnte Ausbruch von Liebe derart, daß er in Levaden und Courbetten, gehalten von dem eisern regierten Zügel, auf der Hinterhand steil in die Abendluft stieg, weshalb die Prinzessin ihm, mit leichtem Druck der Schenkel, den Willen zugleich ließ und gab: nachdem sie, quer über den durch Garden noch einmal abgesperrten Gitterhof, bis an die Mauer der verzückten Menschen herangesprengt war, veranlaßte sie das Pferd, welches zitterte und schäumte, in Schritt zu fallen, während das Volk ihr eine Gasse öffnete, durch die sie, von zehntausend Blicken gleichsam umspült, langsam dahinritt, um am Ende der lebenden Passage unverzüglich in voller Carrière davonzustieben – und alsbald ward sie den Nachschauenden durch die Cypressen der Küsten-Allee entzogen.

Es wäre nun nicht mehr nötig gewesen, daß der König, von den Trompeten neuerlich eingeladen, die seinem Trommelfell schmetternd zusetzten, der unterbrochenen Rede ein Schlußwort anfügte:

die Apotheose der Thronfolgerin hatte in wünschenswerter Weise vollendet, was seine vorsichtigen und gewählten, flüssigen und zu nichts verpflichtenden Sätze mit so viel Erfolg begonnen.
Indem er sich aber anschickte, es dennoch zu tun, weil ja ein Punct unter das Ganze gehörte, zerrissen zwei trockene, harte, kurz aufeinander folgende Schüsse den milden Abend, und Alles war dahin: die Gesichter verkrampften sich, die eben erst unterdrückte, nur eingelullte Gereiztheit kehrte zurück, Argwohn, Angst, Entsetzen, Panik – nichts mehr schien nun noch unmöglich zu sein, der Aufruhr stand vor der Tür, und der König entfärbte sich.
Was war geschehen?
Sogleich kam beruhigende Kunde. Der Botschafter Venedigs hatte in die Luft gefeuert, aus Spaß. Und Monarch wie Regierung verließen den Balcon, Lakaien schlossen die Glas-Türen.
In die Luft gefeuert – nun, das waren seltsame Späße, und man glaubte es nicht recht. Man murmelte, man debattierte, roch es nicht deutlich nach Blut? Kaum gedacht, so hielt man den Atem an – ein Schrei, ein einziger Schrei, der sich fortpflanzte: »Der lange Jo'ann! aufs *Volk* geschossen!«, und hinten, aus der Gegend, wo die Schüsse gefallen waren, hörte man dumpfes Gewirr von Stimmen.
Was war geschehen?
»Zwei Tote liegen in ihrem Blut!«
»Hängt den Hund!!«
Eine Raserei schien bevorzustehen.
Da öffnete sich erneut die Balcon-Türe. Der Graf, bleich und geringschätzig, trat heraus.
Die Menge brüllte, die Wut verzehrte sie.
Godoitis ließ blasen. Er ließ so lange blasen, bis man ihm zu reden gestattete.
Nun, was er redete, war sehr kurz, sehr scharf, und ganz gegen die Gepflogenheit von nackter Praecision: »Seine Majestät hat soeben den Belagerungs-Zustand verhängt. Der Platz wird augenblicklich geräumt, jeder Widerstand durch die Garden mit Feuer beantwortet. Ein verabscheuungswürdiger politischer Mord zwingt uns zu draconischen Maßnahmen.«
Ein Mord ..? politischer Mord?
Ja, es war leider traurige Gewißheit. Der Botschafter der Republik, Don Giovanni di Legua, war nicht mehr ..
»Vedete la mia colpa«, berichtete Pulcinello, der Narr, dem Könige, ächzend, zerschmettert, und seine Worte wurden von tiefem

Schluchzen unterbrochen, so oft er mit scheuem Seitenblick auf die Leiche des Gönners traf, »la colpa mia«, brachte er mühsam hervor, »io porto la colpa .. Avete pietà di un misero, di un peccatore. Ich bewog ihn, diesen Weg zu nehmen, weil mir Schlimmes ahnte, ich glaubte, diesen Weg wählen zu sollen, weil auch der Minister hier entlang sich tragen zu lassen pflegt, ich bewog ihn auch – obwohl er meiner spottete –, die Fenster zu verhängen .. So lief er in das Schicksal, das einer Sänfte mit gräflicher Krone galt, denn es war bekannt geworden, daß der Minister .. Aber die Hunde verstanden nicht, Wappen zu lesen .. sie hätten ja sonst sehen müssen, daß es das Löwenwappen von Venedig war .. so stachen sie denn, und ich sah es mit an, stachen ihre noblen Degen in das Leder des Coupés, in welchem Don Giovanni, keines Übels gewärtig, sich zurücklehnte .. und die Träger, als sie bemerkten, daß etwas Blutrünstiges vor sich ging, ließen in ihrer Feigheit die Sänfte fallen, die krachend umstürzte, mit der Tür nach oben, doch Don Giovanni, der Botschafter, quälte sich halbwegs heraus, von den Degen durchbohrt, die ihn beim Aufrichten vollends zerfleischten, das Blut kam in Fontainen geschossen, dennoch riß er die Pistolen aus der Tasche des Leders, sein Gesicht war lustvoll wie das eines Jägers, auch ein wenig verzerrt natürlich, er zielte mit Genauigkeit und legte die beiden Mörder um, sie hatten wohl gehofft, davonzukommen, denn sie liefen schon, als die Kugel sie traf. Ich aber, da niemand meinem Herrn helfen wollte, zog ihn nach oben aus dem Coupé, in meinen Armen stand er eine kleine, ewige Weile, sein Gesicht wurde schneeweiß, die Kniee versagten ihm den Dienst, diese starken und geschmeidigen Kniee, und so sank er, ich konnte ihn nicht halten, langsam vornüber in sein Blut. Gott sei ihm gnädig in seiner Barmherzigkeit ..«

Das heisere Flüstern erstarb. Gheottas Hände aber drehten noch immer fort die zerknitterte, blutige Schellenkappe, die silbern klingelte. Und soeben wollte er dem Gemeuchelten, dem man, zum Überfluß, die schrecklichen Verletzungen verbunden hatte, die Augen schließen, denn er erinnerte sich dieses Versprechens, hob also, den Blick scheu auf den König und die Minister gerichtet, das Tuch, das die Stirn bedeckte – als Don Giovanni, fast unmerklich, die Lippen bewegte. »Dieser Gott ist nicht für mich gemacht ..« murmelte er. Und er lächelte bitter – in schmerzlichem Verzicht auf den Glanz der Welt.

Der Leibarzt, der endlich herbeikam, fand noch Leben in dem auf das Furchtbarste zugerichteten Körper, so wenig Leben, daß jede Kunst hier versagte: jede Minute konnte die letzte sein. Als indessen, nach einigen bangen fünf Viertelstunden, das Ende noch immer nicht abzusehen war, man ihn hier aber nicht wollte liegen lassen, befahl er, kaum glaublicher Weise, die Excellenz, die ohnehin des Todes sei, zur Botschaft zu überführen. In des Königs Carrosse kehrte Herr v. Legua bei tiefster Nacht, ohnmächtig, von Fackeln umraucht, in das Haus mit den hohen, schmalen Fenstern heim, aus denen noch Licht auf den blassen Kies des Gartens fiel, und Pasquale, der Pasquillant, war bei ihm.

X. Capitel

»Aber so laß Sie doch diese Bestie draußen«, sagte der Minister und blickte ungehalten von seiner Arbeit auf, Mitternacht war schon vorüber, als durch die Tapetentür, die als Bücherschrank feinsinnig gebildet war, die Königin eintrat. Es war dies die ingeniöseste Tür, die sich nur immer denken ließ. Auf einen ganz bestimmten Druck schwenkten Aristoteles, Plutarch und die Œuvres complètes de Platon mit staatsmännischer Moquerie aus der Reihe ihrer Zeitgenossen, und auch unten die Lederrücken, hinter denen Suetons vergilbte Caesarenleben, ausgehöhlter Weise, eine Anzahl von Gläsern und Flacons – alten Cognac und erwählte Liqueure – beherbergten, waren mit von der Partie.
Die Dame, die dem Minister zu so später Stunde noch ihren Besuch machte, trug eine Robe von schneeweißem Piqué, das, entgegen aller Vorschrift, ohne jede Unterbrechung, ohne Gürtel oder Reifrock, an ihr heruntergeschneidert war und das Ebenmaß ihrer Figur auf das Vorteilhafteste hob. Sie trug Perlengehänge an den Ohren, ihr Haar war décoiffiert und locker gewellt, was sie sehr jung, wenngleich stilvoll erscheinen ließ, sodaß sie für eine Dreißigerin hätte gelten können – sie war indessen Vierzig –, und in der Hand, einer schon etwas schlaffen, doch unendlich gepflegten, einer kleinen, gebieterischen Hand, hielt sie, wie der Graf es mißbilligend gesehen, eine geflochtene Leder-Cordel, deren Agraffe in das Halsband eines ihrer großen, leisen, hochmütig blickenden Windspiele gehakt war. Das Windspiel gähnte.
»Und Sie, mein Herr?« fragte die Königin, trotz spöttischer Zärtlichkeit wie immer etwas erkältend, »sind Sie Minister im Augenblick – oder worauf deutet Ihre Perücke?«

– »Schließen wir einen Vergleich«, sagte Godoitis, indem er endlich von seinen Acten aufkam. »Sie, ma chère, entlassen dieses mir unsympathische Product einer mir unbegreiflichen Laune der Natur – und ich, ma biche, entäußere mich meiner Würde wie weiland Samson, als ihm Dalila die Locken stutzte, worauf der Palast zusammenbrach.« So schwenkten denn die Weisen des Altertums neuerdings aus der Reihe. »Allez«, sagte die Königin, »troll dich.« Die Bestie, ohne Widerspruch zu erheben, legte sich gähnend in dem dunklen Lakaiengang nieder, während der Graf mit Feierlichkeit die Allonge vom Haupte hob.

»Sie haben eigentlich schönes Haar, Carlo .. Aber wollen Sie mich nicht endlich begrüßen?«

– »Habe ich das?« erwiderte Graf Carlo mit seiner gleichsam geborstenen Stimme. »Ja .. es ist nun leider an dem, daß die Nächte kalt sind, abscheulich kalt.« Und er küßte flüchtig die dargebotene Hand, um danach die Flammen des offenen Camins zu ermuntern. »Einen Liqueur, meine Teuerste? Ich denke gerade darüber nach, warum der hohe Herr dort oben in seiner Ermitage Tee zu trinken pflegt, der den Geist milde macht und ihn gewissermaßen verklärt, und warum Sie, Olympia, den Feuerstrom des Liqueures vorziehen, welcher das Herz überschwemmt und den Leib, verzeihen Sie, so, ich weiß nicht recht wie: so willenlos und süß dem Nichts anheimgibt .. warum dagegen ich, ein regierender Minister, die scharfe Klarheit des Cognacs aestimiere, welcher der Geist des Weines ist und einen Zug von Verachtung und Noblesse an sich hat, wohingegen unser armer Freund dem türkischen Mocca huldigt – oder muß ich schon sagen: huldigte .. dem heftigen, harten und beinahe wilden Trunk, der uns zum Äußersten befähigt .. Nur die Prinzessin Tochter: sie kam noch nicht bis an den Punct, wo man anfängt, sich festzulegen. Ja. Ein interessantes, ich möchte sagen: ein geradezu attractives Problem, eine Möglichkeit mehr, den Menschen hinter die Schliche zu kommen ..«

»Sie sollten lieber darüber nachdenken, mein Freund, wie es hat geschehen können, daß dieser Mord –«

– »Sie sind zu liebenswürdig, Madame, mich an Dinge zu erinnern, die mir wenig angenehm sein können, wenig .. angenehm. Aber was wollen Sie: ich lebe noch. Ein Zufall vielleicht, indessen: ein aimabler Zufall. Ich frage mich: was mag er gemeint haben, der Herr v. Legua, mit seinen letzten Worten .. Dieser Gott ist nicht für mich gemacht. Ein absonderlicher, ein daemonischer Ausspruch,

wie mir scheint. Und nicht christlich. Welcher Gott? Nun, aber lassen wir das. Man muß Daemonen in sich haben, das ist es. Man muß sie daemonisieren, die Masse . .«
»Sie haben wenig Talent dazu, Carlo.«
– »Gemach . . gemach. Ich habe zwölf Jahre regiert. Muß dies bedeuten, daß ich Alles gezeigt hätte? Aber jetzt *werden* wir Einiges zeigen. Einiges . . das ist es. Auch in meiner Brust leben Daemonen, und in heutiger Zeit regieren heißt mit lächelnder Miene Blut gegen Blut setzen. Man bietet mir den Terror. Gut. Was ist das: der Terror? Die Unordnung, das Chaos, die Anarchie. Man meint den Minister und ersticht den Botschafter einer fremden Macht . . mit noblen Degen. Gut. Schach dem König – ich komme um einen Zug in Nachteil, denn ich muß Venedig beschwichtigen. Ja. Und dann biete ich mit meinen leiseren Mitteln ein Doppelschach dawider . . Die noblen Degen . . In der Tat: es waren zwei junge Leute vom Stande, die dem Volk und der Noblesse diesen Streich gespielt haben. Nicht mir – ich werde ganz praecise reagieren. Ein unüberlegter Streich, und er löst eine Maschinerie aus. Sie verstanden nicht Wappen zu lesen, nein, natürlich, woher sollten sie? Sie verstehen nicht zu denken, diese Revolutionen, es fehlt ihnen die geistige Klarheit. Gewalt gegen Gewalt? Welch tragischer Irrtum. Mit dem Terror und aus dem Hinterhalt eine Macht stürzen wollen, die über die besseren Waffen verfügt? über die stärkeren Waffen? die keinen Anlaß hat, sich zu genieren, und notfalls auch gerne einmal schießen läßt? die geradezu auf die Gelegenheit wartet, einige unliebsame Leute, ich sage Leute, gegen die Wand zu stellen? Noch einen Liqueur?«
»Merci non. Es scheint mir genug, daß Sie selbst berauscht sind – trunken von Macht . . Ist es eigentlich notwendig, hart zu sein, wenn es nicht not tut? nur weil eine Gelegenheit sich bietet, etwas auszurotten, was einem mißliebig ist? Manchmal sehne ich mich nach ein wenig Güte . .«
– »Wie ernst Sie sprechen, Olympia, wie bereit auf einmal zum Mitleid . . Aber die Politik ist gütelos, das liegt in ihrer Natur. Sie läuft immer darauf hinaus, die Menschen zu dem zu zwingen, was sie nicht wollen, und ihnen zu nehmen, was sie gerne behielten. Ja . . was ich sagen wollte. Ich bin überzeugt: wenn diese kleinen Leute mit ihren kleinen Ideen von einer kleinen Revolution capabel wären, eine Revolution wirklich zu *machen*, verstehen Sie: zu machen, wie man ein Stuhlbein macht, eine Revolution zu zimmern –

hinterdrein würden sie mit diesem Stuhlbein doch nur wieder auf die Menschen losschlagen, denn, wie gesagt, das liegt in der Natur der Sache. Die Macht läßt sich nicht teilen, sogar der Volks-Beglükker will sie, mit Haut und Haar, er schleicht sich von hinten an sie heran, ein scheinheiliger Cosmopolit und Demagog, und wenn er sie zu der Seinen gemacht hat, so verteidigt er sie wie eine wütende Dogge, da gibt es gar nichts . . Es sind in den Revolutionen ja immer viel zu Viele, sie wollen Alle nach oben, diese umbuhlte Personnage hat ihnen den Kopf verdreht, und ginge es nach ihr, ja, zum Teufel auch, sie triebe es mit Jedem – eine Metze, wenn man nicht aufpaßt. Um Vergebung, Madame, ich spreche wie das gemeine Volk . .«

»Weil Sie ausnahmsweise einmal jargon par terre sprechen? Lieber Carlo, Sie reden wohl eher wie ein Philosoph, etwas merkwürdig und wurzellos, Ihren Theorieen zuliebe – Theorieen eines Aristocraten, der die Seele des Volkes nicht versteht, das zu regieren er die Ehre hat.«

– »Eine zweifelhafte Ehre, Madame, eine höchst zweifelhafte Angelegenheit. Und wie dem auch sei: man kann über Macht und Ohnmacht, über Staat und Volk, über das Verhältnis von legitimer Gewalt und anarchischem Terror, ja, nicht einmal über das von der Macht des Staates zum Geist – der doch, wenn die Macht gesund wäre, den Staat zu tragen hätte – man kann darüber nicht philosophieren, ohne krank zu werden. Die Philosophie macht krank, und das Nachdenken führt zum Wahnsinn. Ich für meine Person, solange ich die Macht besitze, ziehe es vor, zu handeln, praecis wie eine fürchterliche Maschine und, wenn es sein muß, mit den schmutzigsten Mitteln, aber zu dem reinsten Zwecke: es muß dem Bürger abgewöhnt werden, dem Staate Vorschriften machen zu wollen. Der Staat macht die Vorschriften. Das ist die Situation. Ja, wenn er Geist hätte, der Bürger . . aber er hat den Geist nicht, die Räder zu lähmen, die ihn zermahlen. Es wäre nur der Geist, vor welchem ich Angst haben könnte . .«

»Was müßt Ihr ihn auch zermahlen! Heißt das nicht den Staat zum Selbstzweck erheben?«

– »Zum Selbstzweck, Madame? Der Staat ist die Krone – und die Krone wünscht doch wohl nicht unterzugehen . . oder täusche ich mich?«

»Nein. Nur haben Sie eine Art, in Extremen zu denken, die dem Allgemeinen nicht mehr gerecht wird.«

– »O, Sie contrecarriert mich, ma biche. Sie spricht, als sei der Geist der Volks-Tribunen über Sie gekommen . .«

»Nun, der Geist kehrt wohl nicht ein bei den Tribunen. Und dennoch gibt es da Dinge, bei denen ich mehr mit dem Volk empfinde als mit dieser Polizei-Maschine, die Sie für einen Staat ausgeben. Man regiert ein Volk nicht mit Verachtung. Eines Tages beginnt die Erde zu beben . . was dann?«

– »Ich staune, geliebte Olympia. Welch ein Unmaß von Gefühl mit einem Male? Obendrein bei Ihnen, die Sie als Königin erkältend durch diese Welt gehen. Woher das Mitleid, die Sehnsucht nach Güte? Sie frieren, scheint mir, bei Ihren fünfzehn überheblichen Windhunden. Sie sollten einen Zobelpelz – aber lassen wir das. Sie frieren also . . tiens tiens.«

»Ja, Carlo, manchmal friere ich. Wir, die wir die Krone tragen, bekommen wenig Liebe zu spüren, das ist nun einmal so. Wir tragen nur die Last, nicht den Glanz, denn den können wir nicht sehen, da müßten wir schon schielen oder lügen.«

– »Und die Liebe des Volkes, ma très chère . . ist sie denn gar nichts?«

»Wenig. Zwischen ihm und uns stehen die Minister. Haßt man sie, so frißt der Haß auch an der Krone; liebt man sie, so streichen sie die Liebe befriedigt in ihre eigene Schatulle.«

– »Eifersucht, Madame? Ja, das Regieren ist ein Geschäft für kalte Leute, für Leute mit robusten Gehirnbahnen. Und ich schmeichle mir nicht, wenn ich sage: ich bin dergleichen einer – auch wenn ich gelegentlich versponnen erscheine und überhaupt ein wenig scurril und wunderlich.«

Die Königin schwieg. Sie zog das schneeweiße Piqué fester um ihre Schultern, ihre Schultern waren noch immer schön, sie sehnte sich nach Güte. »Wer liebt uns denn, Carlo? Können Sie mir das sagen? Wer liebt den König – nicht als Institution – als Menschen: wer liebt ihn? Selbst seine Tochter Danae wird über ihn hinweggehen wie über ein Nichts, wenn es sich einmal darum handeln sollte, aus Liebe ein Opfer zu bringen, einen Verzicht, ein Lächeln, das ihr weh tut in ihrem Egoismus. Es ist wohl auch bei mir Egoismus . . Aber die Welt wird in der Königin niemals die Frau begreifen, immer nur die Figur, die obenan zu stehen hat. Und *weil* ich so hoch stehe, und weil es kalt ist dort oben, sehne ich mich dreifach, zu lieben, geliebt zu werden. Denn der Vulcan, auf dem wir leben, der wärmt ja nicht. Wollen Sie mich ein einziges Mal ansehen . . Ich habe mich für Sie schön gemacht – Sie bemerken es nicht. Werde ich schon so alt?«

– »Wissen Sie«, sagte der Minister und sah sie flüchtig an, »es ist diese Gicht, wie soll ich Ihnen das beschreiben – ja .. So ein, kurz und gut, infamer Schmerz bis hinauf in die Gegend der Nieren. Aber vielleicht wird es wieder besser. Ich tätschele Ihnen die Hand, diese schöne Hand, und das ist sozusagen Alles, wessen ich noch fähig bin, ein vergleichsweise alter Mann, aber die Ärzte meinen, es würde wohl wieder besser werden, demnächst .. Ja. Daß Sie alt werden, meine Teuerste, nein, wer hat Ihnen diese Idee eingegeben? doch nicht Ihr eigenes Herz?«

»Vielleicht. Denn diese Gicht, Carlo – es ist mir contraire, so denken zu müssen, aber –«

– »Was denken zu müssen? Was: aber?«

»Ich denke, daß Sie vorzüglich Comödie spielen.«

– »A ..« sagte der Minister, ein ganz kurzes, helles, amusiertes »A ..«, bei welchem der Mund vor lauter Ironie eine kleine Weile offen blieb.

»Und daß Sie wieder einmal beschäftigt sind, unter allerlei Schönheiten die Wahl zu treffen. Ich will nicht sagen, daß es mich verletzte: es tut ganz einfach weh. Nun .. lassen wir die großen Worte.«

– »Papillons noirs«, entgegnete der Graf mit einem versonnenen Blick. »Sie werden sehen, die Gicht geht vorüber, das alte Feuer kehrt zurück, und dann frieren Sie auch nicht mehr ..«

Er nickte ihr ein wenig väterlich und aufmunternd zu. Dann aber, den Boden seines Glases tiefsinnig betrachtend, versank er wieder in sein flackerndes, irrlichterndes Spintisieren. »Wissen Sie«, sagte er, »dieses Erdbeben. Damit verhält es sich folgendermaßen. Das Land, das uns beherbergt – und nicht nur dieses, sondern jedes Land – die ganze Welt .. ja, das Leben überhaupt: ist vulcanisch und kein einziger Augenblick ohne Gefahr. Aber wir sind geneigt, das zu vergessen. Weil sie so schön ist, diese Erde .. Schönheit, denken wir, kann nicht daemonisch sein. Das widerspricht, denken wir, ihrem Character. Oh: sie kann. Jeden Augenblick kann sich die Erde öffnen, nur um uns zu beweisen, daß sie nicht so liebenswürdig ist, wie sie uns glauben macht, oder ein nobler Degen fährt uns in den Rücken. Man muß mit der Gefahr leben, man muß sie nicht fürchten, auch wenn man ein wenig praeventive Vorsicht übt. Es gibt ja tausend Arten, um vom Leben zum Tode zu kommen, und ich bin überzeugt, eines Tages gebe ich irgend einem Tod, den ich nicht eingerechnet habe, ganz ahnungslos die Hand, glaube vielleicht, es ist nur ein Minister oder ein Botschafter, es ist aber der Tod, und er sagt zu mir: Excellenz, sagt er, es ist so weit, begleiten Sie mich, es tut gar nicht weh. Ja. Was ich sagen wollte: wenn die Erde bebt, hat sie natürlich gar keinen vernünftigen Grund, sich derart unvernünftig aufzuführen, und sie weiß nicht, was sie tut – aber: sie tut es. Nun, das ist ihre Sache. Und wenn ich recht darüber nachdenke, dann erscheint sie mir, die liebe Erde, doch immerhin als ein Wesen von einiger Logik. Wissen Sie: es liegt an der Situation, in der sie sich befindet. Eine verzweifelte, irreparable Situation, der alte Zwiespalt, möchte ich meinen, zwischen Leib und Seele. Auch diese vortreffliche Erde hat ja, mysterioser Weise, so etwas wie eine Seele, wie einen Geist, und der Geist, wie soll ich das sagen, ist Feuer, aber dermaßen choquierend, wenn es uns trifft, daß es geradezu eisig wirkt, ein eisiges Ereignis. Scheint Ihnen das unsinnig? Man kennt dergleichen physicalische Grenzfälle. Und nun: wir leugnen dieses Feuer, diesen Geist, diese Kälte, die uns gefrieren machte, wenn wir sie anerkennen würden. Wir erkennen nur den Leib der Erde an, und das ärgert sie, die Gute. Der Mensch hat sich nun einmal daran gewöhnt, der Herr der Erde zu sein, von Gottes Gnaden gleichsam, und er ist ihr Tyrann. Er benutzt jedes einzelne Glied, jede einzelne Scholle, jede Krume zu seinen Zwecken, höheren oder niederen Zwecken, gleichviel, er benutzt sie und nutzt sie aus, schamlos nutzt er sie aus. Er befiehlt ihr, was sie zu tun und zu lassen hat. Hier, sagt er, hat Mais zu wachsen, und wehe, wehe, wenn da Melonen stehen würden, plötzlich. Und an einer anderen Stelle, wo die Erde, die ja etwas von Landwirtschaft versteht, in ihrer Freude am Schönen eine Sonnenblume hervorbringt, weil ihr das nun einmal Spaß macht in ihrem ausgeprägten Sinn für Freiheit der Entschlüsse, so kommt der hohe Herr Mensch, verbietet ihr diese Sonnenblume und sagt: nein, hier wird jetzt mein Palais gebaut. Und er baut sein Palais. Ein Palais ist schwer zu tragen, es wiegt so und so viele Millionen Unzen, und die Erde trägt es nicht gern, sie trägt es nur, weil sie tragen muß. Aber das ärgert sie natürlich, und das frißt an ihr. Ganz dort innen frißt es, wo sie noch ganz göttlich ist, noch nicht vom Menschen prostituiert. Und so geht das überall, und man muß sich vorstellen, daß unter jedem Stück Erde ein Stück Feuer sitzt, ein Stück feuriger Seele, das wir nicht ernst nehmen, weil es schweigt. Es schweigt nicht gern, aber es ist klüger, zu schweigen, und also schweigt es ein wenig. Nun gibt es unbotmäßige Erdschollen, kühne und gefährliche Berg-Gegenden, die der Tyrann nicht besucht, weil er Angst hat, ihnen unter die wilden Augen zu treten, und weil er sich ausrechnet, daß sie noch keinen Palast getragen haben und auch keinen tragen wollen oder werden. Es ist ihm zu viel Feuer in diesen ihren Augen, und er meidet sie. Verhängnisvoller Fehler .. Denn diese unbotmäßigen und ungebrochenen Beispiele halten das schlafende Feuer in den botmäßig gemachten und gebrochenen lebendig, und kurz und gut: es liegt etwas in der Luft. Ja .. das ist es. Es liegt plötzlich etwas in der Luft. Eine gewisse atmosphaerische Störung macht sich bemerkbar, man weiß nicht, um was es sich da handeln könnte, man sitzt in seinem Palais, versieht sich keines Übels – aber unter der Erde läuft das Feuer zusammen, das es nun satt ist, sich reglementieren zu lassen und Paläste zu tragen aus lauter Gutmütigkeit und feiger Gesinnung. Es läuft zusammen, das Feuer, ganz heimlich, unter der Erde, und es führt etwas im Schilde .. Ja.«

»Hören Sie auf, Carlo, das ist beängstigend, was Sie da erzählen.«

– »Aber nein, schöne Olympia, warum sollte ich denn aufhören, das ist doch sehr belustigend und auch sehr instructiv. Wissen Sie: ich habe solcher Erdbeben einige erlebt, es sind sozusagen große Stunden im Dasein des Menschen, wenn ihm die Erde unversehens zu beweisen beliebt, daß seine Macht über sie eine Fiction ist, und wenn sie ihn unversehens zwingt, im Nachthemd auf die Straße zu rennen, weil es anfängt, im Gebälk zu knistern, und Sie werden zugeben, ma chère, daß ein Mann im Nachthemd eine etwas ridicule Erscheinung ist im Verhältnis zu seinem Herrschafts-Anspruch über die Erde, die gleichsam hohnlachend Feuer und Asche auf sein Haupt regnen läßt. Und Mancher steht nicht einmal im Hemde unter der ekelhaften Lohe der Vernichtung, sondern nackt in seiner Angst. Ja .. es sind erhebende Stunden, und die gequälte Erde, die es satt ist, hat erhabene Mittel zur Hand; wie jede kleine Revolution ist sie in solchen Stunden von einer sublimen Grausamkeit besessen, sie rächt sich mit geradezu asiatischem Blutrausch, mit süßer Lust am Grausigen rächt sie sich für das, was der Mensch ihr angetan hat in seiner Manie, Lasten und immer neue Lasten auf sie zu häufen. Der Leib der Erde hält das aus, und dem Leib ist es gleichgültig, ob er Melonen trägt oder Disteln oder Futtermais oder meinethalb auch ein Palais. Aber die Seele: die hält es nicht aus auf die Dauer, und jedes Verbot, und jeder Befehl, und jedes Steinchen, das man auf sie legt, indem man sagt: ach, sie wird es schon noch tragen, das erhält gewissermaßen ein Vielfaches seines eigentlichen und materiellen Gewichtes, denn der Druck, meine Teuerste, den wir ausüben, wächst und wächst ins Ungeheure, weil sich das Schweigen daran hängt, und die Pression des Schweigens wird schließlich so überwältigend, daß der Hunger nach Glück, den auch die Erde hat, in einem bestimmten Augenblick überschwemmt wird von der Raserei des Zornes. Natürlich will die Erde glücklich sein mit ihrer kleinen Sonnenblume – warum sollte sie nicht? – und sie weiß genau, wenn sie jetzt die Nerven verliert, so wird es ihr übel ergehen, aber sie ist mit einem Male so weit, daß sie, wenn es sein muß, sogar den Untergang *wünscht*, daß sie Feuer und Lava speit und sich selbst und ihre Sonnenblume .. niederbrennt.«

»Carlo!! die Tapeten ..« Die Königin wurde aschfahl. Einige Secunden herrschte die Stille des Todes. Der Minister saß amusiert.

– »Was ist mit den Tapeten?«

»Ich glaube wirklich, es liegt etwas in der Luft.«

– »Glauben Sie ..« sagte der Minister, und ein nachdenklicher Triumph überzog sein Gesicht. »Selbstverständlich liegt etwas in der Luft, die Erde wird beben, da gibt es gar nichts.«

»Um Gottes willen ..« flüsterte die Königin.

– »Aber so lassen wir doch die Götter aus dem Spiele, geliebte Olympia. Und tun Sie mir den einzigen Gefallen, wenn die Erde jetzt beben wird, daß Sie nicht im Hemd auf die Straße rennen. Überhaupt sollten es die Regierenden sich verbieten, Angst zu empfinden. Ich jedenfalls nehme jetzt meine Allonge, denn .. ich bin quelque chose de grand auch dem Schicksal gegenüber, singulier, solitaire bis in die Knochen, und wünsche mich stilvoll abzuheben. Es knistert .. Sie haben vollkommen recht gehört: es knisterte im Gebälk – bleiben Sie sitzen, auch eine Königin wird aufrecht zu sterben wissen; es ist zwar kein schöner Anblick, mit zerschmettertem Gehirn unter den Trümmern des Plafonds zu liegen, aber man wird wenigstens nicht sagen können, daß wir feige gewesen sind .. Noch einen Liqueur? Sie zittern ja?«

»Ja, ich zittere, und ich könnte heulen darüber, daß ich zittere.«

– »Nun bitte ich Sie um Alles, sprechen Sie doch laut, Ihr Hund spricht ja auch laut, er winselt sogar. Im Übrigen ist es schon vorüber .. und gleich wird es wiederkommen, ein neuer kleiner Erdstoß. Was ich sagen wollte: dieses Windspiel. Welch aristocratischer Hochmut in seinen gelangweilten Zügen! Und doch dürfte es weit entfernt sein, zu begreifen, was es auf sich hat mit der Noblesse. Es besitzt keinen Geist, sonst würde es tapferer sein, denn der Geist ist nicht möglich ohne die Tapferkeit – womit ich nicht gesagt haben will, daß tapfere Leute auch geistreiche Leute sein müssen. Aber wer vom Geiste ist, der soll auch tapfer sein und zu sich selbst stehen.«

»Hören Sie, wie es rieselt, Carlo, wie es rieselt in den Wänden? Ich bin jetzt ganz ruhig . .«

– »Das freut mich, meine Liebe, das freut mich ganz ungemein. Dann geh Sie nur jetzt zu dem hohen Herrn, denn – nicht wahr? – da gehört Sie hin . .«

XI. Capitel

Wenn die Erde bebt, so ist es, als ob die Welt für einen Augenblick den Atem anhält. Die Tänzer auf dem glänzenden Parquett erstarren mitten in der Figur des Passepied, aus der Oboe flattert ein letzter, zerbrochener Ton, die Augen der Menschen weiten sich, Alles horcht auf das leise Klopfen dort unten in den Keller-Gewölben. Horch . . in den Keller-Gewölben, da sitzt nun das Chaos, das heraufgestiegen ist aus dem Innersten der Erde, und wartet geduldig, bis das Parquett mit all den Tänzern einbricht, darunter aber ahnt man unendliche, unendliche Abgründe . .

Oder man liegt im Bette, und die Erde bebt. Man liegt im Bette und träumt, auf der hohen See zu sein, auf einem Schiffe, das über mondbeglänzten Wogen dahinschaukelt, und man wacht auf, und weiß, man hat von einem Schiff geträumt, es war ganz deutlich, daß es geschaukelt hat, aber man begreift, daß man in seinem eigenen Gemach liegt, auf der festen Erde, Alles ist unheimlich still, in den Kellern hört man es klopfen, und es war nur die Erde, die das Haus hat tanzen lassen. Und man versucht den Atem mit der Hand festzuhalten in der Brust, und die Augen weiten sich, und ihr Weißes leuchtet im Dunkeln.

Oder man geht in seinem Zimmer auf und ab, Mitternacht ist lange vorüber, aber man geht im Zimmer auf und ab und dichtet eine Ode auf die Menschheit. Ganz plötzlich ist es wie ein atmosphaerischer Schlag, ein lautloses Zucken, plötzlich brennt die Kerze nur noch ganz niedrig und klein, als ob ihr die Luft abgeschnürt wird, und dem, der die Menschheit und das Glück besingen wollte, zieht Gott, mitten in der glücklichen Trivialität, den Schleier fort vor dem

Leben, er sieht die furchtbarsten Geheimnisse, sieht die verschimmelten Lügen in den Herzen der Guten und die tödlichen Wahrheiten in den Hirnen der Weisen, die so weise sind, das Tödliche zu verschweigen – das Alles sieht der Mann, dem die Welt eine Ode wert zu sein schien, und er kann es nun nicht mehr sagen, was er so schön hatte sagen wollen, die Feder entsinkt seiner Hand, er hat das Gefühl, daß die Erde, wie eine riesige Seifenblase, dünnwandig und schillernd, sich um lauter gähnendes Nichts wölbt, auf dieser schillernden Kugel aus Hauch und Glanz und süßer Täuschung spazieren die Menschen einher . . und dann bebt die Erde.
Als man dem sterbenden Botschafter erzählte, daß die Erde bebe – der alte Gheotta versuchte, es ihm klar zu machen, die Diener liefen schon schreiend aus dem Hause, hinter dessen Tapeten der Sand rieselte, am Plafond platzte der Stuck – als man ihm dies erzählte, öffnete er nicht einmal die Augen, sondern flüsterte nur: »Sie hat allen Grund dazu . .«
In einer Ecke des Schlaf-Cabinettes standen die Räte und Geheim-Secretäre, beunruhigt, weil Excellenz durchaus weder Emotion zeigte noch Neigung, sich in den Garten tragen zu lassen; deshalb hatten sie Königs Spaßmacher vorgeschickt, einen beredten Mann immerhin, vielleicht glückte es ihm, es war hohe Zeit, ins Freie zu kommen, aber da sie den Starrsinn des Botschafters kannten, wagten sie es nicht: ihre Carrière wäre zu Ende gewesen. So mächtig wirkte der Zwang seiner Persönlichkeit, sie dachten nur an die Augen, an den aufreizend verächtlichen Ausdruck in ihnen, nicht jedoch daran, daß Herr v. Legua vor seinem Begräbnis kaum nach Venedig mehr würde berichten können.
– »Date permesso«, bat der Buckel, der das Gewand des Narren gegen einen von Don Giovannis himmelblauen Fräcken vertauscht hatte, was ihm Ansehen und Autorität gab, obwohl er darin ertrank, »fatevi portare fuori, Vi imploro! Sie tragen die Verantwortung. Alle diese Menschen warten Ihrethalb und nehmen Gefahr auf sich.«
Eine Wappen-Cartouche kam herab und zerschellte auf dem Bettpfosten.
»Non voglio«, entgegnete Don Giovanni mühsam. »An meinem Sterben ist ohnehin nichts zu ändern. Ich will im Hause bleiben. Lassen Sie sich nicht aufhalten, meine Herren.«
Einer der Räte küßte ihm die Hand. »Sollen wir nicht doch die Bahre, Excellenz –?«

Der Botschafter winkte ab. »Er verfolgt mich«, sagte er mit deutlicher Erschöpfung, sein Gesicht fiel immer mehr ein. »Er müßte ja denken, daß ich mich fürchte vor ihm. Ich fürchte mich nicht.«
Wer war dieser Er? Niemand wußte es. So viel jedoch schien ersichtlich, daß der Botschafter ihn für das Attentat, ihn für das Beben verantwortlich machte und seine Zuständigkeit leidenschaftlich verneinte. Nein, Herr v. Legua hatte wohl Blut verloren, eine unersetzliche Menge seines kostbaren, so unverbrauchten und schäumenden Blutes, er hatte seine Jugend eingebüßt, vielleicht auch sein Leben, aber von seinem Hochmut nichts und nichts von seinem Willen.
So bebte die Erde seit Mitternacht vor sich hin, sie traf keine Anstalten, etwas Wirkliches zu unternehmen. Es war nur im höchsten Grade ungemütlich, während dieser Zeit auf ihr herumzusitzen – weil man nicht wußte, ob sie nur spaßte, oder ob die Welt untergehen würde. Hin und wieder lief ein Zittern durchs Haus, als zucke der Planet mit der Haut, um ein zudringliches Geschmeiß zu verscheuchen, hin und wieder horchte Gheotta auf das Grollen unter den Kellern, hin und wieder unterbrach er die Kette der Anekdoten, mit denen er den Sterbenden in Schlaf zu erzählen hoffte. Sie waren nun ganz allein in der Villa Madama, kein Arzt, kein Priester zur Stelle, hin und wieder zersprang eine Scheibe, auf dem Parquett lag Gips, im Camin, hin und wieder, kollerte ein Ziegelstein talwärts.
»Schlafen Sie schon, Excellenz?«
Excellenz schlief, der Puls ging dünn und langsam.
Endlich! Denn längst hatte Gheotta den Entschluß gefaßt, ohne seinen Herrn, ja, gegen ihn, zu handeln. Mußte man nicht zumindest die Rettung versuchen? Für sich selbst empfand er zwar wenig Angst – da er ein Narr war, verhältnismäßig weise obendrein –, doch mit dem Botschafter, das ahnte er, konnte es kein gutes Ende nehmen hier in der schwankenden Bel-Etage, da sollte man später nicht sagen dürfen, er habe ihn vorsätzlich umkommen lassen. Und er schlich ans Fenster. »Aspettate«, rief er mit halber Stimme, über die Balcon-Loggia gebeugt, und warf einen Blick der Lust in den Park, der voll lagernder Menschen war und voll lodernder Fackeln, »sentite, Signori magnifici!« rief er unter pantomimischen Verrenkungen und kletterte an den Portalsäulen nieder, worauf er vollends hinabsprang. Man gab ehrlichen Beifall. »Dorme, il mio caro padrone«, sagte er, »il Vostro nobilissimo capo«, während er schon in den Kreis der diplomatischen Chargen trat, die sich vornehm ab-

seits der Lakaien und übrigen Domestiquen hielten, und man wußte den Unterschied, den er machte, zu würdigen, den feinen Unterschied, der seine Stellung hierselbst definierte: für sie war es der hochadlige Chef, der einsam da oben schlief, für ihn aber ein freundlicher Gönner. So sprach er in einer seltsamen Mischung von Harlekinade und daemonischer Eloquenz auf sie ein, packte sie gleichsam beim porte-épée, wies darauf hin, daß die Diener ja ausnahmslos zu feige wären, als daß sie den Palazzo noch einmal betreten wollten, nachdem er so abscheulich geknistert, es sei also an ihnen, die Ehre Venedigs zu wahren, gegenwärtig stehe durchaus auch nichts zu befürchten, »io parlai cogli inscenatori, Plutone, Volcano«, das behauptete er, der Buckel, als könne man, ein Mensch, mit den Göttern Conversation pflegen! als *gäbe* es Götter, Ammen-Märchen! kurz, er couragierte die Ängstlichen und verfehlte nicht seine Wirkung. »Zwei Wagendeichseln, meine Herren, heran damit! zwei Deichseln, unter das Bett geschoben, zehn kräftige Schultern, es zu tragen: ecco! das ist doch kein Problem .. und wenn sie wirklich neuerdings beben sollte, die Erde, so werden wir den Botschafter eben kurzerhand fallen lassen, es war ja sein eigener Wille, wenngleich ein gottloser, gänzlich verdammenswerter, daß er zu sterben wünscht – avanti!«, und in der Tat, als er ins Haus ging, folgte ihm ein immerhin stattlicher Zug.

Trionfo! Übrigens meinte die Erde es gut mit ihnen, die Plafonds zwar bröckelten stäubend herab, und mit Besorgnis blickte man nach oben, vorzüglich unter den Türstürzen, die niemals derart Bedrohliches gehabt hatten, doch Alles blieb ruhig, Herr v. Legua äußerte sich nicht, es war auch Sache des Narren, seinen Zorn auf die Schellenkappe zu nehmen – zehn lange Minuten, und man staunte, wie einfach im Grunde das Ganze gewesen. Das Beispiel machte Schule, ein wahrer Eifer brach aus, selbst in der Dienerschaft griff todesmutiges Heldentum Platz, man dachte an manchen liebgewordenen Besitz, ja, es winkten Dublonen, Ducaten, der Buckel versprach sie, war er nicht Botschafters Intimus? man durfte ihm glauben. Und überall stob er voran, huschend, behende, argwöhnisch und umsichtig – bedacht, möglichst Vieles zu retten, Don Johanns Garderobe, seine Geheimpapiere, die wichtigsten der Acten und besonders die Brieftauben, man brauchte ja täglich dergleichen Couriere, Tauben aus Venedig, Tauben aus Cypern, wie umgekehrt die Lagune Tauben aus dem Dachstuhl jeder einzelnen ihrer Botschaften besaß, seit einigen Tagen auch solche, die in der Ambassade

auf Myrrha ihre Heimat zu sehen gelernt hatten, nun aber in den Palästen der Procuratoren wohnten, an der Piazza San Marco, um in Zukunft die Depeschen von dort nach hier tragen zu können. Doch mitten in dieses Gelaufe, Gehaste, Schleppen und Schleifen, über die Stiegen, durch die Salons, alle Türen standen offen, hallte ein wüster Krach durch die Baulichkeit, ein Camin hatte die Dachsparren durchschlagen – und wie Spreu vor dem Winde, wie Ratten bei Schiffes Untergang, fuhr die entsetzte Gesellschaft, aus Portalen und Fenstern, purzelnd, hangelnd, bebend, geduckt, ins Freie.
Unterdes kam dem Narren der glanzvolle Gedanke, es könne wohl ratsam sein, ein Schreiben an den Gouverneur von Cypern aufzusetzen, des Inhaltes, daß, weil der Herr v. Legua auf dem Fuße sei zu sterben, während die Erde bebe, ein verläßlicher Wundarzt benötigt werde, der Mohr möge ihn schicken – und soeben gab er, ohnehin hier ein Usurpator, dem Chiffrier-Meister entsprechende Weisung, als der Botschafter, auf dessen Bettrand er residierte, wieder erwachte. Sagte er etwas? Die Lippen bewegten sich . . sie formten undeutliche Worte. »Wir brauchen einen Ambassadeur«, flüsterten die Lippen, »einen, der in den Geheimgängen und Alcoven bewandert ist . .« Nichts also von Zorn, nichts von Empörung. Und Gheotta lauschte mit Hingabe. »Habt Ihr die Pferde herausgebracht? Das ist gut. Es hätte mir leid getan. Dann wollen wir uns das Schauspiel betrachten, das erhabene . .«
Es war in der Frühe des grauenden Morgens, als die Erde Ernst machte.
Die rosig behauchte Wolke über den Cedernwäldern begann, ohne ersichtlichen Grund, ihren Rauch zu verstärken und selbst ganz feurig zu werden, bis man sich dessen erinnerte, daß sie ja aus einem Vulcane kam, den diese Wälder verbargen. Und so quoll sie dick und scheußlich, immer dicker und scheußlicher über den schweigenden Wipfeln auf, sie wuchs und wuchs, sodaß bald der ganze Himmel von ihr bedeckt war und nur die untersten Sterne noch herüberglänzten. Selbst der wilde Jäger Orion, der eben erst aufging, war bis zum Gürtelgehänge in finsteren Brodem gehüllt, seine Füße standen im Meer, und aus der Luft sank flockig schwebender Ruß. Man sah es auf den seidenen Decken, unter welchen Don Johann ruhte, wieviel schwarzen Staub der Vulcan schon jetzt hervorgezaubert hatte aus seiner Grude.
Nach einigen Minuten dieser stummen Tätigkeit geschah etwas Neues. Die Wolke flammte ein paar Mal puffend und heftig auf,

glühende Puncte schossen über den Wäldern empor, aus den Wipfeln der Cedern sirrte es unheilverkündend, und in der nämlichen Secunde hagelte es dampfende Asche! Es war nicht mehr als ein Aschen-Schauer, ganz kurz, wenig Leute nur wurden blessiert – aber: die Bäume! Die Bäume, eben noch saftstrotzend, standen so vollkommen entlaubt, daß man nun den Vulcan, den gar nicht mehr gemütlichen, sehen konnte, aus dessen Krater, entsetzlicher Anblick! langsam der Feuerbrei hochkam .. eine Feuer-Beule .. wie das *quoll!* man kaute die Finger blutig, da: jetzt sank es zurück! Erlösung .. – *nein*, es kam wieder !! – bis endlich, beim dritten Anlauf, die Lava sich über die Böschung wälzte.
»Die Erde hat uns satt«, sagte der Botschafter.
Satt? Es war ihr speiübel. Das unterirdische Rollen, das bereits eine ganze Weile, eigentlich schon seit Mitternacht, zu hören gewesen, erhob seine Stimme zu wahrem Donner, und die Menschen im Garten begannen zu tanzen, weil es sie dünkte, daß der Rasen sich einmal hier, einmal dort aufblähte, wie ein Reisbrei, der zäh und schlammig seine Blasen wirft, wenn er zum Brodeln kommt, und solche Blasen bildete das weiche Grasland, als ob gerade darunter, gerade an dieser Stelle die Flamme säße, die den Reisbrei brodeln macht. Da verloren nun einige der Diener, indem sie immer hectischer tanzten, die Contenance, denn von oben regnete es weiter diese entsetzlichen Mineralien, ringsum lagen qualmende Brocken, selbst die Luft schien zu kochen, und sie konnten nicht anders: es fuhr ein verzweifeltes, hohes, jaulendes Weinen aus ihnen herauf, sie schämten sich dessen und winselten doch. Unwürdig! Aber, je nun, was soll man von der Erde verlangen, von der sie waren und an der sie klebten. Stil .. Haltung .. Reserve .. das sind große Dinge. Denn die Angst, die hat jeder. Nur spricht nicht ein jeder sie aus, im Gegenteil: mancher besänftigt sie, indem er ihr freundlich zuredet; und wo die Erdbürtigen in hündisches Zittern geraten, da empfindet, wer etwas vom Himmel hat, nichts als Verwunderung – grenzenlose Verwunderung über ein gesellschaftlich unmögliches Betragen. Vollends, wer schon beinahe gestorben ist, wie es der Botschafter war, wer unter allen Umständen, auch den günstigsten, bei Kleinem den Planeten verlassen wird, wie es Herrn v. Legua bevorstand – dem es relativ gleichgültig war, ob ein Aschenstück ihn töten, ein Spalt ihn verschlingen oder seine Wunden ihn vom Leben zum Tode befördern würden –, wer also bereits Abschied genommen hat von allen Wünschen, oder, wie Don Giovanni auch

vor jenem Degenstich, *immer* mit Brutalitäten des Schicksals rechnet und keinen Finger rührt, vor diesem Schicksal davonzulaufen, zumal es ihn ja doch einholen wird – der hat, wenn die Erde bebt, ein noch höheres Recht: der darf das Schauspiel wirklich wie ein Schauspiel betrachten, das ihn im Grunde kühl läßt, darf einer Art von erhabener Lust am Untergang nachgeben und in moquanter Müdigkeit lächeln.

Kurz: während der ferne Vulcan immer hemmungsloser, immer quälerischer sein ganzes Innere nach außen stülpte, immer neue gewaltige Feuerströme über den zerklüfteten Kegel wälzte; während die Vögel, die es in den angesengten Bäumen nicht mehr aushielten, aus der Luft herabfielen, um zuckend und flügelschlagend im Kies zu verenden; während Hirschkäfer und Maulwürfe, dem Wahnsinn nahe, sich auf der Stelle drehten, immer im Kreise, was denen, die es sahen, selber ein turbulentes Übelsein erregte; während das Grollen und Donnern der Eruptionen durch die Himmels-Gewölbe polterte, das Zischen der Steine die Atmosphaere erfüllte und die Menschen nicht mehr wußten, wohin kriechen, um den tausend Toden zu entgehen; während die Pferde keilten, gellende Schreie ausstoßend; während der Boden schwankte, Blasen trieb, während Risse platzten, aus welchen, die vorher nicht da gewesen, erschreckende Fontainen blubberten, hierhin, dorthin rinnend, und das jaulende Schluchzen immer wieder aufheulte, weil irgend jemand mit dem Fuße, plötzlich, in eine solche Spalte geraten und, vom Entsetzen gepackt, ein Stück hinabgesunken war, der Unterwelt entgegen; während nun endlich auch das Haus so sichtbar zu wanken begann, daß der Eine oder Andere im Tanzen inne hielt, fasciniert von diesem zerstörerischen Momente; während die Dachbalken, unter dem veränderten Verhältnis von Druck und Zug, knirschend erst und dann splitternd, auseinander brachen; während die Architrave der Fenster sprangen, mit den auf ihnen lastenden Mauerstücken einknickten und gleichsam klagend hinabbröckelten, bis Alles ins Rutschen geriet; während die Plafonds, ohne Umstände, mit trockenem Krachen zusammenstürzten und zugleich auch die hohe Gartenmauer an mehreren Stellen zu schwanken anfing, um sich danach mit Getöse einfach umzulegen: während all Diesem, in verletzender Überheblichkeit, lächelte Don Giovanni.

»Ich feiere meinen eigenen Untergang«, sagte er heiser, sein Geist war mehr als bereit, diese Welt zu verlassen, und Pasquale Gheotta nickte. »Colossales Finale«, bemerkte er tiefsinnig.

XII. Capitel

Der Uhr nach mußte der Morgen nun aufgehen, aber es schien ihm nicht zu gefallen auf Myrrha, da blieb er für heute fort. Die Erde kochte so vor sich hin, nachdem sie ihre Kräfte verausgabt hatte, auch der Himmel zeigte mildere Seiten, nur daß er in der merkwürdigen Dämmerung, die für einen Tag zu dunkel, für eine Nacht zu hell war, immer noch diesen abscheulichen Ruß herabschweben ließ. Don Giovanni beschloß, aufzubrechen. Seine Kräfte nahmen unaufhaltsam ab, aber hier wollte er nicht sterben, er wollte zuvor – und natürlich verschwieg er das – noch einmal das Fräulein im Pantherfell sehen, mit der Nelke von rotem Samt im Haar. Es hatte schließlich gar keinen Sinn, ständig auf die Trümmer des Landhauses zu starren. Mochten die Leute, welche die Brieftauben zu bedienen hatten, in dem nur halb zerstörten Stallgebäude auf Nachrichten aus Venedig oder Cypern warten: das Übrige, Acten, Kleider, Hab und Gut, konnte getrost aufgepackt werden, und ihn selbst sollten die Livreen mitsamt seiner geräumigen Bahre in die Stadt tragen, zum Schloß, auf daß man ihm ein Quartier anwiese, seinem Range gemäß . .

Man kam durch die langen Gassen der Vorstadt, hie und da brannte ein vornehmes Dach, hie und da schwelten noch Balken, wo vorher Menschen gewohnt hatten, ein Mann mit gleichsam nackter und rosiger Nase, fleischernen Teints, stand im Nachthemd mitten in seinem Garten, wo er verzweifelt die Hände rang. Ja, es hatte die Reichen getroffen, das Unglück, aber der geringe Besitz des eigentlichen Volkes schien mit Vorbedacht geschont. Es hatte sie nur der Schreck geschlagen, nun getrauten sie sich nicht wieder zurück in ihre einfachen Behausungen. In dicken Knäulen, raunend, gesticulierend, dunkle Mutmaßungen ausstoßend, wogten sie auf den engen Straßen umher, über denen der widerliche Geruch von erloschenem und mit Wasser gelöschtem Feuer lagerte. »Platz dem Botschafter von Venedig!« riefen die Diener, die dem Conduct ihres Herrn vorausschwärmten, und die Menschen mit ihren übernächtigen, fahlen und stumpfen Gesichtern zogen sich ein wenig zurück bis an die Hauswände, um den schon sagenhaft gewordenen Mann zu betrachten, den ein blutiger Irrtum zweier desperater Degenhelden dahingerafft hatte. »Platz dem Botschafter von Venedig!« schrieen die Lakaien, und da schwankte denn das Tragebett vorüber, auf dem ruhte jener schöne, männliche, nun so ganz steife

Herr, dem die Frauen aus der Vorstadt nicht weniger sich verfallen fühlten als die Damen aus den Palais der Großen. Seine Wangen waren eingesunken, seine Lippen schmal und streng, und auf den geschlossenen Lidern lag nicht nur der leichte, flüchtige Glanz, der die Herzen der jungen Mädchen verwirrte, sondern auch schon ein bläulicher Schatten, eine letzte Entsagung. »Der schöne Herr ..« murmelten die Matronen, und die kleinen Näherinnen, die in die Stadt um Lohn gingen, taten es ihnen gleich, sie, die einen solchen Liebhaber nie würden finden können, soviel sie auch suchten auf der bebenden Erde. »Der schöne Herr ..« sagte eine Milchmagd mit ihren fünfzehn Jahren, und dem Weinen nahe, stellte sie ihre Kanne auf das Pflaster, ergriff die herabhängende Hand des Botschafters und küßte sie, aber die Hand war schlaff und kalt ..

Das Mädchen stieß einen erstickten Schrei aus. »Ist er tot ..?«

»Er schläft«, sagte einer der Diener, eine Träne rann diesem schlichten Mann die Wange hinab, und das ehrte ihn, denn er war, als das Unheil kam, als Erster in den Garten gelaufen, ohne sich lang zu bedenken.

Don Pasquale verbesserte ihn: »Er ist ohnmächtig.«

Und weiter schwankte der Conduct. Überall das gleiche Bild. Wenig Zerstörung, aber die Reichen hatte es getroffen, und sie rangen die Hände. »Platz dem Botschafter von Venedig!« riefen die Diener, und nur Don Johann war der lästigen Pflicht enthoben, es immer wieder hören zu müssen, denn er war ohne Besinnung, sein Geist hatte Myrrha schon verlassen, er schwebte im Wesenlosen.

Hinter einer Hausecke, deren Putz angebröckelt war und lange Risse aufwies, trat ein bärtiger Mann hervor, in leinenem Kittel, mit einem von Schlangen umwundenen, reichlich übertriebenen Spazierstock, und dieser Mann kümmerte sich durchaus nicht um die raumschaffenden Rufe der venezianischen Livree, sondern, begleitet von seinem Bedienten, dem vor dem Bauche ein Kasten voll Fläschchen und Töpfen, Messern und Scheren und anderen kalt blinkenden Instrumenten hing, schritt er, ohne Umstände zu machen, auf das Tragebett zu, hob eine wohlgegliederte Hand von großer Reinlichkeit, und verlangte mit dieser stummen, gebieterischen Bewegung nicht mehr und nicht weniger, als daß man anhalten solle, und das geschah.

»Ich bin der Arzt«, sagte der Greis.

– »Deren gibt es viele«, wandte Gheotta mit einigem Unmut ein. Aber der seltsame Mensch ließ sich nicht beirren.

»Ich bin der Arzt«, wiederholte er eindringlich, und: »Sie gestatten«, sagte er, indem er, wie jene Magd, nach Herrn v. Leguas Hand griff, »der Minister Venedigs?«
Don Pasquale nickte, noch düsterer als gewöhnlich.
»Dies kömmt mir zupaß, mein Herr. Ich suchte Seine Excellenz, denn ich bin der Arzt, und die Besserung, die ich herbeiführen werde, kömmt meiner Reputation zugute.« Er sagte »kömmt«, so altertümlich und gesucht sprach er. »Tief atmen.«
Und zisch! jagte er ein blitzendes Etwas, welches der Gehilfe ihm unterdessen gereicht hatte, in den entblößten Arm des Botschafters – was Gheottas erschreckte Abwehrbewegung nicht mehr verhindern konnte, da es bereits geschehen war.
»Schon geschehen«, sagte freundlich der Greis, wusch sich die Hände mit Luft .. lächelte .. Don Pasquale aber fand seine Sprache wieder. »Der Arzt, der Arzt, der Arzt«, rief er erbittert, »ich bin der Arzt, was für eine Albernheit, man hat Sie nicht bestellt ..« Doch siehe: noch ehe der Arzt sich salvieren konnte vor diesen hämischen Bemerkungen, salvierte ihn der Erfolg seiner Heilkunst, der wirklich erstaunliche Erfolg einer erstaunlich gewalttätigen Cur: Don Giovanni erwachte aus dem Todesschlaf. Mit dem Ausdruck der Mißbilligung schlug er die Augen auf und richtete sie durchdringend auf den ebenso seltsamen wie ungebetenen Medicus.
»Was erlauben Sie sich«, fragte er zwischen den Zähnen.
– »Oh, nur eine kleine Operation, nichts von Belang.«
»Sie können doch nicht einen Menschen operieren, dem Sie nicht einmal vorgestellt sind! Manieren ..« Der Botschafter schien außerordentlich ungehalten.
– »Excellenz werden mir gewiß verzeihen, sobald Sie die belebende Wirkung meiner Injection verspüren und wissen werden, welch ein Arzt Sie behandelt hat. Die Menschheit wird das in hundertundzwanzig Jahren frühestens erfinden. Bitte ..« Mit diesen Worten überreichte er dem hohen Patienten seine Karte, auf welcher, unter heraldischer Kaiserkrone – ausgeschriebener Weise! es war nicht zu sagen, statt mit einfachem Initial – der volle Name AESCULAP parvenuhaft prangte.
Leider war die Reaction nicht die gewünschte, der Botschafter äußerte sich mit deutlicher Reserve. »Wenn die Herren Götter«, erklärte er indigniert, »es sich in den Kopf gesetzt haben sollten, mich partout an die Existenz der Dynastie Zeus glauben zu machen, mit den theatralischen Mitteln obendrein, von denen wir seit ge-

stern Nachmittag einige Proben über uns haben ergehen lassen, so bedaure ich. Ich bin durchaus kein taugliches Object für dergleichen Methoden, die allen Regeln der Höflichkeit Hohn sprechen. Guten Morgen – ich habe nicht die Absicht, eines näheren Verkehrs mit Ihnen zu pflegen.« Und er hob die Hand, um seinen Dienern kund zu tun, daß er weiterreisen wolle.
– »Einen Augenblick«, sagte der Herr mit der Kaiserkrone. »Sie glauben also nicht, daß ich ein Gott bin?«
»Gott, warum sollte ich das nicht glauben? Wenn es Ihnen Freude macht, halte ich Sie gern für einen Gott. Aber dann wäre es vielleicht angezeigt, wenn Sie Ihren kaiserlichen Herrn Vater, Großvater oder was er ist, und jenen feuerspeienden Berg-Assessor informieren wollten, daß die Art Religions-Erweckung, wie sie von Ihrer Familie seit einigen acht Stunden betrieben wird, wohl kaum die erhofften Resultate zeitigen dürfte. Dieses Stelldichein olympischer Capacitäten riecht nach Brand und Tränen. Und was Sie selbst angeht, mein Herr, mögen Sie nun ein Charlatan sein oder ein Gott, das ist mir gleichgültig, so haben Sie ja – um Ihrer Reputation willen – bei mir, einem mit Sicherheit Sterbenden, die beste Gelegenheit, zu beweisen, ob ein Geist Ihre Kunst beflügelt, der das Unmögliche möglich macht.«
– »Das, Excellenz, vermag freilich auch ein Gott nicht.«
»Es nimmt mich nicht Wunder. Ich wußte es doch .. Und ich fragte auch nur, weil ich, aus bestimmten Gründen, Spaß daran habe, den Hochmut eines Gottes – *wenn* Sie ein Gott sind – wanken zu sehen.«
– »Es täte mir leid«, sagte der Greis, »Sie mit solchen Zweifeln an der göttlichsten aller Wissenschaften von mir scheiden zu lassen. Ich kann Ihnen das Leben *verlängern*, wenn Sie wollen .. Verlängern kann ich es.«
»Verlängern«, wiederholte der Botschafter, und diabolische Hoffnung durchzuckte sein Herz. Wofern dieser Rest Dasein noch Sinn haben sollte, so war es der, dem alten Herrn Zeus durch ein Contre-Manœuvre den Saldo Danae zu annullieren .. Er preßte die Lippen aufeinander. »Wie erreiche ich Sie? Geben Sie Ihre Adresse.«
– »Einer Adresse, Excellenz, bedarf es bei mir wohl nicht. Sobald Sie in Ihrer Seele mit der Kraft des Glaubens nach mir verlangen, stehe ich an Ihrem Bette.«
Don Giovanni sah ihn verächtlich an. »Ich werde mir den Teufel tun«, sagte er kalt und leise. »Der Olymp auf Gastspiel .. Nun,

ich danke. Diese Possenreißer ..« Und neuerdings hob er die Hand – »Avanti i portantini!«
Die Träger gehorchten, das Bett entschwebte.
– »Possenreißer ..« wiederholte der Gott und kehrte sich zürnend davon. Er schien den Ausdruck nicht zu aestimieren. Über Herrn v. Leguas Lippen aber, während man ihn der Stadt entgegen trug, ging eine stille, heitere und vornehme Befriedigung, denn er hatte der Statue von gestern den Hieb zurückgezahlt. Es störte ihn nicht einmal, daß man an einer Hauswand einige Leute füsilierte, vermutlich, weil sie geplündert hatten. Nein, er war es gewohnt mittlerweile, den Tod neben sich her schreiten zu sehen, er machte ihm keinen so großen Eindruck mehr und verdiente es nicht besser, als daß man ihn wie einen entfernten Verwandten behandelte, den man, mit kühler Herablassung, bei der Soirée den Gästen vorstellt: »Mein Vetter, der Tod«, um sich danach dem Caviar zu widmen.
So kam man in die Stadt. Welch ein Gedränge auf diesem Schloßplatz, welch sitzende, stehende, hockende, wogende Ansammlung von Menschen! Da warteten sie stumpfsinnig auf ein Ende, im Guten oder im Bösen, und es kostete die Diener unverhältnismäßige Lungenkraft, ehe das Volk auf ihre Rufe einging und dem Botschafter Venedigs eine Gasse ließ, durch die er zum Königlichen Palais zu gelangen hoffte. Es war heil geblieben, mit Erleichterung sah es Giovanni, während er geruhsam über den Köpfen einherschwebte, man hatte es verschont. Plutone .. Volcano .. Und heimlich mußte er lächeln, daß ihn, den aufgeklärten Rationalisten, dergleichen Aberglaube befiel, daß er, der geborene Freigeist, mit Göttern rechnete, Göttern der Unterwelt obendrein. Ach, diese wohlig geschweiften Dächer! diese wundervollen Fronten, hinter denen er, ein Ironiker, etwas wie Tröstung wußte .. Wenn man nur endlich ihnen doch näher käme! es war leider, er fühlte es, wenig Zeit zu verlieren, seine Kräfte verflüchtigten sich, trotz neuartigen Eingriffs, und keine Rede, daß man so bald die Cour d'honneur würde erreichen können. Im Gegenteil, ob auch die Träger noch so sehr, in wahren Ergießungen, wetterten, fluchten, baten und bettelten, man geriet auf entnervende Umwege, immer wieder stockte der Conduct, ja, in der Mitte der Hafenfreiheit, deren Raumverschwendung sich angesichts der campierenden Massen als völlig unzureichend erwies, gab es letztgültigen Halt, vor und hinter Don Johann und an den Seiten stand man wie die Mauern, sodaß er das Tragebett niedersetzen und seine Leute sich zerstreuen hieß, damit sie

einen anderen Platz ausfindig machten, auf dem man sterben konnte, ohne mit Neugier bei dieser Tätigkeit betrachtet zu werden. Denn welch ein Wechsel von der freien, wenngleich düsteren Luft dort oben, wo man Atem und Blickfeld hatte, zu der stickigen Atmosphaere hier unten, zwischen Beinkleidern, Schweiß, Armut und dicker Gesundheit! »Distance . .« flüsterte er. Es widersprach seinem Stil, im Dunstkreis der Angst zu leben – und in den Gesichtern, die ihn da anstarrten, war die Angst so vollkommen nackt zu lesen, daß sie sich ihres Zustandes unmöglich bewußt sein konnte, sie schämte sich nicht einmal.

Stunde nach Stunde verrann. Man verteilte Brot, denn es begann der Hunger zu wüten, und man erschlug sich um des Brotes willen. Kein Diener kam zurück. Der Uhr nach mußte es jetzt Mittag sein, aber der Himmel lastete gleichmäßig schwarz, und es regnete Ruß. »Eine spaßige Angelegenheit, Pasquale«, sagte der Botschafter, als er wieder einmal erwachte. »Ich hatte mir meinen Tod nicht so amusant vorgestellt. Übrigens wird die Sache nun langweilig. Den lieben Göttern fällt nichts mehr ein.«

Dies war entschieden ein Irrtum. Götter haben immer die Möglichkeit, sich zu steigern, wo ein menschlicher Regisseur schon längst die Hände in den Schoß gelegt hätte, um schlicht zu gestehen: ich bin am Ende. Götter sind nie am Ende, sie zögern nur bisweilen, aber wenn sie sich dann entschließen, so sind es furchtbare Entschlüsse.

Und jetzt war es das Meer, das sich entschloß. Man hörte nicht, um was es sich da handelte, man hörte nur wieder dies ekelhafte Grollen unter der Erde und über den Rußwolken und glaubte schon, der Vulcan begönne von Neuem, es war indessen das Meer. Die See bebte . . Man hörte ein seltsames Sirren und Zischen, dann hörte man es brausen und wußte nun: die See hob sich aus dem Meer empor. Und man versuchte den Atem mit der Hand festzuhalten in der Brust, und die Augen weiteten sich, und ihr Weißes leuchtete im Dunkeln.

So rauschte die Brandung tobend dem Ufer zu, eine riesige, graue, schaumgekrönte Welle, und nachdem sich die Außenstehenden an dem schaurigen Anblick satt gesehen hatten, brachen sie in jenes winselnde, verzweifelte, jaulende Weinen aus, das sie so mühelos gelernt hatten, als die Erde bebte, jetzt aber bebte die See, sie schrieen es einander zu, und ehe sie noch heran war, die See, taten es die Menschen ihr gleich: das Volk hob sich aus der Erde empor, es strebte von dem Verderben fort mit allen Wahnsinnskräften, die das Verderben eingibt, es beulte sich auf, es trieb Blasen, stieg über die eigenen Brüder und Schwestern, Leiber stürzten über Leiber, man zertrat und erwürgte sich, nur um Platz zu schaffen, nur um davonzukommen. Und über diesen Schlachthof her fiel die See. Sie schlug mit einem wilden und kurzen Knall gegen die Mole, krachte darüber hinweg, raste durch das Hafenbecken, schmetterte die Schiffe gegen die Landmauer, die Schiffe zerbarsten mit ihren schweren und dauerhaften Spanten, die Masten splitterten hinab und erschlugen eine Anzahl von Menschen, die am nächsten zum Meere waren – und dann kam sie selbst, die Welle .. brruch!! haushohe Gischtwände, Cataracte von Wasser, die der Quai mit Brüllen aufgeschleudert, unten die zerrende Grundsee, deren Kraft, obwohl zweimal gebrochen, noch hinreichte, um bis in die Torhalle des Königlichen Palais zu tosen, ja, im Zurückrauschen alle diejenigen mit in den Tod zu saugen, die nicht so klug gewesen, auf den zwei verläßlichen Füßen stehen zu bleiben, sondern die gestrauchelt und dann gefallen waren, *weil* sie davonstrebten, und wer gefallen ist, wenn das Verderben kommt, der kann dem Verderben nicht in die Augen sehen – es reißt ihn erbarmungslos in den Schlund.

Auch Don Giovannis Bahre fuhr ein wenig auf der Flut spazieren, aber sie war der Flut zu schwer, die da mit Gurgeln ablief von der marmornen Pflasterung, und als Gheotta, festgeklammert an den Pfosten des Bettes, sich triefend von salzigem Wasser wieder erhob, entdeckte er zu seinem Erstaunen, daß der weite Platz leer war, es waren keine Menschen mehr da, die einander erschlugen um des Brotes willen.

Auch der Graf Godoitis sah es, er stand hinter den zersprungenen Fensterscheiben in seinem Schlaf-Cabinett, um sich das Aufräumungswerk des Meeres anzuschauen, da mußte er natürlich bemerken, daß eine Trage von höchst vornehmen Ausmaßen mitten auf der Schloßfreiheit stand, und sein Scharfsinn sagte ihm schnell, wer allein das sein könne.

– »Wie geht es Ihnen, liebe Excellenz?« fragte er teilnehmend, als er herunter kam, und trat an die Bahre.

»Brillant«, erwiderte Herr v. Legua, während er dem Minister die kalte und schlaffe Hand reichte. »Ich kann Ihnen leider keinen Fauteuil offerieren. Möge mein ausrangiertes Staatsbett nicht zu gering sein, Ew. Liebden den Willkomm Venedigs zu bieten.«

Und der Graf nahm Platz auf der Kante dieses von allen Elementen vergeblich bestürmten Schmerzenslagers. »Ja ..« constatierte er, »Sie bleiben sich treu, liebe Excellenz, Sie bleiben höflich und ein wahrer Europäer noch im Tode, der mit asiatischer Gründlichkeit zu wüten beliebt. Eh bien, es muß Herren-Naturen geben, die im Untergang Stil bewahren.«

»Der alte Herr Poseidon«, sagte der Botschafter, »scheint sich auch zu beteiligen. Das sind keine sehr wohlerzogenen Götter, die Sie da haben.«

– »Nein, wissen Sie: es mangelt halt an der Kinderstube, die ist in diese Götter nicht mehr hineinzubringen. Man muß sie so nehmen, wie sie sind, da gibt es gar nichts.«

»Darf ich mich erkundigen, Graf, wie Sie die Nacht verbracht haben?«

– »Also nun sehe man mir doch dieses Wunder von einem Ambassadeur an, die Politesse in Person, bis zum letzten Atemzuge von der geschliffensten Form. Ich will Ihnen sagen .. ich war im Palais, als es zu knistern begann, und da blieb ich, denn ich wollte doch sehen, was die Natur über mich beschlossen hatte ..«

»Trotz Ihrer praeventiven Vorsicht, Graf?«

– »Ja .. trotz. Wissen Sie, gegen die Natur .. gibt es keine Praevention. Ich habe ihr mitgeteilt, daß ich mich zur Verfügung hielte, wobei ich Ort und Zeit der Audienz ganz ihrem Belieben überließe. Nun, sie ist nicht gekommen, und mir, ich betone das, paßt es nicht, auf sie zu warten. Immerhin: sie kann nun nicht behaupten, ich habe ihr échappieren wollen. Auch die Majestäten sind im Palais geblieben, bis es mit den Eruptionen ein Ende hatte und keine Aussicht mehr war, von dem Plafond zerschmettert zu werden. Und nach diesem schönen und wichtigen Beispiel, von welchem ich mir für die Stärkung des monarchischen Ansehens Entscheidendes verspreche, sind sie in die Stadt gegangen, die Majestäten, um ihren Untertanen Trost und Mut und auch einige Almosen von greifbarem Character zu spenden. Aber: sehen Sie doch – träume ich? Nein, dort: dort hinten in der Maulbeer-Allee .. Ja, zum Henker, will es denn nicht aufhören mit Überraschungen?«

Weit dort hinten aus der Maulbeer-Allee, in langsamem Trabe, tauchte schwarz aus der Schwärze des Tages Danaes Reitpferd, herrenlos.

– »Die Prinzessin suchen ..« – und der Minister faßte sich, ohne zu begreifen, was nicht zu begreifen war, an die Stirne, über der gewaltige Haarstrudel sich türmten. »Die Prinzessin suchen!!« – und die Suite, die in respectvollem Abstand sich ergangen hatte, stob mit Eifer und Entsetzen auseinander. »Im ganzen Schloß, im ganzen Lande suchen! Um Gottes*willen* . .« Sein gesamtes Moral-Gebäude schien zusammengebrochen, und so starrte er, wie Don Giovanni, auf den Rapphengst, welcher derweilen, am Anfang der Marmorpflasterung, in Schritt fiel. Aus der Packtasche ragten die Pfeile, waagrecht, die Gurte hatten sich gelockert, und der Sattel hing völlig zur Seite. Immerhin war es ein artiges Tier. Es bog den Hals nicht anders, als säße die Jägerin noch, die grausame, herrisch auf seinem Rücken, es bog ihn, trotz schlaffer Zügel, bis zu den Muskeln der Brust, kaute weißen Schaum auf der Candare und hob die Hufe, einzeln, im Stechschritt, tänzelte zwischendurch eine Piaffe, die Mähne flatterte im leichten Winde, und es wehte der Schweif. Dergestalt trat es an Don Johanns Bett, die Herren kannten sich. »Buon giorno, Signor Cavallo«, sagte der Botschafter – was er weiter zu sagen hatte, fragte er nicht – und streichelte ihm die rosigen Nüstern. In der anderen Hand aber, die durchaus willenlos über die Bettkante hing, spürte er plötzliches, scharfes, nadelspitzes Stechen, dem unvermittelt das wohligste Rieseln und ein großes Glücksgefühl folgten.

– »War da jemand?« fragte der Graf und blickte mißtrauisch um sich.

»Ein Charlatan«, erwiderte der Botschafter voll ironischer Melancholie. »Er hält sich für einen Gott.«

Aber er lebte wieder ein wenig, ungeachtet, daß die Partie nun zu pari stand: weil er mit der Kraft seiner Seele nach dem Arzte verlangt hatte. Und im Grunde war dieser Arzt niemand Anderes als das Glanzstück des Schöpfers, ein Gedicht von Prinzessin! Denn selbst die Verachtung, sogar die kälteste noch, kennt einen Traum, der sie wärmt – wie es zum Bilde des Menschen gehört.

XIII. Capitel

Wenn es auch aufgehört hatte zu beben und der Vulcan nur hin und wieder noch feurige Lohe spie; wenn auch die See nicht mehr an Land ging, sondern begnügsam war, vor den Küsten umherzutosen; wenn auch die Brände gelöscht, die Toten bestattet lagen, Hunger und Müdigkeit ihr Recht forderten: der Himmel blieb schwarz, kein Stern schien in der Nacht, und schwarz kam der neue

Morgen herauf. Über der Insel stand die Wolke des Untergangs, vollgesogen mit Wasser, in den widerwärtigen Farben von Pech und Schwefel; und während sie zögerte, sich zu entladen, kreiste eine Art Permanent-Gewitter, mit gewaltigen Ensembles von Blitzen, rollend über Myrrha, es ritt gleichsam die Ronde; das Land der Sonne aber fügte sich seufzend in ein Schicksal, welches ihm zumutete, sein Leben beim Schein von Talg-Lichten hinzufristen; Talg-Lichte erhellten mühsam knapp eben die Stuben, in den Stallungen murrten die Kühe, weil das Blaken der Oel-Lämpchen sie aufbrachte, Laternen wanderten durch die Gassen der Städte, Processionen mit Fackeln über Feldweg und Landstraße, das zog von den Dörfern zu den Klöstern, von den Klöstern zu den Dörfern, Litaneien, wohin man nur hörte, Tränen, wohin man nur sah, darüber geisterte blutrot der Rauchpilz des glühenden Berges, geisterten zuckend die atmosphaerischen Drohungen .. Und wenn die Götter herabgeschaut hätten auf das grüne Felsen-Eiland, das sie in dieser strapaziösen Weise heimsuchten, so hätten sie es, ein dunkles Etwas, von ihrer Sphaeren-Loge her sehen können, mitten in der glitzernden Ägäis; und wäre die Wolke durchsichtig gewesen, es würde ihnen vollends märchenhaft vorgekommen sein. Glich es nicht einem spiegelverkehrten Miniatur-Firmament, bestickt mit winzigen Sternen – Planeten, Cometen, ganzen Milchstraßen-Nebeln – wie es glomm und hinschwand, verlosch und neu sich entzündete? Welch Aufwand an Licht, welch Eifer und welche Hingabe! Denn was da flimmerte, waren nicht die Lampen allein, mit denen des Königs Untertanen ihren Gewerben nachgingen, höchst fragwürdig anmutenden Gewerben jetzt, nicht die Fackeln der Bittprocessionen – ganze Broderieen von Flammen, die in gereihten Alleen Maulbeerbaum und Cypresse schwelend verklärten – nein, es war der Staat, waren Heere von Bütteln, Militär, Génie-Corps, Minister sogar und höchste Hof-Chargen, die leuchteten in alle Winkel von allen den tausend Häusern, in alle Marktflecken und Einsiedeleien, in jede Falte des Gebirges, sie leuchteten in die Klippen der Strände, auf öde Thymian-Heiden, zwischen Weinpflanzungen und verwildertes Unterholz .. Und Alles dies aus keinem anderen Grunde, als weil ein Pferd mit leerem Sattel zurückgekommen war in den Marstall, woselbst es, zwei Stunden nach seiner alarmierenden Heimkehr, vom Blitz erschlagen wurde – einem kalten Blitz, der, ohne zu zünden, nur dieses eine, ausgesucht schöne Tier tötete.

Aber die Götter blickten nicht hinab. Wußten sie doch gut, wie es aussieht auf Erden, wenn extravagante Ereignisse den Menschen zur Bestie machen: wie man einander zerfleischt in Gedanken, wie man taumelt, von Hoffnung zu Verzweiflung, von Angst zu Aufruhr; wie alle Gesetze dahinschmelzen, alle Vorurteile zertreten werden; wie zwischen Altar und Bett, Gebet und Gier keine Grenzen mehr sind; wie die Nähe des Todes dem nackten Dasein auf den Thron verhilft, Notdurft zur Lust wird und Lust das Verbrechen zeugt. Sie wußten sogar, ohne hinabzuschauen, daß der Weinbauer Lamprenos, der tief dort unten über Land ging, schwerlich der Biedermann war, als den er sich einer hohen Polizei, unter verworrenen Reden, geschildert. Und er besaß Anlaß, Verwirrung zu zeigen: das Erste, worauf die Schweißhunde stießen, indem sie, von der Marmor-Grotte her, die Spur des flüchtigen Rappen verfolgten, war Madame Lamprenos persönlich gewesen, die Dame des Hauses, sie lag da in ihrem Blute, mitten im Weinberg, ein faustgroßes Loch im Kopf .. Zum Glück, so kamen die Büttel nicht als Mord-Commission; sie kamen im Auftrag, nach der verschollenen Prinzeß zu fahnden, man hatte das Pantherfell gefunden, vor eben jener Höhle am Cap, sie interessierten sich nur für die Nymphe, die er gesehen, nicht für Leichen – denn auch der Nachbar ließ sich herbei, auf dem Sturzacker lag er, das selbe faustgroße Loch im Schädel. Ach, die Toten hatten wohl wärmere Teilnahme verdient, herzlos gab man dem Aschenregen die Schuld und konnte sich nicht genug tun mit Fragen, die durchaus Anderes betrafen, ja, man wurde gar ungeduldig, als Lamprenos, mit vortrefflich geschluchzten Tränen, die Erschütterung plötzlicher Witwerschaft äußerte.
Hehe, dachte der Bauer Lamprenos, indem er über Land ging, spaßige Geschichte, dachte er, und um ihn war es dunkel. Er soll mich zerschmettern! hatte sie gerufen, die Nymphe, und die Arme gen Himmel geworfen – wer weiß, wen sie damit meinte. Ei Teufel, und was für ein schönes Frauenzimmer! splitternackt in dem herrlichen Mondlicht, man war geradezu geblendet von ihrer Erscheinung, wie sie da stand vor dem Meer. Hätte er sie nur näher betrachten können .. aber kaum, daß er ihr Weinen gehört, so schrie sie auch schon, und kaum, daß der Schrei verhallte, so bebte die Erde. Da war er denn heimwärts gestürzt mit flatternden Lungen, mitten durch den Aschenfall kam er gelaufen, legte sein Weib, das zänkische, in den Weinberg, erledigte mit einem Schlag seine Schulden beim Nachbarn, Werke der Gerechtigkeit immerhin, und dies

getan, sprach er der Witwe, welche nicht wußte, daß sie Witwe geworden, Einiges von jener Tröstung zu, die sie wohl nötig hatte, sie wehrte sich nicht einmal, sondern fand Lust in der Art seiner Condolenz, ein solcher Mann war er . .

In der Tat, so ging es zu auf Myrrha, allerorten hatte man dies zur Dreingabe: Raub am Eigentum des Anderen, Plünderung der Obdachlosen, Notzucht am Wegesrand, Völlerei und hectische Trunkenheit, Messerstechereien und kalten Mord, Processionen, Weihrauch, Gebete. Und unter Gebeten bestattete Lamprenos in Assistenz seiner Kebse die zwei Toten, die leider beim Erdbeben umgekommen.

Es kräht kein Hahn nach den Beiden, dachte er und legte einen Schritt zu, er liebte die landwirtschaftlichen Vergleiche. Wenn man dagegen sah, was für Aufwand getrieben wurde um diese Prinzessin, was für Aufregungen um so ein berittenes Fräulein . . *Vorher* sich aufregen, als sie nachts nicht nach Hause kam, das hätte man tun sollen, statt hinterdrein unschuldigen Leuten die Tür einzurennen, mit Bluthunden sogar. Was half das, die Hofdame zum Teufel jagen, weil sie geschwiegen hatte? Tütü, sagte er, mich geht es nichts an, aber das kommt davon, wenn man der lieben Tochter einen eigenen Hofstaat gibt statt ab und zu eine Maulschelle . .

Und er wanderte nach Potamikali.

Es war dies ein Marktflecken auf dem Ost-Cap der Insel, er wollte sich dort eine Magd erhandeln, schon fand er keinen Geschmack mehr an Nachbars Witwe, zumal sie den nächstbesten Cuirassier nicht verschmähen würde, überdies mochte sie ihr Gehöft nicht verlassen, er andererseits brauchte eine Magd auf dem seinigen, die Kühe mußten gemolken, die Gänse gefüttert sein, und, was ihn selber betraf, er hatte die Absicht, die Tage, die ihm noch blieben, mit aller Inbrunst zu nutzen, nachdem er die Jahrzehnte, die hinter ihm lagen, in Fleiß, Gewissenhaftigkeit und Treue nutzlos vertan.

So ging er denn über Land. Am Gürtel hing ihm eine lederne Geldkatze, gefüllt mit den Dublonen und Goldtalern, die bisher unter dem Strohsack seiner Schlafkammer geschlummert hatten, sogar zwei Ducaten waren dabei. Er schritt fröhlich aus, trotz der Finsternis des Tages, er besaß ein weites und großes Gewissen und fühlte das allgemeine Schicksal wie eine Befreiung über sein Herz kommen. Dann aber fiel ihm wieder diese verwünschte Prinzessin ein, diese Danae: als Göttin ihm zu erscheinen! aufgedonnert mit ihrem Pantherfell, eine Entweihung geradezu! und nun hatte man es gefunden. Das ließ ihm gar keine Ruhe, daß man das Pantherfell fand an eben der selben Stelle, an der die Nymphe ins Meer sprang. Sie war einfach ins Meer gesprungen, allerhand Mut von der Nymphe, besonders wenn man so hübsch war, wie sie es gewesen – auch wenn er sie nur von der Ferne sah. Es schmeichelte ihm doch nicht wenig, daß er die Prinzessin kannte und, überhaupt, sich intimen Umganges rühmen durfte mit höheren Wesen. Der Herr Commissarius allerdings meinte – hehe, sagte Lamprenos, die Nymphe heißt Danae, der Herr Commissarius könnte Recht haben. O du Grundgütiger, jetzt kommt aber ein Hagel-Turm!

Ein Hagel-Turm wanderte über die Felder daher, auf denen die Saaten zum ersten Schnitt schon reif standen, von bleiernem Weiß starrten die Ränder dieser Vernichtungs-Wolke vor dem fahlen Schwarz der Wetterbank, und dann entlud sie sich. Mit Splittern und Prasseln fegte der Wind Eis über die Erde, und der Bauer, von der Furcht gepackt, es könne das Ende schon sein, lag in einer Welle des Ackers, mit der Nase im Dreck, wobei er zu allen Heiligen flehte, die ihm einfallen wollten. Bei Gott, das waren keine Schloßen zu nennen, keine Rede von Haselnüssen und Tauben-Ei, es waren Steine, die prügelten auf seinem Rücken herum, bis die Sinne ihm schwanden.

Und als er wieder erwachte, waren die Felder weiß und die Erde kalt, die Ernte vernichtet und er selbst wie zerschlagen, der Kopf brummte, das Ohr blutete, überall Schmerzen, Schrammen, Beulen – aber er lebte, die Heiligen hatten ihn erhört, ganz kostenlos obendrein. Da begann er vor lauter Dank zu lachen. Er lachte über das Wetter, und über die Furcht, und über die Welt im Allgemeinen. Er tanzte sogar ein wenig auf der Straße, schlug an seine Geldkatze, klimperte mit den Dublonen und kam sich vor wie Sonstwer, was konnte er nicht Alles anstellen jetzt, schuldenfrei, reich an Bargeld – und wenn es mit den Talern, wider Erwarten, eines Tages zur Neige ging, so blieb ihm ja immer der Wein, den er im Keller hatte. Bei Gott, der Botschafter sollte ihn teurer bezahlen, als noch vor dreimal vierundzwanzig Stunden gedacht. Denn diese Zeiten, mein werter Herr Botschafter, erhöhen natürlich den Wert meines Weines, man möchte sich täglich betrinken, über See gibt es nichts mehr, und die Lust, die ich jetzt genießen will, kostet mich schließlich auch Einiges.

Unter solchen Gesprächen kam der Bauer Lamprenos in den Marktflecken, dem es, durch die Unvernunft des Meeres, übel genug ergangen war. Es wurde nun freilich kein Markt gehalten heute – wer wollte verkaufen, die Waren wurden rar, man spürte die Teuerung schon herannahen und freute sich auf sie, weil, wenn man auf sie wartete, so würde man reich werden . . obwohl ja das Geld seinen Wert verlor. Darüber mußte man nicht zu viel nachdenken.

In Potamikali also war kein Markt, Lamprenos hatte sich das beinahe gedacht, aber er hatte sich auch gedacht, daß, wo viele Menschen umherstehen, immer eine Art Markt zu bewerkstelligen ist, und darin täuschte er sich nicht. Auf dem Platz vor der Kirche, deren Cuppel eingestürzt war, standen die Leute in der Tat umher, was sollten sie unternehmen, da das gewohnte Leben im Augenblick wenig Sinn hatte? So horchten sie denn, die Einen stumpf und verbittert, die Anderen höhnisch oder scherzend, die Dritten gleichgültig und abwesend, auf die Bußpredigt eines Popen, der vor der eigenen Türe, vor der seines angeschmauchten Gotteshauses, in Sünden wühlte und dumpfe Drohungen gegen die Falschgläubigen ausstieß. Sie kehrten sich übrigens nicht daran, daß ihre Ketzerei für das Unheil bemüht wurde. Einige Kampfhähne warfen den Eifernden hin und wieder mit witzigen oder plumpen Zurufen aus der Bahn, des Inhaltes, daß der Apollon-Tempel ja noch stehe und sogar der Jesuiten-Convent noch alle Steine beisammen habe, im Allgemeinen aber achteten sie nur mit einem Ohr auf seine schon ganz heisere Stimme, die sich in Abständen so überschlug, daß man lachen mußte, und mit dem anderen fingen sie aus Hunderten von Gesprächen hundert Neuigkeiten auf, hundert politische Meinungen, denn, wie alle Gesetze, hatte sich auch die Angst vor den Spähern des Ministers verflüchtigt, die Späher selbst beteiligten sich mit Hingabe an den Verwünschungen, und mancher Bürger von Potamikali fand sich mit einem Male erleichtert, daß er den Landgendarmen, den Ortspfleger, wen immer, ganz zu Unrecht verdächtigt hatte, er sei im Ernst Parteigänger des Allgewaltigen. Die Weiber, die nicht von ihrer Gewohnheit ließen, um der Schönheit willen einen großen Wasserkrug, mochte er auch leer sein, auf dem Kopfe spazieren zu tragen, gebrauchten die Zunge, noch weit geschäftiger als sonst, zu allerlei hurtigen, boshaften und nadelspitzen Einwürfen, ihre Augen funkelten in dem schwachen und magischen Lichte, das einige wenige Fackeln auf dem Markte verbreiteten, und die Brüste schimmerten bronzen in der Dämmerung.

Der Bauer Lamprenos ließ seine Augen wandern. Überall bunte Röcke, schwarzes Haar, das Übrige nackt. Wie viel schönes Fleisch für die ewige Nacht, die über Myrrha lagerte. »Hast du nicht eine Magd für mich, meine Hausfrau ist mir gestorben.« – »Woher sollte ich eine Magd für dich haben, wende dich an Evzonos, dort steht er.« – »Nein, ich habe keine Magd für dich, wende dich an den Juden, und außerdem, gegen Lohn ist es heute nicht mehr getan, du müßtest schon einiges Geld daran wagen, ehe man dir eine Tochter verkauft. Verkauft, verstehst du ..« – »Aber ja«, lachte der Bauer und schlug gegen die Lederkatze, »warum denn nicht?« – »Da nimm dich nur in Acht, mein lieber Freund, daß dich die Halunken nicht kalt machen, die sich jetzt überall herumtreiben.«

Lamprenos erbleichte, und auch der Jude hatte natürlich keine Magd für ihn. So durchstreifte er weiter den Markt, während der Pope immer schriller, immer heiserer in Sünden wühlte. Die Sünden waren so schön, es ließ sich schlecht begreifen, wie das die Priester nicht wissen sollten. Nun, es waren nicht seine Sorgen, er ging also zu anderen Gruppen von anderen Leuten, er trat an den Brunnen heran, an die steinernen Bänke, und immer erhielt er die gleiche Antwort: man hatte keine Magd für ihn. Er wollte nun aber eine Magd haben, um jeden Preis, auch war ihm ein wenig bang vor dem Rückweg mit prall gefülltem Beutel, wenn hinter jedem Waldstück die Räuber lauern konnten, nachdem er sich nun einmal verraten, und er war der Schnellste nicht mehr auf den Beinen. Schließlich fand er doch noch eine Magd, sie war zwar nicht völlig das, was ihm bei seinen Gelüsten vorgeschwebt hatte, immerhin schien sie, wenigstens in ihrer Eigenschaft als Magd, brauchbar zu sein – mit ihren schweren, zerarbeiteten Händen und den dicken Schultern, die wohl eine Kiepe in die Weinberge hinaufschleppen konnten. So erwarb er sie mitsamt ihren vierzig Jahren für ein schönes Stück Geld, das ihn am Herzen und an der Börse erleichterte.

Just wollte er nun gehen, obwohl er zu spüren glaubte, daß ihm verschiedene dunkle Existenzen nachschlichen, wollte gehen trotz seiner Gespensterfurcht, als er in dem lockeren Gedränge des Marktes, gerade auf dem Wege, den er zu nehmen gedachte, ein junges Mädchen erblickte, das traurig an der Hauswand lehnte, unter der Torlaterne, und dessen obere Partie etwas ganz besonders Schönes nach seinem Geschmack darstellte, die Haare nicht schwarz und fettig, sondern erfreulich hell, und überhaupt, das war nun ganz, was er gesucht hatte. Auch sah er nicht ein, warum er sich, zum Beispiel, eine zweite Magd versagen sollte für die letzten Tage des

Lebens – und für die Nächte natürlich, waren doch ohnehin alle Tage zur Nacht geworden. »Willst du meine Magd sein?« fragte er das Mädchen. Das Mädchen blickte ihn an aus Augen, in denen ein gewisses Erstaunen lag. »Wie heißt du?« fragte Lamprenos. »Willst du meine Magd sein?«

– »Sie heißt Mariana«, erwiderte eine ungehaltene, mürrische Stimme, »und sie gehört mir.« Es war ein alter Schäfer, er stand neben ihr und lehnte sich gleichsam felsenfest auf seinen Schäferstab. Als aber Lamprenos behauptete: »Ja, Gott zum Gruße, wir kennen uns ja«, da hob er sogar ein wenig seinen Schäferhut aus verklebtem und abgegriffenem Filz.

»Du könntest einen neuen Hut gebrauchen«, sagte Lamprenos.

– »So, könnte ich das? Nun, dazu habe ich kein Geld.«

»Das eben will ich dir gerade geben.«

– »Schenken?«

»Schenken freilich nicht – oder sozusagen doch. Du könntest mir dieses Mädchen – wie heißt sie gleich – als Magd ablassen gegen ein paar Drachmen.«

– »Mariana heißt sie, aber sie steht nicht zum Verkauf, und mein Hut genügt mir noch durchaus.«

»So. Na ja. Wie du willst. Es dürften auch ein paar Dublonen sein.«

– »Ein paar Dublonen? Du gehst nobel um mit deinem Gelde. Aber was soll ich mit ein paar Dublonen? Ein Hut, damit ist mir nicht genutzt. Ich müßte dann schon die beiden Böcke kaufen können, die ich brauche.«

»Ich sage dir ja, ich bin nicht kleinlich, man soll nicht kleinlich sein in großer Zeit, ich schlage dir fünfzehn Dublonen vor, da kannst du dir sogar noch ein gutes Mutterschaf dazu kaufen.«

– »Ja, weißt du. Fünfzehn Dublonen. Ein schönes Stück Geld. Aber sie ist mir halt zugelaufen in der Nacht, als die Erde bebte, und sie hatte nichts auf dem Leibe, und also müßtest du mir den Rock noch draufbezahlen.«

»Sechzehn Dublonen«, sagte Lamprenos. »Das heißt aber den Rock überzahlen. Er ist nicht so viel wert.«

– »Er ist handgesponnen, von meiner eigenen Wolle, was verstehst du schon von Wolle? Eine Dublone ist er gut und gern wert, das sage ich dir.«

»Also schön. Bleibt es bei sechzehn, damit machst du ein Geschäft. Eingeschlagen?«

– »Nicht eingeschlagen, ich habe meine Bedenken.«
»Was denn nun wieder für Bedenken?«
– »Ja, sie hat sozusagen Schutz bei mir gesucht in jener Nacht, und da bin ich in gewisser Hinsicht für sie verantwortlich, sozusagen. Du hast doch wohl eine Hausfrau?«
»Natürlich habe ich eine Hausfrau, das mußt du mir doch wohl ansehen.«
– »Und Ihr vertragt Euch gut? Sie macht dir keine Sorgen und keinen Kummer?«
»O, da kannst du beruhigt sein, sie hat gar keine Sorgen mehr und macht mir auch keinen Kummer. Also: achtzehn?«
– »Ja, weißt du. Sie kam zu mir in jener Nacht, und ich habe sie halt lieb gewonnen, ich trenne mich nicht gern von ihr, sie hat so ein liebes Wesen, das macht mich froh auf meine alten Tage.«
»Zwanzig.«
– »Zwanzig? Das wäre schon recht. Aber du mußt bedenken, sie ist noch Jungfrau, das siehst du ihr ja an, und das erhöht ihren Wert.«
»Stimmt das, Mariana?« fragte Lamprenos. Mariana blickte traurig vor sich hin. »Aber nun sage mir, Mariana, warum du nicht einfach mit mir kommst, wo du doch siehst, daß dieser alte Knicker dich nur verschachern will, und überhaupt: was hat er für ein Recht auf dich?«
Mariana blieb stumm.
– »Du machst mich ungeduldig«, sagte der Schäfer. »Du zahlst mir meine vierzig Dublonen, oder du scherst dich zu deiner Hausfrau, damit du es nur weißt.«
»Dreißig«, sagte Lamprenos.
– »Nein, vierzig, das ist mein Preis.«
»Ja, aber zum Teufel, du siehst ja, wie mager sie ist, sie kann ja gar nicht recht zupacken bei der Arbeit, und daß sie eine Jungfrau ist, ich bitte dich, was soll mir das nutzen, wo ich sie doch als Magd haben will und nicht als Hausfrau? Denn, wie du die Sache auch anschauen magst: wir sind ja keine Türken.«
– »Gut, wenn du sie nur als Magd haben willst, so will ich mit fünfunddreißig zufrieden sein.«
»Zweiunddreißig.«
– »Nein, fünfunddreißig.«
So wäre es bis zum Jüngsten Tage fortgegangen, wofern es dem Bauern Lamprenos nicht ganz lieb gewesen wäre, im Angesichte

gleichsam der Spitzbuben, die er hinter sich irgendwo im Dunkel lauern fühlte, seiner Börse ganz öffentlich ein geradezu furchtbares Loch zu reißen. Es konnte ja so gut wie nichts mehr darinnen sein. Der Handel ward also geschlossen um fünfunddreißig Dublonen, Mariana zog mit ihm. Als sie aber längst aus der Stadt heraus waren, der Bauer mit seinen Mägden, und es wurde immer dunkler – denn mittlerweile kam zu der unnatürlichen Verfinsterung die natürliche des Abends, vielleicht war es sogar schon Nacht, man wußte das nicht mehr so genau, doch zum Glück erhellte ein aufziehendes Wetterleuchten die Straße – längst also waren sie zur Stadt heraus, als durch das Buschwerk zur Linken eilige Schritte knackten, heimliche, übelwollende Schritte, welche gar keinen Zweifel ließen, daß es die Briganten waren, die es auf Lamprenos abgesehen hatten. Er versuchte davonzukommen mit den beiden Weibern, aber die Burschen waren schneller, sie schnitten ihm Weg und Rückweg ab, es gab keine andere Rettung: er riß, im Laufen, die Geldkatze vom Gürtel, und die Spitzbuben, gierig, fielen über die rollenden Dublonen her, während Lamprenos sich in einen Schlamm-Graben warf, trotz seines Entsetzens richtig berechnend, daß, nachdem sie ihn einmal um des schnöden Mammons willen aus den Augen verloren hatten, sie ihn dort nicht mehr finden würden. Derweilen stolperte die alte Aglaia laut schreiend davon, und weil sie schrie, und weil auch diese wurzellosen Gesellen sich nicht von den Kräutern des Waldes, sondern vom Fleisch zu ernähren gewohnt waren, so geschah ihr erbarmungslos, was ihr geschehen mußte. Mariana indessen hatte, als der Tumult begann, das Gleiche getan, was die Tiere der Wildnis tun: sie war stehen geblieben, wo sie stand, aufrecht, horchend und witternd, und die Jagd entfernte sich. Aber in den Blitzen, die jetzt näher kamen, in diesem bald fahlen, bald grellen, von schwerem Donnerschlag untermalten, zukkenden und kalten Lichte, starrte sie, wie gezwungen von einer feindseligen Macht, angelockt und abgestoßen, auf die ferne Gewalttat, die sie den Menschen kennen lehrte.

Nun war sie auch um diese Erfahrung reicher, entschlossen trotz Allem, in der ihr wohlbekannten Hütte jenen Dienst anzutreten, den sie sich vorgenommen, um zu wissen, was für ein Ding die Arbeit ist, was es heißt, müde sein, und wie es aussieht in denen, die man das Volk nennt.

XIV. Capitel

»Nein, dieses Wetter!« sagte der Bauer Lamprenos zu seiner Magd Mariana, die soeben das Maultier schirrte, er aber rollte das schwere Weinfaß herbei. »Komm her«, sagte er, »hilf mir jetzt erst, das Einspannen kannst du dann besorgen. Dieses Wetter! Da glaubt der Mensch in seiner Einfalt, es ist Mittag, dabei ist noch tiefe Dämmerung, oder er glaubt, es ist Dämmerung, und in Wirklichkeit ist es Mittag. Und dann immer diese finstere Wolke dort oben, man sieht richtig, wie sie schwanger geht mit üblen Absichten.«

– »Schwanger?« fragte die Magd.

»Bist du so dumm, oder tust du so dumm? Sie bekommt ein Kind, die Wolke, und das Kind wird einen ziemlichen Wasserkopf haben, denke ich mir. Einmal muß es ja anfangen zu regnen, das kann hübsch werden.«

– »Ja, die Götter strafen schlimm«, sagte Mariana.

»Die Götter«, wiederholte Lamprenos und sah sie böse an. Danach wälzten sie das Faß auf den Wagen, es war nicht einfach mit einer so mageren Person, aber nun war es geschafft, und er wischte sich den Schweiß von der Stirn. »Die Götter«, fuhr er fort und wischte sich auch noch den Schnauzbart. »Laß du mich in Ruh mit diesen Herrschaften da oben, das ist Alles Popen-Geflunker. Nein, die Sache liegt ganz anders: wir haben einen Vulcan, der will sich auch einmal ausleben, das muß man ihm sozusagen nachfühlen und zugute halten. So, jetzt kannst du das Maultier einschirren. Ich will dir eine Geschichte erzählen, von den Göttern. Als wir noch keine Ahnung hatten, daß es einmal so kommen würde, und daß meine arme Hausfrau so schnell unter den Rasen müßte, und sie ist ja nicht die Einzige, die es getroffen hat, da .. kam hier einmal die Göttin Artemis vorbei, sie trug ein Pantherfell auf der Brust und jagte mit Pfeilen nach dem Wildpret und konnte reiten, daß einem das Herz höher schlug, aber ich dachte mir gleich, daß es mit diesem schönen Götterweib, denn die Person war schön, das sage ich dir, daß es mit diesem Götterweib nicht so ganz in der Ordnung wäre, kurz und gut: ich habe mit meiner Vermutung Recht behalten, ich habe sie gesehen in jener Nacht, wie sie am Meer stand, ich erzählte dir das schon, und am nächsten Tag fand man ihr Pantherfell, da stellte es sich heraus, daß es beileibe keine Göttin, sondern nur die Prinzessin Danae war, die wohl einmal hatte wissen wollen, wie es ist, wenn die Bauern in ihrer Dummheit und Gutmütigkeit sie anbeten und auf den Knieen liegen vor ihr. Nun, sie hat es büßen müssen, Gott hab sie selig, aber ich, das kann niemand von mir verlangen, ich glaube seither nicht mehr an diese Götter, ich pfeife auf sie.«

Und er pfiff in der Tat. Er pfiff, es klang sehr frohgemut, und warum sollte er nicht frohgemut sein, da er doch eine so hübsche Magd neben sich hatte, die ihm die Arbeit abnahm, auch wenn sie ein wenig mager war und nicht recht zupacken konnte mit ihren dünnen Fingern. Immerhin: sie zeigte sich anstellig, molk die Kühe, daß es eine Art hatte, entkernte die Sonnenblumen, als ob sie das von Jugend auf getrieben hätte, sie lernte im Handumdrehen, und jetzt schirrte sie ihm gar das Maultier ein. Wer weiß, was sie Alles noch lernen würde .. Welch eine Lust, ihr nur zuzuschauen, wie sie sich bewegte! allein ihr Busen war durch nichts zu übertreffen, und das Andere kam dann wohl ganz von selber. Vielleicht sollte man doch ein wenig nachhelfen? vielleicht gar wartete sie darauf? und ihm, das mußte er schon sagen, wurde bei dem Gedanken ungewöhnlich heiß. So machte er sich denn ein wenig an ihr zu schaffen, in aller Unschuld, aber sie hieb ihm die Peitsche ins Gesicht, und er taumelte rücklings auf die Tenne. Natürlich erhob er sich sogleich wieder, jetzt war sein Innerstes in hellem Aufruhr, jetzt wollte er doch sehen, ob ein Mann von seinen Qualitäten nicht etwa Herr werden könnte über solch ein Weibsbild, das ihm mirnichts-dirnichts die Wangen blutig schlug, stürzte sich also mit einem gewissen Ingrimm auf sie, umschlang ihre Hüften, wie sie sich auch wehrte, warf sie in das Heu – aber zur selben Secunde lief ein Knistern durch die Gebälke von Haus und Stallung, tief aus der Erde erscholl dumpfes Grollen, der Vulcan spie Feuer gegen die schwarze Wolke, und Lamprenos lauschte angsterfüllt. Mariana dagegen, indem sie aufstand, blickte gelassen, etwas erstaunt, in die Finsternis empor, sie schien sich gar nichts aus der Furchtbarkeit der Welt zu machen, was ihm nahezu noch unheimlicher erschien als das Erdbeben. »Wohin wollt Ihr eigentlich, Herr, mit dem Faß?« fragte sie, als wäre nicht das Mindeste geschehen.

»In die Hauptstadt«, antwortete er. »Verkaufen. Ich brauche Geld. Wenn das Wetter demnächst vorbei ist, gilt der Wein so wenig wie vorher. Der hübsche Herr Botschafter jedenfalls soll hübsch zahlen.«

– »Der Botschafter? Welcher Botschafter?«

»Nun, der von Venedig, der mit der falschen Göttin hier war, sie duellierten sich sozusagen vor meinem Hause. Eigentlich hätten sie schön zueinander gepaßt, die Beiden, aber was mußte sie die Götter auch reizen mit ihrem Pantherfell. Mir persönlich kann es gleich sein – ist ja auch gleichgültig: sie ruht in der kühlen See, und er findet gewiß schnell eine Andere.«

– »Meint Ihr?«

»Ja, das meine ich, auf den fliegen die Weiber. Jedenfalls fahren wir jetzt. Du sollst auch einmal die Hauptstadt sehen und das Schloß unseres Königs und all die prächtigen Häuser.«

– »Ich fahre nicht mit. Nicht in die Hauptstadt.«

»Wenn ich dir sage, du kommst mit, so kommst du mit. Ich habe dich schließlich zu Eigen gekauft – für dicke fünfunddreißig Dublonen.«

– »Zu Eigen? Da seid Ihr im Irrtum. Nur Herren vom Stande dürfen nach dem Gesetz Leibeigene halten.«

»Was weißt du von den Gesetzen. Steig auf. Wirds bald? Ich finde es sehr freundlich von mir, daß ich dich einlade.«

– »Wollt Ihr keine Laterne mitnehmen? Es ist so dunkel ..«

»Tütü – damit die Räuber noch einmal über uns herfallen? hott!«

Und sie fuhren davon in die Düsternis.

Unterwegs begegnete ihnen ein Reiter, der einsam ohne Licht durch die Landschaft trabte, und als sie an einander vorüber wollten, geschah es sehr langsam und vorsichtig – man konnte kaum die nächsten Bäume als schwarze Schemen sehen, geschweige irgend etwas deutlich unterscheiden. Ja, als sie auf gleicher Höhe waren, hielt der Reiter sogar an und fragte mit einer vornehmen, traurigen Stimme: »Sag Er mir, guter Mann, wo finde ich wohl den Waldweg nach Santalba?«

– »Santalba?« wiederholte der Bauer, indem er angestrengt nachsann, und wußte es auch nicht.

Aber das Mädchen, das neben ihm auf dem Bock saß, wußte es. »Da müssen Ew. Gnaden noch ein Stück zurückreiten, Sie sind schon zu weit, es geht rechter Hand bei den Melonenfeldern ab.«

– »Ew. Gnaden könnten mit uns reiten«, schlug Lamprenos vor, »wir haben den gleichen Weg bis dahin.«

So geschah es, daß der Fremde an der Seite Marianas zu reiten kam. »Sprech Sie noch ein wenig«, bat er, »meine Tochter hatte eine solche Stimme, sie ist bei dem Erdbeben umgekommen.«

– »Ja«, sagte Mariana, »die Götter strafen schlimm.«

Da zog der Herr seinen Handschuh vom Finger und tastete nach

ihrem Gesicht, sie aber hielt ganz still und erschrak bis in das Tiefste ihrer Seele, denn unter ihren Augen, in der Dämmerung, schwebte ein großer, ovaler Ring von Saphir, ein betörendes Blau. Und indem sich die Hand, eine kalte und zarte, feingegliederte Hand, prüfend auf ihr Gesicht legte, hob Mariana die ihre und drückte die seine ganz leicht gegen die Lippen, um sie ganz leicht zu küssen. Sie wollte ihm vielleicht eine Botschaft senden, und er begriff sie wohl auch, denn durch seine Finger lief es wie das ferne Beben eines Herzens.
– »Was macht Ihr da?« fragte Lamprenos voller Argwohn, »was treibt Ihr? Antworte, Mariana.«
Mariana antwortete nicht.
»Ich tastete das Gesicht dieses Mädchens ab«, sagte der Herr. »Ich dachte, es sei vielleicht die Prinzessin Danae. Ihr habt sie wohl nicht gesehen?«
– »Nein«, erwiderte Lamprenos, »wie sollten wir sie gesehen haben, wo sie doch tot ist und gewissermaßen im Schoße des Meeres ruht?«
Dann hörte man nur noch den langsamen Tact der Hufe, das zähe Knirschen der Räder.
– »Hier wären wir«, sagte der Bauer endlich. Man hielt an dem Melonenfeld, dessen Früchte langsam verfaulten, weil die Sonne nicht mehr schien, die Luft aber gesättigt war mit Feuchtigkeit.
»Wie heißt Er?« fragte der Herr.
– »Lamprenos, Ew. Gnaden.«
»Lamprenos? Ich glaube, wir kennen uns. Ich trank bei Ihm hin und wieder ein Glas Milch.«
– »Ja, die Milch ist gut, viele Herrschaften haben sie gern bei mir getrunken, sogar unser hoher Landesvater. Nun trinken wir sie allein, Mariana und ich, und was wir nicht trinken können, davon machen wir Butter und Käse. Das kann sie auch schon, die Mariana, sie lernt auf dem Hofe –«
Der Fremde schwieg, Mariana spürte seine Nähe, sein Zögern ..
»Keine Angst haben um mich«, flüsterte sie und legte ihm mit schneller Bewegung die Hand auf den Arm, der Herr trug Pelz. Lamprenos unterdessen plauderte redselig weiter:
– ».. nämlich, meine Hausfrau ist mir leider gestorben, es geht uns jetzt Allen wie Ew. Gnaden mit dem Fräulein Tochter, da braucht man dann wohl so ein junges Ding, ich könnte was Besseres gar nicht wünschen, und wenn sie noch immer so fort tut, ich glaube –«

Der Schweigsame nahm die Zügel auf. »Gott beschütze dich, mein Kind«, sagte er vornehm und traurig, indem er anritt. Der Bauer aber, als den Reiter die Dunkelheit verschlungen hatte, meinte: »Er war ja sehr zutraulich zuletzt, der feine Herr. Hat er wahrhaftig an dir herumgetastet?«
– »Es war der König«, erklärte die Magd leise.
»Nein!« rief der Bauer und konnte nicht glauben, was er gehört.
– »Doch .. Er war es. Er trug einen Zobelpelz und seinen Ring von Saphir.«
Da legte ihr Lamprenos die derbe Hand um die Schulter und bat, sie solle nicht traurig sein, nur weil sie arm wäre, sie könne immerhin seine Hausfrau werden, er habe sie lieb gewonnen in diesen wenigen Tagen. Und da Mariana zu weinen anfing, ließ er dem trottenden Maultier die Zügel und umarmte das Mädchen auch mit der anderen Hand. Es war freilich keine Rede vom Altar, sondern von sehr irdischen Localitäten, worauf Mariana – soweit es ihr noch möglich war, bei der Lage, in die Lamprenos sie gebracht hatte – sich nun doch zu wehren begann. Und wie sie sich wehrte! sie biß und wand sich, trommelte mit den Fäusten auf ihm herum, fauchte und knirschte, und mitten im Kampfe, oben auf dem Wagen, der geruhig mit ihnen dahinzog, geschah es, daß ihr Fuß krachend gegen das Deichselbrett trat. Donnerte es? Lamprenos, in Befürchtung himmlischer Eingriffe, ernüchterte sich, und wahrhaftig, als sei dies das Zeichen gewesen, so flammte eine lange Folge von Blitzen, völlig stumm, aus der Wolke.
Im selben Moment war Mariana vom Bock herunter.
»Aber so bleib doch!« schrie der Winzer und stolperte hinterdrein, entschlossen, ihr nun endlich das Gute zu tun, trotz atmosphaerischer Sensationen, die allzu gefährlich nicht schienen. Er hätte sie fraglos niemals eingeholt, wäre sie nicht in der Tat, unerwarteter Weise, stehen geblieben, um, mit dem Ausdruck von fast grausamer Freude, in eine ganz bestimmte Richtung zu blicken.
Der Bauer erstarrte.
Von den schwefelgelben Horizonten über der See bis zu der pechschwarzen Wolkendecke hinauf drehte sich, saugend und kreiselnd und gegen das Land zu wandernd, ein grauer Trichter von Wasser. Pfeifend, sirrend, mit gleichsam schmatzendem Zischen, wie wenn die Menschen, weil Schmerz sie peinigt, den Atem durch die Zähne ziehen und er durch lauter zerplatzende Speichelbläschen strömt, ein Quirlen und dann ein Prasseln von emporgerissenen Zweigen,

Sträuchern, ganzen Bäumen, die dahersegelten, als habe die Faust eines Riesen sie gepackt und zerknickt und wieder davongeschleudert: so kam die Wasserhose über Land gegangen, ihr Rüssel suchte am Boden nach dem, was der Himmel vielleicht gebrauchen könnte, Zaunlatten, Caninchen, Rehkitzen – oder gar nach einem Menschen, der etwa noch auf den Feldern wäre! »Wirf dich hin!!« schrie der Bauer und warf sich, während die Magd, erstaunt, der Vernichtung entgegenblickte, in den nächsten Schlamm-Graben, von Entengrütze bedeckt – und wirklich, die Wasserhose gab sich zufrieden mit dem schleimigen Grün, dem eklen Morast: sie raste über ihn hin, saugte ein wenig an ihm herum und tat ihm nichts Böses.
– »Du siehst nun wohl, Lamprenos«, bemerkte die Magd Mariana, als er sich wieder aufgesammelt hatte, »daß ich unter dem Schutze der Götter bin.« Sie sagte das so schlicht, als wäre es eine Selbstverständlichkeit für die Götter, als brauche sie nur mit der linken Hand zu winken, man möge ihr, leihweise, ein kleines Natur-Phaenomen schicken – worauf es prompt geliefert ward.
Der Winzer, noch immer mit Zittern beschäftigt, nickte deprimiert, er troff von klebrigem Schmutz. »Ja«, erwiderte er kleinlaut, »du bist wohl gut angeschrieben dort oben«, es ärgerte ihn nicht wenig, mit welch unbekümmertem Hochmut sie allen Fährlichkeiten entging. »Und was das Übrige betrifft, so will ich davon ablassen, da du es nun einmal nicht zu mögen scheinst, aber ich wiederhole dir, du kannst meine Hausfrau werden, dann ist es ja sozusagen legitim.«
– »Ich ziehe es vor, souverän zu bleiben«, entgegnete Mariana. »Was ist denn da hinten? so viele Lichter . . «
»Das hört sich an wie durchgehende Pferde. Natürlich, das *sind* durchgehende Pferde – weg! Weg von der Straße! den Wagen, hilf mir doch, schnell schnell schnell, noch weiter!« Und sie zogen das Maultier vollends aufs Feld, in den Schutz der Alleebäume, sie erhofften leidliche Sicherheit dort vor der donnernden Cavalcade, die mit Fackeln und Windlichtern, Vorreitern und Nachhut einhergesaust kam. Es mußte schon ein sehr großer Herr sein, der so über Land fuhr, und Mariana beschloß, nach ihrer jüngsten Erfahrung mit dem König, sich beiseite zu halten. Eitle Entwürfe. Die Allee, leider, war lückenhaft, die Pferde brachen nach links hin aus, genau auf Lamprenos zu, der unter jaulendem Wimmern das Weite suchte, prasselten in die Melonen, die Kutsche tanzte, sprang, hoppelte, in der nächsten Secunde war der furchtbarste Salat zu gewär-

tigen – und ohne Besinnen warf sich die Magd dem Gespann entgegen, hängte sich in die Trensen, wurde ein Stück mitgeschleift – die Tiere bäumten, rissen das Mädchen empor, standen.
Schon waren auch die Windlichter und Fackeln zur Stelle, eine Allonge beugte sich aus dem Wagen. »Komm Sie her«, sagte eine harte, gleichsam geborstene Stimme, und eine vornehme Hand, von schönen Ringen beladen, reichte ihr die mit Silber bestickte Börse hinaus, die in dem flackernden, rauchigen Lichte aufglitzerte. Mariana gehorchte zögernd. Sie verschränkte die Arme über der nackten Brust, aber sie wich dem Blick nicht aus. Zwei wasserhelle, klare und scharfe Augen ruhten mit einigem Wohlwollen, einigem Spott in den ihren und ließen nicht ab, sich darin umzutun.
»Wer ist Sie?« fragte der Herr.
– »Eine Magd, Ew. Gnaden.«
»Eine Magd . . Ahah. Wie heißt Sie?«
– »Mariana.«
»Mariana«, sagte der Herr und zog die Brauen empor. »Ahah. Wie heißt Sie weiter?«
– »Weiter heiße ich nicht.«
»Sollte Sie nicht einen Vater haben, wie das unter den Menschen so üblich ist?«
– »Ihr Vater«, sagte Lamprenos, der nun, in seinem grün übersprenkelten Schlamm-Gewande, herangestapft war, und zog die Kappe bis fast auf die Erde, wo die Melonen, zertreten, ihr fauliges Fleisch boten, »ihr Vater ist ein alter Schäfer aus dem Kirchspiel Potamikali.«
»Er war durchaus nicht gefragt. Aber da Er nun einmal geredet hat, red Er weiter: ist Er der Herr dieser . . Magd?«
– »Ich kaufte sie vor einigen Tagen auf dem Markt, Ew. Gnaden, in Potamikali.«
»Das sind mir seltsame Sitten!« rief der Herr mit Schärfe. »Er kaufte sie! Wie heißt Er?«
– »Lamprenos, Ew. Gnaden.«
»Wer ist Er?«
– »Ein Weinbauer, Ew. Gnaden. Halten zu Gnaden . .«
»Schweig Er. Ich halte gar nichts zu Gnaden. Er weiß, daß es verboten ist für Leute Seines Standes, irgendwen, und sei sie die scheußlichste Vettel, leibeigen zu kaufen. Weiß Er das?«
– »Ja, Ew. Gnaden. Aber . .«
»Gar nichts Aber. Weiß Er, wer ich bin?«

– »Ich ahne es.«
»Dann ahnt Er richtig. Ich bin der Minister Graf Godoitis. Ich werde Ihn lehren, ein braver Untertan zu sein.«
– »Gnade«, wimmerte Lamprenos, »Gnade ..«
Der Graf lächelte aus seinen wasserblauen Augen auf den zerschmetterten Steuerzahler hinab, und es war nicht einmal ohne Güte, das Lächeln. »Nun«, sagte er, »ich scheine reichlich gefürchtet zu sein in diesem Lande. Wie steht es damit?«
– »Ew. Gnaden werden vom Volke geliebt.«
»Ein charmanter Lügner«, bemerkte Godoitis und betrachtete die Magd Mariana. »Was hält Sie von ihm? was hält Sie von mir, mein schönes Kind? Da schweigt Sie .. schön und klug und gewissermaßen wenig bekleidet. Nun, das findet sich. Immerhin, Sie hat Mut und Tapferkeit bewiesen, dafür danke ich Ihr. Ich hätte mir gar nicht träumen lassen – steh Er doch auf, Lamprenos, es ist doch ungemütlich in diesem .. Gemüse da unten – ja, was ich sagen wollte: diese .. gewissermaßen Magd erregt mein Wohlgefallen, mein lebhaftes Interesse, was kostet sie? Aber erschreck Sie doch nicht, mein Kind. Sie sieht gar nicht so aus, als ob Sie schreckhaft wäre. Sie hat den Mist gefahren und die Kuh gemolken bei diesem Bauern, wie? Eh bien, da wird Sie es bei mir besser haben, denn, was mich angeht, so steht mir ja, gottlob, das Recht auf Leibeigenschaft zu, in jeder Hinsicht steht es mir zu. Also: heraus mit der Sprache. Was hat sie Ihn gekostet, Lamprenos?«
– »Ich glaubte, Herr Graf, Herr Minister, halten zu Gnaden: Excellenz, wollten mir die Magd – eine sehr gute Magd, auf Ehre – ich meine, weil sie doch gegen das Verbot erworben wurde, wegnehmen ..«
»Ja, bin ich ein Räuber, bin ich ein Brigant und Wegelagerer? Oder glaubt Er, der Minister sei nicht an das Gesetz gebunden? Und außerdem – wir sind ja hier entre nous – weiß Er denn, ob mir nicht vielleicht gerade daran gelegen ist, diese, wie hieß sie doch, Mariana .. durchaus mir als Eigentum zu kaufen? als *Leib*-Eigentum – versteht Er .. Kurz und gut: was soll sie kosten?«
Lamprenos, lauernd und vorsichtig, schlug hundert Dublonen vor und hoffte, auf fünfzig mindestens zu kommen.
»Bon«, sagte der Graf, »hundert Dublonen. Er wird sich das Geld morgen in der Cameral-Cassa holen. Steig Sie ein, Mariana.«
Mariana wich trotzig zurück. »Nein«, sagte sie leise, »ich will bei meinem Herrn bleiben. Ich will nicht in die Stadt.«

– »Du albernes Weibsbild«, fauchte Lamprenos, »ich kann dich nicht mehr gebrauchen, das siehst du doch. Ja, wenn du meine Hausfrau werden wolltest . .«
»Das«, sagte der Graf, »wird sie wohl weniger wollen, wie ich sie kenne. Also, Mariana, nun zier Sie sich nicht länger, Sie gehört mir nun einmal, und wenn Sie mich contrecarriert, so werde ich Sie kurzerhand auspeitschen lassen. Sie kann wählen . .«
Mariana warf einen tiefen Blick des Hasses auf ihren neuen Besitzer, einen flüchtigen der Verachtung auf Lamprenos, dann bestieg sie die Calesche, in welcher der Minister zur Seite rückte, um ihr Platz zu machen. »Ich springe Ihnen aus dem Wagen«, teilte sie ihm sachlich mit.
»Das wird Sie hübsch bleiben lassen, mein Täubchen. Wir werden uns jetzt ein wenig Gehorsam angewöhnen, wir werden jetzt ein wenig in die Schule des Lebens gehen. Denn ich habe die Macht, und das ist keine Kleinigkeit. – Allez! Nach Santalba. Zum König . .«

XV. Capitel

Nun, sie kamen nicht bis nach Santalba. Es geschah ja ohne Unterlaß seit jener Nacht etwas Unerwartetes, aber man hatte sich inzwischen daran gewöhnt. Dem König erschien es durchaus verständlich, daß der Minister, nachdem er ihn einmal aus den Augen verloren, in der Dunkelheit den Weg zur Contrescarpe verfehlte, und der Minister, aus Princip, wunderte sich über nichts. Er mißtraute den Illusionen, liebte es gar nicht, fernen Zielen nachzujagen. Und wie er selten nach vorgefaßtem Plane verfuhr, sondern beflissen war, Alles aus der Distance auf sich zu kommen zu lassen, es von sich zu halten, indem er unbemerkt, scharfen Auges, das Gewebe studierte, um dann plötzlich, wenn die Stunde reif schien, wie eine Spinne lautlos auf feinem und schwankem Netze, mit kalter Schnelligkeit sich auf das Opfer zu stürzen – so auch hier.
Er war nicht zu seinem Spaß unterwegs in dieser Finsternis, nicht aus Lust, sondern aus Necessität, um mit dem Könige von Preußen zu sprechen, an dessen Hofe er, vor seiner Ministerzeit, accreditiert gewesen, aber im Augenblick machte es ihm Lust und Spaß, neben »dieser . . gewissermaßen Magd« im Wagen zu lehnen, die spitzen Kniee übereinander geschlagen, die Hände mit einer Art morbider Grazie auf der taubengrauen Seide des Beinkleides ausgestreckt, das schon etwas greisenhafte Kinn unverwandt nach vorn, gegen

das kleine Fenster im Leder des Verdeckes gerichtet, durch das man die Rücken der Kutscher sah. Im Übrigen schwieg er, schwieg genießerisch, genoß es, den tausend Fragen, Befürchtungen und Beklommenheiten im Herzen der Schönen nachzuspüren, die in durchaus unministerieller Aufmachung den Fond mit ihm teilte und sich, wo nicht schämte, so doch unbehaglich fühlte. Und er hatte nicht umsonst so betont auf die Leibeigenschaft angespielt, so ausdrücklich auf rechtlichem Erwerb bestanden, nicht umsonst gezeigt, daß er wenig märchengläubig, wohl aber fähig sei, sie auspeitschen zu lassen, wenn es ihm beifallen sollte.

Welch eine Situation!

Diese Mariana .. sie würde schon noch den Mund auftun und sich verraten. Geben Sie mir etwas, um meine Schultern zu bedecken, würde sie sagen, Sie sehen doch, daß es mich geniert .. Na ja. Ziemlich ridicule das, und ein Mangel an Logik. Die Weiber auf dem Lande, jedenfalls, empfanden gar nichts dabei, vor wem auch immer, und wäre es der König selber, in ihrem natürlichen Zustand einher zu spazieren: ihnen genügte es, einen Rock zu besitzen, das Übrige hatte Gott in seiner Güte so geschaffen, daß man es nicht verstecken mußte, nachdem die Hofkleiderordnung so conciliant gewesen, dem Volke mit den Rechten auch die Pflichten vorzuenthalten, die sie den Privilegierten auferlegte.

Unterdessen hing Mariana nicht minder ihren Gedanken nach. Man würde ja sehen, dachte sie, wer als Erster den Mund auftat, sie hatte ja Zeit, war nicht notwendig angewiesen, ihr zwar durchschautes, doch sehr practicables Incognito voreilig zu lüften. So kämpften sie Beide einen stummen, lauernden, zähen Kampf, bis, am Ende, weder die Magd noch der Minister das Schweigen brach: es redeten die Ereignisse. Der Minister horchte .. er hob horchend die Finger der Rechten, als wolle er schwören. Auch Mariana wandte ihr Ohr in die Ferne.

»Hörte Sie etwas?« fragte er.

– »Man hat geschossen«, sagte sie, doch es war nichts mit Deutlichkeit zu vernehmen, Hufe und Räder übertönten Alles.

Graf Godoitis klopfte mit der Spitze des goldgeknauften Stabes, wie ihn gichtische Cavaliere lieben, gegen das Fenster im Leder, der begleitende Heiduck sprang vom Bock und öffnete den Schlag, was bei der hohen Federung ein rechter Umstand war. »Excellenz befehlen?«

»Halten«, sagte der Graf. Sie stiegen aus und horchten. Tiefer

Nachmittag, schwarz und still. Die Feuchtigkeit hing in den Bäumen, man hörte keinen Laut, es war wohl eine Sinnestäuschung gewesen. Von den Ästen tropfte es, die Pferde peitschten sich mit dem Schweif, trostlos fiel der Abend herein. Da blitzte es am Horizont, dort, wo das Meer sein mußte; an vielen Stellen blitzte es auf, ein gelbliches, von braunem Rot untermaltes Zucken. Der Minister beobachtete aus den Lidwinkeln das Verhalten der Magd. In ihren Augen lag ein gewisses Erstaunen, lag ein Zug von Kühnheit und Hochmut und von der Lust am Gefährlichen. Nach einer Weile scholl dumpfes, grollendes Donnern herüber.

»Es donnert«, sagte Godoitis, obwohl er es besser wußte. »Scheint ein Gewitter zu sein. Fahren wir also weiter.«

– »Das ist kein Donner«, erwiderte Mariana, indem sie angestrengt dorthin blickte, wo es von Neuem brandig aufflammte. »Das sind Canonen. O . . sehen Sie doch: der König.«

Fern über den Wäldern zur Rechten stieg eine Rakete in das düstere Firmament, zersprang, teilte sich in drei rote Sterne, die langsam herabsanken und anzuzeigen beliebten, daß die Majestät an diesem Orte zu finden war.

»Sie hat ausgezeichnete Kenntnisse, mein Kind. Intime Kenntnisse gewissermaßen. Will Sie nun immer noch behaupten, daß Sie Mariana heißt und von einem Schafhirten gezeugt wurde?«

– »Ja«, sagte Mariana. Ein kurzes, helles, abgerissenes Ja, gegen das es keinen Einwand gab.

»Wie dem auch sei«, fuhr der Minister fort, »nach Santalba ist es zu weit. Wir müssen ans Meer. Aber diese Burschen kennen sich nicht aus. Weiß Sie vielleicht einen Weg ans Meer?«

– »Ja.« Und ohne noch weiter Worte zu machen, ohne Umschweif oder Ziererei, trat Mariana an das fraglos schönste Pferd aus dem Viererzug, ein isabellfarbenes Halbblut, vom Stand her schwang sie sich flach auf den ungesattelten Rücken, und der Graf, wie gesagt, wunderte sich über nichts. Herrensitz, constatierte er bei sich, indem er einstieg, aber vielleicht ritt man auf dem Lande allgemein so, auch wenn man vom Geschlechte der Weiber war. Im Übrigen zweifelte er durchaus nicht. Sein erstes Gefühl hatte ihn vortrefflich beraten. Mit welch arroganter Resolution sie ihn durch die Heide kutschierte! Daß der Wagen mehr flog als fuhr! daß die Räder durch Sandfurchen rutschten, über Steine klirrten, daß die Achsen ächzten, der Dreck spritzte und die Lakaien auf dem Bock sich festklammerten, um nicht Kabolz zu schießen. Ja, um Gottes*willen!*

und dann schossen sie schon. Federbruch! Speichen und Kleinholz wirbelten durch die Luft, krachend legte sich die Calesche zur Seite, und das wilde Mädchen, nachdem es gesehen, was es da angerichtet, sprang vom Pferde, um mit betörender Selbstverständlichkeit, hochatmend und glücklich, zu sagen: »Verzeihen Sie.«
Die Cartaunen auf See donnerten noch immer, noch immer schwiegen die Batterieen von Myrrha.
»Eine reizende Bescherung«, bemerkte der Minister, indem er, wie weiland Don Johann, senkrecht aus der Ruine emporkam, und rückte die Allonge zupaß, die es übel genommen, daß er so plötzlich aussteigen mußte, aber eigentlich hatte er schönes Haar, Mariana war nicht die Erste, der es auffiel.
– »Wir können ja reiten«, schlug sie vor, »es ist nicht mehr weit.«
»Wie Sie befiehlt«, erwiderte scherzend der Graf. »Wohin gedenkt Sie mich denn zu führen? Zur Nymphen-Grotte? A la bonne heure!« Und er wandte sich seinem Stallmeister zu: »Ausspannen. Zwei Chasseurs von der Nachhut absitzen. Er selber reitet, aussi vite que possible, zur Residenz, nimmt sich eine Equipage und ist, binnen Kürzestem! an der Küste entlang bei der Nymphen-Grotte. Bring Er eine Decke mit, einen Umhang, ganz gleich was. Der Wagen bleibt hier, Ihr könnt ihn morgen zusammenklauben, und Er da, steh Er nicht so faul herum, helf Er mir auf das Pferd, folg Er mit der Bagage. Proviant, Windlicht, mein Glas.« Und ein infamer Schmerz, im ungewissen Licht der Fackeln, ließ, während er aufsaß, die Muskeln seines Gesichtes zucken.
»Sie scheint sich, Mariana, inzwischen besonnen und die Farce aufgegeben zu haben, partout als Magd –«
– »Ich bin eine Magd.«
»Na ja. Vielleicht hat Sie Recht, unterstellen wir es. Ungewöhnliche Situation immerhin: ein Minister, der, während der König nach ihm verlangt, mit seiner Leibeigenen über Land trabt, in der Nacht, und weitgehend décolletiert ist sie außerdem. Von der Prinzessin Danae hat Sie mir wohl nichts zu vermelden . . Wie?«
– »Die ist doch tot.«
»Nun, die ist wohl nicht ganz so tot, als daß man sie nicht mit gewissen Mitteln wieder zum Leben erwecken könnte. Was hält Sie zum Beispiel, Mariana, von einem kleinen Embrassement entre nous deux?«
– »Ein Embrassement, was ist das?«
»Sie spricht einen so ausgezeichneten, einen so . . classischen diph-

tongue – ich glaube, wir sparen die Übersetzung. Aber ich muß Ihren Herrn Vater, den göttlichen Sauhirten oder was er sein mag, ich muß ihn für einen ungewöhnlich capablen Kopf ansehen, daß er seine Tochter Französisch parlieren lehrte. Enorm .. Eine Magd also – superbe.«

– »Ja«, sagte Mariana.

»So halte Sie doch nicht immerfort an dieser albernen Fiction fest. Welch ein Eigensinn. Wir wissen doch Beide recht gut, wer Sie ist, nicht wahr?«

– »Wer sollte ich denn sein?«

»Eine zukünftige Königin, das sollte Sie sein und sich danach betragen.«

– »Es regnet«, sagte Mariana.

»Ja«, erwiderte der Minister mit seiner geborstenen Stimme. »Scheußlich. Das kommt von den vielen Schüssen, die man gelöst hat, das hält so eine Wetterwand nicht auf die Dauer aus, es geht über ihre Nerven, und wie nervös ist nicht ohnedies die Natur seit einigen Tagen. Ah .. sehen Sie: das Meer. Heda, Lakai, mein Glas!«

Er war plötzlich ganz lebhaft, aber man sah auch ohne Glas genug: Fern auf der Scheidelinie zwischen Himmel und Wasser, vor dem schwefelgelben Horizont, über welchem die schwarze Wolke lagerte, schwamm unter der Kimm eine gewaltige, locker auseinander gezogene Flotte, die Schiffsrümpfe halb verborgen, ein graues, dunstiges Filigran von Masten und Segelwerk – und wieder blitzte es aus tausend Schlünden wunderbar und gefährlich auf.

»Wenn es Polycrates ist«, sagte Godoitis, das Glas vor den Augen, »sind wir verloren .. erledigt gewissermaßen. Es wäre freilich ein Bubenstück, uns im Unglück zu überfallen, und ohne Kriegs-Erklärung.«

– »Dann würden wohl«, erwiderte Mariana, »unsere Batterieen antworten.«

»Würden sie das, Königliche Hoheit? Nun, es ist nicht dieser Herr Bräutigam aus Samos. Sehen Sie selbst, betrachten Sie das Flaggschiff, das justament aus der Kiel-Linie schert.«

Er reichte das Glas hinüber; ohne Zittern nahm sie es, um kurz hindurchzuschauen.

– »Venedig.«

»Ja .. der Löwe von Venedig. Was soll man davon halten? Vielleicht eine Vergeltungs-Maßnahme. Merkwürdiges Bombardement ..«

– »Könnte es nicht ein Salut-Schießen sein? Vergeltungs-Maßnahme – was meinen Sie damit?«

»Zum Salut bestünde wohl kaum der Anlaß. Im Gegenteil, sehr im Gegenteil, teuerste Prinzeß.«
Die Prinzessin blickte weiter durch das Glas. »Ein Bombardement jedenfalls ist es nicht!« sagte sie, »dafür ist es viel zu steil. Also kann es auch keine Repressalie sein.« Sie setzte das Glas ab. »Ich bin in Ihrer Hand, Graf«, erklärte sie mit leicht verschleierter Stimme und wandte sich durchaus nicht um, sondern sah vor sich nieder in den Sand, in den sie, mit der Spitze ihres Fußes, zwecklose Kreise schrieb.
Was für ein schöner Rücken, was für schöne, genierte Schultern. Weinte sie?
– »Königliche Hoheit werden von so viel Liebe getragen und haben sich sehr klug, sehr tapfer zur Wehr gesetzt ..« Er versuchte, seiner Bewegung Herr zu werden, indem er sich räusperte. »Nur .. verstehen Sie: ich konnte schwere Canonen auffahren, da war keine Gnade .. Sie erlauben, daß ich in der Princesse Royale eine talentierte Hoffnung der Diplomatie erblicke, eine Hoffnung, auf die das Land zählt.«
Danae antwortete nicht sogleich. Aber sie löste sich endlich aus ihrer Versunkenheit, und dann umfaßte sie fest die von Sonne und Seewind atmenden Schultern, eine Geste, mit der sie sich gleichsam völlig verschloß und bekleidete. »Obwohl ich die Farce aufgab, Herr v. Godoitis: ich gehe nie wieder an den Hof zurück.«
– »Nun ..«
»Nein.« Und sie wandte sich voll herum, die Arme auf der Brust verschränkt. »Sie wissen nicht, was vorgefallen ist. Ich erkläre Ihnen: Prinzessin Danae ist tot, dies Volk wird ohne mich glücklicher werden, und ich ohne das Volk. Denn wenn ich zurückkehre, so werde ich, früher oder später, nachgeben müssen in dem Puncte, in welchem *nicht* nachzugeben ich entschlossen bin. Man würde es von mir erpressen. Im Übrigen, Graf: denken Sie an ein gewisses Confidenz-Schreiben, denken Sie an die Freie Hand, die Sie dem Botschafter von Venedig, höchst liberaler Weise, ließen, um mich in eine Lage zu bringen, über die ich nicht weiter sprechen will, über die wir aber sprechen *werden*, wenn Sie mich zwingen.«
– »Nun ..« sagte der Minister, sagte es ganz nebenbei, »dies sind interessante Perspectiven. Wenn Sie in die Geheimnisse der Politik etwas näher eingedrungen wären, teuerste Prinzessin, so würden Sie mir concedieren, daß ich an jenem Tage, daß ich in jener Secunde, auf die es ankam, die freie Hand geben mußte, damit Venedig,

gegen seinen eigenen Willen und ohne noch einmal Rückfrage halten zu können, den tödlichen Stoß von Samos auffing. Sonst wären Sie heute die Königin des Herrn Polycrates, oder wir hätten den Krieg, was Ihnen zweifellos Beides weit weniger agréabel wäre als jene Lage .. Und Sie verstehen, ich mußte mich da vollkommen heraushalten, mußte sogar diese Frau v. Lambda zurückziehen, weil derlei Dinge, wie sie der Botschafter Ihnen, vermutbarer Weise, zu sagen wünschte, normaliter nicht für dritte Ohren gemacht sind. Ich rechnete allerdings auf den guten Geschmack des Herrn v. Legua; daß er wissen würde, wie weit er bei einer Prinzessin .. gewissermaßen gehen konnte, und ich rechnete mit Ihren tactischen Talenten, Königliche Hoheit, mit Ihrer quasi .. Strategie. Sollte ich befürchten müssen, daß er zu weit .. daß er – Irreparables? Nun, Sie lächeln, es ist das Lächeln einer Neigung, einer zarten .. Aber: n'en parlons plus. Wie gesagt, es geschah nicht aus Lust, sondern aus Necessität. Und Sie wollen also nicht zurückkehren .. tiens tiens.«

»Nein.«

– »Gut ..« sagte der Minister, sagte es conciliant und gemütlich. »Gut .. ich lasse die Prinzessin, durch die Zeugenschaft des Bauern Lamprenos und der Magd Mariana, für gestorben erklären. Das hat zur Folge, daß die Königin, da weit jünger als der Monarch, noch mehr an der ersten Stelle des Landes figuriert. Sie wird nicht mehr zu umgehen sein, auch mit der größten Kunst nicht. Weil das Gegengewicht fehlt, das man bisher gegen sie ausspielte. Sie wird ihre Herrschaft erweitern, sie wird regieren, wie sie bisher nicht regieren konnte, ihre Macht wird wachsen und wachsen, und immer tiefer werden wir in die Fänge der Geldbarone geraten, in den Schuldturm mit einem Wort. Warum kommt denn mein Wagen nicht .. Kurz und gut: es sind erfreuliche Perspectiven.«

»Ich bin daran nicht mehr interessiert«, entgegnete die Prinzessin.

– »Das sollten Sie aber! Und es gibt Dinge, an denen Sie sogar sehr interessiert sein werden, schönste Mariana. Sie wissen ja, daß Sie mir nach Recht und Gesetz gehören, ich betone: gehören, und zwar zu Eigen, und zwar mit Ihrem Leib, mein Kind. Ich erkläre die Prinzeß für gestorben, ich nehme, was von ihr lebendig bleibt, in amouröse Benutzung, lasse sie auspeitschen, wann und wie oft es mir Spaß macht, und auf diese Weise befördere ich sie, streng legal, wirklich vom Leben zum Tode. Es könnte uns sonst das Mißgeschick unterlaufen, daß eine reumütige Magd eines Tages von sich behauptet, sie sei die Prinzessin Danae, und das Volk, mein süßes

Kind, der Finanzbarone überdrüssig, würde sich an deine Fahnen hängen und seinen König erbarmungslos vom Throne stoßen! – Wollen Ew. Königliche Hoheit gnädigst bedenken, daß tausend solcher staatsrechtlicher Probleme auftreten in dem einen Augenblick, in welchem Sie bei Ihrer Weigerung beharren und dem Hof Ihr Renonce geben.«

»Das Alles«, sagte Danae kühl und eigensinnig, »kann mich nicht hindern, jetzt einmal Magd sein zu wollen, wozu ich gar nichts habe tun müssen: ich wurde gekauft und weiterverkauft, und niemand fragte, ob es mir recht war – insofern ist der Unterschied minimal. Ich könnte Prinzessin bleiben, ich könnte auch abdanken, aber das würde die Sache nur complicieren. Verstehen Sie mich, es handelt sich nicht darum, daß ich wissen will, was das ist: dienen, müde sein, Armut und Verachtung fühlen, die Großen in ihrer glanzvollen Scheinwelt vorüberfahren sehen .. ganz so romantisch bin ich wohl nicht. Und natürlich kann ich mir Angenehmeres denken, als Kühe melken und Ställe ausmisten und ähnliche niedere Arbeiten. Ich will bestimmten Consequenzen entgehen, die leider Zusammenhang mit dem Erdbeben haben, daher muß ich vermeiden, daß Andere über mich beschließen, Sie zum Exempel, das Cabinett, der König, die öffentliche Meinung. Darum besteht auch keine Gefahr, ich würde eines Tages behaupten, die Prinzessin zu sein. Anonym will ich sein, ein Irgendwer. Bei wem ich da diene, ist einerlei, aber Sie haben mich nun einmal gekauft, da macht es mir meinerseits Spaß, abzuwarten, was daraus wird. Ich könnte Ihnen échappieren, glaube nicht, daß jemand schneller reitet als ich. Jederzeit könnte ich fort, selbst wenn Sie mich auf Ihren Gütern verstecken, selbst wenn Sie mich einsperren, in Ketten legen: es gibt immer Menschen, die bereit wären, dem König Nachricht zu bringen. Vergessen Sie nicht, daß Sie Feinde besitzen, Ihre Carrière würde mit einem éclat sondergleichen enden. Nicht *Sie* also haben *mich* in der Hand, sogar als Magd wäre ich immer die Überlegene. Und wenn es Sie dennoch gelüsten sollte, mich, wie Sie es ausdrückten, in amouröse Benutzung zu nehmen, ich verspreche Ihnen, eher erwürgte ich Sie in Ihrem Bett, als daß ich mich einem *Zwang* fügte. Sie werden mich auch nicht auspeitschen lassen, denn Sie sind, das sage ich, obwohl ich Sie hasse, Sie sind ein Grandseigneur und werden niemals gegen Ihre Welt handeln. Nein, Sie können mich nicht schrekken. Aber wir können uns jetzt Adieu sagen, da kommt Ihre Equipage.«

– »Ja, da kommt meine Equipage, und ich kann Sie nicht schrekken, sagen Sie. Ich kann Sie nicht auspeitschen lassen und nicht zu der Meinen machen. Sehr richtig beobachtet, Prinzessin. Weil ich ein Grandseigneur bin, ein Royalist bis in die Knochen. Weil ich nicht gegen meine Welt handeln kann – was noch dahin steht, denn als Lenker eines Staates muß man Vieles können, was gegen die eigene Natur läuft. Aber Sie: Sie wollen es, gegen Ihre Welt handeln. Sie wollen Volk spielen, um auch einmal zu wissen, wie das ist. Ja, ich sage Spielen. Das ist ganz hübsch, sicherlich: für ein, zwei Wochen oder auch drei ist es hübsch. Dabei steht ein Universum zwischen Ihnen und der Masse. Belügen Sie sich nicht, Prinzessin. Die Masse, mit ihren brutalen Instincten, würde das Fremde wittern, das Unzugehörige, ach was: das Ungehörige, denn es gehört sich nicht, daß Fürsten sich gemein machen. Und überdies, ich erinnere Sie .. ja, wenn du meine Hausfrau werden wolltest .. ridicule, ridicule, aber im höchsten Grade normal. Die Masse, Prinzessin, ist normal, ist Natur, die Democraten irren, indem sie glauben, das Volk lasse sich gerne von seinesgleichen beherrschen. O nein, das Volk verlangt nach Abnormem, nach dem Unnatürlichen und Überlegenen verlangt es, und mit tiefem Sinn ist die Welt des Hofes künstlich, eine gewollte und gemachte, mit vollem Willen sich distancierende und erhöhende Welt. Ich will Ihnen auch sagen, warum: die Idee des Volkes läuft auf das Ziel, beherrscht zu werden, und die Idee des Staates, in die Spitze zu münden, in den großen Solisten. Man muß den Mut haben, ein Solist zu sein, mit der Waffe in der Hand, selbstverständlich, denn obwohl man jemanden wünscht da oben – nicht gerade uns vielleicht –, so rennt man doch Sturm gegen ihn, unter allen Umständen, sogar wenn der Weichherzigste oben stünde, ein Mann ohne Knochen, ohne Gesicht, man würde ihn wegfegen, *weil* er mehr ist als die Masse da unten. Curios und abstrus .. Man muß es nur *ein* Mal durchschaut haben, dies rasend Unlogische im Verhältnis von Staat und Volk, diesen animalischen Undank, dies Gewimmel von Winzigkeiten, wie sie sich aufplustern und krähen und Macht wollen. Ich persönlich finde Vergnügen daran und begreife nicht ganz die Nervosität gegen Ihren Beruf, aus welchem Sie, nackt gesprochen, desertieren. Sie sind doch sonst so überlegen! Warum nicht Ihrem Amt als Prinzessin? Sehen Sie zu, wie Sie die Consequenz überlisten, die Ihnen das Erdbeben vorbrockt, statt daß Sie warten, was der Graf Godoitis mit seiner Leibeigenen anstellt. Es wäre ehrlicher .. Dieser Regen

ist wahrhaftig abscheulich. Steigen Sie ein, Mariana. Ich gebe Ihnen mein Wort als Edelmann, Sie können vor der Stadt anhalten lassen, um noch ein paar Tage Volk zu spielen. Als homme d'Etat, der ein wenig in Ihrer Seele zu lesen gelernt hat, sage ich Ihnen voraus, daß Sie zurückkehren werden, weil Ihre *Natur* Sie zwingt, die Art Ihres Geistes, eines Solisten par excellence .. Heda, Lakai. Allez. Zum Schloß. – Ja .. bereits vor der Stadt werden Sie nicht mehr den Wunsch haben, auszusteigen. Darf ich Ihnen übrigens diese Decke offerieren ..«
Danae nahm das Tuch, schweigend, und hüllte sich darin ein.
Sie fuhren dahin. Wind und Regen warfen sich in groben Stößen gegen die Equipage.
– »Sie schweigen«, sagte der Minister.
Es war das keine Frage. Man fuhr lange so, die Hufe klapperten, von den Anis-Feldern drang betäubender Duft in das Coupé.
»Sie stellen mich vor furchtbare Wahrheiten«, äußerte die Prinzessin endlich, ganz leise, ganz rauh. »Ich fühle, daß Sie Recht haben.« Sie verstummte. Das Wasser rann an den Scheiben herab. Graf Carlo, unter vornehmem Räuspern, schloß die Augen. »Und ich fühle auch, daß Alles, was Sie sagten von der Masse und vom Solisten, ein kaltes Nein enthält, bei dem das Volk friert. Vielleicht gibt es doch einen Weg zum Ja und zur Wärme, auch für den Solisten, auch für mich. Aber dazu ist es nun zu spät. Ich *kann* nicht mehr die Prinzessin Danae sein. Diese ganze Catastrophe, die über Myrrha gekommen ist ..«
– »Sprechen Sie nur weiter.«
Er hatte die Augen wieder aufgeschlagen, sie bemerkte es nicht, Beide sahen sie vor sich hin. »Dieses Erdbeben .. nein, es läßt sich nicht sagen.«
– »Der Goldene Regen ..« sagte der Minister und blickte streng geradeaus, während der Wolkenbruch über das Verdeck rauschte. »Man wünscht von Ihnen zu erpressen, was Sie mit Fug verweigerten.«
Danae nickte. »Sie wissen es?«
– »Ja .. quasi wußte ich das. Ich weiß Vieles, bin es gewohnt, aus Andeutungen zu lesen und die Menschen zu beobachten, scharf zu beobachten.«
»Was soll ich nur tun?«
– »Das will ich Ihnen secieren. Sie bringen da eine private Offerte etwas vorschnell in ursächlichen Zusammenhang mit einem allgemei-

nen Désastre. Unterstellen wir, daß Sie Recht haben. Erste Möglichkeit: Mariana, die Magd; der Liebe Gott dürfte sich wenig an Ihrem Incognito stören. Zweite Möglichkeit: emigrieren; das Unwetter würde Ihnen folgen. Ergo: es hätte nur Zweck, Sie hängen sich auf; die Kirche verbietet es. Ergo: Sie bleiben die Prinzeß Danae, bagatellisieren die Geschichte und handeln nach Maßgabe allfälliger Entwicklungen. – Sie müssen sich auch nicht in Ihr Unglück hineinbrüten . .«

Die Prinzessin antwortete nicht. Sie starrte in trübe Eventualitäten und war für Trost nicht zugänglich. Offensichtlich kämpfte sie mit den Tränen, mit übergangslosen Entschlüssen, mit Angst, ja, mit Panik – was den Grafen nicht Wunder nahm. Dann wurde sie vollends kopfscheu. »Befehlen Sie jetzt, daß gehalten wird«, bat sie. »Ich möchte aussteigen . .«

Man fuhr schweigend, wäßrig glitten die Schemen der Allee-Bäume vorüber, der Minister saß wie eine Statue.

– »Sie haben sich«, sagte er endlich, »wie so viele qualitätvolle Persönlichkeiten auf Myrrha, angewöhnt, in mir einen gewissenlosen Mann zu sehen, der mit der Macht spielt. Und Sie Alle glauben, ich fürchte mich davor, eines Tages abtreten zu müssen. Aber verkennen Sie mich nicht: ich fühle das Alter kommen und das Ende, und es bedrückt mich ein wenig, daß ich dauernd gegen Widerstände regieren soll, weil niemand sich die Mühe gibt, in *meinem* Herzen zu lesen. Ich brauche mitunter ein wenig Verständnis. Der Haß ist kein Ding, das froh machen könnte, und doch muß man den Mut haben, Haß auf sich zu laden, den Mut, ungeachtet dieses Hasses, fühllos und wesenlos, praecis wie eine Maschine, vor sich hin zu regieren. Ich kenne ihn nun an die zwölf Jahre, den Haß, bin mit ihm groß geworden. Als Ambassadeur hatte ich es gemütlicher. Sie waren damals eine süße kleine Person, pardon, ein bezauberndes kleines Mädchen mit einer Glockenstimme und unschuldigem Herzen. Und Sie wußten nicht mit Ihren drei ein halb Jahren, wie es um den Staat bestellt war und wohin er getrieben wäre, wenn ich nicht den Mut aufgebracht hätte, den König zu zwingen, daß er von seiner Abdankung zurückstand. Und heute, mit Ihren nahezu sechzehn Jahren, kaufe ich Sie als meine Magd, um *Sie* zu zwingen, daß *Sie* nicht abdicieren. Jawohl: zwingen! Trotz Ihrer Aversion gegen das Wort. Auch Sie haben einer Raison zu gehorchen, welche höher ist als private Launen und privates Glück. Sie sehen, ich kann auch hart sein. Wäre ich ein kluger Minister, so würde ich mich hüten, mir meinen künftigen Souverain zum Feinde zu machen, und wäre ich der Spieler, für den Sie mich halten, so würde ich ganz anders handeln. Vergessen Sie, wenn wir in der Residenz sein werden, was hier entre nous deux vorgefallen ist, ich werde nicht mehr darauf zurückkommen. Sie dürfen sogar vergessen, daß ich als Mann keinen Finger gerührt habe, mich Ihrer zu bedienen, wie es mir zustünde. Ich rechne nicht mit Dankbarkeit. Kurz: ich bediene mich dieser Situation als Minister, und genau so weit, wie es nötig ist – um Sie vor einem Fehler zu bewahren, der Ihnen selbst, Prinzessin, keine Freude, dem Staate aber das Verhängnis bringen wird. Ich warne .. und manchmal prophezeie ich auch, denn wer den Staat lenkt, den macht er zum Propheten, da ist keine Kunst. Im Übrigen verbitte ich mir, daß Sie mich hassen, ich erlaube das vielleicht denen, die nicht capabel sind, das Wesen des Staates, der Krone, der Politik zu verstehen. Sie: *sind* capabel. Sie sind etwas mehr und für Höheres da, als nur schön zu sein und geheiratet zu werden. Seien Sie also eine wirkliche Prinzessin, eine Figur, eine Macht, eine handelnde Person .. denn was, wenn ich tot bin? Wer kommt nach mir? Ich sehe Keinen, der regieren könnte – außer Ihnen, Königliche Hoheit, und von einer Königlichen Hoheit verlange ich, daß sie königlich ist in ihren Taten. Mögen Sie dienen, Mariana, aber dienen Sie nur Ihrem Lande. Und sehen Sie zu, daß nicht die Princesse Royale, weil sie die Caprice hat, Gemüse zu putzen, der eigenen Frau Mutter das Jeu macht .. Sie schweigen?«

»Ja.«

– »Sie sind verwirrt in Ihrem Herzen? Ihrem jugendlichen und feurigen, romantischen Herzen?«

»Ja.«

– »Und Sie wollen immer noch desertieren, der Pflicht zum Trotz, die Ihrer wartet?«

»Ja.«

– »Dann will ich Ihnen etwas erzählen, Mariana, ich erwähnte wohl schon, daß Sie, wenn wir vor der Stadt sind, nicht mehr den Wunsch haben werden, auszusteigen. Wir werden uns nicht Adieu sagen und dem Abgrund nicht entgegentreiben, es sei denn, ich hätte mich völlig in Ihnen geirrt. Diese Canonade da draußen auf See ist kein Salut-Schießen, wie Sie annehmen durften, sondern, im besten Fall, eine bewaffnete Demonstration, die Antwort auf ein Attentat – aber das haben Sie freilich nicht mehr miterlebt, Sie waren ja schon davongesprengt, um sich dem Goldenen Regen zu unterziehen. Ja. Es hatte *mich* treffen sollen. Man verstand nicht Wappen zu lesen, so traf es den Falschen. Er kann nicht mehr leben, seine Wunden sind allzu schrecklich, er kann auch nicht sterben, denn . . er meint, er müsse Sie, Prinzessin, vorher noch einmal sehen, und wenn er Sie sieht, meint er, in diesem Augenblick würde er sterben können. Das ist sehr romantisch gedacht, und er sagt es nicht, aber ich lese in den Seelen der Menschen, da ich sie ja regieren muß, und Haß macht hellsichtig, glauben Sie mir das.«

»Don Giovanni . .«

– »Ja. Don Giovanni. Wir werden jetzt in die Stadt kommen, Sie werden sich umkleiden . . und dann werden Sie den Botschafter von seinem Leben erlösen. Um die Wahrheit zu gestehen, so möchte der Ausdruck Leben subtiler Hohn sein und das Wort Folterung eher am Platze. Nun, man kennt Beispiele von Willensstärke, kennt Herren-Naturen, die ekeln sich vor sich selbst, wenn sie nicht täglich den Rock wechseln, er wechselt ihn also täglich, es sind das entsetzliche Qualen. – Mir scheint leider, ich habe Sie in der Tat erschreckt, Königliche Hoheit . .«

»Wenn Ihnen das einen kleinen Triumph gibt: ja, das haben Sie.«

So fuhr die Prinzessin, tief vermummt in ihrer Decke, zur Residenz zurück. »Er hat sterben müssen«, sagte sie noch, »da war keine Gnade. Die Götter strafen schlimm. Und sie denken sich nichts dabei. Gar nichts.«

Aber das Letzte war nur noch ein Flüstern.

XVI. Capitel

Nein, die Götter waren nicht sehr liebenswürdig, das mußte man schon sagen. Kein Scrupel kam ihnen, mit vollen Händen zu wüten, sie dachten sich nichts dabei, und hatten sie einmal angefangen, so wollten sie nun auch gründlich sein. Es war nicht die Rede, daß es je wieder aufhören würde.

Dennoch gab es Menschen, die das mit vornehmer Mißbilligung ignorierten. Menschen der höchsten Schichten, die es für unter ihrer Würde befanden, diese Ausbrüche eines fundamentalen Mangels an Erziehung überhaupt zur Kenntnis, geschweige als ein Schicksal zu nehmen, dem man sich seufzend zu fügen habe. Es gab Menschen, in deren Gesellschaft das Wort Gott nicht fallen konnte, ohne daß der ganze Apparat von Skepsis, Blasphemie und Dünkel, von boshaften und moquanten Bemerkungen, Aperçus und Bonmots in

Bewegung geriet und eine Woge von Spott sich über die pathetischen Anstrengungen der Himmels-Bewohner ergoß. Denn man war irreligiös bis zum Exceß, sobald es um Ansprüche ging, um die Frage von Rang und Vortritt zumal. Wenn Gott sich beschied, als eine decorative Persönlichkeit in seinen Kirchen angebetet zu werden, so wollte man gerne hin und wieder zierlich das Knie beugen, Tyrannei aber war man zu dulden unter gar keinen Umständen gesonnen, und Götter, die es an Tact gegenüber dem Vertrags-Partner fehlen ließen, durften kaum erwarten, von ihm anerkannt zu werden. Man wollte nun doch einmal sehen, wer die Kraftprobe länger aushielt.
In den Räumen, über die der sterbende Botschafter, im Gästeflügel der Residenz, zu verfügen gebeten war, rüstete man eine Soirée dansante .. Man nahm keine Notiz vom Tod, man wollte tanzen, wünschte nicht geschmälert zu sein an dem, was das Leben lebenswert machte, und rüstete eine Soirée .. Welch ein Affront! welch ein Beweis der Verachtung gegen die erhabenen Inscenatoren des Unwetters. Ja, man kannte noch nicht einmal den Ausgang, den das Débarquement des Löwen haben, wußte nicht, ob er je den sieggewohnten Fuß auf den Boden der Insel setzen würde, aber man verschickte die Einladungen. Reitende Boten, Spiegeltelegraph, Brieftauben, Musik, ein Strom von Hoflieferanten – und die Tafel wurde gerichtet, als gäbe es nichts auf der Welt, was geeignet sein konnte, die Hoffnungen und Entwürfe des Menschen aus ihrer Bahn zu werfen. Man hatte dem Botschafter gemeldet, das Cypern-Geschwader kreuze auf der Reede von Myrrha, der Botschafter entschied, der Botschafter befahl – nun, das durfte genügen.
In der Tat, es genügte. Man mußte nur wollen, nur am gewünschten Programm mit aller Hoffart festhalten, nur keinen kleinsten i-Punct opfern – und es genügte, die Parzen zum Schweigen zu bringen. Die guten alten Parzen .. sie schauten auf Don Johann hinab, der dort unten, mit dem Tode ringend, ein pompöses Dîner gab, sie blickten sich an, fanden ihn fabelhaft, köstlich, hinreißend fanden sie ihn, denn, was man immer von ihnen halten mag, sie waren *Damen*, steinalte, verknitterte Damen – und ihre Scheren sanken in den Schoß. Was meint Ihr? schienen sie einander zu fragen, unfähig, ihre Rührung zu verbergen: man könnte ihn noch ein wenig leben lassen .. Und sie ließen ihn noch ein wenig leben.
Er lag da ganz allein in dem riesenhaften Saal, am Ende des von polierten Intarsien schimmernden Parquettes, in welchem sich das

Cuppel-Oval mit Palisander und Mahagoni, Ebenholz, Ahorn und Kirsch wiederholte. In einem hellblauen Frack von ausgesuchter Eleganz, schön, männlich und etwas steif, lehnte er, dem Feste in eigener Person zu praesidieren, auf dem Paradebett, umrahmt von Paravents, deren Brocat, venezianisch rot, sich vorteilhaft von dem waldgrünen Damast der Tapete abhob. Die hohen und prächtigen Türen funkelten von Gold, der Baumeister hatte daran so wenig gespart wie an den kostspieligsten Schnitzereien – machten doch sie erst das Gold zu dem, was es war: zu einer stolzen und gelassenen Demonstration des Kunstverstandes, zur Selbstdarstellung des in aller Verschwendung überlegen planenden Geschmackes, zur Augenweide und Lustplantage. Und wie bereitwillig kam es seinen Functionen nach, das Gold, einen Ocean von Licht hin und her zu werfen, mit ihm zu spielen, ihn zu spiegeln, ihn zu brechen! Denn das Alles – die tausend Kerzen, auf Lüstern und Wand-Armen symmetrisch gereiht, tausend Cristall-Prismen, jedem Lufthauch anmutig ergeben, auf der Tafel die weißen Couverts, geschweifte Porcellan-Leuchter und figürliche Gruppen, aufsteigend aus dem Rosa von Blumen, die sich um Teller und Gläser und silberne Bestecke rankten – das Alles, indem die Flammen sich leise im Windzug bewegten, funkelte auf das Wunderbarste in und durch einander, eine einzige, glitzernde Conversation.
Nein, man ließ sich durch so düstere Phaenomene da draußen nicht schrecken, selbst noch abnormere Anstrengungen einer unfreundlich gewordenen Natur hätten keinen der Eingeladenen abhalten können, dem süßen Kitzel zu folgen, den zwei Sensationen zugleich ihrem Nerven-System mitteilten. Den Göttern Tort anzutun, war wohl schon Kitzel genug; nun aber, im Vorsaal, unter Scherz und Geplauder, fühlte man sich von Neugier schlechthin zerrissen: Neugier einerseits auf den großartigsten Botschafter, den man jemals erlebt – Wenige hatten ihn erlebt, er war ja ein homo novus auf Myrrha – und den man durch die geöffneten Türflügel, am Ende einer Gasse von bestickten Livreen, in tadelfreier Haltung sterben sah; Neugier andererseits auf Otello, den Mohren, den ruhmbedeckten Admiral der venezianischen Flotten. Don Diego di Otello, Gouverneur der Insel Cypern, General-Lieutenant der Republik in den Gewässern des Orient und Kaiserlicher Majestät Feldmarschall – dies seine Titel – ein wahrer Fürst der Wogen! und ihn sollte man versäumen, nur weil es der Erde beliebte, schlechtes Theater zu spielen? Es hieß, der Seeheld gefalle sich in etwas robusten Ma-

nieren, er sei nicht gerade das Feinste vom Feinen, Dieser und Jener kannte ihn, doch Herr v. Gheotta, des Königs gewesener Hofnarr, wußte die Besorgnisse, vornehmlich der Damen, schnell zu besänftigen. *Herr* v. Gheotta, jawohl . . Don Pasquale di Alberoni-Gheotta, wie er sich neuerdings wieder nannte, er machte die Honneurs, die Uniform eines Botschaftsrates zierte ihn bedeutend, und als habe er dies von Jugend auf getrieben, so übte er, in vollkommener Distinction, seit einigen zwölf Stunden die Stellvertretung seines mit dem Hinscheiden beschäftigten Herrn aus. Wollte er Botschafter werden? über die Leiche des noch nicht einmal gestorbenen Chefs hinweg? Freilich, es waren die Alberoni eine sehr vornehme Familie, mit den Sinigallia verschwägert, mehrfach obendrein, mit den Tiepolo, Dandolo, Loredan, sie gehörten zum engsten Kreise der Oligarchen, da brauchte man durchaus nicht vom Fache zu sein, in Windeseile erklomm so ein Buckel, weil tatendurstig, den Rang von Bevollmächtigten Minister-Residenten, denn seit dem Eintreffen der Taube, welche die Kunde gebracht, daß jener gehörnte Ehemann nicht am Duell verstorben, sondern nach einigem Siechtum genesen sei, war in dem Weisen die Wunde der Eitelkeit aufgebrochen, die schmerzte nicht wenig, und Don Giovanni, zu seinem Teil, kümmerte sich weder um Schicklichkeit – sie hätte ihm verbieten müssen, einem Schellenkönig die Carrière, einem Schnabelschuh das Avancement zu öffnen –, noch störte er sich an möglichen Entscheidungen einer hohen Signoria, die über die Nachfolge vielleicht anders verfügen würde, wenn man sie fragte. Don Giovanni, niemand konnte es leugnen, war eine ausnehmend eigenwillige Persönlichkeit, bis zum Letzten, bis zum Momente, in welchem er seine Seele Gott befahl. Und wieder warf man einen langen Blick der Bewunderung auf den fernen point de vue, den hellblauen Granden der Serenissima, ganz dort hinten am Ende des Saales . .

Wo aber blieb nun der Seeheld, der Fürst der Wogen? tilgte er noch, in allzu ausgiebiger Toilette, die Strapazen der Überfahrt aus einem Antlitz, das, wie böse Zungen behaupteten, zu matt gebräunt war, um nicht den Eindruck zu erwecken, als sei es einfach schlecht gewaschen? Frau v. Lambda behauptete es, die verabschiedete Hofdame der vermutlich toten Prinzessin, sie erschien sans gêne zu dieser Festivität, legte sich keine Zurückhaltung auf und beschrieb maliciös, wie altväterisch doch der große Mann sich trage: saffianlederne Stulpen, vorgestrig, einen Brocatrock, dunkelrot, unter dem Gürtel breit ausladend, unmöglich mit einem Wort, Schädel wie ein Bullenbeißer, das Haar coiffé à la brosse, ein Borstentier sozusagen, ein Kinderschreck, ein Nußknacker mit gewaltigen Kiefern. Sie wolle zwar nicht leugnen, daß er ein Held sei, ein Held durch und durch, aber wenn er lächle, erscheine rosiges Zahnfleisch in einem Gesicht von Chocoladen-Pudding, es sehe ungehörig aus . .

So sprach sie, die Dame, und dann verschluckte sie sich. Fröhlich und lärmend trat der Geschilderte in den Salon, wo eine summende, angeregte, erwartungsvoll sich drängende monde sogleich mit wahrer Bestürzung zu schweigen begann, quasi vor seinem Ruhm auf die Kniee sank. »Buona sera!« verkündete er kurz und imperatorisch, schon war er vorüber, man sah seinen Nacken, der wuchtig aus dem vorbereitenden Massiv der Schultern aufstieg, und glaubte es nicht, daß solch ein Älpler sich auf den Planken des Flaggschiffes, bei Sturm, Seeschlacht und Wogenbraus, mit der gebotenen Wendigkeit sollte bewegen können. Pasquale, der Narr, umflatterte ihn: »Darf ich Herrn General bitten . .«, und auch ohne dies hätte Don Diego mit angenehmer Selbstverständlichkeit die Tête der Hereinströmenden genommen, die er gut um Hauptes Länge überragte – um welchen Hauptes Länge! Ein Gebirge verneigte sich unter dem Architrav der Entrée, während der Botschafter, am anderen Ende des Saales, die wohlgeschnittene, schlanke Hand erhob, um müde zurück zu grüßen. Und hier, ehe er sich neuerdings in Bewegung setzte, lächelte der Coloß sein mit Spannung erwartetes Lächeln, das, in der Tat etwas ungehörig, hinter dem nußfarbenen Teint der Wangen ein rosiges Zahnfleisch sehen ließ und aus schneeweißem Gebiß erfolgte.

»Buona sera, Eccelenza!« rief er, überquellend von Herzlichkeit – ein Tubastoß, der den Leidenden nahezu in das Jenseits beförderte –, und gleich einer Fregatte stampfte er durch die spiegelnde See des Parquettes, um dem Botschafter, mit zerschmetternder Kraft, die Hände zu schütteln.

Don Giovanni litt. »Piano, piano«, konnte er noch flüstern, »maresciallo«, dann verließen ihn die Sinne.

Der Feldmarschall erschrak, so hatte er das nicht gemeint, es war ihm recht peinlich. »Eine Ohnmacht hat ihn angewandelt«, sagte er erschüttert, »was nun?«

– »Eau de Cologne«, entschied Gheotta, und so geschah es.

Don Giovanni, aus dem Jenseits zurückkehrend, schlug die Augen auf, die schönen, blauen Augen, die voll Ironie und zärtlicher Untreue in die Welt blickten. »Scusate, amico«, sagte er gewinnend,

»ich bin ein wenig blessiert. Pasquale, Sie übernehmen wohl die Honneurs .. Zu Tische. Marschall, wollen Sie gütigst zu meiner Rechten ..«

Der Feldmarschall wollte. Man servierte ihm als Erstem, denn er war es, nachdem die Majestäten, begreiflicher Weise, die Einladung in den urbansten Formen zurückgewiesen und auch die Prinzessin sich, da verschollen, nicht wohl hatte einfinden können. »Es war abenteuerlich«, verkündete er mit seiner gewaltigen Stimme, der Stimme eines Befehlshabers, während die Hände, nicht ganz amusische Hände, den Schlegel eines vergoldeten Pfauen zerlegten, dem noch soeben, bevor er tranchiert wurde, lebende Ortolanen entflogen waren, »abenteuerlich im höchsten Grade. Ich empfing Ihr Billet, Don Pasquale – wo ist er? – ah, dort unten .. Hören Sie, Don Pasquale!«

– »Piano, piano, maresciallo ..«

»Ma parlo piano, Eccelenza!«

– »No, parlate con tutta forza ..«

Und Don Diego versuchte pianissimo zu sprechen, obwohl es schwer fiel. Er verzichtete sogar darauf, Don Pasquales Ohr zu erreichen. »Ich empfing dies verteufelte Billet .. Herr v. Legua auf dem Fuße zu sterben .. die Erde bebt .. ein verläßlicher Wundarzt von Nöten .. ha: Blitz und Wetterschlag, bei uns war das schönste Sonnengefunkel, der Pfau ist ausgezeichnet, und ich befahl das ganze Geschwader. So segelten wir bei gutem Winde dahin, aber als wir auf der Höhe von Rhodos Curs Westsüdwest nahmen, kam Sturm auf, ein Stürmchen erst, dann immer stärker, immer wilder, immer bösartiger. Poseidon und die Seinen bliesen aus vollen Backen, wunderbar dieser Pfau, delicat, köstlich, wir wurden abgetrieben, die Sonne schien, die Wogen türmten sich, und fern am Horizonte sahen wir, da wo Myrrha liegen mußte, eine extravagant kohlpechrabenschwarze Gewitterfront über dem Meere lagern. Schon war Anaphe in Sicht, heda, lauf Er mir doch nicht immerfort davon, heda, Lakai! als achteraus ein ansehnlicher Flottenverband aufkreuzte, und was glauben Sie, wer es war: die gesamte Streitmacht von Samos. Auf dem Flaggschiff wehte der Stander des Königs. Wir jagten ihm eine Breitseite vor den Bug, und der Kerl, ja selbstverständlich will ich noch Sauce, der Kerl, ich kann nicht an ihn denken, ohne meine Galle zu strapazieren, hat nicht einmal Contresalut gewagt – er drehte ab. *Er drehte ab!* Na also, nun noch etwas Wein, kurz und gut: so pirschten wir uns von Ost zwischen widrigen Böen an Eure vermaledeite Insel heran« – in der Tat, er sagte: »isola maledetta«, einigen patriotischen Damen blieb der Bissen im Halse stecken, die Tafelrunde erstarrte – »pardon, jawohl, gieß Er nur ein, aber es wollte uns, zum Henker, nicht gelingen, wir gerieten unter die schwefelgelben Ränder Eures Taifuns, und – weiß der Teufel, warum – es war plötzlich ganz windstill, wir machten nicht mehr zwei Knoten in der Stunde, eine verflixte Zuckelei. Ja, natürlich, Signora. Da dachte ich mir, was dem Himmel recht ist, muß dem Löwen billig sein, ich beteiligte mich an dem Seegewitter, das zwar im Augenblick, als ich zum Gruß an Eure tollgewordenen Götter die Canonade gegen die Luft eröffnete, noch nicht donnerte, aber donnern sollte, denn ich wollte dieser Luft zeigen, daß Otello nicht mit sich spaßen lasse, sondern Fahrwind wünsche. Außerdem – tausend Dank, nein, es geht ihr glänzend – außerdem konnte es ja nur vom Guten sein, wenn Eure Myrrhonesen glaubten, es geschehe als Antwort auf das Attentat, und ein wenig Angst bekamen, wie, keine Angst gehabt, meine Gnädigste? Nachdem wir uns solcherart an die fünfzig Minuten bombardiert und contrebombardiert hatten und es zunächst einmal vom Himmel goß, daß es seine Methode hatte, gefiel es dem aufgeregten Element, zu Kreuze zu kriechen vor mir, der ich mit Lust meinem Berufe oblag, wir erreichten den Sog, er hätte uns bald gegen die Küste geschmettert, sodaß ich nach allerlei manovere mich entschließen mußte, das Débarquement mit nur drei leichten Corvetten auszuführen. Wie man das macht? Oel, schönes, dickes Oliven-Oel, fässerweise auf die See gegossen und dann hindurchgesegelt. Ja, billig ist das nicht, aber wer fragt nach Recht und Billigkeit bei Kriegsflotten! Die Flotte .. ein Luxus-Instrument, das Perlencollier der Großmächte, nur noch gefährlicher. Nein, Sie sind zu reizend, gefährlicher als ein Perlencollier kann nichts sein .. Sie müßten halt sehen, wie der Staat Oel aufbringt, das wäre doch einmal eine lohnende, wirklich anthropophile Aufgabe für Banquiers und Minister, und ich gestehe, dieser Seitengedanke war es eigentlich, der mich bewog, mein ganzes Geschwader zu befehlen, für mich hätten ja auch ein paar Brigantinen genügt oder ein Ruderboot, Sie glauben das nicht? Signora, Sie wären nicht die Erste, die den Mohren trockenen Fußes, bei Sturm und Seegang! aus einer offenen Jolle steigen sähe. Wie belieben? Nun, an zweitausend Menschen könnte ich wohl aus Myrrha davonschaffen, es sieht ja nicht nach dem aus, als sollte diese Abnormität demnächst ihr Ende finden. Was meint Ihr, Excellenz?«

Aber Excellenz war totenbleich, und als Otello seine Hand ergriff, indem er Ragoût Ragoût sein ließ und das Mundtuch hinter sich warf, da war sie kalt und schlaff. »Don Pasquale!« rief er mit seiner Donnerstimme, »Don Pasquale!!«
Man sprang erschrocken von den Sitzen, Alles drängte sich um das Sterbebett, Alles empfand jäh die Hinfälligkeit des Vollkommenen in der Welt – das schöne Fest! Ob er nun endgültig hinüber war, der Botschafter? Man glaubte es noch nicht recht, obwohl er so unsympathisch fremd in den Kissen ruhte. Voller Mißtrauen verfolgte man die Manipulationen Gheottas, der sich, auf dem Puncte, selber eine Excellenz zu werden, zum Interpreten der allgemeinen Zweifel machte, indem er Don Johanns Stirn – die Stirn war eisig –, Don Johanns Puls befühlte – der Puls schlug nicht mehr – ja, sogar eine Kerze vor das Gesicht des voraussichtlich Toten führte. Und man versuchte, den Atem festzuhalten in der Brust . .
Dann ward es Gewißheit: dies männliche, starke und heftige Leben war auf immer dahin.
Es wurde sehr still im Saal. Der freundliche Gönner . . tot. Und nicht einmal die Augen konnte man ihm, wie versprochen, mehr zudrücken, denn diese Augen, in deren bläulichen Senken nun schon die schwarzen Schatten des Abgrundes lagerten, hatten sich, als die Ermattung kam, von selber geschlossen, inmitten der Lichterpracht. So begnügte Gheotta sich, zu nicken, es war ein definitives Nicken, und ging, während Otello nach dem Wundarzt verlangte, der dem Geschwader attachiert war, mit langsamem, undiplomatisch erschüttertem Schritt hinaus, es war auch höchste Zeit, sich umzukleiden, denn nun galt es, letzten Pflichten nachzukommen – diesmal als Abbé.
Ein vielseitiger Mann.
Kaum aber hatten die Responsorien begonnen, an denen die ganze Tafelrunde – geniert, weil in Ball-Toilette, und verstört ohnehin – sich murmelnd beteiligte, so ward, am Ende des Saales, die große, vergoldete Flügeltür aufgerissen, der Ceremoniar der Botschaft verkündete: »Sua Eccelenza, il capo del governo Reale!« – und herein schritt, von Alter an die fünf und fünfzig Jahre, auf dem Haupt eine pompöse Allonge, die allmächtige Gestalt des Grafen Godoitis.
Er schritt, indem er gemessen nach rechts und links grüßte, auf die höchst öffentliche, höchst großartige Scene zu. »Man stirbt?« fragte er mit seiner gleichsam geborstenen, harten und wasserhellen Stimme.

– »Don Giovanni ist bei seinen Vätern«, entgegnete der Vielseitige und unterdrückte nicht ganz den Vorwurf, der ihn am Platze dünkte.

»Bei seinen Vätern?« rief der Minister mit Schärfe. »*Ach was!* Man stirbt nicht, wenn eine Königliche Prinzessin im Begriffe steht, ihren erhabenen Besuch abzustatten. Sagen Sie das der Excellenz des Botschafters.«

Don Pasquale sagte es.

Da, in der Tat, schlug Herr v. Legua noch einmal die Augen auf, die schönen, blauen Augen, in denen der Tod schon Umschau gehalten hatte trotz aller zärtlichen Untreue, und äußerte, voll skeptischer Ironie: »Mir scheint, hier findet eine Gebets-Stunde statt.«

XVII. Capitel

Man tanzte.

Die Musik spielte, die Kerzen brannten, die Paare schritten gegeneinander, verneigten sich, Hände lagen in Händen, Augen ruhten in Augen, Atlas-Schuhe beschrieben ihre Figuren auf dem Parquett, die Lippen bewegten sich in artigen Gesprächen, bebten in zarten Confidenzen, vergessen waren Unheil, Tod und Verderben, vergessen Alles außer der Schönheit wundervoller Damen und wundervoller Roben, glänzender Cavaliere und glänzender Rockstickereien. Man tanzte, der Gastgeber wünschte es so, und man selber wollte es. Ach, man verstand ihn so gut, den Sterbenden, der von der Süße des Lebens Abschied nahm. Man verstand seinen Haß auf das Schicksal, seine wilde Hingabe an diesen letzten Schimmer von Welt, den man ihm tanzend darbrachte. Und hin und wieder, bei den leiseren Klängen einer Chaconne, einer Gigue, einer Réjouissante, horchte man, über den Scheitel der Damen hinweg, flüchtig nach jenem Cabinett hinüber, in welchem der Feldscher des Mohren Don Johanns Wunden betrachtete. Man hoffte im Stillen – so seltsam sind die Menschen –, man würde ein Stöhnen hören, ein Schreien, und wäre es nur ein Einziehen der Luft durch die Zähne, man hoffte es zu erleben, daß dieser beherrschte Mann die Gewalt über den Schmerz verlor, daß er sich einmal gehen ließ .. ja, man hätte es ungehörig gefunden, wenn er nicht endlich doch sterben würde. Um so heller mußte das Leben strahlen für diejenigen, die es behalten durften, es war ihnen das schuldig zum Ausgleich dafür, daß es den schönsten Cavalier des Jahrhunderts aus ihrer Mitte nahm ..

Aber man horchte vergebens. Die Violinen fiedelten, Celli und Contrabässe mischten gewaltige Passagen darunter, Pauken und Cimbeln plauderten auf das Anmutigste mit Hörnern, Oboen und Flöten, und dazwischen eilten die Galonierten, Sect in cristallenen Kelchen zu reichen.

– »Sie armer Mann«, murmelte der Arzt und wusch sich die Hände. »Champagner für Seine Excellenz«, befahl er dem aufwartenden Diener, der das kunstvoll getriebene Becken hielt und sich nun eifrig entfernte, denn der Anblick des vielen Blutes hatte ihn erbleichen gemacht. Der Chirurg wandte sich zurück zu seinem Patienten. »Das Herz ist schwach«, sagte er. »Ich verstehe nicht, wie Sie auch nur drei Tage haben leben können mit diesen entsetzlichen Blessuren.«

Der Botschafter biß die Zähne aufeinander, während man ihm den Frack wieder anlegte. Er blickte angestrengt auf eine Relief-Gruppe in den Wandungen des Camins, dessen Flammen unruhige Lichter und Schatten warfen, und siehe, es war Diana, die grausame Göttin, die in der Haltung einer Königin zuschaute, wie ihre Hunde den Actaeon zerrissen. Dann schickte er die Lakaien hinaus, den General zu suchen. »Ist keine Rettung?« fragte er kühl.

– »Keine«, bestätigte der Arzt.

»Können Sie mir das Leben um dreimal vierundzwanzig Stunden fristen?«

– »Nein, Excellenz. Die Macht des Menschen und seine Kunst haben hier längst ihre Grenzen überschritten. Ihr Herz ist ungewöhnlich stark und gesund von seiner Natur her, aber es kann nicht mehr leben, es ist so schwach geworden, daß es in einigen Stunden aufgehört haben wird zu schlagen. Wenn Gott Ihnen das Dasein nicht fristet – ich kann es nicht.«

»Verstehen Sie«, sagte der Botschafter, »es ist nicht um *mich,* ich habe nichts mehr von dieser Welt, vielleicht noch den Abglanz hinter den Türen. Ich möchte dem Mörder den Triumph nicht lassen, das ist es, non voglio lasciare il trionfo a questo trucidatore.«

– »Excellenz selbst füsilierten ja Ihre Mörder – wo wäre da ein Triumph?«

»Dieser Mörder, Signore, lebt noch. Er soll nicht sagen können, ich sei durch seine Hand gestorben. Eine andere Hand .. wird es vollbringen. Geben Sie mir dreimal vierundzwanzig Stunden.«

– »Champagner, Excellenz.«

Und der Ball nahm seinen Fortgang. Soeben tanzte man ein Rigaudon – als die Türflügel sich auftaten. Der Ceremoniar erschien. Dreimal stieß er den kugelgekrönten Stab auf das Parquett, dreimal öffnete er den Mund, um den Namen des späten Gastes zu nennen, dreimal versagte ihm die Sprache den Dienst. Ein Schreck sondergleichen hielt ihm ersichtlich die Kehle zu. Unbegreifliche Pflichtversäumnis! Der Minister persönlich, indem er das Sectglas heftig auf einen Guéridon setzte, beeilte sich, sie wett zu machen. »Ihre Königliche Hoheit«, rief er mit Force, »die Prinzessin!«

»Aah«, sagte der Held der Wogen, und Alles ging in beklommene Verbeugung.

Am Ende des Saales stand die Prinzessin Danae, tief ernst, tief schwarz gekleidet, ein lebendes Lichtermeer! Geisterhaft bläuliche Flammen wiegten sich auf dem Haar; um den Reifrock, wie ein Feuerkreis, schwebte Irrlicht neben Irrlicht; durch den Raum wehte eisiger Luftzug; Kerze nach Kerze verlosch.

»Schließ Er doch die Tür!« befahl der Graf schneidend.

Die Lakaien gehorchten, das Wehen hörte auf.

Bleich und geringschätzig, wie neulich, als man den Botschafter niederstach, schritt der Kgl. Myrrh. Premier, durch eine lange Gasse schweigender Menschen, der Thronerbin entgegen. Es wurden keine Complimente gewechselt. Er empfing ihre Hand in der seinen – verneigte sich – einladende Geste der Linken . . und während man freier zu atmen wagte, führte er den erhabenen Besuch, mit durchaus gemessener Würde, zu einer Möbel-Gruppe, die an der Längswand die Mitte einnahm. Dort, ungeachtet feuriger Phaenomene, ließ Otello sich vorstellen, indem er so rücksichtsvoll, daß er unmöglich amusisch sein konnte, die Luft über den Fingerspitzen der Dame küßte.

– »Welch charmantes Elmsfeuer, Königliche Hoheit!« rief er aus. »Gestatten Sie mir, einem Seemann, dem solche Dinge geläufig sind, den ersten Tanz.«

Er war ein Held durch und durch, doch wenn er lächelte, so erschien rosiges Zahnfleisch in seinem gebräunten Antlitz, und bei einem Mohren, man mußte es zugeben, sah es ein wenig ungehörig aus.

»Ich möchte nicht tanzen«, sagte Danae, »es ist mir nicht danach zumute. Aber nehmen Sie doch Platz, plaudern wir . .«

– »Königliche Hoheit sind in Schwarz, sind in Trauer, ich verstehe das, Sie haben Schweres erlebt, bei Gott, ich verstehe es.«

»Bei welchem Gotte, Don Diego . .«

– »O bitterer Sarcasmus, teuerste Prinzessin! Gibt es einen Zweifel an der ehrwürdigen Dreifaltigkeit?«
»Ich habe Anlaß, daran zu zweifeln, General.«
– »Königliche Hoheit sollten sich ein wenig erholen. Trauer zerstört, dies ist eine stichhaltige Erkenntnis der Weisen. Ein Luftwechsel, eine andere Atmosphaere, ein milderes und freundlicheres Clima als das hiesige, das sich im Augenblick wenig liebenswert beträgt .. Ich proponiere Ihnen das, warum sollte nicht die Prinzesssin des Regierenden Hauses den Anfang machen, denn wir gedenken, etwa zweitausend der Unglücklichsten schon morgen außer Landes zu bringen.«
Danae schüttelte leicht den Kopf. »Wo ich bin, da ist das Verderben«, sagte sie. »Ich würde das Wetter nur mit mir ziehen. Und Sie sehen« – ihre Hand vollführte eine hoffnungslose Bewegung –, »ich bin gezeichnet. Aber warum spielt die Musik nicht? Man soll sich nicht stören lassen ..« Damit winkte sie dem Capellmeister, eine Bourrée hob an, man war wieder im Element der Freude.
Derweilen trat aus dem Durchgang zum Cabinett der Feldscher und suchte mit seinen Blicken den Saal ab. Otello befahl ihn herbei, worauf die Prinzessin ihn ins Gespräch zog. Er selbst, da der Botschafter nach ihm verlangte, entschuldigte sich.
Gleich einer Fregatte stampfte er dahin, an ihren Masten flatterten Ruhm und Sage.
»Haben Sie Ihr Testament gemacht, mein armer Freund?« fragte er fast fröhlich.
– »Piano, piano, maresciallo. Wie nett von Ihnen, mir so deutlich zu sagen, daß ich mein Leben verloren habe.«
»Ja, wissen Sie, Giovanni, ich bin General, da sieht man das Sterben mit kühlen Augen an. Wir verteilen den Tod ja quasi, wir halten ihn für ausgesprochen normal.«
– »Ich weiß, Don Diego .. ich ängstige mich auch nicht. Aber ich habe so gern gelebt.«
»Vielleicht, mein Freund, ist noch Rettung, wenn wir Sie nach Cypern bringen. Die Luft hier ist ja wahrhaftig zum Umkommen. Wir werden Sie einschiffen, wie denken Sie darüber?«
Herr v. Legua schüttelte leicht den Kopf. »Wo ich bin«, sagte er, »da ist das Verderben. Ich würde das Wetter nur mit mir ziehen.«
Dieser Ausspruch erheiterte den Mohren über die Maßen. Er entblößte nahezu alles Zahnfleisch und lachte aus seiner vollen Natur so übergewaltig, daß ihm die Kinnladen bebten. »Ausgezeichnet!«

rief er unter Tränen. »Genau das Nämliche sagte mir soeben die Prinzessin. Also auch Sie, mein armer Freund, wie spaßig – und wem gilt das Verderben nun in Wirklichkeit?«

Don Johann schloß die Augen, eine Woge von Schmerz zerfurchte seine erblassende Stirn. »Holen Sie die Prinzessin«, bat er, »ich möchte sterben.«

»Welche Zusammenhänge!« rief der General. »Sterben Sie, wenn Sie die Prinzessin sehen?«

– »Ja, Don Diego. So ist es ausgemacht. Ich lebe, bis ich sie sehe, ich sterbe, wenn ich sie sehe, und jetzt möchte ich sie sehen.«

»Sie sind ein stolzer Mann, Giovanni. Aber haben Sie Ihr Testament gemacht? Wer wird Sie beerben?«

– »Gheotta.«

»Wie?«

– »Gheotta. Er war mir ein Freund, und ein treuer Freund dazu, ein hilfreicher . .«

»Gheotta . . è una questione di gusto. Mag er erben, das ist Ihre Sache. Wer dagegen soll Ihre Nachfolge übernehmen? Die Republik ermächtigt mich, in solchen Fällen nach Lage der Dinge zu entscheiden. Ich habe die Vollmachten, aber ich sehe nur mediocre Köpfe. Ihren Vorschlag . .«

– »Gheotta«, wiederholte der Botschafter.

»Come?«

– »Gheotta. Sie hörten richtig, Marschall. Er ist der Einzige. Ein majorer Kopf . .«

»Ah! Che gusto estremamente personale! Credete in effetto?«

– »Es ist mein Credo und mein Amen, Don Diego. Er kennt die Absichten meiner Politik, er ist ein kluger, ein unabhängiger, ein verschlagener Geist, und er war der Narr dieses Hofes, vergessen Sie das nicht, er kennt die Geheimnisse der Alcoven . .«

»Hören Sie, das ist ein starkes Stück.«

– »In nessun modo. Diesem Hof kann man Alles zumuten, Venedig kann es, Venedig braucht man, und hier, Don Diego, nur hier liegt jetzt unsere Stärke, hier ist der Hebel, der uns Aegypten aufschließt, hier der Riegel, der uns den Türken vom Leibe hält. Versprechen Sie mir, Don Diego, daß Sie Don Pasquale zum Minister machen werden. Er wird reich sein, er wird auftreten können, er weiß mehr, als dieser Hof ahnt . . Man fürchtet ihn. – Was gibt es, mein Herr Feldscher? Wollen Sie mir doch noch das Leben verlängern?«

– »Zu Diensten, Excellenz«, erwiderte der Arzt. »Ihre Königliche Hoheit hat befohlen, die Augen Ew. Excellenz zu bedecken, sie will erst dann hier erscheinen. Darf ich veranlassen, daß man die Tücher serviert, auf Eis .. wir erreichen damit angenehme Linderung des Schmerzes.«
Der Botschafter lächelte melancholisch. »Nichts von Sterben also ..« bemerkte er und schloß in Erschöpfung die Lider. »Nun gut, ich füge mich. Gehen Sie nur.« Er wartete, bis er hörte, daß die Schritte sich entfernt hatten. »Sie dürfen mir glauben, Don Diego, in zwei Minuten ist es vorüber. Denn selbst, wenn die Schöne den Mut nicht aufbrächte: ich zittere nach dem Wiedersehen. Daß einem alten Galan dergleichen zustoßen konnte! Maraviglia ..«
Und der Ball nahm seinen Fortgang. Die Haut der Damen blühte, in ihren Augen leuchtete das Feuer der Jugend, Verlocken und Gewähren, Gewährenwollen und wieder Verlockenmüssen. Man brauchte kein Feldmarschall zu sein, kein rotes Brocat-Gewand und kein vergoldetes Damascenerschwert zu tragen, man mußte nicht von draußen kommen, von der tobenden See und aus der düsteren Untergangsnacht, um zu spüren, wie dieser Adel, ungebrochen in seiner Kraft, gegen Gott und alle Teufel zu sich selbst stand. Die Paare schritten aufeinander zu, der Champagner perlte in den Gläsern, er rann aus den Kelchen über die plaudernden, schweigenden, scherzenden Lippen, er stieg als Geist wieder aufwärts in den Adern, beseligend und lähmend zugleich, und süß wie die Sünde. An der Wand aber, in der Mitte der langen Wand, auf zierlich geschweiftem Möbel, sah man, so oft der Anstand einen verstohlenen Seitenblick erlaubte, die Prinzessin einsam an ihrem Sectglase drehen, sah man die bläulichen Flammen, die das weiche, etwas widerspenstig sich scheitelnde Haar einer in Trauer – man beklagte es – ungesellig versinkenden Jugend umspielten.
Ja, sie war ungesellig – das feurige Diadem isolierte sie vollends. Dabei hatte man niemals vorher deutlicher empfunden, bis zu welchem verstiegenen Grade ihre Schönheit alles Vergleichbare unter sich ließ: aphrodisisch mit einem Wort .. und bei aller Süße sehr abweisend. Aus der dunklen Umrahmung schimmerten die zart pfirsichfarbenen Tönungen ihrer Haut dermaßen wundervoll in den Saal, kühl und duftig wie Rosen-Marmor, der Ansatz des Halses, Schultern, Arme, Wangen und Brust, all die schwellenden Buchtungen, von unruhigen Lichtern und Schatten weich modeliert, daß zumindest die Herren sich, halb vergiftet von so viel Reizen, am lieb-

sten in Anbetung hingekniet hätten – aber sie wagten es nicht. Lag doch der höchste Zauber ganz in den Augen, und diese Augen, erfüllt von Wehmut, Unschuld, nachdenklicher Klarheit, diese Augen, leider, geboten Distance .. Worüber wohl dachte sie nach? das hätte man doch gerne gewußt!

Darüber, daß Gedanke und Geist die Essenz der Liebe sind .. und daß, wenn die Trennung, der Schmerz, die Aussicht auf ein ewiges Adieu hinzukamen, der Sterbende wohl fähig sein durfte, mit den Kräften des Willens den Untergang so lange hinzuzögern, bis das Wiedersehen ihm ein beruhigtes Scheiden gönnte .. Darüber, daß Don Giovanni, nur indem er noch lebte, ihr seine Liebe wortlos gestand, ein »Vi adoro« von entsagender Art, wie Musik war es zu ihr gedrungen in des Grafen Coupé, während der Wolkenbruch rauschend an den Scheiben herabfloß .. und indem er jetzt nach ihr rief, klang todverlangende Sehnsucht heimlich in all dem Lärmen des Festes mit, eine verzehrende Melodie, als bäte er flüsternd: dammi il paradiso ..

Hin und wieder aber, ganz selbstvergessen, blickte sie auf und sah, in den Figuren des Rondòs, all Jene mit discreter Betonung vorübertanzen, die von ihr etwas wollten und besorgt waren, sie möchte vielleicht einen Wink geben, Platz zu nehmen: Frau v. Lambda, die man davongejagt; Pasquale, den Narren, in zügelloser Verehrung; Marchese Continalto, praesentable Nachkommenschaft schon in Reichweite haltend; Otello, den bräunlichen Feldmarschall, mit höchst eloquentem Gesichtsausdruck um die Rettung des Botschafters flehend; den Minister mehrmals, aus wasserhellen Augen den suggestiven Befehl schleudernd »Gehen Sie töten!« – endlich den Arzt, der, zurückkehrend, sich durch die Gruppen derer hindurchwand, die hier, ohne Absicht scheinbar, flanierten.

Ja, man benachrichtigte sie, Herr v. Legua sei nun bereit; und diejenigen, die es hörten, glaubten ihn lächeln zu sehen, Cavalier noch im Tode, als es hieß, der Botschafter hoffe, sie werde ihm dennoch das Vergnügen bereiten, ihn jetzt sterben zu lassen ..

XVIII. Capitel

Admiral v. Borromeo, von befohlener Audienz beim Monarchen kommend, gab in der Entrée seine Einladung ab. Er verbot, daß man ihn ankündige, schlüpfte beweglich durch die mit Vorsicht geöffnete Tür und erspähte auf den ersten Blick die Prinzessin, die am

anderen Ende soeben den Saal verließ. Das Gerücht beruhte auf Wahrheit, sie ging in Flammen. Der zweite Blick belehrte ihn über die Persönlichkeit dessen, der ihr da nachstürzte: Otello, der Mohr. Mit dem dritten jedoch, da die Gasse, die ihr Abgang gebahnt, sich sogleich im Fluten des Tanzes verschloß, mußte er seufzend erkennen, es werde schwer halten, sie einzuholen, an die der königliche Auftrag lautete. Immer wieder den Curs ändernd, wozu die chassierenden Paare ihn leider zwangen, immer wieder behindert von fröhlichen Gästen, die ihn begrüßten, brauchte er gut seine acht oder zehn Minuten, um auch nur in die Nähe des Durchganges vorzudringen, durch welchen die hohe Verschollene entschwunden war. Immerhin erfuhr er bei diesen bruchstückhaften Conversationen, sie sei wohl zum Botschafter, der Botschafter liege auf den Tod, ernstlich, man habe ihn in das Leder-Cabinett verbracht .. und Borromeo, mit kurzem Händedruck, empfahl sich.
Da erfolgte neuerdings unliebsamer Aufenthalt. Der Löwe von Venedig trat aus dem Durchgang. »Ammiraglio!« rief er freudig, breitete die Arme aus und eilte mit fliegendem Damascenerschwert, den Freund zu embrassieren. »Don Diego«, erwiderte con sordino der Admiral, »grandissima gioia«, und dann schwoll es auf ihn ein: »Sie müssen mir helfen, mio caro amico, geraden Weges komme ich von Ihrer vermale- .. ich finde keine Worte, Ihrer Prinzeß, habe ihr vorgestellt, daß Herr v. Legua, wenn sie hineingeht, binnen Secunden den Geist aufgibt, Venedig braucht diesen Geist, und da Legua selber der Ansicht ist, er würde leben können, bis er sie wiedersieht, darf sie ihn eben nicht sehen. Ich habe ihr gesagt, Sie werden ihn doch nicht töten wollen, ich beschwor sie, bringen Sie ein Opfer, wir würden ihn nach Cypern schaffen, es handelt sich um einen ungewöhnlich bedeutenden Diplomaten, von der größten Wichtigkeit, durch Niemanden zu ersetzen ..«
– »Was«, warf Borromeo ein, »entgegnete sie?«
»Kein Wort fand sie für nötig. Von oben bis unten mich angeschaut hat sie –«
– »Erstaunt vermutlich ..«
».. und impertinent durch die Nase gepustet!«
Er schien gefährlich gereizt.
Der Admiral lachte. »Nehmen Sie es nicht tragisch. Sie meint es so böse nicht. Addio für jetzt, ich berichte Ihnen später, mobilisieren Sie indessen den Grafen Godoitis.«
Wieso starb der Botschafter, wenn die Prinzessin bei ihm eintrat?

Höchst rätselhaft .. sollte Liebe im Spiel sein? Bei einem ausgemachten Roué unwahrscheinlich. Beschleunigt durchschritt er den schönen Loggien-Porticus, der, unter umlaufender Galerie her, den Durchgang zur Spiegel-Rotonda öffnete, einem zierlich ovalen Vorraum. Es war freilich als sicher zu erwarten, daß sie längst, trotz compacter Démarchen, sich mit dem Botschafter besprach, sein eigener Auftrag demnach, vorerst, unbestellbar blieb.

Mitten in solchen Gedanken erstarrte er. In den Spiegeln sah er die Prinzessin stehen .. Sie stand mit dem Rücken zu ihm, ein tiefes Décolleté in schwarzer Umrahmung, atmend, sonst aber regungslos, quer über dem Scheitel sieben durchscheinende Flammen, über dem Parquett, rings um den Reifrock, ein weitgezogener Kreis von sicherlich einem halben Hundert Irrlichtern, und all dies wunderbare, zart bläuliche, geisterhaft fremde Licht vervielfältigte sich tausendfach in den geschwungen decorierten Facetten des Böhmischen Glases .. Ihr Auge weilte in unendlichen Fernen, die Hände bewegten sich rastlos ineinander, ein feuchter Schimmer lag auf den unruhigen Lippen, er sah die Brillanten glitzern an ihrem Mieder, und dann sah er, in den Spiegeln: die Prinzessin fixierte ihn.

»Haben Sie schon einmal getötet ..« sagte sie mit dunkler Stimme.

Der Admiral verneigte sich. »In der Seeschlacht beim Cap Valmarano, Königliche Hoheit.«

»Wie viele waren es, die Sie umbrachten?«

– »Zwei junge Officiere und zwei Bootsleute.«

»Mit dem Degen?«

– »Mit dem Degen, im Handgemenge ..«

»Fiel es Ihnen ein wenig schwer?«

– »Hinterdrein wohl, es war keine Zeit, zu überlegen.«

»Ich soll töten, weil ich liebe. Erinnern Sie sich, Admiral, daß ich immer das Außerordentliche herbeigesehnt habe? Jetzt ist es da. Was morgen von Ihnen verlangt werden wird, sagten Sie, darüber machen Sie sich keine Gedanken ..«

– »Sagte ich das?«

»Ja. Es läßt Sie gleichgültig, sagten Sie, was man von Ihnen denkt. Soll ich Ihnen verraten, wie man denkt? Ich habe vorhin recht gut das Flüstern gehört. Man verzeiht mir nicht, daß ich mit dem Botschafter allein war, vor einer Woche, man hat bereits einen Reim gefunden, warum ich, diese eine Woche, fortblieb; und indem ich hier erscheine, sanctioniere ich, was alle Welt für geschehen annimmt. Geschehen .. Als ich mit *mir* allein war, da ist etwas geschehen, bis dorthin war es Lappalie. Ich hätte nie geglaubt, daß ein solches Nichts, eine Erinnerung, sich dermaßen steigern und wandeln, das Herz so überwuchern kann – nur weil es gezwungen wird, aus dem Gewesenen zu leben und mit den Augen der Seele zu sehen . .«

– »Kann ich Königlicher Hoheit helfen?« fragte der Admiral nach einer langen Pause des Schweigens.

»Ja. Sagen Sie meinem Vater, es sei sehr liebevoll von ihm, daß er mir, unter all seinen Ratgebern, gerade Sie schickte, der Sie zu vornehm sind, mich in solcher Lage mit Ihrem Auftrag zu behelligen. Sagen Sie ihm, daß ein Sterben den Vorrang hat vor einer ceremoniösen Umarmung, er soll seiner Tochter ein gutes Angedenken bewahren.«

– »Was wollen Sie tun?«

»Hineingehen . . Töten . . Denn selbst, wenn ich den Mut nicht hätte: er wird das Tuch abnehmen. Dammi il paradiso . .«

– »Und danach?«

»Danach . . bringe ich mich um. – Sie dürfen mir Ihre Hand geben. Die Flammen sind kalt. Sagen Sie dem König, er möge es mir leicht machen. Ihnen aber, Admiral, möge Gott den Zartsinn lohnen, den Sie mir vielfach bewiesen.«

Admiral v. Borromeo trat hinter der Prinzessin bis nah an ihre Schultern und küßte die Fingerspitzen, die sie, ohne sich umzuwenden, mit Grazie emporhielt. Er verneigte sich knapp. In dem fernen Stimmengewirr des Balles hörte sie ihn, festen Schrittes, davongehen. Und leise, indem sie die Rotonda verließ, drückte sie den vergoldeten Türgriff nieder.

Das Cabinett war nur undeutlich erhellt. Eine tiefe Nische bildete den Eingang. Auf dem dunkel olivfarbenen Leder der Tapete brach sich, in geheimnisvollen Glanzlichtern, der Schein dreier einsamer Kerzen, die zur Seite des Diwans, ein beklemmender Vorgeschmack von Aufbahrung, in hohem Bronzefuß brannten. Einzig die Saalmitte zeigte scharf erkennbare Umrisse, alles Übrige verlor sich in trüben Schatten. Über das silberne Eisbecken hing eine lange und schlanke Hand herab, die Nägel sorglich poliert. Untadelig die Frisur, untadelig der hellblaue, bestickte Frack mit dem weißen, kostbar gekräuselten Jabot, lag Venedigs Minister unter ponceauroter Seide, mit dem Ausdruck moquanter Müdigkeit um die eingefallenen Wangen – die Haltung eines Herrn, der ein Herr blieb auch vor dem Letzten. Ein zusammengefaltetes Tuch bedeckte die Augen . . Schlief er? wachte er?

– »Sie sind gekommen, grausame Jägerin«, sagte der Botschafter spöttisch ins Leere.
Die Prinzessin ging langsam durch den großen Raum auf das Paradebett zu, wo sie melodiös Platz nahm. Sie legte ihm die Hand auf die Stirn, hinter welcher letzte Gedanken vibrierten. Es herrschte Abendluft in seinen Zügen, mit einer fröstelnden Ahnung von der Kälte der Nacht. »Giovanni«, sagte sie zärtlich, und dann küßte sie ihn leicht auf die Schläfen, der Duft ihres Halses war ihm nah.
Als er endlich sprach, geschah es mit fast unhörbarer Stimme. »Vi prego«, bat er heiser, »togliete questo fazzoletto dai miei occhi.«
Die Prinzessin umarmte ihn fester. »Nicht an den Tod denken«, flüsterte sie. »Es ist viel dunkler dort drüben als unter dem Tuch. Sie sollen nicht sterben ..«
– »Non deploratemi, Madonna. Che amore in questo mondo indifferente!« Die Prinzessin nickte. Welch eine Liebe in dieser gleichgültigen Welt.
– »Come un romanzo«, vollendete er skeptisch, »e pieno di ironia.«
Die Prinzessin richtete sich auf. »Ironie?« Sie war ehrlich erschrokken.
– »Ja, Diana. Ironie .. Das Sterben läßt von der Welt nicht viel mehr übrig als ein ironisches Bedauern. Vollbracht zu haben das Wenige, das man vollbringen durfte von dem Vielen, das zu vollbringen man angelegt war von der Natur, der Verschwenderin .. und dann dahinzuwehen wie ein Nichts, das kaum gelebt hat und dem Leben nicht übermäßig wichtig gewesen sein kann .. in tausend Menschen gelebt zu haben, sie noch einmal zu spüren, und dann .. Adieu .. und zu wissen, man wird vergessen werden .. glauben Sie mir: darin liegt viel Ironie. Vergessen .. welch ein Geschenk an die Menschen, die noch ein wenig bleiben dürfen.«
»Überschätzen Sie nicht die Süße des Lebens, Giovanni.«
– »O nein, Diana, ich habe es beendigt, ich will es nicht länger bemühen. Es hat sich ja erfüllt, es war süß bis auf die Neige, die immer bitter ist. Einmal hat es mich nach Ihrem Pantherfell gelüstet, und jener seltsame Botschafter einer anderen Welt nahm das zum casus belli. Eine etwas massive Diplomatie, mit der er mich da überschüttete. Aber ich gedenke nicht um Gnade zu betteln. Jetzt, an der Schwelle des Jenseits, weiß ich, daß eine Prinzessin mich adoriert und keinen Unterschied des Ranges mehr machen würde, wenn ich ihr sagte: datemi la Vostra mano ..«

Die Prinzessin nahm seine Hand in die ihrigen und legte ihre Wange darauf.

– »La Vostra svelta mano«, fuhr der Minister Venedigs träumerisch fort. »Jetzt, an der Türe, die aus dem Leben hinaus in das klare Nichts führt, weiß ich, was Liebe sein könnte – und kann sie nicht mehr kosten. Es ist Alles zwecklos geworden, und darum doppelt schön, doppelt mit dem Gifte der Skepsis durchtränkt. Ich eigne mich nicht zur Reue. Ich habe gelebt, wie ich zu leben wünschte, bin ganz zufrieden, daß es so hat geschehen sollen. Und ob es gleich ein wenig weh tut, Danae: der Schmerz, den wir ertragen haben, ohne zu jammern, der ist unsere Freiheit vor Gott. Aber nun ist es genug. Ich möchte nun vor diesen Herrn hintreten und ihm bezeugen: hier bin ich, ich, Giovanni Legua, Botschafter einer Macht, die Ja gesagt hat zur Welt des Menschen und nicht nach dem Lohne fragte. Ich habe gelebt in großen Verhältnissen, ich bin gestorben in großen Verhältnissen. Und wenn er mich zermalmt: ich werde die Erde nicht verraten an den Himmel. Hier auf Erden liegt unser Feld und unser Acker, und wenn er sie beben läßt bis an den Jüngsten Tag: mag sie beben!«

»Nein«, erwiderte Danae leise und atmete tief. »Er läßt sie nicht beben bis zum Jüngsten Tag. Er läßt sie so lange beben, bis ich ihm zu Willen bin.«

– »Sie ihm zu Willen .. und ich glaubte, er sei ein Gott. Die Menschen sagen, göttlich sei jene Liebe, die nach dem Leibe nicht verlangt – es ist wahrhaftig der Ironie noch nicht genug. Der Goldene Regen .. Also doch. Hat Ihrem Herrn Vater also doch richtig geahnt. Aber mögen die Götter nun nicht von ihren Canzeln predigen lassen, menschlich sei jene Liebe, die auf den Wolken dahinfliegt und bei den Sternen wohnt. Ich hätte das Zeug in mir, die Götter ad absurdum zu führen und selbst ein Gott zu sein, um ihnen zu zeigen, welcher Art Götter dem Menschen not tun. Nun will ich gerne gehen: denn die Partie ist ausgeglichen. Kämpft Ihr dort oben nur mit den Degen gekaufter Mörder, ich will es zufrieden sein, Euch waffenlos unter die Augen zu treten und dennoch nicht zu unterliegen, sarò contento. La pioggia d'oro – è ridicolo ..«

»Ja, Giovanni. Der Goldene Regen. Und das ist gar nicht zum Lachen. Ich wollte, ich dürfte statt Ihrer die Türe hinter mir schließen und diesem Allen Adieu sagen. Die Götter denken sich nichts dabei, auf die Seele eines Menschen, der das nicht ewig tragen kann, den Tod von tausend Unschuldigen zu laden und immer neuen Tod darauf zu legen, bis er sich endlich fügt, weil es zu viel wird, das anzusehen.«

– »O, man kann .. Sie werden es schon auch noch lernen. Und dennoch haben Sie ihn refusiert?«

»Woraus schließen Sie das?«

– »Ich bin nicht blind, Prinzessin. Glauben Sie mir, ich sehe Sie ganz gut, trotz des Tuches, das mir Ihren Anblick verwehrt. Sie sind so jung und schön – wäre ein Fleck auf Ihrer Seele: Sie hätten sich nicht zu mir herein gewagt. Ich spreche als ein Sterbender, für den es nur noch die Wahrheit gibt. Sie *sind* wahr, es ist kein Lügen in Ihrem Herzen. Soll ich Ihnen verraten, was Sie nicht wissen können? Gerade *solche* Herzen sucht das Schicksal auf. Denken Sie an mich, wenn ich tot bin. Ich hätte Ihnen gerne ein wenig leichter gemacht, was da an Schwerem auf Sie zu kommt. Aber im Grunde, Diana, ist es nur gerecht, daß ich gehen muß. Wer etwas geleistet hat, steht immer vor dem Tode und soll sich nicht verbinden mit Menschen, die vor dem Leben sind. Versprechen Sie mir, Alles ganz allein zu tragen, nie einen Ratgeber zu nehmen, und immer zu sich selbst zu halten, auch wenn Sie lügen müssen, denn das werden Sie.«

»Möcht ich doch nicht ..«

– »Oft werden Sie lügen. Ihr Beruf .. Aber lügen Sie nie als Mensch, ich bitte Sie. In keinem noch so schlimmen Augenblick – o .. perdono ..«

Er wurde schneeweiß.

Die Prinzessin legte ihm die Hand auf die Stirn, eine kühle und leichte Hand, die sie ihm entzogen hatte, als sie die pioggia d'oro mißverstand, und sie schwiegen lange. Dann sagte sie träumerisch: »Ich habe gelesen, das Gold sei die Sonne der Metalle.«

Und wieder versank sie in Nachdenken.

Aber plötzlich, als habe eine furchtbare Erinnerung sie gepackt, mit überwältigendem Ruck, stand sie auf, kerzengerade. »Ach, Giovanni!« rief sie verzweifelt, »ich *will* nicht mehr! ich kann das nicht mehr, diesen Zwang und diese Unfreiheit überall, dies Gemeine und Gewöhnliche, die Götter selbst sind ja nicht besser, was *soll* dann diese Welt! Wenn er mich haben wollte, warum nahm er mich denn nicht! Soll ich wieder und wieder nicht ich selbst sein, wieder und wieder bis zur Schande fühlen, wie ich nur da bin, Anderen zu gehören, wie sie befinden über mich, der Hof, der König, mein abscheulicher Beruf, das Volk, und jetzt auch noch Gott? und was, wenn ich nun doch unterlegen wäre? wenn ich in all diesem

Aufgebot von Lähmung und Gold und Zauber nicht Ihrer gedacht hätte? Was wäre denn, Giovanni, was wäre aus mir geworden, wenn Sie mich nicht hätten ahnen lassen, welch eine Macht das ist: zu lieben ..«

– »Setzen Sie sich wieder zu mir«, murmelte der Botschafter. »Danke .. Wollten Sie nicht das Außergewöhnliche, das Ungemeine und das Abenteuer?«

»Ich war so friedlos, Giovanni. Daß man sich nicht entfliehen kann! Daß man nur immer tiefer hineingerät in sein Schicksal! Aber in jener Stunde am Meer, da glaubte ich in den Sternbildern einen liebevollen und gütigen Plan zu lesen, glaubte noch an einen Weltenvater, der wohl auch mein Schicksal hielt und lenkte. Jetzt glaube ich nichts mehr. Oder halten Sie es eines Gottes für würdig, daß er die Freiheit eines Kindes – denn das *war* ich doch! – durch ein hinterlistiges Zauber-Kunststück vergewaltigt? Ja. Auf lauter zärtlicher Brise, schlafend, Giovanni! trug er mich in seine Grotte.«

– »Darüber müssen Sie gar nicht sprechen. Ich verstehe es Alles sehr gut, und er wird es recht poetisch gemacht haben. Die Unsterblichen können es sich leisten, splendid zu sein in ihren Mitteln, wir dagegen müssen die Sonne der Metalle mit einem Vermögen bezahlen.«

»Nun spotten Sie wieder, Giovanni. Darf ich daraus schließen, daß es Ihnen besser geht?«

– »Ich spotte nicht. Ich überlegte nur, welch ein Heimweh nach der Erde in diesen Göttern sein muß .. Und der ganze Himmels-Apparat nutzt ihnen nichts, ein kleines Menschenherz zu bezwingen, obgleich doch auch wir ein so verzehrendes Heimweh haben – nach dort oben. Verwunderlich ..«

»Verwunderlich?«

– »Ja. Verwunderlich, daß man trotzdem so an der Erde hängt und hierbleiben möchte. Ich denke mir, der Zauber war nicht menschlich genug – darum sagten Sie Nein.«

»Sagte? Giovanni: ich *schrie!* Es war ein tausend, tausendfaches Nein – und die Sphaeren-Musik verhallte, und der Goldregen löste sich auf, ein letztes, tiefblaues Licht zog durch die Gewölbe, und ich war wieder allein mit meinem gehaßten Leben. Dieses Leben .. Es ist wohl nicht so süß, wie Ihnen scheinen will. Sie lächeln. Aber lächeln Sie nicht, Giovanni: denn ich hatte bestanden.«

– »Das haben Sie«, sagte der Botschafter. »Und dann baten Sie Ihren Goldverschwender, er möge Sie zerschmettern.«

»Ja. Kommt es Ihnen pathetisch vor? Denken Sie, ich bin sogar eine Magd gewesen seither, aus freiem Wunsch – was sicher schlecht in Ihr ironisches Weltbild paßt. Meines ist dunkler. Und ich war es noch nicht gewohnt, die Natur gegen mich zu haben, wie ich es jetzt gewohnt bin . . Im Übrigen war es nicht mehr als eine Herausforderung, daß ich zerschmettert sein wollte, und sie war nicht mehr als gerecht, denn ich fand es ungehörig, wie er sich betrug.«

– »Was sind Sie doch für ein merkwürdiges Wesen«, erklärte Don Giovanni. »Romantisch und gefühlvoll, daß es nicht zu sagen ist, und dann wieder eine ganz maliciöse Person, die sich selbst verspottet. Und siehe, da bebte die Erde, und Sie wurden eine Magd – was für sprunghafte Entschlüsse.«

»Ja«, erwiderte Danae, ein Ja, das in seiner Kürze den Punct setzte. »Und jetzt werde ich gehen. Sie sind heute zu ironisch zum Sterben.«

– »Vielleicht, Prinzessin. Und vielleicht kann man gar nicht ironisch genug sein, wenn man gehen möchte, ohne Tränen zu hinterlassen. Täuschen Sie sich auch nicht, Diana: was Sie für mich empfinden, ist besten Falles die Ahnung von Liebe. Erschreckt Sie das? Ich sage es, weil es wahr ist, sage es an der Schwelle des Todes. Es wäre schon viel, wenn Sie den Menschen erkannt hätten hinter der Maske des Diplomaten. Der, den Sie lieben, wird eines Tages da sein, wenn Sie mich längst vergessen haben, ein Character, auf das Größte angelegt, ein ernstes und einsames Herz, das nach Ihrer ernsten und einsamen Seele verlangt. Denn in mir, meine Allerschönste, ist sehr viel Malice und gar kein Gefühl, zum Unterschied von Ihnen.«

»Das lügen Sie, Giovanni. Sie wissen ganz gut, daß Sie Ihr Gefühl nur verstecken unter einem Schleier von Skepsis und Spott und melancholischer Selbstverhöhnung. Gute Nacht.«

– »Wie grausam Sie wieder sind, grausam ehrlich . . Und was gedenken Sie nun zu tun?«

»Ich weiß es nicht. Ich weiß nur, was ich *nicht* will. Und was ich nicht will, ist: nachgeben.«

– »Das ist ein weiser Entschluß, Principessa, und ich rufe brava. Bravissima. So gefallen Sie einem Sterbenden. Erlösen Sie ihn bald.«

»Gute Nacht«, sagte Danae traurig und erhob sich.

In der Türnische sah sie den König stehen. Er stand dort in Dunkel und Dämmerung gegen die Tapete gelehnt, in deren Leder blinde

Ornamente gepreßt waren, hatte die Augen geschlossen und lächelte, wehmütig, tief und vornehm. Er streckte die Hand nach ihr aus, sie aber ging zögernd an ihm vorüber, wobei sie ihn anblickte aus Augen, in denen ein gewisses Erstaunen lag.
»Du hast mir nichts zu sagen, mein Kind?«
– »Nichts, was Sie nicht unterdessen schon wüßten, mein Vater.«
Und erhobenen Hauptes schritt sie hinaus in den Reigen des Balles, der selig sich selbst und die Welt belog.

XIX. Capitel

»Mein Herr,
es sind nun gegen vier Wochen vergangen seit jener Nacht, da Sie mit einem Antrag mich zu beehren die Güte hatten, dem ich, kindlich und nichtsahnend von meiner Natur, mich nie würde ausgesetzt haben, wären nicht die Formen, in denen er erfolgte, von so außergewöhnlicher Art gewesen. Ich werfe Ihnen vor, daß Sie als Cavalier sich in einer Weise betragen haben, wie Cavaliere unseres Zeitalters sich nicht betragen können, ohne gegen Stil, Geschmack und guten Ton zu verstoßen. Es war nicht vornehm gehandelt, sich in den Besitz von Vorteilen zu bringen, die Ihnen nicht geworden wären ohne Anwendung jener absonderlichen Mittel, die mich Ihnen für eine Minute ausgeliefert und meine Situation in höchstem Grade précaire gemacht haben. Wenn Ihnen ein voller Erfolg dennoch versagt blieb, so bedaure ich das für Sie, bin aber nicht willens, Ihnen erneute Audienz einzuräumen.
Sie wissen dies seit Langem, Sie haben mein unbedingtes und entschlossenes Nein, aber ich bemerke nicht, daß Sie Anstalten treffen, die Consequenzen daraus zu ziehen. Nicht genug, daß Sie mich selbst durch einen Cordon von Flammen umgeben, der mir lästig ist, weil er mich bei Hofe noch mehr isoliert, als mir lieb sein kann; nicht genug, daß Sie meinen Schlaf mit abscheulichen Träumen zu vergiften belieben und mich, meine Person wie meinen Besitz, täglich und stündlich mit den ausgesuchtesten Bosheiten, mit unerträglichen Repressalien verfolgen, so sind Sie noch am Abend des Ereignisses zu Methoden übergegangen, die aller europäischen Courtoisie und allen Begriffen von Göttlichkeit Hohn sprechen. Ich frage, warum, wenn ich bereits immédiatement nach der Zurückweisung Ihres Begehrens Ihnen ein vollkommenes und schrankenloses Opfer meines Lebens anbot, ich frage Sie, warum Ihr Zorn, anstatt auf

dieses Anerbieten einzugehen, seine Zuflucht zu einem allgemeinen Erdbeben nehmen mußte, welches uns Hunderte von Toten, nicht zu zählende Obdachlose und ungemessenes Leid gekostet hat. Ich frage Sie, ob der Wirbelsturm, der eine gänzlich schuldlose Stadt wie Potamikali vernichtete; ob die Springflut, die im Norden unserer Insel die Seefestung Santalba überschwemmte und das Fruchtbarste, was wir an Feldern hatten, ins Meer riß; ob die Hagelschläge, mit denen Sie unsere Ernten verwüsten; ob die reichlich übertriebene Brandung, die unsere Häfen demoliert und unseren Handel zum Erliegen bringt, da kein fremdes Schiff mehr die Insel anzulaufen imstande ist ohne kostspielige Verschwendung von Oel; ob der Untergang unserer schweren Linienkreuzer und der Königlichen Yacht mit ihrer ganzen Equipe an Bord; ob die Verzweiflung der Gemüter, Hungersnot und Seuche, die um sich greifende Rebellion des Volkes gegen seine gottgesetzten Lenker, die sich mehrenden Gewalttaten, Raubüberfälle, Kirchenschändungen, Lustmorde und das Auftreten von bewaffneten Briganten auf den kaum noch zu befahrenden Straßen, welche Vorkommnisse ausnahmslos aus der unnatürlichen Verfinsterung des Himmels einzig über der Insel Myrrha resultieren: ich frage Sie, ob all diese angehäuften Greuel keine Spur in Ihrem göttlichen Gewissen hinterlassen, und ob der Sturz der gottgewollten Ordnung in das gottlose Chaos noch in vernünftigem Verhältnis zu der Erbärmlichkeit Ihres Zieles steht, meine geringe Person zu einem Acte zu mißbrauchen, der eines Gottes nicht würdig scheint.

Indem Sie das Volk gegen Krone und Gesetz aufwiegeln; indem Sie solcherart die höheren Stände und die Regierenden mit der Furcht zu erfüllen suchen, daß eines Tages der von Ihnen, mein Herr, gequälte und mißhandelte Untertan sich gegen seine Lenker erheben könnte; indem Sie mein Herz, als dasjenige der angeblich Schuldigen, mit diesem zum Himmel schreienden Unrecht, mit diesem tausendfachen Leiden, Sterben und Entbehren belasten, hoffen Sie, ich würde endlich meinem Stolz entsagen und Ihnen das ausliefern, worauf Sie nun einmal Ihr Auge gerichtet haben. Sie täuschen sich. Denn wo ist hier Schuld? und setzt nicht die Bestrafung eine Schuld voraus? Jedes Tribunal würde mich freisprechen, jeder sachliche Beurteiler es als selbstverständlich empfinden, daß ich mich wehrte gegen eine durchaus schamlose Zumutung. Ihr Vorgehen entbehrt demnach aller Rechts-Grundlage. Ferner aber: erheben Sie schon den Anspruch, alleiniger Weltenvater und Herr der griechischen

Erde zu sein – ein juristisch nicht haltbarer, durch die Existenz anderer Götter-Systeme de facto widerlegter Anspruch –, so wäre nach menschlicher Logik einzuräumen, daß dann auch ich von Ihnen so geschaffen wurde, wie ich bin, mir also nichts vergeben kann, ohne gegen meine Natur zu verstoßen, die ich von Ihnen empfangen hätte.

Sie stempeln mich zu einer Tragödin: tagtäglich darf ich in Ihrem Tempel beten, damit das Volk doch sehe, daß, außer ruinösen Spenden von Krone und Regierung, auch ideell etwas geschieht, um seine Lage zu bessern. Diese Gebete wollen Sie aber bitte nicht mißverstehen. Es fehlt ihnen immerhin das Entscheidende: die Andacht, die aufzubringen mir schwer fällt, da Sie mich mit dem erwähnten albernen Irrlicht-Candelaber beschenkten; da Sie, wo ich auch auftrete, das Parquett knistern, die Kerzen ausgehen, die Erde beben machen, und endlich sich nicht scheuten, durch einen Blitzschlag in den Königlichen Marstall mein Favoritpferd zu töten. Überdies bin ich catholisch – und in Zukunft mit doppelter Überzeugung. Legen Sie es doch geradezu darauf ab, den Glauben an die alten Götter, den zu stützen ein Fehlschlag unserer Politik war, durch Ihre Taten der Verfluchung preiszugeben. Ihre unfreundliche Aufführung und die reichlich dérangierten Formen Ihres Jähzornes, welche uns zeigen, daß Sie Rücksicht weder auf Recht und Eigentum noch auf die heiligsten Gefühle kennen, da Sie wissen, daß mein Herz liebt, werden jedenfalls nichts zuwege bringen als die Zerstörung der letzten Reste von Ehrfurcht, die sich an Sie und die Ihrigen noch heften. Keine Herrschaft erhält sich durch Gewalt, und keine Gewalt durch Rohheit, Machtrausch, Brutalität, Gier, Eigensinn und Verächtlichkeit gegenüber dem primitivsten Bedürfnis der menschlichen Seele, die anzubeten und zu bejahen, nicht aber zu fürchten und sich zu verstecken wünscht.

Quittieren wir indessen getrost die Sphaere des Göttlichen, da Ihr tieferer Beweggrund ja derjenige zu sein scheint, nach so langer Entwöhnung sich neuerdings in dem schwierigen Métier eines Mannes und Liebhabers versuchen zu wollen. Vergessen wir doch nicht die Spielregeln, mein Herr! Wenn ein Gott mich so wichtig nimmt, daß er, um eines Vergnügens willen, welches zu gewähren mir nun einmal nicht conveniert, ein ganzes Königreich zu Grunde richtet, so erlaube ich mir, seine Aufmerksamkeit darauf zu lenken, daß es zum Wesen des Mannes gehört, zu handeln statt zu fragen, und zum Wesen der Frau, tausendmal lieber überwältigt zu werden, als auch nur einmal Ja zu sagen, wenn man sie bittet, sich doch liebenswürdiger Weise überwältigen zu lassen. Was zögern Sie? in früheren Zeiten waren Sie weniger scrupulös; die Geschichte liefert sogar Beispiele, daß Sie und Ihresgleichen, zu Übertreibungen seit jeher neigend – ich erinnere Sie an Niobe, an Andromeda –, sich kein Gewissen daraus machten, geringfügige Verfehlungen in einer wahren Orgie von Rachsucht zu ahnden. Desgleichen bietet die Behandlung, die Hr. Prometheus, Hr. Tantalus, Hr. Sisyphus zu erdulden hatten, einen ungefähren Anhalt für den ausschweifenden Erfindungsgeist Ihrer Foltern, die wenig Courtoisie zeigen, was mich nach Allem nicht Wunder nimmt. Sie könnten mich also zwingen, die Ihre sein zu *müssen*, aber es zu *wollen* – dahin werden Sie mich nie vermögen. Ehe Sie mich zum Äußersten treiben: denken Sie daran, daß, je härter die Macht sich gebärdet, weil sie glaubt, es gäbe nichts außer ihr, ihr je sicherer auch ein Prometheus erstehen wird. Die Götter sterben aus in der Welt, wenn sie die Unklugheit besitzen, Titanentrotz und Menschenstolz zu züchten. Ein einziger Character, souverän genug, die Raserei des Despoten zu verachten und nicht vor ihr zu zittern, ruft, wenn er will, tausend Streiter auf den Plan, die einen kurzen Tod im Angesichte der Freiheit für wünschenswerter erachten als ein Sclaven-Dasein ohne Ehre.

Ich möchte mein Memorandum, an welchem die Minister der Krone, die bedeutendsten Rechtslehrer, Kirchenhistoriker und Moralisten Unserer Staaten mitgewirkt haben, nicht schließen, ohne noch einmal auf die Frage der guten Erziehung zurückgekommen zu sein, deren Sie in so beklagenswerter Weise ermangeln. Es gilt schon bei den Menschen, zum Wenigsten in meinen Kreisen, als unter dem Niveau, das Nein einer Dame von Qualität zu überhören und das gleiche Anliegen ein zweites Mal vorzubringen. Es gilt, vielmehr, als Zeichen feiner Lebensart, sich auf das Tactvollste zurückzuziehen, nachdem man, durch eine Geste der Ergebenheit, sich der Hoffnung vergewissert hat, daß die Gegenpartei conciliant genug sein wird, den für beide Teile so wenig erquicklichen Vorfall vergessen zu machen und den Schleier der Discretion darüber zu breiten. Diese Discretion vermisse ich ganz. Sie compromittieren mich, wo immer Sie können, Sie hängen unser Rencontre unablässig an die große Glocke und sorgen dafür, daß eine der intimsten und delicatesten Angelegenheiten, die es überhaupt gibt, ständig in Aller Munde ist. Was versprechen Sie sich davon? Ich möchte, in meiner

bedrängten Lage, das Entscheidende erwähnen, daß ich, als sterbliches Wesen, auf eine Dauer der von Ihnen so hartnäckig gewünschten Liaison nicht rechnen kann, um so mehr auf die Folgen, die sie nach natürlicher Voraussicht und nach Auskunft der Historie haben wird. Die Conventionen der menschlichen Gesellschaft sind aber, unter Billigung der Götter, dermaßen eindeutig, daß dem zarten Geschlechte, mag es auch tausendmal und in jeder Hinsicht entschuldigt sein, nichts so verhängnisvoll zum Makel anschlägt wie ein versehentliches Wochenbett, zu dessen Füßen nicht ein befugter und geachteter Vater, nach Hingang der von Gott vorgesehenen dreimal drei Monde, mit stolzem oder geniertem Antlitz auf die Frucht legitimer Bemühungen blickte.
Ich gebe Ihnen dies zu bedenken, mein Herr, und bedenken Sie ferner, daß, wenn ich mich Ihrer Protection unterwürfe, mir jede Aussicht auf eine standesgemäße Mariage, deren das Land bei dem Mißstand seiner Finanzen nicht wohl entraten kann, sogleich und völlig schwinden würde. Auch ist es durchaus etwas Verschiedenes, ob man durch fremde Verzauberung, wie seinerzeit durch jene Vergoldung der Grotte, oder durch eigenen freien Willen in dergleichen hineingerät, ob man es hinzunehmen genötigt ist, wie gegenwärtig bei dem Treiben der Briganten hin und wieder vorgekommen, oder ob eine Liebende dem Geliebten mit einer gewissen Begeisterung willfährt – davon kann in unserem Fall die Rede nicht sein. Und sollten Sie, schließlich, auf das jus primae noctis hinauswollen: das ist reines Gewohnheits-Recht. Ein Bauern-Mädchen mag es vielleicht als Ehre empfinden, wenn der Regierende Graf oder Fürst sich unerwarteter Weise herbeiläßt, das premier lit tatsächlich auszuüben. Unter Souverains aber hat man von dergleichen nie gehört.
Kurz, ich bin entschlossen, allen noch so überwältigenden Phaenomenen zum Trotz, unerschütterlich zu meinem einmal gegebenen Nein zu stehen und eher mit meinem Lande unterzugehen, als eine schamlose Erpressung gutzuheißen. Wir Menschen sind weder so liederlich, unser Bett mit dem ersten Besten, den es danach gelüstet, zu teilen, noch so capriciös, einen Gott in der Rolle des Galans für etwas besonders Erstrebenswertes, geschweige für eine hinlänglich glückliche Lösung unserer amourösen Probleme zu halten. Und wären wir es: selbst dann hätten die Götter, auch die Götter, jenem Anstande ihren Tribut zu entrichten, der auf Erden unerläßlich ist, um in der Liebe zu réussieren. Wir, Prinzessin und Regierung von Myrrha, verlangen, daß innerhalb dreier Tage nach Überreichung

dieser Note in Ihrem Tempel die Feindseligkeiten eingestellt und die ungleichen Waffen niedergelegt werden. Ehe das Erdbeben nicht aufgehört hat, Sonnenlicht, Wärme und Meeresstille nicht zurückgekehrt sind, kann an Verhandlungen, welcher Art sie immer sein mögen, niemals gedacht werden. Im Übrigen bleibt Ihnen unbenommen, in menschlicher Gestalt auf Myrrha zu erscheinen, sich in aller Freiheit zu bewegen, wohin Sie wollen, und als homme de qualité bei der Majestät des Königs, meines Vaters, um meine Hand anzuhalten, die ich Ihnen so wenig wie anderen Bewerbern verweigern werde, wofern ich die Überzeugung gewinne, daß Ihre Absichten die ernstesten, dauerhaftesten und freundlichsten sind.
Genehmigen Sie, mein Herr, den Ausdruck vollkommener Hochachtung und Wertschätzung.

Danae, Prinzessin zu Myrrha.«

XX. Capitel

Ein volles Mal hatte der Mond seinen Lauf vollendet, und unablässig seit jenem Tage, da er untergegangen, um nie mehr über Myrrha zu scheinen, belagerte die Menge das Palais des Königs: schwarze Fluten Volkes, träge und stockig wie Brackwasser, standen rings auf der Hafenfreiheit, düstere Gruppen, deren Seelen sich duckten. Sie Alle wußten, daß sie sterben konnten, eh man es recht bedacht; daß es sie treffen würde in dieser oder jener Form. Ein Blick in den pechfarbenen Himmel, ein Blick auf den schwefligen Wolkensaum, den brandroten Feuerhut am Vulcan – und sie waren ermahnt, ihres Todes zu gedenken, mit dem sie nun schon eine hübsche Zeit lebten und doch nicht lange genug, um ihn nicht immer noch zu fürchten und zu hassen.
Plötzlich aber kam Bewegung in die Menge. »Die Prinzessin!« rief jemand, so gellend ekstatisch, als könne sie das Wunder bringen – und wie wenn die ganze Stadt nur auf diesen Ruf gewartet hätte, begann aus allen Häusern, allen Gassen und Ruinen ein brodelnder Haufe hervorzuquellen, dickflüssige Ströme Menschen wälzten sich über den Platz, man stolperte, schrie, raste mit dem Nachbarn um die Wette dahin, Einige fielen zu Boden, rafften sich wieder auf, irre Augen, hängende Zungen, der Atem flog, und wie Wellen schäumte es um die Sänfte, die auf den Schultern vierer athletischer Träger ihres Weges schwankte. Da sah man sie sitzen, die Zukunft, in ihren tiefblauen Polstern, aufrecht, schwermütig und abweisend

saß sie in einem Coupé, das man gewöhnlich zu Condolenz-Besuchen benutzte, schwarz war ihr Kleid, schwarz die Samtnelke in dem sehr hellen Haar, und unruhig, bläulich, geisterhaft, tanzten die Flammen. Neugierig drängte man näher – ganz Myrrha sprach von den Irrlichtern –, aber kaum, daß eine Nase sich an das Fensterglas drückte, sprang ein dreifacher Cordon von Feuer aus dem Boden, mitten zwischen den Menschen, es versteinerte sie für Secunden, als blicke ein Basilisk sie an, dann winselndes Jaulen: »Es brennt!«, rücklings warf sich weichendes gegen flutendes Volk, ein wüster Strudel, Jeder fiel über Jeden her, und wieder zertrat und zertrampelte man Nachbarn, Brüder, Freunde – nur um Platz zu schaffen, nur um davonzukommen. »Rette uns!« schrie ein ausgemergeltes Mädchen, »Rette uns!« schrie es rings um die Sänfte, man hatte den Grund unter den Füßen verloren, das Ende der Welt stand bevor, da wollte man noch einmal an die Hoffnung sich klammern, säße sie auch noch so schwermütig, noch so einsam in ihrem schwarzen Coupé.

Die Prinzessin zog die Vorhänge zu.

Und überall, aus den Maulbeer-Pflanzungen, den Straßen der Vorstädte, aus den Parken und Lorbeer-Hainen, aus Häusern und unter Brücken hervor quoll neues Volk, schrie, tobte, gesticulierte, brauste und stampfte dem Zeus-Tempel entgegen. »Rette uns! Rette uns!« tobte man und ergoß sich, eine Sintflut von wimmelnden Lemuren, auf das Blachfeld.

Und dann erstarb jeder Laut.

Aus dem Krater des Vulcans, wallend, schoß eine steile Lohe empor, stülpte sich durch die Nachtwolke ins Firmament, und während aufblitzender Funkenfall neuerlich von der furchtbaren Heimsuchung eines Aschenregens kündete, griff der Himmel nach der Prinzessin Danae. Blendende Helle zuckte aus der Wetterbank, ein langer, weißgreller Strahl krachte in die Sänfte – Staub, Rauch, Entsetzen, und schon hagelte es glühende Lava. In dem Bersten des Donners knickten die Träger langsam ins Knie, noch im Sterben voll anerzogener Rücksicht, aus den Fenstern wehten brennend die Gardinen, und während das Coupé auseinander sank – säuberlich in Teilen, wie eine zerlegte Orange –, sah man die Prinzessin unverletzt stehen, totenblaß .. worauf sie, fast gleichgültig, durch den Steinregen auf den Tempel zu schritt.

Dort überreichte sie dem Standbilde des Zeus ein von gewichtigen Siegeln beschwertes Schreiben, hörte höflich zu, wie der Erzpriester, fünfzehn Minuten lang, es dem Gotte vorlas, und verneigte sich. Man sah es deutlich in der erleuchteten Halle, deren Türflügel offen geblieben waren: sie verneigte sich knapp und ceremoniös, wandte sich um, verließ das Heiligtum.

Auf den Stufen zwischen den marmornen Säulen hielt sie an. »Einen Wagen«, sagte sie. Zum ersten Male erklang dem Volk die Stimme seiner demnächstigen Herrscherin, befehlsgewohnt, reinlich und angenehm, wie man es von sechzehn Lenzen erwarten darf. »Einen Wagen« – mehr sagte sie nicht. Und man gab den Auftrag weiter. Schneller als der schnellste Läufer setzte der Ruf über die Köpfe der Menschen hinweg; flügelschlagend von Gruppe zu Gruppe, flog er durch die Alleen und Vorstädte: »Einen Wagen für die Prinzessin«, brauste ins Schloß, in den Marstall, die Stallmeister eilten. Ja, man liebte sie, die Prinzessin, sie war die Rettung und die Zuversicht, und aufrecht stand sie im Untergang.

Eine Pause trat ein. Die Natur schwieg seit dem Blitzschlag mit ausgesprochener Andacht, aber es war klar, nicht lange würde dies dauern, nicht mehr würde es sein als ein kurzes Besinnen, denn die Stille, man fühlte es, braute neues Unheil. Vielleicht überdachte der Gott den Inhalt jenes Schreibens . .

Nun, wenn es sich derart verhielt, beim Zeus, so war er ein Schnelldenker, der Brief schien nicht von Pappe zu sein: ein Windstoß griff in die See, schmetterte sie hochauf gegen die Felsenküste, Gischt stäubte in Wolken über die Menge; der Vulcan spie einen puffenden Feuerstrom in den pechschwarzen Tag, flammenzüngige Lava rann kochend über den Abhang, tief unter der Erde grollte es von fürchterlichen Eruptionen, die ihren Ausgang nach oben suchten, unaufhörlich bebte es unter den Füßen der Menschen, die immer nur ihre zwei Worte zu schreien wußten: »Rette uns! Rette uns!«, über der Stadt waberten dicke Rauchpilze, und immer weiter fraß sich der Lavastrom hinab ins Land. Die Wälder begannen zu brennen.

Auf den Stufen des Tempels, ruhig und kühl, als stünde sie in ihrem Salon, schenkte die Prinzessin dem, was die Elemente ihr vortrugen, souverän gelangweilte Aufmerksamkeit. Auch das Schreien nach Rettung war ein Element; sie ließ es tosen. Mit dem Fächer spielend, zeigte sie, wie man Haltung bewahrt – oder wünschte sie das Überpersönliche ihrer Sendung auszudrücken, indem sie so erkältend der schaurig erhabenen Pracht-Beleuchtung beiwohnte? Müßige Speculationen. Natürlich wartete sie auf den Wagen – weiter gar nichts. Und dann fuhr sie davon.

Es war eine offene, vierspännige Carrosse mit ausgesucht schönen Pferden, Rappen, die Bereiter in Scharlach und Weiß, taubengraue Polster, Heiducken auf den Rücksitzen. Man nahm den directen Weg, ein Wagnis, das der Stallmeister verantwortete. Wohl kamen ihm Bedenken, als er den Rauch sich aufwölben sah, aber es hatte schließlich an zu vielen Stellen gezündet, und auf dem Herweg, jedenfalls, war die Vorstadt passabel gewesen – hindurch also! carrière. Er saß erhöht schräg hinter der Prinzeß, blickte auf ihre illuminierten Locken und verwunderte sich nicht wenig über die Irrlichter, die rings um die Robe, teils auf dem Fußteppich, teils auf den Kissen, Platz fanden, ohne sich ungebührlich, nach Art von normalen Flammen, zu betragen. Hübsche Spielzeuge, man sollte den Kinderlein ihrer einige mitbringen. Man sollte – oh là! und er blickte auf Anderes. Die Rauchwand! Bisher blutig untermalt, lohte sie plötzlich wütend in grellem Cinnober, der Wind schlug um, eine steife Bö fegte die Straße herauf, ah! ah! die Pferde –
»Stallmeister«, bemerkte die Prinzessin, »die Pferde gehen durch.« – »Zu Befehl, Königliche Hoheit, ich sah es auch schon, bitte um meine Bestrafung.«
»Seh Er lieber zu, wenden zu lassen, wenn es noch Zeit ist.« – »Halten! wenden die Pferde!«
Zu spät. Die Carrière artete in regellose Flucht aus, an Halten war gar nicht zu denken, das Volk stob aus der Bahn, die nächste Biegung mußte Roß und Rad gegen die Mauern schmettern, oder man raste in ein feuriges Grab.
Da endlich gewannen die Bereiter noch einmal die Herrschaft zurück, eine despotische Herrschaft, die aller Vorschrift Hohn sprach, der Stallmeister litt – schreckliches Candaren-Gezerre – Aufbäumen, Hochreißen, Funkenstieben von sechzehn Hufen auf dem Pflaster, schon waren die Heiducken herab, sie hängten sich in die Trensen, ohne zu fragen danach, was sie taten, ein Etwas in ihnen tat es, die Pferde standen, nur für Secunden vielleicht, und in wilder Hast schirrte man aus, das Gespann trabte einzeln davon, feldherrngleich befehligte der Stallmeister den Rückzug, »Anfassen da! herum mit der Deichsel, Alles anfassen!«, aus den Türen huschten verstörte Einwohner, treppauf, treppab ging ein Gejage, Schleppen und Schleifen, aus allen Fenstern flog letztes Besitztum, Betten, Möbel, Ballen Wäsche, Gerätschaft, dummer Kram und sinnlose Andenken. An die Prinzessin dachte niemand, man durfte von Glück sagen, wenn man sich selber ins Kühle brachte. Es war ja ein Gebirge von

Rauch, ein Ocean von donnernden Flammen, sengend und glosend fuhr der Atem Vulcans herauf, tobte die Straßen entlang, prasselte durch Sparren und Gauben, hüpfte auf Gesimse, Balcone, Portale, der Rote Hahn stand über Myrrha und schlug mit den prächtigen Flügeln.

Die ganze Vorstadt brannte.

»Sehr brav gemacht!« sagte der Stallmeister, »sehr brave Garçons, man wird es zu lohnen wissen .. O je, die Polster! das hat ja üble Löcher gesetzt.« Dann aber, heißer noch als die rotglühende Wand vorhin, schoß ihm der Schreck durch die Seele, nein, daß er so kopflos gewesen! ihm war sie anvertraut! »Die Prinzessin! Wo habt Ihr die Prinzessin gelassen? Ausgestiegen? ja, wann denn, wo denn, das kostet mich Kopf und Charge!« – und keiner Gefahr achtend, saß er auf, zurück! dem brodelnden Chaos entgegen. Wenn sie umkam, wenn er den Wagen leer nach Myrrha fuhr .. nicht vorzustellen, was ihm da blühte.

Nun, er war ein mutiger Mann, doch nutzte ihn das wenig, der Rappe wünschte kein derartiges Abenteuer, man hatte schließlich seinen Stil als Kutschpferd, und der Stallmeister glitt aus den Bügeln. »Lauf! Drecksgaul ..« Mühsam kämpfte er sich voran in dem Qualm, der ihm die Tränen ins Auge trieb – Gott Lob und allen Heiligen: da vorne sah er sie stehen, die hohe Staats-Person, was wollte sie dort, in drei Teufels Namen? was tat sie? Buh: jetzt wurde es aber gräßlich, einen Augenblick mußte er anhalten. Er sah Menschen dort vorne, ach was! er *hörte* sie – wie sie schrieen! Schreie, daß Einem das Blut gefror – Menschen, lebende Fackeln, hingen über den Fensterbrüstungen – verkohlte Leichen, ganz zusammengeschnurrt, lagen vornüber im Schmutz und in der Gosse – auf den Treppen lagen sie, vor ihren Türen lagen sie, aus Dachstühlen wirbelten sie empor, Balken und Latten drehten sich, mit ihnen, brennend durch die Luft, die Luft sauste, heulte, und der Brandsturm, pfeifend, langte nach weiteren Opfern, Menschen, die hilfreich bemüht waren, zwei Kinder zu retten, ja, er langte nach ihnen, wie sie auch immer sich wehrten, sog sie in seine Lungen, am Boden hin, und sie wehten davon ..

Da wurde dem Stallmeister klar, was sie wollte, die schöne Dame, endlich begriff er: sie *wollte* umkommen, hier gab es nichts zu rätseln. Welche Vermessenheit! und ihn angehend, so änderte das keinen Deut an der Aussicht, daß er Amt und Brot verlor, wenn er sie nicht zurückbrachte.

In diesem Moment beugte sich die Prinzessin nieder, eine Person aufzuheben, die, ebenso starr wie sie, in das Feuermeer geblickt hatte, bevor sie lautlos zusammenstürzte. Inzwischen freilich bekam sie Leben: ein markerschütterndes, gellendes Kreischen »Meine Kinder!!« entrang sich ihr, »meine Kinder!« kreischte sie, schlug um sich, schluchzte, winselte »meine Kinder ..« Und die Königliche Prinzessin des Hauses Myrrha nahm die ziemlich gering gekleidete Frau so fest in die Arme, daß ihr der Stallmeister – er war nun keuchend heran – den gewaltigen Kraftaufwand ansah, den sie benötigte, dies zuckende Bündel Elend zu halten. »Königliche Hoheit« – er hustete. »Darf ich untertänigst bitten, ich bin ja selig, Königliche Hoheit gefunden zu haben.«
Es war übrigens weniger heiß hier, als angenommen. »Schon gut«, sagte sie. »Hat Er Angst gehabt um mich .. Helf Er mir jetzt die Frau zu meinem Wagen führen.« Und sie küßte nach Art der Souveräne – ein wenig abwesend, wie die Tradition es vorschrieb – die Wangen der völlig Erschöpften, wobei sie, die Ruinengasse entlang, auf den fernen Vulcan blickte.
Fern an den Flanken des Berges hielt der Lavastrom ein, die Lohe sank zusammen, es donnerte nicht mehr, die Asche hörte auf zu fallen.
Die Prinzessin wandte sich zum Gehen. Man hatte den Wagen sehr weit abgestellt, eine halbe englische Meile gewiß mußte sie durch die Trümmer steigen, und viel Volk begleitete sie – mit stummem zwar, doch bitterem Vorwurf. Ja, während sie darauf wartete, daß man die Pferde einschirrte, trat ein Verwundeter an sie heran, ohne sich zu verneigen oder sonst ein Zeichen von untertäniger Gesinnung, trat dicht heran und sagte: »Machen Sie ein Ende« – in einem Tonfall, der nicht zu dulden war –, »Sie sind uns das schuldig.«
Auf ihrer Stirn erschien eine scharfe Falte. »Gar nichts bin ich schuldig«, erwiderte sie beherrscht. »Ich leide so gut wie Ihr und habe ein reines Gewissen. Wo kein Verbrechen war, kann keine Sühne gefordert werden. Und selbst *wenn* ein Zusammenhang sich finden sollte zu meinem Leben: es gibt eine Grenze, hinter der das Nachgeben zur Feigheit wird. Möge das Volk nicht verlangen, daß seine Fürsten sich erniedrigen.«
Ach, aber dem Volke gelten Tapferkeit und Würde nichts, wenn es umkommen muß. »Wir wollen leben!« schrie eine zahnlose Greisin, »wir wollen leben!« schrie man im Chor und stampfte dazu

mit den Füßen, man drängte näher an die Carrosse, und fester umschlossen unter dem Geheul der Menge die Bereiter ihre Peitschen.
Die Prinzessin bestieg den Wagen, einen offenen, vierspännigen Gala-Wagen, von dessen Polstern, taubengrau, ihre Heiducken inzwischen Steine und Asche fortgeräumt hatten, die vergoldeten Schläge fielen zu, während sich, oben an den Hängen des Kraters, feuriger Schlamm aufs Neue in Bewegung setzte – so langsam und müde, als bedaure ein enttäuschter Gott, daß er nun wieder zu den erprobten Mitteln seiner Macht greifen sollte. Eh bien, ihr Character war nicht darauf angelegt, zu bereuen, auch gehörte es zum Beruf des Fürsten, enttäuschen und verletzen zu müssen.
Sie gab das Zeichen zur Abfahrt.
Ein ausgehöhlter, von Kummer, Zorn und Haß flackernder Mann, offenbar aus niedrigsten Ständen, sprang auf das Trittbrett und schrie ihr, verzerrt vom Geiste des Aufruhrs, mitten in die Augen hinein: »Opfere dich, schöne Hure, das Sterben tut dir nicht weher als uns!« Die Heiducken rissen ihn herab, er wurde von den Rädern zermalmt und war tot.
Die Prinzessin ließ nicht anhalten.

XXI. Capitel

– »Aber so beruhigen Sie sich doch«, sagte Don Giovanni. »Wenn Sie die Nerven verlieren, dann haben Sie verspielt.«
Seit Wochen schon hauste er nun in den düsteren Leder-Tapeten, reglos unter ponceauroter Seide, sein Gesicht war eingefallen, asketisch, er lächelte wächsern wie ein längst Gestorbener. Nein, wie ging es nur an! er *durfte* gar nicht mehr leben, die Wissenschaft protestierte mit Nachdruck und wünschte, daß er endlich starb. Kühl auf den Augen, die sich gewöhnt hatten, nach innen zu blikken, lag das gefaltete Tuch – waren es noch die schönen Augen, voll von Ironie und zärtlicher Untreue? Niemand wußte es. Denn selbst wenn Danae, selten genug, einmal fehlte, er öffnete sie nicht mehr, ohne Wunsch nach der Welt blieben sie bedeckt von den Lidern, deren Schnitt und deren leichter, flüchtiger Glanz die Frauen verwirrt hatte. Fast nur noch Linien zeigten die Hände, und auf die Innenfläche der Linken tropften heiße Tränen, die Rechte aber strich begütigend über weiches, ein wenig widerspenstig sich scheitelndes Haar, durch all die Flammen hindurch, die geschmeidig auswichen.

Diese Danae, da verlor sie also die Nerven. »Einmal weinen ..« stieß sie hervor, »einmal weinen dürfen .. das muß doch auch einer Prinzessin erlaubt sein!«

– »Keinmal, schönste Diana«, murmelte der Botschafter.

»Nur bei Ihnen, Giovanni – *lassen* Sie mich hier weinen. Es wird zu viel für mich. Der Stolz ist eine furchtbare Aufgabe.«

– »Sie wissen nicht, wie ein ganzer Stolz aussieht, Prinzessin. Sie haben noch Mitleid, und Sie werden capitulieren, ich fühle es. Bitte bringen Sie mich vorher um.«

»Was ist das für ein Daemon in Ihnen, Giovanni«, flüsterte Danae, in seine Hand hinein.

– »Gott hat mich zu dem gemacht. Aus der Welt gehen und vergessen werden .. Verstehen Sie nicht: ich wollte etwas hinterlassen, was meinen Tod überdauert, eine Seele, die nicht zittert .. Ergeben Sie sich, der Haufe mag seinen Sieg haben. Ich werde ohne Ihre Hilfe verdämmern, die Wissenschaft, die es anstößig findet, daß ich noch lebe, wird keine Petition einreichen müssen, damit Sie mich endlich erlösen, und dieser unfaire Bursche wird Sie bekommen, wie er es wünschte.«

Indem hatte die Prinzessin längst zu weinen aufgehört, ihre Augen brannten, angestrengt blickte sie in das Dunkel der Türnische .. Kein König stand dort, den Geheimnissen seiner Tochter zu lauschen, kein zweites Mal würde er bitten, und kalt und einsam war ihr Herz.

»Es ist so grausam schwer«, sagte sie. »Eines hängt da im Andern. Wenn Sie gesehen hätten, was ich habe sehen müssen, Sie sprächen wohl freundlicher.«

– »Kaum. Ihr Mitleid wendet sich an falsche Objecte.«

»Sie sind ungerecht, Giovanni. Ich stand als Prinzessin dort und begriff mehr als ein Botschafter. Und wofern Sie meinten, Sie besäßen größeres Anrecht auf Mitleid, so ist kein Grund, sich zu beklagen. Nennen Sie es nicht lieblos, daß ich noch immer zögere, haben Sie mich doch auch ein wenig lieb .. Oder spüren Sie nicht, mit welcher Verzweiflung ich an Ihnen mich halte? wie jeder Atemzug von Ihnen mir Trost bedeutet? mich glücklich macht? Und wenn ich Sie nun tötete, damit ich es leichter hätte, mich aufzugeben? Aber selbst *wenn* ich mich aufgebe, Giovanni: er wird mich nicht bekommen. Ich werde Ja gesagt haben um meines Volkes willen, und ehe er mich nehmen wird, werde ich tot sein.«

– »Das hieße feige gehandelt, Prinzessin, und nicht ehrlich gespielt. Wollen Sie schon mit Fünfzehn anfangen, Verträge zu brechen? Königswort – parole d'honneur .. Ich breche mein Wort ja auch nicht. Ich brauchte ja auch nur dies Tuch aufzuheben, brauchte Sie nur anzuschauen – und wäre tot. Glauben Sie mir, es ist keine Kleinigkeit, so leben zu sollen, wie mein Stolz mir das vorschreibt. Seit viermal sieben Tagen, Diana, Tag für Tag dem Tode sich entgegenquälen!«

»Dann befehlen Sie doch!« rief Danae heftig. »Sie sehen ja, daß ich es nicht kann! Befehlen Sie, Giovanni, und ich will gehorchen ..«

– »Befehlen?« sagte Herr v. Legua. »Alle wahren Entschließungen sind schwer – weil man sie *leisten* muß! Gehorchen? Um zu gehorchen, braucht man nicht Königin zu sein, es verlangt keine Größe. Ich aber will, daß Sie die Freiheit aufbringen, mir den Tod und die Erfüllung zu *geben*. In Ihrer Härte, Diana, in Ihrer Härte gegen sich selbst –«

Man klopfte.

– »Ja!« rief heiser der Botschafter. Der Kammerdiener trat auf den Zehenspitzen ein. »Staatsminister v. Borromeo für Ihre Königliche Hoheit.«

»Bitte.«

Admiral v. Borromeo verneigte sich gegen die Prinzessin. Dann trat er an das Paradebett. »Excellenz leiden sehr?« fragte er höflich.

»Nein.«

– »Königliche Hoheit«, bat der Admiral mit möglichstem Zartgefühl. »Der Kronrat ..«

»Der Kronrat«, wiederholte Danae müde. »Ich wollte nichts sagen, wenn die Entscheidung wirklich bei *mir* läge. Liegt sie bei mir?«

Borromeo nickte, kurz und ermunternd, als fordere er sie auf, sich zum Kampf zu stellen. »Es wartet jemand im Saal«, erklärte er dann, »jemand Ausländisches. Er behauptet, Weisung zu haben, daß er nur mit der Prinzessin verhandelt.«

»Lassen Sie eintreten. Und der Kronrat mag immerhin ohne mich beginnen. Hat man meiner bisher nicht bedurft, so wird es auch heute nicht auf mich ankommen. Ich danke Ihnen.«

Der Admiral ging.

– »Datemi la Vostra mano«, murmelte Don Giovanni, »bellissima Diana. Addio .. e siete costante, Vi prego.« Seine Stimme verlor sich hinter Nebel und Nachtgrau.

Die Prinzessin fuhr in leidenschaftlicher Bewegung herum. »Nicht

sterben«, flüsterte sie entsetzt. Er aber ergriff ihre Hand und führte sie chevaleresk an die Lippen, auf denen ein merkwürdiger, ganz jenseitiger Ausdruck lag. »Nein ..« sagte er und atmete tief. »Es ist erst die Antichambre. Ich warte ..«
Im Dunkel der Türnische ertönte gedämpftes Räuspern. »Wer sind Sie?« fragte die Prinzessin mit verletzender Kühle und versuchte die Gestalt des Fremden zu erkennen. Er trug einen flachen goldenen Helm, in welchem sich die drei Kerzen und ihre eigene Beleuchtung verworren spiegelten.
– »Ein Gott«, sagte der Fremde, leichthin, als sei das eine Selbstverständlichkeit.
»Guten Tag«, erwiderte Danae ungnädig.
– »Ich bin beauftragt, mit Ew. Königlichen Hoheit in Verhandlungen einzutreten über die Modalitäten Ihrer erlauchten Unterwerfung unter den –«
»Sind Sie accreditiert?«
– »Dessen bedarf es wohl nicht. Seine Majestät Ihr Herr Vater hat auf die uns berührenden Fragen keinen Einfluß.«
»Ich verhandle nicht mit Botschaftern, die es für unnötig befinden, ein Beglaubigungs-Schreiben zu überreichen.«
– »Wenn Sie wünschen: hier ist es, Königliche Hoheit.«
»Gleichwohl. Ich verhandle nicht über den Kopf meines Vaters hinweg. Ich bin noch nicht volljährig.«
– »In dieser Frage *sind* Königliche Hoheit majorenn. Bitte doch keine Ausflüchte zu machen.«
»Ihr Auftrag?«
– »Die Majestät meines Kaiserlichen Vaters bietet Ew. Königlichen Hoheit an, er werde von seinem Vorhaben abstehen, falls die Zusage erfolgt, daß die Prinzessin von Myrrha ihm die Excellenz des Botschafters überläßt. Eine Offerte zweifellos, die zu erfüllen Ihnen nach Allem, was Königliche Hoheit soeben mit diesem Herrn besprachen, nicht übermäßig schwer fallen dürfte, gemessen an dem Prae, über den irdischen Teil Ihrer Erscheinung künftig nach Belieben disponieren zu können ..«
Da schob Don Giovanni die Binde von seinen Augen, den schönen Augen voll Ironie und zärtlicher Impertinenz, und blickte den Götterboten, an der Prinzessin vorbei, mit flüchtiger Aufmerksamkeit an. »Ach ..« sagte er. »Hermes. Der Lakai Jupiters. Welch eine Fülle von Sensationen.« Und nach dieser Begrüßung, äußerst befriedigt, deckte er die Augen wieder zu.

– »Es eilt nicht«, betonte der Gott in seiner Dämmerung, während Danae, mit einer Langsamkeit, die etwas Drohendes hatte, sich von der Kante des Paradebettes erhob. »Kaiserliche Majestät gestattet Ihnen«, fuhr er fort, »in Muße Abschied zu nehmen, wünscht aber dann freilich, daß die Prinzessin das Cabinett nicht wieder betritt. Excellenz v. Legua wird gleichwohl ruhig und ohne Schmerzen hinüberschlummern. Es handelt sich nur darum, daß seine Seele von derjenigen Ew. Königlichen Hoheit momentan leider gedeckt wird gegen einen göttlichen Willens-Act.«

So sprach der Gott der Briganten und lächelte verbindlich.

Nun, er sollte sich verrechnet haben, die Dame schien nicht geneigt, irgend welche Vorschriften zu acceptieren. »Geh Er«, befahl sie kalt. »Und sag Er Seinem Principal, daß auf der Welt noch Menschen sind, denen Freiheit und Ehre nicht zum Verkauf stehen. Geh Er!« rief sie heftig, griff nach dem Tuch und warf es ihm zerknüllt vor die Füße. »*Ich* gebe Herrn v. Legua den Tod!« Und ohne Laut, ohne Schritt, ohne die kleinste Bewegung, zerging der Namens-Pate des Barones Vampyrios – in Dunst, in ein Dämmerleuchten, in das Nichts. Die Prinzessin aber blickte mit verächtlichem Triumph auf die Stelle, von der ein besiegter Gott, der Gott der Händler und Boten, sich hinweg verfügt hatte.

Und als sie sich umwandte, da war Don Giovanni schon tot.

XXII. Capitel

Der Kronrat trat fast nie zusammen. Als Alphanios, das Kind, noch minorenn, aber bereits König gewesen, hatte man wohl hin und wieder getagt, seither jedoch nur karge drei Male, auch dies lange vor den Regierungsjahren des Grafen. Eine Spanne von fast zwei Decennien war ohne Kronrat ausgekommen, war nicht einmal sehr glücklich gewesen – und heute war Kronrat . .

Das veranlaßte einen Ebenisten, einen für die schönsten Fauteuils, Chaisen und Guéridons berühmten, fleißigen und braven Ebenisten, der es zu einigem Wohlstand gebracht hatte, das veranlaßte ihn, sich wieder einmal unter die traditionelle Menge des Volkes zu begeben, eines Volkes, dem er wunschlos und königstreu angehörte. Er erwartete sich Großes vom Kronrat, er zweifelte nicht, man würde das Große am Ehesten auf der Schloßfreiheit erfahren, und versonnen behauptete er, mehr für sich als für die Anderen: »Nun werdet Ihr es ja sehen – nun wird es gleich passieren.«

Sein Nachbar, ein Fischhändler, auch er aus der Delphinsgasse, war entgegengesetzter Ansicht. »Armeleute-Theater«, sagte er verächtlich. »Mit oder ohne Hermelin – die beschließen deswegen nichts Besseres.«

Und doch, es lag etwas in der Luft. Man brauchte nur den Himmel zu betrachten, der noch immer so schwarz war, daß der Ebenist, weil ihm das Licht fehlte, die Werkstatt getrost hatte verlassen dürfen, auch die Gesellen waren auf und davon, und die Möbel trauerten im Dunkel. »Ihr werdet es ja sehen«, wiederholte er unbeirrt, sein Herz sagte es ihm, und mitten im Wort verstummte er. Denn in diesem Augenblick legte ein Anderer ihm die Hand auf den Arm, der Atem stockte, zehntausend Augen richteten sich schweigend auf den Fahnenmast des Gästepavillons – ein Schauern ging durch die Menge.

Am Fahnenmast des Gästepavillons, in welchem die Botschaft residierte, sank die Flagge der Republik knatternd halbstocks. Sie strebte gleichsam davon in der steifen Brise, die von See her wehte, es sah heroisch aus, wie wenn ein Kriegsschiff mit Mann und Maus in die Tiefe geht. Einige in der Menge bekreuzigten sich. »Gott sei der armen Seele gnädig«, hörte man murmeln, und leise, doch unaufhaltsam, pflanzte die düstere Zeitung sich fort. Wieder war ein Großer aus der Welt gegangen, ein blutbedeckter Zeuge jenes Tages, da das Unheil über Myrrha kam. Ja, dies war kein einfacher Tod – was würde er noch für Verwicklungen bringen? Es war ja ein Botschafter, den man ermordet hatte, aus Versehen zwar, aber was galt das: man hatte ihn ermordet, und eine gewaltige Flottenmacht stand hinter ihm. Ach, man würde es wohl nie vergessen, wie das gewesen war, als das Geschwader von Cypern draußen auf der Reede zu feuern begann und man erwarten mußte, der Mohr werde die Residenz in Brand und Asche legen .. Sicher gab es nun ein pompöses Leichenbegängnis.

Ein Leichenbegängnis! Man freute sich darauf – ja, man freute sich, so seltsam sind die Menschen, es war Prunk und Glorie dabei, und man bekam etwas zu sehen für sein Geld. Denn ob auch fremder Tod nicht wehe tat: daß man ihn würde bezahlen müssen mit neuen Steuern und neuen Zöllen, das fühlte man gut und verlieh dem beredten Ausdruck. Es war auch ein Zolleintreiber unter dem Volk, er wandelte da umher mit seinem Embonpoint und dachte sich nichts Böses, er verteidigte nur den Zoll, den man so heftig angriff. Als er aber gefragt wurde, ob er wohl glaube, die Perücke

oder der Aasgeyer würden die Kosten tragen, und halb betreten, halb ignorant, zur Antwort gab, man möge sich deutlicher ausdrücken, wer das sei: die Perücke, der Geyer – da zeigte er vollends, daß es ratsam war, ihm aus dem Wege zu gehen .. Man kehrte sich ab, bildete ein Vacuum von Abscheu und Reserve um ihn, hielt ihn für einen Horcher eben dessen, den er mit heuchlerischer Unschuld verleugnete.
So also war es bestellt um das Ansehen der hohen Minister beim niedrigen Volke, nicht gut war es bestellt, nicht zum Besten. Was für Ausdrücke! welch ein Mangel an Ehrfurcht vor Mitgliedern des Kronrates, auch wenn ihrer eines von armenischen Vätern stammte! Ach ja, es war Kronrat heute, man hatte es fast vergessen, weil es dem Tod beliebte, mit einer knatternden Fahne zu winken .. Ob jener Fischhändler nicht doch im tiefsten Grunde das Rechte getroffen hatte, als er vom Armeleute-Theater sprach? Denn was war ein Kronrat? Nichts Anderes doch als eine Minister-Versammlung, an welcher die Majestäten teilzunehmen geruhten und neuerdings auch die Prinzessin, als Erbin des Thrones; gar nichts Anderes also als sonst: was die Minister beschlossen, was der Graf, als einen Beschluß der Minister, dem Könige vortrug, das entschied ja ohnehin der Monarch, Gutes wie Böses kam durch ihn, geschah in seinem Namen, und so regierte er. Die Prinzessin aber .. da ging das Politisieren an. Man wartete stumm und feindselig, bis der Zöllner und sein Embonpoint sich entfernt hatten, und dann begann man zu politisieren.
»Sie hat uns in der Hand«, sagte Einer, »An ihr hängt es«, ein Zweiter. »Aber was!« rief ein Dritter, »habt Ihr sie gesehen, wie sie den braven Kerl unter die Räder fuhr, der ihr die Wahrheit ins Gesicht schrie? Pah .. sie fuhr über ihn hinweg wie über ein Stück Mist.«
»Der Kerl war verrückt, wie kann man so wahnsinnig sein?«
– »Der Mann war verzweifelt.«
»Deswegen brauchte er noch lange nicht Hure zu ihr zu sagen.«
– »Wenn sie es aber ist!«
»Sie ist es nicht.«
– »Woher willst du das so genau wissen?«
»Und woher du?«
– »Weil sie mit dem Botschafter gegangen ist.«
»Gegangen!«
– »Natürlich ist sie gegangen mit ihm. Tag für Tag hat sie auf

seinem Bett gesessen. Sie wird schon gewußt haben, warum. War ja auch ein schöner Mann, Gott hab ihn selig.«

»Wer hat dir das erzählt, das mit dem Bett?«

– »Wer soll mir das schon erzählt haben? Ein Diener von der Botschaft, und der muß es schließlich wissen.«

»Ja, da hast du Recht. Aber eine Hure ist sie trotzdem nicht.«

– »Dann wird sie es demnächst werden.«

»Wieso?«

– »Weil sie muß. Ihr seht doch, was hier gespielt wird. Wenn der Liebe Gott sie nun einmal in sein Bett haben will!«

»Pst, bist du von Sinnen? Das ist Lästerung.«

– »A-hach .. Lästerung. Ich pfeif Euch was auf diese alten Schürzenjäger vom Olymp. Bin ich ein Heide?«

»Aber du kannst nicht leugnen, daß sie uns das Erdbeben geschickt haben.«

– »Nun, und wenn schon. Ich sag ja: sie wird halt müssen, die hübsche Kleine. Sonst kann sie mir als Königin gestohlen bleiben. Wenn sie ein Fetzchen von sogenannter Liebe zu dem Volk hat, muß sie halt.«

»Da kennst du sie schlecht«, mischte ein Anderer sich ein. »Die gibt nicht nach.«

– »Pfui Teufel, wenn sie es nicht tut!«

»Du bist ein comischer Mensch, Vasso. Erst schimpfst du sie eine Hure, was noch längst nicht bewiesen ist, und dann sagst du Pfui Teufel, wenn sie sich nicht zur Hure machen läßt. Schließlich ist sie eine Prinzessin und muß auf ihre Reputation halten.«

– »Reputation! Hält die Königin vielleicht auf Reputation? Na also. Und ich sage: hat es die Prinzessin mit dem Botschafter getrieben, soll sie sich jetzt nicht zieren.«

»Du siehst aber, daß sie sich ziert, und also hat sie es auch mit dem Botschafter nicht getrieben.«

Gewaltige Logik und tiefe Argumente.

Derart stritten sie sich, immer wilder und immer erbitterter, über das, was die Prinzessin tun sollte, müßte, könnte, was sie getan oder nicht getan hatte, tun durfte oder lieber nicht hätte tun sollen, und niemand wußte, was sie nun wirklich tun würde. Man wußte nur, wenn überhaupt es eine Rettung gab, dann durch sie. So königstreu war das Volk, so anhänglich und glaubensstark, so eigensüchtig, so ohne Maß und Rücksicht in dem, was es forderte, so gefühllos für die Schwere dessen, was es da verlangte, und es wäre vermutlich höchst erstaunt gewesen, hätte die Prinzessin etwa gefragt: ist es denn so selbstverständlich, daß ich das leisten muß? Aber das fragte sie freilich nicht.

– »Und schließlich«, sagte Vasso, jener Vasso, der von der Reputation der hohen Staats-Personen Geringes hielt, »schließlich ist ja auch der König noch da. Wenn sie nun gar nicht will – denn es ist ja klar, daß es nur an ihr liegt –, so wird der Herr Papa eben auch noch ein Wort mitsprechen müssen. Schließlich kann er ja befehlen, wozu ist er der König?«

»Still . . « sagte ein Anderer, »da ist sie . . «

Und wirklich, an dem erleuchteten Fenster, hinter welchem der Kronrat tagte, stand die Prinzessin: tiefschwarz gekleidet, bläuliche Flammen im Haar, wie ein Geist. Sie stand da an dem Fenster, dunkel und traurig, und weit, weit in der Ferne, da wo die schaumgekrönte See mit den schwefelgelben Horizonten verfloß, ruhte ihr Blick. Man sah die Königin an sie herantreten und ihr zureden, etwas wie Trost und Ermunterung und etwas wie ein frivoles Bonmot, sie lächelte maskenhaft, wie nur sie es konnte, die in der Liebe keine Illusionen mehr hatte, vielleicht sagte sie »Es ist ganz hübsch, das Lieben, glaube mir, mein Kind, ich weiß es . .« – aber das war natürlich nur eine Mutmaßung, verstehen konnte man hier unten nicht das kleinste Wort, man sah nur, wie die Lippen der Königin sich bewegten und die der Prinzessin sich nicht bewegten, dahinter ahnte man an dem kerzenbesetzten Tisch den König, wie er wissend, vornehm und voller Nachsicht wartete, ahnte die Minister, die steif und schweigend in ihren Sesseln lehnten, man ahnte Schreibmappen und Acten, wippende Federmesser in nervösen und gepflegten Händen, ein unterdrücktes Husten, einen Gänsekiel, der zwecklose Kreise und Figuren auf weißes Diplomatenpapier malte. Man ahnte die hohe, distinguierte Erscheinung des Admirals, der vielleicht das Bild der verstorbenen Königin Mutter fixierte, den fleischigen Teint eines östlichen Figuranten, nackt und rosig an seinen Fingern arbeitend, man ahnte die wasserhellen, verächtlichen und prüfenden Blicke des Grafen, wie sie umherzuckten unter der emporgezogenen Braue und unter den Haarlocken der Allonge – man ahnte das ganze Schweigen, indem man, wie gebannt, an der regungslosen Gestalt im Fenster hing, die ihre Hände, fest ineinander gepreßt, gegen die Brust drückte.

Als aber die Königin sich aus der Nische zurückzog und es ersichtlich wurde, daß ihre Vermittlung gescheitert war, begannen erst

Einzelne, dann Viele, endlich Alle mit geduldiger Hartnäckigkeit nach der Prinzessin zu rufen: »Daa-na-é! Daa-na-é! Daa-na-é!« – mit Pausen dazwischen, doch ohne wirkliche Unterbrechung, eine monotone Musik, die immer auf der gleichen Note blieb und ein vereinbartes Zeitmaß hielt, einen strengen, entnervenden Tact, der sich in die Gehirnbahnen grub und es unmöglich machte, irgend einen anderen Gedanken als diesen zu fassen: »Daa-na-é! Daa-na-é! Daa-na-é!«

Es war eine fürchterliche, triviale und tödliche Folge, so tödlich wie der Wassertropfen, mit welchem man, in den Folterkammern, Geständnisse erpreßt.

Die Prinzessin schien das wenig zu beeindrucken. Sie blickte in das Menschenmeer hinab, in welches sich aus allen Gassen neue Menschenströme ergossen, bis Alles versammelt war, was in der Hauptstadt noch Leben hatte und vielleicht nicht einmal mehr gehen, sondern nur noch humpeln, kriechen, sich auf Händen, Knieen, Krükken voranschleppen konnte, da hinein blickte sie, traurig und ruhig, in diesen Kessel von Überlebenden, die wild und bedenkenlos, starrsinnig und unnachgiebig auf ihrer Forderung bestanden, sie empfand als ungehörig, mit welcher Absicht man auf ihr Mitleid speculierte, und es wurde ihr klar, in welche Lage sie da geriet.

Dahinter ahnte man an dem kerzenbesetzten, großen und schönen Tische die Königin, deren Gesicht sich nachgerade verzerrte – »Daa-na-é! Daa-na-é! Daa-na-é!« – man ahnte den Monarchen, wie er fror in seinem Zobel und es nicht wahr haben wollte, daß seine Glieder zu zittern begannen, weil es ihn erschöpfte, das mit anhören zu müssen; man ahnte den Admiral, der, als ein tapferer Soldat, den Goldrahmen am Bilde der in Gott ruhenden Regentin immer härter und verbissener ins Auge faßte, während die Kuppe des Ringfingers hin und wieder die Tischplatte anschlug, heftig, befehlshaberisch und doch gezügelt, als stünde er auf der Brücke seines Flaggschiffes, überrechnend, in wieviel Secunden sich der Abstand zum Feind so verringert haben würde, daß man die erste Salve lösen könne; man ahnte den Grafen, wie er mit wasserhellen Blicken hypnotisch den Rücken der Prinzessin umzuckte und die Schwärze des Mittags hinter den Fenstern zu durchbohren versuchte, aus der herauf diese schrecklichen Rufe drangen, wie er geringschätzig, haßerfüllt und mit knirschenden Zähnen sich dieses Volk als ein Magazin von Marionetten vorstellte, die mit den Holz-Gelenken knarrten, Arme und Beine nach Maßgabe der Fäden schlenkerten, welche ein diabolischer Maschinist emporzog und wieder fallen ließ, sodaß sie klapperten mit ihren gesellschaftlich unmöglichen Kinnladen; man ahnte den Baron Hermes, Vampyrios Hermes, den Götterboten eines Zeitalters der Finanz-Scandale, der sich mit einem Spitzentuch den Schweiß aus der rosigen, von einer Allonge à la mode du ministre überprunkten Stirn wischte und in dem Hauptbuch seiner verängstigten Gedanken nachcalculierte, wohin es mit ihm kommen werde, wenn die Prinzessin Ja sagte, um eines Tages diesen immensen Saldo von Popularität einzulösen – man ahnte die ganze, erdrückende Last von Verantwortung, ein Gebirge von Verantwortung, das auf die einsame Gestalt am Fenster gelegt war, und sie ließ sich gleichwohl nicht überwältigen, sondern traurig und ruhig, mit dem Geist ihres toten Geliebten ringend, schaute sie hinab in ihr zehntausendköpfiges Schicksal, in die pechschwarze, erbarmungslose, nach Opfern lüsterne Welt: »Danae! Danae! Danae!«

Es wurde kein Pardon gegeben. Man schämte sich wohl hie und da, fühlte sich nicht mehr wunschlos einem Volke angehörig, das seinen Königen solche Dinge zumutete, fühlte sich königstreuer als sie, die da geiferten, und sehnte sich nach der stillen Geduld der Hölzer in der Werkstatt. Je nun – was half es? Wer sollte die Macht haben, dem Geschrei zu steuern, das wie die Hefe gärend aus den Tiefen stieg und nun einmal gären wollte, gleichgültig, was daraus entstand!

Doch siehe: jemand hatte die Macht. Ganz plötzlich schwieg man. Denn mit überraschendem Entschluß, ohne die Menge noch eines Blickes zu würdigen, wandte die Zukunft sich ab, trat der Geist der Jugend zurück in den Saal, den die Kerzen milde erleuchteten .. und nach einer Weile verloschen sie. Teufel: der Kronrat war also zu Ende? Diese Prinzessin! da konnte sie wohl nur Ja oder Nein gesagt haben, sonst wäre das Consilium nicht so schnell auseinander gegangen.

Aber *was* sie gesagt hatte, dort oben in dem prächtigen Saal, das hätte man doch gern noch gewußt ..

XXIII. Capitel

Es geschah etwas Ungeheuerliches. Etwas, das zu glauben man sich weigerte, ein Ereignis, dessengleichen die Welt noch nicht gesehen hatte, seit Gott sie stiftete und eine Krone von Myrrha auf Erden war: der König befahl Hoftrauer für den verstorbenen Botschafter der Republik, am kommenden Morgen sollten die Exequien sein. Vielleicht war deshalb Kronrat gewesen .. Sicherlich, es war nur deshalb Kronrat gewesen. Man sah es so schmerzlich genau, man konnte weder zweifeln noch hoffen, es möchte anders sein, und dann ward es Gewißheit. Denn die Prinzessin, weit entfernt, capituliert zu haben, unternahm nicht das Mindeste, sich ihrem hartnäckigen Verehrer zu praesentieren. Sie fuhr *nicht* zum Tempel. Im Gegenteil: sie ordnete höchst persönlich das Leichenbegängnis des verblichenen Liebhabers, jede lächerliche Einzelheit wurde von ihr überwacht, es war nicht zu sagen, Abgründe von Sittenlosigkeit enthüllten sich dem Volke, das schwer an seiner Enttäuschung trug, ohne deshalb in der Schaulust behindert zu sein. Was! es campierte nun gleichsam für immer auf diesem Platz, trotz ewiger Düsternis, es hatte hier gewissermaßen sein Domicil aufgeschlagen, hier, wo ihm höchstens Aschensteine, nicht aber Ruinen auf den Kopf fallen konnten, hier, wo man die Regenten-Familie scharf im Auge behielt, und wo es sich trefflich demonstrieren ließ. Den ganzen Nachmittag und Abend, die ganze Nacht hindurch, arbeiteten alle Zimmerleute der Hauptstadt und ihrer Bannmeile an dem Castrum doloris, das man, entgegen der Usance, aus der geschlossenen Räumlichkeit hinausverlegen würde ins Freie, da ohnehin die Sonne nicht schien, die den Leichen abträglich ist, drinnen aber hätte man mit herabkommenden Plafonds zu rechnen gehabt .. Mitten auf dem Ehrenhof also wuchs es empor, und rundum, entlang der Hauptfront und den Flügeln der Residenz, errichtete man eine gewaltige, hufeisenförmige Tribüne, bestimmt, dem Königlichen Hause, den Ministern und Staatssecretären, dem Diplomatischen Corps, der Admiralität und dem äußerst nombrösen Hofstaat ein Piedestal zu geben. Tausende von Fackeln wurden zu diesem Behufe verschwendet, sie tauchten die emsige Scene in ein prächtiges, wehendes und flackerndes, brandiges und rauchiges Licht. Und gegen die Mitternacht kamen die Decorateure.

Sie kamen mit ganzen Warenlagern von schwarzem Samt und dikken Silberfransen, sie verkleideten das Schaugerüst, über dem obendrein ein riesiger Baldachin auf schlankem Gestänge errichtet wurde, und von ihm zu den Balconen hinauf befestigten sie eine lokkere Folge von Bespannungen, lange Tuchbahnen, die nach unten schleppend durchhingen, eine Art Dach von Segeln und Schleiern, ein durchbrochenes Trauerzelt. Seit die Königin Mutter zu ihren

Ahnen gegangen war, hatte man solche Pracht nicht mehr gesehen. Und gegen die Dämmerung kamen die Fleuristen.
Sie kamen mit Gebirgen von Blumen, Oleander in Kübeln, Lorbeer, Taxus, Wolken von Hortensien, Cistusrosen, weißen und violetten, ja, sie brachten sogar Rasen, eine Unmenge von dichtem, tiefgrünem Rasen, eine Rarität dazumal im ziemlich verwüsteten Myrrha, den schichteten sie zu terrassierten Hängen, auf deren Stufen die Blütenfülle sich langsam zu formen begann: vier der größten Meister, Gartenkünstler von Rang und Namen, zauberten aus nichts als Kelchen und wieder Kelchen, Hunderten von Kelchen, das Löwenwappen der Republik.
Venedig .. als könne von daher die Rettung kommen, jetzt, da Don Johann bei seinen Vätern war, jetzt, da der schöne Herr auf seinem Paradebett ruhte, tot, kalt und stumm.
Im Übrigen verlautete doch Einiges. Einiges aus dem Kronrat wehte in das Ohr des Volkes, das ungläubig lauschte und gläubig zu hoffen begann. Ach, die Geheimnisse, so fest man sie auch verschloß, fanden immer ihre Adern und Gänge, um in die Welt zu sickern. Und flüsternd besprach man sich. Der Admiral, hieß es, habe .. der Admiral, hieß es, sollte – Dies und Jenes, dumpf unter dem Siegel der Verschwiegenheit weitererzählt. Ja, Admiral v. Borromeo hatte mit dem Grafen ein Rencontre gehabt, als der Kronrat begann und die Prinzessin noch fehlte .. Ein Fregatten-Capitaine sollte dem Minister hinterbracht haben, Borromeo und der Feldmarschall Otello .. nicht zu glauben! Und der König, tobte er nicht, als Borromeo ganz ruhig auf dem schlichten Abschied jenes Officiers bestand? Sie conspirieren gegen die Regierung, schrie er, obwohl man hätte wissen dürfen, daß Könige niemals schreien. Er erhielt aber sogleich die würdigste Antwort: ich habe keine Heimlichkeiten, lautete sie, mein Weg liegt klar, mich treibt die Sorge um das Land. Ja, dieser Admiral .. und die Marine stieg im Ansehen, als könne von ihr die Rettung kommen. Andere wußten noch Genaueres: »die Sorge um *mein* Land«, sollte der Admiral gesagt haben. Sein Land .. Welch ein braver Militär, welch aufrechter, mutiger, ritterlicher Mann.
Und gegen Morgen kamen die Feuerwerker.
Sie kamen mit Brandsätzen und Flammenschalen, die von hohen Pylonen herab den Pomp der Funebralien mit waberndem Licht übergießen sollten.
Was gab es nicht für Gerüchte! Der Narr Alberoni, der alte und

traurige Philosoph in Schnabelschuhen, Gheotta, des Königs Spaßmacher, werde der Nachfolger des Ermordeten sein? Die Botschaft, so sagte man, habe eine längst vorbereitete, vom Feldmarschall Otello unterzeichnete Note überreichen lassen und um das Agrément nachgesucht. Gott, es war rein zum Lachen. Gheotta Excellenz? Gheotta Minister der Republik? Aber freilich, trug er nicht ohnehin seit jenem Tage den Frack des Diplomaten? Und er hatte, niemand konnte es leugnen, er hatte treu und tapfer den armen Don Johann aus der Sänfte gezogen, das adlige Blut war auch über ihn geströmt – dergleichen verbindet, über den Tod hinaus.

Und gegen die Stunde, in der die Sonne aufzugehen pflegte, als sie noch über Myrrha schien, kamen die Särge, viele Särge, es war ja ein Botschafter, um den es sich handelte, kein gewöhnlicher Mensch. Ein Sarg aus Blei, in den hinein würde man ihn legen, in seinem blauen, silberbestickten Frack, und würde das Blei verlöten, damit der kostbaren Hülle eines entflohenen Lebens nichts geschähe, bis man sie in Venedig bestattete, denn der Botschafter wollte heim. Ein Sarg aus Mahagoni, dem festesten und schönsten der Hölzer, und einer aus Zinn, auch ihn würde man verlöten. Einer aus der Rinde der Korkeiche sodann, ein leichter und schwimmfähiger Sarg – der Botschafter fuhr über das Meer –, und als äußerstes Behältnis ein solcher aus Cedernholz, ein übergewaltiger, breiter und reich mit Beschlägen gezierter Parade-Sarcophag. Diese fünf Särge, sinnvoll ineinander gepaßt, schwankten zur Frühe des Tages ins Schloß, und man weckte die Prinzessin.

Und nun ging also die Prinzessin hinunter, um Abschied zu nehmen.

Sie ging durch die dunklen Flure, selbsttätig beleuchteten die Elmsfeuer ihr den Weg, und eisiger Zugwind wehte, als sie den Saal betrat, der damals den Ball gesehen. Ja, das war damals . . Heute enthielt er nur Särge, Sarg neben Sarg, wie wenn es galt, fünf Tote zu bestatten, und die Handwerker zogen verlegen, bestürzt und voll heftigen Mitgefühls ihre Kappen, während die Erscheinung, halb traurig, halb freundlich, vorüberwandelte, um in dem Sterbe-Cabinett allein zu sein mit dem schönen, schweigenden Herrn, den sie wohl sehr geliebt hatte.

Da lag nun Don Johann, hingemeuchelt von zwei desperaten Gesellen, die ihre Degen in sein Blut tauchen durften, weil sie nicht wappenkundig, sondern nur Werkzeuge waren. Er lag auf seinem letzten Bette, hellblau und silbern, mit sorglich geordnetem Jabot.

Das Eisbecken war fortgeräumt, nur die drei Kerzen erinnerten noch an vergangene Tage. Sie brannten unruhig, konnten sich gar nicht an den Tod gewöhnen, ihr Widerglanz spielte auf den Tapeten von olivgrünem Leder, melancholisch wölkte ihr Rauch zum Plafond. Es schien, sie betrachteten ihn, den Botschafter, wie er so skeptisch dreinsah, so hochmütig, so männlich, hinübergeschlummert in die Regungslosigkeit des erhabensten aller friedlichen Zustände. Ob er wohl wiederum aufwachen würde nach seiner Gewohnheit? Ach, es stand kaum zu erwarten: das irdische Gebäude, von Gottes wundervollem Atem verlassen, ruhte erkaltet auf dem Paradebett, schon war die Seele droben am Firmament, weit über den Menschen, und die tiefe Selbstvergessenheit, die er zur Schau trug, zeigte an, daß eine Rückkehr nicht gewünscht wurde. Denn während die Lider sich über den Augen geschlossen hatten, während die Wangen anhoben, über den Knochen einzusinken, während Schläfen, Nasenflügel und Lippen sich in der Form vergeistigten, die Stirn reiner hervortrat, das Profil, voll geheimnisvoller Entschiedenheit, sich verschärfte, erschien Alles, was Don Giovannis Größe ausmachte, noch einmal in seinen Zügen – wie zu Besuch und ohne Masken: seine Klarheit; seine unbedingte Herrschaft über das Leben; die stolze Distance zum Schmerz; die Überwindung jeder Art Angst; der feudale Ton, in welchem er, herablassend, mit dem Schicksal verkehrte .. Und dieser Sieg eines Characters besaß so überwältigende Dimensionen, gemessen an der Banalität von Alltag, Dasein, Beruf, Unglück oder Glück, daß ein Mensch, dem der Alltag bevorstand, die paradiesische Lockung spüren konnte: wie sie geisterte und ihn dorthin zog, wo man gestorben war und vollendet.

Ja, er mußte wohl gern gegangen sein – daß er liebte, hatte ihn nicht gehindert. Siete costante .. seien Sie standhaft! Das sprach sich leicht. Sie war noch auf Erden, zurückgelassen in der verzweifelten Einsamkeit derer, die zu sehr lieben, um schnell zu vergessen – und das Leben wollte geleistet sein. Es wollte, daß auch die Solisten einmal Ja sagten, sich opfernd für eine Gemeinde, die sie verachten und meiden, doch nie aus der Welt schaffen konnten. Don Giovanni aber leugnete um des Leugnens willen. Vergaß er, daß er Botschafter gewesen? Denn ihr, der Prinzessin, war es unzweifelhaft, daß er, des Handelns gewohnt und das Grübeln nicht schätzend, in der einstmals so rastlosen Tätigkeit seines Amtes sich weniger schroff würde verhalten haben. Immer wieder gab es da Compromisse, gab es notwendige Conventionen. Durfte sie demnach urteilen, da sie ihn nur in den Wochen seines Sterbens kannte? Vielleicht wäre er, ohne das Attentat, gleich ihr an den Punct gekommen, wo man einsah, daß gerade die Welt des Menschen, die man verteidigte, im Chaos ertrank, wenn der Solist nicht in der letzten Minute den Degen senkte. Die Consequenz allerdings war fürchterlich. Man hatte ihr die Entscheidung buchstäblich in den Schoß gelegt, die Entscheidung über Zehntausende von Schicksalen, Zehntausende von gräßlichen Todesarten; Leiden, Qualen und Foltern von der allerblutigsten Sorte. Besaß man da noch ein Recht auf Starrsinn und Weigerung? Freilich: was es den Geist *kostet*, sich erniedrigen zu sollen, was es ihm bedeutet, dem Stolzen und Einzelnen, mit Bewußtheit und Vorbedacht und bohrender Überlegung sich mißbrauchen zu lassen für sie, die Animalischen und Vielen, und wie es ihn zerschneidet, freiwillig für sie unterzugehen, auf daß sie nicht umkämen – das würde niemand aus der Herde derer begreifen, die da »Rette uns!« schrieen, und noch in der Hingabe des Eigenen würde man ihnen unendlich fern sein, sie wußten ja nicht, was das ist: die Seele.

Unterdem klopfte es. Man klopfte an die Tür, und Prinzessin Danae erinnerte sich, in einem Cabinett zu sein, das einen Toten beherbergte. Diesen Toten wollte man bestatten, nichts war natürlicher.

In der dämmrigen Nische erschienen vier weiße Gestalten, würdige Leinen-Kittel, und die Instrumente, auf silbernem Tablett ihnen nachgetragen, blinkten kalt.

– »Um Vergebung, Königliche Hoheit«, sagte der Würdigste, nachdem sie sich Alle verbeugt und wieder aufgerichtet hatten: »Das Herz . .«

»Ja . .?« fragte die Prinzessin, unsicher, was davon zu halten sei.

– »Es soll entfernt werden . . Das Übliche. Es war der Wunsch Seiner Excellenz.«

»Entfernt . .« sagte die Prinzessin. »Ja . . Wenn es das Übliche ist . .« Und mit bedauernder Geste, als wolle sie anzeigen, sie verstünde es nicht ganz, ging sie hinaus.

Die Chirurgen aber bereiteten sich kühlen Herzens auf das Übliche vor. Sie consultierten einander, ob man den Botschafter entkleiden solle, oder ob es genüge, die Brust . . Nun, das Blut würde wohl keine Umstände mehr machen, tot und vergiftet, wie es war. Sie kannten den Tod, er stimmte sie nicht traurig, im Gegenteil, sie mochten ihn recht gern, er gab ihnen zu leben, ja, sie scherzten sogar ein wenig. Und dann wuschen sie ihre Instrumente.

Derweilen klopfte es. Es klopfte kurz und selbstbewußt, ein ausgesprochenes Herrenklopfen. »Herein!« rief der leitende Arzt, laut und fröhlich. Er zückte sein Scalpell, setzte es auf den Ort, an den es gehörte, zwischen die Rippen, und schickte sich an, die durchaus nicht schwierige Operation zu bewerkstelligen. Aber obwohl Complicationen bei einem Gestorbenen nicht zu befürchten waren, enervierte ihn das Bewußtsein, daß die Tür offen stand. »Bitte doch die Tür zu schließen!« rief er ungehalten, während der Ellbogen des Gehilfen, bei dem Bemühen, die Schnittstelle vollends zu entblößen, das Jabot weiland Sr. Excellenz zerdrückte, das duftige, sorglich geordnete. »Zum Teufel, machen Sie doch die Tür zu, wer ist denn da gekommen?«

»Ich«, sagte eine freundliche Stimme, und ein bärtiger Greis im weißen Leinen-Habit, begleitet von seinem Bedienten, der vor dem Bauche einen Kasten mit allerlei Fläschchen, Scheren, blitzenden Messern und Pincetten trug, schritt, ohne viel Federlesens, auf die Leiche zu, nachdem er seinen von Schlangen umwundenen, reichlich übertriebenen Spazierstock gegen die Tapete gelehnt hatte. Er rieb sich die Hände, als komme er aus frischer Schnee- und Firnenluft, lächelte gewinnend und etwas einfältig, schob den Collegen zur Seite und sagte nichts als: »Erlauben Sie . .« – worauf er seinerseits zum Scalpell griff, um es auf jenen Ort zu setzen, an den es gehörte, zwischen die Rippen.

– »Aber, aber!« wandte der Chirurg mit einigem Unmut ein. »Ich wüßte gar nicht – wer sind Sie denn, Herr College?«

»Aesculap«, sagte schlicht der Fremde. »Ich bin der Arzt.«

– »Gestatten Sie gütigst, der Arzt bin ich.«

»Sie irren, oder Sie wissen nicht, wen Sie vor sich haben. Sie sollten ins Knie sinken nach Recht und Billigkeit. Wissen Sie nicht, daß ich Ihr zuständiger Gott bin? Es erheitert Sie? Nun, dann will ich Sie fragen: sind Sie diesem Herrn überhaupt vorgestellt?«

– »Das allerdings nicht«, erklärte der Chirurg unter Tränen, und sein Bart, denn er trug einen solchen, bewegte sich auf und nieder, so sehr amusierte ihn die pathetische Unverschämtheit dieses Possenreißers, »das allerdings nicht, nein . .«

»Nun also«, sagte der Gott. »Sie können doch nicht einen Menschen operieren, dem Sie nicht einmal vorgestellt sind! Manieren . .«

Hier ließ der Gehilfe die Leibwäsche des Botschafters aus den Händen, sodaß vorerst nicht geschnitten werden konnte. »Was denken Sie sich eigentlich?« rief er erbittert. »Was gibt Ihnen ein Recht

zu dieser unqualificierbaren Einmischung? Nehmen Sie augenblicklich Ihr Scalpell aus der Leiche!«
Aesculap blickte würdevoll auf. »Junger Mann, ich behandelte diesen Herrn«, sagte er stolz. »Ich erhielt ihm sein kostbares Leben um volle vier Wochen, und ich zweifle, ich zweifle daran, ob einer von Ihnen, meine Herren, sich mit mir an ärztlicher Kunst messen kann. Und jetzt halten Sie gütigst die Brust des Botschafters frei, es dürfte keine Frage mehr sein, daß ich als Einziger befugt bin, dies Herz zu demontieren.«
– »Kostbar!« rief der Assistent, mit Verve, da der Professor vergeblich nach Worten rang. »Nicht den Schatten von Befugnis haben Sie!«
Auch dem Vierten riß nun die Geduld, aber sie riß ihm exacter, er gehörte zu jenen, die scharf beobachten. »Im Übrigen«, bemerkte er trocken, »setzen Sie völlig falsch an, völlig unacademisch. Ich bitte Sie: auf welche Weise«, und er trat an die Stätte des Gemetzels, »auf welche Weise wollen Sie da jemals einen sauberen Schnitt führen, einen classischen und sparsamen, aesthetisch bezwingenden Schnitt?«
»Ich operiere nach *meiner* Methode«, entgegnete der Gott, »und sie ist eine göttliche Methode, von der Sie lernen könnten, junger Mann!«
Inzwischen war der Chirurg wieder zu sich gekommen. »Antiquiert!« schrie er, »gänzlich antiquiert!«, und seine Stimme überschlug sich. »Der College hat absolut Recht: hier setzt man an, nur hier, und es wird ein Meisterschnitt. Meine Herren, das ist ungefähr das Eleganteste, was es an Herz-Extraction gibt, ich werde Ihnen diesen Schnitt jetzt vorführen . .«
Er versuchte, den lästigen Olympier fortzudrängen, doch Aesculap wich und wankte nicht. »Dem Toten tut es nicht weh«, erklärte er freundlich, »und mir macht es Freude, so zu schneiden, statt so« – und sein Scalpell fuhr docierend in die Kreuz und die Quer.
– »Aber uns tut es weh!« rief der Assistent, »uns macht es alles Andere als Freude, Sie operieren barbarisch, die Wissenschaft hat Sie längst widerlegt!«
»Ha-ach, die Wissenschaft, entschuldigen Sie vielmals, ich halte wenig von ihr. Die Erfahrung, meine Herren, die Erfahrung meiner zweitausend Jahre, die ich nun schon die Ehre habe, als Arzt und Wohltäter zu wirken –«
– »Sie greifen die Wissenschaft an? Herr!!«

Und immer wilder, immer erbitterter tobte die Schlacht um das Herz der Leiche, und keiner der Combattanten bemerkte das sardonische Lächeln des Toten . .

So wäre es fort und fort gegangen, das Kriegsglück hätte sich bald hier, bald dorthin geneigt, man wäre endlich dahin gekommen, sich gegenseitig das Herz aus der Brust zu montieren, um Wert oder Unwert von Wissenschaft oder Erfahrung zu beweisen, wenn nicht die Tür sich neuerlich geöffnet hätte. Nach einem erstaunten Blick auf diesen Hahnenkampf, der mit aufgereckten, rot geschwollenen Köpfen, mit beschwörenden Gesticulationen, mit quellenden Augen und flatternden Haaren ausgefochten wurde, warf die Prinzessin, kurz und klar und äußerst indigniert, das eine, vernichtende Wort in die Waagschale: *»Aber!«*

Da wandte sich Alles nach ihr um, vier zerschmetterte Hofärzte und ein fremder, tief genierter Greis.

»Wer sind Sie?«

– »Ich bin der Arzt, bin Aesculap, der Gott.«

Nun, die Wirkung war leider nicht die gewünschte, denn die Prinzessin erklärte kühl und verletzend: »Es nimmt kein Ende mit Göttern, und die Götter betragen sich in einer Weise, daß der Mensch sich schämt. Was wollen Sie?«

– »Ich will das Herz . .«

– »Er will das Herz«, rief der Chirurg voll hysterischer Heiterkeit.

– »Er operiert unacademisch«, bemerkte der scharfe Beobachter, »die Wissenschaft hat ihn längst widerlegt.«

– »So lassen Sie mich doch ausreden!« verlangte donnernd Aesculap und stampfte mit dem Fuß, was zumindest etwas ungehörig war. Und als man wieder ruhig geworden, fuhr er, zur Prinzessin gewendet, fort: »Ja, ich will das Herz. Im Auftrag meines Kaiserlichen Herrn Großvaters komme ich, das Herz des Botschafters zu holen.«

Don Giovanni lächelte sardonisch.

»Das Herz ist ein bloßes Organ«, sagte Danae, »es gehört der Erde, nicht dem Himmel oder Ihrem Herrn Großvater, der sich wohl kaum an Venen und geronnenem Blut wird rächen wollen, nachdem die Seele ihm échappiert ist. Herr v. Legua hatte es mir bestimmt, meine Herren, als testamentarisches Legat. Ich habe das weder gewollt noch gewußt, und nach dieser Scene wünsche ich einzig, daß Sie jetzt gehen. Bringen Sie das da wieder in Ordnung.«

Die Chirurgen gehorchten. Unter tiefen Bücklingen suchten sie zögernd einen Abgang, der ihrer Ehre nicht zu nahe trat, während der Gehilfe sich eilends über Wäsche und Jabot beugte, um die Spuren der Wissenschaft zu tilgen.
Aesculap, gleichwohl, ein Greis und eigensinnig, gab das Spiel noch immer nicht verloren. »Wollen Sie gnädigst bedenken, Prinzessin, daß ich es war, der dem Botschafter jedes einzelne Mal sein Leben verlängerte, wenn er Ihrer gedachte. Ich habe demnach einen Anspruch auf dieses Herz, einen Rechts-Titel . .«
»Sie haben sich nur zurückzuziehen«, sagte Danae. Und Pasquale Gheotta, der soeben – im Ornate, was den heidnischen Gott unverzüglich in die Flucht schlug – ganz unbemerkt hereingekommen war, fügte mit einem Schwermuts-Blick, doch würdevoll, hinzu:
– »Denn dieses Herz gehört der Kirche.«
Don Giovanni schwieg auch dazu, und sardonisch war sein Lächeln.

XXIV. Capitel

Vortrefflich war Alles geplant – nicht umsonst, das zeigte sich nun, besaß man Hofmarschall und Hofmarschall-Amt, besaß man einen Generalstab des Pompes, gewöhnt, minutiös zu arbeiten, und geschult in der schweren Kunst, verschwiegen zu sein. Um wessentwillen man draußen, vor den Toren der Stadt, den Tempel Jupiters so auffällig verwandelte, das wußte niemand. Man wußte nur, der Cardinal-Legat celebrierte die Totenmesse, danach sollte sogleich das Défilé erfolgen, aber man hörte nicht, daß von einem Leichen-Banquett die Rede war, im Gegenteil, es schienen ganz andere Dinge bevorzustehen, Dinge . . und man wunderte sich. Zum Exempel die Wagen, statt daß sie gewartet hätten, wo man sie brauchen würde, fuhren einfach hinweg, auf Umwegen irgendwohin – mysteriös . . Ja, in der Torhalle stand gar des Königs Staats-Carrosse, aus dem Parke, unter den Remparts hindurch, war sie hinein gerollt, was wollte sie dort? und die Pferde scharrten.
Lauter ungelöste Fragen, denn die Maschinerie verriet sich durch kein noch so leises Knirschen. Man ahnte nur, ein coup de théâtre lag in der Luft, tausend verschleierte Einzelheiten deuteten auf eine Schaustellung von beträchtlichem Ausmaß, virtuos musiciert, emporgetürmt zu gewaltigen Accorden. Und nicht nur, daß alle Sce-

nen vorberechnet, Acteure und Actricen, ohne ihre Rolle zu kennen, voll auf dem Plane waren, Orchester und Dirigent, ohne geprobt zu haben, ihr Bestes leisteten: selbst das Irreale des Schicksals, welches die Herzen lenkt, hatte hingebungsvoll daran gewirkt, dem Inneren der Prinzessin jene Clairvoyance zu verleihen, die ihr nötig war, um den Solo-Part mit Bravour zu spielen. Nicht umsonst hatte es sie an das Bett des Toten gezwungen, sein starres Leugnen und seinen tyrannischen Willen zu überwinden, nicht umsonst ihr die verletzende Obduction der Leiche vorgeführt, auf daß sie einmal *hinter* die Prunk-Oper von Ehrfurcht, Devotion, scheinbarer Berufung und geheuchelter Pietät schaue – mit jenem entlarvenden Blick, den diejenigen, welche den Menschen regieren sollen, nicht früh genug tun können.

Nein, das Schicksal meinte es gut mit ihr, indem es ihr hart und schnell das Glück, die Freude und all die großen Illusionen raubte, die dem Volke wohl anstehen mögen, nicht aber dem Throne .. Und es war Alles vorzüglich bedacht.

Der Monarch, in der Uniform eines Feldmarschalls, als Erster vor den düsteren Catafalk tretend, heftete auf das Ordenskissen des Botschafters das Commandeur-Kreuz der Krone von Myrrha, das der General-Adjutant ihm reichte, er grüßte straff mit dem Commandostab, während bei Trauer-Geläut und Largo-Canonade das Requiem zum schwarzen Himmel emportönte. Dann, während die folgenden Personen des Königlichen Hauses, Diplomatie, Großwürdenträger, Generale und Admirale, Geistlichkeit, Hofchargen und geringere Suite sich bereits in Bewegung zu setzen oder zu ordnen begannen, wandte er sich ab, nachdem er souveränen Pflichten genügt, die Torfahrt entzog ihn den Blicken. Majestätisch verschluckte sie Einen nach dem Anderen, Königin, Thronfolgerin, gichtische Grafen, streng denkende Militärs .. Doch eben, daß man den Zug recht wahrgenommen, der sich da langsam ins Dunkle bewegte, so entstand eine Gegenbewegung. Schweigende Trompeten erschienen im Mittelportal, Pferde unter schwarzen Schabracken, mit riesigen Augen melancholisch aus Masken schauend, und dann die goldene Carrosse, mit Flor behangen, denn es war Hoftrauer. Kurz, es erschien die Spitze jenes cortège d'honneur, den der Generalstab, gehüllt in Heimlichkeit, so exact zusammengestellt hatte, und nahm seinen Weg, durch eine freigehaltene Gasse des Ehrenhofes, hinter den Tribünen her. Hatten die Ahnungen doch nicht getrogen! Nun kamen wohl Dinge, die weit über ein Leichen-Banquett hinausführten ..

Aber welch eine Zeitung, welch eine erstaunliche, lief bald darauf durch das Volk! War es zu glauben: in der goldenen Carrosse saßen nicht, wie es die heikle Frage von Rang und Vortritt verlangte, die Majestäten, um, wie überall, so auch hier, den höchsten Glanz auf die höchste Person zu concentrieren, sondern es saß in ihr – ja, konnte man denn das Protocoll so einfach umstoßen? – es saß in ihr, ohne vom Rückenpolster Gebrauch zu machen, tatsächlich, die Prinzessin, und ihre ganze Art zu sitzen drückte vollendete Ablehnung aus. Wie steif, wie hochmütig, wie verschlossen in ihrem Kummer, den sie nicht zeigte – nur die tiefe Verschleierung sprach davon. Nun, mochte sie Schleier tragen, so viel sie wollte, das galt dem Volke gleich: mit einem einzigen Blick in die Sensation, daß der Monarch den Vorrang, den er noch eben für sich beansprucht, der Tochter abgetreten hatte, begriff man, um was allein es sich hier handeln konnte, und mit dem zweiten Blick in den zweiten Wagen gewann man Gewißheit: das Protocoll *war* umgestoßen. Denn in diesem zweiten Wagen, unmißverständlich, folgten die erlauchten Eltern, sie absentierten sich nicht, gaben nicht durch ein Fernbleiben ihre Erstgeburt leihweise auf, sondern bewiesen es geradezu, welch einen Sinn sie dem Changement beizulegen wünschten. Und flüsternd, noch immer wallten Trauermarsch und Trauerflammen empor, trug man die Kunde weiter.
Wagen nach Wagen rollte langsam aus dem Portal, flanquiert von Cavallerie, die tänzelnd aus Seitentoren quoll, kein Ende schien abzusehen. Aber nach solcher Ouvertüre, ohnehin, kümmert sich Neugier nicht um das Ende: der Anfang war es, die Spitze, um die der Haufe sich drängte, vorn mußte man sein, mußte Schritt halten mit denen, die nach göttlichem Ratschluß die Weltgeschichte machten .. So wälzte man sich, über Ruinenfelder, dem Tempel entgegen, und die, denen das Glück geworden, sich gleichsam an die Robe der Prinzessin klammern, mit ihr auf der gleichen Höhe bleiben zu können, erlebten nun, was zu erleben sie seit Wochen gehofft, in solcher Pracht freilich sich niemals auszumalen gewagt hatten, und sie erlebten weniger das bewegende Factum, danach ihre Seele dürstete, als das grandiose Schauspiel, das ihre Augen blendete, mochte Gott auch noch so viel Düsternis darum breiten.
Man war angekommen. Auf dem Blachfeld standen die Garden, ausgerichtet nach der Schnur standen sie in großem Carré, ein Ausdruck von Königstreue lag auf ihren Gesichtern, und so praesentierten sie ihre Piquen, Mousqueten, die Officiere den Degen.

Der Wagen der Prinzessin hielt, die Heiducken sprangen vom Rücksitz, um den Schlag aufzureißen und den Tritt herauszuklappen, während die begleitenden Chasseurs zu den Seiten ausschwärmten, ihre Pferde steigen, tänzeln, schweifschlagen ließen und sich, noch im Traben, zu plötzlich sehr wohlgeordneten Gliedern formierten.
Nun hielten die Majestäten. Auch dort sprangen die Livreen herab, rissen den Schlag auf, die Cavallerie trabte davon, der Wagen rollte hinweg, der König betrat die Scene .. Die Prinzessin aber, das Gesicht zum Tempel, verstand sich zu einer allerhöchst aufregenden, unübertrefflich einfachen Geste: sie hob, als mache ihr das gar nichts aus, den Flor vom Haar, überreichte ihn dem Oberhofmarschall, welcher ihn knieend empfing, und dann nahm sie Platz auf einem Sessel, der, vergoldet, unter rotem, besticktem Baldachin und weit von allen anderen abgesondert, eigens für sie bereit stand.
Sie trauerte also nicht mehr? Das war ja schnell gegangen ..
Der König bedankte die Parade, indem er den Marschallstab ein wenig in die Luft hielt, er nahm den Sessel zur Rechten, die Königin den zur Linken, und während man die Königs-Hymne blies, rollte der Wagen des allmächtigen Ministers vor, die Heiducken öffneten den Schlag, der Graf allerdings wartete, bis die Hymne verklungen war. Dann erst entstieg er dem Fond, gestützt auf seinen goldgeknauften Stab, ein infamer Schmerz, bis hinauf in die Gegend der Nieren, durchzuckte ganz leicht sein Gesicht – welch ein Herr, trotz aller Gebreste! Des Grafen Sessel, im Übrigen, unterschied sich nur dadurch von denen der Souveräne, daß er, wo nicht auf den Teppich, so doch auf den Baldachin verzichten mußte, und immerhin, wie die Ereignisse beweisen sollten: es war schon wertvoll genug, daß man als Einziger, obwohl kein Prinz von Geblüt, einen Fauteuil hatte – denn was nach ihm eintraf, das stand.
Man überlegte, wie lange es dauern würde, bis Wagen auf Wagen entleert, Charge auf Charge gemäß einem strengen Protocoll postiert war. Alles, was Namen hatte auf der Insel, wofern es nicht leider bei dem Erdbeben umgekommen, erschien zu einem Kron-Act von höchster Bewußtheit, *feudaler* Bewußtheit – auch wenn ein bei Hofe nicht zugelassener Gott daraus den Fehlschluß zog, man huldige ihm. Und noch nie hatte Myrrha erlebt, daß die Mitglieder des Königlichen Hauses eher zur Stelle waren als der rahmende Hofstaat – dies durfte wohl Einiges bedeuten. Man betrachtete die Scene, den weißen Mondlicht-Tempel, den schwarzen Decor, gleich einer nach oben geöffneten Muschel über dem Ein-

gang gewölbt, man bewunderte die Tapisserieen, die, von Fackeln gesäumt, den Stufen entgegenführten, und unterdrückte jede Reaction, als hinter den Bronze-Türen, die endlich aufgetan wurden, strahlende Helle hervorbrach. Denn da sah man nun, mit einer gewissen hochmütigen Befriedigung, daß selbst die Fülle von warmem Kerzenlicht, mit der Gott sich verwöhnte, gar keine Rolle spielte, sondern es hatte der marmorne Zürner, genau wie alle Anderen, zu warten. Stunden waren vergangen seit dem Beginn der Exequien, man hörte den Seegang donnern, der trotz Windstille die Insel umtobte, Podest und Sarg des Toten, dort unten in der Stadt, harrten des Schiffes, das unter großem Aufwand von Oel landen sollte, um nach Venedig zu bringen, was an Don Johann sterblich gewesen, und auf ein baldiges Dîner brauchte man nicht mehr zu rechnen .. Aber es mußte dem Gotte einmal gezeigt werden, wie es aussieht, wenn man sich vornehm aufführt: mit welcher Selbstverständlichkeit dieser Stil, ohne den man auf Myrrha nicht wohl réussieren konnte, hierselbst gehandhabt wurde. So herrschte denn Schweigen, nirgends ertönte ein Seufzer, nichts war zu hören, außer dem Seegang, wie gesagt, der als ein dumpfer Contrapunct die Trauer-Musik untermalte – wofern diese nicht eben pausierte –, während das unablässige Rollen der Wagen den basso continuo abgab.

Es war eine harte Prüfung für den Gott, man mutete ihm sehr viel zu und beneidete ihn nicht um dergleichen Insultationen, die zu ertragen Humor und Geduld erforderte. Ach, es war so viel, was ihm da abverlangt wurde, daß er schneller als gehofft die Contenance verlor.

Er schmetterte einen Blitz herab, nicht zu glauben! einen einsamen, höchst ungezogenen Blitz, der irgendwo in der Stadt einschlug, wo man jetzt friedlich zu Mittag speiste, gesetzt, daß man nicht zu repraesentieren hatte. »Quel affront«, murmelten einige der Würdenträger, »Beklagenswert«, constatierten die Damen, »dieser Mangel an Geschmack!« – die Fürstlichkeiten aber äußerten sich nicht, und die feierliche Darstellung ihrer eigensten, hohen und menschlichen Cultur nahm, ungeachtet göttlicher Entgleisungen, ihren Fortgang.

Die Queue mußte wohl noch in der Vorstadt sein, jedenfalls lief schon nach Kurzem, vom Schloß her über Hunderte von Carrossen, in denen man sich langweilte, die Kunde bis hier auf den Schauplatz des Staats-Actes, jener einsame Blitz habe in den Catafalk

des Botschafters geschlagen und den Cedernsarg in Brand gesetzt, es sei indessen sogleich gelöscht worden.
»Incroyable«, erklärten halblaut die Damen, »Welch ein Ausbruch von Rachbegier«, sagte verhalten der Minister mit seiner auch da noch geborstenen Stimme, »Berichten Sie der Prinzessin«, entschied der König. Doch die Prinzessin überbot sich in lästerlicher Geringschätzung: »Warum denn löschen?« fragte sie. »Herrn v. Legua wird es Vergnügen machen, verbrannt zu werden« – wobei in ihre Augen jener Ausdruck unschuldigen Erstaunens trat, der etwas dermaßen Aufreizendes haben konnte, daß stolze Grandseigneurs, in manchen Situationen, mit den Zähnen zu knirschen begannen.
Die Feierlichkeit nahm ihren Fortgang, man hatte noch nicht gespeist . .
Und dann endlich war es so weit.
Auf einen Wink des Hofmarschalls, die Trommeln wirbelten, setzte der Obersthofceremoniar, eine Ceremonien-Maschine, sich langsam in Gang. Er schritt, durch das Spalier von Fackeln, auf den Tempel zu, der weiß und gespenstisch – als scheine ein Mond über ihm, den Myrrha indessen nicht mehr kannte – unter der mittäglichen Nacht lagerte. Der Ceremoniar vermied den Teppich, vermied ihn als einem jungfräulichen Fuße vorbehalten, er schritt die Stufen empor, auf der letzten kehrte er sich um. Er entrollte ein Pergament, ein Beamter löste die Siegel, ein Bediensteter hielt die Fackel, und schmetternd, eine Suite von lauter Trompetenstößen, erfolgte die Verlesung eines Protocolls ohnegleichen.
»Wir, Danae«, trompetete der Ceremoniar, ungerührt in steinerner Beamtenseele, »Wir, Danae, Francesca, Albertine, Carlotta, Sophia, Antonia, Clementine, Prinzessin von und zu Myrrha, Theodosia, Grusidos und Olympienlust, Souveräne Fürstin von Potamikali, Durchlauchte Fürstin im Hendekanes, Erlauchte und Markgräfin in Kaliakra und Gasarrhania, Gräfin zu Novaterra, Santalba, Terrani, Palarmos, Gelmion und Albazynthos, sowie zu Hennersdorf, Standesherrin auf Alt- und Neu-Kaledon, haben die Gnade gehabt, Uns, um eines allgemeinen Wohles willen, zu einer Antwort zu entschließen, in welcher Wir zu bekunden belieben, daß einer nicht näher zu qualificierenden, auf das Formloseste vorgebrachten Forderung in aller Form Genüge geschehen mag. Gegeben in Seiner Majestät Residenz zu Myrrha, gesiegelt und gezeichnet Danae, Prinzessin zu Myrrha, urkundlich contresigniert Alpha-

nios Rex, Le Comte de Godoitis, Premier Conseiller du Roi, v. Borromeo, Admiral der Flotte, als Ihrer Kgl. Hoheit Gouverneur.« – »Ha . .« sagte ein Grande in genüßlichem Grimm.

Aber der Ceremoniar war noch nicht am Ende:

»Der Minister des Kgl. Hauses. Ihre Kgl. Majestäten geben unter heutigem Datum die Verlobung Ihrer einzigen Tochter, der Erbprinzessin Danae, Kglr. Hoheit, mit Sr. Kaiserl. Majestät Jupiter Tonans, Chef des ehem. Souveränen Hauses der Chroniden, Ihren Staaten und Untertanen zu wissen. – Contrepage: Ich, Zeus, habe die Ehre, meine unter heutigem Datum erfolgte Verlobung mit Ihrer Kgl. Hoheit, Danae, Prinzessin zu Myrrha, einziger Tochter Sr. Majestät, Alphanios, Regierenden Königs von Myrrha, und allerhöchst Seiner Gemahlin, Olympia, geb. Prinzessin Astypalaia, anzuzeigen. In absentia per procurationem: Papadakopulos, Metropolit. – Der Empfang wird auf den 21sten Tag, gerechnet vom leiblichen Erscheinen des hohen Bräutigams, im Thronsaal hiesigen Residenz-Schlosses festgesetzt. Alle Einzelheiten der Praerogativen, sowie des kirchlichen Übertrittes, regelt das Kgl. Département der Justiz- und geistlichen Angelegenheiten.«

Danae erhob sich. Heiducken eilten herbei, ergriffen den Baldachin. Zwei Ehrendamen, die eine von links, die andere von rechts, jede auf schwarzem Samtpolster ein weißes Etwas darbietend, traten an die Prinzessin heran. Die Prinzessin nahm von dem linken Kissen ein Myrthen-Diadem, von dem rechten einen Kashmir-Schleier, an dreißig Fuß lang, ein wahres Elfengespinst. Beides, alte Braut-Stücke des Hauses Myrrha, befestigte sie, wie das Herkommen es vorschrieb, mit eigener Hand auf dem Scheitel. Dort brannten zwar, wie man weiß, bläuliche Elmsfeuer, aber sie besaßen die Courtoisie, geschmeidig hindurchzutauchen. Königspaar und Minister-Praesident erhoben sich, standen steif vor ihren Sesseln, die Fackeln wurden gesenkt, man trug den Baldachin über der Prinzessin einher, bis sie, betont langsamen Schrittes, oben in der Vorhalle angelangt war, wo Ceremoniar und Erzpriester die Stirn auf den Marmor neigten.

Das Allerheiligste war erleuchtet: das gab der Scene besondere Poesie, zumal die Prinzessin, indem sie da hinein wandelte – in der Tat, man konnte es wohl ein Wandeln nennen –, auch nicht *ein* Mal zögerte oder zurück sah. Es fiel schwer, über der Pracht dieses lebenden Bildes nicht ganz zu vergessen, daß es Dinge gibt, die scheinbar poetisch sind, aber was darunter vorgeht, in den Seelen, davon macht man sich gar keinen Begriff. Und nun blieb sie einfach stehen, mitten vor der Statue des Gottes. Sie verweigerte ihm sogar die Reverenz, nickte kurz nach der Seite hin, wo der Ceremoniar auf das Zeichen wartete, und blickte für eine Secunde in den Text, den er ihr reichte.

»Angesichts all des Unrechtes«, sagte sie und betonte es nicht einmal sehr, aber man verstand es unten bis in das kleinste Wort, Wölbung und Wände trugen es hinaus in die Menge, die angespannt lauschte, »angesichts all des Unrechtes, das Sie, mein Herr, über die Welt gebracht haben, angesichts Ihrer Macht, die Sie mißbrauchen, angesichts des Elendes, der Gewalt, der Unterdrückung und der Finsternis, im Namen meines Volkes: verfügen Sie über das, was an mir sterblich ist.«

»Es wird mir ein Vergnügen sein«, erklärte die Statue, nur Danae hörte es, und sie zuckte so wenig wie der Marmor, auf dem sich, weil Marmor, kein Muskel gerührt hatte.

Im Volk hörte man Flüstern und Bewegung, manch Einer konnte nicht länger an sich halten, man fühlte die Stille wie eine Last auf der Brust. Der Hof aber schwieg eisig, denn es war Hoftrauer.

Und die Prinzessin, ohne noch zu warten, während doch jedermann nun unmittelbar auf das Wunder rechnete, ja, es geradezu als etwas schlechthin nicht mehr zu Verweigerndes verlangte, gewissermaßen darauf pochte, daß jetzt sofort etwas geschah, was die Situation entscheidend veränderte – die Prinzessin, kühl und vornehm, wandte sich davon. Ihre Hand, melodiös, hielt den Fächer, ihr Ellbogen, ganz leicht, lag auf dem Reifrock auf, Reifrock und Schleier, mit leisem Rauschen, schleppten über den Teppich, ihr Fuß erreichte die oberste Stufe, und dort, mit einem Erstaunen, das über jedes gewohnte Maß hinausging, hielt sie inne.

Der geneigte Leser wird nun auch an den Punct gekommen sein, wo es sich empfiehlt, den Atem anzuhalten. Gesetzt, es sei dem Chronisten gelungen, trotz hin und wieder ein wenig weit getriebener Skepsis, ihm die mindeste Vorstellung von dem zu übermitteln, was den Barocco heilig und was ihn wonnevoll dünkte, wird er sich noch einmal all die düsteren Umstände vor die Seele rufen: das Erdbeben, die vielen und unterschiedlichen Todesfälle, die in seinem Gefolge leider statthaben mußten; Zerstörung allerorten, Grauen, wohin man blickte; die ausgebrannten Ruinen, das Verfaulte auf den Feldern; die Bäume von Ruß bedeckt, die Waldstücke voll von Briganten; Mord und Frevel, durch die Gehölze schleichend .. Er wird sich das schwärzeste Schwarz, aus dem jede Minute ein Blitz herabzucken kann, in einer Weise ausmalen, die, auch wenn sie allerübelsten Phantasien entspränge, niemals, nicht einmal von ferne, jener Wirklichkeit entsprechen würde, welche das Reich weiland des Königs Alphanios heimsuchte: ein Schwarz, schwärzer als das der Raben, einen ganzen Himmel voll Pech, herabhängend bis auf die Erde, die es wie ein Ersticken ankommt, und dies Alles seit Wochen nun schon, kaum daß man noch wüßte, seit wann, einen widerlichen Schwalch von Wolkenteer, vor dem man sich ekelt, wie er Mund und Nase verstopft, Zunge und Gaumen belegt, den man ansehen muß Tag für Tag, ob man nun will oder nicht – wie das niederzieht, unerträglich, bis zur Verzweiflung .. Er wird an die Lust des Jahrhunderts denken, das ein Jahrhundert der Weltfreude war, und an die Verfinsterung dieser selben Welt, über der die Mächte des Bösen brüteten; an das geheimnisvolle Hinscheiden Don Johanns, bei welchem Götter ihre Hand im Spiele gehabt, an den Brandsturm in der östlichen Vorstadt, und wie die kleinen Kinder ins Feuer wehten .. Ja, er wird sich Mühe geben, der geneigte Leser, hoffentlich! auch wenn es ihm wenig bedeutet, weil er nicht, wie die Bürger Myrrhas, volle vier Wochen ohne Sonne und ohne jede noch so karge Seligkeit in lauter Vernichtung, Pest und schauriger Daseinsbedrohung hat leben müssen, er wird sich Mühe geben, sie zu verstehen, ihre Angst, ihr stumpfes Hoffen, ihr Schreien, Fordern und Schwatzen; er wird ihnen nahe sein, er, ein Unbeteiligter, den Gequälten und Geplagten, auch wenn er das nicht realisieren kann, was es heißt, dieses schon so gut wie verlorene Dasein plötzlich wieder en vue zu haben, weil eine jugendliche Prinzessin ihre Bereitschaft erklärt, den Leiden des Volkes die eigene Unschuld zu opfern: wie das ist, angesichts einer solchen Sachlage, die nicht die mindeste Aussicht zu bieten schien, und nun ist sie da, die Aussicht, für Zehntausende von Menschen, die mehr als einmal den Wahnsinn über sich fühlten, nun steht sie auf der Tempelstufe, und es ist wie ein Schlag von innen her gegen die Lunge, sodaß man nicht Luft zu holen, geschweige denn ihren Blicken zu folgen wagt, weil man befürchten muß, man würde vom Schreck, mitten ins Herz, getötet, wenn man erführe, *was* die Prinzessin da unversehens versteinerte .. Aber selbst der Unbeteiligte, der noch die extravagantesten Dinge blasiert als auf der Hand liegend hinnimmt, selbst er wird zugeben, daß, wenn eine so kühle, in steter Contenance groß gewordene Dame plötzlich erstarrt, dies wohl Einiges bedeuten muß ..

Denn wirklich, dergleichen hatte noch niemand jemals an ihr wahrgenommen, und nun nahm man es wahr, seit mehreren Minuten, bei völlig stiller Welt; sie versuchte, den Atem festzuhalten, die Prinzessin Danae, und die Augen weiteten sich, und ihr Weißes leuchtete durch das Dunkel.

Nun: derart geschah es. Es war ein so wilder Moment, der vor der Türe stand, so herrlich und gewaltig, daß selbst der ungeneigte Leser verstehen muß, wenn selbst die leiseste Ironie daran zuschanden wird – und Alles geschah auf einmal. Ganz weit dort draußen, wo der Himmel, ein kleiner Streif Schwefelgelb, mit der See verschmolz, spielten Delphine, *das* war es, worüber die Prinzessin erschrak; und irgendwoher ließen sich Lerchen hören, das war es, was ihr den Atem benahm. In dem Moment aber, als nun auch das Volk, welches ja langsamer denkt als seine hohen Staats-Personen, bemerkte, daß da Lerchen waren oder jedenfalls Vogelstimmen, in diesem nämlichen Moment – es ging so schnell, daß man den Strahl überhaupt nicht begriff, welcher das Ereignis ankündigte, aus dem schwärzesten Schwarz herabstoßend, überfiel er die Dämmergestalt unter dem Architrav des Tempels, ein scharfer, schmerzender Strahl – in diesem nämlichen Moment: *brach* der Glanz auf der Prinzessin aus, schlug, wie eine lautlose Explosion, quer und rings durch das Himmels-Gewölbe, daß es den Menschen war, als glühe ein feuriges Messer ihnen die Augen aus den Höhlen, und sie stürzten, ohnmächtig, zusammen.

Da lagen sie nun Alle: der Hof, die Garden, Ceremoniar und Figurant, das Volk zu dichten Haufen, Cavallerie und Admiralität, Excellenzen, im Staube. In den Deichseln der Carrossen hingen die Pferde; auf ihren Fauteuils, willenlos, lehnten Graf und Königliches Haus, denn freilich, es war von Gottes Gnaden, es hatte sich nicht gemein zu machen mit denen, die das geblendete Antlitz dem Schmutz vermählen, und nur die Prinzessin, einsam und abweisend, stand.

Derweilen wurde es Sommer auf Myrrha, endlich kehrte auch das Leben zurück, und man begann, sich aufzusammeln: stöhnend, gleichwohl selig. Man taumelte, rieb die schmerzenden Lider, ehe man sie, furchtsam genug, zu öffnen wagte, ein wenig nur – und welch ein Schauer lief durch die Massen derer, die sich da, nach und nach, emporgetrauten, welch ein Glücksschauer, wie Weinen steigend, als das Wunder des Leuchtens anhielt, ohne daß noch einmal das feurige Messer gekommen wäre, ihnen die Augen auszustechen.

Ein Messer? Die *Sonne* kam .. Herrliche, flimmernde Sonnenpracht, und die Felder dampften. Die Wolken entschwebten, wie Nebel segelten sie flockig davon in den Aether, bläulich und zart, ganz dort oben .. Die Sonne, mit tausend Lichtpfeilen, fuhr über das Meer, die Wogenberge wurden zu Wellenkronen, immer kleiner, immer zierlicher, milliardenfach glitzerte der Spiegel der See, und die Delphine spielten wieder.
Da schlossen sich die Augen noch einmal für einen langen, seligen, tiefen Atemzug, es war auch ziemlich anstrengend, nach so ausgiebiger Düsternis plötzlich solche Lichtverschwendung ertragen zu sollen, man lernte das nicht während zweier Minuten, doch unterdessen hatte man Zeit, zu begreifen, langsam, ganz zaghaft zu begreifen: daß man gerettet war. So geschah es denn, nach reichlicher Weile, daß ein braver Bürger der braven Stadt Myrrha, Ebenist seines Zeichens, fleißig und königstreu – es war auch just, als der König auf seine so ungewohnt strahlende Tochter zu ging, vermutlich, um sie in ein ceremoniöses Embrassement zu ziehen – so geschah es, daß er, versonnen nach seiner Art, aussprach, was nicht jeder fühlte: »Die *gute* Prinzessin ..« Und dann weinte er, wie es Alle taten. Sie heulten vor Glück und konnten sich nicht dagegen wehren, das Glück schwamm gewissermaßen mit ihnen davon, und sie ertranken darin, und dies weniger, weil sie nicht hatten sterben müssen, als weil es so schön war auf Erden. Doch während sie noch schluchzten, waren sie schon fröhlich, bald lachten sie und jubelten, und während sie noch begeistert nach der Prinzessin riefen, dachten sie bereits an das kommende Festgelage, so seltsam sind die Menschen.
Ja, es jubelt sich leicht, wenn der Solist seinen Part geendigt hat. Fragt man nach Lust und Necessität? Er tat doch nur, was seines Amtes war. Man zollt ihm Beifall, findet ihn großartig, und es gehört sich so, daß man ihm dankt.
Er aber möchte allein sein.

ENDE DES ERSTEN BANDES

Zweiter Band

Der Reichsgraf zu Weißenstein

I. Capitel

Aus zweitausendjährigem Todesschlafe erwacht, hatte der alte Zeus ein paar Mal vernehmlich gegähnt, hatte die Glieder gereckt und sich endlich erhoben, um in eigener Person nachzuschauen, ob es denen dort unten ernst war mit ihren mythologischen Neigungen .. Und nachdem er gefrühstückt, verreiste er auf den Parnaß – wie sollte die Geschichte nun weitergehen? Dem Göttervater eilte es nicht, so beschloß er vorerst, mit den Musen Rates zu pflegen, da es ihm weniger auf einen schnellen und angenehmen als auf durable Erfolge ankam. Welch eine Lust, trotz aller Schwierigkeiten dieses Métiers, sich wieder einmal als Gott zu versuchen, als griechischer Gott!

Auf Erden indessen schickte die Welt der Geistlichkeit sich an, dem Geiste der Weltlichkeit zu weichen, der vom Olymp hernieder in die Ägäis wehte: nicht umsonst lenkte ja Helios, der antike Leibkutscher des Sonnengestirnes, nicht umsonst, neuerdings, nach so langer und finsterer Pause, lenkte er, en carrière, die feurigen Rosse über das Firmament des Südens, das die Menschen verleitete, sich ihres Lebens zu freuen, anstatt es in Zerknirschung als ein Tal der Tränen zu nehmen, welches uns läutern soll, bis wir gen Himmel fahren. O, man begriff die Zeichen der Zeit .. Vornehmlich war es

Vampyrios, Freiherr v. Hermes, der sie begriff, indem er seinem Namens-Patron, dem Gotte der Kaufleute und der Briganten, glattweg eine Capelle stiftete, worauf er mit frommem Gewissen ganz erschreckliche Steuern ausschrieb, unter dem Praetexte, man wolle die Wunden lindern, die das Unheil geschlagen; und Poaretes, der Modist, wiewohl er selbst, mit Aufträgen überhäuft, nicht abkommen konnte, entsandte doch wenigstens zwei Emissäre nach Delphi, denen Pythia ihre Weissagung bestätigen sollte, laut welcher die Könige dieser Erde vor einem Schneider sich erniedrigen würden. Fast war es nun so weit: man hatte ihn sehr bitten müssen, bevor er dem Wunsche des Hofmarschall-Amtes willfahrte, den Roben der Prinzessin, da sie zu einer Reihe von Staats-Besuchen aufbrach, den Vorrang, der ihr gebührte, zu lassen; und hätte man nicht, in der discretesten Weise, auf die Möglichkeit einer allfälligen Standeserhöhung angepielt – Poaretes träumte vom Baronate –, wer weiß, so wäre er vielleicht doch den Einflüsterungen Don Pasquales erlegen, der, nicht minder discret, mit venedischen Orden winkte, sah er sich doch vor der Notwendigkeit, seine sieben Nichten Sinigallia einzukleiden, die er zu sich geladen, weil monströser Ehrgeiz ihn jückte: sämtlich am gleichen Tage wollte er sie, mit einem grand coup de force (und erstclassig), unter die Haube bringen. Von Kythera aber, der Insel der Venus, wo man Station gemacht, bis das Unwetter von Myrrha gewichen sei, nahte Bendidia de' Lanzi, eine exorbitante Bellezza, um, in Gestalt des Königs, ihren Zipfel vom Gewande des Glückes zu erraffen, und auch sie bedurfte, wie jede erhabene Malerei, des Rahmens, den sie bei Poaretes in Arbeit gab – worauf Godoitis, aus den Geheim-Fonds, die Kosten bestritt.

Ja, dieser Graf Godoitis. Er verzehrte sich wahrhaftig im Dienst an der Krone, und wenn andere Sterbliche bei dem Beginnen verzweifelt hätten, zwölf Intriguen durcheinander zu spielen: er beherrschte das! Mehr als ein Decennium stand dieser geborene Artist nun schon auf dem Theater der Macht, im Rampenlichte, und immer einsamer, immer krauser und gewagter wurden die Coloraturen, mit denen er das Thema verbrämte, immer durchdachter sein Raffinement, immer unkenntlicher sein Herz. Es regnete Decrete. Er decretierte das Ende des Concordates, die orthodoxe Kirche war nicht fürder Staats-Religion. Er decretierte die Freiheit des Bekenntnisses, eine vollkommene Freiheit, kraft welcher im Königreiche Myrrha jedermann jeden Gott venerieren konnte, der ihm beliebte, aber fast noch mit dem gleichen Federstrich unterwarf er alle Glaubens-Gemeinschaften, Klöster, Tempel, alle geistlichen Orden und Congregationen einer harten Steuer, nicht einmal die neuen Stiftungen wurden geschont, alte Vermögen mit einem furchtbaren Aderlaß bedacht, der nicht dem Finanz-Département in den unersättlichen Rachen floß, sondern eines Tages – was er für sich behielt – der decimierten Flotte zur Disposition stehen würde. Er schaltete den letzten Einfluß der letzten Beichtiger bei Hofe aus, und eben wollten die Jünger Jovis triumphieren, als er diesen Heiden jede Neubestallung von Praedicanten verbot, jeden Versuch, einen Clerus zu gründen, durchkreuzte und dem Erzpriester den erbetenen Bischofs-Rang weigerte. Denn wo lag hier ein Verdienst? und sollte man Leuten, die sich, ganz aus Versehen, höchst bescheidene Meriten um eine höchst zweifelhafte Unterwerfung erworben hatten, in Sättel verhelfen, wo sie schlechte Figur machen würden?

Hätte wenigstens die Prinzessin sich für ihn eingesetzt! Aber die Prinzessin, allzu sehr und, wie dem Grafen schien, gefährlich en vogue beim Volke, dessen Dankbarkeit so schnell nicht abflauen wollte, war von ihm aus der Sphaere der Macht hinweg complimentiert worden. Sie war davongereist. Mußte sie nicht endlich einmal der königlichen Verwandtschaft herumgereicht werden? hatte sie nicht Entspannung nötig, Ablenkung und Vergnügen? Nun also. Und Danae segelte über das Meer, von Insel zu Insel, von Royaume zu Royaume. Es war eine glanzvolle und kostspielige Reise, bei welcher Glanz und Ehre auf Myrrha, die Kosten dagegen auf die einladenden Potentaten fielen; eine Reise, deren nackte Tatsache es erlaubte, unliebsame Freier – wie den König von Samos – auf die Zeit der Rückkehr zu vertrösten, während sich, möglicher Weise, bereits freundlichere Aspecte auftaten, andere Mariagen am Horizonte erschienen; eine Reise, in toto, deren Dauer die Thronfolgerin auf mehrere Monate der politischen Bühne fern halten, deren Strapazen sie dem Coulissenspiel entfremden, deren zahllose Festlichkeiten, Jagden, Empfänge, Besprechungen und militärische Revuen gleichwohl ihren Blick erweitern mußten. Überdies aber: war sie nicht jederzeit nah genug, daß man ihre Willens-Äußerung einholen konnte, wo immer sie notwendig wurde, wo immer es galt, unbequemen Einflüssen legitim zu begegnen? Und um ihr den Bonbon noch schmackhafter zu machen – etwelche Tropfen Bitternis waren darin –, betrieb Godoitis beim König die Vordatierung ihrer Volljährigkeit. Eine schwerwiegende Macht-Einbuße für Dame Olympia: denn konnte ihr, im Falle von Krankheit oder Tod des Monarchen, nun noch die Regentschaft zustehen? Bonbons herbei! Und er überwand den infamen Schmerz, der vom Knie bis hinauf in die Gegend der Nieren stach, er widmete sich wieder jenem zarten Geschäfte, auf welches sie so lange Verzicht hatte leisten müssen . . Ja, es war eine stolze und melancholische Kunst, die er da übte, endlos wie der Faden Ariadnes, ein Labyrinth von Ausgleichen. Wer durfte es ihm verdenken, wenn er sich schadlos hielt, indem er die schöne Bendidia hofierte? Bendidia de' Lanzi . . Und doch besaß sie von ihm den Auftrag, die Majestät so hinreichend zu beschäftigen, daß Sie dem Staate eine mindere, dem Privatleben der Königin gar keine Aufmerksamkeit schenke! Und doch lähmte er, mit diesem selben Köder, zu allem Überfluß die Diplomatie Venedigs, denn er verstand es, dem buckligen Botschafter Appetit zu erwecken. Eine solche Schönheit, Don Pasquale, ein solcher Name, obendrein von heimatlichem Klang – und unverehelicht! Brauchte man nicht eine Botschafterin? Nun, man brauchte fürs Erste sieben Gemahle für die sieben Fräulein Sinigallia. Wollte der Graf die Güte haben, die jungen Damen bei Hofe einzuführen? Der Graf, bei dieser Gelegenheit, Mafalda zwar fehlte noch, bemühte sich nicht ohne Erfolg um Lucrezia, die Älteste der vorhandenen Sechs. Auch suggerierte er dem Barone Vampyrios, er möge sich beizeiten einer so exquisiten Person wie zum Exempel der flinken, schwarzäugig sechzehnjährigen und – wie reizvoll! – ins Üppige neigenden Gaudenzia versichern, es würde die junge Position doch sehr festigen, wenn ein altes Geschlecht durch gesetzesklare Verbindung den Credit der Anciennität beisteuere. Die lieben Nichten, consterniert von der Ehre, daß leibhaftige Minister sie umschwärmten, ahnten nichts von den Plänen, deren Gegenstand sie geworden, und als man dem Grafen bereits am vierten Abend hinterbrachte, jene Gaudenzia habe sich, bei einem Garten-Empfang, den der König gegeben, von dem Finanzgewaltigen zu zwei Küssen bewegen lassen, geschah es, daß sich der große Mann, ohnehin bei einer Soirée des Botschafters eingeladen, mit diesem in das olivlederne Cabinett verfügte, jenes, wo erst jüngsthin Herr v. Legua gestorben war, und ihm, sehr schonend, vorstellte, die Wahl der Schönen sei nicht eben auf ein Object gefallen, dem die besondere Huld des Monarchen gelte. Da reiste denn die Schöne davon, um, unter Aufsicht ihrer Gouvernante, die Abgeschiedenheit einer kleinen Insel im Archipel zu genießen, reiste so schnell davon, so überstürzt, daß nicht einmal der Graf ihr Embarquement bemerkte, Myrrha aber zeigte sich schadenfroh, als es gerüchtweise erfuhr, der Baron Vampyrios sei von einer jungen Dame aus erstem Hause geohrfeigt worden ..

Ach, es gab für Godoitis der Sorgen viele, und dies waren noch die geringsten. Welch eine Meisterleistung allein, die Suite der Prinzessin Hals über Kopf so geschickt zusammenzustellen, daß man hoffen durfte, man werde stets zur rechten Minute die rechte Information erhalten! Es hatte Mühe genug gekostet, einen Harfenisten zu finden, des Italienischen mächtig – denn mitunter, wie es zur Mode der Noblesse gehörte, sprach sie erstaunliche Dinge in diesem erstaunlichen Idiom –, Mühe genug, einen Schachspieler aufzutun, der geheime Nachrichten chiffrieren konnte, eine Coiffeuse, die sich im Nebenbei darauf verstand, ihrem Gedächtnis ganze Briefstellen von beliebiger Länge einzuverleiben. Die Prinzessin aber, von unsinnigem Mißtrauen geleitet, huldigte mehr und mehr ihrem Hange zur Einsamkeit .. die Suite, hin und wieder, unternahm eine Landpartie.

Herbe Schicksalsschläge das. Und dennoch wußte der Minister schon heute, daß man gestern, durchaus vor der Zeit, den Aufenthalt bei der Königin Europa abgebrochen habe, um noch ein wenig auf dem Inselmeer zu kreuzen, bis Tag und Stunde des Treffens mit Königin Leda heran seien. Was mochte dies nun wieder für Folgen haben? War es doch eine ausdrückliche Vereinbarung, daß die Prinzessin, indem sie bei ihren noch immer verstimmten Cousinen acte de présence machte, diplomatische Aufgaben erfüllte, ihre Launen standen absolut nicht zur Discussion. Argwohn und Eifersucht waren zu bereinigen, Charme, Anmut und weißblaue Augen-Aufschläge von Nöten, wollte man jenes Flottenbündnis eintreiben, das der Admiral als Kern seiner eigenen, zukünftigen Politik voreilig verplaudert hatte. Ein superkluges Kind! und mit dem simpelsten impasse spielte man ihm den Trumpf unter den Händen weg. Was aber diesen Herrn selbst anging: war er der Mann, einen Meister des Ausweichens aus dem Sattel zu heben? Kannte er die Finten, beherrschte er das Behende des politischen Duells, das mit dem Florett, nicht mit schweren Commandeur-Säbeln ausgetragen wurde? und hatte er das Schrankenlose des Daemons, bereit, jeden Preis, auch den der Ehre, für die Macht zu zahlen? Ein streng denkender, nicht über mittelmäßiger Militär, ein Geist ohne Ambitionen .. so lautete die Diagnose, die der Graf ihm einstmals gestellt hatte. Mochte der letzte Punct des Befundes ein Irrtum gewesen sein, das änderte nichts, das war nicht tragisch. Wie, wenn die Regierung ihm eine Ambassade anböte? Wie, wenn er hinter der hohen Staats-Dame her reiste, in Gestalt von greifbaren Verträgen die Ernte einsammelte, die sie in Gestalt von freundlichen Gesprächen säte? Und wenn er gar nicht zufrieden zu stellen war, dieser unsympathische Mensch, so blieb, immerhin, das Außenamt selbst, die Leitung der Diplomatie unter wohlwollender und sehr scharfsichtiger Aegide des Grafen, denn besagtes Ministerium, seit Langem der eigenen Person attachiert, konnte jederzeit als vacant, als verfügbar gelten.

Nein, Graf Carlo hatte sich auch hier vor Überraschungen gesichert, kein König und keine Königin, kein Wettergott und kein Finanzbaron, von Admiralen vollends zu schweigen, würde ihn, der an Scrupeln nicht litt, aus seinem Sessel verdrängen. Und dennoch gab es Imponderabilien, genau genommen ein einzelnes, abscheuliches Imponderabile, in dessen Gegenwart man dem Gefühl erlag, als beträte man schwankenden Boden: den Grafen Weißenstein. Graf Weißenstein, so hieß der Unwägbare, der da seit Neuestem, ein Cyclop aus dem Norden, Kammerherr des habsburgischen Kaiserhauses und leider undurchsichtig, mit ganz abnormer Schnelligkeit die Ägäis befuhr, dessen Yacht heute hier, morgen dort auftauchte, dessen Röcke ultramarinblau und dessen Absichten weitgespannt waren. Denn immer wieder wurde er in nächster Umgebung der Prinzessin gesehen, die seine Gesellschaft dermaßen bevorzugte, daß sie ihm keinen Tanz, kein Gespräch, kein à deux verweigerte. Aber man bemerkte nichts von Avancen in Richtung auf einen Antrag, den sie erwartet hätte. Wie sollte sie? Bei ihrem empfindlichen Rangbewußtsein durfte vorausgesetzt werden, daß ihr die Ebenbürtigkeit conditio sine qua non sei. Ein kaiserlicher Kämmerer blieb unebenbürtig, selbst wenn es sich um eine Erlaucht handelte, einen immerhin reichsunmittelbaren Miniatur-Souverän.

Um so bedenklicher das Ganze. Was bezweckte er, der Herr Reichsgraf? Was dachte er sich, indem er der Thronerbin von Myrrha kaum noch verblümt den Hof machte? Man wußte ja nicht einmal, wer er war. Verzehrte er wirklich in dieser ausgedehnten Muße seine fernen Latifundien? Es treibe ihn, gab er vor, unzähmbarer Forscherdrang auf mineralogische Studienreise. Ein bescheidener Privatgelehrter demnach – nichts als Farcen! Konnte man ihn ernst nehmen, wie er da mit bronzenen Hämmerchen an Felswänden, Klippen und Höhlen umherklopfte und von einigen Geometern, die zugleich seine persönlichen Lakaien waren, das Gelände vermessen ließ? Nein, durchaus wußte man nicht, wer er war. Vielleicht ein Spion! Vielleicht spionierte er die Pläne der Festungen aus, man hatte ihn mit Neander in tiefem, leider auf Deutsch geführtem Gespräch beobachtet.

Kurz: von Athen bis Creta stürzte dieser mystische Mensch die Gemüter in Aufregung, man schloß Wetten auf ihn ab, höchste Summen wurden geboten, es war dies eine Leidenschaft der Epoche, und vornehmlich zwei Versionen standen in Flor: daß er entweder ein Hochstapler sei, dem die ranggläubige Zeit, wie schon hundert anderen, gedankenlos und gutmütig aufsaß, oder ein Minister, zumal er tatsächlich Air und Habitus eines Staatsmannes hatte. Vielleicht war sein Souverän an den Inseln der südlichen Ägäis interessiert? Den Gipfel der Phantasie aber erklomm die Deutung, es handele sich um diesen Souverän selbst, beschäftigt, in unbeschwertem Incognito Ausschau zu halten nach einer jungen Fürstin, mit der sich bei gelegener Stunde Thron und Brautbett teilen ließen. Welch höchst verstiegene Ansicht! Und das Merkwürdige, so verrückt es klang, das Merkwürdige an ihr war, daß eine der intrigantesten Spürnasen, ein fast unfehlbarer politischer Instinct geradezu, nämlich der Kgl. Staats-, Hof- und Conferenz-Minister Graf Godoitis, sie zu der seinen erhob.

In der Tat, der Graf hatte diesen Eindruck gewonnen in den wenigen Tagen, die ihm die Bekanntschaft mit dem geheimnisvollen, wie ein Phantom kommenden und gehenden Weltmanne bescherten, und er hielt daran fest, gleich dem Hund auf der Fährte. Er gewann sein Urteil nicht aus den Polizei-Rapporten, in denen, ungeachtet eventueller Majestät, jeder Schritt der Erlaucht vermerkt stand, nicht aus gewissen Äußerungen des Gastes, den er, ungeachtet eventueller Hochstaplerschaft, bei jedem Auftauchen in Myrrha zur eigenen oder zur Tafel des Monarchen lud, und auch nicht aus den spärlichen Informationen, die den seltsamen Geometern zu entlocken gewesen: es war wirklich nichts weiter als ein beharrlicher, ein greisenhaft hartnäckiger, logisch nicht beweisbarer Verdacht.

Der Kammerherr selbst, als Graf Carlo es ihm auf den Kopf zu sagte, brach statt praeciser Antwort in den Ruf »Ent-zückend!« und in jenes schon berühmt gewordene Lachen aus, das auf der Welt nicht seinesgleichen hatte, so ungezwungen strömte es aus den Bronchien herauf, die Adern am Halse traten hervor, und das Einglas – denn er trug ein solches – funkelte starr.

II. Capitel

Eine einsame Bark zog weiß und still ihres Weges durch den Glanz der Frühe, tief unter dem hohen Himmel, über das glitzernde Meer, auf dessen Horizonten hin und wieder ein Wald, eine rosige Marmorklippe schwamm, das waren die Inseln des Archipelagos . . und fern, von wo man gekommen, stand noch der flache Rauchpilz aus dem gemütlich vor sich hin dampfenden Vulcan wie ein grauer, feiner Strich über der Kimm, die im Dunste Wellen und Luft ineinander verschmolz. Die Bark trug den Namen San Marco so stolz an ihrem Bug, daß es ersichtlich war, sie mußte venedisch sein. Ein Fräulein mit braunem Haar lehnte decorativ an der Brüstung, um gedankenvoll oder gedankenlos – das läßt sich bei so jungen Damen nie ganz unterscheiden – dem Spiel der Delphine beizuwohnen, die glatt und schnell aus der Flut schäumten auf ihrer Reise von Element zu Element. Das Fräulein war frisch und rosig und sah sehr sechzehnjährig aus, im Haar trug es Agraffen von Schildpatt, sein Kleid war von grüner, orangerot gestreifter Seide, die Lippen schmollten ein wenig. Auf dem Achterdeck, unter ausgespannter Persenning, milde und verklärt, ruhte eine schweigende Stiftsdame, der zu Liebe und der zur Erbauung zwei Zofen mit verteilten Rollen aus dem Buche Hiob vorlasen, unbekümmert darum, daß in diesen Breiten das Alte Testament nicht mehr als modern und schicklich galt, aber vielleicht genügte es, vom Adel und Stiftsdame zu sein, um dergleichen Vorurteile zu despectieren.

In Daphni, unterdessen, oben auf der Herberge zum Vater Georgios, im Schatten der Loggia, saß ein vornehmer Herr in ultramarinblauem Frack und elfenbeinfarbigen Culotten, wippte ein paar Mal, die Kniee lässig übereinander geschlagen, mit seinen eleganten Lack-Escarpins, daß ihr Glanz durch den Epheu der Pergola hindurch bis in die höchste Sphaere hinaufblitzte, und unterhielt eine junge Dame, die träumerisch in ihrer Hängematte lag. Über die Ränder des leise schaukelnden, anstößig orientalischen Bettes floß die teegelbe Seide des Déshabillés, kleine Lichtflecken spielten auf schönen Formen und auf weichem, etwas widerspenstig sich scheitelndem Haar. Am Himmel brauste das Sonnengespann dem Zenith entgegen, Helios, im Vorüberflimmern, lächelte dem blauen Herrn ein wenig zu, der, mit hochmütiger Miene, sein Einglas ins Auge klemmte, während die Rechte, ganz verstohlen, einen chevaleresquen Gruß hinaufwinkte. Und unermeßlich breitete sich die See.

Eine einsame Bark zog weiß und still ihres Weges durch die Reine des Morgens, durch die kühle Meeresluft, die sich dem heißeren Atem der Sonne mischte, und mit ihr zogen, durch die glatte, leichte Flut, Poseidons maîtres de plaisir, die großen, feucht schimmernden Delphine. Dieses Daphni, dachte das Fräulein und schaute ihnen, mit flatterndem Halstuch über den Bug gelehnt, zu, dieses Daphni, hatte man ihm erzählt, war nur ein Punct auf der Landkarte, ein Pünctchen. Es war ein Spielzeug, ein vergessenes, Gott hatte es verloren in seiner Jugend, und so klein war es, daß es inmitten seiner Nachbarn wirkte wie ein Kind unter nachsichtig blikkenden Erwachsenen, ein zierliches Kind, zart und wohlgebaut und von vermögenden Eltern. Und dorthin war man verbannt – wie langweilig. Man wurde in die Wüste geschickt – wie unfreundlich von dem lieben Onkel. So zog die Bark ihres Weges nach Norden, Inseln glitten vorüber, Cypressen, ernst und bedenklich, wiegten die Häupter, als hörten sie zu, wie auf dem Achterdeck die Klagen Hiobs, des Knechtes, sich mit dem angestrengten Discant zweier Stimmen vermählten, die wechselnd in der Höhe brachen, in der Tiefe kenterten, und oben am Himmel, einsam und weiß und pfeilgerade mit schnellen Flügelschlägen, flog eine Taube, den Fuß von chiffriertem Zettel umringt, durch den Sonnenglanz nach Süden, durch Blau und Gold.

Fern hinter dem westlichen Horizont, in einer Wolke von Möwen, kreuzte die Flotte von Myrrha über den Untiefen von Keraunos, schwerfällige Kriegsschiffe manœuvrierten mit ächzendem Takelwerk durch die Klippen, an denen das Kielwasser leckte und schäumte und kleine Blasen trieb; die Mannschaften enterten in Rahen und Masten, sie troffen von Schweiß in der unbarmherzigen Hitze, Commandos ertönten, man setzte die Segel, man reffte und strich sie, setzte sie wieder, unablässig, immer aufs Neue, immer die gleichen, entnervenden Handgriffe, und die Matrosen bissen die Zähne aufeinander vor übermenschlicher Anstrengung, denn ihr Admiral war bei ihnen. Ihr Admiral, ihr Gott, ihre Sonne und ihr Vaterland . . Bis eine Brigantine sich längsseit des Flaggschiffes legte, ein Officier, weithin zu sehen im weißen Sommerrock, den Laufsteg emporeilte und wenig später beide Herren an Bord des schnellen Bootes gingen, während der Stander eingeholt, die Befehlsgewalt dem nächstfolgenden Rang-Inhaber übertragen wurde. Die Manœuvres nahmen den vorgeschriebenen Verlauf, der Admiral aber schwamm schon weit zwischen Cap Chimaira und Daphni auf den

tiefblauen Wogen, von langen Schaumbahnen gefolgt. Ein unvorhergesehenes Ereignis hatte ihn abgerufen, der Mittag glühte.
In der Loggia hingegen, wie frisch war es da und angenehm. Steinerne Wölbungen, neu gekalkt, zogen sich unter dem Felshang hin; Marmor bedeckte den Boden; ein Brunnen spendete feuchte Kühlung; Hortensien und Lorbeer in großen, grünen, etwas beschimmelten Holzkübeln standen vor den Wänden; Kresse und Epheu wucherten, wohin man blickte, und die Nußbäume mit leisem Knarren gaben Schatten, tiefen, von würzigem Duft durchhauchten Schatten, durch ihr Blätterdach fiel hin und wieder ein spielerischer Lichtkringel auf die Dame und auf den Herrn – und unermeßlich breitete sich das Meer.
Nun aber war die weiße Brieftaube fast angekommen, so schnell flog sie dahin, und auch die einsame Bark, die weiße und stille, glitt bereits nah ihrem Ziel. Reine, flimmernde Luft ringsum, atmosphaerische Farbenspiele über den Stränden, den Wassern und Horizonten, und das Fräulein genoß es mit all seinen sechzehnjährigen Sinnen. Die schwarzen, flinken, venezianischen Augen glänzten, das braune Haar wiegte sich ungläubig, die kleine Dame lauschte den Worten des Schiffers, der ihr weis machte, es sei eine Art Paradies, dieses Pünctchen, ein Garten Eden, wohin die faulen Leute reisten und junge Hochzeits-Paare, wenn sie für nichts mehr Gedanken hatten als für den Zauber Cupidos. Vom Achterdeck, unterdessen, ertönten im Falsett die Klagen Hiobs, dessen Unglück die Züge der Tante Clara Eugenia unter dem Sonnensegel verklärte .. Vielleicht würde es gar nicht einmal so häßlich sein in Daphni, gar nicht einmal so langweilig, wie das Fräulein in seinem Kummer gedacht hatte. Eine aphrodisische Perle im unendlichen Archipel .. und dahin reiste man nun, um Gras wachsen zu lassen über den Ärger des lieben Onkels, bis der Klatsch der Hofgesellschaft ein neues Opfer gefunden haben würde. Man war verbannt – wie großartig! Man wurde in die Wüste geschickt, und die Wüste war ein Paradies – wie wundervoll!
Da lag es nun, das Pünctchen, da war es mittlerweile aufgetaucht, das Spielzeug, das vergessene. Rosiger Marmor stieg spiegelnd aus den Fluten; Orangen-Gebüsche tunkten ihre Zweige ins Meer; ernste Cypressen mißbilligten es; würdige Nußbäume schauten hochwohlgeboren auf Pomeranzen herab; an terrassierten Hängen, von Lorbeer hie und da unterbrochen, wuchs Wein die Fülle; hie und da Epheu, der über Felswände hing; Steinkessel voll Ginster und

Goldlack und wildem Salbei – und darüber der frische Bergwind. Weiße Häuser, die sich verwinkelt an Klippen emportürmten; alte, cuppelgekrönte, kleine Kirchen, mit dicken Ziegelpfannen gedeckt; Marmorpfade, von Grün berankt; überwucherte Lauben und Balcone; Wäsche, an schwanken Leinen flatternd – und unten plätscherte die See gegen die Mole, blau und ungetrübt und durchsichtig bis auf den flachen Grund, mit schlanken, träumenden Fischerbooten .. Ja, dies hatte sich Gott so ausgedacht für das weiche und empfängliche Herz derer, die keinen Gedanken kannten als den an Liebe und süßes Kosen.

– »Unerträglich wie alle Paradiese«, sagte oben auf dem luftigen Dachgarten, bei dem Geplauder des Brunnens, der blaue Herr zu der teegelben Dame. »Finden Sie es hier so besonders amön?«

»Wir *lieben* ja auch nicht«, erwiderte das Fräulein, und was man immer davon halten mag, so war es keine sehr wohlerzogene Antwort. Aber der Herr überging es und ließ sich nicht anmerken, ob es ihn traf.

– »Sie sollten bald heiraten«, sagte er.

Er war gegen Ende oder Mitte der Vierziger, jeder Zoll an ihm sprach von großen Verhältnissen. Cyclopische Schultern, ein gewaltiger Kopf, scharf das Profil und verwittert der Teint – ein Steinblock auf musculösem Nacken, und kein Zweifel, dieser Nacken hatte sich nie gebeugt. Wie das strotzte, wie das in Saft stand! ein exceptionell prachtvolles Tier aus den Wäldern Germaniens, ein Eber vom Spessart-Gebirge .. Aber seine Manieren machten ihn zum Weltmann. Und dann besaß dieser Mensch Augen .. graue, metallische Augen, die nie ganz eine Art von eisiger Ferne verloren, so oft sie auch den Ausdruck wechselten, etwas unbarmherzig Klares, das, in allen Abschattungen zwischen Causerie und Skepsis, philosophischer Überlegenheit und väterlicher Wärme, bis auf den Fond des Gegenübers blickte.

»Warum Sie wohl die kleine Hochzeit-Insel nicht mögen ..« sagte die Dame. Und nachdem man wieder eine Weile geschwiegen, fuhr sie lebhafter fort: »Ich glaube, das Regellose erscheint Ihnen unordentlich. Sie haben es nicht gern, wenn die Natur nach ihrem eigenen gusto wuchert, so wie Gott sie geschaffen hat, das beleidigt Ihr Stilgefühl.«

– »Im Übrigen bekommen wir Besuch«, erwiderte der Spessart-Eber. Dabei warf er einen jener gelangweilten Blicke, die mit viel Kunst seine stets wache und scharfe Anspannung verbargen, auf die Straße hinunter. Auf der Straße sah man ein Fräulein in grüner, orangerot gestreifter Seide, sah man eine jugendliche Schöne die Stöckelschuhe auf insulares Pflaster setzen, sie entstieg einer Bark, die soeben angelegt hatte, hinter ihr bemühten sich Laufburschen um die Bagage, und ganz zuletzt, schon etwas asthmatisch vermöge des Alters, ein wenig gelähmt schon von der Hitze des Mittags, kam langsam die Gouvernante. Sie war müde, sie gähnte.

»Wie überflüssig«, sagte die Dame. »Man logiert auch bei Georgios?«

– »Man kann nur bei Georgios logieren, wenn man vom Stande ist«, bestätigte der Herr, ganz en passant. »Davon abgesehen, bin ich ein Mensch meiner Epoche, ich liebe das Durcheinander nicht, darin haben Sie Recht, und das Üppige ist mir zuwider. Ich würde mich trotzdem nicht vermessen, dem Lieben Gott einen Vorwurf daraus zu machen, daß die Natur nach eigenem gusto wuchert. Hätte er mehr Zeit gehabt, hätte er totsicher auch ihr den Drang zur Staatsraison injiciert, den er selbst einigen Tieren nicht vorenthielt. Nur die gute Flora .. Wissen Sie, in der Hierarchie des antiken Himmels war diese Flora ein höchstens halbgöttliches Wesen und von Geburt ein wenig sentimental, sie entsprach wohl nicht ganz den Absichten Jupiters. Wenn er die Welt noch einmal erschaffen müßte, ein reichlich schwieriges Geschäft allerdings, so würde ich ihm empfehlen, darauf zu achten, daß die Natur ganz entschieden reglementiert wird. Was für ein liederlicher Zug an ihr! ohne Weiteres könnte sie im Park- und Hecken-Genre wachsen, das würde uns viel Arbeit sparen, und überhaupt, ich sehe gar nicht ein, warum ausgerechnet sie die Freiheit hat, zu tun und zu lassen, was ihr beliebt, während alles Andere unfrei ist?«

Der Brunnen murmelte vor sich hin, die Dame schwieg. Sie zupfte die langen Falten zurecht, die über den Rand der Hängematte flossen, und gab ihnen eine gefälligere Ordnung, wobei ihre Gedanken gleichwohl abwesend blieben .. Der Brunnen plätscherte, sie strich mit dem Handrücken über die Stirn, es war eine schöne, melodische Bewegung. »Warum, Graf«, fragte sie, »soll ich so bald heiraten?«

– »Das fühlen Sie doch recht gut, meine Verehrte.«

»Um ihm zu entgehen, meinen Sie?«

Der Graf klemmte das Einglas ins Auge und fixierte den Horizont. »Er würde sich wohl kaum daran stören«, sagte er mit Geringschätzung und ließ befriedigt das Monocle fallen, das noch ein

wenig an der schwarzen, dünnen Schnur pendelte. »Im Übrigen sind das nur Träume. Nichts als hypochondrische Ideen. Sie sollten doch endlich lernen, dieses Furchtgefühl zu überwinden.«
»Nun predigen Sie wieder, Graf – ich mag das nicht.«
– »Sie mögen es nicht, ich weiß. Aber ich muß es leider, wenn ich die Rolle erfüllen soll, die Sie in Ihrer Güte mir zuteilten. Väterliche Ratgeber haben es schwerer als jugendliche Liebhaber. Na .. tableau. Wir bekommen schon wieder Besuch, ein Schiff am Horizont, und man wird bei Georgios logieren. Ich denke, ich werde abreisen.«
Ein Ausspruch, der die Dame erheiterte. »Seit wir uns kennen«, sagte sie amusiert, »tun Sie nichts Anderes. Immerfort reisen Sie ab. Man spricht, man tanzt mit Ihnen, schaut sich um – fort wie ein Lüftchen .. Und wenn man fragt, heißt es: Seine Erlaucht sind soeben abgereist.«
– »Sie werden mir zugeben, daß ich auch *immerfort* wiederkomme – das ist doch schon ein Trost. Sind Sie denn so abhängig von meiner unbedeutenden présence?«
»In gewisser Weise: ja. Niemand versteht mich so gut wie Sie, bei Keinem bin ich so ruhig. Das darf ich Ihnen doch sagen, Graf, ohne die Schicklichkeit zu verletzen? Und dann: wer außer Ihnen kennt den Gotha auswendig? Es wäre ja schrecklich, wenn ich plötzlich nicht mehr erführe, was für eine Geborene die Mutter irgend eines albernen Cavaliers ist, der mich flattiert.«
– »Ja, das wäre natürlich scheußlich. Aber: alberne Cavaliere, ich bitte Sie .. Diese jungen Leute sind doch alle recht wohlerzogen und bemühen sich in jeder Form, Ihnen zu gefallen. Sie müssen nicht extravagante Ansprüche stellen.«
»Ich stelle immer nur einen Anspruch, immer den selben.« Sie sagte das mit schlecht unterdrückter Heftigkeit, und es bedurfte keines Seelenarztes, um zu erkennen, daß man da an eine schlimme Wunde gerührt hatte.
Der Herr zeigte sich wenig beeindruckt. »Malheureusement, ma chère«, erwiderte er leichthin, »ein toter Mann wird davon nicht wieder lebendig.« Er spielte mit seinem Monocle und betrachtete die Fugen der Marmorplatten, dann warf er einen vollen Blick auf die ruhende Gestalt seiner Dame. »Sie belieben im Augenblick ein wenig am Dasein vorbei zu leben, trotz aller erdenklichen Zerstreuung, die man Ihnen bietet.« Doch während er das sagte, weilte sein Ohr schon anderwärts, bei einem gezierten und absichtsvol-

len Schritt, der über den Laubengang kam. »Nun möchte ich nur wissen, wer den unzarten Einfall hat, uns hier zu stören . .« Und seine Brauen hoben sich ungehalten, in die Augen schoß eisiger Schimmer.

In der Tat, man störte, dem Fräulein in Orangerot war der Einfall zu danken. Und welch ein Theater sie darum machte! Diese ein wenig ins Gepolsterte neigende Person – ach, der Graf liebte das Üppige gar nicht – hatte Haube und Schürze einer Zofe umgetan, obwohl man ihr ansah, daß sie aus jedem anderen als aus dem Stande der Domestiquen war, und nahte sich, indem sie mit flachen Händen, feierlich wie Ministranten die Bibel, ein in Chevreauleder gebundenes Buch dahertrug, nahte sich mit solchem Aufwand von Kunst in den gesenkten Zügen, in der Haltung des Ganzen, vollends in ihrem Gehabe, daß der Graf zu einem einzigen Vorurteil erstarrte. »Quelle surprise«, äußerte er hochmütig. Das Fräulein aber, ohne ihn eines Blickes zu würdigen, trat an die Hängematte, über deren Ränder die teegelbe Seide floß. »Est-ce que c'est vous, Madame, que cette Demoiselle de Sinigallia, emmenant une suite de quinze personnes?«

Nun, dies war peinlich.

Fräulein v. Sinigallia, ungehalten über die Störung generaliter wie speciell über die mühsame Art, sich des Französischen zu bedienen, sah kurz und fest zu der Zofe auf, mit Blicken, in denen ein gewisses Erstaunen lag. Es war das Fremdenbuch des Hauses – ein Fremdenbuch! nicht zu sagen – sie las die letzten zwei Eintragungen – wer hatte die Frechheit gehabt? der Intendant! natürlich! sofort entlassen den Geck – und reichte es schweigend an den Herrn aus dem Spessart weiter. Der Herr aus dem Spessart klemmte sein Einglas ins Auge, musterte die kleine Comödiantin, die sich vor Spannung und Erwartung nicht zu lassen wußte, betrachtete die ihm angebotenen Texte und brach in ein Lachen aus, das auf der Welt seinesgleichen nicht hatte, so ungezwungen strömte es aus den Bronchien herauf, das Monocle funkelte starr, und die Adern am Halse traten hervor. Folgendes stand in dem Buche geschrieben:

Fräulein v. Sinigallia, mit Gefolge, fünfzehn Personen.

Auch Fräulein v. Sinigallia, auch mit Gefolge, drei Personen.

Die teegelbe Dame leugnete nicht. »C'est moi«, sagte sie und wünschte durchaus keine Erörterung, doch hatte die travestierte Zofe ihre eigenen Gedanken. »Dann bist du die Mafalda!« verkündete sie jubelnd, »ich bin Gaudenzia« – und ohne Umstände überschüttete sie die Cousine mit einer Sintflut von Zärtlichkeiten, Küssen, Umarmungen.

»Assez, assez«, rief der Herr in Blau mit starker Betonung, »quelle abondance de caresses!« – und das Einglas schwankte am Bande.

Die arme Mafalda. Nur sie hatte am Siebengestirn von Don Pasquales Nichten gefehlt und sich, in einer Hängematte liegend, dieses Ausbruches nicht wohl erwehren können. Gaudenzia unterdessen, die muntere, ganz angefüllt mit den herrlichsten Neuigkeiten, begann von dem Buche Hiob zu erzählen, von der Tante Gouvernante und von der Seekrankheit, von der man heute verschont geblieben, Sensation auf Sensation sprudelte aus ihr heraus: wonach Vampyrios gerochen, als er sie küßte, welch delicate Aufgaben der exorbitanten Bendidia gestellt waren, und wie weit sie gedieh gegenüber dem Könige, welcher Art Augen der Onkel Botschafter auf den lockeren Vogel geworfen, wie schön die Überfahrt gewesen und wie *süß* die Spiele der Delphine; daß im Gepäck, trotz Clara Eugenia, französische Romane schlummerten, gewagte Romane, fabelhafte, prickelnde Romane, und ob Mafalda sie geliehen wünsche – Wasserfall, ohne Punct und Komma.

»Würden Sie die Güte haben«, unterbrach der Cyclop aus dem Norden, »mich vorzustellen, teuerste Mafalda?«

Man hatte die etwas frostige Güte. »Der Reichsgraf zu Weißenstein.«

– »Oh ..« rief Gaudenzia, fassungslos beeindruckt, »der Blaue Kammerherr ..«

»Nennt man mich so?« fragte der Kammerherr und blickte impertinent aus eisigen Augen. »Aber binden Sie nun ruhig die Schürze ab.«

Die verkleidete Zofe, aus aller Bahn geworfen, stammelte ein »Ja ..«, wußte nicht, wie fortfahren, stammelte »Herr Graf.« – »Man tituliert mich Erlaucht.« Ach, und nun betonte sie es auch noch falsch. »Mit dem Ton auf der ersten Silbe.« Was für ein grausamer Mensch. Diesmal knickste sie gar vor ihm, so verschüchtert war sie. »Und nun fassen Sie sich, meine Gnädigste«, sagte er leutselig, während an seinen Augen lauter liebenswürdige Krähenfüße erschienen. »In meinem Lande halten die Feudalen auf ihre Reputation, im Übrigen bin ich ein wenig groß geraten, aber das braucht Sie nicht zu genieren; und da Sie ja auf Eroberungen ausgehen wollten zur Strafe für Excellenz Ihren Herrn Onkel, wie ich Ihnen ansehe –«

– »Das haben Sie mir angesehen?«

»Ja, ich sah es Ihnen an, und Tante Clara Eugenia, die vorhin etwas müde zu sein schien, vollgesogen vom Unglück Hiobs, wird es Ihnen auch ansehen, fürchte ich. Doch nun plaudern Sie noch ein wenig, Sie plaudern hübsch, ich höre Ihnen so gern zu.«

– »Plaudere ich hübsch? Also passen Sie auf. Es gibt ja so viel zu erzählen. Dieses Myrrha, eine fabelhafte Insel, und einen Minister haben die .. superbe. So müßte man intriguieren können. Du glaubst es nicht, Mafalda, du hältst es tout simplement nicht für möglich. Der spielt drei Intriguen auf einmal, oder fünf, oder zehn, man weiß gar nicht, wie viele es sind, so viele sind es. Also, erstens hat er es mit der Königin, das ist ja bekannt, aber jetzt ist diese Prinzessin en vogue, diese Danae, und schon setzt er durch, daß sie noch vor ihrem Sechzehnten für majorenn erklärt wird, was sagst du dazu? Das ist doch eine Ohrfeige für die Königin. Warum? Warum? fragst du. Na – wenn jetzt der König krank wird? oder stirbt? dann wird doch Danae Regentin, und die Königin schaut in den Mond!«

Weiter rauschte der Wasserfall, ohne Punct, ohne Komma rauschten die Intérieurs des Hofes hernieder, und dem seltsamen Paar entging nicht das kleinste Wort.

Derweilen hatte fern in Myrrha die weiße Taube längst Einkehr gehalten bei den Ihrigen, hatte zu Mittag gespeist und schaute nun, satt wie ein reicher Holländer mit dickem Bauch und abwärts gespreizten Flügeln, aus ihrem Turmluk hinab auf den Hafen, wo, unter großem Aufgebot von praeventiver Vorsicht, die Allonge des Ministers sich an Bord des Avisos begab, um den gleichen Weg zu nehmen, auf welchem man selbst, einsam und weiß und pfeilgerade mit schnellen Flügelschlägen, eine chiffrierte Neuigkeit von höchster Importanz herbeigetragen hatte. Und es schwoll ihr der Kropf, und mit Genuß überließ sie sich dem stolzen Bewußtsein, eine politische, eine weltbewegende Taube zu sein.

– »Aber das ist ja eben die dritte Intrigue!« rief Gaudenzia, während unten, an der Mole von Daphni, die Brigantine festmachte, die der Herr in Blau hin und wieder aus seinen grauen, eisigen Augen fixiert hatte. »Erstens fängt er sie mit der Großjährigkeit, das muß ihr doch schmeicheln, das würde sogar mir schmeicheln, wenn ich Prinzessin wäre, und sie ist ja auch erst Sechzehn, noch nicht einmal ganz. Zweitens hat er sie in der Hand mit irgend einer dummen Geschichte, die außer ihm und ihr nur Herr v. Legua kennt, und der ist tot, irgend eine Affaire, die mit dem Goldenen Regen zusammenhängt. Fabelhaft übrigens, dieser Goldene Regen. Herr Gott, so etwas müßte man erleben, und ich, das steht fest, ich täte mich nicht so lange zieren.«

»Sie täten es lieber gleich tun?« fragte amusiert der Kammerherr. »Was muß ich von Ihnen denken? In welche Abgründe von Unmoral lassen Sie mich blicken . .«

– »Sie sind immer so ironisch«, erwiderte Gaudenzia, und ihre feuchten Lippen schmollten noch mehr als gewöhnlich. »Das weiß man doch nicht vorher, wie man sich benehmen wird. Außerdem: mir macht man solche Anträge ja auch nicht, ich bin ja keine Prinzessin. Aber neugierig bin ich, wahnsinnig neugierig. Erzählen Sie mir doch, wie sie aussieht, Erlaucht, Sie tanzen doch jeden Tag mit ihr.«

»Entzückend, wie Sie Alles von mir wissen, Sie scheinen geradezu eine kleine Spionin zu sein.«

– »O, ich weiß noch viel mehr. Ich weiß zum Beispiel, daß Sie gar kein Kammerherr sind.«

»Tj . .« sagte der Graf und wippte mit den Escarpins.

– »Sie sind auch kein schlichter Privatgelehrter auf mineralogischer Studienreise, wie Sie vorgeben.«

Der Graf schüttelte belustigt das Cyclopenhaupt.

– »Nein, Sie verschleiern sich nur, Sie klopfen nur pro forma mit bronzenen Hämmerchen an marmorne Höhlen. Deutsche Professoren sehen anders aus.«

»Ah, qu'elle est charmante!« rief der Graf.

Unten aber in der Herberge des Vaters Georgios mieteten zwei hohe See-Officiere zu keinem anderen Zwecke ein vornehmes und schönes Appartement, als um sich die Hände zu waschen und überhaupt ihr Äußeres aufzufrischen, bevor sie sich zu jener Unterredung begaben, um deretwillen man ein ganzes Gefolge von fünfzehn Personen zu einer Segelpartie davongeschickt hatte.

Dem Kammerherrn entströmte das berühmte Lachen, überwältigt legte er den Kopf zurück, faltete die Hände, und das Monocle funkelte starr.

– »Nun halten Sie mich wieder für dumm und albern«, rief Gaudenzia, eigentlich sah sie entzückend aus, wenn sie schmollte. »Aber wirklich: alle Welt beschäftigt sich mit diesen drei Möglichkeiten,

alle Gemüter sind in Aufregung versetzt, man schließt sogar Wetten darüber ab.«
Ein einsamer Aviso, grau und still, zog seines Weges durch den unendlichen Archipel, und fern, von wo man gekommen, stand noch der flache Rauchpilz aus dem gemütlich vor sich hin dampfenden Vulcan wie ein feiner Strich über der Kimm, die im Dunste des Mittags Wellen und Luft miteinander verwob. Der Minister arbeitete .. Heiducken fächelten ihm Kühlung, indem sie einen höchst kunstvoll ersonnenen Apparat in Bewegung hielten, aus Stangen und Segeltüchern *so* kunstvoll sinnreich gebaut, daß man, um ihn zu betätigen, nicht unbedingt über die Schultern der Staats-Person in die Geheim-Acten schauen mußte.
– »Nein!« rief oben auf dem Dachgarten die muntere Zofe, es klang wie eine Beschwörung. »Erzählen Sie noch weiter. Tanzt sie gut, die Prinzessin?«
»Hinreißend.«
– »Und hat er sie schon bekommen?«
»Hören Sie, welch ein Wissensdurst!«
– »Ich meine: sie kann ihm doch nicht ewig davonlaufen. Oder hat sie tatsächlich noch immer Angst?«
»Ja«, sagte Mafalda, »das hat sie.«
– »Woher weißt du das, Mafalda? Kennst du sie auch?«
»Flüchtig«, erwiderte Mafalda gelangweilt. »Aber beruhige dich. Er traut sich nicht an sie heran, solange des Kaisers Kammerherr sie protegiert.«
– »Das ist eine maliciöse Unterstellung, ma chère«, bemerkte Graf Weißenstein, bemerkte es in liebenswürdigstem Ton und richtete das Einglas, während er sich zurücklehnte, in das Halbdunkel des Hintergrundes, denn er hörte Schritte. »Nun möchte ich doch wahrhaftig wissen ..« – aber er wußte es längst, und das Monocle sauste zu Tal. Es war Georgios, war der Wirt in Person, ein leiser und angenehmer Mann, seit drei Decennien damit vertraut, auf jedes Incognito mit der äußersten Delicatesse einzugehen. Er hielt die Kappe in der Linken, trat unter gemessener Verneigung an die Hängematte, »Wo befehlen Ew. Gnaden, daß serviert wird?« und überreichte mit der Rechten ein kleines Couvert.
Mafalda nahm es kühl entgegen und las die Namen der beiden Herren, die so früh nicht erwartet waren.
»Ihren Crayon, Graf«, bat sie, ohne dem Wirt zu antworten. Und sie schrieb mit ihrer selbstbewußten Damen-Handschrift einige Wor-

te, die nur für den Herrn aus dem Spessart bestimmt waren (»Schaffen Sie mir diese Person vom Halse«), auf das Couvert. »A ..« sagte der Kammerherr, »eine Hiobs-Botschaft: Tante Clara Eugenia verlangt nach Ihnen. Sie erlauben, Gaudenzia, daß ich Sie begleite ..«

Und er begleitete sie.

»Servier Er hier oben«, entschied Mafalda, indem sie, unter der vorsichtigsten Assistenz des alten Georgios, sich aus der Hängematte befreite. »Ein kleines Gedeck zu vier Personen, Georgios. Die Herren mögen sich eine halbe Stunde gedulden. Meld Er dann Seiner Erlaucht, sobald Alles bereit ist. Und Er selbst, mein Freund, wird dafür sorgen, daß niemand uns hier stört, versteht Er: niemand.«

III. Capitel

Seit sie aus Myrrha abgereist, trug die Prinzessin sich weltlich. Selbstbewußt, altklug und frühreif, ein reizvolles Etwas zwischen jeune première und première grand'dame, wurde sie nicht müde, im Mittelpunct zu stehen. Man fand sie liebenswürdig und machte ihr den Hof, ein Schwarm von Cavalieren sagte ihr die artigsten Schmeicheleien, und mit strahlender Unbefangenheit erfüllte sie ihren Daseinszweck, inmitten dieser höchst künstlichen Welt ein Stück Natur zu verkörpern. Sie war bei Gott das Schönste, was man derzeit an Jugend bewundern konnte; glühend vor Lebenslust, tanzte sie durch ein Feuerwerk von Vergnügungen, Schwüre und Verlockungen klangen an ihr Ohr, Leidenschaft und stürmisches Begehren, aber sie hörte sie nicht, sie tanzte .. Sie lächelte so wissend mit ihren sechzehn Jahren, sie lachte silbern und plauderte wohltemperiert – ein Scherz, und die Anbeter faßten sich, ein Blick, und Catastrophen waren vermieden. Ja, mit jedem Tage wuchs sie ein ganzes Jahr, mit jeder Woche sah sie in tausend Leben, ihre Hand hielt tausend dünne Zauberfäden, an denen die Menschen sich bewegten, Duelle und Intriguen, Gerücht und Rancune waren um sie, Confidenzen und Conversation den ganzen Tag, unendliches Gefühl von Macht .. und sie spielte damit und zeigte es nicht, die Dinge ordneten, Seelen entblätterten sich, Eisberge von Mißtrauen schmolzen hinweg, niemand und nichts vermochte ihr zu widerstehen, ihrem wunderbaren naturel, das wie ein Frühlingswehen versöhnte. Mit einem Wort: so wenig auch von Politik wirklich gesprochen wurde, sie réussierte in der vollkommensten Weise. In ihr

Herz aber schaute nur Einer, und dieser Eine verriet nicht, was er darinnen las.
Doch dann war sie abgereist von Rho, über Nacht, unzähmbarer Melancholie zuliebe. Aus einem Ressentiment, das man verzeihen darf, war ein Fräulein v. Sinigallia in der Herberge zum Vater Georgios abgestiegen, schöne, traurige Erinnerungen, und eigentlich dachte man sich nichts Sonderliches dabei, teilte nur die Vorliebe des Jahrhunderts für das Incognito, das den Staats-Personen erlaubte, inmitten ständigen und angestrengten Repraesentierens einmal Atem zu holen .. Gleichwohl: es war alles Andere als ein sanftes Gefühl, was sie bewog, im Augenblick, da dieser Name sich verdoppelte, die Rolle der Cousine zu spielen. Blitzesschnelle Überlegung war es, ein vages Wittern möglicher Zusammenhänge – Scenen im Pantherfell schossen in ihr Gedächtnis, der Herr v. Guastalla, der mit Canonen auf Becassinen feuerte, ein Hofnarr aus Venedig, mit dem er des Morgens gesprochen, der Narr war Botschafter, was hatte der Botschafter mit den Sinigallia zu schaffen, kein Zweifel, sie standen ihm nahe – parfait.
Aber wie ging das zu, daß man Practiquen befolgte, die man persönlich verabscheute .. Die Prinzessin entledigte sich ihres Déshabillés. Sollte man sich nicht auch der Scrupel entledigen? Und sie warf einen Blick in die Heilige Schrift der Fürsten, obwohl die Toilette eilte. Der große Niccolò, ihre Bibel in politicis – sieh an, er billigte es! Ein Fürst mußte dies, ein Fürst mußte das, er mußte nicht so viel grübeln, die Zeit reichte knapp, um ein Fürst zu sein und leidlich tauglich zu diesem unbarmherzigen Geschäfte, das man Regieren nennt. Eine Situation war eingetreten, nachtwandlerisch war sie beim Schopfe ergriffen worden, und mit erfreulicher Vollständigkeit lag das Wissenswerte vom Hofe, lag der ganze Teppich von Intriguen vor ihr ausgebreitet, Anhalts-Puncte, wirr genug, hier ein Complott und dort ein Calcul, ein Graf, ein Admiral, böswillige Gerüchte, sich Deckung zu geben, waghalsige Einsätze um ganze Existenzen, und nach den Opfern krähte kein Hahn. Nun, man würde sehen.
Die Tafel war gerichtet. Auf den blendenden Damast, den Georgios für derlei Zwecke bereit hielt, fielen die Lichtkringel durch das Blätterdach der Laube, auf dem bescheidenen Silber spielten sie, auf ländlichen Fayencen, brachen sich im Cristall der Gläser und ruhten aus in den Wicken, die zu zärtlichen Ornamenten verschlungen waren, sie ließen das hohe Rot der Langusten aufleuchten, die seit-

wärts, glaciert, unter den Früchten des Meeres ihr Schicksal erwarteten, ironisch nahmen sie Platz auf steifen Sesseln, die sich altväterisch gaben, krochen in kunstvoll gefaltete Couverts und spiegelten sich in der ewig bewegten Wasserfläche des Brunnens. Der Brunnen spendete feuchte Kühle, spendete seinen erfrischenden Hauch an die Luft, und die Luft teilte sich belebend den beiden See-Officieren mit, die der Wirt soeben hinaufgeleitet, aber sogleich wieder verlassen hatte, um Erlaucht und Königliche Hoheit zu benachrichtigen.

»Vier Gedecke, Andria – was bedeutet das?« fragte der Admiral. Er lehnte mit dem Rücken gegen die Balustrade, die Arme über dem weißen Justaucorps verschränkt; übrigens trug er, da zwanglos zu Tisch gebeten, gleich seinem Begleiter weder Hut noch Handschuhe. Sein schlicht in Ailes de pigeon gelegtes Haar, nach dem Vorbild des Monarchen fast gar nicht gepudert, zeigte ein seidiges Weiß, scharf und kühn sprang die Nase hervor, die Lippen schienen einwärts gestülpt, was ihm einen asketischen, leicht schmerzlichen Zug verlieh – seine Augen aber blickten kühl, graublau und nicht ohne Güte in die Welt, deren große Bühne er nun, an der Schwelle des Sechzigsten, zu betreten gedachte, und die straffe Gesundheit eines Gesichtes, das mit Wind und Wellen aufgewachsen war, strafte sein Alter Lügen.

Herr v. Andria, Königlicher Linien-Capitaine, obendrein langjähriger General-Lieutenant der Marine, was nicht Rang noch Titel, sondern ein Amt bedeutete, hatte nicht den wasserhellen, ruhigen Typ seines Befehlshabers, den er, das Hirn des Admiralstabes, vertrat. Ein mathematisch denkender, sehr eigenwilliger Kopf, braun, hager, elegant und wachsam, verbarg er seine Qualitäten unter der Maske vornehmer Gleichgültigkeit. In der Politik aber beseelte ihn Skepsis, und unbequem war er den Träumern . . »Excellenz werden bemerkt haben«, sagte er, »die Belle Fontaine liegt im Hafen, die schnellste Yacht, die es in der Ägäis gibt.«

»Sie glauben, die Prinzeß wird mir zumuten, in Gegenwart dieses Kammerherrn . .?«

– »Es ist logisch, Excellenz, zumal man weiß, er berät sie. Ohne ihn wäre diese Entrevue, nebenbei, nicht zustande gekommen.«

»Das ist stark, Andria, das ist sehr stark. Wir werden uns absolut zurückhalten und erzwingen, daß wir allein bleiben.«

– »Im Gegenteil, Excellenz. Es ist logisch, daß wir uns sehr um den Kammerherrn bemühen: weil er der entscheidende Mann ist.«

Der Admiral preßte die Lippen aufeinander. »Soll ich mit einem Landfremden über die geheimsten Affairen meines Landes verhandeln?« rief er, schob die Linke, mit gewisser Erbitterung, in die Tasche des Beinkleides und begann, heftigen Schrittes, auf der Terrasse umherzuwandern.
Herr v. Andria kreuzte die Füße und strich sich fest über das hagere, sehr glatt rasierte Kinn. »Wie oft werden nicht landfremde Herren die Herren eines fremden Landes.«
Der Admiral blickte überrascht auf. »Als Prinzgemahl?!« sagte er scharf.
– »Möglicher Weise. In jedem Falle ist Tact geboten. Denn was könnten wir bei einer Verstimmung der Prinzessin gewinnen? und sie *wird* verstimmt sein, sofern wir erkennen lassen, daß es uns nicht paßt, einen Herrn zu goûtieren, den sie mit ganz deutlicher Absicht eingeladen hat. Excellenz glauben nicht an die Absicht . . Ich gebe zu bedenken, daß wir es mit einer completten jungen Dame zu tun haben, ungewöhnlich weit für ihr Alter, ausgestattet mit einem märchenhaften Instinct für die Politik. Für das Irreale der Politik. Und für die Realitäten nicht minder. Das wird einmal ein Monstrum von Absolutismus, ein süßer Despot, trotz ihres Kammerherrn. Es empfiehlt sich sehr, damit zu rechnen, daß sie selbständig sein will, deshalb wäre es das Allergefährlichste, auf Anhänglichkeit oder Dank zu zählen. Warum auch? Was bieten wir ihr? Und Godoitis, ich beobachte das seit einiger Zeit, scheint es bereits verstanden zu haben, die Abneigung – pardon, kein Wort . .«
Die Officiere verneigten sich. »Guten Tag, meine Herren«, sagte die Prinzessin, ließ einen abschätzenden Blick über die Tafel gleiten und reichte die Hand zum Kuß, eine fein gegliederte, auf das Herrschen zugeschnittene Hand.
Georgios in Person rückte ihr, während sie Platz nahm, mit der vorsichtigsten Decenz den Sessel nach, winkte den Kellnern und verkündete discret: »Les fruits de mer . .«
Man servierte See-Igel – vergoldete Pfauen à l'époque standen nicht zu erwarten, aber es hatte auch seine Reize, einmal ganz ländlich zu speisen.
»Hübsche Bestien«, sagte die Prinzessin. Ihr lagen solche Ausdrücke, es sprach Nonchalance daraus und leiser Spott gegen die erhabenen Gepflogenheiten der Etiquette.
– »Haben Königliche Hoheit einmal das Mundwerk dieser Bestien betrachtet?«

»Zu welchem Zweck, Herr v. Borromeo? Man kann es nicht essen, es ist Kalk.« Sie liebte es nicht, belehrt zu werden, liebte keine bedächtigen Erklärungen, war sechzehnjährig, wußte Alles.

– »Meursault blanc«, verkündete der Wirt, »quatre-vingt-quinze.« Über die Schulter der Prinzessin schob sich der Hals der Caraffe, eingebündelt in ein weißes Tuch, wie man Kindern ihr Schlabber-Lätzchen umtut – keine Rede, daß es besonders formvollendet zugegangen wäre auf Daphni.

– »Ja, es sind Stäbchen aus Kalk«, sagte der Admiral, indem er mit kundiger Hand den Seeräuber secierte, »sie leuchten in der Düsternis des Meeresgrundes.«

Herr v. Andria tupfte sich mit der Serviette den Mund, einerseits, um zu trinken, andererseits, um Borromeos Conversation zu verkürzen. »Die Laterne des Aristoteles«, entschied er gelangweilt, glatt und schnell. »Ein poetischer Ausdruck für ein grausames Werkzeug.«

Die Prinzessin winkte, abzutreten – lautlos zog sich die Dienerschaft zurück, nachdem Langusten und Meursault 95er nebst einer Handglocke von Silber auf der Anrichte herangerückt waren.

»Ich habe Sie kommen lassen, Admiral!« – milde und elfenbeinfarben wälzte sich die Mayonnaise vom Löffel herab auf Danaes Teller –, »um außer der Laterne des Aristoteles« – sie sagte es ganz nebenbei und lächelte abwesend frostig – »die Frage zu besprechen, um deretwillen Sie gebeten haben, empfangen zu werden. Bitte. Nehmen Sie doch etwas Sauce. Es ist vielleicht weniger bequem, wenn wir uns selbst bedienen, aber ich glaube, es wird Ihnen lieber sein ohne Zeugenschaft.«

Der Admiral trennte die Bauchspanten einer prachtvollen Languste auf, die man, infolge pompöser Neigungen des Küchen-Chefs, bei Hofe nie anders als in deformiertem Zustande serviert bekam. »Zweifellos«, erwiderte er. »Jedenfalls noch im gegenwärtigen Stadium – auch wenn ich vor Gott und meinem Gewissen verantworten kann, was ich tue.«

»Vor welchem Gott, Admiral?«

– »Vor dem höchsten Wesen, das die Göttlichkeit aller Götter einschließt.«

»Eine schöne Definition. Und Ihr Gewissen ist weit genug, daß Sie ausstreuen, ich stünde mit Ihnen im Complott?«

Die Gabel des Admirals sank in das Elfenbein der Mayonnaise, die nachgiebig darauf einging. Dann aß er weiter.

»Sie halten eine Antwort für unnötig?«
– »Ich halte sie für unter meiner Würde.«
Danae schwieg.
– »Befehlen Königliche Hoheit«, fragte Herr v. Andria, »noch etwas Wein?«
»Bitte. Man scheint Ihrer Person also immerhin so viel Gefährlichkeit beizumessen – Ihren Absichten –, daß man sie mit *meiner* Person und *meinen* Absichten verquickt. Sie verstehen, daß ich eine praecise Auskunft –«
Im Kreuzgang erschien Georgios, der Wirt, um discret, doch mit einer gewissen Salbung, zu verkünden: »Seine Erlaucht, der Herr Reichsgraf zu Weißenstein und Sonnenfelde, Kammerherr Seiner Römischen Majestät.« In Titeln kannte sich der Mann offenbar nicht gut aus.
Die Officiere tupften den Mund, verschluckten heimlich ihren Bissen Languste, legten die Servietten zur Seite, zögerten ein wenig, bis es Zeit war, erhoben sich. Der Kammerherr eilte herein. Er rieb die Hände, als komme er aus frischer Schnee- und Firnenluft, trug Gala und lächelte gewinnend. »Bitte doch durchaus kein Dérangement, meine Herren. Um Vergebung, teuerste Prinzeß, diese kleine Sinigallia, nicht zu sagen. Admiral, nur das Angenehmste von Ihnen gehört, Herr v. Andria .. wie? Ah! quelle surprise, les fruits de mer«, und Georgios rückte ihm den Sessel nach, während das Mysterium in Blau die Serviette entfaltete. Erlaucht strahlte von Lebenslust und Weltlichkeit, die Mayonnaise wälzte sich auf den Rand des Tellers.
– »Meursault blanc, quatre-vingt-quinze«, verkündete der Wirt, worauf man neuerdings abtrat.
»Fahren wir fort«, sagte die Prinzessin. »Was also wollen Sie? Bitte nur praecise Dinge.«
Der Admiral warf einen schnellen Seitenblick auf den hingebungsvoll speisenden Grafen. »Entspricht es .. den Absichten Ew. Königlichen Hoheit?«
»Vollkommen.«
Man hörte den Brunnen murmeln, ein Vogel flog durch das Geäst der Nußbäume, unten wellte die See im Andante gegen den Rosen-Marmor der Küste. Der Kammerherr klemmte sein Einglas vor das Auge, fixierte unbarmherzig ein Korkstückchen, das auf der Oberfläche des Meursault dem Rand entgegenstrebte, und entfernte es. »Bitte sich doch durchaus nicht stören zu lassen«, sagte er befriedigt,

das Monocle pendelte am Bande. »Es ist ganz logisch, um mit des Königs Capitainen zu reden, daß der Admiral die Macht will.« Und er blickte ihn nicht ohne Wohlwollen an, blickte bis auf den Grund seines Gegenübers – worauf er sich dem sechsten, dem siebenten, endlich dem achten Bein seiner Languste widmete, während allseitiges Schweigen andeutete, daß man über das Wesen der Macht nachdachte. »Terminé«, sagte er. »Ich speiste selten bessere. Wollen Sie die Güte haben, eine kleine Läuterung zu veranstalten ..«

Herr v. Andria, braun, hager, elegant und wachsam, ergriff das silberne Glöckchen und läutete ein wenig. Es erschien die pièce de résistance. »L'aloyau rôti à la purée de noisettes ..« declamierte Georgios, und nachdem man die Gläser nebst dem Wein gewechselt, machten sich Wirt wie Dienerschaft aufs Neue unsichtbar.

Inzwischen hatte der Admiral seinen Entschluß geboren. »Ich darf erwarten«, sagte er würdevoll, »daß Erlaucht sich bewußt sind, wie schwer es mir fällt, mich in die Hände einer Persönlichkeit zu begeben, die ich nicht kenne. Um so mehr möchte ich hoffen, im Vertrauen auf die Wahl Ihrer Königlichen Hoheit, daß meine Ausführungen secretissime behandelt werden.«

»Parole d'honneur«, erwiderte der Kammerherr, knapp und höflich, während er mit großer Sachkunde die Zerlegung des auf eine Haselnuß-Crème gebetteten Lendenbratens celebrierte.

Nur unterbrochen von dem gedämpften Klappern der Bestecke, von dem Umherreichen der Platten, Terrinen und Saucièren, begann der Admiral sein Memorandum, ohne dabei des Speisens zu vergessen, da er nicht im Ministerrat, sondern bei Tische war, bei hochfürstlicher Confidenz-Tafel sogar. »Unsere Politik«, sagte er und erhob während des Folgenden fast nirgends die Stimme, sprach sachlich und distinguiert, wie es seiner Erscheinung zukam, »löst ernste, sehr tiefgreifende Probleme mit einer saloppen und oberflächlichen Methode, sie glättet die Conflicte, ohne sie aus der Welt zu schaffen, sie geht am Leben unserer Nation vorbei .. Danke untertänigst, nein, vielen Dank .. Kurz: sie schädigt das monarchische Ansehen, indem sie mit hochmütiger Consequenz ausschließlich feudal regiert, und um feudal regieren zu können, stürzt sie sich in die Arme der Hochfinanz. Wir haben ein parasitäres Regime, kein monarchisches. Die Monarchie ist eine Farce geworden, der König, leider, läßt sich mißbrauchen. Das sind starke Worte, aber einmal müssen die Dinge bei ihrem Namen genannt werden. Weiß Seine Majestät, daß es Menschen gibt, die bereit sind, der Krone beizustehen mit Allem, was in ihren Kräften ist? Wenn wir die Auseinandersetzung verschieben, die uns nicht erspart bleiben kann, so verschieben wir mit jedem Tage die Gewichte der Macht in eine höchst unglückselige Richtung. Wir sind in der absurden Lage, daß Gedeih und Verderb des Landes von der Heirat der Thronerbin abhängen, als gäbe es keine andere Rettung. Das ganze Denken eines ruinierten Staates wird von dieser Frage bewegt. Und dennoch gibt es andere Möglichkeiten. Aber man beargwöhnt die Aufrechten im Königreiche und bespitzelt sie, man verwirft ihre Vorschläge, ohne sie geprüft zu haben; man versperrt ihnen den Zugang zum Ohr des Monarchen, ja, amtierende Minister müssen sich hüten, ihre wahre Meinung zu zeigen, weil man ihr bißchen Macht fürchtet, und lieber läßt man die Flotte verkommen, beschneidet ihr Wachstum, verweigert ihr die notwendigen Gelder, als daß man einmal darüber nachdächte, wie bitter nötig man diese Flotte eines Tages brauchen wird. Denn daß die Leute auf der Straße verhungern und verzweifeln, daß die Straße demonstriert und zum Terror schreiten wird, wenn nichts geschieht, um ihre Lage endlich zu bessern –«

So weit war man gekommen, als Herr v. Andria wiederum eine kleine Läuterung veranstaltete. Die Enten wurden aufgetragen, le canard à la Tournelle .. Leider fühlte das Hirn des Admiralstabes sich im Innersten gepeinigt – kein Gaumenkitzel konnte den Umstand ausgleichen, daß der hohe Chef sich in entscheidenden Formulierungen vergriff, die den ganzen Kunstbau seines Plaidoyers illusorisch machten. Die Monarchie eine Farce .. dergleichen sagte man nicht.

Der Admiral fuhr fort. »Unsere Politik ist so verworren, daß sie es nicht mehr wagt, dem Chaos ins Auge zu schauen, welches sie selbst heraufbeschwor. Wir haben am Steuer unseres Landes einen Kopf, der genial sein mag, ich gebe das zu, aber genial worin? In der Beherrschung tausendfältiger Finten, mit denen er seinen Curs glänzend zu halten weiß, aber welch einen Curs! über nichts als Klippen hin, die den Schiffsrumpf aufreißen, zwölf Jahre, ein kleines Leck neben dem andern, und man stopft sie mit Werg: ach, das Schiff wird schon noch schwimmen. Unbekümmert vom Tag in den Tag, von der Hand in den Mund, elegant und eigensinnig – so sieht die Genialität eines Hasardeurs aus, der bedenkenlos den Staat verjeut, und dem die Ehre so gleichgültig ist wie das Gestern oder das Morgen, wenn nur das Heute ihn an der Spitze sieht. Wir haben die samische Heirat zurückgewiesen, wir haben uns, um sie zurückweisen zu können, in das Kielwasser Venedigs begeben. Damit ist das Problem für uns abgetan. Damit brauchte nun die Prinzessin nicht einmal mehr da zu sein. Dieses Venedig wird eines Tages zwar keinen Freier praesentieren, wohl aber einen ungedeckten Wechsel. Nun, das beschäftigt einen banqueroutier nicht eher, als bis es an ihn herantritt. Einem Mann mit so largem Gewissen macht es gar nichts aus, einen Vertrag auf sich zu kommen zu sehen, dem er unter keinen Umständen mehr wird ausweichen können, er ist schon zufrieden, wenn man ihn prolongiert, wie die Financiers ihn prolongieren, aus Gnade und unbarmherziger Berechnung. Denn man müßte ein Kind sein, um anzunehmen, daß diese vorgespiegelten Erfolge billig sind. Diese Erfolge kosten! und ich gäbe etwas darum, zu wissen, welchen Preis der Minister damals gezahlt hat, als Herr v. Legua über Nacht das Ultimatum von Samos erledigte, welchen Einsatz wir verspielten, um Venedig zu besänftigen, als der Botschafter ermordet wurde . .«

Wer weiß, für was er noch sein Seelenheil gegeben hätte, wenn nicht das Glöckchen neuerdings geläutet worden und der Plumpudding hereingeschwankt wäre, mit brennendem Rum auf weitgeschweifter Fayence-Schüssel.

»Dies sind die Dinge, teuerste Prinzessin«, bemerkte der Kammerherr, »weshalb Leute vom Stande nur bei Georgios logieren können.«

Georgios war ein so leiser und wohlerzogener Hôtelier, so sehr comme il faut in Allem, daß er das Lob, welches man ihm spendete, zu überhören schien. Nur sein schütterer Backenbart, ein bei Hofe undenkbares Utensil, lächelte andeutungsweise, und in den Augen verstärkte sich ein wenig die Bonhomie, die dort von Berufs wegen lag. »Château d'Ay«, sagte er und ergriff in Person die Caraffe, die man ihm reichte, »brut, année vingt-cinq.« Im Übrigen entging ihm nicht, daß wenig Harmonie und viel Mißtrauen in diesem Kreise waltete, auch hatte er, beim Kommen, beim Gehen, das eine und das andere Wort in sein tiefes Gedächtnis-Portefeuille gesenkt – er wußte genug, um sich ein Bild zu machen. »Château d'Ay«, wiederholte er gedämpft, mit sanftem Schäumen floß der Sect in das Glas des Kammerherrn, »brut, année vingt-cinq«, und füllte den Kelch des Admirals. Georgios war sehr zufrieden, mit seinem Ruhme zumal, er, der in der ganzen Ägäis gepriesene, reiche, discrete, kluge und stets wohlassortierte Vater aller Hochzeitsleute,

und nachdem er auch den Herrn v. Andria bedient hatte, entschritt er, um wieder im Hause nach dem Rechten zu sehen, das ohne ihn nicht sein konnte.
So setzte er denn die Kappe auf das schon kahl werdende Haupt, strich ein paar Mal nachdenklich über den Nacken, lauschte noch ein wenig dem Programm des zukünftigen Erstministers von Myrrha, besann sich dann, wohin er eigentlich wollte, trat zum Buffet, an welchem man die vom Zucker schon tief durchzogenen Melonen gruppierte, richtete sie selbst mit dem Liqueur, den Rum-Früchten, dem Stolz seines Hauses, an und tat, um der Farbenpracht willen, ihrer einige auch auf den hohen Aufbau der Reis-Crème, der von Sahne wohlig umflossenen, erteilte seine Befehle für die Käseplatte und wollte soeben die Gäste im Garten begrüßen, als der Portier, mit allen Zeichen fassungsloser Confusion, über die schafwollenen Läufer der Treppe gestürzt kam, immer zwei Stufen auf einmal nehmend, was bei diesem gesetzten Menschen so gut wie niemals, nur in den extravagantesten Fällen von Mord und Brand, zu erleben war. »Chef«, rief er schon von Weitem, nach Atem ringend, »Chef ..«
»Nun, nun«, sagte Georgios begütigend, »was ..«
– »Der Minister.«
»Welcher Minister? es hat deren viele hierzulande.«
– »Die Excellenz.«
»Erkläre dich, mein Freund, es wimmelt von Excellenzen.«
– »Die Perücke.«
»O .. das allerdings ..«
– »Sie will zum Fräulein v. Sinigallia.«
»Du hast hoffentlich nicht gesagt, daß wir zwei Fräulein dieses Namens beherbergen?« fragte Georgios, denn kaum, daß er die Perücke nennen hörte und ihr Begehren kannte, hatte er bereits seinen Plan.
– »Nein, Chef. Ich habe ihn stehen lassen, um Euch zu holen.«
»Sehr brav, mein Freund.« Und Georgios begab sich angenehm und würdevoll in die Diele. In der Tat, dort wartete niemand Geringeres als Carlo Graf Godoitis, der Mann, der den Schiffsrumpf mit Werg stopfte und den Staat verjeute. Er saß dort, eine Reisedecke auf den elegant übereinander geschlagenen Knieen, ließ seine wasserhellen, verächtlichen und prüfenden Blicke unter emporgezogener Braue durch den Raum zucken, gewaltig türmte sich die Haartour.

– »Excellenz«, sagte Georgios, voller Wohllaut und Honigseim, »nach so langen Jahren ..«

»Ja ..« erwiderte der Minister mit geborstener Stimme, und seine von schönen Brillanten besetzte Hand stützte sich im Sitzen auf den Goldknauf des Cavalierstockes, »wie schon gesagt, mein lieber wie war doch .. Georgios .. ich benötige für heute kein Appartement, nein nein, ganz en passant gewissermaßen, und führ Er mich nur gleich ohne viel Umstände zu diesem .. Fräulein v. Sinigallia. Ja. Was ich noch sagen – ein kleines Déjeuner, nicht wahr, eine Pastete, etwas Geflügel, ein wenig Wild, Er wird das zu richten wissen, es wird das Fräulein nicht incommodieren, denn wenn man so angenehme Nachrichten hat .. mit einem Wort: gehn wir hinauf.«

Und Vater Georgios führte den hochmögenden Minister, dessen Ziel, wie er wohl wußte, Mafalda hieß, unter den artigsten Floskeln unangemeldet zu Gaudenzia, der Plaudertasche, die ihre etwas ins Üppige neigende Erscheinung auf einem Zier-Sopha gruppiert hielt, um den sehr kostbaren Mittagsschlaf der Tante Clara zur Lecture französischer Mitbringsel zu nutzen. Er klopfte, er wartete, man rief »Herein!« – sollte so schnell das erste Abenteuer kommen? –, er öffnete, sagte »Seine Excellenz, der Herr Minister ..«, verneigte sich, schloß die Türe hinter der allmächtigen Gestalt, hörte gedämpft durch Holz und Wand eine beiderseitig höchst überraschte Begrüßung – »Ja, aber meine *liebe,* gnädigste Gaudenzia, welch ein amöner Zufall!« – und entfernte sich, um auf die Secunde pünctlich zu sein, in der man oben die getürmte Reis-Crème auftrug. »La crème de riz à la maison«, verkündete er gedämpft und setzte, als Erlaucht zu fragen geruhte »Seine Erfindung?«, bewegt hinzu: »Mais oui, Monseigneur le comte.« Im Übrigen entging ihm die Ironie der Frage, der Kammerherr kannte die Schöpfung von deutschen und böhmischen Landgütern her, wo sie, ein Kind des Grafen Trauttmannsdorff, zu Hause war.

Man wechselte den Sect, der milden Wesens und süßer als der vorige in die gleichfalls gewechselten Gläser schäumte.

– »Ew. Erlaucht sind sehr gütig«, hörte der Wirt, indem er die nächste Minute im Halbschatten einer Säule verbrachte, den Herrn v. Andria sagen, »ich werde nicht verfehlen, ausgezeichnet diese Speise, aber, um ganz offen zu sein: mein Interesse an der Belle Fontaine ist maritimer Natur. Ich denke, man wird mich richtig verstehen und in einem Königlichen Capitaine nicht nach félonie suchen. Welch wundervolle Sauce dies ..«

»Fraisen und Framboisen«, erwiderte der Kammerherr, worauf die Prinzessin, ein wenig frostig, wie es Georgios schien: »Sie wollen also, daß ich meinen Vater zu einer Aussprache unter vier Augen bestimme?«

Der Angeredete entgegnete nicht sogleich, eine Weile war nur der Brunnen zu vernehmen. Dann endlich explicierte man sich, so langsam und stockend, daß es wohl ein ganzes Herz sein mußte, was da auf den Tisch gelegt wurde, und auch ein wenig Groll war darin: »Ich weiß«, sagte der Admiral, »Ew. Königliche Hoheit lieben so wenig wie ich die krummen Wege. In meinem Commando brauche ich nicht Versteck zu spielen, jeder findet ein offenes Ohr bei mir, ohne daß, wie bei meinen Audienzen im Schloß, Creaturen zugegen wären. Es fällt mir schwer genug, bitten zu sollen. Und ich will auch nicht finassieren. Aber nachdem Seiner Majestät Vertrauen mit Fleiß gegen mich vergiftet wurde, sehe ich keine andere Möglichkeit ..«

Georgios wartete das Ende des ohnmächtigen Bekenntnisses nicht ab. Er ging, um Anweisungen für das Frühstück des Herrn Grafen aus Myrrha zu geben, zugleich um einige Worte der Warnung an die Prinzessin zu entwerfen, er konnte das Briefchen dann, beim Servieren der Käseplatte, mit gewohnter Decenz, auf die Serviette gleiten lassen .. Ausgezeichnet diese Speise, wundervolle Sauce dies – man hatte ihn gelobt, mit Recht gelobt, es war eine Lust, Hôtelier zu sein. Und um nun seinem Gedächtnis, nach den schweren Tacten der Sinfonia eroica, auch noch etwelche Melodieen aus einem Scherzo capriccioso einzuprägen, begab er sich vor das Zimmer Numero Vier. Was aber mußte er hören: man weinte, Gaudenzia weinte? Sie schluchzte gar, und der allmächtige Minister tröstete ein sechzehnjähriges Mädchen? So viel war bei einiger Anstrengung des Lauschens zu erkennen: die kleine Person, in ihrer gedankenlosen Unschuld, hatte die Prinzessin tatsächlich für ihre Cousine gehalten und ihr so gut wie Alles ausgeplaudert, was sie in den vier Tagen ihres Aufenthaltes auf Myrrha, mit bemerkenswertem Talent für das Intrigante, zu erfahren verstanden. »Und nun sitzt sie da oben auf dem Dachgarten«, rief sie verzweifelt, offenbar rannen ihr dabei die Tränen über die Wangen, daß es eine Art hatte, »und erzählt die ganze Geschichte dem Admiral weiter!« Woher wußte sie nun das schon wieder! Georgios lugte vorsichtig durch das Schlüssel-Loch: ein Segen, daß dies Haus keine Doppeltüren besaß. Wahrhaftig, da kniete sie und weinte, und der Graf, mit seiner

von schönen Ringen besetzten Hand, strich ihr sanft über das Haar. »Aber«, bat er. »Aber! Das ist doch keine solche Tragödie, keine affaire irréparable. Und der Admiral, sagen Sie? Ja, welche Überraschung, lauter Surprisen, vergoldete Surprisen geradezu. Nun verraten Sie mir nur, ob Ihnen die Prinzessin, eine Schönheit immerhin, eine etwas herbe Schönheit, ich gebe es zu, kühl und traurig und leider etwas verschlossen, ob sie Ihnen sympathisch ist, ob Sie gewissermaßen sich vorstellen können, in hochdero Suite, ich meine: als Hoffräulein, c'est-à-dire als jugendliche Gesellschafterin ..? Sie könnten dabei noch Einiges erlernen, zum Exempel, wie man allerlei Geheimnisse .. Ja, aber lassen wir dies.«
Georgios enteilte, denn er hörte klingeln. Man servierte den Käse, verstohlen glitt ein Couvert auf das Mundtuch der Prinzessin .. Nach einiger Zeit erhob sie sich, lustwandelte ein wenig und las die folgenden Worte: »Graf Godoitis ist im Hause. Ich wies ihn an das Fräulein v. Sinigallia, Appartement N⁰ 4, anstatt auf N⁰ 12.«
Die Prinzessin, zurückkehrend, als ob nichts gewesen, widmete sich dem Roquefort. Georgios derweilen, nach gemessenem Klopfen, betrat das Zimmer Numero Vier, hinter ihm schob man einen Tisch mit Pastete, etwas Geflügel, etwas Wild in Cumberland-Sauce, mit Weinen, Desserts, Salaten herein; während aber das Fräulein in ihr Cabinett ging, um die Spuren unstandesgemäßer Erschütterung zu beseitigen, spielte der Minister, mit gewohnter Geste, eine Börse in die Hand des Vaters Georgios, der den Beutel, mit gewohnter Discretion, seinem Beinkleid einverleibte, und fragte, indem er Aspic auf die Gabel häufte – schließlich war man Autocrat genug, um nicht auf Damen warten zu müssen, die längst gespeist hatten –, fragte also, ganz nebenbei: »Was will der Admiral dort oben?«
– »Eine Audienz unter vier Augen mit dem Monarchen«, erwiderte der Wirt gedämpft.
»Ahah .. Sonst Neues?«
– »Er wünscht Minister-Praesident zu werden.«
»Das ist bekannt. Das interessiert nicht. Jemand bei ihm?«
– »Der Blaue Kammerherr und ein Capitaine v. Andria.«
»Andria? Tiens, tiens, tiens. Der Aspic ist exquisit. Die Prinzessin wohnt hier?«
– »Tür zwölf, das große Appartement.«
»Schön. Ja .. was ich noch sagen wollte, meine Gnädigste, Sie sind nicht abgeneigt .. ein Glas für das hochwohlgeborene Fräulein, Georgios, wie?«

Und Georgios ging, um das Befohlene seinen Kellnern zu befehlen, selbst aber oben nach den Melonen zu schauen, dem Cognac, dem türkischen Mocca. »Ich kann im Augenblick«, hörte er die Prinzessin sagen, »die Notwendigkeit eines Wechsels im Conseil nicht unbedingt sehen, es ist auch nicht mein Amt, diesen Wechsel vorzunehmen, ich werde mir lediglich überlegen, ob es Zweck hat, die Aufmerksamkeit des Königs darauf zu lenken, möchte mich jetzt nicht entscheiden.« Dies war das Zeichen zum Aufbruch, und der Aufbruch geschah so plötzlich, so unmittelbar nach ihren verabschiedenden Worten, daß die Officiere den Lauscher hinter der Säule fast noch entdeckt hätten, wenn nicht, zum Glücke, gerade da der Servierkellner gekommen wäre, sodaß man ihm, geistesgegenwärtig, wie man als Wirt es sein muß, die Melonenplatte abnehmen und mit gemessener Würde einhertragen konnte. Man gab sie freilich sogleich zurück. »Excellenz wollen nicht die Melonen, den Cognac, den Mocca . .?«

»Ein andermal, mein Lieber, ein andermal«, rief der Admiral mit den ein wenig einwärts gewölbten Lippen, was ihm einen asketischen und leicht schmerzlichen Zug verlieh, und seine raschen, selbstbewußten Schritte verrieten, daß er noch nichts verloren gab.

Man rückte die Sessel der Prinzessin und des Kammerherrn an die Balustrade, es mochte vier Uhr sein, der Mittag war müde, und man rückte auch ein Tischchen herbei, auf dem die Desserts nebst dem silbernen Glöckchen serviert wurden. »Befehlen jetzt gleich den Café?« fragte der Wirt, denn die hohe Staats-Person sah abgespannt aus, schloß gar die Augen, und auf der Stirn erschienen nervöse Falten.

»Ja«, sagte die Prinzessin. Ein bedrohlich knappes, etwas ungnädiges Ja, das ein nochmaliges Anbieten von Melonen oder Cognac ausschloß, vielmehr sofortigen Gehorsam verlangte. Außerdem war es eine Streitfrage, ob nach dem Käse noch Früchte gereicht werden durften, oder ob der Käse in jedem Falle den Beschluß zu bilden hatte, und die Gourmets, im erbitterten Gefecht über diesen entscheidenden Punct, konnten bis dato nicht das erlösende »Habemus Papam« sprechen. Nein, noch fehlte ein solcher Papst, aber Georgios traute sich zu, zum Wenigsten einen vorbildlichen Cardinal abzugeben.

»Er soll sich selbst durchsetzen«, sagte die Prinzessin, nachdem sie ausgiebig geschwiegen, während Erlaucht unbarmherzig die in See gehende Brigantine fixierte. »Sonst taugt er nicht.«

– »Ausgezeichnet«, bemerkte der Kammerherr und rührte, wo es gar nichts zu rühren gab, denn wer wüßte es nicht, daß der Zucker sich auflöst, schon indem die Flamme den Mocca wallen läßt. »Eines freilich scheint mir wichtig, und er hat es mit Scharfblick als das Centrum, als das Problem der Probleme angestochen: man muß eine Handhabe gegen diesen Vampyrios finden.«
»Man muß sie nicht *finden,* Graf, man muß sie *machen.* Das ist es.«
Und wieder schwiegen sie.
Georgios, unermüdlich und voller Discretion, war indessen an die Tür von Zimmer Vier geeilt, doch schon rüstete man auch hier zum Aufbruch, schon trat die Allonge heraus. »Tante Clara Eugenia«, erklärte der Minister mit leichtem Ärger. »Sie ist erwacht. Servier Er mir den Labetrunk, den türkischen, im Salon der Prinzessin.«
– »Excellenz wollen . . im Salon der Prinzessin . .?«
»Ja, mein Lieber: ich will!«
Und Widerspruch nicht duldend, schritt er von hinnen. Georgios aber, nachdem er ihn hinaufgeleitet, eilte zurück zur Dachterrasse, wo der Brunnen murmelte und kein Gespräch mehr stattfand, und siehe, auch Erlaucht waren aufgebrochen, es war keine Lust mehr, Hôtelier zu sein.
– »Königliche Hoheit«, bat er und wollte soeben das Unfaßbare mitteilen, man sei in ihre Privat-Gemächer gedrungen – doch sie schnitt ihm das Wort ab.
»Was *ist* denn wieder!« sagte sie gereizt. »Man lasse mich *einmal* allein!«
Mit Bedauern verfügte Georgios sich hinweg.
Was aber morgen von Ihnen verlangt werden wird . . So also sah der Hintergrund aus, der Egoismus découvrierte sich schnell, und man machte Erfahrungen. Prinzessin . . du lieber Gott: welch ein Beruf! Nein, sie hatte ihn sterbenssatt, diesen höchst anstrengenden, von entsetzlichen Verantwortungen belasteten, von discreten Spionen belauschten Beruf, zu dem man leider geboren wurde, ohne gefragt zu sein. Nur das Meer blieb schön . . wie ruhig es dalag! In der Ferne, auf nichts als Sonnenglanz, schwamm eine einsame Staffette, weiß und still, mit einem Manne an Bord, den der Ehrgeiz verzehrte. Vielleicht würde man ihm doch eines Tages helfen, auch wenn man dabei in Gefahren geriet – wie es gestern der Fall gewesen, als man einem Botschafter die Hand gab . . Denn Alles, was man tat, zog, wie es schien, unabsehbare Fäden.

So träumte die Prinzessin in den Nachmittag hinein, die Arme auf den Lehnen ihres Sessels, und schloß die Augen und fürchtete sich vor dem, was einmal kommen mußte, vor ihm, dem Herrn mit dem Goldenen Regen. Und dann, übergangslos, erhob sie sich. Nun wollte sie baden, ins Meer hinaus schwimmen und einmal, für einen Abend, keine Menschenseele um sich haben! Indem sie aber ihren Salon betrat, erblickte sie eine Allonge, die Rückfront einer nur allzu bekannten, grau getürmten Allonge, und eine von schönen Ringen besetzte Hand führte soeben das mit Gold ausgelegte, kobaltblaue Porcellan eines Täßchens zum Munde, um mit Hingabe daraus zu schlürfen.

IV. Capitel

Mondnacht auf See, leichte Brise von Nord, just wie bestellt, um nach Myrrha zu reisen, und Daphni lag bereits zu Bette, Dorf und Insel schlummerten. Der Aviso lichtete Anker, er nahm Fahrt auf, nun setzte er die Laternen; in seinem Kiel wogten die Nebel, die über den Wassern schweben, sobald die Kühle gekommen ist. Bleicher als sonst, ein Phantom, war der Minister an Bord erschienen, er hatte das Zeichen gegeben, und unverzüglich war man unter Segel gegangen, er selbst aber lehnte noch ein wenig an der Reling, beugte sich über die Flut und zögerte, in den Salon hinabzusteigen, wo Robert, der Kammerdiener aus Preußens Urwäldern, das Nachtmahl richtete.
Fünfeinhalb Stunden conferiert: nun, dies war zu viel. Selbst für einen so erhabenen Meister der politischen Conversation, einen solchen Virtuosen am Orgelpult der Macht, war es zu viel. Welch erbittertes Treffen . . Zum ersten Male fühlte Graf Carlo seine physischen Grenzen, und es war ihm nicht lieb, sie fühlen zu müssen. Er fühlte sich alt und einsam.
Wie das Meer duftete.
Groß und apfelsinenfarben war der Mond emporgestiegen, jetzt strahlte er elfenbeinern aus seiner Höhe, strahlte geisterhaft auf eine stille und zärtliche See, in deren fahlem Geglitzer der Waldrücken Daphnis den Schlaf von Rosen-Marmor schlief, und eine Wolke von Jasmin und Myrthen schwebte darüber. Auf der Küstenstraße hörte man ein Gefährt in schnellem Trabe dahinklappern, die Windlichter fuhren durch die schwarze Luft, eine rötliche Fackel wehte mit knisterndem Cometenschweif. Es war die Prin-

zessin, die mit Zofen und Dienerschaft nach Landsende fuhr, um in das Meer und in die Nacht hinauszuschwimmen. Man bevorzugte das Nü .. wie seltsam, daß sie, nach solchen Erfahrungen wie dem Goldenen Regen, noch immer beliebte, in höchsteigener Person gegen das Hof-Ceremoniel zu opponieren.

Nein, er fühlte sich nicht einsam, es war etwas ganz Anderes, wenn man erkennen mußte, *ver*-einsamt zu sein. Denn jetzt hatte man ihn allein gelassen, im Stich gelassen hatte man ihn, das war es, was weh tat. Er war nicht schlimmer allein, als er seit Jahr und Tag und gern allein gewesen, aber nun stach es in seinem Herzen, wo eine letzte Illusion den Schmerz so lange hatte lindern können. Eine Hoffnung, durch ein Jahrzehnt mit Liebe gepflegt, eifersüchtig gehütet wie etwas besonders Kostbares, und niemand wußte davon, so sehr hing man an dem versteckten Gut, einem Gut, das unersetzlich, unwiederbringlich, unique war, diese Hoffnung sank still zu Grabe, und niemand erfuhr davon. Dafür war man ja ein Herr, daß man Tragödien mit sich selbst abmachte. Man würde auch das hinunterschlucken. Man hatte gelebt für die Krone, hatte sich verzehrt für den hohen Gedanken des Absolutismus: umschäumt von einer Flut des Hasses, hatte man sich von dem einzigen Glauben, den man besaß, durch keine noch so herben Schläge abbringen lassen, sondern unbeirrt auf die Zukunft geblickt, daß sie einen echten und würdigen Monarchen schicken werde, dem man den Platz bereiten wollte, ja, man hatte sie hypnotisiert, die Zukunft, mit wasserhellen, zukkenden Augensternen einen magischen Schleier um sie gewoben, und nun war sie so weit, nun trat sie auf den Plan, und siehe, sie verwarf ihn. Er sei nicht der Mann, sich in die Macht zu teilen, sehr wahr! sei nicht gemacht, von seinen Principien abzugehen, so wenig wie der Admiral. Eh bien, man durfte hinzufügen: auch sie war nicht diejenige, ein Geschäft mit dem Staate zu tätigen. War sie nicht wie zugeschnitten auf die Idee der Krone? Einige Monate noch oder Jahre, so würde sie regieren, würde herrschen, härter, souveräner, absoluter als dieser zarte König, der von dem Gifte der Skepsis genossen, von der Speise der Scrupel gekostet hatte, und das Volk würde seufzen und jubeln und würde sie lieben um der Gewalt willen, die von Gottes Gnaden über ihm war. Er aber würde dann nicht mehr Minister sein. Eine geborene Solistin – und was, wenn sie bei ihrer törichten Vision blieb, daß es einen Weg geben müsse, um das Erhabene des Amtes mit der Niedrigkeit des Untertanen in Einklang zu bringen? einen Weg, den der Solist in der Gefahr seines

Lebens zu suchen hatte, auf daß ihn diejenigen, die hinter ihm kamen, gefahrlos beschreiten konnten? Damit zerstörte man die Grundlage des Feudalismus, der die Grundlage des Königtums war; damit lieferte man sich dem haltlosen Schrei nach Glück aus: als ob es in dieser barbarischsten aller Welten auf dieses albernste aller Wahngebilde ankäme, als ob es hülfe, wenn die Masse glücklich war, die selbe Masse, die sich zerfleischte um des Brotes willen und sich erwürgte, weil sie Angst hatte vor dem Verderben.

Assez! sagte der Minister und schlug mit der von schönen Ringen besetzten Hand dreimal auf das Geländer der Reling, ungehalten, dégoûtiert und vornehm, ein Royalist bis in die Knochen. Und er wandte sich, um ziehenden Schrittes dem Salon entgegen zu streben, wo das Menu auf ihn wartete, während ein infamer Schmerz bis hinauf in die Gegend der Nieren ihn wanken machte.

Mondnacht auf dem Meere, eine rötliche Fackel vor Landsende, mit dem Schaft in den Sand gesteckt, auf welchem die Wogen verrauschten.

Die Prinzessin warf den Mantel ab, darunter bevorzugte sie, in der Tat, nach so langen Wochen zum ersten Male wieder das Nü, und die Diener hatten sich abzukehren. Sie ging in das Meer, das Wasser stieg an ihr herauf, es stieg ruckweise mit jedem ihrer Schritte, es umringte sie, ergriff gleichsam Besitz von ihr, hob sie empor, trug sie .. und sie schwamm in die Mondbahn hinein, die breit und schillernd, zergehend, über den Wogen lagerte. Von ihren Schultern strömte das silbrige Element, wunderbare Klarheit floß geschmeidig über einen glatten, festen Rücken. Die schöne Leucothea konnte nicht schöner sein, die Seejungfrau, die freundlich ihren Nebelschleier dem Odysseus reichte, wodurch er dem Grimm Poseidons entrann.

Aber ach, es gab keine Irrfahrer mehr, die Zeiten, da die Erde bebte, waren vorüber, wer nach Gefahren verlangte, mußte sie suchen, und wer sie brauchte, der fand sie nicht, es sei denn, er hätte sich ihrer einige gemacht. Das ganze Dasein war eine so ausgeklügelte Affaire, noch hinter dem Abenteuer stand eine schale Rechnung. Und dieser Gott, nachdem man sich nun einmal unterworfen: warum kam er nicht? Er konnte sich doch bedienen .. War es höflich, gegenüber einer Dame, die Ja gesagt hatte, plötzlich den Spröden zu spielen? War es nicht beleidigend, sie erst zu compromittieren und dann zu verschmähen? So seltsam sind die Frauen. Sie hätte sich durchaus nicht gewünscht, jenen brutal erworbenen Rechts-Titel

eingelöst zu erleben, auf den Wogen zumal, wo man sich leider schlecht würde wehren können, aber es ärgerte sie ganz einfach, wie eine Ware behandelt zu werden, die man geringschätzt, sobald sich herausstellt, daß sie billig gewesen.
Sie schwamm noch weiter hinaus, und warum sollte sie nicht? Denn wahrhaftig, es prickelte in ihr, das Schicksal auf eine höchst unsinnige Weise herauszufordern. Es war ein süßes Prickeln, ein unbeschreiblich übermütiges Gefühl. Sie wollte doch einmal sehen, wie weit der Tod mit sich plänkeln ließ. Und wenn sie die Eventualitäten bedachte, so hätte sie, trotz Vernunft, gar nichts dagegen gehabt, auf dem Grunde des Meeres zu ruhen, leise gewiegt von grünem Seetang, in dessen Flechten die Quallen auf und nieder stiegen, bunte, glasige Gallerten, belauert von der Laterne des Aristoteles, die man nicht essen konnte, weil sie aus Kalk war . .
Der Minister speiste. Er speiste in seinem Schiffs-Salon, speiste vom Besten, was das Haus Georgios zu bieten gehabt, und trank schweren Burgunder dazu, denn, das sah Robert, sozusagen ohne hinzuschauen: sein Herr hatte Kummer . . Und nun hatte er fertig getafelt. Er tupfte sich mit der Serviette den Mund, eine Bewegung voll angeborener Grandezza, im Laufe eines langen und großen Lebens bis zum Ideal vervollkommnet, griff eine Prise Tabac aus rubinbesetzter Dose, nieste zweimal, nieste discret und ging hinüber an den Jeu-Tisch, wo die Karten aufgelegt waren. Doch bevor er Platz nahm, faßte er mit einer eigentümlichen Gebärde, jäh und wild, nach seinem Herzen, als säße da der Kummer. »Bring Cognac«, sagte er gepreßt. »Mir wird nicht gut.«
Diese Prinzessin . . Unsaubere Methoden warf sie ihm vor, es war rein zum Lachen! Und Graf Carlo begann zu lachen, einsam an seinem Spieltisch begann er zu lachen, gespenstisch und böse. »Die Admirale wollen immer gleich eine Bataille«, rief er und legte mit Erbitterung die Patience, »die Chirurgen nehmen den Magen ohne viel Federlesens heraus, fort damit, wenn er rumort. Wir Diplomaten, mein schönes Kind, geben eine Prise doppelt kohlensaure Intrigue, und der Fall ist ausgestanden . . Danke, Robert. Die Patience will nicht aufgehen, welch eine scheußliche Übung, die Geduld, aber die Diplomatie ist das Natron der großen Politik – was hältst du davon?«
– »Ein tiefes Wort, Herr Graf.« Und der Sohn der Heide schenkte mit ungerührtem Antlitz den Cognac ein.
»Ich habe dich dem Könige vermacht, Robert, in meinem Testament.«

– »Testament?« Die Flasche sank herab vor Mißtrauen, Unglauben und Schreck.
»Ja . .« sagte der Minister, »in meinem Testament. Was gibt es da Sonderbares? Ich werde morgen sterben, da ist keine Gnade.«
Robert warf einen treuen Bernhardinerblick auf seinen Herrn, zottig, schweifwedelnd und liebevoll, und beendete das Geschäft des Einschenkens. Es schien ihm nicht nötig, auf so ungereimte Dinge überhaupt zu antworten.
»Ich habe dich nämlich für treu befunden in den neunzehn Jahren, die du mir dientest, ein König dedicierte dich mir, bei einem König sollst du deine Tage beschließen, ich will es so. Warum geht denn diese Patience nicht auf! Mysterios. Ja . . ich soll stürzen über kurz oder lang. Weil ich indessen *nicht* zu stürzen für vornehmer halte und also nicht zu stürzen gedenke, muß ich sterben, da gibt es gar nichts, und es sieht besser aus vor der Nachwelt. Ja . . was ich sagen wollte. Die Aera Godoitis gehört der Vergangenheit an. Aber!« – er klopfte mit dem Knöchel des Mittelfingers auf die Tischplatte – »es kann nun keiner von mir behaupten, ich hätte meinen Namen nicht in die Annalen der Geschichte eingetragen, es kann an meinem Schatten keiner vorbei!«
Welch eine Beschwörung!
– »Nein, Herr Graf«, bestätigte der Diener, »das kann keiner.«
»Du bist eine treue Seele, Robert, preußisch und gerade und schlicht und anhänglich, und sauber: das ist es. Das macht dich mir sympathisch. Ein Herr soll seine Serviteurs nicht loben, mag sein, aber heute tue ich es einmal. Es ist Huld und Laune von mir. Im Übrigen«, und seine Stimme wurde ganz leise, »wüßte ich doch gerne, woher die Person mit ihren sechzehn Jahren die Huld und die Gnade gelernt hat, vollendet, sage ich dir, unique, superbe . .«
Die Prinzessin derweilen schwamm auf dem hohen Meer, dem Mond entgegen, der ihren Rücken glitzernd mit Wogen und Schaum überfloß, und kein Gott, kein Goldener Regen, kam, sich zu nehmen, was nach dem Vertrage sein Eigen war. Über das Wasser scholl hohl ein langgezogener Ruf, scholl fern und tief an ihr Ohr, und mit einem kleinen Rauschen der Flut, die ihr um Schultern und Brust gurgelte, wandte sie sich zurück. Aus unendlicher Weite mahnte das Licht auf dem Sande von Daphni.
Da blieb ihr denn doch für eine Secunde die Luft fort. Ausgeschlossen! *die* Strecke bewältigte keiner zwei Mal.
Nun, sie war eine kühle und herbe Natur: sie gab sich nicht schnell

verloren, obwohl es nun Ernst wurde, es hieß Ruhe bewahren, noch lebte sie, und so wenig wie dieser Gott sollte der Tod sie bekommen. Hatte sie nicht fünf und eine halbe Stunde ausgehalten, als Geist gegen Geist gleichsam bis auf das Messer kämpfte? und hatte sie den Minister, obwohl sie ihn gar nicht stürzen wollte, nicht mitten in die Festung seines Hochmutes getroffen? trotz heimlicher Anerkennung und Sympathie in jedem Puncte gesiegt, in welchem zu siegen sie sich vorgenommen? Sie legte sich flach auf das Wasser. O nein, noch war man weit entfernt, sich zu ergeben! Denn auch der Tod besaß ihre verschwiegene Zustimmung, aber sie duellierte sich mit ihm, auf die Distance eines Taschentuches. Und nach einigen Minuten, in denen das Meer sie unmerklich abtrieb, hatte sie Kraft genug gesammelt, sie schwamm ihm davon, sodaß er sich sputen mußte, wollte er sie einholen auf ihrem schmalen, zitternden Streifen Licht, den eine Fackel über die Flut warf, und es war keine Rede mehr, daß sie sich fürchtete, weder vorm Sterben, noch vor dem Dasein, noch vor dem Herrn mit dem Goldregen. Und wie hatte sie sich gefürchtet!

Unterdessen suchten die Diener, fern auf Landsende, ängstlichen Auges die See ab, tief am südlichen Horizonte tauchte der Aviso mit seinen Lampen langsam unter die Kimm, und Danae sah ihn so wenig, wie ihr Gefolge sie selbst erblicken konnte. Robert allein, auf dem Schemel vor der Tür seines Herrn sitzend, hörte bekümmert die immer heftiger sich steigernden Ausbrüche einer Apologie, die der Minister dort im Salon an einen unsichtbaren Gegner richtete. Bei Gott, das konnte kein gutes Ende nehmen. In neunzehn Jahren hatte der Graf sich nicht ein einziges Mal gehen lassen, immer beherrscht, immer Cavalier, immer vollendet in den Formen seines Auftretens, das Vorbild eines Mannes von Welt, den Viele nachahmten und Keiner erreichte .. »Es geht mir nicht um diesen Rivalen«, rief der Minister, »er kriegt es nicht fertig, ich stopfe ihm das Außenamt in den Schlund, bis er daran erstickt«, und dies »erstickt« kam so spitz, so übelmachend, so diabolisch durch die Luft gefunkelt, daß man meinen konnte, den Admiral bereits würgen zu hören, »es geht mir auch nicht um mich, ich habe die Macht zu tief gekostet, und sie schmeckt bitter, es geht mir nicht um den König, er ist ein schwacher Mann und ein trauriger dazu, ein Melancholicus, den es friert, weil die Krone kalt ist, ja selbstverständlich ist die Krone kalt, ein eisiges Feuer, das entschlossene Herren will, nein! nein! es ist die *Idee* der Krone, die ich verteidige, ich bin der letzte Grandseigneur, der den Mut hat, feudal zu sein, mit allen Consequenzen feudal und hart zu sein in einer lauen Welt, die nach dem Glücke bangt, ich bin ein Zeitalter, und nach mir kommen die Bürger, die Bequemen kommen nach mir, die dem Volke schön tun, statt es an die Candare zu nehmen, die ihm Fortunas Tombola ausschütten, damit es nur ja zufrieden sei, das liebe Volk. Nach mir kommen die Menschheitsbeglücker, die auf dem Schafott enden, weil das Volk plötzlich entdeckt, daß man Angst hat vor ihm, Angst! aber ich, ich habe Angst, ich, Carlo Graf Godoitis, Angst vor der Zukunft, weil ich sie nicht mehr erleben soll, ich wollte sie schon *lehren*, zu zittern, bis sie Schaum kaut, es ist ja keiner da außer mir, romantische Memmen, und sie heulen, heulen, triefend von lauter Gutherzigkeit, ich bin daran nicht schuld, ich lehne es ab, ich wasche meine Hände rein in den Tränen, die fließen werden, ich trockne sie an den Leichentüchern, die man nähen soll, bald nähen soll: *aaah* . .«

Und dann war es still.

Ein hoher und spitzer Schrei, der die ganze Scala der Töne durcheilte, in einem heiseren Röcheln endete und jählings abbrach. Dann war es still.

Der Graf lag in seinem Sessel, die Allonge war nach hinten gefallen, der Kopf lag auf dem Rückenpolster, die Lippen, leicht violett getönt, standen offen, die Augen starr und fremd, und das Gesicht war totenblaß. »Sect . .« flüsterte er atemlos mit schwerer Zunge, seine Kehle mußte ganz trocken sein, »Sect . . das Herz . .« – und die Füße, lang auf dem Teppich ausgestreckt, fuhren zuckend auf den Hakken umher. Und dieser letzte Umstand war so daemonisch, daß einen, weil der Blick nicht mehr loskam, das Grausen anwandeln konnte.

Schöner anzuschauen war die Seejungfrau, die im Mondenschein auf dem Wasser ruhte, das Wasser schäumte über die Brust, umspielte den Hals, den geschmeidigen, und die Diener am Strande suchten das Meer ab. Sie riefen in langgezogenen, hohlen Lauten nach der Prinzessin, der es Spaß machte, nicht zu antworten – ganz abgesehen davon, daß es ihr stillos erschienen wäre, zurückzurufen wie ein Gassenmädchen in den Vorstädten von Myrrha . . Gleichwohl begann sie nun doch ein wenig zu frieren, und nach einer Weile – Orion, der wilde Jäger, badete seinen Fuß in der See, sein Gürtelgehänge funkelte – nach einer Weile schnellte sie rücklings über die Flut, daß die Wogen gurgelten, tauchte, schoß mit Geglitzer wieder herauf, schwamm weiter, der rötlichen Fackel entgegen.

Der Minister aber in seinem leise wiegenden Meeres-Salon stülpte mit dem erstaunlichen Ausruf »Verwünschte Disciplinlosigkeit!« die gewaltige Haarkunst über, ergriff den goldgeknauften Stab, wie ihn gichtische Cavaliere lieben, und ging steifen Schrittes, jede Hilfe des Leiblakaien verschmähend, der zottig und treu hinterdreinschlich, an Deck. »Es wird mir zuträglich sein, ein wenig Luft zu schöpfen«, rief er auf gut Deutsch, welche Sprache weder der Rudergänger noch die Schiffsjungen verstanden, die ihre Freiwache abschliefen, rief auch das im Tone persönlichster Verbitterung, weil er vor fremden Augen, seien es selbst die seines intimen Bedieners, sich hatte gehen lassen. Und er trat an die Reling, reichte mit gemessener Bewegung den Stock nach rückwärts, grüßte zerstreut den Capitaine, der unter tiefem Bückling an ihm vorüberwanderte, stützte die Hände imposant auf das Geländer, preßte die Lippen gegeneinander, während er, halb zornig, halb wehmütig, auf die Wellen blickte, die unter der Bordwand dahingluckerten, bis weit an den Horizont von einer breiten Lichtbahn überschimmert, zart bewegt, ein milder, wundervoller Mondenteppich, und es war ihm, als erkenne er dort in dem Gefunkel und Geriesel eine Seejungfrau, eine antike Nymphe, die mit weißen Schleiern nach ihm winkte, ohne ihm vorgestellt zu sein. »Tiens tiens«, sagte er träumerisch. »Die schöne Galathee ist auch von der Partie .. aber das sind wohl die Nebel über dem Wasser, es hat Alles seine rationale Erklärung. Durchaus, mein Fräulein, durchaus rational gesprochen. Noch bin ich Minister, und erst nach meinem Tode wird ein Sessel frei, ein Sessel von goldenem Brocat. Dann will ich mich gerne mit Ihnen unterhalten, schönes Kind. Mein Name ist Godoitis, ein vergleichsweise berühmter Name, auch Sie können an mir nicht vorbei, auch Sie gehören dem Jahrhundert an, welches das meinige ist und nach mir genannt werden wird. Ja .. Ich bin gewissermaßen eine saeculare Erscheinung, da gibt es gar nichts ..«
Im Übrigen schien er doch ein wenig zu träumen. Er träumte, über eine Wolke zu gleiten, er schritt gleichsam über Wolken, und das war ein ekliges Gefühl, es war so, wie soll ich das sagen .. es war scheußlich, ein Schafwoll-Teppich, dicke, plebejische Schafwolle, aber eigentlich war es sogar ein wenig gallertartig, ähnlich dem Aspic, den er bei Georgios gegessen hatte, ein exquisiter Aspic, er schritt beinahe über lauter schwappenden Aspic, roten Aspic, bordeauxrot wie die Cumberland-Sauce, es war eine Wolke von ausgezeichneter Cumberland-Sauce, sämig und duftend, hergestellt aus

englischem Senf, Johannisbeer-Gelée und einer Spur von geriebener Pomeranzen-Schale, aber es ging sich nicht eben amön auf solchem Untergrund, und um dem zu échappieren, trat er kühn über den Rand der Saucen-Wolke hinaus, erwartete vielleicht, dort die feste, glacierte Fayence der Wildplatte vorzufinden, machte zwei oder drei Schritte ins Leere, mußte bemerken, daß er zu fallen begann, faßte sich ein wenig erstaunt mit der schönen, von Brillanten beladenen Hand an die Kehle, blickte hinunter auf das Meer, das ganz abstrus entfernt tief dort unten sich breitete und merkwürdiger Weise immer mehr vor ihm zurückwich, so sehnsüchtig auch die schöne Galathee mit ihrem leicht ridiculen Nebelschleier nach ihm winkte und so sehr er selbst auch seinen Fall beschleunigen mochte, denn es war nun nicht länger zu leugnen, er fiel mit einer Geschwindigkeit, die jedes gewohnte Maß überschritt, die etwas Beängstigendes an sich hatte, vorausgesetzt, man besäße überhaupt Talent, sich zu ängstigen, ja, man konnte nicht einmal mehr sagen, daß er fiel, er stürzte geradezu, und die See bekam Furcht vor ihm, sie gab sich unglaubliche Mühe, ein Rencontre zu vermeiden, sie wurde immer kleiner, und was ihn betraf, so fiel und stürzte er nach Leibeskräften, er tat sein Möglichstes, ihr entgegen zu kommen, höflich zu sein, aber er konnte unternehmen, was er wollte, es gelang ihm nicht, nein, im Gegenteil, jetzt fing die See auch noch an, sich zu drehen, sie drehte sich aus der Erdkugel heraus um ihre eigene Achse, wie ein riesiger Spiegel klappte sie in die Höhe, sodaß er an ihr vorbeisegeln mußte – verrückte Person, als ob es etwas so Absonderliches wäre, einen Minister auf sich aufklatschen zu lassen, und er selbst, galant von Geburt, begann sich nun ebenfalls zu drehen, er kreiselte, das Blut schoß ihm zu Kopfe, die See wurde cumberlandrot, dann schoß es zurück in die Füße, die See wurde leichenblaß, neuerdings wie alter Bordeaux, wieder wie schimmliges Weiß, endlich ließ er seine Kehle los, faßte stattdessen nach dem Kopf und schloß die Augen, er hatte sich nicht getäuscht, die Perücke war an ihm vorübergeflattert, tief dort unten schwebte sie in das Nichts, ihn aber beseelte ein einziger Gedanke: dies möchte ein Ende nehmen . .

Und wie es bei Ministern so geht: kaum äußern sie einen Wunsch, so ist er auch schon erfüllt. Der treue Robert, mit bekümmertem und ahnungsvollem Gesicht, sah seinen Herrn ein paar Mal recht seltsam stoßweise sich vor und wieder zurück beugen, er sah ihn langsam, gleichsam ungläubig, nach der Kehle greifen, er sah – und er konnte so schnell nicht einmal hinzuspringen, obwohl es ruhig, beinahe gemütlich, zu geschehen schien – er sah ihn in den Knieen einknicken, vornüber sinken, sah die Perücke vom Haupte rutschen und in das Meer fallen, er sah, wie der Minister mit Brust und Armen über der Reling hing, nach hinten glitt und geradezu erlöst mit dem Kopf auf die Deckplanken schlug. »Was ist, Herr Graf?« rief der Diener, höchst unnützer Weise, indem er die Excellenz vom Boden sammelte, doch der Principal-Minister des Königreiches Myrrha gab nicht einmal mehr einen Laut von sich, und auf den Fluten dümpelte die Perücke still und zerquellend davon, durchaus fehl am Platze.

Fern vor Landsende, im Schein des Mondes und im Fackellicht, stieg eine Nymphe aus dem Meer, triefend von Perlenschnüren, kühl und herb und gewissermaßen wenig bekleidet. Sie setzte den Fuß auf den Strand von Rosen-Marmor, ihre Haut schimmerte matt, Nachtwind kam aus dem nahen Gehölz, ein Duft von Jasmin und Myrthen schwebte in seinem Fächeln.

V. Capitel

Als die Sonne aus dem Meer sprang – hochgemut nach ihren südlichen Gewohnheiten, ohne lang zu trödeln mit Dämmerung, Gähnen und Gliederstrecken –, war der Obrist Neander schon auf, auch er ohne zu trödeln, ein Soldat, obzwar Baumeister, er hatte ausgedehnt poculiert, im Feldquartier unterm Zelt geschlafen und war, wie gesagt, auf, als die Sonne aus dem Meer sprang. Sie leuchtete wohlgefällig, warm und ein wenig feucht noch über Santalba, woselbst sie, mit scharfen Reflexen, sich in der Bronze eines Canonenrohres spiegelte, das, gestern angeliefert, nur darauf wartete, montiert zu werden. Auf dieses Canonenrohr, malerisch gelagert, stützte der Oberst den Ellbogen, in der gleichen, etwas arroganten Pose, in welcher ihn das Deckenfresco der Residenzstiege, meditierend, der Nachwelt zeigt: blau die Uniform, silbern die Tressen und Litzen, die seine Brust vorteilhaft in horizontale Streifen zerlegen, gelb das Officiers-Bandelier schräg darüber, gepudert und gezopft die Frisur, die Stulpenstiefel gewichst, und davor, ein wenig léger, sein brauner, hochschultriger Hühnerhund. Ja, dies war die Lieblings-Pose des großen Mannes, Gouverneurs der Festungen im Königreich, eines knappen, sachlichen, unerschöpflich gedankenreichen Herrn – von bürgerlichem Stande übrigens –, der aus den Tiefen

seiner etwas verschlossenen Natur Träume von höchster Geistigkeit gebar, und nun griff er, wie seine Wachposten, zum Fernglas, um, von der Contre-Escarpe her, die Escarpe zu beobachten, drüben über dem Sund, die wieder einmal einen Winkspruch signalisierte.
»Yacht Belle Fontaine aus Nordnordwest«, signalisierte man, »Curs Santalba, achtunddreißig Knoten.«
Enorme Geschwindigkeit. In der Tat, da schoß sie schon über die Kimm, dermaßen schnell, daß man meinen konnte, ihre Gaffel schlitze den Morgenhimmel der Länge nach auf. Sie flog mehr, als daß sie glitt, schlitzte auch das Wasser, sauste nur so darüber hin, ein flüchtiges Nichts, elegant und zierlich. Und der Gouverneur, begleitet von seinem Hunde, erhob sich, um hinunter zu gehen an den Strand, denn dieser Besuch galt ihm.
Der Kammerherr war strahlender Laune. Er ließ sich die Werke zeigen, die bereits wieder gewaltig aus dem Boden wuchsen, nachdem die Springflut sie fast ganz zerstört hatte, breite, scharf gewinkelte Festungs-Wälle, vortrefflich gemauert, oben das Aufgeschüttete mit Rasenplacken abgedeckt, Sappen und Laufgräben von Faschinen gestützt, ein fortificatorisches Meisterstück.
»Ich höre, man wird Ew. Liebden adeln?« fragte Graf Weißenstein, »zum General befördern sogar?«, und sein Monocle funkelte starr.
– »Ich wüßte nicht«, erwiderte Neander, »lege auch keinen Wert darauf.«
»Und Borromeo, hört man, wird Principal-Minister?«
– »Es wäre das Beste für das Land. Im Übrigen glaube ich es noch weniger.«
»Geduld, Liebden, Geduld. Zunächst brauchen wir Ihre Hilfe. Ich muß noch heute, noch jetzt, verstehen Sie, mit diesem Vampyrios zusammentreffen, das muß sich ganz en passant ergeben . . Sie werden das einrichten können?«
Der Oberst konnte es einrichten, natürlich konnte er das. Nicht umsonst trug sich der Finanzbaron, nachdem seine Villa dem Erdbeben zum Opfer gefallen, mit den kostspieligsten Plänen – er schickte zu Neander. Nicht umsonst bedurfte Venedig eines Botschafts-Palais, auf daß seine Diplomatie sich unbehindert von Königs Gastfreundschaft entfalten konnte – man bemühte Neander. Und ebenso wenig war es ein Zufall, daß der Reichsgraf gerade auf Myrrha die Anregungen für den Ausbau seines Weißenstein suchte – auch er consultierte, selbstverständlich, die höchste Autorität, die Europa in

Baufragen kannte, ein Umstand, der selbst den allmächtigen Horchern plausibel erschien.
Was ging nicht Alles vor in dieser Morgenstunde! Zwei preußische Meilen entfernt, in verhängter Sänfte, schaffte man den Minister an Land, ohne daß eine Myrrhonesenseele von Seiner Excellenz angegriffenem état de santé ahnte. Oben in der Ermitage, unter dem wohlig geschweiften Dach des Residenz-Palais, erhob sich ein alternder Herr, um mit schönen Händen – auf der Rechten schwebte ein Saphir von betörendem Blau – die Schlagwerke seiner vielen Uhren in Übereinstimmung zu bringen, zu welchem hoffnungslosen Geschäfte er traurig, wissend und vornehm lächelte. Des Königs Wirkl. Geh. Leibarzt wurde auf Wirkl. Geh. Weise in das Appartement eines sehr hohen Patienten beordert. In der Contrescarpe, inmitten der Pyramiden-Wälle auf Feldstühlen sitzend, nahmen Obrist und Kammerherr ein schlichtes Soldatenfrühstück ein, wobei sie in tiefem, leider auf Deutsch geführtem Gespräch dunkle Pläne beredeten. Im Schloß, unter perlgrauem Seiden-Ciel, streckte die Königin sich mißmutig in ihrem Bette und empfing mit nervöser Zerstreutheit die Morgenvisite ihrer fünfzehn aristocratischen, auch heute etwas gelangweilt blickenden Windhunde. Durch die Thymian-Heide trabte, auf leichtem Roß, eine Ordonnanz des Gouverneurs, um dem Barone Vampyrios, der in den Federn lotterhaft den türkischen Labetrunk schlürfte – auch er gehörte zu jenen Feinschmeckern, denen das Aroma sich erst im Schlürfen voll entfaltet –, Botschaft zu überbringen, daß Europens Baumeister ihm die Entwürfe des Landhauses, Glockenschlag Zehn, im Leder-Cabinett der venezianischen Ambassade zu unterbreiten proponiere.
Während dem war es auch über Daphni, dem rosigen Marmor-Paradiese, längst heller Tag geworden, und man entschloß sich endlich, den Schlummer der Prinzessin, durch untertäniges Klopfen an ihrer Tür, roh zu beendigen. Es mußte sein – galt es doch leider, die Koffer zu packen, da heute, unvermeidlich, das Staats-Programm seine Fortsetzung fand. Und eine Stunde später, so hatte man, bei angenehmem Springbrunnen-Geriesel, bereits die Morgen-Chocolade zu sich genommen, so bestieg man, diesmal im Damensitz, ganz Prinzessin und Würde, ein nicht eben feuriges Maultier, um noch einmal, bevor man wieder auf See mußte, spazieren zu reiten.
– »Ew. Excellenz dürfen beruhigt sein«, sagte derweilen in Myrrha der Leibarzt zum Grafen Godoitis, und eben hatte er das gesagt,

so verneigte er sich auf das Tiefste gegen eine Tapetentüre, die als Bücherschrank feinsinnig und kunstvoll gestaltet war, denn durch diese, ihm nicht bekannte Entrée, die plötzlich mit Aristoteles, Sueton und den Œuvres complètes de Platon herausklappte, gewahrte er die königliche, noch etwas müde Erscheinung der Dame Olympia, die an blaugeflochtener Leder-Cordel ein Windspiel führte.
»Man consultiert einen Arzt?« fragte sie, es schien ihr nicht recht zu sein.
– »Guten Morgen, Majestät«, erwiderte der Minister, offenkundig bei guter Laune, aus getürmten Kissen heraus. »Es geht mir brillant«, sagte er mit seiner gleichsam geborstenen Stimme. Das Windspiel gähnte, der Leibarzt beeilte sich, die wissenschaftliche Diagnose hinzuzufügen. »Die Excellenz des Herrn Grafen«, erklärte er unter erneuter Verbeugung, »glaubten einen Collapsum erlitten zu haben, es war indessen nicht eine ursächliche Attaque des Herzens, das als durchaus stark und normalpulsend von mir befunden wurde, sondern die Excellenz haben sich an einer Aalpastete übernommen. Dies veranlaßte den Stomachum, sich auszudehnen, die Expansion wirkte als Pression gegen benachbarte Organe, arteria principalis wurde vorübergehend abgeschnürt – so kam es zum Blutstau. Die Excellenz werden einige Tage das Bett hüten, darauf dann wieder in alter Frische zu regieren vermögen.«
»Werde ich das Bett hüten?« wiederholte Godoitis mit Malice, und wasserhell zuckten die Blicke durch den Raum. »Werde ich es hüten, mein Lieber? Ja, was ich noch sagen wollte .. man zieht sich jetzt zurück, man verliert kein Wort über Collaps und Aalpastete, denn ich lehne es ab, dem Volke eine Aussicht zu eröffnen, die zu halten ich nicht gesonnen bin. Adieu .. ich bedanke mich.«
»Eigentlich haben Sie schönes Haar, Carlo«, sagte träumerisch Dame Olympia – ein Ausspruch, der den Minister veranlaßte, unverzüglich nach einer seiner Allongen zu klingeln –, »und noch immer gefallen Sie sich in diesem übertriebenen Stilgefühl. Warum lassen Sie mir die Freude nicht, Sie so zu sehen, wie ich Sie gern habe?«
– »Die Contrebalance, meine teuerste Olympia. Tu Sie Ihre Bestie hinaus, so will ich auf meine Hauptbedeckung verzichten, aber diese unbegreifliche Laune der Natur, dieses abscheuliche Höflingsgesicht, aigriert mich in einem Maße, terrible! es verdirbt mir den Morgen.«
Und das aristocratische Tier, das von der Noblesse, nach des Gra-

fen scharfsinniger Definition, zu wenig begriffen hatte, um vor ihm als nobel bestehen zu können, ward hinausgesperrt in den Lakaiengang.

Zur gleichen Stunde empfing Don Pasquale, der neue Botschafter Venedigs, in wahren Sonnenfluten den Besuch Erlaucht des Reichsgrafen zu Weißenstein und Sonnenfelde, Erbtruchsessen und Kämmerers Seiner Apostolischen Majestät Römischen Reiches Deutscher Nation Kaiser, wie der Protocollar verkündete. Im Übrigen kannten sich die Herren.

»Was wird denn aus mir werden, Carlo«, fragte die Königin, »wenn du nicht mehr bist?« – ach, und wie tragisch klang es, wie ahnungsvoll.

– »Was soll denn werden, schönste Olympia? Wenn ich nicht mehr bin, wird Borromeo Principal-Minister, da gibt es gar nichts, denn er hat sich in Positur gesetzt, und solange ich bin, wird er es nicht, da gibt es auch gar nichts.«

»Dieser Mann ist mir fürchterlich, Carlo. Er wird uns ins Unglück bringen . .«

– »Das weiß ich noch gar nicht einmal . . Vielleicht mausert er sich? Ich fühle in mir Gerechtigkeit genug, ihn vom Staate aus zu sehen, von meinem Grabtombeau gewissermaßen, sine ira et studio, wie der Lateiner sagt. Aber natürlich: auf die *Dauer,* ma chère, richtet Jeder den Staat zu Grunde, der nicht Godoitis heißt. Die Feudalen frißt der Teufel, unter allen Umständen frißt er sie, wenn ich nicht mehr bin, und es wird mit dem Volke regiert, man streicht ihm Honig ums Maul und bittet recht artig: bediene dich, dein ist der Staat. Ja: es ist nun an dem . . Aber dieser Borromeo mag noch hingehen, relativ mag er das, da nun einmal Alles, was mit der Macht zusammenhängt, relativ ist. Welch ein Idealist, welch eine keusche und grüne Seele. Unsaubere Methoden – das sagt dieser Mann mit seinen sechzig Jahren . . Er macht mich lächeln. Aber seine Conception ist nicht übel, ich werde sie einfach durchführen. Wie traurig nur, daß wir, um ihn ausschalten zu können, jetzt den Baron Vampyrios mit seiner nackten und rosigen Erscheinung stützen müssen, nachdem wir ihm die Position schon recht hübsch unterhöhlt haben. Das sind so Notwendigkeiten – tant pis, das Schicksal hat es gewollt, und also werden wir diesen Figuranten ein wenig zum Schäumen bringen. Die Contrebalance . . das A und O der Diplomatie.«

In des Botschafters Empfangs-Salon, unter wahren Cascaden von Sonne, schlug der Blaue Kammerherr die Kniee elegant übereinander, ließ die Escarpin-Spitzen blinken und setzte sein mit einer gewissen Leichtfertigkeit vorgetragenes Exposé fort. »Ihre freundwillige Nichte«, sagte er scherzend, »was für ein niedliches Kind – und nun hat sie sich Alles verdorben. Diese zwei unschuldigen Küsse – wofür! ich bitte Sie .. Damit ein nicht ganz sauberes Subject sein bißchen Plaisir hatte? Sie werden es längst durchschaut haben, Don Pasquale, was dieser animalische Mensch mit ihr vorhat. Nicht das premier lit, bewahre. Nicht ein beliebiges Abenteuer, das ihn wenig, die kleine Gaudenzia aber recht viel kosten würde .. Nein, da liegt etwas mehr vor: ein Mann von inferiorer Herkunft will sich mit einem der ersten Namen verbinden, und ich sage Ihnen voraus, er wird sich die Lection durchaus nicht zu Herzen nehmen, denn, wie ich beobachten konnte, bemüht er sich bereits um ein weiteres Opfer. Wissen Sie, wie das Opfer heißt? Claretta Sinigallia .. Leider.«

– »Dieses Vieh«, äußerte heiser der Botschafter.

»Ich will Ihre Leidenschaften nicht aufstacheln, Don Pasquale, aber ich habe aus ganz bestimmten Gründen ein Interesse daran, daß unser Vampyrios zu Fall kommt. Und er ist so sehr Financier, und er ist so engstirnig darin, daß er Ihnen, als der solventesten Firma, um es einmal so auszudrücken, das größte Vertrauen entgegenbringt. Ich werde ihm eine Mariage vorgaukeln, die Sie nicht zu erschrecken braucht, sie besteht nur in meiner Phantasie, eine Mariage der Prinzeß Danae mit dem Könige Midas, der früher einmal zu den Goldmachern gehörte, Sie kennen die Geschichte. Ich lege meine Hand dafür ins Feuer, daß die Geheimnisse, mit denen ich mich umgeben habe, genügen werden, ihn Alles glauben zu machen. Ich erzähle ihm, daß einerseits Borromeo ans Ruder kommen und besagte Heirat einfädeln wird, während andererseits Midas wieder unter die Goldmacher gegangen ist – ich garantiere Ihnen, er glaubt es. Seine Reaction wird erstaunlich sein, aufregend und erstaunlich. Seien Sie nur so klug, Don Pasquale, sich etwas Schriftliches von ihm zu sichern und dieses Schriftliche dann, zu einem Zeitpunct, der Ihnen gelegen scheint, in die Hand der Prinzessin zu spielen. Sie haßt ihn wie die Pest.«

Derweilen hatte der König, traurig und wissend, von dem Versuch gelassen, die Schlagwerke seiner Uhren in Übereinstimmung zu bringen, hatte sich in den hängenden Gärten der Ermitage ein wenig ergangen und war dann auf den absonderlichen Gedanken verfallen, nach seiner Königin zu sehen ..

»Sie müssen mir versprechen, sich zu schonen, Carlo«, bat die Königin. »Was soll mit mir werden, wenn Sie einmal nicht mehr sind? Mein ganzes Leben besteht daraus, Ihnen zu verzeihen, Carlo, in Ihrer Hand zu sein, mich zu freuen über jedes kleine Zeichen von Wärme, das Sie mir schenken, und mich zu fürchten vor der Zukunft: vor meiner Tochter Danae mich zu fürchten und vor dem Admiral, mit dem sie im Complott ist . .«

– »Aber glaub Sie doch das nicht, ma chère . . Hat Sie so wenig Denkvermögen, daß Sie nicht weiß, wer solche Gerüchte in Umlauf setzt? Ich bitte Sie, Olympia, die schöne Tochter hat doch selbst Angst vor diesem Borromeo, sie möchte die Macht wohl eher mit mir teilen als mit einem traurigen Militär. Nein: wir werden ihm das Außenamt in den Schlund stopfen, und er wird es schlucken müssen, ob er nun will oder nicht . . Tiens! man besucht uns . .«

In der Tat, es öffnete sich die Tür, man sah einen Zobelpelz hereinschreiten, und der Zobel sah seine Königin auf dem Bett seines Ministers sitzen, im vertrauten Zwiegespräch. Der König lächelte wissend.

»Ich suchte Sie, Madame«, sagte er höflich, ohne Vorwurf, »aber ich fand Sie nicht, und, verzeihen Sie mir, ich hatte keine andere Absicht, als mit meinem Minister einige unaufschiebbare Dinge zu besprechen.« Er rückte sich einen Stuhl herbei.

– »Es ist doch bekannt«, erwiderte die Königin, kühl und, wie man zugeben wird, sehr freimütig, »daß ich hier zu finden bin . . nicht wahr? Was aber die unaufschiebbaren Dinge betrifft, so tragen sie, wenn ich mich nicht täusche, Admirals-Epauletten . .?«

»Ich bewundere Ihren Scharfsinn. Wie geht es Ihnen, Graf? Sie sind krank?«

– »Eine kleine Unpäßlichkeit, Majestät, bitte tausend Mal um Vergebung.«

Währenddessen verließ unten Graf Weißenstein den Salon des Botschafters von Venedig, um mit raschen Schritten, das Einglas vorm grauen Auge, das Leder-Cabinett zu betreten, in welchem Don Johann, knapp anderthalb Wochen zuvor, gestorben war, doch schien dieser Umstand weder den Baron Vampyrios noch den General-Landbaumeister zu genieren, denn hier saßen sie über den Plänen für das Stadt-Palais des Finanzmagnaten.

»Guten Morgen«, sagte die Erlaucht, fröhlich und standesbewußt. »Oberst, der Botschafter läßt bitten, Baron, Ihr Diener!« Das Letzte war impertinent, aber Vampyrios ermangelte des Organs für

Impertinenzen, und so bemerkte er es nicht. Er verbeugte sich tief, während der Gouverneur ganze Mappen mit Skizzen zusammenraffte, die er dem Botschafter zu unterbreiten gedachte. »*Ihre* Pläne, Erlaucht«, rief Neander im Davoneilen und zeigte auf wiederum andere Papiere, »ich bin sogleich zurück.«

»Es wird mir ein Vergnügen sein«, entgegnete der Kammerherr, und ohne sich weiter bei der Vorrede aufzuhalten, ohne dem Minister auch nur die Hand zu geben, entrollte er die Ergänzungs-Entwürfe, die der Weißensteiner Hauptraumfolge galten.

– »Darf man ..« bat der Finanzgewaltige mit devotem Respect.

»Bitte bitte«, sagte Seine Erlaucht und fixierte ihn herablassend von der Seite.

– »Superbe, Erlaucht, wunderschön .. Ihre Invention, diese Prunkstiege?«

»Meine Invention, sehr richtig.«

– »Und, eine Frage, Erlaucht: was halten Sie von der politischen Lage?«

»Was soll ich von ihr halten? Das müssen Sie selbst doch besser beurteilen können, ich bin ja nur Zuschauer, Sie dagegen sitzen im Conseil, Sie handeln, sind der eigentliche Herr des Landes ..«

– »O, Erlaucht überschätzen das. Aber eben deshalb: wie beurteilen Sie die Chancen dieses Admirals?«

»Sie haben Angst?«

– »Um ehrlich zu sein: ja. Ein wenig habe ich Angst.«

»Um Ihr Geld? Sie nicken. Tja. Nicht ganz zu Unrecht. Ich glaube, er hat große Chancen. Und seine Ansichten kennen Sie ja, seine Conception ist, soviel ich weiß, bekannt. Hier müßte die Curvierung, meine ich, noch etwas gefälliger werden .. scheint mir. Hier muß er noch etwas feilen, der gute Neander. Ein etwas teurer Herr, wie?«

– »Für so glänzende Seigneurs wie Ew. Erlaucht wohl zu erschwingen ..«

»Zu gütig, Ihre hohe Meinung. Dabei bin ich ein Bettler, gemessen an Liebdens sagenhaften Reichtümern.«

Vampyrios blickte geschmeichelt, doch wurde er jählings wieder ernst. »Seine Ansichten, Erlaucht? Seine Conception?«

»Aber Sie belieben den Unwissenden zu spielen. Die Spatzen pfeifen es von den Dächern, daß er die Mariage Phrygien auf sein Programm geschrieben hat, Midas der Goldmacher heißt der Erwählte .. Nun sagen Sie mir nur, woran es liegt, daß im Podest die Linien nicht recht fließen wollen .. Merkwürdig.«

– »Um auf meine Furcht zurückzukommen, Erlaucht«, flüsterte Vampyrios mit gedämpfter Erheiterung, »so meinte ich freilich mehr die finanzpolitischen Maßnahmen, die der Admiral ergreifen würde, falls wir seine Candidatur nicht verhindern können.«
»Fällt Ihnen das Denken so schwer, Baron? Midas als Prinzgemahl dürfte gleichbedeutend sein mit völliger Geld-Entwertung.«
– »Aber er macht doch gar kein Gold mehr, er hat die Fabrication doch längst eingestellt? sie soll ja mit diesem Zeus zusammenhängen . .«
»Eben«, bemerkte der Kammerherr in energischer Kürze, und es war kaum ein Zweifel, daß er dem Gespräch absolut keinen Reiz abgewann.
Dieses »Eben« vergiftete den ganzen Organismus des Geldbarons. »Muß ich«, fragte er zögernd, sehr vorsichtig und argwöhnisch, »daraus schließen, daß er wieder . .?«
»Das können Sie halten, wie Sie wollen. Mein Geld ist es nicht, das Sie verlieren werden, wenn die Heirat Wahrheit wird. Ich rate Ihnen nur, salvieren Sie sich rechtzeitig, das kostet Sie ja nichts.«
– »Eine Transaction . .« flüsterte Vampyrios und blickte geheimnisvoll inspiriert gegen den Plafond. »Ein Finanz-Coup . . Venedig . . pff . . Ihre Informationen, Erlaucht, sind derartig, daß . . ich meine: in dieser Hinsicht?«
»Informationen!« wiederholte der Reichsgraf mit starker Ungeduld. »Was nutzen Ihnen meine Informationen? Was *brauchen* Sie Informationen? Venedig will Ihnen wohl, bedarf es eines weiteren Fingerzeiges? Und das Eine ist schließlich plausibel, daß Venedig eine solche Heirat nicht unterstützen kann, im Gegenteil, es würde ja mit Cypern in eine furchtbare Klammer geraten!«
In dieser Weise suggerierte man dem reichen Vampyrios die Flüchtung seiner Capitalien, eine Handlung, die er, der Minister, öffentlich als schmutzig gebrandmarkt, als Diebstahl am Staate unter schwere Straf-Androhung gestellt hatte – und Erlaucht, gleichgültig über die Entwürfe gebeugt, besaß obendrein gar die Huld, ihn zu der kleinen Botschafters-Nichte Claretta zu ermuntern, das mußte doch sein Ansehen, wenn der Streich gelang, ganz ungemein heben . .
»Mein Entschluß steht fest«, sagte der König am Bette seines Ministers, »ich gehe sogleich in See, werde den Manœuvres bei den Keraunos-Klippen beiwohnen und dem Frondeur die Audienz gewähren, nachdem meine Tochter sie zu wünschen scheint.«

– »Ganz ohne Zweifel, Majestät«, erklärte Graf Godoitis, »ganz ohne Zweifel wünscht sie das, ich habe es aus dero eigenem Munde . .«

»Also gut!« Und der König erhob sich, betont, straff, ein wahrer Souverän. »Also gut. Noch bin ich der König, noch sind Sie der Minister. Ich werde zum Abend-Empfang zurück sein. Venedig ist eingeladen? Die reizenden Nichten? Das Fräulein de'Lanzi? Ausgezeichnet. Nur, ich bitte Sie: welch ein Zustand, daß wir diesen Emporkömmling ständig dabei haben müssen. Läßt sich da gar nichts machen?«

– »Im Gegenteil, Sire, ich möchte sogar untertänigst anregen, ihn im Augenblick mit besonderen Beweisen königlicher Huld, wie soll ich das sagen . . gewissermaßen einzulullen. Geben Sie ihm Opium, daß er taumelt, der Mann hat schreckliche Brustschmerzen, und ich will ihm seine Position so glänzend malen, so rosig, daß er sie gar nicht wiedererkennt. Aber wenn wir dann dem Admiral das Außenamt schmackhaft gemacht haben, nachdem er wird einsehen müssen, daß seine Candidatur für die Présidence nur an den Banquiers scheitert – dann soll er mir fallen, der liebe Vampyrios.«

Unverzüglich stach der Aviso in See.

VI. Capitel

»Herr v. Andria, Ihren Vortrag.«

Man saß in der Messe des Flaggschiffes, zu der gleichen Stunde, da in Myrrha bedrohliche Dinge sich anbahnten: der Admiral mit nicht zu erschütternder Ruhe, die Arme über der Brust gekreuzt, schweigend, eine distinguierte Erscheinung; der General-Lieutenant der Marine, Linien-Capitaine v. Andria, der sich soeben erhob, ein hagerer, sehniger und eleganter Herr von bräunlichem Teint; Baron Malvan, ein Major aus dem Stabe Neander, von diesem, wenige Minuten zuvor, mit Nachrichten geschickt, ohne Ehrgeiz, etwas lasch zwar in den Formen, aber ein verläßlicher Parteigänger Borromeos; endlich drei von den fünf geheimen Emissären, die der Admiral seit Jahren aus der eigenen Schatulle bezahlte, Leute vom Stande, zukünftige Botschafter, die ihr gefährliches Métier aus Lust am Abenteuer trieben und es in der Kunst der Verstellung zu hoher Meisterschaft gebracht hatten; die wochenlang als Fuhrknechte das Land durchzogen, dann wieder als Domestiquen in den Haushalt gewisser Personen traten, ein ander Mal als Gaukler an fremden

Höfen auftauchten, als Cavaliere in weibliche Geheimnisse drangen, mit gefälschten Vollmachten diplomatische Querschüsse lösten oder, wie heute, in Seelieutenants-Uniform bei ihrem Befehlshaber erschienen – und Lieutenants gab es genug in des Königs Marine, man salutierte, man ließ sie ein, beargwöhnte sie nicht.
»Excellenz, meine Herren! Wir stehen vor der Entscheidung. Der König ist in See gegangen, um uns die Aussprache zu gewähren, auf die wir seit zwei Wochen hinarbeiten. Unbeschadet der Möglichkeit, daß schon heute eine Einigung erfolgt – ich neige nicht zu optimistischer Beurteilung –, ist es nötig, daß jeder Einzelne von uns weiß, bis zu welchem Puncte die Lage gediehen ist. Ich resumiere:
»In der ersten Woche der Erdbeben-Catastrophe hat der Herr Admiral – Excellenz gestatten, daß ich mir die Titel spare – während der Anwesenheit Otellos mit diesem ausländischen Militär gewisse Abmachungen getroffen, die außer den beiden Befehlshabern nur mir bekannt waren; Abmachungen rein flottentechnischer Natur. Das politische Moment kam erst hinzu, als der König einer Klärung der dringendsten Probleme auswich, hinsichtlich der Situation des Landes sowohl, wie auch insbesondere hinsichtlich der Prinzessin. Infolgedessen wurde ich kurz vor dem Kronrat beauftragt, einem höheren Officier, der uns als unzuverlässig galt, andeutungsweise den Cypern-Pact zu erwähnen. Dieser Officier hat die Rolle, von der er nicht wußte, daß er sie spielen *sollte,* ohne Zögern übernommen. Das heißt: er hat die vertraulichen Äußerungen, ebenso vertraulich, an die Regierung verraten. Sehr viel mehr hat er übrigens nicht gewußt. Die Affaire kam also im Kronrat zur Sprache. Dabei ergab sich, daß nicht der Minister die Front aufnahm, sondern S. M. Im Effect ist das belanglos. Der Effect liegt für uns darin, daß der Gegner selbst, indem er eine Staats-Action daraus macht, den Admiral als kommende Figur sanctioniert, die man nicht mehr übergehen kann. Eine Crisenspanne läßt sich in solchen Dingen natürlich nie ganz vermeiden, wir haben sie eingerechnet. Man kann eine Crise aber auch beschleunigen. Um sie zu beschleunigen, haben wir die Nachricht von der Controverse im Kronrat nicht für uns behalten, sondern sie auf dem üblichen Wege unter die Masse sickern lassen. Sie sehen, meine Herren: die Mittel, die wir anwenden, sind nicht sauberer als die des Gegners. Aber in der Politik tanzt man auf glattem Parquett, wo Träumer nichts zu suchen haben – und wir wollen nun einmal tanzen. Daß wir hin und wieder den Dummen spielen, schlägt in das selbe Capitel.

»Die nächste Phase:

»Seit dem Tempel-Act hat sich eine deutliche Entfremdung zwischen der Prinzeß und ihrem bisherigen Gouverneur Borromeo herausgebildet – zwischen ihr und jedermann, den eigenen Vater nicht ausgenommen. Ich sage: bisherigen Gouverneur, denn nachdem die Prinzessin gestern für großjährig erklärt wurde, ist aus dem Gouverneur ein Chef-Adjutant geworden. Auch das ist belanglos. Also Tempel: der gewohnte Morgen-Rapport unterblieb seitdem. Zur selben Zeit entrierte Graf Godoitis die Staatsbesuche der Prinzessin, mit der evidenten Absicht, einen Kernpunct unseres Programms für sich zu buchen. Er wird nicht weit damit kommen. Die Geschichte hat mehr als einmal bewiesen, daß man Ideen nicht aus der Welt schafft, indem man sie, in einer Art politischen Mundraubes, übernimmt. Ideen sind Ausdruck eines Geistes, Programme Ausdruck einer Persönlichkeit und bleiben es. Das läßt sich nicht einfach übertragen. Aber fahren wir fort. Wie bekannt, tauchte in der Umgebung der Prinzessin, gleich zu Beginn der Reise, ein Graf Weißenstein auf, dessen wahre Absichten ebenso undurchsichtig sind wie seine wahren Verhältnisse. Wir nutzten die neue Lage, indem wir, über Vermittlung dieses Herrn, eine Aussprache herbeiführten, die gestern Nachmittag auf Daphni stattgefunden hat. Die Prinzessin war sehr höflich, es gab sehr gut zu speisen, erreicht haben wir nichts. Durch einen Zufall – oder durch einen Complex von ineinander wirkenden Zufällen – erschien dann auch Graf Godoitis. Daß er, ohne uns gesehen zu haben, von unserer Anwesenheit erfuhr, steht wohl außer Zweifel. Es braucht uns das nicht unlieb zu sein, im Gegenteil, die Reise des Königs dürfte ursächlich daraus resultieren. Im Übrigen kam der Graf, weil nach uns, entschieden zu spät, jedenfalls scheint er für die Großjährigkeits-Erklärung wenig Dank geerntet zu haben, denn der bestochene Gastwirt Georgios berichtet von außerordentlich heftigen Auseinandersetzungen, in denen die Prinzessin, zum Teil wörtlich, die Anklagen des Herrn Admirals gegen das Regime Godoitis wiederholte.

»Die letzte Phase:

»Der Befehlshaber hat sich gestern Abend wieder auf sein Flaggschiff begeben, ich selbst bin nach Myrrha zurückgekehrt. Dort wurde ich gegen Mitternacht durch ein versiegeltes Billet ohne Unterschrift aufgefordert, mich an genau bezeichneter Stelle um drei Uhr morgens auf hoher See einzufinden. Das ist reichlich früh, und ich hoffe, es entschuldigt die Weitschweifigkeit meiner Ausführungen.

Sie erkennen daran den Stil des Grafen Weißenstein; bitte sich ihn für kommende Fälle zu merken. Das greifbare Ergebnis dieser – beiderseits vorsichtigen – Fühlungnahme an Bord der Belle Fontaine besteht darin: es wird demnächst ein Changement auf dem Posten des Chef-Adjutanten vorgenommen, da sich die Prinzessin nicht öffentlich mit der Fronde zu zeigen wünscht. Ich ließ durchblicken, daß ich der Sache Borromeo mit größter Reserve gegenüberstehe. Bei Sonnenaufgang, wie uns Malvan mitteilt, ging die Belle Fontaine an der Contrescarpe von Santalba vor Anker, woselbst die Erlaucht ein Gespräch mit Neander führte. Bei dieser Gelegenheit ist dem Obersten gesagt worden, daß man ihn höheren Ortes zur Nobilitierung und Beförderung vorgesehen hat, um in der Armee ein Gegengewicht gegen die Admiralität zu schaffen. Wenn S. M. sich davon Erfolg verspricht, so zeugt das für einen absurden Mangel an Menschenkenntnis. Man könnte höheren Ortes noch viel lernen, zum Beispiel, indem man diesen Blauen Kammerherrn studiert, der ein sehr viel gesünderes Urteil über Charactere und ihre Möglichkeiten zu haben scheint. Meine Herren, es gehen da Dinge vor, von denen Sie nicht träumen würden. Im Augenblick, da wir uns hier gemütlich unterhalten, ist der berühmte Mann damit beschäftigt, nachdem er zuvor mit dem Botschafter der Republik verhandelt haben wird, den Finanzminister durch gewisse Anspielungen auf die Heirat Midas, die auf unserem Programm steht, zu gewagten Transactionen seiner Gelder zu veranlassen, um ihn in die Hand von K. H. zu bringen. Sie will uns diese Sorge offenbar abnehmen. Zum Thema Midas möchte ich sagen, daß unsere eigenen Schritte, mit Phrygien ins Gespräch zu kommen, leider wiederum gescheitert sind. Der König ebensowohl wie sein Großwesir haben unseren Emissär Herrn v. Bar selbst in der kunstvollsten Verkleidung von sich fernzuhalten gewußt, auch massive diplomatische Schreiben sind fruchtlos geblieben.

»Nach übereinstimmenden Informationen und eigenen Beobachtungen stehen wir also vor folgender Situation:

»Der König gegen uns. Die Prinzessin vorerst nicht für uns. Die Königin eine ziemliche Creatur des Grafen. Godoitis selbst gegen uns mit dem Anschein, für uns zu sein, das heißt: mit der Absicht, uns in die Falle zu locken. Vampyrios die Seele, Godoitis das Hirn des Widerstandes. Venedig: Gheotta gegen Vampyrios, also bei vorsichtiger Behandlung vielleicht für uns, Otello in jedem Falle für uns, solange man ihm nicht die Mariage Midas serviert. Der orthodoxe Clerus von Natur aus für uns, wenn wir ihm seine Restitution als Staatskirche in Aussicht stellen. Der Kammerherr vorerst undurchschaubar, nicht unbedingt contra, vielleicht sogar an uns interessiert – aber mit imponderablen Dingen rechnen ist mehr als mißlich. Immerhin ließ er durchblicken, daß er eine Wiedereinsetzung der Kirche in das Concordat für natürlich hält, äußerte sich auch gegenüber Neander etwas moquant über den Zeus-Cult. Bei seinem Einfluß auf K. H. und deren eigener, leidenschaftlich ernster Rückwendung zum Catholicismus können wir demnach vor Überraschungen in religiöser Hinsicht beruhigt sein. Nun, so weit sind wir noch nicht, ich verliere mich schon wieder einmal in der Zukunft.

»Godoitis wird also eine Ambassade im Gefolge der Prinzessin bieten, damit der Admiral den immer noch heiklen Flottenvertrag mit Chimaira, Phantar und Rho abschließt. Das ist, wie Sie gesehen haben, im Augenblick nicht opportun. Wir werden ablehnen. Darauf wird er das Außenamt bieten. Wir werden auch das ablehnen. Außenpolitik in unserm Sinne können wir nur treiben, wenn wir die Verantwortung haben. Solange Godoitis den Staat lenkt, Vampyrios die Innenpolitik vergiftet und Kastamomi als Staatssecretär den absolut gegen uns eingenommenen diplomatischen Apparat in der Hand hat, ist an eine Aufnahme unseres Conceptes, das nur Erfolg haben kann, wenn es mit der Praecision eines Uhrwerkes abläuft, nicht zu denken. Andererseits ist die Gewichts-Verteilung zur Zeit eine derartige, daß wir es gegenüber S. M. keinesfalls zum Äußersten treiben dürfen. Nachdem wir auf einen Staatsstreich der Gewalt verzichtet haben, müssen wir sehr auf der Hut sein, damit wir uns den Inhabern der tatsächlichen Gewalt nicht ans Messer liefern. Das würden wir aber tun, wenn wir durch unüberlegte Handlungen aus dem erlaubten Verhältnis einer Opposition in das illegale einer Fronde stolperten. Denn was ein souveräner Monarch mit Frondeuren anstellt, ist Ihnen wohl klar. Forcieren wir – sind wir erledigt. Das darf ich ganz brutal versichern. Ich warne vor falschem Heldentum, halte gar nichts davon, ich warne vor laxer Auffassung der Lage, und ich warne davor, den Gegner zu unterschätzen. So stark, daß er uns Alle, wie wir hier sitzen, einen Kopf kürzer macht, wenn wir uns verraten, ist die Position des Grafen Godoitis immer noch. Unser Verhalten ist also vorgezeichnet. Wir treten einen tactischen Rückzug an.

»Ich komme zum Schluß, indem ich Ihnen die Befehle des Herrn Admirals bekannt gebe.

»Erstens. Admiral v. Borromeo wird darum bitten, aus dem Amt eines Chef-Adjutanten bei der Prinzessin entlassen zu werden.
»Zweitens. Ich selbst reiche meinen Abschied ein, unter der Begründung, daß ich der politischen Betätigung der Admiralität nicht beistimmen kann, zumal sich die persönlichen Differenzen mit dem Flotten-Befehlshaber mehr und mehr als unüberbrückbar erweisen. Das Gesuch ist heute morgen dem König zugeleitet worden.
»Drittens. Oberst Neander distanciert sich öffentlich von dem Vorwurf, den man gegen ihn erheben wird, den Plänen des Admirals nahe zu stehen.
»Viertens. Herr v. Bar übernimmt die Vertretung auf Cypern, mit der Maßgabe, dem Mohren jedes auftauchende Gerücht Midas zu bagatellisieren.
»Fünftens. Baron Juvara geht nach Phrygien und setzt die bisherigen Bemühungen des Herrn v. Bar fort.
»Sechstens. Herr v. Merziphon fungiert ab heute als unser Beobachter gegenüber Vampyrios. Daneben ist vordringlich Verbindung aufzunehmen mit Gheotta und mit dem gewesenen Minister v. Goldenberg.
»Siebentens. Vertrauensmann bei der Prinzessin und beim Reichsgrafen zu Weißenstein werde ich selbst, unbeschadet meiner voraussichtlichen Ernennung zum Botschafter an den Höfen von Phantar, Chimaira, Rho usw.
»Achtens. Herr v. Merziphon überbringt Herrn v. Pasni den Befehl, die Stimmung auf Myrrha wie bisher unauffällig gegen das derzeitige Ministerium zu beeinflussen, jedoch nur so weit, daß die Krone in keiner Weise berührt wird. Terror-Actionen sind unter allen Umständen zu vermeiden.
»Neuntens. Herr v. Cardomer verbleibt auf seinem Posten in Samos. Baron Juvara, auf der Überfahrt nach Phrygien, überbringt diesen Befehl und setzt den Collegen in Kenntnis der Lage.
»Haben Excellenz noch den Wunsch, zu sprechen? Nicht. Guten Morgen, meine Herren.«
Ohne Debatte ging der Generalstab des Staatsstreiches auseinander.

VII. Capitel

Prinzessin Danae fuhr übers Meer.
Auf einer alten Corvette, behäbig im leichten Winde, reiste sie über das Meer der Inseln und langweilte sich. Das Fräulein v. Sinigallia

war bei ihr, zwei Zofen, eine Modistin, der Intendant, die Vorleserin, eine kleine Bibliothek, der Maître de plaisir, eine Volière mit schlagenden Finken, ein Harfenist, ein Flötenbläser, ein Jeu d'échec, ein Maître d'échec, der Haarkünstler und seine gedächtnisstarke Tochter, das Schuhwerk nebst dem Chausseur, zwanzig Koffer Garderobe, die ältliche Kammerfrau, Kisten mit Geschenken, Kisten mit Goldstücken, der Almosenier, der Secretär – kurz, die gewohnte Suite, vermehrt um das kleine Fräulein Gaudenzia, das man mitnahm, ohne den Onkel lange zu fragen, schwamm vollzählig im Kielwasser der Prinzessin und genoß mit Entzücken den Wechsel der Umgebung. Tante Clara Eugenia aber und Hiob, den Knecht Gottes, hatte man auf Daphni gelassen, die Finken schlugen, der Capitaine gähnte, Mannschaften und Schiffsjungen, bis zum nächsten Halsen, lagen faul umher, denn fast alle Leinwand war aufgegeit, man segelte langsam beim Winde, der das Schiff ruhig im Wasser hielt und ein Schlingern verhinderte – man wartete.

»Spielt Er Schach, oder spielt Er den Hofmann?« fragte Danae. Der Wind flappte ein wenig mit der Persenning, die über ihr ausgespannt war.

– »On joue aux échecs, ma Princesse, évidemment, mais pourquoi ne pas faire le jeu avec courtoisie?«

»Dann wünsche ich, daß Er ehrlich spielt und mich nicht durch absichtliche Fehler gewinnen läßt. Ich gebe auf.«

– »Je regrette . .« Eine melodische Geste, mit der Linken durch die heiße Mittagsluft beschrieben, unterstrich die Höflichkeit seines Bedauerns. Und er proponierte die Revanche.

Königliche Hoheit wünschte durchaus keine weitere Partie.

– »Je regrette . .« wiederholte der Spieler, wiederholte die Handbewegung, und auch das Bärtchen auf der Oberlippe war der Prinzessin unausstehlich.

Sie verlangte nach dem Reisemarschall, der den Titel eines Intendanten wie ein Evangelium vor sich her trug. »Intendant«, sagte sie heftig, »wie lange soll das noch dauern? Glaubt Er, es ist ein Vergnügen, in dieser Monstre-Robe an Bord eines miserablen Schiffes zu sitzen, sich nicht anlehnen, nicht bewegen, nur in Gottes Namen gerade halten zu können? Worauf warten wir noch?«

– »Auf Ihre Majestät die Königin«, verkündete mit Salbung der Intendant, im Vollgefühl seiner Unschuld. Ja, man bemerkte schon seit Geraumem, bemerkte mit Sorge, daß ein Gewitter aufzog – kein Wunder, man hatte längst gespeist, längst sich in Gala geworfen, längst die Zeit überschritten, die für den Empfang auf den Wogen vorgesehen war, aber noch immer saß man auf dem Castell, dem hohen Aufbau über dem Heck der Corvette, immer tiefer fühlte man sich gelähmt von dieser abscheulichen Notwendigkeit, die Minuten vorüberschleichen zu lassen, von Viertelstunde zu Viertelstunde hoffen zu sollen und nichts unternehmen zu können, was einigermaßen nach Vernunft und Verstand aussah. Und von Viertelstunde zu Viertelstunde ward umgebraßt, einmal beim Winde und einmal vorm Winde ein geographischer Punct übersegelt, dessen Trostlosigkeit, dessen entnervende Stupidität die Herren am Grünen Tisch nicht wohl veranschlagt hatten.

Die Prinzessin faßte all ihren abgründigen Haß auf Protocoll und Staats-Theater in einem nervösen, hochmütigen »Ach!« zusammen und erhob sich übergangslos, um so steif und würdevoll, wie Schnürleib und Reifrock ihr das vorschrieben, auf und nieder über die Planken zu wandern, wobei sie geringschätzig die erbitterte Bewunderung überhörte, mit der man die Logik des Ceremoniels verteidigte. Man stürzte hinter ihr drein, warf, wenn ihre Röcke in der Kehre rauschten, auch seinerseits das Steuer herum, achtete darauf, stets an ihrer Linken zu sein, und war überhaupt in Allem das Vorbild eines angehenden Diplomaten. Eine Königin Danae zum Exempel wäre, nach seinen Worten, von der Königin Leda auf halber Strecke eingeholt worden, eine Prinzessin Danae wurde es auf zwei Dritteln. Wäre aber umgekehrt Leda eine Prinzessin, Danae eine Königin gewesen, so hätte die Prinzessin Leda schon im ersten Drittel die Königin Danae erwarten müssen – und diesen zwingenden Gedankengang unterstrich er, in sinnvoller Gliederung, mit den entsprechenden Bewegungen einer nicht ganz sauberen Hand, an deren Ringfinger das Siegel eines ad interim Bevollmächtigten prangte, der Blick aber, den er auf das Insignium temporärer Würden fallen ließ, enthielt Zärtlichkeit und Liebe. »Es bleibt freilich wahr«, schloß er, »um drei Uhr sollte das Rencontre erfolgen, jetzt haben wir bald Fünf, doch zweifellos wird Ihre Majestät Gründe besitzen, und der Rang Ihrer Majestät, wie gesagt, ist nun einmal, ist nun vorläufig noch, der höhere ..«

Danae fand, daß man nicht den Königen die Schuld geben dürfe, wenn die Diplomatie albern wird. »Wie ungeheuer wichtig!« rief sie. »Ich hätte nichts einzuwenden, wenn wir in Zukunft sans façon bis vor die Haustür unserer Gastgeber segeln, statt uns durch solche Spitzfindigkeiten die Laune verderben zu lassen. Wir antichambrieren, mein Herr, Myrrha antichambriert auf hoher See vor dieser Königin von Chimaira, zwei Stunden lang! Man brusquiert uns, *das* ist es, und ich gedenke darauf zu erwidern. Sag Er dem Capitaine –«

– »Königliche Hoheit, um Alles ..«

»Wo hat Er das gelernt, Königlichen Hoheiten ins Wort zu fallen? Sag Er dem Capitaine, er soll mit neuem Curs Chimaira ansteuern. Ich möchte doch sehen, wie uns das Protocoll empfängt, wenn wir an seiner Königin vorbeigeschäumt sind und ohne sie einlaufen.«

Da, ehe man noch, in der Tat, gegen das geheiligte Ceremoniel zu demonstrieren Gelegenheit genommen hätte, sichtete droben der Ausguck ein Schiff – *das* Schiff. »Dreimast-Fregattschiff Steuerbord querab ..« rief er mit langgedehnten Tönen, »Dreimast-Fregattschiff ..« – und über ein Kleines, so sah man, durch das Glas, reich bewimpelte Toppen über die Kimm gleiten, Castelle und Aufbauten folgten, ein gewaltiges Schwanenbanner flatterte am Besan, und wenig später unterschied man gar auf dem Achter-Castell den goldbestickten Baldachin, welcher das Haupt Ledas, der Königin, vor unbeliebten Sonnenstrahlen schützte.

»Oculi, da kommen sie«, sagte despectierlich das Fräulein v. Sinigallia, während Danae, noch immer erregt – nichts haßte sie so sehr wie repraesentativen Leerlauf –, sich den Busen fächelte, der, nach der Mode, von Atlas und Preziosen umrahmt, die tiefsten Einblicke in das Wesen der Schönheit eröffnete. Dann aber belegte hohe Segelkunst ihr Augenmerk mit Beschlag, denn auch die eigene Corvette nahm nun Fahrt auf, um unter begeisternden Manœuvres in den Wind zu drehen. Drüben, an Bord der »Grâce Joviale«, von süßer Jugend strahlend, neigte Leda in leichter Ironie den Kopf schräger als nötig und schoß einen Blitz ihrer hellblauen, sehr belustigten Augen ab, worauf Danae gleichfalls sich herbeiließ, in dieser durchaus vorläufigen Weise zu grüßen. Die Schiffe stampften auf den Wogen, man warf Kissen aus Tauwerk zwischen die Bordwände, die Enterbrücken wurden herüber und hinüber geschlagen, und immer fester copulierten sich Fregatte hier, Corvette dort, sodaß schließlich auch der Ängstlichste den Schritt hätte wagen können.

Man steckte zum Überfluß ein eisernes Geländer auf, bedeckte die Planken mit Gobelins, feierliche Demonstrationen kündigten sich an, während die hohen Staats-Damen die Pause nutzten, noch einmal ihre Roben zu ordnen, endlich nahmen die beiderseitigen Livreen in Parade längs der Brustwehren Aufstellung, die Heiduk-ken der Königin in waldmeistergrünen Fräcken, mit Reitstiefeln aus Saffian über weißkashmirledernen Hosen – es war ein prächtiges Schauspiel. »Wie habe ich meine Cousine anzureden?« fragte leise die Prinzessin, »vous oder toi?«, aber der Reisemarschall wußte es nicht. Die Achseln zuckend, was sich unter gar keinen Umständen gehörte, wies er, sichtbar erleichtert, auf den Ceremoniar von Chimaira, der, einen blitzenden Goldstab in den Händen, die Prunkbrücke überschritt.

»Die Majestät der Königin«, berichtete dieser reich bestickte Sendling, »erwartet mit Entzücken und Ungeduld die erhabene Person Ew. Königlichen Hoheit!«

Drüben vor ihrem Baldachin öffnete Leda unter sieghaftem Lächeln – bei solchen Anlässen muß gelächelt werden – die sehr schönen Arme, legte den Kopf ein wenig zurück, ihre Lippen taten sich auf, sehr weiße und ebenmäßige Zähne schillerten in wundervollem Schmelz, und mit schwelgerischem Accent rief sie der Prinzessin, die sich nun, wie ein Kunst-Vogel, in Bewegung setzte, einen extrem ungewöhnlichen, vom Protocoll nicht gutzuheißenden Willkomm entgegen. »Te voici«, rief sie, »ma petite et charmante, ma cousine courageuse!« Es war eine Lust, ein Ohrenschmaus, diese bis zur letzten Delicatesse ausgekosteten Vocale in sich hinein zu schlürfen, diese nadelspitzen Consonanten, das genießerische Amusement darin, diesen Strom von Liebenswürdigkeit.

Und die kleine, niedliche, tapfere Cousine – was für Ausdrücke! –, obwohl erfreut, daß keine Ansprachen gewechselt wurden, trat ein wenig steif in das Embrassement, fühlte auf der Schulter, ein wenig geniert, die kühle Haut von Armen, die den Liebesdrang des himmlischen Schwanes erklärten, und hauchte einen ceremoniösen Wechselkuß erst auf die linke, dann auf die rechte Wange der Königin, während das Gleiche ihr selbst, erst auf der rechten, dann auf der linken, geschah. »Muß ich dir jetzt meine Suite vorstellen?« fragte sie auf Französisch, noch immer an ihrem Ärger zehrend.

»Begeisternder Vorschlag«, rief Leda, »ich glaube, wir ersparen uns das, man behält keinen einzigen Namen. Dies ist vermutlich ein Ehrenfräulein, wie?«

– »Ein Fräulein v. Sinigallia.«

»Und dies wohl ein angehender Diplomat, wie mir scheint?«

– »Eher ein abgehender«, erwiderte Danae, während Gaudenzia errötend die Hand küßte, welche die Königin Leda ihr, ohne hinzublicken, darbot.

»Also hör Er, mein Teuerster«, rief die Majestät, »wir sind zwei bedauernswerte Königinnen, entschlossen, jedes diplomatische Protocoll und jedes Programm in den Grund zu bohren, das man aufstellen könnte, um uns zu langweilen, nicht wahr, Danae, wir sind uns einig, mein Schatz. Seine Zähne sind sehr hübsch, aber mach Er die bouche wieder zu, veranlaß Er Seinen Capitaine, daß eins-zwei-drei abgelegt wird, und tröst Er die Suite der Prinzessin, komm Sie, mein Kind, Sie ist vom Stande, Sie nimmt mit uns den Café.«
Der Reisemarschall verbeugte sich ridiculement schräg und nutzte den Schwung der Bewegung für seinen Abgang, es blieb ihm gar nichts übrig, als dieser vertrackten Schnellrednerin ungesäumt zu gehorchen. Sie war ja nahezu schamlos schön – klein, schlank, mit aquarellblauen Augen, schwellender Haut, wundervollen Lippen, einem Mundwerk, das dem berühmtesten Kanzelredner zur Ehre gereicht, einem Busen-Ausschnitt, der einen Heiligen umgeworfen hätte. Auf den Wink ihrer Hand entfernten sich die Heiducken, man schlug den Entersteg zurück, und unter neuen überraschenden Impulsen führte Leda die schweigsame Cousine zu einem aus Mousseline-Schleiern kunstreich gebildeten Zelte, aus welchem Arabiens Wohlgerüche hervorschwebten. »Aber mein armer Liebling«, rief sie voll melodiöser Zärtlichkeit, »du bist ja die wahre Plaudertasche! Darf ich dir jetzt *meine* Suite vorstellen, sie besteht aus einer einzigen Person, eine Surprise, wie ich hoffe« – und sie lüftete den Vorhang.
»Soeben angekommen, teuerste Prinzeß«, sagte Seine Erlaucht, der Blaue Kammerherr, er strahlte vor Lebenslust und Weltlichkeit, nur das Monocle funkelte starr. Über das Gesicht der Prinzessin ging ein Zug von melancholischer Wärme, sie schüttelte den Kopf, weiche, etwas widerspenstig sich scheitelnde Locken bewegten sich leicht im Winde, und Alles, was sie äußerte, war ein gewisses Erstaunen, das in ihren, wie erinnerlich, weißblauen Augen Einkehr hielt.

VIII. Capitel

Der Graf war nur an Bord, um eine diplomatische Entrevue mit Königin Leda zu haben, der Prinzessin Complimente zu machen und mit beiden Damen den Mocca zu nehmen. Drei Seemeilen weiter, so schritt er das Fallreep hinab, betrat das Boot, das ihn hinüberbrachte auf die Belle Fontaine, stand dort noch einen Augenblick, während das Großsegel flappend am Mast emporstieg, winkte, wandte sich um, war verschwunden. Die Yacht brauste von dannen – che naviglio fenomenale!

Er conferierte mit diesem Herrn v. Andria.

Abends erschien er pünctlich, ein Mann von Welt und guter Erziehung, auf der Soirée im Königlichen Schloß zu Myrrha. Sie begann ohne den Monarchen, den man freilich nicht sehr vermißte, vielleicht war man fröhlicher ohne ihn. Musik ertönte, man widmete sich dem Tanzbedürfnis der Damen, dem Klatsch, der Intrigue, der Lust am Bonmot, oder man ließ, ein Liqueur-Glas spielerisch in der Hand drehend, mit der Miene des Philosophen, dem nichts fremd ist, das Getriebe der Welt en revue defilieren.

Eine monde wogte durch Salons und Galerieen.

Alles, was Namen hatte, war erschienen. Erbtruchseß und Erblandmarschall, Markgrafen und Grafschaftsräte, ein Museum von Damen dazu, steinalte Herzoginnen und ganz junge Comtessen, verklärt vom Glanze der Poesie, hohe und höchste Titel, Excellenzen, Eminenzen, Admirale und Lieutenants, Rittmeister, Obrist und schloßgesessener Freiherr, mit einem Worte: toute une noblesse wogte, von Pagen und Lakaien durchschwärmt, wie ein Meer glitzernder Farben brillant dahin, ein ganzes Royaume war anwesend. Man bemerkte den Marchese Continalto, des Königs Adelsmarschall, wieder einmal dahin gediehen, einen Sohn bei Hofe einführen zu können, nachdem ihn Madame la Maréchale einst Jahr für Jahr, und stets um die Herbstzeit, mit deren einem beglückt hatte; man sah den Hofstallmeister beweglich durch die dichtesten Knäuel voltigieren, sah Justus Auffenbühl und Gräfin Melanie, quer über Land herbeigereist, auch Goldenberg war gekommen, der abgedankte Minister, die Reichsgräfin v. Höhnichenstein zog ihn vornehm ins Gespräch, sie, die Äbtissin von Gelmion, die eine sehr weltliche Dame gewesen, und der Geist des verstorbenen Königs war um sie. Man bemerkte den Grafen Godoitis in angeregter Unterhaltung mit Frau v. Lambda, der unbestreitbar spitzesten und boshaftesten Zunge, seit Pulcinello, der Hofnarr, nicht mehr mit aufgebogenem Schnabelschuh durch die Räume klingelte, sondern, zum Botschafter avanciert, diplomatische Würde zur Schau trug. Man bemerkte das gewaltige, goldgeränderte Pincenez des Staatssecretärs Kastamomi, sein niederer Stand, trotz fleißig erklommener Rangstufe, bedrückte ihn ersichtlich, selbstgewählte Einsamkeit bezeichnete seinen Weg und machte es doppelt unmöglich, Anschluß an die heitere Welt des Adels zu finden, der Hoch- und Wohlgebo-

renen, die ja nicht so dünkelhaft waren, daß sie dem Bürgerstand nicht ein gewisses Maß von Aestimation entgegengebracht hätten, dafür aber erwarten durften, man werde sich ihren leichten und eleganten, aufgeschlossenen und geschliffenen Sitten anpassen, werde sich Mühe geben und guten Willen zeigen .. Und auch den Admiral v. Borromeo bemerkte man, der ein im Augenblick, obgleich aus anderen Gründen, ähnliches Schicksal voll freundlichster Gelassenheit auf sich nahm, es weder zu sehen beliebte, wenn diejenigen, die an den Frackschößen der Machthaber hingen, ihn mieden, ihn kühler grüßten als sonst, noch wenn die Weiblichkeit und wenn Gestalten, die ihr Heil von der Zukunft erhofften, sich flüsternd, unter bewundernden Seitenblicken, mit ihm beschäftigten: in der selbstsicheren Art eines Mannes, dem dergleichen von Geburt auf geläufig ist, ging er durch das Vacuum, als sei es nicht da, tauschte hier eine Höflichkeit, dort ein Bonmot, wölbte die Lippen asketisch einwärts und kreuzte die Arme über der Brust – eine hohe und distinguierte Erscheinung, deren Schritte verrieten, es war noch nichts verloren.
Man bemerkte die Schönheit der exorbitantesten Malerei, die je auf den Namen Bendidia gehört hatte, einen Namen wie Zephyrwind und Aeolsharfe. Man bemerkte, daß der Botschafter Venedigs, nachdem er seine fünf Nichten im Arm ihrer Tänzer wußte, sich der kleinen, schlanken, mit dem höchsten Raffinement gekleideten Dame näherte, wobei er, von Zeit zu Zeit, einen mißtrauischen Blick über das Gewühl der Paare schleichen ließ, um mit tiefem Argwohn, mit blutunterlaufener Seele gleichsam, an der Personnage eines Figuranten hängen zu bleiben, der die geschmeidige Claretta, Numero Drei im Ensemble der Sinigallia-Nichten, rosig zur Gigue anführte.
Dann aber tat sich die Flügeltür auf, unangekündigt erschien der König, winkte melodiös huldvoll, man möge sich nicht in Ungelegenheit stürzen, die Geigen fiedelten weiter, dumpf schrammten die Contrabässe, Tuba und Englisch Horn, Fagott, Oboe, Flöte und Glockenspiel zeigten, daß sie von Meistern regiert wurden, und Alles war, wie es zuvor gewesen, ehe der Monarch dem Empfang durch allerhöchst Seine Anwesenheit den eigentlichen Glanz zu verleihen geruhte. Er trug an diesem Abend die gepuderte Cavaliers-Perücke mit schwarzem Zopf, er trug einen taubengrauen Rock über erdbeerfarbener Ordensschärpe, und der Orden selbst, ein goldener Strahlenstern mit weißem Emblem auf blauem Email-

grund, ragte ihm seitlich am gelbseidenen Beinkleid auf einer Rosette, die aus den Falten der Schärpe gebildet wurde, unter dem von Onyx und Rubinen besetzten Stichblatt des Zierdegens hervor. Eine zarte Composition, gedämpft und gebrochen, durchschritt er die Festräume, begab sich in einem Neben-Cabinett zu Tische und verlangte nach der Excellenz des Ministers.

Der Minister, von dessen Seite Frau v. Lambda längst gewichen war – gewichen einesteils, um Seiner Erlaucht Platz zu machen, nicht ungern übrigens, denn sein magischer Blick lähmte mit eisiger Klarheit ihre Zunge, andernteils, um besagte Zunge nicht nur in diesem einen Gespräch, sondern in mehreren spazieren zu führen, da eines allein ihren unzähmbaren Drang nach Wirksamkeit en nulle façon befriedigen konnte –, der Minister entschuldigte sich bei dem Kammerherrn, der heute auf den Schößen einer Art von (selbstverständlich blauem) Generalsrock den goldenen Schlüssel seiner Ehren trug, und erhob sich, dem Souverän Gesellschaft zu leisten. Er selbst ging in weinrotem Brocat mit weißen Spitzenmanchetten, blaßblauen Kniestrümpfen, rotseidenen Schuhen, Brillantschnallen, zwei großen Ordenssternen und einer pompösen Allonge, die sich noch extravaganter türmte als die gestern im Meer versunkene, er bewegte leicht aus dem Armgelenk heraus den goldgeknauften Stab, wie ihn gichtische Cavaliere lieben, ließ seine wasserhellen Blicke schweifen und fühlte mit Genugtuung die etwas scheue Bewunderung, die man ihm, als dem letzten Darsteller einer starken und selbstbewußten Epoche, zollte.

»Ich komme von der Prinzessin«, sagte der König, indem er mit raschen, ungemein flüssigen Schnitten eine Schnepfe zerlegte.

Der Minister hob die Braue.

»Das erstaunt Sie .. Sie müssen wissen, ich hielt es nicht mehr aus. Seit jener unseligen Geschichte, da ich meine Tochter in sehr intimem Gespräche mit diesem Herrn v. Legua .. nun, lassen wir das. Seitdem, kurzum, ist sie von verletzender Kühle. Sie war es auch heute, hélas.« Eine Schnepfenbrust wanderte in seinen Mund. »Ich schlug ihr den Capitaine v. Andria als Adjutanten vor.«

Der Minister hob die Braue.

Drei Deckel von drei silbernen Schüsseln wurden wissend, vornehm und melancholisch gelupft, doch erst die vierte fand Gnade, S. M. litt, wie immer, unter erschreckendem Mangel an Appetit, aber eigentlich war es ein ausgesprochener Dégoût, der aus der Seele kam und das Herz frieren machte.

»Ja«, sagte der König, ein wenig unsicher und ahnungsvoll, indem er sich bediente. »Borromeo ist zurückgetreten.«
– »Von allen Ämtern?« fragte der Minister und hob noch einmal die Braue, während seine Blicke wasserhell die Lippen des Monarchen umzuckten, hinter denen soeben ein Stück Hasenpastete verschwand.
»Nur von diesem«, erwiderte der König. »Er wich mir in Allem aus. Ihnen wäre es lieber, er zöge sich ganz zurück?«
– »Im Gegenteil, Sire, im Gegenteil. Ein Segen, wenn er es nicht tut, ein Segen, sage ich. Er darf nicht in Opposition, er muß heran, muß verbraucht werden, das ist es.«
»Aha. Ja, wie Sie meinen.« Die Hasenpastete schien doch zu munden. »Aber er hat beide Vorschläge abgelehnt. Das Außenamt genügt ihm nicht. Meine Musik oder gar keine, sagte er. Ein starker Ausdruck, wie?« Und der König tupfte sich den Mund, um dem Weine zuzusprechen.
– »Ein vortrefflicher Ausdruck, Majestät. Vortrefflich. Könnte von mir sein. Und dieser Andria, was ist mit ihm?«
»Sie kennen ihn ja, Graf. Ein Evangelium. Eine mir höchst aimable Überraschung. Reichte heute Morgen seinen Abschied ein wegen Differenzen mit Borromeo, ist stricte gegen politische Betätigung meiner Officiers. Was sagen Sie: reicht seinen Abschied ein, obwohl seine Beförderung quasi schon perfect war. Prachtvoller Typ, bestes Pferd im Stall.«
– »Prachtvoll . .« wiederholte Godoitis zweifelnd. »Ja . . ich würde eher sagen: bedenklich, sein Gehirn erregt mir Bedenken. Majestät haben ein starkes Praejudiz . .«
»Sie sehen Gespenster, mein lieber Graf. Eine untadelige Erscheinung, fleckenlose Ehre, eine Vergangenheit voll von Meriten, klarer Blick, aufrecht und aufrichtig. Wo wäre da ein Vorurteil? Man sieht die Qualitäten dieses Mannes mit dem bloßen Auge. Ich habe sein Gesuch abschlägig beschieden, befördere ihn morgen zum Contre-Admiral und ernenne ihn zum Chef-Adjutanten der Prinzeß. Was halten Sie von der Ambassade, der bewußten – können wir sie ihm anvertrauen?«
Man konnte.
Und da man es konnte, wurde es beschlossen, und nachdem man beschlossen hatte, bestand kein Anlaß mehr, den Minister von der Soirée fern zu halten, man beurlaubte ihn zu seinen weiteren Aufgaben.

Er durchquerte einen kleinen Vorraum, in dem niemand war außer zwei Leibgarde-Officieren, er betrat den Roten Salon, wo in einer Ecke beim Muscateller die Königin in tiefem Gespräch mit dem Admirale saß. Tiens tiens, dachte der Graf und vernahm im Vorübergehen, die Prinzessin sei von so verletzender Kühle, daß man sich zu dem Schritt habe gezwungen gesehen. Eine alte Dame, in einem anderen Winkel, bezeugte ihre Verwunderung gegenüber der boshaften Frau v. Lambda, daß diese Danae mit ihren sechzehn Jahren wie fünfundzwanzig wirke. »Zu *meiner* Zeit«, sagte die alte Dame, in schwelgerischem Genuß ihrer Erinnerungen, »hatte man mit Sechzehn nur *eine* Sorge, und sie war delicat, eine Delicatesse . .« – »Oh«, warf Frau v. Lambda ein, »daran fehlt es unserer Kleinen nicht – der Kammerherr, der Goldene Regen, Don Giovanni . . aber, Madame, der Herr Vater war halt schon ein kluges Kind, und die Frau Mutter so züchtig . . und dann kommt der Liebe Gott auch noch persönlich . . nun, ich bitte Sie, da muß man doch so werden . .«

In der Grünen Galerie fand ein Sinigallia-Familienrat statt. »Was soll ich nur tun?« flüsterte aufgeregt die schöne Claretta.

»Mach es wie Gaudenzia«, sagte Lucrezia.

– »Hach! Dann komme ich doch nach Daphni.«

»Und von Daphni in die Suite der Prinzessin . .«

– »Wieso?«

»Ja! das ist Tatsache. Der Minister hat es mir erzählt.«

– »Ach, du mit deinem Minister!«

»Du hast ja auch einen . .«

Hier mischte sich Gabriella ins Gespräch. »Hat er dich schon geküßt?«

– »Nein«, sagte Claretta.

»Paß auf. Du machst ihm Avancen. Er wird zudringlich. Und dann . .«

– »Ja?«

»Dann wird er entweder zum Onkel gehen und um dich anhalten müssen . . «

– »Ich will ihn aber nicht.«

»Dann mußt du ihn halt ohrfeigen.«

– »Aber das gibt doch einen Scandal?«

»Soll es ja auch«, sagte Lucrezia. »Daran liegt doch dem Minister gerade.«

– »Welchem?«

»Na, meinem halt.«
Süße Jugend. Graf Carlo war sehr zufrieden, und leise, wie er gekommen, zog er sich wieder zurück.
Endlich fand er auch, die er gesucht. Er fand sie weniger, als daß sie ihm fast in die Arme lief, es war Bendidia, die mit begeisternder Anmut ihre schwarze Seide raffte und maliciös vor ihm knickste. Sie waren allein in einem der kleinen Durchgänge, die Hirschen-Galerie und Troja-Saal verbanden.
– »Woher des Weges, schönste Dame?« fragte er und stützte die Hände gegen beide Wandrahmen. »Wohin des Weges, Madame mon cœur?«
»Von Venedig, Herr Minister, und nach Myrrha, mein Herr Graf. Erst ein Botschafter, dann ein König .. das ist mein vorgeschriebener Weg.« Und ganz leise, dicht an seinem Ohr: »Kommst du heute Nacht?«
Der Minister hob die Braue. »Sie haben Pflichten, Madame, le lit du roi, und auch ich habe Pflichten, le lit de la reine ..«
Sie blickte ihn schräg und mit unglaublicher Zärtlichkeit an. »Hab doch die Gicht«, bat sie. In ihren Augen blitzte es.
– »On s'occupe de vous? Le roi n'est pas encore tombé ..«
»Nun schau mich nicht so streng an. Du weißt doch ganz gut, daß ich mein Möglichstes tue. Aber er ist so schrecklich moralisch, er geht auf keine Avance ein.«
– »Er ist nicht moralisch, mein Täubchen, er ist nur klug, er fürchtet das, was er nicht fürchten dürfte, wenn du richtig gespielt hättest. Werde also zärtlicher, er kann nicht auf die Dauer widerstehen, er braucht Wärme, es friert ihn. Und was ist mit Don Pasquale? Ist er auch so .. schrecklich moralisch?«
»O ..« Sie lachte mit ihren wundervollen Zähnen, mit der ganzen erhabenen Malerei ihres Antlitzes, das so discret coloriert war, daß man nur die Wirkung, kaum die Ursache sah. »Er fällt mir auf die Nerven mit seinen ewigen Anträgen. Daß ich ihn heirate, so weit muß ich doch wohl nicht gehen?«
– »Nicht unmittelbar ..« erklärte der Minister. »Halte ihn hin, ma biche. Er soll ja nur beschäftigt werden. Du hast ihm nichts versprochen?«
»Rien du tout. Er kommt morgen zum Frühstück. Das ist Alles. Das hat er mir erpreßt. Im Augenblick übrigens – falls du es nicht schon weißt: er spricht mit Vampyrios, im Grotten-Saal, irgend eine dunkle Geschichte zwischen den Beiden.«

– »Ja . .« sagte der Minister mit seiner geborstenen Stimme. »Die Geschichte heißt Claretta. Man wird sie nach Daphni schicken. Und nun: adieu. Caressier Sie jetzt den König, ma chère . .«
»Du willst nicht kommen?«
– »Später, möglicher Weise .. vielleicht bekomme ich die Gicht, es wäre denkbar, ein infamer Schmerz, Madame .. Adieu.«
Und indem er den großen Empfangssaal betrat, um sich aufs Neue dem Blauen Kammerherrn zu widmen, gruppierte er die von schönen Ringen beladene Hand rücklings in der Gegend der Nieren, ein leises Zucken seines Gesichtes verriet, daß es ihm weh tat. Aber er war ein Grandseigneur bis in die Knochen und bewahrte Haltung.
– »Da bin ich wieder, meine liebe Erlaucht. Heda, Lakai! Ja .. was ich sagen wollte: mysterios diese deutsche Nation. Fabelhaft die Anciennität ihres Adels. Unser Polycrates war vor drei Generationen noch ein Kuhhirt, er kann es nicht ganz verleugnen, es steht im Gotha, daß seine Krone ziemlich jungfräulich ist. Nein, Burgunder. Das süße Zeug mag für die Damen sein, Muscatell, unerträglich. Ja .. fabelhaft, diese Anciennität. Sie könnten sich die größten Meriten erwerben, teuerste Erlaucht.«
»Mit Vergnügen, Graf. Wenn Sie mir verraten, wodurch.«
– »Indem Sie Ihrerseits mir verraten, mit wem ich meinerseits im Augenblick das plaisir habe.«
»Morbleu! Da darf ich meinerseits wohl fragen, an welche ungefähre Preislage Ihr geschätzter Criminalverstand denkt.«
Der Minister sah ihn gelassen an. »Sie sind ein Monarch in unbeschwertem Incognito«, sagte er, »ich habe nun die Beweise . .«
»Ent-zückend!« rief der Kammerherr und brach in sein schon berühmt gewordenes Lachen aus, das auf der Welt seinesgleichen nicht fand, so ungezwungen strömte es aus den Bronchien herauf, das Monocle funkelte starr, die Adern am Halse traten hervor. Auch Graf Godoitis lachte ein wenig und wartete, bis man sich würde beruhigt haben. »Als einem der besten Kenner des Gotha«, erklärte er dann, »dürfte Ihnen eine Kleinigkeit entgangen sein, ganz belanglos: das Haus Weißenstein ist seit einer Generation erloschen, es ist ausgestorben, perdu, complett bei seinen Vätern.«
»Muß ich deswegen Monarch sein?« fragte der Kammerherr. »Daß ich incognito hier weile, ist doch ohnehin Allerwelts-Geheimnis. Auf Ihr Wohl, Excellenz . .«
– »Zum Wohle, sehr zum Wohle. Aber, wie dem auch sei: Sie

haben unvergleichliche Chancen, sich um Myrrha verdient zu machen. Beispielshalber, indem Sie dem König diese süße Bendidia, wie soll ich das sagen .. Kurz und gut: das Kloster muß gestürmt werden.«

»Das Kloster?«

– »Die Ermitage.«

»A so. Wird da Madame Olympia nicht eifersüchtig sein?«

– »Sie scherzen, Erlaucht. Die Königin ist gewissermaßen die Großmut in Person, sie hat ein weites Herz, und obwohl für ihr eigenes Privatleben von höchster Züchtigkeit, opfert sie sich auf für den wunderschönen Plan, ihrem Gemahl die Freuden Aphrodites in Gestalt eines zierlichen römischen Falters noch einmal zu eröffnen. Der Großtürke würde nicht lange grübeln. Wir indessen ruinieren uns mit Dîners und Empfängen, nur um ein Tablett zu schaffen, auf dem wir dem Monarchen das Dessert servieren können, und die geliebte Favoritin kommt nicht zum Ziele!«

So war es.

»Teuerste Bendidia«, sagte der König, zurückgelehnt in den geschweiften Fauteuil, auf dessen Armpolster die Schönheit saß, und entfernte sanft ihre Hand von seinem Scheitel. »Glauben Sie, ich durchschaute das Spiel nicht, das mit uns Beiden gespielt wird? Lassen Sie es sich genügen, zu wissen, daß ich Sie liebe. Ich würde nicht wünschen, Sie könnten sich Höheres erträumt haben, das dann doch niedriger wäre. Denn was dies angeht, so hat Madame Olympia ihre Pläne, und die liebe ich weniger.«

Ach, aber wenn sie lächelte, war es wie das Lächeln einer Göttin.

»Sie geruhen in dunklen Andeutungen zu sprechen«, erwiderte sie. »Was sollte ich in meiner Unschuld für die Pläne der Königin tun können?«

»Darüber habe ich meine Gedanken.« Er blickte ihr tief in die Augen und horchte, während feine Röte das Antlitz der allzu Geliebten überzog, auf den fernen Trubel des Festes. »Ich sehe so gern zu«, sagte er vornehm, »wenn Andere die Süße des Lebens genießen. Denn vergessen Sie nicht, daß hinter den Vorhängen der Alcoven die Politik gemacht wird, und daß die Liaison eines regierenden Monarchen allseitiges Interesse erweckt. Noch einen Biscuit?«

– »Und schließlich, liebe Erlaucht«, beteuerte fern im großen Saal der Minister, im Sessel etwas vorgeneigt, mit elegant übergeschlagenen Knieen, »denke ich doch – bei Ihren Connexionen –

daß Sie mir einen Prinzgemahl für unsere berühmte Danae ohne Schwierigkeit müßten verschaffen können.«
Der Kammerherr widmete sich angelegentlich dem Studium des Sauternes, der golden und oelig in seinem Glase schimmerte. Er drehte es am Stiel zwischen den Fingern. »Welch delicater Vorschlag«, äußerte er reserviert, und das Einglas schwankte am Bande. Dies getan, schwieg er.
– »Nun ..« sagte der Minister, nachdem ihm die Pause lang genug ausgekostet schien, »ich sehe gar nicht ein, warum ich die Katze nicht aus dem Sack lassen soll. Der Gotha, das Incognito, der offenkundige faible Seiner Erlaucht für gewisse Tänze, gewisse Entrevuen, gewisse Gespräche à deux, mit einem Wort: Erlaucht selbst sind ein idealer Prinzgemahl.«
»Ent-zückend!« rief der Kammerherr, und ungehemmt strömte es aus seinen Bronchien herauf .. Er lachte hingebungsvoll, eine ganze Weile, und dann trocknete er die Augen, die geradezu feucht geworden waren. »Wem aber«, fragte er, »würden wir das Ministerium anvertrauen?«
– »Das Ministerium?« wiederholte Graf Godoitis herausfordernd. »Im Ernst, Excellenz. Fühlen sich Liebden so sicher, um anzunehmen, ich würde Sie im Amte belassen? Gesetzt den Fall, ich ginge auf Ihren Vorschlag ein: vielleicht hätte ich die Absicht, in eigener Person zu regieren? Und vielleicht gibt es auch einen Gegenspieler, den Sie fürchten.«
– »O ..« sagte Graf Carlo, es amusierte ihn. »Wissen Sie: solange Madame Olympia, Sie verstehen .. und Madame Olympia hat bis heute nicht geäußert, daß meine Meriten um das Wohl der Krone ihr zu gering erschienen ..«
»Ja, es gibt standhafte Frauen«, erklärte Graf Weißenstein. »Und seßhafte Gouverneure. Favoritinnen, die keinen König finden, Prinzessinnen, die man nicht heiratet – die Politik ist sehr schwierig geworden in der Welt.«
– »Das ist sie«, bestätigte der Minister. »Und doch: welch schönes Instrument .. ich spiele gern auf ihm. Aber da kommt ja unsere Bendidia.« Er ging auf sie zu und küßte ihr artig die Hand. »Erfolglos, Carissima?«
»Erfolglos, Carissimo. Mein König ist traurig. Mein König möchte allein sein.«
– »O, wie mich das dauert. Da werde ich Sie trösten müssen.«
Sie sah ihn zärtlich an.

IX. Capitel

Don Pasquale, der Botschafter, hatte eine Nacht voll der angenehmsten Träume. Sein schlummernder Geist spielte ihm ein Divertimento Bendidia vor, Bendidia erschien ihm .. Ach, was waren das für gaukelnde Bilder – daß man doch, obwohl Abate, vor dem Altar stehen konnte, sich unter das Joch, das süße Joch einer Schönheit zu beugen, die exorbitant und erhaben bemalt war!

Nun, im Traume darf selbst der Botschafter gewissen Ressentiments erliegen. Die Wirklichkeit sah leider anders aus: die ließ ihn erwachen in seinem Bette, sich ein wenig schämen, ließ ihn nachdenken, seine Lage prüfen, nach dem Klingelzug greifen und alsbald die Morgen-Chocolade schlürfen. Er konnte nicht leugnen, er war noch immer der Narr. Als ich ein Narr war, dachte er, war ich ein wenig wunderlich und hatte Heimweh nach Venedig. Bin ich nicht volle zwanzig Jahre Narr gewesen, nur weil ich glaubte, die Sbirren suchten mich? Hehe, curios. Und ich beneidete den Botschafter .. alle Damen lieben solch silbergestickte Brust, alle Herzen tun sich auf .. o wer doch auch eine silbergestickte Brust besäße. Aber das verliert sich nicht, daß man Königs Firlefanz gespielt hat, sei es auch tausend Mal umsonst gewesen – zwanzig Jahre, Pulcinell, zwanzig verlorene Jahre. Jetzt bist du Botschafter, Arlecchino, seit vierzehn Tagen gibst du den glatten Minister, trägst seit anderthalb Monden den Frack der Diplomaten, glaubst, die Welt hätte vergessen, was du warst .. Und manchmal ergeht es den Spaßmachern so, daß sie zu schluchzen anfangen, wenn ihnen ein Spaß besonders gut gelang .. Mir gelang einer, o ja, ein besonders tiefsinniger: daß ich ein Weiser war, daß ich die Lügen der Menschen durchschaute, die Macht, nach der sie gierig sind, als wäre sie ein Ding, das uns ewige Seligkeit gäbe, die Liebe, als ob sie uns retten könnte vor dem da droben. Und jetzt, mein Pasquale: spielst du nicht mit Lust auf dem Clavier der Macht? Lockst du nicht mit subtiler Grausamkeit den Vampyr auf deinen Leim? Flatterst doch mit versengten Flügeln mitten in die Lampe, die dich geblendet hat .. Ich war einmal ein kirchlicher Würdenträger, wenngleich nur ein kleiner, ich hatte einen Buckel, wenngleich einen zierlichen, den habe ich noch, ich hatte Geist, einen fürwitzigen, hurtigen, gottlosen Geist, zu burlesquen Streichen aufgelegt, und es hinderte die Frauen nicht, mich gleichwohl zu lieben, sie fanden es entzückend, sagten sie, ich hatte succès bei ihnen, hatte ein gewisses Maß von Kunst und System,

aber bei der einen überraschte mich der ihr durch Gottes Güte angetraute Gemahl .. Seitdem verstand ich amön zu scherzen, und die Melancholie verspeiste mich bei lebendigem Leibe.
Nun, Pulcinello, wo wären da deine Chancen? Ob diese Bendidia deinen Buckel wohl auch ergötzlich finden wird? Aber, es ist ja nicht an dem, daß sie mich lieben soll, sie soll mich heiraten, soll meine Gemahlin sein vor den Menschen, und ich wollte nichts sagen, müßte ich eines Tages, durch Gottes Güte ihr angetraut, einen Adonis bei ihr finden, der meine Ehepflichten wahrnimmt, ich wollte mich nicht einmal duellieren. Basta basta, tutto va bene. Sie wird meine Botschafterin sein. Kann ich sie nicht zwingen? Weiß ich doch genug von ihrer vita privata .. Alle Damen lieben solch silbergestickte Brust, wenn gewisse Geheimnisse dahinter bewahrt bleiben, alle Türen tun sich auf, wenn man zu schweigen verspricht. Avanti, caro Gheotta, zum Frühstück der Venus!
Damit sprang er aus dem Bett, um sich in Gala zu werfen.
Coram publico, in offener Sänfte, kam er dahergeschwebt, kam als Minister und legte Wert darauf, daß es public würde: es war ja bekannt, wer dort im Gasthaus zum Riesen logierte – hielt er nicht geradezu öffentlich um ihre Hand an? Auch der Reichsgraf, der mysteriöse, pflegte, wofern er über Nacht in Myrrha blieb, dort Wohnung zu nehmen, aber Seine Erlaucht waren soeben abgereist, hieß es. So begab sich der Botschafter denn, ohne Säumen, hinauf bis vor die Türe des Salons, klopfte gespannt, horchte, klopfte noch einmal, drückte die Klinke hinab .. Corpo di bacco! Der Salon war leer, kein Tisch gedeckt. Hatte man ihm nicht Avancen gemacht, indem man ihn einlud, das Déjeuner im zärtlichen tête-à-tête zu nehmen? Man dupierte ihn? Ihn? Einen Botschafter? Deh! Sapristi! er war gesonnen, seine Antwort zu erteilen.
Zunächst setzte er sich, das war das Mindeste. Er setzte sich in einen hübschen, resedagrünen Damensessel, er, ein silberbestickter Mann, ein Buckel, den Schicksals Laune unter die Mächtigen der Erde gerückt hatte. Mächtig! Onnipotente! Es sollte ihn keiner hindern, nach dem Glanze zu greifen, den die Natur auf dieses Kind Venedigs gehäuft .. Anch' io son Veneziano, dachte er, ich habe Heimweh nach dir. Schnurre ein wenig, schöne Katze, du sollst es behaglich haben in meiner Ambasciata.
Silenzio! Aspettate .. Seine Augen quollen, es war nicht so still hier, wie er gedacht hatte – und binnen Secunden, so bestand er nur noch aus Ohr, einem einzigen, unverhältnismäßigen Ohr.

Nebenan, hinter der Türe im Schlaf-Cabinett, war jemand, keine Katze freilich und auch keine lächelnde Venus: nein, dort drüben weinte man. Und Gheotta trank dieses Weinen, schlürfte es gierig auf, es war so echt und verzweifelt, so gar nicht haushälterisch mit den Tränen .. Was mochte da vorgefallen sein? Das Gewissen zwar sagte ihm, es sei schicklicher, jetzt zu gehen, das Gewissen, hehe – er schlich sich näher an die Tür. »Ich bin nicht schuldig«, hörte er, zu seinem heftigen Mitgefühl, kein Zweifel, es war Bendidia, sie flüsterte, schluchzte, schrie und stammelte, erstickte es in den Kissen ihres sündigen Bettes, »ich bin nicht schuldig, ich bin nicht schuldig« – wohl an die zwanzig Male.

Gran Dio, sie war nicht schuldig, aber woran denn, pel giusto cielo? Und er sah durch das Schlüssel-Loch. Da lag sie! Die Arme ausgebreitet, lag sie auf den ganz verwühlten Decken, sie hatte so gut wie gar nichts an, nur einen blaßblauen Morgenrock, der offen stand und seidig zu Boden floß. Che belle forme, esorbitanti, in verità! Nicht satt konnte der Botschafter sich sehen, nein, nun trieb ihn die Neugier, noch weiter, anstatt davon zu gehen, er wollte wissen – koste es gleich sein Leben –, woran sie nicht schuld zu sein begehrte, diese wahrhaftig, wie der Augenschein lehrte, incomparable Schönheit. »Ah, perdono!« rief er, indem er die Tür aufstieß und in das Privatleben seiner zukünftigen Botschafterin eindrang. Aber noch ehe Bendidia sich vollends emporgerafft, vollends ihren wundervollen Busen bedeckt, noch ehe er selbst den Anlaß ihrer Erschütterung gefunden hatte, warf sich eine Zofe, eine katzenhafte Person, mit deren Anwesenheit er nicht im Entferntesten gerechnet, auf ihn, wirbelte ihn herum, fauchte »Was fällt Ihnen ein!« und drängte ihn zurück in den Salon. »O, Excellenz«, stammelte sie dann, »Entschuldigung ..«

»Bitte!« sagte Seine Excellenz kurz und böse. »Bestell Sie Ihrer Dame, daß ich gekommen bin, mit ihr zu frühstücken.«

– »Jawohl, Excellenz, sofort, Excellenz, nur, Excellenz, die Signora, ich weiß nicht ..«

»Geh Sie, geh Sie, man wird die Tränen trocknen, man wird mich au nom de Dieu in der robe de chambre empfangen.«

Nun, es bedurfte dieser Bestellung nicht mehr: Bendidia erschien im Türrahmen. Schwarze Locken wirr in der Stirn, hielt sie mit der Linken, die sich krampfhaft in die Seide grub, ihr Morgengewand zusammen, aus dem Morgengewand stieg ein schwellender Hals, eine Haut wie Auroras zartes Frühlicht, der Kopf bog sich zurück,

das Kinn bebte .. Und sie öffnete die Lippen, um ein einziges Mal tief zu atmen; da aber quollen die Tränen schon; und während die Luft wieder ausströmte, brach es verzweifelt hervor: »Er ist tot.«
Mille turbidi pensieri! Der König tot? Ja, um Gotteswillen ..
Der Buckel, nach einem großen und strafenden Blick, war mit einem Satz an der Tür, stieß sie zum zweiten Mal auf, erstarrte.
Vor dem geschweiften Frisier-Spiegel, der den Tatbestand, bis ins Peinlichste, infam conterfeite, lag, auf einem Sessel von weinrotem Atlas, zusammengesunken, nun, nicht der König, per la grazia divina, lag, von Alter an die fünf und fünfzig Jahre, auf dem Haupt, verschoben, eine pompöse Allonge, die noch gestern allmächtige Gestalt des Ministers Grafen Godoitis – und was in Gheotta jubeln konnte, das jubilierte nun, diabolisch, weil es so lange gehaßt hatte. Die schlaffen Arme, die weit auf das Parquett gestreckten Füße, der über die Schulter zur Seite gebrochene Kopf, ach was! das Ganze, das Ganze in seiner höchst mangelhaften Bekleidung – bereitete ihm ein unaussprechliches Vergnügen. Am Hirnschlag verstorben .. Auf den violetten Lippen, die leicht geöffnet waren, trocknete letzter Speichel, die Haut sah gelb und übel aus, und die Augen, nach oben verdreht, blickten wasserhell unter der Braue den Plafond an, als könnten sie dort etwas finden, was diesen Tod, obwohl er schmerzlos zu sein pflegte, etwas sympathischer machte. Der Plafond täuschte mit unendlicher Kunst ein Stück Himmelsblau vor, eine wehende Flußlandschaft, ein galantes Picknick unter Silberpappeln.
– »Sie sind ruiniert«, sagte Gheotta, indem er die Ruine der Macht mit Lust seinem Gedächtnis einprägte, sagte es hart und kalt, und Bendidia widersprach nicht. »Siete rovinata«, sagte er noch einmal, versöhnlicher zwar, doch ohne Illusion oder conventionellen Trostversuch, ganz sachlich. »Ecco il scandalo.« Ein Lachen, hämisch und leise, stieg aus seiner nachtragenden Seele, seine Augen bohrten sich wie Maden in die Leiche, die so conciliant gewesen, geheimsten Plänen mit einer Courtoisie ohnegleichen zu begegnen. Dieser Graf Godoitis, noch im Tode ein Partner von vollendeter Liebenswürdigkeit .. »Man findet einen Minister tot vor Ihrem Boudoir, povera Madonna, in einer Aufmachung, deutlicher als der deutlichste Roman, im Schlaf-Cabinett einer Dame, die dazu angestellt war, des Königs Favoritin zu werden. Was gedenken Sie zu tun?«
Da die Schönheit nicht antwortete, riß er sich endlich von dem be-

geisternden Anblick los, der ein Ausblick war, riß sich los von der Magie dieses Todes, der ihm so ungewöhnlich gelegen kam, und drehte den Kopf zu seiner Dame. Sie lehnte hinter ihm mit den Schultern am Türrahmen, hielt mit der Linken noch immer ihr Morgengewand über der Brust gerafft, die Rechte hing willenlos herab, ihre Augen betrachteten, mit dem Ausdruck schwermütiger Ironie, den Plafond. »Ich weiß es nicht ..« sagte sie endlich. Der Plafond malte mit unendlicher Kunst die süße Stimmung der Liebe, die unter Scherz und Getändel im Schatten der Silberpappeln frühstückt.

– »Sie wissen es nicht. Ich will Ihnen Ihre Lage schildern, schöne Bendidia. Sie können diesen toten Mann nicht wieder lebendig machen, Sie können ihn nicht einmal ankleiden, ohne daß man es merken würde, nicht fortschaffen, ohne daß es auffiele. Sie hätten ja auch immer einen Mitwisser .. Man wird schnell genug Ihre Rolle kennen, eine delicate Rolle, und der König wird sich distancieren .. Haben Sie Vermögen? Ich kenne Ihre Finanzen, ich kenne eine gewisse Acte, wonach die Schulden, die auf Ihren Namen gemacht werden, unauffällig aus einem gewissen Geheimfond zu begleichen sind. Der neue Minister wird sparsamer sein .. Ja, Bendidia, und das Haus zum Riesen dürfte so wenig zögern wie das Haus Poaretes, Sie in den Schuldturm zu bringen, wenn Sie nicht zahlen. Können Sie zahlen? Denn auch der neue Botschafter wird alles Andere eher tun, als sich mit einer Cortigiana identificieren ..«

»Sie beschimpfen mich!« rief Bendidia voll Leidenschaft. »Wäre ich eine Courtisane, so hätte ich Sie längst erhört. Diesen Menschen habe ich geliebt.« Und wieder füllten sich ihre Augen.

– »Mögen Sie ihn geliebt haben, das hilft Ihnen nichts. Sie sind ruiniert, man wird Sie verhaften lassen und in den Schuldturm werfen. Es gibt nur Einen, der Sie retten kann, dieser Eine aber tut es nicht umsonst.«

»Sie sind ein Vieh.«

– »Ein Vieh? Ich bin Diplomat – ein Mann des Verhandelns.«

Bendidia zwang sich zur Ruhe. »Sie sind ein Verbrecher«, sagte sie. »Wie ein gemeiner Erpresser nutzen Sie mein Unglück aus. Ich habe Ihnen doch nichts getan. Im Angesichte eines Toten, Herr v. Gheotta – spüren Sie nicht, wie Sie Alles zu Boden treten, wie Sie mich demütigen? Und ich glaubte doch, Sie wären einmal ein Diener Gottes gewesen.«

– »Sie hätten mir nichts getan, Bendidia? Hat nicht der Anblick

Ihrer strahlenden Jugend mein altes Herz vergiftet? Ihre kühle Verachtung nicht wie mit Dolchen in mir gehaust? Oh, Sie haben mir viel getan, Sie haben gut zu machen, was zwanzig Jahre an mir sündigten. Ich scheine Ihnen brutal, und im Augenblick bin ich es wohl. Aber vergessen Sie nicht, ich habe einen Menschen sterben sehen für diesen hier, einen freundlichen und geliebten Herrn hat man umgebracht in meinen Armen, mit noblen Degen, und ich sage Ihnen, Bendidia, mein Herz wird mir zu Eis, so oft ich daran denke. Schmelzen Sie es wieder, ich bitte Sie, seien Sie die Meine für den Rest dieses schalen Lebens, geben Sie mir die Freude wieder. O, warum antworten Sie mir nicht, der ich vor Ihnen auf meinen alten Knieen liege .. Seien Sie meine Heimat und mein Venedig, auch Sie stammen ja von dort, Sie sollen die Botschafterin sein.«

»Ich stamme nicht aus dieser Krämerstadt«, verbesserte Bendidia. »Ich bin eine Römerin. Und eine Römerin verschenkt ihren Namen, wenn es sein muß, aber nicht ein Gran mehr.«

– »Ecco«, rief er erfreut und stand auf. »Ecco e basta. Facciamo un' alleanza! Che donna intelligente ..«

Er staubte sogar ein wenig die Beinkleider ab, was sich entschieden nicht gehörte, und dann blickte er, mit seinen nackten Hoffnungen, mitten in ihr Gesicht, er, dem in langen Hofnarren-Jahren Gelegenheit genug geworden, zu einem leidlich profunden Menschenkenner zu avancieren. Nun, was er dort las, das war, obwohl erwartet, nicht eben schmeichelhaft. Es war, wie wenn der Nordwind über ein Tulpenfeld kommt. Die schöne Bendidia, für Zärtlichkeit und Liebe geschaffen, rechnete kalt. »Klug, Don Pasquale?« sagte sie resigniert. »Ich möchte leben, das ist Alles. Schließen wir also einen Vertrag.«

Denn Venedig hatte die Macht, und das war keine Kleinigkeit. Aber nach Rom führen viele Wege, und es stand noch dahin, was es mit der Zeit auf sich hatte, der allmächtigen, die man gewonnen ..

X. Capitel

In staatsmännischer Moquerie schwenkten Aristoteles, Plutarch und die Œuvres de Platon aus der Reihe der Zeitgenossen, es war ein ganz bestimmter Druck, auf den sie reagierten, und auch Suetoni Vitae Caesarum, leicht gluckernd vermöge geistigen Inhaltes, fuhren dahin. Alle diese Weisen und Mächtigen des Altertums gehorchten einer Hand, an deren Gelenk das schneeweiße Piqué zurück-

glitt, gehorchten dem immer noch gebieterischen Willen einer Persönlichkeit, an deren schön geformten Ohren Brillanten glitzerten, und die schon im Voraus zu hören glaubte, daß man ihr, mit geborstener Stimme, sagen würde: »So laß Sie doch Ihre Bestie draußen, das macht mich ganz nervös ..« Und sie lächelte schmerzlich. War sie nicht ohnedies, die Dame Olympia, dahin gediehen seit der letzten Zurechtweisung, daß sie auf animalisches Gefolge verzichtete, wenn sie des Grafen Cabinett betrat? Sie fügte sich seinen Launen, sie verlangte kein Contrecadeau. Aber sie ängstigte sich. Warum? Weil sie ihn wieder einmal verlor? Er würde wohl selbst nicht glauben, daß er sie habe täuschen können. Kein Minister hat Masken genug, einer Frau zu verbergen, wen er neuerdings liebt. Und die schöne Bendidia, trotz ihrer gepflegten Conversation, trotz Vetter Cardinal und ausländischer Herkunft, hatte nichts aufzuweisen, à la longue, nur ihren – sicherlich reizvollen – Act. Mochte er .. sie spionierte ihm nicht hinein; obwohl es so wirken mußte! Doch was um die Mitternacht, bei ihrem ersten Besuch, nach dummer Eifersucht aussah, das war am hellichten Morgen, da sie zum elften Mal kam, die selbstlose, tiefe Angst um sein Leben.
Ja, die Königin ängstigte sich: nicht, weil sie betrogen wurde, daraus machte sie keine Tragödie, sondern weil düstere Ahnung sie quälte. Er *konnte* bei Bendidia nicht sein! er wäre längst zurück. Wenn man ihn umgebracht hatte .. wie damals den Herrn v. Legua, mit dessen Blute der Auftrag wohl kaum als erledigt galt! Man würde inzwischen gelernt haben, wie ein gräfliches Wappen sich ausnahm. Aber nein, dergleichen ging nie ohne Lärm vor sich, und auch wenn er lautlos gestorben wäre, irgendwo auf der Gasse, er, der noch gestern so gesund schien: ganz Myrrha würde es wissen, so hoch stand mittlerweile die Sonne, irgendwo würde er liegen, gefunden, hergebracht werden unter Jubel und Schmährufen .. Und niemand kannte sein vornehmes Herz, erhaben über den Geifer, und doch wehrlos im Tode. Mußte man nicht die Polizei –? »Papillons noirs ..« Ob sie das je wieder hören würde? Sie glaubte es schon nicht mehr. Denn Aristoteles, Plutarch und die Œuvres complètes hatten die ganze Nacht nichts Anderes getan, als immerfort aus der Reihe zu schwenken, und immer war das Bett leer gewesen, stumm auf dem Tisch lag ein versiegeltes Couvert, die Nacht war vorüber, was kam er nicht, zehn Uhr schlug die Pendule, wo blieb er, kein Minister saß frühstückend in den Kissen, kein hochgesteigerter Allongenpomp türmte sich dem seidenen Baldachin ent-

gegen – und er *lebte* doch, er konnte doch nicht einfach davongehen, jeder Winkel *sprach* doch von ihm, die Tür zum Salon stand offen, ein Streifen Sonne flimmerte warm auf dem Parquett –

Da – hörte sie recht? wirklich: das waren Schritte! ein Räuspern erklang, ein unterdrücktes Husten, sollte er dort – und leidenschaftliche Hoffnung durchschoß das Herz der Dame.

Nun, es war Robert, der Kammerdiener, der treue Mitwisser nächtlicher Besuche, verschwiegen wie das Grab.

»Robert .. Wo ist der Herr Graf?«

– »Majestät ..«

»Nicht zurückgekommen?«

– »Nein, Majestät.«

»Wann hat er das da geschrieben? Für wen ist es bestimmt, das Couvert?«

– »Für den Notar. Ein Testaments-Codicill.«

Die Königin zog die Aufschläge des weißen Gewandes zusammen, sie atmete tief. Dann spannte sich ihre Stirn, ein großer, vereinsamter Blick ging über den Diener, der ergeben wartete.

»Wann hat der Herr Graf das geschrieben?«

– »Gegen die Mitternacht, Majestät. Herr Graf sind heraufgekommen vom Fest, haben geschrieben, ganz kurz nur, und sind fort, ohne die Sänfte zu befehlen, wollten noch ein wenig spazieren gehen.«

»Du brauchst mir keine Comödie vorzuspielen«, sagte die Königin traurig. »Sollte es nicht eine Dame gewesen sein, zu der er spazieren ging?«

– »Ich weiß es nicht anders, Majestät. Ich weiß nur, daß der Herr Graf spazieren gehen wollten und sich nicht wohl fühlten. Ich diene dem Herrn Grafen neunzehn Jahre, und niemals, weder als Gesandter noch als Minister, hat der Herr seine Obliegenheit versäumt, war immer accurat und pünctlich, immer Vorbild .. aber auch unten im Amt – man hat soeben heraufgeschickt fragen, ob die Excellenz käme .. Um Vergebung, man klopft.«

Sie hörte ihn in der Antichambre sprechen; eine Mädchenstimme, aufgeregt und außer Atem, verlangte, er solle mit ihr kommen, sofort, es dulde keinen Aufschub. »Erklär Sie sich deutlich«, hörte sie ihn sagen, »von wem ist Sie denn geschickt, wohin soll ich denn kommen, ich kann ja hier nicht einfach fort!« – »Er muß aber. Seinem Herrn ist etwas zugestoßen.« – »Zugestoßen? Wo ist er, der Herr Graf?« – »Im Gasthaus. Herr Robert soll ihn anklei-

den und die Sänfte bestellen.« – »Ankleiden .. Sänfte bestellen .. Ja, ich komme. Ankleiden .. er kann sich nicht mehr selbst ankleiden .. *Was* ist ihm denn zugestoßen, so red Sie doch!«
»Was ist dem Herrn Grafen zugestoßen, mein Kind?« fragte nun auch die Königin, die in die Antichambre getreten war.
– »Das darf ich nicht sagen, Madame«, erwiderte die Zofe, ohne in der Dame die Königin zu erkennen, und knickste. »Ich soll nur sagen, Herr Robert müßte *sofort* kommen und seinen Herrn ankleiden, im Riesen, mit der Sänfte kommen.«
»Er ist tot ..« sagte die Königin. Dem Diener weiteten sich die Augen. »Er ist tot, glaub es mir nur. Und selbst wenn er noch lebte: das braucht niemand zu wissen, daß ihn im Riesen der Schlag getroffen hat .. Aber wenn eine Königin in ihrer Sänfte auch in den Riesen geht, so ist es halt eine Conferenz gewesen, wird man sagen, und nicht ein Scandal .. O Gott: welch ein Ende.«
So ließ sich die Königin in aller Öffentlichkeit in den Riesen tragen, wo sie vielleicht frühstücken wollte, wer wußte das? Sie war noch vor dem Diener dort und vor der Zofe, hatte sich nicht einmal umgekleidet, sie erschien, wie sie war, verhängte die Fenster ihrer Sänfte und ließ sich, über die Treppe hinauf, bis vor das Appartement des Fräuleins v. Lanzi tragen, so sicher war sie ihrer Sache.
Was aber mußte sie dort sehen! Graf Carlo, höchst mangelhaft angezogen, saß zusammengesunken beim Déjeuner, gewaltig türmten sich die Haarstrudel der Allonge, seine Hand hielt einen silbernen Löffel, ein wenig Kuchen lag noch auf dem Teller, das Haupt lehnte willenlos über die Schulter, violette Lippen, mit Krümeln bedeckt, und die Augen starrten verdreht auf den Plafond – ja, Graf Carlo war tot, unter entwürdigenden Umständen zu seinen Vätern gegangen.
Nun, man hatte wohl nicht erwartet, daß eine Königin in Person sich hierher bemühen und dem verstorbenen Minister Adieu sagen werde, man sah nicht einmal auf, man machte sich an der Leiche zu schaffen, um sie noch mehr herauszuputzen, ein Buckel im Diplomatenrock, und aus dem Nebenraum rief die Stimme einer jungen Dame: »Ich will es nicht sehen, hören Sie, nein, ich will nicht, aber Gott soll Sie strafen, Sie handeln ja wie ein Schakal!« Und die Königin hörte weinen.
»Herr Botschafter!« sagte sie kalt und scharf.
– »O ..«
»Sich zu vergreifen an einem Toten .. Don Pasquale! Ich weiß

bereits nicht, was ich von Ihnen halten soll. Oder meinen Sie, ich würde es glauben, daß der Minister in *Ihren* Armen gestorben ist?« – »Wir frühstückten«, flüsterte Don Pasquale, wobei er, mit flackernden Augen, in die Wand blickte, »wir frühstückten, der Graf, ich selbst, das Fräulein v. Lanzi, es war das Verlobungs-Frühstück, ich verlobte mich, aber es war gedacht, daß der Diener den Grafen zuvor noch ankleiden . . der Graf erlitt einen kleinen . . Stickfluß, ja, einen Stickfluß, und es wurde ihm heiß, da zog er sich ein wenig aus, es war ihm . . zu eng, sein Rock –«

An der Türe erschien Bendidia, eine exorbitante Schönheit noch in ihrem verweinten Zustande. »In *meinen* Armen ist er gestorben«, sagte sie entschlossen, ihre Lider füllten sich, sie celebrierte einen tiefen Hofknicks, und man sah, nicht ihr Gesicht allein war schön. Des Botschafters Blicke wanderten von einer Gestalt zur anderen, von der hoch aufgerichteten Königin zu der fast knieenden Bendidia – Bendidia in ihrem blaßblauen Morgenrock, mit Auroras rosigem Frühlicht auf der schwellenden Haut . . Sie hatten ihn Beide geliebt, den Entschlafenen, nun hielt er einen silbernen Löffel in der kalten Hand und hatte Kuchenkrümel auf den Lippen. Das war das ganze Adieu, war Alles, was von ihm blieb. Dame Olympia würdigte ihn keines Blickes mehr, für sie lag er schon unter dem Rasen. Nein, sie stürzte sich nicht auf den Leichnam, bedeckte ihn nicht mit Klagen und mit Küssen, sie versagte es sich, ihre Seele preiszugeben, und wahrte die Contenance. Die Toten wollten allein sein. Glaubte man wirklich, sie umstimmen zu können, indem man weinte? Graf Carlo liebte das nicht. Er liebte die Haltung, und Olympia wußte es. Sie hatte so viele Menschen sterben sehen, Einer nach dem Anderen waren sie davongegangen aus ihrem einsamen, liebeleeren Dasein, es wurde kalt in der Welt, und keiner war wiedergekommen. Wie sollten sie? Es war nicht so schön hier unten. Ich werde mich *auch* nicht zurücksehnen, dachte die Königin, nach meinen fünfzehn Windhunden . . und mehr bin ich ihm nicht gewesen. Sie ging auf Bendidia zu, beugte sich ein wenig nieder, faßte leicht nach ihren Ellenbogen und hob sie zu sich empor, wobei sie abwesend aus dem Fenster blickte, fernhin über die See, die im Glanz des Morgens ruhte. Sie wußte es selber nicht, was ihr frierendes Herz da anstellte, indem es eine Existenz von mehr als zweifelhafter Valeur, die ihr das Letzte ihres zerronnenen Glückes geraubt, eine so gut wie zerschmetterte Existenz, die den Grafen das Leben gekostet hatte, aus dem Rachen der Catastrophe riß. Die See gab keine

Antwort, es war auch nicht mehr nötig. Denn diese Antwort gab inzwischen Bendidia, die, bei dem Versuch, die königliche Hand zu küssen, sich geradezu wie eine Ertrinkende daran klammerte – ein heißer Strom von Tränen ergoß sich über die kühle, unendlich gepflegte Haut.

»Sie ist verlobt mit diesem Herrn?« fragte die Königin, indem sie den Horizont betrachtete.

Bendidia schüttelte wild und verzweifelt die Locken.

»Ich kann nicht annehmen«, beharrte die Königin, »daß ein Bevollmächtigter Minister mich belügt.«

Bendidia schluchzte. »Helfen Sie mir, Majestät«, flüsterte sie, »ich bin ihm ja ausgeliefert, schützen Sie mich, schützen Sie mich vor ihm, er bringt mich in den Schuldturm ..«

Die Königin nickte bitter. »Ja, so ..« sagte sie, und ihre Lippen zuckten. Es waren ihr das keine neuen Weisheiten.

Da endlich begriff Don Pasquale, daß er hier wohl nichts mehr zu suchen habe, nahm Stock und Hut und stahl sich hinaus. Draußen prallte er auf Robert, den Diener, der wartete, bis man geruhen würde, ihm und der Zofe zu rufen. »Darf ich meinen Herrn noch einmal sehen?« fragte er gepreßt. Der Botschafter, im Davonstürzen, vollführte eine grandiose Handbewegung zur Türe hin, die offen geblieben war.

Robert trat ein. »Vergebung, Ew. Majestät«, sagte er, erfaßte mit *einem* Blick das ganze Panorama, erfaßte auch das Ungehörige; ging, ohne zu zögern, auf den toten Minister zu; schloß ihm die Augen; tupfte mit der Serviette die Krümel vom Munde; nahm ihm, wie einem Kinde, den Löffel fort – und dann trug er ihn, als sei der Herr Graf nur müde und verlange zu Bett, auf den Armen hinüber ins Schlafgemach, um ihm, fern den Damen, für die das kein Anblick war, von Grund auf die Kleider zu ordnen.

»Sie hat ihn sehr geliebt?«

– »Ja, Majestät.«

Dame Olympia blickte unverwandt auf den Spiegel des Meeres. Sie gedachte einer vergangenen Stunde. »Man muß sich nicht fürchten«, sagte sie ganz leise. »Es gibt ja tausend Arten, um vom Leben zum Tode zu kommen. Eines Tages gebe ich irgend einem Tode, den ich nicht eingerechnet habe, ganz ahnungslos die Hand, glaube vielleicht, es ist nur ein Minister oder ein Botschafter, es ist aber der Tod, und er sagt zu mir ..«

Verstohlen führte sie ihr Tuch ans Auge, neigte ein wenig den

Kopf, die Brillanten am Ohrgehänge glitzerten, doch als sie sich endlich umwandte, sah man, sie hatte nicht geweint. »Er wird jetzt in meiner Sänfte heimkehren, und er wird in seinem Bett gestorben sein. Man soll nicht sagen können, Graf Carlo habe einen Tod gehabt, der einem Minister nicht ansteht. Und man soll einer Dame vom Stande nicht nachreden, daß ein Leichenschänder sie an den Altar zerrte. Bei der Ersten Hofdame Ihrer Majestät wird das auch niemand wagen, denke ich. Will Sie?«

Der Tod des Fürsten – da der König die Gnade gehabt, den in Gott ruhenden Minister, unvergänglicher Verdienste halber, in den Fürstenstand zu erheben – löste einen kurzen und wilden Kampf um die Macht aus, und Herr v. Goldenberg, an den niemand gedacht hatte, zog in die geheiligten Räume des Praesidiums ein. Der Admiral aber, nach schwerem Zerwürfnis mit dem Monarchen, war aus allen Ämtern bis auf dasjenige des Flottenchefs entlassen worden, ja, selbst aus diesem hatte man ihn, zur Wiederherstellung seiner Gesundheit, wie es hieß, zu beurlauben gewußt. Ein Herr v. Andria übernahm die Marine.

Der Fürst in seinem Prunk-Sarcophag, der, wie die Pferde auf ihren Schabracken, über dem Wappen des nun erloschenen Hauses die hermelin-verbrämte, mit Perlen-Bügeln geschlossene Fürsten-Krone zeigte, ward, nach feierlichem Staats-Act, unter Cavallerie-Bedeckung auf sein Landgut Monrepos überführt und unter dem steinernen Baldachin, den er sich, schon bei Lebzeiten, in den Parkwiesen erbaut hatte, mit kirchlichem Gepränge zur Ewigkeit bestattet. Es war ein enormes Begräbnis. Nicht nur, daß beide Majestäten den Funebralien in der Residenz die Ehre ihrer Anwesenheit gaben – selbst in Monrepos, der Monarch zwar fehlte, beliebte das Regierende Haus in Person seinen Anteil zu nehmen: als Feodal-Nachbarin, die Olympia, auf Olympienlust, ihm gewesen, als Erbin des Grafensitzes, die sie, vermöge jenes Codicills, geworden, erschien des Verblichenen Königin-Witwe, wie scharfe Zungen es übelwollend ausdrückten, in der Tat auch hier, um dem bewegenden Drama beizuwohnen, wie man ein Stück ihres Herzens unter den Rasen brachte. Aber nicht dies war das Erstaunliche – übrigens sah man sie nicht mehr als ein einziges Mal, ganz conventionell, unter dem Säulendach beten – nein: das Volk, das unbegreiflich brave, gedankenschwach königstreue Volk, äußerte sich auf eine Weise, die schlichterdings Alles das Lügen strafte, was über des Ministers Popularität an Urteilen im Schwange gewesen. Sei es, daß man sich vor der Zukunft zu fürchten begann, daß man das Vacuum spürte, die harte Hand vermißte, die so furchtbar gelastet hatte, sei es sogar, daß, mit dem Augenblick dieses Hinscheidens bereits, die Leidenschaft des Hasses sich klärte, mit einem Wort: daß man ahnte, nun ging eine große Zeit, die der friedliche Despot allein noch zusammengehalten, gnadenlos zu Ende – genug, man defilierte mit Hingabe vor dem Tombeau, von anderen Zeichen der Verehrung ganz zu schweigen.

Und wer Ohren gehabt hätte, zu hören, der hätte in den wehenden Baumfronten des Parkes, hin und wieder, bei der Nacht, zur Stunde der Elfen, ein geisterhaftes Flüstern vernommen, ein grandseigneurales, feudales »Tiens tiens . .«

XI. Capitel

Das Verhältnis, in welchem sich Graf Weißenstein zur Prinzessin, die Prinzessin zum Grafen Weißenstein befand, galt als eindeutig. Die junge Dame, einem traurigen Anlaß zum Trotz, hielt es für schicklich, Wand an Wand mit ihrem Liebhaber über das Meer zu reisen, zurück in Lustbarkeiten, bei denen der Tod natürlich störte. Hätte sie wenigstens ein paar Tage gewartet! Wäre sie wenigstens so tactvoll gewesen, auch auf dem Rückweg ihren neuesten Protégé, den Herrn v. Andria, in ihrer Begleitung zu dulden! Stattdessen, als genüge es nicht, daß er eben erst Admiral und Botschafter geworden, machte sie ihn zum Minister: nur um ihn daheim lassen zu können, nur um keinen Zeugen zu haben für das, was auf dem Schiffe geschah . . Und wie herzenskalt war sie! Nicht schnell genug ging ihr die Abfahrt, nein: schon am Abend des Begräbnisses, die Erde hatte sich kaum geschlossen, kehrte sie Myrrha den Rükken, war es leid und machte kein Hehl aus ihrem Überdruß. Welch eine Verachtung für Mitwelt und Sittlichkeit, welch ein moralischer Tiefstand enthüllte sich da . . nachts auf See . . und ohne Suite, ohne ein einziges Hoffräulein – terrible.

Ja, es war Mitternacht, bei gezurrten Segeln trieb die Belle Fontaine auf der Meerflut langsam dahin. Die Bedienung schlief unter Deck, man war allein, lag unter den Sternen auf weichen Polstern, der Kammerherr beugte sich über ein verweintes Gesicht. »Sie *sollen* doch nicht weinen«, sagte er. »Das Alles sind Wahn-Ideen. Dieser Gott verfolgt nicht Sie, Prinzessin, *Sie* verfolgen *ihn*. Ist das eine Beschäftigung für junge Damen? Sie sollten eigentlich nur auf dem Sopha liegen und Romane lesen, ein Sonnendach über dem wohlcoiffierten Kopf, fächelnde Sclaven neben sich, und über gar nichts nachdenken als über das Märchen von dem schönen Prinzen, der eines Tages dastehn wird, um Ihr König zu sein. Das wäre mein Ideal für Sie.«

»Eines Tages«, erklärte die Prinzessin, »springe ich ins Meer.«

– »Das wäre sehr unklug. Eines Tages kommt ein Jemand, kommt Gott Amor, um Ihnen zu beweisen, daß die Liebe gewisse Entzükkungen birgt, die Sie nicht ahnen, sonst würden Sie nicht solche Ansichten äußern. Ihre kleine Gaudenzia zum Exempel, froh der hochfürstlichen Abwesenheit, kostete bereits die geheimsten Freuden – ein leibhaftiger Herzog besaß die dafür nötige Herablassung: Son Altesse en Cupidon . .«

Wie schön der laue Wind . . Zephyr bewegte das Déshabillé, bewegte die Locken, die, von keiner Nelke gehalten, über das Knie des Herrn in Blau flossen. »Warum erzählen Sie mir das?« sagte Danae traurig. »Ich will das gar nicht wissen. Und wollen Sie mich doch bitte nicht in einen Topf mit den Sinigallia werfen. Ich bin nun einmal weniger leicht in diesem Puncte. Wenn Sie ahnten, wie ich meine Nächte verbringe – mich betäubend mit Lustbarkeiten, tanzend bis tief in den Morgen – nur um nicht schlafen zu müssen. Bis zum Umsinken tanzen, tanzen aus Angst: das ist mein Leben, Graf. Und wenn ich dann wirklich einmal schlafe, schrecken die Träume mich auf. Oh, Sie können sich nicht vorstellen, wie das dann erlöst, durch die Wellen zu reiten, im Frühgrau, nichts als Strand und Nebel umher . . Ein paar Stunden später muß ich wieder Prinzessin sein, die kühle, beherrschte Prinzessin, muß Alliancen anbahnen und den Staat vertreten, charmieren und causieren. Welch ein Beruf! bei dem man seine Nerven nötig hat! Langsam begreife ich, was es heißt, zu hassen – diesen Teufel von Gott zu hassen!«

– »Wissen *Sie,* wie es aussieht in der Seele eines Gottes? Auch in Göttern kann Einsamkeit wohnen, meinen Sie nicht? Und wenn die Kgl. Universität es tausend Mal leugnet – ich möchte denken, selbst in den alten Olympiern, obwohl sie so irdisch erscheinen, war eine verzweifelte Sehnsucht, an der Erde Teil zu haben, die sie geschaffen hatten, ja, um es ganz genau zu sagen: von den Menschen geliebt zu werden auf Menschen-Weise.«

»Sie sprechen ziemlich tragisch, Graf.«

– »Im Gegenteil. Ich nenne die Dinge nur beim Namen. Oder soll ich darüber spotten? Ich spotte doch auch nicht über die Tragik des Prinzen-Berufes – und Ihre Götter *sind* tragisch, von tiefem Pessimismus erfüllt. Vielleicht vergreifen sie sich manchmal in den Mitteln, wie das Erdbeben leider zeigte. Man darf das nicht so wörtlich nehmen, Götter haben einen anderen Maßstab für den Tod. Immerhin: wie muß unser Zürner Sie lieben, um so ausschweifend zu handeln. Und welche Verheerungen, Danae, überlegen Sie, mag ein solcher Brief –«

»Den Brief«, unterbrach die Prinzessin, »hat er vollauf verdient. Was wollten Sie mir von den Verheerungen erzählen?«

– »Daß Homer, der dem alten Glauben den Todesstoß gab, ein Knabe war gegen besagtes Meisterwerk diplomatischer Perfidie.«

Die Prinzessin strahlte. »Für dieses Lob«, rief sie glücklich, »könnte ich Sie umarmen.«

– »Was freut Sie denn so daran? Etwa, daß die Kirchenhistoriker und Moralisten –«

»Die habe ich gar nicht gefragt.«

– »Ich weiß.«

»Was wissen Sie?«

– »Ich weiß, wer der Autor ist. Ein Minister der Krone jedenfalls war es nicht.«

»Dann wissen Sie auch«, erklärte Danae mit jäher Melancholie, »für wen ich mich eben freute.« Und sie biß sich die Lippe.

Der Kammerherr, mit dem Handrücken, strich ihr sanft über die Schläfe. »Nicht traurig werden«, sagte er.

Aber sie weinte schon. Still und durchsichtig standen die Tränen in ihren Augen, vom Dämmerlicht der Mondnacht beschienen .. Sie hielt seine Hand fest, und er entzog sie ihr nicht. Ganz tonlos klang es endlich zu ihm herauf: »Manchmal sind Sie mir so fern und fremd, ich weiß nicht einmal, wie Sie heißen .. und dann fühle ich, daß Sie noch einsamer sind als ich.«

– »Ich heiße Aurel.«

»Aurel ..« wiederholte sie. Es verging einige Zeit, ehe sie weitersprach. Sie war fast nicht zu hören: »Ich muß Ihnen jetzt etwas sagen, was ich als Dame nicht sagen darf. Aber Sie müssen mich anschauen dabei ..«

Der Graf sah sie an. »Ich verbiete Ihnen, diesen Gedanken auszusprechen.«

»Warum? Können Sie Gedanken lesen?«

– »Ja.«
Er erhob sich und trat an die Reling, legte die Fingerspitzen auf das Geländer und starrte hinaus auf See, wo helle Mitternacht unendlich sich breitete. »Ich bin ein ewiger Gast«, sagte er, indem er sich umwandte und wieder Platz nahm. »Begreifen Sie: ich bin zu unstet, um zu heiraten – darauf liefe es doch wohl hinaus.«
Danae nickte.
– »Ich bin auch zu alt, um gerade Sie zu heiraten.«
Danae nickte.
– »Ich verstehe das Alles recht gut, was da in Ihnen vorgeht, aber .. ich könnte Sie nicht glücklich machen, begreifen Sie das nicht? Überdies sind Sie Prinzessin, wollen Sie eine Mésalliance eingehen?«
»Das ist doch ganz gleichgültig. Ich liebe Sie. Muß man da so lange fragen, was es für Folgen haben wird?« Und sie sah zu ihm auf, sah seine schwarzen Umrisse vor dem gestirnten Firmament, das hoch darüber blaute, sah ihn unbeweglich die Ränder der Nacht betrachten, da wo Himmel und Wasser ineinander verflossen. »Lieben Sie mich eigentlich, Aurel?«
Der Graf klemmte sein Einglas vor das Auge, etwas unerbittlich Klares war darin, und blickte sie an. »Selbstverständlich«, erklärte er mit Reserve. Befriedigt ließ er das Monocle fallen, es fiel auf ihre Schulter, und sie erschrak ein wenig.
»Sie sehen, ich mache eine unmögliche Conversation«, sagte sie. »Warum wünschten Sie, daß ich den Admiral stürzte?«
– »Weil ich ihn noch brauche. Als Nachfolger des Fürsten Carlo ist er, für meine Zwecke, momentan wertlos.«
»Ach. Ich habe es aber nicht gern, wenn man mir die Entscheidungen aus der Hand nimmt.«
– »Man? Mir scheint, Sie verwechseln mich mit gewöhnlichen Leuten. Wenn ich sehen müßte, daß Sie kein Vertrauen mehr in mich setzen, reise ich unverzüglich ab.«
Danae lächelte nachsichtig. »Ich habe unendliches Vertrauen ..«
– »Das lügen Sie nun wieder«, erklärte er mit galanter Skepsis. »Wie sollten Sie Vertrauen haben zu einem Manne, bei dem Sie Schutz suchen, und der Sie im Stich –«
Die Prinzessin unterbrach ihn. »So schweigen Sie doch!« rief sie. »Sie machen die Sache ja nur noch schlimmer. Natürlich lüge ich. Um es uns zu erleichtern, daß wir eine Distance finden! Sie brauchen mir gar nichts weiter zu sagen. Ich werde mich durch mein gan-

zes Leben lügen, das hat mir Giovanni ohnehin prophezeit. Aber es war keine Lüge, daß ich sagte, ich liebe! Und wenn Sie, Graf Weißenstein, glauben, ich hätte mich Ihnen angeboten, nur um Ruhe zu haben vor diesem Gott –«

Der Graf schüttelte belustigt das Cyclopenhaupt. »Was für Mißverständnisse! Sie quälen sich da mit ganz unnützen Gedanken. Auch ich erfreue mich an solchen Locken« – er zog sie spielerisch durch seine Finger –, »an solchen Schultern .. an hübschen Handgelenken .. Sie ersparen es mir, Ihnen das im Einzelnen aufzuführen. Wenn Sie es nicht schon wissen, können Sie es bei Ihren Dichtern nachlesen: es sind immer ganz bestimmte, ganz irdische Localitäten, deren Schönheit den Zauber ausmacht, und das liebe Publicum erfreut sich daran, allen geistreichen Critikern zum Trotz. Ich will Ihnen sagen: Sie haben das Unglück, so schön zu sein, was all das Leibliche betrifft, diese Linien und Glieder und was weiß ich, und dazu, trotz Ihrer gekühlten Umgangsformen, etwas gewiß Schmelzendes und Weiches und Bezauberndes, daß es Ihnen ergehen muß, wie der Liebe Gott es vorgesehen hat: wer ein Mann ist, muß Ihnen verfallen – und nicht einmal auf dem Umweg über die Seele. En amour, on ne cherche que le portail. Zucken Sie nur zusammen, es bleibt dennoch wahr: der Liebe Gott wollte Lust, Don Giovanni wollte das Gleiche, daran ändert auch der romantische Heiligenschein nichts, mit dem Sie ihn verklären, der Herzog von Candia möchte es, jetzt tröstet er sich mit Gaudenzia, was ihn nicht hindern wird, Ihnen morgen einen neuen Antrag zu machen, und der alte Geck von Samos hat ebenfalls kein anderes Ziel.«

»Was meinen Sie mit alle dem, Graf?«

– »Daß ich als Einziger nicht jene Absicht habe, denn ich bin kein Pfau oder Hirsch, bin auch kein Kammerherr und keine Erlaucht, es war mir nur zu kalt auf meinem Weißenstein.«

»Sie sind mir ein vollendetes Rätsel«, sagte die Prinzessin.

– »A la bonne heure. Aber ich will Ihnen eine Geschichte erzählen. Dieser Zeus, den die Welt für einen Galan ansieht, oder für einen Gewaltverbrecher, je nach dem, hat vielleicht nicht ganz so viel Lust empfunden, damals, wie die historische Leda, die ein wenig pervers gewesen sein dürfte. Ich versetze mich manchmal in seine Rolle und frage mich: was mag ihn bewogen haben, den schönen Mädchen nachzusteigen? Ob diese Io – Sie kennen die Geschichte von der Wolke?«

»Ja.«

– »Ob diese Io das heimliche Grauen in seiner Seele gespürt hat?«
»Welches Grauen?«
– »Das Grauen vor sich selbst und dem eisigen Himmel – was meinen Sie?«
Er beugte sich über sie, mit seinem einsamen, bläulichen Blick. Da umschlang sie ihn mit der wilden Kraft ihrer sechzehn Jahre, stürmisch und überwältigend. In ihren Armen ihn begrabend, begriff sie zum ersten Male, welch ein Strom von Glück in jenem Etwas liegt, das im Weibe selig genannt wird.
Der Kammerherr befreite sich. »Was sind Sie doch für eine capriciöse Dame«, sagte er. »Und lauter Irrtümer. Um indessen auf unseren Monsieur le dieu zurückzukommen, so ist er ein scheuer Gott geworden, und die Welt ist von ihm abgefallen: das Zeitalter des Menschen bricht an. Wissen Sie so genau, was er mit Ihnen vorhat, und warum er Sie jetzt in Ungewißheit läßt? Vielleicht wollte er sehen, ob er genug in Sie legte, Prinzessin, genug für das – wie Sie ganz richtig bemerkten – mörderliche Geschäft, das man Regieren nennt. Denn schließlich ist es kein Pappenstiel, eine Krone zu tragen, und Sie müßten auf jeden Fall das kleine Mädchen in sich vergessen. Wenn Sie doch nur endlich Ihren Horror vor diesem Beruf überwinden wollten, zu dem Sie geboren sind.«
»Jetzt predigen Sie wieder, Graf.«
– »Und Sie mögen es nicht, ich weiß. Ich gebe Ihnen trotzdem einen Rat: conservieren Sie Ihren Stolz, er ist das Beste an Ihnen, den Stolz der Prinzessin Danae, die nur als Fürstin lügt und nur, wenn es sich gar nicht anders einrichten läßt. Aber erniedrigen Sie nie Ihre Seele vor der Gewalt. Wenn die Mächte der Finsternis über Sie kommen – sagen Sie zu Ihrem Herzen: da, wo ich bin, ist meine Welt. Und wenn es Untergang bedeutet – noch im Untergang brennt eine tröstliche Lampe: wer mit Anstand untergeht, leuchtet durch die Zeiten wie eine Flamme, die den Anderen ihren Weg zeigt.«
»Sie predigen, Graf . .«
– »Richtig. Entschuldigen Sie. Ihr Minister bat mich in der Nacht vor seinem Tode, Ihnen einen Prinzgemahl zu besorgen. Ich werde das tun. Er wird allerdings anders aussehen als ich. Sie müssen nämlich durchaus nicht glauben, Danae, daß Sie mich lieben. Ich kenne Ihr Herz – wie dieser Gott es anscheinend nicht kennt. Aber vielleicht ist er ein nobler Gott. Er hätte Sie nehmen können, und Sie hätten sich ihm gegeben, ganz bedenkenlos, ohne zu ah-

nen, daß er es war. Er hätte nur in das Kleid Ihrer heimlichen Wünsche zu schlüpfen brauchen, und Sie wären verzaubert gewesen. Ja. Der, den Sie wirklich lieben, müßte so schön sein wie Don Giovanni, ein stolzer Geist, ein ungebrochener Character, nicht wahr? Voll des Glanzes dieser Welt. Ein reicher Herr mit goldener Schärpe und einer weißen Feder auf dem Hut . .«

»Könnten Sie froher sein«, fragte die Prinzessin bedrückt, »wenn Sie mich nicht mehr um sich hätten?«

– »Das finde ich nun wieder ganz reizend von Ihnen. Haben Sie Angst, ich würde Sie allein lassen? Daß ich mir die Freiheit nehme, meine Rolle ein wenig zu erweitern, ein wenig den Intriganten zu machen und Schicksal zu spielen, das bedeutet doch nicht, daß ich darauf verzichten wollte, zuzuschauen, was aus dem Schicksal wird. Ich bin ein sehr neugieriger Zuschauer, verwirre die Menschen gern mit meinem Monocle und anderen Albernheiten, breche gern wie ein Eber in das zärtliche Porcellan der maniera nuova, schaukele mit meinem Kammerherrn-Schlüssel und empfinde ein unbändiges Vergnügen, wenn hochmögende Minister um meinetwillen den Gotha wälzen. Im Übrigen bitte ich mir auch in Zukunft den ersten Tanz aus.«

»C'est entendu. Gilt das auf Lebenszeit?«

– »Oh, Sie werden mich bei Weitem überdauern, morgen bin ich ein alter Mann und lasse mich von jungen Cavalieren belächeln. Na – tableau. Jetzt müssen Sie schlafen. Aber tun Sie mir den Gefallen: hören Sie auf, sich zu ängstigen, springen Sie nicht ins Meer, und hüten Sie sich vor den Schneidern.«

XII. Capitel

Die Galeasse, auf welcher der Admiral in die Gesundheit reiste, wurde von dem Lieutenant Gigante, einem jungen Mann aus Manfredonia, befehligt. Filippo Gigante. Er war Apulier, ein angenehmer Jüngling in Diensten der Flotte, und er commandierte die Galeasse. Welch hohe Auszeichnung: man vertraute ihm die geheiligte, von der ganzen Marine mit erbitterter Hingabe verehrte Gestalt des Ministers, des gestürzten, an. »Excellenz . .« rief er gedämpft vor der Kajütentür, nachdem er zweimal geklopft hatte.

»Ja«, tönte es ungern zurück. – »Wir sind da, Excellenz.«

»Guten Morgen«, erwiderte die Stimme aus der Kajüte – es klang bereits etwas frischer.

– »Guten Morgen, Excellenz.«
»Gehen Sie nur wieder hinauf. Ich komme sogleich. Ist das Boot gesichtet?«
– »Nein, Excellenz. Stockdunkle Nacht.«
»Hoffentlich stimmt Ihre Position, Gigante.«
– »Bestimmt, Excellenz.«
Aber zur Sicherheit eilte er doch wieder an Deck, um mit dem Sextanten noch einmal die Sterne zu visieren, die schon verblaßten, im Kartenhaus sich noch einmal den Untiefen zu widmen – man kreuzte vor Keraunos – und, wieder draußen, mit dem Glas das dämmernde Meer abzusuchen. Gott, wie schmächtig er war .. der gewaltige Name, den er trug, erwies sich als ein Spott auf seine Gestalt, eine fromme Lüge, und überhaupt: das Leben hatte ihm die Zähne noch nicht gezeigt, sein Gemüt lag im Schmelz der Frühe, wo es von leutseligen Protectionen träumte, von der Carrière und von den Damen .. Wie ging es nur zu, daß ein kleiner Lieutenant die große Galeasse bekam? das fragte er sich immer wieder. Was stand dahinter? Das Geheimnis. Das Geheimnis stand hinter ihm, das Herrn v. Andria, den neuen Minister, mit Gewitterschwüle umgab. Es war die lastende Atmosphaere von Verrat, Treubruch, Ehren- und Feme-Gericht. In welche Strudel geriet man da! »Gigante«, hatte es geheißen, »Sie wissen, was Ihr Commando bedeutet. Discretion, tadellose Conduite, einwandfreies Navigieren. Noch eins: es könnte sein, daß Excellenz Borromeo sich über mich äußert, mich angreift – in diesem Falle haben Sie nichts als zu schweigen. Gute Fahrt.«
Und gegen Mitternacht war man, nach einem denkwürdig frostigen Liebesmahl der Admirale, in See gegangen.
Hinter ihm stand nun aber wirklich jemand .. der Lieutenant, von Eifer, Pflichtgefühl und eindeutigen Vorschriften dazu angehalten, eine militärische Maschine, die eben so eindeutig reagierte, schickte sich an, das Vorgeschriebene zu leisten: salutieren, melden, stramme und schnarrende Disciplin .. »O danke«, sagte der Admiral, »bemühen Sie sich nicht.« Er ließ sich die Seekarte zeigen, befragte den Sternenhimmel und blickte vergleichend in das unqualifizierbare Billet, das ein Gassenjunge ihm gestern aufgedrängt hatte. Es enthielt keine Unterschrift, nur die Seeposition und die Zeit.
– »Eigentlich doch eine Frechheit«, sagte der Lieutenant aus Manfredonia. »Sie frühstücken mit mir! Als ob Excellenz ein Irgendwer seien.«

»Die Position stimmt«, entgegnete Borromeo, indem er den Cirkel elegant und leicht auf die Karte legte. »Für Sie, mein junger Freund, gibt es nichts Höheres als König und Admiral, hat es auch nicht zu geben, dafür sind Sie Officier. Aber kommen Sie . .«
Man trat wieder hinaus auf die Back, um mit scharfer Optik die Dämmerung zu durchbohren, die sich langsam verfärbte. Violette und carminrote Tinten spielten über dem tiefen Silbergrau der Wasser, schon hob sich die Nacht vom Meere auf, durchsichtig wurde der Orient.
Der Admiral trug den Zweispitz mit weißen Fransen, trug weiße Handschuhe und duftete nach einem fremden Parfum. Ohne das Glas von den Augen zu nehmen, sagte er leichthin: »Man hat Sie zu diesem Commando ausgesucht, um mich zu beobachten?«
– »Pallavicini«, erwiderte Apuliens Jüngling, die Hand am Hut.
»Ei Potz!« Der Admiral schien erfreut, denn was er da hörte, war die Geheimlosung der Fronde. »Wie kamen Sie zu uns?«
– »Durch meinen Onkel, Baron Juvara.«
Und wieder starrte man auf See.
»Da ist sie«, rief der Admiral: er hatte den Feind erspäht. Ganz fern über der Kimm lag eine Yacht bei gezurrten Segeln, hinter ihr begannen die Klippen von Keraunos heimlich im ersten Rot zu erglimmen. Gigante ließ Leinwand stecken, man ging auf Curs.
Nach und nach, bei dem schwachen Winde, verringerte sich die Entfernung. »Es muß ein sehr hoher Herr sein«, meinte Filippo, »der Excellenz so mirnichts-dirnichts auf den Wogen zum Frühstück lädt.«
Der Admiral nahm das Glas von den Augen. »Es ist die Belle Fontaine. Ich wußte es.«
– »Der Blaue Kammerherr?« Beflügelt nahm Gigante die Yacht wieder ins Fadenkreuz. »Ein fabelhaftes Boot!« rief er. »Herr Gott, da möchte man Commandant sein. Könnte man das nicht nachbauen, Excellenz?«
»Versuchen Sie es, mein Lieber . .«
Unterdessen war der Horizont immer durchsichtiger geworden, gläserne Reine wölbte sich über dem Meere, flüchtiger und flüchtiger wurde der Aether, es war, als löse der Himmel sich auf, um ins Unendliche zu schweben. Meilenweit über den Menschen, in der Sphaere der Ewigen, schmolz letztes Nachtblau selig in das erste Sonnengold ein.
– »O, sehen Excellenz doch nur: das Zelt . .«

Die Gläser richteten sich auf den Bug der Yacht, die unbewegt auf beglänzten Fluten trieb. »Wundervoll ..« sagte Excellenz. Rings um die Belle Fontaine spiegelten sich, in der opalen schimmernden See, die Wolken des Osthimmels, Rosenwolken zwischen citronenfarbenen und lichtgrünen Aquarellen, auf denen Venus seidig verblaßte .. Nun, dies war es nicht, was die Herren meinten. Der Admiral zum Exempel, ein Seemann durch und durch, meinte den Rumpf des Seglers, der schmal und schlank aus Auroras Sensationen stieg, ganz unvergleichlich sich schweifte, in ein Bugspriet mündend, wie man es hierorts nie zu Gesichte bekommen .. und Gigante andererseits, sein Ausspruch bewies es, meinte wiederum Anderes. »Ein Götterbild«, sagte er selbstvergessen.

Mit Andacht verlor er sich in die Betrachtung dessen, was die Optik ihm da, in wünschenswerter Deutlichkeit, so nah heranholte. Über dem weißen Bug, unter azurblauem Baldachin, dessen Vorhänge gerefft waren, schlief eine Nymphe – es konnte nur eine Nymphe sein .. Sie hatte so gut wie gar nichts an: ein Nichts, einen Hauch hatte sie an, ein Gewebe von Sommerfäden, die Alles durchscheinen ließen .. Ihre Hand hing herab – was für ein schöner Arm! Weiche, ein wenig widerspenstig sich scheitelnde Locken flossen golddurchsponnen über die Kissen, Rosenschaum des Meeres antwortete den Wangen, Wangen von zarter Röte und Bräune, in denen Sonne und Seewind – und so weiter. Der geneigte Leser, der nicht, wie Gigante, auf fremden Meeren seinen Dienst versieht, in Königs Solde mitunter bis zur Barbaresquen-Küste verschlagen, dürfte längst erraten haben, um wen es sich da handelt, doch wird er artig gebeten, diese seine Weisheit nicht just einem Apulier zu leihen, um ihm dergestalt das Liebenswürdigste zu rauben, was ein Jüngling von zwanzig Lenzen besitzt: den Traum.

Inzwischen kündigte sich die Sonne an, ihr Auftritt stand unmittelbar bevor, schon schossen die ersten Strahlen über den Horizont. Flüssiges Gold durchströmte die Lüfte, und Filippos Nixe ward über und über verklärt, Zephyr spielte mit ihren Locken.

Gigante konnte sich nicht von dem Anblick trennen, er war ganz trunken. »Wer ist es?« fragte er leise.

»Vielleicht eine Najade ..« entgegnete der Admiral mit leichtem Spott. »Oder Eos persönlich.«

– »Ich quittiere meinen Dienst. Dieses Wesen gesehen haben – das gibt Consequenzen.«

»Geben Sie lieber Obacht, was dort drüben geschieht ..«

Drüben öffnete sich das Kajütluk, der Butler des Kammerherrn trat an Deck, überzeugte sich, daß die Galeasse zur Stelle war, und ließ ein Flaggensignal hinüberwinken. »Was entziffern Sie?« fragte der Admiral, der es längst entziffert hatte. Es war so viel leutseliger Zweifel in seiner Stimme, daß der Jüngling für einen Augenblick unsicher wurde. Dann sagte er das Ergebnis fehlerlos auf: »Seine Erlaucht schläft noch. Kommen Sie an Bord.«
Eine Unverschämtheit. Es schien doch ein *sehr* großer Herr zu sein.
»Also?« sagte der Admiral.
Und der Lieutenant gab Ordre, den Admiral hinüberzurudern. Er selbst freilich, der kleine Riese aus dem fernen Staufenland, er blieb daheim, wie immer, er war nur ein Irgendwer. Durfte ein Irgendwer denn ernstlich hoffen, von einer leibhaftigen Erlaucht dieser Dame vorgestellt zu werden? Wie sollte er anders den Weg zu ihr finden? Er wußte ja nicht einmal, wie sie hieß, geschweige, wo sie wohnte, hatte sie nie vordem erblickt und würde sie nie wieder vors Glas bekommen – so wenig wie die berühmte Danae, von der die ganze Ägäis sprach. Seemanns-Los, dachte er tragisch. Und plötzlich durchschoß es ihn: der Kammerherr .. die Prinzessin .. Mille tonnerres! daß man auch so begriffsstutzig sein konnte: die Nymphe hieß Danae – adieu denn, ihr Träume! Aber welch ein Freimut: allein mit einem zweifelhaften Cavalier nachts auf See .. Ja, so mußte man sein, wenn man jung war, so unbekümmert um die Nachrede dieser moralischen Welt.
Auf der Belle Fontaine unterdes hatte der Butler die Schleier des Vorhangs gelöst, hatte sie herabschweben lassen, ohne, in der Tat, die schlafende Gestalt zu wecken, und nun trat er zurück. Die Strickleiter wurde ausgebracht, sie klatschte ins Wasser, wo soeben die ersten Delphine zum Frühstück eintrafen. Sie umspielten das nahende Admirals-Boot, plätschernd tauchten die Riemen aus der Tiefe, und Rosenschaum verklärte das Kielwasser.
So stieg der Chef der Fronde an Bord. Lieutenant Gigante blickte ihm nach durch das Glas, wie er vornehm, mit lässiger Ehrerbietung, die Hand zum Zweimaster führte, um vor dem Baldachin zu salutieren .. Indem stieß aus dem Kajütluk ein gewaltiger Kopf in die Morgenluft, ein Ebernacken, ein ultramarinblauer Rock – da war er, der mysteriöse Kammerherr! Ging nicht die Sage, er sei ein Monarch in unbeschwertem Incognito? Das Monocle funkelte herrlich durch die besonnte Runde, der Admiral legte den Handschuh an die Fransen des Hutes.

Und die Prinzessin – weckte man sie nicht?
Lakaien quollen aus dem Kombüsenluk, ein Koch, mit weißer Mütze, schaute hervor, Sitz-Kissen von Maroquin, leuchtend rot, Tabourets, Porcellan, Silber, Platten, Schüsseln wanderten in Secunden auf das Heck, wo serviert war, ehe Gigante es recht begriffen, aber die Genüsse dufteten noch durch das kühle Glas zu ihm herüber, und es hungerte ihn. »Zynthos!« rief er erbittert, »mein Frühstück!« und wandte sich ins Kartenhaus, denn nun gab es nichts mehr zu sehen. Man speiste wohl ohne Nymphen, herzlos ließ man sie schlafen.
Graf Weißenstein enthauptete ein Ei. »Sie sehen die Dinge falsch«, sagte er. »Nehmen Sie von dieser Confiture. Nicht Andria hat Sie verraten – obwohl er auch seinen Ehrgeiz besitzt –, nicht die Prinzessin hat opponiert, sondern mir selbst gefiel es, Ihr Gehirn zum Minister zu machen.«
– »Mein Gehirn?«
»Ja. Ist nicht Andria Ihr Gehirn? Sie werden mir zu beweisen haben, ob das Ihrige eben so stark ist, ob es die Gesetze der politischen Logik auch ohne Secundanten beherrscht.«
– »Ich hätte es Ihnen, Erlaucht . .?«
»Mir, Sie hörten richtig. Ich persönlich wünschte nicht, daß Sie in diesem Moment ans Ruder kamen. Nebenbei sind Sie selbst nicht ganz unschuldig. Wie konnten Sie sich derartig weit mit dem König einlassen.«
– »Es war das Gerücht ausgestreut worden, mein Programm bedeute Krieg . .«
»Nun, das stammte von Vampyrios.«
– ». . und Venedig habe eine Démarche gegen meine Ernennung unternommen.«
»Auch das ist richtig. Auf Veranlassung der Königin – Sie sehen, woher der Wind weht – legte Venedig sein Veto ein. Was hat Venedig gegen Sie?«
– »Ich wüßte nicht, Erlaucht, möchte eher fragen: was hat Venedig – was hat Gheotta – mit der Königin? und in wieweit ist er ihr verpflichtet?«
»Dunkle Dinge also«, entschied der Kammerherr. »Die schöne Bendidia dürfte mit darin verwickelt sein. Aber ich habe Sie nicht hierher gebeten, um zu politisieren, sondern eigentlich nur, um mit Ihnen zu frühstücken. Wohin reisen Sie?«
– »Nach Athen.«

»Nach Athen .. Das erinnert so hübsch an Zeusens jungfräuliche Tochter. Die Türken sollen ja eine Moschee auf der Acropolis errichtet haben; und ihr Pulvermagazin. Einleuchtende Zusammenstellung .. Na – tableau. Sie werden also nicht nach Athen reisen. Ich habe mich entschlossen, Ihnen eine Ambassade anzuvertrauen, die mir wichtig ist. Sie reisen nach Phrygien. Die Prinzessin heiratet. Ich wünsche es.« Damit wandte er sich wieder der Scheibe Toastbrot zu, die er begonnen hatte mit Pastete zu belegen.
Admiral v. Borromeo war Vieles gewohnt in der Politik, dies aber kam ihm doch höchst überraschend, und sein Gewissen füllte sich mit Widerständen. »Sie bringen mich da, Erlaucht«, sagte er zögernd, »in eine reichlich schiefe Situation gegenüber meinem Souverän. Ich weiß nicht recht .. Und schließlich: was würde es nutzen? König Midas empfängt nicht.«
»Ich bin im Bilde. Herr v. Bar hat nichts ausgerichtet. Auch Herr v. Juvara wird sich umsonst bemühen. Nun: es gibt gewisse Mittel, auf die selbst Midas reagieren dürfte. Erlauben Sie ..« Und er berührte, wie um eine Libelle zu verscheuchen, die Hand des Admirals, die soeben den Eierlöffel zum Munde führte. Sie wurde augenblicks zu Golde.
Blitz und Wetter! Der Admiral, erschrocken die Hand in der Luft haltend, wagte weder, das vergoldete Dotter zu verspeisen, noch, es auf den Teller zurückzulegen.
– »Wer sind Sie?« fragte er.
Der Kammerherr winkte mit zwei Fingern seiner Linken, Admiralshand und Eigelb wurden wieder, was sie gewesen, dann schlug er mit der Rechten auf das Tischtuch – ohne Umstände war das ganze Frühstück pures Gold.
Dem Admiral stockte der Atem.
»Nehmen Sie Lachs?« fragte Graf Weißenstein liebenswürdig, »exquisit!« und reichte ihm die Platte.
Borromeo tat sich eine klirrende Scheibe auf. Er lächelte gezwungen. »Steinhart, der Lachs«, sagte er. »Wollen Sie mich verhungern lassen?«
Seine Erlaucht winkte das Gold zurück. »Verhungern ..« wiederholte er nachdenklich; und weil er dabei ein wenig über sein Haar strich, so hatte das zur Folge, daß er sich in eindrucksvoller Weise verklärte. »Kein schlechtes Stichwort. Dieser Midas zum Beispiel, der historische, war auf dem Puncte, zu verhungern. Sie wissen, daß ich mineralogische Studien treibe?«

– »Böse Zungen behaupten es«, erwiderte Borromeo, hingebungsvoll besorgt, die Scheibe Lachs noch in ihrem natürlichen Zustand zu bewältigen. »Ew. Erlaucht sind freilich der seltsamste Gelehrte, der mir je unterlaufen ist.«

»Das mag sein – aber es gibt Parallelen zwischen mir und meiner Profession. Ist nicht auch das Gold ein Mysterium unter den Mineralien? Und wenn ich genau sein wollte, müßte ich sagen: eigentlich bin ich Religions-Philosoph .. Manchmal verquickt sich das bei mir. So reise ich im Augenblick den alten Mythen nach, insbesondere den Gold-Mythen. Danae, Midas, Polycrates .. Auch Schwäne und Stiere interessieren mich, ja, sogar die Wolken haben es mir angetan – Io, mit ihrer astralen Liaison. Was für liebenswürdige Märchen!«

– »Erlaucht sprechen historisch?«

»Nein: gegenwärtig. Was für liebenswürdige Leute hier unten in der Ägäis! Ich bin entzückt von dieser Fülle der Phantasie. Was für eine Einbildungskraft, sich vorzustellen, es sei der Schwan gewesen, nicht der Herr Gemahl: ich meine, dazu gehört doch eine Portion .. wie soll ich das sagen? eine Art Hysterie, ah, das ist zu hart .. Kurz und gut, pervers. Und wie reizvoll erzählt sie das, die süße Leda! ganz ohne gêne – jedes Mal erfindet sie neue Einzelheiten, aber geht man der Sache auf den Grund: keine Spur, daß der alte Zeus zu ihr gekommen ist, die reine Mystification. Trotzdem glaubt sie felsenfest, er sei der Papa ihres absolut legitimen Kindes, nennt es Castor und zerbirst vor Eifersucht auf ihre Cousinen, die Ähnliches meinen erlebt zu haben.«

– »Wollen Erlaucht damit andeuten, daß auch Prinzessin Danae ..?«

»Ich werde mich hüten. Prinzessin Danae .. Wissen Sie, das Kind hat quasi bei mir Schutz gesucht, und da fühle ich mich nun ein wenig für sie verantwortlich. Sie verstehen?«

– »Nicht ganz, Erlaucht. Ich verstehe zum Beispiel nicht, warum Sie ihr dann, bei dem überreizten Zustand ihrer Nerven, gerade jetzt einen wildfremden Mann octroyieren wollen – unbeschadet, daß ich ihn, unter anderen Umständen, selbst gerne als Prinzgemahl sähe.«

»Nun, Sie kommen mir wenigstens nicht mit dem Vorschlag, *ich* –. Gott, Sie heißen ja auch nicht Godoitis. Aber ist mein Plan wirklich so absurd? Tun wir sie doch zusammen, die Beiden! Heiraten muß sie ohnehin, und wie angenehm, wenn sie dann, statt mit irgend

Jemandem, dem der Goldene Regen ein Greuel, um nicht zu sagen ein Florilegium ist, mit einem Menschen plaudern kann, der auch seinerseits etwas vorzuweisen hat, was auf ebenso engen Connex zum himmlischen Vater schließen läßt, nämlich den Goldenen Ring!«
Der Admiral bediente sich neuerdings des Lachses, wobei er nicht versäumte, einen vorsichtigen Blick auf die immer noch funkelnde Haartracht seines Gastgebers zu richten. »Was verschafft Ihnen die Ehre«, fragte er leichthin, »besagten Ring zu besitzen?«
»Besagter Ring, mein lieber Admiral, stellt einen Act der Klugheit dar. Midas bat mich, ihn zu verwahren, ich hielt mich damals, studienhalber, an seinem Hofe auf, und er, wie erwähnt, befand sich auf dem Puncte, zu verhungern, weil er sich partout einredete, es sei der Ring des alten Zeus, den der alte Zeus dem historischen Midas schenkte, um sich erkenntlich zu zeigen für einen gewissen amourösen Dienst an der schönen Europa. Und, was meinen Sie: unser neuer Midas hatte zuvor, in der Tat, mit seiner Cousine, eben der neuen Europa, jetzigen Königin von Rho, so charmant und einfallsreich, vor Allem so ausgedehnt gescherzt am Strande von Tarsus, daß sie alsbald sich gesegnet fühlte und nach Hingang der dafür vorgesehenen dreimal drei Monde eines gesunden Kronprinzen genas . . der imaginäre Stier war eben inzwischen heran – das muß man ihr einfach glauben. Sie selber glaubt es felsenfest, ihr Gedächtnis besteht überhaupt nur noch aus Stier, und vom Vetter Midas weiß sie nicht einmal mehr, wie er aussieht. Polycrates übrigens, der ja auch solch einen Ring bekam, war noch klüger, er stammt aus Armenien, wenn ich mich recht erinnere. Langweile ich Sie?«
– »Nicht im Geringsten.«
»Ja, er machte drei Jahre lang nichts als Gold, und da er sah, wie es dem Vetter Phrygien erging, der, wenn er ein Stück Torte anrührte, sie zwanzigkarätig in den Mund kriegte, ließ er sich principiell von seinen Kammerherren füttern – worauf der alte Zeus ihm das Spielzeug wieder fortnahm, das heißt, en réalité: die Imagination blieb aus. Also: diesen Ring werden wir zum Botschafter ernennen.«
– »Damit die Majestät wieder verhungert? Oder soll ihn die Prinzeß darum heiraten, damit er Jemanden hat, der ihn füttert?«
»Sie denken zu gering von uns Hochstaplern. Die Welt steht ja nicht still. Auch wir haben es in unserer Kunst zu hoher Meister-

schaft gebracht, haben den sogenannten tric à la gauche erfunden und können sagen, daß es ein eigentliches Midas-Problem nicht mehr gibt. Sehen Sie, mit der Rechten« – und er berührte den Samowar, der sich ungesäumt verwandelte – »machen wir Gold. Ziehen wir aber einen Handschuh darüber, einen Augenblick« – er tat es und führte beruhigt seinen Tee zum Munde, ohne daß die Tasse oder ihr milder Inhalt Anstalten traf, sich zu verfestigen –, »so functioniert es nicht. Und mit der Linken, aufgepaßt, lassen wir den ganzen Zauber wieder verschwinden: voilà! Furchtbar einfach. Mal probieren?«

– »Ew. Erlaucht«, sagte der Admiral, ohne den Ring zu nehmen, denn er war ein streng denkender Militär, »sind heute recht golden frisiert . .«

»Morbleu«, rief der Kammerherr, ergriff, à la gauche, die Lachs-Platte, warf den Lachs hinter sich, blickte in das etwas verunreinigte Silber und klemmte, à la droite, das Einglas ins Auge, aber nun sah er noch weniger.

– »Das erlauchte Monocle«, bemerkte der Admiral, »ist auch zu Gold geworden.«

»Zu albern!« rief der Kammerherr, zog den Ring vom Finger und warf ihn ins Meer, wo ein Delphin nach ihm schnappte und, sich vergoldend, davonbrauste. »Lassen wir ihm die Freude«, rief der Graf, fuhr mit der Linken über sein Haar – inzwischen hätte er getrost die Rechte nehmen dürfen –, putzte, dito mit der Linken, das Einglas, was er mit großer Fingerfertigkeit besorgte, blickte sehr zufrieden über die Wogen und zauberte aus der Ärmel-Manchette wieder hervor, was er soeben pompös verschenkte. »Nehmen wir diesen derweil«, sagte er, und es blieb offen, ob es der gleiche Ring war, oder ob er deren mehrere besaß.

– »Wer sind Sie nun in Wirklichkeit?« fragte Borromeo.

»Ein kleiner Taschenspieler, verraten Sie es aber nicht, sonst werden Sie niemals Minister. Sie reisen also nach Phrygien. Das Gold, habe ich sagen hören, ist die Sonne der Metalle – ein schöner Gedanke. Auf jeden Fall ist es der Schlüssel zum Erfolge. Sie haben nichts weiter zu tun, als anzukommen, ich werde vor Ihnen dort gewesen sein, mit einem Wort: Midas wird Sie empfangen. Nicht übermäßig hübsch für den Geschmack der Prinzessin, ein etwas dicklicher Herr mit goldenem Bart und goldenen Fingernägeln, tant pis: für Myrrha ist er gut genug. Ein reicher Herr, ein großer Herr. Sie unterbreiten ihm einen Ehevertrag, er wird in Myrrha nicht König, sondern nur Prinzgemahl, Sie werfen den Namen Polycrates in die Debatte, überreichen dies Medaillon mit dem Bildnis seiner Dame, er wird für den Einen in Haß, für die Andere in Liebe auflodern, und wenn« – hier senkte der Kammerherr seine Stimme so, daß man vorn auf dem Bug die Prinzessin im Schlafe seufzen hörte – »wenn Sie nicht nur Ehrgeiz, sondern auch Gehirn im Kopf haben, so werden Sie mir einen classischen Staatsstreich hinlegen. Vergessen Sie also nicht, sich etwas Gold mitgeben zu lassen, und melden Sie sich auf der Rückfahrt in Phantar, wo wir uns dann vermutlich noch aufhalten. Man wird Ihnen zur Belohnung ein gewisses Schreiben übermitteln, mit welchem ich mir erlaube, eine gewisse Persönlichkeit in Ihre Hand zu spielen.«

XIII. Capitel

Es wurde nichts vergessen.

Eines Morgens – Herr v. Goldenberg war kaum zwei Wochen im Amte und weilte soeben auf der Insel Phantar, um jenen Vertrag zu unterzeichnen, zu dessen Vorbereitung man die Prinzessin mit so viel Glück bemüht hatte – eines Morgens, just ehe die Sonne aufging, das Meer lag still und schön wie in all diesen Wochen, als wolle es ausgleichen, was vorher gewesen, erwachte der König nicht wie gewöhnlich vom Schlagen seiner Uhren und vom Gesang der Vögel in ihren Bauern, an denen die Glöckchen aus chinesischem Porcellan lieblich klingelten, sondern davon, daß er träumte, die Revolution sei über das Land gekommen . . Er schlug die Augen auf – erinnerte sich, in seinem Zimmer zu liegen, oben unter dem wohlig geschweiften Dach seines Palastes, den die Garden bewachten . . gab es einen Grund, unruhig zu sein? Er konnte es nicht explicieren, niemandem hätte er das begreiflich machen können, weshalb er – aber er war es: tief beunruhigt. Es lag etwas in der Luft.

Und dann hörte er es: man schoß.

Vielleicht ein Gewitter . . Aber nein, es war ganz hell draußen hinter den gelben Vorhängen. Nein, es war eine Canonade.

Eine Canonade?

Der König ergriff den Klingelzug und läutete. Dieser Robert, dachte er beim Warten in den Kissen, welch ein angenehmer Diener. Ja, täglich aufs Neue verklärte sich dem Monarchen das Andenken des Fürsten Carlo, indem er sich von dem hochherzigen Nachlaß-Geschenk ankleiden, rasieren und oft noch spät in der Nacht mit Tee verwöhnen ließ, täglich wuchsen ihm die Meriten des toten Ministers ins Ungemessene, und er sehnte sich zurück in jene Zeiten, da man ihm, dem Souverän, die Entscheidungen bereits mundgerecht vorgelegt hatte – ungleich schwieriger schien es jetzt, die Krone zu tragen mit allen Verantwortungen, denn Goldenberg war kein Godoitis, aber ungleich leichter, ein Mensch zu sein mit allen Bedürfnissen, denn Robert war das Ideal eines Kammerdieners.

»Robert, was geht dort draußen vor?«

– »Guten Morgen, Ew. Majestät, man schießt.« Er zog die Gardinen zurück, Aether und Sonnenlicht strömten in das zartgelbe Cabinett.

»Wer schießt?«

– »Ich werde sogleich nachschauen, Majestät.«

Der König hoffte, es werde das Volk nicht sein, und äußerte dies. Was er nicht äußerte, war, daß er befürchtete, man könne seinerseits auf das Volk schießen, und »man« war der König von Samos, oder die Flotte der myrrhenischen Fronde, oder es war der Baron Vampyrios, die Geldmacht.

– »Das Volk steht Front zum Hafen, Majestät. Es gafft.«

»Gafft es? Nun, das beruhigt mich. Woher hast du diese hochmütigen Ausdrücke, man hört so recht deinen Lehrmeister aus dem Grabe sprechen, Robert.«

– »Der Herr Graf, Majestät, würde gesagt haben, es glotzt. Die Canonade ist unter dem Horizont. Es muß die Flotte sein.«

»Den Mantel jetzt, ich will aufstehen. Auch das Fernglas brauche ich, und meinen Staatssecretär der Marine.«

Da es aber noch *sehr* früh am Morgen und der König, wie bekannt, ein sehr höflicher König war, ganz abgesehen davon, daß selbst die Optik dem Phaenomen hinter der Kimm nicht beizukommen vermochte, so wurde er doch zunächst einmal angekleidet und, überhaupt, in jene Verfassung gebracht, die einem Monarchen not tut, um für den Tageslauf gerüstet zu sein. Niemand so gut wie Robert, der schon als Kind, weiland in Friedrichs, seines Herrn, churfürstlicher Hofhaltung, das Balbier-Handwerk gelernt hatte, wußte, von wieviel unbarmherzigen Blicken solch ein Staatsgesicht zu jeder Minute gemustert wird. Und während er seinen Pflichten genügte, beschied eine der Ordonnanzen im Vorsaal den Contre-Admiral zur Audienz.

Dies getan, durchwanderte der Souverän, unruhig und gedankenvoll, die geraden Kieswege seiner Dachgärten, die sich, gegen die

Außenwelt durch Gesimse, Brüstungen, Figuren und Cartouchen verborgen, unterhalb der Traufen entlang zogen. Silbergrünes Gewächs umrankte die Eisenstützen, mit deren Hilfe stolze Giebelfelder dem Winde trotzten, falls er wehte, und gegen die Rückfronten der Zierstücke waren Schein-Architecturen gemalt, perspectivische Laubengänge, die in eine Traumwelt von Bosquetten, Pavillons und Grotten führten .. Doch gab es auch Echtes hier oben. Eine Fontaine plätscherte in alabasternem Becken; wirklicher Buchs, Oleander und Eibisch, seltsam gestutzt, umsäumten in Kübeln wirkliche Tulpenbeete; Steinbänke, mit streng denkenden Sphingen als Fuß, luden in Abständen zur Ruhe; ein wirklicher König, das Fernglas am Auge, ließ den Blick über sein Reich schweifen.
Dieses kleine Myrrha, da lag es, dies längliche, ausgedehnte Eiland mit seinem rastlos tätigen Vulcan, der puffende Feuerwolken in den Azur des Morgens spie. Da lag es mit seiner lavaschwarzen Steilküste, dem Strande, der wie Elfenbein schimmerte, seinen Feldern und Forsten. Schwebte nicht der herbe Geruch der Cedern aus dem Gebirge herab, dufteten nicht die Orangen aus den Gärten herauf bis hier in des Königs Einsamkeit? Wie war man doch glücklich gewesen – als minorenner König in der fernen Jugend, da man auf die Beiz mit Jagdfalken ritt und durchaus nicht wußte, wohin der Staat wohl treiben würde. Da hatte man auch oft so gestanden, hoch auf dem Dach des alten Stadtpalais, und hatte mit kindlichem Jauchzen sich gefreut an diesem Meer von schneeweißen Häuserwürfeln über der tiefblauen See .. Jetzt war man alt, ein alter Mann, zu früh gebeugt von der Last einer langen Regierung, und immer noch freute man sich, das sehen zu dürfen, was man alltäglich sah, ohne des Anblicks müde zu werden, auch wenn die rosig behauchte Wolke, zu beiden Seiten des Götterberges wie ein Strich in die Luft getuscht, von jüngst vergangenen Eruptionen sprach. Das kleine, umworbene Reich – und Alles atmete vollendeten Frieden ..
Nun, das trog – hélas: das trog. Hatte man nicht eben erst, der politischen Spannung halber, darauf verzichten müssen, die Residenz, wie in anderen Sommern stets, gegen das Landschloß Olympienlust zu vertauschen? Drohte nicht Samos tückisch im Norden, und schoß nicht die Flotte auf See? Denn wieder grollten die Detonationen dumpf herüber. Auch war Alphanios, mochte er noch so sehr vom Gifte der Skepsis genossen haben, ein gütiger Monarch, der Vater seines Landes, und im Herzen, das stets ein wenig fror,

trug er tiefen Dégoût vor dem vampyrischen Macht-Schmarotzer, trug ihn benachbart einem hohen Ideale, das, trotz allen Glorienscheines, nicht Godoitis, trotz braver Leistung nicht Goldenberg hieß. Nein, es führte die Sprache der Ehre, des Mutes, es blickte mit kühlen, graublauen Augen nicht ohne Freundlichkeit in die Welt, seine Nase sprang scharf aus einem gesunden, von Wind umbrausten Gesicht, und seine Lippen gar schienen ein wenig einwärts gestülpt. Welch distinguierte Erscheinung! inmitten schleimiger Höflinge welch ein Character, dem er da selbst, der König, die Sonne seiner Huld entzogen hatte . .

Entziehen mußte! obwohl man seiner bedurfte. Denn es häuften sich die Klagen, daß schlecht regiert werde, es fehlte die Hand, die ohne Liebe, praecis wie eine fürchterliche Maschine, und, wenn es nötig war, mit den schmutzigsten Mitteln, Alles an die Candare nahm, den Bürger wie den Beamten, das Militär wie den Hof. Es häuften sich die Fälle von kleinlichem, verbissenem Actenkrieg, es häuften sich die Beschwerden Goldenbergs, daß Kastamomi, die Beschwerden Kastamomis, daß Goldenberg die diplomatische Arbeit untergrabe, überall begann das Räderwerk zu knirschen, zu rasseln und sich heiß zu laufen, es fehlte am Oel, das eine leichte und geübte Hand, nach einem einzigen, wasserhellen Blick, hierhin und dorthin zu träufeln gewohnt gewesen, es war niemand mehr da, der diesen schwierigen Apparat mit verächtlicher Meisterschaft zu bedienen verstand.

Ach ja, man brauchte wohl einen Steuermann. Wen nur? Er, der gestern »Rebell« gesagt hatte, konnte heute nicht gut bitten: »Sei mein Minister« – nein, bitten konnte er nicht! aber sein Herz war dahin gediehen, daß er heimlich zu hoffen begann, man würde ihm eines Tages, zum Frühstück, ein fait accompli servieren.

Indessen hatte sich das Bombardement näher an die Insel herangeschoben, und jetzt erkannte der König durch das Glas seine eigene, immer noch stattliche, ja, schon wieder achtunggebietende Flotte, die sich im Sonnenglanz über die Kimm hob. Er sah – seine Hand zitterte ein wenig –, wie weiße Pulverwölkchen aus den Geschützschlünden pufften und in den Azur hinauf schwebten, eine Breitseite, deren Grollen erst nach langen Secunden herüber drang – die wievielte Salve mochte das sein? Welch eine Vergeudung kostbarer Munition! Und plötzlich durchzuckte es ihn: die Flotte *demonstrierte,* sie spaßte nicht, sie machte blutigen Ernst . . Ja, um Alles in der Welt, wo blieb nur dieser Andria? war er mit im Complott?

Admiral v. Andria war längst zur Stelle, und als der König das Glas von den Augen nahm, verbeugte er sich.
»Auf wessen Befehl wird da geschossen, Herr v. Andria?«
– »Auf Befehl des Herrn Flotten-Admirals v. Borromeo.«
»Borromeo?« Der König erstarrte.
– »Jawohl, Majestät. Der Stander des Admirals weht über der ›Prinzeß Danae‹, wenn Ew. Majestät sich überzeugen wollen.«
»Was hat meine Tochter damit zu schaffen?«
– »Das Linienschiff dieses Namens, Majestät.«
»Aber Borromeo ist beurlaubt!«
– »Excellenz v. Borromeo hat heute bei Morgengrauen das Commando wieder übernommen und Gefechtsbereitschaft befohlen.«
»Und der Vice-Admiral?«
– »Hat selbstverständlich gehorcht, Majestät.«
»Na wart Er, Ornano. Und Sie selbst als Minister dulden das? Sie selbst als Vorgesetzter Borromeos waren im Bilde?«
– »Als General-Lieutenant der Marine habe auch ich zu gehorchen. Ew. Majestät hatten die Gnade, diesen Umstand bei meiner Ernennung zum Minister zu übersehen.«
»Das ist ein Complott, Andria!! Man demonstriert! Meine eigene Flotte demonstriert gegen mich!«
– »Bitte untertänigst, Majestät, man demonstriert nicht, man schießt Salut.«
Dem König versagte nun doch die Sprache, er hatte noch nicht gefrühstückt. »Salut?« wiederholte er endlich. »Ich höre: Salut? Ja, für wen denn, in des Teufels Namen?«
Herr v. Andria streckte den Admiralshut feierlich in die Luft. »Für Ihre Majestäten, die Königinnen von Phantar, Chimaira und Rho.«
»Kommen Sie mit!« Der erzürnte Landesherr knirschte über den Kies davon, seinem Arbeits-Cabinett entgegen, Admiral v. Andria aber, braun, hager, elegant und wachsam, ging mit leichterer Bewegung, weltmännisch, hinterdrein, und hätte der König sich umgewandt, so würde er auf dem Gesicht seines Ministers den allerknappsten Ausdruck der Genugtuung wahrgenommen haben, so wie man als Chef des Admiralstabes eben Genugtuung empfindet, wenn das Ergebnis Punct für Punct eintreten läßt, was die Planung Punct für Punct berechnete.
Aus dem Arbeits-Cabinett drang erregter Wortwechsel in den Frieden der hängenden Gärten. »Ich muß untertänigst bitten«, hörte

man Robert, den Diener, den preisenswürdigen, rufen, »sich sofort in die Antichambre zurückverfügen zu wollen, erst dann werde ich Seiner Majestät melden.«
»Laß Er mich durch«, rief der Eindringling dawider, »Er Fex, Er Flegel. Ich muß den König ohne Aufschub sprechen, ungewöhnliche Dringlichkeit rechtfertigt ungewöhnliche Formen.«
»Da irren Sie sehr, Herr Kastamomi«, sagte der König, leise und indigniert, indem er, vom Admiral gefolgt, über die Schwelle der Glas-Tür trat. Und leutseliger fügte er hinzu: »Was gibt es denn so Eiliges.«
Herr Kastamomi, entschlossen offenbar, alle selbstgewählte Einsamkeit, ungeachtet seines Standes, über Bord zu werfen, vielleicht weil er hoffte, den verhaßten Goldenberg stürzen zu können, der ihm, auf der Leiter nach oben, im Wege war, hob die Stirn, mit einem gewissen Ruck, aus der Verbeugung empor, hieb sich erbittert das Pincenez auf die Nase und erklärte: »Herr v. Goldenberg, ohne das Außenamt befragt zu haben, kommt mit drei Königinnen und einer Prinzessin angereist – wir wissen nicht einmal, zu welchem Zweck – was zur Folge haben wird, daß Ew. Majestät nun selbstverständlich am Quai erscheinen müssen, um die Damen als Gäste zu begrüßen.«
Mit einem Blick des Erstaunens über die plötzlich so rüden Umgangsformen eines im Dienst ergrauten Diplomaten schüttelte der König langsam den Kopf, wobei er die Brauen sehr hoch in die Stirn zog und seine Augen unwahrscheinlich groß werden ließ.
»Sie wissen nicht, um was es sich da handelt?« fragte er. »Sind Sie dafür mein Staatssecretär des Äußeren?«
– »Majestät«, sagte Kastamomi wütend, »sehen selbst, wohin es führt, wenn ein unfähiger Mann wie dieser Goldenberg –«
Der König unterbrach. »Ich *verbitte* mir den Ton!« donnerte er, um nicht minder energisch fortzufahren: »Noch ist Herr v. Goldenberg Minister, überhaupt ist er für Sie der *Herr* v. Goldenberg. Was also wünschen Sie? Ich soll hinunter, soll die Majestäten empfangen, ohne im Mindesten zu wissen, was diese Damen von mir wollen? Ich denke nicht daran. Ich habe noch nicht einmal gefrühstückt. Admiral: wie erklären Sie sich das Ganze? Die Damen müssen ja um Mitternacht aufgebrochen sein, erscheinen hier sans-mot-dire und lassen mich aus dem Schlaf schießen. Ich muß schon sagen!«
– »Bitte untertänigst melden zu dürfen, Admiral v. Borromeo hat

per Brieftaube Nachricht gegeben, daß er selbst diesen Schritt einleitete, nachdem die für gestern vorgesehene Unterzeichnung des Flottenvertrages an einer Clausel gescheitert ist, die Ihre Königliche Hoheit nicht ohne Einwilligung Ew. Majestät unterschreiben zu dürfen glaubte.«

Auf der Stirn des Monarchen erschien eine Zornesfalte von ungewöhnlichen Ausmaßen. »Ja, zum Henker!« rief er, und es klang, als habe er niemals vom Gifte der Skepsis genossen, es klang wie Tuba-Ton, tutta forza, aber ehe er seinen Ingrimm entladen konnte, sagte die Pendule auf dem Caminsims »bling .. blang ..« Die Hand des Königs hob sich in die Luft. »Still – die halbe Stunde ..« Und in allen den kleinen Cabinetten schlugen die Uhren an, silbern und lieblich, die Vögel sangen in ihren Käfigen und schaukelten sich darin, und die chinesischen Glöckchen mischten ihr zerbrechliches Klingeln darunter. Dann sank die schöne, viel zu zarte Hand langsam wieder herab: die Augen, in denen vorübergehend ein melancholisches Lächeln eingekehrt war, füllten sich aufs Neue mit Groll.

»Wo steckt dieser Admiral v. Borromeo?«

– »Auf dem Linienschiff ›Prinzeß Danae‹.«

»Herr v. Andria«, sagte der König drohend. »Ich mache *Sie* verantwortlich. *Sie* haben es an Dienst-Aufsicht fehlen lassen. Sie als Minister haben eine Insubordination geduldet, die Sie vors Kriegsgericht bringen kann. Gut, ich werde hinunter gehen, aber gnade Ihnen Gott, wenn nicht unmittelbar nach dem Empfang der Herr v. Borromeo Rechenschaft ablegt. Und wo ist *Goldenberg?!* Es geschehen die *unglaublichsten* Dinge, und *kein* Minister ist zur Stelle!«

– »Herr v. Goldenberg begleitet Ihre Königliche Hoheit und hat, ebenfalls durch Brieftauben, einen Ministerrat anberaumt.«

»Für wann?«

– »Für acht Uhr im Conseil-Saal.«

»Gut«, rief der König und schob die Hand, mitsamt dem Saphir, heftig in den Zobelpelz, »gut«, rief er noch einmal, während er mit starken Schritten an den gläsernen, zärtlich curvierten Wänden seiner Bücher entlang tobte, »acht Uhr«, rief er und kehrte sich zurück, »ich werde mir erlauben, *auch* da zu sein«, und wanderte etwas gemäßigter in die entgegengesetzte Richtung.

Und plötzlich blieb er stehen, ganz abwesend, um auf das Meer hinaus zu blicken, wo man die Staatsschiffe mit den bedeutenden

Standern nahen sah – Ledas Schwanenbanner neben dem schnaubenden Stier, der Europa beglückte, die heraldischen Argus-Augen im Wappen Ios, ja, er lächelte gar, ein ganz kleines, schwer deutbares Lächeln, vielleicht hatte er nur den langen Wimpel gesucht in den Farben des Hauses Myrrha, dessen Initial die Heimkehr der Prinzessin Tochter bekundete .. Dann trat er an den Schreibtisch, stützte die gespreizte Hand auf die Intarsien, richtete sich dabei, ein wenig steif, empor, worauf er die Lippen zusammenpreßte, um endlich, leichthin, sehr conciliant im Ton, zu sagen: »Noch bin ich der König, meine Herren. Um acht Uhr also; im Conseil-Saal. Der Staatssecretär wird die Gewogenheit haben, das Protocoll zu verständigen. Und Sie, Admiral: nehmen Sie sich in Acht. Guten Morgen.«

XIV. Capitel

Nicht den König allein hatten die Canonen geweckt, auch der Baron Vampyrios war von ihrem Donner erwacht, und, obwohl gewohnt, in seinem Lotterbette zu frühstücken, hatte er erbleichend beschlossen, etwas durchaus Anderes zu tun. Er stieß die Gefährtin seiner Nächte, die als Kammerjungfer bei ihm diente, mit schöner Männlichkeit von sich, kümmerte sich nicht um Schmeicheln, nicht um mandeläugig stummes Flehen, sondern sprang, wie Gott ihn geschaffen, eine nackte und rosige Erscheinung, aus den Federn – und just als er die Vorhänge aufriß, trat flammend der Sonnenball über den Horizont. Der Donner kam von See, und ob auch nichts zu erblicken war, so wußte man doch genug, man hatte ja vorgesorgt, war gefaßt auf dies, daß eines Tages die Flotte .. »Was ist dir, Liebling?«, »Mir ist nicht gut«, sagte der Finanzgewaltige, indem er, mit der Geschwindigkeit eines Cyclons, in sein Hemd fuhr, »scher dich fort, zieh dich an, lauf, daß der Yussuf einspannt, die Calesche, allez, allez, wir haben es eilig!«
Diese Desna, klein, hübsch, mollig, strapaziös sinnlich, übrigens faul und dumm, sie begriff gar nichts, aber sie gehorchte wenigstens. Und der Minister fuhr in die erdbeerfarbenen Beinkleider, er fuhr in die Weste, die Strümpfe, die lackierten Zierschuhe, er fuhr in den Rock – citronengelb – und suchte unter mörderlichem Fluchen nach seiner Perücke, die, inzwischen ledig aller Concurrenz, ihm als dem Einzigen den Schimmer ungebrochener Größe verlieh. »Eil dich, spute dich«, rief er, »mach, daß man mir Frühstück schafft!!« – und

kämpfte verzweifelt mit dem Jabot, das sich so hurtig nicht binden ließ, sondern Muße, Hingabe, heilige Versenkung forderte. Er riß es wieder auf, wobei er das Gesicht verzerrte und mit dem Fuße stampfte. »Bind mir das Jabot!« rief er, »wo hast du meine Allonge, du liederliches Ding, warum ist das Frühstück noch nicht da, wo steckt der Yussuf, der stinkige Kerl, kaum zwei Wochen im Hause und nie vorhanden, wenn man ihn braucht!« – »Was soll ich denn tun, gnädiger Herr, Ihr Verhältnis sein, Ihre Perücke suchen, den Café machen, mich anziehen, Zofe spielen, Ihr Halstuch ordnen, den Kutscher holen, soll ich mich vielleicht auch noch für Sie rasieren, halten zu Gnaden?« Und dazu knickste sie unverschämt.

Mittlerweile kehrte Yussuf, der neue Leibkutscher des Barons, der Türk, der Hund, der stinkige Kerl, das Luder, und welche Ehrennamen noch ihm der hohe Minister beilegte, leise durch die Pforte der Domestiquen in das gemietete Landhaus zurück, nachdem er die Nacht hindurch erfolgreich gebummelt hatte. Er steckte voll Neuigkeiten, darum schätzte ihn der Baron. Eilig quirlte er die Chocolade, heute gab es einmal Chocolade, setzte den roten Fez auf, schimpfte Desna eine Hure und betrat höchstselbst das Schlaf-Cabinett des Herrn, um ihm, in einer Kanne von schwerem Silber, das Getränk zu servieren – worauf man sich dem Jabot-Problem widmete. Das brauchte seine gute Weile.

»Hast du Neues erfahren, Yussuf?«

– »Ganze Menge. Sie müssen aber still halten, sonst wird aus dem Ding nie etwas.«

»Zum Beispiel?«

– »Zum Beispiel, daß um Acht Ministerrat ist. Noch eine Stunde Zeit. Wollen Sie so unrasiert da erscheinen?«

»Yussuf, spann an, wir fahren über Land.«

– »Wohin denn, gnädiger Herr, doch nicht zu Ihrer Yacht?«

»Doch, eben dahin. Ich fahre etwas auf See hinaus.«

– »O, wo grad so schöne Überraschungen kommen . . Soll ich Ihnen mal etwas zeigen?«

Und er zeigte, was er in der Hosentasche trug: ein Stück Gold, von der Länge eines Fingers – es sah zwar aus wie ein Stück Schiffs-Tau, war aber pures Gold. Er wog es in der Hand, warf es spielerisch empor, grinste frech und steckte es wieder fort.

»Zeig das noch mal. Woher hast du das?«

– »Das wird am Hafen verteilt«, erläuterte der Kutscher groß-

artig. »Wenn wir bald fahren, bekommen Sie vielleicht auch noch was ab, der Admiral soll ganze Schiffsladungen davon mitgebracht haben. Warum werden Sie denn so blaß? Nun setzen Sie sich man erst, Herr Baron, trinken Sie man endlich Ihre Chocolade. Die Prinzessin ist übrigens auch wieder da.«
Der arme Vampyrios – er sank erbleichend in den Sessel. »Ich habe keinen Appetit mehr«, erklärte er, dumpf auf die Dielen starrend. »Oh, dieser Borromeo!!« Und er ergriff seinen Kopf mit den Handflächen, bewegte ihn hin und her, litt .. Aber plötzlich gewann er die alte Energie zurück. »Wo ist meine Allonge?« schrie er – welch wundervoller Nasal-Laut, mit dem er das tat! – »Ja, wo ist sie denn, die kleine, die niedliche?« erwiderte Yussuf respectlos, »vielleicht weiß es die Desna, die kleine, die niedliche? Da werden wir vielleicht ohne *Allonge* ein wenig auf See gehen. Erzählte ich schon? die Damen Königinnen von den Nachbar-Inseln sollen angekommen sein, der ganze Bettstall vom seligen Zeus ist da.«
»Und wo ist Ihre Majestät?«
– »Ihre Majestät die Landesmutter frönen auf Olympienlust abgründigem Witwenschmerze .. aber sicherem Vernehmen nach soll sie unterwegs sein, weil ihr eine Crise schwant. So, jetzt haben wir es, das Jabotchen. Goldenberg ist übrigens auch wieder da.«
Indessen, das schien den Geldbaron nicht mehr zu interessieren. Er brauste, gefolgt von Yussuf, durch alle Räume, zog alle Fächer von allen Schränken und Schreibtischen auf, Papiere wirbelten durch die Luft, nackte und rosige Hände griffen hinein, rafften das Nötige zusammen, und Yussuf brachte die Koffer. »Wollen Ew. Excellenz unrasiert emigrieren?« fragte er feierlich.
»Ja, ja, ja!« schrie der Baron erbittert, »ganz gleichgültig, unrasiert, ohne Allonge, ohne Bagage und Livree, aber mit Diesem hier!!« – und er brach in einen Freudentanz aus. »Mit Diesem hier! Weißt du, was das heißt, du Türk, du Luder, weißt du, was das heißt: ich hüpfe in meine Yacht mit einem einzigen Stück Papier als Gepäck, *fünfzehn Millionen Taler Courant*, auf Venedig geschrieben, da können sie Ministerrat halten, so lange sie wollen, ich salviere mich, ich bin ein reicher Mann, hahaah!!«
Erschöpft und begeistert sank er auf seinen Sessel. »Raus!« schrie er dann, »raus, spann an, spute dich, du Hund, ich muß fort sein, ehe sie mich suchen, verstehst du das nicht?«
Zehn Minuten später bestieg er, in der Tat fast unbelastet, die leichte Calesche, die Yussuf, der Kutscher, mit Meisterschaft re-

gierte. Wie konnte man nur, als Banquier! so grün im Gesicht sein – dringend mußte man ihn aufheitern. »Wars schön mit der Desna?« fragte der Türk, den die Frauen liebten, weil er so schlank und verführerisch war und so blitzende Zähne besaß und immer Geld hatte. »Ich war heut Nacht bei der Anina .. mm .. ich sage Ihnen! Quelque chose ..«
Woher sprach nun dieser Mensch Französisch?
»Höre, du bist frech und liederlich!«
– »Wie der Herr, so's Gscherr«, erklärte Yussuf trocken. »Im Übrigen kreuzt die Flotte auf See, wir werden einen anderen Weg fahren.«
»Nein, du fährst diesen.«
– »Nein, ich fahre jenen. Wer sitzt auf dem Bock? wer ist Kutscher?«
»Aber ich bin dein Herr!«
– »Gewesen, Herr Baron, gewesen – wo Sie doch emigrieren wollen ..«
Damit hieb er auf die Pferde ein, daß die Funken stoben, daß der Wagen schwankte und der bleiche Baron sich immer fester klammern mußte.
»Bist du vom Teufel geritten?!« schrie der Finanzgewaltige. »Wo fährst du denn hin?«
– »Nach Myrrha, mein werter Herr, geradenwegs nach Myrrha.«
»Ich steige aus!«
– »Ja, tun Sie das, tun Sie das«, und er hieb mit der Peitsche durch die Luft, daß es von den Bergen widerklang, schon rasselte man über das Pflaster der Vorstadt.
»Ich schenke dir tausend Dublonen.«
– »Geht nicht, ich habs dem Baumeister-General versprochen, daß Sie kommen, sonst hätt er mich heut Nacht nicht zur Anina gelassen.«
»Ich nehme dich mit nach Venedig, ich bette dich in Gold, aber laß mich aussteigen, bitte, kehr um, ich bitte dich, ich flehe dich an, Yussuf, hörst du ..«
Doch Yussuf hörte nicht. Die Calesche brauste die Gassen entlang, vierspännig, sie hüpfte und klirrte, sprang über Gossen und Rinnen, ächzend, schleudernd, den Pferden flockte der Schaum vom Maul, Schweiß strömte von ihren Kruppen, die Schweife wehten, die Peitsche knallte, die Menschen spritzten auseinander, dem Minister grauste es, und Yussuf, breitbeinig auf dem Bock, schrie »Weg da!«,

»Platz da!« und lachte mit seinen weißen Zähnen, der rote Fez leuchtete durch den Morgen.
So kam man auf die Schloßfreiheit geprescht, wo eine gewaltige Menge der Dinge harrte, die da geschehen sollten: längs dem Ehrenhof-Gitter Militär, Truppen über Truppen, Neander als Kriegsminister vor der Front – ja, es lohnte sich wieder, Volk zu sein, es war ein glorreicher Tag.
Die Pferde standen. Schwankend im Fond erhob sich der Financier, Officiere öffneten den Schlag. »Darf ich Excellenz bitten ..« Andere nahmen ihn in Empfang: »Der Conseil wartet bereits«, »Der General-Major ist hoch erfreut über Ew. Excellenz Pünctlichkeit«, »Excellenz hatten eine angenehme Reise?« – solche und ähnliche Complimente machten sie ihm, artige Leute, unter Volkes Anteilnahme, sodaß es ihm fast im Kopfe schwirrte, denn Alle sprachen sie zugleich auf ihn ein.
Da blieb Vampyrios stehen.
»Wer ist das Schwein?« knirschte er, und sein Daumen, mit einer heftigen Bewegung, flog an citronengelber Schulter vorbei, um anzuzeigen, daß er den Kutscher Yussuf meine. Nun, dieser Yussuf hatte doch wahrhaftig seinen Fez fortgeworfen, mitten unter die Menge, vielleicht um anzuzeigen, daß er ihn nicht mehr brauche, aber da er sich soeben mit einem riesigen, grellbunten Domestiquen-Taschentuch die Stirn wischte, so verschob er – das allerdings erklärte hinreichend, warum der Baron sich verwunderte – so verschob er dabei natürlich die Perücke, das Schwein trug eine Perücke, und unter ihr sah man, an den Rändern von Pommade verkrustet, einen wohlfrisierten, glatten, in der Gegend der Schläfen schon leicht ergrauenden Diplomaten-Scheitel.
– »Ein Herr v. Merziphon«, entgegnete gleichgültig einer der Officiere, indem er den Banquier weiterzog, der immer noch rückwärts blickte. Yussuf aber, als er seinen Namen nennen hörte, lächelte verträumt. »Stets gern zu Ihren Diensten«, sagte er und nickte, worauf er den Haarwust vollends abstreifte.

XV. Capitel

Zweifellos: der Conseil wartete. Unbehagliche Stimmung lag über der Gruppe der Minister, die dem diensthabenden Kammerherrn wohl nichts mehr zu sagen wußten, denn ohne die mindeste Conversation, nervös, verärgert, wie es zu einer Crise gehörte, standen sie

bei der Balcontür umher, Goldenberg putzte an seinem Rockaufschlag, Kastamomi am Pincenez, und nur Herr v. Andria gab sich den Anschein vollendeten Désintéressements, indem er, die Arme über der Brust verschränkt, kunstverständig das Bild der Königin Mutter betrachtete. Es hing dort, weil auch Dame Imperia zu den einstigen Regenten zählte, denn an den Wänden, in Oel vortrefflich conterfeit und mit Ordenssternen bedeckt, beliebten die Herrscher von Myrrha daran zu erinnern, daß sie nicht immer so tot gewesen wie jetzt, sondern, zu ihrer Zeit, die Krone getragen hatten .. Inzwischen war der Baron eingetreten, man begrüßte ihn mit steifer Convenienz, obwohl er zu scherzen suchte, auch Neander kehrte zurück, und der Kämmerer entfernte sich, dem Monarchen Nachricht zu geben, daß der Conseil versammelt sei.
Warum aber fühlte Vampyrios sich heute so ganz besonders übel beraten in diesem Kreise der Mächtigen? War es ihm doch, als ruhe ein ganz besonders stechender Blick auf seinem Nacken .. auf der Allonge .. Was war nur? Und heimlich begann er die Gesichter zu mustern. Er hatte doch nicht etwa? Und heimlich, indem er die Wangen strich, begann er nach seiner Allonge zu tasten. Catastrophe! Zwar die Perücke befand sich an ihrem Ort, doch im Übrigen verriet ihm untrügliches Rauschen, Stacheln und Kratzen, daß er, im Drang der Emigration – mein Gott, was tun? Ob man es schon bemerkt hatte? Man schien es geflissentlich zu übersehen, und der Kreis der Mächtigen, immerhin, war klein. Trotzdem: es war da ein stechender Blick – widerwärtig.
Nun, es war Dame Imperia, deren impertinent kaltes Auge so bohrend auf ihm ruhte, daß er sich wenden konnte, wohin er wollte: sie sah ihn. Sie hing an der grünen Seidenwand, zwischen Augustus, dem Großoheim, und Alexander Valente, der einst die Dynastie gegründet hatte. Neben ihr Ahnen, Ahnen gegenüber, und alle diese Zeugen eines unendlichen Stammbaumes schauten mit der ihnen eigenen Mischung von strenger Güte und leutseliger Erhabenheit auf den Minister hernieder, der weder rasiert noch vom Stande war, geschweige denn wußte, wie sein armenischer Vater hieß. Nur Silvius Nimrod, der ein großer Jäger gewesen, heftete, als spanne er schon sein Feuerrohr, den Blick fest auf die Tapetentür: die Tür tat sich auf, und herein schritt, in der Uniform eines Feldmarschalls, der liebe, süße Sohn, das winzige, zappelnde Wesen, das man ihm dazumal, ein Monstrum von Scheußlichkeit, an das Siechbett gereicht.

Ja, der kleine Alphanios, für den die Mutter so lange Zeit hatte regieren müssen, war mittlerweile herangewachsen, legte den Commandostab auf die Tischplatte, vergaß auch nicht, die Ahnen flüchtig zu grüßen, und lächelte sein wissendes, trauriges, vornehmes Lächeln, in welchem so Vieles enthalten sein konnte.
Dann setzte man sich, die Crise begann.
»Herr v. Andria ..« Wie leise der König sprach! und in der Tat, man brauchte hier nicht laut zu reden. Herr v. Andria erhob sich. »Ew. Majestät«, führte er geschäftsmäßig aus, »werfen mir vor, ich habe es an der Sorgfalt mangeln lassen, indem ich den Gehorsam des Officiers, den ich meinem Admiral und Befehlshaber schulde, höher stellte als den politischen Instinct, welcher mir, als dem zuständigen Minister der Königlichen Marine, hätte gebieten *sollen*, diesen meinen Admiral, dessen Gesundheit durchaus die beste ist, daran zu hindern, daß er sein ureigenstes Commando wiederum antrat. Ich bin in erster Linie Seemann. Wollen Ew. Majestät also die Gnade haben, mich von dem Amte eines Ministers, auf welches allerhöchst Ihr Vertrauen mich zu Unrecht berief, huldvollst zu entbinden.« Damit entnahm er dem Portefeuille ein unterzeichnetes Schriftstück, es enthielt seine Demission, und überreichte es, hager und elegant, dem Monarchen.
Der Monarch zog die Braue in die Stirn, eine skeptische Falte zeichnete sich scharf im Mundwinkel, während sein Auge nicht ohne Wohlwollen auf diesem Herrn ruhte, den entdeckt zu haben er sich schmeicheln durfte. Er ließ das Gesuch sinken und legte die Hand darauf. »Herr v. Neander.« Der Minister der Kriegs-Affairen erhob sich, während der König dem Contre-Admiral winkte, doch wieder Platz zu nehmen.
– »Majestät«, sagte Neander, eine massive Erscheinung im blauen Uniformrock – silberne Tressen unterteilten ihn vorteilhaft –, und räusperte sich. »Die Stunde ist nicht dazu angetan, große Worte zu machen. Herr v. Andria, wenn ich ihn recht verstand, ist zu sehr Officier, als daß ihn die Verwaltung befriedigte. Ich selbst bin Baumeister. Wollen Ew. Majestät die Gnade haben, mich vom Amte des Kriegsministers zu dispensieren ..« Damit entfingerte er der Mappe ein gleichlautendes, gleichfalls unterzeichnetes Schriftstück und überreichte es: in der Haltung eines Mannes, dem Ämter nichts bedeuten, da seine Welt eine andere ist als die des Staates.
Der König empfing auch dieses Schreiben, ohne irgend etwas zu äußern, der Saphir legte sich für eine Secunde darauf, flüchtig er-

schien ein bitterer Zug um die Lippen. »Herr v. Goldenberg. Würden Sie die Güte besitzen, mir zu erklären . .«

– »Ew. Majestät«, sagte Herr v. Goldenberg, sein Landratsgesicht straffend, das immer ein wenig zerquält aussah mit seinen tief gegerbten Furchen. »Ich habe zu den beiden Demissionen nur zu bemerken, daß sie mir in der Absicht bekannt waren und meinen eigenen Absichten Vorschub leisten. Die Opposition, der ich in meinem Amt als Minister des Auswärtigen während der wenigen Wochen anwohnen mußte, die zu regieren ich die Ehre hatte, war so conciliant, Ew. Majestät zu berichten, daß ich bei der seinerzeitigen Übernahme äußerte, die Politik der Prinzessin machen zu wollen. Ich halte das, nach wie vor, für die einzig logische und mögliche Politik, die das Cabinett – welches Cabinett auch immer, generaliter – nach Lage der Dinge vertreten kann. Königliche Hoheit verständigte mich gestern davon, daß sich inzwischen Entscheidendes gewandelt habe (was: darüber wird Admiral v. Borromeo, wie befohlen, Näheres mitteilen), daß also meine Bereitschaft, das Ministerium zu führen – eine Bereitschaft, die mir ein Opfer war –, gegenstandslos wurde. Da das Cabinett nach zwei Demissionen nicht mehr arbeitsfähig ist, bitte ich Ew. Majestät, auch mich in Gnaden von meinen Pflichten entbinden zu wollen.« Und ebenso gelangweilt wie seine Ansprache war die Bewegung, mit der er dem Monarchen das vorbereitete Schriftstück überreichte.

»Herr Kastamomi . .« bat der König. »Sie wollen auch demissionieren?«

– »Ich sehe keine Notwendigkeit, Majestät. Ich bin Beamter und gehöre dem Cabinett nicht an.«

»Aber Sie würden ihm gerne angehören?«

– »Das steht bei Ew. Majestät. Ich werde wie immer gehorchen.«

»Und Baron Hermes«, stellte der König fest, »versagt sich dem Schritt des Cabinettes . .«

– »Ich bin nicht consultiert worden, Majestät, ob ich vielleicht auch schreiten wollte. Mein Kutscher mußte mich benachrichtigen, daß Herr v. Goldenberg zu tagen gedenke, sodaß ich in größter Hast gerade noch zurecht kam. Ich höre, daß Borromeo Gold unter das Volk verteilt, ich höre, daß geschossen wird, und daß die Minister zurücktreten. Ich bin überrascht, daß Ew. Majestät davon ebenso überrascht sind wie ich selbst. Ich bin überrascht, daß die Majestät der Königin, höchstwelche man bisher an so wichtigen Entscheidungen zu beteiligen pflegte, nicht anwesend ist, daß dagegen die Kö-

nigliche Hoheit, ohne gerufen zu sein, herbeigeschwommen kommt, um über den Kopf sämtlicher Staats-Personen hinweg Sonderpolitik zu betreiben, ihre Creaturen aus dem Conseil zurückzuziehen und einige Cousinen einzuladen – was den erwünschten Anlaß liefert, durch einen wild gewordenen Militär mit Canonen rasseln zu lassen. Ich für meine Person, nachdem ich einmal hier bin, demissioniere nicht. Aber ich warne. Man ist drauf und dran, Ew. Majestät die Macht aus den Händen zu spielen. Ferner bin ich der Meinung, daß Hochverräter – denn es sind Hochverräter, die hinter diesem Complott stehen – vor ein Kriegsgericht gehören. Ich bin bereit, sogar Erschießungen zu verantworten, wenn Ew. Majestät geruhen sollte, die Verantwortung für Ew. Majestät künftige Politik auf die Schultern eines bewährten Dieners der Krone zu laden.«
Der König zog schweigend die Braue in die Stirn, schweigend blickten die Minister auf ihre Acten. Vampyrios, weil nichts erfolgte, setzte sich. Von der Wand her betrachtete ein kaltes Auge seine Bartstoppeln . .
»Fronde, Contre-Fronde«, sagte endlich der König und erhob sich. Er trat an das Fenster, legte die Hände auf dem Rücken ineinander, blickte hinaus und schwieg beharrlich. Statt seiner redete das letztgesprochene Wort – bekundete es doch unmißverständlich, daß er die Situation, mit der ihm eigenen, melancholischen Klarheit, bis auf den Grund erkannt hatte.
Es war nicht üblich, daß die Minister aufstanden, wenn der König, was er sehr häufig tat, den Andrang der Gedanken durch Bewegung oder ausgedehnte Fernsicht bekämpfte. Er schloß sich auch nicht der etwas verletzenden Gepflogenheit seiner europäischen Vettern an, in deren Gegenwart nur Prinzen von Geblüt, allenfalls noch Herzöge, Anspruch auf einen Fauteuil erheben konnten, während selbst erbgräfliche Herren mit Tabourets vorlieb nehmen mußten. Nein, er war ein exceptionell höflicher Monarch, es sollte niemand davon incommodiert werden, wenn er so aus dem Fenster schaute, auf die Schloßfreiheit hinab, wo wieder einmal die Menge wogte, bis an die Mauern des Palais. Dieser Conseil-Saal war der nämliche, der einstmals dazu gedient hatte, aus Anlaß des Erdbebens, die Prinzessin zu einem Ja zu vermögen, mit welchem man eine Crise, viel schlimmer als die heutige, bei einigem Glück noch zu beendigen hoffte. Er lag im Flügelbau, gegenüber dem Gästepavillon, wo die Botschaft residierte, schon jenseits des Ehrenhofes demnach, oder an seinem Anfang – wie man es eben betrachtete –,

eigentlich sogar links von ihm, da sich zur Rechten hin noch ein Eck-Cabinett befand, doch zur Entschädigung hatte man gleichsam unmittelbare Berührung mit Volkes Stimme, das hier, durch kein Kunst-Gitter von seinem Landesherrn getrennt, in voller Deutlichkeit vor sich sah, was dort oben, in der Nähe des Balcons, sich abspielte, und das denn auch, kaum seiner ansichtig geworden, in stärkenden Jubel ausbrach. Ja, da hatte sie also gestanden, mit Tränen in ihren schönen Augen, und ganz leise gesagt, sie füge sich . .

In den Händen des Staatssecretärs wippte nervös das Federmesser, während Baron Hermes, mit wohlgespitztem Crayon, nutzlose Kreise auf weißes Diplomaten-Papier malte. Das tat er. Nicht aus Lust übrigens, oder um schweifenden Geistes willen, sondern aus Necessität, weil er hoffte, die Aufmerksamkeit eines gewissen Portraits von sich abzulenken, und ebenso wenig geschah es aus Lust, daß er entschlossen war, noch zu dieser Stunde die Macht an sich zu reißen, die ganze, ungeteilte Macht, vor der er doch geradezu physischen Abscheu hegte. Aber er war nun einmal aus der Coulisse gekrochen, da gab es kein Zurück mehr, es sei denn hinter Kerkermauern. Und hatte er nicht alle Atouts für sich? Es hieß nur, sie scrupellos gebrauchen. Nein nein, er war recht guter Dinge, war sogar dahin bereits gediehen, daß sich vor seinem Inneren deutlich die Cabinetts-Liste formte, als plötzlich die Puppe am Fenster alle Berechnungen umstieß. »Enfin . .« sagte der König am Fenster. »Der zu erschießende Hochverräter . .« Und es lag ein vornehmer, wissender Spott in seiner Stimme. »Bitte zu läuten«, sagte er, ohne sich umzuwenden.

Auf das Läuten hin, seltsamer Weise, erschien nicht der diensthabende Kammerherr, der ein Graf Wolffenstein war und als Rittmeister bei den Husaren stand, sondern ein wildfremder Officier von so gut wie gar keinem, jedenfalls lächerlichem Alter.

»Sehen Sie sich diesen Herrn da an, Wolffenstein, ein schlechtes Gewissen scheint er gerade nicht zu haben, seinem Schritt nach zu urteilen.«

Der junge Mann zog die Hacken zusammen. »Lieutenant Gigante«, meldete er straff und angenehm, »Schiffs-Officier in Ew. Majestät Flotte.«

»Wie kommen Sie hier herein.« Es war Befremden, nichts weiter, was in des Königs Blick und Stimme lag, kühles Befremden.

– »Dem Grafen, Majestät, wurde –«

»Assez«, unterbrach der König. »Ich merke, Er ist nicht auf den

Mund gefallen. Er kennt diesen Herrn da unten?« Unten, durch eine Gasse jubelnden Volkes, vor dessen Liebe ihn ein Aufgebot Marine hingebungsvoll beschützte, begab sich der Admiral, mit langen Schritten und wehendem Zweimaster, in das Palais – der Admiral, ihr Gott, ihre Sonne und ihr Vaterland . .
– »Admiral v. Borromeo, Majestät.«
»Dann fang Er mir den Admiral ab, lauf Er und sag Er ihm, ich lasse bitten, sich nicht zur Ermitage hinauf zu bemühen, sondern hierher in den Conseil.«
Man wartete. Der König, die Hände übereinander gelegt, saß stumm vor der Lehne des Sessels, und hätte er, statt des Saales, seinen Staatssecretär der Marine angesehen, so würde er dort den allerknappsten Ausdruck der Genugtuung wahrgenommen haben. Der Saal war von elliptischer Form, mit grüner Seide ausgeschlagen und selten benutzt. Jederzeit gestattete er ein Hinaustreten auf den schmalen Balcon: die drei Fenster, bis an das Parquett herabgezogen, fühlten sich ausnahmslos den Functionen einer Tür gewachsen. Ein großer Conferenztisch nahm die Mitte ein. Seine Intarsien spiegelten verworren das Decken-Fresco, zu welchem, von den Wänden her, Stucco-Cartouchen überleiteten – gebündelte Lanzen und Fahnen, Degen und andere Kriegs-Embleme –, während an den Wänden selbst . . nun, das ist bekannt. Leider hatten sie nicht mehr viel Freude an diesen wechselnden Ministern, die toten Herrschaften, denn abgesehen davon, daß der letzte Seigneur, der die Allonge noch legitim trug, zu seinen Vätern gegangen war – und sie vermißten ihn, das darf man glauben, vermißten die wasserhellen Blicke und das scharfe Räuspern, welches so ungleich feudaler klang als das eben erfolgende Hüsteln Kastamomis – davon abgesehen, kurzum, bemerkten sie mit Unwillen, welch üble Gesellschaft demnächst hier einziehen sollte, wofern man dem Figuranten einigen Glauben schenken durfte, der ihre Nominierung, still für sich, auf weißem Diplomaten-Papier vollzog, obwohl die Königin Mutter ihr kaltes Auge auf ihm ruhen ließ.
Admiral v. Borromeo erschien. Er erschien, wie jedermann sehen konnte, bei allerbester Gesundheit, Laune und Zuversicht, streckte den Zweimaster in die Luft, trat an das untere Ende der Tafel, legte den Hut darauf und meldete sich zur Stelle. »Stehe ich«, sagte er, »hier als Angeklagter, oder darf ich sprechen, wie es die Stunde erfordert?«
»Die Herren«, entgegnete der König, »sind nicht Ihre Richter. Zu

rechtfertigen haben Sie sich selbstverständlich nur vor mir. Nicht wahr, Baron Hermes?« Der Baron schrak zusammen, antwortete aber nicht. »Sprechen Sie also ungehindert und eröffnen Sie – der Einfachheit halber, damit Sie es nicht zweimal tun müssen – mir selbst *und* den Excellenzen, was es mit den »entscheidenden Wandlungen« auf sich hat, die Herr v. Goldenberg erwähnte. Die Wandlungen sehe ich ziemlich genau. Nur möchte ich gerne wissen, wer der Entscheidende bei dieser Affaire ist: ich oder Sie.«

Der Admiral verbeugte sich conventionell. »Ew. Majestät«, sagte er, »Excellenzen. Das Cabinett ist zurückgetreten, die Flotte feuert auf meinen Befehl Salut für drei Regierende Königinnen, und sie wird, wenn mich nicht Alles täuscht, demnächst noch mehr zu feuern haben. Darf ich sehen, Baron? Ah .. Das neue Ministerium. Erlauben Sie doch, warum sich zieren, das trifft bestimmt auf allgemeines Interesse .. Présidence und Finanzen Baron Hermes, Äußeres Kastamomi, Marine Karavatti, Krieg Bandra –« Er ließ das Blatt sinken, ließ seinen graublauen Blick, nicht ohne Güte, auf einigen Gestalten verweilen, dann fuhr er mit schärferer Stimme fort. »Wir wissen demnach, woran wir sind. Lauter Bürger – von vieren drei, die man erst adeln müßte, um ihnen Portefeuilles anvertrauen zu können. Ein baronisierter Hochstapler als Premier, ein notorischer Querkopf als Außenminister, der ehrloseste Schwätzer Chef der Marine, und für die Armee ein General ohne Truppendienst – Majestät, ich beglückwünsche die Krone zu solchen Männern. Kein einziger Herr vom Adel, obwohl unser Staatsgefüge seit Ur-Zeiten feudal ist – aber die ganze Camarilla en famille beisammen. Eine Rechnung ohne den Wirt. Herr v. Goldenberg, wollen Sie bitte läuten .. Danke sehr.«

Auf das Läuten hin wurden die Flügeltüren weit geöffnet, sodaß Monarch und Ministerium, zu ihrer Überraschung, die gesamte Admiralität in der Antichambre erblicken konnten. Sie stand dort in Parade, den Herrn v. Ornano an der Spitze, und verneigte sich straff, die Zweimaster unter dem Arm.

– »Ew. Majestät«, fuhr Borromeo fort, »werden, nach genauerer Kenntnis der Vorgänge, zweifellos zu der Überzeugung gelangen, daß ich, obwohl eigenmächtig, absolut im Sinne der Krone und des Landes gehandelt habe. Um so mehr sollte es mich wundern, wenn gewisse Herren in diesem Kreise nicht trotzdem einen Hochverrat construieren. Diesen Herren möchte ich Folgendes sagen: es ist ein Unterschied, ob ein Minister aus Patriotismus fünfzehn Millionen

Courant-Taler Nationalvermögen auf eine fremde Macht überschreibt, oder ob ein Officier, um solchen Dingen ein für alle Mal den Riegel vorzuschieben, seinen Gewissens-Conflict überwindet und eine Gelegenheit ergreift, die bei Hinzuziehung des Monarchen nicht hätte eintreten können. Mit einem Wort: was *für* den König geschah, mußte scheinbar *gegen* ihn geschehen – und weil ich gegen ihn handelte, nur darum kann ich ihn jetzt in den Stand setzen, eine Hydra auszurotten, die aus der Coulisse den Staat umstrickt hält. Es braucht niemand hinauszugehen, weil ihm vielleicht übel wird. Das Palais ist seit meinem Eintreffen nicht mehr von den Garden, sondern von der Marine bewacht.«

Der König, mit seinem undurchsichtigen Lächeln, das Alles enthalten konnte, blickte den Kriegsminister an . . Neander war im Bilde, der Befehl stammte von ihm. »Fahren Sie fort, Admiral« – und Borromeo fuhr fort:

– »Majestät kennen mein Programm. Majestät hatten die Gnade, mich, auf Grund dieser Kenntnis, meiner Ämter zu entheben und als Flottenchef zu beurlauben. Da mir anempfohlen wurde, eine Erkrankung, von der ich leider gar nichts wußte, durch das Studium attischer Altertümer auszuheilen, ging ich, Ziel Athen, auf eine Seereise. Nun, ich habe weder Acropolis noch Delphi gesehen, denn es traten Ereignisse ein, die mich hinderten anzukommen. Der Graf zu Weißenstein, meine Herren: wer ist es? Auch ich kann Ihnen darüber nichts sagen. Er bat mich an Bord seiner Yacht, er bewies mir, daß er durchaus etwas Höheres ist als ein habsburgischer Kammerherr – und auf geheimer Immediat-Ambassade reiste ich, statt nach Athen, nach Phrygien. Herr v. Goldenberg, wollen Sie bitte klingeln. Danke.«

Auf das Klingeln erschien abermals der Lieutenant Gigante, öffnete eine Mappe und entnahm ihr ein Schriftstück, das der Admiral mit schneller und flüchtiger Stimme verlas.

»Wir, Midas, von Gottes Gnaden usw., bekunden hiermit, daß Wir geneigt sind, gemäß dem Vorschlag Unseres sehr lieben usw. Weißenstein, Ihre Königliche Hoheit, die hoch und fürstlich wohlgeborene Prinzessin Danae zu Myrrha – folgen die Titel – zu Unserer Königin in Phrygien zu erheben, wobei Wir umgekehrt, für Unsere Person, in Myrrha keinerlei Ehren oder Rechte beanspruchen als diejenigen eines nicht erbbefugten Prinz-Gemahls. Es soll also, nach dem von Gott gnädigst zu verhütenden Ableben Seiner Majestät, des Königs Alphanios, die dortige Krone ungeteilt dem Hause

Myrrha verbleiben, oder, wenn ladite princesse inzwischen verstorben, dem von Gott gnädigst zu gewährenden zweiten Sohne, oder, wenn ledit prince nicht vorhanden, der ersten, oder, wenn diese bereits die Krone Phrygiens trägt, der zweiten Tochter Unseres Ehe-Bündnisses zufallen. Zugleich bekunden Wir Unseren Beitritt zu der ins Auge gefaßten Flotten-Alliance, bereit obendrein, Unsere Schenkungen an das Königliche Haus zu Myrrha in jeder gewünschten Höhe sogleich und in barem Golde zu entrichten. Gegeben usw. – folgen die Unterschriften.«

Der Admiral, mit eleganter Bewegung, entließ das Blatt und blickte über den Kopf des Monarchen hinweg auf das Meer, wo vor dem sonnenglitzernden Horizont die Flotte kreuzte. Der Conseil sah den König an. Der König, skeptisch, spielte mit seinem Papiermesser. »In jeder gewünschten Höhe«, sagte er und fixierte den Baron Vampyrios, der sich beunruhigt zu Worte meldete. »Fahren Sie fort, mein lieber Admiral« – und der Admiral fuhr fort:

– »Die Verhandlungen auf phrygischer Seite führte, per procurationem, der Herzog von Scheria, aus einer Seitenlinie des Hauses. Sie waren nicht eben schwierig. Da so gut wie gar keine Einwände erhoben wurden, bestanden sie eigentlich mehr in Jagden und Zerstreuungen, nachdem mir gleich anfangs bedeutet worden, daß Midas kein Herr von großen Praetentionen sei, sondern heitere Ländlichkeit, Musik und improvisierte Masqueraden schätze, jedenfalls einen Horror vor den Strapazen des Officiellen habe. Das übliche Programm wurde mir denn auch vollauf erspart, ausgenommen ein kleines, aber sehr wohlgelungenes Flotten-Manœuvre, auf das ich ausdrücklich Wert gelegt hatte. Den König selbst sah ich erst vor der Abreise, als er mit dem unterschriebenen Vertrag, ganz unerwartet, von seinem Feldquartier in den Bergen heruntergeritten kam zur Bucht von Saleph, wo in einem Châtelet, mitten in Weingärten, die Besprechungen vor sich gegangen waren. Er trägt, in der Tat, einen goldenen Bart . . Darf ich fortfahren, Majestät?«

»Bitte«, sagte der König, indem er zu träumen aufhörte. »Aber nur Sachliches, wenn möglich.«

– »Sachlich, zu Befehl. Ich ging, Richtung Phantar, in See –«

»Warum Richtung Phantar?«

– »Weil ich dorthin bestellt war.«

»Durch wen?«

– »Durch den Grafen Weißenstein.«

»Das paßt mir nicht!«

Baron Vampyrios verklärte, der Admiral verneigte sich leicht. »Ich bedaure es, Majestät«, sagte er mit kühlem Ernst. »Wir müssen uns aber nach den Gegebenheiten richten – wir treiben Realpolitik. Die hat immer zwei Seiten. Hätte ich weniger real gedacht, so besäße ich zum Beispiel keinen Vertrauensmann auf Samos, der mir, wie es geschehen ist, rechtzeitig melden konnte, daß Polycrates an jenem Tage im Begriffe stand, zu einem Gewaltstreich gegen Myrrha auszulaufen, noch besäße ich eine Art Privat-Ambassadeur in Cypern, der es mir ermöglichte, Otello mit seinem Geschwader gegen Samos demonstrieren zu lassen – woraus Majestät ersehen, daß meine seinerzeitigen Abmachungen mit dem Mohren durchaus practicabler Natur waren. Ich landete also gestern Abend in Phantar, um Ihrer Königlichen Hoheit, der Prinzessin, Bericht zu erstatten (allerdings nur über das politische Moment; das persönliche hat sich Graf Weißenstein vorbehalten). Nachdem die Majestäten einwandten, es könne die geplante Alliance nicht die Unterschrift des Ministers v. Goldenberg tragen, wenn der phrygische Beitritt die meinige zur conditio sine qua non erklärt, brach Ihre Königliche Hoheit die dortigen Verhandlungen ab, indem sie die Auffassung vertrat, daß sie, in Ermangelung so weitgehender Vollmachten, Ew. Majestät die Entscheidung anheimgeben müsse, ob das Cabinett gewechselt werden soll oder nicht. Das Abkommen wurde demnach nur vorläufig, und zwar für Myrrha von mir, signiert, damit im Fall einer Complication à la Samos kein Zeitverlust entsteht.«
– »Das ist der reine Hochverrat!« rief der Baron und schlug mit der Hand auf den Tisch. Der König aber bemerkte: »Ich erinnere mich nicht, Sie gefragt zu haben. Fahren Sie fort, Admiral.«
– »Da Sie das Wort aussprechen, Baron, so sehe ich mich, als Officier, genötigt, zu antworten. Ich habe heute Nacht die Admiralität auf mein Flaggschiff befohlen. Ich habe den Herren noch offener, als ich es hier tue, die Lage dargestellt und sie gebeten, sich als Ehrengericht zu betrachten. Sie, Baron, wissen nicht, was für ein Ding das ist: die Ehre. Aber Seine Majestät weiß es, jeder der hier anwesenden Minister und Staatssecretäre weiß, was geschehen wäre, wenn das Urteil auf Schuldig gelautet hätte: meine eigenen Admirale hätten mir die Waffe auf den Tisch gelegt, und würde es sich gezeigt haben, daß ein so hoher Officier so wenig Ehre besitzt, um ohne sie weiterleben zu wollen, so hätte es sich der kleinste Schiffslieutenant seinerseits zur Ehre angerechnet, mich wie einen Hund über den Haufen zu schießen.«

Der Baron Vampyrios war mit anderen Dingen groß geworden, er liebte diese Sprache nicht. Er wand sich ein wenig in seinem Sessel, indem er mehrmals hintereinander einen halb scheuen, halb giftigen Seitenblick auf eben diese unsympathischen Herren warf, von denen die Rede gewesen, denn noch immer bevölkerten sie in Schlachtordnung die Antichambre. »Erlauben Ew. Majestät«, sagte er unsicher, »wäre es nicht agréabler, ich meine, sollte man nicht doch jetzt die Türen wieder schließen, diese vielen Uniformen, es ist doch wenig behaglich, so coram publico. Was will die Marine?«

»Ja«, wiederholte der König erfreut. »Was will die Marine, Herr v. Ornano?«

– »Die Admiralität«, erwiderte der Vice-Admiral, »möchte sichtbar bekunden, daß sie einmütig hinter ihrem Befehlshaber steht. Es lebe der König!«

– »Es lebe der König!« rief Andria, indem er, straff vor seinem Ministersessel, den Zweimaster in die Luft stieß. Es blieb der Camarilla nichts übrig: sie mußte mithalten.

Der König, in der Uniform eines Feldmarschalls sich seines Commandostabes erinnernd, nahm ihn vom Tisch und salutierte, wobei er sich im Sitzen sogar ein wenig verneigte, und man sah, die Ovation bereitete ihm Freude. »Ich danke Ihnen, meine Herren«, rief er mit Wärme und verneigte sich nochmals, »ich bedanke mich sehr herzlich. Admiral, fahren Sie fort.«

Borromeo winkte dem jungen Mann aus Manfredonia. »Gigante«, sagte er. »Die Schiffskisten.«

Der Monarch hob fragend die Braue. »Schiffskisten?«

– »Jawohl, Majestät, gemeine Schiffskisten zur Erheiterung der angestrengten Gemüter. Ich bin in der angenehmen Lage, der Staats-Casse eine Kleinigkeit Geld überbringen zu können, sie bedarf der Auffüllung. – Majestät ..«

Der König folgte der so beredten Einladung. Sein Lächeln war zwar noch immer vornehm, doch durchaus unwissend und gar nicht mehr traurig, sondern, im Gegenteil, erwartungsfroh. Wie damals, als Knabe, in der fernen Jugend, wenn ihm erwachsene Kammerherren Laterna magica vorspielen mußten, genau so stand er jetzt und betrachtete die Zauberkisten, schwere, eisen-armierte Monstra, die inzwischen, getragen von ausgesucht athletischen Matrosen, ihren Auftritt gehabt. Wie gesagt, es war nicht üblich, daß auch die Minister ihren Platz verließen, wenn es dem König beifiel, aber zumindest einer hätte es nun gerne getan, mit Freuden, denn leider,

so hatte man die Surprise genau hinter seiner Reihe niedergesetzt, hinter dem breiten Rücken Neanders, dem schmalen des Herrn v. Andria und seinem eigenen, weder breiten noch schmalen, sondern einfach gepolsterten Rücken. Nein, und ob Dame Imperia ihn noch so impertinent fürstlich fixierte: er wollte, er konnte sich nicht bezähmen, er mußte, von Neugier durchpulst, den Kopf drehen, um seitlich neben der Lehne seines Fauteuils hervorzulugen, während gegenüber der Herr v. Goldenberg landrätlich gelangweilt saß und Kastamomi das Pincenez auf die Nase hieb, wütend, da er ahnte, zu welch theatralischen Mitteln man griff, um diejenigen, die die Macht hatten, aus dem Sattel zu heben. Die Admiralität aber, an Gehorsam, Gleichmut und Disciplin gewöhnt, stand unerschüttert, kein Hals reckte sich, im Übrigen wußte man Bescheid.
Es war ein Moment höchster Spannung, als der Frondeur, der Rebell, der unbequeme Mann, welche Titel der Souverän noch wenige Wochen zuvor dem Herrn v. Borromeo verliehen hatte, vor seinem Monarchen den Deckel der ersten Kiste hob. Mit einem Ruck des Erschreckens fuhr das gesalbte Haupt zurück, eine schöne, viel zu zarte Hand wurde vor die geblendeten Augen geschlagen – was war denn?! Tiefe Betretenheit ringsum. Weinte der König? O nein. Der König faßte sich, der König sagte »A ..«, er sagte »Merveillos!«, er beugte sich in die Kiste. »Gold ..?« sagte er ungläubig, »pures Gold? Sie sind der großartigste Admiral, den ich mein Lebtag gesehen habe.«
Und er legte ihm, mit einem Anerkennungsblick, die Hand auf die Schulter.
Der Admiral, nach angedeuteter Verneigung, erwiderte trockenen Tones: »Seine Phrygische Majestät äußerte die Absicht, mir zum Andenken an meinen Aufenthalt irgend etwas zu vergolden, ganz gleich – zum Beispiel meine Galeasse .. aber wohin kämen wir mit dem Spartanergeist unserer Marine, wenn goldene Galeassen bei uns Einzug halten? So einigten wir uns auf Schiffs-Taue, ein paar Kisten Schiffs-Taue, die man leicht ersetzen kann, im Falle man sie braucht: sie wurden, durch einfaches Auflegen der Königlichen Hand, zu Gold. Was ist Ihnen, Baron?«
Der Baron wischte sich den Schweiß, der unter der Allonge niederrann, und stöhnte nervös. »Was wollen denn diese vielen Uniformen noch immer dort? Das ist doch im höchsten Grade ungemütlich!«
»Ja«, sagte der König, etwas abwesend, indem er nicht gern vom Golde aufblickte. »Was will die Flotte, Herr v. Ornano?«

– »Die Admiralität der Königlichen Flotte«, entgegnete der Vice-Admiral, »proponiert Ew. Majestät, nach wie vor, den schlichten Abschied für den Fregatten-Capitaine Karavatti.«

»Karavatti?« fragte der Monarch, indem er sich bereits wieder dem Phaenomen der Schiffs-Taue widmete. Sein Gedächtnis schien für heute anderwärts zu weilen.

Borromeo kam ihm zu Hilfe. »Er plauderte Dinge von delicatester Discretion aus, Majestät. Die Angelegenheit Cypern. Officiere, die schwatzen, halten zu Gnaden, sind eine Unmöglichkeit.«

»Karavatti? Ja! Natürlich. Ich entsinne mich. Aber bitte schön, bitte, pensionieren wir ihn, wenn die Herren es wünschen. Schlug er sich nicht zur Camarilla? Ja .. und was ich sagen wollte: dieses Takelwerk ist also nun, mein lieber Admiral, quasi Ihr persönliches Eigentum?«

– »Tauwerk«, verbesserte Borromeo. »Quasi gehört es Ew. Majestät.«

»Sie sind sehr patriotisch, das gefällt mir.«

– »Wenn ich untertänigst erinnern darf, Sire: ich bin ein Frondeur ..«

»Aber ein sehr angenehmer Frondeur – ein Rebell, der mir Gold bringt, amön, superbe, um mit der unvergeßlichen Durchlaucht unseres verewigten Fürsten zu sprechen.«

Gott, welch freie und aufgeräumte Laune herrschte da plötzlich im Conseil, ganz vortrefflich war dem Monarchen die gleichsam geborstene Stimme gelungen, und wenn nicht Alles täuschte, so zuckte es gar belustigt wasserhell in seinen Augen. Wer freilich noch tiefer blickte, dem konnte, trotz Gelächter, trotz unschuldiger Persiflage, nicht verborgen bleiben: er vermißte ihn, seinen toten Minister .. Und Borromeo merkte sich das.

»Sagen Sie, mein lieber Admiral, eine andere Frage – aber dafür ist eigentlich mehr der Baron Hermes zuständig. Betrachten Sie diese Taue, Baron. Mir fällt da ein, daß der Durchmesser – meinen Sie nicht? – etwa dem unserer Dublonen entsprechen könnte.«

Baron Vampyrios – endlich durfte er näher treten! – warf einen rosig nackten Blick in die Kiste, warf ein honigmildes Lächeln hinterdrein und rieb sich die Hände. »In etwa .. ja .. in etwa doch wohl, möchte ich meinen. Ich habe zwar das Eichmaß momentan nicht ganz praesent, aber in etwa dürften die Durchmesser doch wohl einander ähneln ..«

– »Der Herr Baron«, erläuterte Borromeo, »beschäftigt sich mehr

mit den Papieren, Majestät. Papiere wiegen nicht so viel, sie sind .. transportabler, emigrabler. Im Übrigen entspricht das Eichmaß tatsächlich genau dem Durchmesser dieser Goldstricke.«
»Ja, dann könnte man doch«, äußerte der König lebhaft, »sollte man denken, ohne Weiteres sozusagen, Münzen daraus prägen. Baron, wollen Sie das in die Hand nehmen.«
Der Admiral öffnete wortlos den Deckel der zweiten Kiste. Sie enthielt ein Samt-Tablett mit zwanzig goldenen Dublonen, die das Bildnis des Herrschers zeigten. »Wundervoll«, sagte der König und beugte sich ergriffen hinein.
Dem Baron schwoll die Galle. »Wer hat diese Münzen geprägt?«
»Ihre eigene Staatsmünze, mein Wertester«, erwiderte der Admiral. »Oder glaubten Sie, die Beamtenschaft Ihres Ministeriums stünde so einmütig hinter Ihnen wie die Admiralität hinter mir?«
– »Wie heißt der Kerl, Sie haben ihn bestochen!«
»Wenn es in der Marine *einen* Karavatti gab, Baron, so gibt es in der Finanz deren hundert, und sie gehorchen mir auf den leisesten Wink. Ich brauche sie nicht einmal zu kaufen.«
Da kam der König aus güldenen Tiefen empor, steifte den Rücken und sagte, während er die Admiralität anblickte: »Sie sind halt doch ein Frondeur?« Mißtrauen breitete sich über seine Züge, er erwachte aus dem Goldrausch und ging zurück zum Fauteuil, woselbst er mit Betonung Platz nahm.
Auch der Admiral trat wieder an die Tafel. »Zweifellos, Majestät. Ich habe das nie verhehlt, habe immer meine eigenen Ansichten gehabt und bin stolz darauf. Majestät sind, wie wir Alle, gewöhnt, die Dinge aus der Perspective des Grafen Godoitis zu sehen, eines Ministers, der unserem Lande noch lange fehlen wird, da saeculare Erscheinungen nun einmal nicht vom Himmel schneien. Und doch müssen wir, wenn sie dahin sind, mit frischem Mut an alte Aufgaben gehen. In dem selben Maße, wie ich glaube, dem Grafen mehr als einmal wichtige Dienste geleistet zu haben, indem ich ihn zwang, der Contrebalance zuliebe, die wichtigsten Ideen meiner Opposition aufzugreifen – einer Opposition, die immerhin constructiver Natur war, nicht destructiv –, in dem selben Maße bin ich überzeugt, daß gerade er, wenn auch mit ganz anderen Mitteln, die Crise gefördert haben würde, in der wir jetzt stehen. Welchen Namen die Crise hat, ja, an welche Person sie attachiert ist, das wissen wir; und wie wir wissen, daß Crisen entweder die Vorstufe zur Gesundung oder die Annonce zu sein pflegen, daß es nun Zeit ist zum

chirurgischen Eingriff, so wollen wir Ärzte von heute uns den Arzt von gestern zum Lehrer nehmen. Wenn ein Geschwür reif ist – man kann Jahre darauf gewartet haben – aber wenn es reif ist: dann gibt es keine Gnade mehr. Dieses Gold, Majestät, muß unser Seciermesser sein, mit dem wir die Fäulnis aus dem Leben des Staates herausschneiden.«

Dem Baron brach der Schweiß aus. Er klopfte nervös mit dem Federmesser auf die Intarsien, und das hieß, er verlangte dringend zu Wort. Der König nickte.

– »Sire«, sagte der Baron. »Es fällt mir nicht leicht, die Medicin bitterster Wirklichkeit in den Wein dieser goldenen Illusionen gießen zu sollen. Wenn ich es tue, so in dem Bewußtsein, daß es einzig an mir, dem letzten noch amtierenden Minister, ist, eine Catastrophe von unserem Lande abzuwenden, von der es sich nie wieder erholen würde. Wenn dieses Gold zu kalben anfängt, sind wir verloren . .«

»Was für Ausdrücke«, murmelte der Monarch.

– »Unser Land«, fuhr der Baron fort, »ist verschuldet, tief verschuldet. Aber es ist intern verschuldet, wir haben ausländische Lasten so gut wie gar nicht. Mögen also die inländischen bedeutend sein, sie sind eben inländisch, tasten unsere Souveränität nicht an, machen uns nicht abhängig. Mit einem Wort: *wir* können das ertragen.«

»Das glaube ich«, bemerkte der Admiral.

– »Wir können es ertragen, sagte ich, weil die Schuldenlast nur eine scheinbare ist. Der Opfersinn unserer großen Banken und der Sparfleiß unserer Landeskinder haben es möglich gemacht, ein Finanzgebäude zu errichten, das Jahrhunderte überdauern kann, gesetzt, die Krone sei klug genug, ihr mildes Regiment nicht neuer Regungen halber zu überspannen. Meine Herren, wir stehen im Begriff, einen gekrönten Charlatan an Sohnes Statt anzunehmen, und nicht nur, daß wir uns, geblendet vom Golde, in eine erdrükkende Kriegsgefahr begeben, rufen wir zur gleichen Stunde auch noch die Inflation ins Land, die den Wohlstand unabwendbar vernichten muß. Man prägt die Taue zu Münzen, man spiegelt dem Bürger vor, wir seien solvent, man zahlt die Gläubiger, die Gläubiger zahlen den Sparer aus, den Sparer überwältigt die Gier nach dem Anblick dieses Goldes, das Gold überschwemmt unsere Wirtschaft, unsere Wirtschaft ist darauf nicht eingerichtet, die Preise steigen ins Ungemessene, das Volk beginnt zu hungern, es hungert

und verkommt, die Verzweiflung bricht aus, der Aufstand, die Revolution – und blutig geht die Krone zu Grunde.«
Er zog sein Taschentuch, um eine Wirkungs-Pause eintreten zu lassen, der König das seine, um sich die feucht gewordene Stirn zu tupfen. Ob ihm die düsteren Perspectiven genügten? Er schien ein wenig müde. »Mein Herr Frondeur«, sagte er, »was wollten Sie zu den Ausführungen des Ministers bemerken?«
Tiefe Stille. Selbst Andria sah kurz zu seinem Chef hinüber, worauf er, befriedigt, sich wieder in sein Fascikel vertiefte. Es war ihm nicht zweifelhaft, daß man, wie damals auf Daphni, etwas Ungewöhnliches erwidern werde, nur besser placiert und an die richtige Adresse, etwas, das den schwankenden Souverän umwerfen oder ihn zwingen mußte, seinen Thron zu verteidigen.
Wie erwartet, so geschah es. Borromeo erhob sich nicht einmal. »Ich bemerke dazu«, sagte er kühl, »daß ein König ein König ist, Baron, und kein Bank-Procurist.«
Da pfiff der Baron ganz leicht durch die Zähne und blickte den Staatssecretär an, der Staatssecretär hieb das Pincenez auf die Nase und blickte den Monarchen an, der Monarch aber lächelte sein wissendes, vornehmes, trauriges Lächeln. »Sie sind sehr liebenswürdig mit mir ..« Und dann sah er erstaunt auf den Staatssecretär, der, durchaus nicht ermächtigt, wütend im Sessel emporkam, während das Federmesser zwischen den Fingern tanzte. »Es ist«, sagte der Staatssecretär, »ein völliges Novum, daß Hochverräter, die zur Verantwortung vor den Souverän citiert sind, sich aufspielen, als ob sie noch oder schon wieder Minister wären. Es ist ein Novum, daß verabschiedete Leute mit dem Ausland Verträge schließen, die über Wohl und Wehe ganzer Reiche entscheiden können. Bitte: ein halbes Kind, von ehrgeizigen Sonderlingen beraten, lädt mirnichtsdirnichts zu Staatsbesuchen ein, ohne daß der König, das Außenamt, das Protocoll auch nur die Ahnung davon haben. Wenn die Monarchie es duldet, sich in solcher Weise beiseite schieben zu lassen –«
Der König unterbrach. »Sie irren, Herr Kastamomi«, erklärte er ruhig. »Weder wurde das Außenamt übergangen, da Herr v. Goldenberg anwesend war, noch wurde ich beiseite geschoben, da die Prinzessin in meinem Namen handelte. Nebenbei auch in meinem Sinne. Man kann nicht jede Situation vorhersehen.«
– »Dann möchte ich betonen, daß ich nicht vom Monarchen sprach, sondern von Monarchie. Es steht fest, daß jedenfalls die Majestät der

Königin nicht unterrichtet war, nicht gefragt wurde, und auch jetzt niemand allerhöchst Ihre Rückkehr scheint abwarten zu wollen, ehe so weitreichende Beschlüsse gefaßt werden.«
– »Monarchie«, sagte der Admiral gleichgültig im Sitzen, »heißt nicht, daß zwei Personen herrschen sollen, oder drei, oder gar ein ganzes Cabinett, sondern daß Einer herrscht, eben der Monarch.«
Kastamomi, blutunterlaufen, stützte sich auf die Fäuste. »Es ist jetzt nicht Zeit, Theorieen zu erörtern. Die Praxis lautet: wir werden Ihren Vertrag nicht effectuieren.«
»Dann werden sich andere Unterschriften finden.«
– »Was soll das heißen?«
»Man wird das Cabinett wechseln und die Staatssecretäre auch.«
– »Für mich dürften Sie keinen Nachfolger auftreiben«, erklärte Kastamomi mit einer gewissen Großartigkeit. »Das gesamte Außenamt würde seine Demission geben.«
»Es erleichtert mich, das zu wissen, Herr Staatssecretär. Ihr Nachfolger wartet bereits in der Antichambre, und auch für Ihre Creaturen ist Vorsorge getroffen.«
Der König zog die Brauen in die Stirn und sagte »A ..«
»Sehr wohl, Sire. Majestät sind in der Lage, daß Sie nur zu befehlen haben, und es steht ein Außenamt zu allerhöchst Ihrer Verfügung, complètement nouveau, das ich mir in drei Jahren geschaffen habe, vielfach meritierte Leute, die gewöhnt sind, zu arbeiten und zu gehorchen, statt Obstruction zu treiben.«
Da der Baron Vampyrios erregt auf die Tischplatte klopfte, winkte der König ihm, zu sprechen.
– »Herr Admiral«, sagte er leise und drohend. »Ich warne Sie. Es wird mir jedes Mittel recht sein, Ihren Eintritt in das Ministerium zu verhüten. Notfalls wird man der Krone *zeigen,* wo ihre wahren Interessen liegen. Sie können uns ausbezahlen, wenn wir unsere Millionen auf einen Hieb zurückziehen. Das ist wahr. Aber es wird Ihnen nichts nutzen. Wir werden Ihr merkwürdiges Geld seelenruhig in den Tresor nehmen und werden trotzdem alle Guthaben sogleich sperren, weil wir in inflationistischer Währung ausbezahlt wurden.«
»Es ist nicht alles Gold, was in diesen Kisten glänzt«, entgegnete der Admiral mit kühler Concilianz. »Die dritte enthält eine kleine Überraschung für Sie persönlich.«
Der König versuchte einzugreifen, er sah, daß der Banquier bläulich anschwoll, aber Vampyrios, gereizt und verbissen, überging ihn.

– »Herr Admiral«, sagte er mit mühsam unterdrückter Erregung. »Ich warne. Ich *warne* Sie. Wir haben die Revolution in der Hand. Sie können mir mein Amt nehmen, nicht meine Macht, und wir werden auf die Straße gehen . .«

Borromeo sah schweigend den König an.

In diesem Augenblick rief Herr v. Ornano, der noch immer bei geöffneten Türen, fast schon vergessen, in der Antichambre die Tête seiner Herren hielt: »Es lebe der König!« – ein Ruf, in den der Stab der elf Admirale und der neunzehn Linien-Capitaines mit Force einfiel.

Der König, der, während Vampyrios über den eigenen Mut erbleichte, sein Papiermesser hingeworfen und mißtrauisch, weniger erschrocken als ungläubig, dem Klang des Hochverrats nachgehorcht hatte, wartete, bis die Ovation geendet, dann schlug er auf die Tischplatte und erklärte heftig: »In diesem Fall wird meine Flotte schießen. Man wird mit Hasardeuren umzugehen wissen.« Der Admiral, gleichgültig in den Verträgen blätternd, fügte hinzu: »Wir würden das Standrecht verhängen und Hochverräter vor ein Immediat-Gericht stellen. Eine Revolution, meine Herren, ist nicht so leicht zu machen, wie Sie glauben. Und wenn es Sie gelüsten sollte, sie dennoch zu versuchen, ich verspreche Ihnen, so wird sie unter den Canonen der Flotte erstickt werden.«

– »Welch tragische Töne«, sagte der Staatssecretär. »Warum in der Politik Alles so wörtlich nehmen? Der Herr Baron erlaubte sich einen kleinen Scherz.«

»Ein interessanter Scherz«, sagte der Admiral, von seinen Acten aufblickend.

– »Wie dem auch sei«, fuhr Kastamomi fort. »Der Vertrag mit dem Herrscher von Phrygien ist leider unterzeichnet, die Situation unseres Landes précaire, und Uneinigkeit können wir uns, zumal in so entscheidenden Stunden des nationalen Schicksals, nicht leisten. Wenn die Excellenz des Herrn Finanzministers sich also gegen die Contract-Erfüllung erklärt, müßten wir, so leid mir persönlich das tun würde, auf seine Dienste verzichten. Wir werden demnach ratificieren.«

Selbst für einen Liebhaber der Macht war die Wendung, den stärksten Pfeiler wie eine Nichtigkeit fallen zu lassen, sehr geschmeidig, und niemand hätte sie gerade diesem Kastamomi zugetraut. Aber siehe: der Pfeiler selbst wich dem Sturze aus, indem er beteuerte, er habe gleichfalls ratificieren wollen, man habe ihn mißverstanden.

Und eben schickte Borromeo sich an, ein streng denkendes Privatissimum über Staats-Moral zu halten, als unnatürliche Helligkeit die grünseidenen Tapeten überzog; die vergoldeten Portrait-Rahmen glitzerten in seltsamer Beleuchtung; die Ordenssterne verewigter Herrscher funkelten auf, verloschen, funkelten wieder .. Und alle Augen wandten sich fragend zum Fenster. Denn auch draußen vor dem Schloß war das Gebrodel phantasievoller Gespräche in der abruptesten Form erstorben.

»Meine Herren«, sagte der König. »Ich bitte doch um Disciplin.« Er klopfte mit Indignation gegen die Tischplatte. »Herr v. Ornano, lassen Sie bitte die Türen schließen; die Admirale mögen an Bord gehen.« Damit erhob er sich – welchem Beispiel man folgte. Vornehm und ahnungsvoll, stützte er die Finger leicht auf die Intarsien, steifte den Rücken und begann von Neuem. »Meine Herren«, sagte er. »Ich bin es nun leid und mag der krausen Art, in der regiert wird, nicht länger zuschauen. Ich brauche eine Persönlichkeit an der Spitze meines Conseils, und da die einzig noch amtierenden Minister so plötzlich die Politik des Herrn v. Borromeo unterstützen, sehe ich keinen Grund, zu zögern. Ich ernenne Sie, mein lieber Admiral, zu meinem Minister-Praesidenten. Führen Sie Staat und Siegel im Geiste Ihres großen Vorgängers, wobei Sie stets des Grundsatzes gedenken wollen, daß der Regierende ein Diener an seinem Souverän ist. Nehmen Sie mit diesem Handschlag meinen Glückwunsch entgegen.«

Und er streckte die schöne, viel zu zarte Hand aus, der Saphir, das betörende Blau, schwebte magisch in der immer mehr sich vergoldenden Luft. Während aber der Admiral vom unteren Ende der Tafel her mit beherrschten Schritten auf die Hand zu ging, um sie zu küssen, brach drunten das Volk in einen einzigen Schrei wilder, hemmungsloser, erlöster Begeisterung aus, den sich niemand erklären konnte.

XVI. Capitel

Es waren die Excellenzen die Einzigen nicht, denen an diesem Morgen, einem exceptionell schönen Morgen voll Frische und Glanz und Duft, das Leben ein Schauspiel vorführte, so ausgezeichnet, daß Unmengen von Zuschauern sich einfanden. Und doch hatte niemand etwas gewußt, Canonen-Donner genügte, schon strömten die Massen vor die Residenz. Da standen sie, verzehrt von Neugier,

während oben im Conseil-Saal die hohen Staats-Personen, über den Köpfen des Steh-Parquettes, in vornehmer Distance die Logen bewohnten.
Und dann schrie also das Volk?
Aber wir haben unordentlich erzählt . . Entsetzlich, wie konnte dem Autor das unterlaufen? Wie will er es je wieder gutmachen? Chers auditeurs, er nahm Rücksicht auf Euch, er wünschte Euch nicht zu verwirren – mit dem Erfolg, daß er nun tun muß, was ihm so meidenswürdig erschien:
Tenez! wir stellen die Uhr um fünf Viertelstunden zurück, der Admiral, mit wehendem Zweimaster, verfügt sich ins Schloß, ein Aufgebot Marine beschützt ihn hingebungsvoll, großes Rätselraten, fiel er denn nicht in Ungnade? sollte er der kommende Mann sein? man bringt ihm entsprechende Ovationen, er salutiert leutselig, man fühlt, er genießt eines bedeutenden Credites; knapp ist er entschwunden, ertönt neuerdings Jubel, man wendet sich um, natürlich: hinten am Hafen-Quai geht wieder etwas vor sich, Hüte wirbeln in der Luft, Pulverwölkchen, krachender Willkomm, wer mag es sein? auf der Reede, soviel man hört, sollen ja ganze Königreiche kreuzen, nur sieht man gar nichts von Auswärtigem Amt, ein peinliches Versagen, da fremde Potentaten die Krone Myrrha besuchen – aha! die Prinzessin, man hört »Danae!« rufen, die Leute sind rein närrisch vor lauter Begeisterung, Kinder! laßt sie doch leben, ihr zerreißt sie noch, kein Hündchen kann ihr verzückter die Hand lecken, sie kriechen geradezu am Bauche vor ihr, völlig außer sich vor Freude, ein Segen, daß die Marine auch ihr den Weg – Himmel, da ist sie! und selbst die kältesten Raisonneure, noch eben reserviert, verstockt, bedenklich, werden vom Fieber hinweggerafft.
Ja, sie war wieder da. Man schoß auf See, und die Zukunft stieg an Land – welch einfaches, befriedigendes, erfreuliches Tableau. Konnte es Complicationen geben?
In der Tat, das konnte es. Schon in der Antichambre fing es an, denn diese Antichambre leer zu sehen, ganz entgegen dem eigentlichen Zwecke, den Gott der Herr in seinem Schöpfungs-Plane den Vorsälen zuwies, war der Prinzessin zur Lebens-Gewohnheit geworden, seit sie die Zimmerflucht bewohnte, und das geschah immerhin an die zwölf Jahre, seit damals nämlich, als sie, trotz Glockenstimme und unschuldvollem Herzen, um ein Haar hätte Königin werden müssen – worauf zum Glück der Papa von einer Abdankung zurückstand. Prinzessinnen, jedenfalls, so hieß es damals,

logierten unter keinen Umständen bei der Majestät der Frau Mutter, selbst dann nicht, wenn Dame Olympia den Wunsch geäußert hätte. Aber sie äußerte ihn nicht. Basta. Man gab ihr ein gesondertes Appartement, darin hatte sie groß zu werden, wurde es auch, sie wuchs heran mit ihren Puppen und Hunden, mit ihren Reifröcken dann und später mit ihrem Pantherfell, und in zwölf Jahren war sie nicht *ein* Mal dahin gelangt, sich zu fragen, warum in der Antichambre keine Leute waren, die dort antichambrierten – nein, es bedurfte wahrhaftig eines Admirals, ihre Aufmerksamkeit auf solche Probleme zu lenken. Dieser Admiral . . und nun wußte sie es. Man antichambrierte bei denen, die die Macht hatten, man küßte der Macht die Hände und überreichte Bittschriften in schwülstigem Stil.

»Ich empfange nicht«, sagte die Prinzessin und rauschte durch all die hoffnungsvollen, bestürzten und bekümmerten, dienernden und knicksenden Gestalten ihrem Salon entgegen. Sie hatte ihn fast schon erreicht, da löste sich aus der Menge der Höflinge, sehr gegen Vorschrift und Protocoll, gleich eine ganze Woge von Damen – und was für Damen! sämtlich mit gekrönten Stickerei-Initialen auf der Brust, das schäumte hinter der Prinzessin her und erreichte es, daß sie noch einmal den Kopf wandte. Die Woge staute sich, wie wenn das Meer sich bäumt, und sie mußte sich stauen, weil der winzige Herr, der aufgeregt gesticulierend die Tête hielt, mit ungemeiner Behendigkeit die Verfolgung zur Reverenz verwandelte, eine Reverenz, melodiös bis zum Exceß . . die Prinzessin freilich, ohne es auszusprechen, fand sie einfach albern.

»Was wünscht Herr Poaretes?« fragte sie zerstreut – niemand anders als Poaretes war es – und begab sich endgültig unter der Tür hindurch, in deren Rahmen nun der Kgl. Myrrh. Hof- und Leibschneider eintrat, sodaß man sie nicht schließen konnte.

– »Die Verlobungs-Robe«, rief Herr Poaretes, es klang wie Flötenton, so als müsse K. H. nun sogleich in Verzückung fallen, und siehe, die Damen praesentierten das angekündigte Staatskleid, eine abundante Composition in Weiß, Grau und Blau, praesentierten es mit der unbeschreiblichen Attitude von Primaballerinen, wenn das Ballett in die Apotheose geht.

Danae warf einen geringschätzenden Blick darüber, trat an die Console, auf der einst die so unbotmäßige Statue des Zeus gethront hatte, und legte ihren von Reiherfedern bedeutend geschmückten Hut ab. »Ich habe nichts bestellt«, sagte sie, »wüßte auch nicht, daß ich mich verlobt hätte.«

Damit winkte sie der Baronin Ehrenpreis, stillen und liebenswürdigen Nachfolgerin der lästerlichen Frau v. Lambda, sie möge die Türflügel schließen lassen. In der Tat gelang es den Lakaien, Herrn Piccolo – so hieß er bei Hofe – ein wenig voranzuschieben. Man schob ihn, und derweilen, etwas vertraulich, lieh er der Ansicht Ausdruck, man werde es schneller wissen, als man jetzt zugebe .. und verbeugte sich aufs Neue.

Die Prinzessin beachtete ihn nicht weiter.

– »Diese Robe«, fuhr Poaretes nach einigem Besinnen fort, während er den Zwicker elegant von der Nase hob und mit spitzen Fingern docierend durch die Luft führte, »diese robe de fiançailles ist in Ansehung des delicaten Zweckes, ist gemäß geheimnisvollem Auftrag von sehr hoher Seite ganz besonders auf die natürlichen Reize Ew. Königlichen Hoheit zugeschnitten .. Ich möchte mich nicht in tactlosen Hymnen auf Dero Taille, Dero Linien, Dero incomparablen Teint ergehen, aber – ich wage es zu erklären – meine reichsten Träume von Eleganz, Grazie, Grandezza waren nur möglich, waren inspi –«

»Genug«, unterbrach die Prinzessin, sie wußte inzwischen, welchem Zweck solche Kleider dienen – Verlocken, Verhüllen, le jeu d'amour ..

Vermutlich hing Poaretes ähnlichen Gedanken nach. Denn indem er mit zierlich gewinkelten Füßen näher spazierte – es war kein Gehen, war ein gespreiztes und glanzvolles Gehabe –, während er in froher Bewegung näher spazierte, wobei er zu jedem wichtigen Wort, professoral und doch weltmännisch, den Zwicker in die Luft stach, sagte er: »Königliche Hoheit wollen sich gnädig erinnern, was Pythia uns prophezeite: es wird ein Schneider kommen, vor dem die Könige des Erdballes ihr Haupt neigen ..«

»Das müssen comische Monarchen sein. Und was habe ich in diesem Calcul zu suchen?«

– »Nun«, erwiderte der kleine Herr, der, vermöge immer stolzerer Leistungen, ein Neander der Haute-Couture, nach dem Baronat strebte, »Königliche Hoheit werden Hochdero eigene Reize mit denen der Robe auf das Glücklichste vermählen und darin eine so ausdermaßen vorzügliche Figur abgeben, daß die Majestät des Herrn Bräutigams unmöglich umhin kann, sich vor einem solchen, von Natur und Kunst brillierenden Meisterwerk sans arrêt bis auf das Parquett zu beugen, die Majestät des Herrn Vaters wird, Höflichkeits halber, dem erhabenen Beispiel folgen, kurz: die Weissagung Pythias, gebührend modificiert wie all ihre dunklen Prophetieen, geht in dem nämlichen Moment in Erfüllung, da der Fürst aus Morgenland – einem Gerüchte zu trauen – die Scene betritt. Freilich wäre dazu submissest von Nöten, daß man zuvor die unschätzbare Herablassung haben wird, mein chef d'œuvre der Anprobe zu würdigen ..«

»Sie verfügen über die Suada eines geborenen Hofmannes«, erklärte Danae. »Dennoch wüßte ich gerne, welchem Inconnu ich diese Aufmerksamkeit verdanke.«

– »Keinem Geringeren«, erwiderte der Schneider und stach den Zwicker großartig in die blau-silberne Atmosphaere, »als Seiner Erlaucht, dem Herrn Reichsgrafen zu Weißenstein, Hochwelcher sie vor einigen zehn Tagen bei mir in Arbeit gab.«

Die Prinzessin betrachtete ihn überrascht. »Seltsame Cadeaux«, äußerte sie und schien wenig erbaut. Eine vage Handbewegung deutete an, es sei nun genehm; und Herr Poaretes eilte hinaus, wobei sein Zwicker von fern an das gewaltige, goldgeränderte Pincenez des Staatssecretärs erinnerte. Der Staatssecretär .. Wie war man doch schlecht informiert – schlecht im Bilde über das, was dort unten gespielt wurde. Graf Weißenstein protegierte den Herrn Borromeo, ganz plötzlich, ohne erkennbare Gründe! und wo war Borromeo gewesen? Dunkle Geschichten. Ihren Segen, wofern man sie fragen wollte, hatte er jedenfalls, ein Godoitis N⁰ 2 stand kaum zu erwarten, aber noch kümmerlicher als die gegenwärtigen Machthaber konnte er auch nicht sein ..

»Liebe Baronin«, sagte sie zur Hofdame Ehrenpreis, »wir werden jetzt Anprobe halten. Sorgen Sie, daß niemand uns stört.«

Indessen, da störte man schon. Denn ehe die Prinzeß ihres gegenwärtigen Kleides entriet, um sich im halben Négligé den Blicken des Herrn Poaretes zu bieten – Schneider im Beruf sind geschlechtslose Menschen und unterliegen nicht den strengen Begriffen des Hof-Ceremoniels –, ehe die Vorführdamen vollzählig hereingewogt, die prangenden Atlasfalten entbreitet waren, öffnete sich noch einmal die Tür, und man brachte einen Korb, ein einziges, riesenhaftes, ungeheures Bouquet von Schlüsselblumen .. Es nahm kein Ende mit seltsamen Cadeaux. Und so viel man auch suchte: nicht das kleinste Billett fand sich zwischen den kühlen Stengeln dieser bei Hofe nicht eingeführten Wiesenpflanze. Schlüsselblumen .. Und man spielte einander Comödie vor, man war so liebenswürdig, die Kenntnisse des Rang- und Ehren-Protocolles vergessen zu haben, welches den goldenen Schlüssel zum Attribute der Kammerherren erhob.

»Sie duften wenig«, bemerkte die Prinzessin und roch an dem Morgengruß eines ungenannten, ultramarinblauen Verehrers. »Beginnen wir also.«

Expreß aber stand sie in einer Costumierung, in der man als Dame nur vor Schneidern, respective vor Liebhabern steht, als ohne jeden Wortwechsel, ohne Stimmengewirr oder ähnliche Warnungszeichen, die Türflügel auseinander *flogen* und in einer Gasse von devoten Bücklingen die Gestalt des Cyclopen sichtbar wurde. Was tun? Dieser Klotz! dieser Eber! derart in einen Salon zu stürmen, wo man feineren Sitten frönte! Und unter vornehm gedämpftem Schrei eilte die Prinzessin davon, hinter einen Rideau flüchtend, der geeignet schien, sie gegen die Blicke der Antichambre zu schützen. Douteux! Ans Fenster gepreßt, sah sie das Volk, teils entzückt, teils entrüstet, sans gêne heraufgaffen und drehte sich schleunig in den Stoff des Vorhangs ein. Also doch eine Verwicklung .. Aber die Draperie, Strapazen nicht schätzend, beantwortete das Manœuvre mit unsympathisch morschem Ruck und löste sich von der Befestigung.

»Schön guten Morgen!« rief der Kammerherr. »Welch prachtvolle Natur heute!« Lauter liebenswürdige Krähenfüße erschienen an seinen Lidwinkeln, während er sich kein Gewissen aus der Situation machte, die er angerichtet hatte. Für ihn gab es nur offene Türen – und freilich: einen Menschen, von dem man lediglich weiß, daß er etwas sehr Hohes sein muß, wird niemand zu behindern wagen, selbst in der Suite einer Prinzessin nicht, nicht einmal dann, wenn die Prinzessin Gründe hat, Herren-Besuch zu fürchten. Da stand sie, gerafften Damast in der Hand. »Der Graf Weißenstein ..« sagte sie, indem sie die Gardine verabschiedete, und streckte die Rechte aus, die er artig küßte, ohne sich allzu sehr zu neigen. »Aber wo kommen Sie jetzt her, Graf? Sie spazieren hier herein, mirnichts-dirnichts, als wären Sie unverwundbar ..«

– »Ein Fehlschluß, gnädigste Prinzeß, ein bedenklicher. Ich komme von S. M. Ihrem Bräutigam. Doch. Ernstlich. Midas heißt der Erwählte. Ich habe Ihnen sogar etwas mitgebracht.«

»Hören Sie, das geht mir etwas schnell –« Und zögernd nahm sie ein Medaillon entgegen, das in Email-Arbeit den Kopf des phrygischen Königs zeigte. Er hatte kobaltblaue Augen, er trug Bart – goldenen Bart – und sein Gesicht erschien schwammig. Wie mußte der Herrscher von den Rändern Asiens dann erst *wirklich* aussehen, da doch Portraits zu schmeicheln, zu heroisieren liebten!

– »Sie sind enttäuscht?«

»Ja.« Sie klappte das Amulett zu, wollte nichts mehr davon wissen und wandte dem Verehrer kühl die Schulter.

Er aber klemmte das Monocle ein, betrachtete ihren Rücken, ihre Locken, und konnte sich vor Vergnügen nicht lassen. »Ent-zückend!« rief er, ungehemmt strömte das berühmte Lachen aus den Bronchien, die Adern am Halse traten hervor, das Einglas spiegelte mit Funkeln die Sonnenstrahlen, die von See her in den blau-silbernen Salon fluteten –

Voilà: da geschah es.

Soeben wollte die Prinzessin, unfähig ohnehin, ihre Enttäuschung zu verheimlichen, ein ganz klein wenig aufstampfen, weil sie durchaus sich über das gräfliche Lachen ärgerte; soeben wollte Poaretes, nach so vielen Verzögerungen, die Anprobe beginnen, zu welchem Ende er melodiös mit dem Zwicker winkte; soeben erhoben die vier geschicktesten der Krönchendamen die schönste aller Mode-Schöpfungen, gewillt und gehalten, der Staats-Person so umständlich wie möglich hineinzuhelfen:

Da geschah es.

Zunächst bemerkte es nur der Kammerherr, und er merkte es, weil die Prinzessin nicht, wie vorgehabt, mit dem Fuße stampfte, sondern sich, in einer ganz merkwürdigen und unnatürlichen Weise, einfach still verhielt, vollkommen still. Es war, als ob der Umlauf ihres Blutes plötzlich stocke, als ob man ihn arrêtiert und gezwungen habe, so lange dort, wo er just war, zu warten, bis die Prinzessin aufgehört haben würde, in dieser hingebungsvoll lauschenden Art über das Meer zu blicken – wo nebenbei nicht das Mindeste zu sehen war, außer der Flotte, die apathisch den Golf rahmte. Und der Kammerherr streckte den ultramarinblauen Arm aus, die Fingerspitze empfahl eine ganz bestimmte Stelle des Horizontes, einen ganz bestimmten Punct zwischen Wasser und Dunst .. Herr Poaretes klemmte beschleunigt den Zwicker auf die Nase, und seine Damen ließen die Robe sinken.

In diesem Moment geschah es.

Was, bei allen Göttern des Olymp, geschah?

Gemach, vorerst geschah gar nichts. Und eben, daß *noch* nichts geschah, war das Bestürzende: wie einst, ehe das Erdbeben begann. Es lag etwas in der Luft ..

Secunden, sagt man. Aber das sind lange Zeit-Abschnitte, plötzlich fühlt man sie als etwas Gewaltiges, fühlt: die Welt könnte untergehen – auch gen Himmel fahren, ganz gleich – könnte sogar zerplatzen, wie eine Seifenblase, puff, ohne daß es sie Wunder nähme, dermaßen angefüllt ist sie auf einmal mit wunderbaren Möglichkeiten, Schauerlich-Heiterem, Selig-Bedrohlichem.

Die Luft vergoldete sich ein wenig – das war Alles.

Und wieder einmal stand die Zeit still. Bitte: gibt es nicht Zauberer? Plutone, Volcano? die in purem Anfall von Laune die Natur außer Kraft setzen? O Ihr Kleingläubigen, die Ihr nur glaubt, was Ihr seht! Und wenn es Euch tausend Mal undenkbar erscheint, undenkbar, daß etwa eine Fahne zu knattern aufhöre und dennoch, trotz Windstille, steif waagrecht bliebe; daß Möwen mit ausgebreiteten Flügeln über See wären, regungslos, statt entweder hinabzufallen oder wenigstens weiterzuschweben; daß ein Delphin, soeben aus feuchtem Elemente emporgeschnellt, nicht wieder zurückklatsche, sondern geruhsam von oben die Wellen betrachte; ein Cataract auf dem schäumenden Sturz vom Fels zum Tal seine Tätigkeit einstelle und gleichwohl wie gemalt, mit Wasserstaub, Geglitzer und Regenbogen, vorhanden sei; oder daß ein Schmied, den schweren Hammer nervig über dem Haupte schwingend, in dieser Pose einfach erstarre, als mache es ihm gar nichts aus, nicht darunter zusammenzubrechen: genau so stand die Zeit, wie gesagt, still. Herr Poaretes hielt seinen Zwicker beidseits der Nase fest, die Kronendamen ließen das Staatskleid nicht fahren, die Prinzessin umklammerte, ohne es zu wissen, noch immer das Medaillon des Königs aus Morgenland, ihr Cavalier zeigte unermüdlich zum Horizont .. Er hatte auch hier seine Hand im Spiele, buchstäblich, sein Finger zog alle Blicke mit sich fort, dahin, wo »es« jetzt geschehen würde.

Mein Gott: und dann geschah es. Es geschah, wie wenn die Sonne aufgeht. Man hat den kostbaren Morgenschlaf geopfert, um ihrem Lever beizuwohnen, man möchte es doch einmal erleben, wie es aussieht, wenn sie kommt, aber man ist ungeduldig, man erliegt dem Eindruck, sie zögert absichtlich, die Primadonna, unsere Spannung wächst, die Ungeduld steigt, steigt ins nicht mehr Erträgliche, noch goldener wird die Atmosphaere über der Kimm, noch satter das farbige Spiel der Wellen, jetzt concentriert sich der Glanz, jetzt hat es den Anschein, als versammle sich flüssiges Metall, *unter* der Kimm, schon vermögen wir den Punct genau zu bestimmen, an welchem sie sogleich, die liebe Sonne .. und dann, obwohl wir so lange, so gepeinigt, genarrt ihr entgegenfieberten, dann überwältigt uns der eine, fabelhaft wilde Moment doch immer wieder – ein Ruck, sie ist da, feuert Milliarden von Lichtpfeilen, und wir schließen die Lider ..

Ja, genau so geschah es. Ein goldenes Schiff ging auf. Ein Schiff von purem Gold schwamm plötzlich am Horizont, ein vollkommen goldenes Schiff ..

Da wurde denn die Natur wieder in Kraft gesetzt, die Fahnen knatterten, die Möwen schwebten, der Delphin klatschte zurück, brausend stürzte der Cataract vom Fels, der Schmied ließ den Hammer auf den Amboß klingeln, Herr Poaretes nahm die Hand vom Zwicker, die Staatsrobe rauschte, die Gesichter glätteten sich, Alles seufzte vor tiefer Ergriffenheit, und die Prinzessin – richtig: was tat die Prinzessin? Ohne ein Wort sank sie, im Stehen, rückwärts, mit ihren nackten Schultern, gegen die ultramarinblaue Brust des Kammerherrn.

Er fing sie chevaleresk auf und stellte sie wieder hin. »Das impressioniert Sie?« fragte er.

»*Das* impressioniert mich«, erwiderte Danae.

– »Kunststück«, bemerkte Seine Erlaucht. »Das Gold ist die Sonne der Metalle .. habe ich mir sagen lassen.«

Unten aber, auf der Schloßfreiheit, wo man das Wunder, weil man niedriger stand, erst Secunden später begriff, brach ein einziger, wilder, hemmungsloser Schrei der Begeisterung aus, sie waren die reinen Gold-Fetischisten, die lieben Myrrhonesen, und nur der Conseil-Saal – noch immer hielt der König die Hand des neuen Minister-Praesidenten in der seinen – nur der Conseil-Saal wußte sich keinen Reim.

Man explodierte vor Neugier.

XVII. Capitel

Midas?

Eben noch hatte der Baron dem Staatssecretär, der Staatssecretär dem Barone zugelächelt, ein säuerliches und mißgelauntes Lächeln, dem der feste Boden entschwand: jetzt aber, da die Rufe jeden Zweifel zerstreuten, daß ein massiver Gold-Klumpen, ein 20karätiges Gala-Monstre-Palais, vor den Küsten von Myrrha prunkte, jetzt reckten auch sie die Hälse – obwohl man, in der Tiefe des

Raumes stehend, rein gar nichts, nur das extravagante Gefunkel sah – und beschlossen, die Führung solcher Capitalien um keinen Preis diesem streng denkenden Militär zu belassen, sondern ihn platterdings an die Wand zu spielen.
Nein, es war kein Zweifel mehr. Und der König, schrägen Hauptes den Kundgebungen lauschend, blickte auf das scharf und kühn geschnittene Gesicht Borromeos, das als stummes Portrait, von wogenden Reflexen inonduliert, vor der Seiden-Tapete stand, bemerkte die Unruhe der beiden nicht Demissionierten, bemerkte, daß die Väter aus ihren Bildern milde herniedergrüßten, und zuckte ein wenig zusammen, als draußen die erste Salve des Flotten-Salutes barst. »Ja, die Preußen schießen schnelle«, sagte er skeptisch, indem er eine jener saloppen Redensarten citierte, wie sie Graf Godoitis von Brandenburgischer Ambassade heimbrachte. »Haben *Sie* den Feuerbefehl gegeben?«
– »Prophylactisch«, erwiderte der Admiral. »Es geschah nicht aus Lust, sondern aus Necessität.«
Dem Monarchen gefiel die Antwort, sie erinnerte an glückliche Zeiten, da ein großer Mann ihm secundiert hatte, und mit bestätigendem Druck gab er endlich die Hand des Nachfolgers frei. »Die Sitzung ist aufgehoben. Nun wollen wir . .«
Er wandte sich zum Balcon, dessen verglaste Türen ein geradezu verjüngter Landrat ihm öffnete, froh, der lästigen Bürde ledig zu sein, ein Meister des Zwischen-Actes und der kurzfristigen Ämter.
– »Meinen Glückwunsch, Herr Admiral«, säuselte Vampyrios, »das haben Sie sauber hingekriegt«, und bot ihm die rosige Hand. »Ich empfinde es als Auszeichnung, mit Ihnen gemeinsam an der Zukunft unseres Landes zu arbeiten. Excellenz . .«
»Excellenz . .« entgegnete der Admiral und verneigte sich, ohne die Hand zu ergreifen.
Dann betraten auch sie den Balcon und sahen ein Schauspiel, das selbst den vom Luxus verwöhnten Bankherrn enflammierte: fern auf den Wogen schwamm, in einer Aura von Licht, das goldene Prunkschiff des Königs von Phrygien. Mit goldenem Rumpf breit hingelagert auf den tiefblauen Wassern, kam es mit goldenen Schanzen und Castellen, goldenem Segelwerk, goldenen Masten und goldenen Flaggen langsam dahergeschäumt. Umschwärmt von schnellen Corvetten, umspielt von Delphinen und von dem Gischt der Bugwellen, schwamm es über den Horizont, tausendfältig glitzerte die See, tausendfältig schoß die Sonne aus den Spiegeln der golde-

nen Takelage zurück und blendete, mit schmerzhaften Lichtpfeilen aufblitzend, die trunkenen Augen. Die ganze Hafenfreiheit war ein einziger, hectischer Tanz. Weiber, Greise, Kinder, Männer: Alles umarmte einander unter Freudentränen und malte sich, glühend vor Emphase, das Zeitalter des Reichtums, das über Myrrha kommen werde – besinnungslose Verzückung ..

»Wenn der Mensch sich zum Gott macht«, sagte nachdenklich der König, »ist es aus mit den Göttern. Man *sehe* sich das an!«

Er hatte nun schon eine hübsche Weile dort oben repraesentiert, doch jetzt erst bemerkte man ihn. »Es lebe der König!« kreischte eine alte Frau – daß die Leute immer so schreien mußten! –, und der Vice-Admiral, der langsam vor seiner Suite aus dem Ehrenhof schritt, streckte den Zweimaster in die Luft. »Seine Majestät«, rief er, »hurrah!«

»Hurraah!!« brauste es über den Platz.

Borromeo und Andria, während der Monarch leutselig hinunterwinkte, verließen discret den Balcon, um das Samt-Tablett aus der zweiten Kiste zu heben, und dann hielten sie inne, amusiert, denn sie hörten Disput. – »A was, seien Sie gemütlich.« – »Nein, strenger Befehl.« – »Aber mir ist übel.« – »Das Compartiment befindet sich rechts.« – »Es soll Ihr Schaden nicht sein, mein Herr Officier; ich schenke Ihnen hundert Dublonen.« – »Strenger Befehl, Excellenz.« – »Tausend.« – »Strenger Befehl, Excellenz, nicht für eine Million, holen Sie Erlaubnis vom Admiral.«

»Ja, wo drückt es denn, Baron«, sagte Borromeo, indem er die Antichambre betrat.

Es war Filippo Gigante, der schmächtige Riese, Apuliens Jüngling war es, der hier so tapfer Feldwache stand, hier, wo Dublonen zu Millionen auf ihn einstürmten, er aber stand Posten, und nahte ein Vorgesetzter, so meldete er den allfälligen Sachverhalt. Doch siehe, der Admiral winkte ab, winkte mit zwei Fingern wortlos dem Finanzgewaltigen, der ungern gehorchte. »Wo solls schon drükken!« äußerte Vampyrios wütend. Da legte ihm Borromeo liebevoll die Hand auf die Schulter, die das Wohlleben gepolstert hatte. »Sie werden mir doch nicht mein schönes Programm verderben«, sagte er. »Kommen Sie. Ihr Amt ist es, dem König die Münzen zu überreichen, das Volk will doch auch Teil haben an der Inflation.«

Und Baron Hermes, Vampyrios Hermes, Seiner Majestät Finanzminister, credenzte dem Monarchen das samtene Tablett, ja, er vollführte, mit dem nackten und rosigen, leider so unrasierten Kopf, eine einladende Geste zur Menge hinunter.

»Sie meinen?« fragte der König, nicht gerne trennte er sich von den schönen Dublonen. Dann aber streute er sie doch mit gnädiger Hand, einzeln vom Balcon herab, in die begeisterte Menge. »Hurraah!« brauste es über den Platz, und man schlug sich um die Goldstücke, »Hurraah!!« und man stieß Nachbarn, Freunde, Schwestern, Eltern zur Seite, »Hurraah!!« und die Glücklichen, die etwas erhascht hatten, küßten erregt, bewegt das Bildnis des Landesvaters.

»Es ist doch verhältnismäßig leicht, populär zu sein«, bemerkte der König. »Wir werden jetzt öfter den Almosenier spielen, das stärkt den monarchischen Gedanken, wie mir scheinen will .. Und die Gedanken des Monarchen«, fügte er mit vornehmem Lächeln hinzu, »stärkt es natürlich auch.«

– »Majestät«, bat der Staatssecretär, man sah, daß ein Problem ihn beschäftigte. Aber er schwieg, denn vor dem Horizont hatten die Schiffsschlünde geblitzt, die großen Stücke gesprochen, und nun drang die Detonation herüber, während weiße Pulverwölkchen in die vergoldeten Lüfte schwebten. Die Salve rollte und brach sich an den Fronten des Palais, sie brach sich an den Gebirgen und kehrte zurück. Dann verhallte sie ganz.

»Was wollen Sie?« fragte der König. Offenbar war es ihm wenig lieb, in der Zwiesprache mit seinem Volke gestört zu werden.

– »Der Empfang, Majestät. Es wird sich nicht vermeiden lassen, daß Majestät persönlich –«

Tiefes Mißtrauen. »Es wird sich nicht vermeiden lassen?« wiederholte der Monarch. »Es wird sich nicht .. meinen Sie? Herr v. Borromeo: worum handelt es sich hier? Kommt mein Herr Schwiegersohn auf *Ihre* Einladung so sans façon dahergesegelt, oder auf die seine?«

– »Auf die meine jedenfalls nicht, Majestät. Ich wußte zwar, daß er kommen werde, aber wann und in welcher façon – das wußte ich nicht. Seine Majestät hatte lediglich die Huld, mir zu sagen –«

Und wieder barst eine Detonation. Gewaltig grollte der Donnerhall über die Hauptstadt dahin ..

– ».. mir zu sagen, er sei kein Freund des Ceremoniels und werde keine Umstände machen.«

»Nun, ich werde auch keine Umstände machen.«

Der Staatssecretär hieb sich das Pincenez, das unmäßige, das goldgeränderte, auf die Nase, die ein wenig knollig war, und sein Gesicht zeigte, wie stets, einen wütenden Ausdruck. Er hatte Alles vergessen, Crise, Ministerwechsel, Drohungen, persönliche Rancune, er war nur noch Staatssecretär und verantwortlich für das Protocoll. Sein Amt ging mit ihm durch. »Gleichwohl, Majestät«, wandte er ein, »werden Ew. Majestät Seine Majestät bedeutend empfangen müssen.«

Brrumm!! riefen die Geschütze.

Der König wartete, bis sie zu schweigen geruhten. »Man hat mir gesagt«, entgegnete er, »mein hoher Gast sei des Ceremoniels müde. Ich bin es auch. Ich sehe gar nicht ein –«

Brrumm!! riefen die Geschütze. »Es handelt sich aber um einen souveränen König!« schrie der Staatssecretär. Und der Donner verrollte.

Milde erwiderte der Monarch: »Es handelt sich auch bei mir um einen souveränen König.«

– »Es handelt sich aber außerdem um grundsätzliche Conventionen, halten zu Gnaden!«

Da schlug die schöne, viel zu zarte Hand mit dem blauen Saphir hart auf die Brüstung. »Seien Sie doch nicht so eigensinnig! Natürlich handelt es sich um grundsätzliche Conventionen. Und eben weil sie umgestoßen werden durch so ungewöhnliche Formen der Annäherung, gedenke ich *nicht* am Quai zu erscheinen.«

Der Staatssecretär hob ungeduldig die Schultern. Eine Brise fuhr über See, weiße Schaumkronen wurden auf das Blau der Wellen getuscht, die einen Augenblick aussahen, als frören sie, denn eine Wolke glitt über den Himmel, und das goldene Linienschiff rauschte mit mächtigerem Wind an der Insel Theodosia vorüber in den Sund, wo nun Escarpe und Contrescarpe die Batterieen sprechen ließen. Und wieder feuerte die Flotte eine Breitseite in den Aether hinauf, das Volk aber, militärfromm und königstreu, jauchzte dazu, und es war ein herrlicher Tumult.

»Man wird mir nicht zumuten wollen«, sagte der König, »daß ich schiefe Situationen eingehe. Schließlich bin ich der Brautvater und habe die Priorität vor dem Bräutigam – von der Anciennität meiner Krone ganz zu schweigen.«

– »Majestät werden«, erwiderte der Staatssecretär mit der furchtbaren Beharrlichkeit der Beamten, »die Majestät des Herrn Bräutigams doch auf die eine oder andere Weise begrüßen wollen?«

»Auf jede andere Weise gern, nicht auf diese«, entgegnete der Monarch gereizt.

– »Aber die grundsätzlichen Conventionen, Majestät« – brrumm!!! donnerten die Cartaunen, und der Staatssecretär schrie das Weitere mit voller Lungenkraft: »Irgend jemand wird sich jetzt hinunter begeben *müssen!*«

Der König hörte nur »Müssen«, das brachte ihn endlich in Wallung. »Sie sind mir lästig!« rief er scharf, als es wieder still geworden. »Dieses ganze Protocoll ist mir lästig. Ich *wünsche* von Ihnen nicht gemaßregelt zu werden.«

Und er fuhr sich mit dem Zeigefinger erbost in die Halsbinde, die etwas spannte. »Admiral«, sagte er, »auf ein Wort.«

Herr Kastamomi hüstelte ärgerlich.

Eine neue Detonation zerriß die Luft. König und Minister-Praesident aber traten zurück in den Conseil-Saal, wo man vernünftig sprechen konnte, und Borromeo schloß die Glas-Türen, während draußen auf dem Balcon das Cabinett teils in Unruhe, teils in Gleichmut zurückblieb, um ohne das gekrönte Haupt den Staat darzustellen.

»Dieses *ewige* Besserwissen!« rief der erbitterte Monarch und zerrte erneut an dem zu straff gebundenen Kinn-Gefängnis, das dem Kopf eine so unvergleichlich repraesentative Haltung verlieh und unbequem war wie alle Repraesentation. Er trug ein taubengraues Justaucorps mit bestickten Schößen und einer Galerie von Ordenssternen, um die schlanke Leibmitte wand sich das Blau der Schärpe, während schräg über die Brust, citronengelb, das Band des Großkreuzes der Krone von Myrrha dem Zierdegen entgegen zog. Und trotz seiner zornigen Stimmung schien der König noch immer mit sich zu ringen, mit der Gerechtigkeit, mit der Pflicht zu leidenschaftslosem Urteil, mit der Anhänglichkeit an Gewohntes und mit der zweiflerischen Scheu vor nicht zu berechnenden Folgen .. Nachdem er aber ausgiebig von der Speise der Scrupel genossen hatte, gebar er seinen Entschluß. »Kastamomi erhält den Abschied«, verkündete er heftig. »Ich bin es jetzt satt. Gehen Sie hinunter und bringen Sie diesen leidigen Empfang in Ordnung.«

– »Bliebe nur noch das Ressort der Finanzen, Majestät«, sagte Borromeo. »Ich schlage Herrn v. Goldenberg vor.«

Der Monarch blickte mißtrauisch auf. »Wieso?«

– »Ich habe«, erwiderte der Admiral, »begründeten Anlaß, nicht mit gestrigen Leuten regieren zu wollen.«

»Aber ich kann den Menschen nicht einfach hinauswerfen. Er hat schließlich keine silbernen Löffel gestohlen.«

– »Silberne Löffel nicht, Majestät. Runde fünfzehn Millionen Taler – darf ich bitten . .«
Er öffnete den Deckel der dritten Kiste und überreichte dem Souverän das Original eines Vertrages, nebst dem Duplicat einer Quittung, Papiere, laut welchen das Bankhaus Hermes dem Botschafter der Republik – in bar! – eine allerdings erschreckende Summe überwiesen hatte, mit dem Ziel, sie jederzeit in Venedig abheben zu können. Dieses Verfahren, gleich dem der Banknote im Gehirn eines schottischen Financiers gebrütet, geheckt und großgezogen, war kürzlich, auf victoriöser Reise durch Europens Hauptstädte, auch nach Myrrha gekommen, und eben weil es, vermöge eines einfachen, klaren und bestechenden Gedankenganges, dem bisher so gewichtigen Gelde, über Nacht quasi, eine höchst transportable, höchst emigrable Leichtigkeit verlieh, sah sich der Chef des Kgl. Myrrh. Finanz-, Handels- und Wirtschafts-Départements seinerzeit gehalten, zum Schutze staatlicher Interessen und eigener Liquidität dagegen einzuschreiten, denn es begünstigte die Flucht der von vampyrischen Steuern gequälten Vermögen in das geruhigere Ausland . .
Der König strich sich mit den Fingerspitzen fest über die Stirn und ließ das Blatt sinken. »Admiral«, sagte er gepreßt. »Welch ein Sumpf! Welch eine Corruption.« Und nach einer Pause fügte er grollend hinzu: »Das ist fast der ganze Geld-Umlauf, über den wir verfügen. Was gedenken Sie zu tun?«
– »Ich bitte um Vollmachten, Majestät.«
»Die sollen Sie haben. Bei Gott, diese Vollmachten sollen Sie haben.«
– »Untertänigsten Dank, Sire. Das Geld befindet sich in Obhut des Grafen Weißenstein, der es zurückerstatten wird, sobald der Baron nicht mehr amtiert. Was ferner den Empfang für Phrygien betrifft, so schlage ich vor, ihn *nach* der Landung anzuberaumen, und zwar im Thronsaal, sodaß die Anciennität Myrrhas deutlich documentiert ist. Der König wird im Namen der Krone von mir begrüßt und hineingeleitet. Ich denke, in frühestens einer halben Stunde kann das Débarquement beendet sein, worauf die Ceremonie beginnen würde. Darf ich Ew. Majestät noch bitten, die Cabinetts-Liste genehmigen zu wollen.«
Damit entnahm er seiner Mappe ein Schriftstück, es enthielt die Patente der neuen Minister, und reichte es dem Monarchen, der es, auf die Tischplatte gebeugt, überflog. »Auch meinen General-Adjutanten soll ich wechseln?«

– »Es liegt Einiges gegen ihn vor.«
»Gegen Bandra? J'en doute. Aber wie Sie meinen. Bitte mir den Act dann heraufzuschicken. Ich an Ihrer Stelle würde mir nicht zu viele Feinde machen. – Und dieser Herr v. Bar als Außenminister? Herr v. Merziphon als Staatssecretär? Man kennt die Leute kaum.«
»Ew. Majestät brauchen nur zu vertrauen. Ich stehe für jeden meiner Mitarbeiter ein.«
Der König richtete sich würdevoll auf und maß seinen Admiral mit einem langen Blick, der nachdenklich in den kühlen, graublauen und nicht gütelosen Augen ruhte.
»Sie sind halt doch ein Rebell«, sagte er dann unter merkwürdigem Lächeln. »Ich vertraue Ihnen.«
Er reichte seine Hand und verließ in milden Gedanken den Conseil-Saal. Borromeo aber ging noch einmal auf den Balcon, um dem Staatssecretär, der noch einmal wütend das Pincenez auf die Nase hieb, die Entlassung mitzuteilen, und dann verneigte er sich ein ganz klein wenig gegen den gewesenen Finanzminister: »Kommen Sie, Baron. Sie sind verhaftet.«
Er sagte das so rücksichtsvoll, so einladend und conciliant, daß der Banquier nicht widerstehen konnte.

XVIII. Capitel

Dem Admiral, als er die Antichambre betrat, in welcher die Damen Poaretes an der Staatsrobe änderten, bot sich durch die Türe – der Modist hatte sie offen gelassen, entschuldbar, weil ihm Eile befohlen – ein wundervolles und poetisches Bild. Vor dem Hintergrunde der tiefblauen Wogen, vor den Pulverwölkchen des Flotten-Salutes, in denen das goldene Linienschiff schwamm, erblickte er die Schultern der Prinzessin, nackte Schultern, couleur de rose, die sein Seefahrerherz entzückten – die Admiralin, mit Anmut alternd, besaß Verständnis für diese seine Schwäche –, erblickte er den schönsten der je vom Schöpfer modelierten Rücken, regungslos gegen See stehend, und daneben, in steifem Ultramarin, die männliche Contrepièce .. Da aber niemand sich zeigen wollte, einen Gast zu melden, so zog er den Zweimaster zur Brust, denn auch ihm war Eile geboten: »Tausendmal um Pardon«, sagte er und verneigte sich.
Man nahm keine Notiz von ihm.
– »Sie *brauchen* nicht«, erklärte mit Hochmut der Kammerherr.

»Bitte: refusieren Sie ihn, mir ist das gleichgültig. Schließlich bin ich weder Ihr Vormund noch Ihr Beichtvater, und schon gar nicht Ihr Hoflieferant. Sie erwarteten, ich würde einen Don Giovanni schicken?«

»Sie versprachen es, Graf.«

– »Da haben Sie mich völlig mißverstanden. Ich *spielte* mit dem Gedanken, ich *versprach* es nicht. Immerhin ein Unterschied. Ich sagte, es sei das Ihr Ideal .. Und Sie verlangen, ich soll es herbeicitieren – großartig! Bin ich ein Zauberer, bin ich ein Institut, ein Magazin, das junge und stolze Könige auf Lager hält? Was wollen Sie denn eigentlich? Einen *schönen* Mann? Als ob es in der Ehe auf Schönheit ankäme. In Ihrer Position, Prinzessin, handelt es sich darum, eine *Partie* zu machen! und zwar die reichste, glanzvollste, politisch und diplomatisch einwandfrei entwaffnende! Voilà! Alles das bietet Ihnen Midas. Sie aber sagen: ich mag ihn nicht, er ist ein Faß, eine Tonne, ich liebe schlanke Leute, ich liebe tote Leute, ich bin mir zu schade, etcetera pp. Wissen Sie, wie ich das nenne?«

»Nein.«

– »Launen.«

»Danke .. – Es kommt jemand.«

– »Der Jemand kommt schon zum dritten Mal. Die Flotte als neuer Premier ..«

»Borromeo ist Minister-Praesident?«

Da nahm der Frondeur, nachdem er, aus Zartgefühl, in der Tat die Antichambre mehrmals durchquert hatte, aufs Neue den Zweimaster zur Brust, verneigte sich und sagte schlicht: »Er ist es.«

»Gratuliere«, erwiderte die Prinzessin, kurz und bündig. »Sie wünschen also auch, daß ich diesen Herrn da« – und sie expedierte eine geringschätzige Handbewegung zum Fenster hinaus – »heirate?«

Der Admiral, nachdem er den Kammerherrn angeblickt, in der Erwartung, dieser werde ihn begrüßen wollen, was indessen nicht geschah, strich sich mit Daumen und Zeigefinger das Kinn. »Selbstverständlich, Königliche Hoheit«, entgegnete er halb belustigt, halb ernsthaft. »Denn andernfalls ..«

»Andernfalls?«

– »Weil Königliche Hoheit andernfalls diesen Herrn Polycrates heiraten müßten.«

»Müßten?« Und sie zog die Brauen in eben der selben Art hoch in die Stirn, wie es ihr Vater zu tun pflegte, wenn er einen ganz besonderen Grad von Erstaunen oder Betretenheit ausdrücken wollte. »Godoitis hat mir gesagt, ich sei eine Solistin . .«

– »Auch die Solisten, Königliche Hoheit, tanzen nicht, wie sie mögen, sondern wie sie müssen. Einsame Ämter bedingen einsame Entscheidungen, und sie liegen im Zwang der Entwicklung. Das Volk würde es niemals begreifen, wenn Sie aus einer Enttäuschung Ihres Herzens das Gold, das da geschwommen kommt, abweisen.«

Hier ließ der Kammerherr das Einglas fallen und wandte sich zu dem neuen Machthaber um. »Parfait«, rief er, worauf er die Prinzessin ansah. »Man kann Solist sein, aber es gibt nur zwei Arten, es zu sein. Indem man verachtet, oder indem man führt. Graf Carlo konnte es sich erlauben, ein aristocratischer Verächter zu sein, er hatte das Format dazu.«

»Ich«, ergänzte die Prinzessin, ein wenig zögernd, »habe es demnach nicht?«

Erlaucht klemmte das Monocle ein und warf einen Blick auf See, wo das goldene Linienschiff noch immer gegen den widrigen Landwind kreuzte. »Ich will Ihnen etwas sagen. Was den Solisten in den Augen der Menschen in Verruf bringt, ist, daß sie fühlen, er verachtet sie. Verachtung ertragen sie nicht. Dito der Monarch. Was den Monarchen groß macht in den Augen der Menschen, ist, daß sie fühlen, er kennt sie nicht nur, er er-kennt sie und nimmt die Last seines Amtes mit allen, eventuell einsamen Consequenzen auf sich: um sie zu führen. Eine einzige Generation, die Instinct hat, richtet wankende Dynastieen empor. Eine einzige Generation, die nicht so ist, verdirbt es wieder. Die Menschen *wollen* geführt sein.«

»Und ein bißchen Glück«, warf die Prinzessin mit Unmut ein, »wollen sie auch geliefert haben,und es ist ihnen ganz gleichgültig, ob das Glück ihres Fürsten darüber zu Grunde geht.«

Der Kammerherr, sein Spielzeug neuerdings fallen lassend, erheiterte sich. »Mein liebes Kind«, sagte er gönnerhaft und tätschelte gar ein wenig die Wange der Prinzessin. »Es ist noch nicht lange her, da meinten Sie, daß es vielleicht einen Weg zum Ja und zur Wärme gäbe. Schöne Theorieen. Inzwischen steht der Eventual-Fall vor Ihren Küsten. Denn die Maxime, die wir soeben aus dero souveränem Munde vernahmen, wäre genau so gut auf Sie anzuwenden: ein bißchen Glück will sie auch geliefert haben, die verwöhnte Person, und das Glück ihres Volkes ist ihr schnurz.«

»Ja, Graf«, erwiderte die Prinzessin, »das ist es. Ich sehe durchaus nicht, woher man das Recht nimmt, vom Fürsten Opfer zu verlangen. Zumindest könnte man ihn fragen. Opfer sind doch schließlich keine Selbstverständlichkeit. Ferner ist mir überhaupt neu, daß plötzlich mit dem Volk operiert wird. Ich habe *ein* Mal ein Opfer gebracht. Man geht darüber hinweg, als ob es Nichts sei. Und schon *als* ich es brachte, hat man sich aufgeregt: ich hätte es früher bringen müssen, es wären viel zu viel Menschen gestorben, ich handelte egoistisch, und so weiter. – Im Sinne dieses Opfers bin ich übrigens *verlobt* mit diesem Herrn Zeus und also gar nicht verfügbar. Was antworten Sie?«

Der Graf fixierte längst wieder die See, und er antwortete gar nichts, denn man hörte kommen. Außer Atem stürzten die Hofdamen herein, Baronin Ehrenpreis mit der Schmuck-Cassette, Gaudenzia Sinigallia mit dem Morgenrock, einem Gedicht in Weiß und Blaßgrün.

»Wo bleibst du nur so lange?« sagte die Prinzessin.

– »Wir fanden ihn nicht, Königliche Hoheit.«

»Wen?«

»Den Herzog von Candia«, bemerkte der Graf, indem er weiter zum Fenster hinausblickte. »Na, ich wollte wohl auch!« rief er, während hohe Röte das Gesicht der kleinen Botschafters-Nichte übergoß, »man scheint den Salut der Königlichen Flotte wahrhaftig erwidern zu wollen.«

– »Den Morgenrock«, sagte Gaudenzia, verwirrt und schmollend. »Er war im letzten Koffer.« Der Kammerherr aber lachte ganz leise und nickte dem Fräulein nicht ohne Güte zu.

Nun endlich, vermöge der robe de chambre, die ein Ensemble von empfindlichen Reizen auf das Wohltätigste verbarg, durfte auch die Prinzessin es wagen, in die Nähe des Fensters zu treten. Schon ließ das goldene Schiff, nicht eine Seemeile mehr von der Mole entfernt, seine Stückpforten aufrasseln, Matrosen, die qualmenden Lunten in der Hand, faßten hinter den Geschützen Posto. Und zugleich hörte man – verwünschte Störung! – auf den Corridoren Hellebarden-Geräusch, nach dem Règlement der Beschluß des Praesentiergriffes, die Stimmen von Damen wurden vernehmbar, wie sie mit großem Geplauder zur Antichambre hereinwogten.

»Ruhe da hinten!« donnerte der Kammerherr – und in diesem Augenblick barst die Salve, man hatte sich, bei Gott, den gewaltigsten Moment für den dümmsten Tratsch ausgesucht, denn König Midas schoß mit purem Golde, ein solcher Herr war er. Die Salve barst, weiße Pulverwölkchen entschwebten, funkelnder Nebel stand

hoch in der Morgenluft, und an die Fensterscheiben prasselte es zierlich.
– »Ah, qu'il est moqueur . .« sagte eine aquarellblaue Stimme im Hintergrund.
– »Der Goldene Regen«, ergänzte der Admiral.
»Unverschämtheit!« Mit *einem* Schritt war Erlaucht Graf Weißenstein an der Balcontür, riß sie auf, trat hinaus, streckte die Hand vor sich hin und kam zurück, den Raub zu betrachten. Sein Auge schoß eisige Strahlen. Was hatte er nur? es war doch eine sehr artige Demonstration? Und während Frau v. Ehrenpreis, zu spät ihrer Pflichten gedenkend, die Ankunft gleich dreier Majestäten Königinnen meldete, rubbelte er heftig à la gauche den von goldenen Körnchen bedeckten Handteller der Rechten, schüttelte den Inhalt, drehte beide Hände herum und wies das Ergebnis vor. »Sand«, sagte er. »Ein *billiger* Herr. Willkommen, meine Damen.«
Es waren die gekrönten Cousinen, waren Io, Leda, Europa, die ihr Land, die ihr Phantar, Chimaira und Rho darstellten. Gerufen, um einen delicaten Pact zu signieren, hatten sie gleichwohl die Kronreife mitgebracht, sie trugen sie als Diademe und zeigten sich nicht verstimmt, daß Erlaucht, für gewöhnlich doch ein Mann von Manieren, sie so ungewöhnlich hatte anblasen dürfen. Zumal die Prinzessin begegnete ihnen voll erlesener Courtoisie, sodaß binnen Kurzem eitel Ausgelassenheit herrschte, Scherz, Wonne, Bewunderung, Diplomatie und Goldener Regen. An der Wand aber, über dem leeren Postament einer Büste, die einstmals hier bärtig gethront, bevor sie abserviert wurde, an der Wand, der blau-silbernen, erhielten die Äffchen, die Pfauen, erhielten Delphin und Hirsch bedenklichen Zuwachs, indem die Idee eines Schwanes leise daherschwebte, ein Stier transparent durch das Wurzelwerk schritt . . und auf dem Decken-Gesims verzogen olympische Nuditäten, legitim gezeugt, ihre Stuck-Gesichter, weil es sie dünkte, Jupiter selig, von Gestalt eine Wolke, poussiere dort unten die lächerlich unbedeutende Königin Io. »Paßt auf«, sagte Diana, »gleich wird Mama sie zur Kuh verwandeln.« Und sie blickten der Dame Leda tief in den Busen-Ausschnitt . . Aber er warf sie nicht um, sie waren ja keine Heiligen, und Amphitrite, ein Act, der sich zeigen konnte! schlenkerte überheblich das Bein.
Leider, so nahm niemand Notiz, es hatte der Salon Anderes zu tun, an Sensationen bestand kein Mangel, denn schon wieder feuerte Phrygiens Meer-Palast halbseidenen Glanz herauf: so als parodiere

er des Göttervaters noch vor zwei Monden erfolgten Versuch, mit der Prinzessin Danae, gleichfalls auf Gold-Basis, zu einem Abschluß zu gelangen. Im Übrigen schien der Effect heute so wenig wie damals Eindruck zu machen. Selbst Europa, die einen langsamen Geist mit langsamer Sprechweise verband, bemerkte in fassungslosem Erstaunen, daß die Cousine, ein Backfisch! sich aufreizend erwachsen gab, doch schnitt ihr die chimärische Schnellrednerin, zum Glücke, das Wort ab. »Was Back! was Fisch!« rief sie presto staccato und überbot an Zungenfertigkeit die berühmtesten Canzel-Helden, »jedenfalls kommt da ein Souverän geschwommen, dessen souveräne Verlobte sich in gar keinerlei Unkosten stürzt! Du bist ja noch nicht einmal in Gala!«

Brrumm!! donnerten die Geschütze, und der Admiral constatierte, daß es die fünfte Salve war. Zählte er, wie viel diesem Potentaten die Heirat Myrrha wert sei? Unten aber, zum fünften Mal, taumelte das Volk vor Begeisterung, wieder schwebte wundervoller Glanz empor, gegen die Fenster prasselte metallener Hagel.

»Und Ihr?« fragte die Prinzessin, während sie die Cousinen betrachtete, die da, prangend von kostspieligsten Roben, vor der blausilbernen Coulisse standen, »wieso tragt Ihr schon Gala?«

Die Königinnen antworteten a capella. Europas Alt, Ios Mezzosopran und Ledas geläufige Coloratur-Gurgel tönten in melodiösem Terzett, wobei sie der Erlaucht ironisch zunickten: »Wir waren informiert.«

– »Ent-zückend!« rief der Graf, verschränkte die Arme vor der Brust, und ungehemmt, während er sich ein wenig hintüber bog, stieg aus den Bronchien jenes entwaffnende Lachen, das seinesgleichen suchte. Die Prinzessin warf einen Blick des Ärgers auf ihn.

Admiral v. Borromeo aber, mit leiser Unruhe, war an das Balcon-Gitter getreten, hatte im Geiste die kommenden Phasen des Landungs-Manœuvres berechnet, die Salve zur Kenntnis genommen, hatte respectvoll gewartet, bis des Kämmerers Heiterkeit abschwoll, und nun verneigte er sich. »Königliche Hoheit«, sagte er, »wenn ich unterdes bitten dürfte: die Robe. Das Débarquement des Großkönigs beginnt, Seine Majestät Ihr Königlicher Herr Vater wird im unmittelbaren Anschluß zu empfangen geruhen, wir können nicht wohl später als Höchstderselbe erscheinen.«

Und die Robe kam. Es kam Herr Poaretes, gezierten und weltkundigen Schrittes, wobei er den Zwicker mit Daumen und Zeigefinger in die Atmosphaere stieß, es kamen die Damen, deren Bu-

sen, atmungsweise, von den changierenden Reflexen des ihm aufgestickten P überspielt wurde, es kam das Staatskleid selbst, eine gewaltige Composition, Grau, Blau und Weiß. Die Herren blickten zum Fenster hinaus, sie genossen den Prospect der See, den Anblick der Flottenmacht, die das kleine Myrrha aufzubieten noch immer fähig war, genossen, voll Befriedigung der Eine, voll Indignation der Andere, die sechste Gold-Salve aus den Schlünden des Linienschiffes, und hinter sich, zwischen den Detonationen, hörten sie, wie die Prinzessin ihrer robe de chambre entschlüpfte, um, mit dem Beistand aller anwesenden Damen, in die knisternde Flut von Atlas zu tauchen, die Poaretes, unter decenten Zurufen, über hochdero Locken befehligte.
Das machte er ganz vorzüglich.

XIX. Capitel

Das Monstrum hatte die neunte Salve verfeuert, nun schwieg es, schwieg beharrlich, indem es Anstalten traf, die Einfahrt zu gewinnen, die zwischen Mole und Admiralität Spielraum genügend bot für jedes vernünftige Schiff – diesem Coloß schien sie bedenklich. Er lavierte, chassierte, er braßte und reffte, seine Segel schimmerten wie gewalztes Metall, er spreizte sie pfauenhaft, coquett nach Applausen lüstern: bis er plötzlich, mit heroischer Kaltblütigkeit, genau auf den Hafenmund zu rauschte. Großartig! er errötete vor Stolz bis in die Toppen, fast hätten sich seine Planken gebläht, ein gleißendes Wunderwerk, ein schwimmendes Troja geradezu! Pyramidal getürmt, während er eilig die Segel strich, glitt er voll Majestät in das weite Bassin, verlor an Fahrt, ließ Anker und setzte die Beiboote aus – *goldene* Boote, *selbstverständlich!* Eine Menge von Gold-Tauen klatschte die Bordwand hinab, dort hingen sie, mit dem Oberdeck kunstvoll verschlungen, die freien Enden wurden zu Boot geholt .. fächerförmig an Land gerudert .. die Mannschaft enterte den Quai .. worauf man das Pracht-Gehäuse, langsam, unter ergriffenem Schweigen, näher zog.
Es war ein gewaltiges Schiff, das da festmachte, größer als Königs Stadtpalais: das Castell bereits wiegte sich in Höhe der Staats-Gemächer, die Masten gar überragten den wohligen First.
Im Salon der Thronfolgerin vernahm man nichts als die gedämpften Anweisungen des Herrn Poaretes, vor dem sich über ein Kleines, metaphorisch zumindest, Monarchen verneigen würden, man

sprach nichts, man blickte hinaus – auf das Schicksal .. So durfte man es wohl nennen, das Wort war durchaus richtig gegriffen .. ein 20karätiges Schicksal, welches, *weil* Gold, sämtliche Phantasieen vergiftete! Reichtum, Ehren, Luxus, konnte man dem widerstehen? Unmöglich! außer: man wäre Prinzessin. Und sie opponierte mit jungfräulich rosigem Herzen, da sie, als Einzige vielleicht, die Folgen bedachte. Herr Poaretes zum Beispiel trug Stecknadeln im Mund, aber das hinderte ihn gar nicht, zu träumen. Merkwürdig, daß Leute, die Ehrgeiz besaßen, ihr eigentlich immer stillos vorkamen, Borromeo zum Beispiel, dem sie es nicht verzieh. Dabei wollte er so gerne ein Grandseigneur sein. Es mußte diesem Herrn noch Einiges gesagt werden, umgehend sogar, spätestens ehe der Großkönig den Boden Myrrhas betrat. Wenn nur die drei Plaudertaschen endlich gegangen wären! Aber sie fanden es viel zu schön hier oben, der reinste Logen-Balcon, das Schauspiel fesselte ungemein, und solange sie blieben, hieß es schweigen. Man hatte sich die erdenklichste Mühe gegeben, vorhin, sie diplomatisch zu behandeln, sie brauchten absolut nicht zu wissen, welcherlei Hintergründe die glänzende Folie trübten, und daß man wenig erbaut war.
Da, ohrenbetäubender Krach: der Protz ließ die Zwischendeck-Wand auf den Quai rasseln, in voller Schiffs-Länge! das klaffte wie ein riesiger Schlund, aus dem Schlund brach Cavallerie, eine ganze Escadron, man trieb das Volk zu Paaren, indem man draufzu ritt, man scheuchte es bis in die letzten Winkel des Platzes, das fand sie doch reichlich grausam, das mußte ihm abgewöhnt werden. Großkönig .. Titulaturen hatte der Mann! *Auch* etwas stillos ..
Inzwischen wurde ein Lieutenant Gigante gemeldet, erleichternder Weise für Borromeo. Sie nickte Gewährung, ohne sich umzuwenden. – »Lieutenant Gigante gehorsamst zur Stelle!« tönte es straff und angenehm. »Cabinett und Admiralität sind, wie Excellenz befahlen, versammelt« – und dann eilte der Manfredonier, einer Dame die Hand zu küssen, eine souveräne Hand, die sich seitlich einfach in die Luft hob, ohne daß die geringste Vorrede erfolgt wäre. Himmel! die Prinzessin ..
Vom Parquett her blickte ein Zwicker ihn an. »Es sind, zu meiner devotesten Bestürzung«, äußerte der Zwicker, gedämpft wie gesagt, weil durch Nadeln behindert, »es sind, leider! an hochdero Saum einige .. Inegalitäten mit unterlaufen, ich wüßte –«
»Das rechtfertigt keine Tragödie, mein lieber Poaretes. Sie haben abgesteckt?«

– »Ei, in der Tat, Königliche Hoheit . .«
»Gut. Man wird mich also umkleiden: hier ist zu viel Besuch, gehn wir ins Jagd-Zimmer.«
Schneller als gehofft war erreicht, was sie wollte, die Cousinen konnten nicht böse sein.
Den Premier indessen befiel deutliche Unruhe, denn in der Tiefe verfügte sich Herr v. Merziphon an Bord, nun wurde es Zeit. »Königliche Hoheit«, bat er. Zu spät: sie war schon davongerauscht. Ärgerliche Geschichte: es lag ja völlig im Dunkeln, was diese unberechenbar eigensinnige Staats-Person vorhatte, und ob sie nicht, mit großartiger Handbewegung, das ganze Programm wie Porcellan von der Tafel fegte. Er *mußte* sie sprechen! oder weiter grand jeu spielen. Noch freilich blieb eine Gnadenfrist: bis Midas erschien.
Statt seiner erschien der zoologische Garten. Die Cavallerie genügte wohl nicht, den Haufen im Zaum zu halten, und der planende Geist des Inscenators hatte dies offenbar eingerechnet in sein von morgenländischer Pracht geschwelltes Calcul. Denn kaum, daß die Escadron längs der Quai-Mauer Aufstellung genommen, so war das Volk nachgedrängt, und kaum drängte es nach, so enttauchten dem Gebäuch des Wunderschiffes runde zwanzig Leoparden. Lange, wiegende Schritte, funkelnde Augen, lautlose Sensationen! Und die Bestien, indem sie, unter gelangweiltem Gähnen, ein extravagantes Gebiß entblößten, gestatteten ihren Wärtern, sie an der Menschen-Wand vorüberzuführen, deren sich unverzüglich Weinen bemächtigte, ein Weinen, das man kannte: winselnd kurzum. Oben aber, am Fenster des Jagd-Zimmers, in lindgrünem Morgenrock, stand die Prinzessin und brach in ihr Lachen aus, man kannte es ebenfalls: halb kindlich, halb damenhaft. »Der Mann macht mir Spaß«, sagte sie – was sich an niemanden richtete, da niemand mehr anwesend, sondern Alles davongeschickt war: Robe, Modist silberne P's und am Schluß die Baronin, sie sollte den Admiral zur Audienz bescheiden.
Admiral v. Borromeo betrat den neapelgelben Salon.
»Ich werde nicht glücklich sein mit diesem Mann«, erklärte die Prinzessin und fixierte das Prunkschiff, das soeben einen Satz Küchen-Personal an Land jagte. »Oi!« hörte man drüben die kleine Sinigallia rufen. »Phantastisch!« denn jeder Topf, jedes Sieb, jeder Deckel und Quirl, Kellen, Bratspieße, Pfannen, Casserolen: waren sämtlich Gold, und »hach!« wie Gaudenzia sich ausdrückte,

»ganze Batterieen von goldenem Geschirr! *Das* nenne ich eine Heirat!«
»Sind Sie auch der Meinung, Herr Staatsminister?«
– »Zu Diensten, Königliche Hoheit. Es ist, sozusagen, das Teuerste vom Teuersten, was das Staatsministerium hier bietet.«
»Seit wann ist Graf Weißenstein unser Staatsminister?«
– »Seit wann kennen ihn Königliche Hoheit?«
»Was interessiert Sie daran so? Da müßte ich tatsächlich erst nachdenken. Drei Wochen ungefähr.«
– »War es vielleicht zufällig ein Donnerstag?«
»Gott, was für Fragen! Zufällig war es wirklich ein Donnerstag.«
– »Macht einundzwanzig Tage«, constatierte der Admiral mit düsterem Nachdruck. »Die berühmten einundzwanzig Tage ..«
Die Prinzessin sah erstaunt zu ihm auf.
– »Wenn ich Königliche Hoheit erinnern darf: ›Der Empfang wird auf den 21sten Tag, gerechnet vom leiblichen Erscheinen des hohen Bräutigams, im Thronsaal hiesigen Residenz-Schlosses festgesetzt.‹ Wofern mich eine peinliche Ahnung nicht trügt, möchte ich –«
»Sie trügt«, unterbrach die Prinzessin. »Ihr seid heut allesamt so unwahrscheinlich albern, man kann mit Euch ja gar nicht reden. Haben Sie ernsthaft die Impression, der alte Herr Zeus würde sich vier Wochen lang in die fulminantesten Unkosten stürzen, um mir drei Wochen später ein gekröntes Scheusal zu liefern, das ihm die Pflichten als Ehemann abnimmt?«
– »Ja.«
»Hm!!« rief sie zornig, ein ganz kurzer Kehllaut, der von höchster Gereiztheit sprach. »Und dafür mir den liebsten Menschen *quälen!*«
Der Admiral blickte geniert zum Fenster hinaus. Asiatische Janitscharen-Musik marschierte über die dumpf klingenden Bohlen der Enterbrücke.
Danae faßte sich wieder, während fremdländische Weisen erschallten. »Nein«, entschied sie. »Man bringt keinen derart noblen Mann um .. für einen solchen Witz!« Und sie wies mit dem Kopf Richtung Hafen. »Sind Sie übrigens eilig?«
– »Solange dort unten Theater gemacht wird, nicht.«
»Ich will Ihnen sagen: der Witz wäre allzu gemütsroh, als daß ich darüber lachen könnte, und ich will Ihnen überhaupt sagen, was ich von der Angelegenheit halte. Ich halte den Grafen Weißenstein

– nicht, weil er sich heute ungezogen beträgt – ich halte ihn für einen Hochstapler. Und Midas für seinen Complicen. Zwei Taschenspieler, die einen ganzen souveränen Hof an der Nase herumführen.«

– »Ausgeschlossen, Königliche Hoheit. Ich bin in Phrygien gewesen, habe mit Seiner Majestät sprechen dürfen – es ist ausgeschlossen, König Midas spielt weder, noch wäre er einer Gemeinheit fähig. Ich halte ihn für einen tief ernsten, tief einsamen Menschen, der nach Ihrer ernsten und einsamen Seele verlangt. Und auch gegen den Kammerherrn sind Sie nicht gerecht. Ich gebe zu, daß seine Manieren heute außergewöhnlich unhöflich scheinen, aber –«

»Er predigt mir zu viel«, warf die Prinzessin ein. »Im Übrigen ändert das wenig, ob er sich gut oder schlecht, passabel oder sonstwie benimmt. Auch ob Midas mich liebt, nach mir verlangt, eine einsame Seele in mir sieht, interessiert mich Alles gar nicht. Ich stelle fest, daß Sie und der Graf Weißenstein und der Herr Midas geglaubt haben, mich übergehen zu können, indem Sie eine Mariage einfädelten, diese Mariage paßt mir nicht, verheiraten Sie mit ihm, wen Sie wollen, aber lassen Sie mich heraus. Was sind das für weiße Kopftücher da unten? die wehen sehr hübsch. *Bezaubernde Pferde.*«

Gebräunte Reiter vollbrachten auf der Enterbrücke die gewagtesten Kunststücke, und Danae erfuhr, daß der arabische Muslim ein Kopftuch trägt, um sich vor unbeliebten Sonnenstrahlen zu schützen. »Und jetzt kommt ein Ballett«, constatierte sie. »Ich habe Ihnen nichts mehr zu sagen.«

– »Indisch«, fügte der Admiral hinzu. »Gemäß höfischem Protocoll, Königliche Hoheit, bin ich durch dero letzte Worte in Ungnade entlassen.«

»Ja. Leider. Schreiben Sie es Ihrem eigenen Leichtsinn zu. Man hätte schließlich das Ganze mit mir besprechen können. Es war nicht ehrlich, gestern in Phantar um den Hauptpunct herumzureden und heute im Conseil mit meiner Ahnungslosigkeit zu operieren. Das heißt – geahnt habe ich schon ..«

– »Gemäß Ihrem Nein, wofern es endgültig wäre, Prinzessin –«

»Es *ist* endgültig.«

– »Königliche Hoheit gestatten: es ist *nicht* endgültig. Königliche Hoheit werden –«

»Ich werde gar nichts. Ich werde gespannt sein, wann Ihr Rücktritt erfolgt.«

Das Ballett wurde getanzt von etwa fünfzig jungen Mädchen, eines schöner als das andere, erlesenen Wuchses, klein und schlank, mit nichts bekleidet als einem engen Rock von Goldstoff, goldenen Schellen an Fuß- und Arm-Gelenk, goldenen Pagoden auf dem Haar, goldenen Schnäbeln an den äußerst beweglichen Fingern, und das Schönste war ihre Haut: ein rötlicher Gold-Ton, eine Farbe von der tiefen Mysteriosität des Tees. Das drehte sich mit gesenkten Wimpern langsam dahin, träumend, entrückt, unberührte Natur.

»Man wird andächtig bei diesen Tänzen«, sagte die Prinzessin. »Um auf unser Gespräch zurückzukommen: ich bin soeben etwas heftig gewesen. Entschuldigen Sie das. Sie werden also nicht zurücktreten. Wollen Sie nicht, oder können Sie nicht? Bitte, seien Sie ganz offen, wir haben ja immer Klarheit bevorzugt.«

– »Königliche Hoheit sind sehr gnädig. Um mit einem Wort zu antworten: ich *darf* nicht. Ich darf jetzt meine Demission *nicht* geben –«

»Weil Ihnen Ihr Ehrgeiz das verbietet.«

– »Nein. Es ist kein Ehrgeiz. Die Pflicht verbietet es. Und auch Ihnen verbietet sie, das zu tun, was Sie vorhaben.«

»Was habe ich denn vor?«

– »Einer Laune nachzugeben. Ihr privates Glücks-Bedürfnis sprechen zu lassen. Ihre Krone aufs Spiel zu setzen.«

»O, wieso. Die Krone wird nicht gleich purzeln.«

– »Sie wird. Gnädigste Prinzessin: Sie belügen sich selber. Es sind viele Freier davongeschwommen – wenn dieser davonschwimmt, ist es aus.«

Die Prinzessin blickte verstockt den Gold-Palast an, dessen Zoo wohl noch Einiges zu bieten hatte. Vom Zwischendeck her schritten Gazellen in die Figuren der Inderinnen, mit mattbraun-weißwolligen Flanken mischten sie sich anmutig unter den Tanz, und die Leoparden, blutrünstige Bestien noch vor einer Generation, rührten, da gezähmt, keine Miene. Sie gähnten nur ein wenig.

»Ich wünsche Niemandem«, sagte Danae, so tonlos, daß sie abbrach und es abermals sagte. »Ich wünsche Niemandem«, wiederholte sie, »daß er tauschen müßte . . mit mir.« Sie biß sich die Lippe.

»*Donner*wetter!« rief drüben eine aquarellblaue Stimme, ehrlich überwältigt, man hörte, wie eine Hand leicht gegen das Fensterbord schlug. »Elephanten . . na, weißt du!«

Wahrhaftig: der Bauch des phrygischen Wunder-Palastes spie zwei gewaltige graue Elephanten aus. Trompetend standen sie über der

Enterbrücke, während vom Oberdeck zwei Baldachin-Türme mitsamt einer bunten Besatzung hinabschwebten – sobald aber diese angekommen, setzte man sich in Bewegung, gelenkt von bräunlichen Hindostanen, welche, die Beine gekreuzt, auf den Stirnen der Urwäldler saßen, hin und wieder wohl auch ein Douceur austeilten, das man mit schweifendem Rüssel verspeiste, ungeachtet dessen, daß von den Türmen her – sie schwankten dicht nebeneinander – ein scharlachrot leuchtender, mit Goldmustern durchwebter Doppel-Teppich abrollte, der in atemraubender Schnelligkeit vom Schiff bis an die Portal-Einfahrt reichte; die Baldachin-Bewohner sprangen zu Boden, ein ganzes Warenhaus von Teppich-Ballen folgte, spulte sich ab, emsig, emsig, und, im Laufen gebückt, verschwand alles Menschliche wie verschluckt im Palais. Welch practicables, wohlausgeklügeltes Verfahren! Das Ballett aber war geschmeidig beiseite gewichen, selbst die Gazellen hatten Platz genommen, man postierte die Elephanten, den einen rechts, den anderen links, als Torhüter vor den Obelisquen des Ehrenhof-Gitters – wo sie schreiende Dissonanzen verursachten, sie waren nicht von Neander entworfen . .
Der Admiral räusperte sich discret und zartfühlend. »Ich verstehe die Erschütterung Ew. Königlichen Hoheit von ganzem Herzen. Lassen Sie uns glauben, was man für bestätigt annimmt: daß Tränen –«
»Reden«, flüsterte die Prinzessin, »reden Sie doch nicht. Gehen Sie hinunter, gleich wird der Mann erscheinen, der diese fürchterliche Oper sich ausgedacht hat. Und seien Sie froh, daß Sie nur Minister sind. Man darf eben nicht zu viel Stil in sich haben.«
– »Was gedenken Königliche Hoheit zu tun?«
»Mich ankleiden, acte de présence machen. Mehr wird ja wohl vorerst nicht verlangt werden . .« Sie reichte die Hand zur Verabschiedung. »Jedenfalls erwarte ich«, schloß sie drohend, »daß Sie endlich Rücksicht nehmen. Ich verbiete Ihnen, mehr vorzubereiten, als was ich zu leisten willens bin. Ich bin schlechthin willens, alles Weitere in die Länge zu ziehen. Guten Morgen.«
Aber sie rief ihn noch einmal zurück. »Warten Sie. Sie könnten diesem Herrn Poaretes sagen – ach, Unsinn, ich werde selbst . . wie?« Und mit erzwungener Sorglosigkeit, indem sie an ihm vorüber zur Tür ging, zählte sie ihre Pflichten auf, spielerisch, als memoriere sie einen Text: »Hinunterschlucken – nichts merken lassen – Haltung, Prinzessin – lächeln . . Me revoilà, mes chères cousines, wir hatten ein kleines Privatissimum, jetzt bin ich wieder

zur Verfügung. Frau v. Ehrenpreis: bitte nun die Cassette. Gaudenzia, sag doch dem Herrn Poaretes, wenn er fertig sei, dürfe er kommen. Ach, und der Herr Lieutenant sind auch noch da?«
Gigante zog die Hacken zusammen, sanfte Röte stand auf der sonst tadelfreien Stirn geschrieben. »Unser liebenswürdiger Träumer«, sagte Königin Leda, »trägt sich mit dem großartigen Gedanken, mein Schatz, deiner Suite den letzten Glanz zu verleihen. Enflammiert von seiner Jugend, führe ich, als berüchtigte Schnellrednerin, die Pourparlers.« – Danae sah fragend zum Admiral, der Admiral überlegte. »Vielleicht als eine Art Ordonnanz-Officier, Königliche Hoheit. Obwohl es mir leid täte, einen so tüchtigen Commandanten –«
»Was wollen Sie, Admiral: nach Ihrer Theorie wird mein Glück mit dem Herrn Lieutenant ohnehin von geringer Dauer sein. Gönnen Sie ihm das bißchen Vergnügen. Wie war der Name? Gigante? Wenn es Ihnen Spaß macht, Herr Gigante: bei mir wird gelacht, bei mir wird Fröhlichkeit geschätzt, Bonmots, Ironie, gewisser Leichtsinn – was nicht ausschließt, daß Sie im Augenblick .. Sie verstehen: man kleidet mich jetzt um.«
– »Gehorsamsten Dank«, stammelte der Apulier, während er die Hand küßte, seine Röte verstärkte sich.
Danae trat ans Fenster.
Gigante aber, dem Admirale die Tür haltend, verließ, mit einem Herzen voll Wirrnis und unmilitärischer Seligkeit, den Schauplatz eines seiner kühnsten Siege – wiewohl es ein löchriger Sieg war, der peinliche Schlappen enthielt. Denn im Hinausgehen hörte man Vorwurf, Borromeos leisen, amusierten Vorwurf darüber, daß der Lieutenant maulfaul gewesen, auch habe er bei Fürstlichkeiten nicht gehorsamst zu sein, sondern untertänigst .. Die Schritte entfernten sich, es nahten andere Sensationen.
»Ooh ..« rief die Königin Europa mit ihrer langsamen Stimme, »das viele, schöne Go-old ..« – denn unten trug nun, auf den Schultern, eine Unzahl stämmiger Matrosen eine Unzahl offener Kisten zum Schloß hinein, Kisten, aus deren Tiefen es nur so flimmerte, und Alles reckte die Hälse. »Der alte Zeus«, fügte sie selbstvergessen hinzu, »wie to-ll muß die Nacht gewesen sein, daß er soo beschenkt ..«
– »Wenn man dich sprechen hört«, erwiderte Leda, ohne den vernichtenden Blick zu benötigen, den Erlaucht der Cousine Rho widmete, und ließ die ganze Behendigkeit ihres Mundwerkes spie-

len, »wenn man dich sprechen hört, so meint man immer, du seiest entsetzlich müde, und es verursache dir größte Schwierigkeit, überhaupt zu sprechen. Aber was du dann sagst mit deinen königlich gelangweilten Zügen, ist von derart inniger Rücksichtnahme auf die zartesten Intérieurs der Menschen, mit denen du plauderst, daß sie vor Staunen schweigen.«

So war es. Prinzessin und Kammerherr schwiegen. In der Tiefe sah man das Staatsministerium, Kgl. Myrrh. Generale quollen in den Ehrenhof, Herr v. Borromeo bedeutend an der Spitze, dahinter Neander, Départements-Chef des Krieges, und Ornano, der Vice-Admiral, gewaltige Stickereien, massive Commandeurs-Gesichter, Zweimaster, Diplomaten vom Dienst, das bewegte sich feierlich, in der Art einer Procession, das gruppierte sich heikel gemäß jener sehr empfindlichen Harmonie, die in den Fragen von Rang und Vortritt auch heute noch waltete, denn sie starb nicht mit dem Tode des Grafen Godoitis, ihres Ordensmeisters, sie war das Fundament des Jahrhunderts, und, bei Gott, es hätte nicht ohne sie leben mögen . .

»Ich habe ja immer etwas gegen das Ceremoniel gehabt«, erklärte die Prinzessin, »und doch: heute erscheint es mir ehrwürdig, es contrastiert so antik zu dem modernen Auftreten unseres Gastes aus Asien. Ich bedanke mich recht artig, Graf Weißenstein. Wenn dieser Herr so weitermacht, werden die Traditionen bald über Bord sein, und man wird uns belächeln, die wir Distance schätzen. Wofern ich hoffen dürfte, daß Sie selber nicht nur Juwelen-Narr sind, wie Sie vorgeben, sondern auch gestrig genug – aber das ist wohl zu viel verlangt . . – kurz, ich würde Sie bitten, die Wahl meines Schmuckes mir abzunehmen, was soll ich tragen? ein nicht Beteiligter beurteilt das besser.«

– »Wie lange, Prinzessin, haben Sie an dieser sorgfältigen Composition von Bosheiten gefeilt?«

»O, das fließt mir so heraus. Ich bin etwas müde, etwas melancholisch, etwas angestrengt von der Predigt, man schläft zu leicht ein bei Ihren Sermonen.«

– »Pst . . Das sind Dinge entre nous«, sagte der Kammerherr leise und sah sie strafend an. »Wenn Sie übrigens glauben, ich sei gleichgültig gegen Ihr Glück, so verdrehen Sie grob den Tatbestand und reden wider besseres Wissen. Sie starren heute von Vorurteil, und Ihre Melancholie hat perfide Gift-Drüsen. Ich beneide den König Midas nicht um die nadelspitzen Liebenswürdigkeiten, mit denen seine Gemahlin ihn bedenken wird. Na– tableau. Wo haben wir denn den Schmuck?«

– »On va venir ..« bemerkte Königin Leda, bemerkte es sachlich, nicht ohne Spott, und da sie am Fenster Vorposten stand, schenkte man ihrer Vorhersage Glauben. Sogar der Juwelen-Narr folgte eilig der Aufforderung, die in den lächerlich kleinen drei Worten lag. »Man kommt?« wiederholte er lebhaft, in höchstem Maße electrisiert, und riß das Glas an die Augen.

Unten erstarb jeder Laut. Aus der Tiefe des Zwischendecks, von Gold geradezu übersät, flammte der phrygische Ceremoniar, einen unerträglichen Gold-Stab balancierend, und zugleich fuhr der Gold-Palast langsam den ebenfalls goldenen Laufsteg aus. »Gold ist das Herrlichste, was es gibt«, sagte Leda, während der Herold über die Schloßfreiheit ging, »ich halte es für die einzig mögliche Weltanschauung. Wenn man doch wüßte, was der Lackel dem Admiral dort erzählt. Siehst du, jetzt sind wir gleich erlöst, Borromeo hat salutiert, jetzt wandert er auf das Schiff zu – *wieder* nichts! er bleibt stehen! Nein wirklich, in dieser Musik ist zu viel Rallentando, man kann es auch übertreiben. Pour en finir: eine Weltanschauung für Könige. Du darfst dir gratulieren, Danae, mit deinen sechzehn Lenzen. An deiner Stelle würde ich mich ja endlich freuen. Geschmack hin, Geschmack her – bitte: die Traditionen nimmt dir niemand weg, und die Ehe ist auch kein Kloster. *So* jung, *so* hübsch, *so* reich: beim Schwan, tausend Divertimenti sollten mir das Dasein versüßen! Abenteuer ..« rief sie in schwelgerischem Genuß ihrer Philosophie und fand Anklang damit. »Beim Stier – auch mir«, beteuerte tutto basso ein Echo.

Die Prinzessin antwortete nicht. Sie dachte an das Medaillon ihres Königs, seinen goldenen Bart, sein schwammiges Gesicht, und an die kobaltblauen Email-Augen, in denen so wenig Güte lag.

Unten begann Trommelwirbel, der Herold wirbelte seinen Gold-Stab, schneller, schneller, immer schneller, ein metallisches Flimmern, es wußte die Luft sich vor Glanz nicht zu retten, und in diesem Moment fegten an hundert Posaunisten wie eine Affenherde über Deck, um die Rahen zu entern. Die Äffchen im Rankenwerk hielten den Atem an, es war wohl Berufs-Neid.

Prinzessin Danae wartete ab, bis das fabelhafte Blech dieses Parvenus seine Drohung wahr machte, die Instrumente vom Rücken nahm – ansetzte – mit militärischem Gleichmaß! – und den fürchterlichsten Tusch intonierte, den man jemals gehört. Dann wandte sie sich halb zum Kammerherrn um, der durchs Glas interessiert das Goldschiff betrachtete. »Es ist ganz zwecklos«, rief sie, während sämtliche Damen den Finger ins Ohr stopften, aus Angst, über den Haufen geblasen zu werden, »ich heirate den Mann da nicht, ich passe zu ihm wie eine Decoration in den Kuhstall, wie Perlen aufs Butterbrot.«

– »Gewagte Vergleiche!« schrie Erlaucht zurück, »erinnert mich an Preziosen! Befehlen die Robe! gedenke Liebden hochstilvoll zu schmücken!«

»Halten Sie das doch nicht für Bagatelle! Ich wiederhole: es ist zwecklos! ich *heirate* nicht! bestellen Sie diesem Tenor, er soll nach Hause schwimmen.«

Die Posaunen schmetterten ganz erschrecklich, aber der Kammerherr übertönte sie noch: »Sie heiraten ihn *wohl*!«

»Ich heirate ihn *nicht*!«

– »Sie ziehen jetzt Ihre Robe an, oder es passiert ein Unglück!«

»Sie mäßigen jetzt Ihren Ton, oder ich werfe Sie hinaus.«

– »O was *sind* Sie eigensinnig!«

»Und Sie sind heute ein Grobian.«

Der Kammerherr lachte. »Hübsch können Sie schimpfen«, rief er entwaffnend und lachte über den Anblick der Finger, die waagrecht in königlichen Gehör-Muscheln steckten, während draußen zwei Dutzend allerliebste Mohrenknaben in citronengelber Seide über den Laufsteg purzelten, zu den Seiten des Scharlach-Teppichs bis vor den Admiral sausten und in zwei langen Reihen, alle zur selben Secunde, byzantinisch sich auf die Stirn warfen.

Und nun war es so weit. Die Posaunen schwiegen, man entkorkte das Ohr.

»Gott, wie spannend«, bemerkte Leda. »Jetzt kommt die große Primadonnen-Arie . .«

General-Pause vor dem Finale. Alle Welt, bis zum Rande gefüllt mit einer Erwartung, einer Beklommenheit, die gepeinigt, bohrend, grausam das Wunder hypnotisierte, welches nach solchen Fermaten, solch maßlosen Zurüstungen unfehlbar eintreten mußte, als die extremste Incarnation des Goldes gleichsam, als das Gold an sich, sonnenhaft! – alle Welt, wie gesagt, richtete fiebernd den Blick nach oben, auf das menschenleere Castell gegenüber den Staats-Gemächern; die Firma Poaretes sogar, ihr Atlas-Kleid nutzend, erschien aus der Antichambre, vollzählig unter dem Türrahmen starrte sie wild geradeaus: dahin, wo auf gleicher Höhe der Laufsteg schimmerte, der *Anfang* des Steges, *die* Stelle, das Schiff zu verlassen!

Und plötzlich stand König Midas dort oben. Schlank und zierlich, ein Herr ganz in Schwarz, mit weißem Turban und Reiherfeder, stand er an Deck, in Einzelheiten nicht zu erkennen, doch bartlos und prunklos, *vollkommen* prunklos, von Gold jedenfalls war außer dem Degen nur die Schärpe des Ordens, schräg über der Brust. »Da bin ich aber ehrlich enttäuscht«, erklärte Leda. »Kein wandelnder Goldklumpen? Na, wißt Ihr!« Und das Volk gaffte offenen Mundes. »Höchst bübischer Mensch, einen so irre zu führen! die Leute begreifen's noch nicht.«

In der Tat, es war still auf Myrrha. Man rang nach Luft. Und genau in dieser halben Minute, genau bevor man sich faßte, genau bevor der Name des Bräutigams, mit Verzögerung, doch noch erbrauste, geschah etwas im Salon. Man hörte einen Laut des Entsetzens, erschrocken fuhr man herum: Herr Poaretes, grünlichen Teints, schritt durch den Raum. Ohne Rücksicht auf rechts oder links, den monströsesten Feldstecher vor Augen, schritt er befremdlich dahin, mitten zwischen Prinzeß und Erlaucht auf das phrygische Linienschiff zu. »Das soll ein *Degen* sein?« rief er düster. »Eine *Schere* ist das, Herr College, ein *Schneider* ist das, meine Damen, o Pythia! Pythia! welch Drachengift in deiner Zunge!« und brach zusammen.

Die Prinzessin äußerte sich nicht.

Der Kammerherr aber hob schweigend das Glas auf, während leibhaftige Königinnen den Modisten umknieten, und reichte es schweigend hinüber. »Schneider sind mir uninteressant«, sagte sie hochmütig.

– »Dieser vielleicht nicht«, entgegnete der Graf. »Bitte!«

Unter gewaltigen Ovationen betrat König Midas soeben den Laufsteg. »Ein wunderschöner Mann«, urteilte Königin Io und ließ ihren romantischen Äbtissinnenblick auf ihm ruhen.

– »Auf Deutsch«, schloß der Kammerherr, »bevor Sie sich allzu sehr freuen: es ist der Brautwerber, Achilles, Sechster Herzog von Scheria, und die Schere das Insignium seiner Würden.«

Die Prinzessin, mit allen Zeichen des Ärgers, indem sie leise, doch heftig »Ein Schneider!« sagte, brachte das Glas an die Augen.

Wirklich trug dieser seltsame Cavalier, in saffianroter Scheide quer durch den Rockschoß gesteckt, eine auf das Reichste ciselierte, brillantenbesetzte Schere aus Gold. Blödsinniger Geschmack! ein Herzog! und spazierte mit einem solchen, durchaus in der Welt bei keinem Herrn vom Stande bisher erlebten Attribut durch die Gegend! O was *war* sie in Rage! Und Io fand ihn schön? Was mußte der Kerl dann für ein Ohrfeigen-Gesicht, ein zuckrig ungenießbares, haben! Das wollte sie doch zumindest sich ansehen ..

Sie sah es, das Glas fiel zu Boden, Alles eilte, sie aufzufangen, und es war an der Brust der Dame Ehrenpreis, der durch ein vornehmes Leben geadelten Fülle, wo die Prinzessin, zur Bestürzung der Umwelt, diese zwei, nur eben wie ein Seufzer klingenden Worte flüsterte:

»Don Giovanni ..«

Der Blaue Kammerherr aber blickte unbewegt auf das Meer.

ENDE DES ZWEITEN BANDES

Dritter Band

Der Herzog von Scheria

I. Capitel

Hier halten wir einen Augenblick inne, der Leser wundert sich ohnedies. Wie mühsam ist doch die Kunst . . Auf *durable* Erfolge kam es dem alten Zeus an? Eh bien, das hätte er leichter gehabt, als indem er des Bräutigams Vetter citierte. Offenbar hatte er nicht überlegt, daß es Grenzen gibt, auch für mythologische Neigungen! Grenzen des guten Geschmacks, Grenzen, jenseits derer in der Tat die Gemüts-Roheit anfängt. Denn Herzog Achilles – leider muß es gesagt sein – sah dem verstorbenen Botschafter so lächerlich gleich, daß der Einfall, ihn kommen zu lassen, wohl mit zum Gemeinsten zählte, was man als Gott sich erlauben konnte. Und im selben Moment wurde die ganze Geschichte wirr. Schon glaubten wir sie in zwei Bänden erledigt, glaubten alle Probleme gelöst – bis auf dasjenige vielleicht, weshalb der Olympier sein jus primae noctis noch immer nicht nutzte – schon, kurzum, fürchteten wir, jetzt würde es endlich trivial: da unterläuft ein Regie-Fehler, der Held aus dem ersten Act hat es satt, tot auf der Bühne zu liegen, er fällt aus der Rolle, die Prinzessin in Ohnmacht, das Publicum ist entsetzt, der Autor verzweifelt, und selbst Vater Zeus weiß keinen Ausweg als fluchtartige Abreise, schnell schnell, zum Parnaß, die lieben Enkelinnen müssen Rat schaffen.

Und er consultierte die Musen.
Der Prinz von Taurien freilich – dies war des Herzogs weiterer Titel – ahnte nichts von den Complicationen, zu deren Anlaß er diente. Er ahnte nichts von der Existenz Don Giovannis, hatte nie den Namen Legua nennen gehört, weder überhaupt, noch speciell, und wenn er von Ohnmachten jemals erfuhr, es würde ihm nicht der Gedanke kommen, man könne einen unschuldigen Herzog als Tragödie empfinden, als Gewissens-Qual, den Conflict in Person. Nein, er fühlte sich heiter und frei. Beflügelt von dem kostbaren Arom eines Moccas, den er noch eben zu Schiff genossen, stand er freundlich am Fallreep, zu seinen Füßen ein goldsüchtiges Volk, vor Begeisterung tobend, er sah das Palais des Brautvaters glitzern, die wohligen Dächer, die tausend Fenster, hinter ihrer einem würde Danae warten, verklärt von Glück, Ehre und rosiger Illusion, mit jenem zauberhaften Ausdruck fragenden Erstaunens, wie ihn das Conterfei malte, er sah den Vulcan über mattgrünen Wäldern, ein himmlisches Panorama! die Lüfte von gläserner Transparenz – schneeweiße Häuser – in der Ferne ein Ocker-Ton – zur Linken die Steilküste, lavaschwarz – zur Rechten ein Stück elfenbeinerner Strand, wie mit dem Spachtel geglättet – weit im Süden das Funkeln eines Golfes – hie und da näher das Wehen ganzer Gruppen von Silberpappeln – auf den Dächern das Winken, das Schwenken von Tüchern, flappende Marquisen – im Vordergrund der Scharlach des Teppichs, gesäumt von citronengelb leuchtenden Puncten, der Ehrenhof glanzvoll bestickt mit höchsten Chargen, die den Zweimaster feierlich ausgestreckt hielten –
Und nun begab sich Seine Hoheit hinab. Barhäuptig folgte ihm eine lange Reihe von Pagen, folgten Preziosen auf samtenen Tabourets. Er eilte nicht, er säumte nicht, es war ein Gang, wie er Botschaftern anstand, stolz, federnd, gelassen .. überreichte sein Beglaubigungs-Schreiben, empfing und wechselte Complimente, man stellte ihm Militärs und Minister vor, das Übliche, man konnte nicht wohl umhin. Dann aber – er gab eben einem gräßlichen Nußknacker die Hand – dann aber blickte er auf, man hörte Lärm im Portal, vielleicht daß verbotener Weise jemand den Scharlach betrat, tatsächlich, zwei Lakaien flogen großartig beiseite, man sah ein gewaltiges Einglas blitzen: und heraus schritt, mitten auf golddurchwirktem Tapis, kalten Zorn im Gesicht, das tiefste Ultramarin, das jemals ein Mensch unter Griechenlands heißer Sonne getragen.

Der Herzog lächelte amusiert. »Man möge weitere Molesten verhindern«, rief er, »der Mann hat doch Narren-Freiheit!«, und streckte mechanisch die Hand aus, den nächsten Dignitär zu begrüßen. Ohnehin mußte Erlaucht an ihm vorüber. »Schön guten Morgen, Graf Weißenstein«, »Schön guten Morgen, mein Lieber. Haben Sie zufällig meine Yacht gesehen?« – »Zufällig ja, sie wurde am Leuchtturm vertäut, Sie wollen segeln?« – »Verreisen, verreisen.« – »Adieu, Adieu!« und streckte die Hand aus. – »Oberst Graf Treuenfels«, verkündete der Admiral, »Inhaber eines Regimentes Dragoner.« – »Momentan abgesessen«, ergänzte der Graf. – »O, das tut mir leid. Insubordinationen vermutlich. – Sind wir fertig?«

Und man wandte sich dem Portal zu: voran der Staats-Gast in Schwarz und Gold, Seiner Phrygischen Majestät General-Lieutenant, wie die Titel besagten, mit »Herrlichkeit« anzureden, und neben ihm – das heißt, um völlig wahr zu sein, einen halben Schritt hinter ihm – in Weiß und Hellblau Seiner Myrrh. Majestät Conferenz-Minister.

»Was spricht die Prinzessin? Freut sie sich?«

– »Ich bedaure, Ew. Herrlichkeit mitteilen zu müssen, die Kgl. Hoheit scheint weniger wonnevoll, als wir seinerzeit hofften.«

»Was hat sie auszusetzen an meinem Herrn Vetter?«

– »In erster Linie, daß die Majestät der Schlankheit ermangelt.«

»Ja-ha-hah!« lachte der Herzog. »Vetter Midas ist gar nicht so undick, ich würde sagen: ein Faß, eine Tonne. Aber wenn sie ihm nett um den Bart geht, überantwortet man Dicklichkeit und schwammigen Teint den geübten Fingern der Masseure.«

– »Eben der Bart, zumal massiv golden, wird, fürchte ich, das zweite Hindernis darstellen.«

»Ein schmelzender Augen-Aufschlag, mein lieber Herr Admiral: man ruft dem Figaro, und die Manneszier fällt. Was tut man nicht Alles, um einer in Dingen der Schönheit so nervösen Gemahlin glatt und acceptabel zu sein!«

– »Endlich drittens . .«

»Wie schön, daß wir schon beim Endlich sind.«

– »Endlich drittens wäre es ratsam – Ew. Herrlichkeit verstehen: die Prinzessin ist allzu sehr überrascht worden –«

»Nennen Sie es ruhig überrumpelt. Und nun will sie nicht?«

– »Ich würde bitten, ihr ein paar Tage Bedenkzeit zu geben. Und wenn ich ferner bitten darf: *etwas* weniger Gold.«

»Mille tonnerres! mag sie das Gold nicht? Was mag sie denn dann? Mit einem Wort: was *will* sie? Da sie hübsch und sechzehnjährig ist, hat sie zu heiraten, basta! Wenn also ein Freier sich findet, der Reichtum, Ebenbürtigkeit, politisches Désintéressement besitzt, zum Überfluß die *Largesse,* den Staat seiner Dame aus dem Finanz-Débâcle zu ziehen *und* ihm die Souveränität zu belassen: urteilen Sie selber, es ist doch wohl klar, daß sie heiraten *muß*! Links oder rechts jetzt? Rechts? benissimo. Ich hoffe, der König wird noch nicht unten sein. Übrigens richtet sich dieser letzte Einwand gegen mich ganz persönlich, sie wirft mir sozusagen Geschmacklosigkeit vor. Wissen Sie, was? Wir holen die Prinzeß ab.«

– »Bitte nicht«, äußerte Borromeo decidiert. »Majestät wartet bereits, und die Kgl. Hoheit ist im Augenblick von so reizbarer Stimmung, daß bei dem geringsten Verstoß gegen Herkommen und Ceremoniel –«

Der Herzog lachte. »Wissen Sie, was?« rief er abermals und blieb stehen, wobei er den Minister am Ärmel faßte. »Sie holen den König, ich die Prinzeß. Keine Widerrede. Adieu. – Herr Protocollar: zum Appartement der Prinzeß!«

Borromeo aber stürzte ihm hinterdrein. »Um Alles in der Welt, Ew. Herrlichkeit, sie ist so montiert, daß wir den fürchterlichsten éclat –«

Vergeblich! Seine Herrlichkeit war schon davon, und diesmal eilte er so, daß der Protocollar nur mit größter Mühe den Vorsprung hielt. »Son Altesse«, verkündete er hochatmend, »le Duc Des Ciseaux«, die Luft ging ihm aus, »Prince de Tauride«, und beugte den Rücken.

Vollkommene Stille.

Offenbar hatte die Prinzessin in diesem Moment hinausgehen wollen, nun blieb sie stehen, blaß bis in die Lippen, die leicht geöffnet waren, und in den Augen ein Ausdruck des Erstaunens, der alle Erwartungen des Herzogs weit übertraf.

Eine halbe Minute lang geschah gar nichts. Sie sahen sich an.

Dann reichte die Prinzessin ihr Taschentuch an die Hofdame, die seit dem Eintritt des Herzogs in tiefster Reverenz verharrte, streckte die Arme melodiös von dannen und ging ihrerseits in die vorgeschriebene ornamentale Verneigung. Herzog Achilles aber, indem er beschleunigt die Hacken zusammenzog, legte den Handrücken der Rechten ausladend gegen die Stirn, die Reiherfeder nickte.

Niemand wußte Sinnvolles zu reden.

»Dies ist Frau v. Ehrenpreis«, sagte die Prinzessin, und die Baronin sank erneut in den Knicks.
– »Es duftet wundervoll hier«, bemerkte der Herzog. »Es duftet wie Cölnisch Wasser ..«
– »Der Kgl. Hoheit, Ew. Hoheit, wurde –«
»Wollen Sie wohl still sein«, unterbrach die Prinzessin mit melancholischer Nachsicht und sah weiter den Herzog an. »Die Königinnen«, sagte sie leise, »sind alle schon unten ..« und verstummte. Der Herzog schritt auf sie zu, moquante Müdigkeit erschien plötzlich in seinen Augen, die Nasenflügel vibrierten ein ganz klein wenig. Und er *nahm* ihre Hand .. und sie wußte gar keinen vernünftigen Grund, ihm irgend Widerstand zu leisten .. Sie erblaßte nur abermals und atmete schneller.
Er führte sie, wie das Herkommen es vorschrieb – auch wenn es neu war, daß man ihr Scharlach bis vor die Tür gelegt hatte, golddurchwirkten Brocat, faux luxe Alles in Allem. An Don Giovannis Hand aber war sie niemals gegangen .. Denken Sie an mich, wenn ich tot bin: Sie werden lügen, Prinzessin – Ihr Beruf! Wie kam es nur, daß man liebte? liebte, als sei kein Tod gewesen, als genüge es, ähnliche Augen zu haben, ähnlich geschnittene Finger, ähnliche Nasenflügel? Absurd und erschreckend, und doch gab es kein Deuteln; denn kaum daß Blick und Berührung sie trafen, hatte ein süßes, verwirrendes Beben sie überwogt, ein fließendes Zittern, dem gar nicht zu steuern war.
– »Warum zittern Sie, ma Cousine? Soll Ihnen die Hofdame Ihr Tuch mit dem Cölnischen Wasser reichen?«
Danae nickte. Fassung, Fassung! befahl sie sich selber. Und das wurde ihr schwerer gemacht in dem Maße, wie ihre Hand ja nicht fest, sondern leicht auf der seinen lag, liegen *sollte* zumindest, in dem Maße auch, wie sie fühlte, es sei Alles ganz hoffnungslos, zugebaut von tausend Vernunftgründen, Scrupeln, Verantwortlichkeiten .. Würde es nicht beinah noch das Einfachste sein, man verlobte sie mit Beschleunigung, ehe sie Unabsehbares aussprach? Stellt mich doch vor ein fait accompli! Und wäre dann irgend etwas gebessert? Sie als Königin in Phrygien, und der Vetter des Königs dauernd an ihrem Hofe? Augen zumachen, Eau de Cologne, ein Gesprächs-Thema! »Werden Sie immer auf Türkisch angekündigt, mon auguste Prince?« Es sollte ironisch klingen, aber es klang traurig.
– »Mitunter«, erwiderte der Herzog. »Mitunter ist man so consterniert von meiner Weitgereistheit, daß man zu entlegenen Idio-

men greift. Wollen Sie übrigens gütigst vergeben, ich war vorhin unliebenswürdig. Indem Sie zuerst grüßten, wiesen Sie mich sehr deliciös zurecht.«

»Das haben Sie gemerkt?«

– »Ja. Excesse an Höflichkeit sozusagen.«

»Vielleicht war ich nur verlegen?«

– »Sie nehmen der Zurechtweisung wirklich jedes Beschämende. Ihr Tact ist bewundernswert.«

»Keine Complimente. Und hier müssen wir uns trennen. Ich werde alleine hineingehen.«

– »Erlauben doch, daß ich begleite!«

»Danke, so intim sind wir nicht. Auch würde das heißen, auf Ihren Teppich verzichten, das will ich Ihnen nicht zumuten. Ich werde dort hinten hineingehen, direct auf die Estrade, wo mein Platz ist. Und die Haupt-Person sind ja nun einmal Sie geworden, Sie kommen natürlich durch die Mitte herein, durch das große Portal .. Adieu, mon Prince. Werden auch Sie Tact haben?«

Der Herzog lachte. »Sie stammen aus einem Land von so ungewöhnlicher Lebensart, daß ich wohl schlecht concurrieren könnte. Aber, was sehe ich! Das nennen Sie Schmuck anlegen? Die Pagen! herbei, herbei! Man serviere der Königlichen Hoheit Preziosen! Ein einziges Armband, Prinzessin? Mit zwanzig Braceletten mindestens müssen Sie klingeln, man wird sonst sagen, König Midas brüte auf seinen Schätzen, ein ekler Geizkragen, ein Harpagon!«

Die Prinzessin aber, noch immer mit diesem Lächeln melancholischer Nachsicht, klinkte ihr, in der Tat, einziges Armband auf und reichte es schweigend der Dame Ehrenpreis, die es betroffen entgegennahm.

Pompöse Antwort – was konnte er darauf erwidern? Gar nichts, er zog amusiert die Braue hoch, man erteilte ihm wahrhaftig Lectionen. Und dann betrat er die Antichambre, just eben, als aus dem Thronsaal Borromeo erschien, ein Ereignis, welches den Protocoll-Chef veranlaßte, sich mit Eifer auf den Phrygier-Fürsten zu stürzen: »Die Anwesenheits-Liste, Ew. Herrlichkeit!« Der Phrygier-Fürst überflog sie, verglich sie durch einen Türspalt mit dem, was die Wirklichkeit bot, und zögerte, bis die Prinzessin auf der Estrade eintraf, wo steif die Majestäten saßen: unter dem Baldachin Alphanios und seine Gemahlin, zu den Seiten rechts Phantar und Rho, links Danae und die chimärische Königin. Der Hof aber stand, ein scharlachfarbener Rubicon teilte ihn in zwei glitzernde Lager. Man wartete leicht nervös, man rümpfte die Nase, das Gold hatte keine sehr vornehmen Sitten, je nun, was half es? und um was sich die ganze Geschichte drehte, das wußte man nicht, man ahnte es höchstens; es drehte sich wohl um die Zukunft, und die Zukunft, mit Mißbilligung sah man es, trug nackte Arme, so als fordere sie den Brautwerber öffentlich auf, er solle sie lieber reell beliefern als das Gold in die Luft pulvern . .

Der Herzog sagte dem Hofe viel Zierliches und Unverschämtes, die Prinzessin staunte, offenbar hatte er ganz verschiedene Walzen, er improvisierte seine Rede, sprach fließend und frei und machte sich kein Gewissen, zum Exempel Dame Olympia anzusehen, während er den König seiner vollkommenen Devotion versicherte, Dame Olympia gleichsam abschätzend anzusehen, sie, die mit Eilposten vom fernen Lustschloß herbeigestürmt war – aber der vollkommenen Devotion ließ er im nämlichen Atemzug das erschreckende Wort folgen, man werde dem phrygischen Stil mit Leichtigkeit Reiz abgewinnen, wenn man stets dessen eingedenk bleibe – selbst in den Prüfungen, die einem empfindlichen Geschmack bevorstünden –, daß man so reichen Herren en nulle façon irgend etwas abschlagen könne . . Und während er das sagte, während sarcastische Dinge und schneidende Impertinenzen ihm geläufig von den Lippen flossen, veränderte sich nichts in seinen Zügen. Was also war echt, was Maske? Das Amusierte und Hochmütige, womit er Alles, was Ceremonie, Convention, Distance, Rücksicht, Zartgefühl hieß, ad absurdum führte? oder die Urbanität vorhin, die mimosische Witterung für Schärfen, ja, doch: das vollkommen Ernste in seinem Wesen, unerreichbar für Spott und peinliche Späße? Denn als sie ihn auf dem Schiff stehen sah und er schließlich nicht wußte, daß er angeblickt wurde, hatte er den selben Ausdruck gehabt wie bei dem Auftritt in ihrem Salon. Sie konnte darüber nicht hinweg: es war eine tiefe Einsamkeit in den Augen, das ganze Gesicht sprach von geheimnisvollen, doch mächtigen Erschütterungen, die es geformt hatten, etwas sehnsüchtig Verzehrendem, als sage es dauernd zu irgend Jemandem: dammi il paradiso.

Dann aber sagte er etwas sehr Liebenswürdiges, etwas, das dem Monarchen wie Balsamduft in die Seele träufelte. Souveränität, sagte er, sei der Lebens-Inhalt der Könige, und der Groß-Khan, der Schah-in-Schah, welche orientalischen Titulaturen er hin und wieder auf den fernen Gebieter anwandte, gedenke weder die Unabhängigkeit Myrrhas noch die von Phantar, Chimaira oder Rho auch nur im Mindesten anzutasten; er gedenke, bescheidentlich als Prinzgemahl zu figurieren, unbeschadet, daß er die Prinzessin Danae zu sich auf seinen von Glanz und Macht umwehten Thron erhöbe .. Und an dieser Stelle wurde der Prinzessin die Maske klar, so geschliffene Mißachtung funkelte aus seinen Worten – an dieser Stelle begriff sie, daß der durchlauchtige Stellvertreter nicht mehr und nicht weniger vorhatte, als den Hof ihres Vaters auf eine schmerzhafte, brusque Probe zu stellen: wie weit er der Lockung des Goldes den Stolz geopfert habe, und bis zu welchem Grade er Demütigungen ertrug.

Sie urteilte nicht zu früh. Denn der Herzog, die Hand an der Stirn, verneigte sich zu mehreren Malen byzantinisch bis auf den golddurchwirkten Brocat, sah die Versammlung herausfordernd an und verlangte von einem Hofe, der bisher Würde gezeigt hatte, er solle dem abwesenden Herrscher in durchaus ungewöhnlicher Form seine Hingabe bekunden. Und aufrecht und abweisend, den Blick mit weißblauer Kälte fest in dem seinen, saß die Prinzessin in ihrem Sessel. Der König aber grüßte leichthin mit dem Marschall-Stab, Dame Olympia und Königin Io beteiligten sich durch vornehmes, Leda durch ein ironisches Nicken, während Europa die Reverenz celebrierte. Ekelhaft. Und sämtliche Hof-Chargen stießen den Zweimaster in die Luft.

»Es bleibt mir«, erklärte der Herzog befriedigt, ohne daß die verschleierte Trauer aus seinen Augen wich, »es bleibt mir nun der angenehme Teil meiner Mission, insofern ich Ew. Majestäten, Ew. Königlichen Hoheit, Excellenzen, et cetera praetextis praepositis, den Wunsch meines hohen Auftraggebers übermitteln darf, daß er die ganze Folge der Festivitäten, ihre Planung, ihre Vorbereitung, ihre Verwirklichung *und* ihre Kosten, persönlich, respective durch mich, bestreitet.« Damit straffte er sich, legte eine sehr wirkungsvoll berechnete Pause dazwischen und fügte, a tempo giusto, die gewaltigste Coda an, die nach solcher Musik nur immer kommen konnte, ein praecis getürmtes Finale: »Mein Herr liebt das Presto, den coup de force, das fait accompli. Ich bin der Stellvertreter. Herr Admiral: ich werde jetzt linker Hand der Prinzessin verlobt, das Kirchliche holen wir später nach.«

Und er schritt auf die Braut zu.

Ein Brigantenstreich! sie wurde totenblaß.

»Was ist?« fragte der Herzog den ebenfalls bleich gewordenen

Borromeo, fragte es voll einer sublimen Impertinenz. »Will man nicht? oder sind noch diplomatische Unklarheiten?«
– »Die Kgl. Hoheit ist offenbar unpäßlich, sie wird nicht stehen können . .«
»Dann werden wir uns im Sitzen verloben. Einen Fauteuil!«
»Du Donner . .« bemerkte Leda.
Man brachte einen Fauteuil. Danae aber, bevor der Herzog noch Platz nahm, flüsterte erregt: »Mon Prince, seien Sie barmherzig, oder ich mache einen Scandal.« Und sie traf Anstalten, aufzustehen.
Da durchbrach er vollends die Schranken des höfischen Ceremoniels, vergaß ihre Stellung, ihren Rang und Titel, ja, auch das Parquett, denn es spitzte die Ohren: er beugte sich über sie, drückte sie in den Sessel zurück, führte mit zwei Fingern ihr Kinn ein wenig empor, sah ihr tief und ernst in die Augen und sagte nichts als »Na . .« Ganz leicht, ganz verhalten.
Dann schüttelte er den Kopf, etwas Mildes, begütigend Überredendes lag darin, und setzte sich neben sie.
Man stand offenen Mundes, dergleichen hätte niemand für möglich gehalten! Und die Prinzessin ließ sich das bieten? Anscheinend ja! obwohl ihr die Augen feucht wurden. Und der König schlug nicht mit dem Saphir auf die Armlehne? Anscheinend nein! er lächelte traurig. Und Borromeo fuhr nicht an den Degen? Er dachte nicht daran.
Der Herzog legte die Kniee übereinander. »Avanti!« sagte er schneidend, indem er den Admiral ansah. Und durchaus sans gêne deponierte er die Rechte auf Danaes Linker, wickelte höchst persönlich die goldene Schärpe um beide und wartete in aufreizender Arroganz, ob man gefälligst parieren werde.
Eine unglaubliche Piraterie!
Unter allseits betretenem Schweigen nahm der Admiral, in seiner Eigenschaft als Minister des Königlichen Hauses, nachdem er hilflos zum Souverän, zur Prinzessin geblickt, den Verlobungs-Act vor.

II. Capitel

Knapp eine halbe Stunde war der Herr aus Asien zugegen, schon hatte sich Weittragendes ereignet. Was würde die nächste Minute bringen? Man brauchte ihn nur anzusehen, und man wußte, daß neue überraschende Impulse zu gewärtigen standen, die fürchterliche Praecision einer Maschine vibrierte in seinen Zügen, da hieß es bremsen, bremsen, bevor man überwalzt wurde. So dachte der Hofmarschall Fürst Allerhöchstenperg, ein Herr von der allerprächtigsten Mast, und eilte, so schnell es die Corpulenz ihm erlaubte, die Estrade hinan, auf den König zu: »Wollen Ew. Majestät gnädigst die Gratulations-Cour befehlen!«

»Mit Vergnügen, lieber Fürst.«

»Wie schade!« sagte der Herzog, indem er einfach aufstand. »Ich wollte gerade zu zaubern beginnen ..« Und er steckte die Hand in die Hosentasche, wobei er mit jener Unbefangenheit, die ihm eignete, die Wirkung seiner Worte studierte.

Der König zog die Braue hoch in die Stirn, verkniff die Mundwinkel und wiegte betont pantomimisch den Kopf.

»Ich dachte es mir«, fuhr der Herzog fort, »Majestät werden nicht widerstehen. Also, mein lieber Fürst, Sie räumen jetzt eins-zwei-drei den Saal. Werfen Sie die Lakaien hinaus, die Schranzen, Admirale, Generale, das Alles brauchen wir nicht, schaffen Sie stattdessen den Damen ihre Jungfern.«

Der Hofmarschall schnappte nach Luft, ein Karpfen an Land konnte nicht sprechender aussehen. Stumm und gequält, ein schwabbliger Pudding, rang er mit seinen Protesten, obwohl ihm doch klar war, daß, seit der Schneider die Scene betreten, Wohl und Wehe von seiner Gnade, seinen Launen, seinen Entschlüssen abhingen. Und schon ergriff ihn das Gold am Ärmel, vertraulich zog ihn der Herzog beiseite: »Hören Sie, mon vieux, machen Sie den König nicht unglücklich. Es ist diplomatisch nichts vorbereitet – rechnen Sie sich die Consequenz aus. Wollen Sie die tragen?«

– »Aber der Stil, Hoheit, der Stil!«

»Ihre Verzweiflung hat etwas Rührendes, rührend wie dieser ganze Hof. Man möchte den Stil wahren, ohne des Goldes verlustig zu gehen. Stil kostet Zeit, Zeit haben wir nicht, ergo bedeutet diese lächerliche Ceremonie, daß Sie Gefahr laufen, um antiquierter Sentiments willen einen goldenen Schwiegersohn abzubuchen. Nach Lage der Dinge kann das Ihr Wunsch kaum sein.«

– »Kaum, Hoheit, kaum. Nur haben Sie ein so entsetzliches Tempo. Bedenken Sie doch, dieser Hof ist nicht so sehr .. renitent, als vor den Kopf geschlagen, er ist nervös, nervös wie ein Gaul, was sage ich: ein hoch illustres Rassepferd, und nun soll es zum ersten Mal einen Abhang nehmen, da scheut es natürlich ..«

»Sie verstehen eben nichts vom Reiten. Wenn ein Pferd scheut, wäre Nachgeben das Falscheste. Runter vom Sattel, das Biest am Zaum gefaßt, rückwärts geführt, bis es die Wut heruntergekaut hat, hundert Klafter, zweihundert, wenn es sein muß! aufgesessen und wieder heran – so macht man das. Sie dürfen mir glauben, hinterher wird man gut Freund mit mir sein. Kurz: wenn man nicht will, ziehe ich andere Saiten auf.«
Seine Durchlaucht seufzte. Wohin waren die Zeiten, da man umständlich bat, man möge Dies, möge Jenes gestatten? Der neue Stil proponierte nicht mehr, er disponierte, scherte sich um kein Wenn, kein Aber, keinen noch so begründeten Einwand, sondern ritt sämtliche Traditionen schlankweg über den Haufen. Vielleicht, daß man wenigstens doch den Schein, »Vielleicht, daß Hoheit wenigstens doch die souveränen Personen . . man könnte ja abkürzen.«
»Ich handle nicht«, erwiderte hochmütig der Herzog. »Ew. Liebden werden die Güte haben, vite vite sich zu fügen, ich bin in Eile, erwarte, daß man mir dient. Sollte Ihnen das nicht passen, so schikken Sie jemand, der weniger hochgeboren ist. Ich *kann* auch abreisen!«
Da fiel Seine Durchlaucht zusammen, rief nach dem Obersthofceremoniar, teilte ihm mit, was mitzuteilen, und wandte sich, tief verwundet, dem Ausgang zu. »Denn«, sagte der Gast, indem er die Hand der immer noch consternierten Prinzessin ergriff, »es stehen nun Dinge bevor, bei denen wir königlichen Personen unter uns zu sein wünschen« – und er sah ihr verwirrend ins Auge. Aber bevor sie fragen konnte, hatte er den König kurzerhand angeredet, hatte ihn respectlos „Teuerste Majestät« tituliert und in Kenntnis gesetzt, es sei an alledem gar nichts zu ändern, sondern Myrrha, Phantar, Chimaira und Rho würden in ihren gekrönten Häuptern benötigt, Midas wolle es so . . Der König lächelte nur, vornehm und wissend, und erwiderte mit schrägem Neigen des Kopfes: »Einem so reichen Herrn kann man es nicht abschlagen . . Lassen Sie sich nicht stören, betrachten Sie mich ganz als Zuschauer. Oder . . werde ich auch hinausgeräumt?«
Dem war nicht so.
Indessen leerte sich der Saal, man entvölkerte ihn, dem Schneider aus der pythischen Prophetie zuliebe, der vollauf beschäftigt war, nach links und rechts den neugierigen Fragen der Damen zu wehren – hofften sie doch zu erfahren, was dieser ungewöhnliche Ambassadeur mit ihnen plane, ob sie vergoldet, geröstet, verzuckert

würden, in Schweinchen verwandelt wie weiland bei der Nymphe Circe, wo er seinen Zauberstab habe, und ob er sie politisch vergewaltigen wolle. Darüber nahte sich, ein wandelnder Eisberg, der Obersthofceremoniar, stieß den Stab großartig auf und bekundete, der Thronsaal sei in gewünschter Weise entleert, die Zofenschaft zur Stelle, man erwarte die weiteren Befehle Seiner Herrlichkeit.
»Mein lieber Obersthofceremoniar«, erklärte der Schneider, indem er ihm leutselig die Hand auf die Schulter legte, »nennen Sie mich ganz vertraulich Hoheit, machen Sie ein freundlicheres Gesicht, wir haben hier Marmor genügend, gehen Sie spazieren, ja, tun Sie das, gehen Sie in den Lustgarten, mein Procurator ist auch schon da, mit einem Wort: treffen Sie die nötigen Dispositionen, damit wir nachher zu essen bekommen, ein wenig Musik, ein wenig Ballett und ähnliche Spielereien, nicht wahr?«
Man stand noch immer auf der Estrade, jetzt aber eilte der Herzog die Stufen hinab, ging mit schnellen und lässigen, federnden Schritten über den langen Teppich, über Scharlach und Gold, und kaum, daß er dem Mittel-Portale sich näherte, so wurden, vom Vorsaal her, die Flügel aufgerissen, eine monde von Dienerschaft, Heiduk-ken, Balletteusen, Mohren, Janitscharen, sank in einem einzigen, leuchtend bunten Wirbel zu Boden. »Den Generalstab jetzt!« rief der General-Lieutenant des Phrygier-Königs, kehrte um, den nämlichen Weg zurück, und wundervoll war er anzusehen in seinem schwarzen Samt, ein reicher, ein schlanker Herr, mit goldener Schärpe und einer weißen Feder auf dem Hut.
»Was bedeutet dies Alles, Herzog?« fragte Prinzessin Danae, während er zu ihr trat, ihre Hand zu küssen, und folgte ihm widerstrebend die Stufen hinab.
– »Ihnen, Prinzessin«, erwiderte er leise, »kann ich es verraten, weil Sie es ohnehin durchschauen: Hocuspocus ..« Und er lachte gewinnend, seine Augen aber blieben ernst.
Der Generalstab erschien. Er bestand aus fünf phantasievoll gekleideten Officieren mit goldener Adjutantenschnur und nahm Aufstellung in Saales Mitte, auf spiegelndem Marmor, Front zum Teppich. Und nun begann das Zauber-Theater. »Sind wir so weit?« – »Zu Diensten!« Die Adjutanten eilten, der Herzog gab schallende Weisung, er lenkte die Schlacht, das Portal wurde aufgerissen, die Mohren sausten herein, räumten fort, was fortzuräumen war, verneigten sich mit den Turbanen, die Hände über der Brust gekreuzt, sausten wieder hinaus, die Zofenschaft geriet in das Kampfgetümmel,

»Die verehrten Leibbedienerinnen«, rief der Feldherr, »wollen doch bitte nicht herumstehen, sondern sich gütigst zur Seite verfügen, danke!«, es stampften Cyclopen herein, zehn an der Zahl, »phoenicisch«, bemerkte der Herzog, jeweils zwei trugen je ein damastenes Ruhe-Sopha, trugen es spielerisch auf nackten, hemmungslos musculösen Schultern, Leda zerschmolz, wie sie sagte, wie Butter an der Sonne der Neugier, die Adjutanten wurden über das Blachfeld gejagt, die Divane bald hierhin, bald dorthin befehligt, bis sie in jener Ordnung standen, die einem ausgeprägten Sinn für Vernunft, Schönheit und Accuratesse entsprach. Die Riesen küßten den Staub von ihres Gebieters Füßen, stampften von dannen, schon überschritt er, mitten im Gefecht, den roten Rubicon, um, vom jenseitigen Ufer aus, das noch ungestalte Werk planenden Geistes zu betrachten, das Portal sprang auf, Leichte Cavallerie, es kam das Ballett, und zwar das weltliche, presque nu in weißen Tüll-Röckchen, auf silberbeschuhten Fußspitzen pirouettierte es näher, ein Tusch, ein Wirbel, Hecatomben von Kissen wanderten aus dem Vorsaal über den Köpfen zu den Chaiseslongues, man blies Retraite, verschwand .. Heiducken preschten auf die Estrade, ein gebieterischer Wink, sieben Armsessel schwebten herbei, fünf jenseits, zwei diesseits des Teppichs, »Die Majestät des Königs«, rief der Herzog, »cisalpin«, und König Alphanios, mit leichtem Kopfschütteln, sah sich gehalten, seinen Platz diesseits zu nehmen, »Königin Leda – transalpin – Königin Europa – dito hier – Königin Io – dito dort – Monsieur l'Amiral wieder cis – o, wo ist Majestät die Dame Olympia verblieben? bitte sogleich zu holen – und Sie, teuerste Prinzeß, erlauben, daß ich Sie führe ..«

Neuerlich flogen die Türen auf, neuerlich erschienen phoenicische Riesen, schnaufend trugen sie einen reichlich sechs Klafter langen, gewaltigen, mit Intarsien verschwenderisch besetzten Conseil-Tisch, ein Monstre-Möbel, und die Cyclopen, unter praecisen Commandos eines hohen Stabes, setzten ihn so geschickt zwischen die Damen auf der rechten, zwischen König und Admiral auf der linken Seite, daß man, trotz Aversion, die Umsicht des Schlachtenlenkers zu bewundern genötigt war. »Man hat uns auseinander manœuvriert«, rief scherzend der König und nickte den Damen zu, die eifrig berieten, was nun dies Ganze wohl wolle, doch ließ man ihnen nicht Zeit zur Sammlung, man befahl die Kgl. Phryg. Staats-Dessinateurs, die mit alberner Gespreiztheit, verkleidet als Arlecchin, Mezzetin, Scaramuccio, als Truffaldin und Capitano Spaven-

to, hereinspazierten, sich übertrieben verneigten, in ihrem Glanze zeigten und sogleich auf gewaltigen Zeichenmappen die gewaltigsten Roben entwarfen.
»Man schneidert?« fragte Dame Olympia, eben zurückkehrend von unklarer Abwesenheit, und winkte ernst und kalt dem Admiral.
»Man kleidet uns ein!« rief Leda.
– »In Gold!« verkündete der Herzog.
Europa aber zog das Facit, indem sie ihn langsam und schwerzüngig die veritabelste Herrlichkeit nannte, die je von Jupiters Gnaden hienieden gewandelt sei.
Einzig die Königin Io schwieg, während ihr romantischer Äbtissinnen-Blick fern in die Nische schweifte, wo Tante Olympia leise auf Borromeo einsprach, und nicht lange, so sah man den verdienten Militär, den streng denkenden, beunruhigt entschreiten. Auch die Riesen traten ab; rückwärts chassierend, pflügten sie gleichsam ihr eigenes Kielwasser, behäbige Corvetten, und nichts erinnerte an die Grazie des Herrn, denn Grazie, der König wollte es gerne gestehen, Grazie, die hatte er, und seltsam, ähnelte er nicht Venedigs verstorbenem Botschafter? Venedig .. als könne von daher die Rettung kommen. Aber im Ernst: was würde Venedig sagen? Und wenn er ihn so betrachtete, den neuen Giovanni, die eleganten und feinen Hände, mit sorglich polierten Kuppen auf die Tischplatte gestützt, überhaupt die ganze Erscheinung, juste au milieu der Längsseite, decorativ und selbstvergessen, als denke er jetzt das entscheidende Treffen zu liefern: ja, dann begriff er nicht nur, daß hier offenkundige Discrepanz herrschte zwischen wirklichem Wesen und brusquer Rolle, sondern daß eine Tragödie bevorstand, und daß man einem Kinde nicht fluchen durfte, weil Schönheit sich zu Schönheit gesellte. Midas jedenfalls, dem Conterfei nach geurteilt, war, mit Godoitis zu sprechen, nicht, was der Kaiser verlangte.
»Die Mohren!« rief der Herzog, ein metallischer, männlicher, fülliger Klang, der den König ausnehmend sympathisch dünkte. – »Die Mohren« – »Die Mohren« – »Die Mohren«, erscholl es aus diversen Adjutanten-Organen – das Portal sprang auf – und da waren sie schon, die kleinen Neger, chocoladenbraun in citrongelber Seide, mit ihren ziegelrot und seegrün gestreiften, schwankenden Turbanen. Rosig von Zahnfleisch, trippelten sie unter entzückten Bewegungen herein, zu ihren Füßen rollten Ballen Damast, rollten ab wie flatternde Segel, die Mohren wirbelten ihn, wölbten ihn hoch in die Luft, kreiselten sich blitzesschnell ein, drehten ihn um die Plu-

derhosen, liefen mit ihm, ein, zwei, drei Schritt, warfen ihn, unter Exaltationen, noch einmal empor, worauf sie ihn malerisch über die schnell bedeckte Fläche des Feldherrntisches bauschten. Dies getan, verbeugten sie sich ernsthaft, ohne daß ein Turban herabfiel, und trippelten im Spitzentanz rückwärts hinaus. Ein Seitenblick ihres Herrn traf auf des Königs forschende Augen, deren Lider den Herzkranken verrieten, und der König sah den Damast an.

»Plebejische Ware«, bemerkte er verwirrt, »von Gold nicht die Spur.«

Der Herzog überging den Einwand.

Es kamen fünf glitzernde Standspiegel, es kamen fünf unermeßliche Rollen von weißem Zwirn, auf hölzernen Dreibeinen drehbar aufgepflöckt.

»Gott segne uns«, sagte der König, »die wir mit geringerem Kunstaufwand zu verbergen gelernt haben, daß wir arm und verschuldet sind.«

– »In welcher Richtung«, fragte der Herzog, »bewegen sich die Aspirationen Ew. Majestät?«

»Gold«, erwiderte der Monarch. »Gold«, sagte er mit starker Betonung, so stark und übertrieben, daß ersichtlich wurde, er wünschte seiner Offenheit durch Selbst-Ironie den Schimmer von Persiflage zu leihen. Und während er sich vom Sessel erhob, zog er die Brauen sehr hoch in die Stirn.

Die Königinnen, unter dem Betrachten der Zeichnungen, replicierten unisono. »Gold wollen wir sehen.«

Der Schneider indessen befahl Musik.

Da ging der König ungehalten zu seinen Damen, um die Entwürfe der Dessinateurs zu begutachten, die sich verrenkten, verneigten, in ihrem Glanze zeigten.

Und die Musik blies eine Hymne, viel Tuba-Töne, Posaunen, Trompeten schallten, niemand achtete auf den Herrn dieser Heerscharen, man versenkte sich in die Figurinen, ließ ihn ganz aus den Augen. Dame Olympia hatte gewisse Änderungs-Vorschläge bezüglich der Schlankheit ihrer Taille, die Prinzessin, herb und kühl, äußerte sich nicht, nur Europa sagte langsam und begeistert »Wundervo-ll«, wobei sie nicht vergaß, die Augen bis zur Saaldecke aufzuschlagen, als rufe sie alle Götter zur Zeugenschaft an . .

Plötzlich aber – wer beschreibt es? – mit einem Ruck sondergleichen, wie vom Blitz gerührt, schrak der Monarch aus versunkenen Modebetrachtungen, schrak, ach was: bebte, zuckte empor, geweitete Augen, erstarrter Zeigefinger, der Kehle entrang sich ein rauhes, kurzes, völlig illegitimes »A ..«, und sein königlicher Mund blieb souverän offen .. Denn über den gebauschten Damast schoß Gold; es schoß, es rieselte, hierhin, dorthin rieselte es, nein, es schwebte, es dampfte, schwoll über Wogenberge, tauchte in Wellentäler, wogte hinauf, hinunter, stürzte cataractisch über die Ränder des Tisches, rann weiter, lief und rauschte, lief und schillerte, bis in die äußersten Fäden schwemmte es, bis an die Portal-Türen, lautlos ..

Der Herzog aber lachte. Er lachte, daß ihm die Adern schwollen, zog die Schere aus dem Etui und warf sie auf den knisternden Reichtum. »Stillos!« rief er unter Tränen, »fürchterlich stillos!« und zerging vor Vergnügen.

Der König verwies es ihm. »Lachen Sie nicht«, befahl er streng. Dann trat er vorsichtig näher, knisterte ein wenig mit dem Goldstoff, bedachte sich, schwieg. Auch die Königinnen kamen herbei, knisterten ein wenig mit dem Goldstoff, zweifelten, sahen sich an. Und piano, più crescendo, mezza voce begannen sie, Eine um die Andere, melodiös, graziös zu lachen, die Adjutanten lachten, die fernen Zofen, der König, der Saal .. Tuba, Posaune und Trompete bliesen feierliche Weisen in das süße Entzücken.

»Welch incomparable Illumination«, sagte der König und zog ein batistenes Tuch, die feucht gewordene Stirne zu tupfen. »Wie machen Sie das? Sie sind halt doch eine Herrlichkeit ..«

– »An die Arbeit!« rief der Herzog, »en avant les dessinateurs, herein mit den Schneidern!« Und die Zeichner, mit umfassender Gebärde, rissen ihre Entwürfe aus den Mappen, sie auf goldener Wogenpracht deponierend, während bereits die Schneider, die Kreiden gezückt, hereinstürzten, zehn Schneider, »en avant les tailleurs!«, zehn Kreiden sausten parabolisch, hyperbolisch über metallene Materie, Costume-Teile wurden erkennbar, der Herzog griff zur Schere. »O«, rief er, »das tut weh«, es knirschte, wo er schnitt, »o, wie das weh tut, Majestät!«, und die Stoffbahnen sanken dahin, zur Rechten, zur Linken.

»Das schöne Go-ld«, bemerkte Europa.

»Wie wird es uns kleiden!« sagte Ios romantischer Äbtissinnen-Blick.

»Famos«, entschied der Monarch, »äußerst famos«, doch sein Aussehen, obwohl verjüngt, sprach von Leiden und Krankheit.

Und die Prinzessin? nahm sie nicht Anteil? »Der arme Poaretes«,

sagte sie. »Nun hat er seinen ganzen Ehrgeiz in diese Robe geschneidert. Aber die Könige des Erdballes neigen sich nicht.«
»Wir tun es ja«, warf der König ein, »wir tun es ja«, und verneigte sich tief. »Dein Zartsinn ehrt dich, mein Kind, wir werden ihn adeln, baronisieren werden wir ihn, den Künstler.«
– »Was Baron, was Freiherr?« rief der Herzog, »wir werden ihn grafen, fürsten, durchlauchen werden wir ihn bis in die Fingerspitzen – nicht kleinlich sein in großer Zeit! Auf die Plätze jetzt, Mesdames, das Garn ist auch schon golden, und herein mit den Paravents, Musik, Allegro scherzando!«
Weiß der Himmel, nun wurde es spannend: Paravents? wozu? Man nahm Platz, und schon kamen die spanischen Wände, roter Brocat in goldenem Rahmen, der Herzog dirigierte den Aufmarsch, immer per Schere, hierhin, dorthin mit knapper Gestik, bis sie standen, wie sein ausgeprägter Sinn für Ordnung, Vernunft und Genauigkeit es erheischte. Eine Handbewegung wischte die Lakaien hinaus, und siehe, da war das königliche Geblüt, so wie es saß auf seinen fünf Stühlen, praecise umbaut, jede Dame hatte ein kleines, luftiges, heimliches Cabinett, in jedem Cabinett ein Sopha, einen Spiegeltisch, ein Stück Teppich, Ungewißheit dazu, prickelndes Lustgefühl, und das Herz klopfte, nun konnte man nicht mehr umhin, nun würde man sich auskleiden müssen, dieser befehlshaberische Mensch würde es verlangen.
– »Changement des robes!« rief der Herzog.
Da hatte man es . .
»Wie denken Sie das?« fragte Königin Io hinter den Tapisserieen, »wir sind Damen, wir entkleiden uns nicht vor fremden Herren.«
– »Entkleiden Sie sich getrost, Madame«, rief ungezwungen der Schneider. »Heda, die Zofenschaft, da hinein!« Und er klatschte in die Hände. Die Dienerinnen sausten, suchten aufgescheucht ihre Eingänge, aus allen Cabinettchen erfolgten zündende Parolen: »Ida!« rief man, »hierher!«, »Dina!«, »Albertine!«, Adjutanten eilten, durch die Tür wogte ein Strom von Näherinnen, mit Scheren und Ellen am Gürtel, mit Nadelkissen auf dem Armgelenk. »Hier hinein vier, da hinein vier«, befahl der Herzog, »Kindchen, sei Sie nicht so langweilig, nehm Sie schon die Teile, probier Sie der Majestät an.« Und nicht lange, so erscholl hinter den Paravents Jauchzen und Gelächter. »Es paßt!« hörte man rufen, »es paßt Alles wundervoll!«
– »Es paßt?« rief der Herzog zurück, »na, wundervoll!«, stieß die

Schere ins Futteral und trat ohne Federlesens, indem er unter dem Vorhang hindurchtauchte, in das Appartement der Prinzessin, wo ihn ein Schrei der Überraschung empfing.
Der König, zum Glück, hatte es weder gehört noch gesehen. In knabenhafter Aufgeräumtheit, ein schwermütiges Lächeln um die Mundwinkel, reiste er leutselig und friedfertig, neutral und geschlechtslos, ein begehrter Onkel, von Cabinett zu Cabinett, nachdem er sich formvoll angemeldet, das der Tochter aber mied er, plauderte mit den lieben, den reizenden Nichten, scherzte, paradierte in eleganten Varianten über das Wort von dem reichen Herrn, dem man nichts abschlagen könne, und schien des Zobels vergessen zu haben, den er gemeinhin trug, weil es ihn fror in seinem einsamen, verarmten und verschuldeten Herzen . .

III. Capitel

Wirklich? Konnte man ihm nichts abschlagen, dem reichen Herrn? *Venedig* konnte es, Venedig *mußte* es! denn hier lag seine Stärke, der Schlüssel, der ihm Aegypten öffnete, der Riegel, der ihm den Türken vom Leibe hielt.
Und Venedig tat es – à deux in der Hirschen-Galerie.
»Es ist ja nichts vorbereitet«, erklärte mit Hochmut der Botschafter, ein silberbestickter Buckel, der fast ertrank in seinem Fauteuil und doch eine furchtbare Macht darstellte. »Jedenfalls«, fuhr er fort, »wenn irgendwo sondiert worden wäre, dann doch wohl ehestens bei mir. Ich bin es nicht gewohnt, übergangen zu werden.« Er hielt die Ellbogen auf das Armpolster gestützt, die Finger der Linken klopften in Abständen leicht gegen die Knöchel der Rechten, wobei er mit seinen kalten, metallischen Augen den Plafond anblickte, bevor er sie schillernd zum Admiral gehen ließ. »Überhaupt ist der Stil mir neu«, sagte er gelangweilt. »Niemand vom Diplomatischen Corps hat irgend etwas gewußt, die paar wenigen Ambassadeurs hätte man immerhin benachrichtigen können. Man hätte sich ausrechnen dürfen, daß sie begierig genug sein würden, so ein Goldschiff auf eigene Kosten einer Ocular-Inspection zu unterziehen, denn wie will mans verbergen? In *dem* Punct sind wir wie die Kinder, aber doch keine *politischen* Kinder, und in puncto der Folgen, Excellenz, wäre es gefährlich, uns für gutmütig zu halten . . Nicht wahr?«
– »Wer rechnet mit Güte in der Politik! Dennoch denke ich, Sie

sehen die Folgen zu schwarz. Der Vertrag Phrygien wird Ihnen vorgelegt werden –«

»Danke, ich kenne ihn längst. Was auf dem Papier steht, macht mich nicht heiß oder kalt. Ein Blinder fühlt es mit dem Krückstock, daß Ihre Mariage unsere Lebenslinie durchschneidet. Schönes Bild dort drüben .. Von wem?«

– »Irgend ein Vlame. Er war, glaube ich, Diplomat.«

»Sehr anständig gemalt. Merkwürdig, es ist mir noch nie aufgefallen. Ein Mords-Schinken. Gehört in das Capitel königlicher Finanz-Gebarung. Ich kann mir vorstellen, daß Midas practisch auch diese Sauhatz bezahlen muß, kurz, ich weiß, der König *kann* nicht anders. Auch ich kann nicht anders.« Und er studierte das Bild. »Herrliche Grau-in-Grau-Töne .. Es wird ein Keiler dran glauben müssen, wofern Sie nicht schleunigst zusehen, die Geschichte rückgängig zu machen.«

– »Keiler, Excellenz, sind schwer zu stechen, zumal wenn sie gereizt werden; sie nehmen den Jäger an.«

»Va bene. Ich wüßte nicht, womit Sie mich aus dem Sattel heben wollen.«

– »Ist Ihnen entgangen, Excellenz, daß die Königin reserviert blieb? Oder irre ich mich in dem Verdacht, der Plan hätte auf dero Mißverhältnis zur Prinzessin und mir gebaut? Es wäre besser, Sie wählten bei formellen Protesten den gewöhnlichen Weg.«

»Was heißt formell? Formell protestiere ich, sobald die Taube zurück ist, formell protestiert der Doge. Nein, das Ganze war ein Zufall. Ich traf den Fürsten Allerhöchstenperg, als ich von Kastamomi kam. Beide übrigens total durcheinander, und da Ihre Majestät eben nach dem Fürsten verlangte, so ergab sich das Weitere von selber. Sie sagte mir auch, ich solle in der Hirschen-Galerie warten, ich würde Excellenz dort antreffen.«

– »Sagte sie nichts vom Fräulein de' Lanzi?«

»Fräulein de' Lanzi? A so, ich erinnere mich. Nun, da existieren sehr peinliche Acten von der Hand meines Vorgängers. Ich würde nicht raten, diese Dame in unseren Fall zu mischen, das könnte ein Rohr-Crepierer werden. Was wollen Sie denn eigentlich? Wenn es sich um Geld handelt, wird die Republik nicht kleinlich sein, wird Ihnen Credite gewähren, nachdem Sie so hitzig waren, Ihre eigenen Financiers Knall und Fall abzuschießen. Oder handelt es sich um Kronen? Königin wird Ihre Prinzeß ohnehin, was braucht sie da Kronen? Sie braucht einen Mann, damit die Nachfolge gesichert ist

– eh bien, das rechtfertigt nicht, daß man Porcellan zerschmeißt. Nehmen Sie irgend einen Deutschen, da wimmelt es von Souveränen, einen Trautson, Dietrichstein, Croy, Piccolomini, nehmen Sie die Salm, die sogar auf die englische Succession praetendieren, ungeachtet des Hauses Braunschweig, aber kommen Sie mir nicht ins Gehege. Sie sollten doch wissen, daß ich beißen kann .. und *daß* ich Sie beiße! Es sei denn, Sie geben nach.«

– »Wie stellen Sie sich das vor? Glauben Sie im Ernst, Excellenz, man könne einfach zurück? man könne diesen vergoldeten Herzog nach Hause schicken, und er würde gehen, und das Volk wird den Mund halten?«

»Ich stelle mir gar nichts vor, es ist mir ganz egal, Sie hätten das vorher berechnen müssen. Ich räume ein, daß es schwierig ist, wieder auszusteigen, und will Ihnen gern meine Hand leihen. Es bestehen zum Beispiel alte Abmachungen zwischen meinem und Ew. Excellenz Vorgängern. Sie werden die Güte haben, sich daran zu halten, wir werden einen entsprechenden Vertrag paraphieren, Sie selbst begeben sich um Credit nach Venedig, von dort an den Reichstag nach Regensburg, wo Sie unschwer einen vernünftigen Prinzgemahl finden.« Damit erhob er sich. »Venedig, Excellenz«, sagte er kalt, indem er noch einmal die Sauhatz studierte, »Venedig stellt eine Frist von zweimal vierundzwanzig Stunden und gibt sich der angenehmen Erwartung hin, daß es nicht gezwungen sein wird, zu Repressalien zu schreiten; die Weiterungen könnten tödlich sein.«

– »So habe ich meinerseits, Excellenz, das Vergnügen zu erklären, daß wir weder willens sind, mündliche und niemals ratificierte Abmachungen meines in Gott ruhenden Vorgängers als Rechts-Basis unserer Politik zu betrachten, noch in der Lage, die Annahme ultimativer Forderungen in Erwägung zu ziehen. Im übrigen hoffe ich, die bislang so ungetrübten und segensreichen Relationen zwischen Ew. Excellenz Ambassade und der Königlichen Staatsregierung ohne Schwierigkeit wieder zu glätten, sobald wir uns bei ruhigerer Stunde darüber ausgesprochen haben. Für jetzt entschuldigen Sie mich wohl, dringender Abhaltungen wegen. Excellenz, ich habe die Ehre ..«

Ja, in dieser Weise prallte man auf einander, und es war klar, man hatte nichts gewonnen, man mußte dem König sofort berichten. So verließ der Admiral, beunruhigt, wie er gekommen, die Hirschen-Galerie, durchquerte die Prunkräume und trat in den Thronsaal, um dort ein Bild zu erblicken, das die Grenzen des Schicklichen weit überschritt. Kein über und über verklärtes Tableau, kein Ensemble glückseliger Königinnen – nein: zu den Klängen der Musik stieß ein schwarzer Samt-Ärmel, mit weißen Spitzen gefaßt, durch den Brocat-Vorhang eines aus spanischen Wänden improvisierten Cabinettes, goldene Stoff-Teile hinaushaltend, ein Adjutant eilte, sie entgegenzunehmen, worauf man sie dem Nachschneider weitergab, und wie das verschlungene Namens-Emblem über dem Eingang des Paravents auswies, war es die Prinzessin Danae, der dies vom Herzog von Scheria geschah. Im Winkel des Saales aber, steif über eine Modell-Puppe gezogen, stand das Staatskleid von Poaretes' Meisterhand, stand umgeben von tuschelnden Zofen und bezeugte auf seine Weise – stumm, doch deutlich –, daß es dem hohen Gaste im Compartiment wohl zu eng war, weshalb er das erhabene Kunstgebäude vermutlich gleichermaßen nach draußen beförderte wie die Stoffbahnen von Gold. Und just wollte der Erstminister zartfühlend davongehen, um nicht wiederum unfreiwillig Zeuge eines peinlichen Négligés zu werden, als er seitlich am Fenster den Souverän stehen sah, die Hände hinter dem Rücken ineinander gelegt, ruhelos die Finger bewegend und ohne Zweifel mit wissendem, vornehmem, traurigem Lächeln in den Garten blickend. Vielleicht sollte man ihm doch den Zobel .. Statt dessen überbrachte er ihm leider Anderes, strenge und kummervolle Nachrichten, die das Gemüt des Monarchen wenig erheitern konnten, zumal er wohl ohnehin seine Gedanken hatte.

In der Tat, das hatte er. Sie opponiert, dachte er, gegen das Hofceremoniel, und mein Schwiegersohn-Stellvertreter läßt es an Rücksicht fehlen. Aber soll ich einschreiten? Das macht die Sache nur schlimmer. Wenn man wenigstens doch ein einziges Wort verstünde von dem, was da verhandelt wird, à deux hinter spanischen Wänden ..

Nun, dafür hatte der Herzog gesorgt, daß man nichts verstand. Denn die Musik, mit Violinen und Violonen, fiedelte hinreißend; Viola d'amore, Viola da gamba; Violoncello und Contrabasso; zwischendurch die gewaltigsten Bläsersätze .. Pam-pam-pam-pah, ja-ha-hah, man nahm sich das Recht, hinter spanischen Wänden à deux zu sein: als letztes noch heil inmitten der auseinander gerückten, offenen und leeren Nachbar-Cabinette, ragte Danaes Appartement, inselartig, aus einem Ocean von Goldfetzen, Goldfäden, Paravent-Trümmern hervor, die in glanzvoller Unordnung den wellenschlagenden Teppich bedeckten.

– »Woran denken Sie?« fragte der Herzog und saß in sittsamster Haltung neben der sehr weitgehend décolletierten Prinzessin.

»An die Augen Ihres Königs. Es ist wenig Güte darin.«

– »Gütige Könige, ma Cousine, sind meistens auch schwache Könige. Wollen Sie einen schwachen König heiraten?«

»Nein. – Sie haben viel nachgedacht, mon Cousin, über das Wesen der Könige, über das Amt des Herrschers?«

– »Wie reizend Sie das wieder sagen! Ihr jugendlicher Ernst entzückt mich. Ich werde dem Schah berichten.«

»Sie moquieren sich schon wieder. Kommt Ihnen übrigens nicht der Gedanke, es könne mich verletzen, in so heikler Situation coram publico à deux zu sein mit einem Mann, den ich nicht kenne?«

– »Königliche Hoheit dürfen mir um Alles dergleichen Freiheit nicht verübeln, die ich mir im Auftrag meines großmütigen Herrn erlaube. Sitze ich hier nicht mit allen Vollmachten bestens versehen? Habe ich nicht geradezu Befehl, außergewöhnliche Situationen herbeizuführen, um ihm Rechenschaft geben zu können über die Art und Weise, in der Sie reagieren? Und wissen wir Zwei, ob er nicht sogleich von der ganzen Heirat zurücktreten wird, wenn ich vielleicht ungünstige Eindrücke davontrüge?«

»Wir Zwei ..« sagte Danae und senkte die Augen. O je, das hätte sie eher tun sollen: denn der Anblick ihrer Natur, zumal ihrer oberen Partie, erinnerte sie schnell, wie ungewöhnlich die Aufmachung war, und daß König Midas, selbst bei weitgehender Vollmacht, die Scene wohl kaum würde dulden können. »Darf ich jetzt meine Robe wieder anziehen?«

– »Aber warum wollen Sie die reizende Costumierung aufgeben? Man wird ohnehin sogleich das Goldkleid schaffen ..«

»Empfinden Sie Gold als so besonders angenehm?«

– »Nun hören Sie, Prinzeß! Welch kühnes, welch oppositionelles Wort an diesem goldgläubigen Hofe! Leda zum Beispiel findet es *fabelhaft chic*, das Gold, junge Damen von heute finden so etwas fabelhaft chic.« Danae äußerte sich nicht.

– »Außerdem: schließlich gehört es dazu, wenn man heiratet; es verkörpert den grand style royal. Oder sind Sie anderer Ansicht?«

»Mich enerviert es«, entgegnete Danae. »Es ist seelenlos, obendrein nicht einmal echt.«

– »Und das enerviert Sie .. Schau schau! *Weil* es nicht echt ist. Aber die Begeisterung Ihres Hofes ist echt?«

»Ja. Widerwärtig echt.«

– »O, Sie sind préoccupiert, Danae. Wie wollen Sie ihn dann lieben?«

»Ich will ihn gar nicht lieben. Ich liebe weder ihn noch sein Gold; sein Gold ist nicht menschlich; ergo, da er es liebt, kann er nichts taugen; ergo, da er nichts taugt, kann ich ihn nicht lieben, jedenfalls nicht als Menschen; mir geht es aber um das Menschliche; ergo, so heiratete ich eher einen Schneider als solch einen König, für dessen Gold ich geopfert werde. Immerhin: erzählen Sie mir mehr von ihm. Sie haben ja Befehl, mir alle wünschenswerten Aufschlüsse über seinen königlichen Character zu geben.«

– »Nun, er ist zum Beispiel sehr eifersüchtig.«

»Eifersüchtig? Das höre ich ungern.«

– »Haben Sie etwas zu verbergen?«

»Nichts, was er nicht wissen dürfte. Ich werde ihm mit Freimut sagen, wen ich geliebt habe und in welcher Form. Ich kenne leider abscheuliche Spielarten von Eifersucht.«

– »Auch ist er sehr stolz«, fuhr der Herzog fort. »Er liebt es zum Beispiel gar nicht, wenn Prinzessinnen ihrem Schneider Avancen machen.«

»Tat ich das?«

– »Doch, das tun Sie. Schütteln Sie nur Ihre Locken, damit täuschen Sie mich nicht. Was für hübsche Locken . . weich und zart und golden, wie mir scheint; und ein wenig widerspenstig sich scheitelnd . .«

»Ist er schwer zu lenken?« fragte Danae.

Der Herzog lachte schallend. »Zu lenken?« rief er. »König Midas hat die Gewohnheit, sich selbst zu lenken.«

»Tant mieux«, erklärte die Prinzessin kühl. »Das ist immerhin ein Positivum.«

– »Weil es aus dem Menschen kommt?«

»Ja.« Ein knappes, scharfes und helles Ja, das keine Erörterung duldete.

– »Gefällt Ihnen die Musik, Danae?«

»Nein. Sie macht traurig.«

– »Also? Sie brauchen nur zu klatschen, schon wird man aufhören. Man sollte auch kein Larghetto spielen, außer für abgeklärte Leute, die kein Feuer mehr haben. Klatschen Sie, klatschen Sie!«

Die Prinzessin sah ihn belustigt an und klatschte zierlich in die Hände. Die Musik brach ab. In der Stille erschallte silbernes Lachen, der König hörte es.

– »Ihr Lachen«, bemerkte der Herzog, »ist das süßeste Lachen, das mir je zu Gehör kam. Was sind Sie für eine bezaubernde Person . .«
»König Midas, mein Herr, liebt es nicht, wenn sein Schneider der Braut Avancen macht . . Und nun?«
– »Nun klatschen Sie noch einmal, so wird man das Rondò giocoso spielen.« Sie tat es.
»Großartig«, sagte sie. »Kann der König auch so wundervoll zaubern?«
– »Noch unendlich mehr, Prinzessin. Sie müssen denken, er ist ein König vom Rande Asiens, Daemonen sind in seiner Brust, Magier in seinem Gefolge.«
»Schön ausgedrückt.«
– »Sein Geist aber, mit überweltlichen Kräften ausgestattet, zielt wie der Ihre, Danae, auf das Echte. Er liebt es nicht, um des Goldes willen geliebt zu werden.«
»Sprechen Sie doch um Himmels willen wieder normal. Dies ist übrigens das Zweite, was mir Eindruck macht. Darf ich jetzt meine Robe anziehen?«
Der Herzog überhörte die Frage. »Er träumt davon«, sagte er und überhörte auch die Ermahnung, »daß ein Mensch ihn lieben könnte um seiner selbst willen. Eben darum bin ich hier: mich zu überzeugen, ob Sie dessen wohl fähig sein würden. Denn sein Leben hat ihn vereinsamt, und die Art seines Daseins ließ ihn die Welt durchschauen. So wurde er arm an Freundschaft in dem Maße, wie er reich wurde an Gold. In Ihnen aber, Prinzessin, sieht er die Erfüllung. Nicht wahr, und nun werden Sie ihn doch ein wenig lieben können? Oder täusche ich mich?«
Er sah ihr tief in die Augen, bis sie errötete.
– »So dürfen Sie aber nur vor ihm erröten, Prinzessin. Werden Sie also schnell blaß, wenn ich bitten darf.«
Er sagte das derart bestrickend, daß die Prinzessin unmöglich umhin konnte: sie lachte – und dies war bereits das zweite Mal. Dann nahm sie das Gespräch wieder auf. »Ich kenne doch aber nur sein Gold«, beharrte sie eigensinnig. »Um des Goldes willen geliebt zu werden, conveniert ihm nicht, lenken tut er sich selbst – was soll ich dann? Denn um seiner blauen Augen willen – werter Herr, da müßte er sich dann schon persönlich bemühen. Und an die *Seele* zu glauben, bei einem Mann mit *Bart:* nein-nein-nein-nein!«
– »Auch das wird kommen«, sagte zärtlich der Herzog und strei-

chelte ihre Hand. »Pa-pa-pa-pah! papapam-papapam: Prachts-Musik!« Er sah sie entwaffnend an. »Aber was ist Ihnen?« fragte er voller Teilnahme, da er leider bemerken mußte, daß sie durchaus nicht hinweg transportiert, durchaus bei der Sache nicht war, sondern abgelenkt, widersetzlich, wenngleich ohne Zweifel beeindruckt von der Form seiner Annäherung, denn einerseits bebte sie, überrieselt von offenkundiger Seligkeit, andererseits wich alles Blut aus den Wangen, sie verfärbte sich bis zur Leichenblässe.
»Meine Hand!« flüsterte sie entgeistert.
Ungelogen: ihre Hand war zu Gold geworden.
– »O pardon!« rief er und streichelte sie mit der Linken, streichelte sie sanft und fest und hielt sie eine Weile in der seinen, in der sie langsam ihre natürliche Tönung wiedergewann.
Die Prinzessin aber, heftig, überstürzt, mit unceremoniellem Ruck sich erhebend, beendete das unceremonielle tête-à-tête. »Sie spielen mit mir! Sie treiben auch mit mir Hocuspocus.«
– »So ungnädig?« bat der Herzog und erhob sich gleichfalls, was zur Folge hatte, daß seine Brust nun fast ihre Schulter, sein Mund fast ihr Ohr berührte. »Wollen Sie mir verraten, Prinzeß, warum Sie zittern!«
»Weil ich liebe, Sie Esel!« Sie lachte zornig.
– »Das ist doch kein Grund, zu zittern. Und wen lieben Sie bitte?«
»Das geht Sie nichts an.«
– »Das geht mich sehr *viel* an. Wen?«
»Haach, Ihr Männer ..« sagte die Prinzessin, »seid Ihr Alle so eifersüchtig?« und sah eigensinnig den roten Brocat an.
– »Wen?!«
Die Musik brach ab.
»Schreien Sie doch nicht so. Wir sind doch keine Kutscher.«
– »Wen Sie lieben, will ich wissen.«
»Herr Gott: natürlich meinen Verlobten.«
– »Sie lügen wie eine Frau. Eben haben Sie mir erklärt, daß Sie ihn nicht lieben *können*!«
»Zum Glück habe ich zwei Verlobte. Oder war Ihnen nicht bekannt, daß Zeus und ich in aller Form versprochen sind?«
– »Bekannt? Es war mir nicht bekannt, daß Sie dergleichen Geschmacklosigkeit ernst nehmen. Sonst hätte ich vorhin keinen Goldregen geschossen.«
»Ich nehme alle Geschmacklosigkeiten ernst. Sonst wäre ich vorhin nicht wegen Ihrer Schere in Ohnmacht gefallen.«

– »Ho, Sie bringen mich in Rage. Ich will Ihnen sagen, was Ihr Herr Zeus ist: ein Schürzenjäger!«
»Das sind alle Männer. Weiter?«
– »Ein Dummkopf!«
»Dafür kann er nichts.«
– »Ein miserabler Schauspieler!«
»Diese Leidenschaft ist in höchsten Kreisen verbreitet.«
– »Ein Falschmünzer!!«
Und wieder wurde Danae blaß, noch blasser freilich der Herzog. Denn unmittelbar vor ihren Augen .. entfärbte sich langsam der goldene Rahmen des Paravents, ganz langsam büßte er seinen Schimmer ein, bis das nackte Lindenholz übrig war, und ebenso langsam ergraute der Brocat, das Stück Teppich, der Ring an Seiner Herrlichkeit Zauberhand.
Dann kehrte das Gold zurück.
Da stimmte die Prinzessin ein herzerquickendes Lachen an, der König hörte es, sie lachte silbern und lieblich, konnte sich gar nicht beruhigen.
Seine Herrlichkeit aber trat mit rascher Bewegung an den Vorhang des Cabinettes, in das von oben, vom Plafond, ein Stück vorgetäuschtes Himmelsblau schien, und befahl:
»Limonade!«

IV. Capitel

»Limonade!« hörte der König rufen und schüttelte den Kopf: man hatte ihm *kummervolle* Nachrichten gebracht, da war des Krongastes Durst nicht angetan, sein Gemüt zu erheitern. Venedig also ..
– »Majestät sind deprimiert?« fragte der Admiral.
»Äußerst. Wie *ist* es möglich, daß dies Alles so schlecht vorbereitet wurde! Der ganze Staats-Apparat geht drunter und drüber.«
– »Die Schuld daran, Sire, ich bitte untertänigst, liegt außerhalb unserer Competenzen. Selbst unter normalen Umständen spielt sich ein Cabinetts-Wechsel kaum ohne bedeutendes Durcheinander ab, die Ministerien sind zum Teil ja noch nicht einmal übergeben, wie ich aus der Tatsache entnehme, daß, während Merziphon unten den Herzog begrüßt, Kastamomi oben den venezianischen Botschafter informiert. Gut. Und mitten in das normale pêle-mêle schneit nun die anormale Super-Confusion eines Goldschiffes, von dem mir in

Phrygien kein Mensch geredet hat. Auch daß statt des Bräutigams der Herzog kommen, respective so schnell kommen würde, um binnen zweier Minuten –«
»Darüber«, sagte der König, »vergewissert man sich vorher. Jetzt jedenfalls ist die gesamte staatsrechtliche Lage auf den Kopf gestellt. Wäre ich nur gar nicht erst zum Empfang gegangen. Wenn ich mich geweigert hätte, stünden wir besser da .. Allerdings auch ohne Geld. Kurz, ich *kann* mir nicht denken, daß ein leibhaftiger, langjähriger Minister sich bei so ausgedehnten Verhandlungen dermaßen in seinen Partnern täuscht.«
– »In sämtlichen Verhandlungen, Majestät, ist immer nur wieder betont worden, das Diplomatische wolle Phrygien tun, man habe Zeit und werde das Notwendige einfädeln – was offenbar *nicht* geschah. Offenbar hat man den gegenteiligen Entschluß gefaßt: das Problem im Galopp zu lösen, weil es in Güte vielleicht überhaupt unlösbar ist. Wir befinden uns demnach in Abhängigkeit und werden den Herzog zu Rate ziehen müssen.«
»Man behandelt uns nicht eben respectvoll. Und es ist doch schließlich *mein* Reich, *meine* Krone, *meine* Tochter, die hier aufs Spiel gesetzt werden. Ich sehe da fürchterliche Gefahren und weiß nur Eines: Graf Godoitis hätte mich niemals .. nun, lassen wir das. Warum nahmen Sie nicht wirklich einen deutschen Prinzen? oder einen Savoyen, irgend einen Italiener, Este-Correggio, Este-Modena, Venedig würde keinen Protest erheben. Und dann expreß diesen Scheria zu schicken! wie kommt mein Herr Schwiegersohn dazu? Das sieht ja beinahe aus, als wisse Phrygien Bescheid über die .. Affaire Legua. Haben Sie geplaudert?«
– »Nein, Majestät. Ich persönlich halte die Ähnlichkeit übrigens für unbedeutend, obwohl ich Ew. Majestät nicht verschweigen darf, daß die Prinzessin, beim Anlandgehen Seiner Hoheit, leider in Ohnmacht fiel.«
»Na ja, da haben Sie es. Wer also steckt dahinter? Vermutlich der üble Herr Weißenstein. Denn durch wen anders, wenn nicht durch Sie oder ihn, ist der Herzog im Bild, zum Beispiel über den Goldenen Regen? Schießt man von ungefähr Gold in die Luft? Und wer *ist* der Herr Weißenstein, daß sich ein Scheria über ihn lustig macht? Wenn Ihre Theorie stichhaltig wäre –«
Die Musik hob wieder an, der König verstummte.
»Ein Gott«, fuhr er fort, »würde auf Gottesfrevel antworten. Daß er es kann, hat er bewiesen. Er ist also *kein* Gott. Oder *wenn*, so

nicht Zeus; denn würde er sonst meine Tochter abtreten? Oder *wenn* Zeus, und *wenn* er sie cediert, so ausdrücklich an diesen Midas. Wir müssen ihm demnach gehorchen, ich möchte ein nochmaliges Erdbeben vermeiden. Andererseits wüßte ich gern, ob er nicht nur straft, sondern auch schützt; dann nämlich hätten wir keinen Anlaß mehr, uns zu sorgen .. Das schwatze ich so und warte vergeblich, daß Sie, als Christ, mir ins Wort fallen.«

– »Majestät selbst sind catholisch. Außerdem haben sich die heidnischen Gottheiten nun einmal geäußert. Sehr unmißverständlich geäußert.«

»Und also, meinen Sie, sind auch einem christlichen Monarchen heidnische Speculationen erlaubt? Ich zweifle dennoch. Es wird am besten sein, den Theologen aus dem Wege zu gehen. Am besten, wir nehmen Alles so wörtlich wie möglich: den Reichsgrafenstand, den Goldring, die Ohnmacht der Prinzessin, Venedigs Nein. Jedenfalls können wir nicht mehr zurück. Wir befinden uns in der Notwendigkeit, eine Heirat, die mir persönlich weh tut, gegen erdrückende Widerstände durchsetzen zu müssen: gegen die Weltmacht Venedig, gegen den Rechts-Titel einer bereits bestehenden Verlobung *und* gegen das Herzens-Engagement meiner Tochter. Dies ist die Lage, wie sie bei methodischem Denken sich darstellt. Sie glauben mit Bestimmtheit, daß Venedig nichts Ernsthaftes vorhat?«

– »Venedig und Gheotta, Majestät, sind zweierlei. Vorläufig handelt Gheotta, als ob Venedig handeln *würde*. Wenn freilich Samos hinzutritt –«

»Natürlich tritt Samos hinzu. Nachdem es gestern die Flotte hat auslaufen lassen, wie Sie selber berichten, war es doch gestern schon drauf und dran, sich der allgemeinen coup-de-force-Mode in die Arme zu werfen. Dabei hatte es gestern noch gar keinen Grund. Um so mehr heute. Der Bündnis-Fall mit der Lagune liegt auf der Hand, zumal es mich stutzig macht, daß Gheotta kein Wort darüber verlor. Der Botschafter des Herrn Polycrates dürfte inzwischen unterwegs sein und uns morgen oder übermorgen mit seinem Ultimatum beehren. Haben Sie irgend ein Atout? Ich bemerke übrigens, daß hier ein Souverän seinem Minister ein diplomatisches Exposé hält. Umgekehrt wäre es richtiger. Nur kommen Sie mir nicht mit dem Groß-Türken.«

– »Der Groß-Türke, Majestät, wäre die einzige Contrebalance, die wir geben können. Weltmacht gegen Weltmacht.«

»Lieber Herr v. Borromeo. Wollen Sie das Mittelmeer in die Luft

sprengen? Auch Sie haben sich durch einen Gewaltstreich des Ruders bemächtigt. Wenn Sie ruinöse Politik treiben, werde ich nicht zögern, mich Ihrer wieder zu entledigen. Sie besitzen nicht mein volles Vertrauen.«
– »Gemäß höfischem Protocoll, Majestät, bin ich durch Allerhöchst dero Mißtrauens-Äußerung in Ungnade und habe meine Entlassung zu erbitten.«
»Das wäre freilich das Bequemste. Nein nein, die Suppe sollen Sie noch auslöffeln, aber nicht, indem Sie mir Krieg bescheren. Bis zu einem gewissen Punct gehe ich mit Ihnen. Ich wollte Sie nur warnen. Und vielleicht spüren Sie es nun selber, was *ich* schon etwas länger weiß: daß es etwas grundsätzlich Anderes ist, ob man aus der Fronde par distance critisiert – da hat man es einfach – oder ob man an der Spitze des Gouvernements die Verantwortung trägt, wozu man, genau genommen, zehn Köpfe und zwanzig Hände gleichzeitig brauchte. Leider sind wir keine indischen Götter, sondern unvollkommene Menschen.«
Indem trat der Herzog aus dem Brocat-Cabinett und verlangte mit scharfer Stimme nach der Robe von Poaretes' Meisterhand. »Die Zofen, allez«, rief er, »tummeln Sie sich!« Und die Zofen eilten.
»Man scheint nicht eben guter Laune zu sein«, bemerkte der König.
»Abwechselnd heiter und mißgestimmt. Man sollte wohl nicht zu junge General-Lieutenants schicken. Wo logiert unser hoher Gast?«
– »Im Appartement des Fürsten Godoitis.«
»Capriciös. Wer hatte den Einfall?«
– »Das Hofmarschall-Amt gehorchte einem Wunsch Ihrer Majestät.«
Der Monarch zog die Braue sehr hoch in die Stirn, äußerte sich aber nicht weiter und fuhr fort, angestrengt in den Park zu blicken. »Ob man gelegentlich die Güte haben wird, das tête-à-tête in jenem Cabinett zu beenden? Es ist doch kein Zustand, daß wir hier warten müssen, bis es Seiner Herrlichkeit beifällt. – Sie erwähnten da vorhin eine Äußerung, eine Handhabe .. Sie wissen, die Königin ist Ihnen nicht wohlgesonnen.«
– »Majestät meinen die Äußerung gegen Gheotta. Die Handhabe hat sich als zweischneidig herausgestellt.«
»Erzählen Sie mir Näheres darüber.«
– »Ich weiß darüber nichts Näheres. Ich wurde lediglich angewiesen, dem Botschafter unter vier Augen einen bestimmten Namen aus der Suite Ihrer Majestät zu nennen. Offenkundig handelt es sich um schwerwiegende Reminiscenzen.«

»Das glaube ich. Zum Glück, so kann *ich* mir nichts vorwerfen: das Spiel war zu durchsichtig, um vornehm zu sein. In welcher Beziehung also steht der Botschafter zu dieser Dame, wenn sie in den Acten seines Vorgängers – combinieren Sie, Admiral .. Nun, ich bin nicht neugierig und will nicht meinerseits unvornehm werden, indem ich öffentlich privaten Schmutz aufwühle; lassen Sie die Finger davon. Wenn wir überhaupt eine Chance besitzen, dann auf dem Umweg Cypern. Und das zu realisieren sind nur Sie im Stande. Man muß versuchen, einen Keil zwischen die maßgebenden Leute zu treiben, denn so kindlich wollen wir doch nicht sein, daß wir glauben, Venedig insgesamt würde die Mariage Danae-Midas brusquement als casus belli hinstellen. Aber der Narr ist natürlich zu Allem fähig. Da haben wir einen schönen Bock geschossen; niemals durften wir das Agrément erteilen – und doch war gar keine Wahl. Jetzt rächt er sich für zwanzig Jahre Subalternität und Demütigung. Ich will Ihnen sagen, er ist gemütskrank aus verletztem Selbstgefühl. Daher empfiehlt es sich, von ihm her mit den äußersten Consequenzen zu rechnen. Ich kenne ihn. Ich kenne auch seine profunde Undankbarkeit: mit der müssen wir operieren. Sie gehen noch heute Mittag in See. Malen Sie Ihrem Freunde Otello – bitte in gebotener Vorsicht – den Character Gheottas und blasen Sie ihm den Soupçon ein, daß er vielleicht der Erste sein wird, den der Buckel über die Klinge hetzt. Es gehört nicht viel dazu, das Verhältnis in dieser Weise zu sehen: der Feldmarschall ist geradeaus und bona fide, Gheotta krumm und berechnend, absolut inferior. Wer soll Sie übrigens vertreten? Andria?«

– »Ich würde Herrn v. Merziphon vorschlagen.«

»Haben Sie Angst vor Andria? Er hat doch wenigstens etwas Erfahrung im Regieren. Aber still, es kommt jemand.«

Durch das ferne Portal trat einer von des Herzogs Adjutanten – draußen sah man noch immer den Wirbel der Livreen aus Morgenland wogen – und begab sich an die Paravents, wo er decent gegen den Holzrahmen klopfte, dem derzeitigen Inhaber des Goldringes die Ankunft Seiner venedischen Excellenz zu melden, die empfangen sein wolle. »Man störe uns nicht!« hörte man Seine Herrlichkeit rufen, und der König zuckte zusammen.

»Ich fürchte mich vor dem Verlust«, sagte er leise. »Sie wird es mir niemals verzeihen .. und ich habe nicht mehr lange zu leben.«

Der Admiral schwieg.

»Woher sollten Sie es wissen. Damals, als meine Tochter zurückkehrte, beim Erdbeben – Sie erinnern sich –, und mir bestellen ließ, sie wolle Selbstmord begehen, Herr v. Borromeo, damals, als ich vor der fürchterlichen Wahl stand, sehenden Auges entweder mein Kind oder mein Volk zu opfern, und entsprechend beunruhigt hinunter ging, um das Schlimmste vielleicht zu verhüten, damals wurde ich wider Willen oder Absicht der Ohrenzeuge einer déclaration confidentielle. Und seither weicht sie mir aus. Aber darf sie so nachtragend sein? Nun, darauf gibt es wohl keine Antwort. Reden wir von Anderem. Sie haben ja mehrere Kinder, Admiral, und haben sie auch hergeben müssen. Ist das eigentlich immer so – man behauptet es –, daß Jugend in einem gewissen Alter opponieren will, und daß gewohnte Liebe, Liebe, die nicht von ihresgleichen kommt, sie ungeduldig macht?«

– »Die Jugend, Majestät, ist grausam und egoistisch von Natur. Man muß ihr Zeit lassen.«

»Das sagen Sie so. Sie werden sehen, sie geht ohne Bedauern fort. Ich kann mich der Ahnungen nicht erwehren, daß Alles sich überstürzen wird, daß vielleicht noch einige wenige Tage uns bleiben .. Da tut es weh, daß man still im Hintergrund warten soll, weil es der Jugend conveniert, sich über die Liebe des Vaters ungeduldig hinwegzusetzen. Eh bien. Die Nachfolge also – pardon. Ich bin verwirrt. Die Vertretung. Kurz und gut, Andria wird Sie vertreten, Herr v. Merziphon muß in diesen schwierigen Tagen concentriert arbeiten können, die Diplomatie darf nicht durch Repraesentation behindert sein. Übrigens müssen wir uns nun entscheiden, welche Verlobung gelten soll. Rebus sic stantibus bin ich für Gold. Der officielle Zukünftige hat sich nicht eingefunden, das heißt: als désintéressiert erklärt. Sie wollen also mit dem Justiz-Département regeln, daß dies unmögliche Verhältnis unter der Hand und ohne Aufsehen gelöst wird: nicht ultimativ, nicht provocativ, mit einer Sicherheits-Clausel, die uns bei Mißfallen den Rückweg läßt. Hören Sie, die hübsche Musik. Deliciös. Bei uns in Myrrha sind die Pauken leider immer zu laut. Man kann noch lernen aus dem Stil Phrygien, auch wenn es ..« – und sein Gemüt umwölkte sich wieder – »empfindliche Prüfungen sind.«

Ja, es war eine deliciöse Musik, allegro presto, eine Pièce voll Anmut und Feuer, in der die Violinen sich jagten, die Accord-Bettungen federten, die Timpani mit abgerissenen Schlägen den Antreiber machten – ein atemloses Fiedeln – wohin wollte es noch? Divertimenti nannte man diese Stücke: Unterhalten, Plaudern, welch eine

Kunst! Dazwischen aber hörte man das neuartige, so durchaus ungewohnte, silberne, glückliche Lachen der Prinzeß, es mischte sich mit dem Klang der Cimbeln, der König zuckte ein wenig.
Und er lächelte schmerzlich in den Park hinaus. »*Sie* brauchten sie *nicht* außer Landes zu geben . .« sagte er leise.
Während dem verließ der Herzog mit allen Anzeichen innerer Zufriedenheit das kleine Cabinett, hinter dessen vier Wänden er ein Privatissimum gehabt. Die Züge des Monarchen hellten sich auf. Er ging dem Gast ein paar Schritte entgegen, nur um überhaupt bemerkt zu werden, und dann blieb er stehen: sein Rang *war* nun einmal der höhere.
Und siehe, trotz offenkundig schwerwiegender Instructionen hatte wohl auch der Herzog zwischendurch Momente, da er natürlicher Herzensbildung nachgab. »Ah«, rief er und kehrte um, »Seine Majestät. Bitte tausendmal um Pardon, man verabsäumte, mir zu sagen, daß Majestät . . Worum handelt es sich?«
Da war es der Admiral, der ihn schonend in Kenntnis setzte von jenen strengen, kummervollen Nachrichten, die, in der nämlichen Fenster-Nische, das Gemüt des Königs verdüstert hatten.
»Massive Démarche. Zweimal vierundzwanzig Stunden? Das ist keine Tragödie. So werden wir morgen Abend das fait accompli schaffen, indem die Prinzeß binnen *weniger* als zweimal vierundzwanzig Stunden *Königin* sein wird.«
Dem Monarchen versagte die Sprache, doch zog er zumindest die Braue sehr hoch.
– »Ja, entschuldigen Majestät: solch eine Invective verlangt eine Antwort. Normaler Weise erwidert man mit Canonen. Da sie in ausreichender Zahl nicht verfügbar sind, antworten wir par surprise, par force, par coup de génie – wie Sie wollen – aber geantwortet muß werden, und zwar wirksam.«
»Nein nein«, erklärte der König. Und secundiert von seinem vorsichtig gewordenen Admiral, entwickelte er die stichhaltigsten Gründe des Ceremoniels, die dagegen sprachen. Man mußte den Adel einladen, man mußte den Park herrichten, das Schloß ausschmücken – nein nein, vollkommen unmöglich, nicht zu *denken*! Aber, viel schlimmer, der Herzog war nicht zu *lenken*. »Was Ceremoniel? was Adel?« rief er. »Das ist Coulisse, Folie, Rahmenwerk. Sind Könige sich nicht selbst genug, um auf den Hintergrund von Leuten verzichten zu können, die keine andere Lebensberechtigung haben, als die Scene zu füllen? Einer schaugierigen Menge zuliebe

sollen wir Gefahr laufen, daß wiederum eine Mariage in den Ocean der erledigten Entwürfe sinkt? Und *welch* eine Mariage!«
Der Souverän seufzte. Ein Ocean, der das Gold verschlang!
Durch das ferne Portal trat neuerdings der Adjutant, im Schreiten wippten die goldenen Schnüre. Der Herzog nahm das Gespräch wieder auf. »Nein«, entschied er, »wollen Sie doch bitte nie vergessen, daß König Midas die Prinzessin liebt, liebt allein schon nach dem toten Conterfei – wie also erst, wenn ich ihm meine Eindrücke werde berichtet haben!«
»Zwiespältige Eindrücke, wie mir scheint – abwechselnd heiter und déconcertiert . .«
– »Es läßt sich an, Majestät. Ich werde die Prüfung noch etwas fortsetzen, aber im Allgemeinen glaube ich doch, daß ich es wagen kann, wie gesagt, morgen die Trauung . . Ja, was ist?«
Der Adjutant meldete gedämpft den Wunsch Seiner Excellenz des venezianischen Botschafters, gleichwohl jetzt sofort Audienz zu erhalten, er warte mit starker Ungeduld und proponiere die Hirschen-Galerie.
»Das fehlte! Qu'il entre!«
– »Seine Excellenz wünschte freilich unter vier Augen . .«
»Qu'il entre!!« befahl der Herzog, kreuzte die Arme über der Brust und umfaßte mit den Händen den Samt der Schultern. Der Adjutant verfügte sich davon, man vertrat einen Despoten vom Rande Asiens. »Kurzum«, fuhr der Goldherr liebenswürdig fort, »wir werden morgen ein Gartenfest geben, und bei dieser Gelegenheit wird es verkündet.«
Je nun! bemerkte der König: wem man es denn zu verkünden gedenke, da man doch auf die Folie, den Rahmen, die schaugierige Menge Verzicht leiste? Ob es eine Armeleute-Hochzeit werden solle? »Das würde mein Volk nicht verstehen«, erklärte er, »und ich und mein Haus heißen es nicht gut.«
– »Man hat ja doch wohl Spiegel-Telegraphen auch hierzulande«, entgegnete der Gast, »Brieftauben, reitende Posten, sogar eine Königlich privilegierte Insel-Zeitung, wie ich höre. Man hat also, will ich hoffen, nicht jedes einzelne Mal nötig, jedem einzelnen Edelmann im Einzelnen die Partitur zu erläutern. Eh bien, mon Amiral: nehmen Sie das in die Hand. Man macht public – gleich jetzt –, daß morgen Abend der König in seinem Residenz-Park Gala hält, und was bei Hofe eingeführt ist, wird von selbst herbeigeströmt kommen. Ah: die Prinzessin . . Um so mehr, als sich inzwischen die Tat-

sache von der Ankunft eines veritablen Goldschiffes herumsprechen dürfte. Königliche Hoheit sehen bewunderungswürdig aus. Und für die Vorbereitungen, Majestät, vertrauen Sie sich ganz der Geschicklichkeit meines Stabes an. Ich würde nur bitten, daß ich über Herrn Neander verfügen kann.«

Der König nickte Gewährung.

»Um was handelt es sich eigentlich?« wünschte die Prinzessin, ein wenig kühl, ein wenig herb, zu wissen.

– »Wir heiraten morgen.«

»Wir?«

Heimlicher Schimmer verklärte sie .. der Herzog aber lachte. »Vielleicht findet sich König Midas noch ein, vielleicht nicht – in diesem Fall geht es à conto General-Lieutenance.«

»Warum denn nur das rasende Tempo?«

– »Um Ihre Situation nicht unnütz zu complicieren. Sie sind enttäuscht? Admiral, an die Arbeit.«

»Ja«, sagte die Prinzessin, während Borromeo entschritt. »Sehr erfreut bin ich nicht.«

– »Auch das wird kommen. Ich werde meinem hohen Herrn mitteilen, man verabscheue seinen Bart, wünsche etwas mehr Güte in den Augen – ich denke, das läßt sich einrichten.«

Danae sah ihn streng an. »Belieben Sie doch nicht immer zu glauben, daß es mit Äußerlichkeiten getan ist. Das *Ganze* paßt mir nicht.«

Hier mischte sich der Landesvater ins Gespräch. »Du hast ein starkes Praejudiz, mein Kind, gegen deinen königlichen Bräutigam ..«

– »Sehr wohl, mein Vater«, bestätigte die Prinzessin, indem sie gehorsam knickste. »Es ist schließlich kein Kinderspiel, zu dem Sie mich da zwingen.«

»Ich?« Der König schüttelte den Kopf. »Die Verhältnisse sind es, die uns zwingen, dich so gut wie mich. Und sie sind schwierig genug. Kummervolle Nachrichten besagen, daß Venedig bereits protestiert hat.«

– »Venedig«, wiederholte die Prinzessin, als könne von daher Rettung nahen. »Es hat also protestiert .. Das ist doch herrlich! Wunderbar. Da werden wir verzichten!«

– »Denkst *du* ..« bemerkte der Herzog. »Da werden wir uns höchstens den Protest etwas näher anschauen, respective den Protestanten. O je, quel visage ..«

Denn nun hatten sich die Flügel des Portales aufgetan, ganz dort hinten, der Adjutant verkündete schmetternd den Botschafter der Republik, Don Pasquale di Alberoni-Gheotta. »Reiten wir zusammen? heute Nachmittag?« fragte die Prinzessin noch schnell. – »Mit Vergnügen! Im Übrigen schenkt Ihnen mein König den feurigsten aller feurigen Hengste, als Ersatz für Ihr Lieblings-Pferd. Solch Blitz hat etwas Rührendes. Entschuldigen Sie mich. Ein Gletscher!«

Damit eilte er dem Botschafter entgegen, der bucklig und silberbestickt durch den Ocean von Goldfetzen, Goldfäden, Papieren und Paravents aufkreuzte, noch immer mit der Gewohnheit, die er nicht ganz hatte ablegen können, daß er die Füße, als steckten sie weiter in klingelnden Schnäbeln, geziert nach auswärts drehte. Und dort, in der Mitte des Saales, sah man die beiden Herren, unter vertraulichem Zwiegespräch, den wellenschlagenden Teppich auf und nieder wandeln, wobei der Herzog, verschränkten Armes, die von Samt bedeckten Schultern umfaßt hielt, während sein Schuh hie und da einen Stoffrest beiseite stieß. Man hörte ihn liebenswürdig, conciliant und unschuldig davon sprechen, daß man König Midas sogleich benachrichtigen werde, daß man seine Entscheidung abwarten müsse, bis dahin aber sich schmeichle, morgen Abend im Park die Excellenz begrüßen zu dürfen – auch der Feldmarschall, selbstverständlich, besonders erfreut – man gedenke ein Feuerwerk ..

Nichts mehr von ultimativen Forderungen – nein, mit gekühlter Satisfaction folgte Venedig den Ausführungen Seiner Hoheit und ließ sich hinweg geleiten in das Mittelmeer, in die große Politik, das Weltall ..

»Ich mache mir Sorgen, mein Kind.«

– »Weshalb, gnädigster Vater? Ich lege Ihnen doch kein Hindernis in den Weg. Und wenn es diplomatische Sorgen sind, so müssen Sie Ihren Minister zur Rechenschaft ziehen, nicht Ihre sehr gehorsame Tochter.«

»Sehr gehorsam .. Du liebst es, deine Worte sorgfältig zu vergiften. Das ist eine große und gefährliche Kunst. Wie leicht schafft man sich tödliche Feinde. Oft ohne daß man es weiß. Zumal ja vor uns königlichen Personen selbst die malevolentesten Subjecte in der Maske untertänigster Demut erscheinen. Selbst ein Mörder überreicht pro forma zunächst Petitionen, um uns sicherer meucheln zu können. Wollen wir Zwei doch also offener sein. Denn was mir in erster Linie Sorge macht, ist, daß du dich niemandem aufschließt. Und ich sehe mit Kummer die übermäßige Portion Einsamkeit, die du nicht ohne Schaden dir zumutest. Dabei sind Fürsten schon von Natur mit das Einsamste, was es gibt. Wenn nun wir Zwei einander Vertrauen bezeigten? uns liebevoll erwiesen? – Aber da schweigst du nun. Du grollst mir noch immer?«

– »Ich wüßte nicht, gnädigster Vater. Lassen wir das doch ruhen.«

»Du hast es demnach nicht vergessen, sonst würdest du gefragt haben, was ich meine. Ich wollte stets nur *dein* Bestes, glaube es mir.«

– »Ich glaube es Ihnen ja, ich sage ja gar nichts. Wozu quälen Sie mich mit diesen Erinnerungen?«

»Aber als Fürsten müssen wir das Allgemein-Wohl im Auge haben, daraus resultiert dann manche Entscheidung, die dich möglicher Weise hart ankommt. Auch manche Ermahnung. Kurz: ich bin nicht nur dein Vater, sondern zugleich souveräner Monarch. Das ist eine sehr zwiespältige Rolle. Bitte nimm es richtig und fasse es nicht als verständnislos auf, wenn ich dir ansinne, du möchtest im Augenblick ein klein wenig mehr zurückhalten, ein klein wenig mehr das Ceremoniel beachten, gegen das du zu deutlich opponierst.«

– »Das Ceremoniel, gnädigster Vater .. ich weiß im Moment wirklich nicht, was Sie da meinen.«

»Ich hoffte, die Andeutung würde dir genügen, ich will dich nicht verletzen. Vielleicht mußt du auch älter werden, um die Bedeutung des Ceremoniels, der Gesellschaft, der Rangfolgen, der vielen hemmenden Vorschriften zu erkennen. Denn je älter man wird, je mehr Distance gehört dazu, wenn man im Leben die Stellung ausfüllen möchte, die dem Einzelnen nach Geburt und Rang oder nach Talent und Verdienst gebührt. Und wieder zur Distance gehört guter Ton – überhaupt: der gute Ton ist die Grundlage aller Cultur. Ich habe das in meiner Jugend auch nicht einsehen wollen, habe es aber lernen müssen. Mit einem Wort: wer das Ceremoniel abschafft, geht dem monarchischen Princip ans Leben. Denn von unten wird immer Sturm gelaufen, doch in den Locknetzen von Titeln und Privilegien verstrickt sich jeder – es kostet nichts, diesen oder jenen ungezogenen Weltverbesserer zu nobilitieren. Seine Eitelkeit verhilft ihm schneller zur Vorsicht als die Angst politischen Heldentums, und was uns angeht: ein paar Orden, beizeiten verliehen, sind ganz gewiß billiger als die Revolution zur Unzeit.«

– »Ich fürchte nur«, wandte die Prinzessin ein, »die allzu häufigen Standes-Erhöhungen machen es auch nicht. Die neuen Barone wollen dotiert sein: haben wir so viele Lehen und Pfründen, Erbämter oder verfügbare Einkünfte, um eine besitzlose Nobilität zu vermeiden? Das steuert doch *wieder* nur auf eine Revolution?«

»Sehr scharfsinnig bemerkt. Ich freue mich, daß deine staatsrechtlichen Studien so gewinnbringende Früchte reiften. Aber nicht darum sprach ich vom Ceremoniel. Ich muß es wohl klarer sagen. Es wird dir nicht unbekannt sein, in welcher Weise man dein Verhältnis zu Herrn v. Legua commentierte. Ich selbst bin von Eurer beider Lauterkeit überzeugt, doch was hilft das. Man setzt sich solchem Gerede nicht aus. Man heiratet – und bis dahin unterläßt man Alles, was geeignet sein könnte, das Gerede heraufzuführen. Herrn v. Legua hättest du nicht heiraten können, trotz der Vornehmheit seiner Familie stand er weit unter uns. Nun, das war ein Sonderfall, vermöge tragischer Zusammenhänge. Inzwischen bist du à deux mit dem Grafen Weißenstein über See gefahren; auch dies mag ein Sonderfall sein. Und heute? Immerfort Sonderfälle? Kind, du untergräbst deinen Ruf – oder: liebst du den Herzog?«

– »Inwiefern Oder? Auch wenn ich ihn liebte, wäre es choquierend in den Augen der Leute. Er hat so eine verzweifelte Ähnlichkeit . .«

»Du liebst also, ich dachte es mir.«

– »Nein, das ist keine Liebe. Sprechen wir doch von Anderem, ich bitte Sie. Sprechen wir vom Heiraten, vom Staat, von Finanzen, sprechen wir vom Real-Wert der Krongüter, und wie hoch heutzutage Prinzessinnen gehandelt werden!«

»Welch bitteres Tableau, mein Kind.«

– »Sie dürfen mir glauben, gnädigster Vater, ich bin in Alles das hineingestolpert, was man mir vorwirft, und Alles nur und nur und nur, weil ich Staats-Ware bin. Weil dem Herrn Godoitis die Nase des Herrn Polycrates nicht paßte, wurde der unschuldige Don Giovanni bemüht; weil dem Herrn Zeus Don Giovanni nicht paßte, gab es ein Erdbeben, und der Botschafter hatte zu sterben. Weil der Herr Borromeo partout an die Macht wollte, mußte Phrygien heran; weil Phrygien die Katze nicht im Sack kauft, schickt es den Herzog; weil der Herzog wie Don Giovanni aussieht, ärgert sich der krumme Kerl dort, der noch gestern in Anbetung vor mir versank; weil man Geld braucht, will man nicht nachgeben; um nicht nachgeben zu müssen, winkt man entsetzt mit nebelhaften Aufständen, bagatellisiert dafür eine bestimmt nicht nebelhafte Kriegs-Drohung, und am Schluß haben wir den rundum herrlichsten Salat.

Hättet Ihr mich doch Magd bleiben lassen! Aber selbst dafür bin ich verdorben. Und wenn ich nun sagte, ich heirate *gar* nicht? und wenn ich nun sage, ich heirate den *Herzog*? Aber es ist wohl keine Wahl. Ich bin Ihre sehr gehorsame Tochter. Kalt und traurig um des Ceremoniels willen praesidiert man sinnlosen Vergnügungen, die der Haufe uns neidet, und einsam am Rande von Catastrophen blickt man in Abgründe, um die uns die Nachwelt verfluchen wird.«
»Der Herzog, mein Kind, wäre ja keine Lösung; auch wenn er ebenbürtig ist.«
– »Ich weiß, ich weiß, reden wir von Anderem.«
»Ich glaube nicht, daß es Zweck hat, noch viel zu reden. Wir Fürsten – und das sage ich aus allereigenster, schmerzlicher Erfahrung – wir Fürsten *haben* keinen Anspruch auf persönliches Glück. Das wenige Glück, das uns vergönnt ist, liegt in uns selbst: in der Befriedigung getaner Pflicht, im Verständnis von unseresgleichen . . in einem warmen Wort. Und ich fürchte, das Einzige, was dir leicht fällt, wenn du nun Königin in Asien wirst – oder fällt es dir ein wenig schwer, von deinem Vater fortgehen zu sollen?«
– »Wofern Ihnen das Befriedigung gibt: es fällt mir ein wenig schwer.«
»Du bist eine aufmerksame Tochter, und deine Liebe kleidet sich in verletzende Conditionen . .«
– »Das Ceremoniel, gnädigster Vater, gestattet uns nicht, ein Gefühl zu äußern. Sie selber wünschten, ich solle Distance –«
»Assez. Distance kann sehr verschiedene Entfernungen haben und eine Höflichkeits-Floskel *sehr* unhöflich sein. Der Weg jedenfalls von deinem zu meinem Herzen ist gegenwärtig so unendlich viel weiter als der von mir zu dir, daß man es kaum noch mit dem Wort Liebe bezeichnen darf. Man sagt, die Jugend sei grausam und egoistisch . .«
Hier zog der König den Blick vom Garten fort und wandte der Prinzessin ein von Trauer zerstörtes Gesicht zu, umschattete und umflorte Augen, mit denen er schwermütig in die ihren sah. »Aber als ich dir damals, Mariana, auf dem Felde begegnete, an jenem düsteren Nachmittag – da hast du mir ohne ein Wort gestanden, daß du deinen Vater liebtest und ihn nicht verletzen wolltest. Geh jetzt und laß mich hier allein . .«
Und er reichte die Hand zur Verabschiedung.
»Was ist? Ist dir nicht wohl? du bist ja ganz blaß . .«
Ja, die Prinzessin war blaß; alles Blut, alle Farbe war aus den

Wangen gewichen; und überwältigt von leidenschaftlicher Reue, indem sie wie umgehauen zusammenfiel, stürzte sie quasi – völlig gegen die Vorschrift – auf die noch immer kühl in der Luft schwebende Kgl. väterliche Hand, sie mit Küssen und Tränen zu bedekken.
Dann wandte sie sich entschlossen ab, schnell und heftig und doch beherrscht, spreizte die Arme melodiös auf den Reifrock und entschwand – an den zwei plaudernden Diplomaten vorüber, die nichts bemerkten .. sie weilten soeben bei den Maltesern und Johannitern, bei dem Heiligen Grabe ..

V. Capitel

Auch der König war nun gegangen. »Aber wir sind ja allein, Excellenz«, sagte der Herzog, sagte es erfreut und erstaunt und musterte den Buckel, den silberbestickten Minister der Republik. »Mir scheint, unser interessanter Disput hat uns weit in Probleme geführt, die wir heute nicht mehr lösen werden, denn mich rufen nun Pflichten. Sie entschuldigen mich gütigst. Auf morgen Abend also.« Er winkte ihm leutselig, flüssig und elegant, indem er die Rechte leicht aus dem Gelenk nach oben hob: »Excellenz ..«
Pasquale Gheotta nahm seinen Abgang. »Hoheit«, sagte er gekühlt, blickte ihn schillernd an und celebrierte die üblichen Figuren, was der Herzog, ein wenig später, auf fremdländische Weise beantwortete, höflich und formell: er legte den Handrücken gegen die Stirn, zog die Hacken zusammen und verneigte sich leicht, die Reiherfeder des Turbans nickte.
Von der Estrade her sah er dem Störenfried nach, dem kaltäugigen Mißwuchs, der ein finsteres Calcul an das Glück der Prinzessin Danae knüpfte, sah ihm schweigend nach, dem Nein in Person, wie es über Brocat gestelzt davonschritt, schwanger mit üblen Absichten, und ballte gar ein wenig die Faust, als das Portal hinter dem Botschafter geschlossen wurde. »Du wärest der Erste, der mich zittern lehrt«, sagte er stolz. In den bläulichen Senken erschien ein Ausdruck moquanter Müdigkeit, die Nasenflügel vibrierten. Und da er sich allein wußte, legte er für eine Minute die Hand auf die Augen, drückte sie tief hinein, bis sie schmerzten, bis er Sterne sah, Farben, geometrische Spiele. Wie einfach war die Diplomatie, wenn man Canonen im Hintergrund hatte! Er hatte nur Geld – von zweifelhafter Valuta – und ringsum Widerstände. Auf sämtlichen

Stühlen lagen Goldreste, im nächsten Moment schon konnten sie Damast sein, es brauchte dem Ringleiher nur beizufallen, ihn ein zweites, ein drittes Mal zu entlarven, damit es der letzte Idiot auch merkte, nicht nur die Prinzeß, die zu vornehm war, Capital aus ihrer Kenntnis zu schlagen. Aber die Stuhlbeine, und überhaupt Alles, was dem König von Myrrha gehörte, die würden echt bleiben, jede Decoration hier sprach von solider Herkunft. »Midas, Midas«, sagte er, »das ist ein schaler Reichtum«, und zog mit der Fußspitze den Teppich glatt, sammelte gebückt ein paar Fäden Zwirn, einen Fetzen Stoff, wog ihn in der Hand, lächelte abwesend.. Dann straffte er sich. »Entschluß!« rief er. »Jetzt werden wir etwas Geld in dies Land pumpen.«

Und er schritt auf die Tür zu, neuen Taten entgegen. Worauf er anhielt, denn es kam jemand; man klopfte; »Entrez!«; und sofort schoß die alt geübte, anspruchsvoll officielle Maske in des Herzogs Gesicht. Haltung, Disciplin, Würde .. mit ihnen stellte man dar, wozu man geboren, erschien man jung, elastisch, achtunggebietend. Er kreuzte die Arme in characteristischer Pose, indem er den Samt der Schultern umfaßte.

»Was willst du, mein Sohn?«

– »Die Limonade, Ew. Herrlichkeit«, verkündete fern ein Lakai und credenzte das Tablett, auf dem zwei Gläser leise gegeneinander klirrten.

»Mir? Limonade?«

– »Ew. Herrlichkeit befahlen die Limonade.«

»Da muß ich geträumt haben. Tritt näher. Wer wartet in der Antichambre?«

– »Alles Gefolge, Ew. Herrlichkeit, soweit es nicht im Park bei dem Herrn Procurator ist, dazu die Durchlaucht des Fürsten Allerhöchstenperg mit den Kämmerern, die Hochderselbe Ew. Herrlichkeit namens der Majestät praesentieren zu dürfen bittet.«

»Qu'ils entrent!«

Da trat denn der Kgl. Myrrh. Hofmarschall ein, und mit ihm kamen viel vornehme Leute.

Allgemeine Verneigung.

Der Herzog grüßte morgenländisch zurück, nickte ein wenig mit der Reiherfeder, winkte die Limonade heran, indem er »Limonade!« sagte, und winkte dem Hofmarschall, indem er »Bitte!« rief. »Was soll ich mit so viel Leuten. Ich komme aus dem Feldquartier, wo man spartanisch lebt.«

– »Ew. Herrlichkeit werden hin und wieder«, sagte der Fürst mit Grandezza, »den Wunsch haben, sich zu erfrischen, die Ruhe und Einsamkeit Ihrer Gemächer zu suchen, die Wäsche, die Weste, das Justaucorps zu wechseln, den Turban mit dem Tricorne, den Tricorne mit dem Jägerhute zu tauschen, sich pudern, coiffieren, neu chaussieren zu lassen, auszureiten, ein intimes Déjeuner zu nehmen – alle dergleichen Handreichungen wollen ermöglicht, befohlen sein: eben dafür sind diese Herren zur Stelle. Erste Namen, erste Herkunft, Conduiten von erstem Rang! Wenn Ew. Herrlichkeit also erlauben . .«
Der Herzog erlaubte es. Seine Lippen zwar moquierten sich ganz leicht, seine Hand griff langsam nach dem Limonadenglas, aber die Augen blieben ernst und traurig.
– »Dies, Ew. Herrlichkeit, ist unser Obersthofceremoniar, mein Stellvertreter, Edler v. Paragraffenfeld.«
»Wir kennen uns!« verkündete scharfen Blickes der Herzog. »Der Herr mit dem Marmor. Wie weit sind wir im Garten, Herr v. Paragraffenfeld?«
– »Ew. Herrlichkeit Procurator erwartet Ew. Herrlichkeit«, sagte marmorn der Marmorne.
Der Hofmarschall stellte den Obristen Paradewitz vor, dem Herzog als militärische Begleitung attachiert; leider war er Troupier, kein Höfling, die Reverenz mißglückte entschieden, zumal es die große, spanische war, die man im Felddienst nicht braucht. Um so besser gelang sie dem Hofstallmeister, Baron Roß'pffel. Es folgten die Kammerherren.
– »Freiherr von und zu Üppgenstein«, sagte der Hofmarschall. »Herr v. Amöneburg«, sagte er. »Herr v. Fidelienfeld, Baron Katz-Katz, Herr v. Pfaffenclau, Graf Deckel v. Pfennigmarck« – und nach der Reihe, entsprechend der Anciennität ihres Adels, gingen Üppgenstein, Amöneburg, Fidelienfeld, Katz-Katz, Pfaffenclau und Deckel-Pfennigmarck in die vorgeschriebenen Ornamente, während Paragraffenfeld und Paradewitz, mit giftigen Seitenblicken bedacht, sich bereits erhoben hatten; auch Roß'pffel stand wieder; Fürst Allerhöchstenperg aber war nun am Ende, nachdem er Bagatell-Adel und Bürgertum, völlig wahnsinniger Weise, als Erste praesentiert hatte.
Da zupfte sich der Herzog von Scheria ganz leicht an der Nase, was sich ungemein spöttisch ausnahm, und hielt noch immer das Limonadenglas vor der Brust; die Schärpe glitzerte.

»Sehr reizvoll«, sagte er. »Sehr klangvoll. Wirklich sehr hübsch, diese Namen. Und doch werde ich mich mit zwei Herren bescheiden. Pro forma – damit man mir nicht böse ist. Ich glaube, Üppgenstein und Amöneburg machen mir am meisten Plaisir. O, o – aber wie, meine Herren, ich sehe Sie enttäuscht?? Aah, nun verstehe ich, lieber Fürst. Ich verstehe. Natürlich. Entschuldigen Sie, daß ich darauf nicht früher kam. Der Oberst, wie war der Name, Paradewitz, ja – das Jeu .. und der Herr v. Fidelienfeld – die Hypotheken, wie? auf dem väterlichen Besitz? – Nun, meine Herren, ich habe gern Lebenslust und Optimismus um mich und will kein Unmensch sein. Gewöhnen wir uns also aneinander. Gehen wir in den Garten ..«

Und er reichte dem Lakaien das Glas.

Die Lakaien im Vorsaal, die Heiducken und Janitscharen, Balletteusen, Nachschneider, Mohren, Piqueniere, Falkner, Menagisten, die Näherinnen und die syrischen Riesen fielen beim Eintritt ihres Gebieters in einem einzigen, leuchtend bunten Wirbel auf die Stirn; ersterbend seiner Befehle gewärtig, rutschte man auf den Knieen beiseite, ihm eine Gasse zu öffnen, die er rasch und stolz durchschritt, man teilte sich wie das Rote Meer weiland beim Auszug der Kinder Israel, und seine Suite sah hinter den Schläfen erhabene Gedanken eintreffen, sich formieren, in strenge Ordnungen rücken.

»Obersthofmeister«, rief er. »Die Terrasse.«

– »Zur Rechten, Ew. Herrlichkeit«, erwiderte Paragraffenfeld und eilte an den Kämmerern, den Adjutanten vorüber, um mit dem Goldstab die gewünschte Richtung zu weisen. Aber er holte den Schneider nicht ein, der schon weit voran das Treppenhaus gewonnen und an der verschwenderischen Prachtversenkung nur einen Moment gezögert hatte: weniger, um sich zu orientieren, ob man die dreiläufige Stiege wieder hinunter müsse – was nicht der Fall war –, als eines allgemeinen Entzückens halber, in welchem dieser himmlische Abgrund die Hauptrolle spielte. Man atmete hier so frei: hoch oben der lichte Cuppel-Plafond; tief unten dämmernd wahre Wälder von Säulen und Bogenwerk; es war, als schwebe man in der Luft; ganz unwirklich, und man wußte kaum, wohin blicken. Denn nicht die Verticale allein zog das Auge von dannen: auch die Horizonte meldeten sich; durch mächtige Fenster-Fronten schauten die Sensationen herein, zur Linken Balcon, Cour d'honneur, Obelisquen und Kunstgitter, die Schloßfreiheit wimmelnd von Menschen, Goldschiff, Hafen, der ferne Meer-Prospect; zur

Rechten der Park! und schon war der Herzog an der Glas-Tür. Zwischen wohligen Eck-Risaliten schob das Palais, selber strahlend in Weiß, die denkbar schönste, aus schwärzlichem Sandstein gefügte, abundant breite Terrasse vor; getreppte Brücken, hufeisenförmig zueinander gebogen, überwölbten à la merveille ein ruhig strömendes Wasser, einen Quer-Canal, den zu ebener Erde, in der Garten-Achse, eine größere Brücke unterbrach, die rückwärtige Vorfahrt offenbar zur Tor- und Stiegenhalle – welch süße, graziöse Composition!

Beflügelt trat der Herzog an das Geländer.

Der Park, da war er. Und der Park-Narr schwelgte. Blendende Sonnenhelle lag über dem von Kies geradezu klirrenden Turnierplatz, auf dem in Kübeln nur hin und wieder ein Busch Orangen, ein Granatapfel-Baum, ein Taxus briet: nichts als Vorbereitung, immens! das Auge glitt presto hinweg. Hohe Hainbuchen-Wände unter schlechthin herrlichen Platanen-Alleen rissen es, gleichsam mit einem einzigen Ruck, bis in die Tiefe des Waldtales, wo im Dämmer gestaffelter Cedern der eigentliche Lustgarten par cascade abschloß; und war es bis hierher geflogen, gestürmt, gesaust, so mäßigte es sich jetzt, so hob es sich, schwebte .. Ja: angenehm schwebte es hinauf an des Berges begrünter Flanke, über Wasser-Terrassen und Cataracte stieg es empor in ernster Baumschneise – sie war schon ein wenig zugewachsen –, und auf der Höhe, im Schneisen-Scheitel, da wo sie culminierte, sah man tonsur-artig wie einen Räudefleck die nackte Kamm-Linie. Kein krönendes Etwas, kein Tempel, kein Pavillon, nichts, nein, man sah den Himmel, die leere Unendlichkeit ..

»Hm«, sagte der Herzog. Mehr sagte er nicht. Dies also war, was er vorfand: der Rahmen für eines der gewaltigsten Hochzeits-Feste, und man sah den leeren Himmel. Tant mieux, man würde also Geld in das Land pumpen, petit rien solch ein Bergschloß .. Denn was man mit Gold nicht bezahlen konnte – die Natur reagierte nicht auf Ducaten –, das hatte zum Glück die allerprächtigste Anlage, kein noch so millionenschwerer Beutel hätte, wofern sie fehlten, Waldung, Allee und Bosquett-Quartier aus dem Boden gezaubert. Wie aufmerksam doch vom Altvater Zeus, daß er just hier den Aschenfall sparte, während knappe zwei Meilen weiter die traurigsten Strünke von jüngst erfolgter Verwüstung sprachen; Platanen verbargen sie wohltätig, doch von Bord her waren sie deutlich gewesen.

Immerhin, es blieb viel zu tun; und Alles kam auf den Hang an, die große Abschluß-Vedute. Die Wasser-Terrassen: benissimo. Aber wenn sie schon eine Grotte enthielten: warum nicht Nymphen, die dort badeten? Und darunter das Garten-Theater: warum leer? Und darunter der See – Teufel, welche Geschmacklosigkeit: der See trug eine Fregatte, ein graues, abgetakeltes Scheusal, so grau, daß es zunächst gar nicht auffiel. Da wandte der Herzog sich um, man wich seinem Blick aus, der durch Fenster und Stiegenhalle und wiederum Fenster auf den goldenen Meerpalast ging, aber er sagte nichts.

– »Ah«, sagte statt seiner der Fürst Allerhöchstenperg, »Gallos hat Lunte gerochen.« Die Glas-Türen blinkten, ein würdiges Gelehrten-Gesicht betrat die Terrasse. »Darf ich Ew. Herrlichkeit den Geheimen Rat Gallos praesentieren, Intendant der Kgl. Schlösser und Gärten, eine Leuchte der Wissenschaft . .«

»Entzückt«, erwiderte Phrygiens Vice-König. »Fürchteten Sie, mein Herr, ich wolle Ihrem Park zu Leibe?«

– »Ich *hoffe* es, Königliche Hoheit.«

»Nur Hoheit, Herr Geheim-Rat, ganz schlichte Hoheit.«

– »Pardon.«

»Macht nichts, kein Beinbruch.« Damit wandte er sich ab, noch einmal das Ganze zu betrachten, langsamer jetzt, methodischer und nicht, wie vorhin, entlang den Hainbuchen, über deren senkrechten Schnittkanten die Platanen hoch ihre Häupter wiegten, sondern genau in der Achse, auf schnurgerader Perspective. Gerahmt durch gleichsam stachlige Rechteck-Felder, die nagelbrettähnlich von Figuren und Taxus starrten, führte sie im ersten Plateau bis zum Fuß einer Böschung, wo ein Canal des Weges zog, parallel zu ihr, sie badete darin. Man erstieg sie zwischen Lorbeer auf sehr hübscher Doppel-Treppe, deren gewinkelter Lauf von links und rechts eine Tuffgrotte umarmte, während seitlich die Allee-Achsen den Niveau-Unterschied geradeaus mit langen, geschütteten Remparts überwanden, sodaß man nicht notwendig zu Fuß gehen mußte, sondern reiten, ja, fahren konnte. Und auch in der Grotte nichts Plastisches, kein mythologischer Bezug. Im Gegenteil – das zweite Plateau bewies es – überall dort, wo Figuren nicht hingehörten, *waren* Figuren; wo man sie brauchte, da fehlten sie: auch hier die vergrasten Rechteck-Parquetts, dumme Statuen beidseits der Heerstraße; Böschung mit Grotte; Quer-Canal. Und *auf* dem Canal, nach links, nach rechts ein wenig verschoben, traten zwei Brücken, ziervoll ge-

wölbt, gleichsam ängstlich aus dem Wege, um in sicherem Abstande zuzuschauen, wie die Haupt-Achse vor dem Wasser stutzte, scheute, sich ärgerte, daß da so gar kein Accent war.
Ganz zum Schlusse kam der Bonbon: *endlich* ein Blumen-Parterre! ein veritables, leuchtendes, ornamentiertes Blumen-Parterre – auf dem *dritten* Plateau! als ob es dort oben noch irgend etwas nutzte, zumindest von hier aus, wo die Lage in Augenhöhe seinen Wert durch optische Verkürzung illusorisch machte! Eingefaßt mit nur zu ahnenden Längs-Canälen, endete es offenbar vor dem See, der odiösen Fregatte; und am Ziel-Punct der beiden Alleen, völlig zugewachsen vermöge wild wuchernder Bosquets, ahnte man ferner je einen runden, cuppelgekrönten Pavillon.
»Mein Pferd«, sagte der Herzog. »Trete ich Ihnen zu nah, Monsieur Gallos, wenn ich ändere? einige Correcturen vornehme?«
– »Nicht im Geringsten, Hoheit. Ich hätte es selber längst getan . .«
»Warum taten Sie es nicht?«
– »Mein Budget tat es nicht.«
»Trete ich Ihnen zu nah, wenn ich Ihr Budget erhöhe?«
– »Hoheit können mir gar nicht nah genug treten.«
»Na, dann wollen wir mal einfach den Herrn v. Noteros engagieren.«
– »Noteros ist hier? Der berühmte Noteros?«
Ein Herr in Allonge verneigte sich listigen Ausdrucks.
Der Herzog aber, mit umfassender Gebärde, indem er die Schere wie einen Cavalier-Stock gebrauchte, zeigte großartig in den Park.
»Meine Herren«, sagte er frisch, »machen Sie sich beritten.«
– »Wir haben keine Pferde«, riefen Einige der Kämmerer. »Sie sind uns gepfändet«, erläuterte Fidelienfeld.
»Das ist mir ganz gleichgültig. In zwei Minuten setze ich mich an Ihre Spitze, andernfalls sind Sie meine Kämmerer *gewesen.* Baron Roßapfel: beschlagnahmen Sie den Königlichen Marstall.«
– »Aber . .« wandte der Hofstallmeister ein.
»Kein Aber. Ich befehle, ich verantworte es. Sie handeln, und zwar mit der Geschwindigkeit eines Orcans. Und schaffen Sie mir den Elephanten.«
– »Wo ist . .?« versuchte Roß'pffel zu fragen.
»Das weiß ich nicht, aber in zwei Minuten lenke ich von seinem Turm die Schlacht, oder ich kenne mich nicht vor Zorn.« Und er hob die Schere. »Was will die Fregatte dort?«

– »Die Fregatte«, erwiderte Fürst Allerhöchstenperg unter wohligem Lächeln, »dient den Majestäten als besonders beliebter Ort für die Abendtafeln.«
»Sie stört«, rief der Herzog. »Wir werden sie auf dem Canale fortbewegen. Der See mündet doch wohl in einen Canal?«
– »In den Haupt-Canal sogar, Ew. Herrlichkeit, aber es sind Brücken dort. Und wie gesagt, die Majestäten ..«
»Darauf kann ich keine Rücksicht nehmen. Sie stört. Sie verschwindet. Auch auf dem Canale soupiert es sich angenehm, wir werden sie dorthin *rollen,* wenn sie nicht segeln will. Herr Gallos, ich brauche Ihren Forst-Director; auch den Domainen-Verwalter; ferner die Wassermeister, seien Sie so liebenswürdig. O jemine, vergessen: den Hofgärtner brauche ich, er kann seine Leute gleich mitbringen. Ich will Sie aber nicht los werden, Sie sind mir sympathisch, machen Sie also schnell. Und sollten Sie zufällig Neander sehen: sagen Sie ihm, daß ich nicht gern warte, schon gar nicht vor Kriegsministern. Kommen Sie, meine Herren!«
Die Woge ergoß sich auf den Turnierplatz, über Canal und Brükken hinab, die Orangen dufteten aus ihren Kübeln. Warum Kübel? war es so kalt hier im Winter? Der Herzog zweifelte. Eine europäische Marotte vermutlich. Übrigens mußte man schleunigst handeln, der coup de force allein tat es nicht. Diplomatie! Diplomatie! Man mußte mit diesem Merziphon sprechen, das schien ein glänzender Mann zu sein. Otello gegen Gheotta ausspielen .. Schwierig. Und Noteros mußte nach Malta – eine Contre-Coalition .. Wenn nur die Prinzessin dicht hielt! Aber noch blieb die äußerste Möglichkeit: sich vorzeitig zu découvrieren.
Am Anfang des Mittelweges hatte der Procurator sein Hauptquartier: einen Tisch mit dem Grundriß des Parkes. Dazu ein Gefolge von Handlangern. Die Gruppe fuhr auseinander.
»Diese Verbeugungen sehen schuldbewußt aus. Gewöhnt Euch das endlich ab.«
– »Majestät werden verzeihen«, sagte der Procurator –
Ein Blick des Herzogs vernichtete ihn.
Er trat selbst an die Pläne und betrachtete sie eine Weile, indem er sie mit der Realität verglich. »Was ist von Ihnen veranlaßt worden?«
– »Nichts, Ew. Herrlichkeit.«
»Ihr Freimut gefällt mir. Warum wurde nichts veranlaßt?«
– »Bis morgen Abend kann der Park unmöglich so corrigiert wer-

den, daß er Ew. Herrlichkeit erhabenen Vorstellungen entspricht.«
»Er kann«, entgegnete der Herzog. »Die Mohren. Man fächle mir Kühlung.« Und er versank in die Risse. »Noteros«, sagte er leise. »Wunderbar diese Entwürfe .. Schauen Sie das an. En qualité de dessinateur taugt er ja wenig, der gute Neander, und hier, sehen Sie, scheint sein Bureau gezeichnet zu haben, aber *geplant* ist das Ganze – zum Küssen!«
– »A qui le dites-vous, cher Duc?« Der berühmte Mann schwelgte. »Tj-tj-tj«, und schnalzte mit der Zunge. »Merveille suprême!« rief er begeistert, als schlürfe er Austern. »Suprême, suprême. Ce parc est composé, isch zweifle nischt, in glücklischer Stunde. Quelle beauté de proportions, quel charme, quelle grandeur! Et quel dommage que tous ces détails – bref: die première idée ist verdorben, verwässert, pardon, verwildert.«
»Nennen Sie es ruhig verlottert. Küchenmeister, was tut Er hier? Warum ist Er nicht in der Küche?«
Der Küchenmeister fiel auf die Stirn. »Man macht Umstände, Ew. Herrlichkeit, man sagt, es sei Sache des hiesigen Personals, die Majestäten zu bekochen.«
»Dann bekocht Er eben nur uns. Er wird Seine Zelte hier im Park richten. Betracht Er sich den Plan: dieses Bosquett gesteh ich Ihm zu. Zünd Er Feuer, stell Er Seine Spieße auf, brat Er Ochsen oder was Er will, und zwar für viertausend Personen mindestens. Vielleicht werden es auch Zehntausend. Leute hat Er genug, Gerät ebenfalls; Vieh wird requiriert, gegen bar. Abtreten. Den Münzmeister jetzt. – Münzmeister: Er holt von meinem Schiff die Kisten mit den Gold-Tauen, aus der hiesigen Staatsmünze den Münzmeister, die Prägestöcke, Metallsägen, etcetera, und schlägt Dublonen. Dieses Bosquett – hier! wo mein Finger ist! – bleibt Ihm vorbehalten. Abtreten. Procurator: Sie verfügen sich auf den Schloßplatz. Alles Volk, das da herumlungert, wird ungesäumt herbeigebracht, und zwar benötigen wir: Steinmetzen; Tischler; Erdarbeiter; Gärtner. Leute mit Schaufeln, Leitern, Bosquett-Scheren, Spaten, Rechen, Meißeln, Hacken, ähnlichem Werkzeug. Die Parktore öffnen. Gelöhnt wird praenumerando und permanent, Sie können von mir aus goldene Berge versprechen. Hauptsache, wir werden pünctlich fertig. Voilà: der Elephant ..«
Damit wandte er sich zu den Kämmerern. »Messieurs«, sagte er frisch und wohlgelaunt. »Sie sehen, es ist keine Sinecure, in meiner Suite zu sein. Wir stellen ganze Regimenter, Divisionen Volkes in

unsere Dienste und müssen uns darauf verlassen können, daß Jeder jeden Befehl mit Umsicht, Tatkraft, Hingabe und freudigem Mute ausführt. Nur so wird die Schlacht gewonnen. Und *Ihnen* wird man gehorchen in dem Maß, wie *Sie mir* gehorchen. Sie beziehen für diese zwei Tage die Jahres-Rente eines Obersten. Ich hoffe, das behebt Ihre Schwierigkeiten und verleiht Ihren Commandos das nötige Feuer. Inzwischen, meine Herren, begrüßen Sie mit mir den Baumeister aller Baumeister.«
Und er flanierte dem unter Platanen fern heransprengenden Neander ein wenig entgegen.
– »Unsympathisches Tempo«, bemerkte Üppgenstein leise. – »Aber anständige Gage«, ein Anderer. – »Bei mir reicht es nicht.« – »Abwarten, Katz. Was wissen wir, wie hoch man als Oberst in Phrygien dotiert ist.« – »Kinder, redet nicht so viel, stellt Euch nett mit ihm, der pinkelt doch Geld.« – »Lieber Graf Deckel: kennen *Sie meine* Schulden? Und selbst wenn er die zahlt, man will auch leben, endlich einmal mit Börsen schmeißen . .« – »Los los, wir können den Mann da nicht stehen lassen.«
So sprachen die Herren und schlossen wieder auf; man hatte Zeit, die Allee war lang. Neander kam offenbar nicht am Elephanten vorbei, der turmgekrönt durch den Laubgang schwankte, er kehrte demnach um, mit ihm der ganze Kgl. Marstall, was infolge der Rangfrage einen gewaltigen Strudel gab, ritt bis an das zweite Plateau zurück, schwenkte ein und erschien im Galopp-Défilé vor der Böschung, in Linie auseinander gezogen; Grotte und Futtermauer grundierten tuffgrau das leuchtende Ultramarin seines Rockes, den Scharlach der Bereiter, ihre schneeweißen Hosen.
»Kein Cavallerie-General«, sagte der Herzog, er wartete ungern. »Die Wendung gehörte zum Miserabelsten. Aber wie prächtig sitzt unser Roßapfel im Sattel! Benissimo, nun wollen wir.« Er legte den Handrücken der Rechten gegen die Stirn, zog die Hacken zusammen, verneigte sich, die Reiherfeder nickte. »A vos pieds, mon général«, rief er, und Alles erwies die Reverenz.
Neander erschrak, Ironie vermutend. Er parierte, salutierte, man half seinem massigen Leib aus den Bügeln. Unten angekommen, versuchte er den üblichen ornamentalen Hofgruß, doch hielt ihn der Gast aus Asien ab, eilte, nahm ihn beim Ellbogen, hob ihn auf. »An uns ist es, Herr v. Neander, durchaus an uns. Ich ehre in Ihnen die fabelhafteste Kunst-Phantasie unseres Saeculums.«
– »Ew. Herrlichkeit«, sagte Neander, »tun mir zu *viel* Ehre. Dort

steht der Bedeutendere. Darf ich bitten, mich Herrn v. Noteros praesentieren zu wollen.«

Noteros, indem er Kopf und Allonge schüttelte, wehrte mit pantomimischem Entsetzen ab. »Niemals!« rief er. »Jamais! vous ne vous baisserez point. Oh, er sprischt kein Französisch, er ist unge'orsam, Verzweiflung .. Gardez votre rang, Monsieur, surtout sous le regard de ce magnifique château que je viens d'étudier et dont je trouve qu'il est vraiment bâti en roi: *von* einem Könisch *für* einen Könisch gebaut!«

Die Herren umarmten einander. »Bataille de compliments«, sagte Neander bewegt und stolz. »Ich will mich nicht kleiner machen, als ich bin. Aber ich sehe nun den Tag gekommen, da zwei auf das Größte gerichtete Geister meinem unglücklichen Park zu seinem Rechte verhelfen. Ich stehe Ew. Herrlichkeit zur Verfügung.«

»Freut mich. Ich brauche zunächst Sie selbst, Ihre wunderbare Erfindungsgabe. Ferner Ihr Bureau, zum Durchzeichnen der Entwürfe, Ihrer Entwürfe, Noteros' Entwürfe, meiner Entwürfe. Ich brauche alle Ihre Bauführer, zur Beaufsichtigung der Arbeiten; alle Ihre Steinmetzen, alle Ihre Maurer; Ihre Marmorlager, Ihr Génie-Corps, den ganzen Fuhrpark. Und Alles dies in dieser Minute. Ab morgen Abend sind Sie wieder frei, wir geben ein kleines Fest. Fürst Allerhöchstenperg, lassen Sie sich nicht aufhalten.«

– »Ich bitte nur bemerken zu dürfen«, sagte der Hofmarschall unter angenehmem Lächeln, »daß erstens die Öffnung des Königlichen Lustgartens für das Volk nicht im Sinne der Majestäten –«

»A was!« unterbrach der Herzog. »Das regle ich. Das ist eine Angelegenheit zwischen Gallos und mir. Guten Morgen, Fürst. Mein Pferd! ach so, noch gar nicht da.«

– »Ungnade«, flüsterte Fidelienfeld. »Peinlich.«

– »Das kommt davon, wenn man falsch vorstellt«, ergänzte schadenfroh Herr v. Amöneburg.

Des Herzogs Schere klopfte gelangweilt auf den Grundriß. »Scheußlich, daß man immer warten muß! Der Ceremoniar ist auch überflüssig. Guten Morgen, grüßen Sie den König. Halt nein: bestellen Sie Herrn v. Merziphon – falls Sie ihn schon kennen, er wurde heute früh Staatssecretär – bestellen Sie ihm, er möge mir, sobald es geht, seine Zeit leihen, hier im Park; wenn er gleich kann, oben in der Schneise. – Was veranlaßte Sie übrigens, General, zu dem für mich sehr schmeichelhaften Ausdruck, daß mein Sinn auf das Größte gerichtet sei?«

– »Das«, erwiderte Neander, »sind meditative Eingebungen. Bei dem Empfang im Thronsaal glaubte ich in Ew. Herrlichkeit Augen dergleichen zu erkennen. Ein Denken in großen Perspectiven, ein souveränes Hinwegsetzen über Verhältnisse und Schwächen. Und auch im Spott Ihrer celebren Schaustellung, im Spott über das Gold und seine Anbeter ein unbedingter Drang zur Form, die sich an Dimensionen nicht kehrt . .«

»Spottete ich? Nennen Sie mich schlicht Hoheit.«

– »Doch. Im Herzen moquierten Sie sich, Hoheit, über sich selbst und diesen Hof. Und im Herzen sind Sie alles Andere als ein Moqueur.«

»Nämlich?«

– »Wie soll ich das sagen: ein starker und ernster Character, ein Monarch, ein Herrscher.«

Der Herzog lachte. »Sie interpretieren mich höchst reizvoll. Nun, wir wollen sehen. An Dimensionen, darin haben Sie Recht, kehre ich mich allerdings wenig. In der Kunst muß man den Menschen etwas zumuten, muß sich um ihre Bequemlichkeiten nicht kümmern. Sie ist ja ohnehin nur für Aristocraten faßbar, geistige Aristocraten, setzt hohe Gesinnung voraus, und wehe, wenn der Geschmack des Kleinen Mannes über sie kommt . . Aber da philosophieren wir, statt zu handeln. Geben Sie jetzt Ihren Adjutanten entsprechende Weisung. Adieu. Auf gleich. – Wassermeister!«

– »Ew. Herrlichkeit befehlen?«

»Hier ist es unmenschlich heiß. Hat Er sich inzwischen mit Seiner Materie beschäftigt?«

– »Jawohl, Ew. Herrlichkeit. Die hiesigen Wassermeister sind zur Stelle, die Fontainen leidlich in Ordnung, wir werden nur den Druck verstärken müssen.«

»Gut. Der Erste heute, der nachgedacht hat. Sehr braver Mann. Dann laß Er einmal alle Fontainen springen, damit uns etwas kühler wird. Siehst du, da kommt auch mein Pferd, sogar Volk kommt geschlendert, nun kann es losgehen.« Er saß mit Eleganz auf. »Tret Er ab, Wassermeister. – Meine Herren Kämmerer, ich reite jetzt recognoscieren. Herr v. Noteros, wollen Sie mich begleiten. Und wem übertragen wir das Commando? Paradewitz, sind Sie Troupier?«

– »Alter Troupier, zu Diensten.«

»Bon, Sie haben das Commando. Zunächst werden die Figurenparquets gerichtet. Die Hecken stutzen, die Büsche beschneiden. Herr

v. Üppgenstein übernimmt das erste, Herr v. Fidelienfeld das zweite Plateau. Die großen Hainbuchen-Wände rechts, Inspecteur Baron Katz, schnurgerade, Baron, schnurgerade! Herr v. Pfaffenclau, Sie beaufsichtigen die Küche, Graf Deckel die Münze. Das Hauptquartier: der Elephant; zum See verlegen. Wenn man mich braucht, soll man Trompeten blasen. Baron Roßapfel –«

– »Roß'pffel«, corrigierte der Stallmeister. »Apostroph p-f-f!«

»Egal. Baron Roß'pffel, Sie haben vorhin Ihre Aufgabe glanzvoll gelöst, Sie erhalten eine neue von besonderem Reiz. Sehen Sie die Fregatte dort? Sobald das Génie-Corps eintrifft, wird dieses abgetakelte Scheusal aus dem Teich gezogen, aber schonen Sie die Pferde, nehmen Sie ordentlich Vorspann. In einer Stunde liegt sie hier, wo ich das Kreuz einzeichne. Der übrige Train braust in die Steinlager und holt heran, was verfügbar ist. Wenn ich zurückkomme, Herr v. Amöneburg, wünsche ich hier vorzufinden: meinen Hofdichter – meinen Compositeur – die Hof-Capelle – die beiden Ballette, die Feuerwerker. Dazu von hiesigem Personal: den Domainen-Verwalter . . und den Forst-Director. Alles oben im Hauptquartier. Gehaben Sie sich wohl, meine Herren. Was will denn der Marmormensch da, hab ich ihn nicht fortgeschickt? Nun sehe man mir doch diesen Paragraffenfeld an – der wandelnde Steinbruch!«

In der Tat: über den Kies war der Edle v. Paragraffenfeld hergeschritten, hatte seinen Stab auf die glühende Wüste gesetzt und steinern gewartet, bis man geruhen würde, ihn um den Auftrag zu fragen. »Ew. Herrlichkeit zu melden«, sagte er und lüftete eindrucksvoll den Federhut, »daß in einer halben Stunde die Königliche Confidenz-Tafel im Grottensaal beginnen wird. Ew. Herrlichkeit sind zur Linken Seiner Majestät, zur Rechten Ihrer Majestät und gegenüber Ihrer Königlichen Hoheit placiert.«

»Wie wundervoll, mein Lieber, das werden wir ganz schnell und ganz unauffällig ändern. Sagen Sie dem König, daß ich bitten muß, mich für heute als nicht anwesend, als nicht existent zu betrachten. En avant, meine Herren, wir werden aus diesem Lustgarten etwas machen, was den Namen rechtfertigt, la plus belle chose du monde, oder wir verdienen unsere Titel und Ehren nicht!«

Und er gab seinem Pferde die Sporen.

VI. Capitel

Mit einem Schlage war das Leben in den Park der Fürsten gebrochen, das brausende Leben hatte sich hineingewälzt in den prächtigen Saal ceremoniös gezähmter Natur, die seit anderthalb Decennien feierlich, streng und still dem Gedanken der Kunst diente, aber welcher Kunst! einer Kunst, die das Lebendige, den Monarchen so gut wie den Hof, den stäubenden Strahl der Fontaine wie das flüsternde Laub der Bosquette, die nahe Waldung, den fernen Himmel, den Stein der Bauten, die Farbe der Blumen, ja, selbst den Glanz des wogenden Meeres, zur allesverpflichtenden Darstellung der Idee vom irdischen Königtum zusammenschloß; einer Kunst, darauf aus, das Kleine und Bedingte der Menschenbrust zu erschüttern, bestürzend zu erschüttern, indem sie es gleichsam hinwegriß in die Flucht überwältigender Perspectiven; einer dictatorischen Kunst voller Kraft und Würde und rücksichtslosem Anspruch; einer Kunst, die des Prunkes nicht sparte und doch das Riesige *einfach* sagte; die das Absolute wollte und zwang, die das Schwächliche souverän verachtete, dem Süßen und Sentimentalen stolz aus dem Weg ging, zumal sie Heiterkeit, Anmut und zärtliche Cultur besaß, und die ein so strahlendes Ja zur Welt sprach, daß noch die spätesten Geschlechter, befremdet oder entzückt, würden gestehen müssen, das Jahrhundert, das solche Werke schuf, sei das Jahrhundert wahrer Herren gewesen, herrenhaft genug, sich aller Dimensionen, auch der gewagtesten, zu bemächtigen und nicht von der Erde zu scheiden, ohne ihr den Stempel gewaltiger Persönlichkeiten für immer aufgeprägt zu haben.

Denn diese Kunst rechnete nicht mit dem Menschen. Weit über Anlaß und Bedürfnis erhob sie sich hoch in den Raum: nicht Menschen, bestenfalls Kleider, dienten ihr zum Decor; nur die Crème der Gesellschaft, in wundervoll schreitenden Tänzen, hatte das Recht, ja, die Pflicht, mit Farbenpracht und Arabesquenspiel den ungeheuren Prospect zu füllen; nur ein Stil, von frühester Jugend gehalten, unerbittlichen Traditionen sich einzuordnen, jede Stunde des Daseins ihnen zu widmen, ihren Wünschen nachzuspüren, nur er durfte hoffen, er werde von solchem Raum nicht erdrückt, sondern getragen werden; kurz, nur den Großen der Welt konnte der immense Rahmen eben noch passen, nur denen, die es verstanden, mit Tact und Grazie dieser schwierigen, aufs Äußerste ihrer selbst bewußten, kunstvollen, künstlichen Lebensform zu genügen, denn, einmal geschaffen, bedingten sie Einer den Andern, verschönten einander wechselseitig und steigerten sich immer einsamer in die Wolken eines Plafonds, der, kraft unendlicher Hingabe sämtlicher Beteiligten, ein Stück göttlichen Himmelblaus mit der Erde vermählte. Es war letztlich Gott selbst, dem man huldigte, nicht die Omnipotenz des Königs: letztlich verschmolz ja auch sie mit dem Aether, von wo sie in unvordenkbaren Zeiten, legitim, ein nicht kündbares Lehen, gekommen war, par la grâce de Dieu . .

Aber das Volk . . und Herr Gallos lächelte sein Gelehrten-Lächeln. Das unbegreifliche, brave Volk, das die Ordnung der Welt als gegeben nahm, auch wenn es gelegentlich randalierte! Da kam es nun, kam mit Leib und Hand, mit Muskeln und Werkzeug, um, laut gesetzlich verankerter Fron, zur Glorie der monarchischen Idee beizutragen, und ach, es paßte so gar nicht hierher, es fühlte sich fremd und beklommen in diesen Alleen, diesen Bosquetten, in Seiner geheimrätlichen Gnaden Philosophie. Dabei war Seine Gnaden kaum rangstolz, es war nur sein Proportions-Sinn verletzt: es war der Park, der die Nase rümpfte, und ungern gab er dem Gedanken Raum, das *Volk* könne *Rechte* haben, sich ergehen, sich verlustieren wollen! Schienen doch selbst die Laubschneisen vornehm in Widerspruch zu erstarren, als sie sehen mußten, wie das brausende Leben sich geschwätzig hinein wälzte in eine strenge und stille Welt; *sie* ließen den Menschen nur gelten, wenn er Degen und Reifrock trug, als Gärtner vielleicht noch, als gemeßnen Lakaien, leise und fleißige Arbeits-Tiere – dies aber: lärmte.

Leute!! Eine Meereswoge, eine Springflut von Leuten! Ein Deichbruch, eine Natur-Catastrophe . . Denn inzwischen hatte Seiner Herrlichkeit Procurator auf der wimmelnden, überquellenden Schloßfreiheit einige kurze, doch folgenreiche Worte an die Menge gerichtet und gleich dem Feuerbrand, der in das Oel fällt, flammende Leidenschaften geweckt. Keine Rede von Fron . . Nein, es war das *Gold,* geneigter Leser, wissen Sie, was das ist? das rote, leuchtende Gold? Die *Sonne* der Metalle war es, war der märchenhafte Super-Profit, der im Gebüsche winkend saß – und daß es kein Armeleute-Theater sein würde, dafür zeugte das 20karätige schwimmende Gala-Monstre-Palais, das Meer-Troja, das gleißende Wunderwerk: massiv bis in die Toppen, lieh es dem Procurator den willkommenen Hintergrund. Seine Herrlichkeit habe ein weites Herz; Seine Herrlichkeit habe nicht nötig, kaufmännisch zu denken; es wäre natürlich zu viel verlangt, wenn man etwa erwarte, Seine

Herrlichkeit werde das Wohlleben einfach aus dem Fenster streuen; aber königlich honorieren, das werde er, herbei, herbei, ihr Leute .. und man stürmte die Gittertore. Alles ward in den Strudel gerissen, ein ziehender Malstrom sog Stadt und Gemarkung Myrrha leer, niemand fragte nach Pflicht, Ehre, Dienst-Auffassung oder Stellenverlust – ob verarmter Land-Adel, ob Stallknecht und Schmied, Bettelmönch, Garkoch, Schwammtaucher, Gendarm, ob flüchtiger Raubmörder oder Coiffeur, Caminfeger, Quacksalber, Ministerial-Actuar: man capitulierte. Zum Exempel ein Ebenist, für die schönsten Fauteuils, Chaisen und Guéridons berühmt, fand es durchaus nicht unter der Würde, wieder einmal, wie in längst vergangenen Lehrlingsjahren, das primitive Handwerk des Tischlers zu üben – er stürzte davon. »Weib!« rief er, »wir werden reich!«, griff zur Säge, raffte Hobel und Hammer, schulterte seinen Nagelkasten und schwamm mit dem Strome fröhlich in den Lustgarten. Mit ihm schwammen Söhne und Gesellen; neben ihm ein Matrose, auf Land-Urlaub und der Fahne untreu; weiter vorne der Fischhändler, schau schau, warum nicht? denn wer mit dem Beil auf den Rochen losging, sollte wohl mit der Axt einem Baumstamm gewachsen sein; und selbst der Zöllner, Plebs hin, Plebs her, hatte den Spaten auf seinen Nacken geladen und stumm vor Glück, eingekeilt unter massenhafter Menschheit, den Weg in schuldenfreie Zukunft genommen, von der heute Morgen noch niemand gedacht, daß sie so nah wäre ..
Himmel, und welch Anblick nun! asiatisch und prächtig – wohin war die Abgeschiedenheit dieser Gärten? Eine wogende See, ein wildes Getümmel! Fluten Volkes wälzten sich durch die Kunst-Landschaft; beidseits des Schlosses quoll ein unendliches Fließband, murmelnd und schwatzend, unter Zoten und Scherzen, ziellos ins Ungefähr; Cavaliere sprengten querbeet; Schweife peitschten, Hufe schlugen, Sand spritzte empor; »Zurück da!« – »Dort in die Allee!« – »Hier geblieben!« – »Stehn!« – »Maul halten!«; Ordonnanzen, delphingleich, sausten daher, der Obrist habe dies, der Obrist habe das, im Seiten-Bosquett fuhr die Küche auf, Ochsen brüllten, stürzten zusammen, oben am Canal prasselte der Génie-Train heran, Pferde wieherten, Wagen ächzten, Räder knirschten im Kies – ein herrlicher Tumult!

Und dann kam Ordnung in das Gewühl. Es war der Oberst, war die fürchterliche Commando-Kraft seiner Kehle, die das zuwege brachte, er residierte im Baldachin an teppichbehangener Brüstung, hoch über dem Rücken des Elephanten, der vor der Grotte, gewaltig, ein graues Kriegs- und Wunderschiff, unter gelegentlichem Trompeten den Rüssel hob, mit elfenbeinernen Zähnen blinkend, während ein bräunlicher Inder geruhsam hinter dem Schädel hockte, ihn zu gängeln, wohin jeweils befohlen ward. Jetzt schwankte er weiter, die Guirlanden wehten, der Oberst winkte, nanu: das war ja Paradewitz, der ob seiner Abenteuer und Spielschulden und glänzenden Truppenführung so beliebte Commandeur, er winkte dem ersten Tausendwurm, die Massen-Schlange reiste weiter, jetzt schaukelte er seitlich über die Schüttung, jetzt sah man ihn mittwärts auf dem oberen Plateau, die Schlangen waren schon da, jetzt schwoll er wieder an, neue, schmetternde Weisung, die Ordonnanzen sausten, man teilte sich links und teilte sich rechts, chassierte, gruppierte, summierte sich, war nicht Mensch mehr, nicht Leib noch Seele, man trug sein Classement in der Hand, Hacke N⁰ 217, Spaten N⁰ 399, Säge N⁰ 86 – und Tischler und Gärtner, Bosquett-Stutzer und Rasenstecher, Steinmetzen, Maurer, einfache und Lustro-Stuccatoren, Erdarbeiter, Lastenschlepper, Holzfäller, tutti quanti, schwollen zu drei- und vierstelligen Zahlen, zu Cadres und Bataillonen, Regimentern, Brigaden, zu Divisionen, vor jeder stieg eine Pferdebrust schweißglänzend empor, ein stolzer Reiter schrie anfeuernde Parolen auf sein Armee-Corps herunter, man wetzte die Scheren, schliff die Spaten, steckte Pflöcke ins Erdreich, Schnüre wurden gespannt, Muskeln spielten, die Sonne glühte, Schweiß begann zu perlen, und die Arbeit hob an.

Schweiß? Nun, dem war abzuhelfen. Plötzlich wehte es frisch durch die Lüfte, frischer als daß es die Böen sein konnten, die heute von See bliesen und mutwillige Spiele mit den Staubwolken trieben – denn es schwebte ein Gebirge von Staub über Königs Park – plötzlich war es wie Wasser in den zierlichen Windstößen, feines Wasserwehen, und man blickte auf vom Werke, stützte den Ellbogen über den Schaufelstiel und wischte sich mit dem Handrücken die Stirn: wohin man blickte, in den Grotten vor den Böschungen, auf den Canälen zwischen Brücken, fern hinten im See, am Berg in der Cascade, überall Wasserstrahlen, die anstiegen, abbrachen, wieder dahinsanken; und von Neuem, nachdem sie Kraft und Druck gesammelt, sprangen sie aus der Erde, Hunderte von Fontainen, wuchsen höher .. holten Atem .. oben, wo ihr schlanker Hals sich beugte, glitzerte die Sonne, der Wind griff in silbernes Haar, wehte es, stäubte es fort, das spritzte und funkelte, das flatterte, gleißte, sprühte, und unten auf dem Spiegel der Canäle plantschte und lachte das Wiederkehrende mit dem Beharrenden, der stolze Strahl mit der stillen Flut .. und Glück und Lust des Elementes drangen aus dem Rauschen hinüber in das Menschenherz. »Weitermachen!« schrieen die Aufseher, »Keine Maul-Affen feil halten!« verlangten die Cavaliere. Billige Ermahnungen! aber man hörte nichts von Lohn. Wo blieb das königliche Honorar? Wo blieb Seine Herrlichkeit? »Du .. da oben ist er« – und heimlich sah man empor in die Schneise. Über dem Cataract trat ein Fuchshengst aus der Waldung, in den Bügeln stehend der Herzog von Scheria, die goldene Schärpe identificierte ihn. Ausgestreckt wie einen Reitstock, hielt er die Schneiderzier in der Rechten, wies bedeutend und befehlend auf Bäume, auf Steingruppen, den leeren Himmels-Horizont, und jedes Mal, wenn er lebhaft den Kopf wandte, um den Herren der Suite, in concilianter Despotie, seinen hochfürstlichen Willen kund zu tun, nickte die weiße Reiherfeder an dem Turban von Atlas. Zwei Herren – mehr waren es nicht; das Übrige hielt im Hintergrund: Adjutanten, à la disposition de Sa Seigneurie ..

»Also, Herr v. Merziphon, wir sind uns einig. Unbedingte Verschwiegenheit aller Beteiligten über das, was morgen Abend geschieht. Die Trauung um Mitternacht durch den Cardinal-Legaten persönlich. Sagen Sie Seiner Eminenz, sie werde ein Friedenswerk tun, wenn sie auch heute Nachmittag die kirchliche Verlobung selber celebriert. Tragen Sie ihr ferner unsere Absichten in politicis vor. Es wird dem Heiligen Stuhl nicht gleichgültig sein, daß ein christlicher Souverän im Herzen muselmanischer Territorial-Gebiete bereit ist, seine klug geübte Isolation aufzugeben. Es hätte näher gelegen und wäre für Phrygien gefahrloser gewesen, wenn mein Herr oder ich, in dieser Bedrängnis, uns an den Groß-Türken gewandt hätten, dessen Titel, wie Sie wissen, ihn unter Anderem als le recours des plus grands Princes du monde bezeichnet, le refuge des honorables Empereurs, protecteur de tant de milliers de millions de valeureux soldats ..« Der Herzog lächelte und klopfte seinem Fuchsen den Hals. »Kurz und gut. Venedig wird morgen schlicht vor den Kopf gestoßen. Drei Wochen braucht es mindestens, bevor es – eventuell! – sich entschließt, uns einen Krieg zu erklären, bei dem es viele Sack Pfeffer und manches schöne Schiff mit Gewißheit verliert, während der positive Effect ganz unsicher ist. Ich sage Eventuell, denn bis dahin muß es ausmanœuvriert sein, damit es den Entschluß gar nicht erst faßt. Nur unterscheiden Sie bitte genau zwischen Absicht und Möglichkeit. Die Absicht lautet: Myrrha bleibt Myrrha, Phrygien bleibt Phrygien, beide Reiche halten an ihren Verträgen fest, es findet keine Mélange statt, weder im diplomatischen System, noch in den Streitkräften, noch im Staats-Apparat. Mit einem Wort: Phrygien hat nicht das mindeste active Interesse, sich in ein Abenteuer mit der Pforte zu stürzen; passiv? das steht auf einem anderen Blatt. Die Möglichkeit ist also lediglich anzudeuten. Im Augenblick, da die Signoria – was ich nicht glaube – sich von dem Narren ins Schlepp-Tau nehmen läßt, im selben Augenblick wird der Kreuzzug-Gedanke in die Waagschale geworfen, und zwar *mit* Venedig, es kann sich dem gar nicht entziehen, zumal wir ihm den Handel in die Levante öffnen würden – ein Argument, das Herr v. Borromeo dem Feldmarschall leisestens flüstern möge. Ich resumiere: über die Absichten verkehren *Sie* mit den beteiligten Regierungen, das sind: Lagune, Heiliger Stuhl, Habsburg-Neapel, Spanien, der Souveräne Malteser Orden, ferner was Sie an kleineren Potentaten in Ihrem Bündnis haben; da Phrygien keine Vertretungen besitzt, ist es mir eine große Erleichterung, wenn Sie das für uns tun. Die Möglichkeiten dagegen verbleiben vorerst in *meiner* Hand, ich werde Rhodos dafür einspannen. Sind noch Unklarheiten? Und pour le tout: es ist keine Lüge, wenn wir Ruhe und Überlegenheit zeigen. – Auf Nachmittag also, in der Hof-Capelle.«

Er sah dem Davonreitenden nach. »Der Mann sitzt glanzvoll zu Pferde«, bemerkte er versonnen, während langsam die heitere Wachheit aus seinen Zügen wich. »Kommen Sie, Noteros«, sagte er müde, »wir werden dort unten gebraucht.«

– »Sie sollten sich etwas ruhen«, erwiderte der Berühmte, erwiderte es mit Besorgnis und auf Französisch, in welcher Sprache sie stets, ob allein, ob in Gesellschaft, die unendliche Fülle ihrer Gedanken tauschten.»Ich beobachte mit Kummer, wohin dieser jugendliche Streich Sie führt. Soll ich es noch erleben, daß Sie nervös werden? Sie setzen Ihre Krone aufs Spiel, ist Ihnen das klar? Sich dermaßen in ein Conterfei zu verlieben . .!«

»Ja«, seufzte der Herzog, »das ist mir klar. Es wäre viel gewonnen, wenn die Welt es nicht merkt. Sie gehen heute Nacht nach Rhodos in See.« – »Ich?«

»Mieten Sie ein Schiff, ich verleihe Sie ungern, aber es muß sein. Sie werden mich nicht im Stich lassen, nicht wahr, Noteros? Der Groß-Comtur ist nämlich schon mehrmals an mich herangetreten, denken Sie: eine Riesengeschichte quer über die Insel, ein Riesentapis-vert durch meilenweite Wälder gehauen, lockt Sie das?«

– »Und wie mich das lockt! – Was soll ich in Wirklichkeit dort?«
»Sie erraten es, mein Guter: die Herren Malteser wollen geködert sein. Machen Sie mir die Leute weich für die Kreuzzug-Idee; nur: lassen Sie eine Hintertür offen; ich möchte nicht *müssen,* verstehen Sie. Ach, ich wünschte, es wäre Alles so einfach wie Politik und Diplomatie! Viel schwieriger .. sind die Herzen.«
– »Besonders, wenn hübsch und sechzehnjährig«, warf Noteros ein. »Oder ist sie gar nicht so hübsch wie auf Bildern?«
»Noch sehr viel schöner. Sie haben etwas versäumt, Noteros, daß Sie nicht zum Staats-Act kamen. Wissen Sie: einem Dichter würde ich das nicht glauben – *solch* ein Wesen. Solch ein süßer Zauber ..«
– »Und das sagen Sie so melancholisch, als ob Sie schon Abschied nähmen! Wird sie durchfallen?«
»Sie liebt den König Midas nicht .. den mit dem goldenen Barte.«
– »Punct Eins bestanden.«
»Sie liebt auch sein Gold nicht.«
– »Punct Zwei. Bestanden.«
»Sie liebt einen Mann.«
– »Au. Das tut weh.«
»Sie wird diesen Mann erhören, sobald er es will.«
– »Punct Drei: Catastrophe.«
»Ja«, sagte der Herzog resigniert. »Wir können abreisen. Wissen Sie, wer dieser Mann ist?«
– »Keine Ahnung.«
»Der Herzog von Scheria.«
– »Meinen Glückwunsch! Punct Drei also doch bestanden. Und das so schnell?«
»Eben. Punct Drei *nicht* bestanden: so schnell liebt man keinen wildfremden Cavalier, es sei denn .. man wirft sich überhaupt jedem Erstbesten hin.«
– »Ich habe Sie ja schon gestern gewarnt, mein Fürst. Ihr Incognito war die großartigste Herausforderung, die Sie an das Schicksal richten konnten. Wären Sie nicht so halsstarrig gewesen, so hätten Sie jetzt eitel Lust, Wonne und Liebes-Frühling. Ich sehe kommen, Sie treiben die Dinge noch auf die Spitze. Habe ich Recht? Sie werden es darauf ablegen, die Prinzessin für eine Nacht .. und Phrygien wird weiter ohne Königin sein.«
»Vermutlich .. Es macht mich ganz krank.«
– »Kein Wunder, mein Fürst. Aber können Sie denn überhaupt noch zurück? Das Wespen-Nest ist aufgestochen, die gesamte medi-

terrane Welt in voller Erregung, Alles schwärmt, summt und stachelt – o du dickes jeu, so eine strategische Erbprinzeß!«

»Warum sollte ich nicht zurück können? Das bißchen Prestige, daran stirbt man nicht. Sobald sie mich mit mir betrügt, reise ich ab, versichere den Sultan meiner Ergebenheit, und die kleine Danae wird von irgend jemandem – höchstbietend oder brutal mit Truppen-Macht – geschluckt.«

– »Schönes Tableau, ich bin gespannt, wie die Partie ausgeht. Indessen kommt da der Herr Neander, den Sie so überschwenglich begrüßten, man wird Sie wohl abholen wollen.«

»Neander .. Na ja, reiten wir. Der gute Herr geht mir leicht auf die Nerven; wissen Sie, er redet so deutsch, wie er aussieht: feierliches Walle-Walle. Schade, man kann doch auch als Künstler ein wenig Weltmann sein; siehe den alten Rubens, der eine rühmliche Ausnahme war. *Und* den alten Noteros nicht zu vergessen. Der alte Noteros aber möge bedenken, daß der König von Phrygien ein Treppen-Narr ist: niemand als Neander besitzt Mumm und Können, mir die sechsläufige Stiege zu construieren. – Avanti! nun wollen wir. Was mögen die Herrschaften im Park derweilen zuwege gebracht haben?«

Die Herrschaften hatten Manches zuwege gebracht. Zum Beispiel der Freiherr v. Katz, dem das Schneiden der Hainbuchen-Wände unterstand, hatte seinen prüfenden Blick auf den Embonpoint eines Subjectes geworfen, welches unschlüssig, den Spaten geschultert, umherwanderte, und hatte erfahren müssen, daß diesem Zolleinnehmer, diesem entwurzelten, die Plebs nicht behagte. Und da der Baron, glückselige Fügung, bei gewissen überseeischen Transporten darauf angewiesen war, daß gewisse Augen, zu gewissen Stunden, sich rätselhaftem Schlummerdrang überantworteten, so hatte er dem Subject Gutes erwiesen und gesagt: »Begeb Er sich zur Münze, dort drüben, im Pomeranzen-Bosquett, und meld Er sich bei Seiner Gnaden, dem Herrn Grafen Deckel.« Und erschauernd war der Zolleinnehmer dem neuen Arbeitsfelde entgegen geeilt, hatte erschauernd zur Metallsäge gegriffen und säbelte nun pures Gold von goldenen Tauen herunter, Scheibe für Scheibe .. Und der Fischhändler, zum Beispiel, hünenhaft pottwalnackig, war, weil er Axt trug, vom Obristen unter die Holzfäller gereiht worden, Chef-Sergent eines Carrés, es wartete noch an der Pièce d'Eau, wo des Königs aufgeregter Forst-Director um seine Wälder zitterte. Und am anderen Ufer – auch zum Beispiel – rollte soeben, auf geschälten Baumstämmen und mit gewaltigem Vorspann, die Fregatte kühn über Land, achtzig Klafter und mehr, bis sie, jenseits der Haupt-Perspective, degradiert im Canale Platz nahm. Der See aber hatte sich schon beruhigt, bewegt von den glitzernden Fontainen der Neptun-Gruppe, die inmitten sprühten.

»Was wollen Sie?« schrie der Oberst Paradewitz in ihr Rauschen und Plantschen, schrie es herunter von teppichumwehtem Baldachin, und ihm antwortete – mit steinernem Gesicht, wobei er den goldgeknauften Stab auf den wenigen Kies stieß, den man ihm ließ (dreifacher Binnenreim!) – der Ceremoniar: im Namen des Königs wolle er die Herrlichkeit des Herzogs zur Tafel der Majestäten geleiten. »Blasen!« rief der Oberst, obwohl er hoheitsvollen Zorn fürchtete. Je nun, der König war höher: silbern schallte Trompetenklang empor in die Cascaden-Schneise . ., ganz umsonst übrigens: eben trat aus den Cedernwäldern der Fuchshengst, die Reiherfeder nickte im Winde, während man den Herren der Suite von Plänen und Entwürfen sprach. »Es gibt in der Kunst Leistungen von so erhabenem Rang, daß aus ihnen Maßstäbe entstehen, die nicht mehr unterschritten werden dürfen. Insofern . . ja, zum Kuckuck, da ist doch schon wieder dieser Paragraffenfeld!«

– »Wie sehr wahr«, entgegnete General Neander und blickte abwesend auf die unübersehbare Menge, die devot beiseite wich, »diesen Maßstab haben wir, Hoheit sagten es selbst, in der Anlage eingehalten; für die Ausführung fehlte es dann leider am Geld. Ich weiß nun freilich nicht, wie Hoheit zu Seiner Majestät stehen. Es ist für Allerhöchst Ihn die Tragödie der Tragödien, daß so Vieles Stückwerk bleiben mußte, denn diese Composition von Schloß und Park, Meer und Wald, war Seine ureigenste Lieblings-Idee.«

»Ja«, bemerkte der Herzog, »das haben Lieblings-Ideen so an sich. Da setzt es blutige Gemetzel in ein und der selben Brust, da zieht der Landesvater gegen den Bauherrn zu Felde, das Darf-nicht gegen das Möchte-gern, aber die Fregatte zum Wenigsten hat es nun schon ereilt. Was wünschen Sie, Herr v. Paragraffenfeld?«

– »Seine Majestät der König«, verkündete marmorn der Marmorne, »lassen gleichwohl jetzt zu Tische bitten.«

»Sie sehen doch, daß ich nicht ganz unbeschäftigt bin. Ist es so schwer, mich als nicht existent zu betrachten? Sie haben mich kurzerhand nirgends gefunden.«

– »Sehr wohl, Ew. Herrlichkeit.« Man sah eine Statue entschreiten.

Des Herzogs Züge hellten sich auf. »Ans Werk, meine Herren!« Er drängte sein Pferd gegen den Elephanten, winkte einem Heiducken, es in Obhut zu nehmen, ergriff die Strickleiter des Baldachins und schwang sich aus dem Sattel; hinter ihm ächzten Neander und Noteros, weniger behend, bei dem gleichen Versuch, Gallos folgte, und dann standen sie, hochatmend, im Schatten des luftigen Balcons, vom Wasserstaub leise umsprüht, während schon der Forst-Director befohlen wurde, Paradewitz mit den Seinen an der Gegenseite hinabstieg und zwei kleine Mohren mit zwei großen Straußenwedeln Kühlung fächelten. »Also: Entschluß«, sagte der Herzog und trat an die Pläne. »Paradewitz, bleiben Sie oben. Ich habe mir Folgendes überlegt. Die beiden unteren Plateaus werden nur hergerichtet, begradigt, beschnitten und dergleichen mehr. Für die Grotten wird sich eine Lösung finden, da muß irgend etwas Figurales hinein. Geheim-Rat: haben Sie einen tüchtigen Bildhauer zur Hand, der ex improviso –? Ausgezeichnet. Qu'il monte, so werden wir sehen. Aber hier: hierauf kommt es an. Blumenparterre, Pavillons, die beiden Längs-Canäle, Quer-Canal und Pièce d'Eau, dazu der Wald mit Grottenbühne, Cascade und Schneise – das ist das Kernstück, das A und O. Aha, der Forst-Director. Wundervoll. Hören Sie, Herr Forst-Director, wir werden Ihrer Schneise nahe treten, sie wird auf beiden Seiten zwei Klafter breiter; oben in die Mitte, kurz hinter den Hang, setze ich eine Schein-Architectur, Stucco lustro, Herr Neander entwirft sie bereits; rechts und links wäre auszuholzen, sodaß eine patte d'oie – nun, davon wissen Sie nichts, eine Noteros-Specialität. Kurz, es sind radial drei große Schneisen zu schlagen, Schnittpunct: der See, Sie erhalten genauen Plan.«

– »Aber ..« sagte der Forst-Director, dessen fürchterlichste Ahnungen sich bestätigten. »Das kann ja nie wieder, nie wieder kann das nachgepflanzt werden ..«

»Das soll es auch nicht, mein Freund. Es mag Ihnen asiatisch vorkommen, denn bei uns zulande besteht die grausamste Rache siegreicher Potentaten darin, daß sie den Unterlegenen die Wälder zerstören, aber zur Gartenkunst gehört nun einmal die Axt, Ausforsten ist oft wichtiger als der schönste Bestand. Hier haben Sie Ihre Pause, Leute gibt Ihnen der Oberst. Abtreten. – Jetzt die Cascade. Wunderschön, wie sie zur Grottenbühne hinabsteigt, wunderschön das geschweifte Oval-Becken, wo sie noch einmal aufquillt. Aber da müssen doch Nymphen baden, da muß Leben sein, ironische Allegorieen, mythologische Bezüge .. Wo ist der Bildhauer? Haben Sie irgend etwas Fertiges in Ihrer Werkstatt?«

Und siehe, es erwies sich, daß dieser stille Meister, seinerzeit, ehe in der Brust des Königs der Landesvater über den Bauherrn obsiegte, eine Gruppe geschaffen hatte, die den Wünschen der Hoheit auf das Prächtigste entsprach. Und er zog hinter der Leibschürze die Entwürfe hervor: oben am Fels sprengte lanzenbewehrt ein Ritter Perseus, in Harnisch und Straußenhelm, mit kühnem Pegaso dem Abgrund entgegen; rechts, von seitlichem Steinbalcone, legte Eros, der Schelm, den Pfeil auf eine nackte Andromeda an, die unten, wo die Sturzbäche schäumten, mit gefesselten Händen bezaubernd rührsam ihren Schoß verteidigte, während im Oval-Becken Hydra, das neunköpfige Meer-Ungetüm, wasserspritzend ein ekles Ensemble von Fratzenhäuptern reckte. Dies hörend, dies sehend, befahl der Herzog, indem er sich aus der Loggia bog, seinen Wassermeister und den Kgl. Phryg. Hofkammercompositeur, denn Perseus, wofern man den Mythen einigen Glauben lieh, war jenes Knäblein, das der Altvater Zeus, per Goldregen, in den Schoß seiner angebeteten Danae practicierte .. der historischen Danae. Und während unten die Gerufenen zu kommen eilten, gestand der Künstler errötend, er habe in Mußestunden auch eine doppelte Allee von zwei mal zwölf Puttenpaaren gefertigt – vielleicht könnten sie entlang den Bosquetten, oder irgendwo sonst, Auferstehung feiern?

»Es sei«, sprach der Herzog. »Ich mache es abhängig von einer Gewaltprobe Ihres Génies. Es sind zwei Grotten zu decorieren. Schlagen Sie jeden Gedanken an Schlaf, Rast, Liebe, Frühstück aus dem Kopf und schaffen Sie mir bis heute Nacht in der unteren Böschung eine Europa-Gruppe, bis zum Morgengrau in der mittleren eine Leda mit Schwan.«

– »Aber ..« sagte der Künstler, und fürchterliche Ahnungen, daß er mißbraucht würde, stiegen ihm auf, »ich bin Künstler, ich brauche Zeit, Inspiration. Der Marmor –«

»Kein Aber, mein Freund, kein Marmor. Hier wird in zwei Tagen ein wundervoller Park geschaffen, die ersten Geister des Abendlandes haben sich zur Verfügung gestellt, da werden die Musen auch Ihren Lehm beflügeln. Machen Sie das aus Lehm, wir lassen es dann zu Golde werden. Oberst, weisen Sie dem Manne Transport und Leute zu, damit die Figuren schleunigst aus dem Lager kommen. Abtreten. Wo ist der Compositeur? Er hat gehört, daß Perseus, der Sohn einer mythologischen Prinzessin Danae, mit von der

Partie sein wird. Er kennt die Sage? arbeit' Er sie in die Oper hinein, der Hofdichter soll Ihm das Gewünschte liefern, vor Allem für die bedrängte Jungfrau eine Ergebenheits-Arie an Hydra, der wir den Marcus-Löwen als Wappen auf die Brust malen werden, sie ist – wie der Doge – mit Ew. Herrlichkeit anzusingen. Nehm Er den linken Pavillon dort und componier Er, man wird Ihm zu essen bringen. Notenschreiber ins Nebenzimmer, Instrumentenstimmen gleich herausschreiben, Seine Blätter brauchen nicht erst zu trocknen. Orchester ins Obergeschoß, Sänger dazu, studieren ein, was man ihnen vorspielen wird. In einer Stunde erquicken die ersten Accorde mein Ohr, nicht wahr? und wenn ich bitten darf: saubere Coloraturen, so viel und so lang wie möglich, Er weiß, ich schwärme dafür. Abtreten. – Der Wassermeister. Folgendes. Hier, wo mein Finger ist, an der Bergseite des Sees, eine Kette von Fontainen einbauen, die den Strahl zerstäuben, und zwar derart, daß ein Wasser-*Schleier* entsteht, den wir dann vergolden und durchleuchten. Ferner: ehe der Bildhauer seine Tonklumpen formt, werden in den Schwan, in die Nüstern des Stiers, und wo es Ihm sonst behagt, Röhren gelegt, das Gleiche gilt von der Hydra. Die hohe Fontaine vom Neptun-Brunnen abstellen, sie stört uns das Ballett. Abtreten. – Ja, meine Herren, das Ballett, da kommen wir auf den Kern des Ganzen. Ich baue mitten in den See eine Insel, dazu zwei Brükken auf der Achse des Gartens. *Eine* Brücke, überhöht, senkt sich von der Grotte her über Proscenium und Uferweg auf den Wasserpodest, die andere, beidseits ebenerdig ansetzend, verbindet den Tanzboden hier mit uns; die Neptun-Gruppe wird ringsum eingefaßt, sodaß wir gleichsam einen kleinen runden Miniatur-See bekommen, der auf schwimmender Insel im großen ovalen See ruht. Alles aus Marmor, fertig bis morgen Abend. Schon wieder dieser Steinmensch! Was wollen Sie?«

– »Seine Majestät lassen Ew. Herrlichkeit gleichwohl jetzt zum Wildpret bitten.«

Der Herzog lachte. »Grüßen Sie das Wildpret schönstens, ich speise vom eigenen Ochsen, der schon lieblich im Pomeranzen-Bosquett bruzzelt. Aber im Ernst: sagen Sie den Majestäten, es seien noch einige Kleinigkeiten zu regeln.«

– »Einige Kleinigkeiten«, bemerkte Neander, und sorgenvoll blickte er auf die Hand des Herrn v. Noteros, die mit leichten Strichen dem Uferweg auf den Leib rückte.

Auch der Herzog, indem er die Stirn tupfte, wandte sich wieder zum Zeichenbrett. »Den See complett verändern, Noteros, der See ist nicht schön genug, die Einfassung langweilig. Procurator, lassen Sie ungesäumt beginnen: die ganze Einfassung wird herausgebrochen und nach der Zeichnung, die sogleich unten sein wird, neu gesetzt. Abtreten. Ich denke mir das folgendermaßen .. Halt, zunächst etwas Anderes. Was ist denn, Procurator?«

– »Soll das Wasser nicht zuvor .. ich dachte, man ließe es besser ableiten.«

»Aber nicht um Alles. Warum denn? Die Leute werden sich bei der Hitze ein Vergnügen machen, im kühlen Elemente zu stehen. Ich wünschte, wir dürften es auch. Mohr, fächle stärker! Also, Herr Neander, etwas für Sie persönlich: ein Château d'Eau, ein Wasserschloß, ein Berceau de treillages. Sie wissen, was Treillagen sind, oder nennt man sie hierorts anders? luftige Architecturen, Lauben, aus gekreuzten Spalierhölzern durchsichtig gezimmert. Von solchen Treillagen wünsche ich ein Château d'Eau, aus der Flut aufsteigend Loggien und Balcone, in denen morgen Abend das Dîner stattfindet. Die Bergseite des Sees bleibt offen, damit wir die Oper nicht behindern, aber auf den drei Parkseiten soll Ihr Génie, General, Triumphe feiern – ex tempore, ex improviso. Und in der Mitte, da wo die kleine Brücke Insel und Blumenparquett verbindet, in der Mitte die königliche Tafel: octogonal unter durchbrochener Cuppel, das Feuerwerk will gesehen sein. Die Brücke führt genau zum Platz des Monarchen; an der Gegen-Seite, also in seinem Rükken, legen sich die Blumen-Ornamente per Halbkreis-Rundung vor.« Und wieder beugte er sich über die Brüstung. »Den Hofgärtner«, rief er. »Qu'il monte!«

Schon kehrte er zurück zum Grundriß. »Was ist, Neander? bestürzt? Ja, es geht ein wenig heftig her bei uns, aber wir müssen fertig werden. Sie nehmen den rechten Pavillon, entwerfen Ihre Bergbekrönung, bitte drei Durchbrüche für die befohlenen Schneisen, wir zeichnen derweil die neue See-Einfassung, die Skizze wird Ihnen hereingereicht, durchgearbeitet, gepaust, Einzelheiten einzeln, der Procurator vermittelt an die Steinmetzen, und dann wäre es Zeit für das Château d'Eau. Architecten haben Sie genug, Routine auch, der Stil ist überdies gegeben, mein Verlangen also nicht unbillig. Auf Wiedersehen. – Noteros, nun zu uns. Ich denke mir das folgendermaßen.« Damit ergriff er den Stift, und in schnellen, sicheren Strichen entstand eine Vision des Zierbeckens, wie es sein sollte, Umrisse, durch Schatten-Schraffuren plastisch verstärkt.

– »Ausgezeichnet, mein Fürst. Wenn ich noch vorschlagen dürfte: dies eine Kleinigkeit weniger großartig, eine Kleinigkeit decenter! Wir stören sonst die Linie, die das Pavillon-Duett uns vorschreibt. Wo ist denn .. Gestatten den Crayon – so etwa, ich glaube: das wäre es ..«

»Haben Sie den Ihren wieder verschusselt?«

– »Seine Majestät«, rief von unten der Ceremoniar, »bitten gleichwohl jetzt –« –»Der Ochs ist knusprig!« schmetterte der Küchenmeister des Phrygiers herauf.

Hoheit bedauerte. »Pech gehabt, lieber Paragraffenfeld: mein Ochs ist knusprig. Ein Feldherr, der seine Truppen im Stich läßt, wenn auf den Feind eingehauen wird, gehört vor das Kriegsgericht. Sagen Sie das Seiner Majestät, sagen Sie ihr, sie werde es nicht bereuen.«

– »Sehr wohl, Ew. Herrlichkeit.« Steinern entwandelte Königs Sendling, nachdem er eindrucksvoll den Hut gelüftet.

»Küchenmeister, man serviere hier oben einen Bratspieß«, befahl der Herzog. »Und daß überall Essen hinkommt! daß mir jedermann satt wird!«

Noch einmal, ehe die Zeichnung zu Tal flatterte, um Neanders Bureau überantwortet zu werden, betrachtete er mit Zufriedenheit sein Werk. »Ja«, entschied er, »das wäre es. Und nun, Noteros, die Insel. Nein – erst der Garten-Chef. Sehen Sie, Noteros, das hätten wir bald vergessen. Das ganze Parquett taugt durchaus gar nichts, wird neu entworfen. Sie beginnen sofort, Garten-Meister, es verschwindet vollständig, der Oberst soll Ihnen Leute geben. Taxus, Blumen, Buchs und so weiter: beiseite bringen, Sackleinen darumwickeln, gießen. Und weg mit den Ketten-Pfeilern! die verstellen uns ja die wunderschönen Canäle. Solch Parterre muß gleichsam auf dem Wasser *schwimmen*, und jenseits darf der Weg auch nicht bis heran treten, da werden wir eine Rasenkante zaubern, anderthalb Klafter breit, lassen Sie die gleich stechen, irgendwo, nur nicht in den Bosquett-Quartieren. Abtreten. – Halt: Marmor-Kies; besorgen Sie massenhaft Marmor-Kies für die Broderieen. Aber das betrifft eigentlich mehr Sie, Herr Gallos. Und außer Kies muß aufgekauft werden Buchs, Lorbeer, Myrthe .. Blühendes natürlich so viel wie möglich. – Entschuldigen Sie, Noteros. Also: das Parterre. Beide Schmalfronten, hier am Château d'Eau, dort an der obersten Böschung, enden mit eingezogenem Halbkreis und ausgewölbten Schnecken; in den Buchtungen steht oben das Octogon, unten ein doppeltes Ehrentor – doppelt, damit der Tragbaldachin einschweben kann, unter welchem das Königs-Paar morgen Abend die Defilier-Cour abnehmen wird. Diesen tapis de fleurs überlasse ich Ihrem Génie, den Porticus ebenso: hübsche, dichte Treillagen, und in die Grotte . . was lachen Sie?«

– »Herzogliche Gnaden gestatten«, rief Noteros und lachte wirklich, denn, obwohl ein Meister gewaltigster Garten-Ensembles, so fand er es doch etwas reichlich. »Sie gestatten gütig: *mein* Geist weilt jetzt bei der Insel, bei den Brücken, und da bleibt er vorerst, da concentriert er sich.«

Der Herzog zupfte verlegen mit zwei Fingern an der Nase. »Mute ich Ihnen zu viel zu?«

– »Ja, verehrter Fürst. Und Sie werfen Alles durcheinander. Wenn das Parterre Sie derart reizt, voilà: Sie haben genug gelernt. Hier ist Ihr Crayon.«

»Aber ich bin ganz untalentiert für Ornamente, ich denke in Räumen, in Wogen Volkes. Ach schau! hier ist der Ihre – daß ich doch immer Bleistifte klaue! Übrigens kommt mir eine Idee, das Dilemma doch noch . . Die Primaballerina!« rief er vom Balcon hinunter. »Qu'elle monte!«

– »Und welche Idee hatten Ew. erhabene Herrlichkeit?«

»Sie werden es sehen. Zunächst: den Umriß der Insel.« Und wieder tanzte seine Hand übers Papier, magische Ellipsen ziehend, Secanten und Halb-Ovale.

– »Das ist ein entzückender Gedanke«, rief der Gartenkünstler, »ungewöhnlich, ungewöhnlich entzückend. Darf ich . . es kribbelt mir in den Fingern. Nein, hier: hier liegt es, in diesem winzigen Schwung, Hoheit, in dieser lächerlichen Curve« – sein Stift vereinigte sich mit dem des Herzogs, erheitert corrigierte man einander – »diese lächerliche Curve gibt den Effect, nicht wahr? Dazu in den Winkeln, gegenüber den Pavillons, drei kleine Stufen vom Wasser empor, für die Gondeln, das Ballett muß über See herbei rauschen, vor den Treppen je zwei kleine, steinerne Säulen, zum Festmachen, goldene Kugeln darauf . .«

»Ich überlege mir«, sagte der Herzog, »ob wir nicht eine Art Geländer . .«

– »Geländer!« rief der Künstler und rang die Hände, »Hoheit scherzen – doch kein Geländer! Eine ganz niedrige, ganz niedliche Kehlung, damit uns die hübschen Käfer nicht ins Wasser fallen, wo sie ohnehin nicht ertrinken können. Bedenken Sie: Tänzerin-

nen! Alles hängt von den Füßen ab, Alles *dreht* sich um die Füße, um die Fesseln, ein Geländer wäre Mord: an den Mädchen, die etwas zeigen, an den Gästen, die etwas sehen wollen, also niemals ein Geländer!«
»Bravo«, erklärte eine weibliche Stimme, der Herzog aber lachte und entwarf die Kehlung. »Hör Sie, Demoiselle«, sagte er im Zeichnen, »ich fand da bei Ihr, als wir auf dem Meer schwammen, sehr deliciöse choreographische Manuscripte, einen Passepied insbesondere, das reine Ornamentenwerk, den wird Sie mir jetzt bringen, den werd ich jetzt brauchen. Noteros, was meinen Sie: wir lassen unsere Blumen Passepied tanzen, das ist doch einmal etwas Neues. Nicht wahr, da sind Sie begeistert, das enflammiert Sie. Also, mein schönes Fräulein, eile Sie, mir das zu schicken, Sie hat wenig Zeit, binnen Kurzem bekommt Sie den Grundriß einer Insel, die ganz allein für Sie und Ihr Ballett gemacht wird. Sie läßt sich diesen Grundriß in den Kies malen, hier, schau Sie den Plan, hinter dem Quitten-Bosquett, da kann Sie dann ungestört Probe halten. Adieu, ma belle, tret Sie jetzt ab.«
– »An dieser Stelle . .« fuhr der Architect fort und streichelte versonnen sein Kinn, »sehen Sie, da stimmt es noch nicht. Die Treppe setzt zu hart an, sie müßte viel melodischer in die Kehlung gehen, viel zarter, ich möchte sogar sagen: zärtlicher . . Erlauben: etwa so.« Eine verliebte Arabesque, mit Kühnheit und Leichtsinn hingeworfen, erläuterte die Absichten. »Ganz luftig, ganz duftig, mon Prince, spielerisch und doch fest, tout à fait à l'époque . . Übrigens wird mir der Lärm *nun* nachgerade fürchterlich.«
Ja, es war etwas laut im Park, eine reizvolle Collection von Geräuschen, aber bisher doch erträglich. Die Spaten schmatzten, die Brecheisen knirschten, seufzend strömte das Wasser nach, Fontainen plätscherten, und die Seewellen plantschten; im Pavillon übten die Oboen ihre Läufe, düdelüdelüdelüd – düdüdü, Waldhörner ihre Triller, verworrenes Stimmen von Instrumenten, Castraten schmierten die Gurgeln; Elephant und Posaune probten ein Duo, Pferde wieherten erfreut vor sich hin; angeregt redete eine zahlreiche Menschheit durcheinander, schniefte, hustete, schneuzte die Nase, von weiter südlichen Emotionen zu schweigen; Aufseher schrieen, Befehle gellten, der Oberst commandierte gewaltig durch die Gegend, leider ohne sein Organ fühlbar abzunutzen; im Küchen-Bosquett schliff man die Schlachtmesser, Ochsen erwarteten besorgt ihren Todesstreich, da brüllten sie natürlich, Sau, Hammel

und Kalb äußerten Schmerz-Empfindung, und dann stürzten sie dumpf zu Boden; der Fuhrpark brauste heran, pardauz! der Marmor, runter mit den Brettern, herrje, wie das knatterte! Gattersägen kreischten, Berge von Spalierlatten zischten heraus, immer tüchtig geworfen! das machte ja nichts, das merkte man kaum; die Steinblöcke jetzt, brumms! herumgewälzt, splitternd wurden die Setzkanten behauen, deng-deng-deng-deng; der Prägestempel schlug Münze nach Münze, welch stiller Gleichtact, es klang, als promeniere ein Stelzfuß (ein Bein lebendig, das andere hölzern) unermüdlich über hohlem Schiffsdeck auf und ab – kurz: es war liebenswürdig, was man erlebte, ein sanftes Crescendo, man nahm es mit Anstand als unvermeidlich, erträglich, wie gesagt, und obwohl es bei jedem Entwurf, der vom Herzog zu Neander, von Neander zu den Copisten, von den Copisten an die Commandeure, Bauführer, Werkmeister, Steinmetzen, Zimmerleute ging, obwohl es mit jeder Minute noch *etwas* più animato wurde, più forte, più allegro und, wenn man nicht Halt gebot, ein allerfürchterlichstes con tutta forza di tutti gli strumenti zu gewärtigen schien, so tröstete man sein Ohr in humorvoller Laune: nur Ruhe, Geduld, das rangiert sich, adouciert sich, das spielt sich ein.

Denkst *du*! um mit dem Herzog zu sprechen – aber kein Gesunder! Denn nun hatte der Dichter seine Vision gehabt, der Hofkammercompositeur seine Melodie gefunden; die Maße für das Zierbekken, Insel, die Stufen, für Säulen und Brücken, Treillagen, Château d'Eau, für den Porticus, Blumen-Parterre und Gloriette auf der Höhe waren endlich hinausgeflattert, und nun lief Alles erst im rechten Verstand. Nun schmetterte das Orchester zehnmal, fünfzehnmal, zwanzigmal mit Pauken und Geigen, Fagotten und Flöten, Harfen, Cimbeln und sämtlichen Sängern die gleiche Moll-Dissonanz; nun krachten oben in der Schneise die Detonationen, man sprengte die Wurzeln der gefällten Bäume; nun klatschten Marmorblöcke in den See; Hunderte von Steinmetzen meißelten mit tausendfachen Schlägen Kehlung und Wandung; nun legte man die Spalierlatten über Kreuz; nun nagelte und sägte, hämmerte und feilte; klopfte, schrie, rasselte; barst, quinquilierte; nun knallte, kreischte und klapperte; plantschte, brüllte und hobelte; summte, fiedelte, plätscherte, posaunte; wieherte und jauchzte, tobte und ächzte, lachte und stampfte, stöhnte und knirschte, stürzte und schnaubte; zischte, sang, orgelte, rief und jubilierte ein unübersehbares Meer von Menschenwerk in einander und über einander.

Buh – und man rang nach Atem. Hin und wieder tat man das, wischte sich die Stirn, stopfte Braten in den Mund, hielt den Kopf unter Wasser, sah einen Augenblick zu der Staubwolke hinauf, die hoch in der Sonnenluft stand, und dann arbeitete man weiter.
Und Alles dies war keinem anderen Umstande zu danken, als daß ein Herr mit goldener Schärpe und weißer Feder auf dem Hut den kleinen Finger gehoben und mit ihm, ganz en passant, einige Kisten Schiffs-Taue zur Valuta gemacht hatte.
Denn hin und wieder nahte ein Graf nebst Münzmeister und Zoll-Subject; hin und wieder versenkten sich nackte Arme, dicken Mammon in den Händen, in schweißdurchtränkte Hosentaschen; hin und wieder empfing man seinen Lohn.

VII. Capitel

Ein junger Herr schritt aus dem Schloß heraus, kurz vor Drei zeigte die Sonnen-Uhr, und weil er so vornehm gekleidet war, trat man beiseite, ihm Platz zu machen.
Der junge Herr hatte den Degen zu Hause gelassen, offenbar hegte er die Absicht zu reiten, denn er trug einen Jägerhut auf den Locken, einen Buschen Fasan-Federn daran, die keck nach hinten strebten. Er trug ein rosafarbenes, mit silbernen Blumen besticktes Justaucorps, große Ärmel-Aufschläge und ausladende Rockschöße; die Weste von der Farbe des Lichten Ockers, Jabot und Beinkleid vom weißesten Weiß; und an den Füßen die schönsten Stiefel, nachtblau, weich wie Handschuh-Leder: unterm Knie, überm Rist durch goldene Schnallen gehalten – goldene Knöpfe – golden auch die Sporen, die beim Schreiten im Kies leise klirrten.
So schritt der Herr durch den Park.
Es war ein leutseliger Herr, hin und wieder blieb er stehen, erkundigte sich freundlich nach Diesem und Jenem, fragte, wieviel Kinder man daheim habe, wo es in der Wirtschaft fehle, grüßte zerstreut, indem er die Hand mit dem Reitstock an den grauen Filz des Jägerhutes führte, und ging weiter. Man sah ihm nach, sah ihn zuschauen, wie beim Rondell die ausgegrabenen Cypressen eingebündelt davongeschafft wurden – auf herzoglichen Befehl, jawohl, Cypressen störten, Cypressen seien stillos, ebenfalls Trauerweide, Spitz-Pappel, Lebensbaum hätten sofort zu verschwinden . . Man hörte, wie ihm dies erklärt wurde, dem jungen Herrn in Rosa und Silber, man lächelte, man war nicht vergessen in der Welt des Glan-

zes, und dankbar widmete man sich wieder der Arbeit, nicht ohne von Zeit zu Zeit verstohlen mit der Hosentasche zu klingeln.

Es verging wohl eine halbe Stunde, ehe der junge Herr oben am See ankam, denn überall blieb er stehen, wollte wissen, warum man die hohen Bosquette so niedrig stutzte, und erfuhr, daß man es tat, um in den Pavillons einen bedeutenden point de vue zu haben; schüttelte den Kopf, als er den Wäldern Myrrhas begegnete, completten Linden, die mit Wagen knarrend zum Rondell rollten, und schüttelte ihn stärker aus Anlaß der dublonenspuckenden Münzpresse; er betrachtete die Geschicklichkeit der Gärtner, die aus dem Taxus in accuratester Weise kantig-spitze Pyramiden schnitten und nadelfeine Obelisquen, gewaltige Trommeln dicht auf der Erde, zierliche Teller hoch auf dünnem Stamm, Glocken, die einem Reifrock, scurrile Pagoden, die mehreren Röcken übereinander glichen; trat auch zu den Schafherden, die unter Praesidentschaft des Kgl. Domainen-Directors den Rasen schoren, durch eifrige Hunde zum Respect vor den Blumenkanten ermahnt; schaute versunken zu, wie der Bildhauer gewisse Einzelheiten einer nackten Lehm-Dame formte, gewisse irdische Localitäten, deren Schönheit den Zauber ausmacht, und das liebe Publicum, allen geistreichen Critikern zum Trotz, erfreut sich daran; er lachte sogar, als der Wassermeister aus den Schnabel-Löchern eines Kunst-Schwanes mit silbrigen Fontainen nach der Dame zielte, blickte erstaunt auf den fernen Elephanten, der wie ein graues Kriegsschiff das Menschenmeer durchfurchte, nahm, um der Leutseligkeit willen, einen Bissen vom Ochsen, dem knusprigen à la broche, klirrte im Schreiten mit den goldenen Sporen, und da war nichts, was er nicht bewundert hätte. Aber auch als er schon oben am See stand, wo man, gewaltig spectakelnd, Hunderte von Treillagen fügte, wo halbnackte Steinmetzen, liegend im Wasser, marmorne Stufen meißelten, Handlanger watend die Wölb-Steine der Brücken schleppten, wo Musik aus dem Pavillon wunderbar erscholl und aufgeregte Herrschaften, per Flaschenzug, einen Amor seilten, der listigen Ausdrucks durch die Cascade schwebte, wo der Gießbach rauschte, wo die Hämmer klangen, Baumeister mit ihren Zeichnungen, Adjutanten mit ihren Befehlen wogten – auch dann verging wohl noch eine halbe Stunde, ehe der junge Herr einem der Berittenen gestand, daß er gekommen sei, den Herzog zu sprechen. »Da müssen Ew. Liebden«, sagte der Berittene, »sich an den Obersten Paradewitz wenden, er commandiert den Baldachin.«

Und der junge Herr bat den Obersten Paradewitz, welcher anschwoll, er möge so freundlich sein, ihm den Herzog heranblasen zu lassen.
Dies aber wollte der Oberst nicht tun, der aus aufgebocktem Turm-Baldachin schmetternd die Schlacht lenkte, er beugte sich zornig über die Brüstung und schrie, da könne ein jeder kommen, hier habe man keine Zeit, Maul-Affen feil zu halten, »und überhaupt«, schrie er, »was suchen Sie hier, sind Sie Staats-Person, sind Sie dringender Fall? ich bin eben erst angehaucht worden, machen Sie, daß Sie wegkommen, hinaus, der Herzog ist nicht zu sprechen!«
Da richtete sich der junge Herr, obwohl er kerzengerade ging, noch um ein Weniges steifer auf, schlug mit dem Reitstock an das nachtblaue Leder und fragte scharf hinauf: »Weiß Er nicht, wen Er vor sich hat?!«
Nun ward es still, ganz schnell ward es ganz still und beklommen am See, wo ein Château d'Eau entstand und das Flügelroß just die Felszinne besprang, erschreckt hielt es ein, Hydra spie Geifer aus neun Köpfen, und der Kopf des Obersten schwoll ab. »Um Vergebung«, murmelte er und winkte den Trompeten, die Trompeten bliesen.
Nicht lange, so kam der Herzog getrabt, zügelte seinen Fuchsen, grüßte morgenländisch und stieg aus dem Sattel. Der junge Herr lächelte zerstreut – oder verträumt, das wußte man nicht genau; jedenfalls vergaß er, den Salut zu erwidern.
– »Soll ich Ihnen zeigen«, fragte der Herzog, »was wir hier unternehmen, mein Prinz?«
»Danke, ich gewann bereits Überblick. Wir wollten reiten.«
– »Richtig! Nehmen Sie das Pferd des Obersten, er wird es Ihnen nicht abschlagen.«
»Oberst«, fragte der junge Herr, »darf ich Ihr Pferd nehmen?«
– »Aber ich bitte darum«, rief der Oberst, indem er sich mehrmals und immer wieder verneigte, oben auf seinem Baldachin, »große Ehre, ich bitte darum, weiß es devotest zu schätzen.«
Sie ritten schweigend: der Herzog, weil er plante, der junge Herr aus anderen Gründen. Man kam durch Neben-Districte, durch parkartige Cedernwaldungen, am Labyrinth vorbei und am Vogelhaus, wo in luftig geschmiedeter, zwiebelgekrönter Gitter-Cuppel Pfauen und Reiher träumten, wo der Flamingo auf einem Bein stand, Kranich und Graugans vom fernen Nil sich erzählten und der Schwan sein weißes Gefieder putzte. Man ritt im Trab und ritt im

Galopp, Fasanerie und Wildgatter blieben zurück, man fiel wieder in Schritt, die Bienen summten im Bienengarten, die Stuten sprangen im Stutengarten, »Carrière, mein Prinz?«, man setzte über Hecken und Zäune, und am Canale war es, seitab im Gebüsch, an der gereihten Wasser-Allee, wo sie endlich hielten.
– »Sie sind so bedrückt«, sagte der Herzog.
Der junge Herr blickte schweigend auf .. mit so ausdermaßen traurigem Blick, daß der Herzog unmöglich umhin konnte: er streckte die Rechte hinüber .. bis er, nach kleiner Weile, eine schlanke, zarte Hand darin liegen fühlte. »Sie reisen bald wieder fort«, sagte der junge Herr.
Da zog der Herzog die Hand und den Herrn und das fremde Pferd zu sich heran und sagte nichts mehr. Der junge Herr aber, den ein feines, unsichtbares, verwirrendes und süßes Beben überlief, legte den Kopf mit dem flandrischen Jägerhut zurück und schloß die Augen .. der rechte Ärmel-Aufschlag mit dem duftigen Spitzengekräusel hob sich, die Reitpeitsche hing über den Rücken des Herzogs auf den Sattel, der Feder-Busch zitterte leicht, das Wasser bewegte sich ein wenig, der Berghang badete sein Spiegelbild, und das Himmelsblau schien zwischen verfließenden Bäumen ..
»Die Pferde schauen uns zu«, sagte träumend der junge Herr. Mittag glühte über den Gebüschen, es war so still hier, nur ganz fern hörte man Dengeln und Hämmern, ganz fern mischte sich silberner Trompeten-Ton darunter. »Man sucht Sie schon wieder. Warum kann ich nie mit Ihnen allein sein ..«
– »Es ist besser für Sie«, erwiderte der Herzog, »für uns Beide«, zog sein Pistol und feuerte einen Schuß zu den Bergen hinauf. Dem Knall antwortete vielfaches Echo von der Felswand, die Pferde bäumten, in der seidigen Atmosphaere zersprang das Geschoß zu tausend rotflammenden Sternen. »Wer mag es sein?« fuhr er fort. »Irgend ein Diplomat vermutlich, wir werden ihm entgegenreiten, als höfliche Leute. Allez! kleiner Trab. Im Übrigen sitzen Sie ausgezeichnet zu Pferde.«
»Leider nicht auf dem meinigen«, ergänzte der junge Herr und gab dem Hecht-Schimmel die Sporen. »Es ist doch ein Unterschied.«
– »Warum kamen Sie auch unberitten!«
»Weil Sie mir einen feurigen Hengst versprachen.«
– »Richtig! den holen wir uns hernach. Aber Sie sollen sehen, er ist so feurig, daß er Sie abwirft.«

»Das glaube ich nicht«, sagte der Prinz, und das Lächeln, mit dem er es sagte, war stolz und glücklich.
So ritten sie im Schritt durch die Laubengänge.
– »Wieso«, fragte der Herzog, »ist es ein Unterschied, auf welchem Pferde man sitzt? Einen guten Reiter erkennt man auf der schlechtesten Mähre.«
»Das wohl. Aber ein gutes Pferd schaut sich nicht um, ob sein Herr Verbotenes treibt.«
– »Sie sind sehr streng mit dem Oberst. Seine Abenteuer haben eine gewisse Berühmtheit, wie ich höre. Oder meinten Sie *mein* Pferd?«
»Hm – – m.«
– »Kühn. In solchen Schlüssen täuscht man sich leicht.«
»Es sollte mir eine Freude sein, Herzog, wenn Sie nicht so wären wie der Oberst.«
– »Erlauben Sie eine Gegenrechnung, mein Prinz. Sie hatten die Absicht, mit mir zu reiten, tout seul à deux, wie ich annehme, da Sie kein Interesse für den Park bezeigten?«
»Hm – – m.«
– »Auch die Absicht, zu küssen?«
»Ja.«
– »Entwaffnende Aufrichtigkeit.«
»Warum sollte ich nicht aufrichtig sein? Und Sie, Herzog, hatten die Absicht nicht?«
– »Nein.«
»Gott sei Dank ..« sagte der junge Herr erleichtert. »Aber nun sind *Sie* bedrückt. Es war doch so schön ..«
– »Ich befinde mich da in einem Zwiespalt –«
»Welchem?«
– »Gleichgültig. Reden wir nicht weiter .. Schauen Sie: unser Besucher! Ein hübscher Milchbart, kennen Sie ihn?«
»Nie gesehen .. ein Fremder. Silence.«
Sie ritten schweigend in das kleine Rondell ein, das von hohen, verwilderten Hainbuchen gebildet wurde, ein Paradehut rauschte, ein reichbestickter Diplomatenfrack verneigte sich – und zwar vor dem jungen Herrn in Rosa, der, da er rechts war, der Höhere sein mußte. »Im Namen meines gnädigsten Herrn, des König von Samos. Ich schmeichle mir, Seiner Phrygischen Majestät General-Lieutenant« – und ging erneut in Verneigung – »gegenüber zu stehen.«

Der Prinz blickte ganz kurz zum Herzog hinüber, der Herzog nickte gemessen, ein undurchdringliches Staats-Gesicht.
»An wen sind Sie denn accreditiert?« fragte der junge Herr, während die Blässe des Eifers sein Antlitz überzog und der Botschafter wieder emporkam. »Doch wohl nicht an mich, denn von meinem Hiersein konnten Sie unmöglich wissen.«
– »Hoheit urteilen äußerst scharfsinnig. Mein Accreditiv lautet ganz allgemein auf die Herbeiführung jenes Verlöbnisses, über welches mein Vorgänger nun schon zu lange verhandelte, als daß mein gnädigster Herr nicht nachgerade Ungeduld an den Tag legen dürfte. Da ich aber, kaum gelandet, die neuartige und surprenante Wendung erfahren mußte, die infolge Ew. Hoheit eigener Ambassade –«
»Sie wünschen also«, unterbrach der falsche Herzog, »gegen die Mariage meines Königs zu protestieren, wie ich Ihren Souverän kenne, n'est-ce pas?« – er sprach es zu drei Silben, die letzte war scharf und hell wie ein Schuß im Frühlicht.
– »Ich nahm an«, erwiderte der Gesandte, »man werde sich darüber unterhalten können, indem man die Peinlichkeiten in conciliante Gewänder kleidet. Auch Venedig hat die Schroffheit gewählt, ich bedaure das.«
»Warum wollen wir um die Dinge herumreden, sie liegen doch klar. Genau genommen, ist dies auch Sache der hiesigen Diplomatie, die natürlich ohne mich (ich bin arrogant genug, es zuzugeben) wenig tun kann.« – »Merci«, bemerkte der Herr im Turban.
– »Wer ist der Herr?«
»N'importe. Kurz und gut, mich interessieren die Weiterungen, die Sie uns androhen könnten. Mit welcherlei Pressionen sind Sie dies Mal ausgerüstet? Wollen Sie einen Krieg vom Zaune brechen? In solchem Falle darf ich Ihnen sagen, daß wir allerhand Eisen im Feuer haben, um unüberlegten Escapaden Ihres Gebieters auf eine Art zu begegnen, die er wohl weniger schätzen dürfte. Überhaupt wundere ich mich. Wenn Ihrem König der Character der Prinzessin Danae noch immer nicht deutlich ist, so zeugt das von geringer Menschenkenntnis. Meines Wissens hat Myrrha auch niemals die Heirat Samos gesucht, geschweige forciert. Es hat nach Contrebalance gesucht, die findet es in mir, und der hiesige Premier heißt nicht mehr Graf Godoitis, sondern seit heute Morgen ist es die Admiralität. Möchten Sie darin ein Programm sehen. Ich will nicht mit dem Säbel prunken, überlasse das Anderen, ich will nur sagen,

daß Ihre Mission, mein lieber Herr Botschafter, von Voraussetzungen ausgeht, die über Nacht ihre Gültigkeit verloren haben, zumal, was die Einschätzung der politisch-militärischen Verhältnisse betrifft. Das ist nicht Ihre Schuld, aber man muß sich darein schicken. Der König wird gut tun, zu begreifen, daß er ohne Atout ist, denn der einzige Krieg, den er führen könnte, wäre ein Kaper-Krieg, ein Krieg der Nadelstiche, zu mehr reicht es nicht, und der würde Venedig in unsere Arme treiben, das läßt sich an den fünf Fingern abzählen, sein Handel ist ihm das A und O; wenn Sie ihm den stören, wird es sehr ungemütlich werden. Alles in Allem: die Speculation war falsch.«

– »Darüber, Hoheit, hat mein Souverän seine eigene Ansicht. Er ist tief beunruhigt von der Gewicht-Verschiebung, die in der Constellation der Mächte eintreten würde, wenn Phrygien den hiesigen Thron occupiert, und nicht gesonnen, ältere Rechte einfach zu opfern. Er stellt also eine Frist von –«

»Ältere Rechte? Sie scherzen. Reisen Sie zurück zu Ihrem Souverän und erzählen Sie ihm gütigst, daß es um Liebe geht, nicht um Throne, daß Myrrha ein Land für sich bleibt und Phrygien auch eines, und daß uns ultimative Provocationen nur bestärken.«

– »Wenn ich Ew. Hoheit ganz decidiert darauf aufmerksam machen darf, so besitzt Seine Majestät der König von Samos ein ganz decidiertes Heirats-Versprechen von Ihrer Königlichen Hoheit der Prinzessin!«

»Das war zumindest ungeschickt, mein Herr Botschafter .. Wollen Sie die Güte haben, Herzog, diesem Herrn meine Persönlichkeit zu annoncieren.«

»Die Prinzeß Myrrha«, sagte der Herzog knapp und belustigt, wobei er die liederlich geschnittenen Bosquett-Kanten betrachtete, über denen die Platanen ihr Laubdach wiegten. Da erblaßte der Sendling des Königs Polycrates, zog den Tricorne zur Brust und zeigte barhäuptig seinen Nacken, während das rosa Biest – dies war der Titel, den er ihr zulegte – zerstreut die Reitpeitsche an den Jägerhut führte.

»Ein kleines Mißgeschick ..« ergänzte die Prinzessin. »Wir lieben solche Methoden nicht, wüßten uns auch nicht zu erinnern, Eurem Souverän jemals dergleichen Avancen –. Reisen Sie also mit Gott und holen Sie neue Instructionen ein. Im Übrigen ist Alles durchaus in der Schwebe, die Verlobung heute früh hat juristisch keine Bedeutung, solange das kirchliche Sacrament fehlt. Jedenfalls werden wir uns sehr überlegen, wem wir unsere Hand überantworten, König Polycrates möge also bieten . .«

Ein neuerliches flüchtiges Berühren der Krempe mit dem Reitstock, und der Gast war entlassen. »Ob er abreist?« fragte die Prinzessin, während sie die Pferde wendeten.

– »Das anzunehmen, wäre allerdings naiv. Er wird schnurstracks der Coalition beitreten.«

»O je . .«

– »Gott, wie süß bestürzt!«

»Habe ich es so falsch gemacht?«

– »Ganz talentiert«, entgegnete der Herzog und fiel in Trab. »Aber in der Diplomatie näht man mit *feinen* Nadeln, darf ich als Schneider Ihnen das sagen? Mit groben stopft man Strümpfe.«

»Sie haben gut predigen. Wenn ich so viel Erfahrung besäße wie Sie, würde ich zum Beispiel froh sein, festzustellen, daß die Braut Ihres Königs immerhin zu Gunsten Phrygiens operierte. N'est-ce pas? Wohin reiten wir eigentlich?«

– »Auf den Mund gefallen«, bemerkte der Herzog, »sind Sie nicht. Scheußlich diese verwilderten Hecken hier . . Wir reiten zur Menagerie, dort wartet Ihr Hengst, auf meinem Programm steht eine Mutprobe. Haben Sie Mut?«

Da lachte die Prinzessin, silbern und rosenfarben. »Das scheint ein beliebtes Modespiel zu werden«, rief sie, »alle Welt prüft an mir herum. Nehmen Sie sich in Acht, Herzog, auch für Sie könnten Prüfungen kommen!«

– »Wir sind mitten darin«, murmelte der Herzog, »der Liebe Gott hat mich mit einer General-Lieutenance gestraft«, und setzte dem Pferd die Sporen so scharf in die Weichen, daß die Prinzessin erschreckt ihr Lachen einstellte.

Sie holte ihn bis zur Menagerie nicht mehr ein.

VIII. Capitel

In der Menagerie, für gemeinhin, hatte ein einsamer Luchs residiert. ein verdrossener und scheuer Fremdling. Aber da vom Hof-Intendanten der Bescheid kam, Geheimrätliche Gnaden bedaure unendlich, sie habe kein Geld, ihm eine Gefährtin seiner Schmach zu schaffen, so hatte der Waldmonarch einen letzten Gram-Blick auf den gemütlich vor sich hin dampfenden Vulcan geworfen und für immer sein einst so funkelndes Auge geschlossen . .

Bei der Menagerie, für gemeinhin, fuhr man in bunt geschmückten Barken auf dem Canale vor, um im Salon des Lusthauses zu frühstücken, im Pavillon d'honneur, der aus den Fluten aufstieg. Dort hatte man, zu Luchses Lebzeiten, hin und wieder gesessen, hatte den Tee genommen auf der Terrasse und hinübergeblickt auf das marmorne Fontainen-Rund der Pièce d'Eau, von der die gereihte Wasser-Allee so angenehm unterbrochen ward. Seit aber der Gefangene aus dem unmenschlichen Verhalten der Intendanz stumm und königlich die Consequenzen gezogen, war der Brauch in Fortfall gekommen, und schweigend lag die Menagerie . .
Sie war ein Frühwerk aus Neanders Meisterhand, maßvoll in den Formen und zurückhaltend im Decor. Ein weites Halbrund mit schmiedeeisernen Kunst-Gittern, deren Arabesquen vergoldet waren, lag sie gegenüber dem Lusthause am Ufer der Pièce d'Eau; saß man im Lusthause, so sah man, wie das Gitter dort drüben sich spiegelte in den Fluten; sah dreizehn kleine Alleen, fächerförmig, davonstreben, sah sie zwölf kleine Garten-Appartements bilden, in deren Hintergrunde, tief an den Enden des Fächers, zwölf Cavalierhäuschen das Tableau vervollständigten, mit Risalit und Attica, hübsch gewalmt, und vorne, da, wo das Halbrund sich an den Canal lehnte, links und rechts, überwölbte je eine kleine Brücke das Wasser, damit man hinübergelangen und den Bestien bei ihrem blutigen Mahle zuschauen konnte. So war es gedacht.
Heute aber sproß Gras auf den Stufen der Terrasse, und das Lusthaus war leer. Durch die zersprungenen Fensterscheiben hüpfte ein Pfau in den Salon, gequollen war das Parquett, keine Fauteuils standen vornehm um zierliche Tischchen gruppiert, und der Pfau wußte nicht, wohin er sein Haupt legen sollte. Da flog er mißmutig zurück, drei oder vier Klafter nur, machte Rast auf steinerner Vase, in der Petersilie wucherte, eine Feder fiel ihm aus, und drüben – nanu? – brüllte der Leu!
Ja, es hatte der Bauch des phrygischen Wunderschiffes sich aufgetan, Exoten waren gekommen, in diesen Baulichkeiten Quartier zu nehmen. Zwei Häuser allein bewohnten die Leoparden, streng nach Geschlechtern geschieden, und zwei die Gazellen; Schneehirsch und Steinbock, frei in ihren Sitten, teilten sich gern in ein Logis und schauten zu, wie aufgeregt Vogel Strauß gegenüber, die Hände auf dem Rücken, seinen Privatpark durcheilte. Paviane, im Schmuck höchst absonderlicher Stutzermäntel, lärmten nebenan, schrill und gemein, und vergebens suchte der Pfau zu ergründen, warum er zu

solcher Leute Gunsten ausziehen mußte. Er sah den Ur grimmig durch das Gehege toben, und bieder lächelte der Leu, er war ja aus erstem Hause, hatte auch fleißig, wie es schien, vom Gifte der Skepsis genossen, darum gab man ihm untertänigst den Mitteltract, gab ihm das Kronentor neben dem der Elephanten, deren einer vor Stunden davongestampft war. Der zweite aber, nachdem er genug getrauert, trat nun gewaltig an die kleine Allee, an die baumbeschattete Gitterwand, die ihn, zur anderen Seite hin, von dem anderen Nachbargarten schied, und jenseits des Nachbargartens folgte die Giraffe dem Beispiel. Sie hoben die Köpfe und betrachteten stumm, von oben herab, der Eine links, die Andere rechts, zwei schön gekleidete Herren, die hier seit Geraumem flanierten, und ihre Pferde hatten sie draußen festgemacht.. Dies sehend, flog selbst der Pfau näher: man erwartete wohl eine Sensation.

Nun, es war die Cavallerie, die hier wohnte. Stallburschen führten einen kohlpechrabenschwarzen, ungesattelten Hengst am Zaumzeug aus seinem Appartement, ein unruhiges, stolzes Tier von augenscheinlich allerhöchster Noblesse, und soeben wollte der Rosenfarbene darauf zugehen, als der Herr im Turban ihm die Hand auf den silberbestickten Arm legte, und siehe, schon brachten weitere Livrierte eine Falbe, die grazilste aller caramelfarbenen Stuten, weich und elegant, die ihren Kopf sehr angenehm hielt und unter dem Sattel nicht zu leiden schien.

Der Pfau hatte schnell gewählt. Nur die wohlerzogene Dame kam als Cadeau für den jungen Herrn in Betracht, da gab es keinen Zweifel. Der junge Herr indessen winkte: man führte beide Pferde hinaus zum Kiesplatz, der zwischen Wassers Rand und Tiergehege sich breitete. Dort schaute er zu, wie man ging, wie man trabte, schaute sehr lange zu, prüfte Haltung und Muskelspiel, und dann – dem Pfauen stockte der Atem, aufgepaßt jetzt! – dann hängte er den Reitstock ans Handgelenk, machte zwei schnelle Schritte, nahm dem Lakaien die Zügel ab, begleitete das Tier ein wenig, das feindselig zu tänzeln begann, griff plötzlich mit beiden Händen über die Mähne und schwang sich flach aus dem Laufen in den Sitz. Da saß er, und der Hengst stieg; die Fontainen rauschten, der Ur tobte Galle: dieser Despot! da saß er, preßte die Kniee fest in die Flanken, und sein Jabot – es war vom weißesten Weiß – berührte fast die finster wehende Mähne; da saß er, während die Hufe niederprasselten, da war er bereits elastisch mitgegangen, völlig dessen gewiß, daß man keilen würde, und ließ sich nun von der Hinterhand in die Lüfte tragen, ließ die Zügel locker, gab scheinbar nach, souverän und gleichmütig auf bebender Natur .. doch als das Pferd zurückfand zur Erde und, angelangt, abermals bäumte, so war auch das schon berechnet, so kam ihm der Reiter zuvor, lockte es quasi, als habe er selbst nichts Anderes gewünscht, durchaus conformen Willens nach oben, mit *einer* Hand, mehr brauchte er nicht, verneigte sich leicht aus den Hüften, lächelte ..

Der Auer-Ochs stellte sein Toben ein. Mit gefurchten Mienen studierte er das Schauspiel, das erhabene, studierte er die leider bewundernswerte Kunst des Menschen, unter abscheulichem Lächeln zu vergewaltigen, wen er just wollte .. und in der Ferne blies man ein Cavallerie-Signal. Nun, das hatte man den ganzen Vormittag gehört, das machte kaum Eindruck mehr – höchstens auf Neulinge wie den Herrn im Turban. Er bedeutete die Lakaien, man solle ihm den Fuchsen vom Gitter binden, stieg zu Pferde, zog etwas Langschäftiges aus der Satteltasche und *peng*! ja kannten denn diese Herrschaften keine Rücksicht? Weiß Gott, es gab doch auch zartere Nerven! die des Ur's zum Beispiel, der sich umbrachte vor Zorn, indem er die Hörner cholerisch in den Sand rammte, selbst der Leu brüllte ungnädig auf, die Gazellen sprangen erschreckt in den äußersten Winkel ihrer Gärten, Vogel Strauß enteilte beschleunigt, Herr und Frau Leopard fauchten, die Paviane pfiffen vor Angst, und überhaupt, so viel Exoten, so viel individuelle Reactionen – je nach Temperament und Laune – mit einer Ausnahme: dem Rappen; ihm wurde nicht erlaubt, sich gehen zu lassen. Er stieg zwar noch einmal, stieg kerzengerade den rotglühenden Sternen nach, die puffend und leuchtend im Aether standen, aber davon hatte er nichts, es machte keinen Spaß mehr, man mußte etwas Neues erfinden, um das rosa Biest vom Rücken zu schütteln, und kurz und gut, seine derzeitige Renitenz war ausgesprochen lustlos.

In diesem Augenblick geschah es. Denn nun hatte der junge Herr den ledernen Reitstock spielerisch hochgeworfen, aufgefangen, und ein furchtbarer Hieb, der selbst dem Pfauen weh tat, zog heiß und wild über das Fell des Hengstes, die Sporen fuhren ihm scharf in die Weichen, und er wollte, der Pfau sah es und litt, davonbrausen, frei sein, den Peiniger in das Wasser stürzen, im Wald ihn zu Tod schleifen – nicht einmal das wurde gestattet, der Sprung abgefangen .. Und als das Tier scheute, am Zügel eisern gehalten die Hufe ins Erdreich stemmte, um vielleicht doch noch einmal zu bäumen, so erzwang eine perfide Gewicht-Verlagerung die genau entgegen-

gesetzte Bewegung: Zoll für Zoll, zitternd und schäumend, ging es zu Boden, ganz zu Boden, knirschend biß es auf der Candare herum, während die Rechte ihm begütigend den Hals klopfte.
»*Wunder-bar*«, sagte der Herr im Turban. »Sie haben ja Tränen ..« bemerkte er. Der junge Herr aber, mit leichtem Schenkeldruck, veranlaßte den Rappen, nun wieder aufzustehen, und dann schwang er sich elegant und behende hinab.
»Schönes Pferd. Wie heißt es?«
Der Stallbursch nahm die Zügel entgegen. »Kasgan, Ew. Gnaden.«
»Zucker!«
Und Kasgan erhielt ein Weniges vom Zuckerhut, erhielt es aus einer feinen, schlanken, wohlgegliederten Hand, in die er, noch immer bebend, seine von Schaum beflockten Nüstern senkte, während der Sieger sich umständlich die Augen wischte.
»Satteln!«
Indem sprengte drüben, am anderen Ufer der Wasser-Allee, ein Heiduck herbei, und der Pfau entflog über die Pièce d'Eau. Der Heiduck, ohne der Brücke zu achten, sprengte schräg durch den aufspritzenden Canal, warf sich en pleine carrière in den Sand und küßte den Staub von den Schuhen des Turbanbekrönten, die schwarz aus goldenen Steigbügeln ragten.
»Was gibt es, mein Freund?«
– »Botschaft von der Majestät: Hoheit mögen sofort kommen, im Kronsaal, außergewöhnlich und dringlich, Venedig ..«
So erfuhr denn der Pfau, daß es nur eine Hoheit war, Herzog oder Prinz, kein König, bewahre, wofür er mindestens ihn gehalten. Da entfaltete er stolz und souverän sein Gefieder, sein kaiserliches Gefieder, ein wenig gelichtet schon, und befand es für unter dem Rang, den beiden Schöngekleideten nachzufliegen, die zum Herrscher befohlen wurden. Er sah sie davonbrausen, in Schwarz und Gold auf einem Fuchsen, in Silber und Rosa auf einem Rappen, er sah die Rockschöße wogen, sah, wie der Laubgang sie verschluckte und Dämmergrün und Lichtkringel das Bild in lauter Farbtupfen auflösten, betrachtete die leuchtende Palette seines mit Recht von der Epoche geschätzten Pfauenrades und fühlte sich unendlich überlegen ..
Hagel! war das ein Ritt! Wie Wirbelsturm, prasselnd, fegte man dahin, gestreckter Galopp, das weiße Schloß mit wohlig geschweiften Dächern flog auf sie zu, Türsteher öffneten ihnen, unter den Brücken der Terrasse, die gläsernen Portale der Torfahrt, durch

deren Säulenwälder das Goldschiff glitzerte, und die angefüllt war mit Sänften, Carrossen, wartender Livree aller Farben und Häuser. Den stillosen Teppich hatte man fortgeräumt, kühl schimmernd lag der Marmor der Neander'schen Prunk-Stiege, die Apollon-Gruppe auf dem Umkehr-Podest, die Loggien des Entresol hinter steinernem Rollwerk .. Atlanten, unter der Last der Gewölbe, ragten geduldig aus canellierten Pilastern, oben sah man die Höflinge wandeln, von verzierten Balustraden halb verdeckt, und ganz in der Höhe täuschte die Cuppel-Mulde ein Stück Himmelsblau vor, die Wolke des Vulcans stand wie ein Strich im Aether.

»Und nun?« fragte die Prinzessin, ihre Zähne blitzten.

Der Herzog war schon aus den Bügeln. »Wo ist der König?« rief er, und zwanzig Lakaien riefen zurück: »Im Conseil-Saal, Ew. Herrlichkeit!«

– »Eh bien, mein Prinz: wollen wir nicht absteigen?«

Danae lachte. »Haben Sie eigentlich Mut?« – und ohne daß er noch antworten konnte, begann sie die Stiege zu bereiten: auf einem Pferde, das dergleichen durchaus verabscheute. Unverzüglich warf der Herzog sich in den Sattel, riß den Fuchsen herum und nahm den anderen Treppenlauf, ja, er versuchte, den Vorsprung einzuholen, das gelang ihm sogar, denn er sah, wie drüben der Rappe eine Kante verfehlte, strauchelte, um ein Haar hätte er den fürchterlichsten, tödlichen Fall getan, die Reiterin wurde aschgrau, und fast zur gleichen Secunde, sie links, er rechts, kamen sie auf dem Mittelpodest an.

»Voilà, mon brave!« sagte die Prinzessin, indem ihr Reitstock den flandrischen Jägerhut flüchtig berührte, der Fasanen-Busch nickte.

– »Voilà, ma brave!« erwiderte der Herzog und legte mit ausladender Bewegung die Rechte gegen die Stirn, es nickte die Reiherfeder.

Apollon staunte, er war just zwischen ihnen, unten am Stiegenfuß standen die Lakaien offenen Mundes, oben die Höflinge lehnten spöttisch über den Brüstungen. »Und nun?«

»Jusqu'au bout!« rief die Prinzessin, während sie den Rappen gegen den großen Treppenlauf wendete, der vom Podest her, einsam und frei im Raume schwebend, dem Hauptgeschoß zuführte. »Bis hinauf!«

– »Wird das die Wölbung aushalten, mein Prinz?«

»Ihr Programm, Herzog, sah eine Mutprobe vor. Aber schicken Sie nach Neander, er kann es berechnen ..«

Auch der Herzog wendete, sein schwarzsamtenes Knie berührte die goldene Spange ihres nachtblauen Stiefels. »Im Namen meines Königs: ich verleihe Ihnen, Prinz, das Regiment Husaren Alexander.« Und, sein Knie leicht gegen das ihre drängend: »Eins . .«
Sie zogen die Zügel an.
»Zwei.« Dem Druck gehorchend, hob der Fuchs den linken, der Rappe den rechten Huf, die Schweife peitschten, während die Reiter das Gewicht verlagerten. »Un . .«
– »Deux.«
»Können wir reiten, Herzog?«
– »Wir können reiten, mein Prinz.«
Im Gleichtact schlugen die Eisen auf, die Wölbungen hallten dumpfes Echo zurück, zur Linken strahlte das phrygische Meerschiff herein, zur Rechten des Königs Lustgarten, darüber schwebte der Plafond mit Himmelsblau und Wolkengöttern.
– »Gottbegnadet, dieser Neander! Sie müssen ihn mitbringen, wir bauen uns ein gedoppeltes Treppenhaus, mit sechs Läufen und dreizehn Podesten, das Central-Podest wie eine Insel unter immenser Cuppel, was sagen Sie!«
»Wir . .?« sagte die Prinzessin.
Und als die Fürstlichkeiten das Marmorparquett der Bel-Etage erreicht hatten, ohne daß in der Tat, wie fast erwartet, die Zukunft zweier Reiche unter colossalen Trümmerbergen wäre begraben worden, so applaudierten, ganz gegen Schicklichkeit und Règlement, die Lakaien, die bis zum Apollon nachgedrängt waren, so stießen die Höflinge ihren Tricorne in die Luft, die Pferde warfen mutwillig den Kopf, der Herzog, schon mit Diplomatie beschäftigt, grüßte abwesend morgenländisch, und nur Danae, der die Ovation galt – sie allein hatte den Stiegenritt aufgebracht – nur sie bedankte sich nicht, schien gar nichts zu merken.
»Wir . .« wiederholte sie zweifelnd, völlig vergiftet von der einzigen Ausdeutung, die das unvorsichtige Wort ihr zuließ, und rastlos arbeitete ihr spähendes Hirn . .
Sie ritten dem König bis vor die Tür.

IX. Capitel

»Was für Capricen«, äußerte der König, der, beunruhigt von Hufschlag und unstatthaften Applausen, soeben wieder aus dem Conseil-Saal trat. »Ich bin glücklich!« rief die Prinzessin und sprang

vom Pferde, »ich bin so glücklich«, gab sie zur Antwort, sie strahlte von Frische und Jugendglanz, opponierte in unglaublichster Weise gegen Ceremoniel und Hofkleiderordnung, ja, ohne befugt zu sein, ergriff sie die Hand des Monarchen, drückte sie an die Lippen und sagte, indem sie mit leuchtendem Gesicht zu ihm aufsah: »Mein *Vater*!« War dies nicht unzweifelhaft wirklich ein warmes Wort? Aber der König hatte von der Speise der Scrupel genossen, weit mehr, als die zarte Constitution vertrug. »Haltung, Prinzessin!« entgegnete er, entgegnete er leise und verstimmend und wandte sich zurück in den Saal. Ganz offenbar fror ihn.
Und fröstelnd trat man ein.
Man setzte sich nicht, der Monarch bot das nicht an, sondern er ging zum Fenster .. Die Ahnen schauten auf ihn, wie er, decorativ vor der See, die Hände über den Schößen bewegte und wiederum nicht den Entschluß fand, einer Tragödie mutig ins Auge zu blikken. Der kleine Alphanios, für den die Mutter die Regentschaft hatte führen müssen .. Und dann war ein Graf gekommen, war quer durch Europa geeilt, um seither praecis und fürchterlich vor sich hin zu regieren, und nun der Admiral, vergoldete Mariagen aus dem Portefeuille ziehend .. Aber der Admiral schwamm fern auf den Wogen, Herr v. Andria vertrat ihn, indem er mit Samos verhandelte.
»Herr Botschafter«, sagte der König, und seine Gedanken verfingen sich in der strahlenden Takelung des Wunderschiffes. »Sie werden von mir nicht erwarten, daß *ich* – bitte also Ihrerseits dem Herzog mitteilen zu wollen ..«
Und Venedig wiederholte seinen Protest. Kalt und geschäftsmäßig entwickelte Don Pasquale die Gründe, die ihn bestimmt hatten, sein Non placet zu geben, sprach von der verzweifelten Lage, in der sich Myrrha befunden, ehe Don Giovanni ein Landhaus erwarb, ganz im Grünen versteckt, von Finanzen, Steuern und Zöllen, vom verewigten Minister sprach er und einer gewissen mitternächtlichen Plauderstunde, streifte die rosige Erscheinung des Figuranten im Kerker und vergaß auch nicht, eines geheimen Billettes Erwähnung zu tun, durch welches Graf Carlo dem bald danach so grausig hingemeuchelten Botschafter freie Hand verhieß, als Aequivalent für ungesäumtes Veto in Sachen Samos .. Und bei dieser Erwähnung geschah es, daß in den Mundwinkeln der Prinzessin ein Einwurf zuckte, ein heftiger, hochmütiger Einwurf, doch sie verschwieg ihn und glättete sich wieder, ja, sie lächelte gar verstohlen, indem sie

daran zurück dachte, auf *was* die Hand sich erstreckt hatte .. ganz bestimmte, irdische Localitäten ..

– »Sie wollten etwas bemerken, mein Prinz«, sagte der Herzog.

»Wäre ich nicht so völlig désintéressiert«, erwiderte Danae, »an dieser Heirat mit einem dicken Mann, so wüßte ich allerdings Einiges zu bemerken; ich brauchte das fragliche Billett nur holen zu lassen. Jedenfalls bezog sich die freie Hand nicht auf den Handelsvertrag. Aber das sind private Dinge.«

– »Wie Sie meinen. Chacun est l'artisan de sa fortune.«

»Eben. Das könnte ich von Ihnen auch sagen. Solange Midas dick ist und Bart trägt, behalte ich mein Billett für mich.«

Der Herzog sah sie verständnislos an.

Dann wandte er sich wieder zu Gheotta. »In fin de' conti«, sagte er, »was wünschen Sie von mir?«

– »Ich wünsche namens der Republik, daß von der Heirat in aller Form Abstand genommen wird, und daß man die Anciennität unserer Rechte achtet.«

»Ihre Rechte! Soweit ich im Bilde bin, hegt man an der Piazza San Marco nicht die Absicht, die Prinzessin zum Altar zu führen. König Midas andererseits will *nur* die Prinzessin. Was streiten wir also? Man wird Ihnen ein Handels-Abkommen, mir einen Ehe-Contract aufsetzen, nicht wahr? und keiner der Partner wird zu klagen haben.«

– »Sie gehen«, erwiderte Gheotta, »sehr elegant über die befremdende Tatsache hinweg, daß König Midas entschlossen scheint, die Königliche Hoheit gegen deren eigenen Willen zu ehelichen .. Auch Samos hat das seinerzeit gewollt. Seinerzeit sprach man von Pressionen und suchte unsere Hilfe nach. Heute sucht man sie nicht – was Wunder, wenn wir uns Gedanken machen ..«

»Gedanken sind Ihnen unbenommen. Nur ziehen sie manchmal Taten nach. Und über die Taten – respective: über die Consequenzen – dürfte die Signoria wiederum eigene Gedanken haben. Wie gesagt: Phrygien mißt dieser Liaison einen rein persönlichen Character bei, wir müßten ja wahnsinnig sein, wenn wir deshalb die Reserve aufgäben, die Reserve gegen Europa, zu der unsere heikle territoriale Lage uns zwingt. Es handelt sich um Liebe.«

– »Wollen Königliche Hoheit«, beharrte der Buckel, »mir bestätigen, daß, obwohl Königliche Hoheit Ihr Désintéressement erklärten, es um Liebe geht?«

Die Prinzessin sah den Herzog an, sah den Botschafter an, und nach kurzer, träumerischer Überlegung beteuerte sie kühl und herb: »In gewisser Weise handelt es sich um Liebe.«

– »Etonnant!« rief Gheotta. »Mir scheint, hier wird Qui pro quo gespielt, und wie dem auch sei: selbst wenn es um Liebe gehen *würde*, selbst wenn mit dieser Liebe, woran ich nicht zweifle, jene Liebe und Treue gemeint sein sollte, die sich vor Gott und Menschen an die Bestimmungen eines Ehe-Contractes hält, ja, gerade wenn Ehe *und* Liebe zusammenfallen – ich frage, würde nicht Myrrha gerade dann, de facto, eine phrygische Dépendance werden, auch wenn man de jure die Personal-Union vermeidet? Venedig ist nicht willens, dem tatenlos zuzuschauen. Es verlangt bindende Sicherungen und wird sie, im äußersten Fall, mit den äußersten Mitteln erzwingen. Ich glaube nicht einmal, daß ich den Dogen dazu brauche: für dieses Local-Ereignis genügen die localen Streitkräfte, genügen Cypern und Samos. Denn ich möchte auch darüber keinen Zweifel lassen, daß ich sehr wohl weiß, warum Herr v. Andria und Herr v. Merziphon, als derzeitige Leiter der königlichen Politik, bei unserer Besprechung fehlen, und mit wem sie so hingebungsvoll verhandeln. Damit ändert man nichts. Und wenn man plötzlich auf Liebe hinaus will, wo keine Liebe ist, oder wo sie zumindest nur auf *einer* Seite, nämlich auf der des phrygischen Interessenten, ist, so bedaure ich, Eurer Majestät und Euren Hoheiten sagen zu müssen, daß selbst in Hinblick auf solche einseitige, nicht erwiderte, dynastische Interessenten-Liebe, ganz unmißverständlich *Rechte* zu respectieren sind, ein Praecedenzfall, dem unter allen Umständen, das sagt der Name schon, das Prae gebührt, weil er vorhergegangen, also ancienn ist. Venedig übernimmt mit dieser Stunde den Schutz jener Praerogativen. Es übernimmt des Königs von Samos Ansprüche als die seinen und wird ihm jede Hilfe gewähren, die er militärisch oder finanziell benötigt. En total: wenn bis übermorgen zwölf Uhr Mittag die Verzicht-Erklärung nicht unterzeichnet und der Herzog von Scheria nicht abgereist ist, so befindet sich das Königreich Myrrha in automatischem Kriegs-Zustand. Die schriftliche Formulierung des Ultimatums wird nachgereicht.«

»Danke«, sagte der Herzog. »Ich bemerke zu meiner Befriedigung, daß es die Republik ist, die hier ein Qui-pro-quo spielt, und fühle mich erleichtert. Sie gestatten einige Fragen. Ist Venedig daran interessiert, daß ihm Phrygien den Handel nach Asien öffnet?«

– »Unter gegenwärtigen Auspicien: nein.«

»Ist Venedig daran interessiert, daß Phrygien seine Isolation aufgibt, um einen mittelmeerischen Kreuzzug und die Wiedereroberung des Königreiches Jerusalem für Venedig zu ermöglichen?«
– »Nein.«
»Ist Venedig interessiert an einem Krieg mit dem Groß-Türken?«
– »Es würde ihn nicht scheuen.«
»Danke, das genügt. Daß man den Botschafter von Samos geniert, ist natürlich Nonsens. Der diensthabende Kammerherr wird Sie hinunter begleiten. Vereinbaren Sie, was Sie wollen, und kommen Sie in zehn Minuten wieder, Sie werden verstehen, daß ich ein kleines Colloquium à trois halten möchte, bevor ich einen Entschluß fasse.«
Der Buckel verbeugte sich – glatt, schief und lauernd. Und der Gast von den Rändern Asiens war mit dem König, mit der Prinzessin allein. »Er droht«, sagte er, »dieser unsympathische Mensch besitzt die Stirn, uns zu drohen. Ich bewundere Ew. Majestät vollkommene Ruhe und Überlegenheit.«
»Macht man eine Tragödie dadurch agréabler, daß man nervös wird? Übrigens war ich es selbst, der meine Minister fernhielt. Die Diplomatie der nächsten achtundvierzig Stunden muß in einer Hand sein, der Ihren. Ich bitte um Résumé.«
– »Dieser Mensch, Majestät, ist nicht nur unsympathisch, sondern complett wahnsinnig, das vereinfacht die Sache. Er weiß genau, daß ich nicht nachgebe; noch mehr: er hofft es, er würde es mir nie verzeihen, wenn ich abreiste. Mit einem Wort: er *will* Krieg, ganz gleich, zu welchem Preis. Dabei hat er nichts hinter sich, es sind papierene Canonen, die er da auffährt. Er hat frühestens heute Morgen, frühestens bei meiner Landung, der Signoria depeschiert, und weil die Antwort so schnell nicht kommen und weil sie außerdem vorsichtig sein wird, droht er auf eigene Faust. Was bleibt? Ich habe mir das Vergnügen gemacht, seine Gedanken ein wenig mitzudenken. Cypern, sagt man .. Aber Cypern ist Feldmarschall, ist fast eine Macht für sich, und die Ambassade auf Myrrha wurde im Gouverneurs-Palast geboren, nicht im Palazzo Ducale. Also hat man auch dem Feldmarschall depeschiert, von dem man einst die Bestallung erhielt, man kann ihn nicht übergehen, zumal sein Geschwader ja schießen soll, man schmeichelt ihm, erbittet seine Entscheidung, sein Eingreifen, und begibt sich zwischen zwei Feuer .. Der kleine Moritz auf der Straße versteht mehr von Politik als dieser ruhmbedeckte Admiral der Orient-Flotte. Ein einziges fürchterliches Wort: Samos .. ein einziger fürchterlicher Name: Polycra-

tes – stürzen ihn in Raserei. Gut, man hat ihn und sein Geschwader gebeten. Aber es leuchtet ein: gewisse Partieen dieses Tableaus – Partieen, wo ihm ein Streich gespielt wird – hat man in mildtätige Schleier gehüllt, hat man unter allen Umständen weislich verschwiegen, man hat Angst vor ihm und wagt nicht, ihm Alles zu sagen. Ergo? Nehmen wir dem Botschafter die Arbeit ab! Informieren *wir* den Löwen!«

»Ich habe bereits meinen Staatsminister zu ihm geschickt«, bemerkte der König, »die Admirale sind befreundet.«

– »Tant mieux. Und was ist dabei herausgesprungen?«

»So schnell geht es nicht. Der Feldmarschall befindet sich auf See, um gegen Samos zu demonstrieren. Ironie der Weltgeschichte. Und leider haben wir keine Verbindung, Borromeo müßte ja schleunigst unterrichtet werden, zumal von den neuartigen Aspecten, wie Ihre heiklen Fragen an Gheotta sie uns eröffnen. Ich werde Herrn v. Andria hinterdrein senden. Obwohl ich ihn ungern hergebe: Marine *und* Regierung wären im Kriegsfall ohne Leitung.«

– »Ist das der hagere Contre-Admiral? Gute Figur. Aber die Sorgen, Majestät, scheinen mir verfrüht: der Krieg bricht nicht eher aus, als bis die achtundvierzig Stunden vorüber, die beiden Herren also zurück sind.«

»Sagen Sie das nicht. Gheotta ist zu Allem fähig. Und wenn er wirklich – um Ihrem Urteil zu folgen – *partout* den Krieg will, so wird er notfalls ohne Erklärung meine Hauptstadt beschießen. Wir *können* keinen Krieg führen, wenn Venedig mit Samos geht. Das weiß leider auch Venedig, darum eben geht es mit Samos, sonst würde es nicht mit Samos gehen.«

– »Genau so wenig, Majestät, können wir das Alles wieder abblasen .. davonreisen .. uns schmählich aus dem Staub machen!«

Und sein Geist verfing sich in der flimmernden Takelung des Wunderschiffes. Auch der König schwieg.

Hier blickte die Prinzessin aus ironischen Augen auf, sie lehnte mit gekreuzten Stiefeln léger gegen die Kante des Conferenz-Tisches und hatte seit Langem ihre eigenen Gedanken. »Warum nicht?« sagte sie herausfordernd.

– »Nun *hören* Sie!« rief der Herzog, indem er herumfuhr.

»Ja, wirklich: warum nicht abblasen? Es ist doch nur Ihr Prestige, das auf dem Spiel steht, Ihr höchst persönliches Prestige. Sie geben Ihr Gartenfest, Alles freut sich, Alles genießt, der spendable Besuch bleibt in bester Erinnerung, und dann reisen Sie ab.«

– »Und Ihr Volk, Prinzeß, macht Winkewinke und findet es völlig in der Ordnung, daß mein Gold hinter dem Horizont versinkt. Und Sie selber heiraten schnurstracks den Herrn Polycrates. Das ist nämlich die Alternative. Was wollen Sie eigentlich? Wollen Sie Verträge brechen?«

»Ich will, daß Sie mir sagen, ob König Midas dick ist und einen Bart hat.«

– »Ich weiß nicht, was Sie meinen. Wollen Sie es an der Dicke scheitern lassen? Auch Polycrates ist dick – und für den Bart findet man schlimmstenfalls einen Figaro. Seien Sie doch nicht töricht.«

»Sie haben mich schon einmal mißverstanden, Herzog. Ich will wissen, ob der Herzog von Scheria mit König Midas identisch ist. Wie käme er sonst dazu, sechsläufige Treppenhäuser für mich zu bauen.«

Sie sah ihn voll an.

– »Nun«, rief er und lachte, während Seine Majestät nervös mit den Lidern zuckte, lachte herzlich, durchaus sans gêne und ganz gegen alle Etiquette sogar schallend, »da kann ich Sie zum Glück beruhigen: der Eine ist dick, der Andere dünn, der Eine führt Krieg in den taurischen Bergen, der Andere im Conseil-Saal des Königs von Myrrha, aber es sind Beides nette Menschen, und sie haben Beide den einzigen Wunsch – daß wir Sie bald in Phrygien empfangen dürfen.«

»Nicht identisch ..« sagte Danae, deutlich enttäuscht. »Können Sie mir das beschwören?«

– »Jeden heiligen Eid, Prinzessin. – Werden Sie nun vernünftig sein?«

»Ich muß wohl .. Entschuldigen Sie.« Sie zog verstohlen ihr Tuch.

Der Herzog wandte sich wieder zum König. »Das Wichtigste, scheint mir, wäre, daß wir mit Venedig direct verkehren. Die Piazza San Marco muß unmittelbar informiert werden. Brieftauben dahin sind vermutlich nicht vorhanden, Couriere zu langsam, und ob wir Otello so schnell überzeugen, bleibt fraglich. Ich werde also den Chiffrier-Meister des Botschafters bestechen. Vielleicht sollte man auch dem Gedanken näher treten, diesen alten Narren selbst – er treibt großen Aufwand, wie ich höre.«

»Unsinn«, sagte der König, »er ist ein schwer reicher Mann!«

– »Gleichwohl, Majestät. Sind Majestät sicher, daß er widerstehen würde, wenn man ihm in geeigneter Weise, discret natürlich und in ausländischer Valuta, einen fürstlichen Lebens-Abend vor

die Seele zaubert? Ihn quasi mit Renten zudeckt? Denn einmauern, vergraben, ertränken, umbringen, etcetera, bis das Fest vorbei, das fait accompli geschaffen, das unlösliche Sacrament gespendet ist, woran dann niemand mehr etwas ändert – diese Möglichkeiten gehören leider vergangenen Zeiten an, er müßte ja wieder aufwachen hernach. Wie einfach war das früher ..«
Und neuerdings blickte er auf das flimmernde, glitzernde, strahlenschleudernde Schiff, blickte lange hinaus, und träumte, und schwieg, und dachte daran, wie erschrocken man gewesen war, heute früh, über eine goldene Hand ..
So geschah es, daß der Botschafter, da es so still war im Saal bei seiner Rückkehr und König wie Herzog, der Eine rechts, der Andere links, bedrückt und verschlossen in See starrten, glauben konnte, man habe capituliert. »Hoheit«, sagte er, indem er schief und lauernd herantrat, »sind mißgelaunt?«
»Gut gelaunt!« erwiderte der Herzog, »erleichtert! Wissen Sie, ich habe mir das überlegt. Nachdem die Geschichte derart miserabel vorbereitet ist, sehe ich gar nicht ein, warum *ich* meine Vollmacht überziehen soll. Mag Midas einen Modus finden, ich gebe mein Gartenfest und reise ab. Krieg mit Venedig! wie käme ich dazu? ich werde Ihnen den Kummer nicht antun, behandeln wir das Ganze en bagatelle, e siamo amici. Und da Sie ja immerhin« – er lächelte gewinnend – »ein Mann von Welt sind, nach Auskunft des Gotha aus allererster Familie, ein überragender Gelehrter dazu .. was soll ich lange reden: Excellenz! embrassieren Sie mich!«
Das Königliche Haus stand erstarrt, Gheotta nicht minder. »Ich bin .. mir verschlägt es die Luft«, stotterte er, »völlig stupéfait ..«, während der Herzog ihn umarmte und über den Buckel hinweg, der Prinzeß zur Annonce, pantomimische Augen-Verdrehungen schoß. »Ew. Hoheit«, fuhr er kurzatmig fort, »wissen mit Haltung .. das Unvermeidliche hinzunehmen .. wissen Ihr Decor zu wahren und obendrein amön zu schmeicheln.«
»Das bringt mein Beruf mit sich, Excellenz. Aber nun verraten Sie mir noch, welch ausgezeichneter Barbier Sie bedient, das ist ja fabelhaft, diese Glätte der Haut, erlauben Sie, nein wirklich, allerliebst, nie sah ich so hübsche glatte Haut ..« Und er berührte mit dem Handrücken, auf dem der Goldring prangte, entzückt die Wange des Botschafters, der einmal Abate gewesen und Eitelkeiten nicht abgeneigt war. »Also? Heraus damit: wie heißt der Figaro, der göttergleiche?«

– »Ich werde ihn Ew. Hoheit morgen zum Lever praesentieren«, erwiderte Don Pasquale geschmeichelt, während wundervoller Goldglanz an ihm herunter floß. Indessen, er merkte es nicht: in übergroßer gêne blickte er, eingezogenen Kopfes, auf des myrrhenischen Meerbusens Panorama, und der Goldglanz floß weiter, über den Nacken, die Ohren, über Ärmel und Rockschöße, ja, noch die Schuhe verwandelten ihre Materie, und Alle, der König, die Ahnen, Prinzessin, der Herzog selbst, Alle hatten sie Mühe, nobel zu bleiben, ein diabolisches, communes und schadenfrohes Amusement zu unterdrücken.

»So!« rief der Herzog, und das war ein starkes Wort. Seine Figur straffte sich zu ausgesprochener Herrenhaltung. »Prinz, Sie besitzen gewiß einen Spiegel.«

– »Was gibt es?« fragte der Buckel, dessen eingewurzeltes Mißtrauen nur oberflächlich betäubt gewesen.

Die Prinzessin förderte ihr Schönheits-Utensil aus der Rocktasche. »Betrachten Sie sich«, bat sie mit möglichstem Zartgefühl, möglichster Kühle, doch ihre Heiterkeit war nicht länger zu verbergen, sogar der König in vornehmer Trauer begann wissend über so üble Scherze zu lächeln.

Der Herzog aber, während Don Pasquale, entsetzt, entgeistert, vernichtet, sein Widerbild inhalierte, zog hart und scharf die Summe. »Sie sind«, erklärte er, »Herr Ambassadeur, auf den liebenswürdigen Gedanken verfallen, mich durch ein Ultimatum zu erfreuen. Ich überreiche Ihnen das Contrecadeau. Der Zweck, sagt Machiavelli, heiligt die Mittel. *Sie* wollen Krieg, darum gehen Sie mit Samos; *ich* will den Frieden, darum lege ich Sie lahm. Sie müssen mich auch nicht für einen dummen Jungen ansehen. Ich kenne die Politik und kenne ihre Grenzen, die niemand ungestraft überschreitet. Wer nicht hören will, muß fühlen, das ist ein schönes Sprichwort. Sie werden mir also einen Revers ausstellen, wonach Sie vor einer neutralen Persönlichkeit – sagen wir: dem Cardinal-Legaten – unter kirchlichem Eid sich verpflichten, weder Myrrha noch Phrygien den Krieg zu erklären, es sei denn, die Signoria erkläre ihn selber. Kurz, ich bin Ihre Quengelei satt und möchte mich in Ruhe meinem Park widmen. Wenn Sie wollen, eilen wir gleich zu Seiner Eminenz, und Sie erhalten Ihre alte Façon zurück; andernfalls mache ich noch heute sämtlichen in Frage kommenden Höfen die Gründe und Hintergründe Ihrer Metamorphose public. Sollte es Sie trotzdem gelüsten, mir aus egoistischer Rancune einen Krieg zu bescheren, so wird das eben ein Privat-Krieg sein, der im Sande verläuft; Sie allerdings werden dann Ihr Lebtag golden bleiben – ein Schicksal, um welches Sie niemand beneiden wird. Denn glauben Sie nur nicht, daß alle Welt so delicat wäre wie das Haus Myrrha. Sie sind gezeichnet, Excellenz .. Verfolgt vom Gejohl der Gasse, vergiftet vom Getuschel der Salons, würde Ihr Dasein Aspecte gewinnen, die ich im Einzelnen auszumalen mir sparen kann. Andererseits bin ich kein Unmensch und werde Sie nicht ohne Not dem Gelächter preisgeben. Wir packen Sie in eine Decke, befehlen Ihre Sänfte hier in den Conseil-Saal, und Sie schweben nach Hause. Sie gehen am besten zu Bett, Schlummer und Einsamkeit werden Ihnen gut tun – morgen sehen wir dann weiter.«

Unter solchen Reden manipulierte er den Ring in sein Medaillon, ließ es befriedigt ins Schloß springen und versenkte es an langer, feiner Kette tief hinter Jabot und Pourpoint.

»Chh«, röchelte Gheotta, heiser und düster, »chh!« stöhnte er aufgebracht wie ein Ganter, und furchtbar rollten die Gold-Augen, »Sie werden sich mit mir *schlagen*! Sie glatter Hund! Sie Filou! Falschmünzer!« Affenhaft behende machte er das Zeichen des Kreuzes: »Beelzebub!!« und die Worte klirrten, Zunge und Zähne waren zu Gold geworden, metallener Speichel sprühte von seinen Lippen.

An der Wand aber, in ihrem Stucco-Rahmen, lächelte die verstorbene Königin Mutter ein moquantes Lächeln von ausgesuchter Impertinenz.

X. Capitel

Die alte Dame hatte gut lächeln: ihr nahm man es nicht übel. Die hohen Descendenten dagegen bedurften aller Seelenkraft, Contenance zu wahren. Denn mittlerweile ging das Gezeter des Narren in hemmungsloses Weinen über, sein Gemüt neigte dazu, er schluchzte erlöst wie ein Kind, doch unterschreiben wollte er nicht, und wie ein Kind wickelte ihn schließlich der Herzog in ein Bettlaken, das er unbefangen bestellte – worauf er, unter Beihilfe der Prinzessin, höchst persönlich die Chaise des Botschafters aus der Antichambre abholte.

Sie hatte es überhaupt gut, die tote Königin. Schon zu Lebzeiten gefürchtet um der Beweglichkeit ihres Geistes willen, war sie nun, nur noch Geist, geradezu allgegenwärtig: kaum *ein* Bewohner im ganzen Palais, ob Monarch, ob Lakai, dem sie nicht mindestens *ein* Mal erschienen. Und es machte ihr gar nichts aus, selbst bei hellstem Tageslicht, ein grauer Nebel, irgendwo im Raume zu stehen, immer mit diesem wissenden Lächeln, das sie, ohne den Zug der Schärfe, legitim auf den Sohn vererbt hatte, und das, in der Form unschuldigen Erstaunens, wiederum aus der Enkelin sprach. Alle Drei besaßen sie jenes Etwas geheimnisvoller, weil angeborener Überlegenheit, jenes durchdringend Taxierende, das noch so gütig, noch so herablassend huldreich sich geben konnte, es schaute bis in die tiefsten Falten, und stolze Grandseigneurs begannen mit den Zähnen zu knirschen, metaphorisch natürlich, aber auch das wurde bemerkt und in phaenomenalem Gedächtnis schweigend ad notam genommen . .

Nein, es hatte sie niemand geliebt, abgesehen vielleicht von Silvius Nimrod, dem gewaltigen Jäger – *der* liebte sie, stürmisch, wie man ein schönes Wild liebt, bis Caroline Höhnichenstein, die sinnverwirrende Comtesse du Saint-Empire, gazellengleich seinen Pirschpfad kreuzte – *und* abgesehen von der kleinen Prinzeß, um deren Leben man fürchten mußte, als die Großmutter dahinschied und unverzüglich zum Gespenst avancierte. Und nun stand das kleine Mädchen, erwachsen, als Herr verkleidet, vor dem so unglaublich sprechenden Portrait, léger gegen die Tischkante lehnend, während der Botschafter in verschlossener Sänfte leise wimmerte, der Herzog auf dem Corridor schallend herumcommandierte und der königliche Vater die Einsamkeit seiner Ermitage gesucht hatte, stand Minute um Minute davor, aufmerksam, halb kindlich, halb damenhaft, und forschte in dem unergründlichen Lächeln . .

– »Eh bien, que pense Votre Majesté de tout cela?«

»Rien de beau, ma petite«, flüsterte es zurück.

– »Aurons-nous la guerre?«

»Peut-être pas la guerre. Mais, en tout cas, on va tirer au canon.«

– »Que le bon Dieu nous garde!«

»Quant à toi, ma petite, il ne faut point avoir peur. Ah! écoute! Quel organ héroïque que le baryton de ce Duc!«

– »Oui, je l'écoute . . et j'en suis tout amoureuse.«

»Va donc – il sera ton amant.«

– »Vous croyez?«

– »Prinzessin, wo bleiben Sie? Plaudern Sie mit Majestät Ihrer Großmutter? Das finde ich hübsch und ein Zeichen von viel Pietät. Aber was macht unser Botschafter, es ist so still im Coupé, er wird

doch nicht eingeschlafen sein? Excellenz, wie geht es Ihnen? Wollen Sie nach Haus? oder zum Cardinal?«
Die Sänfte bewegte sich ein wenig. »Nach Hause . .« tönte es schwermütig aus dem Fond.
– »Kommen Sie, Prinzeß, jetzt zeige ich Ihnen etwas.« Und ohne Weiteres nahm er sie bei der Hand. »Was sprach denn die Grand' maman?«
Wieder überwogte ein feines, untergründiges Beben Danaes Haut; Berührung und Klang der Stimme brachten es zuwege. »Ich solle zu Ihnen gehen«, sagte sie verwirrt.
– »Tiens! spielt sie die Kupplerin!«
»Spotten Sie doch nicht, mir ist ganz seltsam . .« Unter ›seltsam‹ verstand sie, daß ihr feierlich und auch ängstlich zumut war.
– »Da! schauen Sie!« Aber schon hatte er neue Ideen. »Heda!« rief er, indem er ein Flurfenster aufriß, »heda! Lakai! Lauf Er sogleich zum Rondell, Graf Katz soll den zweiten Elephanten dazuholen! – Wozu haben wir zwei Elephanten, nicht wahr, mein Prinz?«
»*Baron* Katz«, verbesserte Danae, und hinter ihr freute sich Dame Imperia an der wundervoll morgenländischen Scenerie im Park, wo über unzählbarem Menschen-Gewimmel ein graues Riesen-Tier, ein Tier-Gebirge geradezu, den Rüssel um leibhaftige Linden schlang, sie sozusagen um die Hüften packte, eine nach der anderen, und sie praecis wie eine stumpfsinnige Maschine in vorbereitete Gruben prumpste. »Ces beaux tilleuls«, wisperte sie, sie sprach *nur* Französisch, »vous êtes bien connaisseur, ce sont de mes plus beaux« – dieser ingeniöse Asiat stellte wahrhaftig das ganze Land auf den Kopf! und sie wehte hinaus, ihre Wälder recht nah zu betrachten.
Das hätte sie nicht tun sollen, selbst ein Gespenst kann nicht an zwei Orten zugleich sein. Sie hörte zwar noch, wie er herrisch die Livree des Ambassadeurs befahl, der Ambassadeur verlange zu Bett, aber die kleine Controverse hörte sie nicht, der Waldfrevel ging ihr noch näher als die Seelenpein ihrer zärtlich geliebten petitefille.
– »Himmel!« rief der Herzog und faßte sich an den Kopf, »wie spät haben wir!« Er nestelte fieberhaft seine Uhr aus dem Beinkleid. »Halb Sechs: na, dann wird es höchste Zeit – oder wollen Sie so zur Kirche erscheinen?«
Die Prinzessin sah ihn unschuldig an. »Ich habe den Cardinal gebeten, die Verlobung aufzuschieben.«

– »Wann?«
»Heute Mittag.«
– »Woher wußten Sie denn?«
»Herr v. Merziphon ist *unser* Staatssecretär – falls Ihnen das nicht bekannt war. Er hat mich pflichtschuldigst informieren lassen.«
– »Sie kleines Biest . .« sagte er versöhnlich, wobei er den Zeigefinger unter ihr Kinn legte. »Darüber sprechen wir noch, n'est-ce *pas*?«
»Gerne . . Wann beliebt es Ew. Herrlichkeit?«
Der Herzog lächelte undefinierbar. »Spät im Park, mein Prinz . .«
Und wieder verzauberte sie das Timbre dieser Stimme, ein metallischer, männlicher, fülliger Klang, voll von Ironie und zärtlicher Gewalttat.
Dann straffte er sich. »Im Übrigen kommt mir das sehr zupaß. Adieu, ich muß zu Andria.« Fort war er.
Welch übergangslose Entschlüsse! Eben wollte Dame Imperia ihm erscheinen, zur Strafe für die geraubten Linden, wollte ihn kurz aus dem Hinterhalt am Ohrläppchen zupfen – doch sie fand ihn nicht wieder. Denn daß so ein caesarischer Autocrat, der zehntausend Leute für sich springen ließ, bis der Schweiß ihnen aus sämtlichen Poren troff, daß er schlank und keck in das Arbeitszimmer eines regierenden Ministers brach, um liebenswürdig mit ihm zu plaudern, und ihm gewissermaßen die Directiven ins Haus lieferte – darauf wäre sie nie verfallen. So schwebte sie friedlich hinter der venezianischen Sänfte drein, setzte sich einen Augenblick neben den dumpf brütenden Goldklumpen, der aus schneeweißem Leinen in die düstere Zukunft starrte, doch da er schweigsam blieb, sie auch gar nicht bemerkte, so schlüpfte sie zurück durch die Ledertür, man war schon im Treppenhaus, wölkte geraden Weges die Prachtversenkung hinab und kam noch vor dem Botschafter in der Botschaft an, kam genau zurecht, als der Chiffrier-Meister eben zwei Beutel dicken Mammons beim Schopf packte – wofür er sich dankbar erwies, indem er zwei Stunden später ein herzogliches Memorandum verschlüsselte, eine wahre Orgelfuge über den diplomatischen Contrapunct! denn obwohl sie *nur* Französisch sprach, so beherrschte sie das Italienische fließend genug, an der Mache ihr Vergnügen zu haben.
Während besagter zwei Stunden war sie natürlich nicht müßig gewesen, die tote Königin, aber es würde zu weit führen, wollte der

Chronist all ihren fragwürdigen Visiten nachwandeln, denn ihr Spuk-Reservat umfaßte immerhin Residenz und Lustgarten, beide von ihr einst begonnen, und darum spukte sie hier. Allein das Palais zählte einige tausend Zimmer, es wurde von eben so vielen Menschen bewohnt, der Lauf-Kundschaft nicht zu gedenken, als da waren: Chargen und Schranzen, die ganze adlige Hof-Gesellschaft, die massenhaften Livreen, die man mitbrachte. Heute ging es sogar besonders nombrös her, der Tag war dazu angetan. Bei der Abend-Tafel zum Beispiel standen die Höflinge, wie in besten Zeiten, tief gestaffelt hinter den Dînierenden, man stellte sich dar in allem Glanze, bot dem illustren Gaste das Schauspiel einer ungebrochen monarchischen, feudalen Cultur, der König selber, gestärkt von der Lecture des Memorandums, oblag mit nicht zu beschreibender Grazie und Dignité seinem Beruf, er plauderte zauberhaft, ohne der Distance zu vergessen, sprach mit ungewöhnlichem Appetit den unbekömmlichsten Speisen zu, nur beim Nachtisch sah man ihn einen Moment erbleichen: schrägen Kopfes, wie horchend, blickte er angestrengt ins Leere . . »Faites vos jeux, mes enfants«, hörte er flüstern, »cet asiatique vous payera tout . .«
Und dann jeute man. Gefahr und prickelnder Reiz, Einsätze von erregender Höhe, Gewinn und Verlust, Triumphe, Catastrophen – und die königliche Familie, unter dem Beifall der Umgebung, füllte auf das Wunderbarste ihre Schatullen. Man verfiel in ein Fieber, die Gesichter unter Rouge und Poudre glühten, und wie aus dem Jenseits, ohne Erstaunen, nahm man hin und wieder von der Tatsache Kenntnis, daß der einzige Verlierer, anstatt vom Jeu-Zorn gepackt zu werden, die erlesenste Conversation unterhielt. Dann aber zog er sich zurück, brach auf, obwohl es des Königs war, und geleitet von seinen Kammerherren, betrat er zum ersten Mal jene Gemächer, die das Hofmarschall-Amt, einem Wunsch Ihrer Majestät nachkommend, ihm einräumte – vacant seit zwei Wochen. Denn der Admiral, als nächster Agnat (schon Goldenberg hatte abgelehnt), logierte weiter hinter der classischen Säulen-Ordnung und traf keine Anstalt, sich einer Zimmerflucht zu bedienen, in der es geschehen konnte, daß feinsinnig gebildete Bücherschränke mit Moquerie aus der Reihe schwenkten.
»Ach, Noteros!« seufzte der Herzog, nachdem die Suite verabschiedet war, seufzte es hingestreckt auf dem Staatsbett, »ich bin ganz mutlos. Bleiben Sie ruhig noch hier, wir werden wohl morgen spätestens heimreisen.«

– »Was gibt es denn so Schlimmes?« erwiderte der Berühmte. »Die Lagune dürfte kaum Lust bezeigen – oder haben Sie Angst, daß es schief läuft?«

»Nein nein ..« Er träumte. »Solch ein Wesen ..« sagte er nach etlicher Weile. »Solch ein süßer Zauber .. – Und ein guter Diplomat bin ich auch nicht, ich habe mich ganz übel verplappert, konnte mich zwar aus der Affaire ziehen, aber Andria verriet mir, sie sei, wenn nicht soupçonnös, so doch von einem Soupçon schwer wieder fortzubringen.«

– »Sie meinen, sie habe es gemerkt?«

»Ganz gleichgültig, Noteros. In zwei Stunden ist sie meine Geliebte, Sie brauchen den Park auf Rhodos nicht mehr zu bauen, es ist aus, es ist ganz aus. Wollen Sie mirs glauben, es überfiel mich vorhin beim Jeu eine dermaßen abgründige Melancholie, daß ich Mühe hatte, die Bank nicht zu sprengen. Und das hätte mich noch eine Partie gekostet, zu der war ich nicht mehr fähig. Sagen Sie, das ist ja ein comisches Zimmer, spüren Sie es?«

– »Hm, es spukt. Eine *sehr* nette alte Dame, sie sprach schlechtes Französisch mit mir.«

»Was wollte sie denn?«

Noteros lächelte listig. »Sie behauptet das Selbe: zur Strafe für das Linden-Rondell würde die Prinzessin Danae morgen – seit einigen Minuten hieße das heute – die Ihrige werden, mein Fürst, sie habe mit ihr geplauscht, und die Kleine sei völlig verliebt.«

»Hach!« rief der Herzog, »die Großmutter!« und sprang auf. »Kommen Sie, Noteros, jetzt vergolden wir den Park.«

Wenig später betrat Dame Olympia, umringt von aristocratischen Windspielen, das einstige Heiligtum ihrer Nächte, betrat es mit ganz bestimmter politischer Absicht – was den Toten unmöglich erzürnen konnte – und fand es leer .. Sie trug ihre Robe von Steppstich-Atlas, schneeweiß an ihr herunter geschneidert, sie zeigte weniger als das züchtigste Staatskleid, und kein Décolleté praesentierte, was praesentiert zu werden durchaus noch immer sich zutrauen durfte. Durch die Fenster fiel der Strahl des untergehenden Mondes, fiel der Schein der Laternen in den dämmernden Raum, aber er war und blieb leer. Mit halber Neugier und halbem Désintéressement umstrichen die Windhunde das Staatsbett, in den Dekken sah man, obenauf, den Abdruck einer Gestalt, vibrierende Cavaliers-Nasen schnupperten an Sesseln und Paravents, aus denen noch vertraute Gerüche sprachen .. Man hatte lange Zeit, man gähnte, denn lange stand die Dame, schweigend, träumend, im Anblick der Hafenfreiheit, um, über die Lichter des Goldschiffes hinweg, ihre Seele in den Wogen des Meeres ertrinken zu lassen, das beruhigt glitzerte . .

Plötzlich aber schlug sie erzürnt nach dem Ohr, und die Meute verkroch sich mit Winseln. »Gott, Maman! mich so zu erschrecken!«

»Du sollst Französisch parlieren«, hörte man unterdrückt zur Antwort, »ich habe dir das schon mehrmals gesagt. Was suchst du hier, er ist fort, er ist zu einem Rendez-vous, er paßt auch gar nicht zu dir.«

– »Von wem sprechen Sie eigentlich, Maman? Und was sollen die Scherze, ich bin zu Späßen nicht aufgelegt – zumal es schlechte Späße sind.«

»Du bist eben humorlos, das war immer dein Fehler. Oder suchtest du deinen oeligen Carlo? den habe ich verbannt, auf seine Güter, habe den Kerl nie leiden können.«

– »Ich weiß. Eure Majestät ist *auch* humorlos, daß sie ihm die verhinderte Abdankung so nachträgt. Ihre Großmutter-Liebe in Ehren: ein dreijähriges Kind wäre kein Regent gewesen. Aber Sie selbst wollten noch einmal ans Ruder, nicht wahr? und intriguierten bedenkenlos gegen den eigenen Sohn. Kein schöner Zug, Maman . .«

»Et toi? was tust du Anderes? intriguierst gegen die eigene Tochter, still! mit dem Bräutigam-Lieutenant! pst! willst du wohl den Mund halten! schäm dich! hinaus! vite vite! dépêche-toi . .«

Schweigend lag wieder das Appartement, nur Aristoteles wachte noch und Plutarch, voller Vergnügen waren sie dem spitzen Geflüster gefolgt, und, bei Gott! sie verstanden die alte Dame, wie sie da, durchsichtig im Raume, en grande actrice, die Hände zusammenschlug.

»Que *j'aime* être fantôme!« rief sie und beendete ihr Gastspiel.

XI. Capitel

Der Herzog kehrte sehr spät zurück, arbeitete zwei Stunden, ließ Herrn v. Noteros aus dem Bett holen und empfing ihn kurz angebunden. Er habe sich, sagte er, völlig getäuscht, wolle aber kein Wort darüber sprechen, hier seien die Instructionen für Rhodos, hier die Ordre für Vetter Scheria, im Vorbeifahren abzugeben, gute Reise und auf Wiedersehen zur Hochzeit in Phrygien.

Er klingelte, befahl dem eintretenden Kammerherrn, unverzüglich den Geheimen Rat Gallos zu wecken, ihm, voilà, ein Confidenz-Schreiben und Praesent zu behändigen, und ging schlafen.
Der Rat, gutmütig gähnend, es war mittlerweile vier Uhr früh, sah sich, unter Beifügung einer schweren Brillant-Nadel, zum privaten Botschafter Seiner Herrlichkeit ernannt, erschien, entsprechend dem Auftrag, morgens beim Lever der Prinzessin und überreichte weltmännisch ein versiegeltes Couvert, das dem seinigen eingefaltet gewesen. Die Prinzessin, nachdem sie ihn zwischendurch, in Sachen der Einsegnung, zum Cardinal, zum König und Herrn v. Merziphon geschickt hatte, componierte in wenigen Viertelstunden ihr Gegen-Billet, das den Herzog veranlaßte, abermals die Feder zu ergreifen. Alle diese Schreiben – auf das letzte antwortete sie nicht mehr – wurden von Gallos zur vollen Zufriedenheit der Parteien besorgt, sie brachten ihm die Jahres-Gage eines phrygischen Obersten ein, und lauteten, wie folgt.

»Mein Prinz,

eben zurückgekehrt von einem Erlebnis, dessen Tragweite Sie nicht ahnen, habe ich Mühe, meine erregten und zwiespältigen, zärtlichen und bestürzten Gedanken auch nur in der Weise zu ordnen, daß mein Gruß an Sie nicht zum unwürdigen Gestammel wird. So, wie ich Ihnen schwor, König Midas und der Herog von Scheria seien zwei völlig verschiedene, vom Gotha legitimierte, von Borromeo mit eigenen Augen gesehene Persönlichkeiten, so schwöre ich jetzt jeden heiligen Eid, daß ich Sie bis zur Raserei liebe, daß ich nicht glücklich sein werde, ehe ich Sie nicht eroberte, und daß Ihre Ungnade, wenn sie echt ist, mich höchstens veranlassen kann, in dem bevorstehenden Duell mit Gheotta auf eine Waffe meinerseits zu verzichten – mag er mich dann durchbohren.
Als ich Sie nach dem atemlosen Galopp, angesichts des rauschenden Meeres, in meine Arme riß, spürte ich aus Ihren Küssen wilde Beseligung darüber, daß es ein Mann Ihrer Wahl war, der Sie begehrte, und dem anzugehören auch Sie ohne Besinnen wünschten. Zwischen diesem und dem Kuß in der Nymphen-Grotte lagen zwei Minuten. Es ist mir unmöglich zu begreifen, wie derart entscheidende Wandlungen so wenig Zeit brauchen sollten; man weiß von keinem Beispiel, daß eine Liebende, mitten in der Hingabe, sich nicht nur versagt, sondern ihrem Liebhaber mit kühler Freundlich-

keit den Abschied erteilt hätte. Ich glaube also nicht an die Wandlung, ich glaube nicht an den Abschied, ich glaube an Sie und Ihre Liebe zu mir, wie sie schon seit dem ersten Ansichtigwerden Ihrer Augen immer vernehmlicher zu mir sprach. Wollen wir lügen, Prinzessin? Die Natur selber hat uns für einander bestimmt, und Sie selber haben das Emporflammen der Leidenschaft herausgefordert, indem Sie, als ich schon völlig vergiftet war von Ihrem Zauber, in einem Costume, das nur die letzten Reize noch verhüllte, von Fackel-Licht übergossen auf der Terrasse zu Pferd saßen. Und als ich Sie dort, im Mondschatten des Schlosses, mich erwarten sah, überschwemmte mich für Secunden ein solch feuriges Glück, daß ich daran zu ersticken fürchtete. Seit Kindertagen habe ich das nicht mehr gekannt, niemand hat die Eis-Zone um mein Herz schmelzen können, nie habe ich begehrt, nie gebebt, nie so fiebernd gehofft – Ihnen, Diana, gelang, was nach Ihnen keinem Menschen je wieder gelingen wird. Ein Leben ohne Sie ist ohne Sinn und Wert, ich würde es ungesäumt dem Tod ausliefern.

Soll die Göttin auch in der Grausamkeit Ihr Vorbild sein? Ich werde um Elf am Marmor-Cap warten. Wenn Sie mich lieben, seien Sie dort.

Achilles Scheria.«

»Lieber Freund,

ich werde um Elf in der Hof-Capelle sein – und Sie auch. Als General-Lieutenant Seiner Phrygischen Majestät haben Sie in der Nymphen-Grotte gar nichts verloren, sondern haben per procurationem Ihre Hand und die meine segnen zu lassen, was, wenn der Cardinal einwilligt, eben um elf Uhr geschehen wird.

Im Übrigen gestatte ich mir, Ihren Brief gemäß der Reihenfolge zu beantworten.

Ich nehme zur Kenntnis, daß der König als mein Verlobter und Sie als sein Stellvertreter zwei verschiedene Existenzen sind. Die Consequenz ist wohl klar. Wenn Sie mich lieben, werden Sie den Auftrag in die Hände Ihres Vetters zurücklegen und danach entweder abreisen oder in gültiger Form um mich anhalten – und zwar bei denen, die darüber zu befinden haben, nicht bei mir. Von Eroberung wünsche ich kein Wort weiter zu hören. Ebenso scheint der Ausdruck Ungnade fehl am Platz, er gebührt nur regierenden Souveränen. Wenn Sie damit eine gewisse ärgerliche Stimmung heute Nacht

meinten, so bezog sich diese auf gewisse Freiheiten, die ich Ihnen verwies, und die ich willens bin, vergessen zu haben.
Der nächste Punct betrifft das Duell mit Gheotta. Der Botschafter, Herzog, ist kein Gegner, mit dem man sich schlagen oder schießen kann, es wäre glatter Gesandten-Mord, seine Forderung anzunehmen. Wofern Sie also sterben wollen: bitte, dafür gibt es ehrenvollere Wege. Ich würde keine Träne um Sie vergießen, müßte ich hören, daß der Herzog von Scheria, den ich für einen Mann hielt, von einem alten Weib niedergestochen wurde. Noch weniger – um dies gleich vorweg zu sagen – ist der freiwillige Tod eine Lösung. Die Kirche, Sie wissen es, rechnet ihn unter diejenigen Sünden, denen keine Vergebung zuteil wird, und einer Dame damit zu drohen, heißt sie mit der Vorstadt verwechseln.
Nun zu der Wandlung, deren Sie Erwähnung tun. Sie irren, wenn Sie den Kuß in der Grotte für entscheidend ansehen. Das war nur der officielle Abschied, *Ihr* Abschied von mir. *Mein* Adieu sprach ich mit dem ›wilden‹ Kuß, um Ihrer Terminologie zu folgen, dem auf dem Marmor-Cap, und es lag nicht so sehr Beseligung darin als eine Portion Verzweiflung. Da Sie dies nicht zu begreifen schienen, mußte ich es sagen. Sie haben es also der Langsamkeit Ihres Feingefühls zu danken, daß Sie noch einen Kuß erhielten. In den bewußten zwei Minuten hatte ich mir nebenbei ein Orakel gestellt, war überhaupt nur deshalb zur Grotte geritten, um Ruhe vor Ihnen zu haben, aber auch das bemerkten Sie nicht. Sie werden durch unser Justiz-Département unterrichtet sein von der gestern Abend im Zeus-Tempel großmütig declarierten Lösung meines bisherigen Verlöbnisses. Ich hoffte mich in der Höhle dennoch unter göttlichem Schutz und bat in Ansehung damaliger Phaenomene um Auskunft, ob ich Ihnen trauen dürfe, nachdem ich von einem Herrn, den Sie kennen, gewarnt war, ich solle mich vor Schneidern in Acht nehmen. Merkwürdiger Weise behauptete das Rosenlicht, das Ihrem Scharfsinn wie so vieles Andere entging, Sie meinten es in der Tat ehrlich. Aber dies konnte nichts ändern, denn, wie gesagt, die Wandlung lag vorher, und damit komme ich auf den Central-Punct: die Lüge.
Ich will *nicht* lügen. Wenn Sie mich auch nur etwas kennen, so wissen Sie, daß ich völlig wahr bin, obwohl ich hin und wieder unwahr erscheine. Ich weiß, man nimmt hin und wieder Anstoß an meinen Worten, die man für sorgfältig vergiftet hält. Nun, das ist nur Verteidigung gegen ein allzu weiches, allzu liebefähiges und ver-

letzbares Herz; ich bin gar nicht so rauh, wie ich mich gebe. Glauben Sie ruhig an die Wandlung, an das Adieu zumal, und glauben Sie trotzdem auch an mich. Es mag sein, daß die Natur uns für einander bestimmte, sie bestimmt uns für Manches, was dann nicht erfüllt wird. Es wird nach unserem Glück wenig gefragt; fragten *Sie* danach, als Sie mich gestern Hals über Kopf verlobten? Und doch resultiert daraus unser Beider Schicksal. Ich habe in den letzten Monaten unausgesetzt so Fürchterliches erlebt und entschieden, auf mich genommen und getragen, daß ich die Sentimentalität so ziemlich verlernte. Mein Glaube sind Ironie, Relativismus und Verzicht. Es mag sein, daß ich Leidenschaft herausforderte – es geschah ohne Vorbedacht. Aber als ich auf der Terrasse zu Pferde saß, Herzog, da begriff ich plötzlich. Eine innere Stimme hatte mich, seit Ihrer Landung, immer wieder getrieben, Dinge zu tun, die ich nicht verantworten konnte. Ich fand es hübsch, im Pantherfell auszureiten, war es gewohnt und ahnte nichts von der Wirkung. Und dann plötzlich, als ich Sie Ihre Lanze mit dem Goldring so jungenhaft fröhlich praesentieren sah – ich beobachtete Sie die ganze Zeit, wie Sie die Figuren-Parquetts, quasi im Turnierstechen, durchtrabten – da plötzlich begriff ich, daß nicht nur *Sie* in *mir* etwas anrichteten, sondern ich in Ihnen. *Darum* saß ich so reglos; darum galoppierte ich fort; darum nahm ich mir vor, es müsse ein Ende sein mit dem Getändel zwischen uns Beiden.
Lieber Herzog: es tut mir weh, Sie zu lieben. Ich habe schon einmal so geliebt; und da Sie mich in der Nacht noch einmal danach fragten, so erkläre ich noch einmal, daß ich *Ihnen* darüber keine Auskunft geben werde. Ich verspreche, es Midas nicht zu verschweigen, und was ich verspreche, das halte ich, unter allen Umständen. Ich erwarte aber vom Herzog von Scheria, daß er Noblesse genug haben wird, keine Erkundigungen über mich einzuziehen. Gewisse Ausdrücke Ihres Schreibens, besonders die Anrede Diana, bringen mich auf den Gedanken, Sie könnten mehr von mir wissen, als mir genehm wäre. Andererseits hätte ich gern Auskunft über Ihr Gold. Kaufen Sie neuerdings Brillanten, daß Sie den Geheim-Rat Gallos damit honorieren? Sie konnten ihm doch Gold bieten – oder setzen Sie selber kein Vertrauen in Ihre Währung?
Adieu, der Brief wird zu lang. Ich bitte Sie, telegraphieren Sie Midas herbei, und quälen Sie sich und mich nicht weiter. Ich werde, bis er kommt, mit Ihnen nur noch unter Zeugen verkehren.

Danae.«

»Prinzessin,
Ihr Brief stürzt mich in Verzweiflung, ich muß Sie unbedingt heute noch sprechen, schriftlich kann ich es nicht sagen.
Der Goldring ist eine Leihgabe meines Vetters, der ihn selbst geliehen erhielt. Weder er noch ich sind goldsüchtig oder kaufmännisch veranlagt. *Wenn* dem so wäre, würde Midas den Ring nicht aus der Hand geben – wie es geschehen ist – und würde der Herzog von Scheria ganz gewiß dem Wink der Prinzessin zu Myrrha nachkommen. Es steht dem aber nichts im Wege, daß die Prinzessin selbst, zum Exempel durch ihr Finanz-Ministerium, die für unsicher gehaltene Valuta auf dem Brillanten-Markt transferiert.
Verzeihen Sie, ich hätte das nicht schreiben dürfen, es ist viertel vor Elf, keine Zeit mehr für ein neues Billett, nehmen Sie es als einen Beweis meines verwirrten Herzens. Die Einsegnung bedeutet wenig. Sie sind frei in Ihren Entschlüssen, unwiderruflich nur das Sacrament der Ehe. Sagen Sie, daß Sie mir gehören wollen, und ich schaffe Ihnen Midas vom Halse.

S.«

XII. Capitel

Die Admirale wußten besser als der Herzog, wie weit es nach Cypern war, und daß es, wenn man in achtundvierzig Stunden zurück sein wollte, keinen Zweck hatte, dorthin zu segeln. Sie segelten also nach Syrina, mittwegs Rhodos, wo der streng denkende Militär gegen Mitternacht, sein Gehirn im Frühgrau vor Anker ging, und bei dieser Gelegenheit trafen sie sich. Die Insel diente der Republik als Dépôt für die Orient-Flotte und unterstand einem Platz-Commandanten, der, als Borromeo einlief, kaum noch lallen, geschweige erklären konnte, in welchen Gewässern der Feldmarschall kreuze. Excellenz mußte also warten – wieder einmal hing die Weltpolitik von dem süßen Chios-Rausch eines venezianischen Capitaine-Lieutenants ab – und Excellenz tat es, indem sie Andrias Neuigkeiten zur Kenntnis nahm; worauf das Gehirn zurücksegelte.
Inzwischen telegraphierte der nächste Spiegelposten ein Blink-Signal, das mit rötlichen Flammen über der lichtgrünen Flut und vor den citrongelben Aquarellen des Morgenhimmels stand; der Admiral, von Bord seiner Fregatte aus, entzifferte es unter bedenk-

lichsten Ahnungen und ging unverzüglich nordwestwärts in See, hoffend, daß die Brise für ihn günstiger sein und er den Löwen vielleicht noch vor Astypalaia werde abfangen können. Im Übrigen holte er sowohl den Admirals-Stander als auch die königliche Flagge nieder und setzte statt ihrer die Farben Aegyptens, nachdem der Blinkspruch die vorläufige Kaperung aller in Phrygien oder Myrrha beheimateten Schiffe befohlen hatte. Seine Bedenklichkeit wuchs, als er in der Straße von Astypalaia Teile der Samischen Kriegsflotte auf südwestlichem Marsch defilieren sah, ganz ohne Zweifel Ziel Myrrha, während das Gros des Cypern-Geschwaders am Ost-Horizont nach Syrina strebte, vermutlich um Wasser und Munition zu fassen.

Mit diesem Astypalaia hatte es eine complicierte Bewandtnis, und wenn der General-Lieutenant der Republik dort aufkreuzte, so geschah das eben so wenig von ungefähr, wie wenn ein myrrhonesischer Admiral erschien: sie verkörperten den Anspruch ihrer Staaten. Ursprünglich gehörte die ganze Ägäis – Myrrha und einige Andere ausgenommen – entweder dem Türken oder der Lagune. Seit aber vor mehreren Menschenaltern beide Contrahenten erlahmten, so ließen sie es zu, daß die einheimischen Dynasten sich anfangs zu Tributär-Fürsten, später zu Souveränen erklärten, welchen Unfug Venedig erst 1695 abstellte, indem es den Mohren entsandte, einen blutjungen Dachs dazumal. Immerhin, man konnte nichts rückgängig machen. Er kam, als zum Beispiel der Erbfall Stampalia – dies der italienische Name – schon Tatsache geworden, denn die alte Fürstin Sofja hatte soeben die Augen geschlossen, und die letzte Prinzessin, Olympia, soeben den Trauring mit Alphanios gewechselt. Dieser minorenne König liebte zwar ganz jemand Anderes, aber er wurde nicht gefragt, seine Mutter regierte, seine Mutter befahl: war doch Silvius Nimrod, der den Fischzug einbrachte, nur deshalb, noch kurz vorm Sterben, aus einem Herzog König geworden, weil der Sohn das Reich arrondieren würde, und Venedig erkannte das Avancement an, nicht jedoch das Arrondissement, das heißt, es gab die Oberhoheit über Stampalia nominell nicht auf, zumal Stampalia mehr noch als Syrina die Einfahrt zur nördlichen Ägäis sperrte, und kein Premier hätte wagen dürfen, einen so kitzligen Nerven-Punct zu befestigen oder militärisch zu belegen – den Löwen zu reizen, wäre tödlich gewesen. Und nun war er gereizt.

Eben zu der selben Stunde, da in Myrrha der Cardinal-Legat die Verlobten einsegnen sollte – er segnete indessen nicht, da, wie er

sagte, kein Diener der Kirche einem Menschen das Sacrament spenden könne, der, unter Anwendung teuflischer Künste, einen Mitchristen verzaubert hielt – zu der selben Stunde sah die sonst so verlassene Reede von Astypalaia eine allerhöchst ungewohnte, allerhöchst aufregende Schiffs-Versammlung. Mit dem phrygischen Canonenboot fing es an, gestern Abend, ganz harmlos, es dümpelte noch immer im seichten Strandwasser, und längsseit neben ihm lag die Schaluppe, die, aus Myrrha frühmorgens herübergekommen, gegen Mittag nach Rhodos wollte. Der Hafen war leer, die Mannschaft oben im Ort, der vom Berg herab auf die ungesund fiebrige Bucht blickte, es wehte kein Lüftchen, die Sonne brütete .. Sogar der Commandant – in Civil, selbstredend! – hatte sein Maultier bestiegen und die Kühle des Oberlandes gesucht.
Das hätte er nicht tun sollen. Auch wenn man sich noch so sicher wähnt vor Sensationen: gerade dann platzt die Bombe. Denn knapp daß der Lieutenant beim Mahle saß, so erschienen drei venezianische Corvetten. Sie blieben zwar wegen Mangels an Brise außerhalb des Kessels, aber sie booteten aus, und der Lieutenant ließ Braten Braten sein, indem er das Glas an die Augen riß. Ein Winkspruch forderte die beiden vor Anker Gegangenen auf, sofort die Flagge zu streichen, und da sie nicht antworteten, erfolgte ein Warnschuß. Man sah auch ohne Glas die Wasser- und Sand-Fontaine, sah den dicken Türken in seinen Pluderhosen über Bord springen und nach dem nächsten Warnschuß seinen Gast, den Herrn in Allonge – zwei gewaltige Plumpse, zwei kleinere Fontainen. Dann kam eine Salve, und die Fahrzeuge sanken.
»Eins zu Null«, bemerkte der Lieutenant, als sei es ein Jeu de paume, das da gespielt wurde. »Wissen Sie, was das ist, Herr Wirt? Der Krieg. Jetzt wird es lustig.«
Man glaubte es nicht recht. Venedig? Keine Corsaren?
»Können Sie ruhig glauben. Da sind schon wieder drei, seht Ihr sie? hinten auf der Kimm. Und an Backbord ein Aegypter. Jetzt wird es *spannend.* Donnerwetter ..« sagte er leise und verfolgte die Signale.
In der Tat: Venedig störte sich nicht an Aegypten, es beherrschte die Meere nach eigener Façon. »Sie werden durchsucht«, signalisierte es, »drehen Sie bei.« Der Aegypter erhob Widerspruch, doch nutzte ihm das wenig, fliehen konnte er nicht, der Wind war zu schwach, die Einkreisung perfect, er entließ eine Brieftaube, die weiß und pfeilschnell Curs Westsüdwest nahm, wo allenfalls Myr-

rha lag, aber niemals der Nil, die Canonen-Luks rasselten auf, er bekam seinen Schuß vor den Steven, erwiderte ihn grollend, am Kreuzmast stieg der Admirals-Stander, und dem Lieutenant wurde es ahnungsvoll. Hatte er dies Schiff nicht noch vorgestern gesehen? hatte der Flotten-Chef hier nicht Wasser gefaßt?

Die Signal-Maate arbeiteten eifrig. »Admiral wünscht Admiral zu sprechen«, winkte der Eine; »Stückpforten schließen«, der Andere, »gehen Sie ins Boot.«

Inzwischen war das Landungs-Corps nicht müßig gewesen, der Hafen befand sich in venezianischem Besitz, der Pascha und sein Freund gleichermaßen, auch hier Winksprüche, die ersten Détachements kletterten bergauf. Der Lieutenant überrechnete, wie lange er Zeit habe, verzehrte den Hammelbraten, ohne das Fernglas abzusetzen, und beobachtete mit Hingabe die Leibes-Visitation der Gefangenen. »O du dickes Ei«, sagte er plötzlich, »o du ganz dikkes Ei: der Türk ist König von Phrygien. Zwei zu Null« – nahm seinen Hut, »Adieu, verratet mich nicht«, und entschwand landeinwärts.

Ähnliches behauptete unten der Herr in Allonge, momentan trug er sie auf der Hand, während er, von Mousqueten bewacht, die nassen Kleider spazieren führte. »O du dickes Jeu«, behauptete er, »solch eine strategische Erbprinzeß!« und lächelte listig, weil der arme Herzog doch gar zu zerknittert auf dem wackligen Herbergs-Stuhl saß.

»Ach ja«, seufzte der Fleischberg, »das hat man nun von der Gutmütigkeit. Wissen Sie: wenn ich jemals nach Myrrha komme –« Und er verstummte. Herr v. Noteros kannte ihn: er war wirklich der gutmütigste, liebenswerteste, uneigennützigste Mensch, den der phrygische Hof beherbergte, hochgebildet und ruinös spendabel, in seiner heiteren Melancholie von unwiderstehlicher Comik, nie übelnehmend, der vergötterte Freund der Armen .. »Haben Sie eigentlich meine Mutter noch erlebt? *das* war eine witzige Frau. Und ihr bester Witz bin ich. Achilles! herrlicher Einfall. Ich ernenne Sie übrigens zu meinem Groß-Wesir, lieber Herr, Sie sind ja Cavalier-Diplomat, Sie müssen das schaukeln. Ich fürchte nämlich, jetzt wird Politik gemacht, und dazu tauge ich so viel wie die Kuh zum Flötenspiel. Vetter Mi wird sich freuen, was sein Haus-Trottel da anrichtet. Und mein goldener Bart ist auch versoffen, wo kriege ich so schnell einen goldenen Bart her? Überhaupt, ich kann doch bei Schwiegerpapa nicht als Pascha auftreten.«

– »Und Geld haben wir auch nicht«, ergänzte Noteros. »Die schönen Ducaten! nun futtern sie die Fische. Sind Herzogliche Gnaden eigentlich schon trocken?«
»Mein Humor ist trocken, alles Übrige naß, ich weine gleich. Wissen Sie, wenn ich jemals nach Myrrha komme – ich habe so richtig Lust, den guten Vetter einmal hineinzulegen .. Im Ernst!« Er streckte sich behaglich, während die Sonne seinen Wanst bebrütete, und sah mit tiefen Augen zu dem Flanierenden auf. »Wissen Sie was?« sagte er geheimnisvoll, »ich tu's. – Ich tu's!« wiederholte er beglückt. »Schau! der myrrhische Pourparleur! hat man den auch erwischt. Anständige Collection – Heil und Sieg und fette Bäuche. Aber dies Carré Mousqueten? Huh, was will der Nußknacker von mir! Mi's Lieblings-Ausdruck ..«
Der venezianische Befehlshaber trat auf die Gefangenen zu. »Ew. Majestät submissest zu melden, daß soeben der General-Lieutenant der Republik in den Gewässern des Orient, Kaiserlicher Majestät Feldmarschall, Don Diego di Otello, den sieggewohnten Fuß auf den Boden der Insel setzt. Ich würde bitten, sich zu erheben.«
»Reden Sie mich doch nicht von der Seite an«, entgegnete gemütlich der Dicke. »Feldmarschall zur See, großartiger Witz .. *Ich* sitze!«
– »Aber Majestät werden doch nicht –«
»Ich werde! Wozu *bin* ich König .. Ich werde ihm ganz souverän meine Hand hinstrecken, und der Teufel soll ihn holen, wenn er mir die nicht küßt.«
Und er tat es. Er streckte die Hand dermaßen graziös, dermaßen entwaffnend in die Luft, daß der Feldmarschall, völlig perplex, den Nacken beugte, und als er wieder emporkam, sah man ihn, etwas ungehörig, aus rosigem Zahnfleisch lächeln. Ein Mohr! geneigter Leser. Borromeo, bleich und verschlossen, folgte dem venezianischen Beispiel. »Majestät«, sagte er gepreßt und vermißte den Goldbart, in welchem der Potentat ihn jüngsthin decorativer empfangen, »ich war mir nicht gewärtig, unter sotanen Umständen –«
»Glauben Sie, ich? Je nun, was hilft es, wir sind eingeklemmt wie die Ratte im Mausloch. (»Sie müssen protestieren«, flüsterte Noteros.) Ich protestiere also. Eine Geschmacklosigkeit, auf solcher Insel auch noch zu *landen,* solcher kreuzdämlichen. Überhaupt, ich bin König, ich verbitte mir diese Behandlung, wie kommen Sie dazu, mich ins Wasser zu schießen, sehen Sie meine Kleider an, meine Braut wird mich auslachen. Da: fühlen Sie mal.«

Der Feldmarschall fühlte. »Assai ammollato«, verkündete er imperatorisch, »aber was zogen Sie denn Ihre Flagge nicht ein!«
»Lieber Herr, schimpfen Sie nicht, ich verstehe von Flaggen so viel wie die Flöte vom Melken. Muß man deshalb gleich bum-bum machen?«
– »Ich *will* schimpfen! ich werde noch viel *mehr* bum-bum machen! Braut! Ich höre Braut! Sie bringen mir das ganze Mittelmeer durcheinander, è il mare nostro!«
»Piano, piano ..«
– »Ma *parlo* piano!!« brüllte der Löwe, er glich im Zorn einem Stier, »was denken Sie sich, meinen Botschafter zu vergolden!? Ich sprenge tutta la Mirra in die Luft, tutta la Frigia, Schluß jetzt mit Politik, Schluß mit Diplomatie!«
»Diplomatie?« fragte der Dicke und blickte schüchtern umher. »Davon verstehe ich nichts, da müssen Sie Vetter Mi anhauchen, der hat das getan, der tut sowas. Ich finde es auch gräßlich ungemütlich hier. Gehen wir aufs Schiff und spielen wir Tric-Trac.«
Der Feldmarschall tobte. »Sind Sie der Groß-Wesir?« schrie er Noteros an. »Mitkommen! Admiral, avanti!«, und mit langen Schritten durchmaß er die Mousqueten-Arena. »Nein! ich will nicht hören, die Politik ist aus, erledigt, jetzt reden die Canonen – ah was: Freundschaft, das hätten Sie früher überlegen sollen. König? Höflichkeit? mir ganz egal!« Volle Wendung, der Sand wölkte auf. »Wer ist Vetter Mi?« grollte er, als er wieder am Feldstuhl vorbeikam, und stampfte weiter, Borromeo links, Noteros rechts sprachen besorgt auf ihn ein – vergeblich: »Scheria? Herzog? werd ich mir ansehen! heut noch! den schlag ich in Eisen! kommt in die Bleikammern!« – volle Wendung, der Sand wölkte auf, es sauste das Damascener-Schwert. Ach, was hatte er für eine süße Laune. »Myrrha in Lee, Phrygien in Luv, ja, glaubtet Ihr wirklich, ich lasse mir das bieten? und Astypalaia in der Mitte? bin ich ein Idiot!? Jawohl, Sie *haben*! Sie haben Militär hier, man hat eine Lieutenants-Tenue gefunden in der Hafen-Baracca – geben Sie es nur zu: Sie wollen befestigen! und ich Idiot demonstriere gegen Samos! Alles für meinen Freund, und mein Freund betrügt mich derweil mit Phrygien! e mio altro amico colla mia cara Desdemona. Engel? was Sie nicht sagen! troppo bella, troppo vile, eine ganz feile Metze!« Er zog den Kopf in die Schultern, schnob Schaum, die Fäuste hinter den Brocat-Schößen geballt, und fürchterlich rollten die Augäpfel. »Ich werde die Ägäis«, prophezeite er düster, »in Blut er-*tränken* ..«

Doch plötzlich blieb er stehen, leckte den Zeigefinger an und hielt ihn erfreut in die Luft. »Eine Brise .. Sind Sie trocken, Majestät?«
»Nur hinter den Ohren noch nicht«, entgegnete der Dicke und verlagerte seine Fleischmassen auf dem wackligen Stuhl. Wie fortgeblasen war das finstere Gewölk, der listige Wesir lachte als Erster, die Admirale schlossen sich an.
– »Kommen Sie«, sagte Don Diego versöhnlich, »Sie haben Recht, spielen wir Tric-Trac. Ich befinde mich allerdings .. in technischem Kriegs-Zustand mit Ihnen, ich habe Astypalaia erobert! es heißt von heute ab wieder Stampalia, und so lange, bis mein Botschafter entgoldet ist, behalte ich Ew. Majestät und Ew. Excellenzen als Faustpfänder – aber das soll uns nicht hindern, dem Jeu zu frönen. Ich wußte es doch: dieses Mirra, questa isola maladetta, Don Giovanni starb mir zur Unzeit, jetzt kann *ich* den Narren herauspauken, während man *mir* daheim die Hörner aufsetzt, o, ich werde sie strangulieren, strangulieren werde ich Euch, na wartet! wartet!«
Er redete sich wieder in Rage, gleich einer Fregatte schoß er dahin, und Ruhm und Sage waren sein Kielwasser. »Warum weht hier noch nicht das Löwenbanner?! truppa pigra! poltroni! Inalberate lo stendardo – presto presto rrrapidamente!«
»Ich habe den Eindruck«, bemerkte der Dicke, »er horcht seinem eigenen Zungen-R nach. Ideale Sprache zum Kriegführen .. La guer-r-r-r-ra, grrroßartig!« – warf sich coquett in die Brust und bestieg das Boot.
Und wenn er beim Spielen verlor: Vetter Mi .. würde zahlen.

XIII. Capitel

Das Königliche Haus speiste heute allein, en famille, nachdem man es gestern en suite getan. Gestern, als man souverän öffentlich zur Tafel saß, waren die Höflinge bis an die Tuff-Grotten gestanden – im Sommer bevorzugte man den Grotten-Saal –, und ihre gedämpfte Unterhaltung hatte die Peinlichkeit nicht wett machen können; im Gegenteil: jedes Mal, wenn der Ceremoniar, ein wandelnder Mißerfolg, zurück kam vom Parke, um steinern zu verkünden, der Herzog sei nicht existent, der Herzog regle noch, der Herzog habe eigene Ochsen, jedes Mal dann ging eine Bewegung, gemischt aus Ehr-Affect, Schadenfreude und Witzelei, durch die Menge der Nobili; und zwei Stunden später, so kannte jeder Gassenjunge jede kleinste Nuance .. Nun, es beliebte nicht wieder. Man blieb unter sich, à trois ohne Zeugen, normaler Aufwand, Lakaien, die kein Französisch verstanden, und der einzige Luxus, der an gestern erinnerte, war der leere vierte Platz: man bediente ihn, als *wäre* Seine Herrlichkeit existent, als säße er da und plauderte. Der Wein floß gluckernd in unbenutzte Gläser, auf den Tellern erschienen hors d'œuvre, Fisch, Wildpret, pièce de résistance und Geflügel .. lagen, bis sie kalt wurden .. wichen neuem Gedeck – man sah nicht hin: gewisse Dinge wurden vornehm ignoriert, auch wenn man dem Ceremoniar das Schuhwerk verdarb.

Und nun war man beim Eise. Lakaien trugen es per Eilmarsch herein, denn ungeachtet imposanter Methoden, mit denen die Wissenschaft die Natur überlistete, galt es als märchenhaft, im Juli Eis zu haben. Die Fabrication zwar machte wenig Mühe – aber es zu conservieren! da lag das Problem, es zerfloß ja, indem man es nur ansah, man hütete es wie den eigenen Augapfel, baute ihm die tiefsten Keller und tat ihm überhaupt dermaßen schön, daß es noch stets heil und erfrischend auf des Königs Zunge gelangte. Da schwebte es: schnörklige Turm-Figuren, die Höhlungen von innen bengalisch illuminiert. Aus dem Park aber nahte der Ceremoniar, und – man traute den Ohren nicht – schnelle, federnde Schritte waren so deutlich mit ihm, daß selbst Seine schweigsam tafelnde Majestät sich ein wenig belebte, trotz kummervoller Nachrichten zu vertrauen bereit.

Ja, er war es, der illustre Gast; hin und wieder besaß er die Güte, europäischen Gepflogenheiten Tribut zu zollen. Er grüßte in seiner morgenländischen Art, heiter und liebenswert, er lächelte gar, ganz unbefangen, und murmelte »Mille fois pardon ..«, während er Platz nahm. »Majestät haben so ungezählte Male bitten lassen, daß ich wahrhaft beschämt bin und mich auch gar nicht verteidigen werde.«

Der Monarch bediente sich vom Gefrorenen. »Die Königin«, sagte er, »ist ein wenig ohne Tischherrn gewesen, aber die Aufmerksamkeit, mit welcher der Tischherr unseren Lustgarten bedenkt, hat uns getröstet.«

Dann schwieg man.

– »Wie kühl es hier ist«, constatierte der Herzog, man reichte ihm den frostigen Turmbau. Und er lächelte über den Eisberg hinweg der Königin zu, die hinter feingemeißelter Stirne, unruhig und angestrengt, mit der Ordnung ihrer Pläne beschäftigt war.

»Das macht die Fontaine«, sagte Madame Olympia. »Ohne die wäre es nicht auszuhalten.«

– »Nicht wahr, Majestät? Sie plätschert so hübsch, die reinste Conversation. Ich glaube, wir werden im Park noch mehr davon einbauen, es erhöht den Reiz.«

»Ungemein«, bestätigte die Königin.

– »Ganz allerliebste Plaudertaschen, diese Brunnen«, sagte der Herzog, »die geborenen Causeurs. Glauben Sie mir, Majestät, diese königlichen Ziergärten, mit Geschmack hergerichtet, haben es mir angetan. Dieses gewiß Steife darin, all die finster blickenden Götter und gelangweilten Heroen, das übertrieben Ceremoniöse in den Baumwänden, die gequälte Haltung von Taxus und Buchs – eine vollendete Darstellung des Protocolls. Ich freue mich immer wieder daran, finde prachtvoll, wie man sich selbst erkennt, kann gar nicht verstehen, daß es romantische Seelen gibt, denen dergleichen nicht gefällt. Dabei ist das Alles so unendlich geeignet für zärtliche Herzen: diese Labyrinthe, Bosquets, Rondelle, die süßen Einsamkeiten auf abseitigen Rasenplätzen, ach! und die verschlungenen Buschwerke, hinter denen sich kleine Geheimnisse abspielen . .«

Die Königin lachte. »Sie sind ein Meister in maliciösen Andeutungen«, sagte sie. »Wohin entführt mich Ihre Phantasie!«

– »Doch nicht in verbotene Regionen, Majestät? Denn in den verschwiegensten Zweigen, ich gestehe es, hört man Gequiek und Gedalber, zumal wenn es dunkel ist, Lakai und Zofe haben da ein Schäferstündchen, und Personen vom Stande klirren mit ihren Degen – o lockere Sitten des Jahrhunderts! Da wird gescherzt und gelacht, da stäubt der Puder von den Perücken, da nestelt man an Falbeln und Rüschen, an zierlichen Agraffen, neiderfüllt schluchzen die Nachtigallen, und Glühwürmchen illuminieren errötend die Scene, hinter einer Hecke aber wetzt Amor seine Pfeile.«

Immer mehr verzuckerten sich die Züge der Königin – keine Rede, daß man noch grollte. »O Herzog, Herzog!« bat sie, »hören Sie auf, Sie verderben mir mein Kind!«

Der Herzog lachte schallend und sah mit schiefem Kopf überwältigt zur Prinzessin hinüber, wobei seine Augen ganz klein wurden, und seine Zähne blitzten vor Vergnügen. »Zu schön, wofür Majestät Ihre Mutter mich hält!« rief er, »ein Schwerenöter ist nichts dagegen!« Die Prinzessin zählte die Blumen vom Decor ihres Tellers.

– »Sie sind traurig, mein Prinz? Es täte mir leid, wenn ich Sie verletzt hätte.«

»Traurig? Ich wundere mich nur. Es scheint Ihnen gleichgültig zu sein, daß der Cardinal Nein sagte, und daß wir Krieg haben!«

– »O ..«

»Practisch *haben* wir Krieg! bagatellisieren Sie es nicht! Und daß noch jemand Nein sagte, das berührt Sie kaum, darüber gehen Sie einfach hinweg, Sie machen Confessionen wie ein Gelegenheits-Dichter und denken –«

»Haltung, Prinzessin ..« warf der König ein.

Aber Danae wollte nicht hören. »Ich bitte Sie, mein Vater! die Flotte von Samos kommt geschwommen, unser Admiral wird schimpflich arrestiert, was verstecken wir uns da in lügnerischen Worten –«

»Assez!« befahl der König, immer noch leise, immer noch en passant, und schlug mit drei Fingerspitzen ganz kurz auf die Tischkante. »Keine Probleme bei Tafel.«

Dame Olympia, trotz aller Abgründe ihrer Ehe, verstand ihn sofort. »Nehmen wir den Mocca draußen ..« Man erhob sich. »Sind deine Cousinen schon von ihrem Ausflug zurück, Danae?«

– »Ja«, sagte die Prinzessin verärgert.

»Dann laß ihnen doch gleich Nachricht schicken. Herzog: Ihren Arm.« Man sah sie in galantem Gespräch durch die Glas-Tür davonwandeln.

Der Monarch schloß sich nicht an. »Lakai ..« verlangte er, ohne Stimm-Aufwand. Die Lakaien eilten. »Meinen Pelz.«

Man half ihm in den Zobel, offenbar fror ihn bedeutend, denn er preßte fröstelnd seine Ellbogen gegen die Hüften, krümmte den Rücken und massierte die Hände vor der Brust. Mitten aus dieser Bewegung winkte er flüchtig, man möge abtreten. Ein langer, forschender Blick traf die Tochter. »Ich sehe dich leiden ..«

– »Es ist schon überstanden«, erwiderte Danae.

Der König zog die Braue in die Stirn. »Deine Mutter«, sagte er nachdenklich und begleitete die Entschwindenden in der Baum-Schneise, »hat viele Pläne. Aber: lassen wir das .. Du liebst?«

– »Ja, gnädigster Vater. – Merkt man mir das so an?«

»Auch *mein* Herz«, sagte der König, »hat sehr geliebt, eh es wußte .. zu verzichten wußte. Man betrachtet das später mit weiseren Augen. Jedenfalls wäre der Verzicht leichter, wenn man die entsetzlichen Verwirrungen kennte, die nötig sind, *bis* man verzichtet. Nun, das Alles gehört der Historie an und füllt unendliche Acten. Es ist immer besser, man nimmt sich einen bestimmten Weg vor, wie jenen dort draußen, den Weg der Einsicht und der Verantwortung, und geht ihn möglichst gerade. Ich tue das auch heute. Man muß zu dem stehen, was man begonnen hat; es ist nicht Schwäche, wenn ich dem Herzog vertraue, noch hat er ja Atouts in der Hand. – Eine andere Frage .. Dein Verhältnis zu deiner Mutter ist nicht gut?«

– »Lieber Vater«, erwiderte Danae feierlich. »Ich will mir Mühe geben, zu vergessen, daß meine Mutter mich haßt.«

»Ja«, sagte er in Gedanken. Und dann schwieg er wieder.

– »Was ist Ihnen, gnädigster Vater? Soll ich den Arzt holen? soll Robert –?«

»Man sieht sie nicht mehr. Nein – keinen Arzt, dafür gibt es .. Übrigens: ich sprach als König. Es war auch bei mir so. Du weißt, bei mir ging es bis an die Pforten des Klosters. Aber vielleicht hatte meine Mutter Recht .. oder: sie hätte Recht haben *können,* wenn mir die Ehe nicht nur – du verstehst – nur Pflicht gewesen wäre. Vielleicht hätte mein Vater länger leben sollen. Väter sterben meist früh, und die Mütter verwinden es schwer, daß die Kinder sie nicht mehr brauchen; daß Kinder nicht beherrscht werden wollen; verwinden es immer zu spät .. derweil geschieht Irreparables. Ich habe mir so sehr gewünscht, dich noch eine Weile –«

Draußen glühte die Sonne über dem Kies-Platz, die gläsernen Türen des Grotten-Saales spiegelten ein Stück Park, in der Grotte plätscherte die Fontaine gleichmütig vor sich hin, die Muscheln glitzerten in seltsamen Ornamenten.

– »Was wünschten Sie, Vater?« fragte Danae leise.

»Dich noch eine Weile .. neben mir zu haben. – Ich würde dich auch bitten, die Residenz dann nicht ganz nach Phrygien zu verlegen, obwohl man in einem Tag herüberkommt von Marmaras: Myrrha nicht zur Dépendance zu machen. Dein Volk braucht dich, und du brauchst dein Volk, das ist etwas Anderes als zwischen Mutter und Tochter; eine viel mysteriösere, tiefere, ja, ich möchte sagen, heiligere Beziehung; etwas sehr Stärkendes.«

– »Sie nehmen ja Abschied«, flüsterte die Prinzessin.

»Und doch«, fuhr der Monarch fort, »wirst du einen Modus finden müssen, mit der Königin Mutter zu leben. Ich erwähnte das Ganze nur deshalb, und die Andeutung .. Genug. Es hat keinen Zweck, daß ich dir Menschen und Charactere aus meinem point de vue schildere; der Souverän ist souverän auch in der Menschenkenntnis – nur hüte dich, zu schnell zu vertrauen, und hüte dich ebenso, zu schnell zu entlassen. Ich habe vorhin die Decrete unterzeichnet, durch welche Andria den Conseil übernimmt und Ornano den Flotten-Befehl. Sollten wir Borromeo auslösen können, so erhält er natürlich beide Ämter zurück, nicht wahr? Trotz .. geringerer Qualitäten. Man darf treuen Dienern nicht Undank zeigen, das ist noch verhängnisvoller als Dank. Anerkennende Distance, mein Kind .. eine Art gütiger Ferne .. diese schwere Kunst muß vom ersten Tag der Regierung gekonnt werden – auch wenn gelegentlich Situationen eintreten, wo der Instinct entscheidet, ob wir einen Diener nicht sogar .. umarmen. – Ah, deine lieben Cousinen. Man begibt sich in das Granat-Bosquet, du wirst ihnen Gesellschaft leisten wollen. Silbernes Gelächter – melodisches Plaudern. Kurz: es ist das kein Umgang für dich. Reserve. Überhaupt sind die Sitten des Jahrhunderts locker, ich fürchte, es strebt einem Abgrund entgegen. Thron und Altar, Danae, und das Sacrament der Ehe: halte dich darin von jedem Spott fern. Man hat mir berichtet, es gelte neuerdings als Zeichen von Urbanität, sich möglichst bald eine Favoritin zu schaffen, respective – in deinem Fall – einen Liebhaber, ja, es gelte als unfein, solcher Liaison gottgeweihte Rechte entgegenzusetzen. Ich lege es dir ans Herz: die drei Sacramente sind nicht zu trennen. Dem Grafen Godoitis schwebte sogar, zu ihrem Schutze, eine Königliche Verordnung vor, um deretwillen allein, nebenbei, der päpstliche Legat noch hier ist. Aber man hält den Untergang nicht mit Verordnungen auf. Es war dem Grafen wohl auch nicht klar, wie eng verquickt diese drei Dinge sind, denn in puncto Favoritinnen dachte er laxer – woran du ersiehst, daß selbst gute Minister oft unlogisch handeln. Aber geh nun, in den Bosquets den Mocca zu nehmen.« – »Muß ich?«

»Politesse und Politik, mein Kind – fast die selben Worte ..«

Inzwischen hatte auch der Herzog melodisch geplaudert, die Königin silbern gelacht, in eben jenen Bosquetten war das geschehen, wo jetzt unter Granatbäumen die Lakaienschaft ihre Geschirr-Körbe leerte – weshalb man jetzt am Labyrinth conversierte.

»Sie *wollen* mich mißverstehen«, sagte die Königin.

– »Aber das Ganze ist ein Mißverständnis«, erwiderte leichten Tones der Herzog. »Fürst Carlo war ein Equilibrist, wenn ich recht berichtet bin, ein Mann der Tapetentür, und sein Herz frei; ich würde mich schlecht zu dem eignen, wozu der Fürst –«

»Sie mißverstehen mich also doch; es ist lediglich Ihre Nachfolge im Conseil ..«

– »Wie gesagt, Majestät: ich habe gar keinen Ehrgeiz«, und er öffnete bedauernd die Hände, »Ehrgeiz verwirrt doch nur. Wozu sich also plagen?«

»Ich kann es trotzdem nicht ganz fassen. Was sind Sie in Phrygien? Hier wären Sie mehr als selbst der König – mit diesem grandiosen Talent für Politik!«

– »O, Sie flattieren mich. Mit einem Goldring am Finger ist genau so leicht Politik machen wie mit Canonen im Hintergrund. Hätte Venedig keine Schlacht-Geschwader – rechnen Sie aus, was Gheotta taugte. Nichts. Und ich bin auch: nichts, ein Dilettant, dem es Vergnügen bereitet, für ein, zwei Tage den Diplomaten zu spielen. Aber alle Tage Fron, Amt, Balance, Contrebalance – abscheulicher Gedanke!«

»Das Vergnügen«, sagte Dame Olympia, »ist völlig auf unserer Seite. Und das Vergnügen wird verschwunden sein, wenn Sie fort sind – verschwunden, weggeblasen ..« Sie legte ihm die noch immer bewundernswert schöne Hand auf den Arm. »Sie müssen mir helfen, Herzog. Oder reisen Sie wirklich mit Ihrem König ab und lassen uns in der Trübsal dieses langweiligen Hofes? Denn Ihr Geld schwimmt ja dann auch davon.«

– »Ein Hof«, bemerkte der Herzog, »ist immer nur so langweilig, wie man ihm langweilig zu sein erlaubt.«

»Ja! eben das ist es, mein Lieber. Sie haben das Alles, Ihnen fügt es sich, unter Ihren Händen wird es hübsch und reizvoll und beginnt zu leben.«

– »Den maître de plaisir, Majestät, spielt man gleichfalls zwei Tage höchstens, am dritten schämt man sich.«

»Sie sind ein furchtbarer Mensch«, rief die Königin in ironischer Verzweiflung. »Und Sie wollen also wirklich kein Wort gegen eine gewisse Persönlichkeit wagen?«

– »Wer spricht von wagen? Wagen und Mögen sind so verschieden wie Mut und Geschmack. Ich würde es für geschmacklos halten, Herrn v. Andria zu stürzen. Außerdem für unklug. Auf die Flotte kommt es jetzt an.«

»Aber können Sie mir nicht einen kleinen Dienst, eine kleine Gefälligkeit erweisen, Herzog? Einen Dienst, der Ihnen nicht zu nahe tritt? das meinten Sie doch vorhin?«

– »Das werde ich möglicher Weise gemeint haben. Und um was würde es sich da handeln?«

»Ich sagte Ihnen doch: um meinen Banquier ..«

Sie flüsterte eindringlich und hartnäckig, argwöhnte, daß sie belauscht würde, legte ihm auch noch mehrmals die Hand auf den Arm, denn sie versprach sich Entscheidendes von der erträumten, huldvollen Audienz, die sie dem Inhaftierten, die Gnade in Person, zwischen Kerkermauern gewähren wollte – vergessene Credite und fürstliche Bauten durchgeisterten ihre Seele, der Wurm rumorte . .
Der Herzog jedoch bewies wenig Verständnis, er antwortete mit sehr liebenswürdigen, sehr unverbindlichen Complimenten, und im Übrigen stand er auf Kohlen, wagte weder, nach der Uhr zu sehen, noch das heikle à deux einfach abzubrechen: alle ehrgeizigen Menschen, ihm tief zuwider, waren von unberechenbarer Gefährlichkeit, wenn man sie reizte. Aber seine Porcellan-Pagode vertrug keinen Stoß mehr: jetzt hieß es ausweichen, geschmeidig sein, jeden Acteur, jede Actrice isolieren, respectieren, caressieren, Confusionen entwirren, ohne doch heillos neue zu stiften . . *und* es hieß haushalten mit der Zeit! Ja, er geriet in Zeit-Not: einen apostolischen Nuntius warten zu lassen, einen Kirchenfürsten vielleicht zu dupieren, der dem gesamten Clerus befehlen oder verbieten konnte, das war – rebus sic stantibus – fast die gewissere Catastrophe, als wenn man dem Äffchen der Königin Zucker gab.
– »Gut«, sagte er, »es sei. Ich werde mich beim König verwenden. Es bedeutet allerdings, Majestät, ein Hornissen-Nest aufstechen; und ich war so felsenfest entschlossen, mich nicht in die Politik zu mengen. Wollen Sie das als ein schwerwiegendes – nein, mir fällt etwas viel Besseres . . Gott, daß ich darauf nicht eher . .! Trete ich meinerseits Ew. Majestät zu nah, wenn ich, en forme de cadeau . .? Himmel! da ist er! – Glück gehabt. Wir sprechen noch darüber. Und jetzt müssen Sie mich *ganz* schnell pardonnieren: der Cardinal . .«

XIV. Capitel

Bereits seit Längerem schwebte die Eminenz durch den Park – Sua Eminenza il nobilissimo cardinale, Onorio Principe Colonna, arcivescovo titolare di Gerusalemme e nunzio apostolico presso tutte le corti del mare Egeo, wie seine vollständigen Würden lauteten – schwebte weich in der Sänfte, studierte das Dossier des Herrn v. Merziphon und regte sich gar nicht auf. Warum auch? die Einigung konnte nicht schwierig sein, sie hatten die selben Interessen, die Titel sagten es . .

Was, bitte, sagten die Titel? Lieber Autor, öffne uns die Schatulle des Wissens. Du weißt das Alles, wir dagegen sind weder polyglott wie deine Herrschaften aus dem Dixhuitième, noch sind wir ein wandelndes Lexicon. Wir sehen natürlich ein, daß man damals furchtbar gebildet war und einen römischen Kirchenfürsten nicht wohl anders tractieren konnte als in Italienisch oder Latein, glauben dir auch gern deine Colorit- und Proportions-Sorgen, aber manchmal, gestatte, übertreibst du die Echtheit, und nachschlagen, nein, das wollen wir nicht, wir wollen genießen, wollen erfahren, wie es weitergeht, Spannung, Handlung, packende Ereignisse – vielleicht, wenn möglich, noch so ein Erdbeben, wie? Also heraus mit der Sprache: was heißt arcivescovo? was sind Dossiers? inwiefern ahnt Seine Herrlichkeit, daß dort ein Cardinal schwebt?

– Nichts einfacher: der Cardinal hat seinen roten Schirm auf die Sänfte gelegt, das ist in Rom so Gepflogenheit, damit die Schweizer-Garden rechtzeitig praesentieren. Und ein Dossier, geneigter Leser, sind alle an einer Sache hängenden Documente. Ach, ich belehre so ungern! Muß ich Euch wirklich die Titel zerbröseln? Der Herzog hat es da besser: er braucht sie nur zu hören, schon weiß er, was da zu tun ist, und falls er es nicht weiß, so fragt er den Staatssecretär. Überhaupt, der Staatssecretär hat die Verhandlung geführt, oder glaubtet Ihr etwa, der Herr aus Morgenland sei genötigt, jede einzelne Complication persönlich zu glätten? O nein. Er würde uns kühl und von oben herab, mit geringschätzender Handbewegung, Bescheid geben: »Dafür habe ich meine Leute . .«

– Aufgepaßt also. Nobilissimo: der Mann war vornehm. Principe: Fürst oder Prinz. Colonna: aus einer der großartigsten Familien Roms und infolge dessen selbstverständlich papabile, will sagen: Candidat für die nächste Papstwahl. Weiter! Arcivescovo: Erzbischof, di Gerusalemme: von Jerusalem – nanu? da saßen doch die Türken? Eben . . titolare: nur dem Titel nach, er würde jede Gelegenheit wahrnehmen, seine Pfründe greifbar zu machen, ist nicht vom Kreuzzug die Rede gewesen? mehrmals sogar? Hm-m. Nunzio apostolico: Botschafter des Heiligen Stuhls, bei wem? presso tutte le corti, bei allen Höfen der Ägäis, hatte demnach mit Venedig gar nichts zu schaffen, für Venedig gab es andere Cardinale, Nuntien, Legaten, und diese anderen Cardinale gab es, natürlich, auch fürs Conclave, *auch* aus großartigen Familien, auch papabili, und sie würden mit Erfolgen aufwarten. Konnte man ein verhindertes Königreich Jerusalem als Erfolg bezeichnen? Unmöglich.

Man mußte sich dieses Herzogs versichern, klare Sachlage; und wenn er zur vereinbarten Zeit – unerfindlich, warum – nicht erschien, dann war er entweder abgehalten oder schwankenden Sinnes geworden, dann mußte Eminenz eben ihrerseits, n'est-ce pas? So hatte man denn die Sänfte bestellt, vermutlich, und kam in den Park geschwebt. Der Herzog aber sah den roten Schirm leuchten, da *ahnte* er nicht, da *wußte* er: *der* Cardinal (Myrrha beherbergte keinen zweiten) – und nun beugte er zierlich das Knie, um den Ring zu küssen, den der Porporato ihm zum Chaisen-Fenster hinausstreckte . .

– Zufrieden? Sehr. –

»Steigen Sie ein, mein Sohn. Ich freue mich, daß Sie nur verhindert waren, freue mich, Ihre Bekanntschaft zu machen. – Eh! staffiere! All' ambasciata veneziana! – Sie wollten doch zu Gheotta, oder?«

– »Mit Vergnügen, Eminenz.«

»Nun, so groß wird das Vergnügen nicht sein, Sie haben sich da ein wenig verrechnet, geben Sie es zu.«

– »Zweifellos, Eminenz.«

»Und den Prinzen Colonna in eine . . etwas dumme Lage gebracht. Der Abbé schlägt Capital aus seiner Vergoldung. Ebenso aus Ihrer Duell-Weigerung.«

– »Es wäre Gesandten-Mord, Eminenz.«

»Liegt auf der Hand, mein Sohn. Es liegt auch auf der Hand, daß er sich winden wird wie ein Aal, spreizen wie ein Pfau, wenn Sie zur Unzeit ihn renormalisieren. Ich befehle Ihnen das nicht, ich denke in Ihren Bahnen. Fand es sehr unangenehm, daß ich bemüht wurde. Als Kirchenfürst kann ich nicht ausweichen. Sie verstehen das.«

– »Ich verstehe vollkommen. Und ich bin vollkommen entzückt über die Weltläufigkeit, mit der Ew. Eminenz den Fall behandeln.«

Er war wirklich entzückt. Sie saßen einander gegenüber, der Herzog artig aufgerichtet, wie es, für den Jüngeren, sich gehörte, der Cardinal zurückgelehnt in die Polster: blaßblaue Polster, von denen das Schwarz der Soutane, das Violett der Stola und die Purpurfarbe des Käppchens malerisch abstachen. Die kräftigen Hände eines Condottiere umschlossen bewegungslos das silberne Kreuz, das mit doppelten Perlenschnüren von der Brust herabhing, und auch die Lippen, Lippen eines Caesars, bewegten sich kaum – außer, wenn er plötzlich den linken Mundwinkel einkniff: dann entstand eine scharf geknickte, ungemein spöttisch wirkende Falte, welche die ganze linke Gesichts-Hälfte bizarr veränderte, der Nasenflügel wurde gewölbt, die Schläfe eingedrückt, der Wangen-Muskel sprang aus, das Auge, mit salamanderhafter Geschwindigkeit, schweifte glitzernd zur Seite .. In der nächsten Secunde war Alles wieder, wie es vorher gewesen, ruhig, überlegen, und dabei doch ein aufregendes Spiel von Gegensätzen. Ein Kirchenfürst, der den Colonna herauskehrte; jeder Zoll ein Herr, ein geistlicher Weltmann, der es nicht nötig hatte, mit salbungsvollen Worten zu prunken; jedes Wort praegnant, jedes trotzdem voll Würde; in jedem Knopfloch gewaltige Traditionen, ohne sich ihrer zu überheben, im Gegenteil: cameradschaftlich, ein vollkommener Edelmann; gleichwohl freundliche Distance, wie das Amt sie erheischte; kurz, eine singuläre Persönlichkeit, vom Alter gereift und doch immer noch schäumend; das Ganze unendlich viel mehr als ein bloßer Nepoten-Cardinal – und wäre er es nicht mit Vierzehn geworden, weil der Heilige Vater die Familien-Partei zu stärken wünschte, so hätten erdrückende Qualitäten ihn früher oder später in das Collegium berufen .. Aber das Alleraufregendste war die Mischung Güte in seinem Blick: eine gelassen prüfende, skeptische, blitzend durchdringende Güte, die das letzte Versteck aufstöberte.

»Weltläufigkeit .. das sagt sich leicht, mein Sohn. Hinter den Handlungen und Taten eines Cardinals steht mit die höchste Institution dieser Erde. Hätte der krumme Abbé mich nicht vor seinen Wagen gespannt, ich könnte meine ungleichen Augen zudrücken. Inzwischen ist es public. Zeigen Sie einmal Ihren ominösen Ring. Von wem haben Sie den?«

– »Von meinem Vetter, dem König«, entgegnete der Herzog und nestelte das Medaillon hervor.

Der Cardinal kniff den Mundwinkel ein, und man verbesserte sich.

– »Von eben jenem Reichsgrafen, Eminenz kennen ihn.«

»Va bene. Warum nicht gleich. Da kommt Ihre Braut.«

Ihre Braut, sagte er. Aber der Herzog wagte nichts einzuwenden: die in der Tat verschiedenen Augen ruhten auf ihm, während die Hände schon den Ring befühlten. Er drehte ihn hin, drehte ihn her, beschaute ihn von allen Seiten und brachte ihn schließlich mit dem Kreuz in Contact.

Das Gold blieb Gold. Das Silber blieb Silber.

»Sehr hübscher Ring. Bitte, nehmen Sie ihn wieder an sich. Die Prinzessin liebt jemand Anderen, als sie soll. Nicht wahr?«

– »Ew. Eminenz ist von zu durchdringendem Verstande, als daß –«
»Verstand? Ich habe vierundfünfzig Jahre auf dem Rücken und bin Cardinal, seit ich Menschen kenne. Es heißt Gott versuchen, was Sie da, mein Sohn, von einer jungen Dame erwarten. Es heißt klüger sein als der Liebe Gott. Aber nicht weiser. Ein bißchen frivol, das Spiel, es könnte sich gegen Sie kehren. Wir wollen halten. – Eh! staffieri! fate alto. – Wenn wir noch im Jahrhundert der Inquisition wären, würde ich meinen: sie neigt zu ketzerischen Ideen. Nun, das tun wir Alle.«
– »Wie, Eminenz?«
»Ich meine, wir denken zu viel. Wir lieben es, Persönlichkeiten zu sein, das ist dem Glauben abträglich.«
Und wieder, mit eidechsenhafter Plötzlichkeit, entstand die Falte, die das Gesicht pittoresk verwandelte. Dann streckte er gleichmütig die Hand aus dem Fenster. Es war ein kleines Fenster, schmales Hoch-Format: wer nicht wollte, brauchte von Keinem gesehen zu werden. Die Sänfte schwankte ein wenig, als der Gast sich tief in die Polster zurückzog. Die Rollen wechselten: jetzt saß der Cardinal vorn an der Kante.
»Gott segne dich, meine Tochter«, sagte er sonor und fürstlich, während draußen die Prinzessin seinen Ring küßte, und zugleich zeigte er drinnen, mit der Linken, auf die Schere des Herzogs. »Ich habe dir ein Geschenk zu übergeben.« Er winkte mit zwei Fingern die Schere heran; genau genommen, er klappte die zwei Finger ein.
– »Ein Geschenk?« hörte man die Prinzessin ehrerbietig fragen. »Ein Abschied?!« rief sie bestürzt, als das saffianrote Etui hinauswanderte. – »Der Herzog, mein Kind, hat sich entschlossen, mit der Braut seines Königs kein Spiel mehr zu treiben.« – »Aber ich bitte um Pardon, Ew. Eminenz. Eminenz entwerten dadurch meinen eigenen Entschluß.« – »Du nimmst also an, ich hätte ihn herbeigeführt. Kein wahrer Entschluß, mein Kind, wird entwertet durch ein paralleles Ereignis. Ich freue mich über deine Festigkeit und erwarte Euch Beide um Sechs in der Hof-Capelle. Stärke dich zuvor im Gebet. Wohin gehst du jetzt? warum bist du so traurig?«
– »Ich gehe, meine Eltern zu vertreten, damit die Cousinen nicht über Mangel an Politesse klagen, und ich bin traurig, weil mein Vater mich nötiger brauchte, es ist ihm nicht wohl, die Ärzte sind bei ihm, vielleicht daß Ew. Eminenz .. ich bin sehr unruhig.« – »Das steht in Gottes Hand. Geh nun. Ich werde dem König Visite machen.«

Er legte ihr die Hand auf den Scheitel, ließ sie den Ring küssen, setzte sich wieder in den Fond. Dennoch zögerte er, den Lakaien zu rufen. Er wartete, bis die Prinzessin aus dem Knicks zurücktrat . . »Staffieri! proseguite.« Die Sänfte entschwebte.

– »Ew. Eminenz ist die Delicatesse in Person«, murmelte der Herzog; er hatte die ganze Zeit über den Atem verhalten.

»Nicht das richtige Wort, mein Sohn. Ich weiß, was ich will, und will, was erreichbar ist. Zum Unterschied von Leuten, die unvernünftig viel wollen . .« Sein Auge schweifte glitzernd. »Exemplum: Gheotta«, sagte er kurz. »Von Ihnen will ich Folgendes. Sie werden bei Allem, was Sie tun, Sorge tragen, daß der Prinz Colonna, nachdem er nun einmal in die Geschichte verwickelt wurde, trotzdem papabile bleibt. Ich hätte nie etwas gegen den Goldring gehabt, zumal er – mir unerfindlicher Weise – selbst einem geweihten Bischofs-Kreuz widersteht. Freilich auch das Kreuz *ihm*. Was dahin deutbar wäre, daß er, wo nicht christlicher, so auf keinen Fall gottloser Natur sei. Und noch dies könnten wir unter uns behalten. Nur hilft uns das wenig. Wer einen lebendigen Menschen verzaubert, muß damit rechnen, daß man ihm den Beelzebub an den Kopf wirft. So geschehen zu Myrrha im Jahre des Heils 1732. Jedermann weiß, von wem der Ring stammt. Jedermann ahnt, wer der Graf Weißenstein ist. Für einen catholischen Kirchenfürsten unqualificierbar. En peu de mots: Sie werden von mir nicht annehmen, daß ich mit ihm verkehre, werden mir, um es ganz klar zu sagen, nicht seine Praesenz zumuten.«

– »Aber um Gottes willen, ich habe keinerlei Einfluß –«

»Liegt auf der Hand, mein Sohn. Hoffen wir, er werde so tactvoll sein, erst *nach* der Trauung . . Ich fürchte, es war unklug, sie im Park vorzusehen, statt in der Cathedrale. Ich fürchte sogar, es ist unklug, allzu viel Gold zu machen. Haben Sie Deckung?«

– »Für das Bisherige: ja.«

»Haben Sie in Phrygien auch schon?«

– »Keinen roten Maravedi, Eminenz.«

»Also *selber* Bedenken? Na, gratuliere. O, wir sind da. Steigen wir aus.«

Die Wachen praesentierten, Livreen eilten, der Leib-Staffiere verneigte sich. »Den Hut, Eminenz?« Und der Cardinal vertauschte sein Käppchen mit der riesigen Purpur-Schaube, von der beidseitig die getreppten Troddeln hingen. Es erschien die pittoresque Falte. Oben angekommen, setzte er wieder das Käppchen auf.

Der Arbeitsraum des Botschafters strahlte von unerträglichem Goldglanz, ein wandelnder Metall-Klumpen beugte sein zwanzigkarätiges Knie. »Gott segne dich, mein Sohn«, sagte Colonna mit höchster Würde. »Er hat unsere Gebete erhört und deines Widersachers Starrsinn schneller gebrochen, als du hofftest. Der Herzog sieht ein, daß er fehlte, nimmt die Beleidigung zurück und leistet selbstverständlich Verzicht auf die politischen Conditionen, die er ursprünglich an deine Vergoldung knüpfte. Als Kirchenfürst darf ich erwarten, du werdest, als Abbé, christlich genug denken, um nicht ohne zwingende Not ein allgemeines Blutvergießen zu beschwören. Umarmt Euch.«
Die Contrahenten taten es. Und aller Goldglanz floß davon: metallisch blieb nur der kalte Schimmer in Don Pasquales gletscherhaften Augen.
– »Die Regierung Seiner Herrlichkeit des Dogen meines gnädigsten Herrn«, entgegnete er, ohne den Herzog noch eines Blickes zu würdigen, und ergriff ein Papier, das auf dem Schreibtische lag, »ist Ew. Eminenz zu eben so unauslöschlichem Dank verbunden wie die gesamte Christenheit und nicht zuletzt Euer geringer Knecht, daß durch hochdero freundwillige Intercession ein gottlos fluchwürdiges Capitel sein versöhnliches Ende fand. Ich bedaure allerdings, Ew. Eminenz wie Ew. Hoheit in meiner Eigenschaft als Botschafter der Republik mitteilen zu müssen, daß ich soeben von Syrina, unserer Marine-Station, die bestürzende Nachricht empfing, Don Diego di Otello, Venedigs Admiral in den östlichen Gewässern, habe heute Morgen seine Truppen auf myrrhonesischem Boden gelandet, der Archipel von Astypalaia befinde sich in seiner Hand, ebenso die Majestät des Königs von Phrygien samt seinem Groß-Wesir und dem hiesigen Flotten-Chef. Im Tiefsten erschüttert durch diese nicht erwartete Wendung der Dinge, bitte ich Ew. Eminenz, die unglücklichen Opfer des nun beginnenden Krieges in Euer Gebet einschließen zu wollen.«
Cardinal Colonna kniffte leicht spöttisch den linken Mundwinkel, ließ das Auge salamanderhaft hinüber zum Herzog schweifen, klappte mit zwei Fingern und kehrte sich wortlos zum Gehen.

XV. Capitel

Noch immer stand die Prinzessin unschlüssig in der Allee, in der langen Baumschneise, die fern auf den Gartenflügel des Schlosses führte, stand überrauscht von den Wipfeln der Platanen und blickte der Sänfte nach, der längst entschwundenen. Und immer noch sah sie den roten Schirm leuchten, sah das Licht in fließenden Kringeln sich malen – auf dem Schirm, auf dem Lack, auf den Rücken der Träger – immer kleiner wurde der Trupp, bis er, ganz hinten, vor dem Grotten-Saal des Palais, ganz unvermittelt in die Sonnenflut tauchte. Aber der rote Fleck blieb. Sie konnte die Augen zumachen, konnte suchen, ihn abzuschütteln: immer wehte er, langsam, körperlos, eine Art Fata Morgana, durchsichtig unter dem hohen Laubdach dahin .. an den getigerten Stämmen vorbei .. den Bosquett-Nischen .. den Putten, die im Spiel der Vergoldung harrten .. bis er, ganz hinten, geheimnisvoll aufglühte. Rouge cardinal – die Farbe der Mysterien und des Heiligen Blutes: viel mysteriöser, abgründiger, tiefer, als sein Gegensatz, das kalt strahlende Ultramarin. Zwischen diesen Farben spielte ihr Leben, hier Colonna, hier Weißenstein, erst jetzt ging ihr das auf.

Ja. Erst jetzt ging ihr auf, welche Macht auch Colonna besaß, und was er damals meinte. Sie hatte ihn ein einziges Mal gesehen: als er die Totenmesse für Don Giovanni celebrierte. Und hatte ihn ein einziges Mal gesprochen: am gleichen Tage, als sie, zweifelnd in ihrem Entschluß, dem unsichtbaren Ohr beichtete. Und dieser wunderbare Mann, in seiner herrenhaft festen Güte, gab ihr Mut und Halt. Es sei ein Sinn verborgen, sagte er sonor hinter dem Gitter, in allen ihren Opfern; Gott verlange vom Menschen nicht mehr, als der Mensch tragen könne; sie solle sich opfern; obwohl es heidnisch erscheine; im Letzten besiege ja *sie* den Fürsten der Finsternis, *sein* Sieg sei ein Irrtum; denn sie reiße ihr Volk aus seinen Klauen und diene so besser dem angestammten Glauben, als wenn sie starr die Vernichtung fördere. »Es wird eine Entscheidung auf dich gelegt«, sagte er, »denen nur höhere Geister gewachsen sind; da verbietet sich jeder kleinliche Standpunct; da verliert sogar das Dogma die Allgültigkeit seiner Doctrin. Durch meinen Mund spricht die Kirche dich frei: weil dein Gewissen rein und kein Irdischer klug genug ist, die Weisheit des Herrn zu erforschen. Er wird es lenken zu seinem Ruhme; wir müssen vertrauen.« Und seither nicht der kleinste Wink, nicht die kleinste Beeinflussung. Vielleicht aber war er nur deshalb in Myrrha geblieben, sie von fern zu beobachten? Zwei Tage nach dem Botschafter gekommen, hatte er tätig das ganze Erdbeben miterlebt, hatte unzähligen Menschen Trost gespendet, kein Brand, kein Unglück, bei dem er fehlte, keine Mühsal, die ihn schreckte, keine Seuche, die ihn abhielt: Tag und Nacht in Person trug er das Sacrament durch den Untergang, und wenn schwelende Balken herabstürzten, so kniffte er skeptisch den Mund .. man flüsterte, er strebe nach der Glorie des Martyriums.

Wir müssen vertrauen .. Und sie hatte es vergessen bis zu dieser Minute. Der rote Fleck – ein Schwindel im Kopf – was tun? Mußte man ihm nicht mehr vertrauen, der allen Gefahren furchtlos ins Auge blickte, als dem Mysterium in Blau, das davonreiste, so oft eine Schwierigkeit auftrat? Aurel – welch extravaganter Name! Azur war darin, Gold, eisige Firnenluft, nichts Warmes wie im rouge cardinal, nichts, was zum Herzen sprach, er kam ja von dort oben, aus dem hohen Norden, wo es Schnee gab und Apostolische Majestäten, dort residierte er, in seinen Schlössern, die niemand kannte, Weißenstein, Sonnenfelde, und im Gotha existierte er nicht. Wer war er? War er Zeus? war er »il principe delle tenebre« ihrer Beichte, der Fürst der Finsternis? oder ein ganz gewöhnlicher Taschenspieler? Selbst Eminenz vermied es, eine klare Theorie zu verfechten, man mußte den Herzog fragen, was Eminenz meinte. Aber der Herzog, auch wenn er zehnmal im Coupé des Legaten saß, blieb immerhin doch Seiner Erlaucht Geschäftsträger; und wenn er sich zehnmal im Fond versteckte: er sollte die Braut seines Königs nicht täuschen. Gab er sein Spiel verloren? die Schere war hübsch ciseliert, sie war golden trotz des geweihten Bischofs-Ringes. Was also wollte der Kammerherr? Plus ultra! immer noch mehr! verkündete sein Wappenschild. Wie viel menschlicher lautete da Colonnas Devise: Colonna della fide, Säule des Glaubens! Und doch war er gar nicht starr; nichts Doctrinäres ging von ihm aus; er lenkte die Menschen am langen Zügel.

Die Prinzessin führte die Hand an die Augen, es wurde ihr ungewöhnlich schwindlig – keine Bank in der Nähe? Und wohin gehen? zu den Cousinen, die da so gräßlich im Bosquett lachten? zum Vater, der vom Königlichen Erbbegräbnis sprach? zum Herzog, den sie liebte, ohne ihn lieben zu dürfen, und dem sie geschworen hatte, sie werde nur unter Zeugen –? Liebe, Heirat, Heirat aus Liebe, Ehe, Vernunft-Ehe: was für Consequenzen! unabsehbar! Und Alles sollte sie leisten! Aber sie konnte nicht mehr. Trotz Cardinal, trotz Pflicht, trotz Klugheit: ein Wort, ein freundliches, und sie capitulierte – vor dem Glück.

Sie schlug die Augen wieder auf – da .. was war .. – rieb sie, starrte. Kein roter Fleck mehr .. Am Ende der Allee leuchtete die

vergoldete Blei-Cuppel, vom Herzog vergoldet, gestern, die Cuppel des Pavillons. Ja so, natürlich, man hatte sich umgedreht – nicht rückwärts schauen – voran, in die Zukunft – einen klaren, geraden Weg, der die Herzen ihrem Tempel entgegen geleitet .. Was war nur mit ihren Augen – ein blauer Nebel. Sie konnte die Augen zumachen, konnte versuchen, ihn abzuschütteln: immer wehte er, langsam, körperlos, eine Art Fata Morgana, durchsichtig über dem Kies dahin .. an den getigerten Stämmen vorbei .. den Bosquett-Nischen .. der geschwungenen Canal-Brücke .. bis er, ganz hinten, auf der Pavillon-Freiheit, im Sonnen-Glast schwand.
Sie folgte ihm zögernd. Sollte sie dem Herzog sich geben? An der Brücke blieb sie stehen. Thron und Altar, Danae, und das Sacrament der Ehe .. Sollte sie ins Wasser? Die Kirche, sagte eine geborstene Stimme, verbietet es .. Sollte sie den Herzog verabschieden, wie er sie verabschiedet hatte? Niemand half, niemand riet. Die Aura, zwei Hand breit über dem Erdboden, wehte ultramarinblau davon. Der Canal floß klar. Ein Platsch, eine kleine Fontaine, der morastige Grund wölkte hoch, man sah die Schere nicht mehr, kein saffianrotes Etui. Der Herzog, mein Kind, hat sich entschlossen, mit der Braut seines Königs kein Spiel zu treiben. Aber der blaue Nebel, Eminenz! aber der rote Fleck, Graf Weißenstein! alle Welt spielt mit mir, jeder zerrt, jeder will – wem *soll* ich denn nur gehorchen!
Wir – müssen – vertrauen!
Hören Sie auf, sich zu ängstigen. Springen Sie nicht ins Meer. Hüten Sie sich vor den Schneidern.
Zwei Mysterien, zwei Orakel – die Prinzessin lachte. Es war ein Lachen tief in der Kehle, halb befreit, halb ironisch, ganz flüchtig. Und in dieser flüchtigen Viertel-Secunde gewann sie ihre Festigkeit wieder: es wurde Zeit, sich umzuziehen, ihre Verlobung mit König Midas segnen zu lassen, eine Fürstin des Glaubens in Asien zu werden; und vorher: souveränen Pflichten zu genügen; acte de présence zu machen im Bosquett. Avanti! haben wir den gleichen Weg, mein Herr Nebel?
– Es wird mir ein Vergnügen sein ..
Und sie ging, wie man als Prinzessin zu gehen gelernt hatte: sie eilte nicht, sie zögerte nicht, sie wußte wieder, was sie wollte – Mocca trinken, zum Beispiel.
Undurchdringlich verschlungene Zweige schlossen den Rasen von der Außenwelt ab. Sie bargen die Intérieurs elfischer Nächte und panischer Mittage, bargen sie vor Blicken, doch nicht vor Ohren, denn

das Geflüster von Liebeslaut und zarter Confidenz stieß sich, da selber Natur, an keinem Laub und Geäst, auf der Brise hängend gleich dem Volke der Abendmücken, fuhr es ungebeten und peinlich in die nächstbeste Gehör-Muschel. Man wird also billigen, daß die Prinzessin Danae, noch ehe sie den als Baldachin kunstvoll geschnittenen Eingang erreichte, den Schritt anhielt.

»Die süße Danae«, hörte sie flöten, »die kleine Unschuld«, hörte sie rufen, mit Vocalen, bis in die letzte Delicatesse gekostet, mit Consonanten so nadelspitz, mit so genießerischem Amusement, daß kein Zweifel sein konnte: es war Königin Leda. »Uns drei Hübschen«, rief sie, »uns macht man nichts weis, wir wissen Bescheid, haben ja auch Alle das Gleiche erlebt, und Alle mit dem gleichen, spendablen Galan – Opfer göttlicher Launen! Ein Stier, eine Wolke, ein goldener Regen .. quel beau camouflage, huch nein, mein Herr, was denken Sie sich, ich bin ein anständiges Mädchen. Man schickt ihm unverschämte Briefe ins Haus, gibt vor, man habe ihn refusiert, sorgt, daß man recht bald allein ist, und sagt: servez-vous, hier schwimme ich nackt im Meer. Na, wißt Ihr! Da müßte ich meinen himmlischen Schwan schlecht kennen. Woher bläst dieser phrygische Zephyrwind? Io, du hast einen Trottel zum Mann, Euröpchen einen sanften Idioten, widersprich nicht, und ich einen sabbernden Taper-Greis. Aber Alle sind wir hoch zufrieden, regieren selber und treiben es, wie wir wollen. Und jetzt kommt ein schwammiger Dickbauch? kommt ein orientalischer Eunuch mit Sclaven-Scharen und Goldring daher, um sich ganz en passant ausgerechnet die kleine Danae anzubändigen? die nur zu *Ihm*, dem Herrn des Himmels, zu beten brauchte, um ein schreckliches Ungewitter von vier Wochen ganz einfach zu beenden? Es liegt System in diesen Mariagen – und sie erfolgten immer dann, wenn es nicht länger zu verheimlichen war, daß eine begeisterte Liaison ihr natürliches Resultat gezeitigt habe.«

– »Da meinst du also?« fragte schwerzüngig Europas Alt, aber weiter gedieh sie nicht.

»Da meine ich allerdings, ma chère cousine, daß es für den alten Herrn schon ganz besonders schön gewesen sein muß, wenn er sich dermaßen luxuriös bedankt. Außerdem mag es nun bereits dringlich sein, fiel sie nicht gestern in Ohnmacht?«

Silbernes Gelächter! Die Prinzessin staunte, sie hatte hier nichts verloren. Rieselnde Cascaden, ein Gelächter-Terzett mit Cimbelklang und Schellengeläute .. und plötzlich erstarb es, mitten im

Lachen, abgerupft, in der Kehle erstickt, man hörte ein merkwürdiges, bestürztes »O . .!«, dreifach aus der Brust heraufgeholt, und hörte eine sonore Stimme, erfüllt von frischer Schnee- und Firnenluft, in das Porcellan der gekrönten Schandmäuler klirren. »Liebe Leda, hüten Sie Ihre Zunge vor Despectierlichkeiten.« Peinlich . .
Und wieder sagten die Königinnen: »O . .!« – die Prinzessin stand in der Hecken-Pforte. Noch peinlicher . .
Ja, sie stand unter dem kunstvollen Baldachin-Tor, in ihrem weißen, mit Rosen und Vergißmeinnicht brodierten Gartenkleid, umrahmt von dämmriger Wölbung, und sah, was zu sehen war: Erlaucht den Kammerherrn. Diaphan körperlos, zwei Hand breit über den Kissen, saß er lässig à la turque mit verschränkten Beinen, und die fächelnden Mohren bemerkten ihn nicht, ihre Straußenwedel senkten und hoben sich ungeniert durch die schimmernde Aura hindurch, die auch keineswegs davongewedelt wurde – im Gegenteil, sie hatte das Einglas ins Auge geklemmt und componierte ein gewaltiges Bronchien-Lachen, die Adern am Halse traten hervor, die Hand, mit liebenswürdiger Geste, entführte die Mocca-Tasse der Königin Io . . und Alles – Monocle, Bronchien, Hals, Adern, Hand, Auge – Alles war aus Luft: blauer Nebel . .
»Was haben wir denn, meine Damen?« rief der Nebel, »haben wir denn ganz unsere artige Suada verschluckt? Nur hurtig fort, nur frisch geplaudert, alte Herren mögen das gern. – Lakai! einen Mocca, etwas Torte!«
»Lakai!« befahl die Prinzessin, noch immer in der Laube, »Mocca für Seine Erlaucht«, denn die Lakaien hörten und sahen nicht. Aber im Augenblick, da sie es sagte, sahen sie ihn: er war übergangslos zu Fleisch geworden; war plötzlich da. Er stand auf, zog die Weste zurecht, ließ das Einglas fallen, das im Schreiten am schwarzen Band pendelte, schritt auf die Prinzessin zu, verneigte sich, ein ganz klein wenig, und führte die Hand, die sie ihm reichte, galamment an die Lippen: »Ich erlaubte mir, soeben anzukommen, Teuerste.«
»Das sehe ich«, erwiderte Danae. »Wollen Sie die Güte haben!« sagte sie kalt und wies auf den Hainbuchen-Gang: »Bitte . .«
Die Lakaien, mit Scheu und Mißtrauen, deponierten im Gras ein Gedeck für Erlaucht, und dann traten sie wieder zurück, weit zurück, bis da, wo die Granatapfelbäume vor der geschorenen Hecke standen. So war befohlen. Außerdem schien es sicherer dort.
– »Unangenehm . .« bemerkte Io. »Was machen wir?«

»Pst!« sagte Leda und hob die zierlich gegliederte Hand.

- - »Gehorcht?« hörte man den Kammerherrn fragen. – »Ja.« – »Und Alles zur Kenntnis genommen, was die albernen Puten gackerten?« Abermals dieses Ja, scharf, ungnädig, der Erörterung abgeneigt. Man lauschte angestrengt, die Stimmen entfernten sich. »Wären Sie der, für den ich Sie halten mußte, Sie hätten sie gezüchtigt, zerschmettert – anstatt Ihren dummen *Mocca* zu befehlen! Sie sollten *feuerrot* werden! Es ist *gemein*, die Ehre einer Dame derart in den Schmutz treten zu lassen! Und kein Wort der Richtigstellung! Despectierlichkeit zu sagen! zu einer Monstre-Beleidigung! Ich *habe* mich Ihnen nicht gegeben, ich habe mich formaliter unterworfen, das ist Alles, Sie haben mich dazu gezwungen mit der verabscheuungswürdigsten Niedertracht, Sie haben mein Pferd getötet, meine Träume vergiftet, meine Sänfte zerschlagen, Mord und Brand gestiftet, und verlangen nach *Mocca*! Sie sind ein Kutscher, aber kein homme de qualité!« – »Ihr linker Ärmel rutscht«, hörte man den Kammerherrn entgegnen, »nehmen Sie mein Taschentuch, wenn Sie weinen wollen ..« und dann hörte man nichts mehr.

»Mon Dieu«, flüsterte Leda mit maliciös gespitzten Lippen. »Mon Dieu, mon Dieu, quelle tragédie! Abgeblitzt also, der alte Galan. Enorm.«

– »Leda!« bemerkte strafend die Königin Io.

Aber Leda lachte, lachte in silbernen Cascaden. »Da mögt Ihr nun sagen, was Ihr wollt«, rief sie, »er ist *doch* Cavalier. Hat sie nicht bekommen und beschenkt sie trotzdem – und wie! Ich platze vor Neid. Eine solche Mariage, Territorien, daß wir uns verstecken können, und dazu noch alle Vorzüge, die auch wir hatten: Reichtum, verlebter Ehemann, Liebhaber wird mitgeliefert. Hm! Fiel sie nicht gestern in Ohnmacht? als der Herr Schneider aus seinem Meerpalast stieg? Zuerst glaubte ich freilich, es sei eine zarte Annonce ihrer Natur, ein kleiner Regenknabe, ein goldiger, doch wie dem auch sei: hat sie sich etwa nicht in den Herzog verschaut? Das sollte mit seltsamen Dingen zugehen .. Ich bin persuadiert, dieser Midas kommt gar nicht erst, unser hoher Gönner dürfte ihm das nahe gelegt haben, und über das Brautbett wird der junge Mann Parallelität der Gedanken und Auffassungen herstellen.«

– »Leda!« sagte Königin Io. »Deine Phantasie ist bemerkenswert ge –« Und verstummte.

Über den Kissen segelte die Tasse des Kammerherrn. Kobaltblau, mit Ornamenten in Weiß und Gold, schwamm sie auf nichts als lauter Luft, und der silberne Löffel, von keiner Hand geführt, stocherte unnütz im Mocca, dessen Zucker, wie man weiß, schon längst aufgelöst war, sonst konnte es nicht Mocca sein. »Damen unter sich«, murmelte der Löffel und entstieg dem schwarzbraunen Bade, man hörte schlürfen, »eine der genialsten Fehl-Constructionen . .«

Auge und Einglas nahmen nebelhaft ihren Auftritt. »Ich bin zwar nur der Graf Weißenstein«, erklärte der Nebel, »aber hin und wieder verreise ich auf den Parnaß, hin und wieder verkehre ich intim auf olympischen Festivitäten. Glauben Sie mir, auch dort schätzt man Alcoven, die im Zeichen strenger Sittsamkeit stehen. Die leichten Eroberungen haben den Geschmack verdorben. Und wenn ein großer Geist dieses Saeculums bemerkt, unsere Welt sei die beste aller denkbaren Welten, so darf ich Ihnen autoritativ sagen, daß der alte Herr Zeus die Meinung nicht teilt. Wo gibt es noch Damen, ich meine: standhafte Damen ohne erotische Corruption? Wo gibt es noch Herren, ich meine: Herren, die zugleich Männer sind? Es hat ihm ein Einziger imponiert – Herr v. Legua. Es hat ihn eine Einzige refusiert – Prinzeß Danae. Und da ich sein Geschäftsträger bin, gebe ich mir die Ehre, Ew. Majestäten in Kenntnis zu setzen, daß die Moral der Prinzeß über allen Zweifel erhaben ist, und daß mein Kaiserlicher Herr sie aus allen Consequenzen der Unterwerfung entläßt. Sie hat mich soeben mit freundlicher Bestimmtheit verabschiedet, weil sie in Klarheit zu leben wünscht. Ich meinerseits wünsche, daß Sie, meine Damen, sich bei der Prinzeß entschuldigen, und daß die Geschichte damit erledigt ist. Ich hoffe, ich bin verstanden!« sagte er hart, und eisige Strahlen fielen auf Königin Leda, die schluckend das Kinn an die Brust zog.

Der Geist des Kammerherrn aber wandte sich gleichgültig ab, blickte zur Seite in den aus Buchenzweigen geschnittenen Baldachin, wo soeben die Prinzessin am Arme des Kammerherrn eintrat . . die Aura erblaßte . . zerdampfte . . entschwand.

– »Kommen Sie«, sagte Graf Weißenstein, »kommen Sie, mein Kind. Wir werden jetzt ein Täßchen Mocca trinken, die Cousinen werden Sie umarmen, der Groll verfliegt.«

»Entschuldige . .« murmelten die Königinnen und leisteten ihr Embrassement. Zugleich fuhr das Täßchen, galant vom Boden her, in die Höhe, erreichte ohne Unfall Seiner Erlaucht Lippen, man hörte schlürfen. Die Lakaien merkten es nicht. Sie eilten, für die Prinzessin ein Gedeck aufzulegen, doch die Herrschaften nahmen nicht mehr Platz. Von See donnerte Flotten-Salut – die ersten Gäste trafen ein.

– »Wollen Sie leugnen, meine Damen«, fragte der Kämmerer, indem er dort anknüpfte, wo sein Double geendet, und fuhr auch richtig im Geschäfte des Stocherns fort, »daß Zeus, bei allen Fehlern, die er hat, solch Mann und Herr sei? Ich möchte damit nur andeuten, daß er ein sehr *menschlicher* Gott ist. Und die Höflichkeits-Begriffe Ihres Jahrhunderts sind immerhin neueren Datums, das Leben war früher weniger compliciert. Strengen Sie Ihre Phantasie an. Überlegen Sie die heutige Existenz dieser abgedankten Gottheiten. Überlegen Sie, was Sie selbst tun würden, wenn etwa ein Thron-Verlust Sie zwingen würde, sich in das Exil zu begeben. Keine Untertanen, schmale Revenuen, ein pflichtenloses Dasein, von dem der Glanz blättert. Vermutlich würden Sie Ihren Leidensgenossen Visite abstatten, auf Walhall vorfahren, mit Baal-Moloch von alten Zeiten plaudern, oder Isis und Mithras zum Tee empfangen. Vielleicht sogar, daß gelegentlich eine Einladung käme zu noch regierenden Monarchen? die es besser haben? Und zwischendurch, unter irgend einem Incognito, reisen Sie gewiß auch einmal durch Ihre alten Kronländer und Staaten, sprechen gerührt mit diesem oder jenem betagten Diener, der Sie nicht mehr erkennt, oder stellen irgend einen reizenden Unfug an, schütten einem kleinen Mädchen das Glück in den Schoß, wischen ihr ein paar Tränchen ab, machen Winkewinke .. und sind verschwunden. Ja. Doch nun will ich nicht länger stören.«

Er nahm einen letzten Schluck Mocca und stellte die Tasse einfach in die Luft, wo sie platterdings blieb, bis eine Lakaienseele gestürzt kam, sie bleich, doch todesmutig abzuservieren. Dann neigte er den Kopf, ceremoniös und ernsthaft, wobei er die Spitzen-Manchette seines Ärmels zurecht zupfte, wandte sich zur Prinzessin und tätschelte ihr flüchtig die Wange. Es war eitel Gunst und Geneigtheit. »Haben Sie nur immer Vertrauen zu mir«, sagte er bewegt.

Sie errötete leicht, vermöge ihrer Aversion gegen Puder, und verschwieg zartfühlend die Bemerkung, die in Form unschuldigen Erstaunens ganz kurz durch ihre, wie erinnerlich, weißblauen Augen blitzte. Der tiefe Hofknicks allein kündete von schwer zu definierender Reserve.

Ein ganz klein wenig zögerte noch einmal der rätselhafte Austro-Parnaß-Agent, bevor er, in nicht gewöhnlicher Weise, das Bosquett verließ. Er schritt – und kein Lakai, keine Königin wagte zu warnen, niemand rief »Obacht, Erlaucht!« oder »Links ist die Pforte!« – er schritt souverän auf die Heckenwand zu, gleich mußte er anstoßen, aber nein: sie wich ihm respectvoll aus, war einfach nicht mehr vorhanden, da wo er wandelte, und zeigte im Hintergrund einen schönen Quer-Blick durch das zweite Plateau, oberhalb der Böschung, auf die jenseitige Allee, die mit leisem Rauschen sich flüsternd bewegte.

So ging er langsam über den Kiesweg davon, die Hand am Stichblatt des Degens haltend, ein leuchtender Fleck Ultramarin vor der Coulisse schilfgrüner, haushoher Platanen .. Hin und wieder aber blieb er stehen, klemmte das Einglas ins Auge und betrachtete mit Interesse die Figuren des Taxus.

Die Königinnen sagten kein Wort.

XVI. Capitel

Contre-Admiral v. Andria wartete bis um sechs Uhr vergeblich, daß eine Kriegs-Erklärung oder auch nur ein officieller Schritt des Botschafters erfolgte. Der König war krank, eine leichte Herzschwäche, er bedurfte der Schonung. Die Prinzessin weigerte sich, den Regentschafts-Fall als gegeben zu nehmen, schloß sich im Gebet ein und verwies an den Herzog. Der Herzog aber vergoldete seelenruhig den Park und behauptete, das Alles sei keiner Aufregung wert, es ändere nichts, das Fest finde statt – ob mit oder ohne Cartätschen-Gebrüll.

Nun, daran war freilich kein Mangel: unausgesetzt feuerte die Flotte Salut – roch es nicht deutlich nach Pulver? Und die Gäste konnten Manches berichten. Zwei Meilen unter der Südküste versammelte sich die Samische Flotte; ein anderes Détachement stand bei Daphni; einige acht oder neun venezianische Corvetten kreuzten außer Sichtweite im Golf von Myrrha; und gleichzeitig schwollen Hafen und Reede von nicht mehr zu zählenden Briggs, Brigantinen, Yachten und Booten, der Adel der Inseln kam über das Meer herbeigewogt – nur weil gestern Mittag die Telegraphen gefunkelt, Fama die Flügel gebreitet, Staffetten und tuschelnde Zofen colportiert hatten: den nächsten Abend werde Gala gehalten, und ein Goldschiff habe festgemacht, es sei vertäut unter den Fenstern einer heiratsfähigen Erbprinzeß .. Jaah, da lag es, bestaunt und bewundert, umlagert von ganzen Carawanen, die den Beamten des Protocolls das Leben vergällten – worauf man Militär hinzuzog, um den auswärtigen Fürstlichkeiten die Passage zu öffnen –, und Nobili und Nobilissimi, ein unendlicher Heerwurm, verschwanden im Palais, Sänfte auf Sänfte, Wagen auf Wagen, die Prunkstiege feierte Ehrentag. Garden in Parade-Uniform, wohin man blickte; Diplomaten vom Dienst, pausenlos beschäftigt, zu empfangen, zu begrüßen; Regimenter von Lakaien, den Weg zu weisen; und zwischen all dem eine monde von wundervoll gekleideten Standes-Personen, die sich, in tadelfreier Haltung, unter Scherz und Geplauder nach oben bewegten. Dort war es wieder das Protocoll, dem Last und Verantwortung leider oblagen, dort schied sich der Adel nach seiner strengen Hierarchie, man mußte den Gotha beherrschen .. Grafen, Barone; Erlauchten, Durchlauchten; Titularfürsten und Erbfürsten, gefürstete Äbte: wie wenn Wasser rauschend in schöne Zierbecken strömt, so füllten sich langsam Cabinette und Säle, hier mit Gebrieften und dort mit Gebürtigen, hier Monsignori, dort Hoheit, Minister; Metropolit, Vicomte, Marchese; zweitclassige Herzoginnen, Mésalliancen; bischöfliche Excellenzen, Hochwürden und Königliche Häuser – welch heikle Fragen von Rang und Vortritt! welche Fülle von Titeln, Praerogativen! welche Wissenschaft und was für Schwierigkeiten!

Und jeder, jeder erzählte! jeder wußte, jeder ahnte, hatte dies gesehen, hatte das gehört, schüttelte den Kopf und rümpfte die Nase. »Ew. Liebden begreifen« – »Ew. Durchlaucht tun gut« – »Croyez-moi, mon cher Prince« – » .. farà la guerra« – »Die Sache ist amtlich, die Sache steht faul« – Fazit: es war noch nicht Sechs, so erschien bei Herrn v. Merziphon der Phantarische Staatssecretär, erschien als Wortführer der drei lieben Cousinen und teilte mit, Ihre Majestäten seien unter obwaltenden Umständen nicht in der Lage, den Flotten-Vertrag zu signieren, zumal es befremdet habe, daß Myrrha, als der federführende Partner, die Informations-Pflicht ganz offenkundig vernachlässige .. bedaure sehr, vielleicht später, bon soir, Monsieur.

Bums! da saß man ohne Bundesgenossen.

»Was verschlägt das?« erklärte der Herzog, man stand noch beisammen nach der Benediction, im großen Corridor vor der Hof-Loge, »ich habe Ihnen ja gesagt: Mobilisieren hat keinen Zweck; wenn wir es diplomatisch nicht schaffen, schaffen wir es gar nicht; werfen Sie das dumme Bündnis ins Meer, da wo es am tiefsten ist, und gönnen Sie Ihren Truppen Ruhe, die Leute freuen sich auf heute Abend. Die Sache liegt außerdem vollkommen klar. Bitte überlegen Sie. Gheotta erhält ein Telegramm. Er liest uns das Telegramm vor. Laut dem, was er vorliest, befinden wir uns de facto im Kriege. Nicht jedoch de jure. Warum vermeidet man, ihn de jure zu erklären? Hofft man, *wir* würden die Consequenz ziehen? das Odium auf *uns* laden? Das hieße die Schlacht von Pavia wiederholen: tout est perdu fors l'honneur .. Folgt die zweite Version. Bitte überlegen Sie. Der Feldmarschall ist Vorgesetzter des Botschafters. Kaum anzunehmen, daß er seinem Untergebenen eine militärische Meldung erstattet; und wenn, so bestimmt nicht, ohne hinzuzufügen, was er damit will. Was also will er? Den Krieg? dann würde er die Botschaft beauftragt haben, ihn zu erklären. Das wurde weislich vermieden. Er will also keinen Krieg? Dann konnte er den Überfall sparen. Er hat aber Astypalaia überfallen, muß sich also irgend etwas dabei gedacht haben. Die einzig mögliche Interpretation ist diejenige des Faustpfandes. Über Faustpfänder verhandelt man. Ich garantiere, wir haben nur die Hälfte des Telegrammes gehört; und der Schluß enthielt, logischer Weise, die Ordre: Hellebarde bei Fuß, Mousqueten auf die Gabel, das regle ich selbst. Wir werden demnach den Herrn Feldmarschall im Laufe des Abends begrüßen; ebenso meinen königlichen Herrn, und ebenso Herrn v. Borromeo. Da dieser Herr Borromeo aber inzwischen seinen Freund freundschaftlich dürfte bearbeitet haben, so bleibt für uns wenig zu tun. Was: springt ins Auge. Denn inzwischen, wie berichtet, hat sich der Herr Gheotta découvriert. Eine abgründige Heuchelei: der venezianische Botschafter sagt Astypalaia und spricht von myrrhonesischem Boden! Ganz offenbar wird hier dem lästigen Vorgesetzten ein Bein gestellt; ihm der Strick gedreht. Es sollte mich wundern, wenn die Taube nicht längst davonflog, dem Dogen in sanfter Lumperei zu soufflieren, es sei Krieg und Otello der Schuldige. Mit anderen Worten: Gheotta bekommt seine Blutsuppe, Venedig löffelt sie aus, und der Löwe bezahlt. So lautet die Rechnung. – Was ist?«

Ein Actuar aus Herrn v. Merziphons Amt war herangetreten und überreichte seinem Chef zwei Depeschen.

Der Herzog wandte sich zur Prinzessin. »Ich hoffe Königliche Hoheit einverstanden.«

»Womit?«

– »Mit meiner General-Weisung, daß weder Heer noch Marine in Alarm gesetzt werden.«

Der Staatssecretär, unter vieldeutigem Lächeln, reichte das Schreiben an Herrn v. Andria weiter und erbrach die Siegel des zweiten. »Ja«, entgegnete die Prinzessin, »auch l'honneur ist perdu, wir können nur noch nachgeben –« und empfing das Papier. »Kriegführen jedenfalls ist unmöglich. – Ha-ach .. Ihre Definition war sehr scharfsinnig. Lesen Sie.«

Der Text kam von der Admiralität und hatte folgenden Wortlaut: »Admiral Orient-Flotte mit vierzehn Corvetten auf Reede vor Anker gegangen. Winkspruch von Flaggschiff. Feldmarschall erwartet Herzog von Scheria unverzüglich an Bord. Boot unterwegs. Freies Geleit.«

Der Herzog zupfte mit zwei Fingern die Nase, was erfahrungsgemäß Verlegenheit ausdrückte. »Noch so eine Nachricht?« fragte er und blickte mit ironischer Arroganz auf den Staatssecretär.

– »Wesentlich peinlicher«, erwiderte Herr v. Merziphon. »Königin Alkmene von Amorgos ist gelandet, ich dachte es mir vorhin – großer Salut ..«

»Wieso ist das peinlich? ein paar Könige mehr regen *mich* nicht auf.«

– »Aber den Protocoll-Chef! Die Majestät besitzt keine goldene Robe.«

»Dann soll sie ohne Gold gehen. Bin ich verpflichtet, alle diese Damen mit Uniform zu versorgen? Wie alt ist denn das Ganze?«

– »Siebzehn, Ew. Herrlichkeit.«

»Pja .. Was machen wir? Reizvolles Alter. Hat sie auch einen kleinen .. Zeus-Knaben? ist sie hübsch?«

– »Besonders aparte Schönheit, besonders aparter Zeus-Knabe.«

»Ja, da muß sie natürlich in Gold – dumm. Dumme Geschichte. Und ausgerechnet jetzt bin ich zum Tee eingeladen. Wissen Sie, was? Ich komme nachher in den Salon der Prinzessin – soll sie warten. Sie soll mir ihr Kleid hinlegen .. und so weiter, üblicher Vorgang. Obwohl ich mir eigentlich geschworen hatte, kein Gold mehr zu producieren. Adieu. Mein Prinz, Sie sind so lieb: unterhalten die Cousine. N'est-ce pas? Und drücken Sie Däumchen. Darf ich Ihrem königlichen Herrn Bräutigam einen Gruß ausrichten?«

»Einen Gruß, Herzog, bestellt man an Menschen, die man kennt. Gehorsamste Empfehlung.«

Sie sah ihm nach, wie er davonging, in Weiß und Silber, mit seinen festen, federnden Schritten, die Hand am Degen – zum Thema Schere war kein Wort mehr gefallen – und das Herz voll Gleichmut. Leda hatte gut reden: natürlich liebte sie, wie sollte sie nicht?

Für die Leichten war Alles leichter, da gab es Auswege genug, galante, moderne .. liberal und urban. Aber die Tochter des Königs Alphanios besaß ein schwermütiges Erbteil, darüber ließ sich nicht hinwegdisputieren, und die Tochter der Kirche würde um keinen Preis Spott lesen mögen in gewissen ungleichen, salamanderhaft schweifenden Augen. Nein, sie brauchte Klarheit und reinen Tisch, deutliche Verhältnisse brauchte sie, wohlabgemessen, wohltemperiert – *und* eine Aufgabe, die das Leben lohnte: große Pflichten voll Glanz und Ruhm. Oder durfte sie zurückbleiben hinter dem Stil ihrer Taten? Sie, die das Erdbeben beendete, sie, die Don Johann den Tod schenkte, einem Gott Widerpart bot und seinem magischen Agenten den Abschied erteilte, durfte sie im Ernst ihr Niveau unterschreiten, irgend Jemanden heiraten, nur weil er ebenbürtig und liebenswert war? Eine Fürstin des Glaubens in Asien! heute Nacht noch würde sie es werden .. und der Gedanke daran ging wie ein Glücks-Strom durch ihr Inneres. Wir – müssen – vertrauen!

»Eh bien, meine Herren, das Programm wird eingehalten. Sobald es dunkel ist: Licht im Park, Defilier-Cour – in der normalen Reihenfolge. Sollte sich mein Vater so schnell nicht erholen, nimmt die Königin allein die Honneurs entgegen. Bitte verschonen Sie ihn mit Aufregung, der Herzog regelt das. Bis er zurückkommt, dürfen Sie auch mich verschonen. Adieu also, ich erwarte die Königin Alkmene in meinem Salon.«

Indessen, als sie eintrat, saß die Cousine schon da. Siebzehnjährig, hellblond, zart und gesittet, plauderte sie melodisch mit Frau v. Ehrenpreis, der gewölbten Hofdame, deren vornehme Fülle keinen Anlaß zum Tadel gab, wohl aber durch ihren Gegensatz das Bild der kleinen Königin bis zum Entzücken steigerte. Man umarmte sich. Diese zierliche, süße Person, schön wie der Morgen und spiegelklaren Gemütes, war, wie alle Enkelinnen der alten Sofja, Besitzerin aquarellblauer Augen, die mit leicht ironischem Schimmer in die Sensationen ihrer samt und sonders monarchischen Existenzen blickten. Aber ihr Vater, der letztverstorbene König von Amorgos, hatte schwermutsvoll die Speise der Scrupel gekostet, ein herber Schleier, ein gewisser Ernst, lag auf den selbstbewußt gespannten Lippen, und ihre Nachbar-Cousinen nannte sie kurzerhand »demi-monde« .. Von ihren Schicksalen kein Wort; und diese Schicksale waren kein Pappenstiel: mit Dreizehn verlobt, mit Vierzehn geheiratet, verliebt bis zur Raserei, mit Fünfzehn Witwe, am selben Tage von Zeus beehrt, und zwar in Gestalt ihres Gemahls, des Prinzen Amphitryon, dessen Tod sie nicht ahnte, mit Sechzehn niedergekommen, mit Siebzehn den Thron bestiegen – so etwas erzählte man nicht, auch wenn die Welt es wußte. Sie selber sprach niemals davon. »Chère cousine«, sprach sie stattdessen, »il faut que nous nous tutoyons, die Verwandtschaft ist nah genug, scheint mir. Schade, daß dein Besuch ausfiel, es wäre so hübsch gewesen; man hat mir gestern eine Entschuldigung geschickt, sehr zierlich, sehr artig, hat auf später vertröstet und mich meinerseits eingeladen. Zwischen den Zeilen war übrigens von einem Flotten-Bündnis die Rede; mein Minister behauptet, es sei keine Wahl, da auch Chimaira, Phantar und Rho .. Bestehst du darauf? Mittlerweile haben die Drei abgewinkt, vermutlich wird nun mein Minister wiederum, und so weiter, da auch Phantar, Chimaira, Rho .. Wenn es dir hilft, trete ich bei.«

– »Bleib nur fort«, entgegnete Danae. »Wir sind mit Venedig direct collidiert, da hilft höchstens, daß sich Mohr und Herzog direct vergleichen. Aber was dauert das! Die Sonne ist herunter. Ich gäbe etwas darum, wenn ich wüßte .. Baronin, sorgen Sie doch für Licht – bitte.«

Nun, da hätte sie viel geben können: der Herzog war noch gar nicht vorgelassen. Unruhig, ohne es zu zeigen, wanderte er scherzend im Gespräch mit zwei venezianischen Capitaine-Lieutenants über Deck, wartend, daß der Botschafter endlich heraustrete, der im Heck-Castell, hinter verschlossenen Türen, bei Don Diego zu Audienz saß, und blickte voll Bedenklichkeit auf die lange Dünung, die am West-Horizont Meer und Sonne zueinander sog. Sie fackelte nicht, sie versank, sans-mot-dire, und nach kurzem Abendrot, das alle Farben des himmlischen Spectrums – flammendes Gelb, Carmin, Violett – in einer wilden Expreß-Orgie von Beleuchtungen durchprobierte, fiel die Nacht herein.

»Ich verstehe Sie nicht«, erklärte der Feldmarschall, erklärte es müde und abwesend, denn sein Geist weilte auf Cypern, in den Gärten des Gouverneurs-Palastes, wo die vergötterte Gemahlin, am Arm eines fluchwürdigen Nebenbuhlers, durch Myrthen-Gebüsche lustwandelte. »Ich verstehe Sie nicht«, wiederholte er mutlos und zwang sich zur Aufmerksamkeit. »Woher kommt dieser Haß, die Prinzessin ist reizend und rücksichtsvoll, damals sprachen Sie in höchsten Ausdrücken von ihr – ich verstehe es nicht.«

– »Das ist doch ganz einfach, Don Diego. *Sie* hat Herrn v. Legua

umgebracht ..« Und des Botschafters Auge schillerte. »Aber mich leitet kein persönlicher Groll, ich verzeihe auch dem Herzog. Ich handle im Interesse der Republik.«
»Sie? handeln?« fragte Otello mit schwach verhohlener Bissigkeit. »Sie wollen, daß *ich* handle! nicht wahr? Und ich will, daß wir das Handeln der Signoria überlassen. Mögen die Pregadi entscheiden, was der Marchese tun soll.«
– »Dann ist es zu spät«, die Finger trommelten, »dann werden tausend Bedenken gewälzt, und derweil ist die Heirat vollzogen. Ich müßte mich sehr täuschen, wenn dieser unsympathische Beau nicht wieder einen coup de force vorhat.«
»Nun, und *wenn*!« rief der Löwe, die Faust sauste auf den Tisch. »Was stört Sie an der Heirat? Phrygien und Myrrha sind Beide auf die Bedingung eingegangen, mehr brauchen wir nicht. Geben Sie Ruhe, Gheotta. Ich bin ein schlichter Soldat, ich kann Euren krummen Winkelzügen nicht folgen. Sehe auch gar keinen Grund zum Krieg. Glauben Sie im Ernst, Myrrha werde kampflos capitulieren? Da kennen Sie weder die Prinzeß noch Borromeo. Ich habe mich ausgedehnt mit ihm unterhalten, ich bescheinige Ihnen, er wird kämpfen. Als Admiral der Orient-Flotte überrechne ich unsere Chancen. Ich sage Ihnen: der Preis ist zu hoch, der Einsatz lohnt nicht, eine Landung im feindlichen Feuer kostet Schiffe, kostet Blut, lebendige Menschen! die hinterdrein tot sind, Gheotta! Wenn der Doge befiehlt: gern. Dann muß die Signoria es verantworten – vor Gott und ihrem Gewissen, vor dem Großen Rat und vor den Tränen, die geweint werden, so bestimmt geweint werden, wie die erste Salve Löcher reißt und die zweite Ruinen. Nein nein. Für mich ist der Fall erledigt, meinen Kriegs-Grund hat der Herzog anständig aus der Welt geschafft, und daß der König mir Geld abknöpfte, trage ich mit Humor. Oder soll ich bum-bum machen um lausige 217 Pfund? Die samische Laus« – und er drohte mit dem Finger –, »die wollte ich frohen Herzens aus meinem Pelz schießen, und wenn Sie gütigst gestatten, Don Pasquale, so tue ich das. Ich möchte nur erst nach Cypern .. Gehen Sie, das Fest wird begonnen haben, entschuldigen Sie mich bei der Majestät, ich bin heute kein angenehmer Gesellschafter. Ihr Diplomaten wißt besser Worte zu drechseln als ein alter Seebär.«
– »Sie unterschätzen die Lage«, beharrte der Buckel, drückte auf den Mechanismus seiner daemonischen Eloquenz und ließ sich nicht abschütteln.

Der Feldmarschall unterschätzte Manches. Auch die beiden Capitaine-Lieutenants waren Seebären, aber angenehme Gesellschafter, sehr hübsch von Suada, sogar ein Herzog fand Gefallen daran. Unermüdlich über Deck wandernd, unermüdlich kleine Gegenstände vergoldend, die zwei kindlich beglückte Militärs ihm hinhielten, beobachtete er sorgenvoll, wie Stadt und Schloß Myrrha sich langsam erleuchteten, Fenster für Fenster, wie die Schiffe ihre Lampen setzten, am Hafen-Quai die Scheitfeuer aufloderten, um Hirsch, Ochs und Spanferkel knusprig zu braten, und wie jenseits des Residenz-Baues wundervoller Schein anwachsend die Talsenke füllte. Ja – nun ging es los! Und er .. war nicht dabei.

Das ganze Palais seufzte vor Entzücken. In allen Sälen, Salons, Galerieen und Fluren stauten sich Trauben von Gästen, jeder wollte sehen, man hüpfte, man äugte, stieg auf Stühle, Tische, Tabourets, und beneidete die Glücklichen, die aus purem Zufall da vorne standen. Wie immer traf es die schlechtesten Causeure – wer stellte sich schon abseits in Fenster-Nischen, außer, er sei zu langweilig, liebenswürdige Conversation zu pflegen? Aber gerade die waren es, die als Erste »Aaahh ..« sagten. Denn bis dato hatte der Blick in den Park nichts geboten: Dunkelheit, schwarze Laubwände, Glühwürmchen schwärmten, bleiweiß in der Frühnacht verdämmerten die Wasserkünste, von vulcanischer Wolke hin und wieder behaucht .. Und nun plötzlich dies – eine Gala-Monstre-Überraschung! fabelhaft! Dabei fing es ganz harmlos an; auch wenn immerhin von Surprisen die Rede gewesen: alle Welt discutierte, ob die Festivität wirklich stattfinden, ob sie ohne Unfall ablaufen oder in einem Riesen-Kladderadatsch enden würde – der König krank .. der Bräutigam festgesetzt .. sein Stellvertreter unter Bewachung abgeholt .. vierzehn Corvetten .. Samos in Süd – ein freundliches Eventual-Futur! Der König, hieß es, wolle am Brauche nichts ändern: der schlichte Brief-Adel werde den Vorzug haben, beginnend mit den Frischlingen des Tages, den bambini, den Neugeborenen: der Hof-Schneider Poaretes sei auserwählt, als Erster die Spitzen von Zeige- und Mittelfinger, mit kleinem Anheben, leicht unter die des Monarchen zu legen und, durch einen Kuß, über dem Saphir in die Luft gehaucht, die symbolische Vermählung der herrschenden mit der dienenden Hand zu vollziehen .. etcetera, übliche Reihenfolge: undenkbar, daß etwa ein Graf, daß etwa der Cardinal bereits defiliert wäre und nun, umherwandelnd, darauf zu warten hätte, bis die grünen Debutanten – nein nein. Die Letzten würden die Ersten sein, das stand schon in der Bibel; Bagatell-Adel, Ur-Adel, Frei- und Schloßgesessene Herren; nach der Baronie die Praelaten; nach den Praelaten die gegraften Häuser, Äbte, Erlauchte und Regierende Grafen, Fürst-Äbte, Titular-Fürsten und Bischöfe, die Chefs der fürstlichen Familien, Botschafter und Nuntius, Herzöge .. Und ganz zum Schluß, wie es ihnen zukam, würden die fremden Souveräne, unter Baldachinen schreitend, in das ceremoniöse Embrassement treten, um auf den Wangen des Königs-Paares jenen Wechselkuß zu leisten, dessengleichen sie selber auf den ihren empfingen.

Und plötzlich seufzte jemand vor Entzücken. »A!« sagte man erlöst – und Alles stürmte an die Fenster. In der tiefsten Tiefe des Parkes erleuchtete sich langsam eine Fontaine, es war die Fontana Nettuno, man kannte sie, aber man wußte nicht, daß sie neuerdings von Marmor umgeben lag. Sie wölbte eine durchsichtige Gold-Cuppel parabolisch in die Nacht. Fackeln eilten zu Hunderten aus den Alleen, längs des Mittelweges nahmen Windlichter Aufstellung. Aus Tuff-Grotten schimmerten unvergessene Mythen herüber, aus Bosquett-Nischen strahlten kupferne Sonnen. »Himmlisch!« rief man, während immer mehr Wasserkünste wahre Cascaden Glanz, gleißendes Gold und Geyser von Rubinen emporstäubten. Lampion-Guirlanden schaukelten traumhaft in der Schneise, ein schneeweißes Bergschloß illuminierte sich glitzernd. Golden funkelten die Figuren-Parquets, golden die Runddächer der Pavillons, golden die Putten-Alleen, die streng geradeaus in die Unendlichkeit führten .. Neue Surprise: ein Smaragden-Regen ging auf den See nieder, man sah ein grünes, luftiges Château d'Eau – voilà: Trompeten, Posaunen, Concerto grosso, »Die Herren Neugeadelten bitte, es beginnt, Seine Majestät hat soeben das Palais verlassen« – und goldene Gedecke lockten unter bezaubernden Balconen ..

Viel bezaubernder, aber das sah man nicht, war die Königin von Amorgos im Déshabillé, sie hatte so gut wie gar nichts an; Sonne und Seewind auf der gebräunten Haut, stand sie vor dem neapelgelben, geöffneten Wandschrank ihrer Cousine, der gleichaltrig gleichgestaltigen, gleichfalls gebräunten und gleichfalls entkleideten, deren Schönheit und Jugend sie bewunderte, und deren Zukunft, wiewohl sie sich frei von Neid wußte, ihr Herz mit lange vergessen geglaubten Wünschen erfüllte: auch wieder zu heiraten, par exemple, und viele, viele Kinder zu haben. Verehrer gab es genug; keinen, wenn er Prinz-Gemahl werden durfte, störte die Existenz eines

Zeus-Knaben; nur war sie rasend anspruchsvoll, mußte eben mehr unter Menschen. Und da die Prinzessin ihr das Goldkleid schenkte, ihr die Hof-Damen ersparte, das Repraesentieren unnütz fand und, überhaupt, eine Freundin ganz nach ihrem Modell war, so beschloß sie zum Danke, mindestens einige Wochen zu bleiben. Außerdem hatte sie selbst ursprünglich, und nicht Borromeo, den Gedanken einer central-ägäischen Confoederation inauguriert – welch eine Gelegenheit, den zerrissenen Faden neu einzufädeln! Diplomatie machte ihr Spaß, sie kannte die Leute fast Alle, den Herzog von Rhetymnon mit seinem Hinkefuß, den Herzog von Candia, der ihr gräßlich hartnäckige Anträge schickte – »paß auf«, rief sie, »wir schaufeln eine hübsche Flotte zusammen, Venedig soll sich umgucken. Tiens, unser Spion kommt zurück .. ob wir noch Zeit haben? Du mußt übrigens furchtbar nett sein zu ihr, das ist die netteste alte Dame, die ich jemals erlebte: tolle Ähnlichkeit mit Grand'maman Sofja. Nun, Baronin, wie weit sind wir? Wissen Sie schon? die Prinzessin hat mich eingeladen, ich wohne im Eckzimmer. Was sagen Sie?«
Dame Ehrenpreis bekundete, sie sei charmiert. Aber der Baldachin müsse gleich oben am Porticus sein, Majestät werde gut tun, ihre Toilette zu beschleunigen, eine knappe Stunde höchstens .. –
Ja, der Baldachin war eingeschwenkt, gewaltig strahlte sein Glanz in der gewaltigen Flucht der Perspectiven. Nobili, Nobilissimi, ein unendlicher Heerwurm, folgten im Tacte des Concerto grosso – Taxus und Fackeln, Buchs und Goldmarmor, Blumen und Fontainen säumten den Weg, während die Kammerherren des Königs dem Baron Poaretes bedeuteten, daß er sich fassen möge; der Adels-Marschall, Marchese Continalto, verkündete den neuen, so seltsam und doch so lieblich klingenden Namen ..
Der souveräne Monarch von Myrrha streckte langsam die Hand in die Lüfte ..
Da begriff Poaretes in glückschauernder Zerknirschung, welch eine Unkenntnis vom Wesen des Erhabenen, welche Vermessenheit ihn hatte glauben machen, er, der Kleinste der Kleinen, er, der durch besondere Fügung erst in den Stand gesetzt war, in diesem Kreis zu erscheinen, werde jener Schneider sein, von welchem Pythias Orakel gesungen .. Ein König, vor ihm, dem Niedrigsten, sich neigen, vor ihm auch nur ein Haupthaar beugen? Und mit heiliger Hingabe ließ er den Fuß, nach rückwärts auf dem Kies, die vorgeschriebenen Ornamente beschreiben, hob die zwei Fingerspitzen

leicht unter die ruhig vor ihm schwebende Rechte, senkte, den Tränen nah, seinen Kopf über den Saphir, das betörende Blau, und Gott ging durch seine Seele. Ob der König wohl lächelte? wohin blickte ein Herrscher, wenn er repraesentierte? über die wohlig geschweiften Dächer der Residenz? in die Ewigkeit, die, gleich ihm selbst, von Gottes Gnaden war? Und Poaretes legte die zwei, vom Ansturm der Gefühle sich feuchtenden Finger, leicht von unten herauf, gegen die gepflegte Haut einer schon etwas schlaffen, doch gebieterischen Damenhand, die körperlos auf der Brise ruhte, während der Untertan sie symbolisch mit der seinen, leider so völlig leiblichen, vermählte .. Du lieber Himmel: er war nun Baron .. von Gottes Gnaden gleichsam .. nicht zu fassen – er hatte den Gesalbten berührt .. Der diensthabende Kammerherr zog den Kopfschüttelnden sanft beim Ärmel fort. Er war völlig benommen, noch immer geblendet überdies von dem nicht alltäglichen Glanz der goldenen Robe; und als ihm die Besinnung wiederkam – mittlerweile fand er Muße, natürlicher Schau-Lust zu frönen –, da sah er, daß die Majestäten wirklich den zu ihren Füßen gebeugten Rücken der Cavaliere und Damen nicht bemerkten. Sie streckten die Hand schwerelos vor sich hin, und nach jedem fünften Kuß, ohne die Haltung oder den Ausdruck zu ändern, deponierten sie diese, zugleich göttliche und zugleich irdische Hand, ein unpersönliches Instrument souveräner Gnaden-Beweise, seitwärts auf vorgekühlten Tüchern, sie frottieren zu lassen. Hinter der Silhouette des Palais loderten die Freudenfeuer des schmausenden Volkes ..

– »Es jubelt sich einfach«, sagte Danae, während der Flammenschein das matte Blau des Salons in ein seltsames Kobaltgrün verwandelte und den Silber-Decor vergoldete. Ungewiß ihrer eigenen Reize, betrachtete sie die Cousine, die schlank und beweglich vor ihr kniete, den Saum der Création Poaretes zu richten. Was für entzückende Schultern, die da schimmernd aufleuchteten und wieder verblaßten – welch eine bezaubernde Zärtlichkeit in der Neigung des Kopfes, in der Schräge der zierlich gescheitelten Lockenflut .. das Ganze *atmete* Liebe.

Plötzlich trafen sich ihre Blicke im Spiegel. Sie lächelten verwirrt.

Die Prinzessin errötete.

»Sag es doch«, sagte Alkmene.

Die Prinzessin entfärbte sich.

»Sag es trotzdem.«

– »Nein. Ich schäme mich.«

»Ach wo, brauchst dich nicht zu schämen, sind ja unter uns.« – »Viele viele Kinder haben . .« flüsterte Danae. »Ich weiß nicht, wie das ist. Ist das wie bei den Tieren?«

Und Königin Alkmene erklärte es ihr. Denn in der Tat, was weiß ein junges Mädchen, dem die Mutter nichts gesagt hat, das keine Vertrauten besitzt, und dem alle Welt ausweicht, was weiß es von Lust und Hingabe, was von den Folgen, von Schmerz und Glück? Es braucht jemanden, der ihm die Rätsel löst, und wohl ihm, wenn es so zartfühlend geschieht wie hier in Danaes Appartement, so ehrlich und dennoch sauber, so voller Respect vor jenen göttlichen Geheimnissen, die göttlich sind, auch wenn der irdische Act – für Menschen, welche nicht *lieben* – rein tierischer Natur scheint.

Bei diesen Confidenzen, geboren aus der Not, sich Klarheit zu schaffen, weil Eros im Blute pulst, ist der Leser unerwünscht, und der Autor zieht leise den Vorhang zu . .

Inzwischen haben wir ganz den Herzog aus dem Auge verloren, den schönen Herrn, um dessentwillen ihr die Vorstellung Midas' so entsetzlich wurde, und dessen Gedanken sie gerne gekannt hätte. Was, bitte, dachte er momentan? »Ich denke«, rief er, »Sie gehen gelegentlich zu Ihrem Befehlshaber hinein und berichten ihm, daß ich in spätestens zehn Minuten mich zurückrudern lasse, n'est-ce pas? Man kann es auch übertreiben. Ich bin schließlich nicht irgendwer, und meine Zeit ist begrenzt.«

Der Capitaine-Lieutenant gehorchte. »Hinaus!!« brüllte der Löwe, die Tür schlug zu. »Also was wollen Sie!!« belferte er, völlig am Ende seiner Geduld. »Wollen Sie die Prinzessin heulen sehen?« – »Mehr«, entgegnete der Botschafter.

»Genügt Ihnen Stampalia nicht? Wollen Sie Myrrha auch noch?« – »Ich will mehr«, beharrte der Buckel, und seine kalten Augen schillerten. »Sie mißverstehen mit Absicht. Ich will den Krieg.«

Otello schnappte nach Luft. »So etwas gehört ins Narrenhaus«, schrie er, »aber nicht an die Spitze einer Ambassade. Machen Sie, daß Sie an Land kommen, Sie erhalten Ihren Krieg nicht!« – »Ich *werde* ihn erhalten, Don Diego.«

»Ohne mich!«

– »Vielleicht. Auf jeden Fall *mit* dem Orient-Geschwader. Ist Ihnen noch immer nicht aufgegangen, daß Sie erledigt sind?«

Der Feldmarschall stützte sich schwer auf die Tischplatte. Er atmete mühsam durch die Zähne, sein chocoladebrauner Teint verfärbte sich bläulich.

– »Ich gebe Ihnen eine Stunde Zeit«, fuhr Gheotta fort. »Bis dahin erklären Sie den Krieg. Wo nicht, so berichte ich entsprechend. Einen Feigling kann ich in Cypern nicht gebrauchen.«
Hier stürzte der Löwe ihm an die Kehle, doch Gheotta entwand sich. »Ruhig Blut«, sagte er gelassen und schob die Hand in die Weste. »Ich habe viele Möglichkeiten, Ihnen den Hals zu brechen, es hängt nur von Ihnen ab, ob Sie Ihr Commando behalten – Ihr militärisches Commando. Schon der Überfall auf Stampalia würde genügen, dem Marchese zu zeigen, daß Sie den Frieden sträflich gefährdet haben und kein Vorgesetzter für Botschafter sind. Es ist jetzt halb Zehn. Adieu. Um halb Elf erweisen Sie mir die Ehre Ihres Besuches.«
Er warf einen Blick voll frostigen Mitleids auf den im Sessel zusammensinkenden, ruhmbedeckten Admiral der venezianischen Flotten; ein kurzes, diabolisches Zucken überlief seine Lippen. Dann steckte er die Hand in die Tasche, fühlte nach dem Pistol, versichert, sein Gegner werde eine letzte Gewalt-Anstrengung unternehmen, und empfahl sich. Noch immer konnte man zwanzig Narren-Jahre allein an der gespreizten Bewegung der Füße ablesen, die maschinell-marionnettenhaft zur Türe knarrten.
»Bleiben!« grollte der Löwe – ein heiseres, zerstörtes Grollen, als verende meilenfern in nächtlicher Wüste der König der Tiere.
– »Was ist, Excellenz? Haben Sie einen Entschluß gefaßt?«
»Ja.« Er schwankte im Stehen. »Ich enthebe Sie Ihres Amtes. Sie sind mein Gefangener.«
Der Botschafter lachte, lachte hämisch und scheppernd, es klang wie Porcellan am Polterabend. »Das Erste können Sie tun«, rief er, »das Zweite nicht«, förderte sein Pistol hervor und legte mit geradezu verspielter Attitude das Zündblättchen auf. »Ihre Frau Gemahlin würde Witwe sein. Adieu. Halb Elf.«
Mit einem Satz war er draußen. »Hoheit: der Feldmarschall läßt bitten«, und schritt das Fallreep hinab.
So prallten denn Venedig und Phrygien in allerschmerzlichster Weise aufeinander, sahen Farben, Ornamente, geometrische Spiele und entschuldigten sich überschwenglich – aber Gheotta war davon. »Hoheit verzeihen gütigst, daß Sie gewartet haben; es lag nicht bei mir. Aber jetzt sind wir in zwei Minuten fertig. Ich brauche nur eine Unterschrift. Bitte lesen Sie, bitte signieren Sie.«
Man nahm Platz. Es herrschte völlige Stille – bis auf das leichte Knistern der Documente. Dann brach der Herzog in schallendes

Gelächter aus, legte den Kopf schief, wobei seine Augen ganz klein wurden, und blickte überwältigt zum Mohren hinüber, der, ungewiß, was davon zu halten sei, betreten und befremdet schwieg. »Das ist der beste Witz«, rief Seine Hoheit, und die Zähne blitzten ihm vor Vergnügen, »den mein Vetter sich jemals geleistet hat. Eine *ulkige* Nudel.«
– »Stimmt da etwas nicht?« fragte der Feldmarschall, dem nicht nach Lachen zu Mute war, und fragte es mißtrauisch.
»Nein, da stimmt Verschiedenes nicht. Aber meine Unterschrift sollen Sie haben. Ich hoffe, Sie wurden glanzvoll belustigt?«
– »Wir spielten Tric-Trac.«
»O je, wieviel müssen Sie zahlen?«
– »Kleinigkeit, nicht der Rede wert. Zweihundert Pfund.«
»Die ersetze ich Ihnen, der Mann hat mit dem Teufel gehurt. Genueser oder türkische Pfunde?«
– »Türkisch. Was ist denn an dem Vertrag?«
»Masken-Ball«, sagte der Herzog, »ich bin selber der König, verraten Sie mich nicht. Hier ist der Siegelring, ohne den konnte mein Vetter nicht siegeln, und so mußte er, wohl oder übel, abdanken. Allerdings: zu Gunsten des Herzogs von Scheria? Das ist kühn, das ist stark, das ist Er. Der nächste Agnat wäre mein Bruder Epaminondas, der hätte ihm den Hals umgedreht. Thronverzicht – wunderbar!« Und wieder stieg ihm das Lachen hoch. »Aber jetzt lassen Sie mich schleunigst zurückrudern. Die Abdication schenke ich Ihnen als Bonbon für Ihr Raritäten-Cabinett. Den Vertrag nehme ich mit, mein Schwiegervater – zukünftiger Schwiegervater – muß ja auch unterschreiben, Borromeos Unterschrift gilt nichts, solange er außer Amt ist. Und die des Herrn v. Noteros grenzt wie die meines Vetters an sublime Ironisierung der erhabenen diplomatischen Welt. Groß-Wesir! der Knabe ist mein Garten-Architect. Ich hoffe, die Gefangenen sind frei und können gleich fahren?«
Der Feldmarschall nickte. »Gegen Ew. Majestät Ehrenwort, daß die Herren freiwillig in Edelmanns-Haft zurückkehren, falls die Stampalia-Convention nicht perfect wird.«
»Wollen Sie das schriftlich?«
– »Ihr Mündliches genügt mir. Königswort – parole d'honneur. Übrigens habe ich Ihre Anweisungen an den Herrn Garten-Architecten gelesen. Auch Ihr Memorandum für Venedig. Ich vertraue Ihnen und will meinerseits *keinen* Krieg – die Überlassung eines Stützpunctes auf Stampalia ist uns Sicherheit für Ihre friedlichen

Absichten. Sie glauben, daß Myrrha – daß der König – keine Schwierigkeiten . .?«
»Was sollte er einwenden? Er bekommt ja dafür seine volle Souveränität, beide Teile sind hoch zufrieden. Wir werden die Urkunden gleich nachher in der Botschaft austauschen. Und jetzt entschuldigen Sie mich. Dürfen wir Ew. Excellenz beim Fest begrüßen?«
– »Wie gern, Majestät, wie gern. Aber . .« – er atmete schwer – »ich kann nicht. Ich befinde mich in der Hand eines Erpressers. Bbä!« und schüttelte sich, »welch Sumpf! Für eine gerade Militär-Seele zu schmutzig.«
»Lassen Sie ihn doch ausheben«, entgegnete der Herzog, »wir werden nicht schießen.«
Der Feldmarschall stand ungläubig.
»Im Ernst: der Kerl dupiert Sie. Ich bin überzeugt, das Spiel ist noch viel schmutziger, als Sie ahnen. Hat Borromeo nicht mit Ihnen gesprochen? Er kann bleiben, wenn Sie Rat brauchen.«
– »Ja«, sagte der Mohr, fast tonlos. »Ich brauche Rat . . und Trost.« Seine Züge erhellten sich ein wenig. »Wie schade, daß Sie pressiert sind. Mit Ihnen ist offen reden, wie mit dem Botschafter Legua – Sie haben viel Ähnlichkeit. Sta bene. Andiamo.«
Er begleitete den Gast hinaus auf die Back, hinab ins Boot und hinüber auf die »Berenice«, die eigentliche Admirals-Corvette, wo man heute Mittag noch fröhlich gejeut und getafelt, gelacht und gezecht hatte. »Nehmen Sie dies«, bat der Feldmarschall, indem er sein Damascener-Schwert aus den Schnallen klinkte.
»Oh! Excellenz!«
– »Nehmen Sie es als Cadeau zu Ihrer Vermählung, ich werde es nicht mehr brauchen.« Und ein rührendes Kinder-Lächeln, im ungewissen Schein der Schiffs-Lichter, huschte über sein tief gebräuntes Antlitz, man sah rosiges Zahnfleisch und glitzernde Augenbälle. Die Freudenfeuer an Land zerflossen in schillernden Bahnen auf der nur obenhin bewegten See. Dann neigte er den Mund an das Ohr des Königs: »Und gestatten Sie nie, daß Ihre Freunde mit der Gemahlin spielen. Jeder Freund ist ein Wolf – gierig nach Liebe . .«
Die geheimnisvolle Stimme verklang. Plätschernd tauchten die Riemen aus der Flut. Der Herzog saß schweigend.

XVII. Capitel

Zum letzten Male erschien Frau v. Ehrenpreis, bestallte Spionin der Damen, am Terrassen-Ausgang des Stiegenhauses, um beim Protocoll Erkundigung einzuziehen, wieviel Zeit man noch habe. Da sie aber den Cardinal, ganz in Purpur, bereits anwesend sah, so erübrigte sich die Frage: man hatte gar keine Zeit mehr. Draußen ging der Herzog von Candia vor Anker, die Flotte schoß ihren Salut; er war souverän, ein Creter-Fürst, souverän bis in die Manifestation seiner Liebe, und dem Fräulein v. Sinigallia, zu spät mit der Toilette fertig geworden, als daß sie der Herrin hätte helfen können, ward es schwach in den Knieen. Der Herzog von Rhetymnon stand dem Vetter nicht nach, auch wenn er um einige Secunden später in den Hafen rauschte. Doch in der Liebe war er ein weißer Rabe, und die Eigenart seines Fußes erleichterte ihm solche Renoncen. Wie sollte er die dahingeschiedene Gemahlin vergessen können? Partieen freilich gab es genug, nur zeigte er sich rasend anspruchsvoll und melancholisch, er brauchte Herzens-Tact, Wärme, Beständigkeit, und benutzte einen Tragsessel, mit Schwan besetzt, um genau zehn Minuten vor Schluß vom Schiff in die Residenz und von da zum Défilé zu gelangen.

- - »Ihre Excellenzen, die Herren Botschafter von Venedig und Samos . .« Die Gerufenen entschritten.

»Wer ist denn diese fabelhafte Schönheit?« fragte der Kronprinz von Piperi und blickte fasciniert auf zwei junge Fräulein, die nebeneinander mit großer Suite den Gang her kamen. Man gab ihm Bescheid. Es waren die Königin von Amorgos und die Erbprinzeß Myrrha – die erste völlig in Gold, wie ihre schon wartenden Cousinen, die zweite in einer gewaltigen Composition von Grau, Blau und Weiß, und die meinte der Kronprinz. Ihr Mieder, mit Silber bestickt, senkte sich wie ein Schwanenschnabel, spitz zulaufend, in die beidseits emporgewölbte Pracht eines Reifrockes à double panier.

- - »Ihre Excellenzen, der Kgl. Aegyptische und der Gesandte des Souveränen Malteser Ordens . .« Die Gerufenen entschritten.

Königin Alkmene küßte unter tiefer Reverenz den Ring des Cardinals, den Seine Eminenz, ihrem Rang zuliebe, vom Finger gezogen in die Luft hielt – in die rauchige Luft des mit Fackeln erleuchteten Treppenhauses, dessen drei Läufe hinter ihnen dämmernd aus der Tiefe stiegen. »Befreundet?« sagte er und kniffte den

Mundwinkel ein. Er setzte den Ring wieder auf, Prinzessin Danae erwies ihm die Ehre.

- - »Seine Eminenz, Cardinal Prinz Colonna ..« Der Baldachin begann zu entschreiten, die Troddeln des Hutes schaukelten, der bizarre Wangenmuskel sprang aus. Durch die geöffnete Glas-Tür schweifte das Auge salamanderhaft voran in den Park, man sah die Queue der Nobilität, oben auf dem zweiten Plateau, eine phosphorescierende Schlange, ungeteilt sich wälzen, in bedeutenden Abständen dahinter die Zweier-Gruppen der Diplomaten, denen das Protocoll, das preisenswürdige, kein langsames Massen-Tempo glaubte zumuten zu dürfen.

»Ist der Herzog immer noch nicht zurück? und der König?«

– »Nein, Königliche Hoheit. Keinerlei Nachricht.«

»Aber die Corvetten sind da?«

- - »Seine Königliche Hoheit, der Kronprinz von Piperi, und Ihre Hoheiten, die Herren Herzöge von Rhetymnon, Paros und Candia. Zwei Baldachine ..« Es ging streng nach Anciennität, man mußte den Gotha beherrschen. Die Gerufenen postierten sich unter den Traghimmeln, Piperi wandte noch einmal den Kopf.

»Ja, dann lassen Sie doch anfragen, ob wir bis Mitternacht mit ihm rechnen können. Die Marine-Leitung soll jemanden hinüberschikken, sonst müssen wir das Programm ändern.«

- - »Ihre Majestäten, die Königinnen von Phantar und Chimaira, den linken Baldachin, untertänigst zu bitten, von Amorgos und Rho, den rechten ..«

Vier Enkelinnen der alten Fürstin Sofja, alle mit aquarellblauen Augen und, bis auf Europa, alle schlank, begaben sich, fließend von Gold, an die ihnen offerierten Plätze. Mit leichter Ironie und lang geübter monarchischer Haltung traten sie lächelnd – bei solchen Anlässen muß gelächelt werden – unter den reich damascierten Ciel .. und zwei Minuten später war nur noch die Prinzessin übrig in dem riesigen Stiegenhaus, das Protocoll mit einigen Beamten, einigen Lakaien, einigen Fackeln, dazu, in gebührendem Abstand, die beiden Suiten: sechs Kammerdamen für Ihre Königliche Hoheit, sechs Kammerherren für Seine Herrlichkeit. Aber Seine Herrlichkeit kam nicht mehr, man räumte den Traghimmel fort.

Doch! Da kam er!

Immer zwei Stufen auf einmal nehmend, stürzte er atemlos schnellfüßig, ein flüchtiges Etwas in Weiß und Silber, die Treppe hinauf. »Dieu merci!« rief er, »da sind Sie noch!« Hinter ihm schleppten

vier Galonierte an einem Teppich, und der Teppich war dermaßen schwer, als beinhalte er mindestens einen Sack Feldsteine.
»Was haben Sie in dem Teppich, Herzog? Noch ein dickes Geschenk?«
– »Seine Majestät Ihren Herrn Bräutigam, erschrecken Sie nicht. Gehen wir?«
Man schaffte den Traghimmel wieder zur Stelle, der Herzog setzte den Tricorne auf.
»Ja, was denn?« fragte die Prinzessin, »der König ist hier, und ich soll an *Ihrer* Seite?«
– »Et pourquoi pas?« erwiderte er entwaffnend. »Der König ist krank und der Herzog gesund! der König geht ins Bett und ich zum Défilé. Was gibt es zu staunen? Herr v. Paragraffenfeld, sorgen Sie für Tinte im Château d'Eau, der König muß gleich etwas unterschreiben – *Ihr* König.«
»Krank«, sagte die Prinzessin und trat unter den Baldachin. »Etwas Ernstliches?«
Auf der Terrasse trafen sie sich neuerdings. »Nichts Ernstliches. Man hat ihn ins Wasser geschossen bei der Gefangennahme, ihn und seine Garderobe – leichter Schüttelfrost ..« Die Traghimmel wandelten auseinander, er rechts, sie links, die getreppten Brücken hinab, die hufeisenförmig den Schloß-Canal überwölbten. Sie hielt den Fächer in der Linken, er die Rechte am Degen-Etui – aber seine Linke und ihre Rechte, die einander noch eben gehalten hatten, die lagen weiter graziös auf den Lüften .. wie das Ceremoniel es befahl. Unten traf man sich wieder. Die Suite folgte in gebührendem Abstand, die Stangenträger sprachen nur Griechisch.
– »Warum sind Sie nicht golden?«
»Et vous même«, entgegnete die Prinzessin und neigte den Kopf mit dem Diamanten-Strauß etwas schräger als nötig gewesen.
– »Fragten Sie mich um Erlaubnis, mein Prinz?«
»Ich habe meinen eigenen Willen. Da vorne spaziert mein Kleid. Ich brauche kein Gold.«
– »O je, natürlich, das habe ich vergessen. Ist sie böse, die Königin?«
»Keine Spur. Ganz vergnügt. Übrigens wollte ich mit Ihnen nicht mehr sprechen. Wir sind ohne Zeugen.«
– »Richtig!« rief der Herzog. »So weit war ich noch gar nicht. Prinzessin? Was ist mit Ihnen?«
»Nichts. Lassen Sie.«

– »Ich hätte Sie heute so gerne glücklich gesehen.«
»Wenn das Ihre Absicht war, Herzog, dann haben Sie es grundfalsch angefangen.«
– »Tränen?«
»Ja . . Tränen. Ein wenig. Es geht schon vorüber.«
– »Sie wollten mir noch etwas sagen, mein Prinz?«
»Was sollte noch gesagt werden? Fühlen Sie nicht, was meine Hand Ihnen sagt?«
– »Was sagt Ihre Hand?«
»Ich liebe dich, sagt meine Hand, ich werde mich immer nach dir sehnen, und jetzt . . sag ich dir: Adieu.«
Die Baldachine wandelten auseinander, er rechts, sie links. In der Mitte, aus schnaubenden Gold-Nüstern, spritzte ein Gold-Stier zwei Fontainen auf eine gewisse irdische Localität im Süden Europas.
Die Prinzessin lächelte. »Ewig«, sagte sie und legte die Hand in die des Herzogs. Ihre Augen lächelten, ihr Mund war traurig. Und das Herz zitterte, er spürte es durch ihre Finger, in welchen ein feines, unsichtbares Beben pulste.
– »Ewig«, wiederholte er. »Was ist ewig? Nicht der Abschied, nicht die Trennung. Du und ich. Darf ich Sie nachher noch einmal sehen? Ganz allein? Ganz ohne Zeugen? Ich muß Ihnen etwas sagen, aber nicht hier, wo zehntausend Augen uns anstarren. Sagen Sie . . Darf ich? – Danae: während der Oper, nach dem zweiten Act. Kommen Sie ins Labyrinth. Ich liebe Sie bis zum Wahnsinn. Sie können diesen Waschlappen nicht heiraten.«
»Ich verbiete Ihnen, Herzog, in solchem Ton von Ihrem Souverän zu sprechen.«
– »Pardon. – Werden Sie kommen?«
»Vielleicht. Sie machen es mir Alles viel schwerer, als ich gefürchtet hatte. Was war mit Venedig?«
– »In Ordnung. Der Feldmarschall hat uns sein Schwert geschenkt.«
»Das ist allerdings ein Omen. Adieu . . Distance . .«
– »Auf ewig?« Danae schwieg.
Sie trennten sich. In der Mitte plätscherte ein goldener Schwanenschnabel goldene Wasser gegen gewisse irdische Localitäten im Norden Ledas – und Braut und Bräutigam-Lieutenant lächelten, er rechts, sie links. Sie stiegen zwischen Tuff und Lorbeer-Hecken empor, oben wartete die königliche Familie, wartete der Staat, stand raunend ein Heerlager von Nobili und Nobilissimi, hohen und höchsten Titeln.

Ja, man versuchte zu lächeln über ein so glückliches naturel, welches die Liebe leicht nahm und keine Scrupel empfand, hin und wieder, im Embrassement eines Schwanes, sich schadlos zu halten für gewürzarme Ehefreuden. Und was, wenn die Lust im Blute pulste? Was, wenn der Herzog bei ihr blieb? als Grande von Phrygien tagtäglich an ihrer Seite? Welche Perspectiven! Einen König heiraten, den sein Vetter per Waschlappen apostrophierte! Besaß man irgend eine Garantie, daß man nicht eines Tages auch .. schwach wurde? Wir – müssen – vertrauen! Aber was es den Stolz kostet, im Verzichte lächeln zu sollen; wie es ihn durchbohrt, bei voller Überlegung sich mißbrauchen zu lassen für das vermeintliche Wohl der Menge, die es gern hat, wenn goldene Taue pausenlos zu Münzen geschlagen werden; und wie es ihn zerschneidet, freiwillig ihr Glück mit dem persönlichen Unglück eines ganzen Lebens zu bezahlen: das würde niemand aus der Herde derer begreifen, die vom Fürsten verlangen, er möge ihnen Fortunas Tombola ausschütten .. und noch in der Hingabe des Leibes – an einen Potentaten, der so viel Stil hatte, sich eingewickelt wie ein Fisch als Lieferware zu präsentieren! – noch in der Hingabe, in der sie nichts als Wonne und Lust sahen, würde man ihnen unendlich fern sein, denn sie wußten nicht, was das ist, die Seele.

Die Prinzessin kämpfte mit ihren Tränen, während sie an der Hand des Herzogs den teppichbedeckten Stufen entgegenschritt. Da aber sah sie drei Augenpaare fest auf das ihre gerichtet, und in jedem einzelnen eine andere Nuance Liebe, eine andere Nuance Trost, Hilfe und Zuspruch. Du mußt es dir vornehmen, sagte der Blick Alkmenes, deren ganzes Wesen strahlende Wärme verbreitete, viel wärmer als das schillernde Gold der Pracht-Illumination. Es ist ein Sinn verborgen, sagte der Blick des Cardinals, Gott verlangt vom Menschen nicht mehr, als der Mensch tragen kann. Und der lange, forschende Blick des Königs bezeugte gütig und wissend, daß auch er so geliebt hatte und in entsetzlichen Verwirrungen bis an die Pforte des Klosters ging. Man muß zu dem stehen, was man begonnen hat ..

Und nun fiel es ihr gar nicht mehr schwer.

Das Défilé war beendet, die Souveräne betraten das Château d'Eau. Da saßen sie unter der halb offenen Cuppel, durch die Treillagen blickte der Himmel herab, und Balcone ließen den See heraufschimmern, dessen Fluten sich, im stäubenden Niederfall der Wasserkünste, melodiös, als ob sie tanzten, bewegten. Die Oper hob an:

eine hoch feierliche Introduction aus hundert und fünfzig Streich-Instrumenten, davon allein volle zehn Prim-Geigen und zweiundzwanzig Contra-Bässe. »Majestät«, sagte der Herzog, »dürfte ich bitten: eine Unterschrift, mein Souverän hat bereits signiert«, und Herr v. Steinbruch wandelte marmorn mit dem Federkiel näher.

»Mehr kostet das nicht?« fragte der König, undefinierbar skeptisch, indem er den Vertrag ein zweites Mal überflog. »Anerkennung de jure .. Kaum zu glauben. Madame, lesen Sie: Astypalaia – Venedig erklärt seinen Verzicht. Der Stützpunct ist ein kleiner Schönheits-Fehler, den wir mit Freuden hinnehmen wollen. Und wie war der Eindruck vom Feldmarschall?«

– »Entre nous deux«, entgegnete der Herzog mit Flüstern, »wir sitzen nach wie vor auf dem Pulverfaß. Gheotta hat den Park verlassen, Ew. Majestät Diagnose stimmt haarscharf. Ich bitte mich für nachher zu entschuldigen, Borromeo bearbeitet den Mohren noch, es fragt sich nur, wer wen als Ersten über die Klinge hetzt, ich werde den Vertrag selbst überreichen, eine Douche Wasser auf Gheottas Lunte, vielleicht nutzt es, den Knall zu vertagen. Aber zunächst« – und er hob die Stimme – »habe ich einen Mords-Hunger. – Avanti!!« rief er, und nun ging es los.

Denn nun brausten aus den Bosquets, von Fackeln und Windlichtern umschwärmt, die Küchenmeister hervor, und hinter ihnen, auf geschmückten Laffetten, die gewaltigsten Gold-Schüsseln: getürmte hors d'œuvre, überdimensionale Fische mit vergoldetem Schuppenpanzer, Schweif und Flossen voll Perlen und Edelsteinen – und Flossen und Schweif, vermöge sinnreicher Maschinerieen, wehten, peitschten, Mäuler öffneten sich, einen Regen von Karpfen ausspeiend; Lorbeer- und Myrthen-Gebüsche schwankten daher, aus den Zweigen dufteten ganze Völkerschaften Poulets und Poularden, Enten, Fasanen, Mastgans und Schnepfe, Becassine, Capaun .. dahinter, in güldener Borstenhaut, jagten die Tiere des Waldes: starrend von Gabeln und Messern, brachen Wildsau und Eber hervor, aus ihren Wunden quoll dampfend der Bratensaft; Rehbock und Hirsch, von 20karätigem Weinlaub umgeben, fuhren noblement in Carrossen, deren Räder leider etwas quietschten. Ein mannshohes Pasteten-Castell feuerte Parfum in die Luft, immer wieder aus Vorder- und Hinter-Bastionen, Zinnen und Schanzen blitzte es auf. Nackte Amoretten, in den Zwickeln des Octogons über Felsen postiert, schlugen ihr rosiges Wasser ab, das plätscherte und plät-

scherte ununterbrochen in Muschelbecken hernieder, war aber kein Wasser, sondern Wein und Punsch, Orangeade und Mandelmilch. An unsichtbaren Drähten kamen Pfauen und Schwäne geflogen, eingenäht in den Glanz ihres Gefieders – ein Ruck: sie sanken auseinander, Wolken von Ortolanen entschwirrten. Heere von Lakaien ergriffen Plateaus, Terrinen, Saucièren, Hunderte von Pagen nahmen das Dargereichte entgegen, man schmauste hingebungsvoll, Erb-Truchseß und Erb-Landmarschall kosteten für die Souveräne vor, der Erb-Mundschenk den Wein . .
»Tinte!« rief der Herzog und winkte dem Steinbruch. »Majestät, wenn ich noch einmal bitten dürfte. Die Signatur des Herrn v. Borromeo wäre gültig zu schreiben.«
Der König schob ärgerlich den Teller fort, man reichte ihm abermals die Convention von Astypalaia. »Ich liebe keine Probleme bei Tisch«, erklärte er betont übertrieben, offenbar reute ihn sein Verweis, schon indem er ihn aussprach. »Hier haben Sie meinen geschätzten Friedrich Wilhelm, um mit Godoitis zu reden. Sie selber inclinieren ja auch zur burschicosen façon de parler. Ohne Vorwurf, das macht Sie mir sympathisch. Gestern gingen Sie mir noch ausgesprochen contre cœur – heute bedaure ich, daß nicht Sie mein Schwiegersohn werden. Wo bleibt er eigentlich? Oder haben Sie ihn nicht ausgelöst? fürchten Sie Concurrenz?«
Die Prinzessin errötete vermöge ihrer Abneigung gegen Puder und schoß einen weißblauen Blick auf den scherzenden Herrn Vater. »König Midas ist krank und zu Bett gegangen«, sagte sie verächtlich, doch verschluckte sie immerhin den Teppich – metaphorisch natürlich – was ihr der Herzog hoch anrechnete.
– »Sie irren, mein Prinz«, erwiderte er, »Le voilà!«, und zeigte mit gewinkeltem Arm, comödiantenhaft, auf die Bühne, die sich geheimnisvoll erleuchtete. Hydra spie violetten Geifer und züngelte, völlig außer sich, mit neun kopfähnlichen Fratzen nach einem tapfer heranschreitenden, dicklichen Alt-Castraten, der in goldenem Panzer, Allonge, Straußenhelm und scharlachrotem Schulter-Umhang die Hand auf der Brust gruppierte. »Laßt, Eure Herrlichkeit«, sang er in schwellenden Coloraturen, »von König Midas Euch umbububububu-hu-hu-hu-huh-len . .«
Man lachte, und der Sänger erschrak – so hatte er das nicht gemeint. Das ganze Château d'Eau, die Einen früher, die Anderen später, hielt den Bauch vor Vergnügen, als am Wanste des Ungetüms der geflügelte Marcus-Löwe heraldisch aufglühte.

Ja, man fühlte sich heiter und frei, trotz des Pulverfasses, welches Wort, ob auch noch so leise geflüstert, in phantastischer Schnelle colportiert worden war. Man konnte nicht düster sein – bei diesem Glanz! Und wie sich das spiegelte in den Wellen, märchenhaft, die Lampen im See, der See in den Augen, Licht um Licht und süße Gestalten, das tiefe Samtschwarz der Nacht und die Gedecke der Tafelnden, die von goldenen Tellern speisten, Glühwürmchen, die wie Funken durch die zärtliche Luft flogen, vielleicht auch ein Fest hatten, zu dem sie eilten, der Rauch der Fackeln und der Schmuck der Damen, herrliche Kleider, wohin man blickte, weiße Pagen, die Straußenfächer der Mohrenknaben, die rosige Wolke darüber, und dazu die wundervolle Musik, Tuba, Trompeten und Hörner in drängendem Bläser-Durchgang, dann ein strahlendes Dur con tutti gli strumenti, untermischt vom Geschmetter der Nachtigallen, die sich nicht einschüchtern ließen, unermüdlich der frische, erquikkende Hauch in der Luft, das Rauschen von Wäldern und Wassern und Bosquetten, Geplauder, Scherz und Gelächter im Château d'Eau, galante Conversation, Kelche in schönen Händen, Duft vom Wein und Duft aus dem Haar der Damen – all dies glitzernde Wogen, wie es da war für einander, Eins in das Andere griff und zu einander wollte, dies Ziehen und Gleiten, Verklärung, Leichtsinn und Liebe, Ironie, Zauberglanz .. Nein, und mochte die Welt jetzt untergehen; mochten spätere Geschlechter diese Zeit nicht mehr begreifen, die *aus* der Kunst lebte und *für* die Kunst; mochten die Nachfahren, blutarm und bläßlich, einen Stil verdammen, der ungeheure Glücksfähigkeit atmete, ängstliche Rechner eine Epoche schmähen, die Besitz und Vermögen nur soweit achtete, als sie der hohen Darstellung höchster Ansprüche dienten – eine einzige Minute eines einzigen solchen Festes war Erfüllung genug, um noch am Jüngsten Tage geschwellt dem Grab zu entsteigen und noch auf der Pilgerschaft zum Himmel begeistert zu sagen: *wir* .. haben an das *Dasein* .. *geglaubt*!

XVIII. Capitel

Schweigend lag das Palais – Alles vergnügte sich draußen: oben am Château d'Eau, wo immer mehr Speisende die allzu reichliche Collation unterbrachen; wo ältere Lebemänner, der Tisch-Gespräche mit bejahrten Fürstinnen müde, im Flanieren den Busenschmuck ganz junger Comtessen zu bewundern begannen, der, durch bezaubernde Rivièren hindurch, die tiefsten Einblicke in das Wesen der Schönheit eröffnete; wo der Sect in Strömen floß; wo die Sänger, mit geläufigen Gurgeln, allergewagteste Fiorituren improvisierten; wo die erklärte Ball-Königin, Alkmene von Amorgos, auf dem leeren Platz des Herzogs mit Majestät ihrem Onkel plaudernd, sämtliche Herzen vergiftete, indem sie nichts weiter tat, als den Kopf schief zu legen und entzückend ernsthaft zu lächeln; wo die Belle Fontaine, unter niedergeholtem Segelbaum, langsam die Flut der gereihten Wasser-Allee durchschnitt; wo es niemandem auffiel, wenn jemand fehlte, und wo in abseitigen Gebüschen die ersten Liebes-Paare, von prickelnder Ahnung und Lust erfüllt, verstohlen zu einander schlüpften . .

Nein, es würde niemandem auffallen; zumindest würde sich niemand Gedanken machen, warum und wohin sie gegangen war – außer dem Herzog vielleicht, wenn er vergeblich am Labyrinth sie erwartete. Wie leer das Schloß lag: Posten vor den Portalen, sonst Alles leer – schweigend und düster. Welch feierliche Stille! Erhaben träumte der Grotten-Saal, ein blasser Abglanz spielte verworren auf den Wänden, im Schlagschatten plätscherte der Brunnen, geheimnisvoll dämmernd blickte das Mulden-Gewölbe aus ganz fremder Höhe hernieder, der Estrich hallte . . Und was für Dimensionen nahm die Delphinen-Galerie, nahm das Stiegenhaus an! Dort brannten immerhin die Laternen, die schön geschweiften auf den Geländer-Podesten, und durch die Torfahrten schimmerte von zwei Seiten das Freudenfest; aber der Riesen-Raum schlang alles Licht in Dunkelheit ein, im Halbschlaf stemmten die Atlanten ihre Bogen und Gurte, aus dunstiger Ferne ahnte man wie ein kaltes Morgengrau den Kunst-Himmel der Cuppel, und mit jedem Schritt aufwärts schien er nur ferner, ertrinkend hinter Schichten von rauchigem Nebel, ein schauerndes Abbild der Nacht . .

Draußen am Hafen Gejohl und Gejauchz, flammende Feuerstöße, die hin und wieder mit Prasseln auflohten, fröhliche Gesänge – dann plötzlich Geschrei, Rufe, Commandos, Waffenlärm – die Prinzessin erschrak – sollte Venedig . .? Sie trat ans Fenster. Wahrhaftigen Gottes: Venedig landete Truppen – und Myrrha gab keinen Schuß ab?! Hellebarden und Mousqueten blinkten, man enterte den Quai, aus Booten quoll neues Kriegsvolk, man stieß die wenigen Beherzten beiseite, die sich entgegenstellten, die Palast-Garde eilte aus ihren Wachstuben – und da: der Mohr! mit wildverzerrtem Gesicht setzte der Mohr persönlich den sieggewohnten Fuß auf

den Boden der Insel. War das der Sinn des geschenkten Schwertes: zu filoutieren und Myrrha in Sicherheit zu wiegen, damit man leichtes Spiel habe?
Ein Irrtum .. Dieu merci! Hinter dem Feldmarschall ging Borromeo an Land, winkte, rief etwas Besänftigendes, sprach mit dem Schloß-Commandanten, der Schloß-Commandant führte die Fingerspitzen an die Fransen des Hutes, das venezianische Détachement entfernte sich in Richtung des Gästeflügels, wo Seine Excellenz, der Botschafter, residierte .. Die Prinzessin begriff. Qui pro quo .. Venezia contro Venezia .. eine hübsche Buffonerie – würdig, in den Acten vermerkt zu werden. Man sollte so schnell nicht erschrecken, n'est-ce pas? Und befriedigt nahm sie ihren Gang wieder auf, den Bußgang, der ihr Herz reinigen sollte.
Wäre sie zwei Minuten länger geblieben, so hätte sie den sehen können, um dessentwillen sie hier einsam wanderte und in schweren Gewissens-Bedenken Ruhe suchte: einen weiß-silbernen Herrn, brillant zu Pferde sitzend. Er sprengte en pleine carrière unter Cypressen dahin, durch die Küsten-Allee, wo die Brandung rauschte; halb hoffend, halb zweifelnd, galoppierte er auf die Stadt zu, heiter von den Perspectiven des Brautbettes, das er eben besichtigt, deprimiert von denen des Labyrinthes, das ihm leider bevorstand. Würde sie schwach werden? würde sie fliehen – *mit* ihm, dem Herzog, *vor* ihm, dem König? Avanti! es drängte, keine Zeit für Ressentiments! halbe Stunde! letzte Probe! Sporen in die Weichen! noch war der Vertrag zu behändigen, noch der Vetter Scheria zu vergolden, der unmöglich in grünen Pluderhosen bei Hof durfte eingeführt werden. Aber wenn sie Nein sagte, die Geliebte: Himmel ja! dann sollte der Dicke vorm Labyrinth stehen, und er, der Richtige, wollte dann endlich sein Incognito lüften! Ob sie ihm wohl um den Hals fiele, die wahrhaftig bis zum Wahnsinn Geliebte? Ha, sie mußte! jede Faser an ihr sehnte sich nach Wärme, Hingabe, Glück, Seligkeit und süßer Erfüllung .. Da war das Schloß! man erkannte ihn, jubelte, Scheria! Scheria!, die Leute waren rein närrisch, liefen auf ihn zu, küßten ihm die Steigbügel – was würden sie erst Augen machen, wenn sie hörten, er sei es selber, der Bräutigam, der König! Es half nichts, er mußte Schritt reiten, sollte er künftige Untertanen in Staub treten? »So, liebe Leute, nun laßt mal los, was willst du denn, Mädchen?« – »Viel Glück und Segen, Herr Herzog, zu deiner Hochzeit ..« Er beugte sich aus dem Sattel und küßte bewegt die strahlenden Vergißmeinnicht-Augen. »Die hat es

erraten«, murmelte er, rief »Trab!«, schnalzte und prellte in classischer Avançade durch das Ehrenhof-Gitter. »Zwei zum Halten!«
Die Treppenhalle lag schweigend; Herr v. Andria kam soeben mit dem copierten Vertrag; sie gingen gemeinsam durch Corridore und Binnenhöfe, von Fackeln gefolgt, zur Botschaft hinüber. »Nanu?« sagte der Herzog, »venezianisches Militär? Das hat ja prächtig geklappt. Borromeo schon zurück?«
– »Fate alto!« rief der Wachposten, »chi è là?«
»Io sono il Duca delle Forbici e voglio parlare all' ambasciatore.«
– »È impossibile: il More è dentro!«
Der Mohr persönlich? drinnen? Großartig! »Tanto meglio: voglio parlare al Moro. Io sono il Rè di Frigia.«
Ein König! diesem überwältigenden Titel konnte kein noch so tapferer Matrose Widerstand leisten. Er, ein kleiner Caporale! von einem leibhaftigen König vertrauten Umgangs gewürdigt? »Libera passata!« Der Contre-Admiral, mit dem allerknappsten Ausdruck der Genugtuung die Majestät zur Kenntnis nehmend, kniff hager die Lippen. »Sie werden das«, verfügte der Herzog, »noch einige dreißig Minuten für sich behalten.« – »Logisch, Ew. Herrlichkeit. Ich lächelte über den Herzog der Scheren.« – »Ja, mein Lieber, man muß polyglott sein. Le Duc DesCiseaux; The Duke of Cissors; Il Duca delle Forbici. So würze ich mir das steife Rang-Protocoll.«
In der Botschaft herrschte die beklommene und peinliche Atmosphaere eines nicht erwarteten Gewalt-Actes, verbunden mit Leibes-Visitation und Haussuchung im Großen. Das gesamte Personal war von Gheotta für den Abend befohlen gewesen, keiner fehlte: sie standen an der Wand entlang im Ballsaal, wo ihnen die Taschen ausgeräumt wurden; übrigens hatte Otello, militärisch und accurat, eigens bis halb Elf gewartet, um auch Don Pasquale ja anzutreffen, und nun saß er, in weinrotem Brocat, dem leidenschaftlich Gehaßten gegenüber, am Schreibtisch zusammengesunken, den bräunlichen Kopf dumpf auf die Fäuste gestützt, die Augenbälle weiß rollend – ein Bild finsterer Wut –, während der Buckel, stumm, schief und lauernd, bleich zwischen Pistolen, als Delinquent die Mitte des Cabinettes behauptete: des eigenen Arbeits-Cabinettes, wo man ihm nicht einmal einen Stuhl bot!
Der Herzog verneigte sich liebenswürdig, vor dem Machthaber sowohl wie vor dem Bevollmächtigten Minister, und reichte seine

Hand – was er mit jener Unbefangenheit besorgte, die ihm eignete. »Ich bringe«, sagte er, »den ratificierten Vertrag in Sachen Stampalia und erbitte die Contre-Partie. Hier ist Ihr Chèque: die Spiel-Schulden meines Vetters.«
Otello schob ihm wortlos ein Chiffre-Telegramm über die mit Goldborte besetzte, grünlederne Fläche hin.
»Ich bedaure, den venezianischen Code nicht zu kennen.«
Wortlos rauschte die offene Registratur-Copie heran, von schwerer Marschalls-Pranke belastet, die gleichwohl nicht ganz amusisch sein konnte und von zarten Abteilungen eines – trotz Ehrgeiz – liebefähigen Gemütes sprach. Und nun hatte der Doge ihn also abgesetzt, einen gewissen Cassio zum Nachfolger ernannt und den Königen von Phrygien und Myrrha Krieg erklärt . .
»Niedliches Billett«, sagte der Herzog. »Sollte das morgen nach Cypern gehen?«
Der Mohr nickte brütend.
»Es ist ein Übermittlungs-Telegramm, in Myrrha ausgefertigt. Hat man Ihnen die Ordre gezeigt, auf der es fußt? Nein? Sehen Sie, das dachte ich mir.«
– »Die Ordre *muß* da sein!« zischte der Botschafter.
»Ich würde«, fuhr der Herzog unbeirrt fort, »recht gerne mit dem Chiffrier-Meister reden, möglichst in Abwesenheit Seiner Excellenz . .«
Otello, mit imperiöser Handbewegung, wischte den Buckel zur Tür hinaus. Eine halbe Minute später erschien der Gewünschte, der noch tags zuvor zwei dicke Beutel Mammon beim Schopf gepackt hatte.
»Guten Abend, mein Freund. Er kennt dies Billett, das morgen früh mit der ersten Taube nach Cypern sollte, hat es vermutlich selber verschlüsselt. Er braucht keine Angst zu haben, wir wollen nichts Böses von Ihm, nur eine Aussage unter heiligem Eid. Existiert zu diesem Billett eine Anweisungs-Ordre?«
– »Nein, Ew. Herrlichkeit.«
»Warum hat Er das nicht gleich zu Protocoll gegeben?«
– »Ich wurde nicht gefragt.«
»Maraviglia. Wonach suchen denn die Soldaten?«
– »Nach der Ordre. Seine Excellenz behauptet, wir hätten die Anweisung böswillig versteckt.«
»Das glaube ich. Seine Excellenz rechnete nicht mit Recherchen. Das Billett ist also erlogen, es ist gar keine Taube gekommen?«
– »Doch. Es ist eine Taube gekommen.«

»Wann?«

– »Knapp vor Dunkelwerden, Ew. Herrlichkeit. Seine Excellenz war eben fort. Zum Schiff.«

»Was stand denn in dem wirklichen Billett vom Dogen geschrieben?«

– »Das weiß ich nicht mehr.«

Eine silberbestickte Börse legte sich glitzernd auf den Tisch. Aber der Chiffrier-Meister schwieg.

»Wo ist die Copie?«

– »Keine Copie angefertigt worden.«

»Wer hat das Original?«

Schweigen.

Der Herzog warf ihm die Börse zu, die nicht gefangen wurde, stand auf, packte ihn beim Latz (»Ich verrate dich, daß du bestechlich warst!« flüsterte er) und herrschte ihn an: »Wer hat das Original?«

Der Vergeßliche duckte sich. »Excellenz Gheotta ..« gestand er zitternd.

»Va bene, benissimo. Der Botschafter hat Ihm gedroht? nicht wahr? Mit dem Tode? nicht wahr? Na also. Da muß das Billett ja fürchterliche Dinge enthalten. Der Botschafter ist abberufen.«

– »Woher wissen das Ew. Herrlichkeit? O Gott, er bringt mich um.«

»Das weiß ich, weil ich combiniere. Und nun erzähl Er mir noch schnell, ob auch nur *ein* Wort von Krieg die Rede war? geplaudert hat Er jetzt ohnehin, man wird den Botschafter eben dito cito leibesvisitieren und dann vermutlich verhaften. Heraus mit der Sprache!«

Der Cryptograph atmete erleichtert, schluckte, und warf alle Bedenken über Bord. »Wenn Ew. Herrlichkeit, untertänigst zu bitten, mich schützen will –«

»Ich nehme Ihn in meine Dienste. Heraus mit der Sprache: wie lautete die Depesche? War sie die Antwort auf das Ultimatum?«

– »Nein. *Die* Antwort kommt frühestens morgen Mittag.«

»Sondern!«

– »Gar keine Antwort. Allgemeine Unzufriedenheit des Außen-Senators, seit Herrn v. Leguas Tod. Der Herr Marchese hat den Herrn Botschafter abberufen.«

»Siehst du! Weiter: wer ist der Nachfolger?«

– »Noch nicht ernannt. Der Herr Marchese –«

Hier hörte man kurzes Röcheln vom Schreibtisch, alle Drei wandten den Blick – der Löwe von Venedig. Ja .. diesmal hatte der Militär-Verstand schnell functioniert: Gheotta, ironischer Weise, war *sein* Geschöpf. »Was ist mit *mir?*« röchelte er, stehend, die Fäuste auf das Leder gestemmt; Totenblässe unterlief den nußbraunen Teint.

– »Der Herr Feldmarschall«, entgegnete der Chiffrier-Meister zögernd, »ist, in der Tat, vorläufig, à la suite des Dogen gestellt.«

»Cassio ..« flüsterte der Gestürzte, die Kiefer malmten.

– »Zu Diensten. General Cassio Badoër übernimmt die Orient-Flotte.«

Mehrere Secunden hindurch geschah nichts. Niemand wußte ein Wort des Trostes, niemand rührte sich. Hin und wieder knisterten die Kerzen, die Atemzüge gingen regelmäßig und still; nur der Mohr, hin und wieder, füllte den gewaltigen Brustkorb mit dem höchstzulässigen Quantum Luft und blies sie, als wolle er sich Kühlung fächeln, nach oben aus dem Mund, wobei die Lippe, etwas ungehörig, ihr rosiges Innenfleisch zeigte.

Dann nickte er, tiefsinnig und abwesend; die Linke, ohne zu wissen, was sie wollte, schloß langsam das Acten-Fascikel, in welchem es nichts mehr zu suchen gab. Die Rechte aber, als der Herzog Anstalten traf, seinem Mitgefühl Ausdruck zu leihen, wehte ein paar Mal müde zur Seite: »Lassen Sie, Majestät, lassen Sie .. – Ist das«, fragte er schwer und sah den Geheimschreiber, indem er den Kopf in die Schulter nahm, melancholisch an, »ist das, was du sagtest, Alles .. unter Eid .. und Folter .. wahr und wahrhaftig ..«

– »Jawohl, Herr Feldmarschall. Bei meinem Leben –«

»Genug. Hole den rangältesten Botschaftsrat und den Befehlshaber der Landungs-Truppen. Du wirst das Alles zu Protocoll niederlegen. Geh, die Politik ist schmutzig. Geh .. Geh. – *Geh*!«

– »Herr Feldmarschall: bitte: keine Folter ..«

»Geh .. Daß die Menschen so Angst haben vor Schmerz und Tod. Da schleicht er hin wie ein geprügelter Hund. Als ich ein Knabe war, Schiffsjunge auf dem ›Bucentoro‹ des Dogen, träumte ich von ruhmvoller Carrière; und wenn der Doge, in Glanz und Pomp, seine Meer-Vermählung feierte, umgeben von Gondeln und Caravellen und hundert und aberhundert Barken, dann sah mein Auge, hinter dem Dunst der Lagune und der Terra ferma, über ganz Italien hinweg, die See leuchten, Genua, den Feind, Wogenberge und stolze Geschwader, Bombardements bis tief zum Morgengrau, sin-

kende Corvetten, wehende Stander, und im Rauche der nächtlichen Schlacht sah ich den Admiral Otello ruhmvoll sein Leben endigen. Fahrt wohl, ihr Kinderträume. Ich habe den Schmutz angefaßt, der meinen blanken Ehrenschild mit Rostflecken auffrißt. Aber sterben will ich in hoher See. Nur wird es nicht Genua sein, sondern ein Feigling, der nach der ersten Salve den Schwanz in die Beine kneift. Heute bin ich noch Admiral, ich habe keine Ordre gelesen. Cap'taine-Lieut'nant, ist meine Flotte versammelt? wo steht das Gros?«
– »Das Gros, Excellenz, erwartet seinen Admiral auf der Höhe von Cap Gelmion.«
»Die Nachhut?«
– »Der Vice-Admiral steht West-Südwest Daphni, Excellenz.«
»Die Vorhut ist marschklar?«
– »Der Contre-Admiral, Excellenz, meldet Gefechtsbereitschaft.«
»Gut. Der Feind heißt Samos. Der Contre-Admiral soll Myrrha in West umsegeln. Abtreten. – Mein Herr Botschaftsrat: ich entziehe der Botschaft das Exequatur. Excellenz Gheotta ist abberufen. Bis zu neuer Weisung vom Herrn Marchese Undeni laufen die Geschäfte über Cypern. Der Chiffrier-Meister soll zu Protocoll vernommen und dann entlassen werden. Abtreten. – Majestät, Sie werden pressiert sein, ich bin es gleichfalls. Der Vertrag ist gültig auch ohne Contre-Partie. Meine Unterschrift *war* heute noch gültig . .« – General-Pause. Das edle Vibrato seines tiefen, voluminösen Erz- und Helden-Organes klang mit zitternden Obertönen nach. Eine gewaltige Coda stand zu erwarten. »Die Völker«, sagte er grollend, »seufzen nach Frieden und kennen den Haß nicht. Das Gift sitzt in den Gehirnen der Cabinette, hinter Leder-Türen – sie hören nicht, sie sehen nicht – Minister, Diplomaten – Glücksritter – Ränkeschmiede . . Glück?! L'onore degli ambiziosi! il massacro! le lagrime! O fortuna, o popoli del mondo, o infortunati. Den Völkern wäre es wohler, wenn Menschen wie Sie und ich, Menschen von gerader Gesinnung, klarem point d'honneur, die Politik machten. Was ist das: die Politik?! Lüge, Schmutz, Speichel und bucklige Finasseure – *Papier*!!«
Mit gespenstischen Augenbällen und vorgestülpter Lippe blickte er noch eine Secunde imperatorisch in das Getümmel einer nächtlichen Seeschlacht, prankte die Faust um seinen türkischen Hängedolch und stürzte davon.
Der Herzog, erlöst, zog die Uhr. »Ach, du liebes Bißchen! Adieu, Herr v. Andria, ich habe es eilig.«

Es war auch immer das Selbe: Tact verschlang Zeit; peinliche Situationen gingen in kein Programm. Jetzt schnell noch die Hosen vergoldet – und dann: zum Labyrinth!
Der Wachposten nickte vertraulich: »Libera passata al Signor Rè.« In Titeln kannte der Mann sich offenbar nicht aus.
Und Noteros schlief! Na ja: *dazu* setzte man Leute ins Vorzimmer – daß sie schnarchten! statt Vetter Ach's strenge Clausur zu hüten. Wie bitte? da waren doch Stimmen? Jee! was so ein Garten-Architect sägen konnte! der reinste Stellmacher! Er lag bequem auf einer duchesse brisée – welch letztere, chers auditeurs, keine erschöpfte Herzogin ist, sondern das Lieblings-Möbel der Epoche, ein zweiteiliger Fauteuil mit herangeschobener Fußpolster-Bank, ein höchst wunderbares Ruhebett – und der Herzog, gemäß erprobtem Haus-Recept seiner phrygischen Bauern, hielt ihm rohen Sinnes die Nase zu. Victoria! der listige Allongen-Besitzer drehte sich seitwärts, blinzelte und schlief wieder ein. Es wurde still in der Antichambre, aber im Salon .. natürlich waren das Stimmen .. silenzio .. der dicke Vetter .. eine Dame .. jetzt hatte er einen Witz gemacht .. die Dame lachte .. süßes Lachen .. das süßeste Lachen, das ihm je zu Gehör kam – morbleu! das war Danae.
Also .. kein Labyrinth? Also .. treu? Dafür verdiente sie bei Gott ein Tedeum, die Prinzessin Braut, jedenfalls vom König, ihrem Bräutigam, her. Und vom Liebhaber? Also .. gefühlskalt? ehrgeizig? rangfromm? Sie opferte ihren Liebhaber zu Gunsten eines gekrönten Fasses? nur weil das Faß ihr den Titel Königin eintrug? »Midas, Midas«, sagte er, »du niederträchtiger Soupçonneur! Respect vor der Braut, Respect vor dir selbst!«
Herr v. Noteros begann wieder zu schnarchen. Drinnen wurde silbern gelacht; man verstand sich, wie es schien, glänzend ..
Der Herzog verließ seinen Horchposten, klopfte, trat ein. »Majestät gestatten? oder störe ich?«
– »Tritt ein ..« rief der Pascha, liegend, vom Bett aus, und führte mit Grandezza den grünseidenen Arm durch die Luft. Auf der Bettkante, wenngleich in sittsamster Haltung, saß die Prinzessin Danae, den Rücken zur Tür. Und als gäbe es nichts, was ihr die Freiheit des Herzens verwirren konnte, wandte sie freundlich und zierlich, ohne das mindeste Anzeichen genierter Gezwungenheit, den Kopf mit den weichen, ein wenig widerspenstig gescheitelten Locken, die, golddurchsponnen, von silbernem Diamantenstrauß gerafft waren, und mit ihren ironischen Augen sah sie den Herzog, im

Sitzen, nur eben aus der Schräge ein wenig an – fragend und unschuldvoll.
»Majestät«, fragte der Herzog, »hatten eine angenehme Conversation?«
– »Mm-jaja«, entgegnete gemütlich der Dicke, »wir .. unterhielten uns: über .. Herzog von Scheria, Liebe, Ehe, goldene Bärte oder gar keinen Bart, über .. das Labyrinth, öh, der Politik .. und öh – nun ja: tutti quanti. Wir sind uns sehr .. sympathisch, bedanke mich sehr artig für die .. uneigennützige Stellvertretung. Hm. Nun .. müßte ich mich ja eigentlich, öh, vergolden, meine Garderobe auf den letzten Chic bringen – ich glaube, wir lassen das – es würde meine Braut auch genieren. Gehn wir!«
»Majestät können unmöglich so erscheinen«, erwiderte kühl und vernehmlich der Herzog.
Der Dicke erhob sich. »Wissen Sie *was*?« rief er, indem er der Prinzessin den Arm bot. »Ich tu's«, und wedelte beglückt mit dem Finger. »Ich tu's!« wiederholte er. »*Jetzt* leg ich ihn rein!«
Der Herzog blickte gelassen. »*Was* tun Sie, Majestät? wen legen Sie hinein?«
Aber der Vetter beachtete ihn nicht. »In Astypalaia«, sagte er geheimnisvoll und hißte die Braue, »als ich da so naß, wie ein begossener Pudel, auf meinem Feldstuhl hockte, und der Löwe tobte so vor mir, bullerte so, plusterte sich auf wie Ichweißnichtwer, da, mein schlankes Täubchen (du wärest viel zu schade für diese phantastische Tonnage), da – ha-hah! – hatte ich einen Traum«, und er rieb sich die Hände, »einen geradezu .. himmlischen, geradezu .. honigsüßen Traum: *ihn*« – der Zeigefinger stieß wie ein Falke auf den Herzog herab – »ihn, meinen Despoten, mal richtig, nach Strich und Faden –«
»Pst!!« zischte der Herzog.
Zu spät.
»Wer ist hier der König«, warf die Prinzessin kurz und indigniert ein, obwohl sie es längst ahnte.
Der Dicke, pantomimisch, zog Bein und Arm an und hißte die Brauen in ganz abnorme Höhen. »Der da!« rief er mit spitzester Fistelstimme.
Danaes Augen fuhren flammend auf den Herzog, der bedauernd die Hände öffnete.
Es knallte.
– »Zack!« sagte der Dicke und lachte begeistert.

Es knallte.
»Auch zack ..« bemerkte der Herzog und rieb sich die schmerzende Wange, auf der mit zierlicher, selbstbewußter Damen-Handschrift die Quittung des Qui-pro-quo erschien.
Ein Herr in Allonge schaute listigen Ausdrucks durch den Türspalt. »Wer schießt denn hier, man kann ja gar nicht schlafen.«
»Ich«, sagte die Prinzessin. »Wer sind Sie?«
– »Ich bin der Garten-Architect Seiner Phrygischen Majestät«, entgegnete Noteros aus gemessener Verneigung und trat vorsichtig einen Schritt zurück, als Danae auf ihn zu ging. »Hauen Sie mich auch, Fräulein?«
Das Fräulein drückte ihm sanft einen Kuß auf die Stirn. »Sie sind der Einzige«, sagte sie, »der hier einen Kuß verdient hat.« Und plötzlich umhalste sie ihn, stürmisch, unter Tränen und Lachen. »Ach, was *bin* ich glücklich! was bin ich, bin ich, bin ich glücklich!«
Noteros stand erschüttert. Er blickte hilflos von Dick zu Dünn und wieder von Dünn zu Dick, immer zwischen König und Herzog hin und her, und bat stumm um Auskunft, wer denn, au nom de Dieu, die Dame sei, die da an seiner Brust ganz véritablement schluchzte.
»Nu nu«, sagte er begütigend und strich ihr ein paar Mal behutsam über die Kunst-Coiffure, der Diamanten-Strauß nickte.
Dann faßte sie sich. »Was wollten Sie eigentlich am Labyrinth, Herzog? pardon, König?« fragte sie in das feuchte Jabot hinein.
– »Ihre Beständigkeit ..« erwiderte zögernd der König, »prüfen.«
»Sie kleines .. dummes .. Wickelkind«, flüsterte die Prinzessin. »Man sollte Ihnen das Spielzeug .. wegnehmen.«
Die drei Herren lachten befreit.
Prinzessin Danae richtete sich auf. »Und was wollten Sie? Herr Gartenkünstler?«
– »Ich wollte sagen, es ist Viertel vor Zwölf, und der Cardinal verläßt den Park.«
»Ach ..« rief der König und schlug die Hände vor das Gesicht. »Ich *werde* nicht wieder – wo haben Sie ihn denn gesehen?«
– »Aus dem Fenster der Antichambre, er wird gleich hier sein, vermutlich durch das Stiegenhaus gehen ..«
»Ja, nimmt es denn kein Ende mit Überraschungen?! Aus, aus, aus: Graf Weißenstein, ich dachte es mir. Dieser unfaire Bursche.«
– »Aber das kann doch ganz normale Gründe –«
»Reden Sie nicht, Noteros. Prinzessin, haben Sie ihn eingeladen?«

Die Prinzessin schüttelte den Kopf. »Im Gegenteil. Verabschiedet. Übrigens reden Sie auch zu viel. Wenn wir uns eilen, fangen wir den Cardinal vielleicht noch ab?«
Man eilte, man sauste, man flog. Der König war als Erster unten. Tatsächlich. Eminenz Colonna, gefolgt von nombröser Geistlichkeit, wandelte über die Canal-Brücke soeben auf die Säulenwälder der Torfahrt zu.
»Pech gehabt, mein Sohn. Kein Beinbruch. Morgen Mittag zwölf Uhr in der Cathedrale, nicht wahr? Das Fest dauert ja mehrere Tage.«
– »Aber Eminenz, ich bin völlig verdonnert.«
»Sehe ich, mein Sohn, liegt auf der Hand. Nun, meine Tochter? Hast du dem Herzog die Schere zurückgegeben?«
– »Der Herzog ist König, Eminenz.«
»Und das sagst du so schnippisch, als ob der Prinz Colonna das wissen müßte.«
– »Nein, Eminenz, ich bin nur so fröhlich.«
»Freut mich. Dann geh jetzt in den Park, stelle deinen Bräutigam vor und bedanke dich bei Herrn Weißenstein: einerseits für sein Cadeau – er schenkt dir sein Schiff –, andererseits für die verschobene Trauung. Ich hoffe dich nicht zu niedergeschlagen, wenn wir erst morgen ..?«
– »Warum, Eminenz? warum sollte ich niedergeschlagen sein .. Es liegt doch nur Glück vor mir. Was hat übrigens mein Vater gesagt – konnte er den Grafen nicht an die Luft setzen?«
»Dein Vater, mein Kind, ist ein Herr von Welt. Und der Empfang öffentlich. Das Mysterium in Blau hat keine silbernen Löffel gestohlen, aber gewisse Theorieen behaupten, es sei erdbebenkundig. Bien.«
Er kniffte bizarr den Mundwinkel, wölbte den Nasenflügel und sah die Prinzessin salamanderhaft schweifend an: gelassen prüfend, skeptisch, voll durchdringender Güte. Sie hielt ihm einige Secunden stand, dann ging sie in tiefe Reverenz. Der Finger des Cardinals beschrieb das Zeichen des Kreuzes auf ihrer Stirn. König Midas kniete neben ihr nieder.
Der Purpur leuchtete – ein ruhiges, reines Rot, die Farbe des Heiligen Blutes.

XIX. Capitel

Über die Thymian-Heide auf dem Felsenweg klapperte ein Maultier nachts dahin, klapperte ein leichter Wagen des Weges, auf dem Bock schwankte die trunkene Gestalt eines Bauern, Lamprenos hieß er, den hatten die Raketen des Feuerwerkes aus Schlaf und Rausch geweckt, nun wollte er Teil nehmen am Feste des Königs. Ja, er war völlig betrunken; seit das Gold nach Myrrha kam, konnte man verkaufen, daß die Seele lachte, das Gold häufte sich unter dem Strohsack, man schlief gar nicht einmal gut darauf, und um besser schlafen zu können, verwandelte man den Überfluß in schweren Branntwein, der wog immerhin leichter als das pure Metall, man erhandelte ihn mit Herzklopfen, clam-heimlich von den Schmugglern, noch galten die vampyrischen Zölle, obzwar der Bankmann im Gefängnis schmachtete. Mmochte er, mochte er schm-machten. Lamprenos jedenfalls beschloß, ihn nicht zu bedauern, sondern schnurstracks auf Königs Fest zu fahren, wo es Ochsen vom Spieß gab und der Chios aus Brunnen plätscherte. So erzählten die Leute. Man sah schon von fern das viele Licht über den Gärten der Residenz, eine wahre Orchidee von Verschwendung, aber nun schien ja diese Prinzessin zu heiraten, und der Schwiegersohn unseres Königs hatte wohl genug, daß man ruhig einmal verschwenden konnte.
Das Merkwürdige an dieser Nacht war übrigens – und Lamprenos rieb sich die Augen, ob er auch recht sehe – das Merkwürdige war, daß die Höhle, die am Marmor-Cap – bei Gott, eine wohlbekannte, wohlbekannte Höhle – daß sie heute ganz geheimnisvoll schimmerte, Fackeln standen in den Weinbergen .. bewegten sich .. und aus dem Grotten-Eingang drang goldener Schein hervor. Mmochte er, mmochte er dringen, Er lenkte seine Schritte nicht mehr dorthin, wo Nymphen ihre Arme zum Sternenhimmel warfen und bbaten, hick, zer-schmm-ettert zu werden, und nachher kam die Polente ins Haus und fragte unschuldigen Lleuten ein .. Lloch in die Brust. Nein, nein, kam gar nicht in Tüte, er lenkte das Maultier sogar von der Straße fort, quer durch die Heide, er wollte mit diesen Fackeln nichts zu schaffen haben, es schien sich da wieder etwas anzuspinnen, man sperrte wohl die Gegend ab, und für arme Weinbauern, die einen Rausch hatten, war es immer besser, dem Staat aus dem Wege zu gehen.
So fuhr er denn am Meer entlang, erst im Trab, dann im Schritt, das Maultier, hick, war auch müde, und was ihn betraf: er nickte

ein. Hick – brrl. *Mein* Gott .. Doch plötzlich richtete er sich mit einem Ruck empor, nahm geradezu Haltung an und mußte doch, beim Zeus! aufs Neue die Augen reiben. Am Rande von des Königs Park, da wo der Haupt-Canal aus seiner Allee trat und einen Winkel machte, bei der Schleuse, kein Zweifel, auch da .. Ffackeln, viele Fackeln, zwanzig mindestens, und sie kamen just auf ihn zu, man schien eine Sänfte am Meer entlang zu tragen. Nun, jetzt war es ihm zu dumm, jetzt wurde nicht schon wieder ausgewichen, mochte der Staat denn kommen, er war ein freier Bauer und kein Leibeigener, und unbescholten war er auch, hehe, sein Weib und seinen Nachbarn hatte immerhin der Aschenregen erschlagen, und niemand verlor ein schiefes Wort darüber, ganz unbescholten, Herr Commissarius. Aber er stieg wenigstens von seinem Kutschbock, an der Achtung wollte er es nicht fehlen lassen, Devotion hatte noch keinem Bauern geschadet, wenn solch ein Granzinjör mit Fackeln und Windlichtern vornehm des Weges kam. Hab ich doch gewußt: zwanzig Fackeln, zehn links, zehn rechts – und die Träger buckelten mit der Schulter die Stangen einer ganz unsinnig großen Sänfte, das konnte man schon von Weitem sehen, die Fackeln beleuchteten es ja ausgiebig mit ihrem Knistern und Schwelen und ihrem Cometenschweif, fünf an jeder Ecke, und dazwischen war es dunkel wie in Aegypten.

Dann kamen sie näher, und Lamprenos beschloß, das Maultier nun zu führen, das schien ihm sicherer, für alle Fälle gewissermaßen, am Halfterband, und probeweise griff er auch an seinen alten Filzhut, den er später recht eindrucksvoll abnehmen wollte. Ja, du mein Gott, solche Sänfte sah man nicht alle Tage, es war das reine Prunkbett, ein schwellendes Lager, wie die Popen sagten, ein Sünden-Babel geradezu, breit, daß man darin ertrinken konnte, ohne sich anstrengen zu müssen, und offen überall, auf silbernen Stangen schaukelte ein blauer Baldachin mit Cordeln und Quasten, Alles Seide, der Wind fuhr lau hindurch und bewegte die Troddeln, auch die Polster waren blau, Alles blau, Daunenpolster, Kissenfluten, und oben darauf lag der Herr Granzinjör und ließ sich spazieren tragen.

Da zog Lamprenos Maultier und Wagen vom Weg herunter und hielt, in jedem Fall besser Platz gemacht als Streit und Ärger haben! und nahm auch den Hut ab.

Tütü! es war gar kein Granzinjör, eine Dame war es, jawohl, und was für eine! und sie ließ sich also durch die laue Nacht tragen, fern schimmerte die Höhle. Hehe – tolle Sache. Na ja, mochte sie, mochte sie immerhin, die Dame, Lamprenos war ihr freundlich gesonnen, es war ja eine sehr zärtliche Nacht, das mußte man schon sagen, das Meer rauschte recht angenehm herauf, die Sterne standen vollzählig am Himmel versammelt, nicht einer fehlte, nicht ein einziger, mein Fräulein, auch wenn hin und wieder eine Schnuppe fiel, ein Schnüppchen, ein niedlicher Comet quer durch das Firmament, und die Schnuppe konnte glücklich sein, daß man die Raketen-Böllerei schon beendet hatte, dagegen kam man nicht auf als .. simpler Stern. Die Dame übrigens trug Blau – klar, Alles blau, Blau mit Silber darin, es schienen ihre Leibfarben zu sein, schöner Leib, hff, ihr Busen allein war durch nichts zu übertreffen, das sah man gewissermaßen, ohne überhaupt hinzuschauen, sie lag in den Polstern recht malerisch gruppiert, den Ellbogen in die Kissen gestützt und den Nacken in die Hand, um besser träumen zu können, auf den Locken Diademe, Brüllanten, Juwelen, ganzer Juwelen-Laden, am Gürtel, am Mieder, an den Armen, prächtig, prächtig, und hinter ihr saß ein kleiner Mohr und wedelte allen Ernstes mit einem Straußenfächer, obwohl es ja gar nicht mehr sehr heiß war, es war ja Zephyr in der Luft, sozusagen, und außerdem bald Morgen. Blickte man aber genau hin, denn nun konnte man es, nun war sie heran –

»Ja, aber Mariana!« rief der Bauer Lamprenos und vergaß vor Überraschung, den Hut, wie vorgehabt, noch einmal zu ziehen, glotzte offenen Mundes, kein Zweifel, Mariana, die schöne Mariana, schwebte an ihm vorüber, hoch über den Menschen tat sie das, sah ihn nicht, lächelte nicht, träumte nur, und man schaute ihr nach, ihrem Mohren, ihrer Sänfte, ihren Fackeln, die kleiner und kleiner wurden, ganz dort hinten schwebte sie nun, man stand noch immer, der Wind fuhr durch den offenen Mund, und so kam es, daß der Zephyr heute ein wenig nach Branntwein roch.

Beim Zeus! das nannte man schnelle Carrière. Die Weiber! Gott hatte sie zu schön gemacht, daran lag es, Rock und Schönheit, mehr besaßen sie nicht, reichte vollkommen, man verkaufte sie um hundert Dublonen an einen per Zufall vorüberreisenden Minister, und lumpige paar Wochen genügten, so schwebten sie, geschmückt bis an den Bauchnabel, zu erleuchteten Grotten, die man absperrte, weil niemand zu sehen brauchte, was da .. verhandelt wurde. Und wenn er so bedachte, wie sie auf seinem Kutschbock gesessen hatte .. auf diesem hübschen Weinbauern-Kutschbock, und man nahm sie in den Arm und ließ sich mit ihr hintüber fallen .. wie das gewesen war? Ja, Zeiten – und seine Hausfrau hatte sie nicht werden wollen, die Mariana.

Das ging ihm nah, das ging ihm noch die ganze Nacht im Kopf umher, auch als er schon nach Ochs und Chios aufstieß, der unentwegt aus den Brunnen sprudelte, und das Volk – es vertrug ja nichts – das Volk gröhlte und tat, als ob es zu Hause wäre, Manche vergnügten sich galant im Rinnstein, fanden es schön vermutlich, je nun, es war die Natur, es mußte wohl so sein, als Zuschauer hatte man allerdings wenig davon und konnte es nicht so beurteilen, aber wem das nicht paßte, der brauchte ja nur wegzugehen, zum Beispiel in den Park, zu den lieben Fürsten, er wußte da einen Überstieg, bei der oberen Mauer, da wollte er dann schon ganz unbemerkt sich hinunterpirschen, das wollte er. Und er band sein Maultier an das Gitter von Königs Lustgarten, die Wachen verboten es nicht, schön aufpassen! und kurz und gut, als der Morgen sich zu röten begann, war Lamprenos wirklich in der himmlischen Lichterpracht, war verborgen hinter den Cedern am Haupt-Canal, und Alles gefiel ihm prächtig, die schönen Kleider, der König in seinem Wasserschloß, wie traurig und gütig er dreinsah, da konnte man gar nicht mehr an die Camarilla denken, da war man ihm recht von Herzen zugetan und hätte ihm gern in den Pelz geholfen, denn nun ließ er sich in den Pelz helfen, Zobel, wie es schien, er fror wohl ein wenig in der Dämmerung. Aus den Gebüschen hörte man zärtliches Flüstern, ja, die feinen Herrschaften liebten auf feinere Weise, aber sie liebten, auch wenn es nicht mehr die Natur war, die da schrie, sondern irgend etwas Höheres, und höhere Welten, hick, mußten sein, die Gosse, brrl, galt nicht für jeden.

Lamprenos ward es ganz weich im Gemüt, er hatte auch ein wenig zu viel getrunken, das wollte er zugeben, obwohl er es vertrug, und dann erschrak er. Degenklang, hu! tolle Sache – wahrhaftig, da duellierten sich zwei Cavaliere, ihre Diener standen hinter ihnen, die Röcke hatte man ausgezogen, die Gesichter waren bleich und kalt, aber sie blitzten mit ihren Klingen, kling! klirr! das fuhr einem durch Mark und Bein, ein Segen, daß man kein feiner Herr war, sie schimpften nicht einmal, so feine Herren waren es, sie funkelten nur so durch die Luft, au! sixt es? das saß! glatt durch den schönen weißen Hemd-Ärmel durch .. wie das Blut schoß! *das* Hemd war hin! Nanu? schon aus mit der Wut? sie ließen die Degen fallen .. gingen aufeinander zu .. reichten sich sogar die Hand, was sicher höllisch weh tat .. fabelhaft. Lamprenos wollte gut und gern bescheinigen, daß er hoch zufrieden war mit dem, was man ihm bot im Park der Fürsten. Immerfort bot man ihm Neues, kaum zwei Minuten, daß nicht irgend etwas passierte, und besonders fiel ihm der eine Herr auf, der so fürchterlich laut lachen konnte, ein Herr in Blau, Alles blau heute! mit goldenem Schlüssel am Hintern, kenn' ich, weiß ich, Kammerherr, zieht den König aus und an, hick. Werte hochadlige Versammlung, du hast *auch* zu viel getrunken. Was für Späße, was für Ausgelassenheit. Oi joi, und die vier Damen in Gold, von oben bis unten Gold, Königinnen, klar, seh ich doch! die fünfte ist unsere eigene Llandesmutter, da in dem durchsichtigen Wasserschloß, bißchen kühl, die .. liebe Landesmutter, tanzt auch gar nicht .. aber die Andern, die Vier, die mit dem Kammerherrn, mit den Kronen am Kopf, *die* waren feurig! überhaupt: Menge Potentaten hier, die Flotte hatte ja unausgesetzt geschossen seit gestern früh, ewiger Salut sozusagen. Ach, wie schlank, wie biegsam, wie .. Lamprenos schniefte vor Lust. Überirdisch das Ganze, die goldenen Busen überirdisch – klar, daß der Kammerherr nur mit den goldenen Busen tanzte, abwechselnd mit diesem und mit jenem von den feinen; hübschen; biegsamen; feurigen; Busen. Sie schienen vollkommen vernarrt in ihn, die Königinnen, bis auf Eine, mit der er gerade in feierlichen Schritten sich drehte, sie machte ein ganz abwesendes Gesicht, sie hielt den Kopf so nniedlich schräg, es wurde einem richtig warm ums Herz, und sie merkte nicht, daß die anderen Drei vor Neid geradezu platzten, obwohl sie doch auch ihre Tänzer hatten, Eine sogar einen dicken Türken-Pascha, in Pluderhosen, und im Übrigen waren sie Alle nicht halb so niedlich wie die von ihnen so ffürchterlich Beneidete, die doch gar nichts dafür konnte, daß sie gerade an der Reihe war.

Da rief der Herr ein Wort, das Lamprenos beim besten Willen unmöglich verstand, die fremden Tänzer traten blitzschnell zurück – potz! hick! sämtliche vier Königinnen hielten die Hand eines Kammerherrn und drehten noch paar Touren mit ihm, doch nur bei der Einen war es der Wirkliche, bei den Anderen blauer Nebel, Alles blau heute ..

Das sind mir Späße, sagte Lamprenos, er lachte verstohlen hinter seiner Ceder, hehe! lachte er, ganz tief im Hals, und verschluckte sich, denn der Kammerherr sah kurz und argwöhnisch hinüber, aber inzwischen lachte Krethi und Plethi, der dicke Türke aus voller Brust, der Hof, die Königinnen selber – und dabei konnte dieser

Zauberkünstler, brrl, dabei konnte er noch mehr, noch viel-viel-viel *viel* mehr, plötzlich begannen die Nebel sich zu verändern, wahrhaftig ein Künstler, ein Künstler seines Fachs, bis unter schallendem Gewieher die erste Königin mit einem Mords-Trumm von Schwan tanzte, die Zweite mit einem Stier-Kalb, das aufrecht auf den Haxen stelzte und seine völlig veralberte Dame brünstig umschnob, während die Dritte, ach Gott, wie träumerisch! in grauer Wolke dahinschwamm, und die Wolke legte den .. Wwolken-Arm schwupp! elegant-galant um die Taille und den schönen Rücken der Schönen.
Da konnte Lamprenos, im Schatten seiner Ceder, so sehr er sich auch mühte, er konnte nicht länger: er lachte prustend, trunken vor Vergnügen – aber der Kammerherr, Maria hilf *hilf*! warf einen *Blick* auf ihn, ein ganzes Meer! von Eis! und die Ceder, habuuh! die Ceder: wurde *Gold*! er fühlte sich selbst so schwer werden, so me .. tallen, er componierte noch ein .. B-Bäuerchen, und dann .. war er .. w-weg.
Der Hof unterdessen lachte. Lachte, wie er nie je gelacht hatte, homerisch! olympisch! Salven! Lach-Krämpfe! und die Wenigen, die es nicht taten, wären bequem zu zählen gewesen: ad Eins der Bauer Lamprenos, er schlief im Wald einen goldenen Schlaf; ad Zwei der König, er speiste von dem Gift Skepsis, mehr als ihm zuträglich war; ad Drei Dame Olympia, die ärgerte sich noch immer, daß der Vater die Tochter coram publico hatte gehen lassen! einem so reichen Herrn könne man es nicht abschlagen; ad Vier Vetter Ach, ihm wurde leicht bleu mourant, denn an der Hand des Kammerherrn sah er den Ring funkeln, den Ring vom Vetter Mi; ad Fünf Erlaucht selber, Erlauchts Geist spionierte in der Höhle, da gab es nichts zu lachen, unzart, ihn ausgerechnet dort .. na, wartet – und ad Sechs war es die Königin Alkmene. »Ich hätte Ihnen auch nicht geraten«, sagte sie kühl, »mir als mein toter Amphitryon zu erscheinen.«
– »O«, erwiderte Graf Weißenstein, »ich weiß ganz gut, mit wem ich Späße treiben kann.«
»Hm, schlechte Späße, zum Beispiel mit der armen Danae.«
– »Wieso schlecht? wieso arm?«
»Lieber Graf, tun Sie nicht dumm. Wenn Midas seine Braut bestellt, um mit ihr auf zwei Worte allein zu sein, dann will ich es noch verstehen; aber wenn Sie das vor aller Welt mit Stentor-Stimme verkünden und meinen herzensguten Onkel einschüchtern, dann machen Sie den Kuppler!«

– »Wieso einschüchtern? wieso Kuppler?«
»Sie haben Polar-Blitze gesprüht; Sie haben von der großen Brieftasche geredet; Sie haben die Prinzessin ermuntert und persönlich in die Gondel gesetzt, und alle Welt zerreißt sich das Maul darüber. Ich bitte Sie: das Kind ist völlig nichtsahnend, völlig unschuldig – oder sollte Ihnen nicht klar sein, was die zwei Worte bedeuten?«
– »Doch, doch. Aber was reden wir: das Kind braucht Liebe. Ganz schnell ein bißchen Liebe. Und für Sie, ma chère, empfiehlt es sich, jetzt nicht wie die Andern in diesem Park zu bleiben, sondern ihn auf dem kürzesten Weg zu verlassen, dort, durch die Seiten-Allee, und morgen nicht wie die Andern abzureisen, sondern die Freundin unserer zierlichen Danae zu werden. Sie haben Gold an«, sagte er leise, »machen Sie, daß Sie fortkommen ..« Und sein Auge schoß eisige Strahlen. »Ich warte, bis Sie verschwunden sind.«
Sie verschwand.
Der Kammerherr .. hob langsam .. den Arm.
Urplötzlich erstarb das Gelächter. Es wurde still im Park .. totenstill. Die Fackeln blakten, als ob die Luft ihnen abgeschnürt sei, der Stier zerrann in den Armen Europas, der Schwan löste sich auf, die graue Wolke dampfte davon, die reichen Roben: grauer Damast – Dublonen, Ducaten: grauer Hanf .. keine Spur blieb von all dem Gold, Lamprenos erwachte in seinem Walde, und schwarz und still war es im Park der Fürsten.
Man atmete nicht mehr .. das Weiße der Augen leuchtete im Dunkeln.
Mitten durch das Entsetzen ging Erlaucht der Kammerherr, von blauem Lichte strahlend, ging schnell und fest über den Kies, und streckte den Arm zu den Cedern hinüber, wo Lamprenos den Hang hinauf zu fliehen versuchte.
»Halt!« rief er orgelnd.
Da sackte Lamprenos, mitten im Walde von seinem Schicksal ereilt, vor Graus zusammen, kehrte sich im Fallen noch um, glasigen Ausdrucks nach Rettung bangend, stürzte, rollte, prasselte den Berghang hinab – bis er an einem der Marmorblöcke, unten vorm Haupt-Canal, mit zerschmetterter Stirne liegen blieb. »Ein Mörder!« sagte der Graf. »Man schaffe ihn fort.«
Dies getan, entspannte sich sein Gesicht. »Nun will ich auch *nicht* länger stören!« versprach er in liebenswürdigstem Tonfall, lüftete den Tricorne und ging.

Die Fackeln loderten auf, Putten-Alleen und Andromeda-Gruppe strahlten wieder, der Atem kehrte zurück, die Kleider waren kein grauer Damast, und man glaubte, nur geträumt zu haben.
Der König aber in seinem Château d'Eau schlug mit der schönen, viel zu zarten Hand auf das Geländer des Octogons. »Assez!« sagte er heftig, »das Fest ist aus!« – und befahl seinen Hut.
So mündete denn, was reich begonnen, in dicke Enttäuschung, man erregte und erzürnte sich über das gesellschaftlich unmögliche Betragen dieses Menschen, der nicht im Gotha stand, ein Hochstapler vermutlich, ein Charlatan, dem man aufgesessen, unglaublich das! und Einigkeit herrschte, daß man hinfort noch strenger unter sich bleiben, noch exclusiver auf tadelfreie Abkunft sehen müsse. Die Wagen fuhren vor, man bestellte die Sänften, die Boote, Fackeln und Windlichter wanderten über Land – schon winkte das Bett, der getürmte Ciel, es winkten tröstlich die Freuden Cupidos. Einsam strahlten die metallenen Sonnen in den Bosquetten, einsam ritt Perseus gepanzert durch die Cascade, Andromeda hielt schützend die Hände vor ihr Heiligtum, nach welchem Hydra violetten Geifer schoß, einsam plätscherten die Brunnen und wehten die Fontainen, sprühte der goldene Regen an der Bergseite des Sees, einsam spiegelte sich das Château d'Eau. Und bei steigendem Frühlicht erlosch noch einmal alles Gold, und als die Sonne kam, funkelte noch einmal alles Gold, und in den Betten lagen die Menschen umfangen von todestiefem Schlaf – niemand hörte das Rollen der Canonade . . oder war es ein Meer-Gewitter?
Nur bei den Klippen am Cap, wo die Thymian-Heide duftete, wo über Felsen der Rüttelfalk stand und in der Grotte ein blauer Baldachin im Rosen-Marmor sich malte, erwachten zwei Schlummernde und schlummerten gleich wieder ein. »Hast du es auch gehört?« flüsterte sie, ihre Haut atmete. »Geht die Welt schon unter?« – und weiche Locken, von keinem Diadem mehr gehalten, flossen golddurchsponnen auf die Schulter des Geliebten. Die Salve verhallte fern auf See.
– »Schlafe, mein Prinz . . der Feldmarschall träumt . .«

ENDE DES DRITTEN BANDES

Vierter Band

Die Bürgerin Valente

I. Capitel

Wie weit es der Barock ernst nahm mit seinen mythologischen Neigungen – dies Problem konnte dem alten Zeus nun als hinreichend geklärt gelten: die Scene beim Marmor-Cap, am Morgen nach der Brautnacht, ließ kaum eine Frage offen. War es zu leugnen, daß Midas, en présence des ganzen Königlichen Hauses, schlankerhand den Degen auf Erlaucht Graf Weißenstein zückte? und nicht nur das: nein, ihn kühn und tief hineinstieß in all die wundervollen Blitze, hinter denen der Kammerherr sich, mitsamt dem gestohlenen Ring, als Sonnendunst verflüchtigte? Weiß Gott, ein Factum von äußerster Bedenklichkeit .. und Dame Leda, als Einzige bei Humor bleibend, versetzte der Metamorphose eine schlechthin tödliche Prise Natron:

»Puff«, sagte sie, und die Wirkung war dahin.

Dem Göttervater, wie bekannt, eilte es nicht, er interessierte sich weniger für den schnellen als für durable Erfolge, und nachdem er gefrühstückt, verreiste er vorerst auf den Parnaß, denn wie sollte die Geschichte nun weitergehen? Ihm selbst zwar, in ihren Grundzügen, erschien sie praesent und practicabel, allein, er wünschte noch ein wenig Poesie, deshalb reiste er auf den Parnaß, die Musen zu consultieren.

Und nun kam Poesie in das Ganze.

Die Poesie – was ist es mit ihr? Ist sie wirklich von jener unterernährten, melancholischen Anmut, die lächelnd, während zwei einsame Tränen zittern, zum Monde emporschmachtet, dem Sang der Nachtigall lauschend, die im Schilfrohr ihr sinnbetörendes Schluchzen mit dem der Flöte al duo mischt? Eignen ihr wirklich keine anderen Attribute als der zarte Madonnen-Blick, die blutarme Jungmädchen-Gestalt, eine Leyer in zerbrechlichen Händen und unerträgliche Rosen im Haar, das, bewegt von sanfter Brise der Nacht, sich träumerisch kräuselt? O schreckliche Limonade! man sollte die waghalsigen Schreiber zur Ordnung rufen: dieses dauernde Liebes- und Kummer-Geseufz verdirbt der Poesie den Credit. Hat man vergessen, daß *Apollon* ihr Gott ist, ein strenger Gott, der Gott der Klarheit, der Kühnheit und des Todes, und daß einst *Orpheus* ihr Herr war, Orpheus, dessen ungeheure Klage-Gewalt die verlorene Geliebte bestimmen konnte, ihm aus dem Reich der Schatten zurück in das der Sonne zu folgen, des Leidens, des Kampfes, der tausendfältigen Gefahr? So kennt auch die Poesie Daemon an Daemon, wie der Mensch. Und wie die Natur, die einem und dem selben winzigen Wiesenkraut Gift und Heilkraft verleiht, die immer neues Leben aus immer neuem Sterben, Verfall und Moder zeugt und die grausamsten Kräfte der Zerstörung aufbietet, Hagel, Wirbelsturm, Springflut, millionenfachen Mord durch die ganze Tier- und Menschenwelt, um uns das Glück des Hierseins nur desto begeisternder zu machen: wie die Natur ist sie einer höchst reizbaren, höchst gefährlichen und explosiven Verbindung mit den Elementen fähig, ja, elementar geht es zu in ihr, Furcht und Schrekken, Anfechtung und Untergang, Zweifel, Gram, das Grauen sogar und erdrückende Herzbeklemmungen, vom Himmel zur Hölle und wieder vom Höllentor zum Himmelsgewölbe, Titanen drunten, selige Geister droben, ein immerwährendes Stürzen und Schweben – kurz, sie ist das Dasein selber, ein exemplarisches Dasein allerdings, das Dasein in seiner tieferen Wirklichkeit. Denn Eines hat sie, weil exemplarisch, dem Dasein voraus: das Maß. Unbeirrt nach dem Gesetz der Gewichte, rückt sie Ursache und Wirkung, ruhig und gleichmütig, ins rechte Verhältnis und offenbart dem geneigten Leser, daß auf solchen Prunk und Pomp und zärtlichen Trug, daß auf solche Feste, wie sie eben verklungen sind, unweigerlich etwas erfolgen wird, was die angestauten Conflicte, vielleicht in der fürchterlichsten Weise, zur Entladung bringt, sintemal Melpomene, die vornehmste der Musen, wohl nicht per Zufall mit der einen Hand ein Ensemble von Kronen und Sceptern praesentiert, mit der anderen aber, contrapunctisch, den Dolch ..

Ja. Denn was man vom Bürger auch sagen mag, dem königstreuen und gedankenschwachen, dem braven, genügsamen und tapferen Bürger: konnte es ihm verborgen bleiben, daß Neid und Mißgunst und eine tausendköpfige Hydra von Intriguen violetten Geifer in die glanzvolle Scheinwelt der Feudalen spritzte? Ehrgeizige Militärs und nobilitierte Figuranten rangen erbarmungslos um die Führung eines Staates, der auf Vulcanen erbaut war, und ein Geldstrom, von dem man gut und gern hätte leben mögen, floß in Form drückender Zehnte, Zölle und Taxen aus dem Mark des Volkes davon, um in Form nutzloser Zierbauten Auferstehung zu feiern. Die Taille! die Fron! die Fürsten-Knechtschaft! Und selbst wenn man bereit gewesen wäre, dies Alles ohne viel Murren auch fürderhin zu schlucken: wer sollte die Augen vor dem einen, räuberischen, jede klare Überlegung hinwegschwemmenden Ereignis verschließen, daß man binnen weniger Stunden eine Unsumme puren Goldes erarbeitet, unter Schweiß und Mühen ehrlich erworben hatte, und daß, nachdem man ein einziges Mal geschlafen, dieses selbe pure, wunderbar versprechende Gold heute aus nichts mehr bestand als aus dem Bildnis des Landesvaters, in grauen Hanf geprägt? A, und wie hochmütig, wie bis aufs Blut peinigend, wie unerträglich gelassen nahm die Welt der Großen das Ereignis hin! Midas, so hörte man, habe die Prinzessin ihren rechtmäßigen Besitzern zurückgereicht – dies seine Worte –, um den Staat Myrrha nicht zu mêlieren mit dem Finanz-Débâcle des fernen Phrygien. Bei Gott, er zog sich billig aus der Affaire, er machte sich kein Gewissen, den Bürger zu höhnen, indem er weiß-silbern auf abundantem Tragbett, mitten durch die Straßen der Hauptstadt, dem gänzlich ergrauten Linienschiff entgegenschwebte, ihn kümmerte es nicht, wenn Andere arm waren, und als man ihm, feindselig schweigend, eine der Hanfmünzen zuwarf, zerbröselte er sie nur in seinen schönen Händen, langsam und träumerisch. Nein, es war nun zu spät für Königs-Treue und Devotion, man spürte Grimm, spürte Haß, kochende Enttäuschung, und wunderte sich, daß man noch ruhig zuschauen konnte, wie der Bräutigam, den man vor zweimal vierundzwanzig Stunden so freudig begrüßt, aus dem Hafenbecken rauschte, die Flotte schoß gar Salut, schoß mehrmals, denn ihm folgten die Insel-Königinnen, ohne das Bündnis unterzeichnet zu haben, um dessentwillen man sie eigens herbeicitierte. Ja, noch wunderte man sich, aber man knirschte, selbstverständlich tat man das, man kaute Wut, nicht besser und nicht schlechter als der Botschafter Gheotta, zum Exempel, der, nachdem eine Taube gekommen, zornbebend und finster die Anker lichtete. Venedig .. pah! von da war nichts zu erwarten, es war aus mit der Hoffnung, Schluß, erledigt! Was, in der Tat, sollte ein Volk von seiner Zukunft halten, wenn sämtliche Entwürfe wie ein Kartenhaus zusammenfielen, und die Prinzessin, in ihrem Jägerinnen-Costume, ritt einfach davon?

»Düsteres Tableau, mein lieber Andria«, sagte der Admiral, friedlich im Fauteuil lehnend, und blickte an seinem Gehirn vorbei auf das Königliche Schloß, das durch die classische Säulen-Ordnung, von Capitälen gerahmt, hereinschimmerte. »Dabei *ist* die Catastrophe gar nicht so entsetzlich, ich weiß gar nicht, was Sie haben, es ist ja *nichts* verloren!« Sein Federkiel verfertigte eine Notiz. »Hat die Prinzessin hinterlassen, wohin sie reitet?«

Der Contre-Admiral, die Hand leger in der Hosentasche, sah mit versteckter Anspannung auf die Mole hinunter, wo geschäftiges Kommen und Gehen herrschte. »Nach Gelmion«, erwiderte er und berechnete, es werde gut sein, den Quai militärisch zu sichern. »Im Übrigen will ich Ihnen genau sagen, was ich habe: Bedenken.«

»Das predigen Sie mir seit einer Stunde. Genieren Sie sich nicht, wir haben wenig Zeit. Bedenken wogegen?«

– »Gegen Ihren Leichtsinn, Excellenz. Gegen den blinden und sträflichen Leichtsinn, mit dem Sie Ihre Position aufs Spiel setzen.«

»Ja. Ich bin eben Optimist – und Sie sind Skeptiker, so ergänzen wir uns. Wozu wollen wir die paar Beulen tragisch nehmen? und wozu wollen Sie mir partout meine Zuversicht ausreden?«

– »Da liegt der Hase im Pfeffer, Excellenz: wir ergänzen uns *nicht* mehr. Mich als Polizei-Minister würde es jedenfalls zuversichtlicher stimmen, Sie fielen meiner Vorsicht nicht in den Rücken, sondern gingen endlich zum König und bäten ihn, das Standrecht verhängen zu dürfen. Praeventiv, um mit Godoitis zu sprechen.«

Borromeos asketische Lippen zogen sich einwärts. »Ich bin kein Godoitis«, entgegnete er schroff.

– »Darf ich Sie aufmerksam machen«, und Andria begann im Zimmer hin und her zu wandern, »er war ein wunderbarer Maschinist der Macht ..«

»A was, er hatte kein Herz. Wenn man seelenlos eine seelenlose Maschine bedient, mag das genügen. Myrrha erwartet etwas von mir, positive Maßnahmen, Hilfe, Erleichterung, aber kein Standrecht. Soll ich die Grundlagen des Vertrauens zerstören? Man muß die Nerven haben, diese nervösen Zuckungen da draußen als das zu behandeln, was sie sind: Bagatellen. Die Leute jammern über ihre Hanfmünzen, und ein leibhaftiger Contre-Admiral sieht die Revolution am Horizont. Dabei sind wir reich! märchenhaft reich. Die Leute wissen es nur nicht, weil sie den Credit erschüttert glauben. Ergo müssen wir den Credit wieder aufrichten; ergo werden wir auch die letzte dieser Hanfmünzen einlösen. Man wird das dem Volk infiltrieren – auf die übliche Weise, bitte dafür zu sorgen –, und ich bin überzeugt, es legt sich mit den angenehmsten Gedanken schlafen. Oder paßt Ihnen das nicht? Seit Sie Minister sind, reden Sie merkwürdig reactionär.«

– »Das ist der Lauf der Welt – siehe Papst Martin V. Und eben das macht *mich* stutzig, daß *Sie*, Excellenz, seit *Sie* die Geschäfte führen, immer noch vom Volk her denken, anstatt vom Staat. Daß wir die Hanfmünzen einlösen, ist wohl selbstverständlich; ich würde es mit entsprechender Selbstverständlichkeit tun, ohne den Schatten eines Verdachtes zu erwecken, es könne sich um ein Geschenk des Herrn v. Borromeo handeln. Billiges Geschenk übrigens, denn bezahlen darf es der Herr Vampyrios. Und jetzt muß ich den Teufel beim Namen nennen: Sie regieren nicht, sondern treiben Demagogie. Moment. Lassen Sie mich zu Ende sprechen. Ich bin leider allzu genau im Bilde, wie viele Dinge Sie der Straße bereits infiltriert *haben*, und wohin diese Dinge logischer Weise laufen werden. Die Welt verbessern, heißt die Welt aus den Angeln heben. Es ist blutrichtig, wenn Sie sagen, die Leute erwarten etwas von Ihnen. Abbau der Feudal-Verfassung, der Frondienste, der Leibeigenschaft, Ausdehnung der Taille auf Adel und Geistlichkeit, Ersatz der Canton-Recrutierung durch ein Freiwilligen-System, etcetera p.p. Heute erwartet und morgen fordert man es. Und wenn die Straße nicht bekommt, was sie will, wird sie gegen uns genau so Sturm laufen, wie sie es gegen Godoitis gerne getan hätte und doch nicht wagte – weil er herzlos war. Er hätte schön auf den Knopf gedrückt, und die Walze wäre den Leuten über die Beine gerollt.«

»Sie wünschen also«, fragte Borromeo mit Bitterkeit, »daß wir die Grundlagen unseres Programms über Bord werfen.«

– »Ich wünsche die Grundlagen unserer *Macht* klarzustellen. Ich wünsche nicht ruhmlos über Utopieen zu stolpern. Wir lenken einen Staat, darum geht es. Sie aber wollen das Volk füttern. Das kann man. Mit leichter Hand und auf lange Sicht ist das durchaus denkbar, und Sie dürfen auf meine Gefolgschaft zählen. Dagegen liebe ich keine Galopaden und renne niemals mit dem Kopf durch die Wand – geschweige, daß ich, wie Sie, auf Granit beißen möchte. Die Politik *ist* nun einmal die Kunst des Möglichen. Wenn Sie versprechen, müssen Sie auch halten wollen. Unter Wollen verstehe ich Können. Können Sie, was Sie wollen? Sie können nicht.«

»Ich kann.«

– »Dann sind Sie ein Phantast. Sie können genau einen einzigen Punct durchsetzen: die Hanfmünzen. Der nächste Schritt bricht Ihnen das Genick. Ich sage das als Freund und bitte Sie dringend: bremsen Sie. Gehen Sie zum König und verlangen Sie den Belagerungs-Zustand. Denn tun Sie es nicht, so werde *ich* es tun, über Ihren Kopf hinweg.«

»Ich habe«, bemerkte Borromeo, »bereits einmal Anlaß gehabt, an Ihrer Loyalität zu zweifeln.«

– »Und haben sich darin, wie ich ergänzen darf, profund getäuscht. Ich bin weit entfernt, Sie stürzen zu wollen. Eben so wenig allerdings möchte ich mich selber stürzen. Beharren Sie also bei Ihren Ideen, so muß ich mich von Ihnen distancieren, das verlangt die Klugheit. Andererseits wäre es unanständig, Sie nicht zu warnen.«

»Was reden wir von Anstand!« warf Borromeo ein. »Ich hätte nie gedacht, daß Sie mich einmal so im Stich lassen.«

– »Es fragt sich, Excellenz, wer hier wen im Stich läßt. Denn wofern Sie auf einen Treubruch hinauswollen: ich bin nicht mehr in erster Linie Ihr Stabs-Chef, sondern seit zwei Wochen Minister .. und bin es geworden ohne Ihre Hilfe, wie Sie vorgestern ohne die meine. Aber das Minister-Amt ist ein Kron-Amt! und die Tactik, es zu erringen, eine völlig andere als die, sich in ihm zu behaupten. Sie haben vorgestern gezeigt, daß Sie ein genialer Kopf sind, wenn es darauf ankommt. Nur: Sie *wußten,* es kam darauf an, und hatten etwas hinter sich. Heute wissen Sie es nicht, darum sage ich es Ihnen, und haben nichts hinter sich, nicht einmal den Herrn v. Andria.«

»Ich habe meine Popularität.«

– »Richtig. Pardon.«

»Und *Sie* werden *nie* Popularität besitzen.«

– »Auch richtig. Mit dem Unterschied: ich *will* sie gar nicht besitzen. Weil ich nicht Spielball sein will. Um nämlich populär zu bleiben, müßten Sie, ich gebe das zu, und insofern hat Ihre Conception Logik, gegen Alles das anregieren, was von Natur her unpopulär ist. Gegen die Finanz, gegen die Feudalen, gegen das Militär. Im Effect: gegen den Staat. Ich darf Ihnen eine Illusion gleich jetzt noch rauben: Sie werden sogar gegen die populäre Prinzessin regieren müssen; sie ist eisern entschlossen, keines der angestammten Rechte ihrer Krone zu opfern.«

»A! haben Sie sondiert?«

– »Sie selber befahlen es mir.«

»Da habe ich den Bock zum Gärtner gemacht.«

– »Lieber Herr v. Borromeo: seien Sie froh, daß *ich* hinging und entsprechend vorsichtig war. Denn das Gegen-Beispiel ist die complette Catastrophe.«

»Wieso? Was meinen Sie?«

– »Den Fürsten Allerhöchstenperg. Eine tactische Monstrosität, entschuldigen Sie. Ausgerechnet am Tage des vollständigen Fiascos aller Voraussetzungen, auf denen unsere Politik ruht, bitten Sie ausgerechnet den reichsten Grundherrn des Landes zu sich und erzählen ihm, daß man dem Volk ausgerechnet die feudalen Praerogativen in den Mund stopfen wird. Der Erfolg ist da, der Fürst beim König. Die Situation läßt nichts mehr zu wünschen übrig: wir wackeln, daß es eine Art hat. Oder glauben Sie, der König wäre entzückt von dem, was wir ihm eingebrockt haben? Und glauben Sie, daß die Gestürzten, Bandra, Kastamomi, oder die von Ihnen Bedrohten, wie mein Polizei-Chef, daß die keine Canäle besäßen, um sein Ohr zu erreichen? Glauben Sie, daß ich den Chef vom Geheim-Dienst nicht selber liebend gern abhalfterte? Wir sind umgeben von versteckter oder offener Camarilla und haben nicht den kleinsten Trumpf im Blatt. Abgesehen, wie gesagt, von Ew. Excellenz Beliebtheit bei der Straße. Aber die Straße ist ein wankelmütiges Institut, ein Institut, das unter Umständen rebellisch wird. Wenn es rebellisch wird, braucht man Polizei, Militär, braucht man den reibungslos functionierenden Apparat der Macht. Glauben Sie, daß die Polizei uns gern schützt, wenn sie weiß, wir wollen sie auflösen? Glauben Sie, die Regimenter werden treu sein, wenn es mit der Cantonal-Verfassung doch bald vorbei ist, und glauben Sie, die Officiere schlügen sich für eine Regierung, die, wenn sie bleibt, ihnen ein Miliz-System beschert? Wir sitzen auf dem Pulverfaß, und Excellenz spielen mit der Lunte!«

»Sie übertreiben maßlos, Andria.«

– »Es sollte mich freuen, wenn ich übertrieben hätte. Es sollte mich freuen, wenn Sie Recht behielten. Und selbst dann: warten Sie es doch ab. Es ist doch unsinnig im höchsten Grade, daß Sie, so wie die Dinge liegen, die heil gebliebenen Reste von unserem Porcellan auch noch zerschlagen. Das läuft Ihnen ja nicht weg. Warten Sie zwei Wochen, und zerschlagen Sie es dann. Jeden Monat eine Tasse, an hohen Feiertagen meinethalb ein Service. Nur nicht Alles auf einmal. Und verstehen Sie wohl: ich habe nichts gegen Beseitigung offenkundiger Mißstände – aber um keinen Preis unter dem Druck der Straße.«

»Theorieen, Andria! Wir können nicht mehr zurück.«

– »Ha.« Der Contre-Admiral lachte zornig auf. »*Ich* kann. Und Sie, wenn Sie Realist sind, ebenfalls. Gehen Sie zum König, stellen Sie als Verdrehung hin, was der Fürst ihm erzählt hat, schließen Sie alles Liberale tief in Ihrem Busen ein, verhängen Sie den Belagerungs-Zustand, und Sie werden sehen, wie brav die Leute nach Hause wandern. Denn wir wollen scharf unterscheiden zwischen Volk und Straße. Das Grund-Übel ist immer die Demonstration. Was demonstriert, hat Herden-Wünsche und Herden-Instinct, in der Herden-Wärme pumpt es sich Mut ein, ohne Tuchfühlung sind es Schlappiers, und jagt man die Herde auseinander, so fällt der aufgelegte Schwindel zusammen. Genau das Gleiche gilt für die Camarilla. Wozu *treiben* Sie die Herrschaften auf einen Haufen! Isolieren wir sie doch! anstatt sie allesamt zu reizen und unsere Balance zu belasten! Contre-Balance, Excellenz, Contre-Balance! muß ich Ihnen das sagen? Welcher Teufel hat Sie geritten, zum Beispiel den Herrn Bandra auszubooten? Mir scheint, Sie leiden unter Vollständigkeits-Drang. Geben Sie dem Mann schleunigst ein Commando, damit er beschäftigt ist. Und reden Sie mit Engelszungen, daß Neander im Amt bleibt, ich habe keine Lust, auch noch Kriegs-Minister zu werden, wir brauchen ihn wie das tägliche Brot. Überhaupt: welche Ämter wollen Sie *noch* umbesetzen? Sie schütten das Kind mit dem Bade aus. Die Central-Ämter: darauf kam es an; sogar mit Kastamomi hätten wir Zeit gehabt, er schwankte ja schon, Sie brauchten ihm nur den kleinen Finger zu reichen. Den Polizei-Chef jedenfalls werden Sie gütig mir überlassen. Wenn er sich découvriert, wird er verhaftet; wenn nicht: emporgelobt. Er kann Minister werden von mir aus. Im Übrigen habe ich ihn zum Rapport bestellt, das heißt: ich gehe jetzt.«

Borromeo hob instinctiv die Hand; dann stand er auf und ging durch den großen Raum Herrn v. Andria entgegen, der an der Tapetentür Kehrt gemacht hatte. Die Admirale maßen sich mit den Blicken. »Ich möchte wissen«, sagte er ruhig und nahm den Rock-Aufschlag seines Gegners zwischen zwei Finger, »woran ich mit Ihnen bin.«

– »Pardon?«

»Woran ich mit Ihnen bin, möchte ich wissen. Conspirieren Sie hinter meinem Rücken?«

Herr v. Andria entließ etwas Luft durch die Nase, die feinen Runen beidseits der Augen lächelten undurchsichtig auf den Flotten-Chef hinab – schwer definierbar, ob mitfühlend oder ironisch, doch jedenfalls überlegen. »Conspiration?« erwiderte er. »Wenig wahrscheinlich.«

»Sie weichen mir aus, Andria. Setzen wir uns!« Die Hand wies einladend auf ein doppeltes Tabouret, über welchem die Seekarten das Archipelagos, von bunten Fähnchen besteckt, die Wand tapezierten.

Man nahm Platz; der Contre-Admiral schlug die Kniee übereinander. »Es gehört zu den Rätselhaftigkeiten unseres Verhältnisses«, bemerkte er, »daß Sie den Verrat immer am falschen Ort suchen – und immer dann, wenn ich dringend Wichtigeres zu tun hätte. Um es klar zu sagen: ich pflege schnell und gründlich zu denken, und ehe Sie anfangen zu denken, habe ich schon gehandelt – oder: hätte gehandelt, müßte ich nicht auf dem Umweg über Sie handeln. Für Frondeure ist das ein hübsches Spiel; zum Regieren: lästig. Sie verstehen: ich habe nicht mehr die Zeit, Sie mit Lamms-Geduld zu bearbeiten, und ich bin, als Minister, weder Ihre Creatur noch Ihr Organ. Auch meine Treue reicht nur bis zu einem bestimmten Punct, denn ich richte mich nicht nach Ressentiments. Was ich im Augenblick tue, sind Acte der Anhänglichkeit; wenn Sie erlauben: sogar der Freundschaft. Ich allein halte Sie: weil ich allein nicht wackle; und ich wackle deshalb nicht, weil ich zur rechten Zeit mein Manœuvre einfädelte; eben jenes Manœuvre, das mich bei Ihnen in Verruf gebracht hat, obwohl ich es weniger zu eigenen als zu anderer Leute Gunsten führte. Da sind Sie nun wieder skeptisch. Aber bitte: der Sinn Ihrer Candidatur war unabhängig von dem Ehrgeiz des Herrn v. Borromeo oder des Herrn v. Andria, unabhängig vom Grafen Godoitis und seinen Qualitäten oder Fehlern – es ging um die Flotte. Jetzt sitzt die Flotte an der Macht, und ich wünsche, daß sie die Position behauptet. Nur leider kann auch die Flotte nicht denken. Das überläßt sie immer noch dem Herrn v. Andria, den sie gleichwohl verdächtigt. Siehe das fabelhafte Schäumen vor zwei Wochen, als der Herr v. Andria Minister wurde. Wenn ich also, was eine Kleinigkeit wäre, den Herrn v. Borromeo stürze, wohlgemerkt: um der Flotte willen, weil sein Programm sie vielleicht compromittiert, so wird diese Flotte mir postwendend den nächstbesten Schiffs-Lieutenant schicken, mir das Pistol auf den Tisch legen und in gebührenden terminis mitteilen: Herr Admiral, die Flotte erwartet, daß Sie die Consequenzen ziehen. Ich würde sie zwar nicht ziehen, weil ich, wie gesagt, zu denken pflege, aber man würde mir hinter der nächstbesten Straßen-Ecke auflauern, und Seine Majestät der Ehren-Standpunct wäre gerettet. Bornierte Ideologieen. Mausetot wäre ich – die Flotte allerdings auch. Man muß also verhindern, daß sie Selbstmord verübt. Man muß also den Herrn v. Borromeo im Amt halten, bis er nicht mehr wackelt, das heißt: bis der Herr v. Andria ihm die Geschichte eingerenkt hat und das Emportement unseres Königs verflogen ist. Worauf dann der Herr v. Andria mit Vergnügen in den Admiralstab zurücktreten wird. Und das Ganze ist überhaupt nur denkbar, weil wir einen märchenhaft loyalen Monarchen besitzen. Malen Sie sich aus, Excellenz, der König wäre soupçonnös wie zum Beispiel die Republik Venedig mit ihrer gepriesenen Staats-Inquisition: ich garantiere Ihnen, die Hälfte Ihres Fiascos und die Hälfte Ihres Programms würden hinreichen, Sie à la Gheotta um einen Kopf kleiner zu machen – welcher Peinlichkeit ein honoriger Mann wie unser Freund Otello auf die übliche, anerkannt honorige Art, krrk, aus dem Weg geht.«

»Was? Otello hat sich . . das Leben –?«

– »Vermutlich. Es ist logisch, daß er es tut. Zumal, nachdem der Heldentod gegen Samos mangels Widerstandes ins Wasser fiel. Aber die *Ehre* scheint mir etwas unlogisch zu sein: als ob dergleichen eine Lösung wäre . . Wohingegen es wiederum logisch ist, daß Herr Gheotta nach Hause reist, um in den Blei-Kammern Logis zu nehmen. Denkkraft wie ein Huhn. Zwanzig Jahre lang glaubt er, die Sbirri suchen ihn, und kaum suchen sie ihn wirklich, so saust er schnurstracks heim und unters Beil, statt im gesicherten Exil zu verbleiben. Ein Phantast comme il faut, man schlägt sich an den Kopf. Kurz und gut: großes Jeu risquieren und dann begossen dasitzen kann jeder. Aussteigen, bevor die Bank platzt: so spielt man in Venedig!«

Borromeo war aufgestanden. Mit Schritten, welche verrieten, daß er noch nichts verloren gab, durchmaß er nachdenklich, die Hände hinter dem Rücken verschränkt, die ganze Weite des Saales, betrachtete an der jenseitigen Wand lange das Inselmeer der Cycladen, doch als er sich endlich umdrehte, schien er blaß bis in die Haarwurzeln.

Er atmete tief, verschluckte, was er sagen wollte, ging an den Schreibtisch und unterzeichnete im Stehen die Verordnung, die der Anlaß gewesen war für Herrn v. Andrias ausgedehnten Besuch. Dann setzte er sich und blickte graublau, zurückgelehnt in den Fauteuil, hinüber.

»Ich werde also«, erklärte er, »meine Demission geben.«

– »Dann würden Sie«, entgegnete der Contre-Admiral, »völlig sinnlos meine sehr kostbare Zeit mißbraucht haben. Gestat-«

»Ich soll«, unterbrach Borromeo, »Ihr Popanz sein? Ich denke nicht daran!«

Andria seufzte. »Das ist schon wieder dieser fürchterliche point d'honneur. Begreifen Sie denn nicht, was ich will! Wenn ich Aussteigen sage, meine ich das Progra-«

»Sie wollen, daß ich Ihre Coulisse bilde, weil sonst die nackte Maschine zum Vorschein kommt. Sie wollen mich als Draperie benutzen, obwohl ich für Sie ein Klotz am Bein bin. Seien Sie doch ehrlich! der Machthunger blitzt Ihnen aus jedem Knopfloch!«

Herr v. Andria sprang auf. »Mit Ihnen ist nicht zu verkehren!« donnerte er. »Jetzt verkehre ich mit Ihnen auf Ihrer Basis. Hier ist mein Admirals-Patent« – er riß es aus der Rocktasche und knallte es mit der flachen Hand auf den Tisch – »hier ist mein Degen« – er riß ihn aus der Scheide und spießte das Papier, flammend vor Zorn, an der Tisch-Platte fest, Klinge und Korb zitterten nach – »und wenn Ihr Verstand nicht hinreicht, dem meinen zu folgen, so werden Sie mir ohne Verstand *glauben*! Der Staat ist in Gefahr, da haben dumme Soupçons zu schweigen, da wird notfalls ein Admiral seinem Contre-Admiral gehorchen. Auch ich bin ein Mann von Ehre, nur führe ich sie nicht dauernd im Munde.«

»Entschuldigen Sie, Andria. Es ging mit mir durch.«

Der Contre-Admiral verneigte sich hager. »Dito dito«, erklärte er gemütlich und räumte die Utensilien seiner Demonstration wieder ein. »Ich kenne Sie viel zu gut, um Ihre gegenwärtige Verfassung nicht klar zu verstehen. Ihr Optimismus ist eine Farce, und Ihre Nerven sind angegriffen, Sie wollen es nur nicht wahr haben. Da müssen Sie mir schon gestatten, daß ich Sie schütze vor unüberlegten Streichen – Streichen, an denen Tausende von Schicksalen hängen. Sobald Sie Ihrer selbst wieder sicher sind, wollen wir im alten Stil à deux chevaux fahren, en flèche zweierlang, Sie vorneweg als populäres Phantasie-Object, dem der Glanz gebührt, ich an der Deichsel hinterdrein. Im Übrigen werden wir Gehirn und Phantasie genug brauchen, wenn der Marchese Undeni hier aufkreuzt. Ein Segen wenigstens, daß der Faden zu König Midas nicht ganz gerissen ist, obwohl ich mir schlecht vorstellen kann, wie er sich das Weitere denkt. Immerhin, wir haben einen accreditierten Botschafter dort, was Einiges heißen will. Und wenn die Werften schnell arbeiten, und wenn der Herr Senator langsam reist, so können wir ihm vielleicht mit den nachgebauten Belle-Fontaine-Dingern eine kleine Überraschung bieten, gegen flüssiges Feuer ist Venedig machtlos. Man wird allerdings todesmutige Besatzungen brauchen, die reinen Himmelfahrt-Commandos. – Na, das lösen wir jetzt nicht. Wir haben zwei Uhr, Ihre Antichambre sitzt voller Menschen, die meinige vermutlich auch – ich schätze, wir können gegen Vier gemeinsam zum König gehen?«

»Wie Sie wünschen. Bei mir sind es nur einige pro-forma-Empfänge.«

– »Wer?« fragte Andria, indem er die Schärfe seiner Wißbegier hinter gelangweilten Mienen versteckte, und erfuhr, daß der Staatssecretär die Ernennungen brachte, daß Neander aus der Armee schied, um ungeteiltermaßen den Künsten leben zu können, und daß Karavatti nebst Anhang gebeten hatten, ihre beschädigte Ehre wiederherstellen zu dürfen.

»Der König«, fügte Borromeo hinzu, »beläßt ihnen auf meinen Vorschlag Orden, Rang und Pension. Wir wollen nicht ohne Not Haß züchten.«

– »Voilà«, bestätigte Herr v. Andria. »Ich werde Ihrer unerlaubt menschenfreundlichen Stimmung die Spur Wachsamkeit beimischen, die ihr fehlt. A bientôt.«

Der Flotten-Chef sah ihm tiefsinnig nach, mit einem eigentümlichen Ausdruck von Ratlosigkeit, und Herr v. Andria zog die Tapetentür zu. Dieser Mann – er gab sich keiner Illusion hin – dieser Mann war erledigt, ohne daß irgend jemand auch nur den kleinen Finger rührte, sein Selbstvertrauen bis in das Mark getroffen.

- - »Habt – Acht!« schrie der Wach-Offizier, die Halb-Compa-

gnie trat unter Gewehr. »Melde Herrn Admiral gehorsamst –« »Is schön«, unterbrach der hohe Herr, die Hand nach Gewohnheit leger in der Hosentasche. Sein Raubvogel-Blick musterte die Scenerie von Portalhalle und Vorplatz. »Sie sind der Lieutenant Basilides? Is schön. Passen Sie auf, Herr Basilides. Nehmen Sie die zweite Halb-Compagnie auch noch unter den Arm, eine dritte werde ich Ihnen schicken« – er betrachtete abwesend seine Fingerkuppen – »und sperren Sie den Zugang von Land. Am besten mehrere Cordons. Es kommt jetzt niemand hinaus ohne Passierschein vom Flotten-Chef oder mir. Unter uns: richten Sie Ihr besonderes Augenmerk auf den Mann vom Geheim-Dienst, den Hofrat, den berühmten. Kennen Sie ihn? Kennen Sie ihn genau? Ganz genau? Auch in Verkleidung? Selbst *mit* Passierschein: verhaften Sie ihn, der Passierschein ist gefälscht. Lassen Sie im Übrigen beidseits der Mole Jollen patrouillieren und seien Sie argwöhnisch wie ein Luchs, wir müssen mit Überfällen von Land her rechnen. Scharfe Luft heute. Falls Ihr Latein versagt: nicht nervös werden, nicht ans Avancement denken, nicht Alles allein schmeißen wollen, sondern jagen Sie einen Melder zu mir, ich bin im Stab. Und der Ordnung halber: als Minister titulieren Sie mich mit Excellenz. Machen Sie Ihre Sache anständig, der König wird es zu danken wissen.«
Er winkte, den Salut zu sparen, kehrte zurück ins Treppenhaus, eilte die Stufen empor und betrat lässig seine Amts-Räume; sie wimmelten von Besuchern jeden Ranges, deren diverse und differente Anliegen er, nonchalant im Stehen, mit détaillierten Befehlen erledigte; worauf er dem Chef der Geheim-Polizei voll gewinnender Distance die Hand reichte. »Jetzt zu uns. Kommen Sie hinein. Also: was ist vorbereitet?«
Nun, es war Alles vorbereitet: man würde den ganzen imposanten Apparat, wenn die Situation es forderte, durch keine größere Anstrengung auslösen, als indem man oben, vom Dach der Admiralität, das vereinbarte Zeichen aufgehen ließ, sechs grüne Leuchtkugeln. Karavatti und seine Clique selbstredend intim beobachtet – nein, keinerlei Pistolen bei sich, außerdem die Antichambre voll verläßlicher Agenten – nein, auch keine feindselige Tenue, entzückt von der großzügigen Regelung – der General Bandra? gar nicht mehr in der Stadt – Seine Durchlaucht, jawohl, noch immer beim König – Continalto: auf seinen Gütern .. wahrscheinlich, daß er der Partei des Fürsten beitrat, als Schwager schon ohnehin .. Die Prinzessin hatte man vor zwei Stunden vom Zeus-Tempel abreiten

sehen, südwärts, *sehr* merkwürdige Gespräche; ihren Schutz in Gelmion übernahm der Graf Treuenfels persönlich, ganz zweifellos traf er noch vor ihr ein. Gegen Kastamomi lagen nur allgemeine Verdacht-Gründe vor, nichts Specielles, er zeigte starke Verbitterung. Den Baron Vampyrios aber verbrachte man, erhöhter Sicherheit halber, soeben ins Arsenal, und die Banquiers, die ihm anhingen, waren auf die gleiche Minute zu einer Besprechung mit dem Finanzminister gebeten.

»Glanzvolles Exposé«, sagte Herr v. Andria. »Ich schmeichle mir nicht, ein guter Polizei-Minister zu sein; ich schmeichle mir nur, ein gutes Ministerium zu haben. Da Sie .. über Alles Bescheid wissen, wissen Sie natürlich auch, daß Herr v. Borromeo Sie auflösen will. Wollte – ich verbessere mich. Der Excellenz ist klar gemacht worden, daß sie das bleiben läßt. Sie brauchen also nichts zu befürchten, nichts zu unternehmen. Falls Sie schon etwas unternommen haben: bitte entsprechend abzupfeifen. Ich für mein Teil wünsche mit Ihnen zu arbeiten, habe große Aufgaben für Sie und hoffe Sie zufrieden.«

– »Gehorsamsten Dank, Excellenz. Befehlen, daß ich mich für jetzt zurückziehe?«

»Bitte. – Ach so. Moment. Wollen Sie die Güte besitzen, sich doch vorerst noch in Ihrem Zimmer zu meiner Verfügung zu halten. Sie begleiten mich dann um vier Uhr zum König.«

– »Sehr wohl.«

Herr v. Andria trat ans Fenster und sah durch die Scheiben auf See. Wenn dieser Kerl nicht längst intriguiert hatte, so wollte er gerne Borromeo heißen. Eine kindische Art, die Leute zu reizen – noch dazu Leute vom Schlage einer solchen Spinne, die schwarz und lautlos, ohne einen Tropfen warmen Blutes, mit kalten Molch-Augen in ihrem Netze saß und Opfer um Opfer einspann. Ein Segen, daß der Ausbootungs-Befehl für das Schlacht-Geschwader im Falle des General-Alarms hinaus war! Die Contrebalance, Excellenz, das A und O, der primitivste Grundbegriff des Seiltanzes .. Ein wenig Kühle war heut in der Luft, ungewohnt satt und feucht das Licht über dem Meer, der langen Dünung, auf welcher sich, bis an den Horizont auseinandergenommen, die Flotte wiegte. Das reine Tarantel-Gesicht, der Hofrat, man kam davon nicht los, ein Gesicht ohne Knochen, ohne Brauen und Lippen, gequelltes Leder, völlig undurchlässig .. Der Mann konnte es bis zum Herzog bringen – oder bis zum Schafott; und es würde gallige Tinte herausfließen.

Was für Welten zwischen dieser Visage und den wunderbaren Zügen der Prinzessin vorhin! und bei aller Schärfe ihres Verstandes: welch ein warmes Herz hinter ihrer stolzen Anschauung vom Staate! Es mußte eine Lust sein, mit ihr zu regieren, denn sie allein besaß jenes geheimnisvolle Etwas, das ihn bewogen hatte, sich mit Borromeo zu koppeln, weil sie es Beide nur jeweils zur Hälfte besaßen: die Kunst, geliebt und gefürchtet zu werden. Übrigens glich sie darin der See, einschließlich ihrer Launen und unergründlichen Tiefe, war wohl auch nicht aus purem Zufall Insel-Prinzessin ..
Die See dampfte, in herrlicher Plasticität zeichnete sich der grausilberne Küstensaum, Wasserschleier zogen vor den Steilhängen aufwärts, ganz ferne Häuser schimmerten greifbar herüber, ein Ocker-Ton, ein Weiß, gedämpftes Ziegelrot .. und blau und klar standen die Berge im Azur des Nachmittags.
Mein Herr, Sie träumen! dabei blitzt Ihnen, einem on dit zufolge, der Machthunger aus jedem Knopfloch .. Andria lachte; einsam in seinem Admirals-Cabinett lachte er knapp und fröhlich vor sich hin. »Is schön«, sagte er. »Wer's glaubt, mag's glauben.« Denn wer noch irgend etwas liebte, die See, das Land, die Prinzessin zu Myrrha – konnte der wohl im Ernste herzlos sein? Und selbstverständlich hatte sie Recht: es mußte einen Weg geben zum Ja und zur Wärme, auch wenn ihn die Menschen nicht verdienten, die bunten Menschen dort drüben, wie sie, bei Blumen und schwerem Wein, plaudernd auf den Dächern der Vorstadt saßen, ohne die mindeste Ahnung, was es bedeutet, den Staat zu lenken. Welch freundwillig geschachteltes Ineinander, Behausung an Behausung; Terrassen, Balcone; Lauben und Gärten; Oleander, gestreifte Marquisen – ein friedliches und wohlerworbenes Glück. Dazwischen allerdings, und das störte, erhob sich, sandsteinfarben mit vergitterten Fenstern, das Gebäude des Marine-Arsenals – leider nicht von Neander, Risalit und First-Linie ohne eigentliche Feinheit, etwas zu sehr Klotz das Ganze.
Und dann .. flog es in die Luft.
Ein gewaltiger, bis zu den Wolken reichender Feuerschlag, vollständig lautlos, da der Schall erst Secunden später herüberbarst, ein weißer, dann brandig gelber Qualmbeutel, ein Wirbel von Steinen, Holz und Eisen .. Sämtliche West-Fenster der Admiralität zerknallten.
Also doch: die Revolte! Hatte sein Gehirn also doch Recht gehabt! Und Herr v. Andria, unter Cascaden von Glas zu Boden geschleu-

dert, preßte das Antlitz, ein einziges, unverhältnismäßiges Ohr, flach auf das Parquett:
Tss – s – s – sseng!
Unter dem Fensterbord explodierte eine Höllen-Maschine.
»Excellenz!« rief er heftig, indem er bei Borromeo einbrach.
Aber die Excellenz lehnte friedlich in ihrem Fauteuil, als ginge sie dies Alles nicht das Mindeste an, wölbte die Lippen und blickte graublau, nicht ohne Güte, zur Tür.
Aus der Vorstadt hörte man schießen. Die ziehende Rauchwolke ließ einen Sonnenstrahl durch, er fiel auf den Flotten-Chef, und der Contre-Admiral erbleichte.
Im Fauteuil, hochdistinguiert, wenn auch voll unmilitärischer Milde, vorbildlich gerade, wenn auch rücklings von noblen Degen durchbohrt, saß Seiner Majestät weiland Minister-Praesident, die Brust glitzernd von gerötetem Stahl, an welchem das Blut herabrieselte, die Gewänder tranken es ein, das Ohr schien dem fernen Tumult zu lauschen, und die Nase sprang so scharf und kühn wie nur je aus einem Antlitz, das, obwohl es nun tot war, noch immer einen prächtig gesunden Eindruck erweckte.
Herr v. Andria, ohne den König zu fragen, übernahm praecis und fürchterlich die Executive.

II. Capitel

Der Tempel des Gottes Zeus war, gleich dem Cult, der in ihm gepflegt wurde, ein legitimes Erbstück aus der Antike. Dennoch, auch diese Traditionen hatten sich beugen müssen, beugen vor dem Alles umfassenden, Alles verwandelnden Kunstwillen der Epoche; und da der Clerus so wenig wie die kleine Gemeinde über Gelder verfügte, um einen kostspieligen Neubau aufzuführen, so kam Dame Imperia daher, rief nach Herrn Zartensteiner – Johann Bernhard Zartensteiner, Neanders Vorgänger als General-Landbaumeister – und öffnete ihm tief ihre Schatulle; worauf Johann Bernhard den Coloß in die Cur nahm. Tiens! was ein anmutiger, melodiöser Geschmack! Da gab es Farben und Ornamente, Stuccaturen, wohin man blickte, bewegte Plafonds, die aus Pilastern quollen, Mythologieen, al fresco gemalt, ja, souverän, als müsse es sein, war gar der Gott veranlaßt worden, persönlich auf seinem Hochaltar den point de vue zu machen, man fand nichts dabei, wenn er sich wenig bekleidet und hemmungslos musculös trug,

toujours à la mode .. Lediglich die gewaltigen Lenden hatte man ihm wohltätig verhüllt, zumal sie ehedem, bevor massiv steinern, weit mehr als einer Nymphe weit mehr als die Andacht des Glaubens raubten. Darüber prunkte ein Baldachin von gedrehten Säulen, und über dem Baldachin schwebte die Cuppel. Wie bitte? Selbstverständlich, mehrere Cuppeln sogar, unter dem tat es die maniera nuova nicht, Cuppeln mit Tambour, Laterne und raffinierten Perspectiven. Von außen freilich konnte niemand etwas entdecken: das griechische Dach schluckte dies Alles und hütete sich, zu verraten, welch eine Ausgeburt des menschlichen Ingeniums, welch Herrlichkeit und süße Sinnenfreude den Beschauer drinnen erwarteten. Überhaupt: die Façade blieb unangetastet, so viel Pietät besaß man. Aber die wahre Pietät liegt in der Kunst, das geschonte Object glanzvoll zu servieren; weshalb der Bahnbrecher des neuen Stils die äußerste Probe seines Talentes lieferte, indem er um die gebauchte Rückfront ein geradezu himmlisch geschweiftes Corps de logis legte, dreiflüglig, in Form einer offenen Sichel. Es breitete, metaphorisch gesprochen, die Arme aus und hätte jedem Kirchenfürsten Ehre gemacht, ja, es *verlangte* danach, von einem solchen bewohnt zu werden, anstatt von einem schlichten Metropoliten, der Papadakopulos hieß, in Schulden steckte und soeben durch das von Marmor gerahmte, aus lasiertem Cedernholz geschnitzte Portal trat.
Nun, er trat nicht, er stürzte, und zwar zu spät, dem Tempel entgegen. Was? die Königin Braut? Und mochte die Art ihre Devotion noch so ungewöhnlich sein, mochte sie erst auf das inständige Flehen der Geistlichkeit von dem Vorsatz gelassen haben, hoch zu Pferde in das Heiligtum einzureiten – er persönlich, indem er sein Gewissen nebst beiden Augen fest verschloß, war gesonnen, es ihr nachzusehen, der unvergessenen Heldin aus den Tagen, da die Erde bebte: galt es doch, eine Occasion sondergleichen beherzt bei ihrem widerspenstig sich scheitelnden Schopf zu packen. Und er blieb auf seiner Treppenstufe, denn schon trabte sie heran, eine Diana, der gegenüber es schwer wurde, dem Fleisch zu entsagen. Ob sie die Eingabe gelesen hatte? Vielleicht brachte sie ihm selbst den Bischofs-Rang? »Majestät«, beteuerte er, nahm die Kappe von der Tonsur und neigte sich tief.
Die Prinzessin blieb im Sattel. »Mein Titel ist Königliche Hoheit«, entgegnete sie. »Ich wünsche nicht an gestrige Dinge erinnert zu werden.«

Gestrig also .. Offenen Mundes stand der Priester. Sollte es wahr sein, was Fama raunte: daß der Bräutigam gegen das Sacrament fehlte, sich frivol des Leibes bediente und alle Consequenzen abwies? Nun, da war es wohl ratsam, andere, geschmeidigere Wege zu ihrer Seele einzuschlagen. »Königliche Hoheit«, sagte er milde, »haben sich im Gebet mit Gott besprochen ..«

»Wenn Sie Beten nennen, daß ich diesen Herrn um einen Commentar ersuchte darüber, was er sich unter mir und meinesgleichen eigentlich vorstellt, so habe ich gebetet.«

– »Nicht im Zorn, gnädigste Prinzessin, nicht im Zorn dürfen wir Sterblichen den ewigen Göttern uns nahen, nein, in Demut, in Demut und reuiger Zerknirschung.«

»Papperlapapp – wer mir als Cavalier kommt, dem antworte ich als Dame. Die Conventionen der Gesellschaft sind nicht dazu da, daß man mit ihnen spielt!«

– »O Kind, du sündigest«, warf schmerzbewegt der Priester ein und hob die Hände, die wohlgenährt und gepolstert waren, »du sündigest, indem du eitel deines irdischen Standes dich überhebst – gegen einen Gott obendrein, der in erhabener Huld die Güte, was sage ich, den Humor besaß, jene freventliche Einladung wörtlich zu nehmen und eine Zeit lang, weit unter seinem Rang, auf Erden zu wandeln.«

»Monseigneur«, erwiderte die Prinzessin mitleidig, »Andere halten ihn für einen Hochstapler.«

– »Den Grafen Weißenstein? Welch schwarze Lästerung, Majestät.«

»Königliche Hoheit.«

– »Gleichwohl, Königliche Hoheit, welch schwarze Lästerung! Es dürfte doch unterdessen ad oculos liegen, daß Gott der Herr und Seine Erlaucht identisch sind.«

Danae räumte ein, man habe gewisse Verdacht-Gründe, die dafür sprächen. »Und weil Sie nun bewiesen glauben«, fügte sie sarcastisch, schnell und scharf hinzu, »daß es sich bei Ihrem Principal –«

– »Principal!«

»Jawohl: Principal! um eine wirklich noch existente Götter-Persönlichkeit handelt –«

– »Er *ist* ein Gott!«

»Hach!« sagte die Prinzessin und beugte sich im Sattel ein wenig vor. »Ihr Glaube, Monseigneur, ich wiederhole, was ich äußern wollte, ehe Sie mich unterbrachen, ist von erschütternder Tiefe, wenn er Ihnen die Impression eingibt, partout Bischof werden zu müssen. Du sündigest, ehrwürdiger Vater, indem du dich eitel des irdischen Standes überhebst und trachtest Capital zu schlagen aus einer höchst unseriösen Escapade deines Herrn, der nicht dich –«

– »Escapade!« rief der Priester, indem er die Hand auf der Brust gruppierte.

».. sondern mich gemeint hat. Ein Geist der Weltlichkeit weht vom Olymp hernieder, und die Welt der Geistlichkeit verliert die Contenance, weil sie auch gern um die goldene Maschine tanzen möchte.«

– »Ich glaubte es Eurer Königlichen Hoheit selbst schuldig zu sein«, sagte Herr Papadakopulos, und welche Würde zitterte nicht in seiner vom Wohlleben freundlichen Stimme. »Ein Pfarrkind von solchem Rang –«

»Ich bin catholisch. Wenn ich zu *meinem* Gott bete, Monsignore, so nehme ich mir einen Cardinal ..« Ihr Auge funkelte vor Spott, lässig saß sie zu Pferde.

Der Priester indessen war weit entfernt, sich geschlagen zu bekennen. »Es ist wahr«, entgegnete er nach einigem Besinnen, »Sie mißtrauen unserm schönen Cult, aber Sie sind –«

»Ich mißtraue Ihrem Gott, mein Herr, und glaube Anlaß zu haben.«

– »Gleichwohl, Königliche Hoheit, darf ich Sie zu einem Gläschen Liqueur bitten, es ist drinnen kühler und außerdem bald Essenszeit. Sie werden einen kleinen Imbiß nicht verschmähen ..«

»Wollen Sie mich bestechen? Was hat ein Liqueur mit unserm Gespräch zu tun?«

– »Sehr viel. Er erklärt Ihnen auf seine Weise, daß selbst ein bescheidener Gottesmann heutzutage gehalten ist, ein gewisses savoir-vivre zu wahren.«

»Und dazu, meinen Sie, gehört ein gewisser Rang?«

– »Unleugbar. Können wir dafür, Königliche Hoheit, wenn die Epoche den Fragen des Ranges eine größere Göttlichkeit beimißt als der Existenz Gottes? Und eben hier liegt der Weisheit Schluß: Beterinnen vom Range einer Prinzessin brauchen zum Mittler ihrer Zwiegespräche mit Gott mindestens einen Bischof ..«

»Ich brauche keinen Mittler. Weil ich nicht *bete*. Also brauchen Sie auch nicht Bischof zu werden. Das ist *meiner* Weisheit Schluß. Aber schaffen Sie mir ihn immerhin zur Stelle, ich habe mit diesem Herrn zu sprechen. In Demut, Monseigneur, in Demut und tiefer Zerknir-

schung – vielleicht vermögen Sie ihn dadurch zu einem Rendezvous. Beweisen Sie mir seine Göttlichkeit und Ihre Befähigung, dann wollen wir uns über den Bischof unterhalten, und ich will ihn fragen, ob es in seinem Sinne ist. Adieu.«
Der Metropolit fiel ihr bewegt in den Zügel. »Seit gestern *gibt* es«, rief er, »einen unumstößlichen Beweis, Königliche Hoheit!«
»Nämlich?«
– »Den Bauern Lamprenos!«
»Lamprenos ..« Die Prinzessin lächelte verträumt. »Wenn ich mich recht erinnere, denkt er nicht eben hoch von den alten Göttern. Popen-Geflunker, dies war sein Ausdruck.«
– »*War* sein Ausdruck! sehen Sie? Denn inzwischen, was Sie schwerlich wissen können, denkt er nicht mehr, weder Gutes noch Schlechtes: Gottes Hand – der gesamte Hoch-Adel kann es bezeugen – Gottes Hand erreichte ihn heute Nacht beim Gartenfest, mitten im Walde, und strafte ihn an seinem Mörder-Leben; wohlverstanden: ohne ihn zu berühren, über den großen Haupt-Canal hinweg.«
»O«, sagte Danae. »Tut mir leid. Ich darf Ihnen das Gegenstück erzählen. Heute Nacht ist dem König von Phrygien ein goldener Ring gestohlen worden; wohlverstanden: ohne daß Seine Majestät oder ich oder die Wachen auch nur das Mindeste bemerkt hätten. Und wer, meinen Sie, war der Taschendieb? Erlaucht der Göttervater. Peinliche Identität. Guten Morgen.«
Damit gab sie ihrem Pferde die Fersen, höchst unvermittelt ließ sie den verdutzten Gottesmann stehen und ritt von dannen.
Sie ritt auf Gelmion an der cretischen See, elf und eine halbe Meile entfernt, hinter dem großen Gebirgszug in fetter Ebene gelegen. Dort wollte sie, wo nicht dem Thron, so der Welt entsagen, wo nicht vergessen, so doch ausruhen – die adlige Damenschaft würde ihr freudig ein standesgemäßes Appartement concedieren.
Lamprenos also war tot, der Biedermann, der sie zur Hausfrau begehrte. Mörder-Leben .. daß die Leute immer gleich übertreiben mußten! Er führte ein unordentliches Leben, ein unklares, zum Unterschiede von ihr. Denn das ihre lag klar und geordnet. Strahlend von hellem Mittags-Lichte, lag es zart gestaffelt in deutlich erkennbaren Abschnitten, gegliedert und wohlbestellt – wie ihr Land. Ein wenig Kühle war heut in der Luft, feuchter Glanz, der die Farben vertiefte, die Conturen scharf unterstrich und alle Baulichkeiten, alle Baumgruppen und Waldstücke, greifbar von ihrem

Hintergrund abhob. Silberpappeln wehten in sanft gewundenen Bach-Tälern, Feld und Wiese zogen vorbei; die Allee, schnurgerade in ungebrochener Linie, tauchte geschmeidig hügelauf, hügelab; an den Kreuzwegen weiße Bet-Häuschen unter Walnuß-Veteranen; hie und da zur Seite ein Park, ein Schloß; hie und da auf dem Horizonte ein leuchtender point de vue .. und Alles von vollkommener Heiterkeit – wie ihr Herz.

Ein capitaler Spaß mußte das werden, wenn man den Zeus-Priester zum Bischof machte; obwohl der Prinz Colonna einwenden würde, man spiele mit den heiligen Sacramenten. Nun, eben hier steckte der Spaß: daß ausgerechnet das Heidentum nach römischen Titeln lüstern war, um in eitler Verblendung parvenuhaft mit Dingen zu prunken, die hoch über ihm blieben und, weil sie nichts Äußerliches darstellten, auf einem Schädel wie dem des Herrn Papadakopulos ganz gewiß nur lächerlich wirken konnten – erst die Maske démasquierte ihn tödlich; wenn also schon Zeus-Capellen, dann auch getrost einen Zeus-Bischof! Vielleicht merkte es schließlich gar der kleine Moritz, woher der Wind blies, und wieso dem alt angestammten Glauben, trotz befremdlicher Zauber-Künste des noch älteren, unbedingt das Prae gebührte.

Klein Moritz, der hübsche Lieblings-Ausdruck vom Herzog, pardon, König. Der Herzog ist König, Eminenz, warum sollte ich da niedergeschlagen sein? es liegt ja lauter Glück vor mir .. Hm. Glücklich *gewesen,* für eine kurze, blau-silberne Nacht – und König Midas, tags darauf, befand es für richtig, sich wie ein Gewürz-Krämer zu betragen. N'est-ce pas? Ah non, princesse, nicht unvornehm werden. Ihn zwangen Gründe genug, die Finanzen, der Sultan, fünfzig Rücksichten und hundert Schwierigkeiten, der ewige Grenzkrieg in den taurischen Bergen .. von ewigem Adieu war ausnahmsweise keine Rede, erstaunlich, denn Borromeo hatte ihm den Ehe-Contract als null und nichtig behändigen müssen. Müssen, das sagte man so; ein Staatsminister konnte sich weigern, dem einzigen juristischen Instrument vorschnell zu entraten. Aber sie? protestieren? Niemals. Eher die Zunge abbeißen, als zugeben, man liebte. Natürlich liebte sie, wild und beseligt wie jedes junge Mädchen in Stadt und Land Myrrha. Nur daß sie dabei noch einigen Stil besaß – es wäre ihr stillos erschienen, jemandem nachzulaufen. Und wäre er dreimal der Schönste der Schönen, reich wie ein Nabob und stark wie ein Hercules, ja, wäre er der Kaiser persönlich: selbst der Kaiser hätte die Macht nicht, der Prinzessin Danae das Niveau zu verderben. Übrigens hielt man sie offenbar für dumm. Sie kannte die Sucht des Jahrhunderts, an ihren Empfindungen herumzuprüfen – vermutlich war dies die Gold-Probe. Eh bien, da konnte er lange warten: er hatte zu *ihr* zu finden, nicht umgekehrt; er hatte *sie* mißbraucht, nicht umgekehrt; und wer hier echt, ehrlich, geraden oder krummen Characters war, warmherzig oder gefühlskalt, das zu überlegen, wollte sie ihm gerne die Muße gönnen, volontiers, mon Prince. Ce sont des questions de goût. Ist es königlich, daß Sie einfach davonreisen? unbekümmert um meinen Ruf? Ich brauchte nur den Hofrat Spyridion zu fragen, und Sie und ich würden einen Schreck bekommen, wie beschädigt meine Moral im Urteil der Leute ausschaut. Zum Glück denke ich vernünftiger als die Leute, es geht die Leute auch gar nichts an, und in Sonderheit braucht niemand zu wissen, ob die Prinzessin – warum spräche sie sonst von »gestrigen« Dingen? – vielleicht eine Pique hat auf den König von Phrygien. Nun, das war lediglich ungenau ausgedrückt; sie refusierte den Titel Majestät, gegen den Titel Madame würde sie weniger borstig sein: weil sie zwar keine Königin, wohl aber die Gemahlin eines Königs ist, eines, wie wir hoffen wollen, ehrenwerten Königs, statt, wie die Leute tuscheln, die Maîtresse eines vert galant, der zufrieden scheint, mit fulminantem Tric etwas sehr Junges, sehr Hochgeborenes und daher sehr Kostbares ohne Schwierigkeit oder lästige Consequenz erobert zu haben. Vor mir und der Welt bin ich verheiratet laut Hingabe und Segen. Vor Gott – das muß die Zukunft lehren. Soll ich die Eminenz fragen, was gestern Abend, im Stiegenhaus, der Segen auf unseren Stirnen bedeutete? Der Segen allein, trotz des Bewußtseins der Lascivität, bestimmte mich letztlich, daß ich der peinlichen Einladung folgte; er allein war mein Cicerone, zur Gondel, zur Sänfte, zur Grotte; und selbst dort: ohne ihn hätten selbst Sie niemals mein Gewissen besiegt. Freilich bedarf es nicht eben großer Combination, zu errechnen, was der Cardinal tun wird. Er wird pittoresk den Mundwinkel kniffen: ein privater Segen, meine Tochter, kein Sacrament. Und ergo wird die Prinzessin Danae zu Gelmion den Schleier nehmen – bis König Midas zu erklären geruht, ob, wann und wo er das Sacrament nachholen will.

Ja, das hatte sie vor. Als Novize des Klosters würde sie geschützt sein vor weiteren Versuchen des Staates, sie an den nächstbietenden Potentaten auszuliefern, da, trotz eingetretener Wertminderung ihrer Qualität als Dame, die Qualität ihrer Länder noch immer

hoch zu Buch stand. Dem galt es Riegel vorzuschieben. Es existierte keine heiratsfähige Prinzeß mehr, jedenfalls entschied sie allein und würde das dem Herrn v. Borromeo bei erster Gelegenheit mitteilen. Ein etwas merkwürdiger Herr, mit etwas merkwürdigen Ideen .. Ideen, die sicherlich gefahrvoller waren, als sein gekühlter Adlatus wahrhaben wollte. Und wenig Logik darin! Gestern noch hieß es: Sie setzen Ihre Krone aufs Spiel; wenn dieser Freier davonschwimmt, ist es aus! Vorgestern, pardon. Und heute? Er *ist* davongeschwommen, Admiral, was sagen Sie jetzt? O, Bagatelle, die Krone wird nicht gleich purzeln, ich habe die herrlichsten Medicamente, um das Volk zu besänftigen: wir stellen einfach den Staat auf den Kopf, was oben ist, kommt nach unten, und Beide sind es zufrieden. Denkst du .. um mit dem Herzog zu reden. Und der König hielt ihn! obwohl er sah, daß der Andere mehr taugte. Aber der Souverän war souverän bis in die Menschenkenntnis, schweig, er war *absoluter* Herrscher, über Tod und Leben, Gnade und Ungnade, über Volk, Familie, Individuum: niemandem verantwortlich als seiner Einsicht und eventuell noch dem Lieben Gott. Stand es ihr zu, an seinen Maßnahmen Critik zu üben? Selbst sie war quantité négligeable, trotz der unleugbaren Tatsache, daß der Thron eines Tages auf die Prinzessin Tochter überging, mit aller guten oder bösen Hinterlassenschaft, mit Soll und Haben, dicken Conten Devotion oder Neid, einschließlich Allem, was darunter her schwelte an Wut, Enttäuschung, Zorn, Aufsässigkeit, Haß und weltverbessernder Phraseologie. Nun, man würde auch in Gelmion erreichbar sein, Herr v. Andria war genau instruiert, sein Intellect messerscharf, sein Nutzen offenkundig mit dem der Krone conform – wenn man ihm trauen durfte. Aalglatt. Und doch gehörte er an die Spitze, sofort an die Spitze. Warum wollte der König das nicht glauben?! Man darf einem treuen Diener nicht Undank zeigen .. Ganz gleichgültig, ob der treue Diener mit Schwefel spielte und im Pulver-Magazin spazieren ging?
Ruhig, ruhig, Prinzessin, es ist nicht dein Amt, geh du nach Gelmion, geh deinem Vater aus dem Weg. Alle Kronprinzen müssen warten, und wenn sie dann König sind, machen sie Alles richtig .. Sie lächelte. Seltsam, daß sie mit ihren sechzehn Jahren im Voraus wußte, wie wenig die Person tut. Auch mit ihr würde das Amt von alleine handeln, das wußte sie und wunderte sich, es zu wissen. Sie wußte ihren Weg. So unausweichlich, wie die Allee dem Gebirge entgegenzog, so unausweichlich lag das Schicksal vor ihr, seit Jahr

und Tag leidenschaftlich bekämpft, aber nun bejahte sie es. Eines Tages würde sie Königin sein in Myrrha, und sollte Midas nie wiederkommen, so würde dann immer noch Gelegenheit sein, Ausschau zu halten nach einem ebenbürtigen, hochanciennen Prinzgemahl, der ohne Liebe die eigenartige Pflicht erfüllte, kraft welcher das Haus Valente hoffen durfte, es werde, fortzeugend in legitimer Descendenz, dem Reiche Myrrha die andernfalls, wie stets beim Erlöschen einer Dynastie, mit Sicherheit zu gewärtigenden Erb- und Raub-Kriege sparen können.

Vornehm formuliert, Kasgan – wie? das bin ich mir schuldig. Und jetzt werden wir Schritt reiten, denn jetzt geht es eine ganze Weile bergauf, zum Glück im Zickzack, keine Angst, mon vieux, die Schneise ist nur fürs Auge, eine freundliche Fanfaronade des Herrn Landmessers, vermöge pompöser Neigungen unseres Jahrhunderts. Und ich werde frühstücken: wozu sind deine Satteltaschen so nahrhaft gefüllt! In der Politik muß man auch oft Zickzack gehen. Chose essentielle: man weiß, wo die Schneise läuft. Die meine läuft märchenhaft exact – genau zwischen lauter Palais und lauter Hütten, da muß ein Ausgleich sein, den will ich schaffen, und kein Minister, keine Feudalität, kein Gassenkehrer, schon gar nicht eine Assemblée von Maulhelden, soll mir mit Zeter und Mordio vorschreiben, ob ich dem Adel nehme, was er ohne Schaden entbehren kann, oder dem Volk weigere, was zu besitzen ihm vom Übel wäre. Wer fordert, bekommt nichts, und wer etwas bekommt, bekommt es durch souveränen Gnaden-Erlaß . .

Langsam, Kasgan, langsam, wir haben Zeit. Oder bist du hungrig? In Gelmion kriegst du extra feinen Hafer. Übrigens riecht es hier brandig – merkst du's? Tiens . . steh! das war ein *Schlag* . . Steh doch still. Das war, als ob die Luft fortgedrängt – . . Nun laß dein dummes Gepeitsche, die Insecten fressen dich nicht. Hörst du etwas? – – Nichts . . Kl! Allez! wir müssen zur Paßhöhe, im Walde ist schlecht beobachten. Kasgan: sollte das die Revolution sein, dann kannst du dir gratulieren. Dann gibt es einen Gewaltritt zurück nach Myrrha. Dann kannst du genau noch so lange verschnaufen, wie es bergab geht, die Beine brechen sollst du dir nicht.

Fünf Minuten später, so lichteten sich die Forsten, und man sah mehr als genug. Über Myrrha, neuneinhalb Meilen Nord-Nordwest, sanken sechs grüne Leuchtkugeln irisierend zu Boden; eine riesige, ziehende Rauchfahne kam aus der Gegend des Arsenals; im Stadtgebiet und in den Gärten der Gürtel-Zone schwebte eine Men-

ge Pulver-Wölkchen: aufblitzendes Mündungs-Feuer, teils von Mousqueten, teils von Canonen, bezeichnete eine Menge sehr lebhafter Infanterie-Gefechte ohne strategischen Zusammenhang; die Batterieen der Escarpe Theodosia, über den Sund hinweg, beschossen in Abständen das Ruinenfeld der östlichen Neustadt, wo die Straßenkämpfe sich, deutlich erkennbar, concentrierten; auf der Reede lag untätig die Flotte; dafür wimmelte der Golf von Booten. Und das Land? Die West-Provinz schien ruhig; Bannmeile und Osten in vollem Aufruhr; sechs, sieben, acht, neun Kirchen und Klöster standen in Flammen, zehn, elf, dreizehn, und aus den Dächern feudaler Erbsitze qualmten gewaltige Cumulus-Brände wabernd zum blau-goldenen Himmel empor.
Eine Viertelstunde lang wartete Kasgan vergeblich, daß seine Herrin sich äußern werde. Dann hörte er tiefes Atmen.
»Das ist ein höhnischer Gott«, sagte sie. »Beginnen wir also von vorn. *Keine* sehr noble Rache, Graf Weißenstein.« Und ihre Hand klopfte leicht gegen den Hals des Pferdes. »Umkehren.«

III. Capitel

Zum zweiten Male wurde die Prinzessin auf Gelmion erwartet, dessen Grafen-Titel und Patronat sie besaß. Damals war sie eine süße kleine Person gewesen, mit einer Glockenstimme und unschuldvollem Herzen, bezaubernd war sie herbeigerollt in ihrer viel zu großen Carrosse, um vor dem Hintergrunde der Ehrenfräulein einsam die Honneurs entgegenzunehmen, die Caroline Mathilde Höhnichenstein, Comtesse du Saint-Empire Romain, ihr widmete. Von dieser noch immer schönen Frau ging die Sage, sie sei, in glücklicheren Jahren, die Geliebte weiland des ersten Königs gewesen; seit aber Silvius Nimrod zu seinen Vätern entschlief, praesidierte sie hier, eine Äbtissin von Distinction, dem halb weltlichen Stifte, dessen geistlicher Anstrich nicht verbergen konnte, daß die Damen auch weiterhin, still und zäh, an jenes Leben voll Glanz und Pomp zurückdachten, aus welchem massive Enttäuschungen sie allzu früh vertrieben. Übrigens lebten sie pas mal, die Damen, zählte doch Gelmion zu den reichsten Klöstern der Ägäis, auf das Fabelhafteste dotiert mit Kron-Domainen, Grundbriefen, Weide- und Jagd-Gerechtsamen, mit Äckern, Rebfeldern und den ergiebigsten Fischgründen. Seine Pasteten, die man in weitläufigen Küchen, seine Liqueurs, die man in tiefen Kellern zog, genossen bedeutenden Ru-

fes bis nach Venedig und Augsburg, ein Fugger dünkte sich nicht zu vornehm, mit Gelmion in Correspondenz zu treten, und man belieferte sein Haus. Auch an weniger Flüchtiges war natürlich gedacht. Gobelins wurden gewebt, die Armen gespeist, den Aussätzigen die Füße gewaschen, Kranke gepflegt – wie es die Bibel vorschrieb; was nicht ausschloß, daß die Damen nicht hin und wieder dem Jeu frönten, hin und wieder den Officieren des benachbarten Regimentes Graf Treuenfels durch eine Partie L'Hombre, Piquet oder Réversis die Eintönigkeit des Garnison-Dienstes aufheiterten: das prellte sie noch lange nicht um den Ruhm, ein gottgefälliges Dasein zu führen. Wieviel Fleiß und Hingabe! wieviel Tatkraft! Sechsmal des Tages wandelte man gemeinsam zur Kirche, betete gemeinsam, casteite sich in streng geregelter Observanz, und gemeinsam spendete man dem Gemüsebau, dem Oculations-Geschäft manchen Tropfen kostbaren, hochwohlgeborenen Schweißes. Was aber wäre dies Alles gewesen ohne die Jugend! Schallte nicht frohes Lachen hundertfach durch die ehrwürdigen Räume des Convictes, hörte man nicht von Tollheit und Scherzen, flüsterten nicht Schlafsäle und Corridore von süßer Seelen-Romantik? Denn der Adel, vermögend nach seiner Natur, nicht genug, daß er jene älteren Schwestern, Tanten und Cousinen in Gelmion einkaufte, die kaum noch hofften, es könne sie jemand, verwirrt durch ihren Liebreiz, vor den Altar bitten wollen, huldigte mehr und mehr der Gewohnheit, seinen jungen Töchtern, engelsgleichen Geschöpfen, fern dem Elternhaus eine standesgemäße, fromme, profunde Erziehung geben zu lassen – auch wenn die Jugend in rabenschwarzem Undank behauptete, ein Etablissement von alten Schachteln (was für Ausdrücke, mein Kind!) sei der langweiligste und mopsigste Ort auf Erden. Heute allerdings beklagte sich niemand über Mangel an Abwechslung. Seit gegen Mittag die Kunde eintraf, die Prinzessin werde das Kloster visitieren, seitdem ging es hoch her: jeden Augenblick erwartete man in den Feldern die Staubwolke, den Hufschlag ihrer Suite, das Rumpeln der Carrosse, ach was! sie selbst, angetan mit Hoheit, Glanz und einer diamantbesäten Staatsrobe!
Und wie hatte sich Gelmion geschmückt für seine Patronats-Herrin! Schon von Weitem grüßte auf den wohlig geschweiften Schieferdächern des Corps de logis der Rote Hahn, knisternd schlug er die Feuerflügel, nickte und blähte sich, daß es eine Lust war, und enorme Draperieen aus Rauch und Lohe schwollen um seinen Kamm. Der erste Empfang blieb den Jagd-Knechten vorbehalten,

die zu Seiten der Brücke den Willkomm blasen sollten: da lagen sie mit ihren Waldhörnern und Hellebarden, lagen in den seltsamsten Posen, halb im Wassergraben, halb auf das Geländer gebeugt, und schliefen einen ewigen Schlaf. Aus dem Torhaus herab, das als luftige Steinlaterne die Marställe unterbrach, flatterten Guirlanden und Fahnen, von Flammen zierlich beleckt, und trat man ein, dann bot der wunderbare Hof, den die Tracte der Wirtschaftsgebäude hufeisenförmig rahmten, die schlechthin überwältigende Zusammenfassung eines in den glutvollen Farben des vlämischen Apelles gemalten Central-Prospectes. Kein Schloß eignete sich so gut dafür wie diese Meisterleistung Johann Bernhards, sein letztes, paradiesisches Alterswerk, dessen mittlerer Risalit, siebenachsig, durch drei Geschosse hindurch mit getreppten Arcaden atmend, ein lichtströmendes Stiegenhaus beherbergte: hier hingen, zu besonderem Fest-Decor, in ihren steifen und würdevollen Trachten symmetrisch gereiht, die Mitglieder des Ordens-Capitels, zwischen schneeweißen Colossal-Pilastern wehten sie leise hin und her, es war ja nicht windstill, der Rote Hahn blies aus kräftigen Lungen. Unten bemerkte man sehr viel Uniformen, viele, zum Teil beschmutzte Monturen, verzeihlich immerhin, wenn man bedenkt, daß Soldaten heißes Blut besitzen und sich gern delectieren, wofern dergleichen Natural-Deputate gestellt werden. Nun, daran fehlte es nicht: weder an Wein und Liqueur noch an Pasteten oder Fleisch herrschte irgend Mangel, und man schlug sich den Pansen voll, bis das Maul schäumte. Selbst auf den Ehrenjungfrauen verfuhr man nach der von Gott vorgesehenen Methode, obzwar nicht verschwiegen sei, daß diejenigen Mädchen, die unterdessen belehrt waren, bis zu welchem Grade das Weib maschinell benutzbar ist, durchaus am Lieben Gott hätten zweifeln dürfen. Denn zwischen Gebrauch und Mißbrauch sind Unterschiede; auch zwischen Notzucht und Perversität. Mit der blanken Waffe, den jungen Adels-Töchtern durch das eben noch begehrte Portal gerannt, trieben die Herren den Übermut schließlich so weit, daß sie, nach stattgehabtem Plaisir, ihre Partnerinnen gleichsam auf den Rasen nagelten – der blutigen Einebnung gar nicht gedacht, die weiter nördlich in taufrischem Hügel-Gelände Platz griff.

Dem Leser graust es bei solchen Détails; geniert und entsetzt, ist er geneigt, für böswillige Phantasie zu halten, was der Autor hier, voll offenbar zügelloser Lust am Exceß, leider eintreten ließ. Aber man verkenne ihn nicht: sein Herz weint, während die Feder praecis und fürchterlich vor sich hin dichtet – *sehr* gezügelt übrigens, ein Anderer hätte es nackter beschrieben. Und man verkenne die Wirklichkeit nicht. Man verkenne nicht, daß immer, wo eine Cultur die Höhen der Seligen beschreitet, dies auf dem Untergrunde chaotischer Gärung geschieht, ja, daß sie den Eiterherd von Haß, Mißgunst und communen Verbrechen geradezu mästet durch nichts als ihr feenhaftes Dasein und ihn, je zarter und geistiger sie wird, um so schauriger ihre Adern vergiften fühlt – wie es pulst und klopft und einen Sud von mörderischer Virulenz braut. Was hülfe da Klagen? Es steht dem Autor nicht zu – allenfalls seinen Gestalten. Der Leser möge sich fassen.

Aber die Äbtissin? fand denn *sie* kein Wort der Entrüstung?

Nein.

Schweigend, von Oel übergossen, während man mit Brandpfeilen nach ihr zielte, blickte sie voll spöttischer Mißbilligung auf ein Treiben hinab, das die Satzung nicht vorsah. Man hatte ihr den Fauteuil in die große Loggia gestellt, auf das Umkehr-Podest der Treppenläufe; dort residierte sie, mit dünnen Lippen, genau über der Entrée, genau über dem gemeißelten Wappen der Höhnichenstein – souverän, wie es ihr zukam, auch wenn das ungelenk bemalte Schild um den Hals Ihrer Erlaucht von Mangel an Devotion sprach. Königs-Hure, sagte das Schild, doch sie trug es mit Würde. Kalt, streng und hart, wohnte sie vom Balcon her dem Schauspiel bei, wie ihr zu Füßen, vom Geländer der Estrade, engelsgleiche Lockenköpfe auf die Pflasterung fielen, dumpf und spritzend, was den Veranstaltern des Festes jedes Mal ungemeine Ausbrüche von Fröhlichkeit entlockte – bis ein besonders beherzter der miserablen Schützen, per Leiter emporkletternd, der Gräfin seinen Feuerbrand vorsichtig unter den Rock schob; und ohne daß ein Laut sich ihrer Brust entrang, hauchte sie in prasselnden Flammen ihr Leben aus. Den Haufen impressionierte es wenig. Dieser oder Jener nur blinzelte für Secunden, rieb die Augen und fand es verwunderlich. Nobel ging der Adel zu Grunde, das mußte man ihm wohl lassen, er preßte die Zähne gegeneinander und zeigte Haltung – selbst die kleinen Mädchen, die doch, zum Unterschied vom Capitel, gar keine Zeit gehabt hatten, sich einzustellen auf das, was ihrer harrte, in ihren sechzehnjährigen, von süßen Träumen bewegten Seelen.

Denn über sie war das Regiment Graf Treuenfels gekommen, und das war trunken.

Die Geschichte fing an zwei Tage vor dem Staatsstreich der Flotte, als bei der Besichtigung durch den König die in der Hauptsache aus Cantonierten – das heißt: vom Felde weg gepreßten Leuten – bestehende 9. Escadron ohne erkennbare Gründe meuterte und ein junger Officier, weil das Cadre sich solidarisch erklärte, dem diensthabenden Wachtmeister die Reitpeitsche ins Gesicht schlug: was ihm übel auslief, denn er wurde, unter dem Wutgeheul sämtlicher Escadrons, sofort niedergemacht. Worauf die Gnade Seiner Majestät sämtliche Escadrons absitzen ließ und sie zum Fuß-Regiment degradierte. Es kehrte umgehend in sein Cantonnement zurück, wo den folgenden Morgen der Kriegs-Minister nebst dem gefürchteten Hofrat Spyridion erschien und einerseits ein entsetzlicher Drill begann, andererseits eine hochnotpeinliche Criminal-Untersuchung, die durchaus nicht abgeschlossen war, als Neander ganz schnell gen Myrrha reiste; wohin ihm der Polizei-Chef ganz schnell folgte. Der Regierungs-Wechsel brachte erwünschten Aufschub, die Delinquenten lebten noch, und das erregte Unterofficier-Corps ordnete eine Delegation zur Hauptstadt ab. Sie wurde allerdings nur von Spyridion empfangen und war bereits gegen Mitternacht wieder bei ihren Cameraden – jener gleichen Mitternacht, da die Insel von dem phantastischen Riesen-Feuerwerk des phrygischen Gastes erstrahlte; und obwohl der Commandeur leider auf der Hochzeit weilte, während die Officiere im benachbarten Gelmion tafelten, herrschte eifrige Agitation, das Drohnen-Nest auszuheben, sobald man die Gefangenen befreit haben würde. Dies Letztere geschah dann glücklich, nach uferlosen Überlegungen, am heutigen Vormittag. Aber noch fehlte der zündende Funke. Den lieferte ein Agent des Hofrates: durch die laconische, übrigens augenzwinkernde Botschaft, Graf Treuenfels sei unterwegs, man möge ihn anständig empfangen. Das tat man – schon in Sichtweite des Klosters, wo die Officiere inzwischen Lunte gerochen und ihren Grabspruch bestimmt hatten; denn statt einfach davonzureiten, capricierten sie sich auf champ d'honneur und Soldatentod, und statt, wie die Äbtissin anriet, den Kampf in freies Feld zu verlegen, schien ihnen die Brücke der geeignete Ort, wo sie, bei gemeinsamem Ausfall gegen massenhafte Überzahl, nach frischem, fröhlichem Gefecht das Gewünschte fanden. Feiner alcoholischer Duft entströmte den Leichnamen .. Alcohol? Kein schlechter Gedanke! man trat ein. Und hätte die Äbtissin etwas mehr Verständnis gezeigt, statt die Herausgabe ihres Weines zu verweigern, und wären die kleinen Mädchen etwas weniger hübsch, etwas weniger jung, etwas weniger adlig gewesen, dafür etwas williger oder auch nur concilianter, so würde man vermutlich eine Einigung unschwer erzielt haben; zwölf Mann pro Dame, von dem bißchen Liebe starben sie nicht – Herrjeh! diese Zimperlichkeit! Beim Ersten sagten sie Nein, beim Zwölften nicht Ja, das erbitterte natürlich, man trank entsprechend .. Der Burgunder war halt zu gut, der Liqueur zu feurig. Etwas weniger Qualität, etwas weniger Quantität! mußte man dermaßen schamlose Mengen .. fässer- und fuderweise lag das Zeug in den Kellern – mit einem Wort: man schaffte es nicht. Herauf mit den Dingern! ins Vestibül mit den Dingern! *und* geschossen! Treffer! pff-sch! der rote Saft floß.

Ja, dieser unschuldige Anblick hatte die Leute darauf gebracht, nun wollten sie Blut sehen – eine ganz plausible Ideen-Verbindung.

Aber selbst dann .. Man hätte doch ohne Weiteres mit sich handeln lassen, sich ohne Weiteres an gängigen Todes-Arten begnügt! Schuld war das übertriebene Stilisieren. Etwas weniger Beherrschung, etwas mehr Normalität und Natur, so wäre die Geschichte viel gemütlicher verlaufen. Kurz: man wollte das Blut nicht nur sehen, man wollte es hören, brüllen sollten die Damen! statt daß sie Gebete murmelten und Zwiesprache mit albernen Heiligen pflogen.

Auch ganz plausibel .. es wurde der Wunsch laut nach christlichem Anschauungs-Unterricht; wozu ein entlaufener Mönch, der in der 7. Escadron stand, als vorzüglicher Experte diente. Und man executierte dankbar einige unterschiedliche historische Massacres: die Darm-Spindel des Hl. Erasmus, Laurentius auf dem glühenden Rost, Sancta Agatha, die in Glasscherben war gewälzt worden, Caeciliens heiße Dämpfe und Christinens Oel-Bad, die Steinigung Stephani und Catharinae Geißelung, oder die raffinierte Methode, mit Pfeilen einen Sebastian zu spicken, ohne gleich anfangs eines jener Organe zu verletzen, die auf Verletzungen letal antworten. Dem Fräulein Paradewitz aber zog man die Haut herunter; und als sie in Ohnmacht fiel, statt zu schreien, trat der Profos ihr den Stiefel in den Leib, sodaß sie vollends zusammensank; worauf die Anderen, die ihr den Arm hielten, sie wieder emporrissen. Sie hieß Ariane, ihr Vater commandierte ein Regiment. »Schrei doch, Ariane! wimmere doch, Ariane! *brüll* doch, Ariane!«

Und da brüllte sie. »Die Prinzessin!!«

Neben ihr, bei der Sebastians-Marter der Baroneß Malvan, fuhr einem Arquebusier, der auf den Gast angelegt hatte, der Pfeil der Jägerin zisch! in die Stirn, wo er noch federte, nachdem der Tote,

wie umgehauen, längst knallend hintüber geschlagen war. Ein zweiter, fahl glitzernd in Wolken von Rauch und Lohe, verfehlte sein Ziel.
Alles ließ die Hände sinken: die Spindel spindelte nicht mehr; aus Glasscherben erhob sich ein blutendes Etwas; vergeblich erwartete das siedende Oel neue Christinen; vom Rost kohlte gräßlicher Gestank; Fräulein v. Malvan am Pfahl, noch wenig getroffen, weinte vor Glück, trotz des Bastardes, den man nun leider würde gewärtigen müssen; sogar der weibliche St. Stephan, aus verbeultem Gesicht, starrte ungläubig auf die Erscheinung vorm Torhaus, die, in den Bügeln stehend, zum dritten Male den Bogen spannte, diesmal für den Profos, denn der Profos, als Einziger weiterhin am Werk, widmete sich weiter der kunstvollen Häutung.
Doch wurde der dritte Pfeil nicht mehr geschossen. Seitlich, von einem Kettenstein, wo er einsam gesessen, trat ein Corporal an das Pferd heran, tätschelte treuherzig das Knie der Amazone – auch sie ließ die Hand sinken – und nahm ihr mit sanfter Bestimmtheit den Bogen fort. »Komm, Schätzchen«, sagte er, vom Weine heiter, »gib mir das hübsche Spielzeug.«
Sie beachtete ihn nicht, sondern saß ab.
Den Blick fest auf die leichenblasse Ariane geheftet, ging sie schnurgeradeaus durch den ganzen Hof, und die Folterknechte verabschiedeten beschleunigt die Arme der Mißhandelten – fühlten sie doch etwas Fürchterliches sich anbahnen. Der Henker, wobei ihm vor Eifer die Zunge austrat, öffnete soeben, genießerisch von unten nach oben, die Hals-Schlagader.
Danae, mit abrupt wildem Hieb schräg aus der Schulter, zog ihm die Reitpeitsche durchs Gesicht, ganz sachlich. Er taumelte, aus der geplatzten Haut rann Blut. Der zweite Hieb traf sein Auge. Ohne Zweifel eine Wahnsinnige, sie mußte wahnsinnig sein, dem Leben abgeschworen haben, um so zu handeln . . ein Schauer von atavistischem Aberglauben, da der Wahnsinn für heilig galt, machte die Runde. Für Ariane freilich war es zu spät. Stehend nach vorn fiel sie schwankend gegen die Prinzessin, die ihr fast noch Rettung gebracht hätte – und Rock und Pantherfell, bei dem Versuch, die Sterbende zu halten, tränkten sich, unter sprudelnden Cascaden, über und über mit hellroten Flecken.
Man stand offenen Mundes: die Kron-Erbin des Königlichen Hauses, waffenlos inmitten eines meuternden Regimentes, nichts als ihre Peitsche in der Hand! »Gib mir das schöne Spielzeug«, bat der

Corporal und erhielt es. »Man muß Philosoph sein, Prinzessin, der Liebe Gott wird sich auch dabei etwas gedacht haben.«

»Kaum«, entgegnete sie. »Wo ist die Äbtissin?«

Der Corporal, mit stummer Hand- und Kopf-Bewegung, die nicht ohne Grandezza eine gewisse Critik beinhaltete, verbeugte sich in Richtung des Mittel-Balcons, wo Caroline Mathilde, Reichsgräfin v. Höhnichenstein, anstatt ihren Honneurs zu obliegen, eines feurigen Todes verblichen war. »Denn wie das Gras«, sagte er, »werden sie bald abgehauen; und wie das grüne Kraut werden sie verwelken. So steht geschrieben. Fragt sich nur, auf wen gemünzt.«

»Eben. Es steht noch mehr geschrieben, wenn Er schon die Heilige Schrift citieren will.« Und streng geradeaus durch das glosende Corps de logis blickend, berichtete sie, was ferner geschrieben stand: »Aber ihr Schwert wird in ihr Herz gehen, und ihr Bogen wird zerbrechen. Es ist noch um ein Kleines, so ist der Gottlose nimmer, und wenn du nach seiner Stätte sehen wirst, so wird er *weg* sein. Wo ist der *Oberst*?!«

– »Nicht zornig werden«, erwiderte in Gelassenheit der seltsame Partner. »Seine Gnaden sind ganz nah. Soll ich der Prinzessin die Sehenswürdigkeiten des Klosters zeigen? Ja? Dann will ich mit der größten anfangen: völlig saubere Finger. Zwar nicht ganz frisch gewaschen, aber immerhin ohne Blut. Du kannst mir also ruhig dein Händchen geben.«

Sie tat es – unter dem Staunen der consterniert perplexen Versammlung, die schlendernd der Führung folgte. »Hier, schönste Prinzessin«, sagte er melancholisch, »haben wir die Tragödie eines abgesessenen Regimentes; dort drüben den Marstall, ohne Pferde übrigens, ein wertvoller Hinweis, dem Rappen habe ich Hafer gegeben; dort einige hundert junge Damen, wir haben ursprünglich an ein Lustspiel gedacht, hier die Freitreppe, Obacht auf die Köpfe, man behauptet, es war zu viel Adel in Myrrha, Obacht, die Stufen sind feucht, gleiten Sie nicht aus. Was da so plätschert, scheint eine neuartige Mischung Wein und Blut, etwas übertemperiert, und dort – Herr Oberst gestatten, ich schwenke Herrn Oberst nach vorne – haben wir das schmiedeeiserne Kunst-Gitter, Moment, jawohl, er lebt noch, Decoration im Geschmack der Zeit. Wissen Sie, der Mensch hatte eine so schreckliche Commando-Stimme, deshalb, nur deshalb – *hatte*, wie gesagt .. und er sah immer Alles. Ich würde übrigens vorschlagen, Prinzessin, daß du dich ganz schnell umdrehst, da schleicht dir Einiges nach, guck sie an, dann tun sie dir

nichts . . Herr Oberst? ich bin der Corporal Ioannis, ich wollte melden, die Prinzessin von Myrrha ist hier und möchte mit Ew. Gnaden Complimente wechseln. – Schluß der Besichtigung. Zwei Drachmen fünfzig.«
»Graf Treuenfels«, erklärte die Prinzessin und sah dem nach Art der Schächer mit Stricken übers Quer-Eisen gefesselten Standesherrn in die leeren Augenhöhlen, »Graf Treuenfels«, wiederholte sie, während er gurgelnd die Lippen öffnete und sich sogar, zum Zwecke der Ehrerweisung, ein wenig aufzurichten versuchte: »als Statthalterin meines Vaters, des Königs, enthebe ich Sie Ihres Commandos. Es tut mir leid, Ihnen den Schimpf nicht ersparen zu können, Sie haben das Regiment miserabel geführt.«
Und sie wandte sich um. Der Profos kam die Stufen emporgestampft. »Man binde den Grafen vom Gitter«, befahl sie kalt, »und gebe ihm ein Pistol, damit er sich erschießen kann.«
Ein Soldat, an der Prinzessin vorbei, stieß die Pique tief in den Leib seines Commandeurs. »Still, Alter!«
Graf Treuenfels gehorchte.
– »Jetzt ist die Reihe an uns«, äußerte der Henker, äußerte es zwischen den Zähnen und entwendete dem verdutzten Corporal die Reitpeitsche. »*Du feines Königskind*«, sagte er und trat dicht heran, sein Atem ging über ihr Gesicht. »Da!!« Siedender Schmerz zog über den Hals der Prinzessin, es hatte wohl dem Gesicht gelten sollen, aber die Rechnung war gewesen, sie werde sich ducken; ihr Blut begann zu sickern. »Dann kommt der Plunder weg . .« Die rot verklebten Finger zerrten ihr das Pantherfell aus dem Rock. Alles musterte sie lüstern. »Es ist recht, daß du still hältst. Kannst mich lange so anschauen, es hilft dir nichts. Schön bist du, sehr . . schön, sehr . . brauchbar. Küßchen.« Und seine Lippen senkten sich, während er das heil gebliebene Lid schloß, langsam auf ihren Mund.
Auch diesem Herrn sah die Prinzessin fest in den zerlaufenen Augapfel, ehe sie ausbog. Und dann betrachtete sie mit gespannt lächelnder Aufmerksamkeit seine bewaldete Brust, wo etwas ganz Obscönes abgebildet war, betrachtete genau seinen Gürtel und unternahm gar nicht das Mindeste. »Mach sie zu deiner Metze, Schorsch«, proponierte der Mann, der den Grafen so erfolgreich beruhigt hatte. – »Schon dabei, Phili. Und dann will ich den Mönch fragen, ob er noch eine gepfefferte Todes-Art hat, weißt du, eine, die uns am Galgen das Herz verklärt, futsch sind wir sowieso. Wie das Luder grinst – *komm*!!«

Der zerraufte Kopf eines Mörders grub sich in ihren Busen, welcher dergleichen Liebkosungen nicht kannte: mit der Linken, als wolle er sie erdrücken, umkrallte er wütend und begehrlich die nackte Hüfte, während die Rechte, vom Knie emporstreifend, sie brutal in die Luft riß. »Ich will so schweinisch sein, daß Ihr Alle staunt!« rief er glasig verzückt und trug sie im Sturmschritt dem Hof entgegen – worauf er ausrutschte und mit seiner Beute die Stufen hinabkollerte, ein zäh verkrampftes Bündel.

Da begannen erst Einzelne, dann Viele, endlich das ganze Regiment zu lachen, überwältigt von der Comik der Scene. Ja, man war heiter nach großen Erlebnissen, man hatte den Sinn für Witz nicht verloren, hielt den Wanst vor Vergnügen und konnte sich nicht genug tun an homerischer Schadenfreude .. eine Stimmung, wie sie nur bei Soldaten zu treffen ist, frei und aufgeräumt. Als aber die Prinzessin nach einiger Weile die Klammer des Toten auseinanderbrach – man sah es plötzlich, er war tot –, erstarb wie abgerupft jeder Laut.

Aus der Bauchgrube, schaurig beglüht von den Flammen, ragte der Metallknauf seines Dolches. Ein glitzernder Metallknauf stand bewegungslos in einem Morast von Blut.

Neben dem Cadaver knieend, umfaßte sie mit beiden Händen den Stahl, zog ihn senkrecht nach oben aus dem quellenden Gedärm, hob ihn, die Spitze triefend zur Erde, hoch über ihren Kopf und blickte weißblau durch Schwalm und Brand in die Glorie des Himmels.

Niemand wagte zu atmen. Nur das Glosen war noch zu hören, das im Gebälke mit Glimmen weiterfraß, eine ungeheure, knisternde Stille.

Von ihrer Stirn floß lähmendes Entsetzen über den Hof, wo die Blüte Myrrhas, Leiche an Leiche, hingeopfert lag, und ihrer Hand entfiel klirrend das Messer. Sie wandte sich ab, ging quer durch die Cour d'honneur auf ihr Pferd zu – ohne Eile: wie man als Prinzessin zu gehen gelernt hatte –, knüpfte den Zügel vom Kettenpfosten und stieg in den Sattel, um leichten Trabes davonzureiten.

IV. Capitel

Sie kam nicht weiter als bis auf die Brücke. Genauer: auf den Anfang der Brücke. Ganz genau: bis, wo sie anfangen *wollte,* Brücke zu sein, aber noch Torhaus war, sodaß es nach den Seiten kein Ausweichen gab. Pech. Sonst hätte Kasgan immer die Chance gehabt, der eben so nombrösen wie zweifellos begriffsstutzigen Cavalcade, unter deren Hufen die Jochwölbungen dröhnten, beherzt ein Schnippchen zu schlagen, schräg in den Wassergraben zu setzen und mit resolutem Galopp Alles das hinter sich zu lassen, was schlechter ritt als die Prinzessin Danae.

Sie lächelte sarcastisch und parierte den Rappen. Man umringte sie, doch wagte niemand Handgreifliches. Freilich, die Schärpen versprachen genug, die grellroten Schärpen der Revolution, die sogar den Hut zu verneinen schien, man trug das Haupt frei im Wind und schwor den Frisuren ab. Und ganz hinten, während man, ihm Platz zu schaffen, die toten Jagdknechte und Officiere übers Geländer warf, trabte ein kahlköpfiger Herr auf gar nicht üblem Falben, trabte in Generals-Rock ohne Epauletten heran, die Brust gleichfalls mit der Schärpe geziert, und stieß das Haus Myrrha vom Throne. »Bürgerin Valente«, sagte er in kalter Nonchalance, »Sie sind meine Gefangene.«

»Ich sehe es, Herr Bandra«, entgegnete die Prinzessin.

– »Mein Titel ist Bürger. Steigen Sie ab.«

Danae gehorchte schweigend.

– »Sie werden es schon noch verlernen, zu lächeln. Gehen Sie voran.«

Sie drehte sich um und ging mit langen Schritten, wie befohlen, voran. Zum dritten Male in ihrem Leben betrat sie das Halbrund der Cour d'honneur – damals eine süße Person, die nicht ahnte, daß der Staat zu solchen Scenen treiben könne; dann, um in sehr neuartiger Weise ihrem hohen Beruf zu obliegen; und nun als Gefangene. Worauf man sie, vermutlich, den Bestien zum Fraße vorwerfen würde: es war das Einfachste. Aber die Bestien, inzwischen aus ihrem Trunk erwacht, bereiteten der erzürnten Schönen, nachdem sie ein anerkennenswertes Bravourstück geleistet, die denkbar cameradschaftlichste Ovation, man bewunderte sie ehrlich, es rauschten die Applause. Fabelhaft mutiges Mädchen! kehrte zurück, als sei nichts gewesen! und unberitten, als brauche sie kein Pferd – so wie sie vorhin ostentativ den Dolch fortwarf! Schließlich wußte man weder, wie schwach es um ihre Freiwilligkeit stand, denn Herr Bandra zögerte, sich zu zeigen, noch wußte man überhaupt, daß Revolution war, sondern hatte auf eigene Faust rebelliert, und die Zukunft lag düster, da hielt man es mit dem Galgen-Humor; welcher Stimmung Ioannis, der Corporal, beredten Aus-

druck lieh. »Hier, Schatz«, sagte er, »du hast dich geschlagen wie ein Mann, nun sauf uns eins vor.«
Die Prinzessin lächelte noch immer, ein rätselhaftes, gewitterndes Lächeln, ergriff den Krug, setzte an und trank ihn, wiewohl ihre Hals-Wunde platzte, in der Tat aus. Sie war gut Freund mit dem Regiment weiland Graf Treuenfels, dachte sich auch Einiges dabei. Zunächst bedurfte sie ihrer Garderobe, die sie ganz unbefangen bestellte. Man ging die Pardel-Haut suchen.
Herr Bandra verweilte aus keinem anderen Grunde in der Torfahrt, der luftigen Steinlaterne, als weil sein erster Blick auf den gemetzelten Grafen fiel, einen noch nicht einmal so absurd hohen Officier, und es schien ihm tunlicher, den Generals-Rock abzulegen. Außerdem war es heiß, verdammt heiß in diesem Kloster, das Hemd mußte genügen. Dieser verdammte Spyridion! verdammt heißer Auftrag! Und die Bürgerin Valente, halb nackt ohnehin, ließ sich schamlos mit Wein tractieren!
Er tummelte seinen Falben, um desto eindrucksvoller halten zu können. Wenig volksverbunden und entsprechend unsicher, saß er massig zu Pferde, seine Glatze blinkte. »Soldaten!« rief er mit dünner Stimme und hatte allzu lange nicht mehr am Pulsschlag der Truppe gelauscht, »das Revolutions-Tribunal –«
Die Treuenfelser sperrten Mund und Nase auf.
»Das Revolutions-Tribunal –! Ach so, Ihr wißt noch gar nicht? Es ist Revolution in Myrrha!«
– »Hurraah!« Ein Freuden-Taumel brach aus – *nun* lag die Zukunft nicht mehr düster.
»Ruu-hä! Wir haben die Macht übernommen. Das Schwein Alphanios wird im Stadtschloß belagert, seine hochnäsige Tochter ist in unserer Hand. Namens des Volkes, ich erkläre Euch zu freien Bürgern der freien Republik Myrrha. Krone und Adel sind abgeschafft. Jeder von Euch wird Land erhalten. Sammelt Euch also um Eure Sergenten und Corporale, füllt Euer Herz mit Mut und rückt in Ordnung ab, wohin man Euch führen wird. Denn noch heißt es kämpfen. Wir kämpfen für eine gute Sache, und wenn wir dafür sterben müßten! Die Republik rechnet darauf, daß Ihr tapfer sein werdet, gehorsam, brav, bis Alles Unser ist und Freiheit, Gleichheit, Brüderlichkeit uns eine bessere Welt –«
– »So haben wir nicht gewettet«, bemerkte leise der Philosoph. »Kämpfen? Sterben?« und zog nach jedem Wort eine Prise Luft in die Nase, »gehorsam sein? tapfer? brav? Wer ist der Mann? Was –«

»Ruhe da!!«
»Ein General«, erwiderte Danae, so prononciert, daß jeder es hören konnte. »Bis vorgestern Adjutant Seiner Majestät, man soll es nicht für möglich halten ..«
»Ruhe! Wenn Sie noch einmal verbotene Titel in Ihren frechen Mund nehmen, lasse ich Sie auf der Stelle füsilieren!«
»Das können Sie halten, wie Sie wollen«, entgegnete die Prinzessin, nicht minder scharf. »Ich jedenfalls bin königlich geboren und werde weiterhin königlich denken!«
»*Schweigen* Sie!«
»Nein, ich werde nicht schweigen.«
– »Die Kleine soll reden!« riefen die Treuenfelser, gemütlich beim Umtrunk vereint, und setzten ein ernstes Gesicht auf. Ein General erlaubte sich, ihnen Vorschriften zu machen? das fehlte! – und für ihn sollten sie kämpfen? »Kehle durchschneiden ..« sagte man, »die Kerle lernen nicht mehr um.«
»Sie, General, mögen sich zu den Meuterern geschlagen haben«, erklärte Danae. »Ich glaube zwar nicht, daß die Meuterer Wert darauf legen –«
– »Wir wollen die Kleine zum Oberst!« rief ein Witzbold herüber.
»Aber ich glaube, daß es ausgesprochen schlecht steht um die Revolution. Und wenn ich es nicht grundsätzlich ablehnte, mit Mördern zu verkehren, so brauchte ich nur Straf-Freiheit zu verkünden für dieses viehische Blutbad – worauf der Haufen mir meine Krone retten würde. Ihnen dagegen –«
– »Wir wollen die Kleine trotzdem zum Oberst!« schrieen die Zecher, es folgte langes Gegröhle.
Bandra stellte sich in den Bügeln auf. »Euer Oberst«, rief er feierlich, »ist der bisherige Wachtmeister Georg Elevtherios. Er hat bei der Parade das erste Zeichen von republicanischem Mut gegeben, das Tribunal ernennt ihn zum Helden der Nation. Oberst Elevtherios: treten Sie vor!«
Indem schlenderte eine Gruppe von so wüsten Gestalten heran, daß Bandra nervös nach dem Säbel griff. »Ich bin Obercommandierender!« rief er wütend und winkte der Suite, sich noch näher zu scharen. »Wer nicht gehorcht, kommt augenblicks an den Galgen. Zurück da! Was wollen Sie?«
– »Wir wollen gar nichts«, antwortete jener Soldat, dessen Pique den Grafen Treuenfels erlöst hatte. »Wir wollen Euch melden,

Brüderchen General – falls Euch das interessiert – unser Regiment hat zwei Tote, darunter auch den Schorsch, und diese Doppelmörderin, Ihr seht ja, wie sie klebt, soll nicht von Blutbad reden.«

»Aah!« sagte Bandra, »das genügt«, und steckte den Säbel wieder ein. »Handschellen«, befahl er mit kalter, despotischer Kopfbewegung über die Schulter hin, und verkniffenen Auges schaute er zu, wie zwei Troßknechte – der Troß war mittlerweile hereingerollt – die Armgelenke einer Capital-Verbrecherin gegen das Gesetz zur Sicherung der Republik hinterm Rücken aneinander klinkten. Der Piquenier, unter Grimassen ihre Haltung nachahmend, zog seinen Rotz durch die Nase und spie ihn der Gefesselten ins Gesicht, deren Gedächtnis die Physiognomie schweigend ad notam nahm. Corporal Ioannis aber bediente den Lümmel derart wirkungsvoll, daß der Lümmel vor Ablauf einer halben Stunde nicht würde sagen können, er habe jemals eine bessere Maulschelle empfangen, förderte sein Sacktuch zu Tage und putzte den Sudel mit umständlicher Sorgfalt ab. »Man muß Philosoph sein in Zeiten der Unordnung«, bemerkte er schlicht.

Bandra hieb sich die Faust vor die Brust. »Der Kerl hat noch Mitleid!?«

Hier unterbrach Ioannis sein Werk. »Jawohl, Bürger, das habe ich. Kämpft Ihr gegen wehrlose Weiber? Wollt Ihr eine Republik machen aus lauter Schweinehunden? Jetzt reißt mir die Geduld. Ich bin Sergent, ich halte auf meine Soldaten-Ehre, mehr als mancher General! und ich habe auch noch genug *Grips* im Kopf. Wollt Ihr gegen des Königs Regimenter fechten mit Kerlen, die nur huren und saufen, aber nicht gehorchen können? Und soll es unsern Müttern und Schwestern so gehen wie den unschuldigen Mädchen dort, die nichts verbrochen haben, als daß sie adlige Namen trugen und hübsch und brauchbar waren, und man *miß*-braucht und mißbraucht sie, zehnmal, fünfzehnmal, zwanzigmal, und wenn man nicht mehr kann, stochert man sie mit dem Schwert zu Tod und zieht ihnen die Haut vom Leib? Ich sage Euch, wenn das die Revolution ist, sie kotzt mich an!«

»Handschellen . .« verfügte Bandra.

Auf der Brücke hörte man Rumpeln, dann Bewegung im Torhaus, Einige aus dem Gefolge drehten den Kopf. »Der Minister«, murmelten sie, es schien ihnen nicht recht zu sein.

»Was Minister?« schrie Bandra, »bin selbst Minister, er soll sich zum Teufel scheren!«

Eine Calesche rollte in den Hof, tiens! eine Reise-Calesche, Danae kannte sie, mit Leder-Verdeck und kleinem Quer-Fenster darin, es fehlte nur, daß die berühmte Allonge hinausgeschaut hätte. Statt ihrer tat es ein Pincenez, gar nicht erbittert, gar nicht standesbedrückt, ein blitzendes, goldgerändertes Pincenez, das heiter und leutselig auf der Nase – nicht irgendeines, bewahre – *des* Ministers schwankte, des Ministers schlechthin. Herr Kastamomi hatte ersichtlich die Chance genutzt, saß in der Equipage des Fürsten Carlo und litt nicht mehr. Litt? Genoß! Wenn es aber die Macht war, die er genoß – ob er wohl auch die Methoden kannte, durch deren Anwendung man hoffen darf, in ihrem Genusse zu bleiben? Nun, er war nicht umsonst Diplomat, schon entströmte ihm ganz das Air des Staatsmannes. Wie der verewigte Godoitis beugte er sich aus dem Verdeck des Wagens, sah amusiert von Gestalt zu Gestalt und fragte, wobei seine Stimme, wie immer, knarrte: »Was haben wir denn da für ein hübsches Mädchen?«
Ungern nur gab der General Bescheid. »Die Bürgerin Valente«, erwiderte er unter demonstrativer Schneuzung, »vormalige Prinzessin des gewesenen Königshauses.«
»*Bürgerin*?« wiederholte Kastamomi quellenden Auges, indem er turteltaubenhaft übertrieben mit dem Kopf ruckte, »*vormalige* Prinzessin? *gewesenes* Königshaus? Verehrter Herr Militär, ich fürchte, Sie scherzen. Wollen Sie ohne die Krone regieren, ohne Legitimität sich unter lauter Monarchieen behaupten, Europa von Myrrha her aus den Angeln heben? Wollen Sie von unseren Nachbarn aufgefressen werden, verspeist, verschluckt? Ich muß sagen .. Und *gefesselt*? Sehe ich recht?«
Beschleunigt entstieg er der Calesche.
»Kommen Sie, Herr College«, sagte er, von unten herauf, ganz Huld, ganz Gnade, »ich darf bitten, für einen Augenblick ..«
Widerstrebend, doch gehorsam, saß der General ab und stand dem Minister der Republik, die nicht wohl Republik sein konnte, wenn sie auf Legitimität Wert legte, im entferntesten Winkel des Hofes Antwort. Ach, es war leider nicht Alles rot, was rote Schärpen trug, sogar die Rebellion benötigte das Hirn eines Diplomaten, er dachte an ihrer Statt und goß Wasser in den blutigen Wein. Genügte es nicht, praecis und fürchterlich vor sich hin zu morden? O nein. Selbst die Idee einer Revolte lief auf das Ziel, den *Staat* zu erobern, und die Idee des Staates, nach wie vor, mündete in die Spitze, da kein Aufruhr, kein noch so wildes Gemetzel die alberne Tatsache

aus der Welt schaffte, daß ein Volk, je mehr es zu herrschen glaubt, je fester hinter Candare gehört, es stiftet sonst Unsinn. Übrigens würde es nie herrschen, immer nur zu herrschen glauben; denn ob Monarchie oder Anarchie, ob demo-, ob aristocratisches Regime, Feudalismus, Terror, Dictatur – immer blieb da ein Oben, ein Unten, oben saßen die Oligarchen, die Wenigen, sie stellten den Maschinisten, und das Volk jubelte ihnen zu, sobald es genug geseufzt, und seufzte, sobald es genug gejubelt hatte.

Dies waren die Gedanken der Bürgerin Valente, vormaligen Prinzeß Danae – vielleicht auch schon wieder Prinzessin, ci-devant citoyenne –, während sie gleichwohl allergenauestens, als Dynastin, dem Bericht ihres Mitgefangenen lauschte, den Hergang der Tragödie Treuenfels und Gelmion angehend. »Ist das Alles?« fragte sie, während sie gleichwohl allergenauestens, als Dethronierte, den zwei Renegaten ihr Augenmerk widmete, die am Marstall, mit gemessenen Gesten der Eine, mit heftigen der Andere, uferlos auf einander einsprachen; wobei sie von Zeit zu Zeit jeder ein Papier zogen, offenbar ihre Vollmachten, um in verdoppelter Eloquenz eine trübe Gemeinsamkeit zu beweisen. Beides nur Figuranten – Kastamomi war niemals der Kopf dieser Geschichte! der Kopf saß in Myrrha und hatte ein Tarantel-Gesicht, aber keinen Tropfen warmen Blutes. »Erzählen, erzählen, Ioannis! muß man dich ausquetschen wie eine Limone? Erzähl mir mehr.« – »Ich *weiß* doch nicht mehr! ich weiß ja doch nicht einmal, wie ich jemals hier herausfinde – Fahnen-Eid, Meuterei; Hals-Gericht, Bastonnade; Revolution, Handschellen; der König lebt, der König wird belagert; der König siegt, der König füsiliert mich; die Revolution siegt, die Revolution füsiliert mich: warum habe ich nicht mit gemordet, dann wüßte ich doch, wo ich stehe!!«

»Man muß Philosoph sein«, sagte die Prinzessin und lächelte ihr rätselhaftes, selbstsicheres und völlig verwirrendes Lächeln.

Er stürzte vor ihr nieder und bedeckte ihre Kniee mit Küssen. »Prinzessin, hätte ich dich nie gesehen, wärst du nie gekommen, dann hätte ich es leichter, hätte auch Blut an den Fingern, wäre ein guter Republicaner, stieße den König auch mit vom Thron und wäre Camerad unter Cameraden, warum bist du gekommen, das ist doch Wahnsinn, hier hereinzureiten, du hast doch gesehen, was hier vorging, du konntest doch draußen bleiben, du ja! aber ich! aber ich!«

»Haltung, mein Freund. Steh auf. – Die Sache ist furchtbar einfach: ich wollte sterben. Oder glaubst du, es macht Spaß, Prinzessin zu sein? Ich sah Gelmion brennen, da wollte ich es nicht besser haben als alle diese jungen Mädchen, die mir anvertraut sind. Ich war eben etwas außer mir. Das heißt: ursprünglich, als ich auf der Paßhöhe mein Pferd wendete, ursprünglich wollte ich das Regiment Treuenfels nehmen und an seiner Spitze Myrrha entsetzen, die Insubordination von neulich wäre Euch vergeben gewesen. Nun, inzwischen hattet Ihr gemordet, da packte mich die kalte Wut.«

– »Warum wehrtest du dich dann gegen den Schorsch? er hätte dich doch bestimmt umgebracht?«

»Weil mir inzwischen einfiel, daß ich keine Privat-Person bin. Ich mußte dafür sorgen, daß die Prinzessin nicht den Kopf verliert – darum ritt ich fort. Und auch für dich findet sich ein Weg: man muß nur genau wissen, was man will. Dort drüben zum Beispiel kommt Einer, der es nicht genau weiß. Aber ich weiß es: der Mann liegt schon halb im Sarge.«

– »Du bist ja eine Prophetin?«

»Das ist keine Kunst. Sei still.«

Der improvisierte Cabinettsrat schien endlich zu einem Beschluß gediehen: Herr Kastamomi, vorsichtig über Leichen steigend, schritt durch die Cour d'honneur heran, es blinkte das Pincenez. Noch immer schwebten verkohlte Papier-Fetzen seidig auf der noch immer sengend heißen Luft. Bandra ließ Sammeln blasen – nur geringe Teile des Regimentes kamen dem Befehl nach – und schrie, man solle der Prinzessin die Handschellen abnehmen.

– »Ew. Königliche Hoheit«, sagte der Minister, unter durchaus vormaliger Verneigung, »wollen die Gnade haben, dero unselige Fesselung als Mißverständnis zu entschuldigen.« Er wartete, bis die Troßknechte ihr mürrisch den Stahlriegel aufgeklinkt hatten, dann fuhr er sehr conciliant, sehr ancien régime fort: »Die Regierung schmeichelt sich in der Annahme, mit Ew. Königlichen Hoheit – besser sollte ich titulieren: mit Ew. Majestät« – er hob lokkend die Braue – »baldigst zu einem Arrangement über dero Rechte und Praerogativen zu gelangen. Ich würde vorschlagen, wir besprächen das zunächst à deux, und biete als standesgemäße Residenz Schloß Monrepos, den Landsitz meines verewigten Vorgängers, ich komme eben von dort, es ist Alles intact, selbst die Dienerschaft vollzählig, sodaß keine Bequemlichkeit mangeln wird. Haben Königliche Hoheit irgend welche Befehle . .«

»Ja«, erwiderte Danae, trocken und scharf, indem sie die schmer-

zenden Gelenke massierte. »Mehrere. Zunächst: ich bin nicht das einzige Mißverständnis des Herrn Bandra und seiner Justiz. Hier steht ein weiterer Hörfehler, setzen Sie den Mann sofort auf freien Fuß.« Sie wartete, bis die Troßknechte dem Inculpaten den Stahlriegel aufgeklinkt hatten, dann fuhr sie, sehr bestimmt, sehr ancien régime fort: »Ferner wünsche ich mich zu bekleiden. Ioannis, mein Pantherfell! Ferner, da Sie schon von Praerogativen reden, Herr Staatssecretär: es ist eines der angestammten Grund-Rechte fürstlicher Persönlichkeiten, daß sie einen Blick haben für Leid und Not ihrer Mitmenschen. Ordnen Sie also ohne jeden Zeitverlust Couriere ab, die aus den umliegenden Hospitälern ärztliche Hilfe herbeiholen.« Es geschah. »Oder fiel Ihnen nicht auf, daß die mißhandelten Mädchen zum Teil noch stöhnen und wimmern? und ergo leben? und ergo vielleicht noch zu retten sind?! O diese verfluchte Revolution!«
Eine Weile herrschte betretenes Schweigen. Herr Kastamomi räusperte sich.
»Pardon«, sagte die Prinzessin. »Ich vergaß, daß ich nicht mehr Haupt-Person bin, und daß Menschen-Leben nichts mehr gelten. Wie viel gilt Ihnen das meine?«
– »Aber Königliche Hoheit . .«
»Ach was, machen Sie mir doch nichts vor! Ich bin Ihre Gefangene. N'est-ce *pas*!«
– »Königliche Hoheit sind uns Allen ein leuchtendes Beispiel von klugem Realismus, und es geschieht nur um Ihrer kostbaren Sicherheit willen, nicht um Sie der Freiheit zu berauben, nicht mit kränkenden Absichten, wenn wir Sie vorerst unter militärischer Bedekkung in Gewahrsam –«
»Sagen Sie ruhig Haft.«
Der Minister neigte den Kopf. »Sagen wir: Schutzhaft.«
»Vielen Dank.« Sie lachte höhnisch. »Ich erlebte vorhin das Avancement eines Massen-Mörders zum Regiments-Commandeur, ich triefe von seinem und meinem Blut und frage Sie angesichts der hier verübten Greuel, was ich unter Sicherheit, Schutz und militärischer Bedeckung mir vorzustellen habe. Klar ausgedrückt: ich wünsche eine Leibgarde, die mich vor meinen Beschützern schützt.«
– »Dem steht nichts entgegen. Wählen Sie, wen Sie wollen, und diese Leute sind dann haftbar, daß die Krone vor weiteren Insulten bewahrt bleibt.«
»Recht schön und gut«, sagte die Prinzessin und befestigte, mit Bewegungen, die einen Kenner entzückt hätten, ihr Pantherfell

rings im Gürtel. »Wer aber« – es erfolgte weißblauer Augen-Aufschlag – »wer, wenn ich tot bin, schützt diese Leute vor den Insulten der Republik?«
– »Mein Ehrenwort«, erklärte Kastamomi mit einer gewissen Großartigkeit.
»Ihr Ehrenwort taugt so wenig wie Ihr Militär – zumal Sie vor mir sterben dürften. Ich brauche auch keinen Schutz, ich brauche Zeugen, und man wird sie auf sonstwen vereidigen, damit sie nicht hinterdrein für royalistisch gelten. Corporal Ioannis, die Republik überträgt Ihm den angeblichen Schutz meiner angeblichen Freiheit. Such Er die paar Cameraden zusammen, die so saubere Hände haben wie Er selber.«
- - »Man muß Philosoph sein, Bürgerin Prinzessin«, sagte der Corporal, »um die Wandlungen des Weltlaufes zu begreifen; hier ist Ihr Pferd«, und erstattete auch den Reitstock. Dann ging er die Cameraden holen, deren er genau drei und einen halben brachte, die restlichen sechseinhalb hegten Befürchtungen, es möchte ihnen schlecht auslaufen.
Kastamomi aber beeilte sich, der Prinzeß in den Arm zu fallen. »Wollen Sie in meinem Wagen Platz nehmen, ich muß bitten.«
»In *Ihrem* Wagen«, wiederholte Danae mit Malice und stieg ein. Damals hatte sie nicht einmal das Pantherfell gehabt, nur ihren Rock von Schäfers Gnaden, handgesponnen. Sie rückte sogar ein wenig beiseite, denn der Minister legte Wert darauf, die Fahrt durch Geplauder zu würzen, und der Escorte vorweg trabte Kasgan, von einem gar nicht mehr verzweifelten Insurgenten des gewesenen Ulanen-Regimentes weiland Graf Treuenfels beritten. Die dreieinhalb Anderen erkletterten scheu und gerührt den Lakaien-Tritt der Calesche: doppelt scheu und gesteigerten Dankes, als sie, im Davonrollen, hören mußten, wie Brüderchen General, indem er einen Meuternden über den Haufen schoß, kalten Sinnes verlauten ließ, er werde jetzt mit dem Regiment Schlitten fahren – und die Baumschlitten im Gebirge waren wohl das Unbequemste vom Unbequemen, für menschliche Steißbeine nicht vorgesehen. »Antreten!« schrie er, »Abzählen! Denke nur ja niemand, er könne sich etwa dünn machen: ich will Euch mit der Republik so verheiraten, daß Ihr aus Notwehr Euch für sie schlagt!« Zwei Balbiere, während sein Détachement die Mousqueten lud, begannen der verdutzten Gesellschaft, die, weil ohne Waffen – man hatte sie fortgeworfen –, keinen Widerstand wagte, den Schädel kahl zu scheren.

Auch dies nahm die Prinzessin ad notam, indem sie an die sechseinhalb Vorsichtigen dachte, nahm es als letztes Bild der Vergewaltigung ihres Volkes mit aus dem Schloßhof von Gelmion, dem sie vor kaum einer Stunde die Ehre ihres Besuches gab .. Vor kaum einer Stunde hatte sie dem Leben, vor kaum zweien der Welt entsagen wollen, sie erinnerte sich noch gut. Nun trieb man wohl anderen Entschließungen zu.

V. Capitel

Sie fuhren schweigend, fuhren durch einen goldenen Tag. Zu ihnen herein rauschten die Wälder, leise seufzten die Lederbänder, in denen das Coupé hing, der Sand dämpfte den Hufschlag zu angenehmer Musik. Andante, un poco lento .. Rechts, über Cedern und Platanen, stieg sanft der begrünte Hang des Gebirges, ein schön geschweifter Paravent, der den Vulcan verdeckte, dahinter, in Nord, lag fern die Hauptstadt. Von links, hin und wieder, glitzerte silbergrau eine Bucht des Meeres durch die Forsten, kein Schiff, kein Vogel, so weit das Auge reichte. Wie friedlich Alles – und doch hatte man Revolution; gestern noch war man fröhlich gewesen .. Hin und wieder, in tadelfreiem Winkel zum Fahrweg, strebten Alleen davon, Hecken und verwilderter Taxus flanquierten ein einsames Parktor; dann und wann, vor der Coulisse hoher Baum-Fronten, verneigte sich ein weißes Gebäude, es gab sich Mühe, ein Schloß zu sein, das Alliance-Wappen im Giebelfeld erzählte dem Gotha-Kundigen von Qualität und Dignität der Familie .. und, wie figura zeigte, so hatte es den Adel hier nicht getroffen, zum Unterschied von der Bannmeile, man lebte patriarchalisch hier draußen, die Guts-Herrschaft war fast der Liebe Gott, und warum sollte sie anders? es mangelte an Vergleichen, nichts trübte den Glanz, nichts demütigte ihn – zum Unterschied gegen Myrrha, wo die ehrfurchtlose Kurzsicht von Salons und Literaten, Cosmopoliten, Philosophen, Freigeistern, Demagogen und agents provocateurs, wo der Adel selber mit urbanem Witz die Grundfesten wanken machte. Aber hier? Aufruhr? Nein. Nirgends Empörung oder Gewalttat, nur Mißtrauen überall: man verschloß die Türen, kein spielendes Kind ließ sich blicken, kein Bauer, kein Taglöhner kam des Weges, noch in entlegensten Weilern brütete tiefe Nachmittags-Stille ..
Die Prinzessin war eingeschlafen, Herr Kastamomi betrachtete sie nicht ohne Rührung. Schlank und zierlich, eine erstclassige Incar-

nation von Titeln, lehnte sie unscheinbar in ihrer Ecke, rechnete, als echte Dynastin, großzügig mit der Ewigkeit und verschlummerte jene kostspieligen Minuten, die einer Revolte, weil sie nicht legitim war, glatt zum Verhängnis wurden. Legitimität, Anciennität .. feierliche Worte, mystisch, archaisch. Könnte man derlei erwerben, das Reis der Patina dem Freiheits-Baum oculieren, so wären alle Probleme gelöst. Mein Gott, was war sie schön! trotz des unmöglichen Aufzuges .. und was mußte sie erlebt haben! Diese hübschen, feingegliederten Hände .. nicht zu glauben .. und beförderten zwei mannbare Soldaten gewalttätig in den Tod. Man durfte wohl Einiges erwarten, falls sie gemäß normalem Erbgang Königin würde: schleunig, wie dem Falken, galt es die Kappe ihr auf die Augen ziehen – bevor es zu spät, bevor sie erwachsen war und gefestigt – die Kappe der Constitution, für die das regierende Paar nie Anderes haben konnte als starrsinniges Nein ..

Und weiter rollte die Carrosse, das Leder ächzte, der Radreif knirschte, im schwankenden Coupé schlief die Prinzessin und schwand der Tag. Wenn sie doch aufwachen wollte!

Aber vielleicht, daß ein Aufwachen sie nicht mehr lockte? zumal das letzte, heute früh, etwas grausam gewesen? Auch dies übrigens – nicht zu glauben. Unbekümmert um das Gerede einer moralischen Welt, fuhr sie publiciter zum Connubio, *vor* der Trauung! und just eben drei Atemzüge Seligkeit, so war Alles wieder verronnen, dahin, nur ein Traum blieb zurück, das Schicksal schlug ihn mit Keulen tot. Wie freilich, wenn der Traum Folgen hatte? nach Ablauf der von Gott vorgesehenen Frist sein natürliches Ergebnis zeitigte, ohne daß ein befugter, geachteter Vater –?

Peinlich.

Des Königs langjähriger Staatssecretär empfand viel Spaß beim Gedanken an dieses Vocabular. Mit stolzem oder geniertem Antlitz .. vortrefflich, vortrefflich ausgedrückt, Herr v. Legua! ein gewisses diplomatisches Talent war dem Burschen nicht abzusprechen. »O pardon ..« Eine Biegung des Weges: die Räder rutschten in eine tief ausgemahlene Furche, die nackte Schulter der Prinzessin neigte sich gegen sein Justaucorps, ihre Locken dufteten, gebettet über grellroter Schärpe. Da blickte nun Er voll Stolz und gêne. Man mußte Revolution machen, um mit den Fürsten so intim zu werden, daß sie Anlehnung, Schutz und tête-à-tête suchten. Und der hohen Gemahlin zürnend, weil sie ihm, der die Kinder liebte, dergleichen nicht hatte concedieren wollen, zog er behutsam das Pincenez auf die Nase. Was Prinzessin, was Staats-Person – hier vergaß er Alles, Crise, Verärgerung, private Rancune, Ordre und Obliegenheit, er war nur noch ein alternder Mann, dem, ehe der Abend fiel, das wehmütige Glück wurde, für flüchtige Minuten die Jugend neben sich atmen zu fühlen, in ihrer Süße und Unschuld . . Schlief sie? nicht aufwachen jetzt! nicht jetzt! – Sie holte abgründig Atem, ihr Kopf sank willenlos gegen die Polster. – Und wie er sie so betrachtete, Stirn und Accuratesse des Scheitels, Haar-Ansatz und das Fallen des Haares, Augen-Schnitt, Wangen-Buchtung, den zärtlichen Trotz ihrer Lippen, die, leise bewegt, etwas Unhörbares flüsterten, dazu die Spuren von Staub und Tränen, das Blut überall, die zauberhafte Tönung der Haut, o je: und das Sickern von Perlen unter langschattenden Wimpern – da hätte er, um ein Kleines, fast selber geweint. »Kind«, sagte er, »Kind, vielleicht kommt er doch wieder . .« Fürsten waren wohl sehr einsam, es geschah nicht jeden Tag, daß man sie weinen sah, sie weinten nur, wenn sie sich unbeobachtet glaubten, weinten lautlos im Fond der Carrosse.

»Ich heule ja gar nicht um ihn, ich heule um mein Volk, es ist *mein* Volk, und Ihr reitet es ins Verderben!«

Kastamomi, da sie ihr Tuch nicht finden konnte, reichte schweigend das seine, sie nahm es auch, »Danke«, wischte umständlich die Augen, »Entschuldigen Sie«, gab es zerknüllt und naß zurück, sagte: »Zu albern«, setzte sich, ganz Dame, in den Polstern auf und erklärte liebenswürdig: »Eins scheint mir gewiß: die Coiffeure werden Royalisten bleiben.«

– »Inwiefern, gnädigste Prinzessin?« Vor Schreck fiel ihm der Klemmer herunter.

»Weil die Revolution gepflegte Frisuren höfisch findet. Als Sie noch Staatssecretär waren, Herr Kastamomi, wirkten Sie bedeutend soignierter. Nehmen Sie Ihr lächerliches Limonaden-Band ab, ich mag das nicht. Auch die Schneider dürften der Krone Treue zeigen: Generale gehen im Hemd, um sicher zu sein, man werde sie für Volk halten.«

– »Heaah«, seufzte der Minister und entledigte sich der roten Pracht.

»Das Volk«, fuhr die Prinzessin fort, »ist nämlich gar nicht so blutdürstig und neuerungssüchtig, wie Sie meinen. Ich kenne das Volk besser als die Leute, die dem Bürger einschwatzen, er sei übel daran. Ich machte mir das Vergnügen, als Magd zu dienen, und da habe ich erfahren können –«

Der Minister hieb neuerdings das Pincenez auf die Nase. »Sie«, rief er, »wären als Magd –?« und sein Mund blieb eine Weile offen.
»Des Ferneren ist klar, daß die nächste Herberge – wo wir einkehren werden, denn ich habe Hunger – mit verriegelten Türen und Läden daliegt. Was können Eigentümer von der Gleichheit hoffen? Kurz und gut: es wird Steine setzen.«
Sie lehnte sich vorwurfsvoll zurück, kreuzte die Arme vor der Brust, zur Annonce, das Gespräch sei beendet, schloß die Augen, schwieg und erleichterte nichts. Wollte sie etwa schon wieder schlafen? Und in den flüssigsten terminis, vage und umschrieben, wie sie jedem Diplomaten geläufig von der Lippe strömen, begann Herr Kastamomi ihr die Zukunft zu malen: ein äußerst beredsames Eventual-Futur, dessen leicht rauschhafte Farben einer exacten Zeichnung hinderlich waren, dafür dem Centrum desto stärkere Glanz-Lichter liehen. Indem sie eingangs die Ränder des Gemäldes beleuchteten, summarisch den Jammer der Bevölkerung streifend; indem sie dann einiges Schwarz beimischten, der Fehler gedenkend, die Monarch und Minister leider begangen; indem sie weiterhin darstellten, wie alle Augen, aus lastenden Schlagschatten hervorglühend, fiebervoll und gleichwohl doch zutraulich, ja, gläubig und hingebend auf das Neue blickten, das nun kommen müsse; indem sie fortschreitend den unangebrochenen Credit der Prinzessin Danae schilderten, der gestern Abend seine gloriöse Steigerung erfahren infolge des vom Hofe so hart mißbilligten Beweises von mehr volkstümlicher Moral-Anschauung; indem sie überhaupt die Popularität, Modernität und Liberalität der Prinzessin feierten – ihr nicht gewöhnliches Maß an Couragiertheit, auch was Opposition betraf, ihren bekannten Soupçon gegen Ceremoniel und leeren Pomp, ihr schönes Verhältnis zum Untertan und seinen Leiden, den hohen Opfer-Sinn, das tiefe Gefühl, ihr reines Herz, ihren Tact, ihre Klugheit, die eingeborenen Herrscher-Talente –: gipfelten sie schließlich in der strahlenden Apotheose einer von ganz Myrrha vergötterten, von der Welt bewunderten, von Alt und Jung angebeteten, geliebten, wahren Volks-Königin, die ihren Landen gnädig die ersehnte Freiheit schenken und, umrahmt von lauterstem Glück, eine Aera des Friedens verkörpern werde ..
Inzwischen näherte man sich der Relais-Station: tot und ausgestorben lag sie seitab vor dem Walde, mit verriegelten Läden, wie gesagt, nur Felsbrocken hagelte es nicht. Das Auswärtige Amt führ-

te die Pourparlers .. Man bat, man drohte, Alles durch die verrammelte Kellerluke, nichts half, man erbrach per Wagendeichsel Verschlag und Fenster – die Küche: leer, der Flur: leer, kein Rattenschwanz zu sehen, die Stallungen leer, das Vieh vermutlich ins Gebirge getrieben. Endlich bemühte man K. H. selber, nachdem sie mit wissendem Lächeln lang genug zugeschaut hatte. Und sehr bestimmt, sehr ancien régime, wenn auch freundlich, mahnte sie den verängstigten Wirt, er möge sich nun hinauf verfügen, sie sei die Prinzessin Danae.
Prinzessin? des Königs leibhaftige Tochter? Keine Marodeure und Plünderer? großer Gott .. »Ich eile, ich fliege!« – und Familie und Dienstvolk, Hühner und Enten quollen empor. »Ja, du liebes Bißchen, Hoheit sind ja entsetzlich blessiert! Aber doch wenigstens lebend. Und der Herr Staatssecretär, auch wieder einmal im Lande? Daß ich die Stimme nicht erkannt habe .. Meiner Treu, und was eine Zahl von Bewaffneten! So werden wir also hoffen können, daß dieser Spuk an uns vorübergeht, daß wir gesund herauskommen ..? Janos, den Schinken, Lydia, eine Caraffe! Denke die Hoheit doch – he! Lydia! aber vom Besten! – denken Sie: die Guts-Herrschaft Continalto hat man im Schloßteich ertränkt! das Kloster ganz gräßlich mitgenommen – Frau, hols Tischtuch, der Puter kommt am Spieß. Jaja, bittere Zeiten jetzt .. warte, kannst dann tüchtig Ommletten machen, tüchtig Speck rein, für die Leute draußen – Vergebung, Fürstliche Gnaden, es geht halt durcheinander heut. Und das Relaiß bei der Walkmühle ist Schutt und Asche, bloß weil der Wirt die Azzinaten nicht wollte, vom Vampyrios, was ja man bloß Papier –«
»Vampyrios?« fragte Danae, sie schien amusiert. »Der Herr Finanzbaron verteilt Assignaten .. Interessante Valuta!«
– »Jaja, er ist entwichen, der Unmensch, aus dem Gefängnis entwichen, die Polizei hat ihn einfach stehen lassen, mitten auf der Straße, als nämlich das Arsen-Lager hochging.«
»Arsenal«, verbesserte die Prinzessin, »Arsen ist ein Gift. Und nun spaziert er also hier durch die Gegend?«
Der Wirt zog einen knisternden Schein. »Vor zwei Stunden war er in Hennersdorf, da hat ihm der Amtmann das Geld ausgeschrieben, Canzlei-Bogen, man sieht das Wasserzeichen noch und die Krone von unserm König – richtig: Wasser, Lisa, bring warmes Wasser – und der Herr Graf v. Auffenbühl mußte immerfort sein Staatssiegel drücken, zwei Vampyrische kitzelten ihn mit dem Pistol, da

blieb ihm wohl nichts übrig. Jaja, bittere Zeiten .. ein Unwesen, *ein* Unwesen. Lisa! Li-sa!! Lisa, auch Tücher, auch Schwamm und Balsam, daß man die schrecklichen Wunden badet.«

»Laß Er«, unterbrach die Prinzessin, »das heilt von selbst.«

– »Aber«, sagte der Wirt. »Man kann es ja nicht mit anschauen, dies viele viele, königliche Blut, gestatte die Hoheit doch, wir werden –«

»Er wird gar nichts. Myrrha soll ruhig wissen, wie modern und abwechslungsreich man heutzutage als Staats-Person lebt.«

– »O Gott, man wird schaudern, sich fürchten wird man!«

»Vielleicht *will* ich fürchterlich sein?! Stell Sie nur hin, wie heißt Sie?«

Errötende Knickse. »Elisa, Fürstliche Gnaden.« – »Lydia, Fürstliche Gnaden; es wär aufgetragen, Fürstliche Gnaden«, und des Vaters Autorität blickte wohlwollenden Stolzes auf die nicht unhübschen Töchter, indem er die Maße der jüngeren mit denen des hohen Gastes verglich: »Geh hinauf, Lisa, hol dein Kirchenkleid, das blaue, hast genug, kannst gut eins entbehren«, und rückte den gewaltigen Persönlichkeiten die Stühle.

Die Persönlichkeiten speisten en petit comité, wobei sie leichtester Conversation oblagen; draußen wurde die Mannschaft gefüttert, dreieinhalb Treuenfelser verschwanden unbemerkt; die Sonne begann zu sinken, das Relais geriet in den Schatten des Bergzuges; von der Paßhöhe ritt ein Courier talwärts, er suchte den Minister und gab seine Tauben-Post ab; sie wanderte hinein, der Minister verdüsterte sich, noch briet der Puter am Spieß. Kasgan weidete hinterm Haus, Herr Ioannis verfaßte eine Botschaft; auch sie wanderte hinein. Die Prinzessin las ohne gêne, und als Kastamomi Wißbegier zeigte, log sie fromm, es handele sich um die Bezahlung der Zeche, wider Erwarten sei kein Geld in der Packtasche; und da ihn dies nicht zufrieden stellte, proponierte sie gegenseitige Einsichtnahme – was er verwarf. Praecise Speculation. Andernfalls wäre *ihm* Kunde geworden, der Rapphengst stehe zur Flucht bereit; so ahnte er nur. Und andernfalls hätte *sie* Kenntnis erlangt, daß der spiritus rector der Revolte, von Rang ein Hofrat, tief in den Gewölben der Admiralität mit Ketten an die Wand geschmiedet, zu Gunsten des Tribunals die Regie habe abgeben müssen; so ahnte sie nur. Man würde schwerlich mehr vom Puter kosten.

Wie hellsichtig geurteilt! Herr Kastamomi zahlte eine silberne Börse, die Prinzessin wies Kirchenkleid und Unmengen linnener Wäsche zurück, erfolglos blieb des Wirtes Bestürzung – man reiste von dannen, durch Wald und Schlucht. Die Herrschaften logierten nicht: wer half ihm nun, wenn Mordbrenner kamen?

»Passable Comödie, Herr Staatssecretär. Ein treuer Diener der Krone, auf Spazierfahrt in der Calesche der Kron-Erbin – meinen Glückwunsch. Übrigens weiß ich inzwischen, was wir als Erstes abschaffen werden: das Cantonal-System und die vielen Fremdworte. Beides wird Ew. Excellenz außergewöhnlich populär machen. Es sei denn, Sie greifen zum Arsen-Lager.«

– »Königliche Hoheit tun mir Unrecht«, erwiderte Kastamomi beklommen, »und mißkennen völlig die Situation.«

Die Prinzessin lachte. »Im Gegenteil: ich glaube Alles klar zu sehen. Ich sehe einen Militär-Putsch, von dem die Soldaten, und eine Soldaten-Revolte, von der die Militärs nichts halten, das trifft sich per Zufall und geht für eine Weile miteinander; bis man den Irrtum bemerkt. Ich sehe Unsicherheit, Mangel an Überblick, sehe, daß man aus Angst vor der Masse niedrigste Massen-Instincte entfesselt, und habe meine Gedanken. Ich sehe einen verstorbenen Handstreich in der Stadt – weshalb müßte sonst belagert werden? – und etwa zwei Dutzend Tumulte partiell in der Bannmeile; nicht einmal spontan, sondern gelenkt, auf den Glockenschlag genau gleichzeitig ausgelöst. Aber das Land? Aber das Volk? Ich sehe Schwierigkeiten, mein Herr. Condolenz. Und was ich noch sehe, sind ein paar ehrgeizige Leute, denen die Pension nicht bekommt! denen der Glanz fehlt! darum spielen sie Feuerwerk! was sehr bitter enden kann! Dieser Vampyrios financiert Sie?«

Kastamomi nickte.

»Mit ungedeckten Papierfetzen«, sagte die Prinzessin geringschätzig. »Eine reizende Gesellschaft! Vampyrios, Bandra, Kastamomi .. e tutti quanti; den schwatzhaften Herrn aus der Marine darf ich wohl gleich hinzunehmen, wie hieß er. Karavatti. Nun kann Frau v. Lambda ihn ja endlich heiraten, es regt sich niemand mehr auf über Mésalliancen. Sie hat gehetzt, nicht wahr? Und Paradewitz? ist er auch von der Partie? Vermutlich: weil man ihn nicht gegraft hat, als Oberst muß man doch Graf sein. Lauter indirecte Vorschübe und lauter ironische Zusammenhänge. Meine eigene Mutter ernennt eigens den Herrn Kastamomi zum Verwalter ihrer Liegenschaften, damit er eigens auf Monrepos conspiriert – Godoitis wird sich im Sarg umdrehen. Aber die dickste Ironie und den dicksten Vorschub leistet der höchst liberale Herr Borromeo, dessen

Herz die reinste Mördergrube sein muß, wenn ausgerechnet er die Liberalen niedercartätscht. Oder hat ihn der König davongejagt?«

– »Borromeo ist tot.«

»Pardon. Das erleichtert den Fall. Und Andria?«

Kastamomi zuckte die Achseln.

»Lebt also«, schloß die Prinzessin. »Machen Sie Ihr Testament. Die wichtigen Leute leben, und die unwichtigen meuchelt man – es ist doch eine jämmerliche Stümperei! Der kleine Moritz wäre versucht, Euch Nachhilfe-Lection –. Trotzdem: es wundert mich. Besitzt der Mann so wenig Denkkraft?«

– »Wer?«

Die Prinzessin sah ihn gewitternd an. »Wen kann ich schon meinen, wenn ich mit Marionnetten spreche .. Es steht ein diabolischer Drahtzieher hinter dem Ganzen: Spyridion!«

Der Minister hielt ihren flammenden Blick aus, während der Wagen die Gebirgs-Schlucht hinaufrumpelte. Die Räder knirschten über Steine und Wurzelwerk, das Diplomaten-Hirn arbeitete fieberhaft. Sollte man sich découvrieren? sollte man nicht? Galt es zäh bleiben, Rouge halten? oder auf Noir springen, Royal spielen? Mit dem Schiff untergehen? Schiff wechseln? Aber welches Schiff sank?

Sie lehnte sich wieder zurück.

– »Stand .. « sagte Herr Kastamomi.

»Wie sagten Sie?« Ihre Stimme klang freundlich und liebenswert.

– »Es *stand* ein Drahtzieher hinter dem Ganzen. Passé défini. Herr Spyridion ist passé.«

Danae schwieg.

Immer steiler wurde der Engpaß, die Hohlwände traten drohend heran, hin und wieder schrammte das Verdeck gegen Zweige und überhängendes Erdreich. Oben gingen die Kutscher, in zarter Rücksicht für das schnaufende Viergespann, und nutzten den Marsch, practischer Weise, zum Aufstecken der Laternen.

Der Minister setzte sein Communiqué fort. »Die Revolution läuft also Gefahr, dem Tribunal anheim zu fallen: kleinen Leuten, die man lediglich als Schürhaken verwandte, die aber wilde Gelüste haben. Und es wird nun entscheidend sein, wer die Fäden dieser Marionnetten – um dero vortreffliche Metapher zu effectuieren – wer die Fäden, sagte ich, in die Hand nimmt: Vampyrios, indem er das Tribunal bei der Geldgier packt; oder .. jemand Anderes ..«

Danae schwieg.

Herr Kastamomi opferte zwei kostbare Minuten, bis ihm die Pause lang genug schien. »Ich will nicht unbedingt an dem Bilde festhalten, zumal sich deren mehrere bieten. Man kann diese Leute auch einem hochexplosiblen Pulver-Schiff gleichstellen. Ein Schiff ist nichts ohne sein tragendes, respective sein bewegendes Element. Als das tragende sehe ich die Verhältnisse; als das bewegende die Volks-Stimmung; und da gibt es nun zwei Möglichkeiten: entweder Sturm in die Segel (das würde Vampyrios besorgen) oder allen Wind *aus* den Segeln – dazu verhilft nur jemand ganz Populäres. Gräbt man dem Schiff das Wasser ab, so strandet es. Ergo: man muß die Verhältnisse ändern; ergo: der Volks-Stimmung etwas geben; geben, was sie besänftigt; und zwar ehe Vampyrios gibt, was sie hochbringt; das heißt: jetzt sofort muß man geben, denn morgen ist es zu spät . . bis dat, qui cito dat.«

Danae schwieg beharrlich.

– »Sie schweigen«, sagte der Minister. »Sie wollen nicht begreifen, was Sie als Prinzessin damit zu schaffen haben?«

Danae schwieg.

– »Königliche Hoheit . .«

»Ja bitte: découvrieren Sie sich. Sie möchten den Wagen wechseln, ich bin ganz Ohr.«

Die Paßhöhe war erreicht; im Dämmer des Abends sah man die Ebene mit tröstlichen Lichtern heraufblinken. Der Chef der Revolution nahm sein Pincenez ab und blies etwas Luft über die Lippe. Offenbar wurde ihm wohler. Und in wiedergewonnener Eloquenz entwarf er das Ideal-Gemälde einer gemäßigten, durch die Gnade der Krone verliehenen Grund-Acte; einer in ihren Rechten beschnittenen, aber geretteten Feudalität; eines Parlamentes, das mit erblichem Herren-Haus und wählbarer Kammer zum freien Spiel der Gewichte beitrug; eines halb bürgerlichen, halb adligen, ernannten Ministeriums, welches den Monarchen von Verantwortung entlastete; einer schnell wachsenden Stärkung des Unternehmer-Geistes, der Wirtschafts-Kraft, ergo der finanziellen Gesundheit des Staates; endlich, en conséquence de tout cela, einer auch in diesem Tableau ungeheuer volkstümlichen Königin Danae.

Prinzessin Danae schwieg.

Herr Kastamomi investierte ein Räuspern, seine Zeit war bekanntermaßen sehr kostbar, und zog den Zwicker auf, um das düstere Waldtal zu betrachten. Es erschien ihm eng und bedrückte die Seele. Der Teufel sollte den Paßfahrten trauen: jedes Mal bildete man sich ein, bergab werde es schneller gehen – stattdessen wurde gebremst .. Er hüstelte neuerdings. »Die Zeit ist kostbar, Königliche Hoheit. Wir haben keine Zeit!«

»Ich habe.«

– »Nein, Sie haben nicht. Sie und ich haben höchstens vierundzwanzig Stunden: bis dahin weiß das Land, daß der Einzige, den man fürchtet, in Ketten liegt. Mich fürchtet niemand, mich liebt niemand – aber Sie, Sie, Königliche Hoheit, Sie liebt und fürchtet jeder, und wenn *wir* uns zusammentun –«

»Papperlapapp«, bemerkte die Prinzessin, gemütlich und dennoch unmißverständlich.

Er schnappte, wie ein Fisch an Land, nach Atem, die Kiemen gerieten in leichtes Schlottern; heftiger begann die Stimme zu knarren. »Wenn Sie mir doch glauben wollten: daß ich zwar den König opferte – .. Aber doch nur um des Königlichen Hauses willen! und daß ich folglich bereit bin, die Republik aufzuhalten. Spyridion als kühler Realist sah das ein und jagte mich in das Damenstift; ein kaltschnäuziger Grobschlächter wie Bandra gehorchte noch meiner Vollmacht. Jetzt ist die Vollmacht dahin, die Tendenzen rasen auseinander, ein gigantisches Chaos steht vor der Tür, und Keiner will es sehen. Aber Sie: Sie haben es in der Hand!« Er machte eine gequälte Pause. »Man hat mich heute früh aus dem Bett geholt. Man hat mir vorgestellt, wie die Dinge liegen. Die Dinge lagen klar: man brauchte einen Diplomaten. Ferner brauchte man jemanden, dessen Persönlichkeit gewichtig genug sein würde, um als fait accompli zu dienen: einerseits für Vampyrios – ihn brauchte man als Financier und als weiter nichts –, andererseits für die Schürhaken. Denn von vornherein war Spyridion willens, hinterdrein die Initial-Zündung wieder abzulöschen; explicatio exacta: mit der Republik den König zu überfahren und mit der Constitution die Republik. *Wenn* ich mich also beteiligte, dann lediglich in der bestimmten Voraussetzung, ich würde Schlimmeres verhüten; während, wenn ich Renonce gab, den Gemäßigten der Terror über den Kopf wachsen mußte. Nur hat natürlich niemand gedacht, daß eben der Kopf Leichtsinn – aber er wollte es sich nicht ausreden lassen. Er wollte bis zur Minute vor dem Attentat bei Andria bleiben, damit die Bombe den Kopf der Gegen-Partei auch ganz sicher zerriß.«

»Das sind so politische Rechnungen«, warf die Prinzessin ein. »Und zum Ersatz wünscht man nun den Kopf der Prinzessin Danae .. respective der Bürgerin Valente, vice versa, je nach Lage und

Laune. Darf ich den Chef der provisorischen Regierung fragen, in welcher Function –? man kennt unterschiedliche Arten, den Kopf einer Prinzessin zu verwerten – ob in der Function eines denkenden Sub-jectes, welches freundlicher Weise die Revolte legitimieren, legalisieren soll? oder in der eines vom Rumpfe trennbaren Ob-jectes? Das heißt: betrachten Sie mich als Geisel oder als Staats-Oberhaupt?«
Das Provisorium schwieg. Offenbar hielt man nicht für nötig, die Repressalie im Hintergrund schamhaft zu verhüllen. Schließlich aber erklang doch noch knarrendes Räuspern. »Als Staats-Oberhaupt«, sagte Herr Kastamomi müde, neigte die Nase, um das Pincenez zu entfernen, und deponierte es auf dem flaschengrün übereinandergeschlagenen Knie. Dort lag es, ein gewagtes Balancement, schaukelte leicht unter den Stößen der Kutsche, blinkte mit seinen Gläsern und seinem goldenen Rand.
Die Prinzessin ließ eine Versuchs-Taube steigen. »Das ist sehr verlockend«, erklärte sie leise. »Man muß es reiflich überlegen.« Und dann sah sie erstaunt den Diplomaten an, der, unter der Maske tiefer Versunkenheit, falkenhaft seiner Chance nachstieß. Eigentlich war nichts weiter geschehen, als daß er den Zeigefinger von der Kuppe des Daumens schnellte, wodurch der Klemmer, der unmäßige, funkelnd im Lichte der Wagen-Laternen, einen salto mortale vollführte und mit wenig sympathischem, dumpfem Laut auf den Teppich fiel. »Sie haben bis Mitternacht«, sagte er, »Zeit. Pünctlich zwölf Uhr werde ich das Tribunal, die Armee, den König, das Land vor die vollendete Tatsache einer Königlichen Gegen-Regierung stellen – im Weigerungs-Falle bin ich radicaler als der radicalste Radicalist, distanciere mich vollkommen und liefere Sie dem Schafott aus.« Er bückte sich steif, um sein Demonstrations-Utensil zurückzuerlangen. »Wer so oft wie Sie« – er wiederholte die Habhaftwerdung, da das übergeschlagene Knie ihn hinderte – – »einen so eminent politischen Verstand bewies« – und bekleidete neuerdings den etwas knolligen physiognomischen Mittel-Risalit –, »der kann doch unmöglich in dem Augenblick, da das Schicksal der ganzen Nation nur an seinem Ja oder Nein hängt, zögern! Sagt Ihnen der Instinct nicht, was Sie tun müssen?!«
»Und führe uns nicht in Versuchung«, murmelte die Prinzessin, »sondern erlöse uns von dem Übel.« Sie verschränkte die Arme und widmete der Abend-Landschaft eine huldvolle Aufmerksamkeit. Längst hatte das Bergtal sich gesittigt, hatte Wiesen und Wei-

den den Platz geräumt, längst war die ovale Cuppel des Schlosses von Monrepos aus den Parkwipfeln emporgetaucht, die in der Ebene, vor dem letzten Streif Himmelsblässe, einen strengen Bezirk fürstlicher Solitude bildeten. Wie weich das Coupé schwebte .. Leise knirschten die Lederbänder, leise rauschten die Wälder herein und dann die Allee, der Sand dämpfte den Hufschlag der Escorte, dämpfte ihn zu einer jener sanften Musiken, die das Herz ermuntern, es möge, trotz wüster Ereignisse, an die Schönheit dieser, wie man behauptete, besten aller denkbaren Welten glauben – auch wenn der Nord-Horizont brandiges Rot in die Tinten der Nacht mischte. »Keiner entgeht dem Gericht«, äußerte das Staats-Oberhaupt.

Man fuhr schweigend, der Scirocco flüsterte in den Acazien, noch immer hing das Wort auf der Luft, und bald würde man aussteigen müssen .. Herr Kastamomi klärte die Stimme. »Die Nachwelt«, begann er, »wofern Sie bei Ihrem Nein bleiben, gnädigste Prinzessin ..« – und verstummte fröstelnd.

»Was ist, wofern? Ist Ihnen schwül? mir auch. Es wird ein Gewitter geben.«

– »Es werden Ströme von Blut fließen«, bestätigte wütend der Minister. »Und Ihnen wird die Nachwelt bescheinigen, daß Sie dynastische Borniertheit höher stellten als den Regenten-Instinct. Ihr Streben nach einem Weg zum Ja und zur Wärme war nichts als .. Theorie!« Er starrte sie erbittert an. »Haben Sie denn kein Herz? Ich *biete* Ihnen diesen Weg!!« Sein Pincenez zitterte vor Erregung.

»Dynastische Borniertheit«, entgegnete sie freundlich. »Das sagen Sie so. Und schauen mich dermaßen schwimmend an, als sei ich Ihretwillen verpflichtet, meine Vergangenheit über Bord zu werfen, meine Erziehung, Stolz, Kindes-Treue, mein angeborenes und anerworbenes Denken. Lieber Herr, das ist nicht leicht. Ich sitze ja hier nicht als Privat-Person, sondern hinter dem, was ich tue oder lasse, steht eine der höchsten Institutionen, das Collegium der souveränen Fürsten – dem ich genau so verantwortlich bin wie meinem Volk. Bien: was heißt Verantwortung? was heißt Pflicht? – relative Werte, die vom point de vue abhängen. Die erste Pflicht, jedenfalls des Fürsten, verlangt, daß er gerecht sei, beide Parteien höre und ohne Leidenschaft urteile. Nur, verstehen Sie wohl: urteile sub specie aeternitatis. Und da komme ich zu ganz anderen Schlüssen als Ew. Gnaden. Was Sie mir bieten, ich wiederhole es, *ist* verlockend, ist bestechend. Aber nicht in Jahrhunderten gedacht. Nicht einmal staatsmännisch gedacht; diplomatisch. Sub specie einer vorübergehenden Conjunctur. Daraus erklärt sich auch, daß Sie glauben, die Prinzessin Danae einschüchtern zu können. Sie kennen mich sehr wenig. Und vor Allem: Sie unterschätzen die Macht dessen, was man seit acht Jahren mir infiltrierte an Staats-Weisheit, Staats-Philosophie, Staats-Affairen, statt mich Kind sein zu lassen; was ich widerwillig schluckte, voll Haß auf meinen Lehrer; während ich heute mich glücklich schätze, gerade noch rechtzeitig mein Handwerk erlernt zu haben, und gerade durch ihn. Das Herrschen ist eine schwere Kunst, die keiner Volks-Versammlung in den Schoß fällt. Und von solchen blutigen Anfängern soll ich Vorschriften –?«

– »Sie sollen«, unterbrach der Minister, »die Leiden Ihres Volkes verkürzen.«

»Es war das«, fuhr die Prinzessin fort, »eine rein rhetorische Frage. Ew. Liebden wird die Gewogenheit haben, mir mit der gleichen Geduld zu folgen wie ich vorhin Ihr. Die Leiden meines Volkes, sagen Sie .. welchen Volkes? Des gegenwärtig lebenden. N'est-ce pas? Sub specie aeternitatis habe ich genau so das zukünftige im Auge und sehe es genau so scharf vor mir. Um das Elend eines Momentes zu enden, verrate ich ungezählte Generationen. Einigen Schreihälsen zu Liebe öffne ich dem socialen Neid Tür und Tor, breche überliefertes Recht, depossediere die großen Herren, damit der kleine Mann auch etwas hat, tausche den Grundsatz des Gottesgnadentums gegen den Grundsatz, daß jeder etwas besitzen soll – was, in Jahrhunderten gerechnet, unvermeidlich dahin führt, daß keiner mehr haben darf als der Andere, zum Nivellement jedweden Besitzes, zur Niederknüppelung alles Privaten, Auflösung der Vermögen, etcetera. Je regrette, je renonce. Der Neid ist übrigens kurzsichtig. Diese Crème, die man, weil Crème, partout schädigen möchte, indem man die Taille auf sie ausdehnt, zahlt heute an Almosen und Stiftungen – gemäß adliger Convention – unendlich viel mehr, als sie morgen, besteuert, würde zahlen *müssen*. Und das Selbe gilt von der Leibeigenschaft. Die Mißbräuche sehe ich, man kann sie abstellen, ich sperre mich nicht gegen vernünftige Reformen. Ihr aber wollt das Kind mit dem Bade ausschütten, und statt der individuellen Freilassung, die immer wieder geübt wird, laßt Ihr Alles frei, auch wenn es gern sorgenlos unfrei bliebe: Alles en bloc, Alles en gros, um des nebulosen Volkswohles willen.

Welch furchtbare Phrase! unter deren Fuchtel der entsetzlichste Gesinnungs-Terror herankriecht, Lumperei, Denunziation, ein Spitzel-System, gegen das Herr Spyridion Waisenknabe war. Mit einem Wort: die Revolution ist noch gar nicht da, sie kommt erst; was wir jetzt haben, ist Revolte, weiter nichts, der Praecedenz-Fall für die Monarchieen der Erde.«

– »Herr Gott!« rief der Minister, »wie oft soll ich Ihnen noch sagen, ich will ja die Monarchie erhalten!«

»Dann denken wiederum Sie theoretisch. Sprechen wir also practisch. Der König wird in der Hauptstadt belagert; das heißt: er lebt und bemüht sich, die Revolte niederzuschlagen. In diesem Augenblick macht seine Tochter eine Gegen-Regierung auf, und da ich, auch wieder vermöge kurzsichtiger Trugschlüsse, mehr Popularität habe, laufen ihm die Regimenter davon, der Erfolg ist perdu. Gratuliere. Meinen Sie denn, ich merkte nicht, wo der Hase im Pfeffer liegt? Ihnen geht die Luft aus, Sie japsen nach Deckung für Ihr Papier-Geld, die Deckung ruht in der Staatsmünze! und weil Myrrha niemals erobert wird, ohne daß der König vorher sein Embarquement vollzieht, *mit* der Deckung, so speculieren Sie auf seinen schwachen Punct, der bin ich: daß *ich* ihn bitte, er möge mir den Thron räumen, andernfalls ich des Todes sei. Fehl-Speculation! Soll ich Ihnen erzählen, was ich tun würde? Ihn beschwören, unter gar keinen Umständen abzudanken, solange die Straße darin ihren Sieg feiert; und wenn der König siegt: ihn beschwören, alle noch so notwendigen Concessionen hinauszuschieben, immer wieder hinauszuschieben, bis niemand mehr auf den Gedanken kommt, es geschehe als Verbeugung vor der Volks-Gunst. Aber angenommen selbst das Schlimmste, angenommen, mein Vater stürbe, und ich wäre Königin, und wir dürften von der Kindes-Liebe absehen: was ändert das? Es ist keine Rede von einem Kampf zwischen Despotismus und Freiheit, sondern zwischen fürstlicher und Volks-Souveränität. Souveränität – wie wollen Sie die teilen? Zumal unter so gegensätzlichen Partnern, die völlig verschiedene Ausgangs- und Ziel-Puncte haben? Das Volk an der Macht *muß* egoistisch denken, opportunistisch: Ihre Majestät die Gegenwart, Seine Majestät der Vorteil, et pereat mundus! während der Fürst, als erbliche, legitime, bleibende Instanz, neutral aus den großen Zusammenhängen handelt und nur so viel Gegenwart hat (diese Formulierung habe ich gelesen und auswendig gelernt; weil sie schön ist), nur so viel Gegenwart wie ein Wölbstein über Vergangenheit und

Zukunft. Und diese Extreme wollen Sie vor den gleichen Pflug spannen! und dieses Gespann soll ackern! O armes Land .. Vorübergehend – vielleicht. In Jahrhunderten gedacht: nein. Glauben Sie mir, kein Staat kann als Monarchie auf republicanischer Basis leben, oder als Republik mit monarchischer Verbrämung, lies: constitutionell. Das ist Pfuschwerk, das verträgt sich nicht, das frißt sich auf; und zwar frißt die Republik den Monarchen. Je regrette, je renonce.«

– »Und wenn nun«, äußerte Kastamomi, »der Monarch .. man wird doch unschwer einen Modus finden, den Parlamenten die Luft ab- «

»Meine Bewunderung!« sagte die Prinzessin sarcastisch. »Das stünde allerdings zu erwarten, für den grotesquen Fall, ich heftete mein und meiner Krone Schicksal an eine Wetterfahne. Bei erster Gelegenheit würde ich die Constitution überfahren – um dero vortreffliche Metapher zu effectuieren. Aber zu dero Unglück hat die Prinzessin Danae Grundsätze, zum Beispiel, daß sie keine Verträge bricht; und die populäre Auffassung vom Königswort als einer parole d'honneur ist ein moralischer Vertrag bester Güte. Außerdem huldige ich der Anschauung, daß die Monarchie, einmal unterworfen, genau so wenig wiederkehrt wie ein einmal gestorbener Mensch; ich meine: als juristische Person, als Dynastie – unbeschadet, daß die monarchische Idee Idee an sich und in dieser Eigenschaft unsterblich ist. Mag sie, das tröstet nicht. Sie wird also, coûte que coûte, zusehen, selbst unter unmöglichsten Auspicien, möglichst am Leben zu bleiben. Auch ich. Trotz aller Grundsätze. Auch mit mir würde sich das Amt selbständig machen, genau wie seinerzeit mit dem berühmten Colonna-Reform-Papst, der, trotz gegenteiligen Auftrages, die päpstliche Monarchie wiederherstellte. Martin V., vielleicht erinnern Sie sich. Seine Heiligkeit hatte es freilich einfacher, weil nicht die Souveränität, sondern nur die Autorität am Boden lag, seine Wähler zudem keine Helden von der Barricade, sondern Clerus und Saecular-Fürsten waren. Und weil wir gerade von den Colonna reden – wir sind übrigens da –, darf ich wohl die Frage anschneiden, was die *Kirche* von Ihnen und Ihrer Revolte hält. Was spricht die Eminenz?«

Der Minister wich beunruhigt aus, bleiweiß glitten die Tor-Häuser vorüber, er gönnte ihnen eine erlogene Aufmerksamkeit.

»Schauen Sie mich gefälligst an, ich habe Sie etwas gefragt! Wo ist der Cardinal? Sie haben ihn umgebracht!?«

Man mußte schreien, um den Lärm von Wagen und Escorte zu übertönen, das Hof-Pflaster donnerte unter den Rädern, während im Fond die Blicke der Repraesentanten von legitimer und illegitimer Gewalt, zwei Hand breit entfernt, wie festgeschraubt ineinander saßen. Kastamomi schwieg. Ein feuchter Schimmer Zorn glitzerte auf den Augen der Prinzessin, sie biß die Lippe und lehnte sich steif gegen das Polster; der Handrücken schien mit der Locke, die sie langsam aus Stirn und Schläfe strich, Alles hinwegzuwischen, was irgend noch von Gemeinsamkeit sprach.

– »Es war«, schrie der Staatssecretär, »es war ein Versuch der Vermittlung, sein Tod entsprach *nicht* dem Plan, wir werden unser Beileid erklären – ein fluchwürdiger Totschlag! Hören Sie doch: die Kirche wollte ausgleichen! retten! bremsen! halten! das verpflichtet auch Sie!«

Die Prinzessin atmete tief. »Nein«, sagte sie – kalt, hochmütig und abweisend – und wünschte durchaus keine Erörterung. Man rollte vor die Rampe von Schloß Monrepos, die Windlichter eilten.

VI. Capitel

»Aber so stehen Sie doch *auf*, Kastamomi!« hörte man drinnen, im Salon weiland Seiner Durchlaucht, die Prinzessin rufen, sie rief es flehentlich dégoûtiert, und die Lakaien vernahmen es, denn innig, gleich der Weinberg-Schnecke, die mit Saugnäpfen dem Untergrund anhaftet, lag eine stattliche Collection Ohren gegen die Fugen der Türflügel gepreßt, die trotz Umsturz noch immer die Welt der Großen – das Theater der Macht – von Antichambre und Steh-Balcon schied. Den Ehrenplatz, eine Loge geradezu, behauptete rechtens der aufwartende Kammerdiener – stets gewärtig, man werde ihm klingeln, durfte er das leider verlangen. Sein Auge, mit scheinbar müheloser, in harter Übung erworbener Kunstfertigkeit, die nicht wenig bewundernden Neid weckte, quoll aus der Höhle, wo es gemeinhin ruhte, gewissermaßen davon, es stülpte sich durch das Schlüssel-Loch, um jenseits von Beschlag und Holz im Raume zu schweifen. Jetzt freilich schweifte es nicht, sondern weilte, weilte ergötzt auf der Gestalt des Provisoriums, welches, als Chef eines großmäuligen Comités, ungeachtet dethronierender Pamphlete, knieend übers Parquett der Prinzessin nachrutschte. »Stehen Sie doch auf!« rief sie, »und wahren Sie Contenance, Sie sind ja ganz embrouilliert. Ich *kann* Ihnen nicht helfen!«

Der Minister blieb, wo er war, er erniedrigte sich mit Wollust, im Staube, zertreten, ein erledigter Mann. »Retten Sie Ihr Land!« schrie er, »retten Sie Ihr Leben, Ihre Krone, Ihr Volk, die Menschen werden Ihnen Dank wissen!«

»Dank vom Volke ..« bemerkte Danae. »Verschonen Sie mich mit Ressentiments. Sie wollen, daß ich *Sie* rette! indem ich Ihr Jeu mache! und daß *ich* es bezahle, wenn Sie verlieren. Nein, mein Herr. Diese Revolte wird ausgefochten, bis Einer von uns am Boden liegt. Und wenn *ich* am Boden liege, so habe *ich* wenigstens mir nichts vorzuwerfen. Aber wenn ich versage, aus Angst vorm Sterben die Constitution annehme – ich bitte Sie, mit Compromissen heilt man kein Geschwür.«

– »Königliche Hoheit: noch ist ja nichts zu spät, nehmen Sie an, und in Gottes Namen, überfahren Sie hinterdrein die Constitution, ich appelliere an Ihr Herz, an Ihre Jugend, Ihr Mitleid, empfinden Sie doch, wie viele Waisenkinder, Witwen –«

»Heulen Sie nicht. Stehen Sie auf und seien Sie ein Mann. Ich habe kein Herz mehr. Ich habe gesehen, wie Menschen zur Bestie werden um einer mißverstandenen Freiheit willen, und meine Jugend habe ich auch nicht mehr, seit ich erleben mußte, wozu eine Jugend gut ist, wenn die Gewalttat über sie kommt. Die armen, armen jungen Mädchen von Gelmion .. mein lieber Herr Kastamomi, *solche* Greuel – und dann noch Mitleid? Nicht einen Funken. Ich bin in diesen paar Stunden alt und hart geworden, jede dieser Toten bedeutete mir etwas, hundert Schwestern, hundert Brüder hat man mir hingeschlachtet, aus meinem Dasein fortgerissen – Ihnen bedeuten sie nichts! Sie *reden* vom Volk, Sie haben das Volk nie gesehen! werden auch nie begreifen, was es heißt Fürst sein! *und* was es heißt, ein Lieblings-Kind schlagen sollen, weil man es anders nicht zu einem guten Menschen macht. Wir Fürsten jedenfalls würden tausendmal lieber in Milde herrschen als in Strenge, aber wir sind Eltern und werden von Gott zur Rechenschaft gezogen für das, was wir unserem Volk erlauben oder verbieten. Hin und wieder müssen wir es mit der Peitsche tractieren, das tut uns weher als ihm, und jetzt wird gepeitscht. Sie haben es gewollt, nicht wir.«

– »Wenn Sie mir doch vertrauen möchten, Prinzessin: nicht ich, wirklich, ich bin es nicht, der die Schuld –«

»Ach, schweigen Sie mir von Ihrer Unschuld, ich glaube Ihnen kein Wort. Sie sind ein kleiner Mann, ein Beamter, der seine Dienste für unentbehrlich hielt und es nicht erträgt, die Legende zerstört zu

sehen, der Sie täglich Weihrauch streuten. Ihr habt eben Alle keine Phantasie; keine Denkkraft. Sie schmeichelten sich, daß Ihre diplomatischen Kunstgriffe hinreichen würden, nicht wahr? Zu spät; die üblen Folgen sind da; jetzt liegen Sie vor einer Sechzehnjährigen auf den Knieen und winseln um Ihr bißchen Leben. Dabei fragt sich, wer eher den Nacken entblößt. Decapitatus pro criminibus, wie der Doge Falieri . .«
Der Staatssecretär, mit nassen Augen, sah durch sein Pincenez fast gläubig zu ihr auf. »Wer werden nicht sterben müssen«, bat er leise, »sagen Sie, daß wir nicht sterben müssen . .«
»Wir«, erwiderte Danae und zog die Braue sehr hoch in die Stirn, während ihr Blick verächtlich seinen Rücken streifte. »Wollen Sie doch bitte Distance halten. Sie werden sterben, weil Sie feige sind, das ist nur gerecht, ich, weil hochmütig, das ist auch gerecht. Und nun lassen Sie mich allein, wir haben uns nichts mehr mitzuteilen. Adieu.«
– »Gibt es . . keine Rettung mehr . .?«
»Keine. Adieu.«
– »Keine Rettung mehr . .« wiederholte Kastamomi, ganz tonlos, und preßte im Knieen die Hände um seinen Kopf. Er beugte ihn hinunter auf die zärtlichen Ornamente des Parquetts, fuhr zurück, fahles Entsetzen ging mit ihm durch. »Keine Rettung . .« flüsterte er, während er geweiteten Auges die Blut-Krusten anstarrte, sie jetzt erst wahrzunehmen schien, die auf Haut und Kleidung der Prinzessin schauerlich zu ihm sprachen, »keine –«, und öffnete den Mund, um ein riesiges Quantum Luft pfeifend in die Lungen zu holen. Dann schoß er ruckartig hoch, die Finger noch immer um die Schläfen gekrallt, lautlos zwar, aber so, als plane er einen extravagant markerschütternden Schrei.
Nun, das war Angabe. Er blieb ganz still, die Kerzen reflectierten aus seinem glasig werdenden Blick, der im Irgendwo sich verfing und nicht mehr loskam . . Danae beobachtete ihn geringschätzig, nicht jeden Tag wohnte man der Geburt des Wahnsinns bei. Schließlich, als sie einsehen mußte, daß dieser Zustand seine halbe Stunde gut noch dauern konnte oder mehr, da Kastamomi gar keine Anstalten traf, etwas Entscheidendes zu unternehmen, ja, daß er vielleicht jetzt überhaupt auf Dauer sich einrichtete, trat sie mit einigen gelangweilten und beherrschten Schritten an den Klingelzug, um dem Kammerdiener – der ohne Zweifel gehorcht hatte, er war abenteuerlich schnell praesent – eben so gelangweilt und beherrscht

zu befehlen: »Man bringe den Herrn Minister auf seine Zimmer.« – »Spaßig«, sagte der Herr Minister und schüttelte den Kopf, wobei ihm das Pincenez von der Nase fiel, »wie spaßig«, bemerkte er leise, erfreut, erheitert, und bückte sich nach dem Utensil, »keine Rettung mehr, Excellenz, haben Sie schon gehört? Ihr Ultimatum war ein Wind-Ei.« Er machte plötzlich den Eindruck eines completten Taper-Greises; unentwegt pendelnd mit wilder Frisur und feuchten Mundwinkeln, schien er am Ende seines Lateins, erfand dann aber doch etwas Neues. Denn im Abgehen, der Lakai hatte ihn sanft am Ärmel gefaßt, fuhr er noch einmal herum, hieb noch einmal den Zwicker über das Nasenbein, senkte den Schädel, als wolle er die Prinzessin aufspießen, »Sehen wir uns wieder?« fragte er drohend, wobei er mühsam nach oben schielte, horchte dem eigenen Klang hinterdrein, lächelte . .

»Ich könnte nicht sagen, daß ich besonderes Verlangen trüge«, erwiderte sie in sehr liebenswürdigem Ton.

Da zog er den Kopf zwischen die Schultern und fixierte, unter gerunzelter Braue, mißtrauisch den Camin. »Seiner Majestät Staatssecretär«, murmelte er düster, »bittet, sich beurlauben zu dürfen.«

Danae nickte. »Schon gewährt.«

Was aber war mit Herrn Kastamomi? Es tat ihr doch leid, wie er so rettungslos ertrank. Er griff mit der Linken nach dem Rand des Klemmers (den er zögernd à la droite abgenommen), griff mehrmals daneben, traf ihn endlich, und während sein Auge einen rührenden Hunde-Blick zur Post gab, bog er die Hände, langsam, verlegen, wie ein Kind, übers Gelenk auseinander, trotzdem wollte der Bügel nicht brechen, man mußte von vorn anfangen.

»Herr Kastamomi! das kostbare Pincenez! kommen Sie doch zu sich . .«

Es erfolgte eine Zorn-Eruption. »Ach!!« schrie er wütend, und befriedigt hielt er je eine Hälfte in je einer Faust.

Die Arme sanken, sie schlenkerten noch, zwei Monocles fielen zu Boden. Der Minister betrachtete sie voller Tiefsinn. »Plumps . .« sagte er; componierte ein letztes Kopfschütteln; veranlaßte den linken Leuchter vom Camin-Sims, ihn zu begleiten; und ging.

Die Prinzessin befahl ein Glas Wasser.

Sie stand am Fenster, als man es brachte, Glas und Caraffe klirrten feinfühlig gegeneinander, der gleiche Lakai – Thaddäus hieß er – trug, was man wünschte, auf silbernem Tablett herein; wie lange noch? Es war fast dunkel, das restliche Kerzenpaar ohnmächtig, den

Salon zu erhellen, und doch so dunkel nicht, daß man die Prinzessin nicht hätte sehen können, wie sie am Fenster stand und in die Weite blickte, denn jenseits der schwarzen Bäume, jenseits des Parkes, glomm ein Feuer, dessen Herd hinter den wehenden, flüsternden Coulissen lag, glomm fern und riesig durch den Nachthimmel, und dann und wann drang ein dumpfer Abschuß von der Hauptstadt herüber, unbestimmtes Grollen. »Stells dort hin«, sagte sie ganz leise. Der Lakai verabschiedete das Tablett und trat einen Schritt näher. »Königliche Hoheit . .«

»Ja . .?«

– »Die Domestiquen«, begann er in dem gedämpften und zögernden Tonfall, der diesen Menschen durch ihren Beruf anerzogen wird, »fragen durch mich, was sie tun sollen. Ein Gerücht gibt vor, es wäre . . Revolution.«

Und er verstummte.

»Ihr möchtet beizeiten erfahren, zu wem man sich halten muß . . Hängt das nicht davon ab, wer siegen wird? Da schweigt Er. Ich weiß es auch nicht. Vielleicht wird das Recht siegen – möglich.«

– »Wenn man wüßte, Königliche Hoheit, was das Recht ist . .«

»Das, was als das Recht gesetzt ist. Wenn Ihr Euch rechtlos glaubt: schlagt Euch auf die andere Seite.«

– »Königliche Hoheit sprechen ernsthaft?«

»Vollkommen. Es soll mich keine Treulosigkeit wundern. Aber ich mache Euch aufmerksam: die andere Seite steht außerhalb von Gesetz und Recht.«

– »Hm«, erklärte Thaddäus, »dumm, sehr dumm«, und wiegte den bezopften Kopf. »Jetzt haben wir zwei Eide geschworen: einen auf Seine Durchlaucht, Seine Durchlaucht sind tot, und einen auf die Republik. Nur – wird die Republik, ich meine, wird sie gerade: Lakaien brauchen?«

»Kaum. Sie will ja Allen die Freiheit geben. Zum Beispiel den Leibeigenen, damit sie brotlos werden; es sorgt ja dann niemand mehr für sie. Vielleicht hat die Republik darüber nicht nachgedacht.«

Der Diener kratzte sich besorgt hinterm Ohr. »Man könnte«, sagte er pfiffig, »den auf die Republik, vielleicht, immerhin, vergessen? dieweil der Herr Kastamomi, der den Eid abnahm . . er scheint ja nun etwas – halten zu Gnaden – plem-plem?«

»Was für Ausdrücke«, entgegnete die Prinzessin. »Ist da jemand in der Antichambre? Sieh nach.«

– »Ich hörte auch – unheimlich. Da schleicht jemand. Königli-: die: Klinke?« Der schwach glitzernde Messing-Griff wurde vorsichtig auf und nieder bewegt. »Jesus Marie, wer kann denn so spät –?«
Es war noch einmal der Staatssecretär, in Pantoffeln. »Pardon«, knarrte er und ging übers Parquett, hierhin, dorthin, eine Art von zielstrebiger Planlosigkeit, hochgradig verschrullt. »Ich hatte doch – wo habe ich nur?« Dann fiel es ihm ein. »Ja!« rief er erfreut, indem auch er, mit ganz kleinen Schritten, ans Fenster trat, »richtig, ich wollte sagen: ich bin fast blind, da sieht man Vieles, was man vorher nicht sah, als man noch .. heimisch war, o Gott – ich weiß nicht, ich .. *weiß* es nicht!« und die Hand wehte mit lockeren Fingern mehrere Male vor seiner Stirn hin, zur Annonce, wie kreiselnd dort drinnen dem Hirn war. »Ich weiß es nicht. Nein, törichtes Zeug. Ich wollte etwas völlig Anderes: manche Leute; nun ja, es gibt eben .. die merkwürdigsten Philosophieen. Besser fünf Minuten feige (sagen die Leute) als das ganze Leben tot, Recht haben die Leute, die Leute haben Recht, *recht* Recht. Re-? was ist Recht? da ist doch jemand?«
»Ein Lakai, mein Herr Staatssecretär.«
– »Minister, mein Fräulein, Minister. Es sind Unterschiede. Mein Gott, was *machen* denn die Spiegel? Lakai, bring Er mir mein Pincenez, es liegt da auf dem Parquett, es gehört da .. nicht hin. Hiaah. Ich fahre. Haha. Hi. Wissen Sie, was? was ich fahre? Carrousel. Tolle Sache; das habe ich mir schon als Junge .. immer gewünscht – danke, mein Freund, danke, sehr liebenswürdig ..«
Er betrachtete die zwei Gläser, die der Kammerdiener ihm bot, wählte lange und entschied sich dann für dasjenige mit dem Ösengriff. Er klemmte es vor sein Auge, sah die Prinzessin starr an, sah den Feuerschein am Himmel, hüstelte, fror. »Revolution .. « sagte er versonnen. »Grandioses Schauspiel, tragischer Schluß. Eine Welt geht zu Grunde an diesem Tage, ich sehe es genau voraus. Sie werden siegen, schöne Dame – mein Gott, wie schön Sie sind, ich mußte ein .. alter Mann werden, um einmal nach Herzenslust Carrousel zu fahren, erlauben Sie.« Er faßte ihr leicht mit zwei Fingern unter das Kinn. »Süße Haut, süße Augen. Tief. Klar. Aber warum melancholisch? Mitleid: très bien, ich genieße das. Der Hochmut stand Ihnen gut, die Verachtung hatte so etwas .. Sprühendes. Funken. Ein Funken-Regen. Ich brenne. Entschuldigen Sie. Ja: ich habe zu früh auf Rouge gesetzt – sehr scharfsinnig bemerkt, Prin-

zessin – nur einen Tag lang auf Rouge, aber zu früh, das hat mich ruiniert, verschlungen hat es mich, Royal war die Farbe. Der Fürst hätte nicht sterben dürfen, ich hätte es nie gewagt. Dabei haßte ich ihn. Helfen Sie mir doch, mich zu erinnern. Ich wollte Ihnen etwas eminent Wichtiges mitteilen. Oh .. jetzt kommt es mir. Nebel .. Sie werden siegen, kein Zweifel, Sie haben in Ihrem Wesen etwas, das siegen muß, etwas so, wie sage ich es, grausam Starkes, daß Sie selbst mich .. Kurz: ich bin ein toter Mann, die Revolution hat das zuwege gebracht, sie wird sich wie eine Seuche verbreiten, Europa, die Continente, das Weltall, ganz langsam, fünfzig Jahre, hundert Jahre, vielleicht noch mehr, was sind hundert Jahre, und für den Einzelnen ist das Sterben nur ein Moment. Aber ich bitte dich, schönes Kind, denn ich habe kein Kind, kann sonst niemanden bitten, und darum erlaube ich mir, dein Kinn anzurühren, die alten Griechen taten es, wenn sie um Rettung flehten: ich bitte, sage nicht, Kastamomi sei feige gewesen. Nein, feige war er nicht, das nicht. Pardon ..? Fünfter Act? schon?? – Nebel. Pardon, verzeihen Sie, es ist sehr spät. Weine ich? Mir scheint. Kein Wunder, wir schreiben fünften Act. Wünsche allseits angenehmen Tod. Gute Nacht.«
Er entschritt.
Die Prinzessin wandte sich wieder zum Park. Was gab es für Einsamkeiten – maßlose Dinge. Der Feuerschein zuckte über ihre Gestalt, man ahnte nicht, bis wohin sie blickte, versunken in etwas so Fernes, daß die Erde es unmöglich beherbergen konnte. Erst nach Minuten erstattete sie dem längst Gegangenen seinen Gruß.
»Gute Nacht ..« sagte sie traurig.
Der Lakai, der nicht gewußt und darum gewartet hatte, ob er abtreten dürfe, nahm es als Zeichen, daß man allein zu sein wünsche.
– »Gute Nacht, Königliche Hoheit«, entgegnete er gedämpft, ganz Rücksicht, ganz durchdrungen von der Weihe der Stunde, ein intimer Zeuge der Weltgeschichte.

VII. Capitel

Noch lange stand die Prinzessin am Fenster, stand regungslos an den Grenzen ihrer Welt, vor dem düsteren Horizont eines Schicksals, das Schwermut und Trauer wob, und ihre Seele war ruhig.
Dann ging sie schlafen.
Sie streckte sich, wie sie war, auf dem Staatsbett aus, angekleidet und ohne Decke, die Insecten summten, vom Tischchen duftete et-

was Obst, sie verschränkte die Hände unterm Nacken, kreuzte die Füße, über ihr träumte taubengrau der Halbhimmel aus Seide, ab und zu grollte es hinter den Wäldern. Seltsame Situation. Sie hätte Königin sein können, noch bedienten Lakaien, morgen kam der Tod.

Aber sie besaß gar kein Talent, sich selbst zu bemitleiden, sondern schlief ein, still und vernünftig wie ein sehr artiges Kind.

Von der Schloßkirche schlug es Mitternacht, die Atmosphaere war drückend heiß, da streifte ein kühler Luftzug die Schlummernde .. sie erwachte – wenn man erwachen nennt, daß man die Augen auftut im Dunkeln, und glaubt, an des Geliebten Schulter zu ruhen; kein Geliebter ist da, kein Baldachin von Blau und Silber; unerfindlich, wie man in dieses Zimmer geriet, dessen Spiegel geheimnisvoll aus dem Dämmer blinken; ein Käuzchen klagt, »Komm mit«, ruft es, »komm mit«; die Fledermaus auf weichen Flügeln umgleitet den Lüster, im Holz tickt der Totenwurm ..

Ein leichtes Frösteln unterlief die Haut der Prinzessin. Sie hielt den Atem an, horchte, ihre Augen versuchten, den Plafond zu erkennen. Der Plafond täuschte mit unendlicher Kunst ein Stück Himmelsblau vor, eine wehende Flußlandschaft, wo im Schatten der Silberpappeln Venus dem Mars erlag. Welch tiefgründige Weisheit – und doch lächelte sie anderer Sensationen halber. Neben ihrem Bett .. stand eine Tür offen, die vorher nicht gewesen. Durch diese Tür strich die kühle Luft. Neben ihrem Bett standen hinter Glas, die vorher nicht da gestanden hatten, vergoldete Lederbände .. Jemand hatte die Tür, die als Bücherschrank feinsinnig gebildet war –

Die Prinzessin richtete sich auf. Kam man schon, sie zu holen? nächtlicher Weile sie zu erwürgen? damit es kein Lärmen gab? Vielleicht, daß ein Lakai, gehorsam, ängstlich und ungetreu, aus dem Tapeten-Gang schlich, um per Dolchstoß den Judas-Lohn der Republik zu verdienen? Aber sie hörte keinen Schritt, nichts regte sich, sie war ganz allein.

Und wenn sie es nicht hörte, so fühlte sie es: fühlte, wie jemand, langsam, durch das Cabinett ging .. am Camin vorbei .. und wie er stehen blieb, vor der Fenster-Nische –

Totenstille.

Nach einer Weile schrie das Käuzchen, vorm Fenster schimmerte ein schwach durchsichtiger Nebel, und wenn das Käuzchen schreit, der Aberglaube will es, dann ruft es Einen, der sterben muß, in das dunkle Reich, von wo es keine Wiederkehr gibt. Der Nebel vorm

Fenster blickte in dieses Reich, Nachtfalter und Fledermäuse umschwirrten ihn trunken, draußen überrieselte ein Schauer die schwarzen Baum-Wipfel.

Die Prinzessin zog das Knie ein wenig an und atmete tief.

– »Tiens tiens«, bemerkte der Nebel. »Man ist erwacht. Welch illustrer Gast in meinem Appartement.«

»Sind Sie es, Graf Carlo?« fragte Danae rauh und hatte Mühe, ihren Schreck zu cachieren – *die* Stimme gab es kein zweites Mal.

– »Ja ..« entgegnete der Nebel, »es ist, sozusagen, mein Geist, das Beste an mir«, und wandte sich auch weiter nicht um.

»Warum sind Sie nicht im Grabe?«

– »Höchst einfach: weil die Gemütlichkeit hin ist. Wissen Sie, man hat mich dislociert, tollkühne Burschen erlaubten sich den Scherz, mein Tombeau zu erbrechen, ihr Sinn stand nach Preziosen. Nun, mögen sie, mögen sie, ich brauche das nicht mehr, und den guten Leuten kommt es zu Paß, vielleicht nutzt es noch für ein bißchen Jubel und Gelage, bevor man sterben muß. Aber .. was ich sagen wollte, teuerste Prinzeß, wie gesagt, es muß jetzt gestorben werden, ziemlich ausgedehnt sogar. Sie werden vielleicht auch unter denen sein, die es trifft, wie?«

»Ich bin darauf gefaßt.«

– »Gefaßt? Das macht Ihrem Character Ehre, einem .. vergleichsweise königlichen Character, zu welchem ich Sie beglückwünsche. Sie haben .. Angst?«

»Nein.«

– »Nicht? *Keine* Angst? Wie wollen Sie mir das beweisen?«

»Beweise ich es nicht, indem ich hier Conversation pflege, anstatt zu schreien oder in Ohnmacht zu fallen? Wollen Sie *noch* mehr? Ich bin doch nur ein *Mensch*.«

Da ging der Nebel vom Fenster her langsam durch den ganzen Raum auf sie zu, Schritt für Schritt, sodaß man ihn gut studieren, gut erkennen konnte, daß er Luft-Arme hatte, und Schultern aus Luft, und einen Luft-Stock offenbar auch – wie ihn gichtische Cavaliere lieben .. Er setzte sich auf den Bettrand; führte die Linke über das Pantherfell; stützte sie neben ihrer Hüfte leicht in das Polster; beugte ein gestrudeltes Morgengrau vor, seine Allonge, näher, immer näher, noch näher: bis die Prinzessin – die ihn mit gewohntem Erstaunen betrachtete – freundlich, aber bestimmt, um Distance bat.

– »Bon«, sagte der Graf. »Sie haben sich sehr embelliert, meine

Allerschönste, seit ich zum letzten Mal das Vergnügen hatte. Rouge – oder ist es gar Blut? Nun, wie dem auch sei: sonst scheint mir Alles beim Alten. Herb und kühl und gewissermaßen wenig bekleidet. Mariana. Na ja. Ich sehe, Sie können sich mit dem Tod messen, und das .. gibt mir eine rechte Befriedigung, denn es wird jetzt in großem Stil gestorben, Sie dürfen nicht wohl hinter Borromeo zurückbleiben, par exemple, den man mit noblen Degen an seinen Fauteuil spießte, Sie müssen natürlich .. wie soll ich das ausdrücken .. Sie müssen, gemäß Ihrer besonderen position, einen ab-so-lut hervor-*ragenden* Abgang nehmen, davon erhoffe ich mir Entscheidendes für die Stärkung des monarchischen Gedankens. Wie?«
»Schwacher Trost«, flüsterte Danae, »so ein monarchischer Gedanke.« Sie hatte einen Frosch in der Kehle, das ärgerte sie.
Der Minister richtete sich wieder empor und legte den Nebelarm, vielleicht weil ein infamer Schmerz, aus lauter Anhänglichkeit, ihn immer noch peinigte, markant bresthaft in die Gegend der Nieren. »Ja ..« fuhr er fort, »gemalter Braten sozusagen. Aber nun erklären Sie mir nur, denn das verfolgt mich *doch,* wie es hat kommen können, daß dieser Midas –«
»Davon möchte ich nicht sprechen.«
– »O, nun bitte ich Sie um Alles in der Welt, wir sind ja hier quasi entre nous, wo werden wir uns da spreizen, ich bin ein alter Mann, verhältnismäßig tot obendrein, und vorhin träumten Sie gar von Ihrem hohen Débaucheur ..«
»Graf Carlo!«
– »Gott ja! ich schwatze ein wenig frei und von der Leber weg, habe mit Protocoll und Ceremoniel nichts mehr zu schaffen. Übrigens bin ich Fürst, wenn auch posthum, dank einer Laune des Herrn Papa .. das heißt, es steht mir von Ihnen, Prinzeß, die Anrede Mon Cousin zu. Man insistiert nicht darauf, man bemerkt es der Ordnung halber, und ja, natürlich, Sie träumten wirklich, es war ein zartes, fast möchte ich sagen: zärtliches Geflüster, und ich glaubte Sie glücklich, wie? Also heraus mit der Sprache, denn ich gehe damit um, Ihnen, falls das noch möglich ist, etwas .. zu helfen. Was bildet er sich ein, dieser Hanswurst, Sie sind doch kein Bauern-Mädchen, das man bei Nicht-Gefallen nach Haus schickt?«
Danae verschränkte die Hände unter dem Nacken. »Hanswurst«, wiederholte sie. »Was für Ausdrücke, mon Cousin. Aber er hatte ja Recht.«
Gedankenvoll blickte sie gegen den Plafond, wo Venus dem Mars

das Phaenomen des Verlockens und Gewährens vorspielte. »Mir scheint«, sagte sie leichthin, »daß wir Frauen noch siegen, während der Sieger Victoria schreit . .«

– »A, was sind Sie zweideutig. – Um indessen unser Thema . . ich meine, wer stellt denn eine Braut einfach den Eltern wieder zu? Remittenden gibt es beim Buchhandel –«

Die Prinzessin unterbrach. »Er hatte völlig Recht«, betonte sie neuerdings, und man schwieg. Doch plötzlich brodelte es in tiefem Unwillen aus ihr heraus: »Wie lange habe ich auf ihn gewartet, und ein Augenblick macht Alles zunichte, begreife das, wer kann, was der Liebe Gott sich dabei gedacht hat.«

– »Malheureusement, ma chère, wird das selbst der Dame Nachwelt unbegreiflich bleiben, wenn Sie derart beharrlich um den Augenblick herumreden.«

»Ich hatte etwas versprochen«, bekannte die Prinzessin, »das mußte ich halten.«

– »Tiens . . Sie wollten ehrlich sein, à n'importe quel prix aufrecht und ehrlich!«

»Ja.«

– »Und erzählten ihm flugs, wer seine Vorgänger –?«

»Ja.«

– »Gott, wie romantisch. Da sehen Sie, daß es manchmal grundfalsch ist, seine Seele gewissermaßen frisch gebadet über dem Ärmel zu tragen. In der Politik tun Sie derlei doch auch nicht.«

»Sie predigen, Graf.« Der Graf aber hob seine Nebelhand, schräg horchte die Haarkunst. »Attention«, sagte er.

Danae lauschte ebenfalls, lauschte angestrengt, etwas gezwungen, während sie steif und vorsichtig den Kopf vom Kissen nahm. Unbestimmt von wo, drang langgezogenes, dünnes Wimmern her, ein animalisches Klagen, das klang, als seufze der Wind im Camin, und aus dem Park krächzte der scharfe Käuzchen-Schrei. »Komm mit, komm mit.« Unten hörte man die Soldaten würfeln, die Stimme eines Betrunkenen fluchte. Dann war es still – lastende Mittsommernacht. »Mysterios«, bemerkte der Minister, seine Hand sank herab, »es scheint Gespenster hier zu geben . .«

»Pst –«

Wieder dies Weinen, ein tiefer, unendlicher Klagelaut, so untergründig, verloren und hilflos, so durchdringend gleichwohl und peinigend, daß die Luft leise vibrierte und die Gläser auf dem Guéridon ganz fein aneinander klirrten . . Doch plötzlich lachte die Prinzessin, die Spannung wich. »Hm!« lachte sie, »Katzen«, und fiel erleichtert zurück.

– »Ahah ..« rief der Minister, voll von Ironie und skeptischer Impertinenz. »Man paart sich also, man setzt sich kühn über die Revolution hinweg, man hält uns zum Besten. Na ja .. lassen wir das, Sie werden diesen anstößigen Geräuschen schon noch auf die Spur kommen. Übrigens, was wollte – j-ach so: dieser Borromeo, nun hat es ihn .. erhascht. Deliciös jetzt auf Myrrha, der Spaß kostet mehr, als er wert war, und, wie gesagt, die Feudalen frißt der Teufel – Alles, weil eine keusche und grüne Seele mich beerben mußte, um in die Geschichte einzugehen.«

»Ziemlich blutiger Spaß«, bestätigte die Prinzessin und legte ihre Hand aufs Auge. »Die Geschichte! Sie lächelt so höhnisch über uns kleine Menschen .. von denen sie so ernst genommen wird. Was für ein Janus-Kopf – je nach der Perspective. Wer entscheidet das, ob ich Recht habe? Die Geschichte .. Vielleicht entscheidet sie für Borromeo: wollte er nicht, von seinem point de vue, etwas sehr Großes und Gutes? den Weg der Versöhnung?«

– »Ohne Zweifel, Prinzeß. Doch das Schicksal liebt keinen Generalstabs-Plan. Nebenbei wollte er die Leibeigenschaft aufheben, denn es geht ihm ab, in Jahrhunderten zu denken. Morbleu, dies Jammern jammert mich ..«

»Sie machen sich lustig, mon Cousin.«

– »Aber iwo! aber wie werde ich! Um Gottes *willen,* ich proponiere, das Bett festzuhalten, schönes Kind, jetzt kommt ein Schrei, der Sie einige Jahre verfolgen wird, ich kenne den Fall, abstrus, sage ich Ihnen, abscheulich ..«

Und in der Tat, es hatte sein Bewenden nicht mit dem höchst einfachen, höchst simplen Wimmern, à la longue hatte es das nicht. Nein, nun zog es andere Saiten auf. Es starb ein wenig ab, wurde dumpf und hohl, brummte gewissermaßen vor sich hin, und die Gläser klirrten noch stärker, dann blieb es für einen Moment ganz fort, aber man konnte bürgen, es sammelte nur seine Kräfte, ja, genau das, es holte Atem, tief, allen Atem, man fühlte geradezu körperlich, wie die Lungen des Tieres, welches da litt, sich vollsogen, vollpumpten, bis an den Rand, bis wahrhaftig nichts mehr hineinging – und die Prinzessin lag stocksteif unter den Augen eines toten Ministers, sie vergaß, daß ein Partner vom Jenseits ihre Conversation wünschte, vergaß, wie interessiert man sie betrachtete, die Lippen begannen zu beben, der Schweiß brach aus –

Und dann: schrie es.
Es schrie so furchtbar, so über alle Maßen gefoltert von Schmerz, ein Schrei derart irr an Gewalt – sie wurde weiß wie die Wand.
– »Eh bien ..« bemerkte Godoitis, »die Katzen paaren sich, das scheint recht amön«, und lachte leise mit geborstener Stimme.
»Nein!« stöhnte Danae, »nein! O Gott! Es soll aufhören! machen Sie, daß es .. Graf Carlo .. man bringt jemanden um!!«
Es schrie und schrie.
– »Ja ..« sagte Fürst Carlo gedankenvoll. »Natürlich bringt man jemanden um, in solchen Zeiten ist das gewissermaßen .. *das* Normale, da gibt es gar nichts. Und, es könnte ja sein, ich meine .. es *muß* nicht gerade sein, vielleicht kommt es auch à la Gelmion, mit Haut-Abziehen und so .. nicht wahr? .. und Sie raffen bereits Ihre Mut-Reserven, doch wer garantiert Ihnen, daß es nicht, beispielsweise, anders – wie? Man darf sich nicht fürchten, das ist es. Ich bin überzeugt, eines Tages reichen Sie irgend einem Tode, den Sie nicht calculiert haben, ganz ahnungslos die Hand, glauben, es sei nur Vergewaltigung, die sogar mit leichter Dosis Lust verbunden sein könnte, oder eine heimliche Enthauptung, der Scharfrichter decorativ in Rot, oder .. ein prasselnder Scheiterhaufen, was weiß ich, es ist aber .. das Gift« – und niemand beschreibt, wie spitz, wie übelmachend diabolisch dies Wort durch die Luft gefunkelt kam –, »und das Gift sagt zu Ihnen: Königliche Hoheit, sagt es, ich bin so frei, schlucken Sie mich getrost, ich tue gar nicht weh .. Ja. Es tut natürlich abscheulich weh, hinterdrein tut es das – je nun, was heißt hinterdrein, hinterdrein wird der Esel Professor. Frank und frei: es ist Gift im Haus, ich hielt mir einen .. Vorrat davon, und Kastamomi wußte das ..«
Die Prinzessin starrte ihn mit weiten Augen an, ihr Weißes leuchtete durch die Dunkelheit, Kastamomi aber schrie: schrie, schrie und schrie, man hörte Laufen und Trappeln, im Saal, in den Treppen-Schächten, im Dach-Stock, das Pantherfell wogte, kein Jagdhund konnte gehetzter atmen.
– »Sie sehen mich befremdet«, erklärte Godoitis. »Sehr befremdet. Wollen Sie etwa die Nerven verlieren?«
»Nerven .. ich kann nicht mehr, ich bin dem nicht mehr gewachsen, es war zu viel, Alles viel zu viel, gütiger Gott, laß ihn sterben, ganz gleich wie! erscheinen Sie ihm, lassen *Sie* ihn sterben, *seien* Sie doch barmherzig!«
– »Wenn Sie Mitleid haben, Prinzeß, mit diesem kleinen Schuft,

so gehen Sie selber und erlösen ihn, diesen wild gewordenen Bürger. Sie denken ja humanitär, soweit ich unterrichtet bin von Ihrem Seelenleben. Ich dagegen, das sollte bekannt sein, bin eingefleischter Aristocrat, Royalist, feudal bis in den Nebelkern, da werden Sie nicht verlangen, daß ich einem Idioten, der incapable, der zu dumm war, die Catastrophe zu überblicken, die er angerichtet hat, daß ich, als Grandseigneur, ihm seine Strafe verkürze. O nein! Denn hier geht nicht nur er, hier geht eine Welt zu Grunde, und was ihn betrifft, er wird bald ausgebüßt haben.«

Der Schrei kletterte eine Terz höher. Man mußte die Zähne zusammenbeißen.

– »Ich darf Sie beruhigen«, fuhr der Minister fort, »es *ist* an dem, er treibt es nicht lange, die Symptome sind bekannt und, wie gesagt, fürchterlich. Wissen Sie .. Arsen. Ja. Ultima ratio tribunorum – aber sowas kommt von sowas. Man ist .. leidlich guter Diplomat, indes ein .. verteufelt schlechter Politiker, miserabel, um es genau zu localisieren, da sinkt man dann einer Affaire in den Schoß, die man geglaubt hat gängeln zu können, während man längst ihr Opfer war, und sie rast davon, mit dem Opfer unterm Arm, haut ihn vor die Stirn, rührt ihm den Verstand durcheinander – Alles au pied de la lettre. Man wirft sich, als Praesident der Republik, ich bitte Sie, wirft sich der Prinzessin zu Füßen, um ihr recht artig anzusinnen, sie möge doch, freundlicher Weise, den Thron der Väter besteigen, aber da sie eine boshafte Potentatin ist, boshaft und altklug und gewissermaßen hemmungslos schafottlüstern, so spricht sie Bedaure sehr und will nicht. Catastrophe. Man ist verzweifelt, erledigt, friedhofreif, hochnotpeinliche Dinge warten im Hintergrund, was tun? wie beliebt: Arsen-Lager? die Apotheke steht einladend disponibel, man greift hinein, nimmt aus dem Vollen, schlüpft in die Pantoffeln und sagt Gute Nacht. Wünsche allseits angenehm zu sterben. Und dann geht man zu Bett. Der Schlummer naht, es scheint ein idealer Tod zu werden, man träumt von Petrus und von dem himmlischen Jubilate, nach einiger Weile wacht man auf, Grabes-Stille, man überlegt, ob der nicht eben umfangreiche Geist etwa schon expediert sei, denkt, das kann wohl nicht stimmen, denn im Gedärm fühlt man sich so merkwürdig, so .. merkwürdig. Nun: lassen wir das, ich höre kommen, man stört.«

Kein Zweifel: durch Antichambre und Salon hörte man Schritte knarren, eilige, aufgeregte Schritte, hinter denen das Unbehagen

saß, Lakaien-Schritte, sie warteten nicht einmal das Herein ab, sondern, kaum geklopft, stürmten sie die Tür, es war Thaddäus. »Königliche Hoheit«, rief er, »der Minister! er stirbt!«
– »Ja ..« entgegnete ein vertrautes Organ, »man hat den Eindruck.«
Da holte der Diener, dem kein Nebel sichtbar wurde, ein tief erschrockenes »O ..!« aus der Brust, wobei er nicht versäumte, das Kinn an den Hals zu ziehen. »Wer war da ..?« Und er horchte mit bleichem Antlitz, ein einziges, unverhältnismäßiges Ohr, das Windlicht flackerte.
»Niemand«, erklärte die Prinzessin. »Was also ist?«
Der Lakai blickte voll Scheu und Mißtrauen. »Er sagt, er verbrennt!«
– »Ja, natürlich verbrennt er«, knurrte der Spiegel, denn im Spiegel, wie aus weiten Fernen kommend, stand geisterhaft die Erscheinung des Fürsten Godoitis selig.
Man sank ins Knie, das Windlicht schwankte. »Jesus Marie ..!« Man rang nach Atem.
– »Tiens tiens«, bemerkte der Tote, »Thaddäus, mein Valet de chambre, immer eifrig bei der Sache. Du kannst uns einen Gefallen tun. Spring hinauf, ich erlaube dir, ihn zu erdrosseln, er wird dir hoch dankbar sein.«
Der Diener, von Furien gepeitscht, entstürzte, nachdem er mehrmals das Kreuz geschlagen.
– »Da geht er hin«, constatierte der Spiegel, während das Nebelbild wieder zu Danaes Bett schwebte. »Wissen Sie, dieser Thaddäus. Es ist kein Verlaß auf die Domestiquen. Nun, was ich sagen wollte .. und dann beginnt man zu verbrennen. Erst ist es der Magen, der sich erhitzt, eine Höllen-Glut, man hat das Gefühl, von innen gebraten zu werden, dann dörren die Bronchien, Luftröhre, Kehle, Gaumen, Zunge, Alles trocken wie in der Wüste Sebulon, man lechzt nach Wasser, man möchte rufen, daß es gebracht würde, Lakaien gibt es genug, aber: man kann nur noch winseln, ein Alb kriecht auf die Brust, ein Mühlstein, ein Gebirge von Druck, derweil steigt auch das Thermometer, die Feuerung *wird*, jetzt wandert ein Ensemble von geglühten Klingen durch sämtliche Intérieurs, planlos zunächst, bis es die tauglichen Stellen fand, in die bohrt es sich rauchend und sengend ein, das dauert knapp eine halbe Stunde, vergleichsweise wenig, gemessen an der Ewigkeit, die ziemlich ausgedehnt sein soll, die übrigen hundertundfünfzig Minuten

hat man ja glücklich verschlummert, und wenn die halbe Stunde geschafft ist, passen Sie auf, Prinzeß, ich wette, dann ist es ganz plötzlich aus. Ein letzter, revolutionär großartiger Schrei, eine dolle Spitzenleistung gewissermaßen, ein incomparabler Schrei, der selber die Toten schlottern macht – bleiben Sie liegen, er wirft Sie um –, ein Schrei, bei dessen Fabrication die Lunge, tout simplement, zerplatzt, und dann etwa kein Röcheln mehr wie nach Collaps und Aal-Pastete, bewahre, keine Scala von melodischen Tönen, um wieder Grund unter die Stimme zu kriegen, nein: dann ist es ein-fach still.«
Man horchte. Er schrie und schrie. Man wartete. Die Wände bebten. Das Trappeln und das Laufen hatte aufgehört und auch das Fluchen der würfelnden Soldaten, kein Käuzchen, kein Geschütz-Donner war mehr vernehmbar, vielleicht lauschte ganz Myrrha jetzt und pausierte ein wenig mit der Revolution, und die Delphine tobten verstört durch ihre Meeres-Tiefen .. Denn, man fühlte es: eine Angst, ungeheure Angst schauerte in der bewegungslosen Nachtschwüle, die über der Insel lagerte.
»Gutt«, sagte die Prinzessin und erhob sich, trotz aller Warnungen. »Ich habe Schlimmeres ertragen, mon Cousin, Dinge, die meine Entscheidung wollten. Hier ist nichts zu entscheiden. Plaudern wir weiter.«
Statt dessen begann sie spazieren zu gehen, wie ein Tiger im Käfig, mit langen und festen Schritten hin und her durch das Schlafgemach, die Hände hinterm Rücken gefaltet, die Kniee voll Blut, der kurze Rock voll Blut, am Hals glühte das dunkle Purpur-Rot ihrer Wunde. Plaudern? Keinen Gedanken konnte sie fassen, kein Muskel, der nicht gespannt war, keine Sehne, die nicht schmerzte, jede Fiber, jeder Nerv zitterte, zuckte, jede Pore *trank* Irrsinn, sie fühlte mit Kastamomis Organen, fühlte, wie das Gebirge ihm auf den Brustkorb *sprang*, ramm! ihm den Atem auspreßte, jetzt! jetzt!! – und plötzlich, während der Schrei sich gellend emporschraubte, blieb sie stehen, mitten auf dem Parquett, wie ein Seemann im Sturm, breitbeinig, um nicht zu fallen, streckte die Arme mit umklammertem Hand-Gelenk hinterm Kreuz durch und sah triumphal zum Plafond, wo Venus dem Mars die Freuden ihres Leibes öffnete ..
Dieser Schrei!!
Dieser Schrei war wie brüllende Glut, Titanen zerrten ihn mitsamt den Eingeweiden aus dem Rachen, das brüllte und brüllte, orgia-

stisch! – und dann, kopfunter, stopften sie ihn in Morast. Herr Gott . . Und augenblicks war es still, erstickt, zu Ende.
Endlich!
Er war tot. Kastamomi und sein Schrei waren tot . . Nur Echo würgte noch, wohin man hörte, hallend über Myrrha stand eine schaurige Erinnerung, als wolle sie ewig bleiben.
Ewig . . Auf ewig, mein Prinz. Ich liebe dich, ich werde mich immer nach dir sehnen . . Adieu . . Und entsetzliches Heimweh zog wie ein Messer schneidend durch Danaes Seele.
»Gott sei ihm gnädig nach seiner Barmherzigkeit«, murmelte sie, ceremoniös, tonlos und schnell, legte den Handrücken auf die Stirn, um eine Woge von Erbrechen zu bestehen, strich eine Locke aus der Schläfe – doch im selben Moment begann sich der Fußboden zu heben, Alles fiel ab, was sie bis zu dieser Minute, keine Secunde länger, in Stand gesetzt hatte, einem von wüstesten Ereignissen übergehenden Tag Paroli zu bieten: sie schwankte, neigte, fing sich, kam genau noch vors Bett, und langhin, man konnte sie nicht halten, sie kippte einfach durch den Nebel hindurch, schlug sie vornüber in die Kissen.
– »Aber aber«, sagte der Nebel, und das war wie ein Magier-Wort, zum Glück, denn das Weltall drehte ihr durchs Gehirn, sodaß sie, verzweifelt, sich herumwarf, nun konnte sie nicht mehr, und auf den Plafond starrte, während ganze Bäche von Tränen, lautlos, über ihre Wangen flossen. Am Plafond, unter Silberpappeln, die Silberpappeln wehten, lächelte Venus mit unendlicher Kunst auf Mars herab, der den hübschen Kopf noch einmal in ihrem Schoß, dem alabasterweißen, vergrub, bevor er den Straußenhelm bringen ließ.
»Welch eine Musik . .« flüsterte die Prinzessin, sie hörte Musik, die Lippen bebten noch eine Weile, ihre Seele aber war schon hinüber gegangen in das Land, wo Elfen traulich aus Wiesen steigen und ein zärtlicher Hauch die Stirnen glättet. »So . . schön schlafen . .« sagte der Hauch und streichelte sie, wolkenhaft. »Ja . .« sagte er geborsten, »was sind Sie doch für ein süßes Geschöpf. Schön die Augen schließen . . Ein bezauberndes kleines Mädchen, mit Glockenstimme und nicht mehr ganz unschuldigem Herzen. Nein, nicht weinen . . nicht weinen, mein Kind – man hat Ihnen etwas viel aufgepackt. Nicht weinen . . Fürst Carlo gestattet sich das Vergnügen, Sie mit kurzweiligen Märchen zu endormieren. Märchen vom Staat und wohin er wohl treiben wird, denn wer den Staat

lenkt, den macht er zum Propheten, da ist keine Kunst. Nicht schluchzen, das ist er gar nicht wert, dein König aus Morgenland ..«

VIII. Capitel

Indem er das sagte, trat aus dem Spiegel und aus der blauen Nacht, von Schmetterlingen umgaukelt, ein junger, schöner Herr. Er trug ein rosafarbenes, mit silbernen Blumen bestícktes Justaucorps, große Ärmel-Aufschläge, Rockschöße, die bis zu den Knieen reichten; sein Pourpoint war von dem lichtesten Ocker, Beinkleid und Jabot von dem weißesten Weiß; und gleich mußte er fallen! denn obwohl er doch aus dem Spiegel trat, studierte er angelegentlichst ein Blatt Papier. Weit gefehlt indessen, er strauchelte nicht, sondern auf dem Consol-Tisch, als sei dieser eigens für ihn gemacht, blieb er stehen, eine Menge Citronenfalter, Admirale und Trauermäntel schauten ihm über die Schulter, betrachteten auch das Papier, schon hatten die Putten den Spiegel los gelassen, den zu halten sie vorgaben, sie flogen, was sie konnten, um aus den Boiserieen der Wandfelder ihre Instrumente zu holen, Flöten, Violinen, die dort, scheinbar stucchiertes Lindenholz, im Rankenwerk hingen, Harfe, Waldhorn und Fagott erklangen unter pausbäckigen Fingern, es erklang musica da camera, accompagnamento per un cantatore, der Cantatore aber (als Sänger von Profession war er natürlich *kein* Herr) sah lieb und bescheiden zu Danae hinüber und begann. Der Gesang forderte die Prinzessin in zärtlichster Weise auf, nun doch einschlafen zu wollen, es seien Garten und Wiese verstummt, »auch nicht ein Bienchen mehr summt«, aber Luna mit silbernem Schein – welch poetischer Ausdruck – schaue zum Fenster herein, und wahrhaftig, hinter seinem Rücken, im Spiegel, kam sie heraufgestiegen, die Göttin. Schlank und schön und sehr sparsam bekleidet, von durchsichtigen Schleiern ehrbar verhüllt, saß sie an Bord ihres Emblems, einer liegenden Gold-Sichel, hatte Sterne im Haar, und eine kleine Wolke von Seegrün als Fußbank, und hielt sich an den aufgebogenen Hörnern der schwebenden Viertelmond-Barke fest, während sie schimmernd auf lauter Dunkel emportauchte. Ob sie nicht doch nun schlafen wolle, mahnte der Zartfühlende, es liege Alles in Schlummer gewiegt, selbst die Maus sei zu Bett, nur in der Zofe Gemach – er verriet nicht, um welche Zofe es sich da handeln konnte, so zartfühlend war er – töne ein schmachtendes Ach .. »Was für ein Ach mag das sein?« fragte er, indem er ein ganz klein wenig die Braue hob, und das veranlaßte die Prinzessin nun doch, ein ganz klein wenig, im Traum, zu lachen.

Ja, es war eine schöne Musik, silbern und rosenfarben, an Beifall fehlte es nicht, die Dame vom Mond rührte lautlos die Hände, glitzerte mit ihren Sternen, am Plafond – die Pointe schien ausnehmend zu gefallen – richtete sich Venus in ihrer Muschel auf, in wundervoll gebauschten Stoffen, wo sie dem göttlichen Liebhaber ein Divertimento gewährt hatte, sie seufzte ermattet und lächelte süß und applaudierte dem Sänger, ja, auch Mars, schon wieder halb gepanzert, nickte huldvoll mit dem Straußenhelm, den er eben zuband, und dann schwebten sie herab, die Beiden, um der Prinzessin ihre Aufwartung zu machen.

»Sie sollten weniger traurig sein«, sagte Venus. »Ob schaumgeboren oder nicht: ich will Ihnen gern eine Muschel schenken, damit man gleich sieht, ich zähle Sie unter die Meinigen, zumal Sie etwas gewiß Aphrodisisches haben, das Sie befähigt, den Männern, diesen seltsamen und verwirrenden Männern« – es erfolgte ein undefinierbarer Blick auf den Compagnon – »überwältigende Begriffe von der Herrlichkeit der Liebe zu vermitteln.«

– »Dame Venus scherzt«, bemerkte der Gott der Generale, »Sie werden sich eher zu den Meinigen zählen, teuerste Prinzeß, nachdem Sie unlängst so hervorragende Waffentaten vollbrachten, wie ich mit Entzücken vernahm. Wollte Gott, die Bellona – meine Stiefschwester – hätte annähernd so viel militärisches Talent! stattdessen spaziert sie mit blutbefleckter Keule umher, und aufgelösten Haaren! Nun, das sind Attribute, die ihre Wirkung schnell verlieren, aber wofern Sie Lust haben, leihe ich Ihnen Streitaxt und Morgenstern à la mode des dieux oder gestatte Ihnen bis zum siegreichen Einzug in die Hauptstadt, ich zweifle nicht, die Benutzung meines höchst commoden Kampfwagens, Cabriolet, das Modernste des Modernen, beide Räder gespickt von silbernen Sicheln, die dero unbotmäßiger populace in zierlichster Weise den Fuß abmähen werden.«

»Wir Frauen, Geliebter«, äußerte Venus, »sind eigentlich mehr für das Zarte, es sei denn« – sie blickte träumerisch – »es übermanne uns, es: das Brutale. Man kennt Männer, die sind herrlich brutal, aber das steht auf einem anderen Blatt, und ich glaube, wir öden die Prinzeß, unsere Conversation ist für die Katz.«

Danae widersprach. »Oh, wie können Sie das denken, Madame!«

Auch Mars war der Meinung, Conversation genüge nicht, jemanden aufzuheitern, zu dritt überhaupt Unsinn per se, Taten, Taten! die Prinzeß möge Wünsche äußern, vielleicht ein solennes Schlachtgetümmel? wie? Venus dagegen proponierte, der Zofe Gemach zu besichtigen oder das nächstgelegene galante Picknick unter Silberpappeln.

– »Die Dame«, rief Mars, »wird eifersüchtig, mir scheint, wir sollten uns vergleichen. Im Übrigen, sagen Sie nicht Madame, das ist zu viel Ehre.«

Danae lachte. »Ich finde Sie nett, General, habe mein Lebtag nicht gewußt, daß ein so hoher Militär so angenehm plaudern kann. Aber ist die Dame nicht officiös liiert?«

– »Nein nein«, entschied Mars, »das sind Flausen. Sie hat ihren feuerspeienden Berg-Assessor nur geheiratet, ihren Vulcan, damit das Kind einen Namen hat – oder einen Vater, c'est tout à fait la même chose. Denken Sie doch: diese *beauté*! und copuliert sich an einen hinkenden Schmiedemeister, geschmacklos, sage ich, geschmacklos, dringend mußte da etwas geschehen.«

Man lachte selbdritt, es klang melodisch, Tenor, Contralto und Sopran.

– »Also?« fragte Danae, »was unternehmen wir?«

»Kommen Sie«, schlug Venus vor, »begleiten Sie mich in den Serail des Großtürken, man braucht Zerstreuung und will einmal andere Eindrücke gewinnen.«

– »Aber wie werden Sie, Prinzeß? Hören Sie nicht auf die Dame, sie ist ein wenig leichtfertig und hat Angst vor Canonen. Kommen Sie, wir schauen uns die Schlacht bei Malplaquet an, es soll dies die glänzendste Opera sein, die das Kriegs-Theater momentan im Répertoire führt.«

Venus fand, man bemühe sich excessiv offen, mit Anachronismen obendrein, da man zu Rastatt schon vor mehreren Lustren Frieden geschlossen, doch gelang es ihr nicht, ihn zu beirren, sie stritten ergiebig.

»Wem gehört sie? mir!«

– »Mir!«

»Ich machte sie schön.«

– »Ich kühn.«

»Red doch nicht, Mars, sie ist viel *schöner* als kühn, unsocial schön.«

– »Pah, Schönheit vergeht; wenn sie nur schön wäre, hätte sie längst keinen Kopf mehr. Sie ist unsocial *kühn*!«

»Ha-hm! wenn sie nur kühn wäre, du würdest keinen Augenblick Augen schmeißen – coquett wie ein Pfau, du solltest dich was schämen. Sie ist eben weiblichen Geschlechtes, flez dich nicht so!«
– »Wer spricht vom Souterrain. Mich als Generalstäbler interessiert ihr Geist, sie ist männlichen Geistes.«
Hier gähnte die Prinzessin. »Jetzt ödet Ihr mich wirklich«, warf sie ein. »Wollt Ihr nun ewig in Eurer Causeuse sitzen und die kostbare Zeit ennuyieren?«
Ennui – Stumpfsinn, das Gespenst der Epoche! Welch Zauberwort: »Nein!« riefen die Götter, »um Gotteswillen!« und schauten sich an. Sie schienen sehr erschrocken. »Zeigen wir ihr die Welt, wie sie ist«, bestimmte Mars, der herrlichste Mann, den man je gesehen.
Die Dame äußerte Bedenken. »Sie ist nicht gerade das, was man ein Meisterstück nennt, die Welt . .«
– »Cest ça. Papa hält sie für mißlungen. Zu viel Amouren, wie er sagt.«
»Zu viel Kriege, wie er sagt, du mußt nicht ungenau citieren. Aber vielleicht schlägt man die Schlachten um der Liebe willen, ich gebe das zu. Im Übrigen: silence, man singt.«
Der Sänger vorm Spiegel hatte sich erneut in Positur gesetzt, während Putten und Amoretten ihr preludio begannen, nun holte er Atem und gedachte ihn, mit silbernem Wohllaut untermischt, zu verströmen. »Un' aura amorohosa« (»Der Schuft«, bemerkte Mars, »er singt von Liebe«) »del nohostro teheso-horo« (»Wovon sonst«, flüsterte Venus, »sollte er singen?«), »un doholce risto-hohoro« (»Ich«, entgegnete Mars con sordino, »bin für trompetti e tromboni, Caecilien-Ode: Der Trommeldonner rollt! . .«) »al cor porgerà!« – vortrefflich, daß man des Italienischen mächtig war. Venus neigte den Kopf an Danaes Ohr: »Der Odem der Liebe . . Es ist natürlich *dein* Schatz gemeint, dessen Hauch dem Herzchen süße Erquickung darbieten wird – nun höre doch diesen Transport! der Mann versteht sich auf Liebe . .« – »Al cor che nudrito«, sang der Sänger, »da speme, d'amore«, sang es mit Glanz und Feuer, »di un' esca miglio-hohohore« – welch Timbre, welch Legato, mitreißend! – »bisogno non ha!« Und diese entzückenden, diese bestrickenden, silbern aufglitzernden Figuren der Melodie, »bi-hi-hi-hi-so-hogno non ha« – wollte Gott, er behielte Recht.
Der Gott hielt leider gar nichts davon. »Hat man je solchen Unsinn vernommen!« rief er, »von Hoffnung, von Liebe genährt dieses Herz – und sollte keiner *Speise* bedürfen? Kühn, sehr kühn. Sage

mir, ob du ein einziges Mal von meiner Liebe satt geworden bist?!«
Venus lächelte. »Pst . .« Denn rosenfarben nach atmender Fermate kam die Reprise, ja, das konnte man nicht oft genug hören, die Damen schwammen geradezu davon. »Un' aura amorosa« auf Streichern und Bläsern, »del nostro tesoro« im tutti crescendo, »un dolce ristoro« – Clarinette und Horn – »al cor porgerà, al cor porgerà.«
– »Bravo bravissimo«, äußerte Mars. »Man muß mit Eisen gefütterte Ohren haben, um diese Dissonanzen zu ertragen.« Und er trällerte sein Favoritstück: »Der Trommeldonner rollt . . Ha: *das* ist Kunst!«
»Barbarisch«, entgegnete Venus. »Ew. Lordschaft Kriegs-Drommeten gehen mir nachgerad auf die Nerven, offenbar bin ich nicht dumm genug. Da capo i putti!« – spendete ihren Applaus und neigte neuerdings spöttisch den Kopf. »Die Musik, Prinzessin«, fuhr sie fort, »stammt von dem gleichen Compositeur, der Sie neulich bediente, als Papa Ihnen, in der Marmor-Grotte, die Cour schnitt. Der junge Mann ist eine völlige nouveauté, kommt erst demnächst zur Welt, Apoll beschäftigt sich noch, ihn zu créieren, und wenn er ihn auftreten läßt, quasi als Probe-Nummer, so geschieht es eigentlich nur aus Freundschaft – zu Ihnen, er admiriert Sie. Apoll meint, er will den Menschen einmal einen Begriff geben von dem, was göttlich ist, aber, mein Gott, er denkt nicht real, er träumt, ein unverbesserlicher Idealist: göttlich heiter, wird man sagen und gar nichts begreifen. Denn wir Götter sind nicht heiter.«
– »Hélas!« bemerkte Mars. »So wenig wie die Welt. Unser Musicus wird es also schwer haben. Doch wie dem auch sei: nachdem wir über Ihren Character eine Einigung nicht herbeiführen können, wollen wir uns in Ihre entzückende Gegenwart teilen. Venus, ich bitte dich, wo hast du nun wieder deinen Wagen? Vite vite, dépêche-toi! Daß man immer auf Euch warten muß!«
»Daß Ihr Generale es immer so eilig habt!« erwiderte Venus und befahl ihre Carrosse.

Es war dies die gleiche Muschel wie zuvor, das Lager für die süßeste aller Sünden, un dolce ristoro, ausgeschlagen mit luftgepolstertem Atlas und wundervoll ebenmäßig gewachsen, auch wenn ihr Format etwas anormal war und sogar für *zwei* Personen hinreichend Platz bot, je nun, sie gehörte einer Göttin, einer obendrein ersichtlich von Geburt an geselligen Göttin, die übrigens nur zu winken brauchte, so schwebte das Ganze vom Plafond herab. Der Galan nahm unter Scherz und Gelächter den Rücksitz, er spielte den Leibkutscher, die Prinzessin dagegen, es gab lange Dispute, sollte den Fond mit einer Unsterblichen teilen, sie, ein Nichts geradezu, neben einem antiken Act! – wie bitte? Act? ja natürlich, was dachtet denn Ihr? Und so hat sie auf der Causeuse gesessen? toute nue? in chinesischem Seidenstoff? o lockere Sitten dieses Jahrhunderts! aber das muß einem doch schließlich gesagt werden! – eben: selbstverständlich frönte sie dem Nü, Mars schnalzte, die weißen Schwäne zogen an, die Zügel, auf welchen Perlen und Brillanten gereiht waren, strafften sich, eine Wolke von Spatzen entflatterte als Vor- und Nachhut.

Man fuhr geraden Wegs durch das Fenster davon.

Draußen war Nacht, tiefblau, etwas nebelnd – Sommerduft, Glühwürmchen, Zephyr, Alles in Ordnung – und trotzdem wurde es der Prinzessin merkwürdig, so .. merkwürdig. Was wußte sie denn? Liebe? nichts wußte sie. Noch vor zwei Monden: weiße Seiten, ad usum Delphini censuriert, weiße Duodez-Seiten, die das Phaenomen des Verlockens glatt unterschlugen, das des Gewährens zumal, dann drangen galante Historien in ihr Herz, und endlich compacte Erlebnisse. Der Goldene Regen! Don Johann! Lamprenos! ein apostolischer Kämmerer .. Erdbeben, Revolution .. der König von Phrygien, der Mörder Schorsch! Compact, compacter, am compactesten: denn nun machte ihr Mars persönlich den Hof .. oder war es der Zephyr? Hin und wieder – Himmel! – rieselte ihr ein wonniger Schauer den Rücken hinunter, hin und wieder wehte es leicht über ihren Nacken. Ob Venus es gemerkt hatte? Und da der Ost, während das Gespräch ruhte, sich langsam erhellte, so hatte sie Zeit, die alabasterne Dame verstohlen zu betrachten, die abwesend und ernst in die Ferne blickte. Brise der Nacht umfächelte einen Busen, einen Schoß, ein Ensemble dermaßen ungewöhnlichster Reize, schwellend, pulsend, melodiös bis zum Exceß, geistig und weltlich, irdisch und himmlisch, zart und süß und fest und herb und .. betörend mit einem Wort, völlig sinnbetörend, man verstand die Götter. »Erste Liebe«, sagte Venus, und schwieg eine Weile. »Tief wie der Tod.«

Auf dem Rücksitz klärte Mars die Stimme, »hm!-m!«, doch blieb er artig genug, sich nicht des Näheren zu äußern – obwohl er den Tod ja quasi verteilte und also mitreden konnte. Liebe! War es nicht abgeschmackt, diese kosende Weiber-Angelegenheit dem Handwerk der Männer gleichzusetzen, einem desperaten und blutigen, das beträchtliche Kraft erforderte? Das Alles lag in seinem Räuspern, und Venus lächelte versonnen; was sie nicht abhielt, scharfen Ohres nach hinten zu horchen. »Profond comme la mort«, brummelte Mars. »C'est très très tragique . .«

»Ja«, entgegnete die Göttin, milde und träumerisch. »Es ist XIXtes Jahrhundert. Wir sind noch im XVIIIten. Aber deine Ironie wird es nicht aufhalten, die Sentimentalisierung schreitet rapide voran. Ironie wird überhaupt ganz unmodern werden. – Du mußt nämlich nicht glauben, Prinzeß, mein Wesen sei derart, wie ich mich gebe. Im Geschmack der Zeit kam ich von meinem Plafond herab, denn mein Fluch ist es, daß ich immer wie Ihr jeweiligen Menschen bin, auf Eurer Jagd –«

– »Hm!-mm!« Neuerdings – und jetzt vernehmlicher – zeigte Mars seine gêne.

». . Eurer Jagd nach dem Rausch der Lust: heute frivol und morgen naiv, gefühlvoll und stilvoll, traurig, heiter, exaltiert –«

– »Chamaeleontisch«, bestätigte Mars, »und momentan etwas maussade, ich werde mir eine andere Geliebte suchen; nicht zum Aushalten, dieser Kitsch.«

Venus lachte. »Herrlich brutal«, stellte sie fest. »Ich wollte nur sagen: Kinder, genießt das XVIIIte Jahrhundert, das XIXte wird fürchterlich. Aber das XXste!« – und sie gruppierte ihre Hand auf der Brust – »gnade Gott Eurer armen progéniture! Wer da *wagen* wollte, Phantasie zu haben, oder Rang, oder Brillanten, oder ein Pantherfell! wer da wagen wollte, unter blau-silbernem Baldachin publiquement zum Connubio zu schweben, um in den Armen eines leibhaftigen Königs gewisse Wonnen und Entzückungen –«

- - »Werden Sie nicht frieren, Madame?« fragte Danae.

»Quelle diplomatie«, entgegnete Venus. »Man lenkt ab. Nenne mich ma tante, mein Kind. Ich sehe gar keinen Grund zu frieren. Oder ist es, weil ich das Nü bevorzuge? Aber wovon sprachen wir – von der Liebe, wenn ich mich recht erinnere. Kurz und gut: das eine Jahrhundert macht daraus einen Sündenpfuhl, das nächste einen Seelenbrei, Beides bringt mich in Verruf.«

Die Prinzessin bedauerte conventionell. »Und Ihre Eltern, ma tante«, fuhr sie fort, »hatten nichts dawider, daß Sie gegen die étiquette opponierten? Bei mir war das so, schon als ganz kleines Kind mußte ich einen Reifrock tragen.«

»Das ist sehr hartherzig. Sehr Dix-huitième. Ich dagegen, wie du weißt, bin mittlerweile einige Jahrtausende alt – Gott, wie schön die Sonne! –, außerdem bin ich nie Kind gewesen, ich erinnere mich genau, ich kam heiratsfähig auf die Welt. Und wofern mich die Zukunft nicht, wie alles Phantastische, einfach abschafft, so gedenke ich, weil im Besitz ewiger Jugend, auch nie eine alte Dame zu werden. Meine Mutter« (sie wurde wieder träumerisch) »war das Meer .. Zeus selber mein Vater .. und aus dem Schoß des Meeres, im Silberschaum der Wogen, stieg ich in meiner Muschel zum Licht em –«

– »Hümm!!-ümm!!« sagte der Rücksitz mit der furchtbaren Kürze eines Commandierenden Generals.

Danae fuhr herum. »Was *haben* Sie, Prinz?!«

– »Mir wird, ich weiß nicht wie. Die Wirkungen der Dame schlagen mir falsch an, auf den Magen statt aufs Gemüt.«

»Voilà ce qu'on appelle un monstre d'ingratitude«, bemerkte Venus. »Aber so sind die Männer – die seltsamen und verwirrenden Männer, die uns Unlogik vorwerfen.«

– »Ja!« rief Mars gereizt. »Mir wird flau davon, ich vertrage nun mal keine omelettes soufflées, habe eigentlich mehr Appetit auf eine gepfefferte bataille à la tatare. Liebe macht hungrig. Fahren wir nach Malplaquet.«

»Des Lebens tiefste Prosa faßt mich an«, äußerte Venus. »Noch halb im Embrassement, sprecht Ihr vom Frühstück und nennt es omelettes soufflées, wenn wir weihevoll sind! Wir Frauen denken idealer und fahren nicht nach Malplaquet. Wenn dir das nicht paßt: steig aus, tesoro mio, du störst ohnehin, und kutschieren können wir selber.«

Da warf der Gott der Generale, gerechtermaßen emportiert, das Regiment hin, steckte zwei Finger in den Mund und pfiff gellend – worauf augenblicklich ein prachtvoller Schimmel durch die Luft sprengte. »En avant!« rief Mars, indem er sich hinüberschwang, und fort war er, ein wilder, strahlender, aufgebrachter Mann, den die Liebe schlankweg ins Wirtshaus trieb.

Danae suchte die Zügel zusammen. »Nun haben Sie ihn verstimmt«, constatierte sie vorwurfsvoll.

Venus aber lachte silbern. »Er kommt wieder.«

– »Wird Midas auch«, bat die Prinzessin, »wiederkommen? Er war auch so schnell fort.«

»Wundert dich das? Bedenke, die Männer sind unwahrscheinlich eitel, viel eitler als wir, die wir es dürfen. Wenn dich also beim nächsten Mal ein Anbeter fragt, wie es denn möglich war, vom ersten Moment für ihn zu glühen, so solltest du ihm nicht gleich auf die Seele binden, du habest ihn mit Don Johann verwechselt. Das übersteigt den Humor, das verwindet kein Mann, schon gar nicht, wenn er eine weiße Feder trägt.«

– »Meinen Sie, ma tante?«

Ma tante meinte es nicht nur, sie wußte es, hélas. »Da muß man«, riet sie, »hingehen, muß liebevoll bitten, ihm den Bart streicheln.«

– »Er hat keinen Bart«, sagte Danae trotzig. »Außerdem gehe ich nicht hin. Ich habe doch nichts verbrochen! Und er? er hat mich stehen lassen! Wie ein Spielzeug! das man nicht mehr braucht!«

»Man muß verzeihen können . .«

– »Nie!« rief die Prinzessin, aufs Äußerste erzürnt, Venus aber zog das Facit eines viel zu leichtsinnigen – viel zu *tief*sinnigen –, doppeldeutigen Zwiegesprächs:

»Süß.«

IX. Capitel

Wohin ging die Reise – ach, das wußte man nicht, man sauste nur so, sauste schweigend über den segelnden Wolken ins Blau, hoch, immer höher, tief, tief unten lagen Land und Meer, bewaldete Inseln von Rosen-Marmor schwammen auf den Fluten, hin und wieder sah man sie noch schimmern und glitzern, sonst nichts als Weiß und Blau, Unendlichkeit, Sonne, Träumen, Schweben . . Doch plötzlich zuckte ein scharfer Strahl waagrecht durch das Himmels-Gewölbe, er fuhr wie ein Degenstich in das Auge der Damen, und sie schraken zurück. Der Strahl erlosch. »Ihr seid erkannt, schöne Maske«, bemerkte Venus und blinzelte behutsam. – »Was war denn das?« flüsterte Danae. Da strich die Göttin ihr unter abwesendem Lächeln eine Locke aus der Schläfe, »Es war Papa«, erklärte sie, »er liebt individuell-souveräne bonjours . .« und reichte der Prinzessin ihr Opernglas. Ein Glas à la mode des dieux! vermöge überstarker Optik imstande, selbst Dinge, die hinter dem Horizont stattfanden, bis zu vollkommener Greifbarkeit zu verdeutlichen – ein Wunderglas! nur eben etwas gestellt und geschraubt, schon zeigte es großartige Sensationen. Denn fern über den Wolken, auf weißem Marmorfelsen breit gelagert, erhob sich das denkbar prächtigste Bergschloß: majestätische Remparts, von Brücken unterbrochen, gewaltige Terrassen und Flügelbauten – und dann das Palais persönlich. Stockwerk um Stockwerk in Glanz und Ruhe, geschweifte Dächer, doppelreihig von Mansarden besetzt, vergoldete Flach-Cuppeln, säulengeschmückte Torfahrten, drei Risalite mit Colossal-Ordnung und strotzend gemeißeltem Frontispiz, daneben Fenster, darüber Fenster, Tausende von Fenstern – herrlich, *herr-lich*! Ja, es war ein Schloß, das die Epoche krönte, das Äußerste an wohlproportionierter Maßlosigkeit, gut seine halbe englische Meile lang, ein Schloß von Gold und Marmelstein. Dahinter, mit großen Himmels-Perspectiven, ließ sich der Park vermuten, mit Wolken-Plastiken und Luft-Fontainen, zur Seite, aus Bäumen, grüßten die reizvollsten Pavillons, azurne Lakaien, wohin man blickte, Carrossen, Cavaliere, an einem der Balcone aber .. – tatsächlich! – stand der Kammerherr, klemmte das Einglas vors Auge und schleuderte neuerdings jenen scharfen, stechend wilden Strahl in die blau-silberne Atmosphaere.

Da glaubte die Prinzessin im Traum, sie träume .. Unruhig wurde ihr Schlummer, vielleicht erzürnte es sie, daß Graf Weißenstein fern auf seinen Latifundien sich vergnügte, anstatt ihr beizustehen, da man Revolution hatte, doch der Nebel, wie ein Hauch, schon betrat man den Toilette-Pavillon der Venus, streichelte ihr Stirn und Wangen, sie glättete ihre Züge, seufzte nur leise, während sie gleichwohl der Göttin den doppelten Hüftkorb schnürte (die Substruction sozusagen einer modischen Staatsrobe à double panier), und flüsterte besorgt: »Ich kann ihn doch nicht per Erlaucht tractieren! ma tante, bitte, helfen Sie mir, wie habe ich den Mann denn anzureden?« – »Weht der Wind daher?« murmelte der Nebel. »Ja .. On lui donne le titre de Majesté Céleste, Seigneur des Eternités, qu'en dites-vous?« Venus dagegen schlug vor, ganz schlicht mon cher Jupiter zu titeln, »oder weißt was? nenn ihm halt einfach Mizzi, das ist er von Wien so gewöhnt.« – »Wir verplaudern uns!« rief der Minister. »Husch! Viertelstunde weiter! die Sache wills.«

Aus dem Spiegel des Kaisersaals, silbern und rosenfarben unter immensen Decken-Gemälden, welche sich hoch dort oben allegorisch in die Cuppel wölbten, kam der Sänger spaziert, hielt eine Geige in der Hand, was ein Tausendsassa, neigte artig den Kopf und schien auch hier bestens gelitten. Eine Unzahl Olympier saß beim Déjeuner. »Zu Kaiserlicher Majestät Ehren«, sagte er, der Kammerherr nickte, »spielen wir eine neue Composition, welche mit allerhöchster Gnade den Namen Jupiter-Sinfonie tragen wird.« Die Heben eilten, die Tafel begann, das Orchester desgleichen, die Tafel war

ärmlich, die Musik modern. Menschen-Musik, von göttlicher Heiterkeit verklärt, Götter-Musik, von den Schmerzen und Schatten durchwoben, die auch bei den Ewigen sind. Im Übrigen speiste man en passant, Erlaucht empfahl sich schon vor dem Andante, böse Zungen behaupteten, er habe Lampenfieber, es herrschte ausgesprochene Premièren-Luft, was ging nur vor? und niemanden kümmerte es, ob der Palast-Marschall eine Demeter oder Proserpina ankündigte, den Prinzen Boreas oder gar eine Königliche Hoheit, jeden Augenblick nahten auch neue Gäste, wurden zu Tisch geleitet, schlangen in größter Hast ein paar Scheiben Ambrosia, stürzten ein paar Gläser Nectar hinunter, Schampus und Pastete, das war das ganze Frühstück, und entrauschten gleichfalls vite-vite zur Terrasse, die als breite Treppe, verschwenderisch, in das Wolkenmeer führte, und an deren Rande, mit Stöckchen und schwanbesetztem Tricorne wie weiland Louis XIV zu Versailles, umgeben von gar nicht mehr übersehbarer Suite, Graf Weißenstein seine Anstalten traf. Die ganze Gegend war vernebelt. Und hier endlich sollte Danae dem Himmelsherrn vorgestellt werden: Venus selbst übernahm die Praesentation, doch schnitt ihr der Himmelsherr leider das Wort ab. »Guten Morgen, mein Kind«, sagte er nervös, »wen hast du da, ich bin sehr beschäftigt.«
Und abermals seufzte die Prinzessin im Traume. Man kannte sie nicht? man hatte sie vergessen? »Nein, wissen Sie«, bemerkte der Nebel, »es mangelt halt an der Kinderstube, die ist in diese Götter nicht mehr hinein zu bringen. Man muß sie so schlucken, wie sie sind, da gibt es gar nichts.«
Nun, der Kammerherr besaß Anlaß, zerstreut zu sein, er experimentierte mit viel Geschick: ein Wink, und die obersten der Wolken hoben sich, sein kleiner Finger zog sie davon, sie hoben sich einfach in den Aether. Morbleu! selbst die Musen staunten. Denn darunter ragten, durch den weißen Flausch der nächstfolgenden Nebeldecke, die Spitzen von Denkmälern auf, hier eins, dort eins, bis an die Horizonte, einige schwankten, einige stürzten, Bewegung ringsum, ständige Bewegung, ständiges Gehen, ständiges Kommen, mehr Gehen als Kommen – nur sehr sporadisch, indem eine Krone die Watteflocken auseinanderstieß, tauchte Neues elementar zum besonnten Azur. Extravagant phantastische Gebilde! allerhöchst seltsam .. Es waren Gebilde von Pyramiden-Art, nicht eckig freilich, sondern rund, aus kreisrunden Etagen bestehend, für deren tragende Stützpfeiler man veritable, lebendige Menschen nahm!

O Sclaverei! Und den einzigen baulichen Zusammenhang lieferte eine Spiral-Treppe, die dünn genug das Innere durchwendelte. Der Graf winkte, fleißig fleißig, und je mehr Nebel er fortwinkte, je tiefer sah man, und je tiefer hinab, je größer wurden die scurrilen Pagoden, zweifellos reichten sie bis zur Erde, zweifellos sah man noch immer nur obere Stockwerke, wo kostbar Gekleidete, reich Gekleidete, anständig Gekleidete ein relativ Weniges, relativ Wachsendes, relativ Discutables trugen, doch Geduld, Geduld, auch ihre Rücken waren krumm, oben so krumm wie im Mezzanin, wie im Rez-de-chaussée, wie im Souterrain, jetzt kam man der Sache schon näher, jetzt kamen schon fast nackte Gestalten, herculisch, auf deren muskelspielenden Schultern das ganze Gewicht wuchtete, aber dafür waren sie massenhaft und wurden häufiger abgelöst, es hing wohl nur an der rechten Verteilung.

»Das baute ich gestern«, äußerte abwesend der Kammerherr – worauf er das Kinn in die Hand legte.

– »Merveillos«, bestätigte Venus, und unter dem Schutz olympischer Applause, die submissest gespendet wurden, erklärte sie der Prinzessin: »Gestern – damit meint er schätzungsweise sechshundert Jahre, du darfst es nicht tragisch nehmen, wenn ihn vorhin sein Gedächtnis im Stich ließ.«

»Liebe Venus«, entgegnete der Kammerherr und fixierte preziös die Pagoden-Landschaft, »du mußt nicht denken, ich hörte solche despectierlichen Bemerkungen nicht. Wie heißt Sie, mein Kind?«

– »Danae zu Myrrha, Sire.« Leider errötete sie, vermöge ihrer Abneigung gegen Puder, doch celebrierte sie einen tadelfreien Hofknicks, trotz des unmöglichen Jägerinnen-Rockes.

»Tiens tiens. Natürlich entsinne ich mich, aber ich habe wirklich etwas viel im Kopfe. Willkommen auf Weißenstein. Sagte Sie nicht, Sie hätte unendliches Vertrauen?« Es folgte ein eisgrauer Blick über die Schulter.

Die Prinzessin knickste zum zweiten Mal – *sehr* feierlich, was erfahrungsgemäß diplomatischen Vorbehalt ausdrückte.

»Ein bedeutender Geist dieses Jahrhunderts«, fuhr der Graf fort, »hat argumentiert, unsere Welt sei die beste aller denkbaren Welten – ein historischer Irrtum, sie ist reichlich unzulänglich. Wir werden sie neu entwerfen.«

Ei, ei, ei, ei! Götter und Halbgötter spitzten die Ohren, man drängte näher. »Wird Liebe sein auf Ihrer neuen Welt, mein Herr und Vater?« fragte Venus.

»Vorlautes Kind« – Seine Erlaucht blickte streng und zärtlich auf die unsocial schöne Tochter –, »wir werden die Ehe fördern müssen«, und versank in Erinnerungen ganz außerehelicher Art.
– »Tant mieux, das erleichtert mich zu wissen, so wird es auch Liebe geben. Sie sind wirklich der liebenswerteste und beste aller denkbaren Papas. Darf ich Sie embrassieren?«
Der Kammerherr plante. »Weniger Frivolität«, bemerkte er, »mehr Treue«, und Erato schrieb es auf, denn sie war die Muse der Poesie, und das Ressort der Illusionen unterstand ihr. Sie trug eine Krone von Rosen und Myrthen, ihre Leyer, um nicht behindert zu sein, hatte sie über den Rücken gehängt, an ihrer Seite aber stand Eros, der Schelm, und tauschte mit Venus, seiner Mutter, einen verständnisinnigen Blick.
»Macht es dieser da richtig?« fragte der Kammerherr und reichte der Prinzessin sein Glas. Das Glas besaß wunderliche Eigenschaften: nicht allein das Sichtbare wurde über Gebühr vergrößert, nein, auch das Hörbare, auch sogar das Flüstern meinte man zu verstehen, und sie wäre durchaus nicht erstaunt gewesen, wenn selbst die Gedanken plötzlich geredet hätten. »Es fehlte«, warf der Graf ein, »daß der Mensch eines Tages die Gedankenlese-Maschine erfindet. Aber er tuts, nehmen Sie Gift – das heißt: dann erübrigt sich das Giftnehmen. Zur Sache. Macht es dieser –. Bumms! schon geschehen. Bitte Beeilung, ich habe Sie etwas gefragt.«
Ja, man hatte schlecht aufgepaßt, außer der Prinzessin, die den bezeichneten Pavillon einer genauen Ocular-Inspection unterzog. Was sollte man dazu sagen, daß Herzogs- und Fürsten-Hüte den Eingang zur obersten Plattform sperrten und schließlich gar den Praetendenten, einen höchst gepflegten, höchst liebenswürdigen Bart, roh über die Wendel stießen? Er fiel ein paar Stockwerke, fiel weich wie eine Katze, zupfte die Halskrause zurecht, zeigte die mit ihm gestürzte Krone herum, strahlte von Huld und listiger Bonhomie und versprach jedem der Träger, er solle auch etwas steigen dürfen, wenn man *ihn* steigen ließe, solle Sonntag für Sonntag ein Huhn im Topf haben – und versammelte eine so erschreckliche Garde, daß die Granden es mit der Angst bekamen, sie capitulierten beschleunigt. »Macht er es richtig?« wiederholte der Kammerherr mit starker Ungeduld.
– »Nein«, entgegnete Danae. »Wer zu versprechen anfängt, verspricht schon zu viel, und wer das Unterste erhöht, erniedrigt das Ganze.«

»Fräulein, bitte schreiben Sie«, befahl Graf Weißenstein. Fräulein Clio, die Muse, wurde blutrot, indem sie nicht wußte, wohin mit ihrer Emblem-Trompete; ein despotischer Blick zerschmetterte sie vollends. »Apoll, dein Secretariat ist rückständig, was soll die Geschichts-Wissenschaft mit Trompeten, es mangelt am Nötigsten, am Crayon«, und reichte den seinigen. Er schüttelte das Cyclopen-Haupt. »Zu alt, diese Musen, viel zu alt. – Der Nächste!« Die Optik der Prinzessin wanderte gehorsam dem Stöckchen nach.
Der Nächste war ein Kind, ein ernstes, tief melancholisches Kind, das, fertig zur Schlacht gepanzert, mit Marschallstab und Scepter im Eß-Stühlchen saß und seiner Mutter, der gewölbten Dame, hin und wieder unbemerkt Nasen drehte, wobei ihm gleichwohl die Tränen übers Gesicht liefen, denn so viel man ihm Kuchen und Torten zuschob, die Herzöge futterten Alles weg, und wenn sie genug gefuttert hatten, pflanzten sie sich vor der Dame auf, tanzten und gesticulierten, schrieen Weisungen in die unteren Ränge, spielten Fangball mit der längst blindgetatschten Krone und fanden es wundervoll. »Finden Sie das auch?« fragte der Kämmerer.
Danae sah ihn mitleidig an.
»Ja bitte: sprechen Sie nur.«
– »Ich finde, die Fehl-Leistung liegt beim Lieben Gott. Es sollte keine minorennen Könige geben; zumal der Liebe Gott nicht daran denkt, ihnen zu helfen, n'est-ce pas?«
Betretenes Schweigen. Die ältliche Muse nahm besorgt ihre Brille ab. »Soll das zu Protocoll, Himmlische Majestät und Herr der Ewigkeiten?«
Der Himmelsherr schien etwas verschnupft. »Schnippisch ..« äußerte er mit Reserve. »Die Collegin von der Eloquenz mag es notieren. Und dieser da? Macht er es besser?«
Auf der benachbarten Pagode – die Prinzessin richtete ihr Wunder-Perspectiv – thronte ein Herr in pompöser Allonge, durch kleine Gucklöcher sah man castanienbraunes Natur-Haar schimmern, hatte die Träger der Oberstocks fast sämtlich um sich versammelt, ließ sie den Kuchen knieend aus seiner Hand fressen, was immerhin schon ein Fortschritt war, sah kühl und stolz in die Runde und behauptete, er sei der Staat! ja, mehr noch: er sei die Sonne!
– »Nein«, lachte Danae. »Um der Sonne zu gleichen. mon Cousin, müßten Sie nicht nur von Gottes Gnaden, sondern schlichterdings selber Gott sein. An Ihren Kindern wird sich die optische Täuschung rächen. Allzu viel Glanz ruiniert den Staat.«

Der Herr mit der Allonge zog die Braue *sehr* hoch in die Stirn. »Nach mir die Sintflut!« erklärte er gewaltig, ein Knabe seiner Suite erbleichte – »*Mein* Stichwort!« –, der Kammerherr aber, das Kinn in die Hand legend, bemerkte tiefsinnig: »Dies ist ein Gedanke .. Was meinst du, Nep?« – und Melpomene schrieb es auf (Zuständigkeits halber, denn sie verwaltete die Tragödie).
Dunep war Neptun, auch Poseidon geheißen, das lange Exil hatte ihn so wohl verdorben wie seinen völlig verrömerten Bruder Jup, er nahm nicht einmal die Pfeife aus dem Mund. »Oh ..« sagte er gezogen, »a new deluge? Heavens, no! They 'll say we 've got shaky if we bring up such old stuff again.«
Graf Weißenstein verhüllte sein Haupt. »Diese Sprache hat der Liebe Gott in seinem Zorn erschaffen, sprich continental, ich verstehe kein Wort.«
Euterpe, die Musik-Muse, zerbiß vor Freude ihre Lippe und machte das Bonmot actenkundig. Neptun aber blieb unerschüttert, er verstärkte nur seinen Tabak-Qualm. »Sintflut ist gut«, übersetzte er. »Tlotzdem: man sorl sich nicht uiederhohrlen.«
Derweil sprengte fern am Horizont General Prinz Mars herbei, er sauste auf hohem Roß über die Wolken und war zur Stelle, bevor man es gedacht. »Untertänigst um Entschuldigung«, bat er knapp, sprang aus dem Sattel und zog die Hacken zusammen. Das Einglas funkelte ihm verächtlich entgegen, doch ließ ihn das kühl, er streifte den Straußenhelm ab. »Gott, was eine *schöne* Bataille!« verkündete er imperatorisch, »begabt, begabt, dieser Bursche, *sehr* begabt, man wird sich den Namen merken müssen!« – »Haben denn die Côteletten wenigstens geschmeckt?« fragte Venus. Die Mundwinkel troffen ihm noch von dem Fett der Atzung, sein Haar war von Blut und Schweiß verklebt. Das brachte den Kammerherrn in Harnisch. »Wie siehst du nur wieder aus!« rief er grollend. »Wasche dich, ich mag das nicht.« Und er wies, während Mars betreten gehorchte, bereits einen weiteren Pavillon an. »Dieser da?«
Dieser war ein Herr ganz nach dem Geschmack der Zeit, hübsch von Statur, das gepuderte Haar in Ailes de pigeon gelegt, umschmeichelt von seinen Favoritinnen, die links und rechts auf ihn einküßten, daß es nur so knallte. »Ich werde geliebt!« stöhnte er, halb erstickt unter Embrassements. »Oh, wie ich geliebt werde!«
Hier lächelte Venus und umfing ihn mit einem undefinierbaren Blick. »Begabt«, sagte sie, »sehr begabt«, und verlangte nach Zephyros, ihrem Prinz-Nepoten. »Möchtest du ihm bitte die Wan-

ge tätscheln, mir scheint, er hat Kenntnisse, du moins quant aux positions de l'amour .. wiewohl ihm abgeht, ihr *Wesen* im Entferntesten zu imaginieren – das Wesen der *Liebe* natürlich.«

–»Welch alberner Mensch!« knirschte Mars, der indessen gewaschen war und wieder recht strahlend aussah. »Weiß Er schon, daß Er die Schlacht bei Malplaquet verloren hat und bei Turin auch nicht viel Ehre einlegen wird?«

»Was für Anachronismen!« warf Venus ein.

Der umbuhlte König aber hörte weder sie noch ihn. »Oh, wie ich geliebt werde!« rief er verzückt, und die Favoritinnen, während sie hingegossen an seinen Lippen hingen, bedienten sich der Preziosen, die ihn in ausschweifender Weise zierten. Die Luft ringsum blitzte von erregenden Reflexen, unmittelbaren und mittelbaren Folge-Erscheinungen von Sr. Majestät fortgesetztem Lebenswandel, mittelbar insofern, als all die gekrönten Häupter, Herzogs- und Fürstenhüte rings auf allen Pagoden durch ihre Lorgnons wie behext das Schauspiel genossen, respective hastig ein Gleiches begannen – ausgenommen ganz Wenige, man konnte sie zählen.

»Nunn!?« sagte Erlaucht.

– »Man grault sich vor dem Ende«, entgegnete die Prinzessin. »Es dürfte ein peinliches Ende haben. Und falls überhaupt jemand übrig bleibt, dann nur die paar, denen ihr Platz zu heilig ist, um ihn durch Frevel zu meritieren.«

»Himmel, was redt sie klug!« äußerte der Kammerherr, »eine zweite Pythia geradezu, wie alt ist denn das Ganze?«

– »Sechzehn, Sire.«

»Ah, da ist Sie ja fast gleichaltrig mit der Erb-Erzherzogin Marie Theres. Aber bei uns in Wien sind die Zwanzigjährigen noch nicht einmal Sechzehn. Ich habs dem Kaiser ja immer gesagt: der Süden, Herr College, der Süden, richtens dero Politik auf den Süden, da heiraten die Leute mit Dreizehn, wo sie bei uns noch in die Windeln machen. – Na, tableau. Jener da?«

Jener war ein reichlich dicker Herr, welcher ein um das andere Mal beteuerte, das Beste zu wollen, und ängstlich in die Subaltern-Ränge horchte, was man wohl von ihm erwarte, massenhaft quollen Ratgeber stiegenauf, stiegenab, ein pausenloser Wildwechsel über die Wendel, von ganz unten nach ganz oben, quasi zur Beichte ins Ohr des Monarchen, der immer entsetzter die Braue hob – wie das flüsterte, tuschelte, drängelte, wogte! die Plattform faßte es nicht, man vermochte sich kaum mehr zu rühren, die Feudalträger wurden *immer* krummer, und das Gebäude schwankte auf das Bedenklichste.

»O du Donnerwetter«, bemerkte Venus, sie hatte eine unwahrscheinliche Art, das Trivialste mit ihrer Engels-Stimme so entzükkend damenhaft, hochgebildet und ironisch zu sagen, daß nur ein finsteres Professoren-Gemüt wie Melpomene ihr dergleichen verübeln konnte, »o du Donnerwetter«, sagte sie zierlich, »das Fundament ist etwas schwach geworden, ich wollte nicht dort oben sitzen.«

Auch Mars schien Einiges zu ahnen, er wandte sich an die Erlaucht. »Wird es Krieg geben in Ihrer neuen Welt?« fragte er artig.

»Ich bin mir noch nicht schlüssig«, äußerte der Kammerherr. »Möchte es wohl zu vermeiden wünschen .. Und Sie, mein Kind, will Sie wohl dort oben sitzen? statt jenes hilflosen Herrn? Ich sehe Zorn auf Ihrer schönen Stirn geschrieben.«

– »Ja«, erwiderte Danae, kurz, hell und scharf, da sie wirklich mit Zorn verfolgte, wie der arme Mann völlig umringt, ach was: überschwemmt, überwalzt wurde durch eine heraufspülende Grundsee dragonerhaft-fischweibmäßiger Damen, die von sich zu halten er verzweifelte Anstrengungen tätigte.

Und in diesem Moment brach die Pagode zusammen – aus war es mit dem Aussichts-Turm. Ohne die mindeste Annonce, daß es derart ernst bereits sei, ließen Einige, die es satt hatten, hie und da in jedem Stockwerk urplötzlich die Balken los, Schuldig und Unschuldig sprang panisch erschreckt ins Blaue, die Mehrzahl allerdings wurde von dem Pavillon tout simplement erschlagen – vermutlich, man sah es nicht, es spielte sich unten auf der Erde ab, ein Schauspiel ganz par terre, und wohltuende Wolken verhüllten es den hohen Betrachtern.

– »Pardauz«, sagte Venus, ein starker Ausdruck für ein starkes Ereignis, und überall, wohin man blickte, folgten die Pavillons dem Beispiel. »Die Geschichte scheint erledigt, sie ist den guten Leuten auf den Kopf gefallen, vollkommene Catastrophe, aber sehr hübsch. Spectaculum mundi – ich beglückwünsche Sie, Herr Vater.« So sprach sie, die Göttin der Liebe, der es gleichgültig sein konnte, wohin der Staat wohl trieb, doch dann faßte sie mit überraschter Bewegung an den Hals, traute ihren Augen nicht, es war auch gar zu erstaunlich, überall, wohin sie blickte, der eine früher, der andere später, kamen die Pavillons wieder durch die Wolken hoch, mühsam richtete man Stockwerk um Stockwerk auf, und nur das oberste

blieb vor der Hand einmal fort. »O du Donnerwetter«, rief sie, »so war es ja wohl nicht gemeint.«
»Vielleicht doch!« erklärte Graf Weißenstein mit hartem Verweis. »Was den Menschen zum Menschen macht, ist sein phantastischer Drang nach collectiven Constructionen. Der Mensch ist eine Art Ameise.«
– »Ja, Gott sei Dank!« lachte Venus. »So klein wie möglich – bei *der* Producier-Freudigkeit. Es kann halt nicht jeder ein *Schwan* sein . .«
Der Kammerherr überhörte die Impertinenz des Bonmots. »Ob diese Prinzessin«, fragte er versonnen, »etwa erwartet, ich würde ihr noch eine schriftliche Einladung schicken? Wie wäre es jetzt mit dem Pavillon?«
- - »Ich bin bereit.«
Der Graf klemmte das Monocle vors Auge. »Na«, sagte er, »dann marschier Sie mal los!«
– »Du Donner . .« rief Venus, das Wort blieb ihr im Hals stekken. »Ja, was denn, wie denn? so über die Wolken und Abgründe hin? Sie werden ihr doch wohl eine Brücke bauen?!«
»Ich denke nicht daran. Mit Teppichen vielleicht, wie? und mit Ehren-Jungfrauen? Das könnte dann freilich jede Ameise. Sie ist eben auch solch ein Schwan, ein Solist . .«
Die Prinzessin, nebenbei, hatte sich längst abgewandt, sie ging, wie man als Prinzessin zu gehen lernt (in völliger Gewalt über sich selbst), die Stufen der Treppe hinunter, hielt den Blick fest auf die fünf rotbeschärpten Herrschaften gerichtet, die scheelsüchtig und mißtrauisch das zweite Plateau bevölkerten, setzte den Fuß in die Luft – gleichgültig, ob sie trug oder nicht, *doch*: sie trug –, schritt von Wolke zu Wolke streng geradeaus der ewigen Idee entgegen, welche verlangt, daß die Könige ihres Amtes Erhabenheit in lebendigen Zusammenhang bringen mit der Niedrigkeit des Untertanen, daß sie, auf schwankender Pagode dem Erdreich, auf steilem Gipfel dem Himmelreich verbunden, Mensch und Gott zugleich sein sollen in der Schneeluft hoch droben, eine gefährdete Grenz-Gestalt: nicht mehr ganz Mensch und noch nicht Gott. Was also, wenn Gott *nicht* half?
Denn inzwischen war ein gestiefelter Militär glutäugig die Wendel emporgestampft, man legte Pulver, die Lunte glomm – bumms! Das Directorium flog davon.
Hier verlor die Prinzessin den Mut: wieder eine Etage weniger, es

ließ sich ausrechnen, wohin das führte .. und hilfesuchend sah sie zurück.
Doch da fiel sie schon. »Hilfe?« rief der Kammerherr, »ent-zükkend!« und brach in sein überweltliches Gelächter aus, es schwoll zum Donnerhall, der ganze Olymp stand an der Garten-Balustrade, hielt den Bauch vor Vergnügen, sie fiel und fiel, umbraust von homerischer Heiterkeit, tief unten schäumte und quirlte die See, Etage um Etage klatschte hinein, Menschen um Menschen, ganze Wolken von flohkleinen Menschen, das Gehirn drehte sich ihr durch den Kopf, sie fiel, fiel, kreiselte im Fallen, kopfunter, fußoben, fußunten, kopfüber, der Faltenrock flatterte, das Pantherfell bauschte sich, fern in der blau-silbernen Atmosphaere erlosch langsam das Schloß zu Weißenstein, und keine Rettung blieb vor dem Schoß der Fluten.

X. Capitel

Welch Höllen-Sturz! Welch furchtbares Kreiseln! Und das Ende war abzusehen: einige Secunden noch, so würde sie auf dem Meere aufschmettern, dem sie entgegen *raste,* hier gab es kein Ausweichen, nur die vollkommene Catastrophe, wie von Venus verkündigt, ein Zerschellen und Hinkrachen, ein zermalmender Schlag, bei welchem sie alle Glieder brechen mußte –
Aber nichts geschah.
Delphingleich tauchte sie brausend vornüber, eine Springsäule, Schwall und Gischt, sie *schoß* zur Tiefe, und so gewaltig waren Kraft und Druck, mit denen der Himmel sie ins Poseidonische geschleudert, daß, als sie die Augen öffnete, eine bereits nach Meilen messende Blasenbahn aufstieg, bis fern zu der Cuppel des seegrünen Gewölbes, wo letzte Helligkeit wie ein Ahnen von Dämmerfrühe stand, eine letzte, zage Erinnerung an die sonnenglitzernde Luft des Archipelagos .. Und man starb nicht? Ah, keine Spur. Und man wurde kein Fischweib? Sie äugte vorsichtig an ihren Gliedmaßen hinunter. Alles beim Alten – der gute Nep! er wußte, wie es exilierten Potentaten zu Mut war, sie wollten ihr Haupt auch irgendwohin legen können, wollten unbehelligt sein, das Gewesene vergessen. Und mit stummem Protest gegen den brutalen Herrn Bruder öffnete er gastfrei sein flutendes Reich, erhob er sie in den Rang der Najaden. Mille grazie, Mylord ..
Am Grunde des Meeres aber – o Zauberwelt! – bei glasigen

Gallerten, die bunt und quellend an ihr vorübertrieben, wartete doch wieder ein Menschenwerk. Denn zwischen Wäldern von leise wiegendem Seetang, wo die Laterne des Aristoteles lauerte, der Hummer einsam spazieren ging, sah sie etwas merkwürdig Stadt-Ähnliches schimmern .. und da ihr das Atmen gar keine Schwierigkeit verursachte, so sank sie tiefer. Tiens! Da gab es Türme, von Moos bewachsen, von Flechten eisgrau behangen, Mauern, mit Zinnen gekrönt, und zerbrochene Barken, schweigende Galeeren-Schiffe, wo tote Ruderknechte an ihren Ketten schwebend wogten, mit bleichem Brustkorb, von glitzernden Macrelen durchschwärmt; leere Häuser blickten ausgestorben auf den gepflasterten Quai, in den Angeln bewegten sich lautlos die Türen, Schwemmsand bedeckte Terrassen und Plätze, altertümliche Kirchen ragten über Hügeln trübe zum ewig flaschenfarbenen Himmel, in den Fenstern nistete der Seestern, scheu hinter barbarischen Sculpturen hauste der Einsiedler-Krebs am Portal-Gewände, kein Vogel, keine Luft, durch die Schall-Luken aber schwamm ein Volk riesiger Fische, und wo sie vorüberglitten, da läuteten dumpf die Glocken.

Wie kalt war es hier, wie schaurig und tot .. Je nun, es war das Asyl, man mußte zufrieden sein, niemand fragte nach Wunsch und Laune, und nicht aus Lust geschah es, wenn man schließlich sogar eine Bleibe suchte. Übrigens trug sie Corallen im Scheitel, sie entdeckte es, als sie ihr Haar aus der Stirn strich: rote, plebejische Corallen, wie die kleinen Mädchen von Myrrha, das fand sie doch reichlich stillos. Dennoch gedachte sie stilvoll zu wohnen, trotz Einsamkeit, Elend und Emigranten-Ennui, nur ein Château konnte den Ansprüchen genügen.

So ging sie denn zum Palast – wofern man das »Gehen« nennen darf: es war ein seltsam schwereloses Gehen, halb hüpfend, in abgefederten Sprüngen, wie im Sattel beim Traben; und ebenso schwerelos, obwohl von schwerster Materie und dick mit Kunst geziert, wichen die Bronze-Tore nachgiebig der öffnenden Hand.

Sie trat ein. Leichen .. Der ganze lange Corridor voll schwebender Leichen, die senkrecht im glasgrünen Wasser standen, ein oder zwei Ellen hoch über dem Boden, teils auch nur fußbreit, und stumm von oben den Vorbeizug der Staats-Person begutachteten, wie sie mit leichtem Schauder unter dem Ehren-Spalier dahinschritt, von Saal zu Saal, von Gemach zu Gemach. Gräßlich: wie hatte man einst so bauen können! Überall, wohin sie kam, Kreuzrippen-Gewölbe und Maßwerk-Fenster, feierlich düstere, unwohnliche Hallen, angefüllt

von ertrunkenen Menschen, die, je schöner gekleidet, an Zahl abnahmen, während gleichzeitig der Glanz der Täfelung wuchs, bis schließlich Gold und Email davon sprachen, daß nun das Allerheiligste erreicht war, der Sitz des Königs, die Spitze einer strengen Hierarchie. Dieser letzte Raum war eine Rotunde. Das wenige Licht, das ihn erhellte, sickerte dämmernd aus dem Tambour der tuffgrauen Cuppel und beleuchtete schwach die Gestalt des Herrschers, der, schneeweiß gewandet unter dreifach gekrönter Purpur-Tiara, vor vielen hundert Jahren zum letzten Mal seinen Basalt-Thron bestiegen, die Hände mit geradezu aegyptischer Stilisierung symmetrisch auf die Kniee gelegt und den Tod erwartet hatte, den plätschernden, gurgelnden Tod, der Zoll für Zoll, Stunde für Stunde, höherklomm. Warum aber einsam? Vielleicht, damit die Aufgabe noch schwerer wurde? die ewige Aufgabe erlauchter Personen: mit Haltung unterzugehen, auch wenn niemand es sah.
Indem die Prinzessin dieses dachte, fuhr ein riesiger Rochen langsam zur Türe ein, schaute mißtrauisch rundum, wehte mit seinen Ohrenklappen .. Und dann glitt er, sobald der Argwohn besiegt, das fremde Mädchen durchdringend angeblickt war, mit einem großen Ruderschlag auf den König zu, stülpte ihm das gewaltige Fischmaul über, und biß ihm den Kopf herunter. Doch verschluckte er sich, hustete erzürnt, spie den Kopf, die Tiara, eine, zwei, drei Kronen wieder von dannen, und beschloß, sein Studium vorerst dem Leibe zu widmen. Der Kopf unterdessen kam bis vor Danaes Füße geschwankt auf trüber Wasserbahn, dort stand er, langes Haar floß ihm vom Scheitel: es war eine Frau. Königin! Priesterin! Und auch das hatte nicht helfen können, man betete an den Göttern vorbei. Sollten die römischen Caesaren Recht gehabt haben, die den Kaiser zum Gott erklärten? Aber ein Gott *wurde* man nicht; man mußte es *sein* .. legitim, ancienn. Was für wissende Augen .. wortlos über Jahrhunderte hin redeten sie kühl und reserviert von letzten Einsichten in unabänderliche Dinge, mit winzigen Spuren Bitterkeit hinter abgründigem Verständnis, Verzicht, Verzeihen .. und mit einer derart bannenden Portion Klarheit, daß sie jeden Einzelnen bei Hofe, durch die verschlossene Tür hindurch, beherrscht, gelenkt, genötigt und getröstet hatten, es sei die Qualität des Sterbens, die das Sterben süß mache ..
Übrigens tat man nicht gut, noch länger zu bleiben, wahre Völkerschaften von Fischen ergossen sich in die Rotunde, und der Rochen, obwohl er ja reichlich zu speisen fand, hauste schrecklich unter ih-

nen, ohne daß es diejenigen, die er schonte, zu kümmern schien. Sie schnappten gierig nach den Resten der toten Regentin, nagten an ihren Lippen und Wangen, schossen vor, raubten ein Weniges, schossen zurück, um zu verzehren, was sie ergattert hatten, Aale schlängelten durch die Flut und bohrten sich in die Ohrgänge ein, Egel und Seenadel, Qualle und Tintentfisch kamen zum Schmaus, es kam die ganze submarine Fauna. Die Prinzessin dürstete es nach Licht und Luft, es war Alles so glitschig hier und grün und übel, sie ergriff eine Krone und ging davon, ein Andenken wollte sie wenigstens haben, ein Spielzeug für das Exil. Ach, die Verbannung schmeckte nicht, nichts schmeckte, selbst ihr Bauwurm war unzufrieden; denn auch über den Park konnte man nur den Kopf schütteln. Mutlos vor Langerweile und Traurigkeit, stand sie einige Minuten am Garten-Ausgang, hockte sich schließlich auf die Terrassen-Mauer und starrte düster in dieses Tiefsee-Paradies, in welchem sie so entsetzlich allein war. Aber sollte sie weinen? es gab Wasser genug hier.
Indes wurde bald für Sensationen gesorgt. Fern über den Wäldern schwamm ein Wal, vor sich her trieb er Schwärme von Macrelen, und mit einem einzigen, langsamen, majestätischen Schluck nahm er ihrer Hundert in sein dunkles Reich. Die Wipfel der Bäume hatten nur geweht, die Fische, soweit sie noch lebten, zerstreuten sich. Freilich einige fuhren in den Rachen des Rochen, der soeben, von Audienz bei der Königin kommend, das Palais verließ, doch auch den Rochen, obzwar er guter Dinge schien, satt und wohlgenährt, wie er war, erwartete schon das Geschick, denn indem er, Verdauungs halber, sein Tempo mäßigte, umstrickte ihn der Tintenfisch, der über dem Portal, ein absonderliches Wappen-Tier, residierte. War er auch kleiner als der Rochen: er war ein Polyp, behend und hungrig, ein unvergleichlich listenreicher Despot, der den Feind explorierte, bevor er zum Angriff schritt, und aus dem Hinterhalte sein Centrum traf, die gefährlichen Zitterklappen. Seine Fangrüssel umschlangen sie, schnürten sie ab, er verstopfte mit den Saugnäpfen die Kiemen, hielt ihm das Maul zu, und erst als der Rochen verschied, zwei Tränen traten aus seinen Mörderaugen, gab der Polyp ihn frei, er verschnaufte sich, tupfte den Schweiß von der Stirn, öffnete das Vorratshaus, und dann packte er die Beute spornstreichs unter den Arm – wobei er die Hüften vielleicht allzu freudig drückte, denn aus dem Maul des Toten, während er gehorsam dahinglitt, quoll ein Strom von toten Fischen.

Auf dem Nachbar-Balcon war ein Hai gelegen, ein beträchtlicher Hai, ein Hammerhai, der hatte den Kampf wohl gesehen, auch die Tactik, auch die Tränen, es lüstete ihn, den Schutz des armen, wehrlosen Rochen zu übernehmen, unbeschadet, daß der Entschluß etwas spät kam. Und *wenn* er spät kam: sollte ein Krake siegen dürfen? mitreden wollen im Concert der Räuber? und mußte nicht eine solche Bataille das Ansehen der Großmächte, deren eine der Verewigte mit sehr viel Würde repraesentiert hatte, auf immer untergraben?
So dachte der Hai, wetzte die Zähne und fuhr schneidig aus seinem Versteck. Welch eine Titanen-Schlacht! welch grausames Gemetzel! die Prinzessin staunte. Es währte lange, es brachte den Hai oft an den Rand des Erstickens, endlich aber, obzwar die Wissenschaft es unmöglich billigen wird, begann rotes Polypenblut aus den Fangarmen zu wölken, matter wurde das Embrassement, bald blies man Victoria; worauf der Hai seinen Contrahenten – hfflp! – wie eine Auster einschlürfte und, mit dem pardonnablen Appetit aller Landsknechte, auch noch den Rochen genehmigte.
Hier glaubte Danae die Stimme der Venus zu hören, als sage sie, respectlos und sachlich: O du Donnerwetter, so war es ja wohl nicht gemeint . .
Das Beispiel machte Schule, die Cousinage erschien: weitere Haie fuhren vor dem Palais vor, statteten drinnen Visite ab, warfen die letzten Macrelen hinaus, schauten zu, wie Seewolf und Meerhecht die willkommene Collation verputzten, wie der Meerhecht dem Seewolf, der Seewolf dem Schwertfisch erlag, und zeigten sich schadenfroh, indem sie ein wenig die Lefzen entblößten, sie applaudierten, sie kreuzten die Flossen, fanden es großartig. Das ergrimmte den zur Gerechtigkeit neigenden Schwertfisch, und er atmete ihrer einen ein – hlrrch! – wobei er dermaßen scharf bremste, daß er rückwärts den bereits aufgesperrten Rachen des Hornrochen rammte, der ihm, ein Fürst unter den Räubern, nahte. Wäre es nicht ein *Drama* gewesen – wo man ernst zu sein hat –: man hätte der Briganten gut und gern lachen mögen, die sich, was Völlerei anlangte, weit mehr getrauten, als ihrer Constitution zuträglich war, denn nicht wenige der Haie, Schwertfische und Hornrochen konnten den Seewolf kaum hinunterwürgen, den dicken, gesunden, zumal er beileibe nicht verstorben war, sondern aus des Siegers Zahngehege her die Landschaft bewunderte, und in *seinem* Maul wiederum steckte des Meerhechtes Kopf, um vorn etwas Luft zu schöpfen,

während man ihm hinten den Schwanz abknabberte, aus dem Hecht schaute der Thun, aus dem Thun ragten noch Aale, Seezungen und Flundern, so ein unordentlicher Esser! und die Haie schluckte der Schwertfisch, den Schwertfisch der Hornrochen, Kampf und Krieg und zuckender Tod, erbarmungslose Vernichtung, Vernichtung um des Neides willen, lieber erstickten sie aneinander, ehe sie dem Nachbarn gegönnt hätten, wessen sie selber übergingen, und dieses Ganze fraß nun der Walhai, fraß es en bloc als Assortiment, eine Lust, ihn nur anzusehen, obgleich es auch ihm um ein Haar zu viel wurde, trotz abstruser Wasser-Verdrängung hatte er ja einen winzigen Schlund, doch der Appetit war bedeutend und verwies alle Schwierigkeiten ins Reich der Fabel.

So räuberten die Räuber um die Wette, sie trieben sich die Beute zu, schlangen, als sei Gargantua selig ihr Lehrmeister gewesen, und über ein Kleines, so wurde es still in der weiten Runde, nur noch drei Walhaie, jeder gut dreißig Klafter oder mehr, schwammen langsam durch die Turmluken und läuteten ein wenig mit den Glocken. Kein Zweifel, nun waren sie satt. Sie hatten ja auch monströs eingehauen an Poseidons Tafel, man konnte nicht sagen, daß sie darben mußten, Gott sorgte reichlich. Der Eine schien sogar ausgesprochen müde, dicht über der Prinzessin glitt er, tempo di largo, als mächtige Wölbung dahin, verdunkelte sie für Minuten, bis er, bei seiner abnormen étendue, vorüber war, und legte sich zu einem Nachmittags-Schläfchen auf die Wälder des Parkes; die Wälder splitterten, doch als glücklichem Besitzer einer Walfisch-Haut machte ihm das nichts, es kitzelte ihn wohl nur und erregte die wonnigsten Sensationen.

»Dieser .. Cultur-Verwüster«, sagte der Zweite zu dem Dritten, und sahen sich an, verwegene Burschen, und wußten, was da zu tun war. Sie paddelten jeder einen Bogen, der Eine links, der Andere rechts, und dann fuhren sie vor, lentissimo, der Eine von vorn, der Andere hinterrücks. Sie machten nicht lange Federlesens, sondern, mit imperialem Ruck, nachdem der Eine mit dem rechten Auge geblinzelt, der Andere mit dem linken verständnisinnig genickt hatte, öffneten sie zur gleichen Secunde ihre Rachen, worauf sie, der Eine den Schwanz, der Andere den Kopf des Schläfers, den sanfte Träume umgaukelten, in ihre Schlünde einschwimmen ließen. Das war nun glatter Friedensbruch, gegen alle Normen von Treu und Glauben verstoßend, aber je nun, wer fragt nach Recht und Moral, wenn es um Macht geht, da Macht, wie man weiß,

die Mittel heiligt. Speiste der Überfallene vom hors d'œuvre der Scrupel? So wenig wie sie – es schien nicht opportun, daß man Nachricht schickte, man wolle ihn, right or wrong, vertilgen. Er protestierte zwar, wünschelrutenhaft auf und nieder gebäumt, doch nutzte ihm das gar nichts, sie fraßen sich durch Fleisch und Speck, das Rückgrat krachte, und der Meergrund hallte, die Türme wankten, die Glocken läuteten, und es konnte allermindestens eine Stunde dauern, ehe sie, in der Mitte ihres still aus der Welt gegangenen Cameraden, sich trafen, denn er so wohl wie auch sie selber waren ja unerhörte Exemplare ihrer unerhörten Gattung: die Queue des Einen wühlte weit hinter den Hügeln und Vorstädten der versunkenen Residenz, die des Anderen gar mißbrauchte als Stütze das ferne Hochgebirge, dessen Marmor-Felsen durch die Gestrüppe von Seetang schimmerten.
Nun, sie hatten sehr viel vor, zu viel, ganz deutlich erlahmten Appetit und Förder-Leistung, und da sie offenbar dringend eines Cognacs bedurften, so blieb noch Hoffnung, sie würden, wie etwa die Menschen nach reich bestellter Tafel, einer schläfrig versöhnlichen Stimmung folgend, zur Siesta entschreiten. Gefehlt: je näher sie einander rückten in dem triefenden Fett-Berg, je wilder funkelten und haßerfüllter ihre Augen, kleinweise mit schweren Verdauungs-Pausen arbeiteten sie schnaufend voran, kleinweise brachten sie ein Pensum hinter sich, das ihnen schon, man sah es, lästig wurde, das ihnen, die Prinzessin begriff es, nur noch zum Alibi diente, damit man nicht vor der Zeit ihre Bündnis-Treue in Zweifel zog. Was hatten diese Walfische für entsetzliche Hauer – wahre Gatter von einer allerfürchterlichsten Sorte Zahn, was für lanzenstarrende Flossen – widersprach das nicht jeglichem Lehrsatz und Naturalien-Cabinett? Freilich: auch sie rechneten unter die Familie der Haie, nichts als Haie, aber solche, die ihresgleichen suchten, Elephanten der Tiefsee, urweltliche, Iguanodon und Ichthyosaurus waren ein Pappenstiel, sie wurden immer größer, Kaiserreiche von Haien, nach Klaftern nicht mehr zu messen, und nun mußte sich definitiv die Fassungskraft ihrer Intérieurs, ja, überhaupt, ihre Kraft schlechthin, zeigen.
O, und wie es sich da zeigte! Kein Gedanke, daß Gargantua selig noch den Vergleich gab – nein, hier versagten alle Maßstäbe. Denn, mit einer vorsintflutlich übergigantesquen, nur einem Barock-Walfisch möglichen Anstrengung, während man in ihren Blicken das ausweglose »Du oder Ich« beklemmend las, riß der Eine, in der

Tat, eine Secunde früher als der Andere das wüste Maul so ungeheuerlich weit auf, daß ihm – die ganze Insel Myrrha wäre hineingegangen – daß ihm die Mundwinkel platzten, und bekam, wobei sein Schweif die halbe Residenzstadt des versunkenen Reiches umlegte, so sehr peitschte er durch die Landschaft, die Glocken stürzten dröhnend zur Tiefe, riesige Schlammwolken wälzten sich über den Schauplatz der Zerstörung, und bekam, in der Tat, mit absolut großartigem, absolut incomparablem Ruck den Kopf des Anderen zu fassen, und ruckte einmal, und ruckte ein zweites Mal, und faßte ihm hinter die Kiemen, und faßte nach, und biß und malmte, krrkkrach! der Andere aber, indem er das Hochgebirge zerdrückte, schnellte noch im Sterben herum und schlitzte seinem Mörder der Länge nach, eine halbe englische Meile weit, den Lasterbauch auf.
Und aus dem Bauche plätscherte es von toten Fischen, und aus dem abgebissenen Rumpfe quoll eine ganze Fisch-Fontaine – wie das glitzerte! wie das zuckte und gleißte! ein einziges schillerndes Meer von Fischen, die wolkengleich, eine Wolke von schmerzenden Blitzen, nach oben trieben.
Hier stöhnte die Prinzessin in ihrem Dämmerschlaf – sie wurde auch nach oben getrieben – und warf sich unruhig herum. »Wo ist meine Krone?« murmelte sie, »halten Sie mir doch die Krone fest . . Was ist denn bloß!«
»Ja . .« sagte der Minister mit dünn arroganter Stimme, während ferne Blitze den Horizont überflammten, »es gewittert ein wenig, wir haben Revolution, dergleichen geht selbst einer Wolkenwand à la longue auf die Nerven, und die Krone, was wollen Sie, die wird nur eben etwas . . modernisiert, da gibt es gar *nichts*.«

XI. Capitel

Jetzt ertönte funebre Musik – eine Trauer-Musik in c – bestürzend fremdartig; ohne doch eigentlich traurig zu sein. Bassett-Hörner, Contra-Fagott . . *ganz* seltsame Accorde – Violinen, Oboen. Und aus dem Spiegel, erhabenen Ernstes, winkte der gar nicht mehr Rosenfarbene.
Sie folgte.
»Wohin?« fragte sie rauh.
Er legte den Finger auf die Lippen.
Ihr Herz zog sich zusammen, schweigend nahm sie die dargebotene Hand. Es war Orpheus, der sie führte.

Die Landschaft hing voller Nebel – ein Nebel, so durchscheinend wie die Musik, die, bei Abwesenheit jeder Klage, wehmütig das düstere Glück des Todes sang.
Nach langer Wanderung fiel der Weg felsig zu eingeschnittenem Fluß-Tal, wo unübersehbare Menschen des Fährmanns harrten. Da die Prinzessin nicht, wie alle Übrigen, in weißem Sterbe-Laken ging, so wich man ihr, unter devotesten Reverenzen, aus. Am anderen Ufer, neben einer Carrosse mit drei sehr schönen Rapphengsten, wartete ein stattlicher Herr, umgeben von Damen in Dreier-Gruppen. Die Elfenbein-Krone auf den Schabracken der Pferde und auf den Schlägen des Fonds kennzeichnete ihn als den Souverän dessen, was weder Sonnen- noch See-Gebiet war, als Pluto, den Bruder Jupiters und Poseidons. Man stand am Ufer des Acheron.
Inzwischen landete die Barke, man setzte über. Auch der Fährmann sprach kein einziges Wort. Eben so wenig der Gott. Er verneigte sich gemessen, celebrierte eine eben so gemessene, zu nichts verpflichtende Handbewegung, bestieg seinen Wagen und fuhr davon; die Damen desgleichen. Desgleichen verneigte sich Orpheus, schon am nächsten Kreuzweg, völlig stumm, und entschwand. Sie hatte ihn bitten wollen, ihr zu sagen – kein Laut gelang.
Nebel – tiefe Einsamkeit. Was tun? Sie schloß die Augen und horchte der Musik nach, wobei sie das Ohr von Zeit zu Zeit um einen Achtel-Kreis drehte. Das Thema hieß leidenschaftliches Aufbäumen, ein verzweifeltes »Bitte noch nicht!« In bestimmter Richtung schien die Resonanz minimal stärker. Dahin ging sie.
Nach einiger Weile wurde ein Schemen sichtbar. War es ein Wegweiser? Ein Kreuzweg *wohl*; aber das, was sie für Kreuz-Arme hielt, waren zwei Degen, die verschränkt aus den Hüften einer menschen-ähnlichen Gestalt ragten. Die Gestalt selbst blieb immateriell und diaphan; hob erfreut die Hände zur Stirn; beugte in feinster Lebensart Kopf und Oberkörper (oder das, was einmal Körper gewesen); doch als die Prinzessin darauf zu trat, wehrten die Hände mit Entschiedenheit jede Näherung ab. Die Musik wurde zerreißend; reißend das Heimweh Danaes. Giovanni! wollte sie rufen – ihre Kehle versagte. Und alsbald verfloß Herrn v. Leguas Geist.
Nach einiger Weile setzte sie die Wanderung fort. Allein; und doch wieder auch nicht allein. Was war nur? Es wanderte jemand mit ihr, neben ihr . . jemand Undeutliches. Dann sah sie es deutlich werden: das Morgengrau zur Seite verdichtete, strudelte sich; etwas Allon-

genhaftes begleitete sie; sie faßte danach, es schrak zurück; beschrieb eine ornamentale révérence d'adieu; verwehte.

Die Prinzessin wurde ganz ratlos. Aber was half es? So nahm sie ihren Weg wieder auf, dem Gehör-Sinn folgend, da kein Leitstern glänzte. Und nochmals nach einiger Weile stand ein Schemen seitab in der Nebelfeuchte, trug den Kopf auf der Hand, kniffte bizarr den linken Mundwinkel und reichte fürstlich mit zwei Fingern einen Bischofs-Ring. Hier konnte sie den Tränen nicht länger gebieten: sie stürzte blindlings zu den Füßen der schwach cardinalsrot getönten Aura – keine Aura mehr da. Da: horch . .?

Diese Musik!! in zögernden Moll-Klängen Schritt für Schritt eine unsichtbare Schwelle querend – General-Pause – und dann ein *Bläser*-Accord, transparent bis zu den Horizonten des Jenseits! strahlendes Dur, ob auch gleichsam mit Tüchern weich verhüllt; ein lösendes, erlösendes Ja; wie wenn der Mensch nach schwerem Todeskampf dankbar die Seele aushaucht.

Die Schleier schwebten zur Höhe.

Neuerdings eine Fluß-Barrière, neuerdings drüben der Gott mit seinen Damen. Nur war es heller hier und der Fluß breiter; seichter überdies, man brauchte keinen Fährmann: die Seelen wateten hindurch, schöpften ihren Trunk aus dem Lethe-Strom, und vergaßen . . Auch Danae wünschte, zu vergessen; doch untersagte es Pluto mit ganz knapper Handbewegung; worauf er winkte, näher zu treten.

– »Kaiserliche Hoheit . .« brachte sie tonlos heraus und ging in tiefen Hof-Knicks.

Kaiserliche Hoheit legte den Finger vor die Lippen; war aber ein sehr freundlicher Herr. Die Damen trugen befremdliche Coiffuren, meist von Schlangen, die ein unruhiges Leben verrieten. Im Übrigen kannte man durchaus die Attribute, und es bedurfte keiner Praesentation. Im ersten Wagen, abstrus mager, fuhren die Eumeniden; im zweiten Fürstin Medusa nebst beiden gorgonischen Schwestern; im dritten fledermaus-flüglige Harpyien, die so gewaltigen Appetit hatten, daß sie, hin und wieder während der Reise, mit größter Selbstverständlichkeit den Arm ausstreckten, am Wegrand eine Seele packten, mit Raubvogel-Klauen zum Raubvogel-Mund rissen und schlicht verspeisten. Die Parzen aber – der Leser denke zurück: steinalte, verknitterte Damen, die liebestoll für den Botschafter glühten – wurden von Pluto aufgefordert, mit ihm und der Prinzeß den Fond der großen Carrosse zu teilen; eine Her-

zogin von Scheria war auch dabei. Clotho und Lachesis spannen eifrig. Dreiköpfig unter wütendem Gebell umtobte Cerberus, der erschrecklichste Bullenbeißer, den Conduct des Großherrn.
Die Fahrt ging im prestissimo vonstatten. Man passierte die kochenden Wasser des Phlegeton, wohnte kurz einer Gerichts-Verhandlung bei, die von Rhadamantys persönlich geleitet wurde – just wies Herr Kastamomi dem Tribunal seine Zwicker-Fragmente –, man überrollte den Grenzfluß Kokytos, wo das Höllenreich anfing, warf im Vorbeifliegen wohl auch einen Blick des Schauders auf die bedeutendsten Criminellen – den Erzbuben Sisyphus, dem dauernd ein mordsmäßiger Fels-Brocken fortkollerte; den leberleidenden Prometheus, von heutiger Operation noch ganz erschöpft; oder Ixion, den die Götter wegen versuchter Notzucht an Juno straften – und hielt endlich an den Ufern des Styx; doch war dies nur eine knappe Pause: Furien, Gorgonen und Harpyien verabschiedeten sich, sie hatten in den Gefilden der Seligen kein Wohn-Recht. Der Weg führte eine Weile am Styx entlang, einem sehr schönen, gewundenen Strom-Tal mit nebelverhangenen Pappel-Wäldern, dann kamen schon die Champs-Elysées, eine schnurgerade Prachtstraße, mit sechs Reihen Castanien besetzt, unterbrochen durch einen Rond-Point, von dem aus man, linker Hand einbiegend, unter Scharen von Promeneuren, die freudig ehrfurchtsvoll grüßten, zum Palais des Herrschers gelangte.
Man begab sich zu Tisch. Auch hier wurde nichts gereicht als etwas Ambrosia, das undefinierbare Leib-Gericht der Chroniden, und ein paar Gläser von dem eben so langweiligen Einheits-Sect. Dabei war Pluto, wenn man der Mythologie Glauben schenkte, geradezu sagenhaft begütert; offenbar aber sparsam von Natur; oder er verabscheute es, à la mode des parvenus sein Bank-Conto zur Schau zu stellen. Es schien nur angedeutet, zum Exempel in der enormen Saal-Wölbung, die ohne Stuck oder Fresco, nur leicht verschleiert durch bläulichen Höhendunst, pure Kohlen-Flöze erblinken ließ. Diese riesenhafte Kahlheit, dachte die Prinzessin (dachte, weil sie nicht reden durfte), und dachte es in den Versen einer spanischen Comödie,

Diese riesenhafte Kahlheit
Zeugt von ungeheurem Reichtum.

Der Gott verbeugte sich amusiert unter vielsagendem Lächeln . . Schrecklich – ob es ihn verstimmt hatte? Hoffentlich nein. Er war einer der liebenswertesten Götter, die ihr je unterlaufen, Cavalier vom Zopf bis in die Escarpins, machte gar keinen Staat und trug, außer einigen Breloquen und einem Diamant-Ring, auch gar keinen Schmuck: sein *Wesen* war liebenswert.

Hier verbeugte er sich zum zweiten Mal, sodaß Danae betreten errötete. Dann hob er die Tafel auf. »Ecoutez, Princesse. Je vais vous montrer votre appartement.«

Nun, dies überraschte. Aber wenn die drei Brüder schon Himmel, Meer und Unterwelt teilten, warum sollte dann Pluto nicht auch sein eigenes Sprach-Exil haben wie Lord Nep und Erlaucht Graf Weißenstein?

»C'est ce que je dis«, bestätigte er zuvorkommend und verbreitete sich mit gleichbleibender Freundlichkeit über die Gründe seiner Wahl: man habe ihm für die Zukunft ungewöhnlich großzügige Lieferungen an Toten veraccordiert, »et en reconnaissance de ces livraisons, je me suis transformé en dieu français. Il faut être moderne!« – als Unternehmer schon ohnehin, wendig, vorausschauend, stets auf der Höhe der Zeit. Auch Mars lerne eifrig Französisch.

Und er führte die Prinzeß in ihr Appartement.

Nun, dies überraschte noch etwas mehr, sie blickte ratlos zurück, in seine lustigen Altherren-Augen; doch er legte den Finger auf die Lippen. »Avancez toujours«, schlug er mit einladender Handbewegung vor, »mais rappelez-vous bien un vers de M. Poquelin: Ce monde, chère Agnès, est une étrange chose . .« und lächelte listig aus seinen Krähenfüßen.

In der Tat eine befremdliche Angelegenheit.

Man stand unter der Cuppel einer Rotunde, deren Decor von schräglaufenden Adern Berg-Cristall, Schwefel, Alaun und Cinnober gebildet wurde, dazwischen Kobalt, Vitriol, Edelsteine, ultramarinblaues und weißes Email, Gold, Silber, Salz – glitzernd von allen Farben des himmlischen Spectrums.

Aber das Befremdlichste waren die Stollen-Tore. Danae zählte ihrer zwölf, bis auf zwei sämtlich vergittert, und ihre Ratlosigkeit wuchs, als Gott und Parzen schlichterdings nicht mehr existierten – der Erdboden hatte die Herrschaften verschluckt.

Was nun?

Sie trat an das erste der geöffneten Tore, und ihr erster Eindruck wurde ein Sarg. Ein klobig archaischer Sarg. Hier endete der Stollen, entsandte jedoch einen Schacht nach oben; die Fackel im Ring warf schwelendes Licht gegen die aufsteigende Wandung. Mit Mühe unterschied sie, daß eine Leiter emporführte, gußeisern und sehr gebrechlich. In drei bis vier Klaftern Entfernung folgte offenkundig eine Art umlaufender Balcon. Etwas höher ein zweiter. In den Nischen: Särge. Weiteres war nicht zu erkennen; die Luft modrig.

Der andere Schacht zeigte ähnliche Scenerie; nur daß hier, an Stelle der Särge, in Abständen Kleider hingen, Monstra von Kleidern, antiquierte Moden, aus unvordenkbaren Jahrhunderten stammend; und den fehlerhaften Erzguß ersetzten schwankende Stricke, roh und schlecht miteinander verknüpft. Immerhin wehte die Luft frischer, es roch wie im Wäscheschrank, und die Prinzessin zog ihren Schluß: wo Luft war, mußte ein Ausgang sein, hinaus wollte sie, und da der Eingang, durch den man gekommen, mittlerweile vergittert lag, so konnte die Wahl nicht schwer fallen. Denn hier wohnen? Ah non, Monsieur le dieu, et mille mercis. Sie ergriff die Strickleiter.

Eine freundliche Hand hielt sie zurück; sie setzte den Fuß wieder auf und ließ, völlig steif, mit sich geschehen, was die unsichtbar stummen Gewalten zu tun für Recht befanden. Pantherfell, Rock, Bandriemen, selbst die Nelke im Haar – Alles wurde ihr fortgenommen. Sie war so nackt wie Mutter Eva im Paradies, besaß aber weder ein Feigenblatt, noch hatte sie vom Baum der Erkenntnis gegessen. Der Teufel mochte wissen, zu welchem Ende dieser Garderoben-Schacht führte, und ob ein Sinn sich hinter Plutos Laboratorium barg.

Inzwischen verlor sie alle Körperlichkeit. Man reichte ihr ein Glas Wasser. Sie vergaß, wer sie war. Schwebte wie ein Rauch zur Höhe; schloff in das feucht-klamme, viel zu große Grobleinen; war ein winziges Wesen, das Zähne bekam, die Zähne wechselte, wuchs, alterte, verfiel, schrumpelte, Zahn um Zahn wieder verlor, über sich neue Kleider hängen sah – und abermals sanft nach unten reiste. Man zog sie aus, gab ihr zu trinken, sie vergaß, wer sie gewesen. Wölkte zur Höhe – das gleiche Spiel – in atemraubender Geschwindigkeit von Geburt zum Tod – vom Tod zur Geburt – Gastspiele in fremden Hüllen. Immer höhere Höhen, immer reichere Gewänder, und wenn sie bei neuer Incarnation hinaufschaute durch den Brunnen der Zeiten, so konnte sie oben bereits den freien Himmel ahnen, große Sterne blickten hernieder. Aber dann zahnte sie, ihre Haut wurde schlaff, sie fuhr zur Tiefe.

Übrigens gab es auf jedem Balcon, außer dem vollständigen Satz Leibwäsche, ein vollständiges Inventar von Berufs-Utensilien, sodaß man jedes Mal genau wußte, woran man war. So war sie das

eine Mal, in grauer Vorzeit, eine Töpfersfrau, dann eine Sclavin der Pharaonen, Gerichts-Schreiber im minoischen Creta, cypriotischer Gastwirt, Patricierin vor den Toren Roms, kaiserliche Prinzessin von Byzanz zu den Zeiten der Comnenen, Seeräuber an der Ligurischen Küste, genuesischer Vice-Admiral, verschleierte Dichterin hinter provençalischen Klostermauern, illyrischer Erzbischof, spanische Hofdame Kaiser Carls V., leitender Architect an St. Peter, Violinist in der Capelle eines Pfalzgrafen bei Rhein .. und je höher sie stieg, je verzehrender wurde ihre Sehnsucht nach den noch höheren Welten – nur daß sie leider alles Gewesene immer gleich wieder vergaß, weshalb ihr auch gar nicht als verwunderlich auffiel, daß gewisse irdische Localitäten, in Süd respective Nord ihres jeweiligen Corpus, die jeweilige Veränderung jeweils mitmachten.
Sie war just wieder einmal unten, um ihr Lethe-Medicament zu schlucken, da füllte bläuliches Jupiter-Licht die Rotunde, eine ganze Götter-Assemblée trat ein: Pluto; Persephone, seine Gemahlin; Schwiegermutter Demeter; bescheiden im Hintergrund Aesculap, von den Parzen halb verdeckt; Apoll als Verbindungs-Officier zwischen Himmel und Unterwelt, mit suffisantem Lächeln die Musen anführend; Lord Nep, dem hinkenden Nepoten Vulcan hilfreich den Arm bietend; Venus, tout à fait nue; endlich Diana in Pantherfell und Faltenrock, mit umbänderten Fersen, einen liegenden Viertelmond als Agraffe im Haar tragend.
»Schacht 11«, sagte Apoll, »scheint mir für das Experiment unseres erlauchten Vaters am geeignetsten. Die Aufgabe ist heikel, es kommt nur eine *sehr* alte Seele in Betracht. Sind diese paar Leutchen hier die ältesten Semester? oder haben Kaiserliche Hoheit noch bessere Offerten?«
Kaiserliche Hoheit zuckte ärgerlich mit den Lidwinkeln, offenbar enervierte ihn die Arroganz des Herrn Neffen. Er musterte kühl das Treiben vor den Stollenschächten – auch dort herrschte ständig lautloser Schicht-Wechsel –, dann winkte er dem churpfälzischen Geiger, der freudig ehrfurchtsvoll näher trat, winkte herablassend dem Gotte der Heilkunst und befahl ihm, die Candidaten-Seele auf Erbgesundheit zu untersuchen. »Junger Mann«, äußerte dieser Gott, denn der Geiger war jung verstorben, »Ihre seelischen Organe sind in bester Butter, wir wollen Sie an eine Leitung erstclassigen Blutes anschließen. Heda, Schwester, zeigen Sie einmal das Behandlungs-Bulletin. Aha – interessant, interessant, bereits Prinzessin gewesen, allerdings Neben-Linie. Militärisch vorgebildet, sehr

gut, juristisch ebenfalls. Seeräuber .. hm. Gute Nerven. Also: es wird eine Seele gesucht für ein Kind, dessen Mutter hoch im neunten Monat ihrer Niederkunft entgegensieht. Erbprinzessin, später Königin – kein leichter Beruf. Trauen Sie sich das zu?«

– »Jawohl, Herr General-Arzt!«

Der Gott der Mediciner steckte das Hörrohr wieder ein. »Der Befund könnte nicht besser sein«, erklärte er, zu seinem Onkel gewendet.

»Une liqueur!« befahl der Onkel. Man reichte dem Violinisten das obligate Glas Lethe. Er vergaß die ganze Chur-Pfalz.

»Féminin!« Gewisse irdische Localitäten entsprossen, das liebe Götter-Publicum freute sich ihrer.

»La peau de panthère!« Die Schwestern eilten und zauberten wieder hervor, was man der Prinzessin bei ihrer Aufnahme abgenommen.

»Un croissant! Chère Diane, je vous prie ..« Ungern nur trennte die Göttin sich von ihrem Viertelmond, gab aber gern zu, daß er dem neugebackenen Mägdlein – dies ihr Ausdruck – vortrefflich stand.

»Voilà comment on se pare de plumes de paon«, bemerkte Plutone, was zwar als geläufige Redensart gemeint war – man schmückte sich mit fremden Federn –, vermöge des darin vorkommenden Pfauen aber dennoch die Nichte verletzte.

Die neue Prinzeß küßte der Göttin schüchtern die Hand. »Kaiserlicher Hoheit untertänigst zu danken.«

»Puits de mine, numéro onze!«

– »Schacht 11, marsch!« sagte Apollo und gab ihr einen Klaps. Sie entschwebte.

Tiens! es war der Schacht mit den Särgen. Die Luftfahrt führte an klobigen Archaismen vorüber, an lombardischen Steinsärgen – das Haus Myrrha leitete sich von dort her –, romanischen Fries-Ornamenten, gotischen Bronze-Grabmälern, antikisierenden Epitaphien, schon tauchte das Myrthen-Wappen auf, der Herzogshut, die schwellenden Formen der maniera nuova, schon kam das Erb-Begräbnis des letzten Paares, Silvius Nimrod und Dame Imperia, die lächelnd, als riefen sie einander den Morgengruß zu, als plastische Figuren auf ihren versilberten Blei-Särgen lagerten, und gar der nächste Balcon zeigte den König Alphanios voll beschäftigt, die Boden-Mulde des seinigen mit Kissen und Laken malerisch auszuschlagen, probehalber den Fuß hineinsetzend, sodaß er kaum Zeit fand, die Tochter hinlänglich zu begrüßen. »Geh nur gleich nach oben, mein Kind. Wir Fürsten haben kein Recht auf persönliches Glück.« Sprachs, bestieg vollends die lockende Ruhstatt, zog den Deckel hinter sich zu und war nicht mehr.

Danae blickte unschlüssig die Majestät ihrer Mutter an, die kühl und gemessen auf den nächstfolgenden Balcon wies, wo ein Thron bereit stand, ergriff die Leitstangen der gußeisernen Stiege und hielt noch einmal inne, denn der väterliche Sarg-Deckel bewegte sich – die schöne, viel zu zarte Hand winkte, der Deckel klappte hoch. »Ich sehe so gern zu«, erklärte der König, schloß aber die Augen und entschlummerte mit ruhigen Atemzügen.

Die Prinzessin nahm ihren Thron ein. Aus den Ritzen der feuchten Schachtwandung stolperten Asseln, Kröten, Molche und anderes schleimiges Gewürm, das ihr die artigsten Complimente über hochdero Schönheit machte; von oben, wo der Sternhimmel leuchtete, schneite es goldene Dublonen.

Es wurde ein so immenser Schneefall, daß bereits nach geringer Frist der ganze, ungeheuerlich tiefe Brunnen gefüllt war, der Flutspiegel stieg und stieg, die Prinzessin desgleichen, der Thron versank wie in goldenem Getreide, die Schacht-Öffnung erhellte sich mehr und mehr, und bald erreichte Danae, unter strahlendem Sonnenlicht, den oberen Brunnenrand. Dort saß ein dicker Mann – nackt und rosig, das war sein Air – und stülpte ihr, als sie eben mit dem Kopf in Höhe seines Sitzfleisches ankam, brutal jene Krone auf, die sie aus poseidonischen Gebreiten kannte.

»Ah, guten Tag, Majestät«, sagte er. »Wie gehts, wie stehts. Nehmen Sie Platz. Sie sind eine hervorragende Königin. Fünfzehn Millionen Taler Courant – ich werde Ihnen eine Ovation bringen lassen. Ah was! seien Sie gemütlich, zu reden haben Sie ohnehin nichts, wir sind hier constitutionell. Schauen Sie, was ein schönes Spielzeug!«

Der Brunnen war als Turm gemauert, er stand auf felsiger Insel. Die Insel wimmelte von flohkleinen Menschen, die durch dünne Goldfäden mit den Fingern des dicken Mannes zusammenhingen und nach seinem Gefallen tanzten. Das heißt, um genau zu sein, so tanzten sie nicht, sondern bedienten eine Unmenge von eben so flohkleinen Maschinchen, in die man hinten ganz wenig geschmolzenes Gold füllte, worauf es vorne verhundertfacht in Form von Münzen wieder ausgespuckt wurde und vermöge sinnreicher Eimerbagger zum Brunnen schwebte, um pladdernd hinabzupurzeln, pau-

senlos. Auf der Reede löschte man ganze Schiffs-Flotten, die ebenfalls Gold brachten. »Bitte gegenzeichnen«, sagte der Dicke und zog den monströsesten Schreib-Apparat, aus welchem die Tinte selbsttätig floß, schrieb einen Chèque, womit er den fernsten Republiken Anleihen gewährte, Danae malte ihr Initial, die Brieftaube entflatterte. »Passen Sie auf, Majestät, das gibt mindestens zehn Zinsen-Schiffe. Mir gehört Alles. Ich bin der ungekrönte Welt-König. Wenn Sie brav sind, dürfen Sie den Globus regieren. Sehen Sie da drüben die fetten Bauern auf ihren Feldern? Die glauben unabhängig zu sein – sind es nicht. Die satten Bürger da mit ihren Dublonen-Säcken? Sind es nicht. Alles tanzt, wie ich will.«
Aber das war ein Irrtum. Wie es auch Irrtum war, daß sie die flohkleinen Arbeits-Tiere für Menschen hielt. Die Tierchen waren Nullen – massenhafte, winzige Nullen, mit Armen und Beinen zwar, doch ohne Kopf. Und dazwischen, hin und wieder, eine Eins. Eine Zwei. Possierlich .. Die Einsen gar nicht so rar, die Zweien schon rarer, Dreien ganz selten. Und jetzt konnte man beobachten, wie an der einen Maschine eine Eins unter fürchterlichen Gesticulationen sich vor den Nullen aufbaute, sie quasi per Magnetismus anzog und mit gewaltigem Nullenschwanz durch die Landschaft raste. Die Maschine stand. »Das macht mich nicht heiß«, behauptete der Dicke. »Ich werde sie etwas zappeln lassen.« Schwierig: die Fäden wollten nicht, wie er wollte. So griff er nach einiger Weile hinter sich in den Brunnen, streute zwei Hände voll Dublonen hinab, man schlabberte sie vom Boden auf wie das liebe Vieh, die Maschine lief wieder.
Practicables Verfahren. Nur nutzte es nichts. Denn die anderen Einsen fanden das Verfahren auch practicabel, jetzt rasten schon an die zwanzig Nullenschwänze daher, und zwanzig Maschinen stellten die Production ein – bis der dicke Mann auch sie befriedigte. Und sie trugen ihre Ducaten zu den Bauern und Bürgern, futterten, was das Zeug hielt, und kehrten zurück an ihre Obliegenheit.
Alsbald aber wurden die Zweien activ. Und als das nächste Mal Nullen-Eins-Schwänze auftraten, so blieb gar nichts übrig: Alles hängte sich an die erstbeste verfügbare Zwei, die nun als Massen-Schlange durch die Gegend reiste. »Die Leute sind reichlich unbescheiden«, bemerkte der Dicke, »und bringen mir alle Fäden durcheinander. Bitte gegenzeichnen. Fern-Ost braucht Anleihen.« Er ließ den Nullen-Zwei-Schwanz noch etwas zappeln; da aber gerade wieder ein mächtiges Zinsen-Schiff im Golf ankerte, so streute er

doch gnädig eine beträchtliche Summe ins Volk. Die Schlange beruhigte sich.
So ging es fort und fort. Längst waren die Nullen-Zwei-Schwänze so unmodern wie die Nullen-Drei und Vier. Eine Boa constrictor mit Fünfer-Kopf umzingelte den Turm-Brunnen, und der dicke Mann ließ sich entsetzt in die Goldflut plumpsen. Die Goldflut machte schwapp! schwappte über den Mauerrand, Boa constrictor zog erschrocken den Kopf ein, schüttelte ihr Fell wie ein naß gewordener Pudel, schickte ihre unzählbaren Nullen-Eins-Schwänze nach Hause, an die Maschinen, und bat die Vieren und Dreien zu einer internen Besprechung.
»Das geht nicht gut, das geht nicht gut«, sagte der Dicke, kratzte besorgt hinterm Ohr und warf ganze Ducaten-Eimer in Richtung der Fünf. Die Fünf nahm das Geschenk mit Dank und entließ auch die Vieren und Dreien.
Itzt kam die Sechs daherspaziert, die war schon etwas gewichtiger als die nicht ganz standfeste Fünf. Ein phantastischer Riesenwurm walzte planierend über Stadt und Land. »Hoppla!« schrie der Dicke und veranlaßte die Königin, gemeinsam mit ihm in die Goldflut zu fallen. Das half. Der Nullen-Sechs-Wurm zog den Kopf ein, die Nullen-Eins-Schwänze kehrten brav an ihre Maschinchen zurück. Die freilich waren zum Teil zerstört, roherdings dem Erdboden gleich gemacht, woraus folgt, daß eine Menge Nullen brotlos wurden. Sie hängten sich an die fanatische Sieben. Nur hatte die Sieben zum Glück nähergelegene Ziele: sie fraß die Bürger und Bauern auf. Nun schien sie satt. Der Dicke atmete erleichtert und schrieb mit frommem Gewissen einige Chèques aus. Man löschte sogar wieder die Zinsen-Schiffe. Aber der Gedanke an die Acht war doch eklig, allein ihre Gestalt erregte das turbulenteste Übelsein, der Doppel-Plumps würde schwerlich genügen, und so entschloß sich der Welt-König denn, Acht, Sieben, Sechs, Fünf aufzufordern, sie möchten neben ihm Platz nehmen, man wolle sich gegen die Neun verbünden.
Das taten sie.
Und dann kam die Neun, die nur noch aus Kopf bestand, sie fuhr einfach per Bagger zu Berg, und die Acht-Sieben-Sechs-Fünf stürzte sich nicht in die Flut, sondern wespenhaft auf den dicken Mann, und der Neun-Null-Millionen-Wurm sperrte den Rachen auf, vor Schreck sauste die Königin rücklings durch das ganze Gold-Getreide zu Tal, der Wurm hinterher, es wurde dunkel im Schacht, die

Königs-Gräber kollerten demoliert in die Tiefe – und hätte nicht unten Pluto gewartet, der das grausliche Ungetüm klatsch! klatsch! mit zwei wohlgezielten Ohrfeigen bediente, so wäre es vermutlich auch mit ihr aus gewesen.
So aber landete sie auf ihren zwei Beinen, schämte sich des eclatanten Mißerfolges, blies etwas Luft über die Lippe und strich das Haar aus der Stirn.
Wo war sie nur? Kein Gott mehr vorhanden .. Keine Rotunde, kein Mineralien-Cabinett. Marmor. Geröll. Alpine Vegetation. Allerhöchst seltsam.
»Ascenseur!« rief die Stimme des liebenswürdigen Chroniden.
Fahrstuhl? was sollte ein Fahrstuhl?
In diesem Augenblick hob sich ihr Magen – der Marmor das Geröll die Vegetation – der Plafond über ihr brach auseinander, wie wenn ein Maulwurf dem bröckligen Gartenbeete entsteigt, sie stieß mitsamt ihrem Fahrstuhl durch Erde und Meer, breitbeinig, um nicht zu fallen, auf steilem Felsgrat, an welchem das Wasser mit Gurgeln ablief, hohes Gras und Schilf und schweigende Urwälder tauchten tropfend aus den Fluten, atemversetzend, diese Geschwindigkeit! eine Insel, ein Königreich, immer größer, immer weiter, bis an die Horizonte, sie fuhr in die Nebel-Region, die Nebel verdampften, Flüsse und Ufer, Alles strahlte von Morgenglanz, dabei war gar keine Sonne zu sehen (mysteriös!), tief unten traten Adam und Eva, noch ungekämmt, auf die taufrische Lichtung, geblendet schlugen sie die Hand vor die Augen und sanken anbetend nieder. »Die *Sonne!!*« riefen sie hingerissen – womit sie ersichtlich die Prinzessin meinten. Die Prinzessin aber fand es ein wenig exaltiert und erwachte.
Im Fenster stand flammend die Sonne, wie ein Tiegel kochenden Goldes.
»Wo bin ich?« fragte sie verwirrt.
– »In hochdero Schlafgemach auf Monrepos, Königliche Hoheit«, erwiderte eine Stimme, so oelig und abgenutzt von Devotion, daß sie nur einem Lakaien gehören konnte.
»Wer hat denn da Ascenseur gerufen? Gibt es denn hier Fahrstühle?«
– »Submissest um Entschuldigung, Königliche Hoheit, wenn ich zu laut war. Das Frühstück kommt aus dem Souterrain, es ist im Salon serviert. Der Banquier Frhr. v. Hermes erbittet Audienz.«

»Guten Morgen, Baron, ich hatte nicht erwartet, Sie hier zu sehen, Sie machen Ihrer Nobilitierung wenig Ehre.«
– »Untertänigst guten Morgen, Königliche Hoheit. Bei einigem Nachdenken werden Sie mich *doch* erwartet haben. Wie bekannt sein dürfte, bin ich überzeugter Monarchist, weshalb ich mir erlaube, Ihnen –«
»Warum sind hier zwei Gedecke aufgelegt, Thaddäus?«
– *»Herr* Thaddäus«, sagte Thaddäus, und auch sein Lächeln war der Prinzessin unsympathisch.
Vampyrios Hermes, ohne Allonge, erläuterte rosig nackt die Absicht. »Weil wir zusammen frühstücken. Ich biete also, wie gesagt, die Krone.«
»Thaddäus, gehen Sie hinaus.«
Der Lakai gehorchte mit schiefem Blick.
– »Königliche Hoheit erfreuten sich angenehmer Träume?« fragte Vampyrios. »Man hörte von Zinsen . .«
»Das ist sehr wohl möglich, nachdem Sie die Güte hatten, unaufgefordert in meinem Salon zu stehen. Ich träumte von einem dicken Mann, den die Nullen fraßen. Er sah Ihnen ähnlich.«
– »Welch reizvolles Dessein. Mittlerweile erwartet das Tribunal den Entscheid in Betreff der Offerte. Ich kann nur dringend raten, acceptieren Sie.«
»Lieber Baron, ich weiß zwar nicht, wie sich in Ihrem Kopf die Existenz einer Königlichen Prinzessin malt, doch davon abgesehen: halten Sie mich für so dumm? Ich habe bereits Herrn Kastamomi lang und breit und bis zur Ermüdung die Gegen-Gründe entwikkelt.«
– »Kastamomi?«
»Ja.«
– »In welcher Eigenschaft?«
»Als angeblichem Praesidenten dieser angeblichen Republik.«
– »Aber das bin ja ich!« Der Banquier war äußerst erheitert, nach seinem Lachen zu schließen, das grobschlächtig und hemmungslos ein internes Unbehagen übertünchte und plötzlich abbrach; lauernde Verkniffenheit trat an die Stelle. »Wo steckt er?«
»Oben. Er ist tot.«
Der Finanz-Magnat entspannte sich. »Vortrefflich«, sagte er. »Also?«

»Um der Sache ein Ende zu machen, Baron: wofern *Sie* ein Compromiß suchen – *ich* suche es nicht. Denn was heißt constitutionelle Monarchie? das dürfte eine contradictio in adjecto sein. Punctum. Entweder regiere ich nach *meinem* Kopf, oder mein Kopf ist überflüssig.«

– »Überflüssig ..« wiederholte Vampyrios. »Dem ließe sich Rechnung tragen. Ich kann sehr gut rechnen, schönes Fräulein, und komme immer auf meine Summe, ob mit, ob ohne Prinzeß. Addition, Subtraction – spielt gar keine Rolle. Man soll allerdings nie zu früh abschreiben. Zunächst hat mir das Königliche Haus einen Saldo zu begleichen. Und wenn es das nicht in bar tun will, so gibt es gewisse Naturalien; an die ich mich halten werde.«

»Wollen wir nicht frühstücken?« schlug Danae vor.

– »Ich frühstückte schon. Wollen Sie Königin werden?«

»Nein.«

– »Haben Sie Hunger?«

»Ja!«

– »Und da wollen Sie also frühstücken ..«

Sie antwortete nicht mehr, sondern setzte sich.

– »Herr Thaddäus!« rief der Baron.

Herr Thaddäus trat ein.

– »Die Dame will frühstücken. Servieren Sie ab.«

Und Herr Thaddäus, indem er es mit allem Silber und Porcellan im Tischtuch raffte, warf das Frühstück zum Fenster hinaus.

Die Prinzessin stand auf, doch eilte Vampyrios, ihr die Tür zu verstellen. Und der Lakai – ohne daß sie ihn auch nur angeblickt hätte – erwiderte unterwürfig, die Revolution habe inzwischen nachgedacht, wie sie die Domestiquenschaft nähren wolle, man möge ihm nicht verübeln, daß er seinen Profit wahrnehme.

– »Sie unterschreiben jetzt!« schrie der Banquier, wobei er die Hände fester gegen den Türrahmen stemmte. »Sie unterschreiben jetzt, oder es geht Ihnen dreckig!!« Wie jeder Hasardeur glaubte er das Jeu nur zwingen zu können, wenn er, trotz offenkundiger Verluste, die ursprünglich gewählte Ziffer hielt.

Die Prinzessin trat einen Schritt zurück, denn es sprühte. »Zu einer Königin, wie sie in Ihrem Gehirn besteht«, sagte sie, »habe ich kein Talent. Außerdem verhandle ich grundsätzlich nicht en présence von Lakaien.«

– »Herr Thaddäus ..« verlautbarte der Baron mit milder Pantomime zur Antichambre hin. Er wartete, bis man den Salon verlassen. Dann kam er der Staats-Person nach, die sich abgewandt hatte, um die Lack-Malerei der Panneaux zu betrachten, blickte voll süßen Oeles in ihre Augen und schüttelte den Kopf, ganz leicht, ganz väterlich. »Kind, seien Sie nicht so eigensinnig . .« bat er, worauf er zwei wohlgepolsterte Finger unter ihr Kinn legte. Danae wischte sie mit einer großen Handbewegung fort.

– »Es hilft Ihnen nichts!« fauchte Vampyrios. »Früher oder später sind Sie pleite – fusionieren Sie, es wird nicht einmal das schlechteste Geschäft sein.«

»Herr Gott, so *machen* Sie mich doch zu Ihrer Königin«, rief die Prinzessin und funkelte ihn an. »So decretieren Sie es doch einfach!«

– »Das geht leider nicht so einfach, mein wertes Fräulein. Dazu brauchen wir leider Ihre schätzbare Signatur, Ihren Friedrich Wilhelm, wie mein Vorgänger, der Fürst, zu sagen pflegte nach seinen preußischen Gewohnheiten. Als anständige Firma lieben wir saubere Buchführung. Aber wir zahlen auch anständig. Unterfertigen Sie – Ihrer Civil-Liste wird nichts abgehen.«

»Ich denke nicht daran«, erwiderte Danae zum Fenster hinaus.

– »Gut. Dann danken Sie ab.«

»Auch das könnten Sie einfach decretieren, anstatt hier Katz und Maus zu spielen.«

– »Auch das könnte ich leider nicht. Auch dazu brauchte ich leider Ihr Schriftliches. Und was das Spielen angeht: ich spiele gern, besonders wenn die Maus hübsch und sechzehnjährig ist.« Er streifte lüstern das Pantherfell, faßte nach ihrem Arm-Gelenk und drehte sie zu sich herum. Die Prinzessin ohrfeigte ihn schweigend. Ein kurzer, abgerissener, trockener Schlag, der jede Erörterung ausschloß.

Der Baron lächelte unsicher; dieser Posten, das schien evident, war nicht vermerkt in seinem Calcul; worauf er rosig schwoll. Er wischte den Handrücken über die Wange, betrachtete ihn, sog eine dicke Portion Luft ein und stürmte zum Fenster. »Corporal!!«

Danae blickte spöttisch.

– »Na . .« erklärte Vampyrios mit erkünstelter Ruhe. »Sie werden ja sehen. *Sie* werden ja sehen«, wiederholte er und wartete lauernd, bis man Klirren hörte, es waren die Handschellen, die der Corporal schlenkern ließ, ja, sogar ein wenig emporwarf beim Gehen und wieder auffing. Er hielt sie der Prinzessin hin, sie kannte das Instrument schon. »Man muß Philosoph sein«, bemerkte er, »und mit den Hunden heulen.«

»Wen *meinen* Sie?! fragte Vampyrios scharf.
Klick . . machte das Schloß.
Der Corporal zog melancholisch die Schulter hoch. »Nicht den Herrn Minister – i, Gott verhüte! da gibt es andere Fabricate. Und die schlimmsten Köter sind die Domestiquen, wie soll man da nicht heulen, es *ist* doch zum Heulen. Ein ganzer Hunde-Stall. Ich auch! Ich war angestellt, diese Dame zu beschützen; von der Republik angestellt, sie gegen die Republik zu schützen. Und wer besoldet mich? Die Republik? Kuchen. Die hochmütige Person da? Kuchen. Der Herr Minister tut es! Ergo? man wedelt; man gehorcht. Da kommt auch so ein Dobermann – oder ist es ein Windspiel?«
Thaddäus nahte auf leisen Sohlen, geziert und elegant, sein mißtrauischer Blick prüfte Militär und Königshaus, und nun trat er zur Hochfinanz über. Er tuschelte dem Geld-Magnaten Dinge ins Ohr, Dinge! der Magnat hißte die Braue. »Bei ihm geschlafen«, tuschelte es, »Gift . . Lustmord . .«
»Verfluchte Metze!!« Ein Paket Bank-Noten wechselte den Besitzer.
Nicht lange, so war man am Tatort, in der allerbescheidensten Cavaliers-Mansarde, dem Sterbe-Winkel jenes Herrn, um dessentwillen man eine unruhige Nacht verlebt hatte. Schwarzgrün und wütenden Ausdrucks wie je, hing Sr. Majestät weiland Staatssecretär als düstere Draperie vom Balcon ins Zimmer, die Füße noch drinnen, den Bauch auf der Schwelle, die Fäuste draußen um das Geländer gekrampft, blickte glasig zum Hof hinunter, wo er, wäre er nicht so tot gewesen, Unmengen von Bewaffneten hätte sehen können, Canonen, Munition, fast nackte Bauerndirnen, und sein niederer Ursprung verfolgte ihn trotz Freiheit, Gleichheit, Brüderlichkeit und fleißig erworbener Leichenstarre.
»Abservieren.«
Thaddäus, ein treuer Lakai, servierte ab: er ergriff den Einsamen bei den Hacken, ließ ihn, wie einen Mast, in Handstand gehen und brach ihm mit zwei wohlgezielten Fußtritten die Finger auf. Platsch.
Er schien übrigens doch recht populär: die Republik empfing ihren ersten Chef per freudiger Ovation.
Prinzessin Danae äußerte sich nicht.
– »Giftmord . .« erläuterte Vampyrios. »Der Fall liegt klar: Tod durch den Schinder. Wollen Sie nun Königin werden?«
Die Prinzessin schwieg.

– »Luder!!« Er packte sie beidhändig am Pantherfell, drückte sie hart in die Tür-Ecke, zog sie an sich und näherte seine Lippen den ihren. »Willst du *nun* Königin werden?«
»Sie stinken aus dem Mund«, bemerkte die Prinzessin, es war das eine Rede-Wendung ganz par terre, aber äußerst wirkungsvoll: Vampyrios änderte seinen Schlachtplan.
Er steckte die Rechte majestätisch zwischen die Rockknöpfe, blickte nicht ohne Großartigkeit und verfügte Entsprechendes: »Diese Person ist Staats-Gefangene. Sie erhält weder Speise noch Trank, keinerlei Titel, keinerlei Ehren, sie bleibt in freier Sonne so lange gefesselt, bis sie darum bittet, die gewisse Urkunde signieren zu dürfen. Wenn sie bis Mittag nicht signiert hat: auspeitschen, alle Stunde einmal, und wenn sie bis Abend nicht verrückt geworden oder verreckt ist oder um Gnade gebettelt, ihr Ja gewinselt hat, wird man sich weiterer Maßregeln bedienen . .« – Pause. – »Willst du jetzt *Königin* werden?« schrie er wütend, fuchtelnd, die Fäuste geballt.
Danae sah ihn träumerisch an. »Von Diplomatie«, sagte sie mitleidig, »haben Sie wohl noch nichts gehört?«
– »Diplomatie?! Diplomaten können nur reden! Ich bin ein Mann der Tat!« Er schnob wie ein Hund, dem Wasser in die Nase gekommen ist, kurz und erbost, die Nüstern vibrierten caninchenhaft. Dann holte er aus, seine Hand knallte in ihr Gesicht. »Dieser Saldo stand offen. Das saß, was? Hä-hä-ä-ä-ä-ä-äh!« Er lachte keckernd.
- - »Ein tapferer Mann«, murmelte der Corporal und forderte die Prinzessin zu philosophischer Betrachtungs-Weise auf.
Der Minister befahl Abservieren. »Führt sie an die Grube ihres verblichenen Godoitis, der hat sie den Hochmut gelehrt, der kann ihr beibringen, was besser riecht, ein lebendiger Volks-Tribun oder ein halb veraaster Feudal-Protz.«

XIII. Capitel

Veraast? Protz? Die Prinzeß lächelte, als man ihr die Fußketten anlegte. Von einem Bastard aus Armenien war nicht zu erwarten, daß er begriff, wie *arm* die Welt wäre ohne *Stil* . . und der Stil brauchte Geschmack, Nuancen, souveräne Entschlüsse. Fürst Carlo zum Exempel besaß das hübscheste Tombeau der ganzen Insel – hatte er doch frühzeitig sein Augenmerk der Erkenntnis gewidmet, daß eindrucksvolle Selbst-Darstellung in das Capitel der Necessitäten gehörte: die Würde der Familie verlangte es. Und gerade vom letzten Sproß! dem aus zwei Ehen fünf Kinder wurden und fünf Kinder starben. War er deshalb allein? Unendliche Ahnen standen hinter ihm .. Aber dann complicierte sich die Geschichte, denn nicht zum Spaß prägte man der Epoche den Stempel auf, regierte trotz Ehren, Gunst und Speichel-Leckerei nicht umsonst in einer Woge des Hasses und verlor demnach jede Chance, von der nächsten Zukunft gerechte Aestimation zu erfahren. Dank ernten? ein Denkmal haben? Wer das wollte, mußte vorsorgen, solange er lebte, mußte die falsche Demut verachten, die heuchlerische, die gleisnerische – oder barg man, als Graf, sein Licht hinterm Scheffel und bat um milde Beurteilung? O nein! Wiederum zum Exempel: man sah unter den Entwürfen Neanders eine sehr hübsche, sehr heitere Composition, einen Wiesen-Baldachin, ein Altar-Tabernakel auf freiem Feld, offen nach allen vier Seiten, vier Säulen, durch die der Wind strich, und über geschweiftem Architrav eine viereckig abgekantete, dennoch rund wirkende, glockenartige Haustein-Cuppel, man sagte »Merveillos, das wird mein Grabtombeau, keine Widerrede« und kaufte es dem Popen vor der Nase weg. »Ja, mein lieber Obrist-Lieutenant: oben natürlich die gräfliche Blatt-Krone, dann hat das Ding seinen chic, das gibt den Knäller. Wie gemalt für meinen Leichnam. Ich denke sogar, ich werde die Solitude umtaufen, Monrepos soll sie heißen!« Gesagt, getan. Und von Stund an, bei jedem séjour, freute man sich der Aussicht auf die eigene Ewigkeit.

Dergestalt handelte man als Grandseigneur; und wenn ungezogene Democraten Sonne über das Haupt der Prinzessin befahlen, bot man artiger Weise einigen Schatten. Mehr! Die Politesse in Person, hatte dieser geborene Royalist die Vorausschau noch weiter getrieben: damit bei eventueller Grab-Schändung (so bestimmte das Testament) niemand durch unbeliebten Duft insultiert werde, solle man ihn zur Mumie machen .. Da lag er – eine vortreffliche Conserve, die Kleider zwar etwas verwühlt, sonst aber tadelfrei, von gewaltiger Haartour umrahmt.

»Ioannis!« flüsterte die Prinzessin. – »Mm?« brummelte Ioannis, man war nicht allein; fern kam viel Volk gelungert, kein sympathisches. – »Hast du einen Dolch bei dir?«

Der Corporal nickte und wies seine Mannschaft an, die schwere Wappen- und Namens-Tafel an Ort zu bringen.

»Steck ihn mir hinters Pantherfell. Wieviel seid Ihr inzwischen?« – »Achtzehn«, flüsterte Ioannis zurück. – »Bluts-Brüderschaft?« – »Eisern.« – »Seht zu, daß Ihr Euch Pferde beschafft. Und Kasgan wird immer unter Sattel gehalten, verstanden?«

– »Halts Maul!« rief Ioannis. »Blöde Gans ..« – denn jetzt schnaufte die Stein-Tafel heran. Die Gefangene begriff und protestierte erzürnt: sie verlange, daß man in anständigem Ton mit ihr rede. »Du sollst dein ungewaschenes Maul halten!« Er packte sie heftig beim Pantherfell, erleichtert fühlte sie den kalten Stahl an der Haut entlang gleiten. »Willst du so ungewaschen zum Schafott?«

»Ich wasche das Blut erst ab, wenn ich als Sieger in die Hauptstadt reite.«

Der Corporal drehte sich um. »Was gibts da zu gaffen?« schrie er. »Wache! Zurückscheuchen die Schlachten-Bummler!«

»Du versprichst mir«, flüsterte Danae: »nichts für mich unternehmen, außer wenn ich ausdrücklich befehle. Notfalls muß ich selber sehen, wie ich herauskomme.« – »Was willst du tun?« – »Tun ..« sagte die Prinzessin und schwieg. »Verhandeln. Vielleicht tue ich noch mehr.« – »Dich mit einem ins Bett legen?« Sie antwortete nicht. »Mit Vampyrios etwa?« Sie lächelte versonnen: »Dem sitzt das Messer schon genau so an der Kehle wie gestern dem Kastamomi. Den brauche ich nur hinzuhalten. Nein. Ich warte.« – »Auf wen?« – »Auf die Leute, die überhaupt nicht mehr denken; die nur noch ausrotten. Und für den Letzten –« Sie verstummte.

Ioannis trat einem Maulwurf-Hügel den Kopf ein; wonach er die Landschaft bewunderte.

Der Wiesen-Baldachin bildete den Abschluß eines oblongen, von zwei Canälen und Parkwald begrenzten Angers – seine hohen Gräser hätten wohl eine Schur verdient gehabt –, und fern an der anderen Seite lag die Schmalseite des Schlosses. Weiß und einstöckig über mächtigen Colonnaden, den Stirn-Risalit pavillonartig vorgewölbt, schimmerte es voll distancierter Noblesse: mit seinem Stuck, mit seinen quergestreiften Fensterläden, mit dem doppelgeschossigen, elliptischen Hauptsaal, auf dessen Cuppel-Plattform, hinter filigranhaft geschmiedeter Brüstung, in glücklicheren Jahren Dame Olympia Fasanen schoß .. Tempi passati. Denn nun nahte, Lakai bis zu den Fingerspitzen, Herr Thaddäus. »Conspirationen?« fragte er penetrant freundlich; und ohne die Antwort abzuwarten, teilte er Herrn Ioannis mit, der Bürger Vampyrios habe Sehnsucht nach ihm. »Übrigens hoffe ich, daß wir bestens harmonieren: ich erhielt soeben das Commando des Schloß-Bezirkes. Setze deine Wachen entsprechend ins Bild.«

– »Commando«, murmelte der Corporal. »Vogel!« und schritt von hinnen.

Herr Thaddäus richtete einen sanften Blick auf die Gefangene. »Ja«, sagte er, »nicht wahr. Nicht wahr, nicht wahr. Wer hätte das gedacht. Königliche Hoheit .. Ich will Ihnen verraten, Königliche Hoheit: ich bin ganz anders, als ich vorgebe. Ich bin nur klüger als Sie. Nicht so halsstarrig. Denn Sie werden im Ernste kaum glauben, daß ich etwa diesen Bürger Vampyrios liebe. Liebe – was ist Liebe. Ich liebte den Fürsten .. Er gab mir Geld, Brot, Kleidung, ich hatte meinen Platz. Jetzt muß man den Platz erst suchen. Ich suche noch.« Er unterbrach seinen Monolog und legte eine Wirkungs-Pause ein. »Dieses Geld von diesem Herrn Bürger .. – kein gutes Geld, nicht wahr? Ein paar goldene Ducaten wären mir lieber. Lieber – was heißt lieber. Am liebsten wäre mir ein kleines, ländliches Anwesen, nicht wahr. Ja. Jaja, wer hätte das gedacht, daß es einmal so kommen würde. Man spielt den Servilen. Man sucht, wie gesagt. Es geht halt nichts über das Reelle. Fragt sich, was die Gegenseite –. So ein kleines, reelles Anwesen irgendwo .. mit richtiger juristischer, was ist denn da los? Die Wache marschiert einfach ab? Ja, seid Ihr denn verrückt geworden?! Hier geblieben die Wache! – Hören nicht. Schufte ..«

»Mit der Disciplin«, bemerkte die Prinzessin, »scheint es nicht eben weit her in der Republik.«

– »Ja, ich habe auch den Eindruck. Sie wackelt, sie wackelt ganz bedenklich. Die Disciplin, meine ich. Der Vampyrios übrigens – .. was würde denn jemand kriegen, der ihn veranlaßt, ein gewisses Glas Limonade, mit irgend einer Mixtur aus einer gewissen Apotheke –?«

Danae lachte. »Zuchthaus mindestens«, erwiderte sie, und Thaddäus entwandelte. Denn nun schlenderte definitiv jenes Volk heran, jenes unsympathische, von keinem Cordon mehr am Schlachten-Bummeln gehindert: Cuirassiere, Lakaien, halb nackte Bauern-Dirnen, ein Militär-Koch, ein paar Stallburschen, die nach Mist rochen, entlaufene Garde – e tutti quanti, massenhafte Menschheit.

Eine Viertelstunde lang vergnügte man sich mit unflätigsten Zoten. Auch damit, den Hunger der Gefesselten auf harte Proben zu stellen. Beispielsweise hielt man ihr Butterbrote unter die Nase, oder ein ranziger Speckwedel kitzelte ihre Lippen; noch harmlosere Gemüter glaubten, man könne das Ziel durch Kitzeln generell erreichen. Dann zupfte man sie bei den Haaren. Summa: es bedurfte aller Seelenkräfte und eines starken Humors, um nicht die Contenance zu verlieren. Und bald wäre sie dennoch am Ende ihres Lateins gewesen – aber gerade da kam Rettung.

Den Canal-Weg entlang, in flottem Trab und von Cavallerie begleitet, rollte ein Bauern-Fuhrwerk, einspännig, der Prinzessin recht wohlbekannt, eine primitive Weinbauern-Carrete; auf dem Bock drei hagere Persönlichkeiten, glutäugig und rotbeschärpt, und so steif sitzend, als hätten sie einen Stecken verschluckt. Der Wagen wartete in vorsichtigem Abstand, die Berittenen trieben den Haufen auseinander; dann erst traten die Herrschaften näher.

»Sie sind also die Bürgerin Valente«, sagte der Eine. Die Prinzessin entließ etwas Luft durch die Nase. »Wir sind der Regierungs-Ausschuß. Man hat uns berichtet, der College Vampyrios Hermes sei hierorts anzutreffen. Wir sehen ihn nicht. Wo ist er?«

Danae zuckte die Achseln.

»Sie wissen«, fuhr der würdige Sprecher fort, »seine Frist endigt in spätestens zwei Stunden. Es war auch nur ein Versuch, das Tribunal hegte von vornherein . . nun ja: Reserven, um es milde auszudrücken. Sind Sie, Fräulein Valente, mit ihm, Herrn Hermes, zu einem Accord gediehen?« Sie verneinte durch Kopfschütteln.

»Wir dachten es uns. Der verstorbene Kastamomi hat Ihnen ja schon ähnliche Vorschläge unterbreitet. Es steht demnach zu mutmaßen, daß Sie über das Allgemeine informiert wurden; hegen Sie demnach die Intention, um den Posten einer Königin von Volkes Gnaden einzukommen?«

Danae schürzte die Lippen. »Ich kenne nur Könige von Gottes Gnaden.«

»Wir dachten es uns. Es handelt sich demnach jetzt um die Lösung auf anderer Basis. Es mag Ihnen nicht unlieb sein, zu erfahren, daß wir auf dem Boden des Rechtes stehen. Soviel uns bekannt ist, haben Sie keine Verbrechen begangen. Man wird also darüber verhandeln müssen, in welcher Form das Königshaus abzufinden ist –«

Die Glutgeäugten, symmetrisch beidseits des Sprechers postiert, stießen ihn ungehalten in die Seite.

»Abzubauen«, sagte er verwirrt. »Sie gestatten, daß wir uns vorerst zu einer Beratung zurückziehen.«

Danae verneigte sich: sehr formell, sehr betont. Das Collegium entschritt, man sah die drei Herren den Kutschbock besteigen und unter Gesticulationen davonrollen, dem Schloß entgegen. Aber bevor noch der Haufe von Neuem heran war – er schlenderte grüppchenweise näher –, erschrak die Prinzessin heftiglichst, denn rücklings ertönte eine oelige Stimme, Thaddäus flüsterte in ihr Ohr. »Was würde einer kriegen«, flüsterte er lockend, »der seine Aussage widerruft? Ich könnte Verschiedenes aussagen, nicht wahr? Und das Königliche Haus ist ja bekannt für pünctliche Erledigung seiner Verbindlichkeiten. Ich brauchte nicht einmal Schriftliches. Jaja. Tun Ihnen die Arme nicht weh? So dauernd hinterm Kreuz? Ich könnte Ihnen, zum Beispiel, die Fesseln .. lösen, wie?«
Danae beachtete ihn nicht, sondern sah still in die Weite, wo man den Financier trabend auf einem viel zu schönen, viel zu edlen Pferde erblickte. Er hätte, bei Gott, ein Martyrium eigens dafür verdient, daß er sich fähig glaubte, auch nur passabel im Sattel zu sitzen. Und über die Wiese kam Ioannis, der Corporal, gegangen, wütend, da die Berufung zum Herrn Baron eine Finte von Thaddäus gewesen. Thaddäus gab Fersengeld. Die Prinzessin aber hatte einen glanzvollen Einfall, ihrem in der Tat üblen Schulterschmerz zu steuern: unbekümmert um die Flaneure, die regellos herbeiströmten, und deren Avant-garde bereits aus mehreren Klaftern Abstand zu hänseln begann, ließ sie sich hinfallen, rollte den Rükken, bis ihre Kniee die Schultern berührten, zog die Füße über dem Arm-Gelenk durch und hob die Kettenkugel hinterdrein. Wie weiland Andromeda bei dem Gartenfest, bedeckte sie nun mit den Händen das Heiligtum. Dann nahm sie Platz: der Fürst offerierte ihr seine Wappen-Tafel als Tabouret – sie konnte nicht klagen über Mangel an zarter Höflichkeit; klagte auch nicht.
– »Was machen Sie hier?« fragte Vampyrios verkniffen, ein krummer Mann, flackernd und ausgehöhlt, und ritt in den Baldachin ein.
»Ich warte«, sagte Danae.
– »Corporal!« Der Gerufene eilte. »Habe ich nicht *Sonne* befohlen? bis die Bürgerin verrückt wird?«
Der Corporal beteuerte seine Unschuld. Es sei befohlen, sie zu den Resten des toten Ministers zu bringen – wo es nun leider Schatten gebe.
– »Na und?! wo sind die Reste?«
Ioannis ruckte mit dem Kopf. »Da drin. Die Bürgerin sitzt oben drauf, er war schon wieder in Ordnung gebracht.«

Der Baron schrie, zumindest sei der Grabdeckel eine Frechheit; doch wurde er, unter dem Beifall der Müßiggänger, prompt belehrt, es widerspreche der Feudal-Protz, da nicht veraast, ohnehin der Bedingung.

– »Flic flac!« rief Vampyrios. »Runter mit dem Deckel!« Murrend gehorchte man. »Warum stinkt der Kerl nicht?«

»Weil er Cavalier ist«, warf die Prinzessin ein. »Was führt Sie zu mir?«

Der dicke Mann schnappte nach Luft, so aufreizend freundlich war die Erkundigung. »Ich wiederhole mein Angebot«, erklärte er mit kalter Wut. »Ultimativ. Ablehnenden Falles mache ich Ihnen den Proceß, und innerhalb zwei Stunden .. sind Sie hingerichtet.«

Frenetische Applause.

Danae lächelte nachsichtig. »Darf ich den üblichen Letzten Wunsch äußern?«

– »Der wäre?«

»Daß Sie jetzt vom Pferde steigen, es ist nicht anzusehen, wie Sie im Sattel sitzen.«

Gewaltiges Gelächter ringsum. »Ha-a-a-a-aah, das saß!«

– »Du Mistvieh«, sagte der Baron zwischen den Zähnen. Und dann besann er sich. »Kind ..« bat er milde. »Ich glaube es einfach nicht, du rennst ja offenen Auges in dein Verderben. Ist das Diplomatie? Man kann doch wenigstens verhandeln ..«

»Warum nicht gleich so?« entgegnete die Prinzessin. »Ich verhandle gern. Aber ich bin aus Porcellan. Und Sie trampeln wie ein Elephant daher.«

Die Corona brüllte vor Vergnügen.

Eine nervöse Falte erschien auf Danaes Stirn, während das Gelächter anhielt. »Und nach diesem Benehmen vorhin«, fragte sie scharf, »soll ich mit Ihnen zusammen regieren? Das ist doch practisch undenkbar.«

Der Baron grinste breit. »Sie können ganz allein regieren«, versicherte er gutmütig und wedelte mehrmals mit der Hand, wie ein Hündchen, das Schön macht. »Mein Geld regiert aus dem Hintergrund. Mich brauchen Sie nicht zu sehen, ich verschwinde ..«

»Wären Sie nur erst verschwunden«, sagte sie quasi in Klammern, und fixierte die Weinbauern-Carrete, die den Canal-Weg entlangpreschte. »Entschluß: ich bin durchaus geneigt, mich über die Modalitäten der Constitution zu unterhalten. Und zwar im Beisein dieser drei rotbeschärpten Herren. Heute Abend, Marmor-Saal, acht

Uhr. Ich corrigiere mich: im Beisein des gesamten Revolutions-Tribunals, n'est-ce pas?«

Vampyrios Hermes war kreidebleich geworden. Der Unterkiefer hing zitternd herab, etwas Speichel troff aus dem Mundwinkel, dunstigen Ausdrucks starrte er das Collegium an. Die Prinzessin beobachtete ihn; es hatte etwas Rührendes, wie diese Figuranten, im Augenblick, da sie zur Größe kamen – oder zu dem, was sie Größe nannten –, auch schon wieder untergingen.

Das Collegium winkte, winkte gemessen, winkte mehrmals, und Vampyrios gehorchte. Ganz langsam, im Schritt, ritt er hinüber – die Flaneure, wie von einem Strudel angesaugt, streunten hintennach. Danae nutzte die Secunde. »Heute Abend«, flüsterte sie presto, Ioannis lauschte, »acht Uhr. Laßt Euch zur Wache einteilen. Thaddäus ist Commandant. Sag ihm, ich schenke ihm anderthalb Joch Acker. Und um Punct Neun hebt Ihr die ganze Gesellschaft aus. Zu viel verlangt von einem Philosophen?«

Der Corporal wiegte bedenklich das Haupt. »Mit gegangen, mit gehangen«, sagte er tiefsinnig. »Wer wagt, gewinnt. Ich würde ja allerdings von dem Kerl – dem Thaddäus – kein Stück Brot nehmen. Aber das mußt du besser wissen. Und außerdem, fürchte ich, hätte die Conferenz dir etwas eher einfallen dürfen. Am Schloß faselt man von einem so genannten Roten Dominik, der soll das Fürchterlichste vom Fürchterlichen sein. Prinzessin, ich bitte dich: sag Ja, bevor es zu spät ist!«

»Dann müssen *alle* Könige Ja sagen über kurz oder lang, und *alle* Völker werden unglücklich, statt glücklich, wie sie glauben.«

– »Und wenn du nun so tust, als ob du Ja sagst, und läßt dich ruhig zur Königin machen, und nachher regierst du, wie du lustig bist? es wäre doch eine Möglichkeit mehr, hier herauszukommen!«

»Papperlapapp. Wenn man erst einmal anfängt, Verträge zu brechen, hört man nicht wieder auf. Ich *will* ja gerade *keinen* Vertrag. Ich will Zeit gewinnen!«

– »Die scheinen den Vampyrios«, bemerkte der Corporal, »ganz ordentlich in der Klemme zu haben. Da möchte Einer am liebsten den Andern fressen. Unter dem König ging es, weiß Gott, etwas geordneter zu.«

»Eben«, constatierte die Prinzessin, mit einer Art zorniger Heiterkeit. »Und wenn die Könige nicht mehr sind, wird man sich gegenseitig hundert Jahre lang die Köpfe abschlagen, hundert

Revolutionen, hundert Kriege machen, hunderttausend Menschen umbringen und Millionen von Tränen weinen, bis am Ende doch wieder nur Einer herrscht – aber was für einer! Und Alles, weil ein kleines Mädchen in der grauen Vorzeit zu feige war, sich notfalls ein paar Stunden totquälen zu lassen.«

– »Von der Ecke habe ich es noch nicht angesehen. Du wärest doch ein guter Soldat geworden. Wenn die Andern so viel Mut hätten, wie sie von Vaterlands-Liebe reden – Angst haben sie, den ganzen Park haben sie abgesperrt. Nun guck dir das an: Grips wie Bohnenstroh! können sich das Pack nicht vom Leib halten. Das nennt sich Regieren!«

Er rümpfte verächtlich die Nase und wandelte eine Runde, damit seine Intimität mit der Gefangenen nicht allzu sehr in die Augen spränge. Denn unterdessen war der improvisierte Cabinetts-Rat, ähnlich dem gestrigen in Gelmion, auch hier zu einem Beschlusse gediehen, die Woge Schlachten-Bummler flutete plaudernd zurück, dazwischen ritt krummschultrig der Bürger Hermes, gesenkten Hauptes auf den Boden stierend. Es folgte steif und zu Fuße das Regierungs-Comité, und an seiner Seite tänzelte, tiens tiens, das elegante Windspiel Thaddäus. Er hatte sich ein Stöckchen zugelegt, und wenn die Prinzessin nicht Alles täuschte, so erkannte sie ihre eigene Reitgerte wieder.

Aber nun sollte er Ordnung schaffen, der Herr Commandant, und das mißlang. Er fuchtelte ausgiebig, befahl, drohte, bettelte, bat, versuchte es mit Humor, mit Suada – nichts half. Man lachte. Man fand ihn nett, fand ihn comisch oder liebenswert: man wich um keinen Zoll. Ergo: die Republik handelte weiterhin volksverbunden. »Bürgerin Danae Valente«, sagten die drei steifen Herren, »stehen Sie auf.« Die Bürgerin neigte zierlich formell den Kopf, blieb jedoch sitzen, und der würdige Sprecher, der schon bei der ersten Visite die Pourparlers übernommen hatte – bestimmt war er bis gestern Actuar oder Canzlist –, fuhr fort: »Nachdem der Bürger Schloß-Commandant, gewissenhaft und tugendsam, uns Ihre jüngsten Verbrechen nicht verhehlte, sieht sich das Tribunal außerstande, dem Vorschlag einer Conferenz näherzutreten. Ihr Fall ist crimineller Natur und wird seine strafrechtliche Erledigung finden.«

Thaddäus legte den Mund schief. »Anwesen ..« zischte er molto piano. Danae nickte raffiniert leise und zeigte mit minimalem Kopfrucken auf Ioannis, während sie gleichwohl dem Regierungs-

Ausschuß ins Auge blickte. »Man wird mir gestatten«, sagte sie, »daß ich sehr neugierig bin, zu erfahren, welche Verbrechen ich nach Meinung dieses Herrn begangen habe.«
– »Nun«, entgegnete der Würdige. »Zum Beispiel haben Sie diesem Herrn angesonnen, er solle den Bürger Vampyrios durch einen credenzten Trunk vergiften.«
Danae schüttelte amusiert ihre Locken und sah Herrn Thaddäus an, der in verspielter Geste mit dem Knauf seines Stöckchens – *ihres* Stöckchens – an das Pantherfell tippte. »Äußerten Sie nicht«, fragte er zwinkernd und lippenspitzend, »dergleichen?«
»Ich äußerte, es solle mich wundern, wenn der Vampyrios, weil er doch ohnehin erledigt ist, nicht ebenso in die Apotheke des Fürsten greift wie gestern sein Vorgänger. Nennen Sie das Anstiftung zum Mord?«
Thaddäus zog die Brauen hoch in die Stirn, wandte sich um und öffnete bedauernd die Hände. »Pühü«, seufzte er. »Da muß ich mich verhört haben. Na – man wird andere Gründe finden. Ja. Jaja, wer hätte das gedacht.«
– »Aufhalten den Kerl!« schrie der Regierungs-Ausschuß, denn unvermutet, bei noch währendem Examen, war der Bürger Vampyrios Hermes angeritten, einige Umstehende flogen zur Seite, und schon fiel er in Trab. Nur der Corporal bewies Nerven. »Vorsicht, Herr Baron!« rief er, »eine Hornisse!«, und mit täuschend getroffenem Natur-Laut gab er dem Pferd des Tribunen die sehr peinliche Impression, es nahe sich der gestachelte Erzfeind – worauf es ohne Vorrede in die Lüfte stieg, noch ein paar Gaffer umriß und gestreckten Galopps davonbrauste. Vampyrios, nach einigen neuartigen Versuchen, die Regierungs-Gewalt revolutionär auszuüben, kam als coulante Firma auf eine grundlegende, grundsätzliche Weise dem Letzten Wunsch der Prinzessin nach: da lag er, da saß er, und die Prinzessin lachte, lachte silbern und rosenfarben, und alle Welt wurde angesteckt – sogar das steife Directorium, obgleich es doch Latten verschluckt hielt und reine Tugend verkörperte. Auch hier vermochte eben niemand, was nie jemand vermocht hatte: niemand widerstand ihrem heiteren naturel, dem wohltemperierten; zumal ja die Scene wirklich, *als* Scene, erheiternd *war*.
In diesem Moment – Vampyrios, zwischen Maulwurf-Hügeln und hohem Gras, rieb sich noch immer die schmerzenden Prellungen, fern galoppierte das Roß vor der imaginären Hornisse einher, dahinter schimmerte weiß der Stuck-Putz des Schlosses – in diesem

Moment, flach huschend wie ein Rudel Wölfe, strich aus dem Cuppel-Saal eine Cavalcade von fünf Reitern, wunderbar zu Pferde sitzend, strich über die flache Rampen-Treppe nieder .. eine Staubwolke .. das Lachen erstarb .. sonnenglitzernde Zugstiefel, eine Collection Pistolen .. beidseits der Sättel flappten Pulver-Beutel und Blei-Taschen .. zwei Reiter schwenkten ab, die anderen brausten en carrière näher .. vorneweg ein heldenhaft schön gewachsener Mann, bärtig, mit tiefrotem Striemen quer auf der linken Wange, um den Kopf blutige Verbände, aus denen ein wirrer Haarschopf quoll: »Dominik«, sagte knirschend der Würdige und schien dem Besuch nicht grün zu sein.
Dem Besuch aber schien das nichts auszumachen, er schien nicht einmal Angst zu haben vor den Schärpen, sondern entriet sogar seiner letzten Begleiter, indem er sie abordnete, Herrn Vampyrios aufzulesen. Er selbst sprengte mit größter Unverschämtheit mitten in den lungernden Haufen hinein, der erschreckt Platz machte, dann aber desto dichter nachdrängte, parierte hart vor dem Baldachin, glitt aus den Bügeln und war da.
»Da bin ich!« rief er wohlgemut, »Ihr habt mich wohl nicht erwartet«, und schlug die Reitpeitsche gegen das Leder des Stiefels. »Das Revolutions-Tribunal schreit sich heiser nach Euch Dreien, man hat Beschlüsse zu fassen –«
Der Würdige unterbrach. »Ja entschuldigen Sie«, sagte er kalt. »Wer sind Sie überhaupt.«
Der wilde Mann lachte, lachte rauh und fest und entblößte aus der fürchterlichen Umrahmung ein Gebiß von blendendem Weiß. Er lachte eine ganze Weile, kramte in seinen Taschen nach allerlei Papieren, dann wurde er übergangslos schneidend ernst. »Ich bin der General-Commandant«, verkündete er imperatorisch, »ernannt vom Revolutions-Tribunal, hier meine Vollmacht, hier die Nachricht für Euch und Vampyrios, und hier, du kleine, niedliche, pardelbrüstige Mörderin, kennst du diesen Wisch?« Er hielt ihr einen Zettel unter die Nase. »Kannst du das lesen?«
Sie las, sah ihn weißblau und flammend an, dann erblaßte sie bis in die Haarwurzeln und fiel zusammen.
Der Rote Dominik lächelte ironisch: »Hält keinen Puff aus, die Kleine ..« und steckte den Zettel wieder fort. »Aber hübsch, verdammt hübsch, der *Henker* wäre versucht, sich zu erbarmen.« Er faßte ihr unters Kinn und betrachtete nachdenklich die Halswunde. »Wer hat dir denn diese Schramme beigebracht?«

»Der Henker«, entgegnete sie. »Gester-. Gelmion.«
– »Willst du Cognac?«
»Schluck . .« Die Tränen kamen ihr.
– »Nun heule man nicht. Noch lebst du. Schon was gegessen?«
»Nei-«, brachte sie schniefend hervor.
– »Himmel!« rief er, »das kullert ja richtig«, und reichte sein Sacktuch. »Schnauben!« Sie schnaubte gehorsam. »Der Corporal da! Komm mal her, mein Freund. Schaff einen Napf Essen für das Kind, es fällt uns sonst um.«
Ioannis wandte ein, er dürfe nicht von der Seite der Bürgerin, er habe Auftrag, sie zu beschützen.
Dominik lachte herzgewinnend, man konnte gar nichts Anderes sagen, als daß es herzgewinnend war. »Auftrag? Von mir nicht. Von Vampyrios, was? oder von Kastamomi? Na also. Hier gelten nur meine Befehle. Abtreten.«
Ioannis empfahl sich. »Man muß Philosoph sein, Bürgerin«, brummelte er. Pfeifend sah man ihn über den Anger schreiten.
»Meine werten Herren Collegen«, fuhr der General-Commandeur fort, indem er das Cognac-Fläschchen entkorkte und der Prinzessin an den Mund setzte, »ich glaube, wir treffen ein freundliches Abkommen. Die Verdacht-Gründe auf Mord sind so fadenscheinig, wie nur je etwas fadenscheinig gewesen ist. Ein Hals-Prozeß bedeutet endlosen juristischen Kram – und weg muß sie. Es herrscht Notstand, ich habe Vollmacht über Leben und Tod. Schlage vor: Ihr kriegt den Vampyrios, ich als Gegengabe diese reizende Säuferin. Die trinkt mir doch tatsächlich die ganze Pulle aus? Sagt selber: es wäre schade, wenn sie unbenutzt in die Grube sollte.«
Hier blickte Danae gewitternd auf. »Was habt Ihr Männer für eine kümmerliche Phantasie. Seit gestern Mittag höre ich alle zwei Stunden das Selbe; und sage alle zwei Stunden: Distance, mein Herr.«
– »Ach, sie redet wie gedruckt. Red nicht so viel, sei lieb zu mir. Morgen oder übermorgen liefern wir deinem Papa eine Schlacht, daß es kracht. Bis dahin wollen wirs uns hübsch machen. Wo ist der Schloß-Commandant. Höre, mein lieber Schloß-Commandant – kannst du fangen? – du haftest mir, daß ich sie heute Abend vorfinde. Capiert?«
Herrn Thaddäus weiteten sich die Augen, er zählte pure Goldstücke. »Natürlich natürlich«, flüsterte er abwesend, sein Geist weilte anderwärts. »Völlig natürlich, wer hätte das gedacht, *wer* . . hätte das gedacht, bestes Appartement für das kostbare Stück, ganz

selbstverständlich – ohne Fesseln, um die Gelenke zu schonen – sechssiebenachtneunundzwanzig – *aber* unter Bewachung, stets unter Aufsicht, verstehtsich verstehtsich, und allererstclassige Mast, habs capiert, habs capiert, einundvierzig zweidreivier fünfundvierzig, erfreuliche Valuta.«

Der Rote Dominik lachte. Dann nahm er die würdigen Stock-Schlucker beiseite, und obwohl sie wie Kirchenkerzen gingen, war evident: die Republik Myrrha kroch vor ihm schweifwedelnd am Boden. Er habe sich geschlagen, sagte er, durchgeschlagen von der Hauptstadt, während fette Barone im Hinerland sich mästeten, es sei notwendig, jetzt einen anderen Wind wehen zu lassen, er wolle ihnen zwar nicht ins Regieren pfuschen, werde höchstens beratend bei der Sitzung erscheinen, hoffe jedoch umgekehrt, daß man auch ihm nicht in sein militärisches Handwerk pfusche – strenge Gewalten-Teilung. »Und was die Prinzessin angeht«, schloß er, »so verspreche ich auf Ehre: falls es zum Schlimmsten kommt, bringe ich sie um, persönlich, das spart uns den ungewissen Firlefanz und ist das Sicherste. Gute Reise.«

XIV. Capitel

Wenn es zum Schlimmsten kam .. das Wort machte die Runde. Notstand .. die Bedenklichen horchten auf. Kein Zweifel, es *kam* zum Schlimmsten – alle Anzeichen sprachen dafür.

Zum Beispiel erschoß dieser Himmelhund einen Lakaien: nur weil der Lakai seinen Kopf wiegte, als der General-Commandeur bei einer Mut-Predigt vor Soldaten und Domestiquen von Schlacht und Sieg und Heldentod redete. Und dann tobte er gegen die schlappe Gesinnung, gegen die Contre-Revolution, die man ausrotten müsse mit Stumpf und Stiel, und erklärte, jeder habe das Recht, ja, die Pflicht, persönlich die Republik zu verteidigen; wo immer solch ein Lump zu unken wage – niederknallen! er, Dominik, werde es dekken! und ritt davon.

Das waren ja liebliche Aussichten; keiner traute dem Anderen über den Weg; es war übel bestellt um die Republik, wenn sie derlei Mittel benötigte. Nötigung, jawohl, ein besseres Wort gab es nicht, ekelhafte Bespitzelung! Aber wie sollte man dem Kerl ans Leder? Es hieß, er sei der gewesene Reitknecht und Fechtmeister des Fürsten Allerhöchstenperg, der Fürst habe ihn geohrfeigt, jetzt koche er Rache, kalte Rache allerdings, denn als er zurückkehrte, schnauzte er zwei Füsiliere an, daß es rauchte: nur weil die Füsiliere sich bei der Plünderung eines Nachbar-Gutes beteiligt hatten, sie sahen etwas zerhauen aus. Es gelte jetzt, schrie er, die Kräfte schonen, es gelte den Sieg, der Sieg sei kein Puppen-Wagen! und sprengte von dannen – wieder neu beritten, consumierte überhaupt Pferde, nicht zu glauben; zitternd und schweißglänzend schlichen sie in den Stall. Er selber, von Staub bedeckt, saß ab, saß auf, ein, zwei Minuten – fort wie der Wind. Und in diesen zwei Minuten hagelte es Weisung. Abmarsch vorbereiten. Monrepos sei zu unsicher, feindliche Truppen in Nordost. Koffer packen, Wagen requirieren, Proviant. »Thaddäus, was macht die Gefangene? Weigert sich, zu essen? Fesseln. Halbe Stunde, dann bin ich wieder da.«

Es wurde aber doch eine ganze Stunde, und diesmal kehrte er sehr düster zurück: der Regierungs-Ausschuß sei von Freischärlern niedergemetzelt worden, im Walde, mittwegs der Weinbauern-Hütte, wo das Tribunal tagte, er müsse sofort hin; Commandant: der Corporal von den Treuenfelsern. Ziel: die Festung Olympienlust, es sei weitere Verstärkung dorthin befohlen. Dagegen die Calesche mit der Prinzessin unterstehe allein Thaddäus; der Corporal habe hinten nichts zu suchen.

Man marschierte also westwärts; ein langer Zug verließ Monrepos bei sinkender Sonne, und die beiden Commandanten waren einander recht unsympathisch. Vorneweg schweigsam Ioannis mit dem Militär, von der eigenen Umgebung mit Argwohn betrachtet, obwohl seine Privat-Garde nicht einmal en bloc ritt; dann eine Weile gar nichts; und als Queue, von bewaffneten Lakaien gedeckt, die Bagage. Die Straße führte durch flaches Land, Ackerland ohne Wald; bereits nach Kurzem tauchten vorm Horizont die vier gewaltigen Zwiebel-Rundtürme des Wasserschlosses auf; zwei Minuten später die ersten Vorposten der dortigen Volks-Garnison; endlich ein complettes Détachement; und als die Dämmerung fiel, war man da.

Der Rote Dominik auch. Er hatte nur eben das Pferd gewechselt, seine Zimmer bestimmt, eine Sänfte beschafft, um die schwer Gefesselte nach oben zu bringen, hatte Befehle erteilt für die Niederlegung ganzer Dorf-Partieen, weil man Glacis brauchte, Schußbahn für die Canonen, und nun trabte er fort, in der Hoffnung, das Tribunal werde seine Sitzung noch nicht beendet haben. Drei der bewährtesten Republicaner begleiteten ihn.

Man hob die Prinzessin aus dem Wagen. »Laßt mich doch schlafen!« bat sie ärgerlich, doch da schwebte sie schon. Die Fußkette straffte sich schneidend, vermöge der Bleikugel, Danae sog den Atem durch die Zähne. Der Transport ging über zwei Brücken, an morastigen Gräben vorbei, auf denen Entengrütze schwamm, man kam in das finstere Treppenhaus mit seinen alten Gewölben, erstieg es, bog im piano nobile zum Appartement der Königin ein, querte drei Antichambren und erreichte zuletzt die chambre à coucher, wo man die Sänfte hart neben das große Staatsbett setzte. Der Betthimmel, bleu mourant mit weißen Pleureusen, erregte sich leicht, als er sehen mußte, wie die leibhaftige Tochter seiner legitimen Herrin von unzarten und lüsternen Lakaien-Händen hinübergepackt wurde. Sie schien sehr müde, schlief jedenfalls gleich wieder ein. Die hellgrauen Fräcke eilten, voll wilden Eifers putzte man die Spiegel, deckte den Tisch für ein intimes souper à deux, öffnete Lüftungs halber die Fenster, zog die Rideaux vor, illuminierte das Cabinett mit Wandarmen und Standleuchtern, hier schleppte man einen Bottich herbei, dort einen Maltersack – was sollte das? –, und Andere brachten kübelweise dampfendes Wasser, Tücher, Essenzen, während die Ersten schon Wein und kalte hors d'œuvre auftrugen .. Der ciel bleu pâle war hoch befriedigt, offenbar dachte man doch, etwas sehr Galantes, sehr Amouröses zu executieren, stilvoll und umsichtig, sehr ancien régime. Und außer dem Maltersack blieb unklar lediglich die Tatsache rätselhafter Fesselung – aber vielleicht war sie widerspenstig, die liebe Kleine, und wollte nicht so, wie der schlanke Held wollte, jener, der vorhin das Gemach gemustert hatte.

Widerspenstig .. eh bien, das war gar kein Ausdruck. Denn nun verteilte der Chef-Lakai seine Cumpane an Türen und Fenstern, nestelte zwei Schlüssel hervor, löste der Gefangenen artig die Fußketten, löste auch die Leder-Bandagen, reichte dem Helfer die Sandalen hinüber, nahm Platz an der Bettkante, drehte die traumtief Stöhnende um, sie lag ohnehin seitlich, der Handschellen wegen, entklinkte auch diese, reichte sie geziert spitzfingrig von dannen, schnürte den verknitterten Faltenrock auf .. das Pantherfell wanderte hinterdrein .. etcetra .. und da sie noch immer nicht, trotz mittlerweile völliger nudité, erwachen wollte, raubte er dem Pfauenrad, welches das Bett der Königin zierte, eine Feder, um unter den Stielaugen von zwanzig genießerisch lächelnden Lakaien so lange das allzu zarte und fein geschwungene Näschen zu kitzeln, bis die Schlummernde, in der Tat, stirnrunzelnd die Lider hob.

»Laßt mich doch in Ruhe«, murmelte sie und schlief bereits wieder ein.

– »Na, Puppe?« sagte Thaddäus, wobei er sie abermals kitzelte, »jetzt wollen wir mal baden.«

Mit einem Ruck fuhr sie empor. »Wo bin ich?!«, zog instinctiv ihre Kniee an und schlug die Hände vor der Brust zusammen.

– »In hochdero Schlafgemach auf Olympienlust. Dero Bad ist serviert, der Herr Liebhaber wird auch gleich da sein.«

»Ihr *Hunde* ..« stammelte sie und bekam feuchte Augen. »*Das* hat er Euch *nicht* befohlen.«

– »Mach keine Sperencien, was heißt befohlen, er hat befohlen, es wäre vorzubereiten, was eben vorbereitet wird, wenn ein Cavalier das Lager seiner Schönen besteigt. Du darfst mir glauben: mein Herr, der Fürst, ist niemals mit einer so verdreckten Person –«

»Thaddäus«, flüsterte sie, »ich habe dir Land versprochen, hat man es dir nicht ausgerichtet, ich halte, was ich verspreche, ich –«

– ».. ins Bett gegangen«, vollendete der Lakai. »Deine Valuta ist ganz hinüber, es wird Zeit zu begreifen. Siehst du da drüben den Maltersack, gefüllt mit Feldsteinen? ein Plumps, die Entengrütze spritzt hoch, der Morast strudelt ein bißchen – keine Prinzessin mehr da. Er aber .. lohnt mich mit *Gold*!« Er winkte, die Gehilfen eilten. »Anfassen!«

Doch inzwischen hatte sie den Dolch gefunden, er war bei der Entkleidung in die Daunen geglitten – zu spät, man entwaffnete sie. »Schmeißt sie ins Badewasser!« schrie Thaddäus, »Nein!!« schrie sie dagegen, und niemand hätte diesem Karpfen eine so unbändige Musculatur und Geschmeidigkeit zugetraut, sie warf, schnellte, krümmte sich, einige der Lakaien krümmten sich auch, Kniee und Ellbogen fuhren ihnen beim Kampf in den Magen, an den Kiefer, sie schieden aus, aber es half nichts, es waren ihrer zu Viele, man zwängte die Widersetzliche mit den Füßen in den Bottich, platsch! der Bottich stürzte um, rauschend ergoß sich das Wasser übers Parquett, »Den Strick!« rief Thaddäus, krach! das ganze Handgemenge glitschte in der Lache dumpf auf die Hosenböden, ein Wink des Feldherrn, die Reserve avancierte, und nach einigen fünf Minuten, so blies man Victoria, so war das Wild zur Strecke gebracht – an allen vier Extremitäten fest an alle vier Bettpfosten gebunden.

– »Dann eben nicht, liebe Tante«, erklärte Thaddäus mit gerechtem Emportement, »dann eben in Dreck und Speck«, und während

am Ciel das bleu mourant vor Scham errötete und die Pleureusen weinten, betrachtete er tiefsinnig den glitzernden Dolch, den er mehrmals drehte. »Hat das nun Zweck, Puppe?« fragte er milde, voll sanftesten Oeles, und betrachtete eben so tiefsinnig das Quellen ihrer Tränen, den pulsenden Blutbach, der aus der aufgeplatzten Halswunde rann.
Plötzlich lüftete ein Lakai den Rideau – horchte – Hufschlag, Gejohle, ein scharf metallisches Commando – »Thaddäus! sie kommen!« – »Du Daus! jetzt aber schnell. Weg mit dem Bottich, Lappen, Lappen! Lappen!! wir müssen das doch wegwischen, neues Laken, Verbandzeug! nun macht bloß!«
Zwei Minuten später – Thaddäus hatte zum Abschluß den Dolch decorativ im sanften Hügelgelände deponiert, säuberlich von Nord nach Süd – durchstampften Sporenstiefel die ein, zwei, drei Antichambren, man hörte Degen-Klirren und Säbel-Rasseln, Befehle, Gerede, aufgeregtes Gewirr von Stimmen, die Türen flogen auseinander, alle Lakaien verneigten sich –
Wie ein asiatischer Großherr, abrupt stehen bleibend, überblickte der Rote Dominik ihre Zöpfe und tief gebeugten Fracknähte. Ein atmender Dolch blitzte ihm aus dem Tal entgegen.
»Abschneiden«, sagte er kühl. »Ich habe keine Angst vor Weibern.«
Man schnitt die Prinzessin ab.
Er wartete, bis die Paravents sie verbargen, dann erst trat er ein, nahm Platz, indem er das Essen vom Tisch fegte, und entbreitete eine Karte des Königreiches, welches ominöse Wort mit Blut durch das Wort Republik ersetzt war. »Zieh dich an. – Idioten. Meint Ihr, ich sei nicht Manns genug?«
Nach einigen Minuten blickte er von seinen Notiz-Zetteln auf, die er begonnen hatte, in den Plan hinüberzucopieren. »Die Bewegungen des Feindes«, erklärte er, »sind leider undurchsichtig, seine Stärke auch. Ich selber entging mit knapper Mühe dem Schicksal meiner Begleiter, bin also nicht bis zum Tribunal gekommen. Hier können wir nichts ausrichten. Die Lage ist klar: wir treten einen tactischen Rückzug an, einen Nachtmarsch zu den Treuenfelsern. Mit ihnen zusammen sind wir stark. Alle Chargen gehen jetzt hinunter, lassen satteln, proviantieren, Canonen wieder aufprotzen. Pferdefutter nicht vergessen. – Ab. – Nun zu dir, mein Freund. Glaube ja nicht, wen du vor dir hast, um in Eurer blöden Corporals-Sprache zu reden. Halt den Mund, jetzt rede ich. Erstens, was

fällt dir ein, zweiundzwanzig Pferde zu requirieren, und zwar die besten. Ruhe. Zweitens, denn du darfst zur Kenntnis nehmen, daß ich dich sehr scharf beobachtet habe: zweitens will ich wissen, was du – hoppla!«

Er erwischte die Prinzessin genau noch am Schopf, sodaß sie, beim Versuch, über das Fensterbord in den Graben zu springen, rücklings gegen seine Brust sank. Er stellte sie hin, drehte sie zu sich um, packte das Pantherfell und blitzte sie an. »Du widerspenstige Kröte!« rief er gutgelaunt. »Na na, sei friedlich. Was schaust du denn so verstockt an mir vorbei? Wer wird sich denn schämen? kleines Mädchen mal nackt, kommt in den besten Familien vor. – Naah?« schrie er drohend, »jetzt aber friedlich! Katze! Marsch, in den Schrank! ich habe meine Zeit nicht gestohlen!« Er stieß sie hinter die Tapeten-Tür, überzeugte sich, daß es ein Schrank war, und zog den Schlüssel ab. Man hörte leises Schluchzen.

»Thaddäus«, fuhr der Machthaber fort und setzte sich neuerdings, »deine Cameraden können auch packen, dich selber brauche ich noch. Kreuz-Element, sind denn meine vier Leute noch nicht da? Ohne das Patrouillen-Ergebnis reite ich *nicht*. Ioannis, was wolltest du mit dem Pferd der Prinzessin? Türmen, was?«

Ioannis lief blutrot an. »Ihr zur Flucht verhelfen!«

Der Rote Dominik schlug eine gewaltige Lache auf, konnte sich gar nicht beruhigen, dann griff er in die Tasche und warf dem Corporal eine silberne Börse zu.

Der Corporal fing und betrachtete sie – und knallte sie wütend auf das Königreich Myrrha. »Bestich, wen du willst, aber keinen ehrlichen Soldaten!«

Hier hob Herr Thaddäus bedauernd die Hände.

Der Rote Dominik schürzte sarcastisch die Lippen. »Bediene dich, mein Freund. Nein, nicht so! Mit den Zähnen. Ja, schön so! sehr schön. Mach Schön, mein Hundchen, mach Schön, noch ein bißchen höher, spring, Hundchen, wie heißt denn das Hundchen? Na, da hast du's.«

Freie und aufgeräumte Stimmung, Alles in Allem.

Der Terrorist kehrte an seinen Arbeits-Platz zurück. »Ich will dir etwas sagen, Ioannis. Wenn ich deine republicanische Gesinnung nicht so genau kennte, würde ich dich schon unten über den Haufen geschossen haben, für die Unverschämtheit, mich um das Leben dieser kleinen Katze anzuwinseln.« Pause. Ioannis knirschte leicht mit den Zähnen; Dominik, wenig berührt, schrieb einen Zettel aus.

»Und wenn ich tapfere Soldaten, Soldaten mit Civil-Courage, selbstmörderischer Civil-Courage« – er kritzelte eifrig – »nicht brauchte wie's liebe Brot, so müßte ich dich jetzt aufknüpfen lassen. Aber ich will kein Unmensch sein, du erhältst eine Ordnungs-Strafe, trittst mir den Prachts-Rappen ab, capiert? Und ferner erhältst du ein sehr kitzliges, sehr ehrenwertes Commando. Damit du verlernst, dich in mein Privat-Vergnügen zu mischen. Kannst du lesen? Hier ist deine Vollmacht – na, komm komm kommkomm!«

Der Corporal beugte sich auf den Tisch und kam so bald nicht wieder hoch. Schwer atmend rang er nach Fassung.

»Fassung, mein Freund, es wird nicht gleich gestorben sein. Hat man wohl jemals einen Wachtmeister so erschüttert gesehen über seine lumpige Beförderung? Nun mach aber, daß du verschwindest.«

Ioannis richtete sich empor. »Das geht wirklich über Leben und Tod.«

»Topp?«

– »Topp.« Er trat militärisch ab.

»Thaddäus: schau mal nach, ob die Kleine auch nicht erstickt. Hier ist der Schlüssel.« Gleichzeitig klirrte es in der Antichambre von Reiterstiefeln, es waren die Spießgesellen, die vier von dem Wolfsrudel, verschweißt und verklebt.

Der Rote Dominik war aufgesprungen: »Keine Verluste?« Die Blutigen grinsten nur. »Geklappt? Alles tot?« – »Alles.«

Der Terrorist sog eine Riesen-Portion Luft in den Brustkorb.

Unterdes hatte Thaddäus kichernd den Wandschrank geöffnet und öffnete ihn nochmals. »Schläft«, sagte er verliebt. »Süßes Kind ..« und sperrte die Tapete mit umständlicher Sorgfalt wieder ab.

Der General-Commandant aber brach in ein so raubtierhaftes Gelächter aus, daß es klang wie das Gebrüll eines Löwen, wenn er dem fernen Cebra das Blut in den Adern gerinnen macht. Die letzten Anwesenden duckten sich. Wer würde das nächste Opfer sein ..?

»Ver-schwinden!! Jetzt kommt *mein* Plaisir, jetzt will ich nicht mehr gestört werden.« Dann blies er den Atem über die Lippe, dachte nach, normalisierte sein Benehmen. »Thaddäus«, bat er müde. »Bleib hier. Ich brauche Zeugen. Alles Übrige raus! macht Euch fertig. Wenn der Schuß fällt, hat die Krone von Myrrha keinen Erben mehr, das gibt dem König den Rest. – Weg, weg!«

Man war allein.

Der Lakai lächelte zutraulich, etwas geschmeichelt, etwas unsicher, während Dominik die Lippen verzog und ihn ironisch am Ohrläppchen zupfte. »Thaddäus«, sagte er abgespannt und blickte dem Diener tief in die Augen, »bist du mir denn auch wirklich *ganz* treu?«

Thaddäus nickte eifrig und übertrieben, wobei er die flackernden Pupillen zu bändigen suchte.

Bumm – da lag er.

Ein furchtbarer Hieb von unten krachte gegen sein Kinn, ein Knie gegen die Magengrube – schon lag er.

Dominik handelte sachlich und ohne Eile, knebelte ihn, nachdem er entsprechende Utensilien aus der Rocktasche gefördert, schnürte ihm Hände und Füße hinterm Rücken zusammen, stopfte den noch immer Leblosen in den Maltersack, verschnürte auch den Sack, trat vor die Tapetentür und schloß auf.

Die Prinzessin, gekauert im Schrank hockend, starrte ihn an; mehrere Secunden hindurch. »Sagen Sie das noch einmal«, flüsterte sie.

– »Was soll ich denn sagen?«

»Sagen, was auf dem Zettel stand.«

Der Rote Dominik lachte ein flüchtiges Kehl-Lachen: »Wie gesagt«, und hob die Rechte unter spöttischer Verbeugung leicht aus dem Gelenk. »Ich bin der Herr v. Merziphon.«

XV. Capitel

Prestissimo e molto piano. »Fix fix, hier ist die Karte, unterbrechen Sie mich nicht, hier liegt die Uhr, wenn der Zeiger auf Viertel steht, muß ich unten sein.

– »Erstens militärische Situation. Blau: eigene Truppen, Rot: Bandra. Blau hat zweieinhalb Regimenter, siebenhundert Mann Marine, zwölfhundert Freiwillige, bis jetzt über fünfhundert Tote und Verwundete; Rot vier Regimenter, dazu gepreßte Leute, soviel man will, Pferde, soviel man will. Die Masse noch bei Ariston Hydor. Ziel offenbar, die Hauptstadt langsam einzudrücken. Die Reserven in West und Süd (siehe Pfeile) habe ich sämtlich falsch dirigiert; bis Bandra sie unter seine Aufsicht bekommt, vergeht mindestens ein Tag. Die Entscheidung muß also morgen gewagt werden, übermorgen wäre zu spät. Morgen früh – ich habe vor Abend eine Brieftaube geschickt – bricht im Park-Gürtel, der weichsten Stelle, hier: Kreuz, ein Stoßkeil mit Ihren Elephanten und Leoparden durch. Das zwingt den Gegner, die Schlacht sofort anzunehmen. Bei Gelingen ergibt sich dann Folgendes: Silvana mit der Infanterie besetzt das Ruinenfeld der östlichen Vorstadt; das Génie-Corps, sehr schwach, schanzt in der Thymian-Heide; die gesamte Cavallerie unter Paradewitz verhält am Zeus-Tempel; die gesamte Nobilität unter Wolffenstein bei der Menagerie; das Schlacht-Geschwader unter Ornano sichert nach rückwärts. Die Bürger-Garde wird auf sämtliche Formationen verteilt. Ein schwaches Störungs-Corps Marine landet nördlich Potamikali im Rücken des Feindes. Aber, Königliche Hoheit: das sind Vorschläge. Zu befehlen: haben Sie. Darum sind Sie nach Olympienlust gebracht worden, Monrepos hatte keine Brieftauben.

– »Zweitens politische Situation. Andria ist Minister-Praesident, wissen Sie vermutlich, die Hauptstadt ruhig. Seine Majestät liegt schwer krank im Stadt-Palais, Schlag-Anfall, beidseitige Lähmung, auch der Sprache. Es ist jedoch Vorsorge getroffen, ihn bei Gefahr sofort einzuschiffen. Sie sind also Regentin und stehen hier als Kriegs-Herr Ihrer Truppen. Weitere Catastrophen-Nachricht: Samos ankert vor Terrani und mit dem Gros im Golf von Albazynthos. Da unsere Flotte ohne Mannschaft ist, können wir nichts machen. Erst muß die Revolution erledigt sein.

– »Drittens Ihre Situation. Ich lasse Ihnen bis morgen früh meine vier Begleiter hier. Oben im Dachstuhl des Nordost-Turmes finden Sie Brieftauben mit allem Zubehör, Essen, Café fürs Wachbleiben, Pistolen. Bleiben Sie nicht länger, als bis Sie wissen, ob der Handstreich glückte. Er findet statt in genau . . jetzt genau drei Stunden. Wir haben zehn Minuten über Mitternacht, die Sonne kommt gegen Vier, eher fliegen die Tauben nicht, also halten Sie bis mindestens halb Fünf hier aus. Bis dahin sind alle Befehle auf das Minutiöseste vorbereitet. Ihr Pferd steht gesattelt, proviantiert, munitioniert. Sie ziehen Kleider und Perücke von diesem Thaddäus über – das müssen Sie gleich nachher tun, bevor er steif wird – und reiten südwärts ins Gebirge. Bei der kleinen Quelle, hier, richtet Ioannis ein befestigtes Waldlager ein. Dort warten Sie das Ende der Schlacht ab, man wird sechs grüne Leuchtkugeln schießen, Sie antworten mit rotem Dreistern. Ihre Majestät und das Ministerium bitten dringend, sich nicht ohne Not *irgend* einer weiteren Gefahr auszusetzen. Sie lieben zwar die Gefahr, aber bändigen Sie Ihr militärisches Blut. Falls die Sache schief geht, was mehr als möglich ist, bleiben Sie bis morgen Nacht im Gebirge – schmeißen Sie die Lakaien-Kleider übrigens rechtzeitig weg, sonst schießt Ioannis Sie nieder, ich treibe ihm die zwanzig grauen Fräcke zu – bleiben im Gebirge und lassen sich Punct elf Uhr dreißig, hier: in dieser kleinen Bucht, von der Königin Alkmene an Bord nehmen. Der ganze Nord- und Südwesten der Insel ist königlich gesinnt und ruhig, dort können Sie dann mit Ihrer Flotte und Ihrem Geld neue Stoßkraft sammeln.

– »Viertens Feind-Situation. Der Feind ist stark, weiß es aber nicht. Ich habe ausgiebig für Découragement gesorgt. Das Regierungs-Triumvirat und Vampyrios sind heute Nachmittag im Wald gehenkt worden. Es existieren einige ganz kleine, getrennte Terror-Gruppen. Sieben dieser Leute mit meinen Vier haben vor zwei Stunden das Tribunal in die Luft gejagt. Schade, daß Bandra fehlte. Hier: beim Doppelkreuz. Das wird morgen, wahrscheinlich, der wichtigste Punct, der verlassene Einöd-Hof eines Weinbauern. Geben Sie das Ihren Commandeuren bekannt. Ebenso bekannt geben, daß unsere contre-terreur blaue Schärpen trägt. Ihre Depeschen von hier müssen geschlüsselt werden, der Code liegt oben; bei den späteren aus dem Gebirge – ein Korb Brieftauben wird vorweggeschafft – erübrigt sich das. Und seien Sie sparsam, Sie haben wenig Tauben, wenig Zeit.

– »Dreizehn nach Zwölf. Die meine ist um. Eine letzte Frage. Hat, außer den grauen Fräcken, noch jemand Sie so gesehen .. wie ich?«

»Nein. Warum?«

– »Jeder, der es gesehen hat – hat zu sterben.«

»Jeder? es waren doch einige dabei, die es gar nicht –«

– »Jeder!!«

»Schreien Sie nicht, es war doch sogar einer, der sein Gefolge zurückhielt. Herr v. Merziphon, ich verbiete Ihnen –«

– »Sie können meinem point d'honneur keine Vorschrift machen.« Er trat mit drei schnellen Schritten an den Maltersack, der sich verzweifelt krümmte, zog sein Pistol aus dem Stiefelschaft und schoß. Brüllende Freude unten.

»Herr v. Merziphon: wo gehen Sie hin?!«

– »Ich habe noch jemanden umzubringen.«

»Bandra?« – »Bandra.«

»Und dann – ich befehle Ihnen – kommen Sie zu mir ins Gebirge.«

Der Staatssecretär blickte sie mit verlorenem Lächeln an. »Wer uns das erzählt hätte, daß wir in einer so kunstvollen Zeit einmal Räuber und Prinzessin spielen würden – das glaubt ja Einer allein gar nicht. Daniel in der Panthergrube. Lassen Sie hundert Seelenmessen für mich lesen, ich war ein gläubiger Christ und vergoß viel Blut für die gerechte Sache. Der Liebe Gott beschütze Sie. Adieu.«
Sie holte ihn vor der Tür ein. »Bitte. Bleiben Sie noch einen Moment«, nahm ihn beim Rockknopf, sah an ihm nieder und schämte sich dessen, was sie sagen wollte. »Kleines Mädchen mal nackt«, sagte sie, »ist das eine solche Affaire, daß ein dummer, großer Junge dafür den Tod suchen muß? Dies bißchen Humor könnten wir Beide wohl aufbringen .. meine ich. Chose confidentielle ..«
– »Prinzessin: ich habe vorhin recht gut gemerkt, warum Sie aus dem Fenster wollten.«
»Ach was! es war ein Mißverständnis von mir, ich glaubte, ich *sollte* fliehen – und jetzt verstehen *Sie* falsch.«
– »Kaum. Als Diplomat bin ich gewohnt, zu beobachten. Außerdem bin ich kein Frosch; sondern Mann. Ihre Seele, Prinzessin, ist viel difficiler, viel verletzlicher, als Ihr Zartsinn im Augenblick zugeben will. Und Confidenzen zwischen Personen verschiedenen Ranges gehören sich nicht. Weder Sie noch ich würden jemals vergessen. Was ich mit Ihnen anstellte – um diesem Schweinehaufen plausibel in seiner Sprache zu erklären – das vielleicht. Aber .. Ihre Schönheit«, er lächelte bitter, »die Entweihung«, und griff an die Türklinke – »es ist klar: ich habe zu verschwinden.«
In der Antichambre erhoben sich die blutigen Wölfe. Tiefe Reverenz. »Anton Prinz Allerhöchstenperg«, murmelte er praesentierend, »Friedrich Carl Continalto, der neue Marchese; Palamedes Psara, Bereiter im Hofstall; Deodat Merziphon, mein Ältester. Ihr müßt zunächst mitreiten und kehrt dann um, sonst fällt es auf. Denkt auch daran, daß der Lakai versenkt wird, sobald wir fort sind. Die Domestiquen-Bagage soll schon losmarschieren, Ziel Kreuzweg nach Hennersdorf. Gehen wir.«
Er schritt so scharf voran, daß Danae, plötzlich allein gelassen, laufen mußte. Erst am Stiegen-Podest holte sie die Fünf ein. »Passen Sie auf Ihren Vater auf, ich beurlaube Sie«, zischte sie dem jungen Merziphon zu. »Herr Staatssecretär!«
Der Staatssecretär blieb stehen.
»Sie dürfen mich ruhig noch einmal anschauen. Geben Sie mir die Hand.« Er celebrierte einen tadelfreien Handkuß, aus welchem sie

ihn beim Ellbogen emporhob. »Der König von Myrrha«, sagte sie fest, und umarmte ihn, »dankt einem treuen Diener der Krone. Gott segne Sie.«

Das Rudel eilte plaudernd die Stufen hinab, sie blickte träumerisch hinterdrein. Dann erblaßte sie. »Herr v. Merziphon!« Schrecklich, daß man nicht schreien durfte – »Dominik! Merziphon!« Zu spät, sie hörten nicht. Immer drei Stufen auf einmal nehmend, stürzte die Prinzessin ihnen nach.

– »Sind Sie wahnsinnig?! hier in der Torhalle?! Geht voran, Ihr vier. Wollen Sie mich und sich verraten?« Das Portal fiel ins Schloß.

»Eben nicht, Sie verraten sich selbst. Wenn die Gefahr vorüber ist glauben Sie braucht man nicht mehr zu denken? Da. Vergessen. Das Pantherfell. Nun nehmen Sie schon, sonst – Gott, ich bin ganz außer Atem – weiß der letzte Ochs, was hier gespielt wird. Schikken Sie mirs mit dem Reitburschen zurück.«

Herr v. Merziphon schlug sich die flache Hand gegen die Stirn. »Natürlich. Denkkraft wie ein Huhn: Sie *sind* ja sozusagen das Pantherfell. Danke . .« und faßte nach dem Türgriff.

Danae hielt ihn beim Arm zurück. »Herr v. Merziphon«, sagte sie leise. »Ich möchte mich *auch* bedanken. Wenn wir in Myrrha einreiten.« Und leidenschaftlicher flüsternd: »Ich habe Alles vergessen, werde nie wieder daran denken, Sie behandeln wie jeden Andern, *wozu* also der übertriebene Standpunct, schließlich haben Sie mir nicht die Unschuld geraubt.«

Er schürzte die Lippen. »Nee«, versetzte er knabenhaft. »Nur die Nelke im Haar«, und ließ ab, an ihren Locken zu nesteln. »Wiedersehn.«

Sie hörte ihn draußen ein wildes Gelächter anstimmen, dem noch wüsteres Echo antwortete. Wahrscheinlich schwenkte er auf der Brücke die blutbesudelte Trophäe.

XVI. Capitel

Die Geschichte mit den Lakaien-Kleidern ließ Seine Gräfl. Gnaden nicht schlafen – Graf Auffenbühl pflegte nach Tisch zu schlafen (was ihm bekömmlich schien) –, und es war die Obrigkeit in seinem Busen, die keine Ruhe fand: sodaß er sich wieder erhob, die Perücke auf das leider weiß gewordene Haar stülpte, vorgestern war es weiß geworden, ganz plötzlich, ohne jede Vorrede, und

hinüberwandelte zum Salon der Gemahlin – sie à son tour pflegte nach Tisch Mocca zu trinken (was ihr bekömmlich schien). »Aber Justus, cher Monsieur«, rief die Gräfin und fand es amön, so seltenen Besuch. »Darf ich Ihnen ein Täßchen ..« – »Tausend Dank, liebe Melanie, mit Vergnügen. Diese gottverdammte Livree!« – »Wie werden Sie um einen Domestiquen sich incommodieren, mon cher .. ich bitte Sie, was haben wir damit zu schaffen?« Graf Justus seufzte, »Einiges, hélas«, indem er zum Klingelzug griff, »ich bin des Königs Amtmann«, und befahl Satteln, zwei Begleiter, Pistolen, und befahl auch das corpus delicti. »Kennen Sie die Livree, Melanie? Grauer Frack, Knöpfe mit Blatt-Krone? und alle Taschen voll von Geld, republicanischem Geld, königlichem Geld? Es sind sehr aussagefreudige Kleider, sehen Sie das Blut? Der Kerl kommt von Monrepos, wo der Verräter Kastamomi sitzt, hat mindestens ein Dutzend Morde auf dem Gewissen, en conséquence Geld wie Heu, sonst hätte er dieses hier nie zurückgelassen, raubt eine passende Tenue und reitet, um seine Spur zu verwischen, durch den Bach. Nun, wir werden ihn attrappieren.« – »Aber Justus, Sie wollen doch nicht persönlich .. geliebter Auffenbühl!«
Justus Auffenbühl wollte ganz persönlich, wie flehentlich auch die Gemahlin ihn beschwor, seines weißen Haars zu gedenken, er sei doch in Hennersdorf nur Vicomte – nichts half, er wollte höchst persönlich. Irgendwo mußten die Spuren herausführen, kein Problem nach dem fulminanten Regen heute Nacht. Auch die Revolution: kein Problem mehr, die Bataille am Meer würde sicherlich für den König auslaufen, von Olympienlust war die Besatzung abgezogen, die Grafschaft ruhig, seinen Bauern konnte er getrost das Haupt in den Schoß legen, und zum Tee sei er daheim. »Übrigens Vicomte: die Prinzessin hat Anderes zu tun, ich dagegen einen Fleck zu löschen, einen peinlichen Fleck auf dem Wappenschild, und wenn sich die Statthalter der Krone verkriechen, weil ein desperater Bursch die Feldflur durchschwärmt, so ist der Adel keine Mousqueten-Kugel mehr wert.« Sprachs und trabte von dannen, der Finder Bargylion und ein Büttel begleiteten ihn.
Der ferne Schlachtenlärm grummelte seit frühmorgens, es schien heiß herzugehen hinter dem Horizont, am Berg aber, sah er recht? »Mein Glas.« Unverkennbar: die Optik zeigte einen Rauch-Schleier, der sanft und bläulich aus dichten Forsten wölkte. Hatte der Kerl doch wahrhaftig die Frechheit, ein Feuerchen zu machen! Dann kam man zum Talgrund, auch dort verweilte Seine Gnade,

blickte tiefsinnig auf die Eindrücke von Hufen, die zwischen Erlen in den Kieselbach führten, und überlegte. Ob man es wagen durfte? Vier Hufe, mehr wurden es nicht. Der abgefeimte Domestik war nackt oder mit Unterhose, und jedenfalls allein, zu Berg geritten. Grütze statt Hirn. Sollte man? konnte man? et pourquoi pas? Manchmal liebte der Graf das Pourquoi-pas, meist allerdings seitenverkehrt: er liebte es gar nicht, wenn sein Blut floß (pourquoi ne pas faire des concessions?), schon der Barbier zitterte, ihn zu schneiden (»Pack Er sich! andere Hälfte morgen! et pourquoi pas?«), und hätte man ihm eine Wahl gestellt wie Kastamomi der Prinzeß Danae – die er freilich wohlbehütet in Myrrha wähnte –, so stand zu wetten, er wäre längst Königin. Unter einer Bedingung: es mußte die Majorität gegen ihn sein, das erleichterte dem Pflichtbewußten unvergleichlich die Demission ehrlicher Scrupel. Majorität . . So war er unvergleichlich als Gerichtsherr, populär nämlich, weil mild und mit den Leuten fühlend; unvergleichlich vorgestern als Steigbügelhalter der vampyrischen Valuta – auch hier fühlte er, fühlte noch das Pistol zwischen den Schulterblättern –; und unvergleichlich war die Geschwindigkeit, mit der man ihm jetzt, ohne Gegenwehr, das seinige abnahm. Arme Melanie, man würde sich wohl zum Tee verspäten.

Die Schlucht schien durch Posten mehrfach gesichert – welch kunstvolles Waldlager! aber ein Jammer um die Bäume! an der Quelle die Lichtung – ganz unforstmäßiger Kahlschlag! eine Art Fluchtburg, aha; aus Plan-Wagen; Faschinen zwischen den Rädern, Erdwälle vorm Eingang . . und in der Mitte, tenez! hantierte dort nicht der Wirt vom Hohlweg? er bruzzelte *liebliche* Hammelkeulen, den Hang hinauf weideten seine Herden. Gerettet! es *war* der Relais-Wirt, was machte der unter den Räubern!

Seitab saß ein Chargierter – von den Treuenfelsern, nach der Montur zu urteilen, Insurgent also, nun, dies konnte heiter werden – und lenkte mit dem Stiefel gelangweilt die Manœuvres eines Hirschkäfers. »Wo ist Euer Hauptmann!« grollte Graf Justus, nachdem man ihn und seine Beiden, bar aller Höflichkeit, einfach stehen gelassen, »ich bin der Graf Auffenbühl, weshalb die Molesten! ich reite mit meinen eigenen Subjecten auf eigenem Grund und Boden, jedes Kind kennt mich als wahren und tätigen Freund des Volkes, jener Wirt selbst –«

– »Maul halten«, sagte die Charge, »der Hauptmann schläft.« Ein Kopfrucken folgte.

Potz! »Bargylion! das ist doch –«, dem Grafen stockte der Atem, »die Prinzessin?!«, und rüttelte auch den Büttel. Der Bauer Bargylion nahm ehrfürchtig den Hut ab, alle Drei standen offenen Mundes, die Subjecte knieten sogar nieder: unter leichtem Planen-Zelt zwischen Astgabeln auf bäuerlichem Strohsack, schlief in ihrem Pantherfell, von oben bis unten mit Blut bedeckt, die Prinzessin – ein Bild süßen Friedens, trotz Kriegs-Bemalung und Captivität. Der Graf faßte sich. »Ihr haltet sie gefangen?« fragte er aufgebracht.

– »Maul«, sagte die Charge.

»Aber –«

– »Irrtum, werter Herr. Ihr befindet Euch im Lager des Königs. Sucht Euch ganz still ein Plätzchen und wartet, bis Ihr verhört werdet.«

Hier sprach compacte Majorität, Graf Justus gehorchte; et pourquoi pas .. Seit jenem Rosenmontags-Ball hatte er das Kind des Souveräns nicht mehr so nah gesehen – und so nah studiert überhaupt noch nie. Sie schien reichlich erschöpft, die Gräfin Hennersdorf .. Entzückende Person.

Jetzt kam der Wirt von seinem Feuerchen – keine Rede, daß er den Feudalherrn erkannt, geschweige beleumdet hätte. »Chef«, bat er und legte die Hand auf die Brust, »das Essen wäre fertig, sollen wir die Hoheit wecken?«

»Hm«, sagte der Chef, Chef also, kratzte sich hinterm Ohr und wußte es nicht.

– »Sie muß ja was in den Magen kriegen, meine ich.«

»Nun, wenn du meinst .. Aber sie ist gefährlich, wir erlebten schreckliche Beispiele von Zorn – *ich* möchte sie nicht wecken.«

– »Ich auch nicht«, bestätigte der Wirt.

»Schick die Lydia, die kann es vielleicht am besten, sie hat so etwas – na ja: so etwas ..«

Und Lydia weckte die Fürstliche Gnade: nahm einfach dero herabhängende Rechte in ihre derben und doch zartfühlenden Hände, streichelte sie – man schlug die Augen auf. »Das Essen wär fertig.«

»Hast du den Ioannis eigentlich sehr gern?« fragte die Prinzessin aus dem Liegen. – »Oh jaa, Fürstliche Gnaden!« – »Und wenn er nun heute fällt?« – »Ooh nein, Fürstliche Gnaden, der fällt nicht.« – »Er soll zu mir kommen. Geh.«

Der Wachtmeister kam. »Ioannis. Der Posten in der Eiche ist abzu-

lösen; damit er essen kann. Ich verstehe nicht, daß man noch immer nichts sieht, die Schlacht muß doch längst im Gang sein. Wenn ich nur meinen Feldstecher hätte. Den Außenwachen wird das Essen gebracht. – Und jetzt etwas Privates. Darfst du .. oder willst du .. mir verraten, was dir der Rote Dominik, auf dem Zettel –?«
Ioannis nickte. »Im Namen der Prinzessin«, recitierte er feierlich. »Ich biete dem Wachtmeister Ioannis Blutsbrüderschaft auf Leben und Tod. Befehl: er reitet mit seinen Leuten voraus und erwartet mich am Kreuzweg nach Hennersdorf. Der Kgl. Staatssecretär des Äußeren. v. Merziphon.«
Sie reichte die Hand in die Luft. »Ob er noch lebt?« sagte sie gedankenvoll; »hilf mir aufstehen ..«, und erhob sich. Ihr Blick traf die Gruppe am Vorrats-Wagen. »Was sind das für Leute?« – »Die haben hier spioniert. Ein angeblicher Graf und zwei seiner Untertanen.« – »Schick mir die Untertanen her.«
Die Vorgeladenen fielen demütig auf Knie und Stirn; doch die Prinzessin beugte sich etwas hinunter und faßte sie freundlich am Ellbogen. »Kommt kommt, Ihr braucht nicht zu knieen, ich will Euch nichts Böses. Und Ihn – kenne ich doch überhaupt? Er ist der Bauer Bargylion, nicht wahr? Er hat damals beim Böllerschießen den kleinen Finger verloren? und beim Rennen den besten Ritt geritten? stimmts?«
Bargylion und der Büttel brachten vor Staunen kein Wort heraus. »Ich hoffe«, fuhr die Prinzessin fort, »Ihr habt eine Dorf-Garde aufgestellt? und seid unter Waffen? und etwas tapferer als ein gewisser Jemand in der Grafschaft? Dann reitet jetzt, mein Wachtmeister wird Euch Pferde geben, und besorgt –. Habt selbst? um so besser. Und besorgt blaue Schärpen, in einer Stunde wird Euch der König besichtigen, oder .. haltet Ihrs mit den Roten?«
Hier liefen dem Bauern die Tränen übers Gesicht, er stürzte nieder und küßte wortlos ihre Füße, während ihr Blick den fernen Auffenbühl streifte, dessen Hut eine artige Ornamental-Arabesque in die Luft schrieb. »Wen soll ich Euch als neuen Grafen bestellen? Ich bin der König.« – »Der König? neuen Grafen? gnade Eure Königliche Gnade unserm Herr Grafen, unser Herr Graf wollte es doch gut machen, wir sind königlich und sterben für den König, sterben gern, wenn es sein muß, aber der Herr Graf ist ein guter Graf, wir lieben unsern Herr Grafen –«
Sie winkte dem Wachtmeister, die Beiden aufzuheben. Mit allen Zeichen der Wirrnis schlichen sie hinter der Charge drein, wobei

sie noch einmal stumm flehend zurückschauten. Dann erhielt Graf Justus seinen Wink .. schritt heran .. große französische Reverenz .. bekam aber die Hand nicht zum Kusse, nur eine melodische Erkundigung »Wer sind Sie?« Der Graf erschrak. »Justus Auffenbühl«, stammelte er, »Vicomte von Hennersdorf.«
»Auffenbühl ..« Sie wiegte den Kopf. »Ich kannte eine Gräfin dieses Namens .. erinnere mich eines hübschen Balles an Rosenmontag. Was führt Sie zu mir, Herr Auffenbühl?«
– »Ew. Königlichen Hoheit aimable Suite war so gütig, mich pittoresquer Weise zu inhaftieren. Ich befand mich auf Recherche nach einem Lakaien, der mir heut Morgen sein Habit hinterließ, es dürfte sich um einen Capital-Verbrecher handeln.«
Die Prinzessin blieb kühl. »Der Lakai war ich.«
– »Charmant«, sagte der Graf, eifrig bemüht, ihre Verstimmung zu überhören. »Welch Glück, daß Königliche Hoheit selbst die Grafschaft im Titel tragen, das spart uns einen hochnotpeinlichen Hals-Prozeß.«
Sie antwortete nicht: sie betrachtete ihn – durchdringend – mehrere Secunden – bis der Graf sich rötete und anfing, leicht mit den Zähnen zu knirschen. Dann nahte ihm Rettung: der Posten aus der Eichenkrone trat in die Fluchtburg. »Auf der Thymian-Heide«, berichtete er, »ist noch immer nichts, vereinzeltes Geplänkel, Hauptkampf scheint ganz im Norden am Meer. Die Augen sind halt nicht scharf genug.«
– »Aber ich habe ein Glas!« warf Graf Justus ein, erleuchtend kam es ihm, daß diese Soldaten keine Gläser haben könnten, die Bataille zu beobachten. »Es gehört Eurer Königlichen Hoheit«, beteuerte er mit Großmut, indem er sein Perspectiv praesentierte – er hatte viel gut zu machen.
Die Prinzessin übersah es geflissentlich. »Pistol«, sagte sie und untersuchte nicht ohne Sachkunde die Waffe, die der Soldat gehorsam reichte. »Abtreten. Nimm das Glas von diesem Herrn und leg es dort hin.«
Sie wartete, bis man allein war.
»Ihre Weste hat einen Fleck«, bemerkte sie freundlich.
– »Nanu!« Der Graf zog erzürnt das Kinn ein und blickte an seinem Pourpoint hinab. »Das wäre das erste Mal, daß der Kammerdiener – ich kann übrigens nichts entdecken.«
»Nein, da!« sagte sie, schob mit dem Pistol sein Justaucorps auseinander und setzte ihm die Mündung aufs Herz. Der Graf er-

starrte. Sie drehte den Lauf zweimal hin und her und ließ ihn sinken. »Sehen Sie's nun?«
Es war ein schwarzer Pulver-Ring auf der sonst weißen Weste zu sehen.
Graf Justus lachte erleichtert pfiffig. »Jaaah!« rief er, »mit Gewalt!«
»Ihre Ignoranz hat etwas Entwaffnendes. Ich schenke Ihnen die Waffe.«
– »Untertänigsten Dank, aber .. ich besitze selbst ein Pistol.«
»Kein so gutes. Das Caliber paßt genau. Nehmen Sie nur. Nehmen Sie, nehmen Sie. Muß ich noch deutlicher werden? Dieser Fleck, Herr Auffenbühl, ist durch Blut zu tilgen, und nicht durch den Kammerdiener. Wenn der Ring ein Loch hat, ein kleines, rundes, rotes Loch – nicht wahr. Dann will ich mich gern mit der Gräfin Witwe über die Krone auf einem gewissen Grabstein unterhalten. Guten Tag.«
– »Aber ..«
»Jedes Aber erübrigt sich, schon gar für eine Standes-Person. Natürlich war es *Ihre* Haut. Was ändert das? wir *sind* eben nicht nur für die eigene Pelle da! Jedenfalls, wenn ich so gehandelt hätte – par exemple – ohne mich dessen rühmen zu wollen –, dann hätten wir jetzt eine Verfassung, und aus wäre es mit der Feudal-Herrlichkeit. Noblesse oblige. Es hat Sie nicht obligiert, daß Sie Königlicher Graf waren, ich betone: waren. Und die Ehre? obligiert Sie die auch nicht? Pfui Teufel. – *Wachtmeister*!«
Ioannis trabte.
»Der Mann ist harmlos. Kann gehen. Wasch das Glas ab, ich habe leider keinen Handschuh, es anzufassen.«
Mit langen Schritten ging sie voraus, bis zum Eichbaum. »Herunterkommen!«
Das dauerte seine Weile. »Au Backe«, bemerkte Ioannis, indem er den Feldstecher brachte. »Der Mann hat Zunder gekriegt.« – »Gehorcht?« – »Klar.« – »Solltest du nicht, geht keinen etwas an.« – »Bleibt unter uns, Bürgerin Prinzessin. Wenigstens capiere ich jetzt, warum du dem ollen Treuenfels so sch-himpflich den Marsch geblasen –«
Sie unterbrach. »Helft mir hinauf.«
Die Ocular-Inspection ergab einen fast völligen Stillstand des Kampfes, außer daß schweres Geschützfeuer auf der Neustadt lag. Bandras Cavallerie stand in dichten Haufen beidseits der Lampre-

nos-Hütte, parat also, in Nord oder Süd anzugreifen, wo es just not tat. Was im Süden der Thymian-Heide geschah, war nicht auszumachen, der Gebirgszug hinter Olympienlust zu hoch, der eigene Beobachtungs-Punct nicht hoch genug.

Sie blickte hinab. »Was ist?« Wieder ein Gefangener. »Ach? Komm herauf, Deodat!« – Der Sechzehnjährige kletterte wieselgleich. – »Setz dich neben mich. Schöner Eichen-Ast. Was gibt es.« – Er förderte einen Zettel zu Tage, die Prinzessin las wie im Fieber: »Silvana soll vorsichtig retirieren, brauche Anlaß, will meine Cavallerie von Süd abziehen. Eilt, eilt, eilt, bin von Spionen umgeben. M.«

Deodat lächelte melancholisch. »Stabs-Chef bei Bandra«, sagte er leise und blickte in ihre Augen, während die seinen sich feuchteten. »Mich – hat er weggeschickt.«

»Die blaue Schärpe steht dir auch gut«, erwiderte sie tröstend, nestelte eine Sandale ab, »Halt mal«, griff in ihr Pantherfell, holte Crayon und Papier hervor, gab es ihm. »Ordonnanz? He! Eine Taube! – Schreib, Deodat. Offener Text, aber ganz klein, sonst geht es nicht aus. Nimm die Sohle zum Unterlegen.«

– »Wollen Königliche Hoheit nicht verschlüsseln?«

»Heute kannst du noch Du zu mir sagen. Offener Text. An den Obristen Grafen Silvana. Vorsichtig Gelände opfern, wichtig im Interesse des Ganzen, Feind setzt Cavallerie auf Sie an. Belobige Sie und Ihre Truppe. Danae. – Zweiter Zettel. An den Obristen Paradewitz. Zwei Escadrons abstellen für Flanken-Angriff im Fall feindlichen Durchbruchs östliche Neustadt. Schlacht-Entscheidung bei Ihnen. Ariane vorgestern durch Treuenfelser zu Tod gemetzelt. Keinen Pardon geben. Stellvertretung: Wolffenstein. Verfügen Sie über Menagerie. Ich helfe. Danae. – Drittens. Dem Fürsten Allerhöchstenperg. Übernehmen Sie Wolffensteins Commando. Nach Maßgabe Ihrer Bravour will ich Verfehlungen des Adels im Land pardonnieren. Danae. – Viertens. An den Minister-Praesidenten. Den König an Bord bringen. Ich falle oder siege. Erwarte Sie bei Sieg auf dem Schlachtfeld. Danae. – Fertig? Kommst du mit, deinen Vater heraushauen?«

– »Prinzessin!?« Dem Jungen schwand alle Farbe. »Ist das dein Ernst?!«

»Heiliger Ernst.«

Zwanzig Minuten später ritt die Prinzessin mit ihren Leuten in Hennersdorf ein, wo Bargylion und achtzig Mann zu Pferde im

Ehrenhof des Schlosses aufmarschiert standen, sprang aus dem Sattel und eilte die Freitreppe empor, um der leichenblassen Gräfin die Reverenz abzuschneiden. Sie küßte der alten Dame selber die Hand. »Ich bin glücklich, Sie noch zu sehen, Gräfin, es war damals so reizend bei Ihrem Ball. Täuscht mich mein Gedächtnis, oder haben Sie wirklich blaue Rideaux an Ihren Saal-Fenstern?« – »Himmelblauen Atlas«, bestätigte Gräfin Melanie. – »Ich brauche Schärpen, Gräfin, schenken Sie mir die Rideaux, schenke Ihnen gern etwas dagegen.« – »Sie gehören Ew. Königlichen Hoheit. Johann, die blauen Rideaux sofort in Streifen. Darf ich Königliche Hoheit zum Tee bitten.« – »Mille grazie, Contessa. Und was das Contrecadeau betrifft –« Eine decidierte Geste ließ sie verstummen. »Da wüßte ich *gar* nichts.«
Die Prinzessin sah ihr warm in die Augen. »Doch, Gräfin. Ich möchte ihm eine Chance geben. Er kann mitreiten.«
Frau v. Auffenbühls Lippen zuckten, eine Spur zu tragisch. Ihre Linke wies zögernd gegen die Front der Dorf-Garde, wo zwischen Kitteln und bäuerlichen Sonntags-Röcken das reich bestickte Justaucorps des Disqualificierten prunkte. Die Prinzessin, die sich kurz umgewandt hatte, nickte. Dann ging sie voran in den Salon, nahm, um der Höflichkeit willen, eine Tasse Tee, betrachtete lange den Waffenschrank und erbat sich das leichte türkische Jagdschwert, das sie lange in der Hand wog und lange prüfte.
Dies war der Abschied. Sie saß auf, verteilte die Schärpen, Deodat befestigte ihr überm Pantherfell den himmelblauen Atlas. »Ioannis. Ich möchte nicht, daß du gegen deine eigenen Cameraden kämpfst. Grüß die Lydia von mir.« Der Philosoph gehorchte. »Escadron: Hut ab zum Gebet. Ehrwürden der Schloß-Caplan wird uns den Segen erteilen.«
Man befand sich zu Hennersdorf genau im Süden des Schlachtfeldes, sodaß man durch Olympienlust hätte reiten müssen, um links von Gasarrhania genau nördlich die eigene Linie zu erreichen. Stattdessen ritt die Prinzeß unter den Linden rechts an Olympienlust vorbei, schwenkte auch nicht etwa auf dem Schneisen-Kamm des Gebirges ein, sondern kam weit östlich Gasarrhania in den dichten Korkeichen-Wäldern aus, die voller Unterholz standen. Der Thymian duftete herauf. Lebhaftes Gewehrfeuer. Man verhielt halben Hanges, trefflich gedeckt. Es war sieben Uhr. »Patrouillen: ab. Alles Übrige: Pferde füttern, selber etwas essen, nichts reden, vorsichtig einzeln zu Tal, Linie bilden. Bargylion, Er nimmt meinen

Rappen mit, und diesen Falben hier. Wir kommen gleich nach. Deodat: los. Auf den Baum. – Hh. Ganz außer Puste. Du auch?« Sie verschnauften, kletterten weiter.

»Donnerwetter ..« sagte Danae leise und faßte nach Deodats Arm. Sie war blaß geworden – die Situation der Schlacht erlaubte keinen kleinsten Zweifel, daß Herrn v. Merziphons Schicksal sich erfüllt hatte. »Deodat ..« Die hellen Tränen liefen ihm hinunter, obwohl er die Zähne zusammenbiß. »Reit nach Hause, Deodat.« – Deodat schüttelte wild den Kopf. – »Einer ist doch genug«, bat die Prinzessin. »Kannst du deiner Mutter das antun?«

Er nickte wütend. »Verdammte Heulerei«, schluchzte er, »ganze neun Jahre nicht mehr geheult«, und schniefte, »war doch immer Vaters Stolz – und ich dachte, wir schafftens noch ..«

»Aber das Andere«, flüsterte sie rauh, »das Andere schaffen wir. Komm.«

Sie hangelten in der Ceder zu Boden, liefen, erreichten die Truppe, saßen auf. »Aufsitzen. Feind in der Nähe? Keine Vorposten? Dann kann ich ja laut reden. Bauern der Grafschaft Hennersdorf. Das Schicksal des Grafen hängt von Euch ab, von Eurem Mut. Das Schicksal der Schlacht auch. Der Feind hat die Cavallerie in die Heide geworfen, nach Süden, statt nach Norden, meine Cavallerie hat sich festgerannt, mein ganzer Plan verraten und zum Teufel. Hilft nichts: wir sind im Rücken des Feindes. Wenn ich falle, commandiert Euch der Herr v. Merziphon. Wenn der fällt: Bargylion. Degen aus der Scheide. Es wird im Trab angeritten, Carrière erst im freien Feld.«

Sie hob ihr Pistol. Sausend fuhr der rote Dreistern zum vergoldeten Aether. »Trab!« Das Unterholz splitterte. »Scharfer Trab!« Im Nachmittags-Licht lag die Heide. »Halbe Schwenkung links!« Der Türken-Säbel blitzte. »Carrière!« Die feindliche Infanterie drehte – ging aufs Knie – lud – schoß. Zu früh. Fern am Gebirgsfuß, in einer Wolke von Staub, donnerte die Nobilität heran, der Fürst massig vorweg. »Rechts! um!« So verfehlte auch die zweite Salve ihr Ziel, blaue Bohnen pfiffen, nur an der Queue überschlugen sich drei, vier Leute. »Feind-Cavallerie von rechts, volle Schwenkung, voller Galopp, werfen!«

Die Haufen krachten ineinander. Geprassel, Gemetzel, schon war man hindurch. Verwundete wälzten sich, herrenlose Pferde trabten erschreckt im Kreise. »Deodat! Übernimm das Commando! Vollen Bogen! Front aufrollen! Bin gleich wieder da!« Sie wendete, glitt aus dem Bügel. »Auffenbühl, was ist? blessiert?« Sie beugte sich über den Blutenden. »Gott .. Bargylion tot?« Auffenbühl weinte. »Hat sich vor mich geschmissen, der brave, brave Barg – .. war nichts mit der Ehren-Rettung.« – »Na, nicht heulen, Graf.« Sie tauchte den Finger in seine Schulter, er sog leise den Atem durch die Zähne. »Gelöscht«, sagte sie schlicht und annullierte mit zwei roten, gekreuzten Strichen den Ring auf der Weste. »Adieu, grüßen Sie die Gräfin«, stieg zu Pferd, sprengte von dannen. Der kleine Merziphon wütete wie ein Löwe. »Deodat! Avanti! Die Hütte! Das Andere besorgt Wolffenstein.«

Ein leichtes Frösteln überlief sie bei dem Blutrausch der Bauern, sie hatten ihren Grafen fallen sehen, es gab keinen Pardon. Eine letzte, vertierte Attaque sprengte den letzten Cordon um das Gehöft auseinander, während Wolffenstein die Schlaufe nach Norden zuzog, von wo die Elephanten hinter Flüchtenden herstampften. General Bandra focht verbissen im Schutz der Hauswand. »Danae!« schrie der junge Merziphon, »nein! weg da!« und hatte weißen Schaum vor dem Mund, »der Kerl gehört mir!« Mit einem Mords-Sprung aus dem Sattel, lang, schlank und zäh, eine gereizte Wildkatze, fuhr er dem Kahlkopf an die Kehle, Beide stürzten hin, Ringkampf, Deodat entwand ihm das Pistol, das der General eben auf die eigene Brust gerichtet hatte, »Fesseln!« zischte er, »Stricke!«, half den stumm Tobenden binden, erhob sich taumelnd, schwer atmend, ließ die Hände sinken und ballte sie krampfartig zur Faust.

Die Prinzessin sah ihn scharf an. »Nur ruhig, Deodat, ruhig, ruhig, wir wollen *Menschen* bleiben .. Nicht wahr.«

Sie trat zu Bandra. Er saß, an den Feldstuhl geschnürt, wie eine aegyptische Mumie vor der sinkenden Sonne. »Es tut mir leid, General«, sagte sie warm und einfach. »Sie haben äußerst tapfer gekämpft.«

– »Dito dito«, entgegnete er bitter. »Wunderbare Schlacht. Galgen? Rad? Oder anständige fusillade?«

»Cela dépend. Wo ist der Herr v. Merziphon?«

Tiefe Erschöpfung. »Keller ..« murmelte er. »Dann also Galgen.«

XVII. Capitel

Nachdem der General-Lieutenant Sr. Samischen Majestät, Freiherr v. Gottlieb, ein unerträglich dicker Mann mit einigen zwanzig Ringen, sich endlich überzeugt hatte, daß nicht nur Flotte und See-

Festungen ihm keinerlei Hindernis bereiteten, sondern daß ferner die Schlacht alle verfügbaren Land-Truppen ansog, ließ er ausbooten, die umliegenden Dörfer besetzen und eine Proclamation verlautbaren, des Inhaltes, es habe Se. Sam. Majestät geruht, die durch hiesigen Pöbel bedrohte Krone Myrrha in Allerhöchst Ihren Schutz nehmen zu wollen, er verhänge demnach Belagerungs-Zustand, wesmaßen jedes mit der Waffe betroffene Subject gewärtigen müsse, als Insurgent executiert zu werden. So geschehen im Golfe von Albazynthos und bei Terrani: letzteres dreieinhalb Meilen westlich der Hauptstadt, deren Bürgerschaft, von gewaltigem Glocken-Concert ermuntert, eben den Kopf aus dem Kellerloch steckte – und die Glocken läuteten, weil dreieinhalb Meilen östlich, vor dem schon düster werdenden Abendhimmel, sechs grüne Leuchtkugeln irisierend zu Boden sanken. Ordonnanzen durchschwärmten die Straßen: Befehl der Regentin, die Revolte sei tot, das Standrecht aufgehoben, keine Illumination, keine Parade, dem fremden Militär habe man mit Besonnenheit und Disciplin zu begegnen, Trauer-Beflaggung, von Mitternacht ab werde das Schlachtfeld freigegeben. Und schon sauste die Calesche des Admirals daher, des großen Mannes, wie ihn das Volk, in fröstelnder Bewunderung, seit zwei Tagen zu nennen sich angewöhnt hatte. Man jubelte vorsichtig, er lächelte hager, kam von der Heide und fuhr nach Terrani, hielt aber doch einen Augenblick, als er den Magistrat, in Talar und Perücke, vor den Stufen des Rathauses sah, bewaffnet mit einer gar nicht wieder aufhörenden Dank-Adresse an ihn, den Retter des Vaterlandes, Thronsaal der Ordnung und der Minister-Weisheit, Lenker der Zeit-Begebenheiten und Bürgen der Welt-Geschehnisse, den gesegneten Minister von durchdringender Urteils-Kraft, welche derjenigen des Planeten Jupiter gleiche; außerordentlichen, mächtigen, ragenden, unverrückbaren und standhaften, durchlauchtigen Minister und Admiral, den herrlichen, großmütigen, ehrüberlegenen, wohlgestaltet vortrefflichsten, freundlichsten Maßstab aller christlichen Groß-Canzler, gütevolles Vorbild et cetera praetextis propositis, welches die schmachbeladene Hydra der Empörung ganz und völlig zerschmettert und in Staub getreten – »Is schön«, sagte er, »das war gestern, Schwamm drüber«, und entspannte auf seine Art, nonchalamment, die Gesichter. »Stattdessen«, sagte er, »sind wir nun vom Regen, unter Umgehung der Traufe, direct in die Scheiße geraten. Marsch-Linie: liebenswürdige Ignoranz, bei allen Schwierigkeiten Incompetenz vorschützen, ungeniert rückfragen, dafür bin ich da« – und rollte von dannen, während ein Zug vergitterter Wagen die Cittadelle verließ, mit den Herren Spyridion, Karavatti e tutti quanti an Bord, Admirals-Mördern, Meuterern, Lakaien und anderen Galgen-Candidaten, begleitet von Wach-Mannschaften, Gassenjungen, Kötern, Weibern .. In der Casa Lamprenos aber, dem eroberten Haupt-Quartier, stand Hercules Bandra vor seinen Richtern, der einzige noch nicht Processierte. Die Prinzessin selber nahm lediglich anfangs Teil, nur um zu erfahren, ob der unmenschliche Befehl zur Hinschlachtung Merziphons von ihm stamme; was nicht der Fall war: er habe Anderes zu tun gehabt, dennoch verantworte er, was geschehen sei, man solle ihn getrost aufknüpfen und die sinnlosen Ceremonieen sparen .. In der Tat, es ging etwas ceremoniös her, denn Graf Wolffenstein, der Examinator des Kriegs-Gerichtes, hatte dem langjährigen Chef die Fesseln lösen lassen, ihm einen Stuhl angeboten und titelte ihn aus Gewohnheit stets Excellenz – obwohl man draußen die Axt- und Hammerschläge hörte, mit denen Rad, Galgen und Schafott gezimmert wurden. Dann hörte man rasendes Vivat-Schreien .. das sogleich abbrach .. Vermutlich war die Prinzessin aufgesessen, und eine ihrer ganz kurzen Handbewegungen hatte den Jubel in bestürztes Schweigen verwandelt. Nach einer Weile fing das Hämmern wieder an.

Die Heide loderte von Biwak-Feuern, deren Schein sich dem Abendrot und Abendgrau mischte; überall Flammenstöße, dampfende Feldkessel; lagernde Gruppen auf der zerwühlten Gras-Narbe; Blessierte, die man fortschaffte; Sterbende, denen das Sacrament wurde .. und dazwischen, ohne Suite, im Schritt reitend, die Regentin des Königreiches. Man machte ihr ehrfürchtig Platz: betroffen von der Blässe ihres Gesichtes, dem vielerlei Blut auf Haut und Kleidung, der enormen Stellung einer Persönlichkeit, die zu drei Vierteln mystischer Natur war, und nicht zuletzt von ihrem abwesenden Blick, der vermöge seiner Klarheit und Wehmut eine solche Distance zwischen sie und die Menschen legte, daß man zurücktrat, fast ohne es zu wissen .. denn eigentlich hätte man hinknieen mögen, und Liebe stammeln. »Tragt Eure Toten vor die Hütte«, sagte sie leise. »Und die anderen Toten auch. Hinter die Hütte. Sie sollen anständig begraben sein.«

Vor einer Hauswand, in einem Obstgarten bei Gasarrhania, fern am Gebirgsfuß, begann ein Constabler zu singen. »Nun danket Alle Gott«, begann er zaghaft und verstummte, weil er ein schlechter Sänger war, doch ein Stabs-Trompeter, der, etwas weiter, abgekämpft an der Wegböschung ausruhte, stand auf, setzte das Instrument vor die Lippen und begann, den Choral zu blasen. Bald antworteten von überall her die Hornisten, Soldat um Soldat fiel ein, Gruppe für Gruppe erhob sich, gemeiner Mann und vornehmer Herr, Compagnie um Compagnie, Escadron um Escadron, die ganze Armee: ».. der uns von Mutterleib .. und Kindesbeinen an .. unzählig viel zu gut .. und noch jetztund getan.« So manchem alten Landsknecht liefen dabei die Tränen durch Staub und Blut in den Bart hinab, so manchem tapferen Haudegen, der bisher nicht geahnt hatte, was Weinen ist, und ganz von selber, man merkte es gar nicht, nahm Alles Front zu dem natürlichen Mittelpunct, einer einsamen, regungslosen Figur mitten auf der Heide, von zuckendem Flammenschein beleuchtet. Man hatte schließlich Bruder gegen Bruder gekämpft, Camerad gegen Cameraden, sie aber war die Versöhnung, sie schenkte den Mißleiteten ein ehrliches Begräbnis, statt ihre Asche, wie man es sonst hielt, in die vier Winde verstreuen zu lassen. »Der ewig reiche Gott .. woll uns bei unserm Leben .. ein immer fröhlich Herz .. und edlen Frieden geben.« Und sie Alle wußten, obwohl sie Übermenschliches geleistet, berserkerhaft bis zum Umsinken sich geschlagen hatten: sie wären trotzdem verloren gewesen ohne den roten Dreistern hinter der feindlichen Front, ohne diese mörderlich mutige Person, die jetzt so still und mit geschlossenen Augen im Sattel saß, den Kopf hintüber gelegt, als *tränke* sie den Choral, als bade sie ihre Seele rein im Gebet vor Gott,

»Als der anfänglich war
Und ist und bleiben wird
Jetztund und immerdar.«

Der Choral verklang, man hörte nichts als das Knistern des Feuers, den tiefen Nachhall, das »Immerdar ..« Die Armee stand schweigend. Ein ungeheures Schweigen, abgründig und bebend. Was kam jetzt? Jeder fühlte es, daß jeder zu jedem Opfer bereit war: wenn sie nur wieder lächeln würde.

Und mitten in diese Ruhe hinein rief ein Sergent mit schmetterndem Tenor zwei Worte, die wie Funken das Oel der Leidenschaft entfachten:

»Gottlieb – *raus!*«

Von den Rebhängen bis an den Residenz-Park, vom Ruinenfelde

der Neustadt bis zum Gebirge von Gasarrhania wurde die Losung aufgegriffen, weitergegeben, weitergeschrieen, gestampft, gedonnert: »Gottlieb – raus! Gottlieb – raus! Gottlieb – raus!«
Die Prinzessin rührte sich nicht.
Inzwischen schwoll die Begeisterung zum Orcan: Graf Wolffenstein, nächst ihr der anerkannte Held des Tages, war vor die Hütte getreten, jetzt stieg er zu Pferde, riß den Pallasch aus der Scheide und sprengte en carrière der Regentin entgegen. »Gottlieb – raus! Da-na-e! Wolf-fen-stein! Gottlieb – raus! Da-na-e!«
Sie hob abwehrend die Hand. Langsam verebbte der Chorus. Der Rittmeister vergaß, weswegen er gekommen: »Königliche Hoheit, ich bitte untertänigst: Volkes Stimme ist Gottes Stimme. Setzen sich Königliche Hoheit an unsere Spitze. Heute noch, jetzt noch fegen wir diesen gekrönten Räuber ins Meer!«
»Sie haben zwei Söhne verloren«, entgegnete sie bedrückt. »Geben Sie das Urteil. Danke. – Ich möchte die Commandeure sprechen.«
Das Standgericht Ihrer Kgl. Hoheit verurteilte Sr. Maj. gewesenen Armee-General zur öffentlichen Execution jener selben fortschreitenden Verstümmelung bei lebendigem Leibe, für deren Execution an dem Staatssecretär die unterbliebene deutliche Weisung durch den Obercommandierenden schuldig zu halten sei; empfahl jedoch, in Anerkenntnis bewiesener Bravour beim Kampfe und unbewiesener Effectiv-Schuld an der Tat, Begnadigung zur nächst niedrigeren der im Kriegsrecht verankerten Leibstrafen, als welche, unter Überspringen des für militärisch Graduierte nicht in Betracht fallenden Räderns, die Zerreißung durch Anketten an vier auseinandergaloppierende Pferde zu gelten habe.
Sie ließ das Blatt sinken. »Meine Herren Commandeure«, sagte sie und sprach auch weiterhin ganz leise. »Sie haben sich Alle sehr tapfer geschlagen; desgleichen Ihre Truppen. Machen Sie Ihren Mannschaften bekannt, daß ich nicht zweifeln wolle an einem Mut, der mich bewegt .. und erschüttert. Und glauben Sie mir: es ist leichter, sogar noch ein ausgeblutetes Cadre zum Sieg zu führen – sogar unter unmöglichen Umständen – als einen Staat vor dem Abgrund zu bewahren. Die Sache liegt sehr einfach. Samos hat sich weislich gehütet, mir den Krieg zu erklären; es landet unter dem Schein des Rechtes. Ich kann ihm lediglich erwidern, die Voraussetzungen seien hinfällig, Herr v. Gottlieb möge nach Hause schwimmen. Und ich könnte die Antwort in die Form eines Ulti-

matums kleiden. Ich könnte heißt: ich kann nicht. Denn die Gepflogenheit kennt Ultimata nur von achtundvierzig Stunden Befristung aufwärts. Und in achtundvierzig Stunden ist die Situation für uns hoffnungslos – militärisch.«
– »Dieser Briganten-Streich«, warf Graf Wolffenstein ein, »enthebt Ew. Königliche Hoheit jedweder Rücksicht auf conventionelle Normen. Ein Überfall muß mit Überfall beantwortet werden.«
»Nein«, sagte Danae milde. »Von der Entrüstung des Auslandes einmal ganz abgesehen, die nicht ausbleiben könnte: wohin kämen wir da? Die Conventionen sind der einzige Schutz gegen Chaos und Willkür. Und wenn die eine Partei sie übergeht, muß die andere um so fester daran halten. Oder soll ich mir meinen Stil durch den Stil meiner jeweiligen Gegner vorschreiben lassen? Zahn um Zahn . . Das würde eine Kette ohne Ende. Hätten Sie erlebt, was ich erlebt habe, das Gemetzel in Gelmion und all die schaurigen Bestialitäten dort, so verstünden Sie, daß man nichts bessert, indem man mit gleicher Münze zurückzahlt, sondern nur, indem man das Bessere demonstriert und sein Herz wappnet, auch wenn man mit seinem Niveau schließlich allein steht im allgemeinen terrassement. Die Complication Samos jedenfalls wird diplomatisch gelöst oder durch *meinen* Tod. Nicht durch den meines Volkes. – Lassen Sie jetzt aufmarschieren, ich will nachher die Front abreiten und mich bedanken. Die Versprengten sollen nicht weiter verfolgt werden. Das Wenige, was entkommen ist, mag sich mit Gott dem Herrn auseinandersetzen. Baron Malvan: Sie wollen die Excellenz des Herrn Feldbischofs bitten, daß sie dem General Bandra die letzte Oelung erteilt. Und Sie, Graf Wolffenstein, legen Sie den Act in die Hütte, zu den übrigen; melden Sie mir, sobald das Siegel zur Stelle ist, ich möchte unter dies grausige Capitel noch heute den Schlußstrich ziehen.«
Der Schlußstrich ergab an dreitausend Gefallene – und auf Myrrhas Leiche thronte ein gichtischer Beschützer, der fett unter phantastischer Haartour, adlernasig und auch sonst von völlig transparentem Incognito, die Farce vertrat, er sei durchaus nicht der König Polycrates, sondern schlicht Baron; hatte aber nichts dawider, daß der Admiral Staatsminister, nach Verlesung eines papierenen Protestes, ihn in der Königlichen Villa bei Terrani als Gast der Prinzessin begrüßte und einige Kammerherren zu Allerhöchst Seiner Bedienung mitbrachte. Worauf der Brigant die Forderung erhob, es solle Armee und Marine unverzüglich auf Se. Sam. Maje-

stät als den künftigen Prinz-Gemahl vereidigt und dann entwaffnet werden, er selbst gedenke ab morgen in der Residenz Myrrha Wohnung zu nehmen .. worauf der Thronsaal der Ordnung und ehrüberlegene Maßstab aller christlichen Groß-Canzler seine Calesche wenden ließ, um der Regentin Bericht zu erstatten, denn dies übersteige seine Befugnisse.

Er passierte die Schloßfreiheit just, als der schlafende König von Bord wieder an Land geschafft wurde, Neander und der Siegel-Bewahrer warteten schon, die Rückbootung des Schlacht-Geschwaders war in vollem Gange, Contre-Admiral und Vice-Admiral unterhielten sich eine Weile, der Lieutenant Gigante wurde geholt, dito der Lieutenant Basilides, stiegen ein, die Calesche entrollte, nur Herr v. Ornano blieb zurück. Man überquerte das Schlachtfeld, wo die Truppen sich eben formierten. »Sehen Sie den Haufen da, Basilides? da vor der Front? Bauen Sie Ihr Männchen vor dem Herzog, sagen Sie, ich hätte Sie geschickt, der Titel ist Hoheit, Anrede in der dritten Person (wissen Sie hoffentlich), Plural oder Singular, Jacke wie Hose, man soll Ihnen ein Pferd geben, das Weitere findet sich. – Avanti, Johann. Zur Hütte.« Und bis zur Hütte war Herrn Gigante erklärt worden, worin der Sinn seines Commandos bestand. »Es werden nachher einige Leute begnadigt werden, die eigentlich baumeln müßten. Die nehmen Sie unter den Arm, setzen von Santalba nach Theodosia über und bevölkern Ihre kitzligen Schnellboote damit. Es sind Degradierte dabei. Sie kennen principiell keinen einzigen, haften mir aber, daß keinem einzigen das neue Leben zur Hölle wird. Vorläufig warten.«

Auch Andria und Neander warteten, warteten in respectvoller Entfernung, während Prinzessin Danae die lange Reihe der Toten abschritt. »Schauen Sie«, flüsterte der Admiral, »schauen Sie genau hin, das ist doch zum Neidischwerden.« – »Belieben?« – »Ich meine den Instinct. Sie erfindet Symbole; von selbst; massenhaft. Wobei es gar nichts zu lernen gibt: das hat man, oder man hat es nicht. S. M. würde die Gefallenen anreden und bei jedem sagen: Ich und Mein Haus werden Sie nicht vergessen (oder *Ihn* nicht vergessen, c'est presque la même chose). K. H. sagt nichts; legt aber jedem eine Hand voll Erde aufs Herz. Nuancen. Wissen Sie übrigens, wer die zwölf Alexander-Kreuze kriegt? und daß es zum ersten Mal nach gewonnener Schlacht keine Grafen und Barone hagelt? Sie werden staunen, ich nicht. Pst, da kommt sie. Murmeln Sie still Ihren Glückwunsch und machen Sie gar keine Worte.«

Die Prinzessin reichte dem noch immer amtierenden Kriegs-Minister die Hand. Doch sprach sie nichts von den zwölf Alexandern in seinem Etui, sondern davon, daß Herr v. Merziphon mumificiert und der Keller so, wie er sei, in die Crypta eingebaut werden müsse. – »In welche Crypta, Königliche Hoheit, untertänigst zu fragen?« – »Oh, verzeihen Sie. Ich gelobte ein Invaliden- und Waisenhaus, für Alle, die heute unglücklich wurden, beider Seiten und beider Confessionen. Unter der Cuppel soll der Staatssecretär liegen, und vor dem Hochaltar der Cardinal. Eine kleine Zeit freilich müssen Sie noch Minister bleiben. Haben Sie die Orden? Kommen Sie hinein, die Liste ist fertig. Ihre Einwände, Herr v. Neander, um das vorweg zu bemerken, sind wohlbegründet; und meine Entscheidungen wohldurchdacht. Ich decoriere den Stallknecht und den Bauern und den bürgerlichen Lieutenant, nicht weil ich dem Volk auch etwas geben möchte, sondern weil alle Drei zufällig genau so tapfer waren wie der Herzog und wie der Fürst und wie die beiden Obristen. Andererseits will ich den Stallknecht nicht unglücklich machen, indem ich ihn zum Beispiel nobilitiere. Die Etagen der Stände sind ohnehin durcheinander genug, er würde sich kaum zu benehmen wissen. Stattdessen werden Sie ihm – ebenso dem kleinen Merziphon – probeweise eine Escadron anvertrauen und fürs Erste eine Fähnrichs-Montur, man wird sich den Lieutenant erdienen. Ver-dient haben ihn Beide.«

Sie setzte sich und prüfte unter völligem Schweigen Urteil um Urteil, Gnadengesuch um Gnadengesuch; ihre Hand schrieb Marginalien, signierte, siegelte – während draußen das Peloton die Mousqueten lud und sämtliche Cadres den Aufmarsch zum offenen Carré vollendeten. Gut eine halbe Stunde verging. Dann atmete sie tief, stand auf, blickte zum Admiral hinüber und lehnte sich gegen die Wand, die unvergessene Wand aus den unvergessenen Tagen ihres Daseins als Magd, warf einen letzten Blick auf mehr als siebzig Schicksale, mehr als dreißig Leben, die durch ihre Unterschrift ausgelöscht wurden – und befahl, als Andria nickte, mit leicht verschleierter Stimme, Herr v. Neander möge anfangen lassen.

Einzig der Admiral blieb zurück. Sie verfärbte sich abermals. »Haben Sie meinen Vater gesehen, wie ist das Befinden, besser? Werde ich nachher zu ihm dürfen?«

– »Nur wenn Königliche Hoheit sich streng an die Weisungen der Ärzte halten, und nur wenn Sie sehr schnell handeln. Samos hat das Erwartete gefordert, bei Morgengrau spätestens wird die Hauptstadt besetzt sein. Ich möchte von dem Wagnis abraten. Denn wenn Sie in Gottliebs Hand fallen, ist gar keine Chance mehr. Und die Chance, Ihre Flotte noch herauszubringen, scheint mir ohnehin Null.«

»Man schlägt schon die Trommeln, wir müssen wohl. Ich fahre nachher mit Ihnen, möchte .. etwas Persönliches noch .. bereden. Vielleicht verstehen Sie, warum mir diese Executionen so entsetzlich schwer werden. Es nutzt nichts, daß ich an Gelmion denke, und mir sage, es sind Verbrecher, die jetzt sterben .. natürlich sind es Verbrecher, und dennoch .. mit Vorsatz töten? Du sollst nicht töten: das fünfte Gebot.«

– »Sie verzeihen ja auch mit Vorsatz, Königliche Hoheit. Ihr göttliches Amt schließt das Amt irdischer Justiz ein, und Ihr königlicher Wille ist souverän im Geben wie im Nehmen. Wenn Sie eines dieser Gewichte verringern; wenn eine der beiden Schalen sinkt; wenn Sie zu streng, wenn Sie zu milde sind – nun, Sie wissen es selber.«

»Ja.«

Hofrat Spyridion, die Prinzessin saß regungslos auf dem Pferde, wurde zum Strang begnadigt und bei rollendem Trommelklang gehenkt. Das Urteil hatte auf Tod durch Rädern gelautet. Fregatten-Capitaine Karavatti – der Admiral, nach dem Verlesen des Urteils, riß ihm die Epauletten herunter und ließ vom Henker den Degen zerbrechen –: Tod durch den Strang, begnadigt zur fusillade. Die übrigen Admirals-Mörder, da ihre Tat nicht der Ehre entsprang: fusillade in den Rücken. Die Rädelsführer der Meuterei auf zwei Schiffen des Aufklärungs-Geschwaders: gleichfalls Tod durch Erschießen in den Rücken; ihre Mitläufer: Degradation und Deportation statt Bastonnade. Drei revoltierende Lakaien vom Residenzschloß wurden erhängt, neunzehn weitere gleichfalls nach Theodosia verschickt. Und ganz am Schluß legte Herr Bandra den Schwurfinger auf den Richtblock; der Schwurfinger wurde abgehackt; wonach der Scharfrichter den stehenden General, dem in Ermangelung seiner Epauletten der Rock genommen wurde, angesichts der Armee freihändig köpfte. Rad, Spießruten, Train-Gäule, Ketten und andere Werkzeuge der bis dato üblichen, grausameren und progressiven Todes-Arten waren nicht benutzt worden.

Die Trommeln rollten und rollten. Und jetzt wendete die Prinzessin den Rappen, um langsam, im Schritt, die Fronten abzureiten; wobei sie vor jedem Fähnrich anhielt, sich aus dem Sattel neigte, das zerfetzte Fahnentuch in der offenen Hand empfing – man

senkte es ihr entgegen – und die Seide küßte. Jeder einzelne Mann und Officier hatte das volle Bewußtsein, ganz allein für seine eigene Person von der Regentin betrachtet zu werden: jeder hätte das Weißblau ihrer Augen beschreiben können .. das wunderbare Blaßrot der Lippen .. die pfirsichfarbenen Tönungen ihrer Haut ..
Dann ritt sie zurück bis vor die Galgenstätte. Der Kriegs-Minister reichte den Tricorne in die Luft, das Carré folgte dem Beispiel – bis auf die Central-Gruppe, die im Trab avancierte und an genau bezeichneter Stelle, dreißig Klafter vor der Regentin, wieder parierte. Einzeln und nacheinander, unter brausenden Beifalls-Stürmen, wurden die Tapfersten der Tapferen aufgerufen und sprengten dem Souverän entgegen.
Es erhielten das Militär-Alexander-Kreuz für überragende Bravour und Hingabe an das Königliche Haus:
Anton Fürst Allerhöchstenperg, mit dem Beileid der Krone Myrrha zum Heldentode des Fürsten Vater;
Friedrich Carl Marchese Continalto, mit dem Beileid der Krone Myrrha zur Hinmordung der markgräflichen Familie;
Deodat Achilles v. Merziphon, mit dem Beileid der Krone Myrrha zum Opfertode des Staatssecretärs Vater;
Palamedes Psara;
Das Pferd des gefallenen Obristen Grafen Silvana, zugleich als Ehrung für die gesamte Infanterie;
Das Pferd des gefallenen Obristen Paradewitz, für die Cavallerie;
Das Pferd des gefallenen Fürsten Allerhöchstenperg, für die Nobilität;
See-Lieutenant Basilides, für die Marine;
Das Pferd des gefallenen Bauern Heinrich Bargylion, für die Freiwilligen-Miliz der Vicomté Hennersdorf;
Matthias Graf Wolff zu Wolffenstein, für sich selbst;
Seine Hoheit der Herzog von Candia, mit dem Dank der Krone Myrrha an den ausländischen Hoch-Adel.
Der zwölfte Ordens-Träger war der erste; die sieben Überlebenden, begleitet von sämtlichen Fahnen und Standarten der Armee, trugen ihm seine Decoration unter feierlichem Posaunen-Choral in das Keller-Gewölbe der Hütte, wo er, bedeckt mit der Flagge des Königlichen Hauses, aufgebahrt lag: Georg Laurentius v. Merziphon, Seiner Majestät weiland Staatssecretär der Auswärtigen Angelegenheiten, Rittmeister und Kammerherr à la suite des Monarchen, Wirkl. Geh. Rat, Excellenz ..

Quicklebendig, trotz hallender Mitternacht, ging es zu in der Gasse, die nach den Delphinen hieß: man überhörte die sechzehn Schläge, die sonst um diese Zeit mit mächtigem Klang aus dem Glockenstuhl der Cathedrale in schlafende Straßen-Schluchten fielen und ein dunkles Meer von Dächern überzitterten – heute war Alles hell und laut, alle Fenster erleuchtet, Fackelschein zuckte an der Kirchen-Front aufwärts, Weiber und Kinder standen mit Eichenlaub unter der Haus-Tür, während von oben, durch die Ruinenfelder der Neustadt, das Bürger-Cantonnement heimkehrte. Der Kriegs-Minister, gemäß Befehl der Prinzessin, hatte kurzerhand die Armee entlassen, ausgenommen ihre Cadres, die mit sämtlichem Train ins Gebirge zogen . . und Löhnung und Orden-Segen, Parade und feierlicher Truppen-Abschied: war Alles vertagt bis zu der Stunde, da man wieder allein sein würde, statt von fremden Cujonen reglementiert. Dieses Pack! diese Wänste! es sammelte sich eine schöne Wut an – und ein schönes Mitleid. Die arme Prinzeß: wie wollte sie ohne Armee verhindern, daß ihr der Herr v. Gottlieb den Albdruck seines Gewichtes auf die entzückenden Schultern legte? Es hieß ja, er wäre schon in der Stadt; und die Regentin, hieß es, werde gar nicht erst einziehen; und der Büttel verlas ein Avertissement, das papierene Besatzungs-Geld sei kein gesetzliches Zahlungs-Mittel. Leicht gesagt: wenn der Dicke mit dreißigtausend Mann kam, konnte er schließlich mit Myrrha machen, was er lustig war. Recht liebliche Aussichten . .

Ein braver Ebenist kehrte heim; seine Kinder umarmten, seine Hausfrau bekränzte ihn. Aber zum Unterschied von Nachbar Fischhändler und Nachbar Kesselschmied schien er gar nicht erfreut, warf Montur und Mousquete in den nächstbesten Winkel, brummelte, suchte, schloß die Werkstatt auf, und weder Menu noch Ehebett übten mindeste Lockung. »Was bist du heut wieder wunderlich«, sagte die Meisterin, und dann ging sie, denn der Meister kräuselte nervös die Stirn.

Er war sehr königstreu, doch nicht mehr wunschlos und auch nicht glücklich: man hatte ihm sein Idol entweiht, und wäre ihm der Kerl in die Finger gekommen, der diesen süßen Hals blutig schoß, dieses Pantherfell rötete, diese zarten Gelenke mit blauen Striemen zerschrammte – er wäre ihm persönlich an die Gurgel gefahren, trotz milder Wesens-Art. Zum Heulen das Ganze! Indessen,

er heulte nicht, sondern stand regungslos in der dunklen Werkstatt, die Hölzer dufteten, die Kunst rumorte, die Muse strich über seine Schläfen .. Ein verschlungenes DM von reichster Marqueterie, Palisander, Thuya und Rosenholz, als Mittelpunct eines Staats- und Conferenz-Tisches, dessen Unterbau lange schon auf ihn wartete: ob sie das freuen würde? Danae-Midas. Und sollte der schlanke Herzog sie wirklich vergessen wollen, so konnte man immer das M für Myrrha nehmen.
Schon durchrieselte ihn wonnige Schaffens-Lust. »Licht!« rief er, band sich die Leibschürze um, ergriff den dicken Zimmermanns-Stift und betrat den anschließenden Lagerraum, der freilich für heute fast hell genug war, von draußen her nämlich, vom Widerschein der Fackeln, der aus der Delphins-Gasse in den schmalen Palais-Hof fiel, was dank der Menschenfreundlichkeit des Herrn Staatssecretärs – er hatte ihm vor Jahren den Fenster-Durchbruch gestattet – auch ihm zu gut kam.
Nanu? eine schwarze Fahne? und das Totenschild? wer konnte denn da gestorben sein? Ob der Herr Deodat etwa –? In diesem Moment hörte man Hufschlag, Jubel auf der Gasse, Vivat-Geschrei – ein hohes Tier offenbar. Und der Ebenist (Muse hin, Muse her) stürmte durch Werkstatt und Hausflur, um nichts zu versäumen. Zu spät: eben bog die Cavalcade zum Palais Merziphon ein. »Was war denn? Kinder, sagt es mir doch?« Fischhändler und Kesselschmied, statt zu antworten, stürmten ihrerseits durch Hausflur und Werkstatt an das Fenster im Lagerraum, eine Menge Anderer hinterdrein. »Mensch!« riefen sie, »die Prinzessin!« und knufften sich stolzgeschwellt in die Rippen. »Jesus Maria, die hat Mut!«
Es war aber gar nicht die Prinzeß, war nur ihr Pferd. Da stand es vor der Freitreppe, man sah ganz deutlich das goldene D auf der Schabracke, und die goldene Krone – und sieben leibhaftige Alexander, mit ihren hellblau damascierten Schärpen und dem glitzernden Strahlen-Stern, saßen zur gleichen Secunde ab. »Was ist denn da los? was will sie denn hier? Was? Tot?! dem Deodat sein Vater .. ist tot?« – »Ja, wir dachten, das weißt du? Dem haben sie doch am Schluß den Alexander gebracht.«
Hier wandte der Ebenist sich schluckend ab und ging hinaus, in die dunkelste Ecke hinter der Hobelbank .. bis er, nach einer Weile, doch wieder aufstand, leise, damit seine Frau ihn nicht hörte, die Treppe emporstieg und aus der Dachkammer mit verschleierten Augen die Delphinsgasse entlangsah. Er konnte die Menschen nicht

mehr ertragen, ihr Geschwätz, ihre Gleichgültigkeit, ihren Sensations-Hunger. Einen Blick nur von oben, wenn sie heranrollte, einen wehmütigen Blick aus der Ferne, und dann schlafen gehen, allein, und morgen: die Arbeit . .

»Ich bin sehr glücklich«, sagte die Prinzessin, die offene Calesche rollte durch ein Spalier jubelnder Massen, »daß ich Sie heute von einer anderen Seite«, sie neigte zum hundertsten Male abwesend den Kopf, »kennen lernte. Wenn ich ehrlich sein soll: ich glaubte Sie kalt und ambitiös, eine Regierungs-Maschine, und fürchtete mich vor dem Widerstand. Von mir aus hätte ich nie gewagt, die Geheim-Polizei aufzulösen. Es gehört viel Vertrauen dazu; viel Herz. Hoffentlich behalten Sie Recht.«

Graf Andria lächelte hager. »Solche Maßnahmen«, erwiderte er, »sind immer abhängig von der Minute, in der man sie trifft. Die Constellation ist schnell vorüber, und ein Institut wie dieses – abgesehen davon, daß es mehr Schaden als Nutzen stiftet – bildet zu leicht einen Staat im Staate, man darf den Moment des Miß-Credites –«

»Ich weiß. Aber hängen Sie es nicht an die große Glocke. Übrigens sind wir gleich da.« Sie nickte zum hundertundzehnten Mal. »Mir ist so beklommen. Ich habe mir wohl doch etwas viel . . gleich drei solcher Gänge. Was soll ich Ihrer Cousine sagen . . und was meiner Mutter . . Und das Schlimmste ist der Gedanke an den König. Wenn er nun wach ist? und Alles hört . . mit offenen Augen . . und kein winziges Wort . . spricht? Und doch *muß* ich ihn sehen. Ich *kann* nicht fortreiten, so ohne Adieu. Vielleicht auf ewig: à Dieu.«

– »Königliche Hoheit: noch sind die Ärzte voller Hoffnung. Sie dürfen die Hoffnung also nicht aufgeben, daß Seine Majestät eines Tages ganz wiederhergestellt wird. Was die Königin Mutter betrifft, so kann niemand besser als ich zum Zeugen dienen, welch tiefen Wandel der choc im Herzen Ihrer Majestät bewirkt hat. Und meine Cousine Merziphon schließlich ist völlig gefaßt und vorbereitet – ich erlaubte mir da einen kleinen . . Ungehorsam, bitte um Pardon.«

Die Prinzessin blickte überrascht auf. Dann nickte sie zum hundertzwanzigsten Male (freundlich, doch ohne jedes Lächeln) zur Seite. »Danke Ihnen, Graf«, sagte sie leise, während der Wagen in den engen Ehrenhof bog.

– »Eine letzte Frage noch, Königliche Hoheit: was wird mit Herrn v. Borromeo? Hochdero Einwände, ich darf es wiederholen, sind

auch die meinen. Trotzdem. Das Volk muß nicht hinter die Coulissen schauen. Soll ich das Staats-Begräbnis in die Wege leiten?«
Die Prinzessin vermied eine Antwort. »Fahren Sie nur jetzt vorweg«, entgegnete sie, »damit ich nachher nicht Zeit verliere. Hoffentlich überzeugen Sie meine Mutter, wir müssen ja mit der Eventualität rechnen, daß Gottlieb mich aushebt. Schicken Sie Patrouillen. Vier Kronen-Orden, die Patente haben Zeit. Einen fünften möchte ich mitnehmen, für meinen Wachtmeister, zum Alexander langte es nicht. Und der Höflichkeit halber wollen wir die Königin doch wenigstens fragen, ob ich ihr Monrepos weiter bewohnen darf. Frau v. Ehrenpreis soll aber jedenfalls packen; Garderobe, Zofenschaft etcetera kann Alles schon fort. Auf Wiedersehen. Auf gleich.«
Der Minister-Praesident wartete stehend im Fond, bis die Prinzessin den Wagen verlassen, die Freitreppe erstiegen und die tief verschleierte Frau v. Merziphon schweigend umarmt hatte. Dann nahm er Platz. »Avanti, Johann. Zum Königlichen Schloß.« – »Sehr wohl, Excellenz.«
Die Pferde zogen an, kleiner Trab. Am Tor drängte sich das Volk. »Vivat Andria!«, und Hüte wirbelten. Der Graf, halb geniert, halb belustigt, hißte die Braue. Dabei fiel ihm ein Subject auf, welches, erschreckt gegen das Gitter gepreßt, die Hände hinter dem Rücken barg, und dessen Gesichts-Ausdruck mehr als verstört war. Die Heiducken, vom Bock springend, stürzten auf das Individuum zu, offenkundig ein Attentat fürchtend. »Halten.« Das Individuum hob verwirrt die Finger. »Na«, sagte Seine Excellenz, »was ist denn, mein Sohn?« – »Zu Gnaden, Herr Minister: ich wollte . .« und schwieg. Die Menge gaffte. »Nur los, nur frisch von der Leber weg, ich habe wenig Zeit. Steig Er ein, was hat Er auf dem Herzen? Avanti, Johann.«
Die Delphinsgasse raste vor Entzücken, als der Ebenist, den sie Alle recht gern mochten, in der Tat den angebotenen Klappsitz behockte und bleichen Eifers mit dem Regierenden Minister hafenwärts rollte. Er kam so bald nicht zurück, erst als die Prinzessin auch längst davongeprescht war; hatte sie allerdings unterwegs noch gesehen. Leider war nichts aus ihm herauszubringen, außer, daß der Minister ein herrlicher Mann sei, ein leutseliger, wunderbarer Mann, *und* daß er gesagt habe: Laßt die Regentin nur machen, sie wird schon wieder lächeln eines Tages . .
Dieser Heimlichkeits-Krämer! Man hätte doch gern gewußt, wo

ihn der Schuh drückte. Aber der drückte nicht mehr. Und wenn der Tisch eines Tages fertig war, so brauchte der Ebenist sich nur an den Kutscher Johann zu wenden, um directe Audienz bei Ihrer Königlichen Hoheit . .

. . . .

»Ihre Königliche Hoheit!«

Die Türen zum blau-silbernen Salon flogen auseinander. Das Staats-Ministerium ging in tiefe Verbeugung. Regentin und Königin traten in ein ceremoniöses Embrassement. Königin Alkmene von Amorgos folgte.

»Eure Majestäten«, erklärte die Prinzessin, leise, verhalten und ziemlich schnell sprechend, fast etwas wegwerfend, wie es schien, »sehen mich in einem Aufzug, der vom Protocoll nicht zu billigen ist. Ich habe nur knappe Minuten, überhaupt hier Besuch zu machen, bitte mir den Schmutz und das Blut und . . so weiter nachsehen zu wollen, bin sehr müde und . . traurig natürlich und . . weiß auch, es ist sehr spät, verzeihen Sie die ungewöhnliche Stunde, ich lebe auf dem qui-vive vor dem Herrn v. Gottlieb, dessen Persönlichkeit hier wohl nicht annonciert werden muß. Verzeihen Sie auch die ungewöhnlichen Mittel, die wir in Zukunft anwenden, um einen Überfall, der auf Widerstand oder Désorganisation berechnet war, durch eine Art zähen Nachgebens zu neutralisieren. Wofern die Königliche Majestät meiner Mutter die große Güte und Freundlichkeit haben will, mir das Bewohnen von Schloß Monrepos zu gestatten, werde ich von dort aus, mit Brieftauben, Courieren etcetera meinen souveränen Pflichten nachkommen, indem die Cadres der Armee mit allen ihren Waffen auf ein réduit zurückgenommen werden, das von Santalba im Norden bis Palarmos im Südosten entlang dem Gebirge verläuft. Unsere Flotte ist eingeschlossen, nur ein kleiner Teil des Aufklärungs-Geschwaders konnte noch rechtzeitig nach Theodosia flüchten. Ich bin also belagert in meinem eigenen Lande, hatte mir den Sieg etwas weniger bitter . . gedacht. Je nun: Sentimentalitäten . .

»Zunächst möchte ich mich bedanken für das, was Sie Alle dem König und dem Vaterland in diesen zwei schweren Tagen an unschätzbaren Diensten geleistet haben. Ew. Majestät selber, die Sie mit praecisen Entschlüssen während der turbulenten ersten vierundzwanzig Stunden die Regentschaft übten, stehen dabei außerhalb der Möglichkeiten einer sichtbaren Anerkennung. Ew. Majestät gehorsamste Tochter wird ihrer Dankes-Schuld eingedenk bleiben bis an das Ende dieses irdischen Lebens. Vielleicht wird es bald enden – in solchem Falle wird die Regentschaft bis an das Ende des Ihrigen an Sie zurückgehen. Da unser myrrhenisches Thron-Recht die Collateral-Erbfolge ausschließt, müßte, zu Ihren Lebzeiten noch, das Collegium der kronunmittelbaren Fürsten und Grafen die Nachfolge durch Wahl regeln. Das Justiz-Département ist beauftragt, einen entsprechenden Act vorzubereiten, und erhält meine entsprechende testamentarische Proposition. Ferner bedanke ich mich bei dem Contre-Admiral v. Andria, der gemäß eigenem Wunsch mit heutigem Tage aus der Marine scheidet, nachdem er in selbstlosem und rücksichtslosem Einsatz von Person und Leben die critische Secunde allein gemeistert hat. Für nichtmilitärische Verdienste, mein lieber Herr Staatsminister, habe ich, wie Sie wissen, keinen höheren Orden als das Commandeur-Kreuz der Krone von Myrrha. Sie kennen auch meine begründete Abneigung, durch Stiftung neuer Orden, durch Rang- oder Standes-Erhöhungen das Fehlende auszugleichen. Andererseits hat der Heldentod des Grafen Silvana ein erledigtes Lehen an mein Haus fallen lassen. Ich übertrage hiermit seine Titel und Praerogativen auf Ihre Güter, während die Liegenschaften selbst bis zum Ableben der Gräfin bei dieser verbleiben. Treten Sie vor, Graf. Ich möchte Ihnen die Auszeichnung anheften. – Staatsminister v. Neander. Sie haben trotz genehmigter Demission nicht gezögert, in schwerer Notzeit die Bürde Ihres Amtes noch einmal zu tragen, doppelt bürdevoll durch die aus dem Nichts zu schaffende Verteidigung meiner Hauptstadt. Ich verleihe Ihnen – treten Sie vor – das Commandeur-Kreuz der Krone von Myrrha für außerordentliches Verdienst. – Vice-Admiral v. Ornano. Sie haben durch umsichtiges Handeln beim Ausbooten des Schlacht-Geschwaders, durch Niederschlagung der Revolte bei den Aufklärungs-Schiffen und eben jetzt wieder durch schnelles Herausbringen eben dieser Schiffe Ihre Qualität als Befehlshaber eindrucksvoll bewiesen. Treten Sie vor. Ich übergebe Ihnen, unter Beförderung zum Admiral, die Flotte Seiner Majestät und das Marine-Ministerium, dazu das Commandeur-Kreuz der Krone von Myrrha. – Geheim-Rat Professor Steingall. Sie haben als einziger Arzt, während der Aufruhr der Lakaien schon im Vorzimmer Seiner Majestät war, treu zu Ihrer Pflicht gestanden und, wie man mir berichtete, sich nicht einmal umgeschaut. Ich möchte etwas gut machen, was zwischen uns in der venezianischen Ambassade geschah, und verleihe Ihnen – treten Sie vor – das Commandeur-Kreuz der Krone von Myrrha. Gehen Sie jetzt hinauf, ich werde bald nachkommen ..

»Und nun wollen wir die ganze Revolte vergessen und alle Kräfte des Geistes und des Herzens auf die Zukunft richten. Ich erkläre hiermit feierlich, daß ich mich vor Gott und Menschen als durch ein heimliches Sacrament mit dem König von Phrygien vermählt betrachte, und gedenke danach zu handeln. Es soll aber nichts davon aus diesem Kreise herausdringen, ich erwähne es nur, damit Sie, auf deren Hilfe ich zählen muß, mich recht verstehen. Ich hoffe zu Gott, daß unsere Maßnahmen hinreichen werden, eine für den ersten Blick tödliche Bedrohung doch noch zu wenden. Es ist von unbedingter Wichtigkeit, daß dabei Alles durch meine Hand läuft. Das Nötigste wurde zwischen mir und dem Grafen Andria besprochen, der weiter in der Admiralität residiert, hinter militärischem Cordon. Der vom König ernannte Minister des Äußeren, Herr v. Bar, ist noch immer nicht eingetroffen, der Staatssecretär tot. Herr v. Bar, wenn er kommt, übernimmt also zunächst das Staatssecretariat. Ich darf an Ew. Königliche Majestät von Amorgos das ungewöhnliche Ansinnen stellen, für diese Wochen, eventuell Monate, mein Außen-Minister zu sein, gegen welchen Herr v. Gottlieb, vermöge exterritorialer Unverletzlichkeit, auf Gewalt verzichten muß. Ich darf aus gleichem Grunde an Ew. Herzogliche Hoheit, mon cousin von Candia, die Stadt-Commandantur übertragen. Der Kriegs-Minister geht mit mir ins Gebirge; der Flotten-Chef an Bord seines Flaggschiffes. Herr v. Goldenberg ist einschließlich Kron-Schatz und Staats-Tresor bereits unterwegs. Dies ist mein wahres Ministerium und bleibt es. Mit dem Samischen Incognito werde ich durch ein Cabinett von Strohpuppen verkehren. Mehr habe ich im Moment nicht zu bemerken – oder wüßten Sie noch etwas, Graf?«

Der Graf nickte. »Den Leichnam des Admirals v. Borromeo. Die Flotte hat sehr an ihrem Chef gehangen. Ich glaube den Ausdruck Liebe nicht zu hoch gegriffen.«

Prinzessin Danae schwieg, man stand etwas betroffen und ungewiß. – »Mag Seine Excellenz«, fuhr er nach einigen Secunden fort und nestelte kaltblütig den Kronen-Orden vom Waffenrock, »politisch geirrt haben, indem er vorschnell und ohne den sicheren Instinct Ew. Königlichen Hoheit das Gleiche wollte .. die Versöhnung, den Einklang von Monarch, Feudalität und Untertan: so hat er doch jedenfalls, ich bitte um Pardon, keinen öffentlichen Undank verdient. Ich schlage vor, meine Decoration an seine, immerhin von fünfzehn Degenstichen zerfetzte Brust heften zu dürfen.« Damit legte er Schärpe und Stern auf den Consol-Tisch am Spiegel. Niemand wagte zu atmen. Dann erklang die kühle und dunkle Stimme der Dame Olympia, höchstwelche der Prinzessin Tochter – ihrer schneeweiß gewordenen Tochter – unter der Anrede einer Königlichen Hoheit Schloß und Gemarkung Monrepos als Geschenk übereignete, zum Zeichen mütterlichen Stolzes. Die Prinzessin errötete und ging in einen tiefen Hof-Knicks, aus dem sie erst aufstand, als die Königin den blau-silbernen Salon schon verlassen und nur im Vorübergehen die Wange ein ganz klein wenig gestreichelt hatte.

»Geben Sie den Stern«, sagte sie con sordino, wartete blaß, empfing das kalte Email und heftete es dem Minister ein zweites Mal an. »Die Krone wäre arm ohne das Herz ihrer Räte. Ich erteile Ihnen und der Königin pleins pouvoirs für die Beisetzung des Verewigten. Lassen Sie mich jetzt mit der Majestät von Amorgos allein. Danke Ihnen.«

Auf See graute der Morgen, als die Prinzessin sich von der Cousine Alkmene verabschiedete. Noch schlief das Palais. Im Westen begann Samos, gegen die Hauptstadt vorzufühlen.

»Sind Sie beim König drinnen gewesen, Herr Steingall?« – Der Arzt unterbreitete wortlos das Bulletin, die Collegen standen bleich vor der Wand. – »Sagen Sie mir die Wahrheit. Ist der Tod nah?« – »Wir wissen die Lösung nicht. Das Ganze erscheint uns als ein vollkommenes Rätsel. Ungeheurer Blut-Andrang: und trotzdem zittert Seine Majestät vor Kälte. Wir müssen abermals Blut abziehen, sobald die Majestät erwacht. Momentan ist leichter Schlummer eingetreten. Übrigens hat sich der Gebrauch der linken Seite ganz erstaunlich gebessert; rechts nach wie vor schwerste Lähmung, ebenso der Zunge und des rechten Auges. Das linke blickt klar und, wenn ich mir den Ausdruck gestatten darf, gütig und aufmerksam wie immer.«

»Wird ihn«, fragte die Prinzessin zögernd und überlegte lange. »Ein Tropfen Freude in sein frierendes Herz .. wird ihn das töten?« Der Geheim-Rat sah die Regentin tiefsinnig an. »Es wäre vielleicht«, entgegnete er mit möglichstem Zartgefühl, »der schönste .. beneidenswert schönste Tod.«

»Es ist gut. Gehen Sie jetzt auch ein wenig zur Ruhe. Wie hart müssen diese Feldbetten sein. Ich danke Ihnen.«

Die Tür schloß sich.

Schweigend lag und dämmernd der Saal, auf den verglasten Bücher-Wänden spiegelte Auroras rosiges Frühlicht, draußen im Dach-Garten sang eine Amsel, sie flötete süß und tröstlich in der tropfenden Feuchte. Schweigend standen die gelbseidenen Sessel, niemand saß mehr auf den geschweiften Kanten, kein blauer Saphir schwebte über der Schreibplatte von eingelegten Hölzern .. Der Totenwurm tickte, hinter durchsichtigen Scheiben drehten sich leise die Räder, ein Federwerk begann zu schnurren, eine Spielwalze schlug zierlich ihr kleines, fröhliches Menuett. Auch drüben schlugen die Uhren an, silbern und lieblich, die Vögel quinquilierten bei dem Geklingel der chinesischen Porcellan-Glöckchen. Es war die Morgenstunde – aber die Ärzte hatten den König aufgegeben. Das Meer lag so ruhig, bald mußte die Sonne kommen – aber der König lag im Sterben. Ein Tropfen Freude .. Durfte sie denn? mußte sie nicht umkehren? du *sollst* nicht töten! Und hilflos sah sie die Tür an, die zu dem winzigen Vorzimmer des Schlaf-Gemachs führte.

Die Tür öffnete sich zwei Hand breit, Kerzenlicht fiel durch den Spalt, ein Lakai lugte argwöhnisch in den Saal. Ein Lakai.

– »Königliche Hoheit«, sagte er ernst und beugte den Rücken. »Vergebung, ich hörte, daß jemand hier war, wußte nicht –«

»Es ist gut. Er ist des Königs neuer Kammer-Lakai?«

– »Lakai? Königliche Hoheit: ich bin Diener. Die Durchlaucht des verstorbenen Fürsten hat mich der Majestät im Testamente vermacht. Ich diente dem Herrn Grafen neunzehn Jahre.«

»Ich wollte Ihn nicht kränken«, erklärte die Prinzessin zum Fenster hinaus. »Der berühmte Robert .. Hat Er einen gewissen Thaddäus gekannt?«

– »Ja.«

»Was meint Er von dem?«

– »Um Vergebung, Königliche Hoheit, ich bin ein ehrlicher Mann aus den preußischen Wäldern und verstehe mich nicht auf –«

»Red Er nur.«

– »Das ist ein Lakai, zu Gnaden, und kein Diener.«

»Ich werde jetzt zu dem König hineingehen ..«

– »Ja«, sagte Robert, da die Prinzessin durchaus weiter auf See blickte. Er wartete ergeben.

»Ich werde vielleicht länger bleiben, als ich darf. Er darf ruhig stören, falls jemand kommt mit der Nachricht, daß ich fort muß. – Der gewisse Thaddäus übrigens .. ist tot.«

Robert nahm es ungerührt zur Kenntnis. »Das Licht, Königliche Hoheit?«
Die Prinzessin brauchte kein Licht. Er zog vorsichtig die Tür hinter ihr zu.
Sie erschrak, indem sie versuchte, den Atem mit der Hand in der Pantherbrust festzuhalten. Ein gütiges Auge glitzerte ihr forschend entgegen, der gelbseidene Ciel regte sich leise. Die Linke klappte langsam zwei Finger ein; geheimnisvoll auf der Rechten glänzte das Oval des Saphirs. Der König winkte ein zweites Mal – kein Zweifel, es war ein Winken. Da faßte sie ein Herz, trat näher und beugte sich, was sie noch nie gewagt hatte, auf die Stirn ihres Vaters, sie zu küssen. »Hat gar nicht weh getan«, log sie, als er fragend die Wunde an ihrem Hals befühlte. »Herein?«
Es war Robert. »Die Truppen sind in der Stadt.«
»Ja.«
Die Linke des Königs, als sie ihn wieder anblickte, tastete mit unendlicher Langsamkeit über die ornamentdurchwebten Decken zur Rechten hinüber, zum Saphir, dem Inbegriff monarchischer Siegel-Gewalt .. und eben so langsam zurück .. bis zum Ringfinger der Tochter. Seine Hände hatten die Kraft nicht, den symbolischen Thron-Wechsel vorzunehmen: in den *Augen* lag der Befehl, in den Augen erschien die Devise TEL EST MON BON PLAISIR, zu deutsch: Dies ist mein souveräner Wille. Er gab sich keiner Illusion hin; denn für die Regentschaft hätte das große Staats-Siegel genügt.
Danae kämpfte gegen ihre Tränen. Auch gegen ihre Liebe, die nichts begehrte, als zu bleiben – während sie längst den Thron in Gefahr brachte. »Leihweise«, sagte sie warm und nickte, lächelte, horchte heimlich, ob sie schon Schritte hörte, und streichelte sanft die regungslose Hand des Vaters, bevor sie den kühlen Goldreif abzog. »Bald sind Sie wieder gesund«, sagte sie zart, indem sie aufstand, *»ganz* bald, und ich komme auch bald wieder, aber jetzt .. müssen Sie schlafen. Ja? Adieu. Schön schlafen. Adieu ..«
Sie ging, wie man als Prinzessin zu gehen gelernt hat, zog die Tür hinter sich zu und gewärtigte aus Gewohnheit, einen Lakaien am Schlüssel-Loch zu finden, doch der Diener saß eine Tür weiter auf bescheidenem Hocker. »Geh Er zum Contre-Admiral fragen, was Er dem König erzählen darf!« flüsterte sie prestissimo und raste die Treppe hinunter. Fort war sie.

XIX. Capitel

Zehn Tage verstrichen, unangenehme Tage, auch für Herrn Gottlieb, und Herr Gottlieb tappte ins Leere. Er behandelte die Königin Alkmene wie ein rohes Ei; den Herzog von Candia: wie feinstes Porcellan; die auswärtige Nobilität: wie eine ganze Galerie von China-Vasen – was ihn nicht hinderte, Myrrha zu chicanieren, als habe er seine eigenen Subjecte vor sich. Nur dem Hoch-Adel, dem schmeichelte er, freilich vergebens, denn Dame Olympia – ein verbindliches Zeichen – lehnte es ab, ihn zu empfangen. Ergo, wann immer er wo immer wem immer Besuch machte, so fuhren die Fürstlichkeiten oder gräflichen Herrschaften ihrerseits aus, kamen einfach nicht, während minime Leute ihn beplauderten, bis der Haushofmeister meldete, Ihre Gnaden seien auf dero Gütern; respective (wenn Land-Visite) seien in der Stadt .. Dabei war er im Grunde ein witziger Mann, der das Jeu, die Bonmots, und ein bequemes Leben liebte, unbeschadet daß die Lecture Machiavells ihn verdorben hatte. Und ohne Zweifel besaß er Sinn für Humor: ach, wie freuten ihn schlagfertige Antworten! Alkmenes blau-silberner Salon, wo er sich vorzüglich aufhielt, schütterte häufig von seiner Lache, einer Lache prächtigster Mast, mit welcher er, hemmungslos entzückt, die Schachzüge der fernen Contrahentin genoß – was ihn nicht hinderte, zurückzuschlagen. Aber, wie gesagt: er tappte ins Leere. Es fing damit an, daß der neue Conseil-Praesident, Edler v. Paragraffenfeld, ihn an der Spitze eines Ministeriums von lauter Nonvaleurs begrüßte. Nach dreistündiger Jurisprudenz wurde der Steinbruch verhaftet. Die Truppen unterdessen breiteten sich aus: bis sie an das Gebirge kamen. Dort hätte man Krieg erklären müssen; was Gottlieb scheute. Zur Entschädigung molestierte man einen Berittenen, der mit Körben von Brieftauben nach Monrepos ging. Pech: der Berittene schimpfte ganz mörderlich, er sei der Kronprinz von Piperi, wohl wahnsinnig geworden, Idioten! und als man die Tauben späterhin beobachtete, siehe, da flogen sie zur Admiralität. Hier also, mein Täubchen, sitzt dein Gehirn? na warte .. Ausheben die Admiralität! die Truppen avancierten. Auch wieder Pech: die Besatzung veranstaltete ein feu d'artifice. Brandsätze, Knäller, Selbstschüsse, Griechisches Feuer, Frösche – es war kein Durchkommen, zumal einige zwanzig samische Matrosen in vorbereiteten Wolfsgruben das Bein brachen. Monsieur von Candia beglich großmütig die Arzt-Rechnung; ja, um eine Wiederholung auszuschließen, schlug er genau vor dem Eingang der Mole das Stadt-Commandantur-Zelt auf, in welchem, unter der exterritorialen Flagge seines Landes, nicht nur er selbst, sondern, je nach Lust und Laune, der Magistrat oder die Königin von Amorgos oder sonstwer mit dem hageren Contre-Admiral Grafen Silvana Rates pflogen. Die Früchte sah man. Denn als Gottlieb'sches Militär mit Bracchial-Gewalt einige Kaufleute zwang, das papierene Besatzungs-Geld abzunehmen, verteilte der Herzog aus Beständen des Zeughauses Trommeln, Triller-Pfeifen, Clairons und ähnliches acustisches Marterwerk, sodaß bei neuerlichen Vorkommnissen, auf das mindeste Concert, ein Détachement Nobel-Garde zum Tatort sauste; und Gottlieb, wie bekannt, scheute den Krieg. Noch mehr allerdings scheute er Hingabe seiner Valuta, versuchte stattdessen, die Hauptstadt durch Aushungern gefügig zu machen: samisches Mehl winkte am Horizont, samisches Rauchfleisch, Butter tonnenweise – zahlbar in Gold oder durch Verpfändung heimischer Blei- und Silber-Minen .. Und eben wollte Myrrha zu Kreuze kriechen, als eine Flottille candischer Leichter nahte; und da sie die candischen Farben führte, und da sie beteuerte, sie habe Lebensmittel für Seine Hoheit an Bord – Hoheit war als starker Esser berüchtigt –, so blieb dem samischen Admiral nichts übrig, er öffnete den Cordon der Fregatten. Der Stadt-Commandant lud die Stadt zur Tafel: ohne daß sie ein Bergwerk mitbrachte.

Verfluchte Cujonerie! das Incognito schäumte; gab aber zu, die réponse sei magnifique. Auch hatte er längst ganz andere Sorgen. Der Cordon wurde nämlich unentwegt aufgemacht, weil die Königin Alkmene unentwegt conspirierte, und zwar conspirierte sie mit dem Ausland, via Daphni, das zu Phantar gehörte, und in Daphni saß ein Herr v. Bar, der unter dem Schutz eines phantarischen Geschwaders uferlose Correspondenzen verfaßte, und dem man infolgedessen nichts anhaben konnte. Dies also nannte sie ihr fernes Land regieren .. ihr Minister müsse doch hin und wieder nach dem Rechten sehen! – Aber auch der Herr Minister segelte durchaus nicht nach Amorgos, obwohl er das fromm behauptete.

Knapp eine Woche verging, da hatte man den Salat: die Serenissima schwamm auf den Wogen. Eine reich vergoldete Caravelle ankerte mirnichts-dirnichts im Golf von Terrani. Der Marchese .. Es gab ein dickes Dîner für den dicken Gottlieb, den es neuerlich reute, daß er Gottlieb hieß, denn die hohe Excellenz nahm sein Incognito allzu wörtlich, vielleicht damit er es lüften sollte, kannte auch leider den Gotha fast auswendig, und der Gotha, man weiß es, hielt nicht eben viel vom Hause Samos: schon über dem Großvater, Polycrates I., lag undurchdringliches Dunkel der Herkunft; wohingegen die Valente (zum Beispiel) glatt bis in die Völkerwanderung reichten; von den Undeni gar nicht zu sprechen: die stammten direct von Caesar, demnach, auf Umwegen, von Venus persönlich, zählten also mindestens drei Jahrtausende . . Derart philosophierte der quasi Außen-Minister della Repubblica di San Marco hochmütig und ahnenstolz vor sich hin, sodaß Gottlieb Mühe hatte, Humor zu bewahren. Und doch: es gelang. Denn eine Speisenfolge bester Sorte stürzte sein Gemüt von Wollust-Ekstase zu Wollust-Ekstase, trotz Indication von bitteren Pillen, die ja den Mangel an Ebenbürtigkeit mit der Prinzessin Danae kaum aus der Welt schafften. Was – er hörte einfach weg! goß Cognac um Cognac, Liqueur um Liqueur in sein geräumiges Innere – der Marchese predigte tauben Ohren. Zwar habe der Doge, predigte er, *de jure* an Myrrha *kein* Interesse: die Gottseidank gescheiterte Heirat Phrygien, der Complex Astypalaia, die Galopade Gheottas, der Selbstmord Otellos, überhaupt das ganze, zu weitgehende Engagement habe an der Piazza San Marco äußerstes Mißbehagen hervorgerufen, doch dürfe man einen stricten Neutralitäts-Wunsch nicht etwa auslegen, als wolle die Lagune nun einfach zusehen, wie man, *sine* jure, dies unglückliche Königreich de facto occupiere. Samos möge klug genug sein, die europäischen Gepflogenheiten zu achten, es möge den Consiglio Minore nicht zwingen, ein non placet gegen unbeliebte Räuber-Methoden zu sprechen, sondern mit der Prinzessin verhandeln, al pari natürlich, was bei ihrer Isolation rein fictiv sei. Al pari bedeute Zurückziehung der bewaffneten Macht.

Als Gottlieb spät abends ins Residenzschloß heimkehrte – heim, dies sein terminus – war er einleuchtender Weise frohbewegt: Monitum hin, Monitum her, Venedig ließ ihm die freie Hand. Er seinerseits ließ ein Brillant-Feuerwerk witziger Unterhaltung springen, schaute mehrmals tief in Alkmenes Augen (weißblau, wie erinnerlich), ja, verschrob sich zu dem lockend geflüsterten Bekenntnis, wenn ihn die Prinzeß nun partout nicht möge, so wolle er notfalls mit einem anderen, nicht ganz so anciennen Brautbett auch vorlieb nehmen, nur müsse es eine Enkelin Sofjas sein, Myrrha habe er »so oder so« – dies sein terminus – in der Tasche, der arrogante Senator wage ja nicht einmal eine Drohung: kurz und gut, was man denn eigentlich an Trümpfen besitze?

»Valet de coeur!« brüllte man im neapelgelben Salon. Gottlieb lächelte vertraulich. »Majestät etwa auch? Herz Bube? oder sans atout?«

»Va banque!« Rauschende Applause. Alkmene lächelte – sourire de cour.

Unter dem Türsturz erschien wankend ein samischer Corvetten-Capitaine, ein rechtes Eiweiß momentan.

»Na, was ist? verloren?« – »Zweiundzwanzigtausend Maravedi ..« – »An wen!« Das Eiweiß fiel um. Man eilte mit Riechfläschchen und Eau de Cologne, – »An mich«, versetzte Graf Auffenbühl, der letztinhaftierte, neunte Premier-Minister, und zog die Arm-Binde zurecht. »Teufel!« rief der Baron, er pflegte für ärmere Officiere zu zahlen, »Ihr pumpt mich banqueroute! ich glaube, Ihr habt gezinkte Karten!«

Aus der Antichambre – auch dort wurde gejeut – meldete man seine Kammerherren. »Ah: Fidelienfeld? Wollen Sie mich zu Bett bringen? ich finde es noch viel zu gemütlich.«

– »Bedaure«, entgegnete Fidelienfeld. »Ihre Königliche Hoheit hatte die souveräne Huld, mich soeben an die Spitze ihres Conseils zu berufen. Freiherr von und zu Üppgenstein, Auswärtiges. Baron Roß'pffel, für die Marine. Graf Deckel v. Pfennigmarck, Finanzen. Wir bitten um unsere Verhaftung.«

Hier entbrach ein wohlgenährtes Lachen von so anhaltender, ansteckender Art der Brust des General-Lieutenants, daß nach und nach sämtliche Minister und Staatssecretäre – vierunddreißig mittlerweile – aus den benachbarten Salons quollen, wo sie durch endlose Partieen Pharao den Stumpfsinn der Edelmanns-Haft bekämpften. »Ah! diese personnage!« lallte er, »personnage magnifique! princesse filou!«, kicherte prustend und wabbelte mit dem Embonpoint. »Was hat er denn?« fragten die Dreiunddreißig (Paragraffenfeld wahrte tierischen Ernst), und bevor sie es wußten, lachten sie schon, man setzte sie au courant, sie lachten noch mehr, die Äffchen im Rankenwerk schossen Kabolz, olympische Nuditäten verbogen sich auf dem Decken-Gesims.

– »Ew. Gnaden«, resumierte Fidelienfeld, »werden also auf adlige Bedienung verzichten müssen, es sei denn, Ew. Gnaden hätten die Gnade, den vorangegangenen Cabinetten, die successivement ihre Demission geben würden –«

»Seid's Alle frei!« schrie der Baron unter Tränen der Erheiterung.

– »Die bisherigen Quartier-Leistungen«, fuhr Graf Auffenbühl

fort, indem er des Nachfolgers Rücktritt zur Kenntnis und die Verbal-Note zur Hand nahm, »umfassen 2658 Ducaten türkischer Pfundwährung, hinzu kommen –«
– »Seien Sie kein Spielverderber«, warf Amöneburg ein, »hinzu kommen sechseinhalb Tausend«, Katz-Katz las weiter, »Ducaten Confiscations-Schäden, 3111 an entwendeten Booten, Schaluppen etcetera, Üppgenstein, c'est votre tour«, und so ging es fort und fort, von Üppgenstein zu Pfaffenclau, von Pfaffenclau über andere verschuldete Statisterie zurück zu den Nonvaleurs der ersten Tage, bis es am Schluß wieder der Edle v. Paragraffenfeld war, der, ungerührt in steinerner Beamten-Seele, Ihrer Königlichen Hoheit Bereitschaft vortrug, den General-Lieutenant Sr. Sam. Majestät, gegen Versicherung freien Geleites, auf Monrepos zu einer Aussprache zu empfangen.
Aber Samos krümmte sich längst in schwerem Lachkrampf, Bäche von Angstschweiß traten ihm aus, man fürchtete für sein Leben. Man rief nach Ärzten, man trug ihn auf das Bett der Prinzessin, Königin Alkmene trocknete ihm in Person die Stirn, nichts half. Endlich, nach zehn Minuten, normalisierte er sich. »Papirienström soll kommen«, murmelte er, zu Tode erschöpft, »mein Haus-Minister, man soll ihn herbeordern . . Eine Sänfte . .«
Papirienström – Tauben fliegen nachts nicht – kam viel zu spät, als daß er dem Rembarquement noch hätte beiwohnen können, er erlebte nur, wie die Flotte von Samos sich wunderschön um die Flotte von Myrrha gruppiert hielt, und sein von lauter Paragraphen entstelltes Hirn überlegte, was da wohl vorgefallen sei.
Folgendes war vorgefallen.
Herr v. Gottlieb, aus üblen Träumen erwacht, ließ durch einen Parlamentär den Grafen Silvana, alias Andria, auffordern, ihm gegen Versicherung freien Geleites die Ehre seines Besuchs zu erweisen – was dieser ablehnte: dank der Duperie von Terrani seien Zweifel am Platze, wieviel man von einem samischen Ehrenwort halten dürfe; es bleibe immerhin das Zelt des Herzogs. Gottlieb, da man ihm sagte, der Graf sei ein Meister in trockener und witziger Conversation, gab gerne nach, erfreut, daß ein Myrrhonese von Rang sich ihm widmete, und vollends entzückt von der Qualität des Gespräches. Darüber vergaß er fast, was er eigentlich wollte: eine Taubenpost nämlich nach Monrepos, voll der unschuldigsten Wendungen, verliebt und zärtlich; dazwischen, melodisch versteckt, die Annonce, er werde den venezianischen Geschäfts-Träger mitbrin-

gen .. obwohl er keinen Zweifel in hochdero Ehrenwort setze .. Es folgte massenhafte Schluß-Courtoisie.

So erschien er denn – einen completten Juwelier-Laden auf den Fingern, überprunkt von der extravagantesten Sonntags-Allonge, das gewaltige Quadrupel-Kinn mit zartem Puder bestäubt – gegen Vier en carrosse an der Demarcations-Linie und hatte bis dahin sämtliche Sünden abgebüßt, vermöge des tödlich schweigsamen venezianischen Legationssecretärs, der schlechthin das Letzte war, was ein bonmotsüchtiger Potentat sich zumuten konnte. Um so höher wuchs die Hochachtung vor der fernen Collegin. Welch feinsinniges Eingehen auf des Partners intimste Bedürfnisse, auf die gequält nach Suada lechzende Seele: Graf Wolffenstein machte Alles wett. Glanzvoll glitzernde Eloquenz! und dennoch nur Rittmeister? der Mann war der geborene General-Adjutant, schleunigst befördern! Gottlieb fühlte sich ausgesprochen wohl, es hagelte Aperçus, und dabei ritt der Kerl, daß einem das Herz vor Wonne hüpfte. Schön dieser Tag, schön diese Wälder! Und die Wald-Schanzen: überhaupt gar nicht zu beschreiben! er segnete seinen Entschluß. Ein Krieg mit der Dame? danke bestens – der Marchese sollte sein Rembarquement haben, Papirienström war ja seit Anfang dagegen, Papirienström wäre nicht erst gelandet. Angsthase! Unke! schon wieder behielt die Cassandra Recht. Ein Jammer um das hübsche Plänchen .. selbst Papirienström hätte zugeben müssen, es sei ein mehr als hübsches Plänchen: die Weißen und die Roten, wie zwei Doggen ineinander verbissen .. dann der Dompteur, im Golfe landend .. worauf man der Krone einen Vertrag unterbreitet und, von ihr gebeten, den Aufstand fricassiert hätte. Aber heute? du lieber Gott, das Panorama sprach Bände. Ströme von Blut, ehe man oben wäre – und das Gebirgs-Réduit war nichts als ein Vorspiel, gemessen an dem, was im Tale lag. Laufgräben, Palissaden; Ravelins und Lunetten; Contregarden, Courtinen – ein dicker Igel, worin sie hockte! Und unter rauschenden Acazien-Alleen begrüßten ihn ihre Kriegs-Elephanten.

Immerhin, sie schien Angst zu haben, das war schon etwas wert. Vermutlich würde sie auf dem qui-vive sein, parat, jederzeit auszureißen, gestiefelt und gespornt, und ihm hoffentlich nicht in Staatsrobe kommen. Ha! hellsichtig geurteilt! Er sah das Pantherfell – und s-s-s-t! schwirrte der Pfeil in sein fettes Gemüt, Amors zischender Feuerpfeil, ließ sich auch nicht wieder entfernen.

Es war eine peinliche Minute: die Prinzessin in blütenweißem, ge-

fälteltem Rock, mit den himmlischen Aquarell-Farben von Haut und Augen, schweigend, etwas abwesend, sanft melancholisch; gegenüber Herr v. Gottlieb, tief bestürzt von ihrer verstiegenen Schönheit, die Alles übertraf, was Fama geraunt hatte; dazwischen ein Dutzend gähnender Leoparden; auf der Terrasse ein gesatteltes Reitpferd mit dem goldenen D; und im Hintergrund, vorsichtig aus dem gefährlichen Cuppel-Saal chassierend, die Lagune. Draußen glühte die Sonne. Samos rang fieberhaft nach Fassung.
»Einen Stuhl für Seine Freiherrliche Gnade.« Die Lakaien eilten. – »Untertänigsten Dank, Königliche Hoheit«, murmelte Gottlieb, setzte sich aber nicht: die junge Dame erteilte ihm Unterricht, wie man Audienz hält – stehend. »Wollen Ew. Königliche Hoheit«, fuhr er fort, »einen Philanthropen in mir erblicken, ursprünglich gekommen, um hochdero entzückende Schultern von dem Albdruck der canaille zu befreien – einem Albdruck, den hochdero souveräne Bravour unterdessen persönlichst victoriös zerschmetterte –, und geblieben, um für *meinen* Souverän, der Sie anbetet, hochdero eben so entzückende Hand zu erbitten.«
»Freier und Befreier in Einem«, entgegnete Danae, »ich bin begeistert. Warum kommt Ihr Souverän nicht selber?«
– »Die Gedanken-Schärfe Ew. Königlichen Hoheit genießt eines so bedeutenden Rufes, daß Hochdieselbe mir zugeben wird, es sei besser, ein General-Lieutenant begehe die unvermeidlichen Fehler, als .. ein König compromittiere sich in den Praeliminarien.«
»Schön und freimütig ausgedrückt. Ich hoffe, der General-Lieutenant hat inzwischen bemerkt, daß es die Praeliminarien nicht fördert, wenn sein König mir die militärische Force zeigt.«
Gottlieb räumte dies durch unverbindliches Kopfneigen ein, und mit gleichbleibender Freundlichkeit, ohne irgend einen verletzenden Ton, sprach die Prinzessin weiter. »Wie ich hörte«, sprach sie, »haben Ew. Gnaden Myrrha so oder so in der Tasche. Da sollte es Ihnen doch leicht fallen, das eine So abzubauen, es vergiftet ja nur die Atmosphaere. Und das andere So? Aber nehmen Sie doch Platz, ich möchte Sie nicht incommodieren.«
Gottlieb dankte erleichtert geschmeichelt und setzte sich. In vagen terminis, während er hingerissen ihre Erscheinung verspeiste, schritt er so rücksichtsvoll wie möglich den Umkreis der diplomatischen Lage ab: er schilderte des verstorbenen Feldmarschalls manischen Haß gegen Samos, und das Fehlen eines Ersatz-Gewichtes seit seinem Tode; die relativ kältere Natur seines Nachfolgers Cassio;

schilderte den hochmütigen Marchese, der zwar von der Gewohnheit nicht lassen konnte, den Polizisten in den Gewässern orientis zu spielen, sich aber durchaus keine Mühe gab, die Schwäche Venedigs zu verschleiern; seine ganz und gar schäbige démarche, schäbig vom Standpuncte Myrrhas her, über dessen Wunsch die démarche doch wohl ergangen sei; den absoluten Mangel an jenem Nachdruck, wie die Lagune ihn jüngst gegen den *phrygischen* Heirats-Plan aufwandte; gleichwohl auch jetzt das absolute non placet, die Reizbarkeit in diesem complexo; en conséquence dessen von phrygischer Seite ein Schweigen, das innerhalb der gültigen Moral- und Ehren-Categorie unmöglich mehr codificiert werden könne. Er streifte den Schiffbruch der Rho-Phantar-Chimaira-Declaration und die mehr als geringen Chancen, etwa andere Partner aufzutreiben; streifte die Königin von Amorgos, das unzureichende Gewicht ihrer Länder; die hoffnungslos verfeindeten cretischen Herzöge, auch wenn sie immerhin, aus Spaß an der Burlesque, bei der Comödie Myrrha mithielten . . Und dann kam er zum Eigentlichen: der Krone Samos. »Ich weiß, Königliche Hoheit«, rief er bittenden Ausdrucks und erhob sich schüchtern, »die Beziehungen zwischen den beiden Reichen«, und trat mit Emportement näher, »sind mehr als – oh über diese *herzlosen* Bestien!«

Die Prinzessin lächelte melancholisch. »Nehmen Sie doch wieder Platz.« Der Gast gehorchte. »Was wollten Sie von unseren Beziehungen sagen?« Ihre Hand streichelte einen der Leoparden. Die Leoparden beruhigten sich.

– »Ich wollte sagen, die Beziehungen sind leider gespannt und, wie Sie recht wohl bemerkten, vergiftet; mein Souverain, ich zweifle nicht, steht bei Ihnen in schlechtem Ansehen, nach dem, was er mehrfach und immer wieder unternahm. Schuld daran ist die schwere Belastung einer dauernd über uns hängenden Catastrophe: es braucht dem Sultan nur beizufallen, und wir sind erledigt. Was not tut, ist eine Erweiterung unserer Macht, eine Anlehnung nach Süden, eine Stärkung unserer Potenz, auch was die internationale Wertschätzung betrifft: damit wir nicht verschluckt werden, wenn der Großherr uns frühstücken will. Alles das findet mein Gebieter in Myrrha, und es würde *kein* einseitiges Verhältnis sein. Er offeriert Ew. Königlichen Hoheit seine Hand und seinen Thron, denn er ist, ich darf es behaupten« – wieder stand er auf und machte ein paar Schritte der Schönheit entgegen – »von der schrankenlosesten Verehrung erf . . oh, diese *Bestien*!« Er verhüllte sein Haupt.

»Kusch«, sagte die Prinzessin. Das Reitpferd stimmte ein Wiehern an. »Es hat mich sehr gefreut«, sagte sie sanftmütig, »besonders, was Sie mir von der Verehrung erzählten. Meine Cousine Amorgos steht zwar auch auf der Liste, und mein Hoffräulein Sinigallia nicht minder – man berichtet, es wankten ihr nicht mehr die Kniee, wenn der Herzog von Candia schön und männlich daherkommt, und schiebt es auf das Interesse, welches ein hoher, leider in strengem Incognito hier weilender Potentat an ihr nimmt –, aber .. darüber unterhalten wir uns vielleicht, wenn die Atmosphaere entgiftet ist, jetzt möchte ich reiten.«
Tiefe Bestürzung. »Ich hatte gehofft, Königliche Hoheit, eine Aussprache –?«
»Jah. Wie lange werden Sie brauchen, um Ihre Truppen zurückzuziehen? Ich würde sonst vorschlagen: morgen Nachmittag, zum Tee? oder noch lieber würde ich Sie am Gebirge erwarten, eine kleine Wagenfahrt zu zweit – würde Ihnen das convenieren?«
Auf dieser Wagenfahrt, die Prinzeß lenkte selber, der Weg ging immer durch tiefen Wald, entwaffnete sie den Briganten vollends: bis auf gelegentliche Einwürfe sagte er so gut wie gar nichts mehr. Er genoß ihre Nähe, das Timbre ihrer bezaubernden Stimme, die vertrauensvolle Ehrlichkeit dessen, was sie sprach, und die kühne Conception ihres politischen Planes (bei einer Anderen hätte er den Plan Frechheit genannt). Die Wälder dufteten, der Specht klopfte gegen die Bäume, hin und wieder ließ sie das Pferd halten. Ein Quell murmelte herauf, in den Kronen sauste der Wind. Und zwischendurch plauderte sie aus ihrem Leben. »Sie sehen, mon cousin, ich habe schon unendlich viel hinter mir mit meinen sechzehn Jahren. Kann es Sie wirklich wundern, wenn mir da nachgerade Alles etwas relativ scheint? Ich weiß nicht, warum die Menschen sich so wichtig nehmen, und die Staaten, und die Nationalismen, und die Cabinette. Ich finde immer, mit etwas Liebe geht Alles leichter. Aber wieso? es hat mir gar keine Mühe gemacht. Ich kann mich in Sie genau so versetzen wie in meine Untertanen .. wie in die Revolution .. wie in einen Sterbenden. Und wenn es nach mir ginge: ich würde Jedem helfen, es jedenfalls versuchen. Das glauben Sie nicht? Möchten Sie die Probe aufs Exempel? Wenn ich so handeln wollte, wie Sie gehandelt *haben,* dann hätte ich dem Sultan längst mitgeteilt, daß man in Samos momentan landen könne, hätte ihn sogar gebeten, es zu tun. Und wenn ich so handeln wollte, wie es die Welt für normal und natürlich hält, dann hätte ich ihn

sogar bitten *müssen*, aus dem egoistischen Princip, daß einem die Haut näher ist als der Pelz. Und weil wir kleinen Souveräne samt und sonders egoistisch denken, anstatt solidarisch, darum wird aus uns nichts. Darum kann das schwache Venedig mit seinem placet oder non placet den Sbirren spielen, kann immer den Einen gegen den Anderen hetzen und die Sahne von der Milch schöpfen und mit seinen paar dummen Cypern-Schiffen unsere viel größeren Flotten ins Bockshorn jagen. Der Türke weiß es wie wir, daß Venedig schwach ist. Wenn wir so weitermachen, schluckt er uns einzeln und nacheinander. Ich persönlich spüre wenig Lust, mohammedanisch zu werden. Ich persönlich bin eher der Meinung, daß wir christlichen Souveräne zusammenstehen sollten gegen den Unglauben; daß da unsere Aufgabe liegt; überhaupt: daß wir eine Aufgabe haben; und solange ich Regentin oder Königin von Myrrha bin, dürfen Sie mit oder ohne Vertrag jederzeit meiner Hilfe gewiß sein; obwohl ich den Krieg nicht liebe. Aber muß man deshalb gleich heiraten? Es geschah mit voller Absicht, daß ich Ihnen mein Ideal schilderte: nicht, um Sie, mon cousin, zu kränken, denn ich habe nichts gegen Sie, höchstens gegen Ihre Methoden, und würde unter anderen Umständen bestimmt nicht kindisch sein, trotz der Schwierigkeiten, die der Gotha erhebt. Nur, ich *bin* nun einmal verheiratet; obendrein mit meinem Ideal; wenn auch vorerst quasi ins Leere, das macht nichts. Niemand kann wissen, *warum* König Midas schweigt. Und dennoch habe ich Recht, ganz ohne Zweifel, wenn ich das scheinbar undurchdringliche Dunkel dieser affaire gelassen der Zukunft anheimstelle. Da liegt irgend etwas vor, was wir nicht beurteilen können.«

– »Aber Königliche Hoheit, das wäre ja Wahnsinn, in dieser Situation auf Phrygien zurückzukommen, Venedig –«

»Nun geben Sie die Farce schon auf und nennen Sie mich getrost ma cousine.«

– »Wie werde ich!« beteuerte Gottlieb, »ich bin schlicht Baron, und mein König –«

»Na, dann nennen Sie mich als Baron ma cousine.« Sie lächelte nachsichtig. »Als Sie gegen Myrrha demonstrierten, und als Otello Sie bei Astypalaia durchließ, gab es keine Revolte, es stand auch keine zu erwarten. Aber *Sie* waren schon an Bord. Und als Otello während meiner Brautnacht das Bombardement gegen Ihre Flotte eröffnete, konnten Sie noch immer keine Ordre besitzen auf Schutz meiner Krone gegen die Insulten der Republicaner. Und gleichwohl landeten Sie zwei Tage später: ohne inzwischen nach Hause zu segeln, ohne Ihren König gefragt zu haben, auf eigene Faust also. Höchst mutiger General-Lieutenant. Ich bin für Ehrlichkeit. Soll ich Ihnen etwas verraten? Das Bündnis der ägäischen Souveräne ist so gut wie complett. Außer Samos und Venedig fehlen ganz Wenige. Und es richtet sich weder gegen Samos noch gegen Venedig. Nur haben Sie, mon cousin, mir den notwendigen Schulfall geliefert, der sogar dem dümmsten unserer Collegen die Augen öffnete darüber, was jedem Einzelnen jeden Tag passieren könnte, wenn wir nicht eine solidarische Institution schaffen, die dergleichen verhindert, so wie ein Adels-Gericht unter Ausschluß der normalen Justiz einem Adligen, der sich falsch benimmt, seinen faux pas plausibel macht. Und Venedig andererseits demonstriert uns freundlich, daß keiner von uns, mögen die Gründe noch so klar sein, vor diesem anmaßenden Polizei-Constabler sicher ist, der nur an die eigene Rechnung denkt, und der für *unsere* Nöte, unsere Sorgen kein warmes Wort hat. Natürlich wird er nun angeschäumt kommen, der Herr Marchese; entspricht auch völlig meinen Intentionen: damit er sich einmengte, erbat ich seine démarche. Und doch will ich ihm gar nichts Böses. Überlegen Sie, mon cousin, was die Lagune Jahr für Jahr aufwendet, um ihr Cypern-Geschwader zu finanzieren, ohne dessen Existenz die Gendarmen-Rolle unmöglich wäre. Wenn sie so klug ist wie schwach, wird sie froh sein, in den geeinten Mächten ein viel besseres Instrument zu besitzen, als die entzweiten es jemals waren. Ich bin sogar überzeugt: nur auf diese Weise hat sie die Chance, gegen den Sultan noch zu bestehen – defensiv, mehr nicht. Denn daß sie Constantinopel eroberte, das sind tempi passati; und damals hatte sie ein ganzes Kreuzheer an ihrer Seite. Es wird ihr niemand die Castanien aus dem Feuer holen, auch wir nicht. Aber uns verteidigen, unsere Cultur behalten, unseren christlichen Stil leben, das wollen wir, und zwar aus der eigenen Kraft, damit es uns nicht ergeht wie beim Verlust Constantinopels an den Türken, als Venedig kaltherzig zusah, wie seine eigenen Bürger und Granden dort umkamen, und keinen Finger rührte. Voilà quelquesunes de mes idées. Was Sie selber betrifft, mon cousin, respective Ihren Platz in diesem Tableau: das überlasse ich ganz Ihnen und will Sie nicht drängen. Sie sind mein Gast, bleiben Sie in Myrrha, solange es Ihnen Freude macht, kommen Sie heraus, wann Sie Spaß daran haben, oder ich komme zu Ihnen, so oft ich meinen Vater besuche, und dann trinken wir Tee; Liebden sollen ja, wie ich hörte,

einer der größten Tee-Narren sein, die der Globus beherbergt. Sie sind bedrückt?«
Gottlieb verneinte stumm. Das Cabriolet wiegte ihn wohlig, und wohlig schien ihm die Scenerie: fern unten am Ende der Schneise standen die vier massigen Rundtürme von Olympienlust, Abendlüfte vergoldeten die geschieferten Zwiebeldächer, die, mit dem Gebirge dahinter, sich zitternd in den Teichen der Festung spiegelten.
»Nein«, sagte er leise. »Ich hatte es mir nur ganz anders gedacht. Und was mein hoher Auftrag-Geber dachte oder denkt, das wird mir nun vollends unerfindlich.«
»Ihr Souverän, mon cousin?«
– »Ihr Kammerherr, ma cousine.«
»Tiens«, entgegnete die Prinzeß und schwieg bis weit hinter Olympienlust, bis sie längst die Schanzen des Kernwerkes passiert hatten.
»Wir werden jetzt ein Souper nehmen«, erklärte sie mit ihrer gewohnten, freundlichen Bestimmtheit, die ihn so ausgesprochener Maßen entzückte, »werden etwas Musik hören .. und bevor Sie heim fahren – ich meine: nach Myrrha –, darf ich Sie bitten, mir liebenswürdig erzählen zu wollen, wie der Auftrag des Näheren lautete. Das Doppelspiel dieser Erlaucht enthält reichlich viel Ungehöriges: gleich *zwei* Gesalbte als commis voyageurs – mes félicitations – ganz zu schweigen von mir, seiner marchandise.«

XX. Capitel

Xenodoxia Freifrau von Ehrenpreis zu Ehrenbreitstein fungierte als Oberhofmeisterin auf Monrepos und gebot über Alles. Alles bewegte sie in gewölbtem Busen, wo ein zartes und liebevolles Herz schlug, Alles ging durch ihre Hand, sie sah Alles, wußte Alles .. und da die Prinzessin ihr heiße Verehrung entgegenbrachte, so hatten sie ein System der Nuancen, welches in Gegenwart dritter Personen dermaßen decent zur Anwendung gelangte, daß die dritten Personen – in unserem Fall Gottlieb – unter gar keinen Umständen einen auch nur entfernten Soupçon fassen konnten, der vor zwei Stunden eingetroffene myrrhonesische Botschafter bei der Krone Phrygien, Baron Juvara-Buontalenti, sei etwa *nicht* der Baron Juvara, sondern, einem Zug der Epoche folgend, ganz jemand Anderes ..
Die Prinzessin begrüßte ihn kühl, doch mit Auszeichnung, indem sie mitleidvoll während des Handkusses die steif herabhängende

Rechte des Diplomaten musterte und ihn mit schöner Natürlichkeit zu Tafel lud. Er war ein schlanker Herr Anfang der Dreißig, müde und abgespannt von sehr langer Reise, sehr bescheiden gekleidet – ein Schiffbruch vor Due Fratelli hatte ihn Hab und Gut und leider auch die Depeschen des Königlichen Bräutigams gekostet –, doppelt müde vermöge des Fußmarsches, den er von seiner Landestelle weit westlich Gelmion durch menschenleeren Gebirgsforst und tiefen Sand zu bewältigen gehabt. Erst in Hennersdorf gab ihm die Gräfin ein Coupé, er werde dort auch logieren. – Wie man ihn denn in das Réduit gelassen? – »Über Eingreifen des Herrn v. Neander.« – »Der weiß es also auch.« – »O nein, Königliche Hoheit. Der hat mich gar nicht erkannt, mein Wort genügte; ich bekam Erlaubnis für eine Stunde. Die gnädigste Baronin erledigte das freundlicher Weise.« – »Die gnädigste Baronin«, sagte Danae, »ist überhaupt etwas umsichtiger als der Herr Neander. Sie konnten ja auch ein samischer Spion sein, par exemple. N'est-ce pas, mon cousin?« – Gottlieb, weil er eben aß, lächelte. Juvara zuckte ganz leicht den Mundwinkel, während er schweigsam mit seiner einen Hand den Hecht zu zerlegen suchte. – »Darf ich Ihnen helfen?« schlug die Oberhofmeisterin vor. Er nickte dankbar und ärgerlich: »Ich bin angewiesen auf meinen Kammerdiener. Gräßlicher Zustand.« – »Sie überschätzen uns, ma cousine«, antwortete Gottlieb, den Fisch verabschiedend. »Das Alles gehört der Historie an, nachdem Sie nicht umsonst mich persuadierten, daß ich mit Friedlichkeit besser fahre.« Er erhob sein Glas. »Auf die Freundschaft der beiden Reiche.« – Abermals zuckte Juvaras Mundwinkel. – »Skeptisch, Baron?« fragte Danae. »Sie wollten etwas bemerken?« – »Ich habe durchaus nichts zu bemerken, allerdurchlauchtigste Prinzessin. Höchstens, daß die Ägäis von Erbfeindschaft redet.« – »Das, lieber Baron, hängt einzig von dem Willen der Beteiligten ab.« – »Pardon.«
Das nächste Service wurde aufgetragen. Johann, der Gräflich Auffenbühl'sche Kammer-Lakai, leitete pfleglich die von überall hergeliehenen Domestiquen, da die hiesigen tot waren. Dann trat er respectuös hinter die Oberhofmeisterin, con sordino eine Botschaft verkündend, die es Ihrer Excellenz geraten sein ließ, mit Erlaubnis hinauszueilen. Und vor Schluß des Soupers kam sie nicht zurück. Es war nämlich bei letztem Licht eine letzte Taube eingeflogen, den Fuß von chiffriertem Zettel umringt, worin enorm hohe Gäste sich ansagten. Da hieß es für Logis sorgen, für ein Nachtmahl, für Die-

ses, für Jenes, die Prinzeß würde sich umkleiden wollen, man mußte die Hoffräulein mobilisieren, tausend Dinge – und Königliche Hoheit brauchte noch gar nichts zu wissen, sonst verlor sie nur wieder den Appetit, war ohnehin viel zu schmal und schlank.

Erst als die zwei falschen Barone schon im Japan-Zimmer unter Lack-Panneaux plauderten – Gottlieb wohlgelaunt und Juvara bissig –, erfuhr die Regentin, was ihr bevorstand. Graf Andria Silvana begleitete den Marchese Undeni nach Monrepos. Danae schürzte die Lippen. »Das hat ja schnell gegangen. Keine Suite?« – »General-Major Cassio Badoër, weiter niemand.« – »Benachrichtigen Sie Neander. Umkleiden? Ich denke nicht daran. Der Rapp wird gesattelt, die Yacht alarmiert. Es sollte mich wundern, wenn diese Herrschaften milde gestimmt sind und *kein* Faustpfand nehmen. Ich bin lange genug Faustpfand gewesen. Sagen Sie: was ist denn das mit der behandschuhten Rechten, hat er Ihnen davon erzählt?« – »Ja, flüchtig. Seit dem Duell an der Nymphen-Grotte. Die Ärzte stehen vor einem Rätsel. Der Arm sei vollkommen gelähmt.« – Danae ließ etwas Luft durch die Nase. »Hm«, lachte sie zornig. »Die selbe Diagnose wie bei meinem Vater. Aber kann man der Medicin Vorwürfe machen, bei der ewigen Einmischung dieser . . surrealen Emigranten? Aurel Weißenstein, alias Schönborn (Belle Fontaine ist doch die wörtliche Übersetzung) . . wenn ich nur wüßte, wie ich ihn kriege! Vom Zeus-Priester immer noch nichts? Ich muß übrigens hinein. Adieu. Ach so: die Musik. Soll getrost spielen, ich habe mich so darauf gefreut. Ja, im Cuppel-Saal. Eh die Gäste eintreffen, vergehen mindestens anderthalb Stunden.«

Die Barone saßen bereits beim Café, und Gottlieb hatte es aufgegeben: er protestierte nicht mehr, wenn Juvara, den der Labetrunk zusehends erfrischte, ihn stereotyp mit Majestät betitelte. Die Herren waren sich *sehr* sympathisch, behaupteten es jedenfalls, hatten auch ein unerschöpfliches Thema: den Grafen Weißenstein mit seinem leicht ridiculen wienerischen Dialect. Drüben begann die Musik, ein Concert für doppelchöriges Orchester, Hörner quasi von hier bis nach Santalba; eine jener Musiken mit gewaltigen Rallentando-Schlüssen, wie sie auf Mars unwiderstehlichen Zauber übten – nicht zu vergessen auf Danae selber. Und da ihre Epoche, ohne die spätere sinistre Feierlichkeit, in der Kunst en première ligne deliciöseste Unterhaltung sah, bei der man durchaus nicht wie ein Oel-Götze lauschen und jedes Flüstern mit »Pst!« und »Ruhe!« niederzischen mußte, so knüpfte ein kurzes Hin- und Her-Gespräch die fehlenden Farben in jenen Gala-Monstre-Gobelin, den der geneigte Leser, das Lorgnon in der Hand, mit häufigem Kopfschütteln befremdet studiert hat. Aber noch war der Endknoten terre inconnue, ein ungeschriebenes Capitel, jungfräulich weiß wie die Landkarte des inneren Africa. Nur, daß auch hier ein Fulminant-Aplomb, Apotheose oder Colossal-Untergang, mit fabelbarer Verzögerungs-Technik die Musik lösen werde, je nach dem, wie die Heldin es anstellte: darüber hegte man keinen Zweifel. Dieser unfaire Bursch – um einen Ausdruck des verstorbenen Herrn v. Legua zu gebrauchen – hatte tatsächlich, und fast am gleichen Tage, sowohl im phrygischen Marmaras *wie* in der samischen Residenz Pagonda *wie* schließlich auf Cypern bei Don Giovanni (hier in der Maske eines wahrsagenden Zigeuners) Besuch gemacht, lange vor dem Erdbeben .. und nicht genug: hatte, nach der Ambassade des Admirals Borromeo, der von ihm entrierten, die Schritte neuerdings gen Pagonda gelenkt, dem König Polycrates vorgeflötet, er solle die Landung nur immer wagen, das Glück seines Volkes hinge davon ab, und dennoch sich nicht gescheut, auf der Hochzeit in Myrrha, ein Heuchler erster Güte, die Belle Fontaine zu verschenken, wohl wissend, daß Gottlieb längst die Wogen durchfurchte .. Und von Midas wußte der Botschafter Neues, da Midas mit ihm intim geworden. Umdüsterten Gemütes trauerte dieser Monarch seiner Braut nach, der allerdurchlauchtigsten; aber der Vertrag mit Weißenstein verpflichtete ihn bei Strafe des Lebens, unter gar keinen, selbst unter schlimmsten Umständen nicht, ein noch so winziges Sterbenswort gegenüber der Prinzeß Danae zu verlautbaren, geschweige, sie wiederzusehen – es sei denn: mit Ermächtigung Seiner Erlaucht.

Hier entfärbte sich die Prinzessin .. während Juvara sie tiefsinnig anschaute. »Und dennoch«, sagte sie mühsam, »schickt er Sie«, und spielte abwesend mit dem Henkel der Mocca-Tasse, »mir zu berichten?«

– »Seit dem Duell«, entgegnete er nach allseits gespanntem Schweigen, draußen hörte man Wagen-Rollen, »genauer seit der Abreise«, er sprach sehr stockend, »hat ihn das Problem der Ehre .. bewegt, wenn nicht *mehr*: verfolgt, bouleversiert, er fühlte sich rot werden bei jedem Gedanken, jeder Erinnerung an das, was war, was hätte sein können, was er hätte tun müssen, aber .. er vertraute auf den Buchstaben des Abkommens. Trotz erwiesener Feigheit des Partners. Dann fiel ihm eine populäre Flugschrift in die

Hände, aus der Eurer Königlichen Hoheit und des venezianischen Botschafters historischer und .. heroischer .. Kampf, überhaupt die ganzen damaligen Ereignisse hervorgingen, besonders die Verbal-Note entlockte ihm grimmige Zustimmung, und derweil schlug er sich dauernd mit seinem Gewissen herum, wie er wenigstens in puncto der entwerteten Münzen reinen Tisch machen könne. Die Contrepartie an türkischen Pfunden ist mittlerweile, wegen der samischen Gefahr, zunächst in Rhodos beim Tesoro de' Cavalieri di Malta deponiert worden. Und dort haben wir vor sechs Tagen, während unseres Besuches beim Groß-Comtur – Seine Majestät hatte gerade an jenem Morgen die ersten Gerüchte von einer myrrhonesischen Revolution gehört – haben wir zum Glück den Sonder-Gesandten Ew. Königlichen Hoheit, den Herzog von Rhetymnon, getroffen, der uns die letzten événements haarklein erzählen konnte. Es rächte sich leider, daß meine Ambassade keine Brieftauben besaß, jedenfalls keine, die nach Marmaras fliegen. Und die von mir mitgebrachten ertranken wie alles Andere bei Due Fratelli. Zeitweise war mir zumut wie dem alten Odysseus, mit dem berühmten .. Zorn Poseidons.«

»Ein Segen«, erklärte die Prinzessin, »daß der König nicht selber zu Schiff ging«, und ließ ihren warmen Blick auf ihm ruhen.

– »Königliche Hoheit verstehen: es ist nicht Mangel an persönlicher Courage, wenn er dort blieb, sondern .. die verzweifelte Isolation seines Landes .. doppelt verzweifelt, seitdem man am Bosporus aufmerksam wurde. Und *hätte* er gewagt, dann würde er jetzt fünf Tage unterwegs sein und müßte begreiflicher Weise sofort zurück. Andererseits wollte er nicht durch unüberlegtes Handeln, wie es der point d'honneur bei oberflächlicher Betrachtung vorschriebe, die Lage Myrrhas complicieren, respective einen allgemeinen Krieg entfesseln. Dürfte ich übrigens bitten, die gnädigste Prinzeß, vielleicht im Laufe des Abends .. unter vier Augen –«

»Das wird schwer möglich sein, ich höre bereits kommen. Sagen Sie das Notwendigste meinem Minister. – Baronin?«

Frau v. Ehrenpreis, in ihrer durch ein vornehmes Leben geadelten Fülle, war hereingerauscht. »Die Herren warten im Berliner Cabinett, und haben während der Fahrt gegessen. Sie bitten um Entschuldigung wegen der späten Stunde, möchten dann gleich nach der Audienz zurückfahren.«

»Eh bien, cela m'est égal. Ist die Musik fort? der Cuppel-Saal frei?«

– »Die Musik ist in die Kirche hinüber.«
»In die Kirche? was will sie denn in der Kirche.«
Die Hand der Baronin vollführte eine vage Bewegung zum Botschafter Juvara. Juvara neigte den Kopf, sprach aber nichts. Man erhob sich. »Mon cher cousin Gottlieb«, sagte Danae unter gedämpft melancholischem Lächeln – seit der Schlacht von Gasarrhania hatte ihr Auge das Strahlende verloren –, »wir werden jetzt das Vergnügen haben, uns von der Polizei examinieren zu lassen. Fallen Sie mir nicht um. Es könnte auf Hauen und Stechen gehen. Übrigens weiß ich es selbst erst seit drei Viertelstunden und bitte um Nachsicht, wenn ich den bonbon in meiner bonbonnière geheim hielt. Ich hoffe, Sie lieben venezianisches Zuckerwerk?«
Gottlieb, in einiger Verwirrung, beugte die Allonge auf ihre dargereichte Hand. Sein Intérieur seufzte nach Herrn Papirienström.
»Und Sie, Baron Juvara« – ihm, weil er sie links ergreifen mußte, gab sie zartsinnig die Linke –, »wollen so freundlich sein, Ihre Andacht ein wenig zu verschieben, meine Oberhofmeisterin wird dem Caplan Bescheid schicken. Da Sie den Vetter Rhetymnon sprachen, kennen Sie meine Pläne, kennen außerdem das Herz meines Königlichen Bräutigams und seine Stellungnahme. Ich kann also auf Sie nicht verzichten. Andiamo.«
Das große Oval mit der classischen Säulen-Ordnung, dem Cuppel-Gewölbe und den vielen Fenstern, Spiegeln, spiegelverglasten Türen, schimmerte von zahllosen Kerzen und ihren Reflexen auf Tisch und Parquett, aus dem Garten duftete die Nacht . . Der Admiral Staatsminister übernahm die Praesentation. Marchese Undeni, glatt und conciliant, beplauderte die souveräne Regentin. Es wurden Liqueure gereicht, auf der Terrasse hörte man Hufscharren und leichtes Wiehern. Otellos Nachfolger, ernst und stiernackig, General zur See, erweckte den deutlichen Eindruck, daß die schöne und immer so traurige Desdemona ihn unmöglich geliebt haben konnte, zumal wenn man an die gar nicht amusischen Hände des Feldmarschalls dachte, bei dessen Lebzeiten jetzt sonores Gelächter und Cataracte von Anekdoten erbraust wären oder die Conferenz nicht erst stattfand.
»Kommen wir zur Sache«, bat die Prinzessin und wies einladend auf die Fauteuils.
– »Es ist im Grunde«, erwiderte Undeni, während er bei der Tür stehen blieb und mit gewinnendem Lächeln das fabelhafteste Kunst-Gebiß der mediterranen Welt entblößte, »so wenig zu bespre-

chen, zumal nachdem Ew. Königlichen Hoheit excellenter Minister mich in beneidenswerter Logicität und Disposition mit allen Einzelheiten des Planes bekannt gemacht hat, daß es kaum lohnt, sich noch zu setzen. Es bleibt eigentlich nur zu klären, ob Samos von der Partie ist« – er wurde kalt und leise – »oder nicht.«
»Wie Sie wünschen, ich stehe gern«, erwiderte Danae freundlich. »Dem samischen General-Lieutenant sind die Absichten mitgeteilt worden, er hat auf Ihren Wunsch gestern seine Truppen zurückgezogen, wir haben uns vertrauensvoll ausgesprochen –«
Gottlieb griff das Stichwort nicht auf.
».. und demnach würde ich normaler Weise denken, daß dieses Königreich inzwischen sein wahres Interesse gefunden hätte, friedlich und festen Sinnes an unserer Seite –«
Der Marchese unterbrach. »Königliche Hoheit gestatten, daß ich mit dem Herrn General-Lieutenant mich einige Minuten à deux bespreche.«
»Wie Sie wünschen, es ist zwar etwas ungewöhnlich, aber .. bitte. Das Japan-Cabinett. Graf Silvana, wollen Sie die Herren führen. – Ich habe«, sagte sie, zu Cassio gewendet, »von Ihrer schönen und rühmlichen carrière gehört. Von Myrrha sieht Manches anders aus als von Cypern, und von Cypern wiederum anders als von Venedig. Wir hier in Myrrha kannten Cypern bisher eigentlich nur als Macht für sich .. die ihren besonderen Stil hatte .. Samos gar nicht liebte .. Myrrha sehr liebte. Und ohne Sie, General – dafür bin ich Ihnen dankbar –, wäre es vermutlich fehlgeschlagen, den Herrn Marchese an der bewußten démarche zu interessieren. Ach: (entschuldigen Sie, lieber General) Graf, gehen Sie doch bitte mit dem Baron Juvara in den Berliner Salon, wir wollen auch unsere Heimlichkeiten. – Aber setzen wir uns. Ich weiß zwar nicht im Einzelnen, was mein Minister Ihnen erzählt hat, und ob der Herr Marchese sein Ultimatum schon formulierte, möchte auch nicht nach bewährtem Muster den Einen gegen den Anderen ausspielen, sondern als Nachbarin Cyperns schlicht fragen, ob, von Cypern gesehen, mein Plan wirklich so absurd scheint, daß die Lagune darüber Kopf stehen muß.«
– »Von einem Ultimatum ist meines Wissens keine Rede. Königliche Hoheit müssen in Rechnung stellen, daß nicht so sehr die Phrygische Heirat als solche, wie speciell erst ihre Überspitzung durch das größenwahnsinnige Vorgehen des Herrn v. Gheotta, die Gemüter an der Piazza aufgeregt und den Rat der Zehn wild ge-

macht hat. Königliche Hoheit kennen diese Institution der staatlichen Inquisitoren. Es verspürt niemand Lust, etwa das Schicksal des verflossenen Botschafters teilen zu sollen, das heißt: an den Säulen des Palazzo Ducale zu hängen. Auch Militärs nicht. Was ich persönlich von der Politik des Herrn Marchese denke, ist momentan ganz unerheblich. Ich habe versucht, meinen Einfluß dahin – aber . . ich bin ein Neuling, und selbst wenn ich das Gewicht meines unglücklichen und schwermütigen Vorgängers (das moralische Gewicht) besäße . . er hat nicht ohne Grund den Freitod vorgezogen. Die Republik, um es klar zu sagen, ist tief erschreckt und sieht sich gezwungen, unter allen Umständen –«

. . . .

»Unter allen Umständen, mein lieber Baron«, resumierte drüben im Japan-Cabinett die Excellenz des Herrn Marchese, »wird die Republik den status quo in der Ägäis halten, sei es selbst mit den gewagtesten Mitteln, bis der Kleine Rat seinerseits einen Entschluß faßt. Wenn Sie, Baron, sich auf Myrrha festsetzen, so haben wir gar nichts dagegen, sind sogar bereit, Ihnen Credit einzuräumen. Aber wenn Sie dem Bündnis beitreten, ich verspreche Ihnen, werden Sie behandelt genau wie die Anderen: hart und brutal. Seien Sie doch nicht kindisch. Versuchen Sie es mit Geld, Myrrha ist bis an den Hals verschuldet – wie viel brauchen Sie?«

. . . .

Auch im Berliner Cabinett wurde eifrig verhandelt, nur daß der hiesige Minister den hiesigen Baron per Majestät titulierte und überhaupt die Atmosphaere etwas freundlicher war. Die Majestät allerdings hatte ganz ihren früheren Frohsinn eingebüßt, es fiel schwer, hinter dem ernsten und leidensvollen Gesicht den alten Duc DesCiseaux zu erkennen. »Das Alles«, sagte der König, »liegt dermaßen verwickelt, daß man seines Herzens und Geistes schon sehr gewiß sein muß, um, wie die Prinzessin, während des Ertrinkens schnell noch das Mittelmeer zu ordnen. Ich bewundere das. Aber mitmachen? Sie wissen, lieber Graf, ich bin von vornherein gegen eine mélange gewesen, bin nach wie vor bereit, einem completten Bündnis beizutreten, einem uncompletten niemals. Bitte malen Sie sich aus, mit welchem Vergnügen der Sultan mich einatmen wird, und zwar als Ersten. Was nicht ausschließt, daß ich, unter der Hand, Alles tun werde, um der Prinzessin zu helfen. Mehr noch: daß ich bereits getan *habe,* was zu tun war. Ihr seid ja sonst eine geniale Gesellschaft und speculiert ausgiebig mit den Angstgefühlen der Herren Venezianer vor ihrem blutrünstigen Rate der Zehn. Aber auf den naheliegenden Gedanken, jemanden hinzuschicken, der dem Dogen und dem fürchterlichen Consiglio de' Dieci und dem Consiglio Minore und dem Maggior Consiglio, und wie diese soupçonnösen und chicanösen Institute alle heißen, die Sache vernünftig auseinandersetzt, auf den Gedanken seid Ihr offenbar leider nicht verfallen. Wen würden Sie zum Beispiel hinschicken?«

– »Jetzt gerieren sich Majestät als Dorf-Praeceptor. Der kleine Moritz, um allerhöchst Ihren Ausdruck zu mißbrauchen, würde, wenn er König von Phrygien wäre – was Gott verhüte –, zum Beispiel den Herzog von Rhetymnon geschickt haben, und au surplus vielleicht noch den Gran Commendatore von Rhodos nach Malta.«

»Beides«, sagte der König und gähnte herzerquickend. »Haarscharf erraten. Der Groß-Comtur ist Feuer und Flamme, bekommt allerdings auch seinen Park dafür. Was die Nußknacker dort drüben beschließen, steht also nicht zu Buche, und mich langweilt es maßlos. Gibt es denn hier keine Klingel, ich möchte gern einen Café haben, bin müde zum Umsinken. Bitte gehen Sie allein, das Weitere spare ich mir.«

. . . .

»Was will«, fragte die Prinzessin den General Cassio, »Venedig im Ernst unternehmen? Bon: es hat *meine* Heirat inhibiert, das war eine. Diesmal sind es zehn oder elf. Rhetymnon heiratet nach Amorgos und verlobt dafür seine Erbtochter an Candia. Candias jüngere Schwester geht nach Hermupolis – und so weiter, von mir zu schweigen. Reine Dynasten-Ehen, mögen Sie einwenden. Nur soll man nicht übersehen, daß Dutzende von hundertjährigen Streitigkeiten – wie etwa die zwischen den cretischen Herzögen – jetzt endlich verschwinden; daß wir das Alles mühsam ausgehandelt haben; und daß Euer non placet höchstens hinausschiebt, was dann doch erfolgt, eine momentan peinliche kleine Regen-Bö, die das Morgenrot der Einigkeit nicht mehr aufhält – weil eben die Positiva viel zu klar ins Auge springen. Und was kostet das an Geld! Ihr müßtet uns dauernd die Canonen zeigen, dauernd vor unseren Inseln demonstrieren. Wozu? damit dann, wenn es brennt, keiner von uns Euch hilft. Aber da kommt Silvana. Nehmen Sie Platz. Was ist mit dem Baron?«

– »Müde. Er braucht einen Schuß ins Gehirn.«

General Cassio beugte sich etwas vor. »Gestatten gütigst«, bat er und blickte zur Tür der Antichambre vorm cabinet japonais. Er war das Zartgefühl in Person. Die Prinzeß nickte.

Graf Silvana wartete, bis man allein saß. »Es spricht für einen heroischen Kampf unseres Gottlieb«, bemerkte er, »daß man noch immer nicht mit dem fait accompli hereinspaziert. Aufs Ganze gerechnet eine gewonnene Schlacht.«

»Ja. Das meine ich auch. Bitte Ihren Bericht.«

Der Bericht endete mit der Feststellung, daß man, ohne Samos und Phrygien, immerhin 384 Schiffe besitze, gegen bestenfalls 90 der Cypern-Flotte.

»Und Samos«, warf die Prinzessin ein. »Man muß damit rechnen.«

– »Der Gewalt-Streich gegen das samische Geschwader bedarf nur noch Ihres Befehles. Kann jederzeit stattfinden. Ich würde also vorschlagen, einer Drohung mit Gegen-Drohung zu antworten. Mir scheint die Confusion unserer Gäste so complett, daß sie bei kräftiger Sprache umfallen.«

»Nein . .«

– »Pardon. Darf ich meine Gründe entwickeln.«

»Lieber Graf, es zweifelt niemand an Ihrem Mut. Am Wenigsten ich. Aber ich will keinen Krieg.«

– »Königliche Hoheit: es wird ja kein Krieg daraus.«

»Gleichgültig. Ich möchte mit dem Krieg auch nicht spielen, habe ihn erlebt. Sie dürfen mir glauben, ich fühle mich bis ins Innerste beschmutzt seither. Und schließlich: in solchen Sachen weiß man nie, ob es gut geht. Plötzlich ist der Krieg da. Dann würde es wieder mein Volk sein, das bluten müßte. Mein Volk und . . andere Völker . . und jedenfalls nicht Diejenigen, die an den Conferenz-Tischen von Krieg reden. Wenn es in Frieden nicht sein kann, bin ich die Letzte, die Angst hat. Ich hoffe, das wissen Sie. Ich hoffe ferner, Sie wissen, daß die Chancen immer noch für uns stehen. Drohen mag meinethalb der Vetter Rhetymnon – obwohl: er wird es nicht nötig haben. Drohen mag hier auf Monrepos der Marchese. Ich: non. Die Zeit, lieber Herr Staatsminister . . C'est clair comme la lumière du jour: früher oder später gibt Venedig nach.«

. . . .

»Venedig«, erklärte der Marchese, »ist fest entschlossen, nicht nachzugeben, sondern die myrrhonesische Gefahr ein für alle Mal in die Schranken zu weisen. Ich fertige Ihnen den Vertrag heute noch aus. Sobald die Signoria ratificiert hat, werden die Credite

flüssig gemacht, wobei wir den Aufwand Ihrer Blockade-Beteiligung nach üblichem Schlüssel verrechnen. Ich danke Ihnen im Namen Seiner Herrlichkeit für Ihr verantwortungsvolles Handeln. Herr Badoër, wollen Sie veranlassen, daß der Wagen vorfährt.«
Der Marchese, nachdem er sein Kunst-Gebiß-Lächeln probeweise in Gang gebracht hatte, complimentierte die phantastische Tonnage des Herrn v. Gottlieb vor sich her in den Saal, wo gegenüber soeben Herr v. Juvara-Buontalenti, leidlich erfrischt, der Antichambre vor dem cabinet berlinois entschritt. Drei Machthaber dieser besten aller denkbaren Welten versanken mit übergeschlagenen Knieen schweigsam in angebotenen Armsesseln und spielten einander die Farce vor, als gäbe es nichts, was Leute von Rang entzweien könnte. Die Prinzessin sah aufmerksam in die unsicheren Augen der Krone Samos, wobei sie ihr Gespräch mit Silvana fortführte.
»Na ja«, schloß sie, »das lösen wir heute nicht mehr. Nun, Marchese? Darf ich zu einem Erfolg gratulieren?«
– »Mille grazie, Königliche Hoheit. Ich habe meinen Wagen vorfahren lassen.«
»Zeichen von schöner Selbstsicherheit. Mir scheint, wäre Herr v. Gottlieb nicht hier gewesen, so hätten Sie den Besuch quasi sparen können. Oder verraten Sie mir vor Ihrer Abreise, was ungefähr wir von der Serenissima zu gewärtigen haben?«
Der Senator neigte zierlich den Kopf. »Man bedarf eines starken Gleichgewichtes, um in den Stürmen, die das capriciöse Talent Ew. Königlichen Hoheit entfacht, nicht über den Haufen geweht zu werden. Es war in der Tat sehr günstig, daß ich mit Herrn v. Gottlieb direct verkehren und seine Gedanken auf die meinigen abstimmen konnte. Man vermeidet dadurch unnötige Schärfen, und die Probleme werden einfacher als, par exemple, bei Audienzen. Kurz und gut: der General-Lieutenant Seiner Samischen Majestät und meine Wenigkeit, die Zustimmung der Republik von San Marco vorausgesetzt, sind übereingekommen, die excellente Kühnheit einer ägäischen Confoederation vorerst auf Eis zu legen. Bis die Serenissima Signoria« – er erhob sich zu angedeuteter Verbeugung – »nach einer vom Geiste ruhiger Leidenschaftslosigkeit getragenen Prüfung die in Frage stehenden Complexe definitiv entscheiden wird, sehe ich mich, zu meinem unendliche Bedauern, gezwungen, einige Maßnahmen zu treffen, die nichts weiter bezwecken als die vorläufige Erhaltung des für die Lagune lebenswichtigen status quo ante. Ich bedaure wirklich unendlich, mitteilen zu müssen, daß die

Samische Flotte ihre Beobachtung des Myrrhonesischen Hochsee-Geschwaders fortsetzen wird, wohingegen dem Cypern-Geschwader obliegt, die übrigen Häfen der Insel zu blockieren. Wen darf ich Ew. Königlichen Hoheit als Botschafter schicken?«
Alles in der Runde saß schweigend, beklommen bis zur Erstarrung, Gottlieb grau und erschlafft, der Contre-Admiral zornweiß, Baron Juvara in müder Skepsis, Undeni hochmütig abwartend zurückgelehnt, und Alles blickte die Prinzessin an, während Cassio, eben die Türe querend, pantomimisch die Schulter zuckte. Offenbar distancierte er sich.
»Unter Menschen von Ehre«, sagte Danae langsam mit unveränderter Freundlichkeit, »nennt man dergleichen eine Erpressung . . und wehrt sich. Daraus entsteht eine Prügelei, die man unter Staaten von Ehre Krieg nennt. Es sind die üblichen, gängigen, richtigen und normalen Reactionen, hochangesehen in der Welt. Das Normale wäre, ich beauftragte jetzt meinen Minister, das vereinbarte Leuchtzeichen zu geben, und innerhalb weniger Minuten wäre die Flotte von Samos eine historische Erinnerung. Das Richtige wäre, ich scherte mich den Teufel um das Freie Geleit und nähme die Excellenzen, die mir mit dem Pistol kommen, meinerseits in Haft. Das Übliche wäre, ich schickte dem Sultan, dem Groß-Mogul und dem Khediven mit erstem Tageslicht eine Taubenpost und bäte um Schutz durch die Scharen Mohammeds, es habe die Christenheit mich leider überfallen. Ich bin aber ganz friedlich veranlagt, werde gar nichts tun . . werde gerne für feigherzig gelten. Nun, das sind Momentan-Urteile. A la longue, möchte ich meinen, wird trotzdem die Vernunft siegen. Es wundert mich lediglich, daß ich mit meinen sechzehn Jahren einigen erwachsenen Würdenträgern die Vernunft vormachen muß. N'est-ce pas.«
– »Bliebe nur die Frage, wen Königliche Hoheit als Botschafter wünschen.«
»Niemanden, Marchese. Wen sollte ich wünschen, da ich keinen kenne? Verkehren Sie über den General Badoër mit mir. Einen Botschafter brauchen wir nicht, es sei denn, die Signoria habe sich besonnen und teile mir das mit. In diesem Falle wird die vom Dogen proponierte Persönlichkeit mir genehm sein. Wer ist vorgesehen?«
– »Pompeo Molmenti, Graf von Bergamo. Ich darf mich verabschieden?«
»Es steht dem nichts im Wege. Gute Fahrt.«

Sie nickte liebenswürdig, stand aber weder auf, noch reichte sie ihre Hand. Undeni und Cassio zogen sich unter Reverenzen zurück. Baron Gottlieb, nach einem distinguierten Blick Ihrer Königlichen Hoheit, folgte verwirrt.

»Graf Silvana«, sagte sie leise, »Sie haben mich heute zum ersten Mal nicht verstanden. Es war dennoch richtig.«

– »Schon eingesehen, Königliche Hoheit.«

»Freut mich. Begleiten Sie jetzt die Herren in die Hauptstadt. Neander wird sogleich zu Pferde abgehen, seine Vollmacht als außerordentlicher Kriegs-Commissar erhalten Sie mit der ersten Brieftaube. Noch vor Morgengrau besetzen Bürgerwehr und Nobilität sämtliche möglichen Landeplätze. Alles, was Waffen tragen kann, wird unter die Fahnen gerufen. Die Cadres marschieren noch heute Nacht, ich selber komme morgen früh und regle das Weitere. Jedenfalls soll mir kein fremder Bewaffneter mehr auf die Insel. Was den guten Gottlieb betrifft, der mag ruhig wohnen bleiben, fällt gelegentlich auf die andere Seite. Und wie viele Schiffe unter welcherlei Fahnen vor meinen Küsten hin und her rauschen, das ist mir so gleichgültig wie der demnächstige Wechsel im venezianischen Außen-Amt. Na, reisen Sie glücklich. Zehn Tage, so wissen wir mehr. Und schicken Sie den Johann, den Auffenbühl'schen.«

Der Diener kam.

»Johann, Folgendes. Der Rittmeister Graf Wolffenstein, falls er zu Bett ist, muß sofort geweckt werden. Ferner soll der Wachhabende seine schnellste Eilstaffette zu Excellenz v. Neander schicken, ich möchte die Excellenz umgehend sprechen. Und das Cabriolet von heute Nachmittag einspannen, der Baron Juvara will in höchstens einer halben Stunde reisen. Frau v. Ehrenpreis noch auf?«

– »Sehr wohl, Königliche Hoheit.«

»Lasse bitten.«

XXI. Capitel

»Bitte, *keine* Intimitäten, mon cousin.«

Der König nahm wieder Platz. »Wollen Sie mich so schnell los werden . .«

Sie sah ihn flehend an. »Wollen Sie es Alles noch schwerer machen? Es ist doch wohl schwer genug.«

– »Ja«, seufzte der König. »Und nicht für Sie allein. Weswegen, meinen Sie, bin ich gekommen?«

»Um mir zu zeigen, daß ich Recht hatte. Ich bin sehr glücklich darüber.«

– »Nicht glücklich genug, Prinzessin.«

»Sie selber, mon cousin, sind ja auch nicht glücklich.«

– »Wie könnte ich, ma cousine? Überlegen Sie, was es für einen Mann bedeutet, nach fünf Tagen und Nächten stürmischer Meerfahrt seine Geliebte so sehen zu müssen, in einem Aufzug, der die Phantasie mit Erinnerung füllt .. und diesen Anblick teilen zu sollen .. und das ersehnte à deux ist Conversation, während der Wagen wartet. Bitte kleiden Sie sich um.«

»Das würde uns die letzten Minuten rauben. Nicht eifersüchtig werden, mon cousin, ich bin gezwungen zu diesem Costume, verbringe mein halbes Dasein im Sattel. Und obendrein: Myrrha ist heißer Boden. Mißgönnen Sie mir, daß ich luftig gehe? finde es sehr practicabel.«

– »Es enthüllt zu viel.«

»Wenn schon. Lassen Sie den Nußknackern dies bißchen Enthüllung. Denn was unter dem Pantherfell schlägt, Sie wissen es, schlägt nur für Sie. Nicht wahr?«

– »Trotzdem. Ich möchte, daß Sie jetzt eine Robe anziehen.«

»Was seid Ihr Männer für Despoten. Noch nicht einmal verheiratet, commandiert er wie ein Pascha. Aber daraus wird nichts. Denn mir scheint das Pantherfell weit weniger folgenreich, seit einer gewissen Nacht, als die züchtige Robe. Und weit weniger gefährlich.«

König Midas wahrte die Dehors. »Wie schön ..« sagte er verträumt. Dann besann er sich. »Im Ernst? Folgen?«

Die Prinzessin lächelte melancholisch. »Nein. Nur für meinen Ruf. – Ja? Guten Abend, Baronin. O warum, Sie stören gar nicht. Ich wollte Sie bitten, uns Gesellschaft zu leisten.«

- - «Mit dem größten Vergnügen. Allerdings, wenn ich untertänigst mahnen darf: es wird nachgerade Zeit, daß Königliche Hoheit sich umziehen. Die Robe und die Hoffräulein sind –«

»Was *habt* – jetzt kommen Sie mir *auch* mit der Robe, weshalb soll ich mich denn umziehen, au nom de Dieu?«

– »Weil wir heiraten«, sagte der König.

»Wer?«

– »Sie und ich.«

»Wann?«

– »Um Mitternacht. Noch zehn Minuten. Wollen Sie so in der Kirche erscheinen?«

Der Prinzessin feuchteten sich die Lider. »Nein«, sagte sie verstimmt und ging hinaus.
- - »O je«, bemerkte Frau v. Ehrenpreis. »Ich dachte, Majestät hätten längst mit ihr gesprochen?«
Stattdessen hörte man die Prinzessin sprechen, draußen auf der Terrasse .. ohne daß jemand antwortete .. und den Klang von Hufeisen ..
- - »Gehen Majestät ihr nach!«
Nun: wie erinnerlich, besaß Danae gar kein Talent, sich selbst zu bemitleiden. Eine Secunde der übergroßen Freude, gemischt mit einer übergroßen Portion Scrupel und Bitterkeit – und sie fand ihre gewohnte Seelenlage. Mit anderen Worten, sie tat das nächst Erforderliche: den Rapphengst abführen; man hatte es vergessen. Und Palamedes erhielt seine Rüge, trotz Militär-Alexander-Kreuz. Unter der Tür des Marstalls prallte sie auf den König von Phrygien, hierorts bekannt als Baron Juvara. Er faßte nach ihrem Arm-Gelenk. »Distance, mein Herr!« zischte sie halblaut, aber zornig. Zweiundzwanzig Pferde und einige Bereiter hoben die Lauscher. Wohliger Duft von Stroh, Heu und Stallmist, wohliges Geräusch von Ketten, Lederzeug, leisem Wiehern und Malmen füllte die Halle.
Draußen beschirrte man das Cabriolet. »Ist Ihr Boot ordentlich verproviantiert, Baron? sonst müssen Sie das Entsprechende mitnehmen. Philipp, Er fährt Seine Freiherrliche Gnade zur Bucht von Zani. Ein langer Weg – wird Er einschlafen?« – Der Kutscher verneinte mit Kopfschütteln und breitem Grinsen, die Prinzessin war äußerst beliebt bei den Stallknechten, »Nie, Königliche Hoheit!« und sah der Kleinen nach, sie hieß allgemein so, die Kleine, oder das Panther-Mädchen, oder die Panther-Braut, manchmal auch ganz respectlos Hermelinchen, ohne Pronomen. Das machte, sie verstand sich auf Gäule wie nicht einmal der Roß'pffel, sie packte an, wo der Roß'pffel keinen Finger gerührt hätte, und mutete nie einem Subject etwas zu, was die Kräfte des Subjectes nicht schaffen konnten. Und nun war Hermelinchen verschwunden, mit dem schlanken Herrn Botschafter vom Schloß verschluckt.
Um genau zu sein: sie ergingen sich auf der Terrasse, die über mächtigen Colonnaden dem gesamten Palais als quasi ebenerdiger Austritt vorlag. »Ich bitte Sie dringend: lichten Sie noch heute Nacht Anker, morgen laufen Sie dem venezianischen Cordon in die Arme. Aber was! durch Hennersdorf kommen Sie ja, sagen Sie im Vorbei-

fahren ab! Und im Vorbeifahren auf Rhodos nehmen Sie die türkischen Pfunde mit, ich mag derlei Cadeaux nicht. Nein! Ich mag es nicht, es ist *wirklich* peinlich. Warum? Lieber Freund, ich möchte ungern verwechselt werden mit gewissen Damen, die man .. für gewisse Dinge .. honoriert.«

– »Um Gottes willen, mein Prinz, wer gibt Ihnen solche Gedanken, es ist doch lediglich der Gegenwert für den Salaire Ihres Volkes, der nun einmal in nicht existenter Valuta –«

»Egal: es würde so aussehen. Nach der Hochzeit: meinethalb. Jetzt nicht.«

– »Prinzessin, Sie bringen mich zur Raserei, wir treiben ja dauernd im Kreise.«

»Klar traben wir im Kreise, das liegt –«

– »Treiben!«

»Ob treiben oder traben, das liegt im Character einer Rundum-Terrasse.«

– »Ich meinte nicht die Terrasse, ich meinte die Trauung. Was sperren Sie sich nur? eben noch hieß es: das wollte ich wohl auch gehofft haben, und reden von Selbstverständlichkeit, wenn ich das Sacrament nachhole, und im nächsten Moment je regrette je renonce, ich weiß es nicht mehr, woran ich mit Ihnen bin.«

»Möchten Sie mir bitte eine Minute ganz still und vernünftig zuhören? Und gar kein Wort sagen? und mir ein ganz klein bißchen glauben? ganz klein bißchen vertrauen? Nun haben Sie wieder Ihre grünen Kinder-Augen .. Ich liebe *Sie*. Pst – kein Wort. Sie ganz allein. Und Sie ganz allein werde ich heiraten; auch wenn ich Sie heute zurückschicke; wobei mir selbst schwer ums Herz ist. Oder meinten Sie, es fiele mir leicht? Pst, kein Wort, das war eine rhetorische Frage. Und ich schicke Sie fort aus einer Menge von Gründen. Erstens, weil ich Heimlichkeiten gar nicht gern mag. Zweitens, weil ich nie zur Kirche gehe, wenn mir die Andacht fehlt. Die fehlt mir, weil ich drittens gleich jetzt zu Pferd muß, denn ich habe Dienst. Viertens bin ich nicht nur Prinzessin von Myrrha, sondern nebenher auch ein ganz normales, kitschiges junges Mädchen, das für seine Hochzeit große Festivitäten erträumt, Könige als Trauzeugen, Kutschen massenhaft, Spalier bis nach Athen und Palermo, und dem dies hier – entschuldigen Sie – etwas zu pauvre scheint. Ich würde ja Sie, und mein Volk, und mich, überhaupt Alle, um das Schönste betrügen. Und fünftens, motif essentiel, ich denke gar nicht daran, aus Angst vor Venedig, oder aus Angst vor dem Wei-

ßenstein, oder Gott und dem Teufel, irgend etwas zu tun, was ich zwei Wochen später, vielleicht auch drei, vielleicht vier, unter der hellen Sonne .. in Glück .. und Frieden – eh bien. Sie werden also nicht eher, an Bord Ihres schwimmenden Meer-Palastes, wenn ich bitten darf, coram publico zum Hafen Myrrhas hereingerauscht kommen (ohne das Gold unserer Erlaucht natürlich), als bis ich Sie entsprechend benachrichtigt habe. Ich werde ein Spiegel-Telegramm schicken, über den Malteser-Comtur. Und bitte, mon cousin: keine Sorgen mehr machen. Es geht bestimmt Alles gut, es wird bestimmt Alles, Alles wieder gut, auch Ihre Hand. Bestimmt: er wollte Sie nur erschrecken. Oder mich. Ich weiß nicht, mir ist zumut, als ob an dem selben Tage, wenn Don Pompeo Molmenti hier in den Schloßhof rollt und .. der Herr Gottlieb ruhmlos der Convention beitritt und .. die ewige Spannung aufhört und wir endlich einmal atmen können, als ob dann der Kammerherr scheinheilig sich in die Audienz-Liste schreibt, und seinen Kratzfuß macht, und mir mitteilt: das haben Sie wunderschön hingekriegt, mein Kind, summa cum laude bestanden, nun will ich auch nicht länger stören, und Ihr Herr Vater und Ihr Herr Bräutigam sind kreuzfidel und gesund – wie im Märchen. So. Nun dürfen Sie etwas sagen.«
– »Was sollte ich noch sagen? Wiedersehen, mein Prinz.«
»Wiedersehen, mon cousin. Bald ..«

XXII. Capitel

Papadakopulos hieß jener preisenswürdige Mann, der durch die Kraft seiner Gebete – o Leser, frohlocke! – den Autor hinderte, vorliegender Riesen-Schlange etwa weitere Bände anzufügen: er allein, der Metropolit, als niemand mehr an die Beendbarkeit glaubte, brachte es weiß Gott zuwege, daß Erlaucht hinter den Roman vom Blauen Kammerherrn den majestätischen Punct setzte. Aber Heldin und Mitwelt, statt ihm zu danken, haben des Bischofs gespottet – ein heidnischer Bischof, rein lächerlich! ein Bischof ohne Inful und Mitra! – ja, haben ihn schließlich schlicht vergessen: Myrrha wurde recatholisiert, und der Cult Jupiters, des göttlichen Principals, entschlief ..
Nun, man verzeihe den Vorgriff. Sechsundachtzig Capitel sind es, wir schreiben das 84ste erst, noch ist FINIS OPERIS nicht gesprochen. Noch reitet die Prinzeß, wenn überhaupt, so in Cavallerie-Bedeckung, noch türmt sich dräuendes Kriegs-Gewölk. Die Fahnen

knattern, Canonen rasseln zu allen Stränden, erhaben auf der bestaubten Bronze zeugt »Ultima ratio regis« von kaum mehr zu lösender Versteifung der Lage, Train-Wagen knarren unter Alleen dahin, man stapelt Cartouchen – ein Funke, und das Pulverfaß explodiert. Die Flotte ist abgeriegelt, vorm Golf lauert Samos, Venedig umrundet die in Waffen starrende Insel, und jeden Tag ein, wo nicht zwei Mal rollt Gottlieb, der Tee-Narr, nach Monrepos, um dort ein zierliches Händchen zu küssen, welches ihn dermaßen ausnehmend entzückt, daß die Kauf-Summe astronomische Ziffern erklettert . . Monseigneur betet.

Was betet er denn? Er betet, wie alle Priester, um Frieden. Er fleht, Vater Zeus möge dieser kriegslüsternen Potentatin jenes Rendezvous einräumen, wonach sie Tag um Tag sich erkundigt, möge Audienz gewähren und ihren Sinn beugen, es sei doch nun Blut genug geflossen . . oder er möge dem König Gesundheit schenken. Ha! und das Volk horcht auf, indem es am Ehrenhof-Gitter der Residenz die Bulletins verschlingt. Scheu hoffende Blicke wandern den Mittel-Tract empor, ob Serenissimus nicht hinter der Attica zu erspähen sei, denn Majestät, wie das heutige Bulletin kündet, sind gestern, gestützt vom Arm allerhöchst ihrer Leib-Ärzte, ein paar Minuten promeniert. Ach – man sehnt sich . . nach einer allerhöchst gütigen Hand . . wenngleich man zugeben will (die Einsichtigen tun es), daß die Regentin, da modern von Natur, mit den ungewöhnlichsten Maßnahmen dem Staats-Gaul aufhalf: da steht er, nachdem das glitschige Pflaster der Revolution ihn hat hinknallen lassen, er lebt noch, nichts Ernstliches ist ihm geschehen, ein wenig abgeschürft das glänzende Fell, c'est tout, die Glieder sind heil. Na schön, und wenn! Aber einen Krieg machen? bloß weil ihr mal wieder jemand nicht in ihr Bett paßt? die soll sich in Acht nehmen, die – »Kinder, da kommt sie!« Man jubelt, von Begeisterung trunken . .

Ja. Der Staat ritt vorüber, der Staat persönlich, die Krone, kein Anonymus – welch einfacher, befriedigender und au fond doch ganz wunderbarer Vorgang, den man als Bild nach Hause nahm! Der Staat: ein denkendes, fühlendes Wesen, mit warmem Herzen und schönen Augen. Wo in der Welt gab es einen so zauberhaft süßen Staat, der so geschmeidig zu Pferde saß und das Leben so sechzehnjährig frisch beim Schopfe packte? »Neues vom Principal?« fragte sie, aus dem Sattel geneigt, den Gottesdiener – auch dort lungerten Scharen von neugierigen Leuten – und trabte von dannen, in stäubender Cavalcade, Ziel Monrepos, wie üblich. Dort wartete, wie üblich, Besuch, oder *wurde* erwartet, meist irgend ein venezianischer Admiral, denn unbefangen – Blockade hin, Blockade her – lud sie die hohen Herren zur Tafel, wußte auch längst, daß sie Weisung hatten, alle verdrießlichen Zwischenfälle peinlichst zu meiden, und peinlich war ihnen die Sbirren-Existenz.

So kam es, daß am Morgen, vor Theodosia, der Obercommandierende in den Gewässern des Orient, General Cassio Badoër, sich gar nicht wunderte, sondern die Yacht Belle Fontaine mit Interesse verfolgte, mit dem Fernglas, statt mit Canonen-Schüssen. Die Yacht flitzte wie ein Spaniel, in Wendungen von phantastischer Schnelligkeit, sie umspielte die eigenen Aufklärungs-Schiffe, die, obwohl beweglicher als Venedig, trotz halsbrecherischer Manœuvres nicht Schritt halten konnten. Plötzlich aus Düsen zischte Griechisches Feuer grell übers Wasser – palsambleu! lichterloh brannte das Opfer, eine myrrhonesische Corvette, Myrrha opferte glatt eine Corvette, nur um zu zeigen, was man von ihm im Falle des Krieges gewärtigen dürfe, und die Besatzung sprang rückwärts ins Meer. »Großzügige Dame«, bemerkte Cassio. »Das gibt der Sauce die fehlende Rundung.« Worauf der Spaniel den Stander der Königin von Amorgos hißte, ihn bei der Passage des Cordons dreimal dippte – respectvoller Gruß unter Seemächten – und prächtig vorm Winde in Nord entschwand. Der General verabschiedete eine Brieftaube.

Aurora erwachte neuerdings, die Sauce wurde noch besser: auf der Kimm schwamm ein Fett-Auge, das Geschwader von Chimaira. Zwei Stunden später Phantar und Rho. Zum Frühstück Hermupolis. Während der Messe Candia und Piperi. Andros, Tinos, Mykonos – Paros, Naxos, Amorgos – wie man es in der Schule lernt. Chios und die Malteser kreuzten heran. Das ganz ferne Mytilene bei sinkender Nacht. Bei erstem Grau Chiliodromia; Samothrake. Alle Nase lang erschien irgend jemand am Horizont, lag dort ganz ruhig, tat gar nichts Böses, der Umkreis der Insel spickte sich mit Pulks von Masten, die in sämtlichen zweiunddreißig Feldern der Windrose acte de présence machten – Cycladen, Sporaden: complett zur Stelle. Und Herr v. Cassio aus dem stolzen Hause der Badoër schickte Taube um Taube in die wogenbeherrschende Handelsstadt: die Lagune möge vernünftig sein. Und der Priester des Zeus psalmodierte Gebet um Gebet: Seine Erlaucht möge einlenken, da man den Krieg sonst auf ihn schieben werde. Und Papirienström entwarf Denkschrift um Denkschrift: das Königreich Samos möge rechtzeitig beitreten. Und Gottlieb, indem er pro Tag eine Viertel-Million Courant-Taler zulegte, trank Tee um Tee.

An der Lagune unterdes versammelte der Doge die Savii grandi, seine Minister, sechs an der Zahl, er selbst hatte nichts zu sagen. Immerhin: als Einziger lebenslänglich im Amte, bildete er mit ihnen zusammen den Consiglietto, und dieser Conseil – die Anderen wechselten halbjährlich nach raffiniertem Schema – genoß en bloc den Titel Serenissima Signoria; erklärte sich aber trotzdem für unzuständig, eingedenk dessen, daß die Republik, wie weiland Saturn, mit Vorliebe die eigenen Kinder fraß, gleichgültig, ob das Kind die beretta ducale trug oder nicht. So berief denn das Kind (ein hoher Siebziger) precautionös den Senat der Neunundzwanzig, oder Consiglio Minore, eine Collection der wichtigsten Staats-Figuranten, die zum Beispiel bemüht wurden, wenn Venedig Audienz gab (der Doge durfte das nicht, was durfte er überhaupt?). Sie wiegten bedenklich ihre neunundzwanzig Perücken, nachdem deren sieben schon gestern gewiegt hatten, und mittlerweile trafen ja weitere Tauben ein. Da beschloß man, die Beschluß-Findung den Pregadi zu belassen. Solcher »Gebetenen« gab es volle Sechzig; und dann gab es noch sechzig Pregadi straordinarii; macht einhundertundzwanzig; *und* dreihundert Sotto-Pregadi, die zwar nicht abstimmen, doch zuhören durften. Auch sie rümpften die Nase, kniffen die Lippen und zeigten sich sehr bedenklich, denn sehr wakkelig, so hübsch es sich lebte, saßen hierorts die Köpfe: über Jedem, der ein Staats-Amt hatte, schwebten Beil und Strick, gar zu schnell galt dem Rate der Zehn die Republik in Gefahr, gar zu leicht hing man an den Säulen des Dogen-Palastes. Hätte man wenigstens ablehnen können – sofort wurde verbannt und confisciert. Wie bemitleidete man den Dogen, den goldgepurpurten Gala-Gefangenen, den ausgestopften Prunk-Mops, den das Mißgeschick seiner Wahl ereilt hatte; wie gönnte man auch dem Generalissimus die Kleinigkeit Ruhm, für welche die Verfassung ihn alle drei Jahre hinter Schloß und Riegel sperrte, um seine Amtsführung zu untersuchen; und vollends, wie verstand man den alten Undeni, par exemple, der die Tage zählte, bis er abgelöst wurde, und der nur den einen Gedanken kannte, ja nichts zu peccieren, sondern die Geschäfte so glatt und schön und ungreifbar zu halten wie ein Stück Seife im Badewasser, sich nach hinten und vorn und nach den Seiten ausgiebig zu sichern und wichtige Entscheidungen um keinen Preis zu verantworten, ehe nicht mindestens der Senat der Pregadi sein Ja gesprochen und den Messer Undeni – den Marchese, wie den Adel überhaupt, benutzte man in Venedig nicht – vollgültig sanctioniert hätte. Aber sogar die Pregadi fanden das Eisen *etwas* zu heiß, und nichts blieb übrig, als den Souverän in Person zu bemühen.

So glitten denn also die Gondeln der Badoër und Rezzonico, der Tron, Valmarana, Vendramin, Morosini, der Foscari, Labia, Corner, Papafava, der Loredan und Fasan und wie sie Alle hießen, Bragadin, Malipiero, da Ponte, glitten die Bembi und Pesaro, würdevoll in die Polster gelehnt, zwischen Fondaco dei Tedeschi und Santa Maria della Salute aus dem Canal Grande durch die engen, kleinen Canaletti in das noch engere Gassen-Gewimmel hinter Piazza San Marco, wo sie, nach Vorschrift der Verfassung, jeder ein Umkleide-Zimmer besaßen – worauf sie, ein großer Aufzug, durch die Porta della Carta sich in den Dogen-Palast begaben, über die Scala dei Giganti, Alles genau festgelegt. Dies war der Souverän: weit über zweitausend Nobili und Nobilissimi, vermerkt im Goldenen Buche der Republik, die einzig zugelassenen Benutzer der Scala d'Oro; einzelne Familien, wie die Pisani oder Mocenigo, erschienen mit siebenundzwanzig oder noch mehr Mitgliedern, regierungsfähigen Anverwandten. Und was *sie* beschlossen, das wurde Staats-Gesetz, das mußte sogar der Rat der Zehn schlucken.

Voilà. Dieser Maggior Consiglio, auf endlosen Doppelbänken, Rücken gegen Rücken symmetrisch gereiht, beriet in tagelang sorgenvollem Discorso die allerdings schwerwiegende Frage: ob Krieg, ob Frieden, ob Ultimatum und Entsendung der Galeeren oder Herzogs-Empfang und Entsendung Molmentis. Aber durfte man dem angebotenen Protectorat, welches obendrein mit dem Papste zu teilen war, trauen? durfte man andererseits den kleinen ägäischen Souveränen, die so vortreffliche Abnehmer waren, einfach die Faust ins Gesicht stecken, die ottomanische Pforte auf den Plan rufen und jedenfalls den eigenen, sehr kostbaren Umsatz empfindlich schädigen? Sämtliche Dogen einer gewaltigen Vergangenheit – und auch der schwarze Fleck für Marino Falieri, der pro criminibus geköpft worden, weil er ein starkes Staats-Oberhaupt wollte – blickten in der vom Maler verewigten Mischung strenger Güte und mild gelangweilten Hochmutes hinab auf die discipliniert argumentierende Versammlung, während Savii grandi und Procuratoren (diese als Chefs der Verwaltungen) undurchdringlichen Gesichtes die Estrade

bevölkerten. Und je verbissener die fast gleich mächtigen Factionen der Handels- oder der Kriegs-Befürworter ihr Pro und ihr Contra entwickelten – Alles vor dem Hintergrunde des längst vom Geschmack der Zeit belächelten, überdimensional riesigen Tintoretto'schen Oel-Getümmels –, je mehr zeigte sich, daß man zunächst wohl doch den Consiglio Minore bitten würde, Informations halber den Herzog von Rhetymnon bei sich zu empfangen. Auch wünschte man zu erfahren, in welchem Grade die Prinzeß Danae moralische Qualitäten habe, die, in Ansehung der automatischen Praedominanz ihres Staates, Gewähr bieten könnten für die Haltbarkeit dieser multilateralen Bündnis-Verträge. Ferner wurde angeregt, falls die Republik denn ein Ja spreche, dieses Ja zu copulieren mit der Sicherheits-Forderung nach einer italienischen Heirat der Prinzeß (avis au lecteur: für Venezianer war es verboten); ja, jemand besonders Ironisches schlug vor, man solle ihr wenigstens eine kleine Douche geben, etwas Anzügliches auf die Affaire Legua zum Beispiel, diese Piquanterie könne Venedig sich leisten, sonst vergäße die junge Dame vielleicht, wer hier der entscheidende Partner sei .. Und unter allen Umständen, rief jemand Anderes, müsse Molmenti mit drei Galeeren mindestens reisen, und fünfzehn Carrossen vierspännig an Bord haben, und ein fulminantes Commerz-Abkommen unter Dach bringen.
Der Herzog, einmal empfangen, hatte leichtes Spiel, Venedig, da schwach und nach dem Gewinne strebend, verspürte gar keine Lust, sich in irgend einer Form zu engagieren, weder kriegerisch noch als Protectorats-Inhaber: der Krieg fiel unter den Tisch, die Patronanz an den Papst, dem Herzog ein Stein von der Seele und die Sache zurück an den Großen Rat. Keine Rede vom status quo ante, um so mehr vom Vertrag als der conditio sine qua non: die Mächte sollten sich verpflichten, daß sie innerhalb der nächsten zwei Jahrzehnte von niemandem als Venedig Credit nehmen würden – wozu noch eine Menge anderer Clauseln kam. Den Abschluß überließ man Don Pompeo Molmenti, und Rhetymnon begleitete ihn für einige Seemeilen: nicht um nach Myrrha zurückzukehren, sondern weil jetzt erst die officielle Einholung erfolgte, Flotten-Salut, Begrüßung auf den Wogen, Allegorieen und Wasser-Schauspiele, Veduten, Redouten, Revuen, Regatten, das große Gondel-Rennen auf Canal Grande, Fest-Vorführungen im Teatro Fenice, Concerte in der Sala dei Filarmonici, Dogen-Procession zu San Marco, Einladungen bei Krethi und Plethi von der Lagune bis zu den fernsten

Villen der Terra Ferma. Die Republik fêtierte den Gast mit einem trionfo, wie er dem Rang eines Souveräns gebührte – und nicht zuletzt: wie er dem kaufmännischen Object entsprach.
Don Pompeo Molmenti, Conte di Bergamo, ein Posaunenstoß schon der Name allein, begab sich derweil, in einem Aufzug, der wahrhaftig zu wünschen nichts übrig ließ, gen Myrrha: mit drei von den vorhandenen fünfundvierzig Super-Monstre-Schlachtschiffen, dazu einer Wolke von Corvetten und Galeassen, erschien er eines Morgens vor Palarmos, dem einzigen festen Hafen außer der Hauptstadt und Potamikali, um in der Tat mit veritablen fünfzehn Carrossen, die eigene sechs-, die anderen vierspännig, an Land zu gehen, wurde auch sehr artig durch das ganze Staats-Ministerium empfangen und rollte wohlgemut durch Wald und Gebirge nach Monrepos. Nicht ohne Zwischenfall, nebenbei: eine bescheidene Halb-Berline, aus welcher der aufgeregteste Clericus gesticulierte, Praemonstratenser offenbar, nach der weißen Soutane zu schließen, sperrte die Einfahrt zur Allee, es tobte ein erbitterter Wortwechsel mit dem Réduit-Commandeur, der durchaus die Dringlichkeit des Begehrens nicht einsah und zunächst militärische Pflichten hatte. Erheiternde Scene! auch Don Pompeo beugte sich aus dem Wagen: ob der Welt-Untergang nah sei? – Dies vielleicht nicht, aber der Herr sei nah, und er, der Priester des Herrn, müsse sofort zur Prinzessin, jede Minute sei kostbar, unwiederbringlich.
»Uns Weltlichen«, entgegnete Don Pompeo in maliciöser Concilianz, »sind Ihre Minuten selbstredend heilig. Die Republik, ehrwürdiger Vater, obwohl sie das selbst den Chur-Fürsten bestreitet, überläßt Euch mit Freuden Vortritt und Vorrang. Wollet also die Tête des Conductes nehmen ..« Und der Klepper trabte erhobenen Hauptes.
Die Grafen Bergamo und Silvana hatten Mühe, ihre Mundwinkel zu bändigen, zumal als vor der Rampe zwei Stallpagen einfach in die Zügel griffen und die Berline, bevor sie noch halten konnte, seitab in den Schatten führten, ungeachtet schriller Proteste. Ja, sogar mitten bei der Begrüßung, die Prinzessin decorativ in großer Robe, gab es neuerlich Aufruhr, Disput aus dem Vorsaal: »Es ist passiert, ich muß sofort hinein, bestellen Sie der Königlichen Hoheit, es sei passiert. Sie hat Audienz? na, das sage ich doch die ganze Zeit, sie hat Audienz, sie muß sofort hin ..«
Der venezianische Botschafter überreichte ein verschwenderisch in Email und Edelsteinen gearbeitetes Armband, das, wenn man es

öffnete, unter rubinbesetztem Deckel ein kühles Oval zeigte, aus welchem Don Johann, schön, männlich und steif auf Porcellan gemalt, in die beste aller denkbaren Welten lächelte. »Merci«, sagte die Prinzessin, »sehr aufmerksam«, und bat zur Tafel. »Königliche Hoheit«, meldete Frau v. Ehrenpreis, »Monsignore Papadakopulos, er behauptet, es sei passiert, er habe geträumt.« – »Soll warten, ich warte seit Wochen. Man soll ihm zu essen geben.«
Geschlagene fünf Stunden ließ sie ihn warten, bis die Gesandtschaft Richtung Myrrha davongerauscht war, wo des Abends große Gala sein würde; dann erst erhielt er Audienz, und sie währte nicht länger als zwei Minuten. Ach, aber was für zwei Minuten! Begabt mit dem süßen Titel einer Excellenz, schwankte er heimwärts im Fond der Berline, kuschelte sich wohlig gegen das Polster, blickte vom Paß herab voll superiorer Stimmung auf die ferne Staubwolke der fünfzehn Carrossen, und seine Phantasie malte ihm herrliche Architectur-Prospecte von überall pilzgleich emporsprießenden Zeus-Capellen, Zeus-Tempeln, Wallfahrts-Kirchen, geweihten Hainen – nicht auszudenken: Ehren, Revenuen, vielleicht gar das Hofprediger-Amt, und früher oder später, automatisch, der Erzbischof . . die Eminenz . .
So träumte Herr Papadakopulos, winkte freundlich der Brieftaube, die weiß und pfeilgerade mit schnellen Flügelschlägen seinen Weg kreuzte – sicherlich trug sie um den Fuß die Ernennung –, und grüßte dennoch sehr tief devot den unvermeidlich zum Tee fahrenden Gottlieb, dessen Prachts-Diligence, von vier Schimmeln gezogen, mit dem Kgl. Samischen Wappen geschmückt und von eben so viel Kammerherren zu Roß flanquiert, ihm entgegenpreschte. Ob Don Pompeo ihm vor dem Magen stand? Man durfte es annehmen. Je nun, dies waren nicht seine Sorgen. Ob die Prinzessin zum Rendezvous ging, und wann, und ob sie auch höflich wäre – das war es, was *ihn* beschäftigte. Ein Schäfer . . seltsame Geschichte. Warum kam Gott nicht persönlich? warum bestellte er das renitente Wesen nicht auf den Olymp? Höchst merkwürdig. Aber es schien, sie kannte den Schäfer. Gemächlich schaukelte die Berline, ein wohliges Gähnen befiel ihn, er machte ein Nickerchen.
So geschah es, daß er ganz wider die Absicht als Schlafender heimkam, und als ihn die Geistlichkeit eben rüttelte – er war ein gründlicher Schlummerer –, hörte man neuerdings Räderklang: der Admiral! ganz hoher Besuch! Ein wimmelndes Anderthalb-Dutzend falscher Praemonstratenser verbeugte sich.

Der Graf blieb im Wagen, indem er leutselig Bord an Bord mit der Berline hielt. »Das Staats-Ministerium«, sagte der christ-catholische Diener der Krone zu dem endlich erweckten heidnischen Kirchenfürsten, der eifrig um Fassung und Würde rang, »beehrt sich, Ew. Excellenz mitzuteilen, daß Ihre Königliche Hoheit Sie vor einigen Minuten telegraphisch zum Titular-Bischof ernannt hat. Viel Glück und Segen. Weshalb wurden Sie Bischof?«

– »O, Excellenz, das ist eine lange Geschichte.«

»Erzählen Sie kurz.«

– »Kurz, sie beliebte, meinen Principal sprechen zu wollen, dies ihr Ausdruck – womit sie Gott den Herrn meinte.«

»Gott den Kammerherrn?«

– »Den Schäfer.«

»Welchen Schäfer?«

– »Es ist wirklich eine zu lange Geschichte, Excellenz. Wenn es mir gelänge, sprach sie, damals, am Tage der Revolution –«

»Revolte.«

– »Ah ja. Pardon. Wenn es mir gelänge, ihn zu einem Rendezvous zu vermögen, so wolle sie das als Zeichen meiner Befähigung nehmen und mich geringen Sterblichen in den Rang eines Bischofs erheben.«

»Und da vermochten Sie ihn?«

– »Ich vermochte ihn. Es hat mich mehr als drei Wochen Askese gekostet, ermessen Sie das, Excellenz, was es heißt, durch nichts als die Kraft hingebungsvoller Gebete, dermaßen verwickelte Zusammenhänge –«

»Kürzer, kürzer, Excellenz, die Venezianer schreien nach mir.«

– »Kurz: die Prinzessin hatte üble Träume; wovon ich bis heute nichts wußte. Aber: ich erfühlte es. *Ich* andererseits – wovon *sie* nichts wußte – träumte letzte Nacht angenehm aufschlußreich.«

»Von besagtem Schäfer?«

– »So ist es.«

»Und der Schäfer, nicht wahr, trug die Züge unserer verschollenen Erlaucht.«

– »Woher wissen Sie das, Excellenz?«

»Mein Köpfchen, Excellenz, verrät es mir. Was wollte der Schäfer?«

– »Der Schäfer bestellte mir eine alleruntertänigste Empfehlung, ich solle nur ausrichten, er sei ein Traumdeuter von hohen Graden. Gott, schon wieder Besuch – welch Ehrentag!«

Es war der Baron Roß'pffel, Kammerherr Sr. Freiherrl. Sam. Majestät. »Monseigneur«, rief er von Weitem, völlig abgehetzt auf schweißtriefendem Pferde, »ist die Prinzessin bei Ihnen?«
– »Man tituliert mich Excellenz«, verbesserte Papadakopulos unter feinsinnigem Anheben der Braue. »Natürlich ist sie nicht hier.«
- - »Ja, was? wie? sie ist fortgeritten, mit der üblichen Escadron, und kein Mensch hat Ahnung? Sie waren doch der Letzte?«
»Wo brennts denn?« warf der Graf ein.
- - »Ah, Liebden, entschuldigen, ich bin ganz außer Puste. Wie fein, wie erleichternd, Sie als Minister wissen doch bestimmt –«
»Keine Spur. Aber das wird sich feststellen lassen. Johann: schieß einen grünen Leuchtstern. Was möchte unser Gottlieb? Etwa beitreten?«
Peng!! sagte der Leuchtstern, und der nicht kriegserprobte Klepper mit des Bischofs Berline brauste von dannen.
- - »Tee trinken!« schrie der erboste Baron, galoppierte hinter dem Ausreißer her, rettete Herrn Papadakopulos vorm Zerschellen, trabte wütend nach Myrrha, um sein Pferd zu wechseln, und das Antwort-Signal, rotglühend aus dem Santalba-Gebirge in den Nachmittag sausend, verkündete ihm, daß er bis nach Potamikali mindestens werde zu reiten haben – weshalb er für tunlich befand, sich bei dem eben créierten Bischof, der ihm ja schließlich Dankbarkeit schuldete, mit einigen Gläsern Liqueur zu stärken, sie liebten ihn Beide. So erfuhr er vom Schäfer. Doch holte er die Prinzeß nicht mehr ein, da hätte er zwei Meilen vorauf sein müssen, preußische Meilen – was, übers Gebirge, selbst einem Rennpferd nicht unter fünf Viertelstunden zu bewerkstelligen möglich ist.

XXIII. Capitel

Der Anblick Potamikalis vom Paß herab zählte zum Schönsten, was die Insel bot – vornehmlich morgens, wenn die Sonne gleißend aus dem Meer stieg und man geblendet die Augen schloß. Momentan schrieb man Spät-Nachmittag, die Bucht lag bleigrau, der Hang schon im Schatten, doch auch so war das Panorama eindrucksvoll: die Kirchen funkelten mit ihren Gold-Cuppeln und Helm-Kreuzen, Hunderte von Dach-Fenstern glitzerten herauf, und aus der südlichen Ebene, die zwischen Berg und Küste in Richtung Gelmion sich verlor, leuchteten myriadenfach die Citronen. Nordwärts dagegen, zur linken Hand, begleitete ein unwegsames Hoch-Plateau,

mit Agaven bestanden, das hier fast senkrechte Felsen-Ufer: Urwald und Ödnis, Gestrüpp und Hochwild, der berühmte Schauplatz der Königlichen Herbst-Jagden, die bei der Nymphen-Grotte begannen und in Santalba zu enden pflegten, denn zwischen diesen zwei Puncten gab es die einzig fahrbare Straße, sonst nur ein paar Schneisen und Saumpfade. Übrigens hörte man aus der Stadt die Glocken läuten, von See schimmerte nah das Rot in den Flaggen venezianischer Corvetten; etliche fremde Geschwader standen, schlecht zu erkennen, vor einem merkwürdig diesigen Horizonte. Das Licht war beunruhigend. Auch schien es dem Baron, während er vorsichtig die ausgewaschenen, von Geröll bedeckten Serpentinen hinabritt, als habe soeben, fern auf der Agaven-Heide, etwas gezuckt. Da aber, je tiefer er kam, immer mehr Fensterscheiben blitzten, so maß er dem keine Bedeutung bei, und erst als der Donner grollte, wurde sein Gemüt stutzig, indem er vergebens einen Reim suchte, wie dergleichen bei derart minimaler Bewölkung möglich sei, und was die massenhaft kreisenden Adler wollten. Er unterschied ihrer mindestens zwanzig: majestätisch von oben eine Localität umrundend, die schätzungsweise zwei englische Meilen, oder eine halbe preußische, hinter der Kamm-Linie lag.
Jetzt ließ das Gefälle so weit nach, daß man traben konnte; dann machte die Allee ihren letzten Bogen, und an Stelle des Nordhanges rückte die Stadt voll in sein Blickfeld. Hier ergriff ihn neue Verwunderung: Wiesen und Gärten strotzten von Menschen, die mit Sack und Pack, mit Carreten und Planwagen jammernd heranzogen, Priester dazwischen, Bettelmönche, ganze Klöster, Weihrauch-Fäßchen schwankten, Lamento und Litaneien füllten die Luft. Doch hatte Herr v. Roß'pffel leider gar keine Zeit, sondern fiel in Galopp. Er wollte schleunigst die Prinzessin finden, schleunigst nach Haus reiten – was ihn nicht hinderte, vom Sattel herab zu philosophieren; und da sein Weg an den ausgebrannten oder verschlammten Ruinen des Erd- und See-Bebens vorüberführte, so brauchte es wenig Scharfsinn, die fieberhafte Bergung des Hausrates rechts und links der Straße mit der Furcht in Verbindung zu bringen, es möchten die Ereignisse vom Mai und Juni sich wiederholen. Er sah zwar den Anlaß nicht – aber, je nun, da genügte ein Gerücht, eine Bemerkung, eine atmosphaerische Sensation, und das Volk wurde kopflos. »Wo ist die Prinzessin?« schrie er. Allgemeine Pantomime zum Markt und Hafen. Er sprengte von dannen.

Natürlich war sie fort – keine Prinzeß mehr da – die Escadron hatte Leder-Appell, ein Freiherr Lilienfein das Commando. Diese Militärs .. den Leuten nur ja keine Ruhe gönnen! Blutjung, der Lilienfein, ein überspanntes Kind bejahrter Eltern; beteiligte sich übrigens nicht, sondern hielt abseits auf seinem Falben, völlig in Trance, Herr v. Roß'pffel mußte ihn geradezu wecken. »Tag, Baron Lilienfein.« – »Guten Abend, Excellenz.« – »Wo ist die Prinzessin?« – »Beim Teufel, Excellenz.« – »Machen Sie keine Späße.« – »Mir ist gar nicht spaßig, Excellenz. Sie ist weg, sie kommt nicht wieder.« – »Was heißt weg? Da hinauf?« – »Hm.« – »Allein?« – »Mit dem Bürgermeister.« – »Na, der kann sie doch auch nicht schützen.« – »Kaum.« – »Nun reden Sie schon, was soll das Ganze, ich denke, die Escadron soll schützen.« – »Nicht gegen den Teufel. Wir haben Befehl, hier zu warten.« – »Ich will Ihnen mal etwas sagen, Baron Lilienfein: es gibt Befehle, die hat man zu übertreten, und ich persönlich reite jetzt. Auf Ihrem Gaul, wenn Sie gestatten.« – »Mit Vergnügen, Excellenz.« Er saß ab. Der Hofstallmeister, indem er gleichfalls vom Pferde stieg, nahm ihn beim Rock-Aufschlag. »Mein lieber Freund, ich glaube, Ihnen ist eine Laus über die Leber gelaufen. Schießen Sie los, was geht hier vor.«

Der Lieutenant berichtete merkwürdige Dinge. Ein sechsbeiniges Kalb war diesen Morgen geboren, genau wie seinerzeit am Vorabend des Erdbebens. Und dann kam die Prinzessin, nachdem sie den ganzen Ritt kein Wort geredet, und fragte den Bürgermeister um einen Schäfer, den sie sprechen wolle – bei welcher Erkundigung Alles in Wehklagen ausbrach, denn kein Tauf-Register kannte den Schäfer, wohl aber erinnerte sich der Ort, ihn ein einziges Mal gesehen zu haben, als er nämlich beim Erdbeben seine Magd verkaufte, und zwar genau vor jenem Haus mit der Mißgeburt; und die Zweit-Magd, eine gewisse Aglaia, während der Bürgermeister sie examinierte, stürzte urplötzlich auf die Kniee, zeterte wie am Spieß, die Prinzessin sei gar nicht Prinzessin, sondern sei die Mariana, Teufels-Brut, Hexe, und fiel mit Schaum vor dem Mund in epileptische Delirien. Worauf die Prinzessin ganz ruhig erklärte, das stimme.

»Donnerwetter!« rief der Baron und schlug entsetzt seine Hand vor das ponceaurot goldflimmernde Justaucorps.

– »Ja«, fuhr der Lieutenant fort, »was soll man davon halten? Jedenfalls ist nun klar, wo sie damals gesteckt hat, die eine Woche, als Hof und Staat nach ihr suchten. Bei dem Bauern Lamprenos. Dieser Bauer Lamprenos, Excellenz, kam bei dem verunglückten Hochzeits-Fest im Königlichen Park zu Tode, Erlaucht Graf Weißenstein erledigte ihn. Der Graf Weißenstein andererseits, wie bekannt, hat sich am nächsten Morgen dem Duell mit dem König von Phrygien entzogen, in lauter wunderschönen Blitzen, und zwar genau vor jener Grotte, vor der man damals das Pantherfell fand. Hier liegt ein Cirkel von Ereignissen, nebenbei auch ein Cirkel von Schicksalen, denn es scheint mir, als ob die Mitwisser draufgehen. Lamprenos, Godoitis, Herr v. Legua – sind Alle tot; der König: im Sterben .. etcetera.« Sie blickten sich tiefsinnig an.

»Herzlichen Dank«, erklärte Roß'pffel. – »Hoffentlich sind Sie mir nicht böse«, entgegnete Lilienfein. – »O keineswegs. Ich überlege, ob man helfen kann.«

– »Ich fürchte«, gestand der Lieutenant, »das ist eine ganz hoffnungslose Angelegenheit. Sie wissen vielleicht, daß ich in meiner Escadron einen Wachtmeister habe, ehemals Treuenfelser, der die Prinzessin in Gelmion erlebt hat, und als sie vorhin so gewitternd lächelte, fiel ihm die ganze Schlächterei wieder ein. Er behauptet, es sei Lust an der Gefahr. Und auch die Atmosphaere vorhin – ich werde das Bild nicht mehr los – es war wie eine Aura, expreß nur um den Rappen, eine Aura von silbrigem Sonnendunst .. die Farben leuchteten ganz unheimlich gespenstisch. Denken Sie, Excellenz: diese hellblaue Schabracke mit dem goldenen D .. und dieser hellgelbe Sattel – etwas völlig Phantastisches ging davon aus, electrisch, etwas Zuckend-Sprühendes. Es war, als ob sie .. ich mußte immerfort auf ihre Kniee starren, diese nackten, braunen Kniee, und die schneeweißen Falten des Röckchens .. Es war, als säße sie gar nicht mehr, war völlig jenseitig .. Ich will Ihnen sagen, Excellenz: das Wesen ist gezeichnet, ist vielleicht überhaupt himmlischen Ursprungs, und es soll mich nicht wundern, wenn es, mit Göttlichkeit beliehen, zu den Wolken entrückt würde, Schutzes halber (falls nämlich etwa der saubere Graf Weißenstein heute den Vertrag einlösen will, gewaltsam einlösen, weil er sie freiwillig ja niemals bekommt). Und wie dem auch sei, und obgleich alle Identitäten mir klar sind – Schäfer, Kammerherr, Zeus – wer erklärt uns, was einen vor zweitausend Jahren verstorbenen Gott befähigt, mitten in der christlichen Welt plötzlich da zu sein .. und zu zaubern .. und eine ihrerseits auch zauberhafte Dame monatelang zu belästigen? Es muß wohl doch der Teufel sein. Aber selbst dann:

wer erklärt uns, warum sie nicht einfach nach Hause reitet, statt die Gefahr herauszufordern? Jetzt macht sie den selben Weg wie damals, nur umgekehrt. Sie will dem Bürgermeister partout beweisen, daß es die Schäferhütte gibt, in welcher sie damals Dienste nahm.«

»Ich schätze«, warf Roß'pffel ein, »die Localität liegt eine halbe preußische Meile hinter dem Hang. Da hat es vorhin geblitzt, und zwanzig Adler waren in der Luft, was ohne Zweifel auf Zeus deutet. Egal. Vielleicht sind Zeus und Teufel die gleiche Person, ich werde das jetzt erkunden. Sagen Sie meiner Witwe, sie soll hundert Seelenmessen für mich lesen, sie erbt ein beträchtliches Vermögen, und was Liebden selber betrifft, so empfehle ich das Engagement eines Priesters, reiten Sie unter Vorantragung des Kreuzes Attaque und teilen Sie der Königlichen Hoheit mit, daß der dicke Polycrates Tee trinken will! auf Monrepos! Adieu! wir gehen herrlichen Zeiten entgegen!«

Sprachs, schwang sich zu Pferd (das eigene wurde just an der Krippe trocken gerieben), celebrierte hochclassisch die Versammlung und ritt in wundervoller Pracht die gepflasterte Gasse aufwärts – bis die Krümmung ihn Lilienfeins Blicken entzog. Er wollte sich anständig vom Leben verabschieden, das war er seiner Reputation schuldig, zumal neunzig Ulanen, nachdem der Leder-Appell beendet, ihm reitkundig nachsahen. Oben, hinter den letzten Häusern (Alles ausgestorben, kein Haus mehr bewohnt), begann übergangslos die Wildnis: Agaven, Cistus-Rosen, dichte Gestrüppe von Ilex und Stech-Apfel, riesige Eichen-Bestände, hin und wieder eine Elster, die keckernd entflog, dann ein Bussard, steil in die Tiefe stoßend, eine grell quiekende Feldmaus, seitab zwei Dachse, und ganz fern – schau, schau! – ein herrenloser Gaul, der friedlich Gras rupfte. Ob das des Bürgermeisters Brauner war? Der Baron hielt flotten Trab, das Herz klopfte, sein Gedächtnis kramte nach Formeln, mit denen sich dem Teufel begegnen ließ. Plötzlich hörte er wimmern – nanu? – und entdeckte auch bald die Ursache: ein schlichtes Bet-Häuschen zierte den Wegrand, ein schlichtes Bündel Elend krümmte sich vor dem Heiligen-Bild. »Grüß Gott, Herr Bürgermeister! was ist Ihm denn? wo steckt die Prinzessin?« Der arme Mann hob die Stirn vom Boden, weiß wie ein Kreide-Bruch, die Kiefer schlotterten ihm, er bekam keine Silbe vernünftig heraus: »Derderder T-t-teufel!« stammelte er, die Hände flatterten, »er hhahat mich mimimit –«

»Nun beruhige Er sich doch, wir sind ja hier an gutem Ort, *was* hat der Teufel mit Ihm angestellt?«
– »Mit B-blitzen verververf-holgt!« Es klang wie das Gurgeln eines Ertrinkenden, der Kopf schlug neuerdings auf den Stein, und mehr war nicht zu erfahren.
»Mann, so red Er: lebt die Prinzessin noch!?«
Keine Silbe.
Offenbar lebte sie *nicht* mehr, denn wieder nach einer Weile traf Herr v. Roß'pffel das Favorit-Pferd Ihrer Königlichen Hoheit an, regungslos im tiefen Farrenwald stehend, mit hochgestellten Ohren – worauf er verhielt, auch seinerseits lauschte, und endlich, da man nirgendwo Stimmen hörte, zurück bis an das Bet-Häuschen preschte, denn das Areal war dermaßen ausgedehnt, daß ein Suchen aufs Geratewohl schwerlich Sinn gehabt hätte. Glücklicher Weise venerierte der Bürgermeister noch immer seinen Heiligen, und die huldreiche Herablassung des Herrn vom Hofe, gepaart mit bewiesenem Gleichmut gegen Beelzebub, verfehlte nicht ihre Wirkung; man konnte schon wieder vernünftig sprechen. Mit einem Wort: es gab keine Hütte. Es gab die Lichtung, den Walnuß-Baum, die drei großen Eichen, voll von Elmsfeuern und Adlern, die Prinzeß war vom Sattel, »Weg, Evzonos! wegwegwegweg!«, sechs, sieben, acht Blitze – und Weiteres wußte er nicht. »Jesus Maria, zeigen? Ew. Gnaden: bei meiner Seele Seligkeit, ich habe Kinder, ich habe ein Weib, reiten Ew. Gnaden allein, und der liebe Herrgott möge Ew. Gnaden schützen, ich will für Ew. Gnaden beten, aber mitkommen?! das kann ja der Herrgott selbst nicht verlangen!«
Der Baron sah das ein. »Hier, mein Freund« – und zog ein Papier aus der Tasche, ein dickes Ministerial-Schreiben, das er flüchtig überlas und christlich teilte – »weiß Er, was eine Schnitzel-Jagd ist? dann nehm Er mal Seinen Rückzug und streu Er Fetzchen bis an die Stadt. Vierhundert Klafter, sagt Er? das ist ja ein Katzensprung! Adieu! Schönen Gruß dem Freiherrn Lilienfein, soll sich eilen, der Herr. – Ach so, he! und meine Isabell-Stute will ich haben!«
Sprachs, wendete, trabte von hinnen – alle zehn Klafter flatterte ein Papier-Papillon zu Boden, den Ulanen vermeldend, wo der Feind stand. Der Wald wurde schon düster, bald mußte die Sonne sinken, was dann? Denn es war keine Rede vom Katzensprung, war ein veritables Langstrecken-Rennen, mit gebotener Verzögerung naturellement, aber endlich schien zwischen den Stämmen die

Helligkeit vor, und unser Roß'pffel stieg vom Pferde: knüpfte sorglich den Zügel an einen der mehr als doppelt mannshohen Agaven-Stengel – pirschte näher –

Personne. Dem Hofstallmeister entfuhr ein mindestens dreizeiliger, nicht publicierbarer Composit-Monstre-Fluch von geradezu türkischer Pracht. Kein Lämmerhirt, kein Elmsfeuer, kein noch so winziger Adler, nichts – keine Prinzeß, keine Leiche – er war ehrlich enttäuscht. Ritt man dafür von Monrepos quer durch das halbe Königreich? und durch das halbe Königreich zurück? Teufel!

Eh – sein ponceauroter Frack nahm Deckung. Ganz fern aus der Schneise, hin und wieder von der Abendsonne flach bestrahlt, trat leuchtend der Faltenrock. Und neben der Dame, wahrhaftig, schritt jemand ganz Primitives: Knotenstock, Leder-Gamaschen, waschblaue Drilchhosen; eine gewendete Lammfell-Jacke, Filzhut – ein hagerer Fünfziger, weiße Bartstoppeln im Gesicht, der nicht die leiseste Ähnlichkeit weder mit dem Fürsten der Hölle noch mit dem Kammerherrn aufwies. Roß'pffel, im Schatten seiner Ceder, lugte vorsichtig durchs Buschwerk. Offenbar fand ein sehr philosophischer Disput statt: die Prinzessin sah angestrengt aus, hatte die Hände hinterm Rücken, hin und wieder blieben sie stehen – reizend mädchenhaft, wie sie hochblickte – kamen aber doch näher, und erweckten jedenfalls nicht den Eindruck, als sei etwa Zank und Streit im Gange. Jetzt kehrten sie um – neuerdings freundliche Repliquen – neuerdings Aufenthalt – jetzt rief sie nach ihrem Pferde – sollte die Audienz schon beendet sein? Der Schäfer schien anderer Meinung, denn, ob Gott, ob Gottseibeiuns: in jedem Fall wäre es ihm ein Leichtes gewesen, den Hengst heranzuzaubern. Kein Cavalier demnach .. vermutlich ein simpler Weiser Mann, einer jener heil- und kräuterbeflissenen Leute, deren Künste man brauchte, wo immer das Zartgefühl der Damen dem Arzte auswich .. Erfolg: sie würde wenig Verständnis zeigen, wenn über die Lichtung ein Höfling nahte, gewillt, ihre kostbare Person einem Individuum zu entreißen, welches nicht einmal hinkte, geschweige sonst Attribute aufwies, die ihn untrüglich classificierten; und auch für den Tee unterdessen war es zu spät. Aber wie sich davonstehlen? das Paar wandelte näher. Jetzt lachte die Prinzessin, jetzt legte sie ihm die Hand auf den Arm – die Stirn in Falten – oh là, erzürnt? – der Lämmerhirt lenkte ein, sie schritten weiter.

Herr v. Roß'pffel hatte gewisse Grundsätze, zum Beispiel, nie ohne Not eine lächerliche Figur zu machen, er fand es ausgesprochen lächerlich, in vollem Staat hinter der Ceder zu hocken, und es wäre ihm sehr peinlich gewesen, wenn man ihn etwa beim Lauschen ertappte, er suchte eigentlich nur nach einem passenden Abgang, doch ganz vergeblich, und bald enthoben ihn die Ereignisse dem fruchtlosen Nachdenken. Drüben, jenseits des Kahlschlages – war es eine Täuschung? er horchte, verhielt den Atem: das Unterholz knackte, leise Commandos, undeutlich im Schatten Pferdeköpfe, schon prasselte es durch den Eichwald, der Escadron-Wachtmeister brach hervor, dahinter, von apostolischer Sendung entflammt, ein mächtiger Carmeliter-Mönch, funkelnd schwang er sein Goldkreuz, ein Dutzend Reiter folgte en carrière. Plötzlich Aufbäumen! steil gleich dem Brandungs-Berg, der die Klippe emporspült: aus den Augen des Schäfers zuckten arktische Blitze, ein märchenhaftes Flirren – und wie wenn der Landwind die rollende Springflut niederbläst, die See sich glättet, so sank die Woge zusammen: bereits während sie bäumten, schliefen die Pferde ein, den Ulanen, in abnormer Müdigkeit, sperrte ein Krampf die Kiefern, gähnend fielen sie plumps aus dem Sattel, das Gras verschluckte sie, man hörte Schnarchen. Weg – leer war die Heide. Und eben wollte der Baron, unfähig, seinem abgründig kitzelnden Lachreiz zu steuern, den Empfindungen des Vergnügens Ausdruck leihen, als das Mysterium, gut über zweihundert Klafter hin bläulich das Gebüsch fixierend, auch ihn in Schlummer schoß.

. . . .

Erquickend (sagt man), solch Viertelstündchen! – und mehr konnte es nicht gewesen sein, da, als der Baron aufwachte, die Sonne noch schien; er starrte glasig in den Aether, lag schmerzlich hart mitten auf der Wegspur, geprügelten Geistes wie nach schwerem Morphium-Rausch, und wußte zunächst weder, wo er war, noch wovon er erwachte: von dem Cavallerie-Signal? oder von dem ungeheuren Schnarchen, das ringsum den Abend füllte? Er drehte mühsam den Kopf: fern in der Schneise, mit geniert-melancholischem Lächeln, stand die Prinzessin, und neben ihr, ein Jagdhorn vor den Lippen, blies Erlaucht Lämmerhirt ganz wunderschön die Reveille. Da erhoben sich, wohin man blickte, Mann und Roß, eine complette Escadron, überall zwischen Agaven und magerem Gras taumelten sie verwirrt empor, klopften den Schlaf aus den Monturen, erinnerten sich ängstlich der Attaque, die sie geritten, zogen den Nacken in die Schulter, schlugen das Kreuz, indem sie schaudernd entsetzt beobachteten, wie der Gottseibeiuns plötzlich körperlos, transparent wurde, zerging, wie die Prinzessin, obwohl er recht miserabel rasiert war, ihm freundlich zunickte, und sahen – hilf Himmel! –, wie das Horn, selig auf der Brise schwebend, völlig von selber weiterblies. Es blies zum Sammeln, es blies die Officiere zur Besprechung.

Ein klarer Befehl, man mußte den Lieutenant wecken: war Seine Freiherrliche Gnade doch dermaßen lilienfein, daß sie, wie immer, so auch heute, ihr Lever scharf bis an den Dienst-Beginn hinausschob, dermaßen freiherrlich obendrein, daß ihr physische Berührung als Greuel galt, es sei denn, sie geschehe durch Einen vom Stande – und diese Marotte beeinträchtigte, wie immer, so auch heute, des Fähnrichs Laune. »Heda!« schrie er dem Trompeter zu und stiefelte markig der Pflicht entgegen, »nehm Er mal schleunigst Sein unmilitärisches Instrument von der Luft, was stellt Er sich eigentlich vor!? Ausführung!«

Der Trompeter gehorchte klopfenden Herzens, ritt an und überlegte hin und her, auf welche Weise er das verhexte Ding am besten beschliche. Doch als er, drei Schritt vor der Prinzessin, absaß, so hatte sie ihm längst angesehen, was ihn bedrückte, hatte ihrerseits nach dem Horn gegriffen und reichte es ihm unter zerstreutem Lächeln. »Sei Er so gut«, sagte sie mit sanftmütiger Stimme, »ich lasse den Carmeliter bitten« – einer Stimme, für die, weil sie unfaßbar süß und unfaßbar traurig war, jeder brave Untertan bedenkenlos das Leben geopfert hätte.

Der Mönch wandelte würdig zur Audienz, die Audienz ging seitab im Walde vonstatten, und als Königliche Hoheit zurückkehrte, befand sich auch der Freiherr Lilienfein, nachdem er ein paar Mal herzerschütternd gegähnt hatte, in einigermaßen praesentablem Zustand, er flanquierte mit dem Fähnrich die Excellenz des Herrn Hofstallmeisters. Man schritt vor, man vollbrachte die melodiöse Ornamental-Verneigung, man richtete sich auf. »Stehen Sie doch bequem«, äußerte die Prinzessin, und dann fügte sie einen Satz an, dessen genaue Dosierung von Contenance und Distance, nachdenklichem Ernst und leichter Ironie, einen Cavalier der alten Schule wie Herrn v. Roß'pffel vor Entzücken staunen machte: »Ich beehre mich, Ihnen mitzuteilen«, sagte sie in liebenswürdigstem Parlando, »daß ich sehr gegen Willen und Absicht in Zusammenhänge geriet, über die zu reden mir unmöglich ist, da unser Glaube sie mit Recht mißbilligt; daß ich trotzdem jetzt, und zwar alleine, zur Hauptstadt reite, wo ich entweder bis Mitternacht spätestens oder gar nicht eintreffe; letzteren Falles man sich die Mühe schenken kann, mich suchen zu lassen, sondern besser den Eifer daran wendet, hier in der Lichtung eine Capelle zu stiften, irgend etwas Hübsches, Zierliches, zum Gedächtnis einer auf sagenhafte Weise verstorbenen Prinzessin der Dynastie. Adieu.«

Damit nahm sie den Rappen beim Zügel, drehte sich um und ging davon durch die Schneise. Welch überraschender Abschied! die Herren rangen um Luft. Worauf sie zunächst einmal schweigsam das Pferd bestiegen, ohne sich gleichwohl vom Anblick der Staats-Person lösen zu können. »Fähnrich«, murmelte Lilienfein, »bringen Sie die Escadron nach Potamikali, wir nächtigen dort.«

– »Befehl, Freiherrliche Gnaden. Wollen Freiherrliche Gnaden –«

»Sie stören.« Er hatte die Augen halb geschlossen, sah nur und nur die schöne Gestalt, voll eines so maßlosen Zaubers, daß die Götter, vom Neide vergiftet, sie der Erde raubten. Ach, diese Gestalt . . kleiner und kleiner werdend in der grünen Waldes-Dämmerung, von späten Sonnenflecken hie und da noch getroffen, das Braun der Haut, das Gold ihrer Locken . . hin und wieder noch leuchtete der Faltenrock weiß herüber . . dann verschlang sie die Wildnis.

»Dabei reitet sie gar nicht so schlecht«, bemerkte Herr v. Roß'pffel tief in Gedanken, »ich meine, warum geht sie zu Fuß, bonsoir, jeune homme«, wendete abrupt, gab zornig gerührt seiner Isabell-Stute die Sporen, Lilienfein hatte sie mitgebracht, und sprengte durchs Unterholz westwärts von dannen.

– »Schwer zu sagen«, entgegnete der Lieutenant ins Leere. »Ich möchte glauben, es ist eine Art von Gebet«, zuckte die Achseln, beugte sich im Sattel etwas vor und erschoß sich.

XXIV. Capitel

Menschen, die vor dem Tode sind, haben oft seltsame Hellsicht. Die Prinzessin sprach nie von religiösen Dingen: von ihr also kam ihm die Kunde nicht, sie selbst hätte nicht halb so gut erklären können, warum sie zu Fuß ging, tat es arglos, unreflectiert, wie damals beim Hinabritt nach Gelmion, wie ein oder zwei Male früher bei ähnlicher Gelegenheit, und die Art, es zu tun, war einfach und richtig, eines der vielen Symbole ihres Herzens, das warm und stark unter der schillernden Oberfläche schlug. Von Silvius Nimrod abgesehen, besaß kein Mitglied der Dynastie solch mystische Be-

ziehung zur Erde .. und wer ahnt, ob dem König, trotz strahlender Diesseits-Lust, nicht auch die geheimnisvolle Fähigkeit eignete wie der Enkelin? scheinbar verträumt auf den Waldboden blickend, unmittelbar vor Gottes Thron zu stehen, des Himmels Weisungen zu empfangen und nach wenigen Minuten der Andacht so erfrischt in das Innere heimzukehren, wie es sonst nur ein kurzer, fester Schlaf zu Wege bringt – man wacht auf, ist sofort praesent und handelt. Wer handelt? Die Seele .. jene neutral souveräne Instanz, die den Geist und das Herz zu Organen hat, immer wach, immer bereit, eine Gefühls-Entscheidung als unklug, einen Hirn-Schluß als zu klug, prima vista außer Curs zu setzen. Sehr anders wäre die Revolte verlaufen, hätte Danae damals, statt göttlichem Rate, dem Rat ihrer Intelligenz gehorcht, als Magd Mariana sich verborgen, statt den Kopf, als Prinzeß, in den Rachen der Catastrophe zu stecken. Und heute? was wollte das Gebet? Nur stärken, denn klar lag der Pfad vor Herz, Hirn und Seele: schweigen, sich um den Versucher nicht kümmern, den Tod erwarten. Irgendwann zwischen jetzt und Mitternacht gab es den Tod; kein Ort, keine Stunde war genannt. Vielleicht erreichte sie Myrrha, bevor es geschah? tempo giusto geritten! noch schien die Sonne, der Bergschatten täuschte.
Da reitet sie, in dem langen, schnellen Trab, der ihren Character sinnfällig ausdrückt, nicht säumend, nicht eilend, allegro moderato .. Wird ein hochwertgeschätztes Auditorium den Verfasser schelten, wenn ihm die Lider, auf Secunden, sich feuchten? Mesdames et Messieurs, wen darf es wundern? Heißt es doch Abschied nehmen .. Abschied von einer Gestalt besonderen Formates, die uns in ihrem Glück und Unglück nah war, deren Stil aber, deren distancierende Haltung, deren königlicher und menschlicher Rang uns verpflichten.
Wohl, wohl, diese Vocabeln genießen wenig Credit, man runzelt die Stirn, der Verfasser weiß es. Distance .. Freier geworden, erfreut man sich dankbar der bürgerlichen Gleichheit, erfreut sich der vorurteilslosen, der ohne Umstände aufs Ziel gehenden, telegrammhaften Sitten – ein Schwanken zwischen Lachreiz und Widerwillen würzt den Gedanken an jene Welt vor zweihundert Jahren, die mit unendlicher Mühe, indem sie das Leben zur Kunst erhob, durch Labyrinthe von Rücksichten, Praerogativen und Titeln schritt. Der Leser habe die Seelengröße, sein gütiges Augenmerk der Frage zu widmen, ob nicht Prinzessin Danae, selbst wenn sie der Vor-

züge entkleidet wäre, die eine hohe Geburt und Position ihr leihen, auch heute, nur durch ihr Wesen, etwas so ausdermaßen Bezwingendes hätte, daß jede Critik, jede plumpe Vertraulichkeit, jede Zote, in ihrem Beisein beschämt verstummte? und ob andererseits wir – wofern uns ein Zufall, als Graf, als Herzog, in den Barock transportierte, über abundante Latifundien verfügen und, bewaffnet mit erwähnten schlichteren Sitten, den nächstbesten Salon, Ball oder Audienz-Saal betreten ließe – ob wir (Latifundien hin, Latifundien her!) dann wohl das Odium vermieden, grobschlachtene Leute zu sein, ungehobelte, confidenzlüsterne Hemdärmel-Subjecte, denen aus sämtlichen Knopflöchern Peinlichkeit springt?
Lächeln wir nicht! das Rück-Lächeln möchte moquanter sein. Und nur kein Appell ans Futurum! Wo ist die geringste Gewähr, daß künftige Epochen, mit Reserve vergleichend, uns grundsätzlich Formlosen den Preis erteilen? Bedenke man allein doch die Wechselwirkung, kraft welcher der Zustand einer Gesellschaft sein Spiegelbild hat in dem ihrer Kunst. All die abstruse Cubistik, all das platt Brutale, hohnerfüllt, neiderfüllt, rechthaberisch lärmend, dieser Scherbenberg eines blindwütigen Polterabends, all das wird später, zusammengefegt, als bestauntes Relictum den Winkel unserer Museen zieren – später, wenn die Manifeste verklungen sind, ihre Commentatoren im Grabe modern und niemand hinfürder aus zerbrochenem Porcellan Offenbarungen schlürft. Kopfschüttelnd wird man vorüberwandeln, sich in den Central-Räumen Erholung zu schaffen, bei den gekonnten, sublimeren Dingen, den Rubens, den Tiepolo, den Velázquez und Guardi . .
Ja, wir sind blind und wütig und wollen es sein. Jegliches qualitative Plus wird geleugnet, erniedrigt, mit politischem Schmutz begossen, in Kot getrampelt – weiß der Himmel, wofür! Und dieses pervertierte Bewußtsein der Minderleistung erfüllt uns auch vor der Convention. O bitte, nicht gleich gescheut und gekeilt! immer artig zugehört. Was bedeutet sie denn, die Convention? Gar nichts als den Rahmen! der für sich keinen Zweck hat, wohl aber des Gemäldes Pracht vor dem Verfließen bewahrt. Wie traurig stünde es um denjenigen, der, weil die Zeiten roh wurden, die Fähigkeit nicht mehr besitzt, hinter gekühlten Umgangs-Formen das pulsend Private warm zu spüren, sondern intolerant ein Geschöpf verwirft, nur weil es anders ist als er selber. Es gibt solche Leser, ihnen ist nicht zu helfen. Wild entschlossen den Autor wie seine Prinzessin für gestelzt, hoffärtig, herz- und gemütlos erklärend, werden sie eine

Vergangenheit niemals begreifen, die sehr sparsam war mit Gefühls-Ergüssen; die es ablehnte, dauernd von Seele zu reden; die im traulichen Du keine unbedingte Erfordernis sah, dem Gesprächs-Partner weder auf die Brust rückte noch ins Maul kroch, das viele Klagen entbehrlich fand, Schmalz und Limonade nur in geringster Dosis goûtierte und Banalitäten nun einmal nicht mochte; die das Leben einem gewissen Schliff unterzog, ihm einen Halt gab, ein Règlement, ein Niveau, ja, die es erleichterte statt complicierte, eben weil klare Verbindlichkeiten über Erlaubtes und nicht Erlaubtes, über Ton und Mißton, gesellschaftlich Mögliches und Unmögliches herrschten; und die es, aus reicher Kenntnis, für schädlich hielt, das Herz auf der Zunge zu tragen – wohin es zweifellos nicht gehört.
Aber wem predigen? Der Tränen-Strom eines romantischen Jahrhunderts, in seinem glorwürdigen éstime der freien Persönlichkeit, hat, wie alles Überpersönliche, wie Alles, was Maß und Grenzen setzte, auch diese notwendigen Festungen fortgespült, Festungen gegen das Chaotische unserer Natur, hat Schleusen und Deiche aufgerissen, das Hemmende beseitigt und mit unabsehbarem Schlamm die Felder bedeckt – jene gleichen Felder, auf denen bis dato das Edelste, Kostbarste, anfällig Empfindlichste cultiviert wurde, die Kunst .. Sie kann im Schlamm nicht gedeihen, ist keine Sumpf-Pflanze, sie braucht Sonne, Pflege, vortrefflichen Boden, und, wenn das Clima sich ändert, verdorrt oder welkt sie. Classicistische Fröste, individuell hectische Glut-Ekstasen und der ewige Landregen einer sich selbst bemitleidenden Weltschmerz-Epoche riefen jene furchtbare Fäulnis hervor, deren vorab zart süßliches Parfum den Züchter frohlocken ließ, er habe etwas besonders Schönes créiert. Aber das Gift saß in der Wurzel, ergriff das Gewebe, schlaffte den Halm, schuf brünstige Farben und wirkte, als Frucht genossen, derart unheimlich auf das Nerven-Centrum derer, die davon aßen, daß sie bona fide Rotes für Grün, Grünes für Blau, Terracotta für Casseler Braun ausschrieen und mit frecher Stirn Jeden ins Tollhaus zu liefern, zu erschlagen bereit waren, der diese ihre umstürzende Meinung nicht teilte.
Und ach, wie schnell doch teilte man sie! Wer wollte auch gerne erschlagen sein? wer wollte borniert oder rückschrittlich heißen? Da aber die Ängstlichen Mehrheit sind, so ward es Staats-Gesetz: hinfort sei Gold so viel wert wie Papier, Schwarz gleich Verrat, Blut paritätisch dem Wasser, der Besitzende Räuber, der Räuber

ein Engel, ein König Lump, Ehre das schlimmste aller Verbrechen und Intelligenz nur noch statthaft für Parlamente – oder laut ausdrücklicher Genehmigung der Behörden.
Du Donner, um mit Venus zu reden. Mußte das sein? Chers auditeurs, es waren die selbstverständlichen Folgen. In Gottes Person ruhte die Heiligkeit der Verträge. Was gilt ein Vertrag, wofern die Instanz, bei der man ihn schwor, als Opium oder Kinder-Märchen figuriert? Sturm erntet, wer Wind sät; wer Freiheit entfesselt, braucht fürs Schafott nicht erst zu sorgen; wo die Leidenschaft Richter ist, hebt ein Federstrich die Justiz aus den Angeln; sind Tugend und Vernunft das höchste Wesen, so spreche man getrost unser Kleinhirn heilig; und wer, statt zu glauben, die Welt anschaut, der soll dann nicht jammern, wenn ihm die Welt seine Augen öffnet. Je nun, hinterdrein, wie man weiß, wird der Esel Professor. Ein hölzernes Pferd eroberte Troja, der Wolf geht im Schafpelz, Fortuna rollt über die Horizonte, und beglückende Philosopheme machen den Vorboten fortschrittlicher Zerstörungs-Maschinen, jener großartigen Rohr-Crepierer menschlichen Witzes, ein willkommenes vomitif dem Globus, mit dessen Hilfe er hin und wieder, wenn Arzt und Apotheker uns denn partout nicht sterben lassen, sich einiger zwanzig Millionen entledigt – worüber zu klagen müßig ist. Die Geschichte nimmt ihren Lauf, und läuft, und eilt, wie das Wasser, immer nach unten, hurtig von Stufe zu Stufe zu Tal, der nächstniedrig erreichbaren Fläche entgegen, unwiderstehlich. Die Welt will stürzen, sie stürzt von alleine, Gott schaut ihr zu, hält sie nicht, stößt sie nicht, wird sie nicht hindern. Warum auch? Hindert er denn den Mississippi, sich mit dem Ocean zu vermählen? das wäre doch töricht im höchsten Grade, er hat ihn ja eigens so angelegt: wenn der Säugling zahnt, wenn die Jungfrau erbebt, wenn der Sohn sich klüger bedünkt als der Vater – hat Alles seinen Sinn und Platz, geht Alles aus dem Andern hervor, wie die Frucht aus der sterbenden Blüte, wie der Kern aus der sterbenden Frucht .. und wer, außer Gott, weiß, welchen Keim eines Künftigen diese überreif herbstliche Welt in ihrem Schoß birgt? Sie wollte majorenn sein, sie hat es ertrotzt, nun wird sie alt, jung kann sie nicht werden, eines Tages kommt der Tod. Ganz klare Affaire; gar kein Grund, sich zu grausen. Aber es graust sie mächtig. Sie fühlt, daß sie krank ist, Podagra, Zipperlein, catarrhalische Percussionen, sie betet, man möge sie wieder gesund machen, Quacksalber um Quacksalber wird consultiert, gehorsam Pille um Pille ge-

schluckt, Medicinen herbei! heiße Bäder, Massage – nichts nutzt. Und immer noch, wann immer die kleinste Linderung ihr den Zustand verschleiert, überstrahlt ein rührendes Kinderlächeln das Zerren des Schmerzes. Still: sie träumt .. von den Liedern der Freiheit, den Barricaden .. was war das schön! rauhe Luft .. allons, enfants de la patrie .. fort mit Bevormundung .. vive la guillotine .. Woher nur dieser schreckliche Husten stammt? von der Barricade? Voilà: die Könige sind schuld!

Ach, mein verehrliches Auditorium, hüten wir uns vor dem Hochmut moderner Ignoranz. Unsere Zeit ist nicht besser als die gewesene, nicht einmal freier: unfrei und unstolz, häßlich in ihrem Haß, kleinlich im Dünkel, und bis unters Dach gefüllt mit Phrasen. Obendrein kurz von Gedächtnis. Gelb im Gesicht vor nacktem Neid, wirft sie, wie das Sprichwort sagt, mit der Wurst nach der Speckseite, tauscht eine Bevormundung gegen die nächste, ein halbes Glück um ein ganzes Unglück, ein relativ Sicheres für den Schatten der Wolke, grabscht nach der Taube und läßt den Sperling fliegen: weil sie in *sich* den Punct nicht mehr hat. Begreift Ihr wohl nun, welch wunderbares Herz hinter dem Pantherfell schlug? Denn all das erzählte Gott Lämmerhirt der Prinzeß auf der Heide. Sind es für *uns* auch Binsen-Weisheiten, uns, die wir Schritt um Schritt an den Abgrund gewöhnt wurden: für die Damaligen, in ihrer ungebrochenen Freude am Leben, war der Aspect ein vernichtendes, lähmendes, völlig zerschmetterndes Eventual. Und *ein* Wort von dem, was sie hörte, geäußert – so lief die zerstörende Philosophie um den Erdball ..

Aufgepaßt aber, Ihr Superklugen! Was, zum Exempel, würden *wir* tun, wir mit der gepriesenen Welt-Anschauung? wir, die wir von Staats wegen das Recht genießen, ja, die Pflicht, jederzeit, was uns just kitzelt, offen zu sagen?

Gesetzt den Fall, es käme ein depossedierter Gott, hätte die Uniform eines Polizei-Wachtmeisters an, höbe den Arm, stoppte unser Automobil, stiege ein und entwickelte uns, tief im Walde, lustwandelnd, das Folgende:

»Lieber Freund, ich bin Zeus, erschrecken Sie nicht. Wie bitte? Beweis? da schwebt Ihr Wagen, das dürfte mich hinreichend legitimieren. – Zur Sache. Ich prüfe seit fünf Monaten Ihre Herrscher-Talente, Sie haben summa cum laude bestanden. Trotzdem liegen Sie schief. Auf Regierungen wie die von Ihnen bediente wird man in Zukunft keinen Pfifferling geben, die Zukunft gehört eindeutig der

Democratie. Nein nein, ernsthaft. Und kein Raisonnement bringt das Alte zurück. Was werden Sie tun?«

– »Umgehend mein Portefeuille zur Verfügung stellen, mich rechtzeitig lösen. Wissen Sie –«

»Ich weiß«, unterbricht er. »Geschmeidig sein, coalitionsfähig bleiben, die erste der parlamentarischen Grundregeln. Eh bien, das schafft Ihnen ein Ansehen bei den Herren von morgen; und, naturellement, bei allen Historikern des nächsten Jahrhunderts.« Durchdringendes Lächeln; worauf er fortfährt. »Die Welt«, fährt er fort, »ist auf bestem Wege, mit eigener Hand ihr Grab zu schaufeln. Noch hat sie Chancen. Vielleicht legt sie im letzten Moment ihre Gala-Monstre-Sprengmine an die Kette? Aber selbst dann: wie will man vermeiden, daß früher oder später Chemie und Ärzte Euch Menschen zwingen, von dem halben Quadratfuß Erde zu leben, den Ihr dann höchstens pro Kopf noch habt? Keine Felder mehr da, kein Brot, keine Hoffnung, nur Menschen, massenhaft wimmelnde, hungernde, schreiende Menschen, und irgendwo in America eine ratlose, pillenverabfolgende Welt-Regierung? Man wird sich halt gegenseitig verspeisen, die Geschichte endet im Cannibalismus. Bon. Der X-Tag, Jüngstes Gericht. Wir Götter sind vorbereitet. Die Menschen weniger. Und damit kommen wir Zwei zum Thema. Bei der Schöpfung sind einige Fehler gemacht, es fehlt ein Sperr-Mechanismus in Eurem Gehirn, den werden wir einbauen, Kleinigkeit, irgend etwas Automatisches, was ausspringt, wenn das Thermometer der Herden-Wärme zu hoch klettert. Interessiert es Sie?«

– »Glühend, Erlaucht, glühend! ich werde ein Buch darüber schreiben!«

»Eben. Ich meine: das gehört auch ins Capitel Massen-Instinct. Literatur .. eine durchaus drittclassige Kunst. Na, tableau. Also, wir machen eine neue Welt: keine Continente, nur Inseln, auf den Inseln lediglich solche Menschen, die in der alten Welt Gottes Auge erquickten, Leute mit starken Überzeugungen, kein Opportunismus – warum werden Sie blaß? weil Sie auf meine Finte hereinfielen? Pech gehabt. Wovon sprachen wir .. von der Organisation des Himmels, richtig, die wollte ich Ihnen gerade erzählen. Götter und Könige. Auch hier unterliefen bedauerliche – nun ja. Die Einen zu göttlich, zu fern, sie müßten näher sein, die Anderen allzu menschlich und allzu nah. Was hilft es, von Gottes Gnaden sein? es mangelt für Beide an der sichtbar imposanten Executive. Ein

König oder Gott oder Gott-König, und säße er auf dem fernsten Berge, sollte ein Ocular haben, das bis in die Falten der Herzen schaut und, indem es schaut, ein auch nur geplantes Verbrechen tötet. Dies nebenbei. Aber Sie wundern sich gewiß, daß ich einmal Gott, einmal Götter sage. Des Rätsels Lösung ist einfach. Der wahre Gott, weil Geist, weil gestaltlos, hat genau gewußt, Ihr brauchtet *Gestalten,* sie anzubeten: vorstellbare, halb irdische Wesen, mit irdischen Gliedern, irdischen Trieben, zuzüglich strafender oder belohnender Zauber . . An die glaubt man dann eine Weile, bis irgend so ein Homer des Weges kommt, so ein billiger Literat, um uns ungestraft zu verspotten, auf sein dürftiges Niveau uns herabzuwitzeln. Auch das liegt im Plan der Schöpfung begründet. Alles überlebt sich, Alles wird alt, wird mürbe, wird antiquiert – ausgenommen den einen und einzigen, großen Gott, den eine einzige Religion richtig geahnt hat, die Eure, den ein einziger Maler annähernd malte, Messer Tiziano in der Gloria Carls V., oberhalb schwebend von Gott Sohn und Gott Vater, als Quelle des Lichtes. – Nun, derweilen man nicht mehr glaubt, läutern wir uns zur Idee und Sage, wir nicht mehr modernen Gott-Stellvertreter. Chroniden, Osiris, Baal, Wotan, Serapis . . Eines Tages aber erreicht uns die Aufforderung, es möge die betreffende Dynastie ihren Chef in die oberen Himmel entsenden. So auch ich. Noch ungeklärt nämlich ist die Frage, wie jene künftigen Inseln regiert werden sollen. Schreiben Sie das in Ihrem Buch, man wird Sie als religiösen Denker feiern. Eine hübsche junge Dame allerdings, vor zweihundert Jahren, hat behauptet, es sei das completter Nonsens. Wer, sagte sie, philosophiert über Religionen – es sei denn, die Religion wäre tot? Sie verzeihen die Abschweifung, wo blieben wir?«
– »Erlaucht wurden in den himmlischen Rat berufen.«
»C'est ça. Es war um die Zeit von Christi Geburt, als die Welt schon *ein* Mal in den Untergang starrte – woraus Sie ersehen, daß Gott manchmal eingreift. Aber es war der letzte Versuch. Und für den Fall des Mißlingens war trotzdem das Künftige vorzubereiten. Ergo, jeder dieser Conseil-Candidaten erhielt seinen gleichlautenden Auftrag: ziehe das Résumé deiner Götterjahre, begib dich in deinen Rayon zurück, modeliere mir ein Mittelding zwischen Erbkönigtum und Gott-Stellvertretung, ich erteile dir Macht, eine geeignet erscheinende Seele so lange wiederzuverkörpern, bis sie gehärtet und ausgereift ist für mein compliciertes System der Prüfung. Wohl verstanden: eine felsenfest auf sich selbst gründende

Seele, mit dem denkbar größten Répertoire von Nuancen, absoluter Echtheit des Herzens, höchstem Gottes-Begriff und klarer Vernunft, keine Intelligenz-Bestie, denn ich will sicher sein, sie später nicht contrôlieren zu müssen. Bin ich zufrieden mit der Probe, so gestatte ich dir nebst deiner Familie, daß Ihr hinfort, unter Anerkennung der Titel, im Paradies Eure Pensionen verzehrt. Bin ich unzufrieden, versuch es ein zweites Jahrtausend lang. Bonne chance. – Eh bien, und nun Farbe bekannt, mein Lieber, denn die vorige Person, à l'époque de Charlemagne, hat mich leider enttäuscht: ja oder nein, trauen Sie sich das zu?«

Geneigter Leser: *was* würden Sie tun? Nach der Gage fragen? oder den guten Mann auslachen? Weder Dieses noch Jenes: die Gage ist klar, ein Königreich vom Umfange Spaniens nicht zu verachten, Mangel an Ehrfurcht nicht zu empfehlen – Ihr Automobil, von keinem Chauffeur gelenkt, vollführt merkwürdige Kunststücke, eisig bestrahlt Sie der seltsame Partner. Überdies aber, wie schmeichelt es doch Ihrer Eigenliebe. Und wenn Sie ganz kühn sind, so fassen Sie ein Herz: bitten Sie Seine Erlaucht, er möge die Bedingungen Ihnen bekannt geben.

In der Tat, er knüpft es an solche. »Ich gelte«, erklärt er, »mit einigem Recht für nachtragend. Sie wollen heiraten, wie ich höre. Das Mädchen hat mich verhöhnt, beleidigt, hat den Contract gebrochen und außerdem einen steifen Arm. Sie ist ein Bettel geworden. Was taugt Ihnen ein steifarmiges Mädchen, das nichts in die Ehe bringt? Sie werden verzichten – ein winziges Opfer im Vergleich zu der Position, die ich biete. Ich schenke Ihnen den Goldring, verschwinde endgültig aus Ihrem Leben, heute noch, und Sie, wenn Sie nicht heute noch sterben wollen, heiraten die millionenschwer dicke Gottlieb. Ich sorge dafür, daß Sie bald wieder frei sind.«

Hier, lieber Leser, würden wir ein paar Mal schlucken. Was wiegt nicht eine gesicherte Zukunft, eine Zukunft weit über den X-Tag hinaus, hoch dotiert und an leitender Stelle – was wiegt sie nicht gegen die noch so phantastische Tonnage einer sonsthin gemütvollen Ehe-Gemahlin! Auch lebt ja, im Falle denn die Strapazen ganz ungebührlich uns überforderten, immer der dienstbeflissene Scheidungs-Anwalt, und unser Banquier, aus den Gottlieb'schen Conten, zahlt jenem leider gelähmten Mädchen discret ein Wartegeld. Dies wäre, per Saldo, wennschon wirs nicht sagen, zumindest die Schnell-Calculation des Gehirnes. Worauf unser Mund, unter

vorsichtiger Einlegung eines Moral-Protestes und ohne daß die spanische Insel sofort verdampfe, sich eine Bedenkzeit erbitten würde. Der Gott winkt das Automobil herbei. »Nehmen Sie Platz, fahren Sie nach Haus, ich werde mir die Antwort holen. Sie wissen, ich verstehe Gedanken zu lesen. Punct Mitternacht – das ist mein äußerster Termin. Es gibt Automobile, die explodieren sehr unfreundlich. Adieu.«
Und ist fort.
Peinlich. Was tun? Falls wir übrigens die Prinzessin noch sehen wollen – richtig, was tat die Prinzessin? die hätten wir um ein Haar vergessen, so interessant, wie wir uns selber wurden. Sie unterhielt sich mit ihrem Pferde, nachdem sie *keine* Bedenkzeit erbeten, sondern, als der Schäfer ihr sagte »Sie werden diese Antwort bis Zwölf widerrufen«, nur halb verträumt gelacht und entgegnet hatte, sie fürchte Nein, denn sie kenne sich besser .. »Ich werde mir die Antwort holen! wie findest du das, mein Kasgan?« Inzwischen war sie längst auf der festen Straße, jener, die von Santalba, via Marmor-Cap und parallel zur Küste, gen Myrrha führt. Sie ritt manierlich geradeaus, teils an das Gespräch, teils an die Visite beim Vater denkend. Ob man ihr wohl noch erlauben würde, mit ihm zu plaudern? Von rechts hörte sie verworren die Brandung rauschen, zwischen Cedern schien ein bleierner Himmel hervor, linker Hand orgelte eine Bö durch die Wälder. »Das wird er sein«, bemerkte sie und fiel in Schritt, »jetzt Haltung, mon vieux.« Das Pferd senkte und hob seinen Hals: Ausdruck der Freude. »Wenn ers *nicht* wäre«, fuhr sie fort, »sollte michs wundern: die Nymphen-Grotte, da fing es an. Es hat ihn doch gar zu sehr geärgert, daß mich Midas expreß in der Grotte bekam. Aber soll ich bereuen? Kasgan: eignet sich Hermelinchen zur Reue? Ich will mirs schon zutrauen, später einmal, mit gerunzelter Stirn auf dem Nebelberg sitzen – aber um den Preis, daß ich Myrrha und Phrygien verrate, mich und Einiges mehr dazu? Was sind das für Götter, die solche Moral haben! ich glaube es ihm nicht. Daß ein Ja-Wort nicht gilt? ein Vertrag nicht gilt? Armes Utopien! Arme, arme neue Welt! sie fängt schlecht an. Es wird kein Mensch von Ehre einsehen, wenn ausgerechnet ich meinen Namen hergebe. Und dafür wäre Colonna gestorben, Giovanni gestorben, Godoitis gestorben? Der Herr Reichsgraf befürchtete nämlich, sie beeinflußten mich – als ob ich nicht Festungen in mir hätte! Gesetzt, ich acceptierte: wie soll ich vor Midas treten? und wie beim Jüngsten Gericht vor meinen

Schöpfer? Unausdenkbar die Scham und die Schande, auch wenn sie mir gar nichts sagen. Beim Jüngsten Gericht ist noch Zeit genug, daß der Herrgott mir selber befiehlt. Und von dem, was bis dahin sein wird, geht über *meine* Lippen kein Wort. Die Erde ist immer schön, und der Mensch wird es immer schwer haben, vielleicht relativ, je nun, was verschlägt es, man muß nicht vergleichen. Darum seid Ihr Tiere so vortreffliche Leute; mit Euch kann man reden; auf Euch kann man bauen; sogar Confidenzen kann man Euch machen. Weil Ihr nie mehr wollt, als der Augenblick braucht. Weil Ihr schweigt, wo wir schwatzen. Dieser Herr hat mir übrigens Geld angeboten; ich verbessere mich: Gold. Ich beschwor ihn, mich zu verschonen: außer, was das bißchen Ent-goldete anlangt, denn das muß ich mit meiner Valuta bezahlen, das war ein Diebstahl, ich spreize mich gar nicht, mein Finanz-Minister wird selig sein. Ansonsten jedoch: merci non, Mon Seigneur, wir lieben den Fleiß, lieben ehrlichen Lohn für ehrliche Arbeit, und befinden uns dabei viel glücklicher. Schau einmal, Kasgan, jetzt wird die Angelegenheit –. Ob die Beleuchtung für uns ist?«

Der West-Horizont schien durch lockere Eichen-Bestände, ein giftiges Chromgelb spiegelte sich in den Adern von Rosen-Marmor, denn hier war die Straße direct aus dem Fels gesprengt und seither durch unzählige Wagen, Geschütze und Artillerie-Trains abgeschliffen. Meeres Aufwind, ein dunkles Raunen und Sausen, strich empor an lotrecht fallendem Ufer; heiße Sonnenluft, über Steinen gebrütet, obwohl die Sonne hinunter war, kam hereingewogt in das Kühlere – sollte es ein feuriger Tod werden?

»Steh, Kasgan.«

Man hielt auf dem hohen Plateau. Prinzessin Danae nahm die Zügel in ihren Schoß. Sie fand nichts zu bereuen. Auf der Scheide-Linie zwischen Himmel und Wasser schwamm Venedig, eben formierte sich das Geschwader von Samos zum Abmarsch. Von der Hauptstadt her wanderte eine Wetterfront, elfenbeinschwarz mit violett purpurnen Rändern, die in gespenstischer Schnelligkeit, polypenhaft, sich selbst überwucherten. Das Marmor-Cap war ein Kachelofen.

Die Prinzessin sagte kein Wort. Lautlose Stille. Erste Tropfen klatschten satt auf den Stein, satter und tiefer wurde das Grün der Wipfel.

Es mußte nicht unbedingt Erlaucht sein: dergleichen Sensationen, gefürchtet, weil in Secunden entstehend, rechneten unter die Eigen-

arten hiesigen Climas, und immer war schleunige Schutzsuche geboten, Wasser- und Windhosen fehlten selten.
Zu jeder anderen Zeit hätte Danae jetzt den Sattel verlassen, sich und ihr Pferd in die Grotte geflüchtet oder der Länge nach einem Acker-Rain anvertraut, sans gêne.
Heute? Nein.
Von See funkelten Gläser. Vielleicht beobachtete man das Vorgebirge? Das tat man. Für die Herren Marine-Officiere im Mastkorb sah es aus, als habe man neuerdings am Cap ein Reiter-Standbild errichtet, Denkmal irgend einer sagenhaften Dynastin.
Plötzlich aber bewegte sie sich. Neigte sich etwas vor .. lauschte .. auch das Pferd stellte die Ohren auf.
Bimm – bimm – bimmbimm – bimmbimmbimm – ein dünner Klang, weit fort, der Luftströmung entgegengesetzt, die stetig vom Wasser heraufzog. Dann fielen die großen Glocken der Cathedrale ein, mächtige Schläge brummten dumpf herüber, danach die Kirche bei Hofe, bald läuteten die Pfarreien der Vorstädte, ein Chor von Glocken wuchs an, immer weitere, immer fernere kamen hinzu, in den Städten, in den Dörfern, in Marktflecken und Klöstern, von Wallfahrts-Capellen. Und vor dem blaß schwefelgrün brütenden West-Himmel, der die Conturen hart heraushob, mit goldenen Stikkereien auf blauem Grund, flappend, dann wieder knatternd und straff in bösen Windstößen, zeigte die Standarte des Souveränen Hauses von Myrrha, majestätisch und frostig, dem Volke an, daß Alphanios, der König, zu seinen Vätern gegangen war. Der Fahnenstock .. ein Strich finsterster Schroffheit. Halbmast .. Und während die Wolke brach, tropischer Regen trommelnd den Marmor fegte, unten auf See einen Teppich von Blasen trieb und Alles ringsum in rauschende Tränen-Gewebe hüllte, saß die Regierende Königin still und starr, nur ihre Schultern zuckten manchmal, über die nackte Haut floß strömendes Element, über Ellbogen und Knie ergossen sich Bäche mit Seufzen erdwärts, naß klebte am Sattel-Leder der Faltenrock.
Aber so plötzlich, wie es gekommen, war das Unwetter weitergewandert, von erhitzten Steinen dampfte noch Nebel, und so plötzlich, wie es davon ging, war die Avançade. Langer Galopp – krach! krach! zwei Blitze, das Pferd drehte sich in den Hufen, einmal, zweimal, jetzt: Sporen gegeben, die Reiterin lag fast auf der Mähne, Mensch und Tier ineinander verwachsen en carrière auf die Küste zu, krach! der Rapp, krach! krach! stieß ein gellendes Wie-

hern aus, die Vorderhand hoch in der Luft, wendete, raste zurück, krach! quer Thymian-Heide dem Gebirge entgegen, immer neue Einschläge, Flucht im Kreise – bis diese großartige kleine Person (pardon: bis Ihre Majestät), genau auf dem Marmor-Cap mit Blitzen quasi festgenagelt, den Hengst langsam, Zoll für Zoll, zu Boden zwang.

Langsam auf allen Adels-Höfen stiegen die Fahnen halbstocks, *sie* stiegen, denn sie mußte man setzen, im Unterschied zur Standarte des Königs, die, wo immer er weilte, immer in Dienst war. Sie *sollten* auch steigen: der Thron stand nicht leer, obzwar nun das Haus Valente, nach annähernd zwölfhundert Jahren verbürgter Sohnes-Folge, in seinem Mannes-Stamme erlosch. Die Erbin aber, mit der unbeschreiblichen Macht, wie sie zwölfhundert Jahre einem Menschen verleihen, obendrein mit der unbeschreiblich einfachen Geste, wie sie von jeder Wahrheit ausgeht, faltete unter dem flammenden, knallenden, wilden Licht-Sturz stumm die Hände und hob sie langsam in den Himmel hinauf.

Und der Donner verrollte. Die Licht-Cuppel blieb. Nur sprühte sie nicht mehr. Regenbogenhaft, eine siebenfarbig aquarellzart sich illuminierende, parabolisch gewölbte Glocke, wurde sie immer duftiger, immer transparenter, ein zauberisch blassender Hauch.

Danae selber schien es nicht zu bemerken. Sie veranlaßte das Pferd, nun wieder aufzustehen, war auch die ganze Zeit nicht abgesessen, und eben wollte sie anreiten (denn steil über der Hauptstadt fuhr eine Rakete grünweiß in den Abend, der Staat verlangte nach ihr, ein fröstelndes Blaugrau ward auf das dämmernde Meer getuscht, es schauerte das Land vor dem Herbste, dessen Ahnen schon überall war, am Horizont beflaggten sich die Toppen der Kriegsschiffe, an Heck-Loggien und Gallions wurden Laternen gesetzt, die Breitseiten feuerten ihren ersten Schuß Trauer-Salut, noch immer läuteteten alle Glocken, vernehmlicher jetzt redend in der gereinigten Atmosphaere) –

– als etwas völlig Unglaubliches geschah.

Ein Schatten glitt über Myrrha, wie wenn ein riesiger Vogel die doch längst gesunkene Sonne verdecke. Und wirklich: der Occident strahlte ein solches Leuchten aus, wie man selten in Jahren einmal erlebte . . der Terrani-Berg flimmerte schwarz vor neapelgelb leichter Luft, jedes Landhaus einzeln zu sehen, jeder Baumwipfel und Grashalm zum Greifen nah . . und über der ganzen Insel ein wunderbares Aquamarin mit Spuren Rosa, das flüssigste, flüchtigste al-

ler Rosen-Wasser, sich spiegelnd in milliardenfach silbergrau zitternden Pappelblättern, die eifrig wehten –
Nun, es *war* ein Vogel, der da kam, und doch war es nicht der König der Felsen, keiner von jenen, die einst an des Prometheus Leber sich delectierten. Ein Mann flog durch die Luft, ein junger, hübscher Mann, ganz unbekleidet, bis auf den wohltätigen Lendenschurz, denn seinen goldenen Tellerhelm wird man kaum als Bekleidung hinnehmen wollen. Er flog vom Dache der Staatsmünze, seewärts, mit winzig kleinen Flügeln, die hinter Ohr und Fußknöcheln sproßten, sein Hund und seine Katze begleiteten ihn, schneller als die Graugans war er von dannen, Hermes, der Lakai Jupiters! hinauf! in den Himmel! und der Himmel –
– *öffnete* sich.
Der Himmel öffnete seine Citronen-Wolken; Putti über Putti purzelten jauchzend aus dem Aether hernieder; mit Waldhörnern, Timpani, Hunderten von Violinen, Violoncelli, Contrafagott und Contrabässen wetzten sie durch den sanften Azur und nahmen Platz an den gekehlten Rändern des makellosesten Wolken-Ovals.
Auch aus der Hauptstadt hörte man jauchzen. Wie nah beisammen der Schmerz und die Lust! Lag nicht ein König steif und kalt auf seinem Parade-Bett, um nie mehr ein Wort zu sprechen, ein mildes und freundliches? Noch einmal der Stimme lauschen dürfen .. der vornehmen, traurigen, wissenden Stimme – und wären es nur die erprobten zwei Worte .. Haltung, Prinzessin .. Sie konnte nicht hindern, daß die Augen ihr trüb wurden. »Deine kleine Tochter ..« flüsterte sie, rücklings im Stehen am Sattel lehnend, und ihre Hand bewegte unablässig das Pantherfell.
Dann brach es empor aus den Wassern: schneeweiße Meer-Rosse, von Corallen bekränzt, von hifthornblasenden Tritonen beritten, Delphine, Nixen, Gischt und Gesprüh und artige Fontainen, seidig sich bauschende Draperieen, hervorquellend aus confortabelster Austern-Muschel, eine Dame von totaler Nacktheit darin gelagert, Amphitrite, Poseidons hohe Gemahlin, da schäumte sie traumschön und frisch gebadet, eine Haut von Essenzen weich und fest, winkte huldreich, und das Ganze – ihr Götter! – mit Rössern, Reitern, Nixen, Delphinen: hob sich einfach, als sei das gar nichts, aus den Wogen, in die Höhe, in den Plafond empor, Schnüre von Perlen träufelten noch eine Weile .. verschwunden! Ja, allenthalben teilte sich die Flut, schräg aufrecht pflügte ein Dreizack daher, Grünspan, Seetang, wahre Straßen von Schaum, wimmelnd aus der Feuchte

schossen Schwertfisch und Tümmler, Macrelen zu Schwärmen, c'est lui! c'est lui! le dieu des écumes! da kam er schon: von Walen getragen, von haushohen Springsäulen überplantscht, fuhr ein schillernder Grotten-Palast Perlmutt herauf, eine Bucht von Rocaillen, Nephrit, Lapislazuli, Jade! dann Elmsfeuer, höchste Erregung der Wellen, ein triefendes Gigantenhaupt, marmorne Locken, Schultern wie ein Gebirge, strotzprächtige Arme, das Wasser in Gießbächen den Biceps umgurgeind, und endlich, auf einem Salat von Wracks und Planken, die volle, poseidonische Gestalt: Lord Nep, complètement nu! Wohin blicken? zu den Sirenen – aber die sangen so sinnbetörend – zu Thetis, zu Galathee, zu den Töchtern des Nereus – ach, diese Damen der Tiefsee, diese Damen, diese Herren, dieses Meer, unerschöpflich, dieses herrliche, heilige, griechische Meer, und griechische Lüfte, griechisches Land, von Land aus den Quellen die Quell-Nymphen schwebend, aus jeder der Silberpappeln Dryaden, Faune – die Erde *dampfte* von Göttern!
Unter dem Donner der Canonen!! Jawohl! Denn daß solche Dinge geschahen, daß die Wasserbahn zum Prunk-Theater, der strömende Meer-Schlund zur mythologischen Bühne ward, und der Mensch hätte nicht gewußt, sich in aequivalenter Münze zu äußern: dies schien dem Commandierenden Admiral des rangältest anwesenden Flotten-Geschwaders eine nicht darzustellende Undenkbarkeit. Was? nur ein dreifacher Trauer-Schuß? Und wenn mich die Serenissima in die Blei-Kammern sperrt – ich, Badoër, befehle: Salut! aus *sämtlichen* Rohren!
Wundervoll! nicht zu sagen! Die ganze Ägäis schloß sich an, Malteser, Rhetymnon, Chiliodromia! selbst Piperi! auch Samos! Rho sowieso! und Candia! und Falconera! überhaupt Alle: schlossen sich an. Was ein Geblitz und ein Gekrach! Leuchtkugeln, Raketen! in der Hauptstadt, daß man es hörte bis hier zum Cap, schrie sich das Volk die Kehlen heiser, Begeisterung sondergleichen und lauter beau luxe!
Nun, dies war den lieben Göttern genau das Rechte! sie genossen es, bombardiert zu werden. Durch glühenden Hagel, unbekümmert um die sirrenden Eisen-Splitter, fuhren sie leutselig zum Paradies, pausenlos! Hinein in das Wolkenloch! hinauf zu den Sternen! Da: Diana, die wilde Jägerin, Hirsche als Vorspann, fliegende Hunde eine ganze Meute, fröhliches Gekläff und lechzende Zungen, halali! halali! da: neuer Conduct, pfeilschnelles Gefieder, Juno, die Göttermutter! gewaltig wölbte sich höchst barocke Busen-Pracht, von

Theodosia kam sie herüber, Pfauen mit eitlem Glanz in den Deichseln der Equipage, leooh! leooh! (o-oh! o-oh! rief Echo verhallend) – der Nächste! dort schwebte Bacchus, von Panthern gezogen, in seiner Reb-Laube knallten die Sect-Korken, Demeter üppig in Weizen-Garben, teilhaftig auch sie der unsterblichen Jugend, fast jünger noch sah sie aus als die Tochter, als Persephoneia, die soeben, etwas angeschmaucht vom Camin, dem gemütlich vor sich hin bullernden Vulcan-Berg enteilte (nicht ohne Valuta, ein Cometen-Schweif Diamanten fuhr mit ihr per aspera ad astra) .. Was hatte der Berg jetzt? spuckte große Bogen, Silber und Gold – schau: Pluto, er mochte sich nicht davon trennen, denn, wie gesagt, diese riesenhafte Kahlheit zeugt von ungeheurem Reichtum. Fffft! rote Lohe schoß aus dem Lava-Schlund: wohlig auf dem heißen Elemente ruhend, ließ sich der Berg-Assessor ins Blau stülpen, Volcano, der Architect und Kunst-Gewerbler, Grob- und Feinschmied, Haushalt-Waren, und dicht ihm zur Seite, anmutig plaudernd, ritt General Prinz Mars auf einem abstrus geplusterten Gallischen Hahn glatt in die Ewigkeit einer Idee, an die man ihn wohl erst gewöhnen mußte: mit dem feurigen Onkel in den himmlischen Frieden, den von den Tränen der Erde verklärten.

Und Alles dies in einem einzigen, schillernden Wirbel zu gleicher Zeit aus allen nur möglichen Feldern der Windrose, von Land, von See, bizarr und unfaßbar, und jeder der Götter, bevor ihn das dunkelnde Firmament für immer entführte, winkte der Gestalt auf dem Marmor-Cap einen kurzen, chevaleresquen Dankes-Gruß. Bei Gott, den hatte sie weidlich verdient. Als Letzte kam Venus opalen aus der Flut, direct unter Danaes Füßen, ganz Duft, ganz Hauch, das elfenhafteste Divertimento, und lächelte vorüber, nickte, und war dahin, und war nicht mehr, war in den Wolken, in der Musik ..

Atemlose Läufe der Violinen, von leisen Paukenschlägen gejagt, piano, pianissimo, ancora più piano ..

Und dann plötzlich Bläser! Oboen, Englisch Horn, jauchzende Signale: aus der Nymphen-Grotte, gleich einer Kette von Paradies-Vögeln, strichen die Musen schwirren Fluges schräg himmelwärts, steil hinterdrein Phoebus Apoll auf dem Pegaso, ihm entgegen in höchsten Höhen brauste das Sonnen-Gespann (ohne Sonnen-Function, da vorlängst verabschiedet), vier trotzdem strahlende Schimmel-Hengste, nur der Schnee-Bauch zu sehen und die sternschnaubenden Nüstern – das Orchester schleuderte die Melodie wie

Spritzer aus den Geigen, der Paukenist stürzte sich über sein Instrument, es zu dämpfen –

General-Pause – Nichts atmet – niemand atmet – nicht einmal der geneigte Leser: die Königin atmet nicht mehr? ja was denn? wie denn? fährt sie gen Himmel?

Ein ultramarinblauer Nebel .. ein kühler Nebel .. zog über das stille Marmor-Cap. »Grüßen Sie mir«, murmelte der Nebel, »den hohen Herrn« – sonor, etwas hochmütig, erfüllt von frischem Gletscher-Firn – »mit seiner Schärpe und seinem auscurierten Arm. Adieu. Ich bedanke mich.« Ein kaltes Lüftchen berührte die Wange der Königin. Die Königin starrte die Kimm an. *»Lieber* Gott . .« sagte sie ganz leise.

Der phrygische Meer-Palast schwamm auf dem Horizonte.

Ja, es verklärte sich die Welt, die Wolken zergingen in der nahenden Nacht, es verklärte sich der Olymp, und nicht zuletzt Herr v. Goldenberg, denn in den Kellern der Staatsmünze, man meldete es ihm, lagen goldene Dublonen zu Tausenden thesauriert, mit dem Bildnis weiland des Landesvaters in bedeutendem Relief.

»Ohne mich wären sie Hanf geblieben«, bemerkte ein kleiner Knabe, mitten unter der Menge, die auf die Kniee gesunken war, das Zeitalter des Glückes anzubeten – wobei er zierliche Galanterie-Pfeile von seinem Galanterie-Bogen schnellte, bevor denn auch er von dannen flog.

Fern aber, auf dem Felsen am Meer, stand eine Reiterin, mittelgroß, hatte den Kopf rücklings auf dem Sattel des Pferdes, die Augen weißblau im nächtigen Himmel, Thymian duftete von der Heide, ein süßes Beben durchlief sie, das niemand sah, und ihre Lippen flüsterten drei Worte, die niemand hörte, italienische Worte, denn mitunter .. sprach sie erstaunliche Dinge, in diesem .. erstaunlichen Idiom.

Und diese drei Worte, die niemand versteht als mein Auditorium, zeigen uns an, daß demnächst, nach geendigter Hof-Trauer, ein seidener Ciel sich schließen, die höchste Nobilität sich aufs Tiefste neigen, der Vorhang des Königlichen Brautbettes, unter dem verhaltenen Atem der Großwürdenträger, sich leicht, ganz leicht, piano, pianissimo .. bewegen wird:

»Dammi il paradiso.«

Ende des Blauen Kammerherrn

Tabula operis

Erster Band

Der Botschafter der Republik

Zweiter Band

Der Reichsgraf zu Weißenstein

Dritter Band

Der Herzog von Scheria

Vierter Band

Die Bürgerin Valente

Adnotatio Auctoris

Den Keim zu diesem Tulpenbaum legte Hugo v. Hofmannsthal durch sein nachgelassenes Fragment

Danae oder Die Vernunftheirat,

gedacht als Oper für Richard Strauss, im vierten Jahrgang der Zeitschrift »Corona«, p. 108–17.

Hier sollten mit goldenen Lettern die Namen jener Wenigen folgen, die, an Liebe reich, in unermüdlicher Opferfreude ein Septennium der Arbeit ermöglicht, Hilfe und Rat gespendet haben. Rücksicht verbietet es: würde der Stier doch auch sie zerspießen und auf den Hörnern des Fanatismus durch die Arena tragen.

Höre aber, o Stier: wer für todwürdig erklärt, was ihm mißfällt; wer nicht bemerkt, was das Mißfällige aufhebt, und wie alles relativ ist; wer immer gleich Galle schnaubt, wo ein Kind nur sein Taschentuch zückt; und vollends, wer ein phantasmagorisches Zauberspiel ernst nimmt – der zahlt einen Taler.

So widmet sich denn das kleine Werk

Den Humorlosen beider Hemisphaeren

Raoul Schrott im dtv

»Hochintellektuell und sinnlich zugleich.«
Charitas Jenny-Ebeling, ›Neue Zürcher Zeitung‹

Finis Terrae. Ein Nachlaß
dtv 12352

»Mit ›Finis Terrae‹ hat Raoul Schrott einen Entdecker-Roman im vielfältigsten Wortsinn geschrieben, eine Geschichte über Männer, die die wilde Sehnsucht nach einem Welt- und Lebensmodell umtreibt ... Der Skandal unseres flüchtigen Daseins bestimmt Rhythmus und Ton dieses großen Buches, das Universen zum Klingen bringt und trotzdem ein Augenschein bleibt. Mit voller, selbstbewußter Stimme wird hier der Wind eingefangen und das Meer. In ›Finis Terrae‹ leuchtet das mediterrane Licht, tropft die Dämmerung über den Rand der Erde, singen die Vokale.« (Nina Toepfer, ›Die Weltwoche‹)

Hotels
dtv 12585

»Gedichte wider die Flüchtigkeit. Mit den titelgebenden Hotels, die Schrott als die ›eigentlichen Tempel unseres Jahrhunderts‹ faszinieren, ist unsere Zeit mit ihren Formen des Reisens und Wohnens, der Erfahrung und Entfremdung präsent; zugleich aber erkundet der Autor, der in tunesischen, italienischen oder griechischen Hotels seine Wahrnehmungsexerzitien zu Papier bringt, die uralten Mythen des Mittelmeerraumes. Die Reise durch die Hotels verschiedener Länder führt somit durch unsere Gegenwart und zurück in die Antike, zu den Wurzeln der europäischen Dichtkunst.« (Karl-Markus Gauss, ›Neue Zürcher Zeitung‹)

Italo Calvino im dtv

»Calvino ist als Philosoph unter die Erzähler gegangen, nur erzählt er nicht philosophisch, er philosophiert erzählerisch, fast unmerklich.«
W. Martin Lüdke

Das Schloß, darin sich Schicksale kreuzen
Erzählung
dtv 10284

Die unsichtbaren Städte
Roman
dtv 10413

Wenn ein Reisender in einer Winternacht
Roman
dtv 10516 und
dtv großdruck 25031

Der Baron auf den Bäumen
Roman · dtv 10578

Der geteilte Visconte
Roman · dtv 10664

Der Ritter, den es nicht gab
Roman · dtv 10742

Herr Palomar
dtv 10877

Abenteuer eines Reisenden
Erzählungen
dtv 10961

Zuletzt kommt der Rabe
Erzählungen
dtv 11143

Unter der Jaguar-Sonne
Erzählungen
dtv 11325

Das Gedächtnis der Welten
Cosmicomics
dtv 11475

Auf den Spuren der Galaxien
Cosmicomics
dtv 11574

Wo Spinnen ihre Nester bauen
Roman
dtv 11896

Die Mülltonne und andere Geschichten
dtv 12344

Die Braut, die von Luft lebte
und andere italienische Märchen
dtv 12505

Aleksandar Tišma im dtv

»Radikal und intelligent und künstlerisch groß.«
Ursula März, Frankfurter Rundschau

Der Gebrauch des Menschen
Roman · dtv 11958

Bis zum Zweiten Weltkrieg kommen die Menschen in Novi Sad relativ friedlich miteinander aus, Serben, Ungarn, die deutschsprachigen »Schwaben« und Juden. Erst durch die »neue Zeit« wird die aufstrebende Provinzstadt aus ihren Träumen gerissen, durch Krieg, Terror und Unmenschlichkeit. Am Ende gibt es keine Sieger, sondern nur Erniedrigte und Beleidigte.

Die Schule der Gottlosigkeit
Erzählungen · dtv 12138

In Extremsituationen zeigt sich die Natur des Menschen unverhüllt; deshalb sind die Geschichten aus dem Krieg so aufschlußreich für das menschliche Verhalten. In den vier vorliegenden Geschichten geht es nicht nur um den Krieg, auch wenn er überall zwischen den Zeilen durchscheint. Es geht um Menschen am Rande des Abgrunds.

Das Buch Blam
Roman · dtv 12340

Dieses Psychogramm eines Überlebenden spielt in Novi Sad nach dem Zweiten Weltkrieg. Blam durchwandert die bekannten Wege und Straßen seiner Heimatstadt als aufmerksamer, melancholischer Betrachter und kehrt in Gedanken zurück in eine untergegangene Welt, zu den Menschen aus der ehemaligen Judengasse, zu seinen Eltern, seiner Schwester, seinen Verwandten. Dann kam die Nazi-Okkupation in der Vojvodina 1941 bis 1944. Es entsteht das Bild einer geschichtlichen Epoche, deren Spuren nicht tilgbar sind.

Michael Ondaatje im dtv

»Das kann Ondaatje wie nur wenige andere: den Dingen ihre Melodie entlocken.«
Michael Althen in der ›Süddeutschen Zeitung‹

In der Haut eines Löwen
Roman · dtv 11742
Kanada in den zwanziger und dreißiger Jahren. Ein Land im Aufbruch, wo mutige Männer und Frauen gefragt sind, die zupacken können und ihre Seele in die Haut eines Löwen gehüllt haben. »Ebenso spannend wie kompliziert, wunderbar leicht und höchst erotisch.« (Wolfgang Höbel in der ›Süddeutschen Zeitung‹)

Es liegt in der Familie
dtv 11943
Die Roaring Twenties auf Ceylon. Erinnerungen an das exzentrische Leben, dem sich die Mitglieder der Großfamilie Ondaatje hingaben, eine trinkfreudige, lebenslustige Gesellschaft...

Der englische Patient
Roman · dtv 12131
1945, in den letzten Tagen des Krieges. Vier Menschen finden in einer toskanischen Villa Zuflucht. Im Zentrum steht der geheimnisvolle »englische Patient«, ein Flieger, der in Nordafrika abgeschossen wurde... »Ein exotischer, unerhört inspirierter Roman der Leidenschaft. Ich kenne kein Buch von ähnlicher Eleganz.« (Richard Ford)

Buddy Boldens Blues
Roman · dtv 12333
Er war der beste, lauteste und meistgeliebte Jazzmusiker seiner Zeit: der Kornettist Buddy Bolden, der Mann, von dem es heißt, er habe den Jazz erfunden.

dtv